Stephen R. Donaldson

DER SCHRITT IN DEN WAHNSINN:

CHAOS UND ORDNUNG

Vierter Roman des Amnion-Zyklus

Aus dem Amerikanischen von
Horst Pukallus

Deutsche Erstausgabe

WILHELM HEYNE VERLAG
MÜNCHEN

HEYNE SCIENCE FICTION & FANTASY
Band 06/5504

Besuchen Sie uns im Internet:
http://www.heyne.de

Titel der amerikanischen Originalausgabe
THE GAP INTO MADNESS:
CHAOS AND ORDER
Deutsche Übersetzung von Horst Pukallus
Das Umschlagbild malte Ralph Voltz

Umwelthinweis:
Dieses Buch wurde auf chlor- und
säurefreiem Papier gedruckt

Redaktion: Wolfgang Jeschke
Copyright © 1994 by Stephen R. Donaldson
Erstveröffentlichung
als Bantam Spectra Book by Bantam, a Division of
BantamDoubledayDell Publishing Group, New York
Mit freundlicher Genehmigung des Autors
und Thomas Schlück, Literarische Agentur, Garbsen
(# 38499)
Copyright © 1998 der deutschen Ausgabe und der Übersetzung
by Wilhelm Heyne Verlag GmbH & Co. KG, München
Printed in Germany April 1998
Umschlaggestaltung: Atelier Ingrid Schütz, München
Technische Betreuung: M. Spinola
Satz: Schaber Datentechnik, Wels
Druck und Bindung: Elsnerdruck, Berlin

ISBN 3-453-11901-0

Gewidmet

HOWARD MORHAIM,

*einem guten Freund,
tüchtigen Literaturagenten
und grandiosen Tischtennisspieler.*

MIN

Zerschlagen, müde bis in die Knochen und zutiefst verdutzt ging Min Donner kurz nach Warden Dios' Rückkehr von Holt Fasners Firmensitz ins VMKP-HQ an Bord der *Rächer*. Seit dem Tag vor ihrem Besuch bei Sixten Vertigus hatte sie nicht mehr geschlafen, seit dem Rückflug von Suka Bator ins VMKP-HQ nichts mehr gegessen.

Sie hatte ein Gefühl, als würde rings um sie ihr ganzes Leben neu geschrieben; gänzlich uminterpretiert, mit einer Bedeutung versehen, für die sie sich nie entschieden hatte, die sie nicht verstehen konnte.

Weshalb?

In gewisser Hinsicht hatte Warden diese Frage beantwortet. *Es ist so, daß ich Anlaß zu der Annahme habe,* hatte er während ihres letzten Gesprächs – zu ihrem größten Staunen – zu ihr gesagt, *Morn Hyland könnte überleben, was ihr zugestoßen ist. Möglicherweise kommt sie mit dem Leben davon.* Und obwohl er ihr längst die Überzeugung eingeredet gehabt hatte, Morn Hyland sei seinerseits aufgegeben, mit Leib und Seele verkauft worden, hatte er hinzugefügt: *Und für diesen Fall möchte ich von jemandem dafür gesorgt haben, daß sie am Leben bleibt, durch jemanden, dem ich vertraue. Das heißt, durch Sie.* Mit dieser Begründung zog er Min von ihren Dienstpflichten im VMKP-HQ ab und schickte sie hinaus in den Kosmos. Wenigstens hatte es diesen Anschein.

Allerdings erklärte seine Begründung überhaupt nichts. In Wirklichkeit ersah sie daraus nur, daß sie angelogen worden war; daß er sie monatelang systematisch belogen hatte.

In Gottes Namen, was war eigentlich los?

Sein Abschiedsgruß erreichte sie per Funk, während sie in ihrem Dienstshuttle zur Tach-Übersprungszone flog, in deren Bereich die *Rächer* schon gewendet hatte und Vorbereitungen zur Auswärtsbeschleunigung traf; doch sie übermittelte ihm keine Antwort. Sie hatte ihm nichts mehr zu sagen. Statt eine inhaltslose Bestätigung oder ein Grußwort zurückfunken zu lassen, schüttelte sie auf diesbezügliche Fragen der Shuttlecrew nur den Kopf. Sollte Warden Dios seinen guten Glauben an sie beibehalten, so wie sie ihm guten Glauben schenken mußte. Er hatte ihr keine andere Möglichkeit gelassen, um ihrer bitteren Verwirrung Ausdruck zu verleihen; und ebensowenig ihrer blinden, mit Fassungslosigkeit vermischten Hoffnung.

Mit soviel gewohnheitsmäßiger, grimmiger Entschlossenheit, wie sie aufbringen konnte, ließ sie, auch innerlich, Kaze und Mordanschläge hinter sich und konzentrierte sich statt dessen auf die bevorstehende Aufgabe.

Bei oberflächlicher Betrachtung hatte sie ganz leicht begreifliche Befehle erhalten. Sie war instruiert worden, an Bord des erstbesten abkömmlichen VMKP-Polizeiraumschiffs zu gehen – in diesem Fall der *Rächer* – und den KombiMontan-Asteroidengürtel anzufliegen. Im Ortungsschutz des Asteroidengürtels sollte sie »die künftige Entwicklung im Umkreis Thanatos Minors beobachten und entsprechend darauf reagieren«. Mit anderen Worten, sie hatte zu beobachten, zu welchem Resultat Angus Thermopyles verdeckte Aktion gegen Kassafort führte und sich voraussichtlich mit den Folgen zu befassen.

Soviel war offenkundig. Aber weshalb sollte dazu das Erfordernis bestehen? Auf Fasners Anordnung befand sich jetzt der gesamte Human-Kosmos längs der Grenze zum von den Amnion beherrschten Bannkosmos – vor allem in der weiteren Umgebung der KombiMontan-Station und des dortigen Asteroidengürtels – unter der Überwachung des dichtesten Observations- und Kommunikationsnetzes, das Menschen je etabliert hatten. Jede entzifferbare Information aus der Richtung Thanatos Minors erreichte das VMKP-HQ innerhalb von Stunden, ob sie, Min Donner, sich persönlich im Asteroidengürtel aufhielt oder nicht.

Welche Art von ›künftiger Entwicklung‹ erwartete Warden? Entweder hatte Josua alias Angus Thermopyle Erfolg, oder er hatte keinen Erfolg. Gelang seine Aktion, war Nick Succorso erledigt, die Gefahr, die er verkörperte, aus dem Weg geräumt. Dann erwiese Mins Argwohn gegen Milos Taverner sich als überflüssig. Falls Angus hingegen versagte, war jeder und alles verloren. Morn wäre nur einer von zahlreichen Abgängen.

So oder so gab es wahrscheinlich für Min nichts zu tun; es sei denn, etwaige Überlebende zu bergen oder amnionische Verfolger abzuschrecken. Dazu wäre allerdings auch die KombiMontan-Station imstande. Ebensogut wäre es trotz ihrer Gefechtsverschlissenheit und insgesamt beeinträchtigten Verfassung die *Rächer* zu leisten fähig gewesen, ohne daß Min an Bord mitflog. Min Donner war Direktorin der Operativen Abteilung der VMKP: sie gehörte an einen anderen Einsatzort. Ins VMKP-HQ, um Kaze und Verräter unschädlich zu machen. Oder nach Suka Bator, wo sie Kapitän Vertigus bei Ausarbeitung und Vorlage des Abtrennungsgesetzes behilflich sein könnte. Um sich irgendwo im Weltraum herumzutreiben, gab es für sie *keinen Grund*.

Keinen Grund außer Wardens Wunsch, sie aus der Quere zu haben; aus der Szenerie des verhängnisvollen Spiels zu entfernen, das er mit oder gegen Holt Fasner spielte. Und keinen Grund außer seiner unvermuteten Annahme, *Morn Hyland könnte überleben, was ihr zugestoßen ist.*

Und für diesen Fall möchte ich von jemandem dafür gesorgt haben, daß sie am Leben bleibt ...

Hatte Warden die Wahrheit gesprochen? Oder hatte er sich nur so geäußert, um sicherzugehen, daß sie ihm gehorchte?

Sie wußte es nicht; konnte es nicht wissen. Schlußendlich jedoch genügten ihr seine Befehle. Sie gehorchte ihm, weil sie ihm Gehorsam geschworen hatte.

Dennoch vermochte sie nicht das trübe Empfinden abzustreifen, daß ihr Unheil drohte; daß das, was zwischen Warden Dios und Holt Fasner geschah, ihr alles nehmen sollte, woran sie jemals geglaubt, worauf sie je gebaut hatte.

Endlich rumste das Shuttle gegen die Wandung der Parkbucht im Rumpf der *Rächer*; Greifer fixierten es. Min nickte der Crew zu und betrat die Luftschleuse des Shuttles, als wäre es ihr einerlei, ob sie wiederkehrte.

Der Bootsmann, der die Ehrenwache kommandierte, die Min im Bordfoyer empfing, wirkte so ausgelaugt und überfordert, wie auch sie selbst sich fühlte. Bei seinem Anblick krampfte Min sich unwillkürlich zusammen; es erregte ihr Unbehagen, Untergebene in so schlechtem Zustand zu sehen. Doch sie ließ sich weder Kummer noch Bitternis anmerken, während sie den Gruß des Bootsmanns erwiderte.

»Der Kapitän bittet um Entschuldigung, Direktorin Donner«, sagte er. Seine Stimme klang noch schlimmer, als er aussah. Hier war ein junger Offizier viel zu lang zu hohem Stress ausgesetzt gewesen. »Er kann momentan die Steuerbrücke nicht verlassen. Wir hatten nicht damit gerechnet, gleich wieder abfliegen zu müssen, ihm fehlte Zeit zum Vorbereiten...« Der Bootsmann brach ab, errötete wie ein Schuljunge. »Aber das ist Ihnen ja alles längst klar. Verzeihung. Der Kapitän ist für Sie zu sprechen, wann Sie wollen. Als erstes zeige ich Ihnen Ihr Quartier.«

Vor dem Abflug vom VMKP-HQ hatte Min die Berichte der *Rächer* durchgelesen. Der Kreuzer war gerade erst von einem Einsatz mit verbissenen Gefechten gegen fünfzehn oder zwanzig Illegalen-Raumschiffe heimgekehrt, die das entlegene Doppelsonnensystem des Kosmo-Industriezentrums Valdor buchstäblich in ein Kriegsgebiet verwandelt hatten.

Wegen der Natur des Abraums, der Verhüttung sowie der schwerindustriellen Verarbeitung, die auf der Valdor-Station stattfanden, boten das Industriezentrum und sein Raumflugverkehr interstellaren Piraten reiche Beute. Und wie in den meisten Doppelsternsystemen war auch dort ein wahres Labyrinth an Umlaufbahnen vorhanden: massenhaft kreisten Felsbrocken in dermaßen komplizierten orbitalen Verteilungen umeinander, daß man zur Erfassung der kartografischen Daten nichts Geringeres als einen Megazentralrechner brauchte. Die Piraten versteckten sich zwischen den fast unzählbar vielen Planeten, Planetoiden und Monden, die das unter den Bezeichnungen Großer Massif 5 und Kleiner Massif 5 bekannte Doppelgestirn umliefen.

Während eines Zeitraums von sechs Monaten hatte der Skalpell-Klasse-Kreuzer Dutzende strapaziöser Gefechte durchgestanden und war wochenlang Verfolgung geflogen. Und all das mit minimalen Ergebnissen. Zwei Piratenraumer waren vernichtet, ein Pirat war aufgebracht worden. Der Rest hatte sich mit geballter Wildheit zur Wehr gesetzt oder dank genauer Kenntnisse der Verstecke des Sonnensystems erfolgreich die Flucht ergriffen, so daß kein einzelner Polizeikreuzer die Hoffnung hegen durfte, es mit ihnen allen aufnehmen zu können.

Infolgedessen war die Erschöpfung des Bootsmanns kein Wunder. Ebensowenig wie die Verzweiflung, die sich angesichts eines sofortigen neuen Einsatzauftrags in den Mienen der Ehrenwache spiegelte. Die Besatzung der *Rächer* benötigte Ruhe, *verdiente* Ruhe. Viel zu weit verstreut waren die Einheiten der VMKP; mußten immer viel zu weit verstreut bleiben, ganz einfach darum, weil der Ponton-Antrieb mehr Weltraum zugänglich machte, als eine Polizeitruppe kontrollieren konnte. Nicht zum erstenmal sorgte sich Min, daß die VMKP, solange die Amnion-Gefahr existierte – solange der Bannkosmos für geraubte oder gestohlene Güter Reichtum verhieß –, zum Scheitern verurteilt sein mochte.

Wie üblich behielt sie ihre Gedanken für sich. »Ich gehe auf die Brücke«, antwortete sie statt dessen dem Bootsmann. Ehe er irgendwelche Befehle erteilen konnte, ließ sie die Ehrenwache abtreten. Im allgemeinen hatte sie etwas gegen die Formalitäten, die sich mit ihrer Position als VMKP-Direktorin verbanden; in diesem Fall war sie besonders dagegen, weil es ihr widerstrebte, die Kräfte dieser

Frauen und Männer für zeremoniellen Firlefanz zu vergeuden.

»Direktorin«, wollte der Bootsmann, für einen Moment verwirrt, einen Einwand vortragen, »der Kapitän hat befohlen ...« Doch im nächsten Augenblick besann er sich; er salutierte und schickte die Ehrenwache fort. »Hier entlang, Direktorin.«

Min kannte den Weg. Sie hätte den Weg auf jedem von der VMKP in Betrieb genommenen Raumschiff mit verbundenen Augen finden können. Aber sie tat dem Bootsmann den Gefallen, sich von ihm hinführen zu lassen. Durchs Fortsenden der Ehrenwache hatte sie ihn schon hinreichend außer Tritt gebracht.

Als sie aus dem ersten Lift trat und den Weg mittschiffs fortsetzte, war ihr schon klar, daß die *Rächer* technische Probleme hatte. Aufgrund der kürzlich erlittenen Schädigung ihrer Trommelfelle konnte sie nicht deutlich genug hören, um das charakteristische Gesumm und Winseln des Raumkreuzers zu unterscheiden. Aber sie bemerkte Zentrifugalschwerkraft durch die Stiefelsohlen; spürte mit den Nervenenden der Haut Schwingungen. Sie nahm unterschwellige Materialverspannungen wahr wie ungedämpfte Obertöne.

»Sie haben eine bordinterne Drallverschiebung«, meinte sie zum Bootsmann. »Irgendwo schaben Lager.«

Der Bootsmann guckte sie verblüfft von der Seite an. »Woher ...?« Aber sie war OA-Direktorin: er hatte ihre Worte nicht in Frage zu stellen. Beflissen riß er sich zusammen. »Ja, Direktorin, im Bug«, gab er zur Antwort. »Wir haben einen schweren Treffer abgekriegt, durch den die ganze Mittelsektion angeknickt worden ist. Das ist aber noch nicht alles. In manchen Abschnitten des Hydrauliksystems sind Haarrisse entstanden. Mehrere Türen klemmen, bis der Druck sich korrigiert. Deswegen sind ein halbes Dutzend Schotts nicht mehr richtig dichtzumachen. Und wir mußten zwei Einschüsse einstecken. Der Kahn ist dicht geblieben, aber das Kabel zu einer der Sensorgruppen ist

bedingten Nervenschocks oder Verletzungen ins Quartier verwiesene oder ins Medizinalrevier eingelieferte Besatzungsmitglieder erwähnt; das hieß, den vier Schichten fehlten fünfzehn Personen.

Kaum hatte Min die neuen Befehle Warden Dios' erhalten gehabt, war ein Versorgungsshuttle durch sie auf Kurs zur *Rächer* beordert worden; binnen so kurzer Frist war es jedoch ausgeschlossen, den Kreuzer nachschubmäßig ausreichend aufzufrischen. Kein Wunder also, daß der Kapitän zu beschäftigt war, um die Steuerbrücke zu verlassen. Das Raumschiff hatte Schäden, eine zu schwache Besatzung und unzulängliche Ausstattung; darum gab es ein etwas armseliges Instrument für einen wichtigen Auftrag ab. Man konnte im Interesse der *Rächer*-Besatzung nur hoffen, daß der Flug sich tatsächlich so belanglos gestaltete, wie Min befürchtete.

Während sie dem Bootsmann bugwärts folgte, streichelte sie mit der Handfläche den Griff der Dienstpistole, um das Gemüt zu beschwichtigen.

Abgesehen von Gewicht, Besatzung und Bewaffnung bestand einer der übrigen Unterschiede zwischen einem Raumkreuzer wie der *Rächer* und einem Zerstörer wie etwa der vernichteten *Stellar Regent* daraus, daß die Brücke der *Rächer* in ein Kommandomodul integriert war, das vom Hauptrumpf des Schiffs getrennt werden und als separate Einheit fungieren konnte. Hätte Kapitän Davies Hyland einen Kreuzer geflogen, wäre es ihm vielleicht möglich gewesen, den Untergang der *Stellar Regent* zu überleben; mit dem Leben davonzukommen und seine Tochter vor Angus Thermopyles Pfoten zu schützen. Auch das war ein Detail, aufgrund dessen Min sich mit Selbstvorwürfen plagte; ungerechtfertigt quälte, selbst wenn man berücksichtigte, daß sie die Konstruktion der *Stellar Regent* gebilligt und persönlich Davies Hyland als Kommandanten ausgewählt hatte.

Doch nichts von alldem spiegelte sich in ihrem Mienenspiel wider, während sie mit dem Bootsmann – inzwischen hatte sie ihn überholt – die Konnexblende durchquerte, die

unterbrochen. Der Kapitän hat zur Zeit Leute draußen, die die Leitungen flicken sollen, bevor wir in die Tach wechseln. Und was den ganzen Rest angeht ... Direktorin, wir hatten bisher keine Gelegenheit, um die Risse zu beheben und die Lecks zu beseitigen. Im Laufe der letzten sechs Monate sind wir fast ununterbrochen auf Gefechtsstation gewesen. Und interner Drall kann ausschließlich in einer Werft readjustiert werden.«

Der junge Offizier erweckte einen so zermürbten, genervten Eindruck, daß Min sich sofort Selbstvorwürfe machte. »Es war keine Kritik beabsichtigt, Bootsmann«, stellte sie klar. »Ich habe nur eine Feststellung ausgesprochen.«

Der Bootsmann schluckte schwer. »Danke, Direktorin.« Seine Augen blieben bedenklich feucht, bis er sie endlich trockenblinzelte.

Die Besatzung der *Rächer* hatte allerdringendsten Bedarf nach einer Erholungspause.

Warden Dios, du verdammter, elender Scheißkerl, dachte Min voller Empörung, weil sie es normalerweise vorzog, aufs Wohl ihrer Untergebenen Wert zu legen. Ich hoffe bloß, du weißt, was für ein Ding du drehst, verflucht noch mal.

Überall im Raumschiff herrschten höchst emsige Aktivitäten. Männer und Frauen hasteten in alle Richtungen, kamen von den hunderterlei verschiedenen dienstlichen Erledigungen, die es erforderte, einen neuen Flug vorzubereiten, oder gingen an derartige Verrichtungen. Die wenigen Besatzungsmitglieder, die Min erkannten, hielten inne und salutierten; doch die Mehrzahl konzentrierte sich zu stark auf die anstehenden Aufgaben, mußte sich infolge Ermüdung und in Anbetracht der gebotenen Eile viel zu sehr konzentrieren, als daß sie ihr Auftauchen überhaupt zur Kenntnis genommen hätte.

Kreuzer der Skalpell-Klasse hatten unter regulären Umständen eine über sechzigköpfige Besatzung. Gegenwärtig hatte die *Rächer* allerdings weniger Leute zur Verfügung. In den Berichten wurden vier Tote sowie elf wegen gefechts-

das Kommandomodul mit dem Rest des Raumschiffs verband. Ihr Gesicht trug den für sie eigentümlichen Ausdruck zur Schau, sobald sie vor Kapitän und Brückencrew der *Rächer* trat: eine strenge, undeutbare Miene.

Fast augenblicklich stoppte auf der Brücke jede Bewegung. Zur Wartung an den Bildschirmen und Konsolen tätige Techniker verharrten. Die Brückencrew – die Posten umfaßten Steuerung, Zielcomputer, Datensysteme, Schadensbekämpfung, Kommunikation, Technikkonsole und Ortung – stockte vorübergehend bei ihren Beschäftigungen; an den Pulten verhielten die Hände, die Gesichter blieben starr.

Die geballte Aufmerksamkeit flößte Min Donner das Empfinden ein, ihre Reputation als Warden Dios' Henkerin verdient zu haben.

Da jedoch brach Dolph Ubikwe, der Kapitän, den Bann, indem er seinen G-Andrucksessel auf Min zuschwenkte. »Willkommen an Bord, Direktorin Donner«, sagte er stoisch mit einer Stimme, die nach dem Poltern von Granit klang.

Sofort erhob sich die Brückencrew und salutierte. Die Techs wichen Min aus, als glaubten sie – oder hätten gerne geglaubt –, sie stünden rangmäßig zu tief unter ihr, um Beachtung erregen zu dürfen.

Kapitänhauptmann Ubikwes Tonfall allerdings sprach ganz und gar kein Willkommen aus. Seine Stimme drang ihm aus dem Brustkasten wie der Schall eines Subsonikbohrers. Selbst wenn Min stocktaub gewesen wäre, hätte sie sie durch ihre Schädelknochen durchaus hören können. Unter seinem Kommando gewesene Kadetten behaupteten, seine Stimme könnte aus zwanzig Schritten Abstand Farbe ablösen.

Ubikwe war ein hünenhafter Mann, beinahe zu massig für die körperlichen Aufnahmekriterien der VMKP; jedoch hatte er unter seinem Fett immense Muskelpakete. Zu hohe Belastungen und zuwenig Duschen bewirkten, daß seine schwarze Haut im gleichmäßigen Schein der Brückenbeleuchtung speckig glänzte. Seine blutunterlaufenen Augen hatten rote Ränder; die Augäpfel schienen ihm aus den Höhlungen zu quellen. Auf den Armlehnen des Kommandosessels ruhten seine Fäuste schwer wie Keulen.

»Danke, Kapitän.« Min hatte kein freudiges Willkommen erwartet. »Rühren«, befahl sie der Brückencrew, ohne den Blick von Dolph Ubikwe zu wenden. »Wie bald«, fragte sie ihn, während die Leute wieder ihre Plätze einnahmen, »können Sie in die Tach wechseln?«

Ansatzweise verkrampften sich seine Fäuste. »Das hängt davon ab, ob Sie einen Befehl geben oder eine Frage stellen. Wenn Sie es befehlen, fliegen wir ab. Wir müssen nur das Ziel wissen. Aber falls Sie eine Frage gestellt haben« – er hob die wuchtigen Schultern –, »muß ich sagen, wahrscheinlich in drei bis vier Monaten.«

Andernorts und zu anderer Zeit hätte Min darüber geschmunzelt. Sie kannte den Mann gut. Vor zehn Jahren hatte er das erste Mal an der VMKP-Polizeiakademie ihre Aufmerksamkeit auf sich gezogen, wo sein Hang zur Insubordination und seine miesen Noten ihm fast die Übernahme ins Dienstverhältnis verdorben hätten. Min persönlich hatte gegen den Willen des Leiters der Akademie gehandelt und Dolph Ubikwe zum Leutnant befördert. Ungeachtet seiner Abneigung gegen Disziplin, die sich sowohl in seinen nachlässigen Lernbemühungen wie auch dem exzessiven Übergewicht niederschlug, hatte sie damals bei ihm eine noch unentfaltete emotionale Stärke erahnt, ein potentielles Charisma, das Warden Dios' Persönlichkeit glich. Er konnte zu einem tüchtigen Führer werden, falls er je lernte, wann und wie er diesen Vorzug einsetzen mußte. Seither hatte er Mins Urteil gerechtfertigt, indem er rasch zum Kommandeur eines eigenen Polizeiraumschiffs aufstieg. Unter günstigeren Verhältnissen hätte sie nicht die geringsten Vorbehalte dagegen gehabt, ihn zur Ausführung der Befehle Warden Dios' heranzuziehen.

»Wäre es lediglich eine Frage«, antwortete sie, indem sie seinen verkniffenen Blick erwiderte, »wäre ich bestimmt nicht hier an Bord.«

Sein Mund zuckte. »Dann sollte die Direktorin der Operativen Abteilung uns vielleicht liebenswürdigerweise mitteilen, wohin wir zu fliegen haben. Wissen Sie, das hat entscheidende Bedeutung. Kurs, Geschwindigkeit, alle diese lästigen, aber unentbehrlichen Kleinigkeiten, die man kennen muß, um das Hyperspatium zu durchqueren.«

Nun lächelte Min. Ihr Lächeln war von der Humor- und Trostlosigkeit eines Polarwinds. »Das Ziel ist der Kombi-Montan-Asteroidengürtel«, gab sie gelassen Auskunft, ohne an seinem Sarkasmus Anstoß zu nehmen. »Am Rande des Bannkosmos.«

Sofort konnte man auf der Brücke neue Spannung spüren. »O weia, o weia«, murmelte der Datensysteme-Offizier. Und der Mann am Zielcomputer stieß ein derbes »Scheiße!« hervor, als glaubte er, Min könnte ihn nicht hören.

An Ubikwes Mundwinkel zuckte ein Muskel, als ob er erschräke. »Und warum, um Himmels willen«, wollte er von Min erfahren, »sollen wir ausgerechnet dort hindüsen?«

Sie schnauzte ihn nicht an. Ebensowenig wich sie seinem Blick aus. Sie hätte von der *Rächer*-Besatzung blinden Gehorsam verlangen können – sie konnte fraglose Folgsamkeit von jeder Schiffsbesatzung der VMKP-Flotte fordern –, aber dazu hegte sie keineswegs die Absicht. Erstens war sie der Ansicht, der Besatzung des Raumkreuzers eine Erklärung schuldig zu sein. Zweitens wußte sie, daß Dolph Ubikwe ihr bessere Dienste leistete, wenn er er selbst sein durfte.

»Weil zur Zeit eine verdeckte VMKP-Aktion gegen die Schwarzwerft auf Thanatos Minor stattfindet«, antwortete sie. »Wie Sie sich gewiß erinnern, befindet dieser Planetoid sich in relativer Nähe des KombiMontan-Asteroidengürtels im Bannkosmos. Seit nahezu einem Jahrzehnt nutzen Illegale den Asteroidengürtel, um unbemerkt Thanatos Minor anzusteuern. Die Amnion tolerieren Einflüge zwar aus keiner anderen, aber aus der Richtung des Planetoiden. Während wir jetzt diese Unterhaltung führen, ist eine VMKP-Aktion gegen die Schwarzwerft in vollem Gang. Ich bin die

Art der Aktion hier nicht zu diskutieren bereit und kann nur wiederholen, daß sie verdeckt abläuft. Folgendes ist momentan der maßgebliche Punkt. Es werden sich Konsequenzen ergeben. Was für Konsequenzen, habe ich keine Ahnung. Ich kann es nicht wissen. Möglicherweise gibt es Überlebende.« *Morn Hyland könnte überleben ...* »Überlebende aus unseren Reihen oder überlebende Illegale auf der Flucht. Oder es könnte ein großangelegter Vergeltungsschlag der Amnion die Folge sein.«

Ehe sie ihren Schlußsatz sprach, borgte sie sich einen guten Teil der Überzeugungskraft Warden Dios' aus; von ihrem eigenen Überzeugungsvermögen war zuwenig übriggeblieben. »Aber egal wie es kommt, der Auftrag lautet, auf alles gefaßt zu sein und darauf zu reagieren.«

Die Brückencrew starrte sie an. Ausnahmslos hatte man inzwischen die Sessel ihr zugedreht. Aus den G-Andrucksesseln – Kommandokonsole und Kommunikationspult vor ihr, Technikkonsole und Datensysteme an den Seiten, Scanning, Steuerung und Zielcomputer kopfüber oben – musterten die Leute sie voller Furcht, Verzweiflung oder schlichtweg in matter Abgestumpftheit, als hätte sie ihnen befohlen, Selbstmord zu begehen.

Für einen Moment senkte Dolph Ubikwe den Blick. Als er aufschaute, merkte man seinen Augen eine auffällige Unverhohlenheit an, als hätte er einen Teil seiner Zurückhaltung abgestreift. »Ich bitte um Erlaubnis, offen sprechen zu dürfen, Direktorin.«

Flüchtig überlegte Min, ob sie die Zustimmung verweigern sollte. Dann entschied sie sich dagegen. Einerseits galten gewissen Maßstäben zufolge Dispute zwischen Befehlshabenden als nachteilig für die Disziplin. Andererseits war die *Rächer* Ubikwes Raumschiff; welchen Tenor er anschlug, ob er die Besatzung damit inspirierte oder demoralisierte, seine Sache. Min hatte die Bereitschaft, seinem Gespür zu trauen.

Sie nickte knapp. »Bitte.«

Er rückte sich im Kommandosessel zurecht, als verlangte

es ihn nach einem festeren Untersatz, bevor er sie mit seiner Dröhnstimme beschallte. »Dann gestatten Sie mir die Frage, Direktorin Donner«, meinte er im Ton krassester Entrüstung, »ob Ihr unverbesserliches Gehirn eigentlich den Verstand verloren hat? Lesen Sie denn keine *Berichte* mehr? Haben Sie keinen blassen Schimmer, was hinter uns liegt? Oder denken Sie vielleicht, sechs Monate lang Asteroiden und dem Feuer von Materiekanonen auszuweichen, wäre quasi 'n Urlaub? Die Aufgaben, die wir rund ums Valdor-Industriezentrum zu erfüllen hatten, hätten zu hohe Anforderungen an *fünf* Kreuzer gestellt. Wir können von Glück reden, daß wir noch leben und es bis nach Hause geschafft haben. Die Besatzung ist reduziert. Auch *das* steht in den Berichten. Mehrere Besatzungsmitglieder kreisen jetzt in *Särgen* um Massif 5. Wir haben Lecks, undichte Hydrauliken und eine Sensorgruppe ohne Verkabelung. Aber damit mag ich mich gar nicht lang aufhalten. Nach alldem, was wir durchgestanden haben, sollen ein paar kleinere Unannehmlichkeiten uns nicht weiter stören. Wir haben *ernstere* Probleme.«

Seine Stimme klang barsch und laut genug, um Mins Ohren weh zu tun; doch sie wußte aus Erfahrung, daß er hinsichtlich seiner Stimmgewalt noch beträchtliche Reserven in petto hatte. Im Interesse ihres Wohlbefindens hoffte sie, daß er die Lautstärke nicht noch steigerte.

»Haben Sie schon auf die *Geräusche* des Schiffs gelauscht, Direktorin Donner? Oder haben Sie vergessen, wie sich interne Drallverschiebung anhört? Haben Sie vergessen, wie so etwas sich auf ein Kriegsschiff auswirkt? Lassen Sie mich für den Fall, daß Sie zuviel Zeit am Schreibtisch verbringen und zuwenig an vorderster Front, Ihrem Gedächtnis nachhelfen. Wenn die Lager nachgeben und der interne Drall zur Dauererscheinung wird, bevor man es verhindern kann, überträgt sich das zentrifugale Trägheitsmoment aufs gesamte Schiff. Das Raumschiff als Ganzes gerät ins Kreiseln, ein Alptraum für Steuerung und Ortung, von der Zielerfassung ganz zu schweigen. Für derartige Manöver ist die

Rächer nicht geschaffen. Und sollten wir im Asteroidengürtel ins Rotieren kommen – oder während eines Gefechts –, geben wir allesamt den Löffel ab. Was Sie verlangen, ist eine übergeschnappte Zumutung, Direktorin Donner. Über wie viele Kriegsschiffe verfügen wir mittlerweile? Fünfzig? Fünfzig Kreuzer, Zerstörer, Kanonenboote und regelrechte Schlachtschiffe? Soll ich Ihnen etwa glauben, sie seien für diesen Auftrag momentan *alle* unabkömmlich? Daß sich kein einziges dieser Raumschiffe in Reichweite befindet? Und falls es so ist, dann soll doch die KombiMontan-Station sich mit dem auseinandersetzen, was sich dort ergibt. Zum Teufel noch mal, Direktorin, sie hat im dortigen System genügend Feuerkraft, um *drei* Schiffe von der Qualität unseres Kreuzers zu atomisieren. Lassen Sie sie doch auf ihren gottverdammten Asteroidengürtel noch für 'n paar Stunden mehr allein aufpassen. *Wir* jedenfalls sind dafür nicht in der geeigneten Verfassung.«

Aus Gründen, die sie sich selbst noch nie zu erklären versucht hatte, schätzte Min oft ihre Offiziere am meisten, wenn sie ihr offenen Zorn zeigten. Vielleicht weil sie Kapitän Ubikwes Empörung nachvollziehen konnte und dafür Verständnis aufbrachte oder vielleicht weil sie selbst so wütend war, daß ihre Wut und seine Erbitterung ein sonderbares Band der Gemeinsamkeit um sie beide schlang, begegnete sie seinem Einspruch mit einem nachgerade zuneigungsvollen Lächeln.

»Ist das alles?«

»Nein.« Ihre Reaktion beunruhigte ihn, doch offenbar mochte er es sich nicht anmerken lassen. »Ich bin gerne bereit, alles zu wiederholen, aber diesmal *laut*.«

»Das erübrigt sich«, erwiderte Min gedehnt. »Sie haben sich deutlich genug ausgedrückt.«

Kapitän Ubikwe maß sie festen Blicks. »Wieso habe ich dann den Eindruck«, fragte er schließlich in gemäßigterem Tonfall, »Sie bestünden trotz allem darauf, daß wir den Flug übernehmen?«

»Ich bestehe darauf«, bestätigte Min. »Die *Rächer* ist *wirk-*

lich das einzige abkömmliche Raumschiff. Weil sie *hier* ist. Selbstverständlich, ich könnte Ihre Ablösung aus dem Massif-System abbeordern. Ich hätte die Möglichkeit, ein Schlachtschiff von Beteigeuze Primus abzuziehen. Oder einen Zerstörer von der Grenzpatrouille. Ich könnte mich auf die KombiMontan-Station verlassen und hoffen, daß man der Aufgabe gewachsen ist. Aber von denen kann keiner *mich* dort *hinfliegen*.«

Die Brückencrew nahm diese Eröffnung mit Überraschung, Beklommenheit und dumpfer Betroffenheit auf. Der Mann an der Scanningskonsole pfiff durch die Zähne, als wollte er Gespenster verscheuchen. »Scheiße«, murrte über Min nochmals der Waffensysteme-Offizier.

Dolph Ubikwes Blick ruckte aufwärts. »Gessen«, schnauzte er mit rauhen Tönen, als hätte er einen Verbrennungsmotor in der Brust, zum Zielcomputer hinauf, »wenn Sie das Wort noch einmal vor Direktorin Donner aussprechen, gibt's was mit dem Rohrstock.« Niemand auf der Brücke lachte; alle wußten es besser, als sich so etwas zu leisten. »Falls Sie nicht zugehört haben, sperren Sie nun die Ohren auf. Die Direktorin der Operativen Abteilung der VMKP, der wir mit solchem Stolz dienen, hat uns soeben mitgeteilt, daß sie ihr Leben in unsere Hände legt. Sie schickt uns nicht in den KombiMontan-Asteroidengürtel und schaut zu, wie wir uns bewähren, nein, sie fliegt mit uns. Wo ich herstamme, nennt man das ›sein Geld aufs eigene Mundwerk setzen‹« – unversehens drosch er mit der Faust auf sein Kommandopult –, »und davor haben wir *Respekt* gehabt.«

Plötzlich hatte auf der Brücke jeder Dringendes zu tun. »Aye, Sir«, nuschelte Gessen. Niemand sah ihn an.

Mit finsterer Miene heftete Kapitän Ubikwe den Blick wieder auf Min. Sie vermutete, daß er insgeheim ein Grinsen unterdrückte. »Soll das heißen«, erkundigte er sich mit allerdings ernster Stimme, »daß die Operative Abteilung bei dieser verdeckten Aktion mitwirkt? Ich dachte, daß ausschließlich die Datenakquisition mit solchen Methoden arbeitet.«

Min mochte ihm nichts von Morn Hyland erzählen. Diese Tür zu ihrem Herzen wollte sie nicht öffnen. Statt dessen antwortete sie so, wie Warden Dios es ihres Erachtens nach von ihr erwartet hätte.

»Nein. Das soll heißen, daß es eine Aktion der VMKP ist. Daß es sich um eine Aktion im Interesse der ganzen Menschheit handelt.«

Der Kapitän stöhnte gequält. Ein, zwei Sekunden lang betrachtete er, während er die Lage durchdachte, seine Hände. Dann senkte er sie auf die Oberschenkel. »Tja, wenn es so ist...« Mit einem Ruck schwang er sich aus dem G-Andrucksessel und trat beiseite. »Als Direktorin der Operativen Abteilung und höchstrangige VMKP-Offizierin an Bord gebührt der Oberbefehl auf der Brücke Ihnen. Übernehmen Sie den Kommandoposten. Ich lasse mir den Platz am Zielcomputer freimachen, von da aus kann ich alle erforderlichen Vorkehrungen durchführen, bis wir in die Tach wechseln.«

Durch eine rasche Gebärde gab Min sofort ihre Ablehnung zu verstehen. »Die *Rächer* ist Ihr Schiff, Kapitän. Es ist vorteilhafter für uns, wenn Sie das Kommando behalten. Und ich brauche selbst Ruhe.« Tatsächlich hatte sie zwei Tage hindurch nicht geschlafen; seit zwölf Stunden nichts gegessen. »Weisen Sie jemanden an, mir mein Quartier zu zeigen, und schon bin ich Ihnen aus dem Weg.«

Ein Anflug von Dankbarkeit verlieh Dolph Ubikwes Miene einen etwas weicheren Ausdruck; doch er bedankte sich nicht. Routiniert tippte er an seinem Pult Tasten, überprüfte die Anzeigen. »Der Bootsmann bringt Sie hin.« Der junge Mann stand noch an der Konnexblende. »Falls Sie noch mehr Befehle zu erteilen wünschen, dann bitte jetzt. Wir hatten sowieso reichlich zu tun, bevor Sie an Bord gekommen sind, aber nun wird's noch jede Menge mehr.«

Min kannte kein Zögern. »Ich will in zwei Stunden in die Tard zurückfallen«, antwortete sie unverzüglich. »In drei Stunden möchte ich im Asteroidengürtel sein. Das bedeutet, Sie müssen alles ganz exakt und präzise kalkulieren.«

Über die Risiken war sie sich im klaren. Sollte während der Hyperspatium-Durchquerung die interne Drallverschiebung auf das gesamte Raumschiff übergreifen, konnte die *Rächer* durch das Wechselspiel von Trägheitsmoment und Hysteresis fehlgesteuert werden, zwischen fünfzig Kilometer und einer halben Million Kilometer abseits vom programmierten Kurs in die Tard zurückfallen – in der Nähe eines Asteroidengürtels ein nahezu mit Gewißheit fatales Phänomen. Und falls es auf dem Flug durch den Asteroidengürtel geschah, ließ eine Kollision sich kaum noch abwenden. Um dagegen vorzubeugen, mußte das Schiff beinahe sämtliche Manöver schwerkraftfrei ausführen. Und dafür war es nicht konstruiert worden. Die Besatzung war darauf nicht eingestellt.

Aber alles, was Angus Thermopyle tat oder ihm mißlang, entzog sich Mins Beeinflussung, sie hatte darüber keinerlei Informationen. Irgendwo in der Umgebung Thanatos Minors bewegte das Chronometer sich einem Termin entgegen, doch Min wußte absolut nicht, wie sie ihn hätte einhalten können. Diese Tatsache flößte ihr ein stärkeres Dringlichkeitsbewußtsein als Warden Dios' Anweisungen ein.

»Sobald wir wieder im Normalraum sind«, fügte Min hinzu, »schalten Sie die Kommunikationsanlagen auf sämtlichen Frequenzen auf maximale Empfangsleistung. Wenn dort draußen irgend was los ist, will ich, daß wir es hören. Fliegen Sie uns, vorausgesetzt wir erleben keine Überraschungen, von der Rückseite in den Asteroidengürtel – sagen wir, zehntausend K von der Grenzzone entfernt – und suchen Sie uns irgendeinen Felsklotz, hinter dem wir uns verstecken können, einen Brocken mit genug magnetischer Resonanz, um Ortungsinstrumente zu täuschen. Wecken Sie mich, wenn etwas vorfällt oder sobald wir in Position sind, je nachdem, was zuerst eintritt. Dann erläutere ich Ihnen weitere Einzelheiten.«

Kapitän Ubikwe hob den Kopf und entblößte die Zähne, als wollte er sie verscheuchen. »Ist so gut wie erledigt.«

»Ich weiß«, sagte Min leise, aber so deutlich, daß jeder

auf der Brücke es hören konnte. »Andernfalls *hätte* ich das Kommando übernommen.«

Um Ubikwe die Verlegenheit einer Antwort zu ersparen, drehte sie sich um und ließ sich vom Bootsmann durch die Konnexblende in den Hauptrumpf des Polizeikreuzers zurückbegleiten.

Auf dem Weg zu dem für sie bestimmten Quartier merkte sie sich vor, Dolph Ubikwes Zielcomputer-Offizier ihrem persönlichen Stab einzuverleiben. Sie hatte lieber Leute um sich, die genügend Rückgrat kannten, um Einwände zu äußern.

Hätte Warden Dios es ihr gestattet, genug Einwände vorzutragen, wäre sie vielleicht jetzt nicht an Bord eines beschädigten Raumschiffs mit einer erschöpften Besatzung, müßte es nicht wider alle Vernunft durchs Hyperspatium schleudern, um eine Aufgabe zu erfüllen, die sich entweder als so nutzlos oder dermaßen kritisch erwies, daß man damit besser jemand anderes hätte betrauen sollen.

HASHI

Hashi Lebwohl war kein unehrlicher Mensch. Viel zutreffender wäre es gewesen, ihn als nichtehrlichen Menschen zu bezeichnen. Er hatte gerne mit Fakten zu tun. Allerdings enthielt Wahrheit für ihn keinerlei moralische Imperative, hatte in seiner Sicht keinen positiven oder negativen Wert. Sie hatte ihren Nutzen, geradeso wie Fakten nützlich sein konnten; er betrachtete sie als Werkzeug, das in mancher Hinsicht wirksamer war als sonstige Mittel, in anderer Hinsicht unbrauchbarer.

Es zählte zu den Fakten seiner Stellung als Direktor der Abteilung Datenakquisition der VMKP, daß er gewissen Anforderungen zu genügen hatte. Auch Warden Dios selbst schätzte Fakten sehr; er verlangte sogar ständig nach immerzu neuen Fakten. Neben anderen Gründen hatte Hashi genau deshalb solche Achtung vor dem VMKP-Polizeipräsidenten. Warden Dios fehlte jede Neigung, irgend etwas über die Tonne zu bügeln und den Kontakt zur Realität zu verlieren, im Gegensatz zum unbeklagt abgetretenen Godsen Frik, der sich nie anders verhalten hatte; und ebenso im Gegensatz selbst zu Min Donner, der in mancherlei Beziehung der gleiche Fehler unterlief, ohne daß es ihr – wie typisch – jemals auffiel. Warden Dios lebte in der wirklichen Welt. Unter gar keinen Umständen hätte Hashi Lebwohl je gezögert, seine Pflicht zu tun und Warden Dios mit Fakten zu versorgen. Und er zauderte selten, anderen seine Einsichten in die Art und Weise mitzuteilen, wie Fakten miteinander zusammenhingen und sich zu komplizierteren, weniger leicht durchschaubaren Realitäten verknüpften.

Hingegen fühlte er sich nicht im geringsten dazu verpflichtet, Warden Dios – oder sonst irgendwem – die Wahrheit zu sagen.

Viel früher als jeder andere erhielt er die ersten Hinweise auf das, was sich auf Thanatos Minor ereignet hatte; sie erreichten ihn geraume Zeit, bevor diesbezüglich eindeutige Informationen im VMKP-HQ eintrafen. Doch er verschwieg die Fakten fast eine Stunde lang. Und die Wahrheit sprach er überhaupt nicht aus.

Erstens bekam er vorab diese Hinweise, weil die Codierung sie als ausschließlich für ihn bestimmt kennzeichnete; und zweitens, weil niemand in der Kommunikationsabteilung des VMKP-HQ wußte, daß sie in irgendeinem Zusammenhang mit Kassafort oder Josua standen. Man hatte darin nicht mehr oder weniger als die üblichen Funksprüche von DA-Agenten gesehen, und solche Übermittlungen gab man in dem Moment, wenn sie eingingen, umgehend als ›Blitz‹ an den DA-Direktor weiter.

Der früher eingetroffene Funkspruch enthielt eine rätselhafte Botschaft Nick Succorsos an Bord der *Käptens Liebchen*. Anfangs erwähnte Hashi sie nicht, weil sie keine nützlichen Informationen lieferte. Letzten Endes verheimlichte er dann aber den Text, weil der Inhalt ihm Anlaß zur Beunruhigung bot.

Wenn Sie sie kriegen, Sie Schuft, hatte Nick gefunkt, *können Sie sie haben. Mir ist es gleich, was aus Ihnen wird. Sie waren auf mich angewiesen und haben trotzdem alles verbockt. Sie haben so etwas wie sie verdient.* Und zum Schluß hatte Succorso – aus keinem ersichtlichen Grund – noch hinzugefügt: *Kaze sind doch einfach zu spaßig, was?*

Daß er doch verrecke, hatte Hashi leicht amüsiert gedacht. Zur Hölle mit diesem asozialen Miesling. Sie? Wer, sie? *Können sie haben.* Meinte er Morn Hyland? War er etwa derartig blödsinnig zu glauben, Josua wäre gegen Kassafort eingesetzt worden, um sie zu retten?

Nein. Die Bemerkung über Kaze widersprach diesem Rückschluß. Er hatte unverkennbar die Absicht, Hashi vor einer Frau zu warnen, die irgendwie mit Kaze zu schaffen hatte – oder ihm mit ihr zu drohen. Jedoch machte auch das keinerlei Reim. Was konnte Nick denn über die hiesigen Ereignisse wissen? Wie sollte er erfahren haben, daß Terroristenanschläge auf das VMKP-HQ und das EKRK stattgefunden hatten?

Bezog das ›sie‹ sich vielleicht auf die *Käptens Liebchen?* Wollte er damit andeuten, daß er den Vorsatz hätte, falls Hashi oder die VMKP etwas gegen die *Käptens Liebchen* unternahmen, die Interspatium-Brigantine als eine Art von Kaze gegen das VMKP-HQ zu mißbrauchen?

Sie haben so etwas wie sie verdient.

Etwas wie sie ›verdient‹?

Sie waren auf mich angewiesen und haben trotzdem alles verbockt.

Anscheinend war Nick Succorso verrückt geworden.

Schließlich legte Hashi den Funktext zur Seite. Er fand sich damit ab, Nicks Absichten nicht erraten zu können. Und genau das war es, was ihm solche Besorgnis bereitete. Ihm behagte das Gefühl fehlenden Durchblicks nicht.

Anders verhielt es sich mit dem später eingegangenen Funkspruch.

Niemand außerhalb der dienstlichen Domäne Hashi Lebwohls – und im Innern vielleicht höchstens drei Personen – wußte darüber Bescheid, daß Angus Thermopyle, Milos Taverner und Nick Succorso nicht die einzigen Leute waren, bei deren Entsendung nach Thanatos Minor er mitgewirkt hatte; oder daß der vierte Beteiligte den Planetoiden mit genau dem Auftrag aufgesucht hatte, die Geschehnisse zu beobachten und ihren Verlauf schleunigst dem VMKP-HQ zu melden.

Diese Blitz-Meldung stammte von einem angeblich legalen Handelsraumschiff namens *Freistaat Eden;* ›angeblich‹ deshalb, weil Hashi es mit falschen Identifikations- und Deklarationsdaten ausgestattet hatte, damit es sich unter Ausnutzung seines inoffiziellen Rufs, ein Illegalen-Raumschiff zu sein – gleichfalls eher eine Vorspiegelung als Tatsache –, frei im Human-Kosmos bewegen konnte. Nach Angaben Darrin Scroyles, des Kapitäns, waren er und sein Raumer gerade noch rechtzeitig aus dem Umkreis Thanatos Minors entkommen und so von der durch die Destruktion des Planetoiden verursachten Stoßwelle verschont geblieben.

Also hatte Josua Erfolg gehabt. So weit, so gut. Allerdings umfaßte Kapitän Scroyles Mitteilung zusätzliche Fakten, deren Tragweite Hashi sofort zu der Entscheidung bewogen hatte, sie vorerst nicht an Warden Dios weiterzuleiten. Er brauchte Zeit, um über die Situation, wie sie sich im Lichte der Nachricht Kapitän Scroyles darstellte, erst einmal gründlich nachzudenken.

Unter Hashi Lebwohls uneingeschränkter Ägide beschäftigte die Abteilung Datenakquisition Agenten und Detektive aller Art. Manche waren freischaffende Gauner vom Schlage Nick Succorsos. Andere arbeiteten wie traditionelle Spione, forschten unter gründlicher Tarnung in dem feinen, spinnwebenhaften gesellschaftlichen Beziehungsnetz der Menschheitsillegalen nach Geheimnissen.

Wieder andere betätigten sich schlichtweg als Söldner. Im Gegensatz zu gewöhnlichen Schuften hatte man es bei ihnen mit Männern und Frauen zu tun, die durchaus ihre besonderen, eigentümlichen Ehrbegriffe kannten, jedem treu dienten, der ihren Preis zahlte, und nicht davor zurückschreckten, dafür auch ihr Blut zu lassen. Man konnte davon ausgehen, daß sie für eine vereinbarte Bezahlung einen bestimmten Auftrag erledigten, keine Fragen stellten, sich nicht beschwerten – und nach Abwicklung der Angelegenheiten zu niemandem ein Wörtchen darüber sprachen.

Aus Hashis Sicht bestand der einzige Nachteil bei der Beschäftigung solcher Leute in der Möglichkeit, daß derlei Söldner ihren nächsten Auftrag von jemand anderem entgegennahmen; vielleicht von Feinden der Menschheit. Er beugte dieser Unerfreulichkeit vor, so gut er es konnte, indem er seine Söldner auf Trab hielt und die Konkurrenz überbot.

Darrin Scroyle war so ein Söldner. Er und die Besatzung seines Raumers *Freistaat Eden* gehörten zu den besten Leuten seines Gewerbes: sie waren verwegen, sowohl zur Vorsicht wie auch zu rücksichtslosem Einsatz fähig, je nach dem, wie die Verhältnisse es verlangten; imstande zur Gewaltanwendung in beinahe jeder Größenordnung, aber gleichzeitig begabt zu raffiniertem und unauffälligem Vorgehen. Ihr Raumschiff war schnell und schwer bewaffnet.

Nachdem die *Freistaat Eden* den Human-Kosmos erreicht hatte und von einem Lauschposten aus ihre Botschaft per Interspatium-Kurierdrohne dem VMKP-HQ übermittelt worden war, widmete Hashi dem Bericht, als er ihm vorlag, seine volle Aufmerksamkeit.

Im wesentlichen hatte sich folgendes abgespielt: Die *Freistaat Eden* hatte Kassafort verlassen, sobald Kapitän Scroyle zu der Überzeugung gelangt war, daß die Ereignisse sich dem kritischen Höhepunkt näherten. Damit handelte er sehr wohl gemäß Hashis Befehl: Hashi wünschte nicht, daß die *Freistaat Eden* durch Josuas Aktion irgendwelchen Schaden erlitt. Doch während des Abflugs aus Kassaforts Umraum hatte die *Freistaat Eden* mit sämtlichen ihr verfügbaren Instrumenten den Planetoiden und die dort befindlichen Raumschiffe der diversen Parteien gescannt und dadurch mehrere interessante Entwicklungen beobachten können.

Aus der angedockten *Posaune* war eine Gruppe Personen in EA-Anzügen zum Vorschein gekommen und hatte Kassaforts Kommunikationsanlagen sabotiert. Anschließend waren die Saboteure gewaltsam in die Amnion-Sektion eingedrungen – und später von dort entflohen.

Die *Käptens Liebchen* hatte die *Friedliche Hegemonie* zerstört, allerdings nicht durch Laser- oder Materiekanonenbeschuß, sondern durch Rammen – anscheinend um zu verhindern, daß das amnionische Kriegsschiff die Saboteure vernichtete.

Aus der Amnion-Sektion war ein Shuttle gestartet und von der *Sturmvogel* an Bord genommen worden.

Außerdem hatte die *Freistaat Eden* observiert, daß die *Stil-*

ler Horizont, begleitet durch eine kleine, von Kassafort ausgeschickte Flottille Illegalen-Raumschiffe, Abfangkurs auf die *Posaune* genommen hatte.

Das alles war schlimm genug: es stak voller unklarer Eventualitäten, verhieß böse Überraschungen. Doch die Dinge standen noch ärger.

Vor dem Abflug hatten Kapitän Scroyle und seine Besatzungsmitglieder soviel Zeit, wie sie erübrigen konnten, im Innern der Schwarzwerft zugebracht und auf Gerüchte gelauscht, Scanning- und Kommunikationseinrichtungen ausgespäht, Informationen gesammelt. Sie hatten miterlebt, wie die *Käptens Liebchen,* verfolgt von Kriegsschiffen, aus der Richtung Station Potentials Kassafort anflog. Ferner hatten sie mitverfolgt, wie Kapitän Succorsos Raumschiff eine Kosmokapsel zur *Friedlichen Hegemonie* startete, die Kapsel jedoch vom Kurs abwich und die *Sturmvogel* sie abfing.

Und sie hatten Geschichten gehört ...

Die Geschichte, daß die Amnion in Kassafort Kapitän Succorsos Kredit-Obligation storniert hatten.

Die Geschichte, daß er, die Amnion und der Kassierer eine Auseinandersetzung um den Inhalt der Kosmokapsel austrügen.

Die Geschichte, daß man gesehen hatte, wie Kapitän Succorso in einer Bar mit Kapitän Thermopyle und dem Ersten Offizier der Posaune beisammensaß.

Die Geschichte, daß Wächter des Kassierers überfallen worden waren und man den Inhalt der Kosmokapsel geraubt hatte.

Die Geschichte, daß die Kapitänin der *Sturmvogel,* eine Frau mit Namen Sorus Chatelaine, ein Immunitätsserum gegen Amnion-Mutagene zu verkaufen hätte.

Die Geschichte, Kapitän Succorso hätte ein eigenes Besatzungsmitglied, eine Frau, an die Amnion verschachert, um von ihnen – so behauptete das Gerücht – die Erlaubnis zu erlangen, mit der *Käptens Liebchen* Kassafort verlassen zu dürfen.

Alles in allem hätten diese Informationen genügt, um Godsen Frik, wäre er noch am Leben, einen Heidenschreck einzujagen – das wohl heftigste Muffensausen seines ganzen Erwachsenendaseins. Auf Hashi Lebwohl dagegen hatten sie eine gänzlich andere Wirkung. In gewisser Hinsicht lebte er für den Fall derartiger Krisen: schleierhafte Vorgänge mit beunruhigenden Implikationen, die alles an Schläue, Initiative und Falschspielerei erforderten, was er anzuwenden verstand. Die Tatsache, daß er nahezu eine Stunde lang über die Situation nachdachte, ehe er die erhaltenen Informationen weiterreichte – oder wenigstens einen Teil –, bedeutete seinerseits keineswegs irgendeine Furchtsamkeit. Es besagte lediglich, daß er diesen rätselhaften Ereignissen seine volle Beachtung zu schenken beabsichtigte.

Sturmvogel und *Käptens Liebchen. Posaune* und *Stiller Horizont. Friedliche Hegemonie* und ein Amnion-Shuttle.

Josua, Nick Succorso, der Kassierer und Milos Taverner, Sorus Chatelaine und die Amnion. Ganz zu schweigen von Morn Hyland, die bei Succorsos Entschluß, nach Station Potential zu fliegen, eine maßgebliche Rolle gespielt haben mußte und die es folglich in bezug auf seinen Konflikt mit den Amnion – oder dem Kassierer – gleichfalls zu berücksichtigen galt.

Wenn Sie sie kriegen, Sie Schuft, können Sie sie haben.

Morn Hyland?

Nein. Ausgeschlossen.

Es gab zu viele Beteiligte; zuviel Figuren tummelten sich auf dem Schachbrett. Vor allem über diese Kapitänin Chatelaine und ihr Raumschiff hätte Hashi gerne mehr gewußt. War sie es, die Nick Succorso meinte? Konnten die Gerüchte, die über sie kursierten, wahr sein? Falls ja, wo außer bei Succorso könnte sie ein Immunitätsserum erlangt haben? Aber weshalb hätte er es ihr überlassen sollen?

Doch während er sich an sein Computerterminal setzte, um an Informationen zu sichten, was die Datenverwaltung über Sorus Chatelaine und die *Sturmvogel* gespeichert haben mochte, grübelte Hashi längst über weitergehende Möglichkeiten nach.

Ein Mensch ohne intuitive Begabung war er keinesfalls. Und er kannte sich selbst gut. Er wußte aus Erfahrung, daß die Gegebenheiten, die bei der Untersuchung eines Problems seine Aufmerksamkeit am stärksten beanspruchten, sich häufig als zweitrangig herausstellten. Dann dienten diese Angelegenheiten seinem Bewußtsein lediglich zur Zerstreuung, damit andere Bestandteile seines Geistes um so effektiver arbeiten konnten. Darum verschwendete er keine Zeit damit, sich darüber das Gehirn zu zermartern, wieso Succorsos Funkspruch ihm keine Ruhe ließ, bei ihm Bedenken hervorrief, die er kaum zu beschreiben gewußt hätte. Ebensowenig zerbrach er sich mit der Frage den Kopf, wie viele von den von Darrin Scroyle genannten Gerüchten auf absichtliche, insgeheime Irreführungen durch Nick Succorso zurückgingen. Statt dessen konzentrierte er sich vorsätzlich auf Datenrecherche; lenkte sich von den Fragen ab, auf die er am dringendsten Antworten brauchte.

Leider kostete diese Verfahrensweise Zeit. Angesichts der Umstände war er sich nicht sicher, ob er es sich leisten konnte, dafür Zeit zu opfern.

Aber auf alle Fälle mußte er diese Zeit haben. Folglich konnte er es sich auch leisten, sie sich zu nehmen.

Sie haben so etwas wie sie verdient.

Während die Datenverwaltung mit Suchprogrammen ihre Informationsmassen durchkämmte, aktivierte er seinen Interkom-Apparat und gab dem DA-Rechenzentrum durch – er betrachtete sie als sein Operationszentrum –, daß Lane Harbinger zu ihm kommen sollte. »Sofort«, fügte er lakonisch hinzu. »Jetzt. Am liebsten hätte ich sie schon vor fünf Minuten hier gesehen.«

»Ja, Sir«, antwortete ein Tech und veranlaßte das weitere.

Lane Harbinger war die Enkelin des berühmten Forschers und Wissenschaftlers Malcolm Harbinger, aber das blieb für Hashi ohne Belang. Es hatte nur insofern Bedeutung, als sie sich wegen ihrer Herkunft einer perfektionistischen Penibilität befleißigte. Sprechen wollte er sie, weil sie die Hardware-Technikerin war, die er Mandich, dem Sicherheitschef der Operativen Abteilung, zugewiesen hatte, um ihm bei der Aufklärung des Mords an Godsen Frik behilflich zu sein.

Hashi hätte nicht sagen können, welchen Zusammenhang zwischen Kapitän Scroyles Bericht und Godsens Ermordung er sich einbildete oder aufzudecken hoffte. Er lenkte sich schlichtweg ab; gestand seiner Intuition die Zeit und Muße zu, die sie brauchte, um sich in ihrer Funktionstüchtigkeit zu bewähren. So hielt er sich in der Verfassung fruchtbarer geistiger Denktätigkeit, in der er die Fähigkeit hatte, die unwahrscheinlichsten Zusammenhänge zu entdecken.

Lane Harbinger fand sich auf seine Order ziemlich rasch ein. Als der Interkom-Apparat summte und sie angemeldet wurde, schob sich Hashi die Brille bis vorn auf die Nasenspitze, zerzauste sich das Haar und vergewisserte sich, daß ihm der Laborkittel zerknittert um die Schultern hing. Dann befahl er der Datentechnikerin, die als seine Rezeptionistin fungierte, Lane Harbinger einzulassen.

Sie war eine kleine, hyperaktive Frau, die zierlich gewirkt hätte, wäre sie jemals ruhig zu erleben gewesen. So wie zahlreiche Leute, die in der Datenakquisition arbeiteten, war sie abhängig von Niks, Hype, Koffein sowie anderen verbreiteten Stimulanzien; doch soweit Hashi ihr etwas anmerkte, hatten diese Mittel eine besänftigende Wirkung auf ihre organische Verkrampftheit. Er vermutete, daß ihre überpenible Genauigkeit für sie ebenfalls eine Art von Beruhigungsmittel abgab; sie damit inneren Druck kompensierte, der sie sonst handlungsunfähig gemacht hätte.

Mutmaßlich zählte sie überdies zu den Frauen, die ununterbrochen quasselten. Allerdings war sie so klug, sich in Hashi Lebwohls Gegenwart zu beherrschen.

»Sie wollten mit mir reden«, konstatierte sie gleich beim Eintreten, als wäre dieser Satz nur der winzige Schnipsel eines Wortschwalls, der ihr schon seit einiger Zeit durch den Kopf kreiste.

Über die Brille hinweg sah Hashi sie an und lächelte freundlich. »Ja, Lane. Vielen Dank, daß Sie sofort gekommen sind.« Zum Hinsetzen forderte er sie nicht auf: er wußte, daß sie Bewegung brauchte, um sich konzentrieren zu können. Sogar die präziseste Laborarbeit verrichtete sie mit einem ganzen Komplex von äußerlichen Tics und Gestikulationen und inmitten einer Wolke blauen Dunstes. Also ließ er sie sich eine Nik anzünden und vor seinem Schreibtisch auf und ab gehen, während sie auf seine Eröffnungen wartete.

»Ich wüßte gerne«, sagte er, während er sie durch den Qualm musterte, den ihre Raucherei erzeugte, »wie Sie mit den Ermittlungen vorankommen. Haben Sie über den Kaze, der das vorzeitige Ableben unseres guten Godsen Frik herbeigeführt hat, inzwischen irgend etwas herausgefunden?«

»Es ist noch zu früh, um sicher zu sein«, entgegnete sie, als hielte nur der Damm ihrer Willenskraft einen Sturzbach der Redseligkeit zurück.

»Sehen Sie momentan mal vom Sichersein ab«, antwortete Hashi liebenswürdig. »Schildern Sie mir ganz einfach, wo Sie gegenwärtig mit den Ermittlungen stehen.«

»Gegenwärtig. Gut.« Lane schaute ihn, während sie auf und ab stapfte, nicht an. Ihr Blick schweifte über die Wände, als wären sie nicht die Begrenzungen seines Büros, sondern verkörperten die Grenzen ihres Wissens. »Daß Sie mich zum OA-Sicherheitsdienst geschickt haben, war höchst sinnvoll. Die dortigen Mitarbeiter sind hochgradig motiviert und außerordentlich umsichtig, so wie sie's verstehen, aber sie haben keine Ahnung, was Umsicht wirklich bedeutet. Sie sollten sich darauf beschränken, Leute zu erschießen, statt sich mit dieser Art von Nachforschungen zu befassen. Fünf Minuten ohne mich, und jede Aufklärung wäre von vornherein verpfuscht worden. Möglicherweise wäre sie sowieso unmöglich gewesen. Die Bombe war nicht groß, Kaze befördern nie große Bomben, in einem menschlichen Oberkörper gibt's nur soundsoviel freien Platz, selbst wenn man von dem Kaze nicht erwartet, daß er mehr als bloß noch 'n paar Stunden aktiv bleibt, aber es war hochbrisanter Sprengstoff, ich meine, wirklich *hoch*brisantes Zeug. Eigentlich gab's keinen Grund, wieso seine Id-Plakette und der Dienstausweis nicht in dermaßen winzigkleine Fetzchen zerrissen worden sein sollten, daß sie unauffindbar blieben, gar nicht zu reden von den eingearbeiteten Chips. Allerdings weiß Friks Sekretärin mehr, als sie zu wissen glaubt.«

Sobald sie in voller Fahrt war, klang Lanes Tonfall weniger abweisend; oder vielleicht lediglich weniger spröde. »Man brauchte ihr nur die richtigen Fragen zu stellen, dann erfuhr man, daß der Kaze, nachdem sie ihn ihrer ›Routineüberprüfung‹ unterzogen hatte« – Lane sprach die letzten Worte aus, als wären sie nicht einmal der Geringschätzung würdig –, »sich die Id-Plakette nicht zurück um den Hals gehängt und den Dienstausweis nicht wieder an die Brusttasche gesteckt hat, obwohl das hier so normal ist, daß es niemandem mehr auffällt, ich tu's ja selbst.« Sie senkte den Blick auf ihren an den Laborkittel geklippten DA-Dienstausweis. »Sie sind der einzige, der ohne auskommt. Aber er hat etwas anderes getan. Nach der Aussage, die Friks Sekretärin gemacht hat, sind die Sachen von ihm in die Beintasche, die rechte Beintasche, gesteckt worden. So verhält man sich nicht, wenn man Beweise hinterlassen will, bevor man sich in die Luft sprengt, weil die Bombe auf alle Fälle nur Matsch, Brocken und Kleinstüberreste hinterläßt. So etwas unterläuft jemandem, der in alldem neu ist, der weiß, daß er sterben wird, und dem es nicht zur zweiten Natur geworden ist, sich in Sicherheitsbereichen normal zu benehmen. Also waren die Id-Plakette und der Dienstausweis ein Stückchen weiter vom Explosionsherd entfernt, als sie es sonst gewesen wären. Und darum habe ich einen Teil eines Chips finden können.«

Durch ein Zwinkern bekundete Hashi, ohne sie zu unterbrechen, Anerkennung und Interesse.

»Sie wissen, wie wir diese Art von Untersuchung durchführen.« Kaum hatte sie die erste Nik zu Ende geraucht, zündete sie eine zweite an. »Der betroffene Raum wird vakuumdicht verschlossen, dann tastet man sie mit einem Resonanzlaser ab. Um das Verfahren zu vereinfachen, zeichnet man die Resonanz auf und generiert eine Computersimulation. Beim Vermessen der Expansionsvektoren zeigt sich, wo die Kaze-Überbleibsel am wahrscheinlichsten aufzufinden sind. Diese Zonen werden per Fluorchromatografie Mikron für Mikron genau abgesucht. Wenn man diesen Mikrobereich erforscht, leuchtet selbst das winzigste Bruchstück eines KMOS-SAD-Chips wie ein Stern.«

Tatsächlich wußte Hashi über all das längst Bescheid; dennoch ließ er Lane reden. Sie zerstreute ihn in der nettesten Art und Weise.

»Wie erwähnt, ich habe ein Fetzlein gefunden. Eigentlich zwei, aber eines hatte sich so wuchtig in den Fußboden gebohrt, daß es zerbröckelte, als ich es herauszuholen versuchte. Mit dieser Art molekularen Pulvers kann nicht einmal ich noch etwas anfangen. Deshalb liegt uns jetzt nur ein Bruchstückchen vor. Bisher weiß ich wenig darüber. Wir dürfen davon ausgehen, daß es noch intakte Daten enthält, eben dafür ist diese Sorte Chips ja gut, nur ist mir bislang keine Methode eingefallen, um Zugriff zu erhalten. KMOS-SAD-Chips werden aktiv durchs Unterstromsetzen von Zu- und Ableitung. Das Lesen erfolgt durch Umkehrung der Stromfließrichtung. Für diesen Zweck muß man allerdings erst einmal beides *haben*. Leider fehlen diesem Fetzchen Chip diese nützlichen Vorzüge.«

Noch eine Nik.

»Aber eines kann ich Ihnen verläßlich sagen. Es war einer von unseren Chips.«

Sowohl ihr Auftreten wie auch ihre Erklärung faszinierten Hashi. »Woher wissen Sie das?« fragte er.

»Durch die speziellen Produkteigenschaften. Außer uns darf niemand solche Chips fabrizieren, das ist eine Bestimmung des Data-Nukleus-Gesetzes. Selbstverständlich stellen wir sie nicht wirklich selbst her, das Gesetz ermächtigt uns lediglich, für die Fabrikation Lizenzen zu vergeben, aber de facto haben wir nur eine Lizenz erteilt, nämlich dem Anodynum-Systemewerk« – sie brauchte nicht erst darauf hinzuweisen, daß das Anodynum-Systemewerk nichts anderes war als eine Tochterfirma der Vereinigten Montan-Kombinate und sich vollständig in deren Besitz befand –, »und es beliefert allein uns. In Wahrheit arbeitet sogar jeder beim Anodynum-Systemewerk ausschließlich für uns. Die ganze Firma ist nur Fassade, ein Mittel für die VMK, um bei dem mitzumischen, was wir tun, und für uns, um an KMOS-SAD-Chips zu gelangen, ohne von unserem Etat Gelder für eine eigene Chipherstellung abzweigen zu müssen. Für KMOS-SAD-Chips existiert nur eine Fabrikationsmethode. Theoretisch müßten sie allesamt gleich sein, egal wer sie herstellt. In der Praxis sieht die Sache natürlich anders aus. Die Qualität variiert in umgekehrter Proportion zum Produktionsumfang. Je mehr fabriziert werden, um so mehr Unregelmäßigkeiten schleichen sich ein, durch Fehler menschlicherseits oder schlichtweg durch Verschleiß der Herstellungsanlagen. Je weniger produziert werden, um so geringer fallen die Unregelmäßigkeiten aus. Außer es ist Inkompetenz mit im Spiel, aber in dem Fall kann man sowieso nicht erwarten, daß ein Chip funktioniert.«

»Das heißt«, folgerte Hashi, »wird ein Chip illegal hergestellt, müßte er ein qualitativ höheres Niveau als unsere Exemplare haben.«

Ohne stehenzubleiben, nickte Lane. »*Dieser* Chip stammte aber vom Anodynum-Systemewerk. Er ist von der letzten Lieferung, die wir vor sechs Tagen abgeholt und in Gebrauch genommen haben, nicht zu unterscheiden.«

»Mit anderen Worten«, lautete Hashis nächster Schluß, »in unseren Reihen gibt es einen Verräter.«

»Entweder haben wir's mit einem Verräter zu tun«, berichtete Lane ihn, »oder einem Schwarzmarkt. Oder schlichter Bestechung. Hier oder im Anodynum-Systemewerk.«

»Völlig richtig, besten Dank.« Beifällig strahlte Hashi sie regelrecht an. Genauigkeit war eine seltene, lobenswerte Tugend. »Mit einem Verräter, Schwarzmarkthandel oder Bestechung ... Hier oder dort.« Er schwieg für einen Moment. »Wissen Sie was?« meinte er dann. »Es paßt.«

Lane hielt lange genug im Hin- und Herwandern inne, um für einen flüchtigen Augenblick zart auszusehen. »Es paßt?«

»Es paßt zu dem Sachverhalt«, verdeutlichte Hashi seelenruhig, »daß der Kaze mit dem Shuttle von Suka Bator gekommen war, wo ihn der EKRK-Schutzdienst schon gecheckt hatte. Diese Tatsache ermöglichte es ihm, hier bei uns Erfolg zu haben. Wäre er auf einem anderen Raumhafen gestartet, hätten die Mitarbeiter der ehrenwerten Direktorin Min Donner ihn gründlicher überprüft, und vielleicht hätte er nicht passieren dürfen.«

Lane setzte sich wieder in Bewegung. »Trotzdem verstehe ich nicht ...«

»Es ist ganz einfach«, versicherte Hashi, ohne ungeduldig zu werden. Auch an den eigenen Erklärungen hatte er sein Vergnügen. »Direktorin Donners Leute sind durchaus nicht fahrlässig gewesen. Sie hatten allen Grund, um sich auf den EKRK-Schutzdienst zu verlassen. Die routinemäßigen Sicherheitsvorkehrungen auf und um Suka Bator sind zu den besten Zeiten so strikt wie bei uns. Und gegenwärtig, so kurz nach dem Attentat auf Kapitän Sixten Vertigus – in seinem eigenen Büro –, sind die Kontrollmaßnahmen am strengsten. Da kommt bestimmt nichts und niemand Dubioses durch. Der Kaze wäre kaum zur Gefahr geworden, hätte ihn der EKRK-Schutzdienst nicht schon kontrolliert und ihm damit auf gewisse Weise Unbedenklichkeit bescheinigt gehabt. Aber wie konnte so etwas geschehen? War der EKRK-Schutzdienst nachlässig? In Anbetracht der Umstände zweifle ich daran. Demnach müssen die Legitimationen des Kaze einwandfrei gewesen sein.«

Die rauchende Technikerin konnte den Mund nicht halten. »Na klar, jetzt kapier ich's. Wer den Kaze geschickt hat, versteht sich nicht nur unsere KMOS-SAD-Chips zu verschaffen, sondern auch die Paßwort-Codes des EKRK-Schutzdienstes, von unseren Kontrollcodes gar nicht erst zu reden. Also müssen die Urheber unterm EKRK-Personal stecken. Oder in der VMKP.«

»Oder bei den VMK«, äußerte Hashi. »Das Anodynum-Systemewerk gehört ihnen.«

»Ja, oder bei den VMP«, pflichtete Lane ihm bei.

»Aber das EKRK können wir streichen«, sagte Hashi. »Im Gegensatz zu den Vereinigten Montan-Kombinaten und der Vereinigte-Montan-Kombinate-Polizei hat das Konzil keinen Einfluß auf das Anodynum-Systemewerk. Umgekehrt hingegen verfügt der Drache in seiner Höhle über genug Lobbyisten im EKRK, um alles zu erreichen, was er will.«

Lane dachte kurz über diese Argumentation nach, dann nickte sie, wobei sie eine Qualmwolke ausstieß. »Und wo stehen wir folglich?« fragte sie, als feststand, daß Hashi seine Darlegungen nicht zu ergänzen beabsichtigte.

»Meine liebe Lane ...« Er spreizte die Hände. »Wir stehen genau da, wo wir stehen. Sie haben ein gewisses Faktum ermittelt. Jedes Faktum ist ein Schritt vorwärts, und eine hinreichende Anzahl von Schritten ergibt einen Weg. Wir sind auf unserem Weg einen Schritt vorangelangt. Ich bin sehr gespannt, ob Sie uns noch ein Faktum ergründen können. Oder vielleicht sogar zwei Fakten.«

Lane kannte kein Zögern. »Damit befasse ich mich schon«, beteuerte sie mit lebhaftem Nachdruck und wandte sich zur Tür.

»Das ist mir klar«, sagte Hashi, der nur noch ihren Rücken sah. »Vielen Dank.«

Für eine hilfreiche Ablenkung, fügte er in Gedanken hinzu, während die Tür zufiel. Und für den Einblick in bemerkenswerte Eventualitäten.

Nahezu reglos blieb er am Schreibtisch sitzen und dachte nach.

Falls die Liste der Verdächtigen, was Godsen Friks verfrühten Abgang betraf, lediglich die Frauen und Männer umfaßte, die direkt oder indirekt in der Produktion oder bei der Verfrachtung der KMOS-SAD-Chips tätig waren, konnte man das als hinreichenden Grund zur Entmutigung betrachten. Aber mußte die Liste auf jeden Lakaien ausgedehnt werden, der sich das Gerangel zwischen Holt Fasner und dem EKRK zunutze machen könnte, präsentierten sich wahrhaft erschreckende Aussichten.

Hashi ließ sich jedoch weder entmutigen noch erschrecken. Nach seinen Erfahrungen gaben derartige Listen richtiggehende Erfolgsgarantien ab. Jede neue Tatsache, die Lane Harbinger oder der EKRK-Schutzdienst aufdeckten, engten den Kreis der Verdächtigen ein. Nein, seine Überlegungen liefen auf anderes hinaus.

Wie fiele wohl, fragte er sich, die Reaktion des Drachen auf Nick Succorsos provokative Information aus, von Station Potential irgendeine Fracht oder etwas anderes Kostbares mitgebracht zu haben? Hashi hatte keinerlei Ahnung, um was es sich handeln könnte – doch den Wert verstand er einzuschätzen. Es mußte etwas dermaßen Wertvolles sein, daß der Kassierer und die Amnion sich darum stritten; etwas derart Kostbares, daß Kapitän Succorso sich nicht scheute, für die Rückerlangung ein eigenes Besatzungsmitglied zu verschachern. Etwas von solchem Wert, daß jemand das Risiko einging, es selbst übermächtigen Gegenspielern zu rauben.

Ohne Zweifel wollte der Drache, lautete Hashis Schlußfolgerung, diese Fracht beziehungsweise diese Beute für sich haben.

Hinweise und Eventualitäten. Er brauchte mehr als dergleichen.

Kaze sind doch einfach zu spaßig, was?

Wenn Sie sie kriegen, Sie Schuft, können Sie sie haben. Sie haben so etwas wie sie verdient.

Was meinte dieser so maliziöse und notorisch unzuverlässige Kapitän Succorso damit?

Einen Moment lang lauschte Hashi auf die im verborgenen aktiven Teile seines Geistes, forschte nach Antworten. Aber noch war die intuitive Seite seiner Intelligenz nicht zum Sprechen bereit. Vielleicht mangelte es ihr noch an hinlänglichen Daten.

Er blickte aufs Chronometer und dachte darüber nach, wie riskant es sein mochte, Warden Dios anzurufen und ihm zu gestehen: Ich habe Informationen über die Ereignisse auf Thanatos Minor erhalten, jedoch beschlossen, sie Ihnen zeitweilig vorzuenthalten. Dann zuckte er die Achseln. Manche Vorgänge durften eben nicht überstürzt werden.

Während er unmelodisch durch die schlechten Zähne pfiff, schaltete er nochmals den Interkom-Apparat ein, um jemand anderes zu sich zu bestellen.

Diesmal konnte er dabei nicht so bestimmt vorgehen; einige Raffinesse war erforderlich. Er hatte vor, mit Koina Hannish zu sprechen, wollte allerdings nicht enthüllen, in welcher Art von Beziehung er zu ihr stand. Deshalb instruierte er das DA-Rechenzentrum, dem Routinedatenstrom des RÖA Aktualisierungen zum einen oder anderen harmlosen Thema zuzuleiten; diese Aktualisierungen würden Hannishs Aufmerksamkeit erregen, weil sich darin eine vorvereinbarte Wortkombination versteckte. Danach fügte er sich ins Warten.

Zu seinem Bedauern hatte bloßes Abwarten nicht den mindesten zerstreuenden Unterhaltungswert.

So etwas wie sie verdient? überlegte er zum wiederholten Mal. War es möglich, daß Nick Succorso doch Morn Hyland meinte?

Inwiefern jedoch könnte das erklärlich sein? Hatte sich Warden Dios nicht ausdrücklich geweigert – gegen Min Donners und Godsen Friks nachdrückliche Einwände –, in Josuas Programmierung einen Befehl zu Morn Hylands Rettung hineinzuschreiben? Gleich was Josua auf Thanatos Minor anstellte – und egal was er, keinesfalls zufällig, Nick Succorso zufügte –, seine Aktivitäten sahen keine Handlungen vor, um Leutnantin Hylands Überleben zu gewährleisten. Infolgedessen mußte sie tot sein. Sie war nicht an Bord der *Posaune,* und nur die *Posaune* konnte hoffen, der Vernichtung Kassaforts zu entgehen.

Der unwiderlegliche Rückschluß aus diesen Voraussetzungen lautete: Morn Hyland war unwichtig.

Dennoch hatte der DA-Direktor das Empfinden, es dabei nicht bewenden lassen zu können. Es erinnerte ihn an andere Fragen, auf die er bis jetzt keine Antworten wußte.

Sie waren auf mich angewiesen und haben trotzdem alles verbockt.

Eine dieser Fragen war: Warum hatte Warden Dios beschlossen, Leutnantin Hyland zu opfern? Davor hatte der VMKP-Polizeipräsident noch nie eine ähnliche Entscheidung getroffen. Im Gegenteil, in Situationen, in denen es um Treue gegenüber untergeordnetem Personal ging, hatte er oft bestürzende Gemeinsamkeiten mit Min Donner an den Tag gelegt. Hashi hatte Gegenargumente genannt, die er als überzeugend erachtete; doch was Warden Dios' Fähigkeit anbelangte, sich über solche Gründe hinwegzusetzen, machte er sich keine Illusionen. Warum also hatte der Polizeipräsident eine für ihn so atypische Entscheidung getroffen?

Hatte er sich Hashis Ansicht angeschlossen, weil ihm schon gleichartige Argumente seitens Holt Fasners angeführt worden waren – oder hatte er vielleicht sogar eine klare Weisung erhalten?

Zweifelsfrei verkörperte eine lebende Morn Hyland für den VMK-Generaldirektor eine gehörige Bedrohung. In diesem Sinne mochte sie durchaus als vergleichbar mit einer besonderen Art von Kaze einzustufen sein.

Wie Hashi dank seines Verhörs Angus Thermopyles wußte, konnte sie beweisen, daß der KombiMontan-Sicherheitsdienst keine Schuld am Untergang der *Stellar Regent* trug. Und sie konnte bezeugen, daß Angus der Verbrechen unschuldig war, um deren willen man ihn inhaftiert und abgeurteilt hatte. Doch die kürzlich stattgefundene Verabschiedung des Autorisierungsgesetzes basierte vollständig auf zwei Anschuldigungen: daß der KombiMontan-Sicherheitsdienst Sabotage an der *Stellar Regent* verübt oder geduldet hätte; und daß derselbe Sicherheitsdienst konspirativ mit Kapitän Thermopyle zusammengearbeitet hätte, um Stationsvorräte zu entwenden.

Das Autorisierungsgesetz bildete den Schlußstein der Ambitionen Holt Fasners hinsichtlich der VMKP. Wurden die allgemein anerkannten Gründe zur Verabschiedung des Gesetzes als unzutreffend offenbart, konnte die Folge sein, daß man neu über das Gesetz nachdachte. Dann geriet möglicherweise das Machtgefüge, das Fasner mit derartiger Sorgfalt für seine Privatpolizei gesponnen hatte, ins Wanken.

Hashi bezweifelte nicht im entferntesten, daß Holt Fasner den Tod Morn Hylands wünschte.

Befolgte Warden Dios also einfach den Willen des Drachen? Oder spielte er insgeheim ein anderes Spiel?

Seine Gedankengänge brachten Hashi auf eine weitere Frage, die ihn seit geraumer Zeit beschäftigte.

Weshalb hatte Warden Dios darauf bestanden, unmittelbar vor dem Abflug der *Posaune* Josua noch einmal allein zu ›instruieren‹? Josua war nicht mehr als ein unifizierter Cyborg: ein Gerät in menschlicher Gestalt. Seit wann vergeudete der Polizeipräsident der Vereinigte-Montan-Kombinate-Polizei seine Zeit mit dem ›Instruieren‹ von Geräten?

Mir ist es gleich, was aus Ihnen wird.

Hashi vermochte sich schlicht und einfach nicht dazu durchzuringen, ohne Sorge an Succorsos Blitzmeldung zu denken.

Bedrohlich vertickte die Zeit am Chronometer. Je länger er wartete, um so schwieriger mußte es später sein, die Verzögerung zu rechtfertigen. Und daraus ergaben sich wiederum neue Gefahren. Unter Druck mochte er genötigt sein, seine Absprachen mit Kapitän Scroyle und der *Freistaat Eden* einzugestehen. Sollten diese Absprachen sozusagen zwischen ihm und dem Polizeipräsidenten ›ans Licht‹ kommen, wäre die Konsequenz vielleicht eine künftige Beschränkung seiner Freiheit, Kapitän Scroyle Aufträge zuzuschanzen. Ferner erhöhte jede Minute, die verstrich, die nachteilige Wahrscheinlichkeit, daß die *Freistaat Eden* die Reichweite des Lauschpostens in ihrer Nähe verließ und dadurch die Möglichkeit entfiel – wenigstens vorübergehend –, ihr neue Angebote zu unterbreiten. Damit verlöre Hashi die Gelegenheit, Kapitän Scroyle an die Arbeit zurückzuschicken.

Hashi erlaubte sich ein verstohlenes Aufseufzen der Erleichterung, als der Interkom-Apparat summte und man ihm mitteilte, Koina Hannish sei da.

Doch er ließ sie nicht sofort vor. Vielmehr nahm er sich zuvor einen Moment Zeit, um eine Fassade der Nonchalance zu errichten; er durfte sich von seiner geheimen Unruhe nichts anmerken lassen. Erst als er sicher war, daß seine Erscheinung nichts von seinem Innenleben preisgab, befahl er der Rezeptionistin, die neue Direktorin des VMKP-RÖA hereinzubitten.

Wie es sich für eine Direktorin des Ressorts Öffentlichkeitsarbeit gehörte, lebte Koina Hannish im emotionalen Spektrum auf der Lane Harbinger diametral entgegengesetzten Seite. Während Lane Spannung ausstrahlte, als schrie sie lautlos herum, ging von Koina Hannish eine Aura stiller Selbstsicherheit aus. Makellos gekleidet und gepflegt, wie sie auftrat, vermittelte sie den Eindruck, jedes Wort, das sie sprach, müßte infolge der schlichten Tatsache, daß es aus ihrem Mund kam, wahr sein, beinahe per Reflex. Hashi vermutete, daß die meisten Männer sie als schön bezeichnet hätten. Unter allen Umständen, die er sich vorzustellen imstande war, mußte sie seines Erachtens als RÖA-Direktorin weit besser sein, als der abstoßende, heuchlerische Godsen Frik je getaugt hatte. Sie wäre schon vor langem in die jetzige Position aufgestiegen, hätte Godsen Frik den Posten nicht dank Holt Fasners Protektion okkupiert gehabt.

»Das gefällt mir nicht, Direktor«, sagte sie unumwunden, sobald die Tür sich hinter ihr geschlossen und verriegelt hatte. »Ich habe das Gefühl, es ist nicht richtig.«

Wohlwollend lächelte Hashi. »Sie sind jetzt selbst Direktorin, Koina, darum will ich Ihre Zeit nicht damit verschwenden, Ihnen für den Besuch zu danken. Ich weiß, daß Sie unglaublich beschäftigt sind. Was ist Ihrem Gefühl nach ›nicht richtig?‹«

Aufrecht setzte sie sich, bevor sie antwortete, in einen Stuhl vor seinem Schreibtisch. »Sie in diesem Rahmen aufzusuchen. Mit Ihnen zu reden. Für Sie zu arbeiten.«

»Meine liebe Koina ...« Affektiert schob Hashi sich die Brille den Nasenrücken hoch. Von Verschmiert- und Verkratztheit waren die Gläser beinahe undurchsichtig; aufgrund eingehender Studien wußte er, daß er damit aussah, als wäre er blind. Doch eigentlich brauchte er die Brille nicht; sein Augenlicht war so gut, daß er keine Sehhilfe brauchte. Er hatte sich längst angewöhnt, über sie hinwegzuschauen. »Wir arbeiten schon jahrelang Hand in Hand, und Sie haben noch nie Unbehagen über unser Zusammenwirken zum Ausdruck gebracht.«

»Ich weiß.« Über der Nasenwurzel verkniff ihr eine Andeutung von Mißmut die Stirn. »Ich habe in dieser Hinsicht auch noch nie so empfunden. Erst als ich Ihre Aufforderung zum Kommen erhielt. Natürlich habe ich mich nach dem Grund gefragt. Es liegt daran, glaube ich, daß bis heute Godsen Frik mein nomineller Chef gewesen ist. Unter uns gesagt, ich habe in ihm, um eines seiner Lieblingswörter zu gebrauchen, nie etwas anderes als ›Abschaum‹ gesehen. Mir galt er immer als eine Symbolgestalt für all das, was bei unserer Truppe nicht in Ordnung ist ... Womit ich eigentlich Holt Fasner meine. Für Sie tätig zu sein, habe ich als ... ja, als ehrbarer betrachtet, als für Godsen Frik zu arbeiten. Obwohl ich im RÖA festsaß, war's mir möglich, bei der wahren VMKP-Arbeit zu helfen, ohne dabei durch ihn mehr als unumgänglich gestört zu werden. Mir kamen aber allmählich Zweifel, während ich mir die Aufzeichnung der Videokonferenz des Polizeipräsidenten mit dem EKRK angesehen habe ... War das erst gestern? Die meisten Verlautbarungen sind von Ihnen abgegeben worden, Godsen Frik ist gar nicht vor der Kamera erschienen, aber jedesmal, wenn Sie den Mund aufmachten, glaubte ich seine Stimme zu hören.«

Ein Anklang des Zorns, den zu verheimlichen Koina keine Anstrengung unternahm, verlieh ihrem Tonfall eine gewisse Schroffheit. »Beim Anhören Ihrer Erläuterungen, wieso Sie Leutnantin Morn Hyland diesem Nick Succorso zum beliebigen Gebrauch ›überlassen‹ haben, war mir zumute, als erlebte ich das Ende all dessen, für was wir angeblich einstehen. Als der Polizeipräsident mir dann Friks Posten angeboten hat, hätte ich am liebsten abgelehnt. Aber das war« – sie fügte die Einschränkung rasch hinzu – »vor seinem Gespräch mit mir. Ich hatte noch nie eine persönliche Aussprache mit ihm gehabt. Bis dahin hatte ich nie gespürt, wie viel...« Sie suchte nach dem passenden Wort. »Wieviel *Überzeugung* er vermittelt. Und er hat mir die gründlichste Vollmacht erteilt, die ich je hatte. Korrekter als alles, womit ich je von Godsen Frik beauftragt worden bin, weitgehender als alles, was ich je für Sie tun durfte. Wenn man ihm Glauben schenken kann, will er, daß ich meine Arbeit *richtig* mache.«

Sie vollführte eine knappe Geste der Gereiztheit, als ob die Unzulänglichkeit ihrer Darstellung sie verdroß. »Besser kann ich's leider nicht erklären. Hinter seinem Rücken bei Ihnen anzutanzen kam mir jedenfalls auf einmal vor wie...« Sie blickte Hashi geradewegs in die Augen. »Wie ein Akt der Treulosigkeit.«

»Seine Fähigkeit, Menschen zur Treue zu inspirieren, ist eine große Begabung«, entgegnete der DA-Direktor freundlich. »Falls Sie Sorge haben, Sie allein erlägen seiner Überzeugungskraft, achten Sie nur auf Min Donner.« Hashi selbst machte sich gerade daran, sein Überzeugungsvermögen zu erproben, eine Herausforderung, die ihm Vergnügen bereitete. »Aber erlauben Sie mir, Ihnen eine andere Überlegung vorzutragen, die Sie vielleicht nicht berücksichtigt haben, und Ihnen eine Tatsache zu verraten, die Sie nicht wissen können. Zu überlegen möchte ich Ihnen folgendes geben. Auch ich habe die Kraft von Warden Dios' Charisma gespürt. Auch ich fühle mich zur Treue verpflichtet.«

Das war keine allzu ehrliche Beteuerung. Trotzdem war darin ein gewisses Maß faktisch zutreffender Information. »Wenn ich Sie bitte, mir in der RÖA behilflich zu sein, dann auf keinen Fall, um in irgendeiner Weise das Wirken meines Polizeipräsidenten zu hintertreiben, sondern damit mein eigener Dienst am gemeinsamen Anliegen möglichst erfolgreich ausfällt.« Er sprach sofort weiter, damit sie gar nicht erst in Frage stellte, was er geäußert hatte. »Um zu der Tatsache zu kommen, es geht einfach darum, daß unser treuloser Godsen Frik tatsächlich anwesend war, während der Polizeipräsident und ich das Gespräch mit dem EKRK hatten. Hätten Sie sein Gesicht gesehen, Sie hätten sich, da bin ich mir ganz sicher, über seine Konsternation köstlich amüsiert. Ich brauche wohl kaum zu betonen, daß er bezüglich der Verwendung Leutnantin Hylands keinerlei Skrupel hatte. Im Interesse seines Herrn und Meisters hatte er jedoch sämtliche nur denkbaren Skrupel hinsichtlich einer etwaigen öffentlichen Enthüllung dieser Verwendung. Auf keine andere Art hätte der Polizeipräsident so offensichtlich seine Unabhängigkeit vom Riesenwurm klarstellen können.«

Damit verstummte Hashi. Es erübrigte sich hinzuzufügen: und ich meine Unabhängigkeit. Koina Hannish hatte schon bewiesen, daß sie sich im klaren war über die Wichtigkeit des Parts, den Hashi Lebwohl in der Videokonferenz des Polizeipräsidenten gespielt hatte.

»Ich verstehe, was Sie meinen.« Koinas Stirnrunzeln schien sich nach innen zu kehren. »Vielen Dank, daß Sie mich darauf aufmerksam machen. Ich hätte den Unterschied selbst sehen sollen. Aber ich war über das, was ich gehört habe, dermaßen entsetzt, daß ich nicht über die volle Bedeutung nachdenken konnte.«

Mit unverwandtem Lächeln ließ Hashi die Brille auf die Stelle seiner Nase hinunterrutschen, wo man sie am häufigsten sah. Wäre er jemand gewesen, der Pluspunkte aufschrieb, hätte er nun gleich mehrere vermerkt.

Koina schüttelte andeutungsweise den Kopf, zog eine neutrale Miene und richtete die Gedanken wieder in die Gegenwart. »Weshalb haben Sie mich gerufen?« Nur ein schwacher Rest der Reserviertheit in ihrem Tonfall bezeugte, daß sie in bezug auf ihr Verhältnis zum DA-Direktor nach wie vor Bedenken hegte. »Soll ich etwas für Sie erledigen?«

Hashi breitete die Arme aus wie jemand, dessen Seele sich so offen darbot wie seine Handflächen. »Ich möchte nichts anderes als Informationen. Wie Sie wissen, ist mein Appetit auf Fakten unersättlich. So betrachtet, bin ich selbst etwas Ähnliches wie ein Drache.« Es belustigte ihn, über die Wahrheit Scherze zu machen. »Eine Frage haben Sie mir schon beantwortet. Ich wollte mich über die Natur Ihres ›Mandats‹ als RÖA-Direktorin informieren. Wie ich sehe, ist alles in schönster Ordnung. Mir steht kein Urteil zu, aber ich bin zufrieden. Ich hoffe nur, daß Sie mir die Bereitschaft entgegenbringen, mir zu erzählen, was in Ihrem Ressort in Gang ist. Welche Maßnahmen hat das EKRK veranlaßt? Welche Anfragen hat man ans RÖA gerichtet? Welche Aufgaben müssen Sie am dringendsten anpacken?« Wohlüberlegt sprach er mit ihr nicht, als hätte er eine Handlangerin vor sich, sondern als Gleichrangiger. »Sind Sie geneigt, mich darüber aufzuklären?«

Sie hielt seinem Blick stand. »Wenn Sie mir sagen, warum Sie fragen. Ich meine, außer aufgrund Ihres ›unersättlichen Appetits auf Fakten‹.«

Spontan entschied Hashi, er war jetzt lange genug nett gewesen. Er nahm sich ein Aufstöhnen heraus. »Koina, Sie enttäuschen mich«, gab er mit dem Gebaren eines Mannes zur Antwort, dessen Geduld sich erschöpfte. »Haben Sie vergessen, daß Godsen Frik ermordet und auch auf den ehrwürdigen Kapitän Sixten Vertigus ein Anschlag verübt worden ist? Was glauben Sie denn, auf wem bei der Untersuchung dieser Verbrechen die Hauptverantwortung lastet? Auf der Operativen Abteilung, ja selbstverständlich. Aber Min Donners sonst bewundernswerte Kader sind in diesem Fall ebenso tolpatschig wie gewissenhaft. Die eigentlichen Nachforschungen sind von der Datenakquisition zu leisten.« Das natürliche Pfeifen seiner Stimme steigerte sich zu einem wespenhaften Sirren. »Ich forsche nach *Spuren*, Direktorin Hannish. Aus diesem Grund ist Ihre Tätigkeit, genau wie jede andere Aktivität hier oder auf Suka Bator, für mich von aufschlußreichem Interesse. Wenn Sie daran zweifeln, fragen Sie OA-Sicherheitschef Mandich, was er über Godsen Friks Ermordung weiß, das nicht von meinen Leuten für ihn aufgedeckt worden wäre.«

Während er sprach, erschien und verschwand auf Koinas Wangen ein leichtes Erröten. »Entschuldigen Sie«, sagte sie halblaut. »Ich sehe Ihre Argumentation ein. Ich glaube, ich weiß etwas, das Ihnen von Nutzen sein könnte.«

Ihr Ton wurde wieder lebhafter. »Das meiste von dem, mit was ich mich befassen muß, können Sie sich mühelos denken. Maxim Igensard bringt mit seinen ununterbrochenen Anfragen schier die Leitungen zum Verschmoren. Gleiches gilt für Sigune Carsin und Vest Martingale. Und alle fünf Minuten erhalte ich einen jämmerlichen Appell von Abrim Len, für Aufklärung zu sorgen. Momentan kann ich ihnen allen überhaupt keine Auskünfte geben. Ich würde ihnen gerne die Wahrheit mitteilen, kenne sie allerdings nicht, so wenig wie gestern. Aber die Datenverwaltung beschäftigt sich damit. In wenigen Stunden habe ich jede Datei, deren Sichtung nicht der persönlichen Genehmigung des Polizeipräsidenten bedarf, auf meinem Schreibtisch liegen.«

Ihr Blick sagte unmißverständlich: Auch deine Akte, Direktor Lebwohl.

Doch deswegen machte Hashi sich keine Sorgen. Seit jeher hatte er bei der Weiterreichung von DA-Protokollen an die Datenverwaltung geknausert. Ein Großteil der Informationen befand sich noch im DA-Rechenzentrum und war in solchem Maße durch Paßwort-Datenschutz und Zugriffs codes gesichert, daß man sie nachgerade als unerreichbar einstufen konnte.

»Außerdem möchte Sicherheitschef Mandich«, sagte Koina, »daß ich zwischen ihm und Suka Bator als Vermittlerin aktiv werde. Seit man dort den Kaze durchgelassen hat, können er und der EKRK-Schutzdienst anscheinend nicht mehr miteinander reden, ohne sich anzuschreien. Aber ich denke« – versonnen sprach sie langsamer – »an etwas Bedeutsameres. Bei mir ist eine Blitz-Mitteilung von Kapitän Vertigus eingegangen. Als dringend und persönlich gekennzeichnet. Er warnt mich« – sie mußte erst einen Moment des Unbehagens überwinden –, »ich könnte die nächste sein.«

Fast unwillkürlich rutschten Hashis Brauen empor. »Die nächste?«

Koina zögerte nicht mit der Antwort. »Die nächste, auf die ein Attentat verübt wird.«

»Aha.« Plötzlich hatte der DA-Direktor ein Empfinden, als wäre er von der Ebene der Realität ins Reich subatomarer Possibilitäten übergewechselt. »Und wie begründet er seine Befürchtung?«

»Er sagt«, erklärte Koina Hannish mit bewundernswürdiger Festigkeit, »bei der nächsten bevorstehenden Beratung des EKRK – die in rund sechsunddreißig Stunden stattfinden müßte, falls Vorsitzender Len nicht wieder in Panik gerät – will er die Vorlage eines Abtrennungsgesetzes präsentieren, das die VMKP von den VMK separieren soll. Er hat vor, uns in ein Organ des EKRK umzuwandeln. Nach seiner Ansicht ist der Anschlag auf ihn versucht worden, um ihn daran zu hindern. Und er ist der Meinung, man hätte Godsen Frik umgebracht, weil die unbekannten Urheber der Kaze der Auffassung sind, das RÖA arbeite mit ihm zusammen. Dadurch würde ich natürlich zu einem ganz logischen Ziel. Falls er recht hat ... Wahrscheinlich hätte er mir nichts verraten dürfen. Ich weiß nicht, welche Haltung wir dazu einnehmen werden, aber ich erwarte, daß der Polizeipräsident dagegen Stellung beziehen muß.

Holt Fasner dürfte gar nicht daran denken, uns ohne weiteres aus seinem Einfluß zu entlassen. Folglich hat Kapitän Vertigus« – nun merkte man ihr trockenen Humor an – »mich vor ein interessantes ethisches Problem gestellt. Informiere ich den Polizeipräsidenten? In welchem Umfang setze ich ihn in Kenntnis? Aber das alles ist dem Kapitän völlig klar. Er konnte ganz einfach nicht mitansehen, wie ich zum Ziel eines eventuellen Anschlags werde, ohne mich zu warnen.«

Hashi blinzelte sie an, als hätte ihn der Schlag getroffen.

Vorlage eines Abtrennungsgesetzes. Ein Attentat, um sie zu vereiteln.

Kaze sind doch einfach zu spaßig, was?

Die bloße Vorstellung eines derartigen Vorgangs verursachte ihm ein Gefühl, als wäre er in einen Strudel aus Quarks und Mesonen gesaugt worden; einen Wirbel so winziger Partikelchen der Logik, daß man sie kaum erkennen konnte, gleichzeitig jedoch so unentbehrlich, daß greifbaren Fakten ohne sie jegliche Bedeutung gefehlt hätte. Die Coriolis-Kraft des geistigen Phänomens erfüllte ihn mit exaltierter Hochstimmung, die sich von Entsetzen nicht unterscheiden ließ – einer emotionalen Mixtur, die ihn stärker stimulierte, ihm erstrebenswerter zu sein schien und ihn süchtiger machte, als Pseudoendorphine oder gewöhnliches Kat es gekonnt hätten.

Ein Abtrennungsgesetz, wahrhaftig! Woher nahm der ehrwürdige, nein, greise, ja *steinalte* Kapitän Sixten Vertigus die schiere Vermessenheit, eine solche Idee vorzuschlagen? Der Mann war doch kaum noch bei Bewußtsein.

Egal. Hashi kostete die Erregung aus, aber verheimlichte sie.

»Was für ein außerordentlich sittliches Verhalten seinerseits«, antwortete er in Koina Hannishs Blick stummer Fragestellung. »Ich kann sein Dilemma nachvollziehen, und ebenso Ihres, meine liebe Koina. Dürfte ich's mir herausnehmen, Ihnen Ratschläge zu erteilen, würde ich Ihnen empfehlen, unverzüglich den Direktor zu informieren.

Oder sogar schneller.« Das mochte nämlich recht nützlich sein, um Warden Dios davon abzulenken, wie Hashi Lebwohl mit der Weiterleitung anderer Informationen bummelte. Und das Ergebnis konnte sich als überaus faszinierend erweisen. Was würde Dios unternehmen, wenn er von Kapitän Vertigus' Vorhaben erfuhr? »Es kann sein, daß seine Reaktion Sie überrascht.«

Koina musterte den DA-Direktor mit verdrossener Miene, als könnte sie, was sie da hörte, nicht ganz glauben. Dann stand sie unvermittelt aus dem Sessel auf. »Vielen Dank, Direktor Lebwohl«, sagte sie, als wollte sie ihn auf die Probe stellen, bevor er es sich anders überlegte. »Genau das werde ich tun.«

Ohne auf Antwort zu warten, hob sie die Hand an die Tür und gab der Technikerin, die draußen saß, ein Zeichen, damit sie öffnete.

Jetzt stand Hashi unter echtem Zeitdruck. »O nein, Direktorin Hannish«, widersprach er, um ihre Verabschiedung zu vollenden. »*Ich* danke *Ihnen*.«

Doch seine Aufmerksamkeit galt schon anderem: seinen Händen, die dem Computerterminal flink Befehle eintippten, um das Resultat seiner Recherchenanfrage bei der Datenverwaltung abzurufen.

Sie haben so etwas wie sie verdient.

Nick Succorso, sang er halb, pfiff er halb durch die Zähne. Wo steckst du? Was treibst du? Was *meinst* du?

Ihm war fröhlicher denn je zumute.

Was war plausibler? Daß Nick Zugang zu Informationen über Ereignisse auf der Erde hatte? Oder daß ihm klar geworden war, welchen hohen Nutzen Morn Hyland als gegen die VMKP gerichteter Informationskaze hatte? Offenbar mußte letzteres der Fall sein. Dennoch schätzte Hashi diese Möglichkeit als schwer glaubwürdig ein. Er konnte sich nicht vorstellen, wie Succorso – oder Morn Hyland selbst – deutlich geworden sein sollte, wie explosiv das Wissen war, das sie hatte.

Sicherlich war es die einleuchtendste Annahme zu unterstellen, daß Nick Succorso niemand anderes als Sorus Chatelaine meinte.

Aber in welchem *Zusammenhang?*

Die Datenverwaltung lieferte ihm etwas, das weiterhalf, obwohl Hashi nicht einmal genau hätte sagen können, um was es sich bei dem ›Etwas‹ handelte: eine zufällige Verbindung, vielleicht ein Indiz. Den Grundstein einer Tatsache: mehr nicht. Trotzdem maß er diesem wenigen einen Wert bei, als wäre es wesentlich für seine Exaltation.

Faktische Angaben über die *Sturmvogel* und ihre Kapitänin Sorus Chatelaine waren kaum vorhanden. Wie die meisten Illegalenraumer fingierte das Schiff einen Frachter, in diesem Fall einen Interspatium-Erzfrachter. Nach den Registrierungsdaten war es im Umraum Beteigeuze Primus' legal gebaut und vom Stapel gelaufen, stark genug bewaffnet, um wehrhaft zu sein, jedoch zu schwach, um ein brauchbares Piratenschiff abzugeben. Abgesehen vom kürzlichen Aufkreuzen im Bereich Thanatos Minors wies nichts darauf hin, daß die *Sturmvogel* ein Illegalenschiff sein könnte. Es fehlte vollauf an negativ einzustufenden Beobachtungen.

Der Datenverwaltung zufolge hatte die *Sturmvogel* im Laufe der vergangenen fünf Jahre buchstäblich keine nachweisbaren Frachtaufträge übernommen und ausgeführt. Davor hingegen war sie ständig durch verschiedene interstellare Bergbaufirmen und Montanstationen beschäftigt worden. Dann war damit plötzlich Schluß gewesen. Allerdings hatte man sie in der Nachbarschaft von ein, zwei Piratenüberfällen identifiziert; nur war aus den Umständen nicht klar abzuleiten gewesen, ob sie darin verwickelt war oder unbeteiligt.

Über Sorus Chatelaine gab es noch weniger Daten. Nach Verlassen der Raumfahrtakademie auf Aleph Grün mit Kapitänspatent hatte sie einige Jahre lang an Bord mehrerer Interspatium-Raumschiffe gedient; danach war sie aufgrund der angeblichen Vernichtung ihres Raumschiffs durch Illegale verschwunden. Verschollen und für tot erklärt: eine Bestätigung ihres Ablebens war ausgeblieben. So lautete der abschließende Eintrag in ihrer Id-Datei.

Doch es war nicht die letzte Information, die Hashi Lebwohl über sie erhielt.

Irgendwo tief im Innern der Datenverwaltung hatte ein engagierter Techniker durch imaginatives Überprüfen von Querverweisen zusätzliche Erkenntnisse über die *Sturmvogel* zu Tage gefördert.

Anfangs war dem Techniker aufgefallen, daß Emissionssignatur und Scanningprofil der *Sturmvogel*, wie andere Raumschiffe sie bei Sichtung des vorgeblichen Frachters im Verlauf der letzten fünf Jahre aufgezeichnet hatten, sichtbar von den Spezifikationen der Raumwerft abwichen, die das Schiff gebaut hatte. Tatsächlich zeigten sowohl Emissionssignatur wie auch Scanningprofil einige Ähnlichkeit mit den entsprechenden Daten eines bestimmten Illegalenraumers, den man vor fast zehn Jahren als verlorengegangen abgeschrieben hatte. Keine eindeutige, doch immerhin feststellbare Ähnlichkeit. Genügend Ähnlichkeit, um den Verdacht nahezulegen, daß das Illegalenraumschiff nach fünfjähriger Ruhepause die Bewegungsfreiheit im Human-Kosmos zurückgewonnen hatte, indem es die ursprüngliche *Sturmvogel* kaperte und sich ihre Identität zulegte – hauptsächlich durch Übernahme ihres Data-Nukleus.

Der Name des Illegalenraumschiff war *Liquidator* gewesen.

Und die Datei über die *Liquidator* enthielt eine wahre Fundgrube an potentiellen Zusammenhängen.

Zum Beispiel las Hashi, daß die *Liquidator* der Illegalenraumer gewesen war, der die ursprüngliche *Käptens Liebchen* überfallen und an Bord nur einen Überlebenden zurückgelassen hatte, den Kajütensteward. Nick Succorso.

Und sie war das Piratenraumschiff, das vor langem den VMKP-Kreuzer *Intransigenz* unter dem Kommando Kapitänhauptmanns Davies Hylands schwer beschädigt hatte. Bei dem Gefecht war seine Frau Bryony Hyland, Morn Hylands Mutter, ums Leben gekommen.

Aus der Dokumentation der *Intransigenz* ging einerseits hervor, daß die *Liquidator* ein überlichtschnelles Protonengeschütz einsetzte. Für ein Illegalenraumschiff war das nahezu beispiellos; normalerweise verwehrten ihnen die Kosten, sowohl was die Kredits für die Beschaffung wie auch den Energieverbrauch betraf, die Benutzung solcher Waffen.

Andererseits hatte es keinen Ponton-Antrieb.

Das erklärte ihr fünfjähriges Fortbleiben. Um überhaupt das Leben zu retten, hatte man das Raumschiff quasi im Schneckentempo zur nächsten Schwarzwerft geflogen – oder womöglich in den Bannkosmos –, um nachträglich einen Ponton-Antrieb einbauen zu lassen.

Und das wiederum bot eine Erklärung für die nicht unbedingt augenfälligen, aber unbestreitbar vorhandenen Diskrepanzen zwischen den Emissionssignaturen, die man von der *Liquidator* kannte, und den vergleichbaren aufgezeichneten Daten der *Sturmvogel*.

Hashi fühlte sich versucht, eigentlich dringendere Angelegenheiten für einen Moment aufzuschieben: gerade so lange, um eine Belobigung des Technikers zu veranlassen, der den Bericht zusammengestellt hatte. Doch er hatte für derartigen Luxus keine Zeit. Scheinbar abwegige, unbestimmte Gedanken kreisten durch sein Hirn, als könnten die Schädelknochen, ja nicht einmal die Wände des Büros sie noch eindämmen. Auch wenn die Fakten und Fingerzeige, die er sah, flüchtig wie Quarks waren – lediglich Mikrovorgänge mit kaum mehr als theoretischem Realitätsbezug –, hatten sie doch Anteil an subatomaren Kräften, deren Potenz hinreichte, um thermonukleare Detonationen und Reaktorschmelzen zu verursachen.

Erfaßt von einem Wirbelsturm der Ekstase und des Schreckens, riß er sich die Brille von der Nase und bedeckte die Augen mit den Händen; nicht um seine Sicht zu verdunkeln, sondern um zu verhindern, daß ihn ein wahrer Elektronensturm an Möglichem außer Reichweite fegte.

Kaze hatten das EKRK und das VMKP-HQ attackiert und

sich dabei unter Verwendung von VMKP-KMOS-SAD-Chips fabrizierten Legitimationen bedient.

Kaze sind doch einfach zu spaßig, was?

Kapitän Vertigus hatte die Absicht, im EKRK die Vorlage eines Abtrennungsgesetzes zwecks Separation von VMK und VMKP einzubringen. Er befürchtete einen Anschlag auf die neue VMKP-RÖA-Direktorin.

Morn Hyland und Nick Succorso hatten als Gemeinsamkeit, daß sie in Beziehung zur *Sturmvogel* (vormals *Liquidator*) standen – ein Raumschiff, das ausgerechnet auf Thanatos Minor dockte, als die beiden und zudem Josua dort anlangten. Ein Raumer, dessen Besatzung zu hassen Morn Hyland allen Grund hatte, zu dem Succorso indessen ein anderes Verhältnis haben mochte.

Und über die Natur der Beziehung zwischen Succorso und Morn Hyland gab Hashi sich keinen Illusionen hin. Ganz gleich, was sie für ihn empfand, er war zu nichts anderem fähig, als Menschen auszunutzen.

Sie haben so etwas wie sie verdient.

Aber das war noch nicht alles. Noch lange nicht.

Besatzungsmitglieder Darrin Scroyles hatten Gerüchte aufgeschnappt, denen zufolge Sorus Chatelaine, die Kapitänin der *Sturmvogel*, ein Immunitätsserum gegen Amnion-Mutagene zu verkaufen haben sollte.

Nick Succorso war wahrscheinlich der einzige Mensch im dortigen Quadranten des Weltalls, der in seinem Besitz ein Antimutagen hatte – und damit die einzige Person, von der Sorus Chatelaine es erhalten haben konnte.

Man hatte ihn im Gespräch mit Josua und Milos Taverner gesehen.

Und er hatte von Station Potential irgendeine Fracht mitgebracht; eine Fracht, die von ihm in einer Kosmokapsel nach Kassafort geschickt worden war, um dagegen vorzubeugen, daß die Amnion sie sich wiederholten; eine Fracht, die schlußendlich jemand anderes entwendet hatte.

Später sollte Succorso, wie die Gerüchte besagten, ein eigenes Besatzungsmitglied an die Amnion in der Alien-

Sektion Thanatos Minors verschachert haben. Dann hatte ein EA-Team der *Posaune* einen Angriff auf die Amnion-Sektion verübt. Die *Käptens Liebchen* hatte ein Amnion-Kriegsschiff gerammt, die Besatzung war in den Tod gegangen, um das EA-Team zu retten.

Succorso hatte kein Raumschiff mehr. Aber *irgend etwas* mußte er sich bewahrt haben. Etwas Wertvolleres als seine Interspatium-Barkentine.

Wenn Sie sie kriegen, Sie Schuft, können Sie sie haben.

Die Realität selbst schien ins Fließen geraten zu sein, während Hashis Gedankengänge im Mahlstrom der Coriolis-Kräfte in seinem Gehirn immerzu rund und rundum kreiselten. Mikroabläufe beeinflußten die Makrowelt. Hätte Hashi unter geringerem Druck gestanden, vielleicht wäre er sich dessen bewußt geworden, daß er die Empfindungen genoß, die ihn dabei durchschauderten, und unwillkürlich innegehalten; vielleicht hätte er gemerkt, daß er sich in solchen Augenblicken entschieden wohler als zu anderen Zeiten fühlte.

Der Druck, der von dem Erfordernis zu handeln ausging, war unmöglich zu leugnende Wirklichkeit, ihm mußte trotz all des Ungewissen der Gegebenheiten unvermeidlich nachgegeben werden. Doch jedes Handeln blieb ausgeschlossen, ehe er nicht irgendeinen Überblick der Lage, egal wie intuitiven oder spekulativen Charakters er sein mochte, erarbeitet hatte.

Er mußte die Situation *durchschauen*.

Nun gut, sagte er sich. Konstruiere eine Hypothese und durchdenke ihre Konsequenzen. Theoretische Realität ist besser als gar keine Realität.

Er preßte die Hände fester auf die Augen und fing mit aller menschenmöglichen Konzentration an nachzudenken.

Vermutungen über die Frage anzustellen, wer Kaze zur Ermordung Sixten Vertigus' sowie Godsen Friks ausgeschickt hatte, war er keineswegs geneigt. Damit begäbe er sich auf zu gefährliches Glatteis: er neigte erst zum Vorwärtsschreiten, wenn er jeden Schritt mit größter Sicherheit tun konnte. Andersartige Spekulationen dagegen traute er sich durchaus zu ...

Und da stockte ihm beinahe das schwächliche Herz.

Kaze sind doch einfach zu spaßig, was?

Einmal angenommen, Nick Succorso und Sorus Chatelaine steckten unter einer Decke; daß sie einen Plan ausgeheckt hatten, wie sie sich nachgerade unbegrenzten Reichtum verschaffen könnten. Und angenommen, Morn Hyland hatte sich ihnen – wenn nicht aus Treue zur VMKP, so doch aus altem Familiengroll gegen die *Liquidator* – in den Weg gestellt. Angenommen also, die zwei hatten beschlossen, sich ihrer zu entledigen und gleichzeitig das Ausmaß des angestrebten Reichtums ins Immense zu steigern, indem sie erst eine eigene Produktion des VMKP-Immunitätsserums aufnahmen und es dann unter Bedingungen, die die Bevölkerung des Human-Kosmos in Furcht und Schrecken stürzen mußte, zu Wucherpreisen verkauften.

Nick Succorso mußte dieser Hypothese zufolge mit Morn Hyland nach Station Potential geflogen sein, damit die Amnion irgend etwas mit ihr anstellen konnten. Vielleicht hatten die Aliens sie in eine Art von genetischem Kaze verwandelt, dessen Ziel das VMKP-HQ sein sollte. Und von da an mochte ohne weiteres alles, was Nick Succorso, Sorus Chatelaine und die Amnion getan hatten, Teil einer ausgeklügelten Scharade gewesen sein.

In seiner Phantasie rekonstruierte Hashi die hypothetische Scharade, obwohl er dabei wirklich und wahrhaftig das Flattern bekam.

Die Amnion hatten die *Käptens Liebchen* nach Kassafort verfolgt, um vorzutäuschen, sie wollten Nick Succorso und Morn Hyland am Entkommen hindern. Um diesen Eindruck zu verstärken, hatte Succorso sie in einer Kosmokapsel zum Kassierer transferiert. Von Josua und Milos Taverner hatte Succorso erfahren, zu welchem Zweck der VMKP-Cyborg sich auf Thanatos Minor befand. Anschließend hatten er und seine Komplizin, Kapitänin Chatelaine, das Gerücht über ihr Antimutagen ausgestreut.

Um die Wirksamkeit des Serums zu beweisen und vorzuspiegeln, er müßte ums eigene Leben feilschen, hatte er den Amnion Morn Hyland zurückgegeben. Aufgrund einer Absprache mit ihnen hatte er sie dann aus ihrer Sektion ›befreit‹. Zum Schluß hatte er sich mit irgendwelchen Tricks, vielleicht dank Milos Taverners Hilfe, Zutritt an Bord der *Posaune* erschlichen.

Hashi spürte den Pulsschlag im Kopf hämmern, in den Augen wummern. Seine Gedanken rasten durch einen wahnwitzigen Wirbel aus Phosphenen und panikartiger Beunruhigung. Seine Hypothese war in sich selbst folgerichtig. Sie korrespondierte mit den vorhandenen Daten. Sie konnte wahr sein.

Falls es Nick Succorso gelungen war, Morn Hyland an Bord des Interspatium-Scouts zu bringen, blieb sie am Leben, um der VMKP mutagenes Unheil zu bescheren. Und das Wissen, daß Sorus Chatelaine ein Immunitätsserum gegen Amnion-Mutagene als Handelsware hatte, würde sich ausbreiten. Vermutlich breitete es sich schon aus. Genetische Kaze bedeuteten den absoluten Alptraum, das furchtbarste Grauen, das sich die Körperlichkeit menschlicher DNS auszumalen vermochte. In ihrer Panik böte die Menschheit Kapitänin Chatelaine, um sich zu schützen, sämtliche möglichen Arten von Reichtümern, und in jeder erdenklichen Größenordnung.

Sie haben so etwas wie sie verdient.

Nick Succorso hatte Hashi den Funkspruch zum puren Hohn gesandt, in dem überheblichen Glauben, kein Polizist wäre die finstere Wahrheit zu erraten fähig. Natürlich mußte der Plan fehlschlagen, sollte die VMKP sich zu einem allgemeinen Vertrieb des Serums durchringen. Dazu jedoch war die VMKP wohl kaum imstande, wenn ein genetischer Kaze sie heimsuchte; sobald autoreplikatorische Alien-Nukleotide ihr alle Aktivitäten unterbanden.

Hashi schlotterte in einem Schüttelfrost der Spekulationen, während er in seiner Hypothese Fehler zu finden versuchte.

Mir ist es gleich, was aus Ihnen wird.

Konnte es tatsächlich so sein? So lautete die allesentscheidende Frage. Daneben waren alle sonstigen Erwägungen unerheblich. Konnte Josua überlistet oder manipuliert werden, so daß er Morn Hylands Leben schonte?

Einerseits hatte er keinen Befehl zur Rettung ihres Lebens erhalten. Ganz im Gegenteil. Andererseits zählte sie zum VMKP-Personal. Darum durfte er selbst sie nicht töten: seine Programmierung verbot ihm Gewaltakte gegen sämtliche VMKP-Mitarbeiter. Aber was, wenn ihre Begleitung ihm irgendwie aufgezwungen worden war – zum Beispiel, indem man ihr Überleben zur Voraussetzung für die erfolgreiche Ausführung seines Auftrags gemacht hatte? Was dann?

Unter diesen Umständen, sah Hashi ein – ihm war zumute wie im Fieber –, schloß Josuas Data-Nukleus eine Rettung Morn Hylands keineswegs aus.

Und die Informationen, die sie kannte, waren ebenso destruktiv wie jedes Mutagen. Ganz abgesehen von sonstigen verheerenden Konsequenzen, konnten sie das Verhängnis Warden Dios' und all seiner Führungskader bedeuten, sie möglicherweise das Leben kosten; es war sogar denkbar, daß sie die VMKP selbst zugrunde richteten.

Mutmaßungen waren keine Fakten. Dennoch hielt Hashi es mit einemmal nicht nur für möglich, daß Morn Hyland noch lebte, sondern für vollauf glaubhaft.

Eine mörderische Gefahr! zeterte die intuitive Seite seines Bewußtseins. Eine drohende Katastrophe! Eine derartige Entwicklung der Geschehnisse wäre *fatal* – durch und durch *fatal*.

Sie waren auf mich angewiesen und haben trotzdem alles verbockt.

Vielleicht hatte er das Ausmaß von Nick Succorsos Schlechtigkeit unterschätzt.

Unvermittelt senkte er die Hände vom Gesicht auf die Computertastatur. Der auf die Augäpfel ausgeübte Druck hinterließ ihm eine verschwommene Sicht; doch er brauchte keine klare Sicht, um die richtigen Tasten zu tippen.

Es mochte sein, daß er, als er zu Koina Hannish über Treue geschwafelt hatte, ehrlicher gewesen war, als er dachte. Aber gleich aus welchem Grund: sobald er seine Entscheidung getroffen hatte, zog er sie nicht mehr in Zweifel. Zu lange war er passiv geblieben. Statt noch länger zu zaudern, konzipierte er für Kapitän Scroyle einen neuen Sonderauftragsvertrag und ließ ihn als Blitz-Mitteilung dem Lauschposten übermitteln, über den die *Freistaat Eden* ihn kontaktiert hatte.

Der Vertrag umfaßte die höchste Offerte, die er je einem Söldner unterbreitet hatte; er bot eine gigantische Summe für die Vernichtung der *Posaune* und die Liquidierung aller an Bord befindlichen Personen.

Die bloße Handlung des Verschlüsselns der Mitteilung rief bei ihm einen unbeschreiblichen Zustand verstandesmäßiger Beklommenheit und gefühlsmäßiger Erleichterung hervor. Er nahm ein ungeheures Risiko in Kauf. Doch er konnte unmöglich übersehen, daß er direkt oder indirekt für die Gefahr, die Nick Succorso verkörperte, die Verantwortung trug. Er hatte Succorso angeheuert. Ihn mehr als einmal als Mietling benutzt. Hashi fühlte sich verantwortlich für die entstandene Bedrohung.

Kaum war der Funkspruch abgesandt, verließ Hashi Lebwohl sein Büro und machte sich auf den Weg zu Warden Dios. Der Spaziergang gewährte ihm eine Gelegenheit, um die Fassung wiederzugewinnen. Und er wollte persönlich Meldung erstatten, um dem Polizeipräsidenten leichter eine frisierte Version der erhaltenen Informationen auftischen zu können.

Was danach folgte, mußte es ihm erlauben, genauere Spekulationen anzustellen. Zudem würde es seine Einschätzung Warden Dios' als Mann, der in der wirklichen Welt lebte, untermauern oder untergraben.

ERGÄNZENDE DOKUMENTATION

PONTON-ANTRIEB

Der ›Juanita-Estevez-Massentransmission-Feldgenerator‹, wegen seiner spatialen Überbrückungsfunktion heute fast ausschließlich unter der Bezeichnung ›Ponton-Antrieb‹ bekannt, war eine unzweifelhaft revolutionäre Erfindung. Sie veränderte buchstäblich die Zukunft der Menschheit. Durch sie wurden die Grenzen des von Menschen erreichbaren Weltraums sofort und gründlich erweitert. Der Zugang zu verzweifelt benötigten Ressourcen, kombiniert mit dem gleichzeitigen Wohlstand, der aus dem nicht risikolosen Handel mit den Amnion resultierte, beendete eine ausgedehnte Periode des ökonomischen Niedergangs. Statt daß die Menschheit fortgesetzte Einschränkungen durch Armut und die Gravitationsquelle ihrer Sonne erdulden mußte, begrenzten von da an nur noch die Geschwindigkeit ihrer Raumschiffe, die Leistungskraft ihrer Hyperfeldgeneratoren und der Umfang ihrer Vorstellungskraft die Horizonte. Auf gewisse Weise lag nun die gesamte Milchstraße, die ganze Galaxis, in ihrer Reichweite.

Allerdings hatte die Entwicklung des Ponton-Antriebs auch manche feineren Nebenwirkungen. Beispielsweise ergab sich daraus eine hartnäckige Verzerrung in der subjektiven Wahrnehmung des tatsächlichen Raums. Die Möglichkeit, nahezu unvorstellbare Entfernungen fast binnen eines Augenblicks zu überwinden, verursachte die verführerische Illusion, diese Distanzen seien im Effekt eigentlich gering. *Die gesamte Milchstraße, die ganze Galaxis, lag in Reichweite.* Die Implikationen dieser Erkenntnis waren gleichzeitig umwerfend für den Geist und irreführend. Innerhalb der grob spiralenförmigen Gestalt der Milchstraße betrug der Abstand der Erde vom galaktischen Zentrum annähernd 26,1 × 10^{16} Kilometer: 2 610 000 000 000 000 000 km. Ein Raumschiff, das mit einer Geschwindigkeit von 0,5 c flog, bräuchte bis zum Eintreffen im Zentrum der Galaxis rund fünfundfünfzigtausend Jahre. Mit Lichtgeschwindigkeit wären immer noch 27 500 Jahre erforderlich. Im Durchschnitt konnten von der Menschheit verwendete Raumschiffe bei jeder Hyperspatium-Durchquerung zehn Lichtjahre zurücklegen. Selbst bei dieser Leistung müßten zur Überwindung der gesamten genannten Entfernung 2750 Hyperspatium-Durchquerungen durchgeführt werden.

Aber die Menschen hielten, so wie sie eben einmal waren, 2750 für eine durchaus vorstellbare Zahl. Infolgedessen wurde der räumliche Abstand zwischen der Erde und dem Mittelpunkt der Milchstraße zu einer vorstellbaren Entfernung.

Der Denkfehler dabei war von dermaßen subtiler Natur, daß er den meisten Leuten entging.

In der Echtzeit, der effektiven Zeit, existierten die mittels des Ponton-Antriebs überbrückten Lichtjahre gar nicht. Ein Raumschiff mit Ponton-Antrieb *flog* diese Lichtjahre *nicht;* es passierte sie anhand interdimensionaler Translokation. Nach Abschluß der Hyperspatium-Durchquerung kehrte es in den Normalraum zurück – und der Normalraum war so groß, daß man sich seine tatsächliche Ausdehnung in Wahrheit eben *nicht* vorstellen konnte.

Na und? dachten die meisten Menschen. Auf alle Fälle existierte der Ponton-Antrieb. Der einzige Aufwand an Echtzeit, der bei Raumflügen anfiel, umfaßte die Dauer der Beschleunigung, der es bedurfte, um die erforderliche Geschwindigkeit zu erlangen, und der Verlangsamung nach Rückkehr in den Normalraum. Günstigstenfalls lag der Bannkosmos – das von den Amnion beherrschte Weltall – lediglich ein paar Flugtage entfernt.

Es stimmte: in einem Interspatium-Raumschiff beanspruchte die Reise zum Bannkosmos nur wenige Flugtage. Und die Kommunikation lief genauso schnell ab. Im Raumschiff beförderte Nachrichten trafen Jahrhunderte oder Jahrtausende früher als lichtschnelle Funksendungen ein. Aber in den sonderbaren physikalischen Verhältnissen des Hyperspatiums hatten weder Raum noch Zeit irgendeine Bedeutung. Schiffe begegneten sich dort nicht; kommunizierten nicht, tauschten keine Fracht aus; bekämpften sich nicht, veranstalteten keine Verfolgungsjagden. Jede Art konkreter Handlung, ob seitens der Menschen oder der Amnion, fand im Normalraum statt, bei normalen Unterlichtgeschwindigkeiten. Und bei gewöhnlichen Unterlichtgeschwindigkeiten blieben, pragmatisch betrachtet, praktisch selbst die nächsten Sterne unerreichbar fern.

Mit anderen Worten, die Erfindung des Juanita-Estevez-Massentransmission-Feldgenerators hatte einen Veränderungseinfluß auf das Verhältnis der Menschheit zu weiten Entfernungen – aber keinerlei Auswirkungen auf die Situation des Menschen im Normalraum.

Einen schlagenden Beweis dafür gab das Dilemma der Raumpiraterie ab.

Wieso war die Raumpiraterie ein so ernstes Problem? Wie hatten Piraten im Human-Kosmos eine solche Macht erringen können? Raumschiffe konnten das Hyperspatium im Handumdrehen durchqueren. Überfiel ein Pirat zum Beispiel Station Terminus, ließ sich diese Information mit einer Interspatium-Kurierdrohne rasch zur Erde befördern, und innerhalb weniger Stunden konnte das VMKP-HQ zum Schutz der Station einen Polizeikreuzer ausschicken. Wie war es möglich, daß unter diesen Umständen das Verbrechen gedieh?

Es gedieh ganz einfach deshalb, weil alle illegalen Taten im Normalraum begangen wurden. Die VMKP hatte Interspatium-Raumschiffe. Nicht selten benutzten auch Illegale Interspatium-Raumschiffe. Aber alle ihre Einsätze und Aktionen vollzogen sich im Normalraum. Interspatium-Raumschiffe hatten die Möglichkeit, den Raumsektor, in dem sie aktiv zu werden beabsichtigten, mit unglaublicher Mühelosigkeit zu wechseln; doch die Aktivitäten selbst beanspruchten nach wie vor Echtzeit und erforderten unverändert das Zurücklegen tatsächlicher Entfernungen. Ein VMKP-Kreuzer mochte ohne weiteres der Fährte eines Piratenraumschiffs quer durch die gesamte Galaxie nachspüren; jede Kampfmaßnahme jedoch, die der Kreuzer gegen den Piraten ergriff, erfolgte im Normalraum, wo schon das schlichte Absuchen eines Sonnensystems nach verräterischen Emissionen eventuell monatelang dauerte.

Eine gravierende Steigerung dieser grundsätzlichen Schwierigkeiten ergab sich aus dem Sachverhalt, daß eine Hyperspatium-Durchquerung als solche keineswegs mit so präzisen Resultaten geschah, wie sie auf dem Papier standen. Sowohl Kurs wie auch Distanz jeder Hyperspatium-Durchquerung unterlagen mehreren Arten der Ungenauigkeit. Kursabweichungen von winzigen Bruchteilen eines Grads multiplizierten sich über die Lichtjahre hinweg zu Hunderttausenden von Kilometern. Noch komplizierter war die Entfernungsberechnung. Die Entfernung, die ein Raumschiff durch eine Hyperspatium-Durchquerung überwand, variierte in Abhängigkeit von einer ganzen Anzahl Faktoren, darunter Geschwindigkeit, Beschleunigungsrate sowie dem proportionalen Verhältnis zwischen Masse einer- und andererseits dem wirklichen und potentiellen Leistungsvermögen des Ponton-Antriebs.

Darüber hinaus determinierte beim Ponton-Antrieb der Hysteresis-Transduktor, dessen Funktion es war, das Ausmaß der Verzögerung, die sich zwischen Aktivierung des Antriebs und dem Eintreten seines Effekts ergab, zu kontrollieren, die Interaktion der aufgezählten Elemente. War die Verzögerung zu groß, wechselte das Raumschiff nicht in die Tach über; geriet sie zu klein, fiel es nie mehr in die Tard zurück. Aufgrund dessen konnten schon minimale Fluktuationen des Energiepegels oder der Hysteresis – oder kleine Fehlberechnungen der Masse – die Ursache für beträchtliche Streckenverkürzungen oder Zielüberschreitungen sein. Es erforderte eine geradezu übermenschliche Präzision, um zu garantieren, daß ein Raumschiff genau an der

Position in die Tard zurückfiel, die der Kapitän, als er in die Tach überwechselte, angepeilt hatte.

Aus diesem Grund – und weil Raumschiffe auch mit der Geschwindigkeit aus dem Hyperspatium wieder zum Vorschein kamen, die zur Einleitung einer Hyperspatium-Durchquerung unverzichtbar war – schrieb die Erde dem starken Raumschiffsverkehr des Sonnensystems vor, soweit er nicht die VMKP betraf, außerhalb der Umlaufbahn des äußersten Planeten in die Tard zurückzufallen; und Raumschiffe, die eine Weltraumstation zum Flugziel hatten, mußten deutlich außerhalb des von dieser Station kontrollierten Umraums in den Normalraum zurückkehren.

Auch in dieser Hinsicht schränkte die schiere Weite des Weltalls auf mehr oder weniger unmerkliche Weise die scheinbare Bewältigung unvorstellbarer Entfernungen durch die Menschheit ein. Raumpirat zu sein war leichter – und die Bekämpfung der Raumpiraterie schwieriger –, als die meisten Leute dachten.

SORUS

Die *Sturmvogel* überstand das Desaster, weil Sorus Chatelaine, die Kapitänin, zuvor Warnungen erhielt. Natürlich war sie von den Passagieren des Amnion-Shuttles gewarnt worden. Nachdem das kleine Raumfahrzeug durch die Nebenwirkungen des kurzen, einseitigen Gefechts zwischen der *Sturmvogel* und der *Käptens Liebchen* aus dem Kurs geworfen und außer Kontrolle geraten war, hatte Sorus es geborgen; jetzt standen die Geretteten auf der Steuerbrücke vor ihr und redeten unaufhörlich, sowohl mit ihr wie auch der *Stiller Horizont*. Sie erzählten ihr, was sie über den Angriff auf Thanatos Minors Amnion-Sektion wußten, die Befreiung Morn Hylands; über die Mächte und Zwänge, die auf dem Planetoiden ihren Konflikt ausgetragen hatten.

Diese Informationen hätten jedoch wahrscheinlich nicht genügt, um ein Überdauern der *Sturmvogel* zu sichern. Sorus erfuhr sie gefährlich spät. Zum Glück jedoch hatte schon anderes sie gewarnt. Der Kassaforts Kommunikationsanlagen zugefügte Schaden verdeutlichte ihr, daß die Schwarzwerft in ernsten Schwierigkeiten war – und sie verstand die Art von Rückschlüssen zu ziehen, die Illegalen mitsamt ihren Raumschiffen das Durchkommen ermöglichten.

Die *Käptens Liebchen* hätte unter der Kontrolle der *Stiller Horizont* stehen müssen, weil die Amnion Nick Succorsos Prioritätscodes kannten und er selbst sich nicht an Bord befand, ihnen also nicht gegensteuern konnte. Folglich hätten die Amnion dazu imstande sein müssen, die Interspatium-Brigantine effektiv ihrem Kommando zu unterwerfen. Und tatsächlich hatten alle Anzeichen dafür gesprochen, daß das

Raumschiff den Codes gehorchte, es die Instruktionen der *Stiller Horizont* ausführte. Aber die darauffolgende Selbstmordattacke auf die *Friedliche Hegemonie* bewies, daß es sich bei der Unterordnung um ein Täuschungsmanöver gehandelt hatte.

Demnach mußten die Prioritätscodes falsch sein. Oder vielleicht waren sie vor kurzem abgeändert worden. Ob so oder so, fest stand, daß die *Käptens Liebchen* Hilflosigkeit vorgetäuscht hatte, allerdings nicht – anders als von Sorus angenommen – zur Vorbereitung eines Angriffs auf die *Sturmvogel*, sondern um den in die Amnion-Sektion eingedrungenen Stoßtrupp der *Posaune* zu beschützen.

Anders formuliert, die Ereignisse entwickelten sich keineswegs so, wie die Amnion sie sich vorgestellt und vorausgesagt hatten. Die Angaben, die sie Sorus vor dem Eintreffen der Shuttle-Passagiere gemacht hatten, stimmten nicht mit den Tatsachen überein. Und die *Posaune* verhielt sich kaum berechenbarer als die *Käptens Liebchen*.

Solche Vorgänge nahm Sorus zur Warnung, lange bevor Milos Taverner ihr erzählte, was er über die Gefahrenlage wußte. Als die *Stiller Horizont* sie zur Unterstützung des Kriegsschiffs gegen die *Posaune* aufrief, hatte sie ihr Raumschiff längst in Gefechtsbereitschaft versetzt, auf eine etwaige Kollision vorbereitet und war dazu übergegangen, den Abstand zwischen sich und Thanatos Minor zu vergrößern.

Wie sich herausstellte, hatten ihre Vorkehrungen und die zusätzlichen Kilometer an Distanz entscheidende Bedeutung. Als Thanatos Minor explodierte, hatte die *Sturmvogel* die komplette Bordartillerie nicht auf die *Posaune*, sondern auf den Planetoiden gerichtet, und sämtliche elektromagnetischen Schutzfelder und Massendeflektoren der dem dunklen Felsklotz zugewandten Rumpfseite waren auf volle Kraft geschaltet. Zudem hatte Sorus das Raumschiff beidrehen lassen, so daß es dem Trümmerhagel das kleinstmögliche Profil darbot.

Die *Sturmvogel* überstand das irrsinnige Gestöber herantrudelnder Bruchstücke, indem sie Schuttbrocken zu Staub zerschoß, ehe sie aufschlagen konnten; indem sie manche Treffer deflektierte und andere absorbierte. Dennoch schleuderte die Stoßwelle der Explosion sie durchs All, als hätte sie einen Volltreffer aus den Superlicht-Protonengeschützen der *Stiller Horizont* erhalten. Dann jedoch raste die Woge der Erschütterung an ihr vorüber; sie war zerbeult, ins Schlingern geraten, aber im wesentlichen intakt geblieben.

Auf ähnliche Weise stand die *Stiller Horizont* die Krise durch. Selbstverständlich hatte das Kriegsschiff ein größeres Profil. Allerdings befand es sich weiter vom Explosionszentrum entfernt. Und ihre Kanonen – von der Zielerfassung und -verfolgung ganz zu schweigen – waren den Bordwaffen der *Sturmvogel* überlegen: sie vernichteten einen viel größeren Anteil bedrohlich herantaumelnder Trümmerstücke, ehe eine Kollision erfolgen konnte.

Nach der Explosion existierte Thanatos Minor nicht mehr.

Von den Raumschiffen gab es nur noch zwei: die beiden, die Milos Taverner gewarnt hatte. Die übrigen Raumer in diesem Quadranten des Kosmos waren samt und sonders in Stücke geschmettert und in den subatomaren Winden des Weltalldunkels verstreut worden. An Bord der *Sturmvogel* empfingen die Instrumente den blindlings verstreuten Fallout der Explosion, das schrille Kreischen der Trümmer, das fernem Donnern gleiche Abschwellen der Stoßwelle; aber man hörte keine Stimmen mehr.

Sorus klammerte sich an die Armlehnen ihres Kommandosessels, rang mit den Wirkungen des Beschleunigungsdrucks und mit Schwindel. Die Stoßwelle hatte sie gegen die Anti-G-Gurte geworfen, als wäre sie eine leere Bordmontur; sie fühlte sich wie nach einem Hieb mit dem Stunnerknüppel. Sie war nicht mehr jung, derartige Belastungen konnte sie nicht folgenlos verkraften. Der Lärm des Stimmengewirrs und der Alarmsignale, der die Steuerbrücke durchgellte, bewies ihr, daß sie mit dem Leben davongekommen war, das Raumschiff nach wie vor flog – aber wie lange noch, ließ sich daran nicht erkennen.

Ein dermaßen wuchtiger Stoß hätte Sorus das Rückgrat brechen oder den Schiffsrumpf zerfetzen und das Innere der *Sturmvogel* dem Vakuum aussetzen können. Womöglich waren Leitungen gerissen, Antriebsgehäuse geborsten, Antennen und externe Projektoren zerknickt, Treibstofftanks geplatzt ...

Die Displays Sorus' waren ausgefallen oder zeigten Unsinn an. G stülpte ihr fast den Magen um, teils infolge der Stoßwelle, teils weil sie die Bordrotation desaktiviert hatte, um die Manövrierbarkeit des Raumers zu erhöhen. Trotz grauenvoller Kopfschmerzen, trotz eines Drucks in den Lungen, als ob sie sich mit Blut füllten, stemmte Sorus sich mit Gewalt hoch, bemühte sich darum, ihre Sicht zu klären.

»Schadensmeldung!« schnauzte sie in den Krawall. »Statusmeldung!«

Ihre Befehle schienen die Konfusion und das Lärmen wie Schüsse zu durchdringen. »Wir sind getroffen worden!« schrie der Datensysteme-Hauptoperator. »Dreimal, nein, viermal!« Er gab Sorus die Informationen, so schnell er sie ersah. »Die Deflektoren und Schutzfelder waren zu schwach für diese Brocken. Ein Treffer am Bug, er ist aber nur gestreift worden, kein Loch, keine Rumpfschäden. Mittschiffs 'ne Fünf-Meter-Beule im Außenrumpf, Schweißnähte leck, Automaten begrenzen Schäden erfolgreich.« Die Automatiken pumpten zwecks Versiegelung Plexuloseplasma in den Zwischenraum von Außen- und Innenhülle. »Ein Treffer hat mittschiffs 'n Deflektorschirm-Projektor demoliert.«

»Kapitänin«, rief die Kommunikationsanlagen-Hauptoperatorin. »Die *Stiller Horizont* verlangt ...«

Mit harschem Wink wehrte Sorus die Störung ab. Bevor sie über den Zustand ihres Schiffs nicht Bescheid wußte, wollte sie nichts anderes hören.

Ohnehin hatte der Datensysteme-Hauptoperator sich nicht unterbrechen lassen. »... muß der Grund sein, wieso der letzte Brocken uns so schwer getroffen hat. Ein Frachtbunker ist eingedrückt. Interne Schotts zeigen Grünstatus an, keine Lecks. Aber so ein Loch können wir nicht flicken. Der Scheißklotz steckt noch drin, er sitzt auf'm Rest der Fracht.«

Sorus saugte ruckartig Atem in die wehen Lungen. »Verlustmeldung.«

Erneut tippte der Datensysteme-Hauptoperator Tasten. »Vier bis jetzt, fünf, sechs ... Mehr bisher nicht. Überwiegend stoßbedingte Stauchungen, Quetschungen, Brüche, alles Aufprallverletzungen. Keine Toten.«

»Kapitänin ...«, rief die Kommunikationsanlagen-Hauptoperatorin nochmals dazwischen.

»Verdammt noch mal, wir sind praktisch blind«, schimpfte die Scanning-Hauptoperatorin, ohne sich an eine bestimmte Person zu wenden. »Verdammte Scheiße, nichts ist zu sehen.« Sie fuchtelte mit den Händen, als wollte sie Rauchschleier beseitigen. »Nichts als verfluchte Distorsionen.«

Sorus mißachtete beide; sie ignorierte auch Milos Taverners Gestalt, die fast direkt vor ihr aufragte. »Steuermann?«

Der Steuermann zuckte die Achseln. »Wir treiben noch im Stoßwellensog, fort von Thanatos Minor. Falls davon was übrig ist. Aber bevor das Scanning wieder funktioniert, kann ich dir nicht sagen, wo wir eigentlich sind.«

»Oder wer außer uns überlebt hat«, bemerkte die Scanning-Hauptoperatorin mit rauher Stimme.

Auch Sorus verspürte Furcht, das kalte, durchdringende Grauen, wie es unweigerlich jeden packte, der blind durch den schwarzen Abgrund der Weltraumweiten stürzte; momentan jedoch ließ sich daran absolut nichts ändern.

Eine andere Stimme erregte ihre Aufmerksamkeit.

»Kapitänin, *Stiller Horizont* muß Antwort übermittelt werden. Es ist unbedingt erforderlich.«

Sie gehörte dem anderen halbmutierten Menschen, Marc Vestabule. Geradeso wie Milos Taverner vor Sorus' Kommandosessel hatte er sich Halt verschafft, indem er seine

Hände an die Seiten der Konsole klammerte; er wirkte unverrückbar, als wäre er gegen das nach der Erschütterung fühlbare Abebben der G-Wellen gefeit. Ehe die Explosion jeden Funkempfang unmöglich machte, hatte er mit der *Stiller Horizont* kommuniziert, dem Amnion-Kriegsschiff vermutlich die gleichen Informationen zukommen lassen, die sie von Milos Taverner erfahren hatte, und wahrscheinlich die gleichen Fragen gestellt.

»Dann antworten Sie!« fuhr Sorus ihn an. »Hauptsache, Sie fallen mir nicht lästig.«

In vollkommener äußerlicher Ruhe löste Marc Vestibule eine Hand von der Kommandokonsole, griff sich einen Ohrhörer von der Kommunikationskonsole und schob ihn ins Ohr. Dann nahm er von der Kommunikationsanlagen-Hauptoperatorin ein Mikrofon entgegen. Sofort, aber ohne erkennbare Hast, fing er fremdartige Laute ins Mikro zu nuscheln an.

Genau das war es, was Sorus Chatelaine solches Mißtrauen gegen die Amnion einflößte; was sie an ihnen am meisten verabscheute und fürchtete. Keiner von ihnen zeigte jemals Eile; keinem konnte man je normalen Schrecken oder etwa gar Verzweiflung anmerken. Der Pilot und ein Leibwächter, die Vestabule und Taverner im Shuttle begleitet hatten, standen noch am Eingang der Steuerbrücke, bewahrten dort in aller Ruhe Halt, als wäre nichts geschehen. Und was Taverner anging ...

In beinahe jeder Beziehung sah er so menschlich wie Sorus aus. Vielleicht sogar allzu menschlich: seine aufgedunsene Visage, die fleckige Kopfhaut, die von Niks braunen Finger sowie die bleiche Haut vermittelten den Eindruck der Weichlichkeit und Unzulänglichkeit. Nur Zorn hätte seinem Gesicht Würde verliehen. Jede andere Emotion mußte in seiner Miene nach Selbstmitleid aussehen.

Trotzdem wußte Sorus, er war ein Amnioni, genauso unerschütterlich und zielstrebig wie Marc Vestabule; wie der Shuttlepilot und der Leibwächter; wie jedes Crewmitglied an Bord der *Stiller Horizont*. Die Anzeichen waren unmißverständlich.

Seine Augen verrieten die Wirkung der Mutagene, die ihm die Identität geraubt hatten. Die Regenbogenhäute der zu schwefligem Gelb verfärbten Augen waren deformiert, zu Schlitzen geworden, die Lider erstarrt; seine physische Weichheit und unnatürliche Ruhe schienen angesichts dieser Augen etwas Dämonisches an sich zu haben, als wären sie ein Vorgeschmack der Verdammnis. Der Prozeß der genetischen Transformation hatte ihn durch und durch verändert, nur die äußere Erscheinung nicht: seine DNS-Stränge rearrangiert, die grundlegenden, maßgeblichen Chiffren der Nukleotide umstrukturiert, bis vom einstigen Stellvertretenden Sicherheitsdienstleiter des Sicherheitsdienstes der KombiMontan-Station nicht mehr übriggeblieben war als ein distanzierter und bisweilen unverläßlicher Pool von Erinnerungen.

Sorus war mit dem Mutationsprozeß vertraut. Sie kannte Marc Vestabule seit Jahren.

»Scanning, ich will eine *Meldung!*« rief Sorus zornig, die die Art irritierte, wie Taverner sie betrachtete, als könnte nichts ihn überraschen.

»Ich hab's doch gesagt, Kapitänin, wir sind praktisch blind«, entgegnete die Scanning-Hauptoperatorin trotzig. »Da sind zu viele beschissene Distorsionen im gesamten Spektrum, die Instrumente können keine ...«

»Dann *tu* was!« schrie Sorus sie an. »Die Distorsionen müssen doch irgendwie auszufiltern sein. Gib dem Bordcomputer ein, was passiert ist, damit er sie kompensieren kann. Ich will wissen, *was draußen los ist.*«

»Kapitänin.« Vestabule heftete den zweigeteilten Blick – er hatte ein menschliches und ein amnionisches Auge – auf Sorus. »*Stiller Horizont* meldet keine anderen intakten Raumflugkörper. Der Planetoid Thanatos Minor existiert nicht mehr. Sie sind in keiner Gefahr. In vier Minuten werden sich die Distorsionen auf die Toleranzwerte unserer Instrumente reduziert haben. *Stiller Horizont* hat Ihre Position geortet. Ihrer Steuerung werden Koordinaten übermittelt.«

Sorus nickte heftig. Steuermann und Kommunikationsanlagen-Hauptoperatorin hämmerten auf Tasten, leiteten sich gegenseitig Daten zu.

»Sobald Sie zur Entgegennahme bereit sind«, fügte Vestabule hinzu, »werden weitere informative Daten gefunkt.«

»Noch nicht«, stellte Sorus klar. »Erst muß ich mich mit anderen Prioritäten befassen. Datensysteme, ich brauche eine Schadensdiagnose des getroffenen Frachtbunkers. Und eine Reparaturexpertise für den zerstörten Deflektorschirmprojektor.«

Mit dem Daumen aktivierte sie eine bordweite Interkom-Leitung. »Achtung, ganze Besatzung auf Gravo-Belastung einstellen! Ich rekonstituiere Bordrotation. Wer es nötig hat, soll sich in die Krankenstation legen. Alle anderen müssen tun, was sie können. Der Schadensanalyse zufolge soll der Kahn noch einsatztüchtig sein, aber ich traue dem Braten nicht. Es hat uns zu schwer erwischt. Es ist *alles* zu melden, das den Verdacht erweckt, es könnte eine Drallveränderung stattfinden.«

Grimmig hielt sie, als sie – wieder mit dem Daumen – die Interkom abschaltete, der Konfrontation mit Taverners schwammiger Gelassenheit stand, machte sich daran, ihrer Konsolentastatur Befehle einzutippen.

»Eile ist erforderlich, Kapitänin Chatelaine«, sagte Marc Vestabule, bevor Sorus die Bordrotation wiederherstellen konnte. Sein Tonfall klang unerbittlich hart.

An den Beschwerden spürte Sorus das Alter. Die Last der Jahre erfüllte sie mit Verdruß. »Eile weswegen?« fragte sie unwirsch. »Wo wollen wir denn hin? Eben haben Sie behauptet, alle seien tot. Dahin. Zu Schrott und Fetzen zerstückelt.« Schon dieser Gedanke verursachte ihr ein Kältegefühl in der Magengrube. Selbst der Kassierer hatte sein Ende gefunden. Zwar war er so unzuverlässig wie jeder Mann gewesen, den sie je gekannt hatte; doch war ihr Bedarf so manches Mal durch ihn gedeckt worden, und gelegentlich hatte er ihre Bedürfnisse befriedigt, ohne daß er es merkte. Sie konnte sich für ihn keinen Ersatz vorstellen. Wie sollte sie ohne das, was er ihr zu geben verstanden hatte, ihre unausweichlichen Dienste für die Amnion fortsetzen, es ertragen können? »Wenn wir in keiner Gefahr schweben, wozu dann Eile?«

»Entscheidungen sind getroffen worden«, gab Vestabule in einem Ton zur Antwort, als rieselte Rost. »Aktionen sind durchzuführen. *Stiller Horizont* befiehlt Beschleunigung auf Abfangkurs. Die Nähe unserer Raumschiffe vereinfacht die Vorbereitungsmaßnahmen.«

Vielleicht empfand er in Anbetracht der Ereignisse jetzt doch Dringlichkeit: während er die Anweisungen der *Stiller Horizont* ausrichtete, klang seine Stimme noch nichtmenschlicher als sonst.

Sorus wandte sich ihm zu, während Anspannung in ihren Schläfen pochte, die Nachwirkungen der hohen g-Werte ihre Nerven marterten. Entscheidungen? Aktionen? Vorhin sind hier vielleicht zehntausend Leute umgekommen. Was für *Aktionen* wollt ihr denn noch?

»Wenn Sie wünschen, daß ich Ihre Äußerungen ernst nehme«, knirschte sie durch die Zähne, »sollten Sie sie mir lieber erläutern.«

Für einen Moment schien es, als konsultierte Vestabule die Alien-Codierung seiner Gene, bevor er sich zu einer Erklärung bequemte. »Die Scanningresultate rechtfertigen die Annahme, daß die *Posaune* nicht zerstört wurde.«

Ohne Anzeichen echter Neugier drehte Taverner den Kopf und sah seinen Mit-Amnioni an.

»Ich orte da was«, murmelte die über die Displays gebeugte Scanning-Hauptoperatorin. »Ein Raumschiff ... Ja, das ist die *Stiller Horizont*. Alles andere ist noch unklar.«

Sorus verkniff sich einen Fluch. Sie hatte Vestabule ohnehin sofort geglaubt. Hinsichtlich faktischer Akkuratesse unterliefen den Amnion sehr selten Irrtümer. Und wenn die *Posaune* noch existierte, irgendwo in der Umgebung durchs All flog, mit Morn und Davies Hyland, Angus Thermopyle und Nick Succorso an Bord ...

»Aber eben haben Sie mir gesagt, wir seien hier die einzigen Raumschiffe«, murrte sie gedehnt, so voller scheußlicher Vorahnungen, als wüßte sie tief im Innersten schon, was bevorstand. »›Keine anderen intakten Raumflugkörper‹, hat's geheißen. Wenn die *Posaune* weder hier in der Nähe ist noch vernichtet worden ...«

Sie ließ den Satz unbeendet; die Schlußfolgerung offen.

»Während sich die Stoßwelle ausbreitete«, klärte Vestabule sie auf, »hat *Stiller Horizont* die Emissionen des Ponton-Antriebs der *Posaune* gemessen.«

»Also ist sie auf und davon«, konstatierte Sorus schroff. »Sie hat Sie abgehängt. So viele Machenschaften und Manöver, all dies Verderben, und Sie haben sie *abhauen* lassen.« Sie sparte sich die Mühe, ihren Ärger zu verhehlen. Aus Erfahrung wußte sie, daß die Amnion derlei Gefühle nicht nachzuvollziehen wußten, sie bei ihnen keine Furcht erzeugten. »Kassafort und soundsoviel Raumschiffe, alle vernichtet für nichts, umsonst. Ich dachte, Sie hätten etwas gegen Verschwendung. Gottverdammt noch mal, haben Sie der *Stillen Horizont* nicht mitgeteilt, wer sich an Bord des Schiffs befindet? Haben Sie nicht durchgegeben, was Angus Thermopyle ist, zu welchem Zweck er Thanatos Minor aufgesucht hatte? Warum hat man die *Posaune* entwischen lassen? Weshalb hat die *Stiller Horizont* nicht ihre Bordartillerie eingesetzt, um die Verluste zu minimieren, das Problem ein für allemal auszumerzen? Ist Ihnen denn nicht einsichtig, wie gefährlich diese Leute sind?«

Weil sie wußte, was bevorstand, widerstrebte sie. »Angus Thermopyle ist ein Cyborg. Die Astro-Schnäpper hatten ihn geschickt, damit er Kassafort annihiliert. Daß er's geschafft hat, ist schlimm genug, und noch übler ist's, obendrein zu dulden, daß er anschließend verduftet. Aber es kommt noch verheerender. Nick Succorsos angebliche Prioritätscodes sind auf die *Käptens Liebchen* wirkungslos geblieben. Haben Sie sich noch gar nicht überlegt, was das bedeutet?«

»Was bedeutet es, Kapitänin Chatelaine?« fragte Taverner mit gleichmäßiger Stimme.

Sorus hielt den Blick auf Marc Vestabule gerichtet. Ihn kannte sie länger, ihm mißtraute sie weniger; sie befürchtete, daß sie, falls sie Taverner anschaute, die Beherrschung verlor und ihn in die feiste Fresse schlug.

»Es bedeutet eine von zwei Möglichkeiten«, antwortete sie unleidlich, hob einen Finger wie zur Anklage. »Nämlich *entweder*, daß die Codes von vornherein nichts taugten. Daß Morn Hyland und Nick Succorso alles gemeinsam ausgeheckt und durchgezogen haben. Daß ihr Aufenthalt auf Station Potential ein Trick war, eine List... Wahrscheinlich eine von Hashi Lebwohls verdeckten Operationen. Sie haben sich von Ihnen irgend etwas gekrallt, etwas in Erfahrung gebracht, sie auf irgendeine Weise reingelegt, ich weiß nicht, wie oder inwiefern. Ich weiß nur, daß es geklappt hat. Es ist ihnen gelungen, Sie so lange handlungsunfähig zu machen, daß sie sich verdünnisieren konnten... *Oder*...« – sie hob einen zweiten Finger – »Morn Hyland hat Succorso weisgemacht, sie hätte Ihnen seine Prioritätscodes verraten, *bevor* er sie Ihnen ausgeliefert hatte. Folglich hatte er Zeit, um die Codes zu ändern. Aber auch das hieße, daß Morn Hyland und Succorso zusammenarbeiten. Weshalb sollte sie ihm so ein Geheimnis ausplaudern, obwohl er die Absicht hatte, sie Ihnen zu opfern? Und wie kann sie noch Mensch sein, wenn sie nicht von ihm mit irgendeinem Immunitätsmedikament versorgt worden ist...?«

Nun hinterblickte Sorus, welchen Zweck das durch Nick Succorso ausgestreute Gerücht gehabt hatte, sie selbst verfügte über ein derartiges Mittel. Wäre Kassafort nicht vernichtet worden, hätte weder der Kassierer noch irgend jemand anderes auf dem Planetoiden sie je wieder in Ruhe gelassen, ja wahrscheinlich nicht einmal am Leben. Die Folgen der von Succorso verbreiteten Lüge hätten sie hinaus ins All getrieben, und dort wäre er über sie hergefallen.

»Also war die ganze Sache so oder so eine List«, lautete ihre letztendliche Schlußfolgerung. »Ich bin mir völlig darüber im unklaren, was die beiden von Ihnen wollten, aber jedenfalls haben sie sich *verdrückt*. Warum hat die *Stiller Ho-*

rizont dagegen nichts unternommen? Weshalb hat sie die *Posaune*, solange noch 'ne Gelegenheit bestand, nicht zusammengeschossen?«

Milos Taverner wandte sich an Sorus, als befänden er und sie sich allein auf der Brücke. Unter dem Bann seiner Aufmerksamkeit schien ihr Blick regelrecht von ihm angezogen zu werden. »Sie stellen eine wichtige Frage, Kapitänin Chatelaine.« Seine weniger als bei Vestabule mutierten Stimmbänder verliehen seinen Worten einen fremden, eher geisterhaften als menschlichen Klang. »Daraus ergibt sich eine zweite Frage, deren Beantwortung bei Ihnen liegt. Als die List aufflog, die *Käptens Liebchen* plötzlich gegen die Instruktionen der Amnion handelte, warum ist da das Raumschiff nicht von *Ihnen* ›zusammengeschossen‹ worden? Es lag in Ihrer Macht, *Friedliche Hegemonie* vor der Eliminierung zu bewahren. Aber Sie haben nichts dergleichen getan. Sie kritisieren unsere Passivität. Müssen nicht wir auch Ihre Passivität kritisieren?«

Sorus bemerkte die Drohung: sie ließ sich greifbar spüren, als ob sich in der Luft Statik ballte. Unvermittelt unterdrückte sie ihren Ärger. Sie konnte ihn sich momentan nicht leisten. Statt dessen verheimlichte sie ihre Furcht hinter einer Maske spöttischer Selbstsicherheit; der Maske, die sie stets während ihrer Aufenthalte beim Kassierer getragen hatte.

Um zu verhehlen, daß sie erst eine innere Kehrtwendung vollziehen mußte, senkte Sorus den Blick auf ihre Konsolentastatur, vervollständigte die Befehlssequenzen, deren es bedurfte, um die Bordrotation wiederherzustellen. Sofort hörte man auf der Brücke das nahezu unterschwellige Surren der Servovorrichtungen und Motoren. Unter Sorus bewegte sich das Deck. Geschmeidig wie Öl begann die *Sturmvogel* Zentrifugalkraft zu erzeugen. Das vertraute Gefühl des eigenen Gewichts senkte sich in Sorus' Muskulatur. Vestabule und Taverner konnten ihre verkrampfte Haltung lockern.

»Alle Anzeigen grün«, meldete der Datensysteme-

Hauptoperator. »Sensoren verzeichnen keine Friktion, keine Vibrationen. Sieht so aus, als ob die Bordrotation korrekt abläuft.«

»Kann das bestätigt werden?« fragte Sorus die Scanning-Hauptoperatorin.

»Nein«, lautete die Auskunft. »Noch nicht. Ich bin sicher, wir sind weit und breit das einzige Schiff. Der ganze Scheißplanetoid ist im Arsch, und alles andere auch. Aber die Instrumente reichen momentan nicht weit genug, um irgendeinen Fixpunkt exakt messen zu können. Kann sein, wir haben Instrumentestörungen, vielleicht auch nicht.«

Sorus verbarg ihre Erleichterung. »Ich hatte gar keine Wahl«, sagte sie hämisch zu Taverner. »Das wissen Sie doch selbst. Ich konnte die *Käptens Liebchen* nicht angreifen, weil ich damit beschäftigt war, Sie zu retten. Einmal ist sie von uns getroffen worden, und zwar schwer genug, so daß wir von ihrem baldigen Untergang ausgehen konnten. Danach hatte ich alle Hände voll zu tun, um Ihr Shuttle zu bergen, ohne Sie in G-geplättete Fladen zu verwandeln. Ich mußte Sie *vorsichtig* einholen. Hätte ich's anders gemacht oder mich nicht um Sie gekümmert und auf die *Käptens Liebchen* konzentriert, wären Sie jetzt wahrscheinlich tot.«

Widersprich mir, dachte sie, während sie ihm ins Gesicht lächelte, und du kannst mich mal.

»Genau, Kapitänin Chatelaine.« Taverner hatte genügend Menschenähnlichkeit beibehalten, um das Lächeln zu erwidern. »Sie haben die Besonderheiten der Situation im wesentlichen erkannt. Angesichts zweier gegensätzlicher Anforderungen ist Ihnen klar geworden, daß trotz der Tatsache, daß beide auf unabsehbare Konsequenzen hinausliefen, die eine die andere an Wichtigkeit überstieg. Vielleicht wären wir« – er vollführte eine gespreizte Geste, die auf ihn, Vestabule, den Shuttlepiloten sowie den Leibwächter verwies – »jetzt tot. Vielleicht nicht. Vielleicht hätte die *Käptens Liebchen* der Defensiveinheit *Friedliche Hegemonie* keinen ernsten Schaden zufügen können. Vielleicht doch. Die Gabelung von Vielleicht und Vielleichtnicht ist die Lokation, wo es Entscheidungen zu treffen gilt. Ihre Entscheidung, uns zu bergen, war richtig. Mußten Sie nicht mit Recht unterstellen, daß die *Friedliche Hegemonie* die Mittel hätte, um sich selbständig zu verteidigen? *Stiller Horizont* hat nicht auf die *Posaune* gefeuert, weil man mit der Möglichkeit rechnete, man könnte sie kapern. Die Vernichtung Thanatos Minors hätte fehlschlagen können. Vielleicht hätte sie sich verzögert. Vielleicht wäre die *Posaune* in die Schußweite der Laser gelangt, und es wäre durchführbar geworden, ihre Triebwerke zu zerstören, ohne die an Bord befindlichen Menschen zu töten. Angesichts gegensätzlicher Anforderungen – die *Posaune* kapern oder ihre Flucht zu vereiteln – hat die Defensiveinheit *Stiller Horizont* entschieden, das eine sei wichtiger als das andere. Das Kapern der *Posaune* hätte ihre Flucht verhindert, aber eventuell hätte man ihr Entweichen verhindern müssen, ohne daß sich eine Gelegenheit zum Kapern ergeben hätte.«

»Uns Amnion ist ersichtlich«, sagte Marc Vestabule mit einer Stimme, die nach Rostschichten klang, »daß gegen uns praktiziert worden ist, was Sie eine ›List‹ nennen. Tatsächlich gestatten die Ereignisse die Schlußfolgerung, daß die Menschen sich in mehrerlei Hinsicht betrügerisch verhalten haben, oder in nur einer Hinsicht, aber mit verschiedenerlei Auswirkungen. Milos Taverner hat uns über seine Beobachtung informiert, daß die Aktionen dieses ›Cyborgs‹ sowohl gegen uns wie auch Kassafort gerichtet gewesen sind, allerdings durchschauen wir sein Vorgehen und die Ziele noch nicht.«

Sein Gebaren verriet keine Ungeduld, keine Anspannung; nur sein eines Menschenauge zwinkerte heftig, als hätten die letzten Reste seiner menschlichen Emotionen kein anderes Ventil mehr.

»Das Faktum, daß eine List gegen uns angewendet wird, ist uns jedoch von Anfang an bekannt gewesen. Bei einer früheren Gelegenheit, schon vor seiner Vereinigung mit den Amnion, hat Milos Taverner uns von Kapitän Nick Succorsos unlauteren Absichten, deren Verwirklichung er im

Auftrag der Vereinigte-Montan-Kombinate-Polizei anstrebte, in Kenntnis gesetzt. Er informierte uns über Morn Hylands Identität einer Vereinigte-Montan-Kombinate-Polizeileutnantin. Aus diesem Grund haben wir versucht, ihren Körper in unseren Besitz zu bringen. Das Gewebe einer VMKP-Leutnantin wäre uns sehr nützlich gewesen. Wir sind jederzeit von der Annahme ausgegangen, daß die Betreibungen dieser beiden Personen unsere Schädigung zum Zweck haben. Dennoch sind ihre Machenschaften unsererseits geduldet worden, um ihre Ziele aufzudecken und daraus wiederum für uns Vorteile zu ziehen. Die augenblicklichen Umstände verkörpern indessen keine Gabelung des Vielleicht und Vielleichtnicht, Kapitänin Chatelaine. Vielmehr sind die als nächstes notwendigen Maßnahmen ein *Muß*. Handeln ist unverzichtbar. Sie müssen den Kurs und die Beschleunigung veranlassen, die in den Instruktionen der Defensiveinheit *Stiller Horizont* genannt sind.«

Es stand außer Frage: Sorus wußte, was kam. Aber gerade war die einzige Stätte vernichtet worden, die sie als ihr Zuhause hätte betrachten, hatte sie die einzigen Menschen verloren, die sie ihre Freunde hätte nennen können; ihr Raumschiff war beschädigt, und ihre Feinde sammelten sich – Feinde zudem, die Bundesgenossen an den unerwartetsten Stellen hatten. Sie dachte gar nicht daran, sich von mutierten Monstrositäten wie Marc Vestabule und Milos Taverner vorschreiben zu lassen, was sie tun sollte. Unter den gegenwärtigen Verhältnissen hätte sie sogar die Befolgung eines Befehls direkt von der amnionischen Geist-Gemeinschaft, der höchsten Quelle an ›Entscheidendem‹, die sie im Bannkosmos kannte, glattweg verweigert.

»Sie haben noch nicht auf meine erste Frage geantwortet«, entgegnete Sorus trotzig. »Wieso soll alles auf einmal so eilig sein? Wir können sie nicht mehr aufhalten. Wozu also die Hast?«

Vestabules menschliches Augenlid flatterte wie eine Signalflagge, doch er hielt Sorus' Blick stand. »Das Amnion-Scanning ist noch nicht wieder zur vollen Funktionstüchtigkeit gebracht worden«, teilte er ihr mit. »Daher liegen nur ungenaue Daten vor. Sie werden jedoch binnen kurzem präzisiert. Zur Zeit sind, obwohl das Partikelbombardement Ihre Ortungsinstrumente blendet, die charakteristischen physikalischen Rückstände meßbar, die verbleiben, wenn ein Raumschiff ›in die Tach überwechselt‹.« Er sprach die menschliche Redewendung recht unbeholfen aus. »Indem die Distorsionen abebben, wird *Stiller Horizont* dazu imstande sein, den Vektor des Hyperspatiumsprungs der *Posaune* zu bestimmen. Geschwindigkeit und Beschleunigung lassen sich anhand vorheriger Daten errechnen. Nach dem, was über den Ponton-Antrieb bekannt ist, ermöglichen die Parameter damit ausgestatteter Raumschiffe es uns, sowohl Richtung wie auch Weite der Hyperspatium-Durchquerung zu extrapolieren. Die Ergebnisse werden Annäherungswerte sein, aber sie dürften es erlauben, die Verfolgung aufzunehmen.«

Da hatte sie es. Verfolgung. Sie hatte vorausgesehen, daß es soweit kommen würde, und doch war es ihr zuwider, das Wort ausgesprochen zu hören. Verfolgung eines VMKP-Raumschiffs, das einen VMKP-Auftrag ausführte, in den Human-Kosmos, wo ohne Zweifel ein halbes Dutzend Kriegsschiffe sich bereithielten, um ihm Belästigungen vom Hals zu schaffen.

»Was, Verfolgung durch uns und die *Stiller Horizont?*« fragte sie in bitterbösem Tonfall, nicht weil sie erwartete, daß Vestabule und Taverner auf sie hörten, sondern einfach, weil es sie drängte, die Bürde der Sterblichkeit anzuerkennen, die ihr an den Knochen lastete. »Haben Sie eigentlich an die Möglichkeit gedacht, daß die edle, gerechte VMKP darin eine kriegerische Handlung sehen könnte? An die Möglichkeit, daß der gegenwärtige Friedenszustand für Sie nützlicher als für die Gegenseite ist und daß es äußerst ungünstige Folgen für Sie haben dürfte, wenn Sie den Frieden brechen?«

Taverner schüttelte vorsichtig den Kopf, als wäre die Bewegung in seinem Gedächtnis noch enthalten, ihm jedoch mittlerweile unbegreiflich geworden. Aber es war Vestabule, der Sorus Antwort gab.

»Erneut sprechen Sie über eine Gabelung zwischen Vielleicht und Vielleichtnicht. An dieser Verzweigung sind wir noch nicht angelangt. *Stiller Horizont* bleibt im Amnion-Kosmos. Sie werden die *Posaune* verfolgen. Sie haben den Auftrag, das Schiff zu kapern und die an Bord befindlichen Personen gefangenzunehmen, falls dies Ziel verwirklicht werden kann. Andernfalls ist es Ihre Aufgabe, sie zu eliminieren. *Stiller Horizont* wird nur zu Ihrer Unterstützung eingreifen, wenn es unumgänglich notwendig ist. Kommt die umschriebene Entscheidungssituation zustande, werden wir eher das Risiko eines Krieges tragen, als ein Entkommen der *Posaune* zu dulden.«

Während seiner Äußerungen krampfte Übelkeit Sorus den Magen zusammen. Eine kriegerische Handlung ... und die *Sturmvogel* mitten im Schlamassel. Für so etwas fühlte sich Sorus zu alt; für so etwas, hatte sie das Empfinden, war sie schon zu alt geboren worden.

»Verdammt noch mal, von hier aus brauchen Sie Tage zur Rücksprache mit der Geist-Gemeinschaft«, wandte sie ein, obgleich sie wußte, alle Einwände blieben fruchtlos. »Wie können Sie so ein Risiko auf die eigene Kappe nehmen? Woher wollen Sie wissen, ob die Geist-Gemeinschaft Ihre Strategie billigt?«

Dem seitens Vestabule bekanntgegebenen Entschluß ließen sich gewisse Aspekte menschlicher Schwäche anmerken, ein Anklang der Verzweiflung. War es denkbar, überlegte Sorus, daß die Abstammung solcher Kreaturen wie Vestabule und Taverner den amnionischen Entscheidungsprozeß beeinflußte, ihm ein Element der Furchtsamkeit untermischte, das ihnen selbst nicht auffiel?

Ob diese Spekulation etwas an sich hatte oder nicht, es verursachte Vestabule keine Verlegenheit, auf ihre Fragen einzugehen. »Wir sind Amnion«, konstatierte er. »Und wir müssen handeln. Das ist notwendig. Die Gefährlichkeit des Nichthandelns überwiegt die des Handelns. ›Billigung‹ ist keine Konzeption« – stellte er klar –, »die im Verhältnis zur Geist-Gemeinschaft irgendeine Relevanz hat.«

Er wandte sich Sorus zu. »Auch Sie müssen handeln. Ich wiederhole es nicht noch einmal. Nehmen Sie auf dem Kurs und mit der Geschwindigkeit, die Ihnen übermittelt worden sind, Fahrt in Richtung *Stiller Horizont* auf.«

Keine Betonung oder sonstige Veränderung seines Tonfalls brachte eine Drohung zum Ausdruck. Aber Sorus erkannte sie in seinen Augen. Eine Kraftprobe des Willens und der Treue fand statt: seine unerbittlichen amnionischen Erfordernisse gegen Sorus' menschliche Vertrautheit mit der Furcht.

Eine Kraftprobe war es; jedoch keine Konfrontation. Seit dem Tag, als Sorus unter die Gewalt seinesgleichen gelangt war, gehörte sie den Amnion mit Leib und Seele. Tiefinnerlich hatte eine Finsternis sie überwältigt, der sie schlichtweg keine nähere Beachtung schenken durfte.

»Also, dann tu's«, befahl Sorus voller Bitterkeit dem Hauptsteuermann. »Kurs und Schub gemäß Instruktionen der *Stiller Horizont*. Manöver sofort einleiten.«

Einen Moment später hörte sie das dumpfe Röhren des Schubs durch den Schiffsrumpf rumoren, spürte die komplizierte Wechselwirkung zwischen dem G-Andruck, der Bordrotation und dem Vektor der Stoßwelle. Kurz bäumte ihr Magen sich auf, beruhigte sich jedoch rasch.

Sie drehte den Kommandosessel, um den Blick von den Amnion abwenden zu können. »Waffensysteme, das ist 'ne gute Gelegenheit, um zunächst einmal alle überhaupt möglichen Systemchecks durchzuführen.«

»Aye, Kapitänin«, erhielt sie mit gepreßter Stimme zur Antwort. Ohne den Kopf zu heben, machte der Waffensysteme-Hauptoperator sich an die Arbeit.

»Scanning, Statusmeldung.«

»Die Ortung ist fast wieder vollständig intakt«, meldete die Scanning-Hauptoperatorin, als wäre sie es gewöhnt, daß ihre Kapitänin und die Amnion in Hörweite über das Schicksal der *Sturmvogel* diskutierten. »Zur Instrumentenstabilität kann ich noch nichts Sicheres sagen, aber die Messungen funktionieren immerhin so weit, daß sich die Angaben der *Stiller Horizont* verifizieren lassen. Nur Emissionsspuren eines in die Tach gewechselten Raumschiffs kann ich nicht erkennen.«

Die letztere Bemerkung bereitete Sorus kein Kopfzerbrechen. Das Scanning der Amnion taugte mehr. Wenn die *Stiller Horizont* Hyperspatiumemissionen verzeichnete, glaubte Sorus der Meldung.

Aber mit Vestabule und Taverner war sie noch nicht fertig. Sie würde gehorchen, so wie stets; aber wenn sie gehorchte, wollte sie die Wahrheit wissen.

Einfach weil er noch vor kurzem Mensch gewesen war und sich vielleicht besser an sein Menschsein erinnerte, heftete sie ihren grimmigen Blick auf Milos Taverner.

»Hören Sie her«, sagte sie halblaut durch zusammengebissene Zähne. »Für Sie ist es leicht zu behaupten, ›die Gefährlichkeit des Nichthandelns überwiegt die des Handelns‹, aber ich bin diejenige, die das Handeln erledigen soll. Ich muß wissen, um was es geht. Ich bin ein Mensch, meine Besatzung besteht aus Menschen, wir müssen in den Human-Kosmos fliegen ... Deshalb schicken Sie ja uns, statt die *Posaune* selber zu verfolgen. Im Human-Kosmos gelten aber andere Regeln. Es könnte sich ergeben, daß ich mich zwischen verschiedenen Alternativen entscheiden muß. Aber die richtigen Entschlüsse kann ich nur fassen, wenn ich weiß, um was es sich bei alldem dreht.«

Taverner versuchte zu lächeln; doch unter seinen Alienaugen glich das Verziehen des Munds einem Starrkrampf. »Es ist überflüssig, daß Sie weitergehendes Wissen haben. Ich begleite Sie. Für die Dauer der Verfolgung obliegt mir die Entscheidung.«

Sorus verkniff sich den Drang, ihn anzuschreien. »Das ist zuwenig«, erwiderte sie unverändert leise. »Sie sind kein Mensch. Sie reden nicht mal noch wie 'n Mensch. Ihr Verständnis der menschlichen Denk- und Handlungsweise hat schon nachgelassen. Es ist *notwendig*, daß ich Bescheid weiß.«

Aus Gründen, die Sorus nicht durchschaute, blickte Taverner hinüber zu Vestabule. Sie hätte nicht sagen können, daß sich zwischen den beiden irgend etwas abspielte – nichts war erkennbar als das unregelmäßige Blinzeln von Vestabules Menschenauge –, doch als Taverner sich wieder an sie wandte, war eine Entscheidung gefallen.

»Also gut. Ich will es erklären. Durch die Kaperung der *Posaune* haben die Amnion viel zu gewinnen, wogegen sie durch ihr Entweichen viele Nachteile hätten.«

»Soviel habe ich mir schon gedacht«, murmelte Sorus tief verdrossen.

Taverner ließ sich nicht beirren. »Die absehbaren Vorteile ergäben sich aus der Gefangennahme Morn Hylands und Davies Hylands. Morn Hylands Bedeutung ist leicht ersichtlich. Sie ist Leutnantin der Vereinigte-Montan-Kombinate-Polizei. Mit ihrer Ergreifung würde uns ihr gesamtes Wissen zugänglich. Das ist ein wichtiges, aber kein entscheidendes Ziel. Darüber hinaus ist sie ein durch ein Zonenimplantat geschützter weiblicher Mensch. Darum könnten wir durch sie zusätzliche Erkenntnisse erlangen. Zum Beispiel, was wäre das Ergebnis, paarte man sie mit einem männlichen Amnion, wie ich einer bin? Auch das ist ein wichtiges, aber kein entscheidendes Ziel.«

Paart? dachte Sorus in eisigem Entsetzen. Ach du Scheiße ... Aber sie hütete sich, Taverner zu unterbrechen.

»Morn Hylands Nachwuchs dagegen«, erläuterte er weiter, als spräche er über rein abstrakte Angelegenheiten ohne jeden persönlichen Bezug, »verkörpert für uns Möglichkeiten, denen wir eine entscheidende Bedeutung beimessen. Die Methoden, die Sie ›Schnellwachstumsverfahren‹ und ›Bewußtseinstransfer‹ nennen, sind bei uns von alters her bekannt und gebräuchlich. Auch unsere Fähigkeit, menschliches Genmaterial in die Geist-Gemeinschaft der Amnion zu integrieren – Ihre Sprache umfaßt keine passenden Ausdrucksmittel, um die amnionischen Begriffe zu übertragen, das Wort ›mutieren‹ bezeichnet sie nur sehr unzulänglich –, ist uns seit langem geläufig. Weiterführende Forschungen haben es uns ermöglicht, menschliches Erbgut mit immer geringeren äußerlichen Abweichungen zu mutieren. Dennoch ist es bisher mißlungen, Amnion hervorzubringen, die als Menschen gelten könnten. Die Ursache ist ohne Zweifel, daß gentechnische Methoden keine Denkweisen, Ausdrucksformen, Verhaltensmuster oder erlernte Charakteristika replizieren, wie sie bei den Menschen verbreitet sind. Deshalb hat Davies Hyland im Zusammenhang mit dem Bewußtseinstransfer für uns so große Bedeutung.«

Aufmerksam hörte Sorus zu; doch gleichzeitig versuchte sie nicht hinzuhören. Sie hatte ihrer Gemeinsamkeiten mit der Menschheit schon vor so langem entsagt, daß sie jetzt nicht so tun konnte, als scherte sie sich um ihre Spezies; und doch erfüllte die Tragweite der Erklärungen Taveners sie von der Hautoberfläche bis ins Innerste ihres verbitterten Herzens mit kaltem Grausen.

»Um zu erreichen, daß einer von uns als Mensch gelten kann«, verdeutlichte er ihr, »müssen wir die Entfaltung einer menschlichen Psyche zustande bringen. Unter uns selbst, von Amnioni zu Amnioni, entstehen beim Bewußtseinstransfer keine Schwierigkeiten. Aber wenn wir den Transfer von einer menschlichen Quellperson zu einer menschlichen Zielperson vollziehen, haben wir bei der Zielperson nur um den Preis einer geistig erloschenen Quellperson Erfolg. Wir vermuten, daß die menschliche Furcht während des Transfervorgangs eine effektive geistige Auslöschung der Quellperson bewirkt. Und geschieht der Transfer von Mensch zu Amnioni, werden sowohl Quell- wie auch Zielperson geistig ausgelöscht. Die Furcht der Quellperson wird einer genetisch inkompatiblen Zielperson übertragen. Wir erarbeiten Verbesserungen, aber machen keine Fortschritte. Aber der gelungene Bewußtseinstransfer zwischen Davies Hyland und seiner Quellperson zeigt, daß unsere Transfermethode offenbar bei menschlichem Erbgut durchaus erfolgreich ausgeführt werden kann. Wenn ein weiblicher Mensch mit Zonenimplantat den Transfer des Bewußtseins an per Schnellwachstumsverfahren entstandenen Nachwuchs überstehen kann, ohne daß sich psychische oder funktionale Schäden ergeben, und wenn auch der Nachwuchs dabei keine funktionalen Beeinträchtigungen erleidet, könnte es sein, daß der gleiche Prozeß sich auch zwischen Mensch und Amnioni mit Erfolg bewältigen läßt. In diesem Fall würde es möglich, Amnioni zu erzeugen, die Zugang zu menschlicher Denkweise und menschlichen Verhaltensmustern haben. Wachsen diese Amnion in menschlicher Gestalt heran, sind sie für Menschen nicht als Amnion erkennbar. Dann wäre es möglich, den Human-Kosmos mit Amnionkommandogruppen zu infiltrieren, und der Sturz des erdgeborenen Lebens könnte mit einem Schlag herbeigeführt werden. Darum hat die Gefangennahme Davies Hylands entscheidende Bedeutung. Eine Untersuchung des Ursprungs seiner körperlichen und geistigen Integrität kann uns die erforderlichen Informationen verschaffen. Daß er gleichzeitig das Bewußtsein einer Vereinigte-Montan-Kombinate-Polizeileutnantin hat, erhöht um so mehr seinen Wert.«

Unwillkürlich schrak Sorus' Gemüt vor dieser Vorstellung zurück. Taverner meinte genetische Kaze: nicht zu entlarvende Terroristen, die Mutagene verbreiten konnten, wann und wo sie wollten ...

Doch Taverner hatte seine Darlegungen noch nicht beendet. »Die voraussehbaren Nachteile«, ergänzte er sie in schonungsloser Redseligkeit, »sind eine Gefahr, die von dem Cyborg Angus Thermopyle und Kapitän Nick Succorso ausgehen. Mit der Vernichtung Kassaforts hat der Cyborg uns schweren Schaden zugefügt. Wir dürfen nicht dulden, daß er siegreich zur Vereinigte-Montan-Kombinate-Polizei heimkehrt. Wir müssen unsere Fähigkeit unter Beweis stellen, seinen Aktionen entgegenzuwirken. Zudem haben wir Anlaß zu der Vermutung, daß der Auftrag, für den man ihn konzipiert hat, noch nicht vollendet ist. Auch deshalb muß er unschädlich gemacht werden. Das ist wichtig, aber von keiner entscheidenden Bedeutung. Ferner wünschen wir ihn zu untersuchen, um die Technik seiner Konstruktion zu ergründen. All das sind wichtige, aber keine entscheidenden Überlegungen. Kapitän Succorso hingegen ist ein Faktor von entscheidender Bedeutung. Er ist im Besitz eines Medikaments, das ihn gegen unsere Mutagene immunisiert. Darin wäre selbst dann eine große Gefährdung zu sehen, wenn wir keinen Grund zu der Mutmaßung hätten, daß seine Nutzung des Mittels auf die Initiative der Vereinigte-Montan-Kombinate-Polizei zurückgeht. Es ist unbedingt notwendig zu verhindern, daß er durch dieses Serum im Human-Kosmos eine Mutagenimmunität verbreitet. Sobald die Menschen sich gegen Mutation schützen können, sind sie dazu in der Lage, gegen uns einen Krieg zu führen, in dem wir unterliegen müssen. In einem Konflikt der Technik gegen die Technik hätten wir keine Aussicht auf Sieg. Unsere Produktionsmethoden sind zu präzise, kostspielig und zeitraubend, als daß Sie mit Ihren Verfahren konkurrieren könnten. Aber das ist noch keineswegs die Summe der Bedrohung, die Kapitän Succorso verkörpert. Auf irgendeinem Wege, den wir bislang nicht nachvollzogen haben – vielleicht dank dessen, was Sie ›Intuition‹ nennen –, hat er Kenntnis unserer Forschungen bezüglich neuartiger Antriebsaggregate des sogenannten Ponton-Typs erlangt, mit denen Raumschiffe Normalraumgeschwindigkeiten erreichen sollen, die sich der Lichtgeschwindigkeit sehr dicht annähern. Gelänge es unseren Defensiveinheiten, auf solche Geschwindigkeiten zu beschleunigen, hätten wir im Kriegsfall erheblich bessere Erfolgsaussichten.«

Nur mit Mühe bewahrte Sorus eine ausdruckslose Miene. Insgeheim war ihr nach einem Aufstöhnen zumute. ›Erheblich bessere Erfolgsaussichten‹ war eine bemerkenswerte Untertreibung. Konnte ein Schlachtschiff wie die *Stiller Horizont* auf 0,9 c oder eine noch höhere Geschwindigkeit beschleunigen, hätte keine menschliche Weltraumstation noch eine Chance, sich dagegen zu verteidigen. Nicht einmal die Erde selbst genösse noch ausreichenden Schutz.

»Es darf nicht zugelassen werden«, sagte Taverner zum Schluß, »daß Kapitän Succorso sein Wissen der Vereinigte-Montan-Kombinate-Polizei mitteilt. Wir befürchten, daß die Menschheit sonst keine andere Wahl sähe, als unverzüglich einen Krieg gegen uns zu entfesseln, um zu verhindern, daß wir unsere Forschungen abschließen. Verstehen Sie jetzt, um was es geht, Kapitänin Chatelaine?«

Bedächtig und in regelrechter Benommenheit nickte Sorus. Ja, sie kapierte, auf was es ankam. Na schön. Ihre Rolle war ihr zuwider, doch sie begriff, was man von ihr erwartete. An der Stelle des ›Entscheidenden‹ der *Stiller Horizont* – oder der Geist-Gemeinschaft selbst – hätte sie den gleichen Entschluß gefaßt. Es ging um so viel, daß man Risiken beinahe jeder Größenordnung rechtfertigen konnte.

Trotzdem mochte sie es dabei nicht bewenden lassen. Irgendeine Anlage zur Halsstarrigkeit, ein stummer, ununterworfener Teil ihres genetischen Erbes, bewog sie dazu, noch einen Einwand zu erheben.

»Ich versteh das ohne weiteres, aber ich weiß nicht, ob Sie die Situation auch begreifen. Sie können mir erzählen, soviel Sie wollen, Sie haben ganz einfach schon die Gelegenheit verpaßt, das einzige zu tun, was abgeholfen hätte. Sie haben die *Posaune* entwischen lassen. Und inzwischen ist zuviel Zeit verstrichen. Welchen Zweck soll's jetzt noch haben, mich ihr nachzuschicken? Die Astro-Schnäpper warten längst auf ihre Rückkehr, mit 'ner ganzen Flotte, wenn's sein muß. Selbst wenn ich sie einholen könnte, ehe sie sich in den Schutz der Eskorte flüchtet – und ich kann's nicht –, gäb's keine Möglichkeit, um zu verhindern, daß sie nach Belieben Funksprüche sendet. Und falls Ihr Verdacht stimmt, daß Succorso für die Kosmo-Polizei arbeitet, kennen sie das Immunitätsserum sowieso. Wahrscheinlich hat er es von ihnen erhalten. Ich kann gar nichts dagegen unternehmen, daß die Information über die Existenz des Serums verbreitet wird. Mich in den Human-Kosmos zu schicken, nur damit ich von einer Flotte verfluchter Raumbullen zusammengeschossen werde, macht keinen Sinn.«

Die menschliche Hälfte von Vestabules Gesicht verzog sich mißmutig, als hätte er Schwierigkeiten mit Sorus' Jargon. Ein zweites Mal sahen er und Taverner sich ausdruckslos an, bevor Taverner antwortete.

»Der Sachverhalt der Immunität Kapitän Succorsos ist nicht ganz einfacher Natur. Ich bin ...« – für einen Moment stockte er, als hätte sein Gedächtnis ausgesetzt – »... Stellvertretender Sicherheitsdienstleiter der KombiMontan-Station gewesen. Hätte man irgendwo im Human-Kosmos ein Immunitätsserum gehabt, wäre es mir sicherlich bekannt geworden. Gehen wir einmal davon aus, daß es ein Mittel der Vereinigte-Montan-Kombinate-Polizei ist und Kapitän Succorso es von ihr bekommen hat. Dennoch ist es nicht allgemein verbreitet worden. Meines Wissens ...« – wieder stockte er kurz – »... existieren keine Aufzeichnungen über ein derartiges Medikament. Folglich müssen wir die Schlußfolgerung ziehen, daß die Vereinigte-Montan-Kombinate-Polizei das Serum vorsätzlich zur Geheimsache gemacht hat. Ich ...«

Taverner verstummte. Zu ihrer Überraschung sah Sorus, daß ihn starkes Unwohlsein befallen hatte. Die Mühe, die es ihn kostete, wie ein Mensch zu denken, trieb ihm den Schweiß aus den Poren, verlieh seiner blassen Haut die Färbung verblichenen Gebeins.

»Ich vermute spekulativ«, sagte er schließlich mit matter Stimme, indem er etwas schneller als zuvor sprach, »daß die Ursache in einem Fall speziesinternen Verrats zu sehen ist, den ich als schwer begreiflich empfinde. Eine Fraktion hat dies Immunitätsserum entwickelt, hält es aber vor der anderen Fraktion geheim, um daraus Vorteil zu ziehen. Das ist eine widerwärtige Vorstellung, ich entsinne mich jedoch, daß solche Erklärungen bei Menschen als plausibel eingestuft werden.«

»In derlei Hinsicht ist das menschliche Verhalten für uns unverständlich«, bemerkte Vestabule in rauhem Ton. »Wir möchten es verstehen. Aber es zu verstehen hat gegenwärtig keine entscheidende Bedeutung. Entscheidend ist vielmehr die Tatsache, daß die Kenntnis des Immunitätsserums noch nicht im Human-Kosmos verbreitet worden ist und wahrscheinlich nicht verbreitet wird, solange Kapitän Succorso nicht selbst die Maßnahme ergreift, dies Wissen auszustreuen. Was Ihre Sorge betrifft, die *Posaune* könnte in den Schutz ›einer Flotte verfluchter Raumbullen‹ flüchten, beachten Sie folgendes: Unsere Analyse der Hyperspatiumemissionen der *Posaune* ist abgeschlossen. Wir haben den Vektor der Hyperspatium-Durchquerung bestimmt und unter schätzungsweiser Berücksichtigung der Parameter des Ponton-Antriebs Geschwindigkeit und Beschleunigung berechnet. Hier sind die Resultate.«

Ohne um Erlaubnis zu fragen, beugte er sich vor und tippte Befehle in die Konsolentastatur der Kommunikationsanlagen. Fast unverzüglich aktivierte sich vor Sorus einer der Hauptbildschirme.

Vestabule hatte eine 3-D-Koordinatenprojektion für den lokalen Raumquadranten übermitteln lassen. Phosphoreszente Flecken markierten die Stelle, wo vorher Thanatos Minor im Vakuum geschwebt hatte. Die Position der *Sturmvogel* blinkte grün. Ein bernsteingelber Punkt kennzeichnete die Position der *Stiller Horizont*.

Schnell folgte ein roter Strich dem Kurs der *Posaune* durch den Normalraum: Zahlen längs der Linie zeigten mit aller Genauigkeit Schubschwankungen und Vektorveränderungen an. Dann verwies ein kleines, grellrotes Kreuz auf die Koordinaten, von denen aus das Raumschiff die Hyperspatium-Durchquerung angetreten hatte.

Auf der Grundlage der durch die *Stiller Horizont* angestellten Berechnungen deutete ein blauer Strich in die Richtung der Zielkoordinaten der *Posaune*. Wie weit der Hyperspatiumsprung die *Posaune* befördert hatte, darüber konnte man an Bord des Amnion-Kriegsschiffs lediglich Spekulationen anstellen, doch die Zielrichtung des Interspatium-Scouts hatte man genau bestimmen können.

Nirgends auf ganzer Länge berührte der blaue Strich den Human-Kosmos.

Sorus war mit ihren Einwänden am Ende. Nun konnte sie nur noch Gehorsam an den Tag legen; blieben ihr nichts mehr übrig als Folgsamkeit und Finsternis.

Entschlossen drückte sie mit dem Daumen die Ansagetaste der Interkom-Apparate.

»Ganze Besatzung in Bereitschaft halten«, gab sie der Crew durch. »Unser nächster Auftrag steht fest. Erst haben wir 'n Rendezvous mit der *Stiller Horizont*. Danach gehen wir auf Hatz.«

Wohin Angus Thermopyle und seine Kumpanei das Raumschiff auch steuerten, zur VMKP flogen sie nicht.

ANGUS

Nick Succorso fungierte als Steuermann, während Angus Thermopyle sich um alles andere kümmerte, als die *Posaune* in die Tard zurückstürzte – kaum 500 000 km von Thanatos Minors früherer Position entfernt, also noch innerhalb komplikationsloser Scanningreichweite.

Der Alarm der Warnautomatiken glich einem Echo der Warnungen aus Angus' Data-Nukleus und der Schreckreaktion seiner Instinkte. Noch arbeitete der Pulsatorantrieb der *Posaune*, erhöhte die Beschleunigung. Trotzdem wirkte das schlagartige Ausbleiben der mit der Vernichtung des Planetoiden einhergehenden Brisanz sich auf das Raumschiff wie eine Bremsung aus, warf Angus und Nick heftig in ihre Anti-G-Gurte. Aus einer Handlänge Abstand stierte Angus auf die Anzeigen der Kommandokonsole, aber seine Augen konnten die Informationen nicht zügig genug aufnehmen.

Sein Interncomputer rechnete schneller.

Die *Posaune* flog zu langsam, um Thanatos Minors Trümmerschwarm zu entgehen.

»Zu knapp!« schnarrte er Nick eindringlich zu. »Noch mal, Nick! Der Sprung war zu kurz.«

Auf dem Sitz des Ersten Offiziers hing Nick in den Gurten. Er hatte glasige Augen; seine Hände tatterten an den Seiten der Konsole nach Halt, aber fanden ihn nicht. Zu stark war er angeknackst: Angus hatte ihn mit derartiger Wucht gegen die Stirn geschlagen, daß es einem anderen den Schädel gebrochen hätte; Ciro hatte ihm einen Hieb mit einer Stunnerrute verpaßt. Sein Raumschiff war zerstört, ein Großteil der Crew ums Leben gekommen. Unter der hohen Schwerkraftbelastung waren seine Gliedmaßen erschlafft; er war zu ermattet, um noch zu irgend etwas imstande zu sein.

Angus' Hirn und sein Interncomputer fällten Entscheidungen mit Mikroprozessorgeschwindigkeit, blieben jedoch auf getrennten Gleisen tätig. Angetrieben durch integrierte Krisenprogramme, tippten seine Finger Tasten, schalteten die Steuerungsfunktionen auf seine Kommandokonsole um, initiierte er stärkeren Schub, als Nick der *Posaune* je zugetraut hätte, legte er Interspatiumparameter für den Human-Kosmos fest. Gleichzeitig bemühte sein Hirn sich mit äußerster Eile um die Ermittlung der genauen Position, beurteilte sie hinsichtlich der Möglichkeit einer Verfolgung. Den neuesten, erst vor Sekunden erhaltenen Daten zufolge hatten weder *Sturmvogel* noch *Stiller Horizont* hinlängliche Geschwindigkeit für einen Hyperspatiumsprung, und schon gar nicht in diese Richtung. Anders verhielt es sich mit der *Freimaurer* und anderen Schiffen aus dem Umkreis Kassaforts. Zweifellos hatte Milos Taverner den Amnion ausgeplaudert, warum Angus nach Thanatos Minor geschickt worden war; und falls die Amnion den Kassierer informiert hatten, er wiederum seine Klientel gewarnt hatte ...

Dann war ihnen klar, wo sie den Interspatium-Scout suchen mußten.

Unter dem Druck der vorprogrammierten Zwänge – oder vielleicht infolge anderer immanenter Eigenschaften – veranlaßte der Data-Nukleus Angus zur Readjustierung der Parameter, ließ ihn die *Posaune* einer zweiten brutalen Kurskorrektur unterziehen.

Alarmsirenen heulten wie die Heerscharen der Verdammten. Millionen von Tonnen zersprengten Gesteins trudelten auf den Fersen der Explosionsstoßwelle heran. Die Instrumente maßen Brisanz und Felstrümmer, während sie wie Furien die Weite des Alls durchrasten: des Alptraums zähnestarrender Rachen.

Ein halbes Dutzend Sekunden lang drehte der Interspatium-Scout so gewaltsam bei, daß nur Angus' Zonenimplantate ihn vor der Besinnungslosigkeit bewahrten.

Bewußtlos sank Nick in den Gurten zusammen. Doch an seinem Knochengerüst verklebte Verstärkungsstreben verliehen Angus die Kraft zum Durchhalten. Die *Posaune* befand sich noch im Beidrehen, hatte dem Sturm, der Thanatos Minors Untergang folgte, unverändert die Breitseite zugewandt, als er sich gegen ein Gewicht von sechs oder mehr Ge hochstemmte und die Taste drückte, durch deren Betätigung der Interspatium-Scout in die Tach überwechselte.

Die Gewalt, die den Planetoiden zerborsten hatte, konnte das Raumschiff nicht mehr einholen.

Statt dessen geriet die *Posaune* – und zwar mit einer geradezu desorientierenden Übergangslosigkeit – bedrohlich dicht an die Gravitationsquelle eines Roten Riesen, der fast drei Lichtjahre tief im Bannkosmos lohte.

Weil er zu rasch handeln mußte, um vorsichtig sein zu können, hatte Angus weder die Astrogation berücksichtigt – außer durch autonome Einsichtnahme in seine internen Datenspeicher – noch Präzision angestrebt; er hatte die *Posaune* schlichtweg in die Richtung des nächstbesten deutlich meßbaren Sterns gedreht und sie ins Hyperspatium geschleudert.

Glück und ein ans Wundersame grenzendes synergistisches Zusammenwirken seines organischen Gehirns mit seinen maschinellen Reflexen beförderten ihn in die Nähe der roten Riesensonne, ohne daß es ihn das Leben kostete.

Ein Roter Riese war genau das, was er sich vorgestellt hatte: relativ schwach an Masse, so daß er sich näher als an einen schwereren Stern heranwagen konnte; gleichzeitig vergleichsweise stark an Leuchtkraft und sonstiger Strahlung, die vielleicht die Emissionsfährte der *Posaune* überdeckten. Angus hoffte, daß Planetoidenschutt und Brisanz die Spuren der in Thanatos Minors Umgebung durchgeführten Manöver unkenntlich machten, andere Raumschiffe festzustellen hinderten, wohin er sich abgesetzt hatte. Und sollte diese Hoffnung trügen, bestand immer noch die Aussicht, daß dieser strahlungsintensive Stern es unmöglich machte, die *Posaune* zu orten.

Unvermindert beschleunigte der Interspatium-Scout mit Vollschub, raste mit beängstigendem Geschwindigkeitszuwachs durch die Gravitationsquelle. Nur Flugminuten entfernt drohte das Verglühen. Trotz der Zonenimplantate und seiner erhöhten Belastbarkeit schwindelte es Angus vom G-Andruck. Phosphor schien auf seiner Kommandokonsole zu glosen, die Anzeigen zu verwischen; das tidenartige Schwallen des Pulsschlags in seinen Ohren hatte zur Folge, daß die neuen Alarmsignale, die das Raumschiff jaulte, gedämpft klangen, dumpf-verschwommen und irgendwie bedeutungslos.

Doch nun kooperierten die ihm seit je innewohnende, animalische Furchtsamkeit und die Programmierung des Interncomputers. Zentimeter um Zentimeter schoben sie seine Hand vorwärts, bis sie die Tasten erreichte, mit denen er den Schub der *Posaune* reduzieren und sie in weitem Bogen durch den effektiven Wirkungsbereich der Gravitationsquelle aus der Gefahrenzone lenken konnte.

Danach vermochte er endlich wieder zu atmen.

Köstlicher Sauerstoff füllte ihm die Lungen, während sich das drückende Gewicht seines Körpers verringerte. Kurz verschleierte die Erleichterung seine Sicht mit rötlichem Nebel, ehe sie sich klärte. Sofort bei Einsetzen der Beschleunigung hatten automatische Systeme die Steuerbrücke in ihre Schublage eingerastet und den Aufgang zur Konnexblende eingeklappt. Jetzt lösten die Orientierungsgetriebe, während Angus das Flugverhalten der *Posaune* in der Gravitationsquelle des Roten Riesen stabilisierte, die Arretierung, erlaubten der Steuerbrücke innerhalb des Rumpfs die Wiederaufnahme der Rotation, die Anpassung an die Schwerkraft des nahen Sterns. Angus' Rücken und Beine schmiegten sich wieder angenehmer in den Anti-G-Sessel.

Langsam sackte Nick in seinen Gurten vornüber, blieb erschlafft, atmete durch den Mund.

Ein paar Adjustierungen der Steuerung noch, und Angus hatte es geschafft. Sein Interncomputer rechnete; seine Hände tippten Befehle. Als er fertig war, befand sich die *Posaune* auf elliptischem Orbit um den Roten Riesen, konnte seine Schwerkraft als Beschleunigungsfaktor ausnutzen und sich mit dem mehrfachen ihrer jetzigen Geschwindigkeit in die Richtung des Human-Kosmos katapultieren; mit hinlänglich hoher Geschwindigkeit fürs Einleiten einer Hyperspatium-Durchquerung, die sie drei oder vier Lichtjahre über die amnionische Grenzzone hinwegbefördern sollte.

So. Angus saugte soviel Luft ein, daß sein Wanst sich blähte, hielt den Atem an, bis der CO_2-Ausgleich in seinen Lungen ihm den Herzschlag um etliche Schläge verlangsamte. Gott, hatte er Durst! Aufgrund der durch Milos Taverner erlittenen Mißhandlungen und der im EA-Anzug durchgemachten Dehydration fühlten sich sein Gaumen und die Kehle an, als wären sie ihm mit Scheuermitteln verätzt worden. Körnigkeit brannte an seinen Augäpfeln, als drehten sie sich in Staub. Er hatte Hunger und war todmüde. Am meisten allerdings lechzte er nach einer Gelegenheit, um nach Morn zu sehen, schleunigst festzustellen, ob sie alles gut überstanden hatte; sie zu berühren, als wäre sie noch die Seine.

Der Data-Nukleus seines Interncomputers hatte ihm schon mehrerlei gestattet – oder dazu genötigt –, das er nicht erwartet hätte. Vielleicht erlaubte er auch das.

Nur hatte sie jetzt ihr Zonenimplantat-Kontrollgerät. Oder vielmehr hatte Davies es; doch das lief aufs gleiche hinaus. Daß einer von beiden ihn auch nur auf zehn Meter Abstand in ihre Nähe ließ, war höchst unwahrscheinlich. Nicht ohne Gewalt; und Angus machte sich nicht im geringsten vor, der Data-Nukleus könnte dulden, daß er gegen Morn Hyland Gewalt anwandte. Warden Dios hatte keinesfalls soviel Aufwand betrieben, um sie zu retten – und es, um Himmels willen, sogar geheimzuhalten! –, nur um Angus die Chance zu geben, das beklommene Weh in seiner Herzgrube zu lindern.

Bedächtig reckte er die Muskeln des Rückens und der Arme; dann schenkte er seine Aufmerksamkeit wieder der Kommandokonsole.

Die *Posaune* flog einen stabilen Kurs. Der Rote Riese verschleuderte dermaßen viel Strahlung, daß selbst Angus, obwohl er wußte, wohin er zu peilen hatte, die Emissionsspuren des Raumschiffs kaum messen konnte. Und binnen einer Stunde würde die furchterregend titanische Sonnenkugel zwischen dem Raumschiff und der Richtung Thanatos Minors schweben, es vor Ortung und Verfolgung bewahren, bis es die andere Seite des Riesensterns erreichte.

Wenn er schon Morn nicht anfassen durfte, konnte Angus doch wenigstens einige Liter Flüssigkeit trinken und etwas essen. Sollte Nick ruhig in seinem Sessel hängen. Es hatte den Anschein, als schliefe er, hätte die vereinte Bürde der Ge-Werte und des Verlusts ihn überwältigt. Und wenn er aufwachte, konnte er kein Unheil anrichten. Für Angus war es eine Kleinigkeit, anhand der Prioritätscodes sowohl die Kommandokonsole wie auch die Konsole des Ersten Offiziers zu blockieren und auf diese Weise jedem Eingriff und überhaupt jedem Herumgemurkse effektiv vorzubeugen.

Er öffnete die Gurte und schwang sich aus dem Sessel; und da erkannte er plötzlich, daß er gar nicht verstand, was er eben getan hatte.

Moment mal. Betroffen setzte er sich wieder hin. Scheiße. Moment mal.

Was, zum Teufel, machen wir eigentlich *hier*?

In diesem Augenblick regte sich Nick. Seine Hände zuckten, grabbelten nach den Seitenkanten der Konsole; er verkrampfte die Arme, um sich aufzurichten. Vor Benommenheit stierten seine Augen stumpf. Mühselig blinzelte er, versuchte sein Blickfeld zu klären. Sein Mund hing offen. Unter dem Dreck auf seinen Wangen glichen seine Narben langen, schmalen Knochen.

Nach und nach furchte, während er die Anzeigen vor seiner Nase anstarrte, ein Stirnrunzeln sein Gesicht.

»Was, zum Teufel«, fragte er, als schössen ihm und Angus die gleichen Gedanken durch den Kopf, »machen wir denn *hier*?«

»Uns verstecken«, antwortete Angus. »Was sonst?« Er hatte keine Ahnung, ob er damit die Wahrheit sprach; zu bestürzt angesichts des eigenen Mangels an Durchblick und voller Gram war er, als daß er klar zu überlegen vermocht hätte. Ein paar Sekunden der Hyperspatium-Durchquerung, einige wenige Minuten angespannten Normalraumflugs, und schon hatte sich alles verändert. Sein gesamtes Los hatte sich gründlich gewandelt, so nachhaltig, wie es zuvor durch den unerwarteten Befehl des Data-Nukleus abgewandelt worden war, Morn zu befreien; durch Warden Dios' Äußerung *Damit muß Schluß sein*. Durch die Entdeckung Morns im Wrack der *Stellar Regent*; durch seine Vereinnahmung seitens der DA-Abteilung der VMKP. Wieder ergab nichts einen Sinn, er mußte neue Regeln lernen, seine Grenzen neu erkunden ...

»›Uns verstecken ...‹« Nick wollte merklich seiner Stimme einen sarkastischen Tonfall verleihen, konnte die Lautstärke jedoch nicht über ein schwächliches Raunen erheben. »Verdammter Quatsch, vor *wem* verstecken? Ich habe uns hier nicht hingeflogen. Ich war ohnmächtig ... Sie haben die Steuerung übernommen. Beim Arsch der Galaxis, wir stecken drei Dreckslichtjahre tief im Bannkosmos. Wenn Ihr Kahn zu so einer Hyperspatium-Durchquerung fähig ist, weshalb haben Sie nicht die Gegenrichtung eingeschlagen? Dann wären alle Ihre Probleme jetzt behoben, der verfluchte Hashi Lebwohl müßte Sie doch mit offenen Armen willkommen heißen. Was für einen *Mist* haben Sie da gebaut?«

Gute Frage, hätte Angus laut gesagt, wäre es von seinen Programmen geduldet worden. Die VMKP-DA hatte ihn mit größter Gewissenhaftigkeit speziell für diesen Auftrag einer Unifikation unterzogen. Alle maßgeblichen Entscheidungen waren von Hashi Lebwohl oder Warden Dios gefällt worden. Was also tat er *hier?* Wieso hatte der Data-Nukleus ihn diesen Kurs nehmen lassen, obgleich er ihn dazu hätte bringen können, ja müssen, eine Hyperspatium-Durchquerung in den Human-Kosmos durchzuführen?

»Die *Stiller Horizont* war hinter uns her«, sagte Angus halblaut.

»Und Sie dachten, sie verfolgt uns bis in 'n Human-Kosmos?« Nick gab sich alle Mühe, vor Hohn zu triefen. »Zettelt vor den Augen der Astro-Schnäpper 'n Krieg an? Na und? Erwischt hätte sie uns jedenfalls nicht. Wir waren ihr an Beschleunigung voraus, wir hatten 'n Vektor, dem sie sich nicht so bald angleichen konnte. Und wir haben ...« Er tippte Tasten, las einige Anzeigen ab, pfiff vor Überraschung durch die Zähne, als er seine Annahme bestätigt sah. »Scheiße, Angus, das Schiff hat 'ne Schub-zu-Masse-Relation, mit der so eine lahme Blechbüchse nicht im entferntesten mithalten kann. Wenn sie mal volle Pulle fliegt, kann sie wahrscheinlich in der Tach gleichziehen, aber im Normalraum ist sie uns nicht gewachsen. Behaupten Sie bloß nicht, Sie seien hier hingedüst, um sich vor *ihr* zu verstecken.« Trotz der Mattigkeit seiner Augen und der fahlen Blutleere seiner Narben gewann er allmählich etwas von seiner alten, spritzigen Kraftfülle zurück. »Das könnte ich im Leben nicht glauben.«

Angus konnte es selbst nicht glauben. Und dennoch war es eine Tatsache. Er, Angus Thermopyle, in Person – nicht sein Data-Nukleus, weder Dios noch Lebwohl – hatte den Entschluß getroffen, auf der Flucht vor der *Stiller Horizont,* der *Sturmvogel* und vielleicht diesen oder jenen Raumschiffen des Kassierers diesen Sektor des Weltraums anzusteuern.

Was ist das für eine *Scheiße?* wiederholte er vor Fassungslosigkeit unwillkürlich Nick Succorsos Kritik.

Dann entsann er sich, als hörte er noch ein Echo, an das letzte Mal, als seine Programmierung ihn direkt angesprochen hatte. Als Milos Taverner ihn in der Amnion-Sektion

Kassaforts unter seine Kontrolle hatte bringen wollen, hatte in Angus' Kopf eine lautlose Stimme Taverners Befehlen entgegengewirkt.

Du bist nicht mehr Josua.
Die Jericho-Priorität ist annulliert.
Du bist Isaak. Das ist dein Name. Es ist gleichzeitig dein Befehlscode. Der Prioritätscode lautet Gabriel.

»Halten Sie's Maul«, raunzte er Nick an. Laß mich nachdenken. »Es ist mir egal, ob Sie's glauben oder nicht. Wenn ich Wert darauf legte, daß Sie über meine Gründe für diese oder jene Maßnahmen Bescheid wissen, hätte ich sie Ihnen schon genannt.«

Befehlscode Isaak, sagte er zu der Kluft in seinem Hirn, die als Datenschnittstelle diente. Warum hast du mich diese stellare Position anfliegen lassen? Weshalb mußte ich nicht unverzüglich zum VMKP-HQ fliegen?

Sein Data-Nukleus hüllte sich in so absolutes Schweigen, daß Angus sich einbildete, es in seinem Schädel widerhallen zu hören.

Das paßte. Zwar hatte der Interncomputer ihn mit umfangreichen Sachinformationspaketen über Themen wie Astrogation, die Konstruktionsbesonderheiten der *Posaune* sowie die baulichen und technischen Aspekte von Fusionsgeneratoren versorgt, aber nie das mindeste über sich selbst preisgegeben. *Sie, Angus,* hatte Dios ihm versprochen, *können fortlaufend Ihrer Programmierung entnehmen, was Sie an Kenntnissen haben müssen.* Doch irgendeine Erklärung für irgend etwas hatte er nie erfahren.

Der Interkom-Apparat summte. »Angus, was ist los?« Gravo-Belastung und Ratlosigkeit gaben Davies' Stimme einen brüchigen Klang. »Wo sind wir? Kann ich Morn jetzt wecken? Oder spricht was dagegen?«

Weit vehementer, als ihm klar wurde, hämmerte Angus Befehle in seine Kommandokonsole und desaktivierte sämtliche an Bord installierten Interkom-Geräte.

Noch mehr Ablenkung konnte er nicht gebrauchen; er mußte *durchschauen,* was geschah.

Hatte Warden Dios oder Hashi Lebwohl den Einfluß auf ihn verloren? Hatte er irgendwie die Fesseln seiner Programmierung gesprengt, sich von ihnen befreit?

Oder betrieben seine Quälgeister schlichtweg ein tiefer gehendes Spiel, als er es sich vorzustellen vermochte?

Herrgott, war es möglich, daß er sich *befreit* hatte?

»Na schön«, nölte Nick. »Behalten Sie Ihre Gründe für sich.« Neugierig musterte er Angus. »Wollen Sie das auch Ihrer lieben Morn bieten? Was glauben Sie, wie sie und ihr selbstgerechter Balg dazu stehen, wenn sie merken, daß sie drei Lichtjahre weit im Bannkosmos sind, und Sie weigern sich, ihnen den Grund zu nennen? Wie meine Leute darüber denken, weiß ich nicht ... Ich gehe davon aus, sie sind sowieso übergeschnappt. Aber Morn und Davies dürften erheblich aus 'm Häuschen geraten.«

»Halten Sie *endlich* das Maul!« Angus konzentrierte sich mit derartiger Angestrengtheit, daß sich ihm davon die Stimme verpreßte. Er brachte die Worte kaum zur Kehle hinaus. »Ich muß nachdenken.«

Voller Begierde nach Antworten schrie er den Befehlscode in die Stille seiner Schädelwölbung, versuchte ein Fenster zu seinen Datenspeichern zu öffnen. Das funktionierte: er hatte seinen Interncomputer und die darin geballten Informationen noch verfügbar. Aber stand er noch unter der Kontrolle des Data-Nukleus? Konnte er sich über seine stummen Gebote hinwegsetzen?

Eine Probe. Er mußte eine Probe aufs Exempel machen. Rasch auf irgendeine Weise nachprüfen, ob der Interncomputer ihn nach wie vor an der Kandare hatte. Irgendwie galt es herauszufinden, wie weit sein Vermögen reichte, eigene Entscheidungen zu fällen.

Sofort krampfte sich sein Herz zusammen wie eine Faust. Nick war da: er war das geeignete Objekt. Seine Verbindungen zur VMKP-DA schützten ihn vor Angus' Haß. Für den Fall, daß er nun widersprach, Angus' Willen widerstrebte oder ihn mit Frechheiten verhöhnte, nahm sich Angus vor, ihm ein zweites Mal eine zu verpassen; dieses

Mal so kräftig, daß er ihm den Schädel brach, ihm Knochensplitter ins Hirn drosch, ihn *tötete*, indem er ihm die zerebralen Synapsen zerschlitzte ...

»Für derlei Späßchen ist es 'n bißchen zu spät«, meinte Nick. Anscheinend konnte er der Versuchung partout nicht widerstehen, Angus' Konzentration zu stören. »Wir sind jetzt *hier*. Sie können nicht so tun, als ergäben sich daraus keine Konsequenzen. Meine Güte, Angus, was wird Hashi Lebwohl von Ihnen denken? Oder Min Donner? Früher oder später müssen Sie die Wahrheit auftischen. Ihnen bleibt gar keine andere Wahl.«

Also gut. Jetzt. Nun die Probe.

Er sammelte Kraft in den Schultern, spannte die Armmuskeln, erhob sich aus dem Anti-G-Sessel, um zuzuschlagen ...

Und erstarrte. Sämtliche Muskeln, die er brauchte, wurden sofort unbeweglich. In diesem Moment hätte er nicht einmal, um seine geistige Gesundheit zu retten, die Faust schwingen können. Sogar die geringfügige Aufgabe, den Abstand zwischen sich und dem Platz des Ersten Offiziers zurückzulegen, überforderte ihn gänzlich.

Dieses Gefühl war ihm längst nur zu gut bekannt. Es hatte etwas allzu Persönliches an sich, war so brutal wie Vergewaltigung; und die Hemmung war derartig übermächtig, daß er nie eine Chance hätte, sie zu überwinden. Die elektronischen Emissionen seiner Zonenimplantate waren stärker als bloße Willenskraft und Hoffnung.

Verwirrung durchtobte Angus, so vielschichtig wie eine raffinierte Maskierung; er hatte ein Empfinden, als stockte ihm in der Brust die Atemluft. Verflucht noch mal! wetterte er insgeheim. Zur Hölle sollt ihr fahren, ihr Schweinehunde! Seine Programmierung verweigerte es ihm, mit den Fäusten auf die Kommandokonsole zu dreschen; also rammte er sie auf seine Oberschenkel. Ihr Lumpen, warum sagt ihr nicht zur Abwechslung einmal *mir* die Wahrheit? Was kostete es euch denn, mir zu erklären, was ihr überhaupt wollt?

Doch er konnte es sich nicht leisten, sich in den Abgrund seiner Wut fallen zu lassen; nicht jetzt, während die *Posaune* drei Lichtjahre weit innerhalb des Bannkosmos flog und Morn sich an Bord aufhielt.

Mit wüster Entschlossenheit riß er sich von der Tiefe seiner Verzweiflung zurück.

Also dann. Nicht aufgeben. Ich muß die Situation *verstehen*. Er schmachtete unverändert unterm Joch des Data-Nukleus. Es blieb ihm unmöglich, gegen die Programmierung zu verstoßen. Trotzdem hatte *etwas* sich verändert. Weder Dios noch Lebwohl hatte ahnen können, daß er die *Posaune* an diesen Punkt des Alls flog; und doch war es ihm von den Interncomputerprogrammen gestattet worden.

»Ich mach Ihnen 'n Vorschlag«, sagte Nick lässig. »Sitzen Sie ruhig da rum und grübeln Sie sich einen ab.« Er öffnete die Gurte und stand auf. »Ich gebe Ihren und meinen Leuten Bescheid, daß sie nicht mehr in den Kabinen hocken müssen. Das dürfte diesen hinterfotzigen kleinen Scheißtypen 'ne Freude sein. Ich bin sicher, daß sie 'n Wörtchen mit Ihnen reden möchten. Bestimmt gefällt es ihnen gewaltig, von Ihnen zu hören, daß Sie jede Begründung dafür ablehnen, weshalb wir in dieser Gegend rumschippern... Ganz davon zu schweigen, daß es sie sicherlich auch interessiert, wie's Ihnen und Milos Taverner gelungen ist, dem Kassierer Davies wegzuschnappen, oder inwiefern Morn so verflucht wichtig sein soll. Bei der Gelegenheit bin ich so großzügig, Ihnen was zu futtern und zu trinken aufzutreiben. Sie sehen aus, als könnten Sie's vertragen.«

Er wartete auf eine Äußerung Angus'.

Angus winkte nur mit der Hand, um ihn abzuwimmeln, beachtete ihn nicht, während Nick die Brücke verließ. Er bedurfte verzweifelt der Hoffnung, mußte sich irgendwie zum Hoffen zwingen. Doch all sein Gespür und sein gesamter Instinkt sprachen mit unbarmherziger Nachdrücklichkeit dagegen.

Daß die Scheißpolypen ihm freie Hand lassen sollten, ergab absolut keinerlei Sinn. Irgendwer, entweder Dios oder Lebwohl, hatte einfach entschieden, an anderen Drähten zu ziehen. Die Drahtzieher, die ihn wie eine Marionette zum Tanzen brachten, hatten Drähte über Drähte zur Auswahl.

Aber allem zum Trotz wollte die Sehnsucht nach Hoffnung nicht aus seinem Herzen weichen.

Ich muß *verstehen*, was vor sich geht, gottverdammt noch mal!

Gewiß hatte auch seine Programmierung ihre Grenzen. Je mehr er unternahm, je weiter er sich von der Chirurgie der VMKP-DA entfernte, um so mehr wuchs die Wahrscheinlichkeit, daß sich in den kahlen Mauern seines geistigen Kerkers Risse bildeten. Nicht einmal der berüchtigte Lebwohl konnte *alles* vorhersehen.

Doch das war selbstverständlich auch den Astro-Schnäppern klar. Bestimmt hatten sie in dieser Hinsicht irgendwelche Vorkehrungen getroffen. Andernfalls hätten die akkumulierten Unzulänglichkeiten des vorprogrammierten Befehlskatalogs zu seiner Gefangennahme führen können; oder würden ihm die Flucht ermöglichen.

Wozu also waren sie auf der Grundlage dieser Überlegungen imstande gewesen?

Zum Beispiel seinen Suizid einzuplanen. Seinem Data-Nukleus einen festintegrierten Selbstvernichtungsbefehl einzubauen. Allerdings ginge ihnen in diesem Fall die *Posaune* und jeder, der sich an Bord befand, ebenso flöten. Sie verlören Morn. Und das wollten sie ganz offensichtlich vermeiden. Wenn sie die Absicht hegten, ihn zu töten, würden sie sie nicht verwirklichen, bevor sie wußten, was auf Thanatos Minor vorgefallen war; ehe sie sich Morn zurückgeholt hatten.

Oder sie hatten jemanden mit seiner Überwachung betrauen können. Das war Milos Taverners Aufgabe gewesen. Doch Taverner hatte die Polizei hintergangen – ein Ereignis, das Lebwohl oder Dios vorausgesehen gehabt hatten, denn dafür war vorgesorgt worden. Zur Zeit gab es niemanden, der seine Aufgabe übernehmen könnte; niemand kam in

Frage, solange die *Posaune* nicht mit dem VMKP-HQ in Kontakt stand. An Bord kannte niemand die Codes, die die Herrschaft über Angus verliehen.

Weitere Alternativen fielen Angus nicht ein. Es blieb nur noch eine Möglichkeit denkbar.

Die Polypen hatten eingeplant, daß er ein paar eigene Entscheidungen fällen durfte; ganz einfach um ihm das Überleben zu erlauben. Bis einer ihrer Helfershelfer Taverner ersetzen konnte.

Aber wenn sie sich erst einmal darauf eingelassen hatten, mußten sie ihm im Laufe der Zeit immer häufiger eigenständige Entscheidungen zubilligen. Und dadurch müßte sich der Abstand zwischen dem, was er tat, und seiner ursprünglichen Programmierung stetig vergrößern. Zuletzt mochte er so weit werden, daß er hindurch- und in die Freiheit schlüpfen konnte.

In seinem Gehirn strotzte, wimmelte es von Eventualitäten, als ihm plötzlich ein Schmerz, grell wie die Detonation von Kassaforts Fusionsgenerator, durch den Hinterkopf zuckte.

Er hatte die Gurte gelöst. Die Wucht des Hiebs warf ihn, geblendet durch die Pein, mit dem Gesicht auf die Kommandokonsole, an der linken Schläfe und am Wangenknochen platzte die Haut. Dann kippte das eigene, abprallbedingte Rückwärtsschnellen ihn aus dem Kapitänssessel.

Ein zweiter Schlag traf ihn wie ein Impacter-Treffer unter dem rechten Schulterblatt, schleuderte ihn kopfüber aufs Deck. Er rutschte über einen kleinen Blutspritzer.

Binnen Mikrosekunden öffnete sich in seinem Kopf, als würde ein Monitor angeschaltet, ein Fenster: in seinem Bewußtsein scrollten Schadensmeldungen ab. Die Abschirmung um Interncomputer und Energieversorgung hatte einen Großteil des zweiten Hiebs aufgefangen: sein Rücken war verstaucht, aber nicht gebrochen. Der erste Schlag jedoch hatte ihm die Kopfhaut geprellt, ein Gespinst aus Frakturen in die Hinterhauptwölbung gehauen und das Gehirn erschüttert. Noch ein derartiger Hieb konnte ihn das Leben kosten.

Im Moment war ihm zumute, als müßte er schon an der schieren Gräßlichkeit der Schmerzen krepieren, jedes einzelne Neuron seines Körpers schien nichts als Qual zu verströmen, weder sah er etwas, noch fühlte er etwas anderes als die Beschwerden seines Schädels.

Jemand hatte ihn hinterrücks geschlagen, konstatierte der Interncomputer. Der Angreifer umquerte den G-Andrucksessel, um den Angriff fortzusetzen; umrundete ihn schnell ...

Augenblicklich unterdrückten die Zonenimplantate den Schmerz. Sie peitschten seine Muskeln zum Handeln an, als würde er elektrisiert. Seine Wahrnehmung wurde wiederhergestellt.

Er wälzte sich auf den Rücken und sah, daß Nick sich geradeso auf ihn stürzte, wie die *Käptens Liebchen* sich auf die *Friedliche Hegemonie* gestürzt hatte, so verhängnisvoll auf ihn herabfuhr wie ein Erzhammer.

Demoralisierung und wilde Wut entstellte Nicks Gesicht zu einer wüsten Fratze. Die Narben strahlten von seinen Augen aus wie Rinnsale dunkler Tränen. Ein stummes Geheul verzerrte ihm den Mund. Während er über Angus herfiel, schwang seine rechte Faust einen Größe-C-Schraubenschlüssel in mörderischem Bogen auf Angus' Kopf nieder. Er mußte ihn in einem Reserve-Werkzeugkasten der *Posaune* gefunden haben. Am Oberende klebten Blut und Haare von Angus' Schädel.

»Dreckiger Hurensohn!« schnob Nick, während der Schraubenschlüssel herabsauste. »Sie sind an allem schuld!«

Selbst außer sich vor Erbitterung, riß Angus eine Hand hoch und fing den Schraubenschlüssel Zentimeter über seiner Stirn ab.

Er brauchte nur eine Hand. Trotz Nicks Körperkräften und -gewicht endete der geführte Schlag, als hätte er ein Schott getroffen. Ohnehin war Angus stärker als Nick. Zudem verstärkten verschweißte Streben seine Gelenke, erhöhten ihre Hebelwirkung, und seine Reflexe verliefen mit Mikroprozessorgeschwindigkeit. Er packte den Schraubenschlüssel und hielt ihn dermaßen unbeweglich fest, daß Nicks Faust abglitt und er vornübersackte, auf Angus purzelte.

Mit einem Ruck seiner Schulter und einer Drehung des Handgelenks klatschte Angus den Schraubenschlüssel gegen Nicks Schläfe und Ohr. Nick plumpste zur Seite, wumste der Länge nach auf die Deckplatten.

Sofort wollte er fortkriechen. Doch der Hieb und die Verletzung schwächten ihn zu sehr, als daß er von der Stelle gekommen wäre: es schien, als könnten seine Hände nicht einmal den Boden finden. Die Ellbogen trugen ihn nicht. Er fiel aufs Gesicht, raffte sich auf; brach nochmals zusammen.

Angus rappelte sich hoch, blieb neben Nick stehen.

Seine Hände und sein Gesicht schrien nach Mord: Drang nach Gewalt schäumte durch seine Adern wie Säure. Er *wollte* Nick töten, hätte alles dafür gegeben, was er sich überhaupt vorzustellen vermochte, wäre es ihm nun zulässig gewesen, Nicks Hals zwischen die starken Finger zu nehmen und ihm das Genick zu brechen wie ein Hölzchen.

Seine Zonenimplantete verboten es ihm; sie verurteilten ihn, obwohl er, während er da stand, vor Wut und infolge betäubter Schmerzen am ganzen Leibe schlotterte, zur Handlungsunfähigkeit.

»Sie blödes Stück Scheiße.« Worte waren das einzige ihm gewährte Ventil. »Das war echter *Schwachsinn*. Glauben Sie etwa, Sie kämen ohne mich durch? Bilden Sie sich ein, Sie, Mikka oder Morn, oder überhaupt *irgendwer* an Bord« – in seiner Vehemenz versprenkelte er Blut von Schläfe und Wange – »könnte ohne mich durchkommen?! Ich habe die Brücke mit Prioritätscodes gesichert, die Sie nicht kennen und nicht knacken können. Wir sind drei *Lichtjahre* tief im Bannkosmos. Ohne mich müßten Sie hier durch die Gegend schleichen, bis Sie *schwarz* werden!«

Nick ertastete das Deck, stemmte sich auf Hände und

Knie empor. »Ich weiß«, murmelte er, als redete er im Schlaf. Mit fürchterlicher Anstrengung stellte er erst einen, dann den zweiten Fuß auf den Boden; dann richtete er sich wackelig auf, taumelte. »Ich weiß, 's war Unsinn. Bloß wieso, das weiß ich nicht.«

Er schwankte auf unsicheren Knien, drehte sich zu Angus herum.

»Weshalb Sie zu so was fähig sind, verstehe ich nicht ...« Völlig benommen aus Gram und Schmerz, konnte er seine Gedanken nicht unausgesprochen lassen. »Wieso Sie zu so was imstande sind, aber das, was Sie damit anfangen, keinerlei Sinn ergibt.«

Angus' Programmierung hinderte ihn an Nicks Ermordung. Allerdings gestand sie ihm einen gewissen Spielraum zu. Geschmeidig und blitzartig wie eine Schlange langte er zu, packte Nick am Brustteil der Bordmontur, verdrehte den Stoff zu einem Knäuel. Indem er sein Körpergewicht verlagerte, hob er Nick in die Höhe.

Die Augen geschlossen, den Hals schlaff, baumelte Nick in Angus' Griff. Langsam drosselte der Druck des Stoffknäuels an seiner Kehle ihm die Luft ab; trotzdem leistete er keinen Widerstand. Blut stieg ihm ins Gesicht, es schwoll an; reflexmäßige Spasmen der Atemnot durchzuckten seine Arme. Dennoch rührte er keinen Finger, um sich zu wehren.

Gut. Die Desaster, von denen Nick ereilt worden war, seit er Morn an Bord seines Raumschiffs geholt hatte, mochten ihn um den Verstand gebracht haben, doch anscheinend war er noch lernfähig; vorausgesetzt man erteilte ihm hinlänglich eindringliche und spürbare Lektionen.

»Können Sie sich *irgendeinen* Grund vorstellen«, knirschte Angus in der grobschlächtigsten Art und Weise, »warum ich Ihnen etwas erklären müßte? Weshalb ich Ihnen außer dem, das Sie tun sollen, wenn ich was von Ihnen getan haben will, *irgend etwas* sagen sollte?«

Nick röchelte nach Atem und schüttelte den Kopf. Nein, antwortete lautlos sein Mund.

»So gefällt's mir schon besser.«

Mit einem stummen Fluch des Bedauerns lockerte Angus die Faust und ließ Nick aufs Deck krachen. Nachdem er mit einem heiseren Ächzen nach Luft geschnappt hatte, streckte Nick sich aus und blieb reglos liegen.

Unvermittelt verfiel Angus' Herz ins Rasen, ihm stockte selbst der Atem in der Gurgel. Das Fenster in seinem Kopf wirkte jetzt direkt auf seine Sehnerven ein, projizierte Warnungen in sein Blickfeld, um seine Aufmerksamkeit zu erregen. Sein Schädel war schwer verletzt. Hätten die Zonenimplantate ihn den Schmerz spüren lassen, wäre er von der Pein überwältigt worden, als würfe ihn eine Flutwelle nieder. Er mußte das Krankenrevier aufsuchen.

Angus rang eine Aufwallung der Panik nieder und kehrte an die Kommandokonsole zurück.

Zum Glück gewährleistete der Interncomputer ihm eine sichere Hand, so wie er nach außen hin ein unauffälliges Gebaren bewahrte. Rasch tippte er einige Codes ein, um die Interkom-Apparate der *Posaune* zu reaktivieren; danach legte er den Schalter der Rundrufverbindung zu sämtlichen Kabinen um. Er hatte keine Ahnung, wer welche Kabine bewohnte, und es war ihm gleichgültig; es hatte keinerlei Belang.

»Achtung, alles herhören«, sagte er derb. »Für ungefähr die nächsten acht Stunden sind wir hier höchstwahrscheinlich so weit außer Gefahr, wie man es in Anbetracht der Umstände erwarten kann. Mikka und Davies, ich wünsche, daß ihr auf die Brücke kommt und Nick im Auge behaltet. Er hat eben versucht, mich totzuschlagen. Hätte er die Sache nicht verpfuscht, wärt ihr jetzt alle so gut wie tot.«

Warum verschnürte und knebelte er den Dreckskerl nicht und sperrte ihn in eine Kabine? Weil seine Programmierung es nicht zuließ. Selbst jetzt stand Nick Succorso noch unter dem Schutz seiner Kontakte zur VMKP-DA.

»Was alle übrigen anstellen, ist mir gleichgültig«, fügte Angus hinzu. »Ich will bloß für ein Weilchen meine Ruhe.«

Er wollte die Interkom abschalten, aber überlegte es sich

anders. »Davies«, sagte er in gemäßigterem Tonfall, »wenn du willst, kannst du Morn wecken. Sonst laß sie schlafen. Ich habe den Eindruck, sie kann's vertragen.«

Was sie an Bord der *Käptens Liebchen* durchlitten haben mochte – gar nicht zu denken an jenes in der Amnion-Sektion Kassaforts –, darüber konnte er lediglich Vermutungen anstellen, jedoch war es offenkundig, daß sie mehr als nur Schlaf benötigte, um sich von dem zu erholen, was Nick ihr angetan hatte.

Angus verspürte den Wunsch, daß sie von allem genas. Sie war einmal ganz sein, vollkommen in seiner Macht, allem Gebrauch, Mißbrauch und aller Bewunderung ausgeliefert gewesen, wie ihm gerade der Sinn gestanden hatte. Dadurch war sie zu einem Teil seines Herzens geworden. Er hoffte ...

Nein. Unter neuen stummen Flüchen riß er sich zusammen. Hoffnung war gefährlich. Sein Lebtag lang hatte er es gewußt, und nur inmitten der Wirrnis, in die er durch die Unifikation und seinen Spezialauftrag getrieben worden war, hatte er es vergessen können. Doch jetzt war es ihm wieder vollauf klar; er hatte es so deutlich vor Augen wie die Warnmeldungen seines Data-Nukleus. Nick wäre nie dazu fähig gewesen, sich anzuschleichen, ihn so schwer zu verletzen, hätte nicht sein Sehnen nach Hoffnung ihn abgelenkt. Ausschließlich Furcht hielt ihn am Leben. Über kurz oder lang waren alle Helden tot; das Leben behielten nur Feiglinge.

Als wäre der angeschlagene Schädel die Ursache seiner Furcht, stünde er in gar keinem Zusammenhang mit verfehlter Hoffnung, erklomm Angus den Aufgang zur Konnexblende und machte sich auf den Weg zum Krankenrevier der *Posaune*.

Als Angus ihm endlich per Interkom Auskunft gab, geriet Davies in eine innere Lohe, die Ähnlichkeit mit dem Höchstschub eines Triebwerks hatte.

Auf gewisse Weise brannte in ihm immer Glut. Die endokrine Hochintensität, die sein Körper in Morns Gebärmutter als normal erlernt hatte, hielt seine Nerven in einem Hungerzustand, sein Herz erhitzt. Er lebte am Rande der Selbstverbrennung. Doch sobald er Angus' Stimme hörte, loderte die Flamme in seinem Innern noch höher empor.

Einige Zeit zuvor, vielleicht vor einer halben Stunde, hatte er Morn von der Brücke in die erste Kabine gebracht, die er fand. Sie hätte Angus' Quartier sein, sie hätte vormals von Milos Taverner benutzt worden sein können; es kümmerte ihn nicht. Dort gab es, was nötig war: zwei zum Schutz gegen Hochschub mit Anti-G-Kokons ausgestattete Kojen. Indem ihm nach und nach immer mehr Erinnerungen Morns bewußt wurden, merkte er, daß er wußte, wie man mit ihrem schwarzen Kästchen umging. Bei genügendem Selbstvertrauen wäre er die richtige Taste mit geschlossenen Augen zu bedienen fähig gewesen. Als er sich davon überzeugt hatte, daß Morn schlief, schnallte er sie in der Koje fest; anschließend bettete er sich in die andere Koje. Danach hatte er abgewartet; darauf gewartet, daß die *Posaune* heil davonkam oder der Vernichtung anheimfiel.

Wieder Hilflosigkeit; erneutes Warten.

Er wußte längst nicht mehr, wie lange er eigentlich schon lebte. Zu viele der wenigen Stunden seines bisherigen Daseins hatte er schon so zubringen, in dieser oder jener Art von Gefängnis ausharren müssen, während andere Leute über sein Leben entschieden. Er konnte diesen Tag und diesen Moment nicht von den vorangegangenen Tagen und Augenblicken unterscheiden. Auf gewisse Weise hatte er einen besseren Überblick der Vergangenheit Morns als des eigenen Lebens; er kannte sie genauer, erinnerte sich deutlicher an sie, als ob sie sich erst in jüngster Zeit ereignet hätte. Aber als Gravitationskräfte durch den Rumpf der *Posaune* wuchteten, war er – wenigstens flüchtig – froh über die Gurte gewesen, die verhinderten, daß er als Pfannkuchen an der Kabinenwand endete.

Doch sobald das Raumschiff – allem Anschein nach – in einen stabilen Kurs eingeschwenkt war, er konstante Schwerkraft spürte, kein Triebswerksschub mehr Andruck ausübte, hatten seine Überlegungen sich wieder bedeutsameren Fragen zugewandt. Er hatte gezögert, solange er es aushalten konnte; dann riskierte er es, aus der Koje zu steigen und sich per Interkom bei Angus nach der Lage zu erkundigen.

Die Tatsache, daß Angus zunächst keine Auskunft gab – daß er sogar die Interkom abschaltete –, verschlimmerte Davies' Gefangenschaft nicht; die Koje war nicht trostloser als seine Zelle an Bord der *Käptens Liebchen*, als die Enge der Kosmokapsel oder die Zelle in Kassafort. Weil er überleben wollte, hatte er sich wieder in die Koje gelegt und angeschnallt. Dieser Entschluß hatte ihm freigestanden; von allen übrigen Entscheidungen blieb er ausgeschlossen.

Dann hatte plötzlich der Interkom-Apparat geläutet, und Angus ließ sich verspätet zu einer Antwort herab.

»Achtung, alles herhören.« Aus Stress oder Schmerz klang seine Stimme kehlig-rauh. »Für ungefähr die nächsten acht Stunden sind wir hier höchstwahrscheinlich so weit außer Gefahr, wie man es in Anbetracht der Umstände erwarten kann. Mikka und Davies, ich wünsche, daß ihr auf die Brücke kommt und Nick im Auge behaltet. Er hat eben versucht, mich totzuschlagen. Hätte er die Sache nicht verpfuscht, wärt ihr jetzt alle so gut wie tot. Was alle übrigen anstellen, ist mir egal. Ich will bloß für ein Weilchen meine Ruhe.«

Angus schwieg. »Davies«, fügte er dann gemäßigter hinzu, »wenn du willst, kannst du Morn wecken. Sonst laß sie schlafen. Ich habe den Eindruck, sie kann's vertragen.«

Davies' Herz reagierte mit einem Aufflammen. Schlagartig stellten sich ihm sämtliche Fragen noch weit brennender.

Er schwang sich aus der Koje. Er brauchte Bewegung; mußte frei sein von Hemmnissen. *So weit außer Gefahr, wie man es in Anbetracht der Umstände erwarten kann.* Wie weit außer Gefahr mochte das sein? *Für ungefähr die nächsten acht Stunden.* Wo waren sie? Wohin hatte Angus sie befördert? *Er hat eben versucht, mich totzuschlagen.* Wie sicher konnte man überhaupt sein, solange sich Nick Succorso an Bord befand?

Doch als er sich umdrehte und sein Blick auf Morn fiel, verhielt er; verharrte er reglos.

Alle wesentlichen Fragen seines Lebens hatten ihren geballten Ausdruck in ihrem zermarterten Gesicht und erzwungenen Schlummer.

Sie sah nicht aus, als könnte sie Schlaf ›vertragen‹: Schlaf war etwas zu Zeitweiliges, als daß er hinreichte, um dem Maßstab ihrer Not gerecht zu werden. Sie wirkte, als benötigte sie langfristige Fürsorge von Ärzten und Psychospezialisten, Monate der Ruhe und Erholung.

Seit er sie in dem amnionischen Entbindungsmilieu, wo er das Licht der Welt erblickte, das erste Mal gesehen hatte, war zuwenig Zeit verstrichen, als daß sie Gelegenheit gehabt hätte, noch erheblich mehr an Gewicht zu verlieren. Trotzdem kam sie ihm jetzt noch hagerer, noch ausgezehrter vor, als zwängen die Strapazen und ihre Zonenimplantat-Abhängigkeit sie, das eigene Fleisch als Brennstoff aufzubrauchen. Die Augen waren tief in den Schädel gesunken; die Augenhöhlen so dunkel wie Wunden. Schmutz und Schmiere verklebten ihr Haar, konnten jedoch mehrere kahle Stellen der Kopfhaut nicht verbergen; sie hätte eine

Reihe mißlungener chemotherapeutischer Behandlungen hinter sich haben können. Obwohl sie unter einer warmen, gravofesten Decke lag, zitterten ihre schlaffen Lippen, als fröre sie; oder als genügten die diktatorischen Emissionen des Z-Implantats nicht, um ihr Träume des Grauens und Verderbens zu ersparen.

Sie war einmal eine schöne Frau gewesen. Jetzt sah sie geisterhaft und verfallen aus, überwältigt von Hinfälligkeit.

Sie war seine Mutter. Und sie verkörperte buchstäblich alles, was er über sich selbst wußte. Seine Vergangenheit und alle seine Leidenschaften stammten von Morn.

Ihr Anblick rief ihm in Erinnerung, daß sie jetzt so aussah, weil sie wollte, daß er gelebt hatte; daß sie sich amnionischen Mutagenen und Nicks Brutalität ausgesetzt, mit der ganzen Besatzung der *Käptens Liebchen* angelegt und die Gefahr, wieder in Angus Thermopyles Gewalt zu gelangen, hingenommen hatte, um sein Leben zu schützen.

Und er, Davies Hyland, hatte in seinem Besitz das schwarze Kästchen, das über sie alle Macht verlieh.

Er hatte keine Zeit, um hier herumzustehen, sich die Spuren ihrer Leiden anzuschauen – nicht wenn er Mikka zu helfen beabsichtigte, auf Nick achtzugeben; aber er vermochte, bevor er es hinter sich hatte, nichts anderes anzupacken.

Von der Kabinentür ertönte ein Geräusch, als schlüge jemand die flache Hand dagegen. »Los, komm, Davies«, erklang Mikka Vasaczks durch Schotts gedämpfte Stimme. »Wenn wir den Kerl nicht zur Räson bringen, irgendwer anderes macht's bestimmt nicht.«

Erbitterung und Gluthitze glosten wie eine Feuersbrunst durch Davies' Brust, bis er Sib Mackerns Stimme hörte.

»Kümmere dich um Morn, Davies. Ich kann Mikka helfen. Ich habe noch mein Schießeisen.«

In Davies wallte Erleichterung auf und linderte den Druck. »Ich bin gleich da«, antwortete er; ob Mikka und Sib ihn hören konnten, wußte er nicht.

Er nahm das Zonenimplantat-Kontrollgerät zur Hand und wandte sich wieder Morn zu.

Sie hatte ein Verbrechen begangen.

Angus trug daran die Schuld. Mühelos entsann Davies sich seiner Gewalttätigkeit und abartigen Lust. Wenn er das Hochkommen der Erinnerungen duldete, flößten sie ihm ein solches Maß tiefsten Widerwillens und Ekels ein, daß er am liebsten gekotzt hätte. Angus hatte Morn die Elektrode in den Schädel gepflanzt und ihre Abhängigkeit verursacht.

Dann jedoch hatte er ihr das schwarze Kästchen ausgehändigt. Sie hatte sich mit ihm auf einen Handel eingelassen und deshalb von ihm dieses kleine Instrument erhalten, das sie gleichzeitig zu mehr und zu weniger als einem normalen Menschen machte. Anstatt sich um Hilfe an den Sicherheitsdienst der KombiMontan-Station und die VMKP zu wenden, hatte sie, um Angus die Macht über ihre Person abzuringen, ihre Seele verkauft.

Davies erinnerte sich gut genug daran, was sie empfunden, was sie gedacht hatte, um für ihr Vorgehen Verständnis zu haben. Allerdings war er nicht von ihrer Abhängigkeit befallen, und über die Natur seiner eigenen Abhängigkeiten, sein ontogenetisch angelegter Appetit auf Noradrenalin, Serotonin und Endorphine, der einen gewöhnlichen Menschen womöglich das Leben gekostet hätte, war er sich nicht im klaren. Er konnte nicht aufhören, wie ein VMKP-Leutnant zu denken.

Du bist Polizist, hatte Morn einmal zu ihm gesagt, um Nick zu beeindrucken. *Und ich will künftig auch Polizistin sein. Wir verhalten uns nicht so.*

Er sollte sie auf die Arme nehmen und ins Krankenrevier tragen, dort die cybernetischen Systeme darauf programmieren, die Elektrode aus ihrem Hirn zu entfernen. Anschließend könnte er ihr behilflich sein, die Folgen ihrer Abhängigkeit zu überwinden. Gewiß kannte er sie genau genug, um ihr durch jede, auch eine so schwerwiegende und persönliche Krise helfen zu können.

Oder er müßte sie der VMKP übergeben. Bestrafen würde man sie keineswegs; es gälte die Umstände zu berücksichtigen, die zu ihrem Vergehen geführt hatten. Die VMKP könnte ihr die Art von Rehabilitation gewährleisten, die sie benötigte und verdiente.

Und dann müßte er Angus verhaften. Davies wußte von Nick, daß Angus für die Polizei arbeitete. *Lust hat er natürlich keine dazu, aber die Polente hat ihn am Kanthaken. Er erledigt diesen kleinen Auftrag für sie, damit sie ihn nicht henken.* Und Angus hatte es zugegeben – zumindest indirekt –, als er einräumte, Milos Taverner, der Mann, der auf der *Posaune* als Erster Offizier fungiert hatte, sei auch Handlanger der VMKP gewesen.

Aber dadurch rechtfertigte sich gar nichts. Schon aus dem Grund, daß sie ihm einmal begründen sollten, wieso sie einen Vergewaltiger und Schlächter dazu auserselzen hatten, für sie tätig zu sein, verspürte Davies das Verlangen, Angus der Polizei auszuliefern.

Aber unablässig zitterten Morns Lippen, als versuchte sie durch einen Schleier aus Träumen und Tränen seinen Namen zu nennen. Die zarten Muskeln rings um ihre geröteten, eingefallenen Augen zuckten, als bewegte sie im Traum nichts als Flehentlichkeit.

Während Davies sie betrachtete, wurde ihm klar, daß er von alldem, was er tun sollte, nichts tun konnte. Es blieb ihm verwehrt. Nicht weil Angus das Raumschiff unter seiner Fuchtel hatte, von ihm das Leben aller Menschen an Bord abhing, sondern aus gänzlich anderen Gründen.

Morn war seine Mutter; sie verkörperte den Hort seines Bewußtseins; in seinem Namen hatte sie Qualen durchlitten und Wunder gewirkt. Was ihn anging, hatte sie daher das Recht, selbst über ihr Schicksal zu bestimmen. Und Angus war sein Vater. Angus hatte ihn vor dem Kassierer gerettet, ihn vor Nick beschützt, alles überhaupt mögliche unternommen, um für seine Sicherheit zu sorgen. Ungeachtet dessen, was die Polizei Angus vorwarf oder als was das Gesetz ihn einstufte, er stand in Angus' Schuld.

Unvermutet läutete ein zweites Mal der Interkom-Apparat. »Davies«, meldete sich Mikka mit gepreßter Stimme, »komm doch mal besser her. Du wirst's nicht glauben, wenn ich's dir bloß mündlich durchgebe. Du mußt es mit eigenen Augen sehen.«

Da hatte sie recht, dachte sich Davies, den Blick unverändert auf Morn gesenkt. Er mußte sie und Angus ihre unselige Verstrickung unter sich ausmachen lassen. Er durfte dabei nur Zuschauer sein.

Eine sonderbare Traurigkeit erfüllte ihn, als er die Taste drückte, die die Emissionen des Z-Implantats abschalteten; doch beirren ließ er sich nicht. Behutsam hob er einen Arm Morns aus dem Anti-G-Kokon. Anscheinend heilten inzwischen die Male an ihrem Unterarm. Als übte sich Davies in Zärtlichkeit, legte er ihr das schwarze Kästchen in die Hand und schob sie zurück unter die Decke. Einen Moment lang schnürte der Gram ihm die Kehle ein; dann schluckte er und stapfte zur Tür.

»Davies ...«

Sie erwachte schneller, als er es für möglich erachtet hätte. Die Nachwirkungen der Erschöpfung und ausgedehnter Furchtzustände entstellten den Klang seines Namens zu einem Krächzen.

Voller Kummer und aufgeschreckt durch eine Anwandlung der geistlosen Ängstlichkeit seines Vaters, fuhr Davies zu ihr herum.

Mit Mühe zwinkerte sie, bis ihr stumpfer Blick etwas erkennen konnte. Langsam zwang sie ihren Mund, Wörter zu bilden. »Wo sind wir?«

»Keine Ahnung.« Wie ein Kind wäre er nun zu gerne zu ihr gelaufen, um sie zu trösten; um von ihr getröstet zu werden. »Ich will's gerade feststellen.«

Morn stemmte sich mit dem Ellbogen hoch, bebte dabei vor Anstrengung. »Nimm mich mit«, sagte sie mit heiserem Flüstern.

»Du brauchst Ruhe«, widersprach Davies. »Du bist durch die Hölle gegangen. Ich glaube, 'ne neue Hoch-G-

Belastung steht bis auf weiteres nicht an, aber auf alle Fälle brauchst du Schlaf. Egal wo wir sind, voraussichtlich bleiben wir hier 'ne Zeitlang. Du kannst es dir leisten, dich erst mal ...«

Morn schüttelte den Kopf. Für eine Sekunde wackelte er ihr auf den Schultern, als könnte sie die Bewegung nicht mehr beenden. »Ich weiß nicht, was Angus treibt«, sagte sie mit einer Stimme, die sich wie das Knistern einer Festkopie anhörte, die jemand zerknüllte. »Jedenfalls trau ich ihm nicht. Ich darf nicht ...« Sie stockte, schloß die Lider, als wollte sie ein Stoßgebet zum Himmel senden. Mühselig öffnete sie die Lider noch einmal. »Ich kann nicht zulassen, daß er alle Entscheidungen allein trifft.«

Sie unternahm schwächliche Anstalten, sich des Anti-G-Kokons zu entledigen.

Davies trat einen Schritt vor, um ihr zur Hand zu gehen, blieb dann jedoch stehen. Ihre Mattigkeit war schrecklich anzusehen; vielleicht verbrauchte es ihre geringen Kräfte, wenn er sie sich ohne Beistand abmühen ließ, und sie schlief wieder ein.

Aber als sie die Hände frei hatte, entdeckte sie in ihrer Faust das Zonenimplantat-Kontrollgerät.

»Oh, Davies ...«

Plötzlich rannen ihr Tränen über die Wangen. Sie drückte das schwarze Kästlein an den Busen, krümmte sich, als drohte ihr ein Nervenzusammenbruch.

Davies konnte den Anblick nicht mehr ertragen. Kurz loderte in ihm Wut auf Angus und Nick sowie alle Männer ihres Schlages. Dann ging er zu der Koje und schloß Morn in die Arme. Während sie das Kontrollgerät umklammerte, öffnete er die Verschlüsse, schnallte Morn los und hob sie heraus. Danach stützte er sie, bis sie sich darauf besonnen hatte, wie man auf eigenen Beinen stand.

Er erwartete, daß sie das schwarze Kästchen sofort aktivierte, aber sie verzichtete darauf. Noch ein, zwei Augenblicke lang barg sie es an der Brust, dann ließ sie die Arme sinken und schob sich das Kontrollgerät in die Tasche.

»Oh, Davies«, wiederholte sie unter Tränen, »was hat er dir angetan ...?«

Sie gab den Ursprung seines Bewußtseins ab: er verstand ihre Denkweise vollkommen. »Nichts«, antwortete er schwerfällig, während er gegen die Enge in seiner Kehle anrang. »Ich habe mich erinnert ... Sonst nichts. Als ich ihn sah, habe ich mich erinnert. Das war schlimm, aber angetan hat er mir das nicht.«

Redlichkeit bewog ihn trotz der durch Angus an Morn verübten Verbrechen zu diesen Äußerungen.

»Er hat mich gerettet ... Vor dem Kassierer. Wie eigentlich, das weiß ich noch nicht.« *Ich kann uns visuell tarnen,* hatte Angus gesagt, *aber keine Geräusche unhörbar machen. Nicht ohne sämtliche Überwachungsanlagen der Umgebung zu neutralisieren ...* Wie war so etwas erklärlich? »Ich bin von ihm ins Schiff gebracht worden. Er hat mich vor Nick beschützt. Und er hat Nick und die anderen« – Mikka und Ciro, Sib und Vector – »dahingehend überredet, uns bei deiner Befreiung zu unterstützen. Mir hat er nichts getan.«

Mit einer Hand krallte Morn sich an seinen Arm; mit der anderen wischte sie sich Tränen aus den Augen. »Da bin ich aber froh«, sagte sie so leise wie ein kaum vernehmlicher Schrei aus weiter Entfernung. »Begreifen kann ich's zwar nicht, aber ich bin darüber froh.«

Zum drittenmal läutete der Interkom-Apparat. Diesmal war Sib der Anrufer.

»Davies, Vector ist da. Nick macht keine Faxen, aber sicherheitshalber hält Vector ihm die Knarre unter die Nase. Und Lumpi hat noch die Stunnerrute. Wenn du möchtest, gebe ich auf Morn acht, während du auf der Brücke bist.«

Davies warf Morn einen Blick zu. Sie nickte; belastete die Beine stärker mit ihrem Körpergewicht. Sobald Davies sicher war, daß sie stehen konnte, trat er ans Interkom-Gerät und drückte die Taste.

»Sie ist wach. Wir kommen beide.«

»Gut«, sagte Mikka unvermittelt dazwischen. »Wir müssen uns besprechen.«

Ohne zu antworten, schaltete Davies den Apparat ab.

»Bist du soweit?«

Morns weher Blick ruhte auf Davies' Miene, während sie unsicher einen Schritt auf ihn zutappte. Aus Sorge, sie könnte stürzen, streckte er ihr die Arme entgegen. Doch sie blieb auf den Beinen, bis sie vor ihm stand.

»Ich konnte einfach nicht glauben«, bekannte sie, erstickte fast an den eigenen Worten, »daß du in Sicherheit bist ... Mir ist beteuert worden, du wärst's, aber ich konnte es nicht glauben, bevor ich deine Stimme hörte ... Dann hast du den Raumhelm abgenommen, und ich konnte sehen, daß du Prügel gekriegt hast. Ich dachte, Angus wär's gewesen. Aber du sagst, er war's nicht ...?«

Insgeheim entsann sich Davies an das eine Mal, als sie es nicht über sich gebracht hatte, Angus' Namen zu nennen. Irgendwann im Verlauf ihrer Gefangenschaft und der späteren Befreiung hatte sich ihr Bild seines Vaters einer feinen Abwandlung unterzogen.

»Und wer war's?«

»Nick«, antwortete Davies rauh. Aber er schuldete ihr die volle Wahrheit. »Ich habe angefangen«, fügte er hinzu. »Ich mußte irgendwie verhindern, daß er das Raumschiff verläßt. Angus merkte nicht, daß er log, aber ich wußte es. Ihm war nicht klar, daß Nick dich längst an die Amnion verschachert hatte.«

Morn biß sich auf die Lippe, nickte nochmals mit wackligem Kopf. »Jetzt verstehe ich ... Und du hast dich daran erinnert, was er mit mir angestellt hat. Du weißt über alles Bescheid. Darum wolltest du ihn aussperren. Aber mir ist noch etwas aufgefallen. Nachdem du den EA-Anzug ausgezogen hattest, bist du auf die Brücke gegangen, und da habe ich etwas beobachtet ...« Sie senkte den Blick; als sie ihn wieder in sein Gesicht hob, lief der Ausdruck ihrer Augen hinaus auf eine Bitte. »Du hast so stolz ausgesehen. Ich kann mich gar nicht mehr entsinnen« –

ihr verengte sich die Kehle –, »was für ein Gefühl das ist. Worauf bist du stolz gewesen? Was hast du zustandegebracht?«

Stolz? dachte Davies. Der von Morn angesprochene Moment war derartig kurz, alles Nachfolgende so dringlich gewesen, daß er sich kaum noch darauf besann. Stolz?

Da fiel es ihm wieder ein.

»Es ist schwierig zu erklären ... Ich war Gefangener des Kassierers. Ein paarmal hat er mit mir geredet, mich ausgefragt ... Er wollte herausfinden, was ich wüßte, um entscheiden zu können, wem er mich verkaufen sollte. Aber ich wußte ja überhaupt nichts ... Außer daß es mein Ende wäre, sobald er zu einem Entschluß kam. Also habe ich ihm Lügen aufgetischt. Ich habe mir Geschichten ausgedacht – über dich und Nick –, um ihn zu verunsichern.«

Voller Unbehagen zuckte Davies die Achseln. »Und es hat geklappt. Die Wahrheit kannte ich nicht, es ist mir aber gelungen, ihm Lügen weiszumachen, die ihr so nahe kamen, daß er nicht ohne weiteres darüber hinweggehen konnte. Und hätte ich das nicht geschafft, wäre ich bald außer eurer Reichweite gewesen. Der Kassierer hätte mich verkauft, und Angus wär's unmöglich gewesen, mich zu befreien. Irgendwie habe ich mich also selber gerettet. Und als ich schließlich die Tatsachen erfuhr, als ich sah, wie gut sich meine Lügen bewährt hatten, war das ein tolles Gefühl ...«

Doch das war nicht die ganze Wahrheit. Er verschwieg den Rest: Und ich bin stolz auf Angus. Wenn ich nicht an dich denke, nicht an seine Schandtaten, nicht daran, wer er ist, bin ich auf seine Leistungen stolz. Er ist mein Vater. Und er ist ein Übermensch.

Diese Gefühlseinstellung erregte den Eindruck derartiger Abwegigkeit und Unrechtfertigbarkeit, daß Davies sich nicht durchringen konnte, sie laut auszusprechen.

Morn blinzelte, als kämpfte sie mit neuen Tränen. »Welche Lügen?«

Die diesbezüglichen Erinnerungen schmerzten Davies

nicht mehr als alles andere in seinem Gedächtnis. »Das erste Mal habe ich ihm aufgeschwatzt«, antwortete er, »du und Nick, ihr arbeitetet zusammen. Für die Polizei. Dadurch wollte ich verhindern, daß er mich zu Nick zurückschickt. Und ihm einreden, ich hätte großen Wert ... Um ihm einen Grund zu geben, mich weiter in seiner Gefangenschaft zu behalten und nicht den Amnion zu überstellen.«

Mit anderen Worten, hatte der Kassierer ihm entgegnet, *unser teurer Kapitän Succorso hätte die ebenso kolossale wie gedankenlose Frechheit gehabt, die Amnion in einer ihrer eigenen Raumstationen zu bescheißen.*

Das ist noch nicht alles, hatte die Frau in seiner Begleitung angemerkt; inzwischen vermutete Davies, sie war Sorus Chatelaine gewesen. *Er sagt, Succorso hätte etwas so Kostbares zu bieten gehabt, daß die Amnion als Gegenleistung dafür zur Durchführung eines Schnellwachstumsverfahrens bereit gewesen seien. Und dann hätte er sie betrogen, indem er es ihnen nicht gegeben hat.*

»Das zweite Mal war's komplizierter. Ich mußte ihn zu der Ansicht verleiten, es drehte sich alles um etwas derartig Hochwichtiges, daß er es sich nicht erlauben könnte, mich irgend jemand anderem zu überlassen.«

Darauf hatte der Kassierer mit der Enthüllung geantwortet, Nick hätte soeben Morn den Amnion ausgeliefert. Und da hatte Davies seinen Meisterstreich verübt; ihm seine gelungenste Lüge aufgebunden.

»Ich habe ihm gesagt, daß du und Nick ein Immunitätsmedikament hättet.«

Morn machte große Augen. »Das hast du dir *gedacht?*«

Wortlos nickte Davies.

Im nächsten Moment milderte ein mattes Lächeln Morns Erscheinung. »Du bist tüchtig. Ich bin auch stolz auf dich.«

Davies erwiderte ihr Lächeln. Ihr Lob beschwichtigte wenigstens seine ärgsten Befürchtungen.

Kurz schloß Morn die Augen; vielleicht genoß sie die Schlichtheit seiner Reaktionen. Als sie ihn wieder anschaute, war ihr Lächeln verflogen. Aber ihr Blick war nicht mehr so stumpf. Allmählich klärten sich auch die Fragen, die sie beschäftigten.

»Ich glaube, wohler wird's mir vorerst nicht«, meinte sie halblaut. »Laß uns gehen. Ich möchte wissen, wo wir stecken.«

Auch Davies fühlte sich bereit zum Gehen, entschlossener als noch vor wenigen Augenblicken. Er bot Morn den Arm. Sie nahm an, stützte sich dankbar an Davies, während er den Türöffner betätigte.

Gemeinsam strebten sie zum Niedergang und stiegen hinab zur Brücke.

Auf den ersten Blick sah Davies, daß alle anwesend waren außer Angus. Nick lag unter den Sichtschirmen auf dem Deck, den Kopf auf die Hände gelegt, als ob ihn das Stehen völlig überforderte. Schläfe und Ohr quollen ihm auf durch eine rote Schwellung; in wenigen Stunden mußte sie der bläulichen Prellung an seiner Stirn ähneln.

Zwei, drei Meter von ihm entfernt lehnte ein Schraubenschlüssel am Schott. Geronnenes Blut verkrustete das eine Ende des Werkzeugs.

Blut klebte auch an der linken Seite der Kommandokonsole. Blut rötete das Deck.

In Angus' Kommandosessel saß Mikka. Sib hatte auf dem Sitz des Ersten Offiziers Platz genommen; er stützte die Unterarme auf die Konsole, damit er die Waffe auf Nick gerichtet halten konnte, ohne zu ermüden. Vector Shaheed und Ciro, Mikkas jüngerer Bruder, standen mitten auf der Brücke. Der Techniker besah sich eine Auxiliarkommandokonsole, die er neben einem der großen Sichtschirme entdeckt hatte. Ciro hatte sich anscheinend schon in seine neue Rolle als Bordsteward der *Posaune* gefügt; er reichte ein mit Sandwiches, Kaffee und Hype beladenes Tablett herum.

Alle drehten sich um, als sie Davies und Morn die Konnexblende kommen hörten. Sibs Miene spiegelte Besorgnis wider, doch Vector grinste plötzlich freudig. Mikkas gewohnheitsmäßig finsterer Gesichtsausdruck entkrampfte sich ein wenig, ohne daß ihr alteingefressener Grimm seine Herrschaft über ihr Mienenspiel verlor. Nur Nick beschränkte alle Beachtung auf sich selbst. Abgesehen von der Weise, wie unter den narbigen Wangen seine Zähne mahlten, wirkte er sogar regelrecht entspannt und mit sich beschäftigt, geradeso als wäre er allein.

»Morn, du solltest lieber noch nicht aufstehen«, mahnte Sib Mackern. »Du brauchst ...«

»Mach dir über was anderes Gedanken, Sib«, unterbrach Mikka ihn reichlich schroff. »Sie weiß, was sie zu tun und zu lassen hat.«

Deutlich erinnerte sich Davies an eben den Moment, als Mikka von Morn ins Vorhandensein ihres Zonenimplantats eingeweiht worden war. Er fühlte einen Nachklang der krassen Einsamkeit, die Morn zu diesem Wagnis getrieben hatte.

»So übermütig würde ich mich nicht ausdrücken«, meinte Morn mit lascher Stimme, nachdem sie und Davies den Niedergang heruntergestiegen waren. Sie nahm die Hand von Davies' Arm und winkte in Ciros Richtung. »Momentan weiß ich bloß, daß ich Hunger habe.«

Hilfsbereit eilte Ciro mit dem Tablett zu ihr.

»Danke.« Sie schluckte eine Hypekapsel – umgangssprachlich ›Industriekoffein‹ genannt –, dann griff sie sich ein Sandwich und füllte sich einen Becher mit Kaffee.

Sämtliche Anwesenden außer Nick beobachteten sie, während sie die Kapsel hinabwürgte, in das Sandwich biß, vom Kaffee trank; alle wollten sie hören, was sie zu sagen hatte, was sie anzufangen beabsichtigte.

»Wo ist Angus?« erkundigte sie sich zwischen zwei Bissen in neutralem Tonfall.

»Wohin er geht, hat er nicht erwähnt.« Mikkas Antwort fiel so herb aus, wie sie dreinschaute. »Er hat nur rumgemault, er wollte in Ruhe gelassen werden. ›Für ein Weilchen‹, hat er gesagt.«

»Wahrscheinlich ist er im Krankenrevier«, mischte Nick sich ungefragt ein. Wie eine Zuckung bleckte ein Grinsen seine Zähne, verflog jedoch sofort. »Er hat 'ne ganz ordentliche Beule an der Birne.«

»Nick, ich kann dich einfach nicht verstehen«, konstatierte Mikka mit betonter Geduld. »*Denkst* du eigentlich *nie* über das nach, was du anstellst?« Hinter ihrer vordergründigen Beherrschtheit brodelte Überdruß wie ein Bottich Säure. »Er ist der *Kapitän* dieses Raumschiffs. Wenn er's so wie du hält, hat er alles Wichtige mit Prioritätscodes geschützt, die wir nicht knacken können.«

»Dafür kann ich mich verbürgen.« Vector zeigte auf die Kontrollkonsole, die er sich angeschaut hatte. »Ich wollte mir die Schiffsdaten ansehen, nur um rauszufinden, was der Kahn zu bieten hat, was er leistet. Aber ich kriege keinen Zugriff. Nicht mal die technischen Diagnoseprogramme kann ich laden. Scanning und Astrogation sind zugänglich, aber sonst nichts. Auch nicht die Kommunikation. Es sei denn« – seine Brauen ruckten nach oben, als er Davies anblickte –, »er hätte dir ein paar seiner Geheimnisse anvertraut.«

Davies schüttelte den Kopf. Er hatte keinerlei Ahnung, welche Codes Angus im Verlauf der vergangenen Stunde installiert haben mochte.

»Wenn du Angus umbringst«, meinte Mikka zu Nick, »können wir uns genausogut aufhängen. Wir wären total hilflos.«

»Du willst sagen«, höhnte Nick, »dir ist noch nicht zumute, als ob du baumelst?«

»Nick ...«, setzte Mikka zu einer hitzigen Erwiderung an.

»Laß es gut sein, Mikka.« Obwohl Morn einen ruhigen Ton anschlug, brachte ihre Äußerung Nicks ehemalige Erste Offizierin zum Schweigen, als hätte sie ihr einen Befehl erteilt. Trotz ihrer Schwäche hatte es den Anschein, als ob sie durch ihr bloßes Erscheinen auf der Brücke die Kommandogewalt übernommen hätte. Sie war lediglich Leutnantin und hatte nie ein Raumschiff befehligt; dennoch hätte sie, ungeachtet der Tatsache, wer die Prioritätscodes kannte, durchaus Kapitänin der *Posaune* sein können. »Verschwende mit ihm keine Zeit. Er ist gefährlich, ja ... Aber wichtig ist er nicht mehr.«

Mikka musterte Nick, dem Ärger die Visage verzerrte,

mit bösem Blick. Sib faßte die Pistole fester. Doch Nick rührte sich nicht von der Stelle; weder sah er Mikka an, noch Morn. »Du hast recht«, meinte sie gedämpft. Resolut wandte sie sich Morn zu.

»Möchtest du dich hier hinsetzen?« Wie in Anerkennung von Morns Rang bot Mikka ihr den Kommandosessel an. Allerdings wirkte sie auf einmal etwas perplex. »Du siehst nicht besonders kräftig aus.«

Ohne Zweifel unterstellte sie, daß Morn ihr Z-Implantat benutzte, um sich auf den Beinen zu halten.

»Danke.« Mikka stand auf, und Morn ging zu dem G-Andrucksessel, ließ sich hineinsinken wie ein leibhaftig gewordener Seufzer. Für einen Moment schloß sie die Lider und senkte den Kopf, als wartete sie noch auf die Wirkung des Kaffees oder der Hypekapsel. Dann leerte sie den Becher und klemmte ihn in eine Halterung an der Seite der Armlehne.

»Wir haben tatsächlich eine Menge zu besprechen«, sagte sie mit halblauter Stimme. »Wahrscheinlich sollten wir's hinter uns bringen, ehe Angus wieder aufkreuzt. Wenn wir Zugriff auf Scanning und Astrogation haben, läßt sich ja ermitteln, wo wir sind.«

Mikka schaute Vector an. Er tippte an der Auxiliarkommandokonsole Tasten; unverzüglich wurde eine stark schematisierte Sternenkarte auf einen Großbildschirm projiziert. Vector drückte weitere Tasten. Ein Punkt markierte auf der Karte die Position der *Posaune.*

»Ach du Scheiße.« Davies brauchte keine Erläuterungen, um zu erkennen, was die seitlich in der Projektion sichtbaren Koordinatenangaben bedeuteten. Morns Jahre an der VMKP-Akademie waren ihm frisch im Gedächtnis: über Astrogation wußte er soviel wie sie. »Was machen wir denn *hier?*«

Die *Posaune* flog einen engen elliptischen Orbit um einen Roten Riesen im Bannkosmos. Sie befand sich ungefähr drei Lichtjahre von der Grenzzone des Human-Kosmos entfernt.

Verkniffen hob Mikka die Schultern. »Ich denke mir,

Angus behauptet aus diesem Grund, wir wären fürs erste in Sicherheit. In dieser Richtung wird die *Stiller Horizont* uns wahrscheinlich nicht suchen. Und das ist 'n strahlungsintensiver Stern, man hört ihn im gesamten Spektrum rumoren wie 'ne Orbital-Schmelzhütte. Deshalb gewährt er uns guten Ortungsschutz.«

»Aber das ist nicht die gute Neuigkeit«, erklärte Vector gelassen. »Die gute Neuigkeit ist, daß die Umlaufbahn uns Beschleunigung verleiht. Wir können auf der Rückseite ausreichende Geschwindigkeit erlangen, um eine doppelt so weite wie die letzte Hyperspatium-Durchquerung zustande zu bringen. Möglicherweise war das es, worauf's Angus ankam.«

»Also war's vernünftig.« Die Stärke seines Wunschs, Angus Vertrauen zu schenken, bestürzte sogar Davies selbst. »Hier hinzufliegen war sinnvoll.«

Mikka zögerte nicht, ihm zu widersprechen. »Nur wenn man davon ausgeht, daß es sinnlos gewesen wäre, in die Gegenrichtung zu fliegen.« Ihre Haltung – die Weise, wie sie die Hüfte nach vorn schob, die Arme verschränkte – verriet unbewußte Aggressivität. »Statt diese Position anzufliegen, hätten wir drei Lichtjahre weit in den Human-Kosmos springen können. Kann sein, daß wir hier in Sicherheit sind. Aber *dort* wären wir sicherer. Zumal wenn man glaubt, was wir gehört haben, daß nämlich Angus für die Polente arbeitet. In dem Fall hält sich vermutlich längst 'ne komplette Flotte bereit, um uns in Empfang zu nehmen und gegen Verfolger zu verteidigen.«

»Und das heißt?« fragte Vector; nicht als hätte er Mikka nicht verstanden, sondern als wollte er alles ganz deutlich ausgesprochen haben.

»Entweder arbeitet er doch nicht für die Astro-Schnäpper«, antwortete Mikka, »oder wir kapieren noch immer nicht im mindesten, was überhaupt los ist.«

Geringschätzig schnaubte Nick, bewahrte jedoch Schweigen.

»Aber das ist doch Unfug«, entgegnete Sib. »Er *muß* für

die Polizei tätig sein. Wie soll er sonst an so ein Raumschiff gelangt sein? Wie anders hätte er ausgerechnet in dem Moment aufkreuzen können, als wir ihn brauchten?« In seiner Erregung vergaß er Nick, wandte sich an Morn und Davies. »Weshalb hat er euch befreit? Schließlich ist es niemand anderes als Angus Thermopyle, mit dem wir's zu tun haben. Selbst wenn er nicht das Verbrechen begangen hat, das ihm von uns angehängt worden ist, auf alle Fälle ist er 'n Mörder und Vergewaltiger, das wissen wir doch alle. Das Ganze ergibt keinen Sinn, außer er hat mit den Polypen 'ne Abmachung getroffen, um zu vermeiden, daß er hingerichtet wird.«

»Sib«, warnte Mikka ihn, »gib acht!«

Betroffen schluckte Sib und heftete den Blick wieder auf Succorso.

Nick hatte sich nicht geregt.

Einen Moment lang betrachtete Morn noch die stellarkartografische Darstellung, dann wandte sie sich ab. »Eigentlich ist es einerlei«, meinte sie schließlich. »Vielleicht ist er 'n Handel eingegangen und hat sich später nicht mehr daran gehalten. Oder vielleicht haben er und ... Wie hieß der andere Kerl, Milos Taverner? Es ist möglich, sie haben das Schiff wirklich gekapert und sind darum auf der Flucht.« Sie sah Mikka an, danach Vector, schließlich Davies. »Es kann sein, Korruption bei der VMKP spielt eine Rolle, zum Beispiel, daß man Intertechs Antimutagen-Forschungen an sich gerissen und die Resultate unterschlagen hat.« In ihrer Stimme klang Zorn an, konnte sie allerdings nicht ablenken. »Nichts davon ist erheblich. Wir sind *hier*. Wir müssen uns mit der Situation befassen, so wie sie *ist*. Und wenn wir das anstreben, sollten wir uns besser vorher überlegen, was wir wollen. Und wir sollten uns einig sein. Wir sind zu viele. Wenn wir nicht zusammenhalten, hilft alles nichts. *Darüber* müssen wir diskutieren. Angus soll sich selbst um sich kümmern.«

Auf der Brücke entstand Schweigen. Für mehrere Sekunden hörte man nichts als gedämpfte Atemzüge und das leise Summen der elektronischen Gerätschaften der *Posaune*.

Davies durchschaute Morns Zustand vollkommen: was Selbstsicherheit zu sein schien, beruhte in Wirklichkeit auf Ausgelaugtheit und einem Gespür für absolute Notwendigkeit. Ihre Bereitschaft, soviel auf sich zu nehmen, erstaunte ihn.

Er hätte gerne geglaubt, auch dazu fähig zu sein.

»Bildest du dir etwa ein«, nölte Nick spöttisch, »du bringst ihn soweit, daß er sich nach deinen Wünschen richtet? Viel Glück.«

Sofort ergriff Sib überstürzt das Wort. »Du kannst entscheiden«, sagte er zu Morn. »Laß mich damit in Ruhe. Irgendwohin zu entwischen, anstatt auf der *Käptens Liebchen* zu krepieren oder in Kassafort festzusitzen, war das, um was es mir ging.« Er schaute Mikka an, als wollte er sich entschuldigen. »Ich habe nie richtig zu jemandem wie ihm gepaßt.« Er wies auf Nick. »Mir hat nie gefallen, was wir machten, es gefiel mir schon nicht, ehe er Menschen an die Amnion verkaufte. Von da an habe ich mir immer gewünscht, irgendwer könnte mir genügend Mumm einflößen, um mich gegen ihn zu stellen. Vielleicht ist das alles, was ich mir je gewünscht habe.« Er richtete den Blick auf Morn. »Solange nicht er das Kommando hat«, erklärte er zum Schluß, »bin ich mit allem einverstanden, was ihr beschließt.«

Wie zur Antwort schnaubte Mikka, doch ihre Verachtung galt nicht Sib. »Weißt du, es ist komisch«, sinnierte sie. »Die längste Zeit hindurch ist mir nie in den Sinn gekommen, ich könnte etwas anderes als er wollen. Ich habe nie in Frage gestellt, was er machte ... Oder mich gefragt, weshalb er's tat. Ich habe sogar dich« – sie meinte Ciro – »mit in alles hineingezogen, weil ich mir keine Alternative denken konnte. Ich wußte mir gar keine Alternativen auszumalen. Es gibt schlimmere Arten zu leben« – sie blickte Morn direkt an –, »als Illegale zu sein. Aber du hast den Bann gebrochen. Was es auch war, das ich mir dabei eingeredet habe, das mich verblendet in meiner kleinen Welt eingesperrt und am Überlegen gehindert hat, du hast es weggefegt. Du hast besser als ich ausgesehen, tüchtiger, stärker. Und es sah so aus, als könntest du allemal besser als ich bumsen. Sobald du an Bord gekommen warst, bestand überhaupt keine Chance mehr, daß Nick mich je wieder ernst nahm. Und dadurch ist der Bann gebrochen worden. Ich habe angefangen, über Konsequenzen nachzudenken... Nicht in meinem, sondern in Ciros Interesse. Ich hatte nie Bedenken gegen irgendwelche Spielchen mit den Astro-Schnäppern, aber ich habe darüber nachgedacht, welche Folgen es haben kann, wenn man sich dumme Scherze mit den Amnion erlaubt... Vor allem bei derartig hohem Einsatz. Ich glaube, ich sehe die Sache genau wie Sib. Ich wollte nichts, als nie mehr an Bord der *Käptens Liebchen* zu sein... Und ich will keine Befehle mehr von Nick entgegennehmen. Und eventuell kann ich Ciro eine Gelegenheit verschaffen, sich nach etwas Besserem umzusehen. Bis jetzt habe ich noch keine Zeit gehabt, um mich mit Gedanken über irgend was sonst zu befassen.«

Verlegen scharrte ihr Bruder mit den Füßen, wenn sie seinen Namen erwähnte; doch nachdem sie verstummt war, nickte er mehrmals, als glaubte er, sie bedürfte seines Rückhalts. »Ich möchte Techniker werden«, sagte er so schnell, daß seine Verlegenheit ihn beim Reden nicht stören konnte. »Vector unterrichtet mich. Kann sein, Angus bringt mir auch was bei.« Für einen Augenblick stockte er. »Techniker murksen keine Leute ab«, versicherte er dann mit der befangenen Würde eines Kindes. »Sie hintergehen nicht die Crew.«

Nick hob den Kopf, fletschte die Zähne. »Dich könnte ich nicht hintergehen, Lumpi. Du bist ein Nichts und Niemand. So einen kann man gar nicht hintergehen.«

»Ich vermute, Vector ist der gleichen Ansicht«, meinte Mikka zu Morn, ging kommentarlos über Nicks Häme hinweg. »Also obliegen die Entscheidungen dir und Davies.«

»Nein, stimmt nicht, ich bin keineswegs dieser Ansicht«,

erwiderte Vector unverzüglich. »Aber über meinen Standpunkt möchte ich mich nicht auslassen« – mit ruhigem Lächeln wandte er die Augen in Morns Richtung –, »bevor ich weiß, was ihr, du und Davies, zu sagen habt.«

Überrascht furchte Mikka die Stirn, unterließ es jedoch, Vector zu kritisieren.

Davies betrachtete die kahlen Flecken an Morns Hinterkopf, während sie Vector musterte. Als sie den Mund öffnete, war Davies, als wüßte er genau, was sie zu sagen beabsichtigte, ehe es ihr über die Lippen kam.

»Und wie steht's mit dir, Davies? Was möchtest du?«

Ich möchte du sein, antwortete er stumm. Ich will Angus sein. Ich wünsche mir, daß alles ein gutes Ende nimmt.

Doch nichts davon sprach er laut aus.

»Ich will dir sagen, was wir meines Erachtens tun sollten«, gab er statt dessen zur Antwort. »Ich bin der Auffassung, wir sollten in dieser verfahrenen Angelegenheit alles weitere der VMKP überlassen. Mikka hat recht; wenn es um soviel geht, müssen wir die Konsequenzen berücksichtigen. Die Amnion wissen jetzt von der Möglichkeit einer Immunisierung gegen ihre Mutagene. Nick hat's verraten, und von dir haben sie die Bestätigung. Darüber muß die VMKP informiert werden. Dadurch verändert sich ja das gesamte Dilemma der Beziehungen zum Bannkosmos. Außerdem müssen wir die VMKP über alles in Kenntnis setzen, was mich betrifft. Ich meine, man muß dort wissen, warum die Amnion hinter mir her sind. Wenn wir... Wenn die Menschheit in Gefahr schwebt, durch Amnion infiltriert zu werden, die geradeso wie wir aussehen, müssen wir sie warnen. Das ist der einzige Schutz.« Die Vorstellung, als Helfer dafür mißbraucht zu werden, effektivere Versionen Marc Vestabules zu erzeugen, verursachte Davies ein Unwohlsein, das nicht vom Magen herrührte.

»Ja, stimmt«, sagte Sib mit plötzlicher Eindringlichkeit. »Und man muß noch was beachten. Gerade ist's mir eingefallen. Nick hat gesagt, er wüßte, weshalb die Amnion uns die Ersatzteile für den Ponton-Antrieb gegeben haben, diese Komponenten, die uns fast das Leben kosteten. Falls seine Einschätzung stimmt, war das ein Experiment. Sie haben eine Methode erprobt, um mit einem speziellen Typ von Ponton-Antrieb auf annähernde Lichtgeschwindigkeit zu beschleunigen. Als Vector uns gerettet hat, sind wir mit nahezu zweihundertsiebzigtausend Kilometern pro Sekunde in die Tard zurückgestürzt. Nick ist der Auffassung, daß die gelieferten Teile genau das zum Zweck hatten.«

Succorso nickte. Nach wie vor lag er auf dem Fußboden; dennoch erweckte er den Eindruck, als ob das Gespräch auf der Brücke sich allein um ihn drehte.

»Daß es funktioniert, wissen wir«, fügte Sib eilig hinzu. »Falls die Amnion diesen Antriebstyp verwendungsfähig machen können, ihnen gelingt, was wir geschafft haben, ohne daß die Antriebsaggregate schmelzen, dann können Raumschiffe wie die *Stiller Horizont* mit neunzigprozentiger Lichtgeschwindigkeit in den Human-Kosmos einfallen. Kriegsschiffe mit Superlicht-Protonenartillerie. Dagegen wäre keine Verteidigung möglich.«

Sofort durchglühte neue Anspannung Davies' Nervensystem. Sib hatte recht: gegen so etwas gab es keinen Schutz. Ein erheblich langsameres, aber mit einem Superlicht-Protonengeschütz bewaffnetes Raumschiff, eine lahme Blechbüchse namens *Liquidator*, hatte seine ... nein, hatte Morns Mutter auf dem Gewissen, beinahe die ganze Besatzung seines Vaters getötet.

Adrenalin brachte seine Nerven zum Fiebern. »Ja, das ist ein zusätzlicher Grund, weshalb wir die Sache der VMKP überlassen sollten. Man muß dort über alles informiert werden.«

Morn, sie *müssen* es erfahren.

»Ich weiß, du hältst die VMKP für korrupt«, argumentierte er, obgleich sie ihm bis jetzt nicht widersprochen hatte. Die stumme Festigkeit ihres Blicks vermittelte ihm das Gefühl, sich rechtfertigen zu müssen; daß etwas Wertvolles verlorenginge, falls es ihm mißlang, sie zu überzeugen. »Nicks Immunitätsserum ist ja der Beweis. Aber die

Vorgänge zu verschweigen ist keine Lösung. Wir müssen der VMKP mitteilen, was geschieht, damit dagegen Verteidigungsmaßnahmen ergriffen werden können. Und wenn wir ihre Schweinereien publik machen, zwingen wir sie, dafür Rede und Antwort zu stehen.«

Er beendete den Satz auf abgehackte Weise, hielt fast den Atem an, während er auf Morns Stellungnahme wartete.

Sie mußte nicht erst nachdenken, bevor sie antwortete. Ihre Leiden hatten sie Klarheit gelehrt. »Die Amnion haben von mir mehr als die Bestätigung«, sagte sie, nicht auf die Kraft des Z-Implantats gestützt, sondern lediglich auf die Stärkung durch Hype und Koffein. »Sie haben mir Blutproben entnommen, während ich das Serum noch im Blut hatte. Ob die Blutproben noch existieren, weiß ich nicht. Falls sie an Bord des Shuttles waren, die *Sturmvogel* oder die *Stiller Horizont* sie bekommen haben, ist es nur eine Frage der Zeit, bis sie in ein Labor gelangen, wo man sie analysieren kann. Dann hätten die Amnion eine Möglichkeit, um ihre Mutagene zu modifizieren.«

Sie ließ sich von Davies nicht unterbrechen. »Du hast von Konsequenzen gesprochen«, ergänzte sie ihre Äußerungen. »Hast du auch daran gedacht, welche Konsequenzen sich für Mikka, Sib oder Vector ergäben? Du sagst, du willst ›in dieser verfahrenen Angelegenheit alles weitere der VMKP überlassen‹. Einmal angenommen, Angus wäre damit einverstanden. Oder wir nähmen ihm das Schiff weg, so daß er nicht mehr mitzureden hätte. Was wird aus Mikka, Sib und Vector? Sie sind *Illegale,* Davies. Und sie haben uns das Leben gerettet. Möchtest du, daß man sie einsperrt? Daß sie exekutiert werden? Ciro bekommt vielleicht eine Bewährungsstrafe, er ist noch jung. Bei Mikka, Sib und Vector ist zu befürchten, daß man sie zum Tod verurteilt. Gewiß, ich habe dir gesagt, daß wir Polizisten sind, aber ich glaube, du weißt, wie ich's meine. Ich habe nicht über die Art von Polizisten geredet, die Antimutagene verheimlichen, damit Kerle wie Nick mit ihnen Unfug treiben können. Von meiner Mutter und meinem Vater habe ich gesprochen, deinen

Großeltern. Du erinnerst dich so gut wie ich an sie. Was glaubst du, was sie in dieser Situation getan hätten?«

Ihr ernster Blick maß Davies; ihre Frage berührte ihn so tiefgehend wie ihre Weigerung, Nick aus dem Raumschiff auszusperren. *Was mich betrifft*, hatte sie ihm kurz nach seiner Geburt erklärt, *bist du das Zweitwichtigste in der ganzen Galaxis. Du bist mein Sohn. Aber am allerwichtigsten ist es, an erster Stelle steht es, keinen Verrat an meiner Menschlichkeit zu begehen.*

Darin erkannte er ihr unverwechselbares Wesen. »Sie hätten für das gekämpft, woran sie glaubten«, antwortete er ruhig, als hätten sie eine gemeinsame Zuflucht gefunden, wo er sie, wo sie beide eins sein konnten, »und zwar bis in den Tod.«

Ihr Lächeln blieb schwach und zart wie dünnes Glas; aber ihm lächelte es wie Morgenröte.

»Dann haben wir da noch dich«, stellte Morn fest und schwenkte ihren Sitz zu Nick herum. Sie sprach in unpersönlichem Ton, als fühlte sie sich von ihm nicht mehr bedroht; oder als wäre ihr Ekel vor ihm so gewaltig geworden, daß sie ihm keinen Ausdruck verleihen konnte. »Was willst du?«

Entgeistert schaute Ciro sie an. »Morn!« entfuhr es Sib.

»Morn ...«, knurrte auch Mikka. Vector hingegen nickte beifällig. Sein Schmunzeln bezeugte insgeheime Erleichterung.

Weil Davies sie kannte, äußerte er keinen Einspruch.

Morn beachtete Sib und Mikka nicht; auch Nick schenkte ihnen keine Aufmerksamkeit. Einen Moment lang lag er noch still da, als hätte er Morn nicht gehört. Aber dann zog er geschmeidig wie eine Raubkatze die Beine an und lehnte im Schneidersitz den Rücken ans Schott.

»Ich will Sorus.« Ein irrsinniges Feixen zuckte um seinen Mund. Er hob eine so gewaltsam – wie ein Schraubstock – geballte Faust, daß die Knöchel weißlich hervortraten. »Ich will ihr das Herz ausreißen.«

»Na fein.« Ein Anklang von Ironie verlieh Morns Stimme

eine gewisse Schärfe. »Von mir aus. Allerdings hilft uns das kein bißchen weiter. Es ist wenig wahrscheinlich, daß du irgendwann in nächster Zeit dazu 'ne Gelegenheit findest. Mir geht einfach nicht aus dem Kopf, daß es nicht noch etwas anderes geben muß, das du *willst*.« Anscheinend betonte sie das Wort mit voller Absicht so stark. »Worauf warst du aus, bevor du Kapitänin Chatelaine wiedererkannt hast? Ich vermute, du hattest vor, das Immunitätsserum an den Kassierer zu verscherbeln, um Reparaturen an deinem Raumschiff bezahlen zu können. Denkst du nicht immer noch an so ein Geschäft? Reparaturen brauchst du keine mehr, aber es ist für dich dringend nötig, deine Lage zu verbessern. Andernfalls sieht deine Zukunft zappenduster aus. Möglicherweise lebst du gar nicht mehr lange genug, um je 'ne Chance zu erhalten, dich mit Sorus Chatelaine zu befassen. Schmiedest du nicht schon insgeheim irgendwelche neuen Pläne? Könntest du den richtigen Käufer ausfindig machen, wäre es dir wohl möglich, genügend Hilfe zu erkaufen, um es mit uns allen aufzunehmen. Sogar mit Angus.«

Nun verstand Mikka die Gedankengänge Morns. »Ja sicher«, erwiderte sie schroff. »Kein Zweifel. Egal was wir sonst anfangen, wir müssen Angus auf alle Fälle warnen, daß er ihn von der Kommunikation fernhalten soll. Ohne Kommunikationsmöglichkeiten kann er keine Käufer aufspüren.«

Nick schaute weder Morn noch Mikka an. Ein, zwei Augenblicke lang stierte er nur seine hart verkrampfte Faust und ihre weißen Knöchel an, als könnte er darin sein künftiges Schicksal lesen. Endlich ließ er den Arm langsam sinken.

»Von dir will ich bloß eines, Morn«, sagte er im Ton tiefer Zerstreutheit. Morn hätte abwesend sein, er hätte ohne weiteres ein Selbstgespräch führen können. »Zieh die Bordmontur aus, damit ich dich hier vor deinem Jungen und deinen Freunden ficken kann. Das letzte Mal hat's dir doch sichtlich Spaß gemacht. Seitdem hat sich nichts verändert ...

Jedenfalls nichts von Bedeutung. Du bist nicht plötzlich ehrlich geworden. Der einzige Unterschied, daß du da *mich* gebraucht hast. *Jetzt* brauchst du Sib und Vector, Mikka und deinen Sohn, das elende Arschloch. Du brauchst sogar *Lumpi*, du arme Sau. Du brauchst *Angus*. Auf die eine oder andere Weise wirst du dich von ihnen allen ficken lassen müssen. Bei mir wärst du besser bedient.«

Davies konnte sich nicht beherrschen; er hatte zuviel von seinem Vater in sich. Und er kannte Nick zu gut: er entsann sich an jede Einzelheit der Zumutungen, die Morn von Nicks Seite erduldet hatte. Er knurrte durch die Zähne und sprang an der Kommandokonsole vorbei auf Nick zu.

Morn rief Davies' Namen. Mikka folgte ihm einen Schritt weit, blieb dann jedoch stehen. Ciro huschte beiseite. Sib schwang sich aus dem Anti-G-Sessel, versuchte Nick im Schußfeld zu behalten.

Davies zeichnete sich weder durch Angus' Massigkeit aus, noch verfügte er über seine Erfahrung, doch er hatte Angus' Körperkräfte geerbt. Die Fäuste in Nicks Bordmontur gekrallt, riß er Nick von den Füßen, schmetterte ihn gegen das Schott. »Bist du *fertig?*« fauchte er ihm aus wenigen Zentimetern Abstand ins Gesicht.

Nick leistete keine Gegenwehr. Er machte sich kaum die Mühe, Davies anzublicken. Auf seinen Wangen jedoch strafften sich die Narben, als grinste er ihn voller offenem Hohn an. »Bist *du* fertig?« fragte er leise.

»Davies, laß ihn in Ruhe!« forderte Morn. »Es ist mir gleichgültig, was er quatscht. Er kann mich nicht beleidigen.«

Die Neurotransmitter knatterten wie ein Feuerwerk an Davies' Synapsen entlang, glichen einer gierigen Feuersbrunst. An der Polizeiakademie hatte Morn eine Nahkampfausbildung durchlaufen. Mit einem blitzartigen Rammstoß seiner Stirn könnte er Nicks Schädel gegen das Schott schmettern, ihm die Nase brechen, daß sich Knochensplitter ins Hirn bohrten.

Aber Nick wehrte sich nicht. Morn hatte während der

Ausbildung auch gelernt, auf passive oder wehrlose Opponenten mit angemessener Zurückhaltung zu reagieren; diese Einstellung war auf ihren Sohn übergegangen. Davies vermochte sich den Kopfstoß, der Nicks Gesicht zermalmen und ihn vielleicht töten konnte, zwar vorzustellen; mehr allerdings gestatteten die Überzeugungen und Verhaltensmuster seiner Mutter ihm nicht.

»Da hast du aber Glück«, brummelte er, ließ Nick los und wich zurück. »*Mich* beleidigt schon seine bloße Anwesenheit.«

Für einen Moment hatte er das Gefühl, als wäre ein derartiges Maß an Selbstbeherrschung für ihn zuviel. Jedem Nerv seines Körpers waren beim Entstehen Leidenschaft, Wut und Gewalttätigkeit angezüchtet worden; er konnte nicht einfach von Nick ablassen und ihm den Rücken kehren.

Er fuhr herum wie ein Faustschlag. »Du widerlicher Scheißkerl«, tobte er, »du hast ihr doch sowieso *nie 'ne Chance* gegeben! Dir war Ehrlichkeit doch gar nicht wichtig, du hast dich 'n *Dreck* darum geschert, ob sie ehrlich ist. Du magst es nur nicht, 'n gewöhnlicher *Sterblicher* zu sein. Du wolltest von ihr 'ne Gelegenheit, dich wie *Gott* zu fühlen!«

Eine Art von spasmischer Zuckung verzerrte Nicks Visage, aber er verzichtete auf eine Entgegnung.

Davies richtete seinen Ärger gegen Morn. »Nun bist *du* an der Reihe«, maulte er, ausschließlich gemäßigt durch ihre Rücksichtnahme, den Teil Morns, der ihm Zügel anlegte. »Du hast alle gefragt. Nun sag uns, was *du* willst.«

Tief in Morns Augen regten sich Schatten des Wehs. Für einen Moment stand in ihrer Miene nichts als Erschöpfung, ihre Schultern sanken herab, als wären Hype und Koffein zuwenig, um ihre Selbstsicherheit zu stützen. Davies konnte ihr ansehen, daß sie ihm, soviel sie wußte, die Wahrheit gesagt hatte: inzwischen fehlte Nick alle Macht, um sie noch zu kränken. Mit ihrem Sohn jedoch verhielt es sich anders. Er konnte ihr Schmerz zufügen, der sie bis ins Innerste traf.

»So einfach ist es nicht«, antwortete sie mit schwacher Stimme. »Was ich möchte, ist nicht das, was wirklich zählt. Wir dürfen die übergeordneten Belange nicht aus ...«

»Das ist *mein* Raumschiff«, schnarrte Angus von der Konnexblende herab. Er trat mit der gleichen Barschheit wie Davies auf; allerdings war sie bei ihm tieferen, eingefleischteren Ursprungs. »Ihr seid nur an Bord, weil ich es *dulde*. Ihr untersteht ausnahmslos meinem Befehl. Interessiert euch eigentlich nicht, was *ich* will?«

Davies ballte die Fäuste an den Seiten und verharrte bewegungslos, als wäre er hin- und hergerissen zwischen seinem Verlangen, Angus' Ankunft zu begrüßen, und Morns Drang, Angus an die Kehle zu springen.

Morn war in ihrem Sessel erstarrt. Mikka gab einen unterdrückten Fluch von sich; aus Bemutterungsinstinkt streckte sie eine Hand nach ihrem Bruder aus, um ihn an sich zu ziehen, zu beschützen. Vector zuckte die Achseln, desaktivierte die Auxiliarkommandokonsole und schob sie zurück in ihr ins Technikkontrollpult integriertes Fach. Sib erschrak; zuerst riß er die Pistole herum, wollte sie auf Angus richten, überlegte es sich jedoch anders und zielte wieder auf Nick. Wie um seine Kräfte zu schonen, statt sich allein durch die eigene Muskulatur aufrechtzuhalten, lehnte Nick im Stehen an einem der Großbildschirme.

Angus grinste Sib spöttisch zu, während er den Niedergang herabstieg, auf Morn und Davies zustrebte.

Er hatte den EA-Anzug abgelegt und statt dessen eine schlichte Bordmontur angezogen, vielleicht damit der MediComputer des Krankenreviers ihn leichter behandeln konnte. Auf seinem Hinterkopf klebte ein großes Pflaster, das den typischen, öligen Geruch eines Plasmaverbands verströmte; eine kleine Schwellung am Unterarm kennzeichnete die Stelle, wo der MediComputer ihm Analgetika, Antibiotika und Metabolika injiziert hatte. Ein zweites Pflaster bedeckte eine Wunde am Oberrand des Wangenknochens. Trotzdem wirkte er keineswegs wie ein Verletzter. Vielmehr sah er regelrecht ausgeruht und kraftstrotzend aus, nachgerade unangreifbar. In seinen Schweinsäuglein funkelte Bosheit.

»Da bin ich aber echt enttäuscht«, maulte er. »*Niemand* schert sich darum, was ich will?«

Nach einem letzten Rundumblick durch die Brücke widmete er seine Aufmerksamkeit ausschließlich Morn.

Schlagartig vergaß Davies sämtliche Gründe, aus denen er Angus hätte willkommen heißen mögen. Morns Erinnerungen zerrissen ihm das Herz. Er sah Angus' Faust das schwarze Kästchen umfassen, als geschähe es vor seinen eigenen Augen ...

Angus langte in eines der Staufächer längs des Schotts, kramte ein Skalpell hervor und gab es Morn. »Nimm.«

Geheul des Grauens durchgellte sie, ohne daß sie es hätte ausstoßen können.

Das Zonenimplantat-Kontrollgerät diktierte ein Lächeln; also lächelte sie. Es befahl ihr, vor Angus zu knien; folglich kniete sie nieder.

Grimmig trat Davies zwischen sie und Angus, legte ihm wie zum Zeichen der Zurückweisung eine Hand auf die Brust. »Ich warne dich ...« Die Stimme erstickte ihm in der Kehle; er konnte nicht weitersprechen.

Angus würdigte seinen Sohn keines Blicks; er musterte Morn, als wäre er mit ihr allein auf der Brücke.

»Na schön, ich frage«, gestand sie ihm in gepreßtem Tonfall zu. »Was willst du?« Sie wirkte, als unterdrückte sie das Bedürfnis, laut zu schreien.

Sein Stirnrunzeln verkniff ihm die Brauen, daß sie die Augen überschatteten. Seine Stimme klang nach einer absonderlichen Mischung von Roheit und Entsetzen.

»Ich will dich.«

Davies schaute über die Schulter Morn an, erhoffte sich von ihr die Erlaubnis, sich auf Angus zu stürzen.

»Angus, hör zu.« Es hatte den Anschein, als löste Angus' Forderung im Innersten Morns einen Knoten der Wut und des Ekels. Mattigkeit und Leid wichen von ihr, als ob sie das Zonenimplantat-Kontrollgerät benutzt hätte, um sie zu verdrängen. Sie holte das schwarze Kästchen aus der Tasche und zeigte es Angus, als wäre es eine Waffe. »Ich schwöre dir, wenn du mich anfaßt – wenn du mich nur mit einem Finger anrührst –, drücke ich sämtliche Tasten auf einmal und schmore mir das Hirn. Lieber verwandle ich mich in einen Brocken geistlosen Fleischs, als daß ich mich an dich wegwerfe.«

Sie maß ihn mit festem Blick, der jeden Zweifel an der Ernsthaftigkeit ihrer Drohung ausschloß.

Davies schluckte den Kloß, der ihm im Hals zu stecken schien. »Und ich würde dich kaltmachen.«

»Einer von uns tät's auf jeden Fall«, verhieß Mikka mit Nachdruck. »Irgendwie würden wir's schon schaffen. Deinetwegen sind wir am Leben geblieben, und ich bin dir dafür dankbar. Aber ich lasse nicht zu, daß Morn noch einmal in deine Klauen gerät.«

Sib nickte, als ob es ihm Panik einjagte, so entschieden zu Morn zu stehen.

»Ach, halt dich doch da raus, Mikka«, spöttelte Nick. »Soll er sie doch haben, wenn er will. Du bist Illegale, ich bin Illegaler. Du hast schon Übleres verbrochen, als gelegentlich irgendeiner widerwilligen Schlunze eins auszuwischen, wenn du dadurch 'n Vorteil hattest. Und du hast mir bei schlimmeren Schandtaten geholfen. Also spiel jetzt nicht die Gerechte, gottverdammt noch mal! Du bist kein bißchen glaubwürdig.«

Angus sah Nick nicht an. Auch alle übrigen Anwesenden übergingen seine Gehässigkeiten mit Schweigen. Die Spannung zwischen Angus und Morn beherrschte die Brücke: Nick konnte sich nicht durchsetzen, fand keine Beachtung.

»Wie kommt's nur«, entgegnete Angus, als erleichterte ihn Morns Antwort und brächte ihn gleichzeitig in Wut, »daß ich nicht im geringsten überrascht bin?«

Unversehens traf sein Zorn Davies. »Nimm deine Flosse von mir! Ich fasse sie schon nicht an.«

Davies gab sich alle Mühe, ebenso finster wie Angus dreinzuschauen. Er stemmte die Handfläche mit vollem Körpergewicht gegen Angus' Brustkasten und hoffte, daß er ihn wenigstens seine Kräfte spüren ließ, sein Vater merkte, was er aus Morns Erinnerung gelernt hatte. Er hatte vor, sich keinesfalls einschüchtern zu lassen; so etwas konnte er sich gar nicht leisten.

Dann erst wich er zurück.

Wegen solcher Menschen wie Ihnen bin ich Polizistin geworden.

Falls Angus von dem, was sein Sohn ihm gegenüber klarzustellen beabsichtigt hatte, überhaupt etwas zur Kenntnis nahm, ließ er sich nichts anmerken. Seine Aufmerksamkeit galt längst wieder Morn. Der Stress, der sich in seiner Miene zeigte, blieb völlig undeutbar: er mochte auf mit tiefer Traurigkeit vermischte Wut zurückgehen. Oder vielleicht hatten die Systeme des Krankenrevier-MediComputers ihm einfach zuwenig Analgetika verabreicht, um die Schmerzen seines Schädels vollauf zu betäuben.

»Ich hab was für dich.«

Mit einer nachlässigen Handbewegung warf er ihr einen Gegenstand zu, als handelte es sich lediglich um irgendein belangloses Ding.

Weil Morn erschrocken zurückfuhr, ließ sie den Gegenstand beinahe fallen. Doch mit den Fingern erhaschte sie das daran befestigte Kettchen.

Ihre Augen weiteten sich, als sie ihre Id-Plakette erkannte. »Woher …?«

Sie verstummte, war die Frage zu beenden unfähig.

»Von Nick«, antwortete Angus in einem Ton, der seinem Gesichtsausdruck an Gequältheit nicht nachstand. »Aber sie ist mir von ihm nicht etwa aus Großzügigkeit geschenkt worden. Wir hatten 'n Geschäftchen vereinbart. Ich sollte mir Davies krallen und ihn Nick überlassen. Im Gegenzug sollte ich von Nick dich kriegen. Um mir die Ernsthaftigkeit des Angebots zu beweisen, hat er mir die Id-Plakette gegeben.« Verkrampft hob er die Schultern. »Allerdings hat er nicht erwähnt, daß Davies mein Sohn ist. Und er hat obendrein verschwiegen, daß er dich längst den Amnion ausgeliefert hatte.« Nun wurde er sarkastisch. »Muß wohl seinem Gedächtnis entfallen sein.«

Morn neigte den Kopf, als hätte sie Tränen zu verbergen.

Ein Ausdruck der Erleichterung oder des Kummers umspielte ihren Mund. »Wenigstens hat er sie nicht verkauft«, sagte sie leise durch das Haar, das ihr wie eine schmutzige Gardine übers Gesicht hing.

Für die Id-Plakette einer VMKP-Leutnantin hätten die Amnion gut gezahlt.

»Und wenn, wär's unwichtig gewesen«, erwiderte Angus. Anscheinend bereitete es ihm ein nebulöses Vergnügen, Nicks Hinterlist auszusprechen. »Die Amnion wußten von Anfang an alles über dich. Sie wußten, daß du Polizistin bist, als ihr Station Potential angeflogen habt.«

Ruckartig hob Morn den Kopf. Betroffenheit stand in ihren dunkel umschatteten Augen.

Angus gab auf ihre stumme Frage Auskunft. »Wie sich herausstellte, war Milos Taverner, dieser miese Schweinepriester, der 'ne Zeitlang als mein Erster Offi fungierte, als Spitzel für so gut wie jede Seite tätig, den KombiMontan-Sicherheitsdienst, die Astro-Schnäpper, für Nick, für die Amnion. Er hat alle Kenntnisse verkauft, an die er gelangte. Er muß die Informationen über dich schon verkauft gehabt haben, lange bevor du überhaupt in den Bannkosmos geflogen bist. Die Amnion waren sich genau darüber im klaren, um was es ging. Besser als Nick. Darum hatten sie die Bereitschaft, weiterhin mit ihm Geschäfte zu betreiben, obwohl er sie schon so oft beschissen hatte.«

»Warum haben sie mich trotzdem abfliegen lassen?« fragte Morn in gepreßtem Ton.

»Ich weiß eine interessantere Frage«, sagte Nick dazwischen.

Morn sah Nick an, als hätte er sie beschimpft. Auf Davies' Zunge lag die Warnung, Nick sollte das Maul halten, doch er nahm sich zusammen und schwieg. Es bestand die Möglichkeit, daß Nick in seiner momentanen Situation, in der er dringend darauf bedacht sein mußte, das Gefühl der eigenen Wichtigkeit zurückzuerlangen, einmal etwas wirklich Entscheidendes von sich gab.

Nicks Grinsen vermittelte Ansätze seiner alten Wildheit.

»Weshalb haben sie *mich* abfliegen lassen? Milos hatte ihnen ausgeplaudert, daß ich für den Scheißtyp Hashi Lebwohl arbeite. Also hatten sie allen Anlaß zum Argwohn.«

Angus musterte Nick bösen Blicks. »Ich ahne schon, daß du uns gleich die Antwort gibst. Sonst könnten wir ja womöglich vergessen, was für ein schlaues und gerissenes Kerlchen du bist.«

»Weil sie bis zu dem Moment, als du mein Schiff in deine Gewalt gebracht hast, keinen blassen Schimmer hatten«, erklärte Nick Morn, als hätte er Angus' Bemerkung nicht gehört, als wären Angus und Davies in seinen Augen ebenso bedeutungslos wie Mikka und Sib, Ciro und Vector, »daß *du* Morn Hyland bist. Bis dahin war nämlich durch keinen von uns dein Name genannt worden. Und als sie ihn kannten, dauerte es vermutlich noch einige Zeit, bis sie ihre Datenspeicher durchfahndet hatten.«

»Ist das wahr?« wandte Angus sich in scharfem Ton an Morn.

»Ich glaube ja.« Zweifel und die Mühseligkeit des Erinnerns machten ihre Augen stumpf. »Ich bin zu der Zeit in keiner sonderlich guten Verfassung gewesen.«

Unbewußt nickte Davies zum Zeichen der Bestätigung. Er entsann sich, daß Nick, wenn er mit den Amnion redete, Morn stets nur als ›weiblichen Menschen‹ bezeichnet hatte.

»Außerdem hatten sie mit mir schon 'ne Vereinbarung getroffen«, sagte Nick zu Morn, »und sie halten sich an Abmachungen, weil Handel für sie die Geltung unentbehrlicher Wichtigkeit hat. Sie hätten einen Grund gebraucht, um die Absprache zu brechen, aber daß ich sie reingelegt hatte, konnten sie frühestens bei der Untersuchung meiner Blutprobe merken. Und als es soweit war, wußten sie inzwischen auch, daß sie an Davies gelangen wollten. Und sie dürften entdeckt gehabt haben, wer du bist. Uns zu benutzen, um diese neuen Komponenten des Ponton-Antriebs zu testen, muß ihnen wie eine höchst geniale Idee vorgekommen sein. Da konnte einfach nichts mehr schiefgehen. Bei vollem Gelingen des Beschleunigungsexperiments wären wir, sobald wir in die Tard zurückfielen, noch im Bannkosmos gewesen. Dann hätten sie die gewünschten Testergebnisse gehabt und immer noch dich und Davies in ihren Gewahrsam bringen können. Und mich. Und bei einem Scheitern des Experiments wären wir alle zur Hölle gefahren. Dadurch hätten sie mehrere Gefahrenquellen auf einen Streich beseitigt und zudem die Erkenntnis gewonnen, daß sich die neuen Maschinenteile noch nicht eignen, um sie an Bord der eigenen Raumschiffe zu erproben.«

»Und es hätte geklappt«, ergänzte Davies, »wäre zwischendurch nicht Angus aufgekreuzt. Du bist ja ganz tüchtig darin, dir nachträglich alles zusammenzureimen, aber während sich diese Ereignisse abspielten, hast du's nicht verstanden, dich darauf einzustellen.«

Andeutungsweise hob Nick eine Schulter, enthielt sich jedoch einer Entgegnung.

Mehrere Sekunden lang blieb es still auf der Brücke. Mikka grübelte an der geheimen Bitterkeit ihrer Gedanken; Vector beobachtete Morn und Angus, als wartete er auf etwas; Ciro konzentrierte sich wie ein Kind, das sich abmühte, nicht im Wasser zu ertrinken, in das es hatte springen müssen. Geistesabwesend kratzte Sib sich mit der Pistolenmündung im schmächtigen Schnurrbärtchen, ehe er sich wieder darauf besann, die Waffe auf Nick zu richten.

Angus kehrte Nick bedächtig den Rücken zu. Er stand vor Morn, als wäre er drauf und dran, ihre Befehlsgewalt anzuerkennen.

Sie hatte eine sichtliche Anstrengung unternommen, um die Selbstsicherheit zurückzugewinnen – die verzweifelte Klarheit –, die ihr zuvor als Krücke gedient hatte. Mit unverhohlener Sehnsucht betrachtete sie das Zonenimplantat-Kontrollgerät; schließlich steckte sie es wie zur Selbstbestrafung wieder in die Tasche. Entschlossen strich sie die Haare aus dem Gesicht. Dann erwiderte sie Angus' Blick.

»Das bringt uns auf das zurück«, sagte sie, indem sie ihn mit ihren leiderfüllten Augen konfrontierte, »was wir vorhin diskutiert haben. Vom Moment deines Eingreifens an hatten die Amnion bloß noch Pech. Infolgedessen haben sie jetzt um so mehr Grund, um uns aufhalten zu wollen.« Sie schwieg kurz, hielt seinem Blick stand, sammelte ihren Mut. »Angus«, fragte sie dann unverblümt, »was tun wir in der hiesigen Gegend?«

Angus zog eine undeutbare Miene. Davies sah, wie die kleinen Muskeln rings um seine Augen sich spannten und entspannten, als hätte er vor, mit ihnen Zeichen zu geben, doch falls es sich so verhielt, war die Botschaft verschlüsselt, unentzifferbar.

»Wir verstecken uns«, antwortete Angus nach flüchtigem Zögern.

»Ach, Scheiße«, schnob Nick. »Was ich von dieser Begründung halte, habe ich dir doch schon klargemacht.«

Ein verdrossener Blick Mikkas streifte Nick. »Da hat er recht«, meinte sie zu Angus. »Das ist Quatsch. Wieso müssen wir uns verstecken? Weshalb haben wir nicht sofort, nachdem wir Thanatos Minors Schutt hinter uns gelassen hatten, den Human-Kosmos angesteuert? Vor wem sollten wir uns denn verstecken müssen?«

»Wir befinden uns drei Lichtjahre weit im amnionischen Bannkosmos«, sagte Morn. Während des Sprechens nahm ihre Stimme einen festeren Klang an. »Momentan sind wir in Sicherheit, ja, aber wir haben den Amnion Zeit gegeben. Zeit zum Reagieren. Um nach uns zu suchen. Um unser Abfangen zu organisieren ... Oder eine Jagd. Warum hast du uns hierhergebracht, Angus?«

Als er keine Antwort gab, mahlten Morns Kiefer. Dann sprach sie unumwunden ihre eigentliche Frage aus. »Für wen arbeitest du?«

Die Muskeln rund um Angus' Augen verkrampften und lockerten sich unablässig, als hätte er Konvulsionen der Pein; ihm verkniffen sich die Mundwinkel. Plötzlich hatte Davies das Gefühl, die Wahrheit zu kennen. Diesen Gesichtsausdruck hatte er – oder vielmehr hatte Morn es – schon einmal bei Angus gesehen.

Nachdem die *Strahlende Schönheit* durch Nick beschädigt

worden war, hatte Morn, als sie die Besinnung zurückerlangte, Angus wie eine zermatschte Kröte in seinem G-Andrucksessel hängen gesehen. Sie checkte die Anzeigen und stellte fest, was sich ereignet hatte. »*Er hat sie besiegt*«, hatte sie daraufhin zu ihm gesagt. »*Sie sind geschlagen worden.*«

Und er hatte ihr ein aus Verzweiflung aschgraues Gesicht zugewandt. »*Jetzt bist du stolz auf ihn, was?*« hatte er erwidert, als versuchte er besonders bösartig zu wirken. »*Weil er mich geschlagen hat.*«

»*Angus ...*« Noch nie hatte sie seinen Namen benutzt. »*Ich kann Sie retten. Ich werde zu Ihren Gunsten aussagen. Wenn Sie wieder auf der KombiMontan-Station sind ... Ich bin bereit, Sie in Schutz zu nehmen ... Ich habe ja noch meine Id-Plakette ... Sie brauchen mir bloß das Kontrollgerät auszuhändigen. Das Kontrollgerät des Z-Implantats.*«

Sie hatte sich in tiefer Not befunden. Und Angus hatte sie gründlicher verdorben, als er selbst es für möglich gehalten hätte.

Zu ihrer Fassungslosigkeit hatte sie in seinen Augen Tränen erblickt.

»*Ich würde mein Schiff verlieren ...*«

»*Es ist nicht mehr zu retten*«, schrie sie ihn an. »*Den Stationssicherheitsdienst kann ich abwimmeln. Auch die VMKP. Aber für Ihr Schiff kann man nichts mehr tun.*«

»*Ich müßte mein Schiff aufgeben*«, sagte er leise. »*So sieht dieser Handel doch aus, oder nicht? Du rettest mich, wenn ich dir das Kontrollgerät abliefere. Aber mein Schiff ginge mir verloren.*«

Morn nickte. »*Was hätten Sie zum Feilschen denn sonst zu bieten?*« *fragte sie nach kurzem Schweigen.*

Und da, in genau diesem Moment, hatte er geradeso wie jetzt ausgesehen: in die Enge gedrängt, ratlos, weit verbitterter, als er es zu verkraften vermochte. Auf eine Weise, die Davies nicht nachvollziehen konnte. Wieder einmal saß Angus in der Falle; in der Klemme zwischen Nöten, denen zu entfliehen er keine Gelegenheit hatte, und Anforderungen, die er nicht zu erfüllen verstand.

Als er zuletzt doch antwortete, klang seine Stimme gleichermaßen sachlich wie nach Falschheit.

»Hashi Lebwohl.«

Verdutzt sackte Ciro der Unterkiefer herunter; seiner Schwester erging es ähnlich. Enttäuschung trübte Vectors blaue Augen, sein gewohntes Lächeln wich ihm aus dem Gesicht.

Nick lachte, als ob man Statik knattern hörte. »Wußte ich's doch! Es konnte ja nur die Scheißpolente sein.« Voller Verachtung schüttelte er den Kopf. »Wenn sie sogar einen widerlichen Lumpenhund wie *dich* dazu bringen kann, ihre Drecksarbeit zu erledigen, sind wir allesamt aufgeschmissen.«

Morn erwiderte fortgesetzt Angus' Blick, blieb jedoch vollkommen ruhig, als wagte sie es nicht, sich irgendeine Reaktion anmerken zu lassen. Davies allerdings glaubte zu wissen, an was sie dachte. Er hatte Vectors Worte im Gedächtnis. »*Die VMKP ist die korrupteste Organisation, die es überhaupt gibt*«, hatte er ihr erklärt. »*Im Vergleich mit ihr präsentiert sich Piraterie als die reinste Menschenfreundlichkeit.*« In der Erinnerung fühlte er Morns Schrecken. »*Wir hatten das Rohmaterial für einen Schutz, alle Stufen zum Ziel hatten wir vor uns. Und sie haben es uns weggenommen, es* unterdrückt ... *Der Bannkosmos liefert denen bloß 'n Vorwand, um ihnen die Macht zu sichern* ...«

Aufgrund irgendeiner Ursache verspürte Davies nicht die gleiche Bestürzung. Die ihm durch seinen Vater im Gemüt verursachte Wirrnis erzeugte ein anderes Resultat.

»Ich führe für ihn eine seiner verdeckten Operationen aus«, erläuterte Angus, als ob er löge – oder Teilwahrheiten verwendete, um eine Lüge zu kaschieren. »Lebwohl hat alles geplant. Er hat dafür gesorgt, daß Milos Taverner und ich aus dem VMKP-HQ abhauen konnten, ein Raumschiff hatten, von ihm sind wir nach Kassafort geschickt worden. Ich bekam einen doppelten Auftrag. Erstens sollte ich Kassaforts Fusionsgenerator zur Explosion bringen.« Er zögerte wie jemand, der eine Aufwallung der Panik bezähmen mußte, ehe er mit noch rauherer Stimme weiterredete. »Zweitens sollte ich dich befreien. Aber es ist eben eine Geheimaktion. Wir können nicht einfach in den Human-Kosmos zurückfliegen, als rechneten wir damit, wie Helden empfangen zu werden. Das würde uns die Tarnung versauen.«

»Tarnung?« schnauzte Mikka. »Wofür brauchen wir 'ne Tarnung?«

Angus beachtete sie nicht. »Wir sollen auch in Zukunft als Illegale gelten. Als freischaffende Gangster. Lebwohl möchte keinerlei Verantwortung für irgendwas tragen. Deshalb wartet keine Flotte auf unsere Ankunft. Falls die Amnion zu der Beurteilung gelangen, uns in die Pfanne zu hauen sei das Risiko wert, den Interstellaren Grenzzonenvertrag zu brechen, sind wir auf uns gestellt. Bis ich neue Befehle erhalte.« In seiner Stimme klang eine vielschichtige, mehrdeutig auslegbare Art von Wut an. »Für eine Weile können wir also durchaus unsere eigenen Entschlüsse fassen.«

Morn schnitt eine düstere Miene. Davies spürte, unter welchem Druck sie stand; welchen hartnäckigen Kampf es sie kostete, sich trotz ihrer Erschöpfung und ihres Frappiertseins zu konzentrieren. »Mußt du nicht Meldung erstatten?« erkundigte sie sich mit Mühe. »Bestimmt will die DA doch wissen, was du erreicht hast ... Und was du jetzt treibst.«

Eine begrenzte, seltsame Konvulsion befiel Angus, als erlitte er eine Krise. Seine gesamte Muskulatur krampfte sich zusammen; die Augen quollen ihm hervor. Er hätte am Rande eines Schlaganfalls stehen können. Doch der Krampf wich fast sofort, als hätte er augenblicklich eine starke Dosis Kat gespritzt. Als er antwortete, klang seine Stimme auffällig normal. Sein Konflikt war vorüber – oder umgangen worden.

»Selbstverständlich will er 'ne Scheißmeldung. Sonst wäre er wohl nicht Hashi Lebwohl. Aber von hier aus kann ich ihm schlecht eine schicken, oder?« Damit stellte er eine rein rhetorische Frage. »Sie würde ihn erst in drei Jahren erreichen, *könnte* ich sie senden... Aber es geht sowieso nicht.« Seine Hand wies fahrig auf die schematische Sternenkarte auf dem Großbildschirm. »Inzwischen ist uns der Stern im Weg.«

Unvermittelt verließ Vector Shaheed das Technikkontrollpult. Die Miene ernst, um seinen plötzlichen Eifer zu kaschieren, näherte er sich dem Kapitänssessel, klammerte die Hände an die Kanten der Kommandokonsole, als müßte er verhindern, daß sie zitterten.

»Wo willst du hin?«

Angus dachte kurz nach. »Das habe ich«, bekannte er, »noch nicht entschieden.«

»Zurück in den Human-Kosmos?« meinte Vector.

Bitterlich hob Angus die Schultern. »Hier sind wir sicherer«, brummelte er. »Mit ein wenig Glück können wir jahrelang durch den Bannkosmos schippern, ohne daß die Amnion uns erwischen. Solange sie nicht auf unsere Partikelspur stoßen, haben sie keine Möglichkeit, auf uns Jagd zu machen. Selbst wenn sie irgendwoher wüßten, wo wir stecken, könnten sie bei diesem Hintergrundrauschen unsere Emissionen nicht orten. So bekäme ich allerdings keine Gelegenheit, um 'ne Meldung abzusetzen, stimmt's?«

»Dann habe ich einen Vorschlag zu unterbreiten«, sagte Vector rasch. »Ich möchte sagen, was *ich* will.«

Erstaunt sah Morn ihn an. Sie war noch zu müde, um die spekulativen Schlußfolgerungen zu ziehen, die schon durch Davies' Kopf schossen.

Angus musterte den Techniker. »Warum nicht?« entgegnete er hämisch. »Scheiße, am besten macht *jeder* einen Vorschlag. Uns bleiben noch acht Stunden, ehe wir zu einem Entschluß kommen müssen.«

Vectors blaue Augen standen über jedem Spott. »Angus«, sagte er eindringlich, »Morn weiß einiges über mich, von dem Sie keine Ahnung haben. Wir hatten an Bord der *Käptens Liebchen* ein bißchen Zeit zum Plaudern.« Nick verdrehte die Augen, enthielt sich jedoch jeder Bemerkung.

Unbewußt nickten Morn und Davies gleichzeitig.

»*Ich* weiß von dem Immunitätsserum, weil ich damals an der Entwicklung mitgearbeitet habe. Vor Einschlagen meiner alternativen Karriere« – Selbstironie verzog ihm das Gesicht – »war ich als Genetiker bei Intertech tätig. Ich war an dem Projekt zur Entwicklung eines Antimutagens beteiligt, bis es durch die VMKP vorzeitig beendet wurde. Nicht etwa von den Vereinigten Montan-Kombinaten, Angus – durch die Vereinigte-Montan-Kombinate-*Polizei*. Wir standen so dicht vor der Lösung, daß ich sie quasi schon mit Händen greifen konnte, und da hat man uns alles weggenommen. Offenbar hat die DA unsere Forschung zu Ende geführt. Andernfalls hätte Nick nie Örtlichkeiten wie Station Potential aufsuchen können. Und du« – sein Blick fiel auf Morn – »wärst kein Mensch mehr. Bestimmt haben die Amnion dir, während sie die Gelegenheit hatten, Mutagene injiziert. Hättest du dich nicht mit dem Serum geschützt, wärst du längst verändert worden.«

Morn nickte ein zweites Mal, hörte aufmerksam zu.

»Angus«, erklärte Vector, »wir haben das Mittel. Und ich weiß, wie man damit arbeitet. Mann, ich hatte damals schon einen Großteil der Vorarbeiten *erledigt*.« Nach wie vor stützte er sich an der Kommandokonsole, hielt allerdings den Kopf hoch erhoben, um aufrecht vor Angus zu stehen. »Ich will«, sagte er, »in ein Labor.«

Leidenschaftlicher Nachdruck verlieh seiner Stimme, obwohl er ganz ruhig sprach, eine Klangfülle, als riefe er etwas aus. »Ich möchte eine Möglichkeit, um das Medikament zu analysieren ... Um die Formel und das Herstellungsverfahren herauszufinden.«

Davies war auf einmal zum Jauchzen zumute, so hell leuchtete in Morns Augen die Hoffnung. Ciro und Sib starrten Vector in tiefem Staunen an. Dagegen beließ Mikka ihre mürrische Miene Angus zugewandt, als hörte sie schon seine Weigerung.

»Und dann?« fragte Angus, als könnte Vector ihn nie im

Leben zu irgend etwas überreden; als wäre keine menschliche Leidenschaft schätzenswert oder überzeugungskräftig genug, um ihn zu beeindrucken.

»Und dann will ich die Menschheit darüber *informieren*«, gab der Techniker mit Emphase zur Antwort. »Die Information senden. Wie eine öffentliche Bekanntmachung. Auf den üblichen Nachrichtenfrequenzen. Ich traue der Kosmopolente nicht, Angus. Sie hält das Medikament schon zu lange geheim. Und dabei *benötigt* die Menschheit es. Zum Donnerwetter, wir selbst benötigen das Serum. Lassen Sie uns eine Station anfliegen, die nicht den VMK gehört, eventuell Terminus, dort sollen sie's fabrizieren und den Vertrieb übernehmen. Oder wir funken die Formel überall, wohin wir gelangen, geben sie allgemein bekannt, so daß sie nicht mehr geheimgehalten werden *kann*. Wie wir es durchführen, ist mir im Grunde genommen egal. Ich will nur, daß es *geschieht*. Das ist meine Chance« – Abscheu zuckte um seine Lippen –, »all das wiedergutzumachen, was ich seit meinem Abschied von Intertech verbrochen habe.«

Sib hatte Nick völlig vergessen. Vectors Emotionen und die eigenen Ängste nahmen ihn gänzlich in Anspruch. »Und es ist 'ne Gelegenheit«, bemerkte er, »um den Amnion die Stirn zu bieten. Ich meine, ihnen wirklich was entgegenzusetzen, nicht bloß, wie die Bullen, darüber zu schwätzen. Nicht nur 'n paar Illegale abzuknallen, damit die VMKP ihren Handel ausweiten und noch mehr Profit einstreichen kann.«

»Ja, das ist *die* Idee«, sagte Davies kaum hörbar. An die Vorstellung, daß die VMKP korrupt sein sollte, konnte er sich vorerst nicht so recht gewöhnen; doch nichts hinderte ihn daran, die Großartigkeit von Vectors Einfall zu erkennen und ihn zu unterstützen.

»Einen Moment mal«, warf Mikka ein. »Du preschst zu weit vor.« Intuitiv sah Davies, daß ihr Mißmut nichts anderes war als der Argwohn einer Frau, die um einen hohen Preis gelernt hatte, wie gefährlich es sein mochte, zum unpassenden Zeitpunkt das Falsche zu hoffen. »Was du dir da erträumst, ist ja ganz schön, aber es bleibt Phantasterei, solange du nicht zeigen kannst, wie's überhaupt klappen soll. *Wo* willst du denn ein Labor *finden*? Und wenn wir eins finden, wie sollen wir erreichen, daß wir's benutzen dürfen?«

»Ach, das ist kein Problem.« Nicks selbstgefälliges Grinsen verriet, daß er lediglich im Sinn hatte, Angus zu veralbern, als wäre es vollständig undenkbar, daß er Vectors Überlegungen ernst nehmen könnte. »Jedes Illegalenlabor im Human-Kosmos erlaubt euch die Benutzung, wenn ihr erzählt, was ihr euch in den Kopf gesetzt habt – vorausgesetzt natürlich, ihr beteiligt es an der Vermarktung der Forschungsergebnisse. Und ihr müßt erst einmal glaubhaft machen, daß ihr Illegale seid. Ein Labor zu *finden* dagegen ... das könnte schwierig werden.«

Angus glotzte Morn an, deren Augen glänzten, als hätte er schon sein Einverständnis gegeben. »Anscheinend bist du hier die einzige Person mit 'n bißchen Grips in der Rübe«, meinte er zu Mikka, ohne den Blick von Morn zu wenden. »Warum machst du diesen Witzfiguren nicht klar, wieso die Idee nichts taugt? *Erkläre* Ihnen, daß wir kein Labor finden können, weil wir nicht wissen, wo wir *suchen* sollen.«

Mikka öffnete den Mund, um etwas zu sagen; doch ihr Bruder war schneller. »Valdor«, platzte es impulsiv aus ihm hervor.

Mikka schloß die Lippen und starrte ihm ins Gesicht, als hätte er die Frechheit gehabt, sie zu ohrfeigen.

»Ja, genau dort«, bekräftigte er. »Im Kosmo-Industriezentrum Valdor. Dort haben wir früher gewohnt. Es ist ...« Er konnte nicht weiterreden; was er zu äußern beabsichtigte, blieb ihm im Hals stecken, so verunsicherten ihn Mikkas Verblüffung, Sibs Verdutztheit und Vectors breites Grinsen.

Vor Verlegenheit wurde er rot und zog den Kopf ein.

»Er hat recht«, sagte Morn halblaut.

Das sah Davies geradeso wie sie. Lektionen, Berichte, sogar Gerüchte, die sie an der Polizeiakademie gehört hatte, stoben ihm durch den Kopf. Das Sonnensystem, in dem Station Valdor um den Doppelstern Massif 5 kreiste, umfaßte eine nachgerade atemberaubend vielfältige Ansammlung von Planeten, Monden und Planetoiden; es gab einen regelrechten Irrgarten orbitaler Massen auf so komplizierten Umlaufbahnen ab, daß Navigationsfehler als fast so mörderisch wie die Raumpiraterie galten. Valdor hatte sich im Massif-5-System etabliert, weil man dort relativ leichten Zugang zu üppigen Mengen der Rohstoffe hatte, die die Station für ihre Unternehmenstätigkeit – vorwiegend Schmelzöfen und Schwerindustrie – unverzichtbar brauchte. Frachtverkehr enormen Umfangs beförderte die Produkte der Station zur Erde. Und aus ebendiesem Grund wimmelte es in dem Sonnensystem von Illegalen. Hinsichtlich der Reputation hatte sich keine der verschiedenen Schwarzwerften und sonstigen Illegalenanlagen innerhalb dieses Labyrinths aus Gravitation und Felsgestein, was Größe und die Diversifikation der erbringbaren Leistungen betraf, mit Kassafort vergleichen können. Alle zusammen jedoch bedienten sie mehr Piratenraumschiffe, verschoben sie mehr Beute und hatten sie eine höhere Anzahl verschiedenartiger, verborgener Einrichtungen zu bieten als bis vor kurzem Kassafort. Viele Illegale, die die Nachbarschaft der Amnion scheuten, hatten schon immer Massif 5 mit seinen großen Schätzen und zahlreichen Verstecken vorgezogen.

Angus' Gesichtsausdruck spiegelte mangelnden Durchblick wider. Sein von Amts wegen verschrottetes Raumschiff, die *Strahlende Schönheit*, hatte keinen Ponton-Antrieb gehabt; wahrscheinlich war das Massif-5-System ihm gänzlich fremd. Doch seine Verwirrung dauerte nur eine Sekunde. Als hätte er irgendwie augenblicklich auf einen Computer der *Posaune* zugegriffen, eine Info-Datei über das Kosmo-Industriezentrum Valdor geladen und sich den Inhalt ins Hirn kopiert, klärte sich seine Miene.

»Kannst du dort ein Labor ausfindig machen?« fragte er Mikka.

Morn rang sichtlich um Ruhe, während Mikka über die Frage nachdachte. »Ich glaube ja«, lautete schließlich Mikkas mißmutige Antwort. In diesem Moment zeigte Morns Gesicht eine derartige Erleichterung, daß es möglich gewesen wäre, sie mit Gram zu verwechseln. Sie mußte sich die Handteller auf die Augen drücken, um nicht in Tränen auszubrechen.

»Scheiße«, maulte Nick, ohne jemanden Bestimmtes anzusprechen. »Jetzt sind wir schon soweit, daß wir uns von 'm Schnösel vorschreiben lassen, was wir zu tun haben.«

Angus musterte Morn aufmerksam. Ehe er seine Stimme wiederfand, mußte er mehrmals schlucken.

»Vermutlich ist's besser, als hier rumzulungern«, sagte er in düster-gedämpftem Ton. »Der Bannkosmos kotzt mich sowieso an.« Die boshafte Gelblichkeit seiner Augen vermittelte allerdings den Eindruck, als ob er ohnedies buchstäblich alles und jeden haßte. »Dort stinkt selbst das Vakuum nach Amnion.«

Sich zurückzuhalten außerstande, berührte Davies aus Dankbarkeit Angus' Arm.

Sofort geriet Angus in Rage, entriß Davies seinen Arm, schnauzte ihn an, als verpaßte er ihm einen Peitschenhieb. »Und *du* kannst mir auch den Buckel runterrutschen! Wenn du dir einbildest, *ich* wäre gleichfalls so 'ne Pappnase wie diese Gestalten hier geworden, benutzt du wohl dein Arschloch als Gehirn.«

»Wie du willst.« Weil er seines Vaters Sohn war, begegnete Davies Angus' Zorn mit einem harten Grinsen. »Und *du* benutzt deine Eier. Zum Glück ist das der einzige Teil von dir, dem ich traue.«

Beifällig kicherte Nick.

»Eines ist noch zu regeln«, unterbrach Vector die Konfrontation. Unverändert glomm Eifer in seinen Augen; doch inzwischen hatte er seine normale Gelassenheit zurückgewonnen. »Ich brauche das Mittel.«

Morn schwieg. Vielleicht konnte sie im Moment nicht sprechen. Trotzdem senkte sie die Hände vom Gesicht, hob den Blick. Einen Moment lang suchte sie in ihren Taschen, bis sie drei kleine, graue Kapseln in der Handfläche liegen hatte. Sie reichte sie Vector.

Er nahm sie nahezu ehrfürchtig entgegen, als wüßte er, was sie für Morn bedeuteten.

»Aber du hast nicht alle an dich gebracht«, bemerkte Vector seelenruhig. »Sonst wäre Nick ihr Fehlen aufgefallen. Ihm wäre klar geworden, daß nur du sie haben kannst. Nick ...«

»Nick muß den Rest haben«, beendete Davies an Vectors Stelle den Satz.

Plötzlich erinnerte Sib sich daran, daß er die Pistole auf Nick gerichtet halten mußte.

Alle auf der Brücke schauten Nik an. Er betrachtete vor sich das Deck, ignorierte die Blicke der Anwesenden.

»Gib die Kapseln raus, Nick«, verlangte Angus.

Nick tat, als wäre er taub.

Davies setzte sich in Bewegung, aber Angus kam ihm zuvor. Zwei rasche Schritte, und er stand dicht vor Nick.

»Ich spare es mir, dich zu warnen«, knirschte Angus. »Wenn du jetzt noch 'ne Warnung brauchst, bist du zu dumm zum Leben.«

Nick besah sich das Deck, als amüsierte ihn die Art, wie man die Platten verschweißt hatte. Er machte keine Anstalten zur Gegenwehr – reagierte überhaupt nicht –, als Angus die Finger nacheinander in sämtliche seiner Taschen schob, bis er das Fläschchen mit den Kapseln fand.

»Brav, sehr brav.« Angus warf das Fläschchen Vector zu. »Morgen bringe ich dir bei, wie man Männchen macht.«

Vector öffnete das Fläschchen, sah sich den Inhalt an, füllte dann die von Morn ausgehändigten Kapseln hinein. »Ob das alle sind, weiß ich nicht«, sagte er, »aber sie müßten genügen.« Sein Lächeln wirkte wehmütig, als spürte er den summierten Kummer all der vergeudeten Jahre. »Falls es mir mißlingt, anhand so einer Probe die Formel zu entdecken, bleibe ich lieber Techniker.«

Nicks Narben hatten die Färbung kalter Asche angenommen; am Rand seiner Wange zuckte ein Tic. Dennoch hob er die Augen nicht vom Deck.

Davies, der ihn beobachtete, war sich absolut sicher: Nick sann auf Mord.

ANGUS

Am liebsten hätte Angus sich einfach aufs Deck gehockt und den Kopf in die Hände gestützt. Ausschließlich dank seiner Zonenimplantate blieb er auf den Beinen, hatte es den Schein, er hätte sich vollauf in der Gewalt. Hätten sie nicht mitten während der stressintensiven Konfrontation mit Morn ihre Emissionen erhöht, wäre er längst zusammengeklappt.

Er konnte *nicht glauben*, was geschah.

Hatte er soeben eingewilligt, Vector Shaheed zu einem Laboratorium im Sonnensystem des Kosmo-Industriezentrums Valdor zu fliegen? Dort war er noch nie gewesen; er wußte darüber nicht mehr, als seine internen Datenspeicher enthielten. Und wegen nichts als einer beschissen dämlichen humanitären Geste? Der Art, wie er früher mit Weicheiern umgesprungen war, sah so etwas überhaupt nicht ähnlich. Es hatte keinerlei Ähnlichkeit damit, was er früher von solchen Leuten gehalten, mit der Weise, wie er sie stets für seine Zwecke eingespannt hatte. In dieser Beziehung blickte er im Zusammenhang mit der Angewohnheit, solches Lumpengeschmeiß für seine moralische Überlegenheit *büßen* zu lassen, auf eine lange, erschreckende Vorgeschichte zurück.

Tatsächlich hatte er mit einer Aktion dieses Stils einen seiner größten Triumphe erzielt. Er hatte ein Raumschiff namens *Süße Träume* buchstäblich intakt gekapert und gegen das Wissen, wie man Data-Nuklei manipulierte, die Crew an die Amnion verkauft; es hatte ihn nicht mehr Aufwand als einen vorgetäuschten Notruf und ein paar Leichen gekostet, dem Kapitän vorzuspiegeln, er befände sich in

Schwierigkeiten – mit anderen Worten, nichts als den Appell ans weiche Herz des Kapitäns.

Was *stimmte nicht* mit ihm?

Es mußte an der Programmierung liegen: Dios oder Lebwohl zog wieder an den Drähten. Erneut hatten in dem Data-Nukleus integrierte Befehle das Kommando übernommen. Daß sich daraus vorerst kein Sinn ergab, spielte keine Rolle. Dios oder Lebwohl wollte, daß er sich wie so ein blödsinniger Philanthrop aufführte.

Und doch hatte er nicht das Gefühl eines Zwangs gespürt ...

Wenigstens nicht die schon bekannte Art elektronischen Zwangs. Elektronische Impulse nötigten ihn zu einer Fassade der Nonchalance, entschieden für ihn, was er preisgeben durfte und was er verschweigen mußte, unterdrückten jedes äußere Anzeichen seiner inneren Marter. Doch nicht diese Emissionen waren es gewesen, die ihn dazu gebracht hatten, die Worte zu sprechen, mit denen er Vectors Vorschlag annahm; kein entsprechender Befehl war durch die Schnittstelle des Interncomputers in sein Bewußtsein gedrungen.

Nein, die Nötigung war anderer Art.

Sie ging von Morn aus.

Ihre entstellte Schönheit und ihr weher Blick, ihre unübersehbare Schwäche und ihre seltsame Stärke setzten ihn unter Druck. Morn war ihm so kostbar wie einst die *Strahlende Schönheit*, und sie war ohne ihn genauso schutzlos; dermaßen wehrlos, daß er das Empfinden hatte, sie übertrüge ihre Hilflosigkeit auf ihn, so daß er den Drang verspürte, sie zu beschützen, sich für sie aufzuopfern; als ob *er*, Angus Thermopyle, dazu befähigt wäre, sich von ihr irgend etwas anderes zu versprechen, als sie für sich zu haben.

Er hatte Vectors Vorschlag angenommen, weil Morn es so wünschte.

Diese Vorstellung erfüllte ihn mit einem solchen Maß an fassungsloser Wut, daß er im geräuschtoten Käfig seines Schädels tobte und heulte wie ein Tier. *Vermutlich ist's bes-*

ser, als hier rumzulungern. Er mußte davon ausgehen, daß alle Vorschläge, die er akzeptierte oder verwarf, keine Bedeutung hatten. Seine Programmierung erschindete lediglich Zeit, wartete darauf, daß jemand die Codes aktivierte, die ihn auf den Rückweg zum VMKP-HQ schickten. Und in dem Moment mußte er an Vector und Ciro, Mikka und Sib im Effekt Verrat verüben.

Und an Davies.

Und Morn.

Und du kannst mir auch 'n Buckel runterrutschen! hatte er Davies angefahren, als sein Sohn ihm eine Hand auf den Arm legte. Aber eigentlich hatte er nicht ihn gemeint.

Was Morn betraf: mit ihr hatte er einen Handel abgeschlossen. Sie hatte ihm das Leben geschenkt; er ihr das Versprechen gegeben, sie nicht zu verraten. Unvermindert stand er unter dem Bann dieser Zusage und konnte dagegen nichts tun.

Weil er sich nicht aufs Deck werfen und den Jammer seines gebrochenen Herzens hinausschreien konnte, schaute er auf der Brücke in die Runde und nickte grimmig, als wäre alles abgemacht; als wäre jede wichtige Frage beantwortet worden. »Also gut«, sagte er in die Verwunderung und das Elend in Morns Miene, Davies' hitziger Leidenschaft ins Gesicht. »Das langt dann wohl. Ihr braucht Erholung. Wir haben alle Ruhe nötig. Uns bleiben ungefähr ...« – er konsultierte seinen Interncomputer – »siebeneinhalb Stunden, bis wir in eine Position gelangen, von wo aus wir den Human-Kosmos ansteuern können.« Er zeigte auf Davies. »Du und Sib, ihr sperrt Scheißkapitän Schluckorso in 'ne Kabine. Danach schlaft ihr euch aus. Solang er niemanden außer sich selbst gefährdet, müssen wir uns wahrscheinlich um ihn keine Sorge machen.«

Die Pistole fest umklammert, verließ Sib den Sessel des Ersten Offiziers. Davies musterte Angus einen Moment lang, dann streifte sein Blick wie eine stumme Frage Morn; schließlich hob er die Schultern und schloß sich Sib an. Einer Gelegenheit, Nick so zu behandeln, wie er seitens

Nicks behandelt worden war, vermochte er schwerlich zu widerstehen.

In Nicks Wange zuckte heftig der Tic, doch er verkniff sich jede Widerrede. Während Sib ihm die Waffe ins Kreuz hielt, durchquerte Nick die Brücke und erklomm vor Sib und Davies den Aufgang zur Konnexblende.

»Ihr zwei verschwindet auch von der Brücke«, wandte Angus sich an Vector und Ciro. »Bildet euch nicht ein, ihr bräuchtet keinen Schlaf. Denkt lieber noch mal drüber nach.«

Wortlos erkundigte Ciro sich per Blickkontakt bei Mikka, ob er bleiben sollte; doch Vector faßte ihn am Arm, zog ihn mit, als er Davies und Sib folgte.

»Danke«, sagte Vector, als er den Kommandosessel passierte.

Er dankte Morn, nicht Angus.

Angus wußte genau, wie der Techniker sich fühlte. Mit einem verhohlenen Schnauben kehrte Angus sich Mikka zu.

»Du bist ab sofort meine Erste Offizierin. Ich muß jemanden haben, der Erfahrung hat.« Eine Person, die wie ein Illegaler dachte, nicht wie ein Astro-Schnäpper. »Und gleichzeitig das Valdor-System kennt. Scheißkapitän Schluckorso hat seine Chance gehabt. Aber du brauchst den Dienst erst anzutreten, wenn wir bereit zum Abflug sind. Wenn du dich jetzt nicht ausruhst, bleibst du anschließend viel zu lang übermüdet. Melde dich in sechseinhalb Stunden, dann hast du noch genug Zeit, um dich in deine Konsole einzuarbeiten. Bis dahin laß dich auf der Brücke nicht blicken.«

Mikka nickte. Ihr finsteres Stirnrunzeln war durch einen versonneneren Gesichtsausdruck abgelöst worden; beinahe eine Miene der Ratlosigkeit. Einige Augenblicke lang schaute sie zwischen Angus und Morn hin und her wie eine Frau, die ihre Optionen einzuschätzen versucht; dann schnitt sie eine Grimasse des Mißvergnügens.

»Nichts von alldem ist irgendwie begreiflich«, sagte sie zu Angus. »Das wissen Sie bestimmt selber.« In ihrem Ton schwang keine Herausforderung mit. »Mir ist wie jemandem zumute, hinter dessen Rücken mitten im Spiel plötzlich die Regeln geändert worden sind. Wann haben Sie sich in jemanden verwandelt, den's schert, ob die Menschheit ein Immunitätsserum hat oder nicht? Sie behaupten, Sie arbeiten für Hashi Lebwohl. Hat *er* Sie zu einem anderen Menschen gemacht? Sie haben Davies und Morn befreit. Wir sind durch Sie gerettet worden. Ich möchte Ihnen gerne vertrauen. Ich weiß bloß nicht wie.«

Angus knurrte tief in der Kehle, gab aber keine Antwort.

»Hast du was dagegen«, fragte Mikka daraufhin Morn, »mit ihm allein zu bleiben?«

Morns Augen funkelten auf wie aus Zorn oder Panik; sie wirkte, als hätte sie gern entgegnet: Bist du verrückt? *Natürlich* habe ich was *dagegen*. Doch aus irgendeinem Grund schüttelte sie nur den Kopf. »Wenn er mich umbringen will«, meinte sie leise, »braucht er mich nur anzufassen. Aber vorher muß ich noch mit ihm reden.«

Vielleicht dachte Mikka jetzt ihrerseits, Morn wäre verrückt. Trotzdem zuckte sie die Achseln. »Ich lasse meine Kabinentür offen«, kündete sie an, während sie sich zum Aufgang entfernte. »Wenn du rufst, höre ich dich.«

Morn schaute Mikka nach, als nähme sie allen Mut, der ihr hätte dienlich sein können, mit sich von der Brücke.

Beim Anblick ihres Zustands litt Angus. Es hatte ihm einmal säuisch behagt, sie in dieser Verfassung zu sehen; ihr Grausen und Ekel hatten ihm gefallen, weil sie ihm bestätigten, daß er sie völlig in der Hand hielt. Oder zumindest hatte er geglaubt, es bereitete ihm Lust; sich eingeredet, es zu glauben. Inzwischen waren diese Empfindungen verflogen; sie kamen nicht mehr auf. Mittlerweile hatte er bei Morn ein Übermaß an Hilflosigkeit erleben müssen. Sein eigener Kopf glich einem so grauenhaften und unentfliehbaren Ort wie jenem Kinderbett, in dem *seine Mutter ihm Schmerzen zugefügt* hatte ... Heute war die Kluft zwischen seinen und fremden Bedürfnissen genau so groß wie damals. Deshalb wirkten Morns Furcht und

Haß auf ihn geradeso wie die Schäden der *Strahlenden Schönheit:* sie bestätigten nichts außer der Tatsache seines Versagens.

Sich dafür zu entscheiden, mit ihm auf der Brücke allein zu bleiben, mußte einer der schwersten Entschlüsse sein, zu dem sie sich je durchgerungen hatte.

»Verschwinde von meinem Sitz«, fuhr er sie an, als ob er ihr durch einen Platzwechsel das Leid, nach dem er früher aus ganzem Herzen gelechzt hatte, ersparen könnte.

Sie regte sich nicht. Als Mikka das obere Ende des Aufgangs erreichte und durch die Konnexblende außer Sicht entschwand, heftete Morn den Blick auf Angus, ließ ihn mit aller Schonungslosigkeit die ganze Tiefe ihres Abscheus erkennen. Aber als hätte sie ihn nicht gehört, tat sie nicht, was er verlangte.

»Mikka hat recht«, konstatierte sie mit harscher Stimme, als kostete es sie alle Mühe, die Ruhe zu bewahren. Trotzdem behielt sie einen maßvollen Ton bei. »All das ergibt einfach keinen Sinn. Was *du* treibst, ergibt keinen Sinn. Aber ich will von dir gar keine Erklärungen. Deine Beweggründe scheren mich nicht. Am wenigsten lege ich darauf Wert, dir Vertrauen zu schenken. Mich interessieren ausschließlich deine Handlungen.«

»Danke.« Aus Verzweiflung äffte Angus die auch für ihn verkraftbarere Dankbarkeit Vectors nach.

Morn musterte ihn mit der gleichen kaltblütigen Entschlossenheit, die ihr Vater empfunden haben mußte, während die *Stellar Regent* die *Strahlende Schönheit* jagte; seine Zielverfolgung die *Strahlende Schönheit* anvisierte und er Angus' Ausmerzung befahl. Ihr Tonfall und ihr Widerwille schienen hart wie Stahl zu sein.

»Wirst du wirklich eine Meldung abschicken, sobald wir in den Human-Kosmos zurückgekehrt sind?«

Mürrisch betrachtete Angus nicht sie, sondern den Inhalt seines Data-Nukleus. »Ja.«

»Mit welcher Nachricht?«

Darauf wußte er die Antwort nicht; oder er durfte sie

nicht nennen. Also stellte er erst einmal eine Gegenfrage. »Was soll ich denn nach deiner Ansicht funken?«

»Informiere die VMKP über Davies«, sagte Morn, ohne zu zögern. Vielleicht kannte sie kein Zögern mehr. Möglicherweise kannte sie mit Ausnahme derjenigen, auf die sich ihr Selbstverständnis stützte, keine Skrupel mehr. »Setze sie davon in Kenntnis, warum er für die Amnion so wichtig ist. Teile ihr mit, daß die Amnion eventuell aus meinem Blut an eine Probe des Immunitätsserums gelangt sind. Und vergiß nicht zu erwähnen, daß die Amnion mit neuartigen Ponton-Antrieb-Komponenten experimentieren, um eine an die Lichtgeschwindigkeit grenzende Beschleunigung zu erreichen.«

»Jawohl, Sir, Kapitänin Hyland, Sir«, höhnte Angus. Was hätte er sonst tun können? Morn war ihm in jeder Hinsicht überlegen. Und er konnte seinen Zorn und seinen Gram nicht verwinden. »Sonst noch was?«

Morn schüttelte den Kopf.

»Was?« fragte Angus sarkastisch. »Nichts über Zonenimplantate? Keine Erwähnung von Scheißkapitän Schluckorsos abenteuerlichen Etüden in kreativer Verräterei?«

Morn schaffte es, seinen Blick zu erwidern. Man hätte meinen können, sie ließe es auf eine Machtprobe ankommen. »Du kannst diese Informationen hinzufügen, wenn du willst. Aber ich hoffe, du verzichtest darauf.«

»Wenn's so ist ...« Bedrohlich beugte er sich vor. Soviel erlaubten ihm seine vorprogrammierten Instruktionen: wieviel Furcht er ihr einflößte, war gleichgültig. »Verschwinde von meinem Platz.«

Doch er vermochte sie nicht einzuschüchtern; jedenfalls nicht auf diese Weise. Vielleicht konnte er sie nie wieder dahin bringen, sich vor ihm zu ducken. Sie kam seiner Aufforderung nach, indem sie sich aus dem Kapitänssessel schwang, ihm aus dem Weg wich; jedoch senkte sie weder den Blick, noch ersparte sie ihm den geballten Ausdruck ihres Hasses.

Keineswegs verhielt es sich so, daß dies Spielchen ihn

überfordert hätte. Das seinen Knochen eingewachsene Entsetzen war so gut wie Haß. Und seine Programmierung sicherte ihm hinlängliche Unterstützung: sobald bei ihm Bammel aufkam, gewährte sie ihm Rückhalt, unterdrückte dies Manko. Aber Angus merkte, daß er keinerlei Neigung verspürte, sich weiter auf dieser Ebene mit Morn auseinanderzusetzen. Seine Begierde, sie unterliegen zu sehen, hatte sich verflüchtigt. Deshalb benutzte er die Bewegungen, deren es bedurfte, um im Kapitänssessel Platz zu nehmen und sich die Informationen auf den Anzeigen der Kommandokonsole anzusehen, als Vorwand, um sich von Morn abzuwenden; um von ihr abzulassen.

Damit muß Schluß sein, hatte Warden Dios gesagt. Was der VMKP-Polizeipräsident meinte, konnte Angus sich nicht im entferntesten vorstellen; doch er wußte eine eigene Antwort.

Mit dem hier. Mit dem hier muß Schluß sein.

Für einen längeren Moment maß Morn ihn stummen Blicks. Als sie erneut das Wort ergriff, geschah es in verändertem Tonfall. Sie sprach weicher, offener; ein wenig klang in ihrer Stimme all das Durchlittene an. So wie das Weh in ihren Augen erinnerte ihr Ton Angus daran, daß ihr Abscheu auf Leid zurückging.

»Was für ein Gefühl ist es, daß du einen Sohn hast?« fragte sie. »Davies zum Sohn zu haben?«

Angus' Herz krampfte sich in einer Weise zusammen, die sich auf seinem Gesicht nicht zeigte; ein Krampf befiel es, der seinen übrigen Körper nicht betraf. In weit mannigfaltigerer Hinsicht, als genauer zu durchdenken er zu ertragen vermochte, glich Davies ihm: auch er war ein mißbrauchtes Kind. *Und danach tröstete sie ihn, als wäre er es, den sie liebte, nicht der Anblick seiner roten, geschwollenen Wunden oder die erstickten Laute seines Gejammers.* Das Kinderbett und die Marter unterschieden sich; die Folgen waren die gleichen. Sollte Davies jemals mehr aus dem Leben machen als sein Vater, hätte er es Morn zu verdanken; dem Faktum, daß sie seinem Vater über war, ihrer Präsenz im Bewußtsein ihres Sohns.

Angus brachte es nicht fertig, den Blick zu heben und Morn anzusehen. Seine Entgegnung lief auf einen Aufschrei seines tiefinnersten Wesens hinaus.

»Und wie fühlst *du* dich dabei«, erwiderte er, »das Hyperspatium-Syndrom zu haben? Ein Zonenimplantat im Kopf stecken haben zu müssen, um nicht bei Hoch-G-Belastung total durchzudrehen und jeden in deiner Umgebung zu killen?«

Morn seufzte. »So schlimm ist es?« Die Frage mochte Verständnis oder Unverständnis ausdrücken; Angus konnte es nicht unterscheiden. Dennoch war ihm, als hörte er aus ihrer nächsten Äußerung ein leises Lächeln. »Dann sind wir wohl beide in ziemlich übler Verfassung.«

Im Augenwinkel sah er, daß sie sich abwandte. Doch er schaute ihr nicht nach, während sie die Hände aufs Geländer des Aufgangs legte und die Brücke verließ. Längst war es zu spät.

Was für ein Gefühl ist es, daß du einen Sohn hast?

Sie hätte ihm diese Frage nicht stellen, diese Tür nicht öffnen sollen. Ihm wurde zumute, als engten ihn von neuem die Gitterstäbe des Kinderbetts ein, bannten ihn an die Stätte des Grauens. Sein Lebtag hatte er damit zugebracht, vor dieser Erinnerung zu fliehen, davor kopfüber durch Raum und Zeit zu flüchten. Jeder seiner Gewaltakte, jede von ihm verübte Schandtat, jede seiner destruktiven Handlungen hatte nichts anderes als eine Flucht konstituiert: ein Versuch, sich die eigene Furcht vom Leib zu halten, indem er anderen Menschen Furcht einjagte, eine Bemühung, die Vergangenheit in Schach zu halten, indem er Gegenwärtiges auslöschte. Und jetzt hatte Morn über die Kluft der Jahre und Verbrechen hinweg alles transformiert und servierte es ihm wie eine Rechnung.

Sobald die Vergangenheit ihn einholte, war er erledigt.

Aufhören! schrie er stumm. *Damit muß Schluß sein!*

Aber hier blieben Warden Dios' unerläuterte Überzeugungen und ambivalenten Bestrebungen irrelevant. Trotz aller Gebote und Zwänge, die der Interncomputer Angus aufnötigte, bedeutete er für ihn in dieser Beziehung keine Hilfe. Auf die physischen Symptome der Panik reagierten sie, indem sie ihn beruhigten. Dadurch trugen sie unbeabsichtigt zur Unterminierung genau der Schutzmöglichkeiten bei, die er am dringendsten brauchte.

Gefangener im Rumpf der *Posaune* und im eigenen Schädel, lag er *in seinem Kinderbett* ...

... die mageren Hände und Füße ans Bettgestell gebunden ...

... während seine Mutter ihm Schmerzen zufügte ...

Sie war, so wie Angus, ein durch und durch ratloses Geschöpf gewesen. So wie später ihr Sohn hatte sie geglaubt, weder bei dem, was mit ihr geschah, noch in bezug auf das, was sie selbst tat, irgendeine Wahl zu haben.

Unerwünscht war sie als Kind eines Gossengang-Pärchens in einem der im Niedergang befindlichen großstädtischen Ballungszentren der Erde zur Welt gekommen. Natürlich brachten ihre Eltern ihr nicht die geringste Zuneigung entgegen; und wie man es von einem so jungen Elternpaar wohl erwarten mußte, ließ es sie vom Tag der Geburt an ihre Unerwünschtheit spüren. Allerdings merkten ihre Eltern bald, daß ein Kind einige nützliche Nebeneffekte hatte. Es gab ihnen ein Druckmittel in die Hand, um Hilfe einzufordern oder Kredits abzuschwatzen; oder ein Versteck zu verlangen. Und es fungierte als Mittel der Erpressung gegenüber der im Zerfall begriffenen sozialen Infrastruktur, die sich trotz allem noch abmühte – so illusorisch und halsstarrig wie die meisten Bürokratien –, dem Bodensatz der Gesellschaft wenigstens ein Mindestmaß an Fürsorge zuzuschanzen. Sie war kein Kind, sondern nur ein Werkzeug. Ihre Eltern – und später die gesamte Gossengang – behandelten sie wie ein Werkzeug. Sie befaßten sich mit ihr, sobald sie sie brauchten, aber stießen sie beiseite, wenn sie von ihr keinen Nutzen hatten.

So blieb es, bis sie alt genug war, um auf andere, lustbetontere Art nützlich zu sein. Von da an gab man sich häufiger mit ihr ab und schob sie seltener ins Abseits. Eine Verbesserung bedeutete dieser Wandel für sie indes nicht. Sie wuchs als geistig beschränkte Analphabetin auf; stets war sie schmutzig und krank. Als sie zwölf war, hatte ihr Dasein für sie selbst schon keinen Sinn mehr.

Dann wurde die Gossengang, der ihre Eltern angehörten, im Rahmen eines Machtkampfs von einer Konkurrenz-Gossengang massakriert.

Wie andere Frauen in anderen scheußlichen Kriegen überlebte sie nur als Beutestück.

Als Beute machte sie mit etwas Bekanntschaft, das man früher umständlich als ›Mehrfachvergewaltigung‹ bezeichnet hatte und heute ›Multiorgi‹ nannte. Immerhin konnte die Vergewaltigung durch mehrere Personen als einseitiger Orgiasmus verstanden werden. Allmählich entwickelte sich über die Zwischenvokabeln ›Multiorgiasmus‹ und ›Multiorgie‹ die Kurzform ›Multiorgi‹. In der Gossengang, die die vorherige Bande ersetzte, hatte sie viele Multiorgis durchzustehen.

Das hätte sie ihr Leben kosten können; es sie vielleicht kosten müssen. Aber es kam nicht so. Wegen ihrer Kontakte zur Wohlfahrtsstaat-Infrastruktur hielt die Gossengang sie am Leben. Und die Fürsorge tat das gleiche, weil sie nach wie vor ihre Aufgabe zu erfüllen versuchte. Nach einer dieser Multiorgis wurde sie schwanger; dadurch erhöhte sich der Umfang an Unterstützung, die ihr angedieh. Als Akt der Gewissensbeschwichtigung, als Methode initiiert – aus längst vergessenen Gründen – durch seit langem verstorbene Männer und Frauen, bewilligte der Wohlfahrtsstaat ihr als Wohnraum ein kleines Zimmer, diverse Naturalien und ein paar Kindermöbel. Aber Hoffnung konnte die Bürokratie ihr nicht frei Haus liefern; und alle sonstigen Vorteile, die sich daraus hätten ergeben können, erstickte die Gossengang.

Irgendwann im Laufe der Zeit glitt sie unwiderruflich in den Wahnsinn ab.

Alles was sie hatte, war der kleine Angus.

Gleichzeitig verkörperte er das einzige Ventil ihres dem Irrsinn verfallenen Innenlebens.

Allein mit ihm in ihrem Zimmer, fing sie, während sie auf die nächste Multiorgi und den Tod wartete, mit dem Rondo der Mißhandlung und der Tröstung zu experimentieren an, das sich Angus' Gedächtnis als Erinnerung ans *Kinderbett* einprägte.

Auf ihre abwegige Weise empfand sie, nachdem sie ihn gequält hatte, tatsächlich den aufrichtigen Drang, ihn zu trösten. Seinem kleinen Leib schien eine Kapazität zu nahezu grenzenloser Schmerzensfülle innezuwohnen; sein wildes Geschrei und das rote Gesicht der Pein verursachten ihr einen beträchtlichen Kitzel, der ihr Schuldgefühle verursachte und sie doch zur Wiederholung trieb. Und wenn sie ihn in den Armen wiegte, auf ihn eingurrte, seine Beschwerden linderte, *als wäre er es, den sie liebte,* fühlte es sich für sie an wie die Zuwendung, die sie immer aus ganzem Herzen ersehnt, aber nie genossen hatte.

Bei Angus hingegen trat eine vollkommen andere Wirkung ein.

Die Konsequenzen begleiteten ihn überall, egal wohin er floh. Diesem Quell entsprangen sein Widerwille gegen Externaktivitäten sowie sein Grausen vor dem Eingesperrtsein. Doch je angestrengter er vor dem Vergangenen zu flüchten versuchte, um so zäher klebte das an ihm, dem zu entgehen er sich bemühte. Seit er sich der Gossengang und seiner Mutter entzogen hatte, war er mit ebenso kompromiß- wie trostloser Hartnäckigkeit – geradeso unbewußt und selbstzerstörerisch wie ein Verwünschter – darauf erpicht gewesen, das Aussehen stumpfsinniger Verzweiflung, das er von ihr kannte, jemand anderem aufzuzwingen. Solange er nichts anderes anstrebte, als das Blatt zu wenden – mit ihr die Rolle zu tauschen –, blieb er ihr Opfer.

Jetzt endlich hatte allem Anschein nach die Logik seines Lebens blindwaltend ihren Abschluß gefunden, ihre unausweichliche Sackgasse. Seine Opferrolle war vollendet. Gerade als vorprogrammierte Anforderungen und apparativer Zwang ihren Griff um sein Bewußtsein lockerten, mußte er feststellen, daß Morn die Macht dazu hatte, ihn zurück ins *Kinderbett* zu schicken. Seine Bemühungen, mit ihr die Rolle zu tauschen, waren gescheitert: sie blieb ihm überlegen. Und er konnte dem nicht abhelfen. Nicht einmal die ihr gegebenen Versprechen vermochte er einzuhalten. Die Leute, die seinen Interncomputer programmiert hatten, duldeten es nicht.

Zugriffscode Isaak! schrie er in den Abgrund seiner Datenspeicher-Schnittstelle. Prioritätscode Gabriel! Sagt mir, daß Schluß ist! Sagt mir, was ich tun muß. Erlaubt mir, sie wenigstens zu warnen. Laßt nicht zu, daß ich es bin, der sie hintergeht.

Das Schweigen, das ihm antwortete, klang wie das abartige, übergeschnappte Gelächter seiner Mutter.

Auf der Brücke allein, bettete Angus Thermopyle den Kopf auf die Kommandokonsole und wartete darauf, daß Warden Dios oder Hashi Lebwohl seinen Untergang herbeiführte.

Natürlich bewirkten sie seinen Untergang nicht, indem sie ihn liquidierten oder umkommen ließen. Dafür ging ihre Gemeinheit zu weit, war ihre Falschheit zu groß. Sie verfolgten ihre Zwecke auf andere Weisen.

Angus' Data-Nukleus behielt die ihm bestimmte Zukunft für sich; er gestattete ihm nur Einsicht in neue Informationen, wenn er sie für die unmittelbare Gegenwart brauchte. Darum konnte er die verschiedenerlei Wege, auf denen seine Herren ihn dem endgültigen Verhängnis näherbrachten, nicht absehen, bevor die Maßnahmen in Kraft traten, die ihn zwangen, sie zu beschreiben.

Doch als die *Posaune* ihr Startfenster in den Human-Kosmos erreichte, war davon noch nichts ersichtlich geworden. Die Zonenimplantate hatten seine Verzweiflung durch ein paar Stunden Schlaf und einen Abstecher in die Kombüse unterbrochen, wo er etwas essen konnte; anschließend hatte er seine Meldung ans VMKP-HQ formuliert und verschlüsselt. Außer einer Beschreibung des Resultats seiner Aktion und dem Hinweis auf Milos Taverners Verrat fügte er die

Informationen hinzu, deren Übermittlung Morn gewünscht hatte. Die Angelegenheiten, die sie verschwiegen haben wollte, hatte er weggelassen. Der Funkspruch konnte abgesetzt werden, sobald die *Posaune* in die Reichweite eines Lauschpostens gelangte.

Während der Interspatium-Scout das Rund des Roten Riesen umflog und sich dem Startfenster näherte, rief Mikka Vasaczk die Brücke an und gab Angus durch, sie befände sich unterwegs zum Kommandomodul. Angus teilte der übrigen Crew per bordinternem Rundruf mit, daß sonst niemand sich auf der Brücke zeigen dürfte. Vor allem wollte er Nick nicht im Raumschiff umherlaufen haben. Aber genausowenig Morn: er befahl Davies, bei ihr zu bleiben, damit er auf sie achtgeben könnte, sollten nach dem Hyperspatium-Sprung Umstände entstehen, unter denen die *Posaune* Hoch-G-Manöver fliegen mußte. Wäre Mikka nicht zur Lenkung des Schiffs unentbehrlich gewesen, hätte er auch sie von der Brücke gewiesen.

Sie kam mit zwei Antigrav-Thermoskannen Kaffee. Eine Kanne händigte sie Angus aus, dann setzte sie sich auf den Platz des Ersten Offiziers und schnallte sich an. Etwas von der Verkniffenheit war aus ihrer Miene gewichen. Sie lächelte nicht, wirkte jedoch immerhin wie eine Frau, für die ein Lächeln nichts Unmögliches mehr darstellte. Anscheinend war sie froh darüber, sich nützlich machen zu können.

»Was soll ich übernehmen?« erkundigte sie sich, nachdem sie einen Moment lang ihre Konsole betrachtet hatte.

»Zielverfolgung und -erfassung«, lautete Angus' barsche Antwort. Inzwischen hatte er schon einige der codierten Restriktionen ihrer Konsole storniert. »Was Scanning, Datensysteme und Astrogation angeht, habe ich unsere beiden Konsolen tandemisiert. Ich möchte, daß du, solange wir nicht in Schwierigkeiten geraten, Zielrichtung und Entfernungen fürs Valdor-System ausrechnest. Projiziere den Kurs auf den Hauptbildschirm. Ich will ihn fortlaufend aktualisiert haben. Ich verlasse mich darauf, daß du Abstand von Weltraumstationen und den meistbenutzten Flugrouten hältst. Wir suchen ein Schwarzlabor, kein Gefecht mit 'm paranoiden Erzfrachterkapitän.«

Mikka nickte. Anfangs langsam, nach und nach jedoch mit mehr Zutrauen, tippte sie Befehle in die Tastatur. Schon nach Sekunden erschienen auf dem Großbildschirm die Grundzüge eines Makrodiagramms. Zwischen dem Roten Riesen und Massif 5 entstand eine rein hypothetische direkte Linie. Während der Vervollständigung des Makrodiagramms wurden reihenweise Entfernungsangaben hinzugefügt. Doch die direkte Linie blieb ausschließlich hypothetischer Art, weil sie keine Gravitationsquellen, dazwischenliegenden Objekte und nicht die Interspatiumkapazitäten der *Posaune* berücksichtigten.

Angus hatte die Zahlen längst in seinem Interncomputer durchgerechnet, sie anhand der in dessen Datenspeichern enthaltenen Werte verifiziert. Er ließ Mikka die Berechnungen nur anstellen, um sich einen Eindruck von ihrer Kompetenz zu verschaffen.

Sie fand jetzt die erste Gelegenheit, sich ein Bild vom Leistungsvermögen des Interspatium-Scouts zu machen. Zwar wußte sie schon genug, um zu erraten, wie weit das Raumschiff in der Tach gelangen konnte; aber wie zuvor Nick überraschte sie die Schub-Masse-Relation der *Posaune*. Danach wandte sie sich – sie arbeitete nun schneller – wieder der Kursprojektion zu. An die Stelle des Makrodiagramms trat eine der Realität näherkommende Verbindungslinie.

»In diese Zielrichtung haben wir ein Startfenster in siebenundzwanzig Minuten«, sagte Mikka zu Angus, ohne den Blick von den Tasten zu heben. »Bei momentaner Geschwindigkeit können wir mit jedem Überwechseln in die Tach sechs Komma zwo Lichtjahre zurücklegen. Das ist gut, dann können wir nämlich die Umgebung der KombiMontan-Station und ihres Asteroidengürtels meiden.«

Nun schaute sie Angus doch an. »Aber wir sind zu mehr in der Lage. Ein so kleines Schiff mit dermaßen starker Schubleistung ist mir noch nie begegnet. Herrje, es ist genauso schnell, wie's die *Käptens Liebchen* war. Wenn wir in den nächsten zwanzig Minuten ordentlich stochen« – sie tippte neue Zahlen ein, besah sich die Ergebnisse der Kalkulation –, »kämen wir auf fast dreißigprozentige Lichtgeschwindigkeit. Dann könnten wir glatte sieben Lichtjahre hinter uns bringen. Beschleunigen wir nach dem Rücksturz in den Human-Kosmos ausreichend stark, wird es wahrscheinlich möglich, Sprünge von zehn Lichtjahren durchzuführen. Dadurch ließe sich zwischen unserer hiesigen Position und dem Valdor-System eine Menge Zeit sparen.«

Angus lehnte die Anregung ab. »Und bei Morn würde mit jeder Hoch-G-Beschleunigung das Hyperspatium-Syndrom akut. Irgendwann wird es zum Dauerzustand. Ich möchte ihr Glück nicht herausfordern. Außerdem haben wir's sowieso nicht so gottverdammt eilig. Niemand weiß, wohin wir fliegen. Wir brauchen uns also auf dem Flug nach Massif 5 nicht zu überschlagen.«

Mikka öffnete den Mund zu einem Einwand; klappte ihn jedoch zu, ohne etwas zu äußern. Ihr entging die Unaufrichtigkeit an Angus' Antwort. Nachdem sie ihn für einen Augenblick gemustert hatte, schüttelte sie den Kopf und setzte ihre Tätigkeit an der Konsole fort.

Angus trank Kaffee, während er Mikka beobachtete, und wartete auf das unausbleibliche Unheil.

Kurz bevor die *Posaune* ins Startfenster einflog, schaltete Angus nochmals die Interkom zu den Kabinen ein. »Nullgravitation in fünf Minuten«, sagte er durch. »Alles anschnallen. Außer dir, Nick. Vielleicht bringt's dich zur Vernunft, wenn du gegen die Schotts knallst. Davies, ist mit Morn alles in Ordnung?«

»Mir geht's gut«, antwortete Morn unverzüglich. »Ich habe Davies das Kontrollgerät gegeben. Er weckt mich« – der Brückenlautsprecher verlieh ihrer Stimme einen schwachen Klang, als ertönte sie aus weiter Ferne –, »sobald du ihm mitteilst, daß die Gefahr vorüber ist.«

Angus unterdrückte ein Knurren und desaktivierte die Interkom-Anlage.

Erst in der letzten Minute legte er die eigentlichen Tach-Parameter fest.

Als sein Data-Nukleus sie ihm nannte, erkannte er, womit er es da zu tun hatte: dem ersten, beinahe unmerklich kleinen Schritt zur zwangsweisen Selbstvernichtung.

Mikka bemerkte die Korrektur und faßte die Bedrohung in andere Worte. In plötzlichem Schrecken drehte sie ihm ihren Sessel zu. »Angus«, schnauzte sie, »was, zum Teufel, machst du da?!«

Seine Antwort beschränkte sich auf einen ausdruckslosen Blick.

»Dort liegt der Montan-Kombinate-Asteroidengürtel«, fuhr Mikka ihn an. »Wir können viel weiter springen, du verkürzt völlig unnötig unsere Hyperspatium-Durchquerung. Verfluchter Mist, Angus, auf dem Kurs fallen wir doch gleich am Rand des Asteroidengürtels in die Tard zurück, und der KombiMontan-Sicherheitsdienst, wer weiß wie viele Prospektoren und vielleicht die ganze beschissene VMKP haben 'ne Chance, um sich auf uns zu stürzen.«

»Denkst du etwa, das wüßte ich nicht?« schrie Angus zurück. Korrektursteuern konnte Mikka seine Befehle nicht: ihre Konsole hatte auf die Steuerungssysteme keinen Zugriff. »Aber ich muß nun mal 'n Scheißfunkspruch absetzen. Das Arschloch Hashi Lebwohl will 'ne Meldung haben. Und Morn will, daß ich sie funke. Na, und *dort*, ganz in der Nähe dieses blödsinnigen Asteroidengürtels, befindet sich doch der nächste Lauschposten.«

Damit führte er Tatsachen auf. Nur seine Begründung war eine Lüge.

»Glaubst du«, fügte er zum Schluß in bitterem Ton hinzu, »ich könnt's mir erlauben, die Meldung zu schlabbern?«

»Ich glaube«, knurrte Mikka, »wenn's dir mit der Meldung so eilig wäre, wärst du nicht erst hier hingeflogen. Du hättest dir 'n Umweg von neun Stunden gespart und sofort den Human-Kosmos angesteuert.«

»Du kannst glauben, was dir paßt«, erwiderte Angus. »Es ist mir scheißegal.«

Ehe Mikka weiter Einspruch erheben konnte, gab Angus Befehle ein, die die *Posaune* ins Zentrum des Startfensters lenkten.

Wie der KombiMontan-Sicherheitsdienst anläßlich der Verhaftung Angus' und der Beschlagnahmung des Data-Nukleus der *Strahlenden Schönheit* festgestellt hatte, war er durch seine zahlreichen illegalen Umtriebe nicht reich geworden. Trotz aller Verbrechen hatte er nie genügend Kredits angehäuft, um einen Ponton-Antrieb zu erwerben beziehungsweise sein Raumschiff nachträglich damit ausrüsten zu lassen. Folglich hatte er nie ein Raumfahrzeug in die Tach übergewechselt, bevor Warden Dios ihn an Bord der *Posaune* schickte. Doch die durch die Unifikation erworbenen Wissensressourcen statteten ihn mit dem Kenntnisstand eines Spezialisten aus. Und das erforderliche Gespür fürs Führen eines Raumers hatte er ohnehin seit eh und je gehabt.

Ungeachtet seines wachsenden Muffensausens und hilflosen Zorns blieben seine Hände ruhig wie Servos, während er den Hyperfeldgenerator aktivierte und die *Posaune* – ohne erkennbare Übergangsphänomene, geradeso als wäre nichts Wichtiges geschehen – ins Hyperspatium hinein- und heraustransferierte.

In Wirklichkeit jedoch vollzog sich eine wahrhaft dramatische Veränderung. Die Masse und sämtliche Emissionen des roten Riesensterns verschwanden. Daß das Raumschiff, durch immanente Trägheit ins Schlingern gebracht, als die Zentrifugal- und Gravitationskräfte ausblieben, vom Kurs abdriftete, war eine unvermeidliche Begleiterscheinung. Angus' Körpergewicht wurde gegen die Anti-G-Gurte gedrückt, sie schnitten ihm tief in den Wanst, während die automatischen Bordsysteme der *Posaune* navigatorischen Manövrierschub erzeugten, um die Folgen des Einschwenkens auf die neuen Vektoren zu absorbieren. In derselben Sekunde zerfielen die Scannermessungen zu einem Wirrwarr zusammenhangloser Impulse: die Instrumente bemühten sich vergeblich, stellare Konstellationen zu identifizieren, die sich nicht mehr in ihrem Erfassungsbereich befanden, strahlungsbedingte Distorsionen auszufiltern, deren Quelle schon drei Lichtjahre weit zurücklag.

Allerdings hatten die Bordcomputer anhand der Tach-Parameter bereits eine provisorische Zielprojektion extrapoliert. Andernfalls hätten sie auf der Basis der Astrogationsdatenspeicher minutenlang Navigationsexpertenprogramme laufen lassen müssen, um die neue Position des Schiffs festzustellen. Dennoch war die *Posaune* nach dem Rücksturz in die Tard fünf Sekunden lang blind und taub, bevor sie die neuen Scanningresultate richtig interpretierte und einordnete.

Dann erlangten die Anzeigen und Meßwerte mit einem Schlag wieder volle Kohärenz. »Herrjesses!« entfuhr es Mikka.

Im selben Augenblick gaben die Warnsensoren Alarm, Sirenen gellten wie das Geheul von Todesfeen, die ein baldiges Ende ankündeten.

Angus verfügte über gute Instinkte; auf ihre Art standen sie den Berechnungen seines Mikroprozessors an Präzision nicht nach. Gemeinsam hatten Instinkt und Kalkulation die Hyperspatium-Durchquerung einwandfrei ausgeführt. Trotz der anfänglichen, durchs Trägheitsmoment verursachten Kursungenauigkeit hatte die *Posaune* in nur 5000 km Abstand vom angepeilten Ziel materialisiert.

Dummerweise hatte die Abweichung sie näher an den Asteroidengürtel befördert statt weiter von ihm entfernt. Mit einer Geschwindigkeit von über 7000 km pro Sekunde war die *Posaune* auf Kollisionskurs mit einem Asteroiden von der Größe eines Amnion-Kriegsschiffs in die Tard zurückgefallen.

Die Jahre unter Nicks Kommando waren für Mikka eine hervorragende Schule gewesen. Fast augenblicklich peilte sie per Zielcomputer den Asteroiden an, energetisierte sie die Buglaser; zu schnell, um zu merken, daß Angus dazu imstande war, den Notfall allein zu bewältigen.

Innerhalb einer zu kurzen Zeitspanne, als daß seine

Synapsen sie hätten messen können, kompartisierten die Zonenimplantate seinen Verstand. Er nahm eine Multitasking-Tätigkeit auf wie ein Megarechner.

Mit Rechnergeschwindigkeit vorgenommen, erwiesen die Kursberechnungen sich als Kleinigkeit: Entfernung und Schnelligkeit; das erforderliche Quantum Schub, um die *Posaune* vom Kollisionskurs zu bringen; die Stärke der G-Belastung, die das Raumschiff und das menschliche Gewebe der Crew möglicherweise verkraften müßten. Danach galt es einen Kompromiß zu entscheiden, einen Faktor gegen den anderen abzuwägen: *soviel* Ge wurden gebraucht, *soviel* konnten aufgebracht, aber nur *soviel* überlebt werden.

Angus' Hand huschte schon über die Tastatur der Steuerungssysteme, kaum daß er die Notsituation erkannt hatte.

Allerdings stellte sein Data-Nukleus Angus vor zusätzliche, gleichzeitig zu erledigende Aufgaben, für deren Durchführung es schwierigerer Berechnungen bedurfte. *Dort* lag, etwa drei Lichtsekunden entfernt, der Lauschposten. Um einen direktionalisierten Funkspruch abzusetzen, mußte die Richtantenne der *Posaune* in *diese* Position gedreht und darauf programmiert werden, während der Manöver des Raumschiffs diese Ausrichtung beizubehalten.

Geradezu blitzartig tippte Angus' andere Hand Befehle in die Kommunikationsanlagen-Tastatur. Der Data-Nukleus stufte das Absenden einer Meldung an Warden Dios als prioritätsmäßig ebenso wichtig wie das Überleben ein. Falls die *Posaune* mit dem Asteroiden kollidierte und vernichtet wurde, erhielt Dios nie eine Meldung. Deshalb erlaubte der Interncomputer Angus nicht, mit dem Absetzen des Funkspruchs zu warten, bis er die Kollisionsgefahr abgewendet hatte.

Zur gleichen Zeit hatte er eine dritte Aufgabe zu erfüllen; noch einen kleinen Schritt auf den eigenen Untergang zuzugehen.

Jetzt hatte er dazu die beste Gelegenheit. Mikka konnte nicht sehen, was er tat: sie war zu erschrocken, zu stark beansprucht. Die Laser mußten in wenigen Sekunden feuerbereit sein. In ein paar Sekunden würde das Raumschiff vernichtet oder noch einmal davongekommen sein.

Vorprogrammierte Instruktionen zwangen Angus zum Ausnutzen der Gelegenheit. Während die Z-Implantate ihn zum Handeln nötigten, schrie Angus innerlich vor sich hin, aber aktivierte ein Peilsignal: eine permanente, bei jeder Veränderung zu aktualisierende Übermittlung der Navigationsdaten und Ponton-Antrieb-Parameter. Das Peilsignal hatte eine VMKP-Codierung; niemand außer der VMKP konnte es dechiffrieren. Es ermöglichte jedem Polizeiraumschiff, der *Posaune*, egal wohin sie flog, auf der Fährte zu bleiben.

Hashi Lebwohl oder Warden Dios wollte sicher sein, daß die Astro-Schnäpper ihn wieder in ihren Gewahrsam nehmen konnten.

Verrat...

Angus hatte Morn in dem Glauben belassen, er beförderte sie zu einem Schwarzlabor im Bereich des Valdor-Systems. Dem widersprach jedoch das Peilsignal; es machte ihn zum Lügner. Sobald die Kosmo-Bullen sich die *Posaune* gekascht hatten, stand ihnen die Nutzung seiner Prioritätscodes offen. Dann konnten sie ihm einen neuen Befehlsgeber zuteilen, jemanden an Milos Taverners Stelle setzen; einen ehrlichen oder korrupten Weltraumpolizisten, der sich keinen Deut um Morns Hoffnungen scherte, und ebensowenig um Angus' Versprechungen. Mikka und Ciro, Vector und Sib würden verhaftet. Morn brächte man zum Schweigen. Angus blickte womöglich seiner Demontage entgegen. Und Nick...

Nick heftete man wahrscheinlich einen Scheißorden an die Brust.

Dann wäre alles verloren.

Aber Angus fand momentan nicht einmal Zeit, um seine Quälgeister zu verfluchen. Mikka hämmerte auf ihre Tasten ein; ihre Fäuste allein schienen dem Steinklotz, der auf die *Posaune* zuraste, Eruptionen karmesinroten Feuers entgegenzuschleudern. Und in derselben Sekunde ergab sich der Effekt der unterschiedlichen Maßnahmen Angus'.

Die Kommunikatordisplays zeigten an, daß die Trichterantenne sich in die gewünschte Richtung drehte. Ein nichtssagender Indikator am unteren Rand des Bildschirms machte ausschließlich Angus auf die erfolgte Aktivierung des Peilsignals aufmerksam.

Und lateraler Schub – hochwirksamer Brisanzschub, wie ihn normalerweise nur Kreuzer und Zerstörer erzeugen konnten – durchtoste den Rumpf der *Posaune*, drängten Mikka und sogar Angus fast augenblicklich an den Rand der Besinnungslosigkeit. Kein herkömmlicher Interspatium-Scout hätte zur Vermeidung der Kollision ein solches Brachialmanöver ausführen können. Wäre er nicht speziell für Angus' verdeckte Operation konstruiert worden – und nicht, genau wie Angus, voller Geheimnisse gewesen –, wäre der Zusammenprall unausweichlich geblieben.

Mikkas Hände flogen regelrecht von den Tasten des Zielcomputers zurück, als die plötzliche Beschleunigung sie wie einen Klumpen Knete in die Ecke des G-Andrucksessels preßte.

An der Grenze zur Bewußtlosigkeit fügten die Teile, in die Angus' Geist zerfallen war, sich wieder zusammen. Während sich in seinem Schädel Finsternis ballte, als quölle sie aus der Weite des Alls herein, hatte er noch Zeit zu einem Gedanken bitterer Selbstbeschwichtigung.

Mikka hatte nicht gesehen, was er tat. Sie konnte es unmöglich bemerkt haben.

Also neigte er berechtigt zu der Vermutung, daß es keine Zeugen seines verräterischen Verhaltens gab.

Hätte er noch einen Moment länger am Abgrund der allesverschlingenden Finsternis auszuharren vermocht, wäre ihm durch einen Blick auf die Scanningdaten der *Posaune* klar geworden, daß er sich irrte.

MIN

"Direktorin Donner ...« – Es schien, als dränge die Stimme aus dem Interkom-Apparat an Mins Gehör, während sie auf dem Grund eines Meers der Erschöpfung schlief. Trotz der blechernen Zudringlichkeit des Lautsprechers hielten Träume, so zähflüssig und entlegen wie die Tiefen eines Ozeans, sie nieder.

»Direktorin, hören Sie mich?«

Nein, sie hörte ihn nicht. Nicht einmal Dolph Ubikwes Stimme hatte die Macht, ihre unendliche Müdigkeit auszuloten. Die Last der See, der Bomben und der Scham hielt sie auf dem Boden der Tiefe fest. Morn Hyland war im Stich gelassen worden: man hatte sie hintergangen und anschließend ihrem Schicksal überlassen. Sie an Nick Succorso abgegeben, als wäre sie nicht mehr als eine Kredit-Obligation; als wäre sie es nicht einmal wert, daß man sie, nachdem er sie weggeworfen hatte, vom Fußboden auflas. Godsen Frik war tot, beinahe wäre Sixten Vertigus ebenfalls ermordet worden, und Warden Dios hatte Min fortgeschickt, um sich die Folgen des Alleingelassenseins Morns anzusehen, der Machenschaften und Verbrechen Holt Fasners. Im Zustand dieser Erniedrigung würde sie die Interkom niemals hören.

»Direktorin, hier spricht die Brücke. Wir orten Raumschiffsverkehr.«

Dennoch hörte sie die Stimme. Sie war Min Donner: sie stand auf, wenn man ihr Meldung machte, gleich wie schwer es ihr fiel. Und Warden Dios sah *Anlaß zu der Annahme, Morn Hyland könnte überleben* ... Er selbst hatte es ihr gesagt. Das Spiel, das er spielte, reichte tiefer als Träume.

Irgendwie ertasteten ihre Hände die Verschlüsse des Anti-G-Kokons und des dazugehörigen Gurtwerks, die ihr in der Koje Sicherheit gewährten; sie schwang die Beine von der Koje. Kaum stand sie mit den Stiefeln auf dem Deck, langte sie nach dem Interkom-Gerät.

»Hier Donner«, rief sie hinein, indem sie Scham und Verlassensein unterdrückte. »Frage an Kapitän Ubikwe, Brücke.« Unbewußt strichen ihre Finger über den Griff der Pistole, um sich davon zu überzeugen, daß sie noch im Halfter stak. Um auf den Moment des Erwachens vorbereitet zu sein, hatte sie in kompletter Kleidung und bewaffnet geschlafen. »Was für Raumschiffsverkehr?«

»Es sind zwei Raumer«, antwortete Dolph Ubikwe unverzüglich. »Bisher liegen uns keine Identifikationen vor.«

Beim dunklen Klang seiner Baßstimme merkte Min, daß die paar Stündchen Schlaf zur Erholung ihres Hörvermögens beigetragen hatten. Ihre Trommelfelle fühlten sich noch sehr empfindlich an, aber die Stimmen anderer Leute erregten nicht mehr den Eindruck, als wären sie in eine Rückkopplungsschleife geraten.

»Von sich aus haben sie sich bislang nicht identifiziert«, erklärte Ubikwe. Trotz der blechernen Tonübertragung der Interkom hörte man ihm seine Ausgelaugtheit an. »Wir haben allerdings auch keine Identifizierung angefordert. Und wenn wir nicht funken, warum sollten sie's?«

Fangen Sie bloß nicht mit mir zu frotzeln an, Dolph, hätte Min ihn am liebsten angeraunzt. Träume hatten sie verbittert. Ich habe eine klare Frage gestellt, also geben Sie mir eine klare Auskunft. Aber sie bezähmte ihren Verdruß. Er verdiente keinen Sarkasmus. Die *Rächer* hatte schon genug Probleme.

»Machen Sie's nicht so kompliziert, Kapitän«, entgegnete sie statt dessen. »Ich bin noch halb am Schlafen. Wo sind wir überhaupt?«

»Im Moment« – die Übertragungsqualität der Interkom konnte dem dunklen Rumpeln von Ubikwes Stimme nicht im geringsten gerecht werden – »kreuzen wir dreißigtausend Kilometer vom Bannkosmos entfernt, auf der von der KombiMontan-Station abgewandten Seite des Asteroidengürtels. Wir hätten vor anderthalb Stunden in geeigneter Position sein können, nur habe ich kein Versteck gefunden, das mir behagte.« Sein Tonfall deutete ein humorloses Grinsen an. »Gegenwärtig weichen wir lediglich Asteroiden aus und benehmen uns unauffällig, bis wir eine passable magnetische Resonanz entdecken.«

Nun mußte Min die Zähne zusammenbeißen, um nicht in heftigen Tadel zu verfallen. Mit einem Blick auf das Kabinenchronometer sah sie, daß sie wenigstens vier Stunden lang geschlafen hatte; doch ihr Befehl an Ubikwe hatte gelautet, die *Rächer* binnen drei Stunden in Position zu bringen.

Gott*verdammt* noch mal, du elender Dreckskerl, du solltest mich doch wecken!

Er hatte Zeit herausgeschunden. Das Kommende aufgeschoben, solang es sich einrichten ließ ...

Es kostete sie erhebliche Mühe, auch diesen Ärger zu verhehlen. Wäre sie seine antiautoritären Tendenzen nicht zu tolerieren bereit, hätte sie ihm nicht das Kommando lassen dürfen.

»Funken Sie sie vorerst nicht an«, befahl sie. »Beschränken Sie sich aufs Lauschen. Ich bin gleich auf der Brücke.«

Heftig schaltete sie das Interkom-Gerät ab.

Gottverdammt-verdammt-*verdammt*, sie brauchte Zeit. Zeit zum Ausruhen; Zeit zum Begreifen der von Warden Dios erhaltenen Anweisungen; Zeit zu einem Zwiegespräch mit Dolph, damit er verstand, um was es ging. Aber die *Rächer* hatte bereits *hier draußen* Raumschiffe geortet, wo man im allgemeinen keinen begegnete. Eben darum war Angus darauf programmiert worden, die *Posaune* eigenverantwortlich in diese Region zu fliegen, falls irgendeine Verräterei Milos Taverners den Interncomputer Josuas dazu bewog, die Prioritätscodes zu wechseln. In diesen Abschnitt des Asteroidengürtels wagten sich freiwillig nicht einmal die hirnlosesten illegalen Prospektoren; hier war der Bannkosmos zu nah, mußte man Scherereien befürchten.

Die Wahrscheinlichkeit, daß die beiden Raumschiffe sich aus purem Zufall hier aufhielten, konnte man bestenfalls in negativen Zahlen ausdrücken.

Weil sie ein Mindestmaß an Disziplin brauchte, zwang sich Min, die Toilette aufzusuchen und das Gesicht zu waschen, ehe sie ihre Kabine verließ; und den Weg zur Konnexblende des Kommandomoduls zu Fuß zurückzulegen.

Unterwegs hatten ihre Füße und auch die Ohren den Eindruck, daß sich die Drallverschiebung der *Rächer* verschlimmerte. Die Wahrnehmung wirkte wie leichtes Schwindeln auf sie; da sie jedoch dagegen nichts unternehmen konnte, beschloß sie sich anzugewöhnen, sie zu ignorieren.

Als Min die Brücke betrat, sah sie sofort, daß sich von dem runden Dutzend Leute, die sich vor vier Stunden dort aufgehalten hatten, nur Kapitän Ubikwe selbst sich noch an seinem Platz befand. Die Techniker waren fort, ebenso die Mitglieder der Schicht, die Dienst gehabt hatte, als Min an Bord gegangen war; an den übrigen Brückenplätzen saßen andere Männer und Frauen. Folglich hätte Dolph jetzt gleichfalls dienstfrei haben müssen.

Daß er eine Pause benötigte, war offensichtlich. Das Fleisch schien ihm richtiggehend schlaff um die Knochen zu hängen, als schmölze er im G-Andrucksessel; Übermüdung verlieh seinen Augen einen abweisenden Ausdruck. Durch den Schweißglanz seiner Haut wirkte er regelrecht krank.

Nun erlaubte Min es sich, ihn zu rügen. »Kapitän, haben Sie noch nichts von Schichtwechsel gehört?« schnauzte sie. Die Tatsache, daß sie geradeso wie er gehandelt hätte, hielt sie nicht zurück. »Falls es Ihnen noch nicht aufgefallen sein sollte, Sie sind genauso ein Mensch wie Ihre Crew. Haben Sie nicht wenigstens einen zur Schiffsführung befähigten Offizier, dem man zumuten kann, ein paar einfache Befehle zu befolgen?«

Ubikwe warf ihr einen unleidlichen Blick zu und bleckte die Zähne, so daß sein Gaumen sich rosa von den dunklen Lippen abhob. »Bei allem Respekt, Direktorin« – er antwortete mit der Lautstärke von mühsam gedämpften Trompetenstößen –, »ich glaube, Sie lesen *wirklich* keine Berichte. Hätten Sie's getan, wüßten Sie nämlich, daß mein Erster Offizier zu unseren Verlusten zählt. Und meine *Zweite* Offizierin hat fast den ganzen linken Arm verloren. Als man uns den Rumpf zerschossen hat, ist sie damit in eine Vakuumversiegelung geraten. Sie ist in ihrer Kabine und aus medizinischen Gründen bettlägrig. *Zum Glück* nimmt Hargin Stoval, der Dritte Offizier, es mit dem ›Schichtwechsel‹ so ernst wie ich. Wir beide versuchen zu vermeiden, daß wir Offiziere zum Brückendienst einsetzen müssen, die *noch müder* als wir sind.«

Min blieb stehen, als wäre ihre Reue eine Mauer vor der Nase. Allein Entschlossenheit und gute Schulung hielten die Verstimmung aus ihrer Miene fern. Prächtig, Min. *Du* fühlst dich beschissen, und du läßt es am ersten unschuldigen Menschen aus, der dir in die Quere kommt. Und dann auch noch mit dem verkehrten Vorwand. Mach nur weiter so. Vielleicht kriegst du zum Schluß so eine blöde *Belobigung*.

»Ich entschuldige mich, Kapitän«, sagte sie laut und deutlich. »Ich kenne Ihren Bericht und habe Ihnen trotzdem kein neues Personal zugeteilt. Ich bin davon ausgegangen, daß Sie lieber mit Ihnen schon bekannten Leuten zusammenarbeiten möchten.«

Fast unverzüglich entkrampfte sich Dolph; es fehlte ihm an Kraft, um wütend zu bleiben. Er schien im Sitz noch tiefer zusammenzusinken. »Völlig zu Recht«, brummte er. »Ich wollte keine neuen Offiziere. Jetzt sind der falsche Zeitpunkt und die falsche Gelegenheit zum Personalaustausch.« Er atmete tief durch. »Zufällig hat mein Dritter Offizier die Konstitution eines Ochsen. Er verkraftet zusätzliche Schichten. Und ich bin sonst« – mit einem Wink der Hand tat er seine Ermüdung ab – »stabiler als im Moment.«

Er ließ Min nicht zu Wort kommen. »Was mich eigentlich schlaucht«, erklärte er, »sind diese zwei Raumschiffe, verflixt noch mal. Mir fällt nichts Besseres ein, als mich andauernd zu fragen, was sie wohl hier zu suchen haben könnten.«

Min war daran gewöhnt, ihre Gefühle zurückzustellen. Leicht fiel es ihr nicht, aber wenn das Erfordernis sich stellte, empfand sie es häufig als Erleichterung. Spontan trat sie näher zum Kommandosessel, um die Brücke und die Situation der *Rächer* aus Dolphs Perspektive sehen zu können.

»Eins nach dem anderen«, meinte sie. »Wo *sind* sie denn eigentlich?«

Kapitän Ubikwe gab ihre Frage weiter. »Porson?«

»Aye, Sir«, antwortete der Scanningoffizier. »Die Schiffe fliegen unmittelbar am Rand unserer Ortungsreichweite. Das heißt, eines von ihnen.« Er deutete auf seine Displays. Scanningdiagramme zeigten die Trajektorien der Asteroiden und kleineren Felsen, die den Kurs der *Rächer* säumten. Weit im Hintergrund markierte ein rotes Pünktchen ein anderes Raumschiff, blinkte hartnäckig. »Es fliegt noch im Bannkosmos, hält aber in unsere Richtung. Nicht allzu schnell. Wahrscheinlich beobachtet man uns sehr argwöhnisch und hat's deswegen momentan nicht eilig.« Er schwieg für einen Augenblick. »Wenn es schon länger diesen Kurs fliegt«, fügte er dann hinzu, »kommt es aus dem Umraum Thanatos Minors.«

»Ein Illegaler«, konstatierte Dolph überflüssigerweise. »Er will von dem fort, was hinter ihm liegt, traut sich aber nicht in unsere Nähe. Ich erwarte, daß er nicht mehr viel näher kommt, sondern bald den Kurs ändert. Ohne die Verfolgung aufzunehmen, erfahren wir nie, um wen's sich handelt.«

Min nickte, konzentrierte alle Beobachtung auf den Sichtschirm. Leicht kribbelte Streitlust in ihren Handflächen. »Und das andere Schiff?«

Anscheinend faßte Scanningoffizier Porson die Frage als

Vorwurf auf. »Verzeihung, Sir«, sagte er hastig, »als ich die Ortungsreichweite erwähnt habe, war die effektive Reichweite gemeint.« Er generierte einen zweiten Scanningindikator. »Es ist wesentlich näher, aber hinter uns im Asteroidengürtel. Wäre es noch tiefer drin, könnten wir es nicht mehr von den Felsbrocken unterscheiden.«

Achtsam musterte Min ihn. Porson war ein älterer Mann; sein Gesicht wies den gleichen Ausdruck der Verschlissenheit und Unsicherheit auf, den Min bei dem Bootsmann gesehen hatte. Überbeanspruchung hatte sein Selbstvertrauen ausgehöhlt, bis jede Frage in seinen Ohren wie Kritik klang.

Tatsächlich wirkte niemand auf der Brücke ausgeruhter als die Angehörigen der abgelösten, vorherigen Schicht. Die Besatzung der *Rächer* war dermaßen fix und fertig, daß ein paar Stunden Schlaf keine Abhilfe bedeuteten. Was sie nötig hatte, war ein längerer Urlaub.

Min mußte zugeben, daß Dolph Ubikwe recht hatte. Ihm blieb gar nichts anderes übrig, als soviel Arbeit wie möglich selbst zu erledigen. Seine Leute waren in keiner Verfassung für anstrengenderen Dienst.

Sie widmete ihre Aufmerksamkeit wieder dem Sichtschirm. »Liegt es auf irgendeinem Kurs?« fragte sie Porson.

Er schüttelte den Kopf. »Es läßt sich treiben, Sir. Mit den Asteroiden.«

»Also versteckt es sich?«

»Könnte sein, Sir«, gab Porson zur Antwort. »Ich würd's aber bezweifeln. Den Datensystemen zufolge befindet sich an diesen Koordinaten einer unserer Lauschposten. Das Schiff ist quasi ganz nah dran.«

Überrascht wölbte Min die Brauen. Die *Posaune?* Konnte sie schon da sein?

»Eine Identifizierung haben Sie noch nicht vorliegen?« fragte sie, indem sie jeden Hang zu vorschnellen Schlußfolgerungen unterdrückte.

Porson schüttelte so ruckartig den Kopf, daß die Bewegung einem Zucken ähnelte. »Nein, Sir. Es funkt nicht. Und da es sich treiben läßt, erhalten wir kaum Emissionsdaten, aus denen wir Erkenntnisse gewinnen könnten. Tut mir leid, Sir.«

Die wiederholten Entschuldigungen des Scanningoffiziers waren Min fast peinlich. Sie heftete den Blick auf Kapitänhauptmann Ubikwe.

»Sind wir nahe genug, um den Lauschposten abzufragen?«

Er hatte die Lider geschlossen. »Cray?« grummelte er, ohne sie aufzuklappen.

»Das ist der Fall, Sir«, rief die junge Frau an den Kommunikationsanlagen. »Wir haben den Kurs so korrigiert, daß uns ein Funkfenster offensteht bleibt. Verzögerung drei Sekunden für beide Strecken.«

Min nickte beifällig. Sie verließ Dolphs Seite und schritt durch die Krümmung der Brücke zu den Kommunikatoren.

Erwartungsvoll blickte Cray ihr entgegen, als ahnte sie Mins Absicht. Vielleicht weil sie jünger war, erweckte sie keinen ganz so mitgenommenen Eindruck wie die restlichen Diensthabenden.

»Wie ist der Status?« wünschte Min zu erfahren.

Sofort tippte Cray Befehle ein. »Wird geprüft, Sir.«

Drei Sekunden Verzögerung für beide Strecken, dachte Min. 450 000 km.

Aus unerfindlichen Ursachen gribbelte in ihren Handtellern ein Vorgefühl kommender Katastrophen.

»Der Lauschposten ist in Bereitschaft, Sir«, meldete Cray. »Dem Logbuch zufolge ...« – vor Verblüffung stockte sie kurz – »... hat er vor knapp über acht Stunden eine Kurierdrohne ans VMKP-HQ expediert. Gegenwärtig ist er ausschließlich auf Empfang. Wartet.«

Die *Posaune?* Ist es wirklich die *Posaune?*

»Das Schiff hat dem HQ 'ne Nachricht geschickt«, bemerkte Dolph, als spräche er mit keiner bestimmten Person. »Jetzt wartet es auf Antwort.« Sein Ton klang nach einem Achselzucken. »Also kann es nicht gewußt haben, daß wir hier aufkreuzen.«

Bestand die Möglichkeit, daß Angus Thermopyle dort

das weiteren harrte, sich mit den Asteroiden treiben ließ, sich zu einem wehrlosen Opfer machte? Min erforschte ihr Gedächtnis nach Einzelheiten seiner cyborgischen Programmierung; nach dem, was Hashi Lebwohl auszuplaudern beliebt hatte. Falls Milos Taverner Verrat verübt hatte, waren Josuas Prioritätscodes automatisch gewechselt worden. Doch aufgrund der Annahme, daß ein Verrat Taverners sekundäre Risiken für jeden, der mit dem Cyborg zu tun bekam, zur Folge haben mußte, enthielten Angus Thermopyles Instruktionen für diesen Fall das Verbot einer Rückkehr zum VMKP-HQ beziehungsweise zur Erde.

Wie hatten Hashi Lebwohls Erläuterungen gelautet? Unter pragmatischen Gesichtspunkten sei es selbst für eine moderne Programmierung ausgeschlossen, jede erdenkliche Eventualität zu berücksichtigen. Deshalb müßten zwangsläufig Diskrepanzen entstehen zwischen dem, was Angus tun konnte, und dem, was er tun mußte. Und indem immer mehr Zeit verstrich, stets mehr Ereignisse geschahen, wuchs die Gefahr solcher Diskrepanzen in exponentiellem Maßstab. Damit stieg die Wahrscheinlichkeit, daß Programmunstimmigkeiten Angus zu irgendeiner perversen Methode des Suizids zwangen, gerade wenn er bei der Ausführung seines Auftrags dicht vor dem Erfolg stehen mochte.

Neben sonstigen Gründen brauchte er auch darum einen Begleiter, der ihn an der Leine behielt; an seinen Instruktionen die jeweils erforderlichen Modifikationen vornahm. Aber falls Taverner inzwischen zum Verräter geworden war, befand Angus Thermopyle sich in gewissem Umfang außer Kontrolle.

Im Interesse seines Durchkommens und des Erfolgs seines Auftrags mußte er erheblichen Handlungsspielraum haben. Allerdings erhöhte jede Handlungsfreiheit seine Gefährlichkeit.

Darum verlangte sein Data-Nukleus von ihm für den Fall eines Wechsels der Prioritätscodes das Absenden einer Meldung; schrieb er ihm vor, der Erde und dem VMKP-HQ fernzubleiben; gestattete er es ihm, aus eigener Entscheidung alles zu tun, um sich und das Raumschiff zu schützen, bis jemand, für den sich die Möglichkeit ergab, ihn seiner Kontrolle zu unterwerfen, neue Prioritätscodes aktivieren konnte.

»Kopieren Sie die Nachricht«, befahl Min rauh. Ihr Gaumen schmeckte nach Bitterkeit. »Ich will wissen, wie sie lautet.«

»Aye, Sir.« Tasten klapperten, während Cray gehorchte.

Vier Sekunden später wurde sie blaß beim Anblick der ihren Anzeigen zu entnehmenden Antwort.

»Zugriff verweigert«, meldete sie mit zaghafter Stimme. »Der Text ist ausschließlich für die Abteilung Datenakquisition codiert. Für Direktor Lebwohl.«

Hashi, du miese Ratte! schimpfte Min bei sich. Was ist das nun wieder für eine Schweinerei?

»Der gute, alte Hashi«, murmelte Dolph sardonisch. »Ich mochte ihn schon immer gut leiden.«

Jahrelange Erfahrung hatte bei Min die Fähigkeit entwickelt, auch von der verkehrten Seite auf einer Tastatur zu tippen. Ihre Finger flitzten über die Tasten. Dann trat sie beiseite. »Benutzen Sie diese Codes«, sagte sie zur Funkoffizierin. »Korrektursteuern Sie die Zugriffssperre. Korrektursteuern Sie jeden verdammten Instruktionsset des Logbuchs, wenn's sein muß. Ich will wissen, was das Raumschiff ans VMKP-HQ gefunkt hat.«

Während Cray arbeitete, bildeten sich auf ihrer Stirn kleine Schweißperlchen. Als die Antwort eintraf, stöhnte Cray unwillkürlich auf, warf Min einen Blick der Zerknirschung zu, aber versuchte es ein zweites Mal, tippte angespannt auf die Tastatur ein. Es hatte den Anschein, als kostete jede Sekunde, die verstrich, sie einen Teil ihres Durchhaltevermögens.

»Es ist aussichtslos, Sir«, gestand sie schließlich, ohne den Kopf zu heben. »Der Zugriff bleibt verweigert. Ich kann die Restriktionen nicht knacken.« Wie Porson hatte sie das Bedürfnis, sich zu entschuldigen. »Tut mir leid, Sir.«

»Macht nichts, Cray«, rief Dolph dazwischen. »Das ist nicht Ihr Problem. Genau für so was ist Direktorin Donner an Bord. Wir lassen *Sie* sich darüber den Kopf zerbrechen.«

Min packte den Griff ihrer Pistole, umklammerte ihn fest, um ihren Ärger zu bändigen. »Er hat recht«, meinte sie zu Cray, versuchte das Gefühl der Unzulänglichkeit zu lindern, das sie anscheinend bei diesen Menschen hervorrief. »Man kann nicht spielen, wenn die Regeln verschwiegen werden.«

Von der Kommunikatorenposition wandte sie sich Kapitän Ubikwe zu.

Inzwischen hatte er die Augen aufgeschlagen. Wohl durch Rückgriff auf verborgene Kräftereserven irgendwo unter seinem Fett hatte er zudem in seinem Kommandosessel eine aufrechtere Haltung eingenommen. »Ich bin froh, daß Sie bei uns sind, Direktorin«, beteuerte er in nahezu heiterem Ton, kaum daß Mins Blick auf ihn fiel. »Mit zwei Überraschungen sehen wir uns schon konfrontiert, und bei dem Glück, das wir haben, blüht uns noch mehr dergleichen. Mir ist es lieber, wenn *nicht ich* die Entscheidungen treffen muß.« Vielleicht belustigte ihn der Anblick ihres geballten Zorns. »Wie *lauten* denn Ihre Anweisungen in bezug auf die beiden Raumschiffe?«

Min kannte kein Zögern: sie verstand ihren Job. »Setzen Sie die Observation des im Bannkosmos georteten Schiffs fort. Geben Sie mir Bescheid, sobald es irgend etwas treibt, den Kurs ändert, bremst, funkt, egal was. Ansonsten unternehmen wir vorerst nichts. Wir konzentrieren uns auf Hashi Lebwohls Schnüffler.«

Den Ausdruck *Schnüffler* benutzte sie mit voller Absicht. Wie konnte der DA-Direktor es *wagen*, so etwas Wichtiges wie Informationen, die er aus diesem Teil des Montan-Kombinate-Asteroidengürtels bekam, für sich zu behalten?

»Kontaktieren Sie ihn, Kapitän«, ordnete sie voller Grimm an. »Identifizieren Sie sich und verlangen Sie von ihm das gleiche. Dann fragen Sie ihn, was er sich dabei denkt, hier so dicht an einem unserer Lauschposten zu lauern.«

Auch Dolph kannte kein Zaudern. Seine Neigung zur Aufsässigkeit blieb in solchen Situationen latent. Das war einer von mehreren Gründen, warum Min ihm vertraute. »Cray, Verbindung herstellen«, befahl er sofort. »Porson, ich brauche die Koordinaten.«

»Aye, Sir«, antworteten beide.

»Waffensysteme, eine Materiekanone feuerbereit machen. Ich weiß, daß unsere Ballermänner geladen sind, aber erhöhen Sie den Energiepegel. Ich will, daß man drüben am Scanning unsere Feuerbereitschaft ersieht.«

»Aye, Sir«, antwortete der Waffensysteme-Offizier, der sich an die Arbeit machte.

Dolph aktivierte an seiner Kommandokonsole das Mikrofon. »Hier spricht Kapitän Dolph Ubikwe, Kommandant des Vereinigte-Montan-Kombinate-Polizeikreuzers *Rächer*«, dröhnte seine Baßstimme im strengsten Tonfall. »Ich rufe unbekanntes Raumschiff an Position ...« Er las die Koordinaten vom Sichtschirm ab. »Identifizieren Sie sich.« Während des Sprechens verzog sich sein Gesicht zu einem Schmunzeln. »Sie behindern eine polizeiliche Aktion. Wenn Sie nicht antworten, müssen wir Sie als Rechtsbrecher einstufen.«

Drei Sekunden vergingen. Sechs. Min meisterte ihre Ungeduld, indem sie die Faust um den Griff der Pistole klammerte, und wartete ab.

Plötzlich knackten die Brücken-Lautsprecher.

»*Rächer*, hier spricht Kapitän Darrin Scroyle, Handelsfrachtraumschiff *Freistaat Eden*. Wir übermitteln Ihnen unsere Registrierungsdaten.«

Also war es nicht die *Posaune*. Als diese Tatsache feststand, erschlaffte Min inwendig ein wenig: ob aus Erleichterung oder Enttäuschung, wußte sie selbst nicht.

Der Datensysteme-Offizier brauchte keine Befehle, er speicherte die Codesequenz, sobald sie einging. »Ich hab sie, Sir«, meldete er eilends. Er lud die Daten aus dem Computerspeicher auf den Monitor. »*Freistaat Eden*, Registrierungshafen Beteigeuze Primus«, las er vor, »Eigner und Kapitän: Darrin Scroyle. Stückgutfrachter im Langstreckentransport. Gegenwärtig unter Vertrag bei den VMK. Mehr auf Anforderung ...«

Er verstummte, weil die Lautsprecher ein zweites Mal knackten.

»Was für eine ›polizeiliche Aktion‹?« fragte die Stimme aus dem Asteroidengürtel. »Nein, sagen Sie nichts, ich will's gar nicht wissen. Teilen Sie mir nur mit, in welche Richtung ich verduften soll, und schon sind wir weg.«

Dolph drehte seinen Sessel den Datensystemen zu. »Sämtliche Verträge auflisten, die das Schiff seit dem Stapellauf erfüllt hat. Fassen Sie mir die Aufstellung ganz schnell zusammen.«

»Aye, Sir.« Der Datensysteme-Offizier gab Befehle ein; beinahe augenblicklich wanderten Namen, Daten und Auftragscodes über einen Bildschirm. »Alles Stückgutbeförderungen, Sir«, meldete er. »Ungefähr die Hälfte diverse Kontrakte, der Rest VMK. Vorwiegend betreffen sie Beteigeuze Primus, das Kosmo-Industriezentrum Valdor und Station Terminus, aber sie hat auch ein paarmal die KombiMontan-Station angeflogen. Der letzte Frachtflug war zwischen Beteigeuze und der KombiMontan-Station.«

»Mit anderen Worten«, schnob Dolph, »wir haben's mit 'm völlig harmlosen Skipper zu tun, der aus purem Zufall hier anzutreffen ist. Es sei denn ...« – er schaute Min an –, »der Direktor der Abteilung Datenakquisition hat es in seiner unendlichen Weisheit für angebracht gehalten, diesem Raumer falsche Registrierungsdaten zur Verfügung zu stellen.«

Verbittert hob Min die Schultern. »So was kommt vor. Die DA wird nun einmal überwiegend verdeckt tätig. Direktor Lebwohl muß seine Agenten irgendwie tarnen, ob mir das paßt oder nicht. Es gibt kein Gesetz« – den letzten Satz zischte sie durch die Zähne –, »das ihn zwänge, mich darüber zu informieren.«

Aber er hat, dachte sie, Warden Dios zu informieren.

Sie glaubte nicht im geringsten, daß sie es bei der *Freistaat Eden* mit einem harmlosen Frachter zu tun hatten.

Mit kräftigem Daumen schaltete Dolph Ubikwe das Mikrofon ein. »Kapitän Scroyle«, knurrte er, »versuchen Sie mich nicht zu verarschen. Für so was fehlt mir die Zeit. Sie werden doch wohl nicht davon ausgehen, daß ich Ihnen glaube, Sie lungerten da aus purem Zufall so nah an einem VMKP-Lauschposten herum. Und auf keinen Fall bezahlt die VMKP irgendwen dafür, untätig in einem entfernten Winkel des VMK-Asteroidengürtels umherzutreiben. Ich habe Sie in der Zielerfassung, und zu Höflichkeiten bin ich nicht in der Laune. Also, was machen Sie hier?«

Drei Sekunden Verzögerung hin und zurück; anderthalb Sekunden pro Strecke. Kapitän Scroyle nahm sich keinerlei Zeit, um über seine Antwort nachzudenken.

»Kapitän Ubikwe«, ertönte seine Stimme aus der Weite des Alls, »der letzte von uns abgeschlossene Vertrag betraf einen Frachtflug von Beteigeuze Primus zur KombiMontan-Station. Diesen Flug haben wir vor drei Tagen beendet. Anschließend wollten wir uns etwas Gelegenheit gönnen, den Gewinn zu verjubeln, aber da hat uns per Interspatium-Kurierdrohne ein neuer Auftrag erreicht. Bestimmt ist das Dokument noch nicht von den VMK im VMKP-HQ angelangt. Die Auftragserteilung kam von Cleatus Fane, dem Geschäftsführenden Obermanagementdirektor der Vereinigten Montan-Kombinate. Er arbeitet direkt für Holt Fasner.«

Als wäre es erforderlich gewesen, darauf hinzuweisen. So wie jeder an Bord der *Rächer* kannten auch Dolph Ubikwe und Min den Namen und die Reputation Cleatus Fanes. »Ich weiß die Koordinaten dieses Lauschpostens von ihm«, stellte Kapitän Scroyle klar. »Er hat mir vertraglich die Benutzung erlaubt. In der Mitteilung hieß es ... Lassen Sie mich zitieren. Er rechnet damit, ›daß Vorfälle im Bannkosmos im Laufe der nächsten Tage in die Region des Firmen-Asteroidengürtels übergreifen‹, und er will, wenn's soweit ist, vor Ort Zeugen haben. Einen Augenzeugen, der beobachtet und später Bericht erstattet, aber sich raushält. Darum sind wir hier.«

Min erwog die Möglichkeit, das Mikrofon der Kommunikationsanlagen anzuschalten und der *Freistaat Eden* persönlich den Marsch zu blasen, entschied sich jedoch dagegen. Viel wichtiger war es, daß niemand von ihrer Anwesenheit erfuhr. Außerdem war Dolph nach ihrer Überzeugung der Situation vollauf gewachsen.

Tatsächlich war er in seinem Element: Für so einen Wortwechsel hatte er sowohl die geeignete Persönlichkeit als auch die richtige Stimme.

»Das soll alles sein?« donnerte er den Frachterkapitän an, als rumste ein Erzhammer. »Behaupten Sie, er hätte Ihnen verschwiegen, mit was für ›Vorfällen‹ er rechnet, auf was Sie achten müssen?« Das schiere Vergnügen an Sarkasmus und autoritärer Pose schien seine Kräfte mit jedem Moment aufzufrischen. »Übernehmen Sie öfters Aufträge, denen jeder Sinn abgeht, ohne daß Sie Fragen stellen?«

Auch diesmal brauchte Kapitän Scroyle nicht zu überlegen, ehe er antwortete.

»Wenn so gut gezahlt wird, wie in diesem Fall, ja.«

»Na, dann spannen Sie mich nicht weiter auf die Folter«, entgegnete Dolph. »Was haben Sie beobachtet? Was haben Sie gemeldet?«

Dieses Mal ließ die Antwort länger auf sich warten. Drei, vier, fünf Herzschläge verstrichen, bevor Kapitän Scroyles Stimme erneut aus den Lautsprechern drang.

»Kapitän Ubikwe, was soll denn das?« Jetzt hörte man ihm Verärgerung an; und vielleicht ein ganz klein wenig Verunsicherung. »Sie wissen doch alles längst. Unser Scanning hat gemessen, daß Sie mit dem Lauschposten in Verbindung standen. Wozu soll es wohl gut gewesen sein, wenn nicht dem Zweck, das Logbuch zu kopieren und unseren Funkspruch zu lesen?«

Nun schien Dolphs Stimme Säure zu vertriefen. »Wir *können* den Funkspruch nicht lesen. Ihre Codes verwehren uns den Zugriff. Und es sind *keine* VMKP-Codes, *das* kann ich Ihnen glaubwürdig versichern. Kapitän Scroyle, was ist hier los? Ich habe den Eindruck, Sie sind zu mir nicht ehrlich. Sie sprechen mit einem *VMKP-Kreuzer*, und ich verlange *Antworten*.«

Drei Sekunden. Mehr nicht.

»Es ist die Wahrheit, Kapitän Ubikwe, ich schwör's.« Die Lautsprecher übermittelten Anklänge von Eindringlichkeit. »Ich habe die Codes von Cleatus Fane. Was das für Codes sind, weiß ich nicht, ich habe sie einfach benutzt, verdammte Scheiße. Selbstverständlich weiß ich, daß das 'n VMKP-Lauschposten ist. Vermutlich wollte Fane, daß ich ihn benutze, weil die VMK keinen eigenen Lauschposten an günstigerer Position hat. Und ich bin davon ausgegangen, daß jeder Funkspruch, den ich an ihn absetze, durchs VMKP-HQ geleitet wird. Kooperieren Sie und die VMK nicht ständig auf diese Weise? *Ich* habe keine Ahnung, weshalb die Codes Ihnen den Zugriff verweigern.«

Dolph schaltete das Mikrofon ab. »Klar, du Arsch«, nuschelte er halblaut. »Und ich bin der Fliegende Holländer. *So* naiv kann ja wohl niemand sein.« Er schaute Min an. »Was nun? Ich kann fordern, daß er uns den Funkspruch kopiert. Aber sollten wir ernsthaft glauben, was er uns zukommen läßt, könnte man mit uns alles machen. Oder ich kann unter Berufung auf das Polizeiliche Autorisierungsgesetz Einsichtnahme in seinen Data-Nukleus verlangen. Dann fänden wir die Wahrheit raus, könnten ihm allerdings anschließend nichts Gerichtsverwertbares vorwerfen.« Er grinste. »Und *das* wäre gesetzwidrig.«

Verschaffen Sie mir den Text! lag Morn als Antwort auf der Zunge. Ihre Erbitterung ließ die Forderung hitzig in ihr emporkochen; doch ehe sie sie ausstoßen konnte, erscholl von den Scanninggeräten ein Krächzen Porsons.

»Orte weiteres Raumschiff, Kapitän.«

»Scheiße«, murrte irgend jemand; wer, das entging Min. Sie und Dolph fuhren gleichzeitig zum Scanningoffizier herum.

Schlagartig wich das harsche Gehabe von Ubikwe. »Her mit den Daten, Porson«, knirschte er in gedehntem Ton.

»Das Schiff ist gerade in die Tard zurückgefallen...« Zittrig glitten Porsons Hände über die Tasten, tippten Befehle, klärten Sensormessungen ab, deuteten Daten. »Mann, das war nah! Kapitän, es hat bloß fünftausend Kilometer achtern materialisiert. Es fliegt in die andere Richtung, fort vom Bannkosmos. Zwanzigprozentige Lichtgeschwindigkeit.« Seine Stimme drohte überzuschnappen. »*In den Asteroidengürtel fliegt's, zwischen die Asteroiden. Es wird kollidieren...!*«

Min überließ es Dolph, sich mit den Scanningmeldungen zu beschäftigen. Ihre Handflächen brannten wie Feuer, als sie die Kanten der Kommunikationskonsole umfaßte und den Kopf neben Crays Gesicht senkte, ihre Aufmerksamkeit in Beschlag nahm. »Das Schiff sendet«, sagte sie leise, als wüßte sie die Wahrheit; als hätte sie Gewißheit. »Es ist hier, um den Lauschposten zu benutzen. *Fangen Sie's auf*, Cray. Zeichnen Sie alles auf, was es funkt. Ich will den Text haben.«

»Es feuert!« rief Porson. »Laserfeuer, es versucht sich den Asteroiden vom Kurs zu schießen, aber es ist aussichtslos...!«

»Unter Beobachtung halten«, wies Dolph ihn mit vorsätzlicher Nonchalance an. »Wenn Sie 'n Augenblick Zeit finden, überprüfen Sie, was das andere Schiff drüben im Bannkosmos treibt. Und geben Sie auf die *Freistaat Eden* acht. Ich möchte den Kahn nicht entwischen lassen.«

»Aye, Sir.«

Weil Mins Vehemenz sie ansteckte, flogen Crays Hände nur so über die Tastatur, um die Trichterantennen der *Rächer* einzuschwenken. Doch schon im folgenden Moment hob sie den Kopf und blickte Min voller Beklommenheit an. »Verpaßt, Sir. Es muß den Funkspruch sofort nach Rücksturz in die Tard abgesetzt haben.«

Es mußte genau gewußt haben, wo sich der Lauschposten befand.

Es mußte nach der Maßgabe gehandelt worden sein, daß der Funkspruch wichtiger war als das eigene Überdauern.

»Das Schiff dreht bei!« schrie Porson. »Das ist unmöglich, eine derartige G-Belastung kann kein Mensch überleben! An Bord müssen alle bewußtlos sein. Oder tot. Aber es ist außer Gefahr. Es hat vom Asteroidengürtel abgedreht.«

»Dann holen Sie ihn mir vom Lauschposten«, schnarrte Min. »Es wird wohl nicht jedes Scheißschiff in der gottverdammten Galaxis Codes kennen, die uns den Zugriff verwehren.«

»Aye, Sir.« Schleunigst gehorchte Cray.

Ein Indikator auf einem Sichtschirm ihrer Konsole erregte ihre Beachtung. Sie las Anzeigen ab, drückte hastig Tasten, verifizierte die Daten.

»Sir«, raunte sie Min zu, »das Raumschiff, dieses Schiff, das gerade vorbeigerast ist, es sendet jetzt ein Peilsignal. Ein Gruppe-Eins-VMKP-Peilsignal, ein Notsignal mit höchster Prioritätsstufe, um Anpeilung und Ortung zu ermöglichen. Es ist ...«

»Ich weiß Bescheid.« Min hatte ein Gefühl, als hätte ihr Herz das Schlagen eingestellt. »Die *Posaune*, VMKP-Interspatium-Scout der Kompaktklasse.« Angus Thermopyle lebte noch; er war noch in Aktion. »Mit dem Raumschiff befassen wir uns später. Als erstes will ich den Funkspruch haben.«

Krampfhaft schluckte Cray und ging von neuem an die Arbeit.

»Ich hab ihn, Sir«, meldete sie fünf Sekunden später. Aus Erleichterung machte sie große Augen.

»Kapitän«, stieß Porson aufgeregt hervor, »der Raumer im Bannkosmos hat soeben beschleunigt. Und er ändert den Kurs. Jetzt fliegt er in die gleiche Richtung wie der Interspatium-Scout.«

»Die *Posaune*«, brummelte Dolph Ubikwe mit beruhigendem Baß. »Direktorin Donner kennt das Schiff. Wie verhält sich die *Freistaat Eden*?«

»Läßt sich noch immer treiben, Sir. Macht keinerlei Anstalten, um sich uns zu entziehen. Und sie sucht kein Gefecht, die Bordartillerie ist nicht in Feuerbereitschaft.«

Min achtete auf nichts, was rings um sie geschah. Ihr Interesse galt ausschließlich dem Funkspruch der *Posaune*, als wäre er alles, was noch zählte, als existierte gar nichts anderes. Mit einem Finger wies sie auf einen Kommunikationsbildschirm; mit der anderen Hand drehte sie den Sessel, um über Crays Schulter hinweg den Text lesen zu können. Cray kopierte die Nachricht der *Posaune*, projizierte sie auf den Monitor, las sie gleichzeitig mit Min.

Min erkannte auf Anhieb, daß es sich um eine für Warden Dios codierte Blitzmeldung handelte.

Nicht für Hashi Lebwohl.

Ganz gleich, was Hashi trieb: Angus Thermopyle schickte seine Meldungen an Warden Dios.

Entschlossen konzentrierte sich Min auf den Text. Mit der Mühelosigkeit langer Übung drang sie durch Codes, Identifikationen, Transmissionsspezifikationen und Transferdaten zu Angus Thermopyles Botschaft vor.

Isaak an Warden Dios, begann die Mitteilung. *Persönlich.* DRINGEND. *Aktion gegen Thanatos Minor erfolgreich beendet. Prioritätscode Gabriel ist aktiviert. Milos Taverner zu den Amnion übergelaufen. Habe Überlebende des Raumschiffs* Käptens Liebchen *an Bord: Morn Hyland, Davies Hyland, Nick Succorso, Mikka Vasaczk, Ciro Vasaczk, Vector Shaheed. Amnion-Einheiten haben Verfolgung aufgenommen.*

Morn? Nur jahrelanges Training und herbe Erfahrungen ermöglichten es Min, sich zu beherrschen, als sie Morns Namen las. Morn *lebte!*

Es ist so, daß ich Anlaß zu der Annahme habe, Morn Hyland könnte überleben, was ihr zugestoßen ist.

Warden Dios hatte die Wahrheit gesagt. Morn war nicht von ihm im Stich gelassen worden. Er hatte sie Risiken ausgesetzt, ja; ihr Leiden zugemutet. Aber er hatte sie nicht im Stich gelassen. Offenbar war es nie seine Absicht gewesen, sie im Stich zu lassen.

Und für diesen Fall möchte ich von jemandem dafür gesorgt haben, daß sie am Leben bleibt ... Das heißt, durch Sie.

Er spielte ein viel hintergründigeres Spiel ...

Min klammerte sich um Halt an Crays G-Andrucksessel, las Angus Thermopyles Nachricht, so schnell sie über die Bildfläche wanderte.

DRINGEND, betonte er nochmals. *Die Amnion wissen von dem in Nick Succorsos Besitz befindlichen Antimutagen-Immunitätsserum. Möglicherweise haben sie aus Morn Hylands Blut eine Probe des Mittels gewonnen.*

Irgendwie mußte Morn zeitweilig in die Klauen der Amnion gefallen sein. Wer hatte sie befreit? Und wieso war sie noch Mensch? Hatte *Nick*, Nick *Succorso*, ihr das Medikament verfügbar gemacht?

Hashi, du Schwachkopf! Ist dir so etwas, als du einem Mann wie ihm Vertrauen geschenkt hast, nicht vorhersehbar gewesen?

DRINGEND. In hellem Phosphorschimmer schoben sich Thermopyles Zeilen unerbittlich über die kleine Mattscheibe. *Davies Hyland ist Morn Hylands auf Station Potential per amnionischem Schnellverfahren geborener Sohn. Die Amnion wollen ihn für ihre Zwecke haben. Sie glauben, daß er ihnen zu den Kenntnissen verhilft, die sie brauchen, um von Menschen ununterscheidbare Amnion zu züchten.*

Min überhörte Crays gedämpftes Aufjapsen des Schreckens. Beharrlich verschloß sie sich jeder Ablenkung und scherte sich um nichts als den Text.

DRINGEND, mahnte Angus Thermopyle abermals, als hätte er Sorge, ungenügendes Gehör zu finden. *Die Amnion experimentieren mit Ponton-Antrieben neuen Typs, um mit ihren Kriegsschiffen fast Lichtgeschwindigkeit erreichen zu können. Nick Succorso und seine Rest-Crew sind darüber genauer informiert. Wir werden zu überleben versuchen, bis eine neue Programmierung erfolgt. Ende der Benachrichtigung. Isaak.*

»Direktorin«, erkundigte sich Dolph mit einem Anflug von Schärfe, »wie sollen wir vorgehen? Die *Freistaat Eden* wird nicht ewig auf uns warten und stillhalten. Aus dem

Bannkosmos steuert ein unidentifiziertes Raumschiff auf uns zu. Und aus irgendeinem Grund« – sein Lächeln mißriet zu einer Grimasse – »hat die *Posaune* ein Peilsignal gefunkt, dem wir vielleicht folgen sollten. Wir müssen uns entscheiden, stimmt's? Ob in diese oder in jene Richtung, wir brauchen Beschleunigung.«

Min hörte kaum zu. Morn Hyland. Sie lebte, weil Warden Dios sie gerettet hatte. Morn mit ihrem Zonenimplantat und dem im Schnellwachstumsverfahren geborenen Sohn. Und Amnion hatten die Verfolgung aufgenommen. Vermutlich war das Raumschiff, das sich aus dem Bannkosmos näherte, eine amnionische Einheit: es ging wahrlich um genug für eine Grenzverletzung.

Morn saß in einem auf der Flucht befindlichen Interspatium-Scout – zusammen mit den beiden Männern, die ihr das größte Leid zugefügt hatten, den zwei Männern, die zu fürchten sie den meisten Grund haben mußte.

Und für diesen Fall möchte ich von jemandem dafür gesorgt haben, daß sie am Leben bleibt ...

Es war soweit: an der Zeit für Min, daß sie sich bewährte; sie Warden Dios zeigte, er hatte mit ihr die richtige Person ausgewählt.

Brüsk hob sie die Hand, um Dolph zum Schweigen zu bringen. Alle Autorität im Blick geballt, wandte sie sich an die Funkoffizierin.

»Wie viele Kurierdrohnen haben Sie übrig?«

Cray mußte nicht erst nachprüfen; sie hatte ihre Zuständigkeiten im Griff. »Drei, Sir.«

»Setzen Sie eine ein«, befahl Min. »Der Dienstweg ist zu langwierig, hier und unter diesen Umständen dürfen wir uns damit nicht zufriedengeben. Es könnten Stunden vergehen, bis die Meldung den Polizeipräsidenten erreicht. Also schicken Sie eine für Warden Dios codierte Nachricht ans VMKP-HQ. Übermitteln Sie ihm eine Kopie der Meldung, die wir von der *Posaune* aufgeschnappt haben. Ergänzen Sie sie um eine Übersicht der hiesigen Vorgänge seit unserem Eintreffen in diesem Raumsektor, er wird sich dazu seine Gedanken machen. Und fügen Sie alle aus dem Peilsignal ersichtlichen Daten hinzu, Beschleunigung, Kurs, Tach-Parameter, alles, was feststeht, bis Sie die Kurierdrohne starten. Teilen Sie ihm mit« – quer durch die Brücke schaute sie Dolph Ubikwe mit einem Blick an, der auf ein Versprechen hinauslief –, »daß wir Isaak folgen. Gehen Sie unverzüglich an die Arbeit.«

Mit gewohnheitsmäßiger Unwillkürlichkeit sah Cray den Kapitän um Zustimmung an.

Unter Ubikwes Fett hatten sich die Muskeln gestrafft; aus Ärger oder Bedenken quollen ihm ein wenig die Augen aus dem Kopf. Trotzdem nickte er knapp. Sofort machte Cray sich an die Ausführung des Befehls.

Ubikwe starrte Min ins Gesicht, als hätte er sie am liebsten angebrüllt. »Gestatten Sie mir, Direktorin, die Sache einwandfrei klarzustellen«, sagte er mit klangvollen Molltönen in der Stimme. »Wir folgen also diesem geheimnisvollen ›Isaak‹. Sie wünschen, daß ich während einer eventuellen Amnion-Grenzverletzung wegsehe, obwohl sie eine Kriegshandlung bedeuten könnte. Und Sie wünschen, daß ich auf die *Freistaat Eden* und ihren dubiosen Vertrag pfeife, den sie angeblich mit dem Geschäftsführenden Obermanagementdirektor der VMK eingegangen ist, Cleatus Fane, obwohl sich dahinter Hochverrat verbergen könnte. Statt dessen wollen Sie, daß ich mich auf das wirklich Bedeutsame stürze, in diesem Fall einen Interspatium-Scout der Kompaktklasse, dessen Besatzung so ausgerastet oder so blödsinnig ist, daß sie nicht einmal ausreichenden Sicherheitsabstand von einem Asteroidengürtel zu halten versteht. Ist das eine ungefähr zutreffende Zusammenfassung der Situation?«

»Nein«, erwiderte Min grob. Sie konnte nachvollziehen, daß er seiner Konsternation Ausdruck verleihen mußte, sowohl im eigenen wie auch im Interesse seiner Crew. Doch sie war am Ende ihrer Toleranz. »Die *Posaune* hat so nah am Asteroidengürtel materialisiert, weil man an Bord das baldige Absetzen des Funkspruchs für wichtiger hielt als das eigene Überleben.«

»Sicherlich, das hab ich kapiert.« Dolph drehte den Kopf zur Scanningposition. »Porson, ist feststellbar, woher die *Posaune* gekommen ist?«

»Nur die allgemeine Richtung, Sir.« Unter der Last seiner Verantwortung schaffte Porson es inzwischen nicht mehr, sich bei jeder Frage angegriffen zu fühlen. »Von irgendwo im Bannkosmos. Aber falls Ihre Frage dahin geht, ob sie von Thanatos Minor gekommen ist, muß ich verneinen. Sie hatte einen ganz anderen Kurs.«

»Na fein, das ist doch wirklich herrlich.« Dolph warf die Hände zu einer theatralischen Gebärde in die Höhe. »Solang *überhaupt nichts* 'n Sinn ergibt, kann ich ja zufrieden sein.«

Er wandte sich an den Steuermann. »Sie haben gehört, was die Direktorin wünscht«, sagte er zu dem Offizier. »Drehen Sie bei und bringen Sie uns auf Verfolgungskurs. Extrapolieren Sie die Daten aus den Informationen des Peilsignals. Sobald alles auf Hoch-G eingestellt ist, stochen Sie uns auf so starke Beschleunigung hoch, wie wir verkraften können, ohne daß wir zermantscht werden.« Seine nächsten mißmutigen Äußerungen richtete er an Min. »Direktorin Donner, es ist empfehlenswert, daß Sie sich irgendwo anschnallen. Das wird 'n harter Flug. Wir brauchen höllischen Schub, um die Geschwindigkeit der *Posaune* zu erreichen.«

Min nickte heftig. In ihrem Herzen stauten sich Wutausbrüche; doch nichts von ihrem Groll betraf Kapitän Ubikwe oder die *Rächer*. Morn war eine *ihrer Untergebenen*. Sie war vergewaltigt und malträtiert worden, man hatte ihr zwangsweise ein Zonenimplantat in den Schädel gepflanzt, wenigstens zwei widerwärtige Illegale hatten monatelang mit ihr angestellt, was ihnen paßte, eine Zeitlang war sie in der Gefangenschaft der Amnion gewesen; und dieser Leidensweg ging *auf die Politik der VMKP* zurück. Die Organisation, der Min diente, hatte Morn *im Stich gelassen*, als sie am dringendsten Beistand benötigte.

Nun wollte Warden Dios ihre Rückkehr. War er etwa *noch nicht* mit ihr fertig? Wieviel sollte sie nach seiner Auffassung noch ertragen können?

»Ich gehe in meine Kabine«, antwortete Min dem Kapitän. »Gewährleisten Sie verläßlich, daß mir regelmäßig Meldung gemacht wird. Sollte mir der Fehler unterlaufen einzuschlafen, wecken Sie mich. Ich will jederzeit darüber informiert sein, was passiert.«

Kapitän Ubikwe öffnete den Mund zu einer Entgegnung; doch irgend etwas in Mins Miene bewog ihn zur Zurückhaltung. »Jawohl, Sir«, sagte er statt dessen mit halblauter Stimme. Dann widmete er seine Beachtung den Steuersystemen und den Sichtschirmen.

Inzwischen hatte der Steuermann die bordinterne Interkom-Rufanlage aktiviert. »Gesamte Besatzung festschnallen zum Hoch-G-Flug«, gab er durch. »Beschleunigungsmanöver steht bevor. Nach Bereitschaftsherstellung auf Brücken-Durchsagen achten.«

Er schaltete auf Warnfunktion, und wie ferne Schreie erschollen überall im Polizeikreuzer die Alarmgeber.

Während Min die Brücke verließ, hallte im gesamten Raumschiff der Lärm der G-Warnung und der dringendsten Eile.

ERGÄNZENDE DOKUMENTATION

INTERSPATIUM-KURIERDROHNEN

Auf ihre Weise waren Interspatium-Kurierdrohnen eine ausgezeichnete Einrichtung. Sie beförderten Informationen – Nachrichten, Aufzeichnungen, Mitteilungen, Verträge, Finanztransaktionen, Firmenunterlagen, Datenanfragen, Id-Dateien und Hilfeersuchen – innerhalb weniger Stunden vom einen in den anderen Teil des Human-Kosmos; selten brauchten sie länger als einen Standardtag. Angesichts der zu überwindenden Entfernungen, die Dutzende oder Hunderte von Lichtjahren maßen, bedeutete Kommunikation binnen Stunden eine bemerkenswerte Errungenschaft.

Im wesentlichen bestand eine Interspatium-Kurierdrohne aus kaum mehr als den technischen Erfordernissen maximaler Energieerzeugung. Abgesehen von den Treibstofftanks, der größenmäßig vernachlässigbaren, miniaturisierten Kombination aus Sender und Empfänger sowie dem buchstäblich nichtvorhandenen Gewicht der KMOS-SAS-Chips – auf denen sich Astrogationsdaten, die ›Post‹ und weitere Informationen befanden –, hatte eine solche Kurierdrohne außer dem ihres Antriebs keine Masse. Darum konnte man sie auf eine Schub-Masse-Ratio und Hysteresis-Parameter festlegen, die man keinem zur Beförderung von Menschen bestimmten Raumflugkörper jemals hätte zumuten können. Eine Kurierdrohne war rascher zu beschleunigen, schneller zu fliegen und größere Hyperspatium-Durchquerungen durchzuführen imstande als reguläre Raumschiffe.

In der Tat hätten Interspatium-Kurierdrohnen ihre Botenfunktion sogar in Minuten statt in Stunden ausüben können, wären sie nicht zu Manövern im Normalraum gezwungen gewesen: zu Beschleunigung und Abbremsen; zu Kursveränderungen, um Hindernissen auszuweichen oder die unumgänglichen Abweichungen zu korrigieren, die bei Hyperspatium-Durchquerungen auftraten.

Unter gewöhnlichen Umständen gelangte eine Interspatium-Kurierdrohne mit den Absendern und Adressaten, denen sie zu Nachrichtenübermittlungszwecken diente, nie in physischen Kontakt. Im gleichen Moment, in dem sie in Funkreichweite ihres einprogrammierten Flugziels in die Tard zurückfiel, leitete ihm sie ihre Datenfracht in Form dichter Mikrowellenemissionen zu und ging zum Bremsmanöver über. Wenn das Ziel ihr eine neue Informationsfracht zufunkte, hatte sie längst eine Position eingenommen, von der aus sie beschleunigen und in die Richtung, woher sie gekommen war, umkehren konnte. Dadurch hatten Kurierdrohnen die Möglichkeit, zwischen ihren Zielen hin- und herzupendeln, ohne Zeit durch überflüssiges Warten zu verlieren. Zwangsläufige Inaktivität ergab sich nur dann, wenn eine Kurierdrohne der Wartung oder Reparatur bedurfte oder die Brennstofftanks aufgefüllt werden mußten.

Interspatium-Kurierdrohnen bildeten im interstellaren Dasein der Menschheit eine bekannte Erscheinung. Lediglich ihre hohen Kosten verhinderten eine allgemeine Verbreitung. Für die meisten Alltags- oder Routinezwecke zogen Privatpersonen, Firmen und Regierungsinstitutionen das weniger teure Verfahren vor, ihre Informationsfracht bemannten Raumschiffen anzuvertrauen, die ohnehin die entsprechende Richtung ansteuerten. Die erheblich geringeren Kosten glichen die Langsamkeit dieser Kommunikationsmethode aus. Zudem war dieser Nachteil nur relativer Natur: der normale kommerzielle Raumschiffsverkehr brachte ›Post‹ immerhin innerhalb einiger Tage bis längstens einer Woche zum Adressaten. Infolgedessen nahmen Individuen, Firmen und Regierungen die mit dem kommerziellen Raumschiffsverkehr verbundene Zeitverzögerung in

Kauf, statt Geld für Interspatium-Kurierdrohnen auszugeben.

Aus diesem Grund war die Vereinigte-Montan-Kombinate-Polizei mit Abstand der größte Einzelbenutzer von Kurierdrohnen, obwohl die VMK, das EKRK sowie die entfernteren Weltraumstationen der Menschheit für Notfälle Exemplare in Bereitschaft hielten; und die VMKP verwendete sie hauptsächlich, um die Verbindung zu den Lauschposten zu garantieren, die die Grenzzonen zum amnionischen Bannkosmos überwachten.

Trotzdem waren Interspatium-Kurierdrohnen ein der Allgemeinheit gut bekannter, wenn auch dem allgemeinen Gebrauch vorenthaltener Gegenstand, ähnlich wie der Ponton-Antrieb. Man nahm an, daß sie überall im Kosmos ununterbrochen im Einsatz seien, dem EKRK beim Regieren und der VMKP bei der Verteidigung des interstellaren Reichs der Spezies halfen.

Im Effekt gerade so wirksam wie jede andersartige illusionäre Vorspiegelung der Menschheit, trug die Interspatium-Kurierdrohne zu der irrationalen Sichtweise bei, der riesige Weltraum sei klein genug, um von Männern und Frauen bewältigt zu werden.

WARDEN

Warden Dios litt wie nie zuvor in seinem Leben Furcht. Geplant hatte er den heutigen Vorgang, ihn selbst vorbereitet. In gewissem Umfang war er also voraussehbar gewesen. Folglich mußte er heute darauf eingestellt sein. Andernfalls könnte er nie bereit sein.

Dennoch hatte er Furcht bis ins Mark; derartige Furcht, daß er den Drang verspürte, die Fäuste eine gegen die andere zu schlagen und herumzuschreien.

Leider durfte er sich so etwas nicht leisten.

Soeben hatte er den Funkspruch der *Rächer* erhalten: Min Donners Meldung. Schonungslos wanderte der phosphoreszente Text in einem der abhörsicheren Büros über den Monitor des Schreibtischs. Doch er konnte sich nicht damit befassen, weil ihm gegenüber Koina Hannish saß, die neue Direktorin des Ressorts Öffentlichkeitsarbeit, und angelegentlich über die Vorkommnisse sprach, die seit ihrer Ernennung ihre gesamte Aufmerksamkeit beanspruchten. Er mußte das Gespräch beenden, sie loswerden, ehe er sich richtig mit Mins Meldung auseinandersetzen konnte.

Die Ursache seiner Furcht war, daß Min nicht seine persönlichen, exklusiv ihm vorbehaltenen Prioritätscodes benutzt hatte. Statt dessen hatte sie die *Rächer* den Funkspruch dem VMKP-HQ auf dem üblichen Dienstweg übermitteln lassen.

Selbstverständlich sah sie keine Ursache zu glauben, irgendwer außerhalb der Kommunikationsabteilung des VMKP-HQ könnte die Nachricht entziffern. Allerdings bedeutete ›Dienstweg‹, die Ankunft der Meldung war jetzt sowohl in der Kommunikationsabteilung wie auch im Operativen Kommandozentrum allgemein bekannt. Mit anderen Worten, die Tatsache, daß die Meldung existierte, hatte bereits Eingang in den routinemäßigen Datenaustausch gefunden, den man permanent zwischen dem VMKP-HQ und Holt Fasners Firmensitz abwickelte.

Bald erfuhr der Drache von Mins Funkspruch; falls er nicht schon davon wußte.

Daß es so kam, war absehbar gewesen; es entsprach völlig Min Donners Charakter und dem Verhältnis zwischen dem VMKP-HQ und Fasner. Und Warden selbst hatte ausgeklügelt darauf hingearbeitet, daß es geschah.

Und trotzdem jagte es ihm jetzt, da es sich tatsächlich so ereignete, Furcht ein.

Noch wußte er nicht, was Mins Meldung enthielt; was für Folgen sie haben könnte; welchen Preis sie fordern mochte. Die Konsequenzen seines Handelns trugen allmählich Früchte, die sich seiner Beeinflussung entzogen, die er sich vielleicht noch gar nicht in ihren vollen Auswirkungen vorstellen konnte.

Nun fing das Ringen zwischen ihm und seinem Herrn und Meister im Ernst an. Künftig hatte er keinen Spielraum mehr für Fehlschüsse, fand er keine Gelegenheit mehr zu zweideutigen Entscheidungen. Falls es ihm mißlang, den Streit um sein altes Anliegen zur offenen Austragung zu bringen und zu gewinnen, war alles, was er angestrebt, was er von seinen Mitarbeitern verlangt hatte, vergeblich gewesen.

Er mußte wissen, was in der Meldung stand.

Aber seine Furcht war nicht Koina Hannishs Problem. Weder hatte sie sie hervorgerufen, noch war sie abzuhelfen in der Lage. In Wahrheit könnte Warden niemand anderem außer sich selbst irgendwelche Vorwürfe machen. Er hatte Min Donner nicht zu äußerster Geheimhaltung ermahnt; ihr nicht befohlen, auf dem Einsatzflug der *Rächer* anders als bei jeder anderen Aktion der Operativen Abteilung der VMKP zu verfahren. Im Gegenteil, er hatte zugelassen, daß sie ihn auf eine Weise kontaktierte, durch die das Vorliegen ihrer Benachrichtigung unvermeidlich zur Aufmerksamkeit des Drachen gelangen mußte.

Dank purer Willenskraft verhinderte er, daß sich vor der RÖA-Direktorin auch nur die kleinste Spur seiner inneren Regungen in seiner Miene zeigte. Jahre des Suchens und Planens mit dem Ziel, seine beeinträchtigte Ehrbarkeit wiederherzustellen, hatten ihn zumindest soviel Selbstüberwindung gelehrt.

Tadellos adrett und selbstbeherrscht schaute Koina Hannish ihn erwartungsvoll an, während er mit einem Tastendruck das Abrollen der Textzeilen auf der Bildfläche stoppte. Hätte sie einen IR-Scanner gehabt, wie seine Augenprothese einen enthielt, wäre ihr sein innerlicher Aufruhr ersichtlich geworden; doch natürlich brauchte sie sich nicht mit artifiziellen Sehhilfen und Wahrnehmungen abzuplagen – und mit keinen falschen Abhängigkeiten der Art, die Godsen Friks Verhängnis herbeigeführt hatten. Warden hingegen durchschaute sie klar genug, um zu erkennen, daß sie sein Büro mit nichts als ihrer Redlichkeit und Hingabe an die Berufung betrat.

Trotzdem beobachtete er bei ihr eine gewisse inwendige Spannung: Stressemanationen verfärbten ihre Aura. Rechtschaffen mochte sie sein, aber nicht ohne Qualen.

»Eine dringende Meldung ist eingegangen«, sagte Warden, indem er auf den Monitor wies. »Ich muß mich darum kümmern. Haben wir noch einen Punkt zu besprechen, ehe ich Sie zurück an die Arbeit gehen lasse?«

So schwierig erreichbar war er gewesen, so beschäftigt infolge der ambivalenten und gefährlichen Implikationen der seitens Hashi Lebwohl erhaltenen Informationen, daß Koina Hannish, als er ihr endlich eine Aussprache gewährte, mittlerweile eine beachtliche Liste an Diskussionspunkten angesammelt hatte. Eine ganze Anzahl von Themen hatte er inzwischen mit ihr abgehandelt, hauptsächlich Sonderbevollmächtigter Maxim Igensards Anfragen um Daten und Erklärungen sowie ähnliche Nachfragen von EKRK-Deputierten wie Vest Martingale und Sigune Carsin, gar nicht zu reden von grundsätzlichen Appellen Abrim Lens zur Zusammenarbeit und friedlichen Konstruktivität. Vorwiegend hatte Warden der RÖA-Direktorin einfach noch einmal bestätigt, daß er wirklich wünschte, sie widmete sich ihren Aufgaben genau so, wie sie es als richtig erachtete. Besonders hatte er bekräftigt, wie wichtig eine ›volle Offenlegung‹ aller Angelegenheiten vor dem EKRK sei, obwohl er seinerseits keine der Erkenntnislücken geschlossen hatte, die bislang verhinderten, daß ihre ›Offenlegung‹ tatsächlich zur ›vollen Offenlegung‹ wurde.

Und doch: Während er mit ihr redete, tat ihm das Herz weh. Überhaupt schmerzte es ihn in letzter Zeit häufiger. Guter Gott! Warum mußte er solchen Kram daherquatschen? Galt er als dermaßen kompromittiert, daß es den eigenen Mitarbeitern schwerfiel, ihm Vertrauen entgegenzubringen?

Was blieb zu tun?

An welchen Teilen seiner hochkomplizierten, ultrageheimen Planung entstanden diese Lecks?

»Nur noch eins«, antwortete Koina Hannish, als wäre darin ein Trost zu sehen. Obgleich sie äußerlich die Fassung bewahrte, bemerkte Warden ein Anwachsen ihrer inneren Anspannung, für seine Augenprothese so unübersehbar, wie es für seine Ohren unüberhörbar gewesen wäre, hätte sie zu schreien angefangen. »Offen gestanden, ich habe mich damit zunächst an Direktor Lebwohl gewandt, weil ich nicht sicher war, *wie* ich richtig vorgehen sollte. Aber er hat mir geraten, darüber mit Ihnen zu sprechen, was ich allerdings so oder so vorgezogen hätte.«

Wieder Hashi Lebwohl, dachte Warden. Erst erhielt der DA-Direktor über die Geschehnisse auf Thanatos Minor Informationen – frappierende, unheilsschwangere Nachrichten – aus einer Warden unbekannten Quelle. Und jetzt erfuhr Warden, daß er sich als Vertrauter und Ratgeber der Direktorin des Ressorts Öffentlichkeitsarbeit betätigte. Was war da los? Hatte Wardens langjährige, alte Scham zur Folge, daß harmlose Schatten ihn erschreckten, oder versuchte wahrhaftig *jeder* in seinem Dunstkreis, ihn zu manipulieren?

»Direktor, ich habe ...« Kurz drohte Koinas Stimme zu stocken. »Kapitän Sixten Vertigus hat mich per Blitzkontakt persönlich angerufen ... Der Ehrenvorsitzende der EKRK-Fraktion des Vereinten Westlichen Blocks.« Als ob diese Tatsache der Erwähnung bedurft hätte. »Zwar war er der Ansicht, ein großes Risiko auf sich zu nehmen, indem er mich kontaktierte, aber er hatte das Gefühl ... Also, er sagte folgendes.« Mühelos zitierte sie Kapitän Vertigus aus dem Gedächtnis. »Er könnte sich ›bei den wenigen Gelegenheiten‹, wenn er ›mal wach‹ sei, ›nicht mehr im Spiegel betrachten‹, falls er mich ›nicht warnt‹.«

»Sie ›warnt‹?« wiederholte Warden erregter als beabsichtigt. Er hatte es *eilig*.

Koina musterte ihn festen Blicks. »Direktor, er hat mir anvertraut, daß er die Absicht hat, sobald das EKRK das nächste Mal zusammentritt – und das wird voraussichtlich innerhalb der kommenden vierundzwanzig Stunden sein –, eine Vorlage zur Verabschiedung eines Abtrennungsgesetzes einzureichen, das uns von den VMK separieren soll.«

Sie schwieg, um Warden einen Moment Zeit zu lassen, damit er sich die Tragweite dieser Enthüllung vergegenwärtigen könnte.

»Er glaubt, daß der Anschlag auf ihn aus diesem Grund stattgefunden hat«, erzählte sie dann weiter. »Daß er den Zweck hatte, sein Vorhaben zu vereiteln. Und er vertritt die Auffassung, Godsen Frik sei infolge der Unterstellung ermordet worden, die Abteilung Öffentlichkeitsarbeit hätte im geheimen mit ihm zusammengearbeitet. Und aus dem gleichen Grund sorgt er sich, ich könnte das nächste Opfer werden.« Andeutungsweise hob sie die Schultern. »Darum hatte er das Gefühl, mich trotz des damit verbundenen Risikos warnen zu müssen.«

In Warden kochte die Ungeduld; vollkommen unterdrücken konnte er sie nicht. »Was für ein Risiko soll das sein?« fragte er, ärgerte sich zusätzlich über seinen groben Tonfall.

Koina senkte den Blick. Min Donner hätte nicht so reagiert. In manch anderer Hinsicht jedoch erinnerte Koina den Polizeipräsidenten sehr an die OA-Direktorin, wie sie früher einmal gewesen war; in der Zeit, bevor er sich dahin verstieg, bei ihr soviel Verständnislosigkeit und Empörung auszulösen.

»Das Risiko, daß wir den Drachen vorher in Kenntnis setzen«, lautete Koinas Antwort. »Das Risiko, daß unsere Warnung den VMK und der VMKP die Chance verschafft, sich gegen ihn zusammenzuschließen.«

Verdammt noch einmal! Tausendmal *verflucht!* Länger die ruhige Fassade beizubehalten außerstande, sprang Warden auf, als wollte er die RÖA-Direktorin hinauswerfen. »Hashi Lebwohl liegt falsch«, entgegnete er barsch. »Wir sollten lieber nicht darüber reden. Es wäre besser, wir wüßten davon gar nichts. Um es klar zu sagen, *wir wissen nichts.* Sie haben alles vergessen, was Kapitän Vertigus zu diesem Thema geäußert hat, und sollten Sie irgendwelche Aufzeichnungen der mit ihm geführten Unterhaltung hinterlassen haben, kann ich nur für Sie hoffen, daß Sie an ein Leben nach dem Tod glauben, denn ich hätte dann in diesem Leben keine Gnade mehr mit Ihnen. Falls und wenn wir durch die regulären, normalen Medien *öffentlich* über das Vorliegen eines Abtrennungsgesetzes informiert werden, nehmen wir eine Haltung absoluter, strikter Neutralität ein. Wir haben keine Meinung, sind weder dafür noch dagegen. Unsere einzige rechtmäßige Legitimation für das, was wir tun, beziehen wir vom EKRK, und es obliegt allein dem EKRK, in dieser Beziehung rechtmäßige Entschlüsse herbeizuführen. Wir unterwerfen uns diesen Entscheidungen, egal wie sie ausfallen. Wir sind nicht die Regierung, sondern eine Polizeitruppe. Es mangelt uns sowohl an der Zuständigkeit wie auch der sachkundigen Kompetenz, um im Zusammenhang mit einem etwaigen Abtrennungsgesetz irgendwie auf das

Konzil Einfluß ausüben zu dürfen. Habe ich mich deutlich genug ausgedrückt?«

»Nicht ganz.« Erwies es sich als erforderlich, zögerte Koina Hannish nicht, ihre Schönheit auszuspielen. Ihre Augen blickten matt und freundlich, liebenswürdig schmunzelnd lächelte ihr Mund; sogar ihr Ton deutete Zugeneigtheit an. Nur ihre Worte bildeten eine Herausforderung. »Sollen wir gegenüber Holt Fasner dieselbe Einstellung einnehmen?«

Warden jedoch befand sich nicht in der Stimmung für ihre Abwehrtaktiken; und ebensowenig für Herausforderungen. Seine Schultern verkrampften sich zu einer Geste des Widerwillens, die er gerade noch in ein Achselzucken umwandeln konnte. »Koina, sehe ich wie ein Mann aus, der die Zeit hat, hier vor Ihnen zu stehen und Sie anzulügen?« Er machte aus der Not eine Tugend und ließ allen empfundenen Überdruß seiner Stimme einfließen. »*Selbstverständlich* vertreten wir vor ihm die gleiche Position. Es ist der richtige Standpunkt. Und es ist der einzige Standpunkt« – das gab er nun offen zu –, »den wir uns erlauben können.«

Sofort und ohne Übergang, als fiele der Wechsel ihr leicht, legte Koina wieder betonte Professionalität an den Tag. »Vielen Dank für die Klarstellung, Polizeipräsident Dios.« Und schon wandte sie sich zur Tür. »Ich verschwinde nun und lasse Sie die wirklich wichtigen Arbeiten erledigen.«

Er nuschelte Verwünschungen über sein mangelhaftes Beherrschungsvermögen vor sich hin, dann sagte er, ehe er die Taste des Türöffners drückte – bevor er die Sicherheitsabschirmung öffnete, die ihre Besprechung vor Dritten schützte: »Ich glaube nicht, daß Sie in Gefahr schweben.«

Sie hob die schmalen Brauen und lächelte, als sähe sie in ihrer eventuellen Gefährdung eine rein akademische Frage. »Wieso nicht?«

»Weil Kapitän Vertigus sich irrt. Es geht bei den Attentaten um etwas anderes.«

»Ach so.« Einen Moment lang dachte Koina über seine Antwort nach. »Und worum geht es?« fragte sie schließlich.

Warden hatte keineswegs vor, es ihr zu verraten; weder ihr noch sonst irgend jemandem. »Verfolgen Sie die bevorstehende EKRK-Sitzung«, empfahl er ihr. »Kann sein, daraus ersehen Sie etwas.«

Um dagegen vorzubeugen, daß sie noch mehr Fragen stellte, öffnete er ihr die Tür und verabschiedete die Direktorin mit einem Wink.

Einen Augenblick später war sie fort; er setzte sich wieder in den Sessel und widmete sich endlich Min Donners Meldung.

Ein Zittern des Bangens, das zu unterbinden er sich die Mühe sparte, ging durch seine Hände, während er Tasten der Computertastatur tippte. Er konnte es sich leisten, zu Koina Hannish rätselhafte Bemerkungen zu äußern, für sich selbst dagegen benötigte er Tatsachen und Akkuratesse. Ohne sie wäre er nie dazu fähig, sich dem Drachen zu stellen.

Wieviel Zeit mochte noch bleiben, bis Holt Fasner ihn zu sich beorderte und eine Erklärung forderte? War die Frist lang genug, um ihm die Möglichkeit zu lassen, eigene Entscheidungen zu treffen und danach zu agieren, oder würde alles, was sich von nun an ereignete, von Fasners Zielen bestimmt und geprägt?

Wann fand der Drache über ihn die Wahrheit heraus?

Während Warden Dios durch die Zähne vor sich hinknurrte, heftete er den Blick seines Normalauges auf den Text der Benachrichtigung.

Er nahm den Datums- und Uhrzeitvermerk sowie die Herkunftskoordinaten zur Kenntnis – Mins Mitteilung hatte rund sieben Stunden gebraucht, um ihn per Interspatium-Kurierdrohne von der Rückseite des Montan-Kombinate-Asteroidengürtels zu erreichen –, sah jedoch über alle übrigen sekundären Transmissionsdaten hinweg. Ihn interessierte ausschließlich der Inhalt des Funkspruchs.

Doch sobald er entdeckte, welcher Art die Botschaft war, verkrampfte sie ihm das Herz: es ließ einen Schlag aus.

Am Anfang des Texts stand die Kopie einer Blitzmeldung der *Posaune* ans VMKP-HQ.

Ohne Zweifel befand das Blitz-Original sich, befördert durch den regelmäßigen Interspatium-Kurierdrohnen-Dienst des Lauschpostennetzes, noch erdwärts unterwegs. Aufgrund der Einschätzung, daß die Übermittlung der Informationen nicht so lange warten durfte, hatte Min eine der wenigen Kurierdrohnen der *Rächer* benutzt.

Warden Dios verschloß sich der Wahrnehmung seines ungleichmäßigen Pulsschlags und des Händezitterns; bändigte seine Furcht; unterdrückte die Empfindung, ihm zerränne die Zeit; und las.

Isaak an Waren Dios. Persönlich. DRINGEND. *Aktion gegen Thanatos Minor erfolgreich beendet.*

Prioritätscode Gabriel ist aktiviert. Milos Taverner ist zu den Amnion übergelaufen. Habe Überlebende des Raumschiffs Käptens Liebchen *an Bord: Morn Hyland, Davies Hyland, Nick Succorso, Mikka Vasaczk, Ciro Vasaczk, Vector Shaheed.*

Amnion-Einheiten haben Verfolgung aufgenommen.

DRINGEND. *Die Amnion wissen von dem in Nick Succorsos Besitz befindlichen Antimutagen-Immunitätsserum. Möglicherweise haben sie aus Morn Hylands Blut eine Probe des Mittels gewonnen.*

DRINGEND. *Davies Hyland ist Morn Hylands auf Station Potential per amnionischem Schnellverfahren geborener Sohn. Die Amnion wollen ihn für ihre Zwecke haben. Sie glauben, daß er ihnen zu den Kenntnissen verhilft, die sie bräuchten, um von Menschen ununterscheidbare Amnion zu züchten.*

DRINGEND. *Die Amnion experimentieren mit Ponton-Antrieben neuen Typs, um mit ihren Kriegsschiffen fast Lichtgeschwindigkeit erreichen zu können. Nick Succorso und seine Rest-Crew sind darüber genauer informiert.*

Wir werden zu überleben versuchen, bis eine neue Programmierung erfolgt.

Ende der Benachrichtigung. Isaak.

An dieser Stelle hätte Warden zu lesen aufhören können; er hätte lieber aufgehört, sich Zeit genommen, um all diese Neuigkeiten erst einmal zu durchdenken und in den Komplex seiner vielen verwickelten Vorrangigkeiten einzuordnen. Er brauchte eine Gelegenheit, um die Nachrichten mit dem in Zusammenhang zu setzen, was er von Hashi Lebwohl erfahren hatte; brauchte Zeit zum Triumphieren und um sich mit seinen Sorgen zu befassen. Morn Hyland lebte. Ganz gleich, was sonst geschehen mochte: das hatte Angus Thermopyle für ihn geschafft. Doch Mins Meldung war noch erheblich länger, und er mußte sie ganz kennen.

Der Kopie des von der *Posaune* abgesandten Funkspruchs folgte ein wortgetreuer Auszug aus dem Data-Nukleus der *Rächer*, angefangen bei dem Zeitpunkt, als der Kreuzer die vorgesehene Position auf der anderen Seite des Montan-Kombinate-Asteroidengürtels bezog, in der Nähe des Bannkosmos. So etwas war für Min Donner typisch: unbearbeitete Daten, bar jeden Kommentars und aller Deutungsversuche. Sie weigerte sich, Warden die Arbeit abzunehmen; oder mochte nicht riskieren, durch voreilige Auslegungen sein Interpretationsvermögen zu beeinflussen. Er mußte sich über jede Einzelheit selbst Gedanken machen und die Rosinen heraussuchen.

Vorhanden waren Rosinen jedenfalls. Er unterschied sie auf Anhieb, verzichtete jedoch vorerst auf eine Beurteilung.

Angus Thermopyles Programmierung funktionierte noch: Die *Posaune* war in den Human-Kosmos umgekehrt, hatte eine Meldung abgesetzt und das Peilsignal aktiviert, genau wie die vorprogrammierten Instruktionen es dem Cyborg vorschrieben. Aus dem Bannkosmos hielt ein Raumschiff – vermutlich eine amnionische Einheit oder ein Handlanger der Amnion – auf die Grenzzone zu, als hätte es die Verfolgung der *Posaune* aufgenommen. Außer aufgrund anderer Erwägungen verließ die *Rächer* auch aus diesem Anlaß den Asteroidengürtel und flog dem Interspatium-Scout nach.

Ferner befand sich dort die *Freistaat Eden*, Schiffseigner und Kapitän Darrin Scroyle, ein anscheinmäßig legaler

Frachtschiffer, der angetroffen worden war, wie er ganz nah an ausgerechnet dem Lauschposten herumlungerte, den zu erreichen Thermopyle Schiff und Leben aufs Spiel gesetzt hatte. Kapitän Scroyle behauptete, er hätte einen Kontrakt mit Cleatus Fane abgeschlossen – anders gesagt, mit Holt Fasner – und infolgedessen den Auftrag, irgendwelche nicht näher bezeichneten Vorfälle im Bannkosmos zu beobachten und zu melden. Von vornherein verwarf Warden diese Erklärung nicht, neigte allerdings zu einer anderen Schlußfolgerung. Er vermutete, daß die *Freistaat Eden* die ungenannte Informationsquelle abgab, aus der Hashi Lebwohl sein Wissen über die Ereignisse auf Thanatos Minor hatte. Diesen Rückschluß zog Warden aus dem sonderbaren Umstand, daß Darrin Scroyle – oder Cleatus Fane – es als sinnvoll erachtet hatte, die Funkmitteilungen der *Freistaat Eden* durch die DA-Abteilung der VMKP weiterleiten zu lassen.

Alles in allem besehen, wirkte die Situation sehr konfus; doch so zu denken konnte Warden sich nicht gestatten, er durfte nicht dulden, daß ihn jetzt seine gegensätzlichen Gefühle überwältigten. Das meiste war von ihm selbst in Gang gesetzt worden; vielleicht sogar alles. Wenn er nun den Durchblick verlor, es ihm mißlang, in die Vorgänge die Ordnung zu bringen, die er zum Handeln benötigte, wäre wahrhaftig Chaos das Ergebnis – pure, brutale, selbstzerstörerische Anarchie.

Morn Hyland *lebte*. Und Angus Thermopyle schützte ihr Leben, solang er selbst am Leben blieb. Wenn Warden daran dachte, frohlockte er von ganzem Herzen.

Milos Taverners Verrat machte ihn keineswegs betroffen. Den ehemaligen Stellvertretenden Sicherheitsdienstleiter der KombiMontan-Station loszuwerden, hatte er von Anfang an geplant gehabt. Es Taverner zu erlauben, mitsamt seinem Kopf voll Kenntnissen ›zu den Amnion überzulaufen‹, verkörperte den arglistigsten Angriff auf die Amnion, den Dios hatte aushecken können; bedeutete einen entscheidenden Schachzug bei seinen Bemühungen, den

Schutz des Human-Kosmos zu garantieren, während er gleichzeitig Holt Fasner hinterging.

Mit knappen Worten formuliert, hatte er mit Milos Taverner – ein Zweck, in den auch Morn Hyland und Angus Thermopyle einbezogen worden waren – die Absicht verfolgt, die Amnion zur Verübung einer offenen Kriegshandlung zu verleiten, in deren Verlauf er sie vernichtend schlagen und ihnen einen psychologischen Schock genau zu dem Zeitpunkt einjagen konnte, an dem die Menschheit einem Amnion-Überfall am wenigsten entgegenzusetzen hatte.

Deshalb erschreckte die Aussicht ihn nicht, daß möglicherweise ein Amnion-Kriegsschiff sich an die Verfolgung der *Posaune* gemacht hatte.

Zur gleichen Zeit allerdings beunruhigte ihn in gewissem Ausmaß die Eröffnung, daß Morn Hyland einen Sohn hatte: einen Sohn, für dessen Vereinnahmung die Amnion soviel wagen sollten. *Auf Station Potential per amnionischem Schnellverfahren geborener Sohn.* In einigem Umfang erklärte sich dadurch Nick Succorsos unerlaubter Abstecher in den Bannkosmos. Und es gab den Amnion eine zusätzliche Veranlassung, eine Grenzverletzung zu riskieren. Aber wie war es möglich, daß der Junge über ein eigenes Bewußtsein verfügte, erst gar über eines, das den Amnion zu *Kenntnissen verhilft, die sie bräuchten, um von Menschen ununterscheidbare Amnion zu züchten?* Durch welche denkbare Methode könnten die Amnion dazu fähig sein, im ›Schnellverfahren‹ einen funktionstüchtigen menschlichen Geist zu generieren?

Bei der Vorstellung, es könnten *von Menschen ununterscheidbare Amnion* auftauchen, bekam Warden Dios eine Gänsehaut. Genetische Kaze dieser oder jener Art bedeuteten einen wahren Alptraum. Momentan erschreckte diese Perspektive aber weniger als die Möglichkeit, daß es den Amnion gelingen könnte, ihre Raumschiffe beinahe auf Lichtgeschwindigkeit zu beschleunigen. Falls diese Information stimmte, waren seine Bestrebungen, trotz allem die Sicherheit der menschlichen Spezies zu gewährleisten, schon jetzt nachhaltig zunichte gemacht worden. Dann wäre kein Quadrant des Human-Kosmos je wieder sicher.

Und was Hashi Lebwohls geheime Klüngeleien mit der *Freistaat Eden* betraf ...

Einen Moment lang gab Warden sich einer Aufwallung heißer Wut und Erbitterung hin. Was *trieb* Lebwohl da? Mauschelte er mit dem Drachen? War er hinter Wardens Rücken auf Holt Fasners Seite übergegangen? Konnte es sein, daß Warden sich *so* in ihm getäuscht hatte?

Du Mistkerl, ich weiß, daß du die Wahrheit nicht einmal *ahnst*, aber ich habe dir *vertraut!* Ich *brauche* dich.

Aber er durfte es sich nicht erlauben, sich durch Zorn verwirren zu lassen; nicht *jetzt*. Zu vieles stand auf dem Spiel. Seine Hoffnungen, ja sein Überleben, hingen von der Fähigkeit ab, *jetzt* klaren Kopf zu bewahren, zu durchschauen, was passierte, und dementsprechende, richtige Maßnahmen zu ergreifen. Er hatte sich selbst in diese Situation gebracht; und ebenso Holt Fasner; und die gesamte Menschheit. Schrak er nun vor den Weiterungen zurück oder scheiterte, könnte er genausogut höchstpersönlich zu den Amnion überlaufen: der Schaden, der entstünde, wäre unübersehbar.

Gerade hatte er seinen von innerer Zerrissenheit gekennzeichneten Gefühlswirrwarr beschwichtigt, da blinkte an seiner Computerkonsole das Lämpchen, das er bei sich nur den ›Katastrophenmelder‹ nannte.

Wenn er in einem seiner Hochsicherheitsbüros saß, hörte er offiziell zu existieren auf. Theoretisch wurde er unauffindbar: niemand konnte ihn erreichen. In der Praxis jedoch ließ diese Absonderung sich nicht durchhalten; gar nicht davon zu reden, daß es verantwortungslos gewesen wäre. Es zählte zu seinen Pflichten, bei Eintreten eines Notfalls kontaktierbar zu sein. Die Kommunikationsabteilung machte ihn dann auf seine Unentbehrlichkeit aufmerksam, indem sie in seinen sämtlichen Büros gleichzeitig ein Signal aktivierte.

Es kam zu früh; aber wenn so vieles in der Schwebe hing,

kam alles zu früh. Wenigstens hatte er Zeit gehabt, um die Meldung der *Rächer* zu lesen. Nun konnte er unterwegs darüber nachdenken.

Er sah schon gewisse Möglichkeiten ab ...

Angesichts der Krise nahm er sich aufs äußerste zusammen. Seine Hände schienen fest wie Stein zu sein, als er seinen Interkom-Apparat einschaltete.

»Dios.« Er meldete sich, als wäre er gegen jede Panik gefeit. »Was gibt's?«

»Verzeihen Sie die Störung, Sir«, ertönte aus der Kommunikationsabteilung eine jugendliche Stimme, »aber ich wußte nicht, was ich sonst tun soll.« Eine zu jugendliche Stimme: der diensthabende Beamte hörte sich an wie ein junger Bengel. »Holt Fasner hat bei uns herumgebrüllt. Bei allem Respekt, Sir, ich dachte, er platzt. Er hat gesagt...« Flüchtig stockte der Beamte, ehe er Fasners Worte ausrichtete. »Entschuldigen Sie, Sir, er sagte, wenn Sie nicht in fünf Minuten drüben bei ihm wären, würde er Ihre Eier an seine Mutter verfüttern.« Der Beamte war völlig zerknirscht. »Entschuldigung, Sir.«

Fünf Minuten? *Das* zumindest war ausgeschlossen. Ganz egal, was der Drache wollte, für den Weg zu seinem Firmensitz mußte er Warden mehr Zeit zugestehen.

»Machen Sie sich keine Sorgen«, meinte er zum diensthabenden Beamten. »Wenn ich der Ansicht wäre, Sie seien für Äußerungen des Drachen verantwortlich, würde ich Ihnen befehlen, ihm den Mund zu waschen. Stellen Sie mein Shuttle bereit. Geben Sie der Crew Bescheid, daß ich komme. Dann schicken Sie Generaldirektor Fasner eine Bestätigung.«

Er schaltete die Interkom ab und erhob sich aus dem Sessel. Wenn Fasner den Überblick behielt, mußte ihm klar werden, daß der VMKP-Polizeipräsident sich unverzüglich zu ihm auf den Weg begeben hatte. Selbst ein Riesenwurm – der Ausdruck stammte von Hashi Lebwohl – konnte nicht mehr verlangen.

Mehr denn je hatte es nun lebenswichtige Bedeutung für

Warden Dios, den Eindruck eines pflichtgetreuen Untergebenen zu erwecken.

Die VMK-Betriebsschutzleute geleiteten Dios in dasselbe Büro, in dem er seinem Herrn und Meister auch das vorige Mal begegnet war. Nichts hatte sich verändert, weder in der Räumlichkeit noch an Holt Fasner. Abgesehen von einem zweckmäßigen Schreibtisch und ein paar Sesseln gab es darin kein Mobiliar; Datenterminals, Monitoren und Kommunikationsapparaturen füllten dicht an dicht den übrigen Platz aus. Und der Drache war in keinem ersichtlichen Maß älter geworden. Er trug die Bürde seiner hundertfünfzig Jahre, als wären es nur sechzig oder siebzig; sein Herz schlug unvermindert stark; die Gedankengänge seines Hirns hatten keinen Deut ihrer legendären Schärfe verloren. Das wahre Alter verriet sich lediglich durch die Rötungen, die ihm wie seltsame Einsprengsel die Wangen mit Flecken übersäten, dem ungewöhnlich schnellen Augenzwinkern und gelegentlichem Händezittern.

Es überraschte Warden gelinde, als er erkannte, daß Fasner keinen Zorn empfand. Die IR-Aura des Drachen offenbarte eine Verschlissenheit, die jeder normalen Sicht verborgen blieb; schroffe Verfärbungen und krasse Fluktuationen durchflossen sie, die Warden mit Gier, Argwohn und Intriganz assoziierte; mit altem, undifferenziertem Haß. Daran indessen war nichts neu. Fasner hatte das VMKP-HQ mit einer Grobheit angeschrien, die er offenbar gar nicht verspürte; oder wenigstens jetzt nicht mehr empfand.

Warden Dios wartete nicht auf eine Begrüßung. Er nahm nicht Platz; er ging nicht einmal auf den Schreibtisch zu. »Ich hoffe«, sagte er bissig, sobald sich die Tür hinter ihm geschlossen hatte und der Büroraum durch die Überwachungsanlagen maximal abgesichert worden waren, »Sie hatten einen Grund dafür, meine Mitarbeiter anzubrüllen. So etwas haben sie nämlich nicht verdient, und ich weiß dergleichen ganz und gar nicht zu schätzen.«

Fasner fuchtelte mit der Hand, als könnte er die Rechte der für Dios tätigen Menschen – oder die Realität ihrer Existenz – auf diese Weise wegwischen. »Setzen Sie sich, setzen Sie sich doch.« Er sprach in ruhigem Ton, der Warden allerdings keinerlei Gefühl des Willkommenseins vermittelte. »Ihre ›Mitarbeiter‹, wie Sie sie reichlich naiv nennen, sind stärker daran interessiert, Sie abzuschirmen, als an der Pflichterfüllung. Um mir Gehör zu verschaffen, mußte ich einfach laut werden.«

»Wieso?« fragte Warden. »Wenn Sie mich rufen, komme ich. Und ich lasse Sie nicht warten.«

Holt Fasner beugte sich vor; in seiner Aura pulsierten sonderbare Begierden. »Es ist eben dringend. Das wissen Sie so gut wie ich. Sie haben einen Funkspruch aus dem Asteroidengürtel erhalten, einen Bericht über die Vorfälle in Kassafort. Ich möchte wissen, was drinsteht.«

Warden tat absolut nichts, um seine Bitterkeit zu verhehlen. »Ich dachte, Sie wüßten's längst.«

Fasner reagierte, indem er ruckartig den Kopf hob. Er machte große Augen; zeitweilig blieb ihr Gezwinker aus.

»Zum Teufel, woher denn?«

Rasch analysierte Warden die Emanationen des Drachen, prüfte sie auf Symptome der Verlogenheit. Im Rahmen des routinemäßigen Datenaustauschs zwischen dem VMK-Firmensitz und dem VMKP-HQ konnte Fasner normalerweise lediglich von der Ankunft der Meldung erfahren, aber nicht den Inhalt. Sollte Hashi Lebwohl sich jedoch hinter Dios' Rücken auf Fasners Seite geschlagen haben ...

»Am Asteroidengürtel befindet sich ein Raumschiff namens *Freistaat Eden*«, erklärte Warden. »Der Kapitän heißt Darrin Scroyle. Er behauptet, daß er für Sie arbeitet.«

»Dann ist er ein Lügner«, schnauzte Fasner. »Ich habe die VMK-Kommunikationskapazitäten samt und sonders zu *Ihrer* Verfügung gestellt. Um ein zweites eigenes Kommunikationsnetz aufzubauen, habe ich bis jetzt weder die Zeit noch die Möglichkeiten gehabt. Ich lasse diesem *Scroyle*« – er fauchte den Namen – »die Kapitänslizenz kassieren und seinen Schrottkahn beschlagnahmen, bevor Sie ins VMKP-HQ zurückgekehrt sind.«

»Schön, tun Sie das«, brummte Warden. Fasners Entrüstung und Verdruß waren echt, offenbar authentische Gefühlsregungen. Seine Aura zeigte keine Hintersinnigkeit an. Er bemühte sich um eine genaue Einschätzung Wardens, aber versuchte nicht, ihm irgendeine Falschheit zu verheimlichen.

Also intrigierte Hashi Lebwohl nicht hinterrücks mit Fasner gegen Dios. Der DA-Direktor trieb ein anderes Spielchen.

In dieser Erkenntnis fand Warden wenig Trost.

Sicherlich war es einigermaßen plausibel anzunehmen, daß der Kapitän der *Freistaat Eden* gelogen hatte, um Schwierigkeiten mit der *Rächer* abzuwenden. Weil Lebwohl, was Wahrheit oder Unwahrheit anging, kein Gewissen hatte, arbeitete er gerne mit Menschen zusammen, die sich als tüchtige Heuchler bewährten. Es schien, als bereitete ihm die Herausforderung, die Unaufrichtigkeiten anderer Leute zu hinterschauen und daraus Nutzen zu ziehen, ein absonderliches Vergnügen, fast eine Art von Lustgewinn.

»Aber vielleicht erklären Sie mir inzwischen einmal«, fügte Warden ohne Pause hinzu, »weshalb Sie unterstellen, ich hätte Ihnen nicht sowieso eine Kopie der Meldung zukommen lassen?«

»Weil Sie mir zur Zeit nicht das beste Bild abgaben«, entgegnete Fasner. »Ich will mich mal so ausdrücken: Ihre Verläßlichkeit ist anscheinend nicht mehr so hundertprozentig wie früher. Meine liebe, alte Mutter, Gott segne ihre boshafte Seele, ist der Ansicht, Sie bringen mich in Scherereien. Wenn sie so was redet, höre ich immer gut zu.« Aus seinem Tonfall sprachen Mißtrauen und Drohungen. »Und Sie haben ihr Urteil durch diese grauenvolle Videokonferenz mit dem EKRK über die Maßen bestätigt. Aber das ist noch nicht alles, trotz Ihrer anerkannten Reputation, sich durch kluges Gespür auszuzeichnen, längst nicht alles. Sie haben diese ... diese Koina Hannish zur Nachfolgerin Godsen Friks ernannt, ohne sich vorher mit mir zu beraten. Und Josua ist von Ihnen unter der Aufsicht des abgefeimtesten betrügerischen Informationshändlers, den Sie finden konnten, in den Einsatz gegen Kassafort ausgesandt worden. Ich möchte nicht herumsitzen und abwarten, bis Sie es für angebracht halten, mir zu erläutern, was da eigentlich im Busch ist. Mir ist es lieber, ich weiß von Anfang an über die Wahrheit Bescheid.«

Mit grimmiger Entschlossenheit unterdrückte Warden den Drang, ihm eine unverblümte Antwort zu erteilen: Na schön, dann wollen wir *beide* mit der Wahrheit herausrücken. Ich verrate Ihnen, warum ich Angus Thermopyle wirklich nach Kassafort geschickt habe. Sie sagen mir, welchen Vorteil Sie aus diesem beschissenen kalten Krieg mit den Amnion ziehen. Begründen Sie, warum Sie keinen Aufwand scheuen, um sicherzustellen, daß nichts, was wir zu unserem Schutz unternehmen, jemals wirklich hinreicht. Erklären Sie mir, was so ungeheuer wichtig ist, daß Sie deswegen mich mißbrauchen und manipulieren müssen.

Aber dergleichen konnte er nicht aussprechen. Er kannte den Drachen zu genau. Und auf gewisse Weise *mußte* er die Wahrheit sagen. Ihm blieb gar keine Wahl. Holt Fasner verfügte über zu viele verschiedene Informationsquellen. So wie die Dinge lagen, war er der wahre Chef der VMKP. Und er hatte das Amt des Polizeipräsidenten im Hinblick auf die eigenen Zwecke eingerichtet. Der ununterbrochene Datenaustausch mit der Kommunikationsabteilung des VMKP-HQ war nicht sein einziges Mittel der Informationsbeschaffung. Und entfielen alle anderen Methoden, konnte er gewiß auf ein Dutzend strategisch verteilter Informanten zurückgreifen.

»Also gut.« Um von sich abzulenken, während er seinen Hang zur Wahrheitsliebe erstickte, plazierte Warden sich gegenüber Fasner in einem Sessel; verschränkte die massigen Arme auf der Brust. »Sie müssen ohnehin davon in Kenntnis gesetzt werden. Manches überschreitet meine Zuständigkeit.« Sorgsam bereitete er sich darauf vor, den Köder auszuwerfen, in der Hoffnung, daß er Holt Fasner zu einem Fehler verleitete; dem einen Fehler, den er brauchte. »Und einiges ist wahrlich zu beunruhigend, um's für mich zu behalten.«

Er wünschte, daß Holt Fasner sich dafür entschied, Morn Hyland am Leben zu lassen. Doch dieses Zugeständnis ließ sich dem Drachen nur abringen, wenn ein lohnenswerter Grund ihn bewog, so ein Risiko einzugehen.

Verzweiflung oder Intuition hatten Warden zu einer Eingebung verholfen, die diese Wirkung erzielen mochte ...

»Die Nachricht stammt von Direktorin Donner«, eröffnete er Fasner. »Sie hat eine Meldung der *Posaune* aufgefangen und sie uns schleunigst per Kurierdrohne übermittelt. Leider kann von Vollständigkeit keine Rede sein. Sie müssen beachten, daß Josua gegenwärtig um sein Leben flieht. Milos Taverner hat ihn auffliegen lassen, und ihm sind Amnion auf den Fersen.«

Holt Fasners Blick nahm einen harten Ausdruck an.

»Sie wissen, daß ich hinsichtlich dieser Aktion in Anbetracht der zu tragenden Risiken durchaus meine Bedenken hatte«, sagte Warden, »aber wie sich von selbst versteht, haben Direktor Lebwohl und ich die Sache nicht wie dumme Jungs angepackt. Uns war völlig klar, daß man Taverner nicht trauen durfte. Und wir wußten, daß wir unmöglich alles voraussehen konnte, was Josua bevorstand. Hätten wir seinem Programm Instruktionssets eingeschrieben, durch die er in jeder Situation vollkommen unter unserer Kontrolle geblieben wäre, hätte ihn jedes ungeahnte Problem handlungsunfähig machen oder das Leben kosten können. Deshalb haben wir ihm alternative Prioritätscodes installiert, von denen Taverner nichts wußte, und im Programm für den Fall, daß Taverner ihn hintergeht, ihre automatische Aktivierung eingeplant. Dabei galt es zu berücksichtigen, daß die Umstände schlimmer als erwartet sind, falls die alternativen Prioritätscodes in Kraft treten. Verrat erhöht die Gefahr in einem Maß, das sich nicht vorausberechnen läßt. Und ohne Taverners Aufsicht könnte Josua Entscheidungen treffen, die das Risiko vervielfachen. Uns war einsichtig, daß wir ihn dann unmöglich zurückkehren lassen durften. Man konnte nicht absehen, was für Unheil er auf uns zöge, ehe es zu spät gewesen wäre. Diese Unwägbarkeiten haben Direktor Lebwohl und ich ausgeglichen, indem wir seinem Data-Nukleus gewisse Sicherheitsvorkehrungen einschrieben. Im Fall eines Verrats gebietet die Programmierung Thermopyle, eine Meldung zu funken, ein Peilsignal zu aktivieren, damit wir ihn finden können, und auf der Flucht zu bleiben. Das eigene Leben zu retten, bis wir entschieden haben, was aus ihm werden soll. Dadurch sind wir gegen unerwünschte Konsequenzen geschützt und können ermitteln, was überhaupt passiert, ehe wir endgültige Festlegungen treffen. Tja, und genau so ist es gekommen. Milos Taverner ist ihm in den Rücken gefallen. Die neuen Prioritätscodes sind gültig. Thermopyles Meldung und das Peilsignal sind untrügliche Beweise. Jetzt ist er auf der Flucht, weil wir ihn dahingehend programmiert haben. Und er hat Amnion auf der Hatz im Nacken, weil er von uns in einen übleren Schlamassel geschickt worden ist, als wir vermuteten.«

Habe Überlebende des Raumschiffs Käptens Liebchen *an Bord* ...

Warden schwieg für einen Moment, verschränkte die Arme fester. Er hatte für diese Krise vorausgeplant, sie herbeigesehnt; sich gründlich vorbereitet. Nun mußte er sie durchstehen.

»Es ist eine ganze Anzahl Leute in dem Schiff«, ergänzte er zielbewußt seine Darlegungen.

»›Leute‹?« unterbrach ihn Fasner. »Was für ›Leute‹?« Andeutungen infraroten Glosens züngelten in seiner Kirlian-Aura. »Daraus sollte doch wohl kein Passagierflug werden.«

Jetzt, dachte Warden, zwang sich zu äußerster Gefaßtheit. Jetzt ist es soweit.

»Nick Succorso«, antwortete er so gelassen, als blickte er

nicht dem Verhängnis ins Auge, »und vier seiner Besatzungsmitglieder. Mikka und Ciro Vasaczk, Sib Mackern und Vector Shaheed.«

Fast hoffte er, daß der Drache Shaheeds Namen erkannte. Die Folgen wären unerfreulich; doch zumindest würde Fasner abgelenkt.

Unglücklicherweise konzentrierte er sich zu angestrengt, um sich auf das enzyklopädische Wissen über seine Feinde zu besinnen.

»Und natürlich Josua selbst«, stellte Warden fest, als hätte er nur gezögert, um zu schlucken. »Ferner Morn Hyland. Und ein Junge namens Davies Hyland.«

Der Köder.

Doch ebensogut mochte Holt Fasner den letzten Namen nicht gehört haben. Schon war er aufgesprungen, verfiel in Geschrei.

»Morn *Hyland?!*« Seine Fäuste schwangen vor Warden Dios' Gesicht durch die Luft; Flecken sprenkelten seine Wangen, als drohte ihm ein Schlaganfall. »Sie gottverdammter Halunke! Sie haben Josua beauftragt, *Morn Hyland* zu *retten?!*«

»Nein, das habe ich nicht«, widersprach Warden mit Nachdruck; log ihm ins Gesicht.

»Wollen Sie mir weismachen, er hätte gegen seine Programmierung verstoßen?« brauste Fasner auf. »Er ist ein *Cyborg!* Sie haben mir versichert, er könnte nichts anstellen, auf was er nicht programmiert wäre. Und Sie haben *ausdrücklich* betont, er sei *nicht* auf ihre Rettung programmiert.«

»Er war's nicht.« Holt Fasners Wut erleichterte es Warden, die Beherrschung zu wahren. Trotzdem sparte er sich die Mühe, den eigenen Ärger zu verbergen. Er verabscheute Lügen, selbst den Mann zu belügen, den er als den ärgsten Verräter an der Menschheit betrachtete, war ihm zuwider. »Allerdings ist er auch nicht darauf programmiert worden, sie zu liquidieren. Hätten Sie es so gewünscht, wäre es sinnvoll gewesen, es mir klipp und klar zu sagen.

Ich vermute, Josua hat Nicks Hilfe gebraucht, und daß Nick als Gegenleistung gefordert hat, Morn Hyland mit an Bord zu nehmen.«

»Warum sind sie dann noch nicht allesamt mausetot?« schnauzte Fasner ihn an. »Sind Sie völlig verblödet, oder ist das Hochverrat? Morn Hyland lebt?! *Was ist in Sie gefahren?* Ich hatte Ihnen *befohlen,* das Raumschiff zu annihilieren, falls etwas schiefgeht, es mitsamt der vollzähligen Besatzung zu vernichten. Wollen Sie mir einreden, es sei *nichts* schiefgelaufen? Weshalb hat Ihre dämliche Min Donner meine Anordnung nicht befolgt?«

»'Verrat?!'« schnob Warden finsteren Blicks. »Wahrhaftig, das gefällt mir. Sie haben mich noch gar nicht bis zu Ende angehört, und schon bezichtigen Sie mich des Hochverrats. Wollen Sie etwa außer acht lassen, auf was es mir *tatsächlich* ankommt? Möchten Sie nicht lieber warten, bis ich mit dem fertig bin, was ich zu erzählen habe?«

Holt Fasner, überhaupt keine Menschen gewöhnt, die ihm nicht aufs Wort gehorchten – und erst recht keine, die auftraten, als wüßten sie etwas besser als er –, starrte den VMKP-Polizeipräsidenten mit offenem Mund entgeistert an. Seine Augen zwinkerten, als versuchten sie Schreie auszustoßen.

»Wenn doch, dann setzen Sie sich und hören Sie mit dem Gezeter auf«, empfahl Warden, als hätte er erreicht, was er beabsichtigte. »Sonst kriegen Sie noch 'n Herzinfarkt«, warnte er Fasner, um seiner Empörung den Wind aus den Segeln zu nehmen. Der Drache wußte, welche zweckmäßigen, aufschlußreichen Funktionen Wardens Augenprothese hatte. »So einfach ist das alles nun einmal nicht. Sie müssen mir schon ein bißchen zuhören.«

Holt Fasner schloß den Mund. Er sank in den Sessel. Für Sekunden bewirkte Verunsicherung ein Verblassen seiner Emanationen. Sich dessen unbewußt, hob er eine tattrige Hand an die Brust, als wollte er sich ans Herz greifen. Aber er war ein fähiger Gutachter der eigenen körperlichen Abläufe, des eigenen Zustands. Nahezu unverzüglich riß er sich zusammen, zeigte sich kampfbereit wie eine Bestie, die aus ihrer Höhle zum Vorschein kam.

»Direktorin Donner hat die Meldung nicht unbesehen an uns weitergeleitet«, konstatierte Warden in schneidendem Ton, um Fasner an neuen Einwänden zu hindern, »sondern sie hat sie gelesen. Sie hat genügend Verstand, um zu verstehen, was sie besagt. Sie wußte, daß ich ihr das Fell über die Ohren zöge, würde sie die *Posaune* eliminieren, darum hat sie's unterlassen. Wir müssen das Schiff schonen, Fasner, wir brauchen jede der an Bord befindlichen Personen *lebend*.«

Ich hoffe, du riechst den *Köder*, du herzloser Schurke. Gib mir eine Chance.

Holt Fasner krakeelte eine Unflätigkeit. »Warden, Ihr Schicksal hängt am seidenen Faden. Um mich davon zu überzeugen, sollten Sie sich wirklich die *allergrößte* Mühe geben. Sonst können Sie einpacken. Sie sind amtsenthoben, ehe Sie wieder im Shuttle sitzen. Und eins kann ich Ihnen prophezeien, der nächste VMKP-Polizeipräsident wird wissen, wie man diese Hexe dazu anhält, Anweisungen auszuführen.«

»Wunderbar.« Warden beließ die Arme auf dem Brustkorb verschränkt, aber seine Stimme erinnerte an eine Peitsche. »Ich strample mich ab, um Ihnen Ihr gesamtes Wirtschaftsimperium zu retten, ganz zu schweigen von Ihrer Person. Wenn Ihnen da nichts Besseres einfällt, als mir zu drohen, erkläre ich sofort meinen Rücktritt und sehe zu, wie ›der nächste VMKP-Polizeipräsident‹ die ganze verfahrene Angelegenheit in Ordnung bringt.«

Ohne mit der Wimper zu zucken, ohne ein Zwinkern, erwiderte Warden Dios den Blick des Drachen. Fasners Kirlian-Aura lohte von Regungen der Wut, die man seinem Mienenspiel nicht ansah. Das war der Holt Fasner, vor dem es Warden bis tief ins Mark graute: der Mann, der Habgier, Haß und Wut in die feste Form höchster Konzentration ummünzte, um unangreifbar zu sein.

Doch auch Warden verstand sich auf geballte Konzentration. Seine Emotionen hingegen waren anderer Art. In leicht zusammengesunkener Haltung, als bliebe er trotz Fasners bitterbösem Blick weitgehend locker, setzte er seine Erläuterungen fort.

»Fragen Sie mich nicht nach allen kleineren Einzelheiten. Ich weiß selbst nur, was in der Meldung der *Posaune* steht. Aber so, wie die Dinge aussehen, bin ich wohl zu folgender Zusammenfassung imstande. Nick Succorso und Morn Hyland sind nach Station Potential geflogen, weil sie schwanger war. Ich weiß nicht, warum sie diesen Aufwand betrieben haben oder wieso sie dachten, es sei eine gute Idee, dort hinzufliegen. Sicher weiß ich nur, daß sie Station Potential aufgesucht haben und Morn Hyland dort per ›Schnellwachstumsverfahren‹ eines Sohns entbunden wurde, dem sie den Namen Davies gab – wie ich vermute, nach ihrem Vater. Danach entstanden Schwierigkeiten. Anscheinend haben sich die Amnion darauf versteift, daß sie Davies Hyland für ihre Zwecke haben möchten. Sie glauben, in ihm steckt das Geheimnis, das sie dazu befähigt, von Menschen nicht zu unterscheidende Amnion zu züchten.«

Hörst du zu, Fasner? Merkst du, was ich dir damit wirklich sage? »Das bedeutet, mit solchen Wesen könnten sie heimlich den Human-Kosmos infiltrieren. Sie wären uns zu bezwingen in der Lage, ohne daß ein einziger Schuß fällt, und wir würden erst erkennen, was geschieht, wenn es zu spät wäre.«

Ersiehst du, auf was es ankommt?

Holt Fasners Aura brodelte von Erregung und einer säureartigen Lüsternheit, doch seine Miene gab von seinem Innenleben nichts preis. Nur seine Lider zwinkerten unablässig.

»Also hat die *Käptens Liebchen* das Weite gesucht«, grummelte Warden, »und die Amnion haben ihr Kriegsschiffe nachgeschickt. Ihr Ponton-Antrieb muß defekt gewesen sein, denn statt in den Human-Kosmos zu flüchten, hat sie Kassafort angesteuert, den nächstgelegenen Raumhafen mit Werftkapazitäten. Da sehe ich eine ganz entscheidende

Frage. Die *Käptens Liebchen* war eine Interspatium-Barkentine. Was hat sich mit ihrem Ponton-Antrieb ereignet? Und wie ist sie mit Normalraumgeschwindigkeit so schnell hingelangt? Der Flug hätte Jahre dauern müssen. In Josuas Meldung heißt es: ›Die Amnion experimentieren mit Ponton-Antrieben neuen Typs, um mit ihren Kriegsschiffen fast Lichtgeschwindigkeit erreichen zu können. Nick Succorso und seine Rest-Crew sind darüber genauer informiert.‹ Nach meiner Ansicht muß folgendes geschehen sein: Auf dem Weg nach Station Potential erlitt Succorsos Ponton-Antrieb einen Maschinenschaden. Weil er ihn nicht reparieren konnte, dürfte er versucht haben, sich bei den Amnion die erforderlichen Reparaturen zu erkaufen. Ich habe keine Ahnung, *was* er ihnen anzubieten hatte, aber es muß durchaus etwas von Wert gewesen sein, andernfalls hätte er keine Aussicht gehabt, zusätzlich das Schnellwachstumsverfahren für Morn Hylands Sohn zu erfeilschen. Jedenfalls müssen die Amnion der Auffassung gewesen sein, daß er ihnen für beide Leistungen einen ausreichenden Gegenwert bietet. Oder sie sind darauf eingegangen, weil sich damit für sie die Gelegenheit zu einem Experiment ergab – sie benutzten die *Käptens Liebchen*, um ihre ›Ponton-Antriebe neuen Typs‹ zu testen. Ich kann mir keine andere Erklärung vorstellen, wie Nick Succorso und seine Besatzung von diesen Experimenten Kenntnis erhalten haben könnten.«

»Sie vergeuden meine Zeit«, maulte Holt Fasner ungeduldig. Es hatte den Anschein, als würde seine Fähigkeit schwächer, seine Wut und Verärgerung zu meistern. »Ich interessiere mich nicht für Raumschiffe und Waffensysteme. Dergleichen ist Ihre Sache. Wenn Sie nicht wissen, was Sie dagegen unternehmen können, mache ich jemanden ausfindig, der mehr Grips hat.«

Warden nickte. »Ein fairer Standpunkt. Ich erfülle meine Aufgaben. Aber ich habe noch nicht die ganze Geschichte erzählt. Was genau passiert ist, nachdem die *Käptens Liebchen* von Station Potential abgeflogen war, weiß ich nicht, wahrscheinlich ist sie jedoch von Amnion-Kriegsschiffen abgefangen worden, bevor sie Kassafort erreichte. Die Amnion wollten *unbedingt* Davies.« Näher wagte Dios dem Drachen den Köder nicht unter die Nase zu halten. »Um eine Konfrontation zu vermeiden, hat Succorso – so meine Vermutung – Davies Hyland in eine Kosmokapsel gesteckt und nach Kassafort expediert.« Auf der gemeinsamen Grundlage sämtlicher von der *Posaune* und der *Rächer* eingegangenen Mitteilungen hatte Wardens Intuition ihm diesen Rückschluß eingeflüstert. »Daraufhin durfte die *Käptens Liebchen* in Kassaforts Astro-Reede einlaufen. Bestimmt war den Amnion nicht daran gelegen, einen Konflikt mit Kassafort anzuzetteln, also verzichteten sie auf jeden Versuch, ihn sich mit Gewalt zu holen. Statt dessen ermahnten sie Succorso, ihnen Davies Hyland zu verschaffen oder die Folgen seiner Gaunereien zu tragen. Da hat Succorso ihnen anscheinend Morn Hyland überlassen, wahrscheinlich um Zeit herauszuschinden.«

Egal wie Hashi Lebwohl an diese Information gelangt sein mochte, jetzt erwies sie sich als unschätzbar wertvoll. »Sie war aber nicht die Person, deren Auslieferung die Amnion forderten. Sie wollten Davies Hyland, sonst nichts. Bevor er sie ihnen dann endlich übergab, hat er ihr – auch das ist von höchst wichtiger Bedeutung – etwas von dem Antimutagen-Immunitätsserum der DA-Abteilung zur Verfügung gestellt. Laut Josua besteht die Möglichkeit, daß die Amnion inzwischen von dem Medikament wissen, weil sie es in Morn Hylands Blut entdeckt haben.«

Um dem Drachen Morn Hylands Überleben schmackhafter zu machen, präsentierte Warden ihm nicht nur einen Köder, sondern zudem einleuchtende Sachgründe. Mit Leib und Seele hatte Holt Fasner damals gegen Vector Shaheeds bei Intertech betriebene Antimutagen-Forschungen opponiert. Gegen besseres Wissen hatte Warden den VMK-Generaldirektor dazu überredet, die Forschungen der DA-Abteilung zu übertragen. Vielleicht dämpfte es Fasners Zorn, wenn diese Entscheidung sich jetzt als richtig herausstellte.

Doch der Drache verhehlte seine Reaktionen. Seine IR-

Emanationen glosten und flackerten; aber seine Empfindungen drückten sich ausschließlich in Farben und Mustern aus, nicht in Worten.

Furcht rumorte in Wardens Magengrube. Sein Scheitern lag geradezu in der Luft, schien in der Atmosphäre des Büros mit Händen greifbar zu sein.

»Als nächstes traf die *Posaune* in Kassafort ein«, sagte er rauh. »Was sich danach abgespielt hat, ist noch nicht ganz geklärt. Josua und Milos Taverner taten sich mit Nick Succorso zusammen. Dann lief Taverner zu den Amnion über, vielleicht in der Absicht, sie zu warnen.« Er sparte sich die Anmerkung, daß auch diesem Umstand hochgradige Wichtigkeit beigemessen werden mußte. »Jemand hat Davies Hyland aus dem Kassaforter Gewahrsam befreit. Außerdem hat irgend jemand, vermutlich Nick Succorso und ein paar seiner Leute, die Amnion überfallen und Morn Hyland aus ihren Flossen gerettet. Zum Schluß fanden sich alle an Bord der *Posaune* wieder, Succorso, vier seiner Besatzungsmitglieder, Davies und Morn Hyland, Josua. Die *Käptens Liebchen* hat eines der Amnion-Kriegsschiffe attackiert, um der *Posaune* den Rücken für den Start freizumachen, und ist dabei vernichtet worden. Aber da hatte Josua seinen eigentlichen Auftrag schon durchgeführt. Als Kassaforts Fusionsgenerator explodiert ist, hat er die Konfusion ausgenutzt und sich mit der *Posaune* abgesetzt.«

Warden Dios hob die Schultern, als vertraute er willig sein Los den Launen des Drachen an. »Soweit der Inhalt der Meldung. Von Direktorin Donner ist die Information hinzugefügt worden, daß aus dem Bannkosmos ein Raumschiff, nach aller Wahrscheinlichkeit eine Amnion-Einheit, sich an die Verfolgung der *Posaune* gemacht hat. Über den angeblichen Kontrakt der *Freistaat Eden* mit Ihnen bin ich gleichfalls durch sie informiert worden. Mittlerweile fliegt auch sie der *Posaune* nach« – er durfte keine Gelegenheit auslassen, um Fasners Wut von Min Donner abzulenken –, »um Josua die Amnion vom Hals zu halten, bis wir wissen, was wir mit ihm anfangen wollen.«

»Wundervoll.« Holt Fasners Emanationen deuteten Hohn an. »Wie Sie es schildern, klingt es rundum herrlich gelungen und nach einem Bombenerfolg. Ja wahrhaftig, so wie Sie es formulieren, könnte man beinahe meinen, es wäre alles eine durch und durch vernünftige Sache gewesen. Und was schlagen Sie nun vor? Die *Posaune* ist in den Human-Kosmos umgekehrt. Gehen wir einmal davon aus, Sie können sie vor den Amnion beschützen. Falls ich Ihnen entgegenkomme und die Gelegenheit einräume, sich vollends in die Scheiße zu reiten, was wären dann Ihre Entscheidungen?«

Darauf war Warden gefaßt. Eine Lüge war er noch aufzutischen bereit: eine Lüge, die so dicht an die Wahrheit grenzte, daß sie plausibel wirken konnte.

Er beugte sich im Sessel vor, als käme er erst jetzt zur Sache, zu seinem eigentlichen Anliegen. »Ich weiß, daß Sie Morn Hyland nicht zurückholen möchten, Fasner«, sagte er mit Nachdruck, »aber ich bin der Ansicht, wir können verdammt von Glück reden, daß sie uns noch verfügbar ist. Wir haben verdammtes Glück, daß auch diese ganzen anderen Leute noch leben. Wir brauchen sie.«

Holt Fasners Emanationen glichen einer Sonneneruption. Dennoch fiel er Warden nicht ins Wort.

»Wir müssen erfahren, was Succorso und seine restliche Crew über die Experimente der Amnion mit einem neuartigen Antriebstyp wissen«, stellte Warden mit halblauter Stimme klar. »Wir sollten Josua zu uns retournieren, weil er zum Wegwerfen zu kostbar ist. Morn Hyland muß her, weil wir an dem Interesse haben, was sie uns über die Amnion erzählen kann, und weil wir anhand ihrer Angaben die Aussagen Nick Succorsos prüfen können, der uns voraussichtlich nichts Wahres berichtet, wenn er nicht weiß, daß wir die Möglichkeit zur Überprüfung seiner Äußerungen haben. Und wir müssen Davies Hyland in unsere Obhut bringen, um aufzudecken, was an ihm den Amnion dermaßen wichtig ist. Das ist unsere große Chance. Wir können Direktorin Donner an Bord der *Posaune* transferieren.

Sobald sie nahe genug ist, um ihr einen Funkspruch zu übermitteln, kann sie Josuas neue Prioritätscodes aktivieren. Von da an gehorcht er ihren Befehlen. Wenn sie das Kommando über die *Posaune* und die *Rächer* als Eskorte hat, wird es möglich, diese Leute an einen sicheren Ort zu befördern, einen Ort, wo die Amnion sie nicht finden und uns auch sonst niemand in die Quere kommt. Dann können wir uns in schönster Ruhe über alles informieren, was sie wissen, ohne daß irgendwelche Vorgänge uns unter Zeitdruck setzen.«

Eilends sprach er weiter, ehe Fasner die Geduld ausging. »Und wir hätten noch einen Vorteil. EKRK-Sonderbevollmächtigter Maxim Igensard will sich bitterernst mit uns anlegen. Ziehen wir ihm keine Schranke« – vorsätzlich sagte Warden *wir*, als gäbe es keinen Unterschied zwischen ihm und seinem obersten Chef –, »wird er nicht locker lassen, bis er irgend etwas in Händen hat, das es ihm erlaubt, uns mit Dreck zu bewerfen, mit dem es ihm gelingt, uns dermaßen anzuschwärzen, daß er dem EKRK nach seinem Gutdünken Bedingungen diktieren kann. Aber wenn wir Überlebende der Kassafort-Aktion vorzuweisen haben, speziell *diese* Überlebenden, ist seine ganze Kampagne gegen uns auf Sand gebaut. Wir könnten aufzeigen, daß der Erfolg die eingegangenen Risiken gerechtfertigt hat. Sogar eine unanzweifelbare Erklärung dafür, wie wir im Fall der Antimutagen-Immunitätsforschungen Intertechs vorgegangen sind, hätten wir ihm zu bieten. Und Morn Hyland nicht in der Bredouille gelassen zu haben, dürfte in bezug auf unsere Glaubwürdigkeit wahre Wunder wirken.«

Das Innenleben des Drachen kochte vor angestrengter Konzentration. »Verstehen Sie, was ich meine, Fasner?« fragte Warden mit gepreßter Stimme. »Wenn Sie so dreinschauen, habe ich immer das Gefühl, ich rede mit einer Wand. Wir haben jetzt eine Gelegenheit, die zu versäumen wir uns auf gar keinen Fall leisten dürfen.«

Unvermittelt prustete Holt Fasner. Er schüttelte Schultern und Arme, als erwachte er aus einer Trance, rieb sich mit den Händen die Wangen. Er blinzelte hektisch, um seine Sicht zu klären.

»Wahrscheinlich glauben Sie wirklich, was Sie da schwafeln, Sie hirnrissiger Idiot«, pöbelte er. »Warden Dios, mein Polizeipräsident ... auch bloß so ein Scheißidealist.« Die Heftigkeit seines Grimms hinterließ in Wardens IR-Wahrnehmung Nachbilder. »Fast bereue ich, daß ich Ihnen diesen Posten verschafft habe. Selbst nach so vielen Jahren weiß ich noch immer nicht so recht, wozu Sie eigentlich *zu gebrauchen* sind ... Wozu überhaupt die ganze beschissene VMKP *von Nutzen* ist. Offenbar glauben Sie noch heute, ich hätte mir die VMKP ausgedacht, weil ich Bedarf an *Polizisten* sähe. Wäre momentan nicht der allerschlechteste Zeitpunkt, um den Polizeipräsidenten auszuwechseln, ich würde Sie feuern und jemanden mit mehr Gehirn an Ihre Stelle setzen. So, nun hören *Sie* mir zu, Warden. Ich gewähre Ihnen nun Ihre letzte Chance. Denken Sie denn tatsächlich, ich hätte das Wesentliche übersehen?«

Ein Stich durchfuhr Wardens Herz; aber er verkrampfte die Arme und ließ sich nichts anmerken. »Wenn Sie so herumschreien«, erwiderte er bissig, »weiß ich nicht, was ich denken soll.«

»In diesem Fall«, antwortete Fasner, als spie er Feuer, »will ich eine normale Lautstärke einhalten. Es gibt künftig keine Vorwände mehr, um irgendwelche Fehler zu machen. Ich erteile Ihnen nun Befehle, und *Sie* ...« – mit den Knöcheln der Faust unterstrich er auf der Tischplatte jedes Wort – »haben sie zu befolgen. Wenn die Amnion diesen Davies Hyland in ihre Krallen kriegen wollen, ist es allemal besser, ich schnappe ihn mir. Ich wünsche, daß Sie ihn herschaffen, zu mir persönlich bringen.«

Warden Dios wagte es nicht, auch nur das kleinste Anzeichen der Hoffnung zu zeigen; vor dem Drachen durfte es nicht sein. Holt Fasner fiel auf den Köder herein.

»Wieso?«

»Wenn Ihnen das nicht klar ist«, kollerte Fasner, »haben Sie keine Antwort verdient. Aber egal, auf alle Fälle bedeutet es, daß die *Posaune* durchkommen muß. Alles andere, was Sie angestellt haben, paßt mir absolut nicht – Sie haben mich keineswegs davon überzeugt, daß ich Ihnen uneingeschränktes Vertrauen schenken kann –, aber in diesem Punkt gebe ich Ihnen recht. Hauen Sie die *Posaune* raus. Da mein Vertrauen zu Ihnen gelitten hat, werde ich Ihnen deutlich sagen, wie Sie's zu tun haben. Ich dulde keine Widerreden, keine Aufsässigkeit und keine Bummelei. Sollten Sie mir noch ein einziges Mal Ärger verursachen, schmeiße ich Sie so blitzartig aus Ihrem Büro, daß Ihr Arsch am Sessel kleben bleibt.«

Hinter seinen Armen in Bereitschaft wie im Schutz einer Barrikade, wartete Warden aufs Herabsausen des Damoklesschwerts.

»Ich will, daß Sie die *Posaune* kontaktieren«, sagte Fasner, während seine Fingerknöchel wieder auf die Tischplatte hämmerten. »*Direktorin Donner*« – der Name kam voller harschem Hohn von seinen Lippen – »soll das erledigen. Sie unterlassen's nie, Ihre Hand über sie zu halten, darum bestehe ich jetzt darauf, daß sie sich endlich einmal die Finger dreckig macht. Ich verlange von *Ihnen*, dafür zu sorgen, daß sie sich die Finger dreckig macht.«

Vorwärts, heraus damit. Warden schlang die Arme um den Brustkasten, bis ihm nahezu der Atem stockte. *Sag es. Damit wir es hinter uns haben.*

Holt Fasners Aura gleißte von Grausamkeit und Vergnügen. »Teilen Sie ihr mit, sie soll Josuas neue Prioritätscodes Nick Succorso übermitteln.«

Trotz seiner immensen Selbstbeherrschung zuckte Warden Dios zusammen. Plötzlich schien die Zeit stillzustehen. Hinter seiner starren Miene und seinem ausdruckslosen Blick geriet Warden in einen Schockzustand.

Teilen Sie ihr mit, sie soll Josuas neue Prioritätscodes Nick Succorso übermitteln.

In seinen Eingeweiden schien Glut aufzulodern. Das war schlimmer als alles, was er je befürchtet hatte, weit ärger, als er verkraften konnte. Holt Fasner hatte ihn geschlagen.

Nicht einmal seine scheußlichsten Alpträume hatten ihn darauf vorbereitet, daß sein Herr und Meister sich zu so etwas versteigen könnte.

... Nick Succorso ...

»Wir lassen Succorso an Taverners Stelle treten«, bekräftigte der Drache, als leckte er sich genüßlich die Lefzen. »Dadurch stellen wir sicher, daß Josua uns keine weiteren Überraschungen bereitet. Succorso kann ihn, wenn's soweit ist, zur Umsetzung meiner Befehle zwingen.«

... Josuas neue Prioritätscodes ...

Wen hatte er in tieferes Unheil gestürzt, Angus Thermopyle oder Morn Hyland? Beide fungierten sie als unfreiwillige Werkzeuge seiner geheimsten Bestrebungen: im Namen leidenschaftlichster Anliegen, an denen sie keinen Anteil nahmen, von denen sie nichts ahnten, hatte er ihnen alles geraubt, dessen sie bedurften, was sie gehabt hatten. Und soeben waren genau diese hingebungsvoll verfolgten Ziele gerade so unverwirklichbar geworden, als ob Holt Fasner ihm einen Pfahl durchs Herz gebohrt hätte.

»Sobald Succorso über Josua und die *Posaune* das Kommando übernommen hat – und uns darüber eine Bestätigung vorliegt, so daß ich weiß, es kann nichts mehr aus dem Ruder laufen –, lassen wir ihm meine weiteren Anweisungen zukommen.«

Teilen Sie ihr mit ...

Ach Min, wie wirst du mich dafür hassen ...

Ohne Morn Hylands Aussagen hatte das Abtrennungsgesetz keine Aussicht auf Verabschiedung. Keinesfalls zum gegenwärtigen Zeitpunkt. Und später, wenn Fasner seine Position bis zur Unantastbarkeit gestärkt hatte, noch weniger.

Aber zusammenklappen konnte Warden jetzt nicht; er konnte nicht hinnehmen, daß sich womöglich vor Holt Fasners Augen seine gänzliche Erniedrigung vollzog. Nach wie vor hatte er Arbeit zu verrichten. Er mußte den Schaden begrenzen. Darin sah er, wenn alles mißriet und der Drache in seiner unermeßlichen Habgier den gesamten Human-Kosmos verschlang, seine letzte Aufgabe. Allein die Schande, hätte er keinen anderen inneren Halt gehabt, wäre ausreichend gewesen, um ihn aufrecht zu halten; ihn zu nötigen, sich den Auswirkungen seiner Überhebung und Narretei zu stellen; zu dem Versuch zu drängen, eventuell wenigstens im Kleinen noch dies und jenes zu retten. Er wies es von sich, unter der Last des Mißerfolgs niederzubrechen, bevor er vollständig für alles gebüßt hatte.

Irgendwoher, als schürfte er in einem Grab, fand er genug Kraft zu einer Frage. »Und was wären das für Befehle?«

Holt Fasner schmunzelte. Seine Aura verstrahlte säuisches Behagen. »In erster Linie die Liquidierung aller sich an Bord aufhaltenden Personen, mit Ausnahme Davies Hylands. Succorso soll den Burschen zu mir schaffen. Läßt's sich nicht umgehen, darf er ein, zwei Crewmitglieder behalten. Den gesamten Rest hat er zu beseitigen. *Vor allem* Morn Hyland und Vector Shaheed ... Sie und diese zwei miesen Figuren haben schon genug Schaden angerichtet.«

Inmitten einer Aufwallung des Grams begriff Warden, daß Fasner doch Shaheeds Namen erkannt hatte.

»Und wie«, erkundigte er sich in einem so trostlosen Tonfall, als wäre er ein Verdammter, »soll ich Succorso dazu veranlassen? *Ihn* können wir nicht mit Prioritätscodes umherscheuchen.«

Holt Fasners Aura glomm vor Bosheit. »Indem wir ihm etwas Lohnendes versprechen. Er darf die *Posaune* und Josua für sich behalten. Danach wird er sich die Finger lecken. Das Angebot, sich so ein Raumschiff unter den Nagel reißen zu können, ist für ihn bestimmt unwiderstehlich ... Von einem unifizierten Cyborg als Besatzungsmitglied brauchen wir erst gar nicht zu reden.«

O Angus, Angus, es war alles umsonst. Ich habe dir all das völlig vergeblich zugemutet. Daß Schluß sein müsse, habe ich dir gesagt, aber anstatt einen Schlußstrich zu ziehen, habe ich an dir eine Untat verübt, mit deren Folgen du zurechtkommen mußt, bis Succorso soviel Unfug anstellt, daß es dich das Leben kostet.

Und das gleiche galt für Morn Hyland. Nick Succorso mochte darin einwilligen, sie zu liquidieren, aber vorher quälte und demütigte er sie ohne Zweifel noch – bis zum Ende – nach Lust und Laune, Sadist, der er war.

Über seinen verschränkten Armen und dem angegriffenen Herzen stieß Warden einen abgrundtiefen Seufzer aus. »Ich bin mir sicher, daß sie mit dieser Taktik völlig richtig liegen. Nick Succorso ist zweifelsfrei der passende Mann, um ihn mit so einem Angebot für einen Auftrag zu gewinnen.«

Holt Fasner beugte sich vor; wieder hämmerten seine Fingerknöchel auf den Tisch. »Sie verfluchter Quertreiber«, kanzelte er Dios bösartig ab, »denken Sie daran, Sie sind für mich da, Sie sind *mein* Polizeipräsident. *Ich* habe die Weltraumpolizei ausgeheckt, *mir* verdanken Sie Ihre Position. Sie haben mir geradeso wie ein unifizierter Cyborg zu gehorchen. Jetzt war's das letzte Mal, daß Sie mir Unannehmlichkeiten verursacht haben. Von nun an tun Sie, *was* ich Ihnen sage, Sie hirntotes Arschloch, und Sie erledigen es, *wann* und *wie* ich es will. Und Sie sollten mir auf den Knien dafür *danken*, daß ich Sie nicht in den Orkus schleudere. Bilden Sie sich denn *tatsächlich* ein, ich hätte übersehen, um was es geht?«

Warden schüttete den Kopf. Langsam entspannte er die Arme. In seinem Brustkasten und in den Beinen schmerzte jeder Muskel von Verkrampfungen; er fühlte sich so steif und unbeweglich wie ein Versehrter. Trotzdem stand er auf. Daß Fasner ihn wegschickte, erübrigte sich: er wußte, der Drache war fertig. Während er sich gegen insgeheimen Stress und körperliche Beschwerden behauptete, schlurfte er zur Tür.

»Führen Sie meine Anordnungen aus«, rief Holt Fasner ihm nach. »Ich behalte Sie im Auge. Sie wissen, daß ich's kann. Dafür gibt's die vielen Lauschposten. Ich erfahr's, wenn Sie mir querschießen. Und dann werden Sie's nicht mehr überleben.«

Als wäre er geschlagen, nickte Warden.

Doch als Fasner die Türsicherung desaktivierte, öffnete Dios sie nicht. Vielmehr drehte er sich nochmals zum Drachen um.

Warden war von Holt Fasner mit einem Akt unvorstellbarer Gemeinheit überrascht worden, mit dem er nicht gerechnet hatte, dem er nichts entgegenzusetzen wußte. Aber er konnte noch so manches tun. Er verstand etwas von Macht, vom Manipulieren; noch mußte er nicht kapitulieren. Eine Hand an der Tür, stellte er sich, obwohl er keine Hoffnung mehr verspürte, dem Unheil mit einem eigenen imaginativen Schachzug entgegen.

»Da wir eben von Ihrer Mutter sprachen«, meinte er, als wäre er zutiefst zerstreut, »ich habe sie schon lange nicht mehr gesehen. Hätten Sie etwas dagegen, wenn ich ihr, bevor ich ins HQ zurückkehre, einen Besuch abstatte? Nur für ein paar Minuten. Ich kann ein bißchen Zeit abzweigen. Es dauert noch über eine Stunde, bis wir ein optimales Funkfenster zum nächsten Lauschposten haben, den die *Rächer* wahrscheinlich passieren wird.«

»Meiner Mutter?« Fasner war verdutzt; seine Miene zeigte es so offensichtlich wie seine Emanationen. »Norna? Weshalb möchten Sie denn *sie* besuchen?«

Mit gespielter Verlegenheit hob der VMKP-Polizeipräsident die Schultern. »Sie ist ja im Laufe der Jahre zu einer lebenden Legende geworden ... So etwas wie ein Orakel, könnte man sagen. Ich möchte sie fragen, was ihr die Vorstellung eingegeben hat, ich hätte vor, Ihnen Schwierigkeiten zu machen.«

Holt Fasner musterte Warden mit höchster Wachsamkeit. Die Anzeichen der Verunsicherung in seiner Aura wiesen darauf hin, daß er in Wardens Bitte Bedrohliches erahnte, aber es nicht erkennen konnte. Doch im nächsten Moment löste sich sein verkniffener Gesichtsausdruck, und er lachte hämisch.

»Sie armseliges Stück Scheiße, Sie versuchen noch immer, irgendwelche Faxen mit mir zu treiben. Nur zu, gehen

Sie« – er winkte mit beiden Händen –, »besuchen Sie sie. Von mir aus haben Sie daran Ihre *Freude*. Sie und mein Mütterchen sind einander würdig. Und es besteht 'ne gute Aussicht, daß es mit Ihnen so wie mit ihr endet.«

Während Warden die Tür öffnete und hinter sich schloß, hörte er, wie Holt Fasner in den Interkom-Apparat sprach, den Betriebsschutz instruierte, den VMKP-Polizeipräsidenten zu Norna Fasner zu bringen und ihn zehn Minuten lang mit ihr plaudern zu lassen, ehe man ihn zum Shuttle begleitete.

»Es ist privat«, sagte Warden zu den zwei Betriebsschutzmännern, die ihn in die Mitte nahmen. Kaum aus Fasners Nähe entschwunden, wurde sein Auftreten wieder selbstbewußt und befehlsgewohnt: seine Stimme klang nach der Unerschütterlichkeit von Felsgestein. »Ich möchte mit ihr allein reden. Falls Sie mir nicht trauen, fragen Sie Ihren Boss.«

»Jawohl, Sir.« Was den VMK-Betriebsschutz anging, war Warden Dios nach wie vor der zweitmächtigste Mann des Human-Kosmos. »Bitte hier entlang.«

Indem er forsch ausschritt, um seine verkrampften Beine zu lockern, folgte er den beiden Wachen. *Sie sind für mich da*, hatte Fasner behauptet, *Sie sind* mein *Polizeipräsident*. Da indes hatte er sich geirrt. Alles andere mochte Warden verloren haben, aber er war allemal noch er selbst.

Mit allem, was ihm blieb, er noch hatte, beabsichtigte er den Kampf fortzusetzen.

WARDEN

Wenn er Scham empfand, war er in Bestform. – Erklären hätte er diese Merkwürdigkeit nicht können; er war sich ihrer kaum bewußt. Dennoch handelte es sich um eine Tatsache. Das Spannungsfeld zwischen seiner unerstickbaren, leidenschaftlichen Hingabe an so hohe Maßstäbe der Redlichkeit, Pflichterfüllung und des Leistungswillens, daß er ihnen niemals ganz genügen konnte, und den Kummergefühlen, die er angesichts seiner Fehlbarkeit empfand, sobald er unter den selbstgesetzten Standard absank, erwies sich für ihn als fruchtbar. Es machte ihn auf Stärken aufmerksam, über die zu verfügen er geahnt hatte.

Scham und Idealismus waren die Mittel, mit denen Holt Fasner ihn manipuliert hatte, bis er zu dem wurde, was er heute war: ein der Korruption schuldiger Polizeipräsident der VMKP, der Mann, der am unmittelbarsten die Verantwortung für den moralischen Verfall der Weltraumpolizei trug. Fasner hatte seinen Idealismus mißbraucht – seine grundlegende Überzeugung, daß es eine ehrenvolle, unentbehrliche Aufgabe der Polizei sei, der Menschheit *zu dienen und sie zu schützen* –, um ihn in eine anfällige Situation zu bringen; danach seine Scham ausgenutzt, um ihn von seinen Idealen immer weiter abzurücken.

In gewisser Weise hatte Warden es geduldet. Wahrscheinlich hätte er sich jederzeit weigern können; der Mann bleiben dürfen, der er zu sein wünschte, indem er sich von Fasner feuern ließ. Schlimmstenfalls wäre er auf Fasners Geheiß ermordet worden. Na und? Aus eigener Erfahrung wußte Warden, daß es ärgere Schicksale als den Tod gab.

Aber er hatte sich nicht verweigert. Bei jeder Krise hatte

er der Gerissenheit des Drachen nur bis zu einem gewissen Punkt widerstrebt; dann hatte er sich doch wieder mitziehen lassen.

Dafür existierte ein in bestimmter Hinsicht ganz einfacher Grund.

Sein Lebtag lang hatte er sich als zu klein für seine großen Träume erachtet; als der Herausforderung nicht gewachsen, sie wahrzumachen. Mit Gewißheit hatte er es nicht verstanden, Fasner genau zu durchschauen, als der Drache ihn zunächst für die Tätigkeit beim Internschutz der Astro-Montan-AG anwarb. In blinder Naivität hatte er geglaubt, ihm täte sich die Chance auf, im Auftrag eines guten, wertvollen Menschen Gutes und wertvolle Arbeit zu verrichten. Und Holt Fasner hatte diese Illusion mit jedem ihm verfügbaren Trick genährt. Durch Träume und stets tiefergehende Schmach ausgehungert, hatte Warden mit der Zeit gelernt, sich ausschließlich in den edelsten Begriffen des polizeilichen Wirkens zu definieren: Diener und Beschützer jener zu sein, die es am dringendsten benötigten, aber sich derlei am wenigsten leisten konnten.

Zu dem Zeitpunkt, als ihm endlich deutlich wurde, daß Holt Fasner die Weltraumpolizei für keine anderen als seine eigennützigen Zwecke brauchte und diese Ziele nicht mit Idealismus korrespondierten, hatte Warden längst Geschmack an der Art von Nahrung entwickelt gehabt, nach der sein sehnsuchtswundes Herz lechzte: der Speise aufs Gesetz gestützter Macht.

Wer durfte hoffen, dem Drachen Einhalt gebieten zu können, wenn nicht ein Polizist? Wem sonst sollte diese Aufgabe obliegen? Und wer hatte sie zu erfüllen, wenn nicht eben der Mann, der dem Drachen zu solcher Allmacht verholfen hatte, indem er sich von den eigenen Hoffnungen blenden ließ?

Gerade weil er sich als schuldig einstufte, schwor Warden Dios sich damals, kein Risiko zu scheuen, jeden Preis zu zahlen, wenn es ihm dabei nutzte, den Schaden wiedergutzumachen, den er durch seine Unterstützung der von Ehrgeiz geprägten Betreibungen Fasners angerichtet hatte.

Darauf bestand naturgemäß keinerlei Aussicht, wenn er nicht Polizist blieb. Die Autorität, die er in seiner Position als VMKP-Polizeipräsident genoß, war alles, was ihm zu handeln gestattete. Er durfte diese Autorität keinesfalls im Interesse seiner persönlichen Ehre opfern.

Darum nahm er die Kompromisse und all das Kompromittierende hin, das sich nicht umgehen ließ, wollte er seinen Posten behalten, das Vertrauen des Drachen verdienen. Wenn er nicht für Holt Fasner irgendwelche dreckigen Angelegenheiten abzuwickeln hatte, beschäftigte er sich mit dem Ausbau der VMKP und führte sie so, als wäre diese Polizeitruppe in der Tat so unbestechlich, wie sie hätte sein sollen. Und in den dunklen Winkeln seines Bewußtseins, in den Lücken zwischen seinen gegensätzlichen Arten des Engagements, ging er ganz im geheimen an die äußerst schwierige Anstrengung, Fasners Untergang zu erreichen.

Unvermeidlich wurde der Drache auf manche Ungereimtheit aufmerksam. Um seinem VMKP-Polizeipräsidenten in übersteigertem Maße zu trauen, war er zu schlau. Also blieb er darauf bedacht, Dios durch noch mehr beschämende Akte der Komplizenschaft immer enger an sich zu binden. Doch in dieser Beziehung unterlief ihm ein Trugschluß. Er mißverstand die wahre Natur von Wardens Träumen. Jede neue Handlung praktizierten Zynismus entfremdete ihm Warden stärker; trieb ihn im Namen seiner wahren Leidenschaft zu noch raffinierteren, verwegeneren Intrigen, befähigte ihn zum Ertragen um so tieferen Kummers.

Die Scham *drängte* ihn dazu.

Seit langem war er nicht mehr derselbe Mann wie früher; er war längst über sich hinausgewachsen. Durch Willenskraft und Verbiesterung war er mehr geworden, als Holt Fasner, irgend jemand anderes oder auch er selbst begriff.

Als Fasner ihn überlistet, von ihm gefordert hatte, Morn Hyland und Angus Thermopyle zu opfern – mitsamt allem, was sie repräsentierten –, zerstoben Wardens Hoffnungen, als stürzte ein Kartenhaus ein; hilflos und vergrämt schaute er jetzt all dem Verderben ins Gesicht, das von ihm angestiftet worden war, angerichtet für nichts.

Intertechs Antimutagen-Serum war der Menschheit vorenthalten worden – hingegen nicht den Amnion. Vector Shaheed, der einzige freie Mensch, der Intertechs Forschungstätigkeit wiederholen konnte, drohte die Beseitigung. Morn Hyland hatte *monatelang* Angus Thermopyle und Nick Succorso, Vergewaltigung und Zonenimplantate erdulden müssen; und nun wollte Fasner sie wegschmeißen wie einen alten Lappen. Angus Thermopyle, der in seinen unifikationsbedingten Eigentümlichkeiten und der geheimen Programmierung den harten Kern der verzweifelten Bemühungen Warden Dios' in sich trug, war es bestimmt, zu Succorsos Spiel- und Werkzeug degradiert zu werden: zum vollkommenen, weil hochgradig gewaltorientierten, entmenschten Illegalen.

Was verblieb außer der Scham und dem Preis des Fehlschlags?

Daß Warden Dios sich in Bestform befand, als er den VMK-Generaldirektor bat, Norna Fasner sprechen zu dürfen.

Er versuchte erst gar nicht, den eigenen Wunsch sich selbst zu erklären. Sein Einfall beruhte auf reiner Intuition – war eigentlich nur eine kleine Abwehrgebärde, um sich für all das, was er verspielt hatte, ein wenig zu entschädigen –, und Warden wollte die Konsequenzen seiner Spontaneität gerne tragen. Und doch verhielt es sich so, daß er das Empfinden hatte, nun wieder mit jedem Moment an Kraft zu gewinnen. Während die Betriebsschutzmänner ihn in die maximal abgesicherten Tiefen der Generaldirektion Holt Fasners führten, beruhigte sich Dios' Herzschlag, beruhigte sich seine Atmung. Weder seine Schritte noch seine Haltung gaben den Wachen nur den winzigsten Hinweis darauf, daß der Drache auf einen Weg verfallen war, um ihm zu rauben, was ihm am meisten bedeutete.

Es blieb immer etwas übrig.

Vielleicht war das der Grund, weshalb er nun ein Orakel zu befragen beabsichtigte.

Also folgte er seiner Eskorte zu der hochspezialisierten Klause aus Lebenserhaltungssystemen und Videomonitoren, in der Norna Fasner hauste. An der Tür bedankte er sich und ließ sie stehen. Offenbar hatten sie keine Weisung erhalten, ihn hineinzubegleiten. Ohne Zweifel hatte der Drache jederzeit die Möglichkeit, seine Mutter zu belauschen.

Allein betrat Warden ihr Pflegezimmer und schloß die Tür.

Die Lampen in dem hohen, kahlen Raum waren ausgeschaltet; aber er vermochte Norna im phosphoreszenten Glanz der Bildschirme zu sehen, die vor ihrem Bett und den medizinischen Geräten die gesamte Wand bedeckten. Diese Monitorenwand war alles, was sie hatte, ihre ganze Welt: das Bett fixierte sie, als läge sie auf einer Streckbank, damit die Apparate das heikle, obszöne Werk vollziehen konnten, der eingekerkerten Untoten immerzu neues Leben einzuimpfen. Nur ihre Augen und der Mund bewegten sich; und ihre Finger, die ihr die Bedienung der Beleuchtung sowie der Monitoren erlaubten. In der kalten, herzlosen Helligkeit sah Norna Fasner wie ein verwaistes Gespenst aus. Die Fortschritte der Medizin, die es ihrem Sohn gestatteten, so alt und doch so rüstig zu sein, waren zu spät errungen worden, als daß sie ihr zu mehr als der bloßen Beibehaltung der Existenz verholfen hätten. Andeutungen der Sterblichkeit vergilbten ihre schrumpelige Haut, so daß sie im Vergleich zum weißen Leinen des Bettzeugs schmuddlig wirkte.

Die Gerätschaften gaben so viele IR-Emissionen ab, daß Wardens prothetische Sicht im Effekt nutzlos blieb. Soweit er es wahrnehmen konnte, hatte Norna keine Aura; womöglich kannte sie keine Emotionen mehr; vielleicht war ihr Verstand längst erloschen. Allerdings hatte Fasner ihm im Verlauf der Jahre wiederholt beteuert, sie sei bei vollem Bewußtsein; nicht nur wach, sondern hätte noch einen äußerst scharfen, aktiven Geist. »Wissen Sie, ich bin's, durch den sie lebt«, hatte Fasner bei einer Gelegenheit gegenüber Warden geäußert. »Ich meine nicht, daß es auf meine Weisung geschieht, oder dank der Ärzte. Nein, ich meine, durch mich selbst. *Ich* spende ihr Leben. Haßte sie mich nicht viel zu sehr, um zu sterben, würde sie erlöschen wie eine Kerze. Sie lebt für die Hoffnung, irgendwann noch meinen Untergang mitansehen zu dürfen. Und daß sie ihn vielleicht, nur vielleicht, kommen sieht.«

Bei diesen Worten hatte der Drache gelacht. Anscheinend fand er diese Vorstellung komisch.

Warden Dios dachte darüber anders.

Aber damals wie heute verschwieg er seine Ansicht. Er besuchte Norna nicht aus Mitleid für die Frau, von der Holt Fasner seine Habgier mit der Muttermilch eingesaugt hatte. Außerdem standen ihm lediglich zehn Minuten zur Verfügung. Falls Norna ihm innerhalb dieser Frist keine Auskunft gab, war der Besuch nichts als Zeitverschwendung.

Trotzdem verharrte Warden erst einmal hinter der Schwelle; ihm stockte einfach der Schritt. Schon anfangs hatte Fasner ihm von den Bildschirmen erzählt; doch Warden war nie klar gewesen, wie allesbeherrschend und einschüchternd ihre gehäufte Präsenz sein mußte. Mindestens zwanzig waren es, alle eingeschaltet, allesamt zeigten sie gleichzeitig und pausenlos eine Bilderflut, ausnahmslos und unentwegt jaulten und schnatterten sie; und doch waren sie vollzählig tot, hatten keine menschlichen IR-Emanationen, entbehrten jeglichen Lebens. Starr und reglos wie Norna Fasner wetteiferten die Videoschirme mit Nachrichtenmagazinen und Sexattraktionen, Sportsendungen und Fernsehfilmen um Wardens ausschließliche Aufmerksamkeit; Stimmen stritten quer durchs gesamte Spektrum des Hörbaren gegen Hintergrundmusik und Geräuschkulisse an. Die Wirkung hatte etwas gleichermaßen Erschreckendes wie auch Hypnotisches an sich, ähnlich wie die Suggestivität Weißen Rauschens, aber zudem klang der Lärm, als kündete er unterschwellig irgendeine Art von Kataklysmus an. Daraus ergab sich die seltsame Täuschung, mit einer Ausnahme erzeugten die Monitoren samt und sonders nur Krawall zu dem Zweck, die einzige Ausnahme zu übertönen, daß diese alleinige Ausnahme wie ein Wahrsager knappe, klare Wahrheit vermittelte; und daß dieser Wahrheitsverbreiter andauernd zwischen all den Bildschirmen den Platz wechselte, es infolgedessen nur dem schonungslosesten und wildentschlossensten Konzentrationsvermögen gelingen könnte, wenigstens Brosamen der sprunghaften Weisheiten zu erhaschen, während sie von Bildfläche zu Bildfläche hüpften.

Warden unterdrückte das Bedürfnis, gegen den Drachen einen Fluch auszustoßen. Für dergleichen fehlte ihm die Zeit.

Gedrängt durch die Eile, zwang er die Beine, ihn von der Tür in die Richtung der Videowand zu befördern, bis er in Nornas Blickfeld trat. Sie machte keinen erkennbaren Versuch, einzelne Bilder zu betrachten; vielleicht hatte sie mittlerweile gelernt, die gesamten Programme auf einmal mitzuverfolgen. Oder unter Umständen war ihrer Erinnerung entfallen, auf was sie ursprünglich zu achten beabsichtigt hatte. Ihr Gaumen und die Lippen ahmten unaufhörlich Kaubewegungen nach, als ob sie sich auf den Geschmack von Speisen zu besinnen versuchte. Ohne daß sie es verhindern konnte, rann ihr Speichel in die Falten des Kinns.

Für einen winzigen Moment jedoch streifte ihr Blick Warden. Dann galt ihre Beachtung wieder ausschließlich den Bildflächen.

»Warden.« Ihre Stimme erreichte sein Gehör durch die vielfältige Beschallung nur ganz leise. »Warden Dios. Wird auch höchste Zeit.«

Warden hob verblüfft die Brauen. »Sie haben mich erwartet?« fragte er, weil ihm nichts Gescheiteres einfiel.

»Natürlich habe ich Sie erwartet«, brabbelte sie kaum verständlich, als gehörte ihre Stimme zum Krakeelen der Bilderwelt. »Mit wem sollten Sie denn sonst reden? Gehen Sie da weg. Sie versperren mir die Sicht.«

Warden schaute sich um, stellte fest, daß er ihr tatsächlich den Blick auf einen seitlichen Ausschnitt des Bildermosaiks beeinträchtigte. Zum Zeichen des Bedauerns hob er die Schultern und trat einen Schritt zur Seite. »Ist es so besser?«

»›Besser?‹« Irgend etwas am Zucken ihrer blutleeren Lippen erweckte den Eindruck, daß Norna Fasner lachte. »Wenn Sie glauben, hier würde jemals etwas ›besser‹, machen Sie Ihre Stippvisite vergeblich. Dann gibt es nichts, über das wir sprechen könnten.«

Warden furchte die Stirn. In der Stimmung für Haarspaltereien war er wahrlich nicht. Dennoch gab er eine maßvolle Antwort. »Verzeihen Sie meine Wortwahl. Ich kann nicht erkennen, daß etwas besser geworden wäre.«

Unausgesetzt mahlten Nornas zahnlose Kiefer. »Nein. Und es wird sich auch nichts bessern. Bis Sie ihn zur Strecke gebracht haben.«

Holt Fasner hatte gegenüber Warden wiederholte Male betont, durch welch geistige Schärfe sie sich auszeichnete; daß sie ein nahezu hellseherisches Verständnis der Welt jenseits ihrer Bildschirme hätte – der Welt, die sie nicht sehen konnte. Dennoch flößte ihre Direktheit Warden Bestürzung ein.

»›Ihn zur Strecke gebracht‹?«

»Ist das nicht der Grund, warum Sie kommen?« Obwohl es den Anschein hatte, daß sie nichts von allem Dargebotenen Beachtung schenkte, nichts mitverfolgte, wich ihr Blick nie vom unablässigen Geflacker der Bilder. »Möchten Sie nicht, daß ich Ihnen sage, was Sie wissen müssen, um ihn zu Fall zu bringen?«

Ein Schauder der Beunruhigung lief Warden über den Rücken, fuhr ihm in den Unterleib. Wieviel konnte Fasner hören? »Norna«, fragte Warden leise, um sie zu warnen, verließ sich darauf, daß sie seine Stimme von all dem Gequatsche zu unterscheiden verstand, »lauscht er, wenn Sie Besuch haben?«

Ansehen konnte er ihr nicht, ob sie ihn hörte. Für einen

Moment schwieg sie. Dann zuckte ihr Mund noch einmal auf eine Weise, die vielleicht ein Lachen bedeutete.

»Woher soll ich das wissen? Zu mir kommt nie Besuch.«

Warden unternahm einen zweiten Versuch. »Sollten Sie mit Ihren Äußerungen nicht vorsichtig sein?«

Dieses Mal antwortete sie sofort, ohne das geringste Zögern. »Wieso? Es gibt nichts, was er mir noch antun könnte. Und wenn Sie Sorge um sich hätten, wären Sie nicht hier.«

Ihre ausdruckslose Konzentration auf die Bildschirme hatte etwas Unheimliches, ja geradezu Greuliches an sich. Wie eine Frau, die gefeit war gegen Tod und Verhängnis, beobachtete sie die Bildflächen, als zeigten sie Maden, die sich an Leichen mästeten, eine einzige Szene auf allen Mattscheiben gleichzeitig, aber aus verschiedenen Perspektiven dargestellt.

»Natürlich ist ihm nicht klar«, fügte sie gleich hinzu, »wieviel ich weiß. Er kann nicht voraussehen, was ich Ihnen erzähle. Das könnte gefährlich sein. Aber nach meiner Ansicht sind Sie weitgehend sicher.«

Sicher? Der bloße Gedanke verdutzte Dios. Er hob die Hand, um Norna zu unterbrechen, Sie um Nachsicht zu ersuchen.

»Norna, verzeihen Sie mir. Ich glaube, mein Gehirn ist heute etwas langsam ... So schnell kapiere ich die Sache nicht. Was veranlaßt Sie zu der Auffassung, ich wäre in Sicherheit?«

Im kalten Lichtschein wirkte ihre Miene so hohlwangig und unheilvoll, daß er halb erwartete, als nächstes aus ihrem Mund sibyllinisches Raunen zu hören: Jeder der zu mir kommt, ist in Sicherheit. Hier ist die Kaverne des Todes, wo niemand Schaden nimmt. Solange Sie bleiben, kann Ihnen nichts und niemand etwas anhaben.

Ihre tatsächliche Antwort jedoch fiel weit pragmatischer aus. »Nach all dem Verdruß, der von Ihnen verursacht worden ist, braucht er Sie. Momentan kann er's sich nicht leisten, Sie zu bestrafen.«

»Er ist Holt Fasner«, entgegnete Warden, fühlte sich

durch die Weise, wie sie über ihren Sohn sprach, ebenso erstaunt wie über den Inhalt ihrer Worte. »Quasi ist er Generaldirektor des ganzen bestehenden Universums. Wofür sollte er *mich* brauchen können?«

Erneut umzuckte etwas Ähnliches wie Belustigung Nornas Lippen. Anscheinend amüsierte Wardens Ironie sie. Die Antwort blieb beinahe lautlos.

»Als Sündenbock.«

Aha. Insgeheim seufzte Warden. Als jemanden, auf den er Schuld abwälzen konnte. Das leuchtete ein. Plötzlich hatte er den Eindruck, daß der Wirrwarr der Bilder und das Rätselhafte an Nornas Verhalten ihn nicht mehr beirrten. Nun wußte er, wie er mit ihr zu reden hatte.

»Danke«, sagte er zuversichtlicher als zuvor. »Ich glaube, ich verstehe, was Sie meinen. Wie Sie sich wohl denken können, komme ich gerade von einer Aussprache mit ihm. Sie erwähnen den ›Verdruß‹, den ich ihm bereitet habe. Und er hat mir erzählt, Sie hätten ihn darauf hingewiesen, ich würde ihm Schwierigkeiten verursachen. Weiß er, welche Schwierigkeiten?«

»Schämen Sie sich, Warden.« Trotz des Störenden all der anderen Stimmen klang Nornas Erwiderung nach einer enttäuschten Lehrerin. »Das ist die falsche Frage. Sie können's besser.« Ehe er zum Nachdenken über diese Kritik kam, stellte sie eine Gegenfrage. »Worüber haben Sie mit ihm diskutiert?«

Dios unterdrückte eine Aufwallung der Ungeduld. Die Zeit lief ab. Aber er gewänne nichts, falls er Norna drängte. »Ich habe ihn davon unterrichtet«, gab er Auskunft, »daß Josuas Aktion gegen Thanatos Minor erfolgreich abgeschlossen worden ist.« Er baute darauf, daß sie keiner langen Erklärungen bedurfte. »Allerdings haben wir auch Überraschendes erfahren. Josua ist mit einigen unvermuteten Überlebenden in den Human-Kosmos zurückgekehrt.«

»Und wer sind die?« fragte Norna rasch.

Eigentlich war es für Warden Dios aus dienstlichen Gründen unstatthaft, über dergleichen Vorgänge mit ihr zu reden. Aber warum hätte er sie besuchen sollen, wenn er keine Bereitschaft hegte, die damit verbundenen Risiken zu tragen.

Er hob kaum merklich die Schultern und erteilte ihr die gewünschte Antwort.

»Nick Succorso. Ein paar Leute seiner Crew, darunter ein Mann namens Vector Shaheed, der früher bei Intertech tätig war, als die Firma Antimutagen-Forschung betrieb. Morn Hyland.« Er nannte den Namen, als hätte sie keine besondere Bedeutung. »Auf einmal hat sie einen Sohn, anscheinend einen erwachsenen Jungen. Er heißt Davies Hyland.«

Einige Augenblicke lang durchdachte Norna diese Informationen.

»Und was sollen Sie in dieser Hinsicht unternehmen?«

»Ihm Davies Hyland bringen«, sagte Warden; antwortete recht unwillig, weil er das Empfinden hatte, sein Herz zu entblößen. Wie Norna unterließ er es nahezu permanent, den Drachen beim Namen zu nennen. »Josua unter Nick Succorsos Kontrolle stellen. Alle anderen an Bord liquidieren.«

An Nornas stumpfem Blick änderte sich nichts. Infolge ihrer ununterbrochenen Kaubewegungen glänzte ständig eine Schicht feuchten Speichels auf ihrem Kinn. Nur ihre Lippen reagierten, die Mundwinkel zuckten hin und her, als versuchte sie eine Fratze zu schneiden.

Jetzt hätte Warden nicht sagen können, ob sie lachte oder weinte.

Er wartete, bis ihre Miene sich glättete, die Wangen erschlafften. Dann wiederholte er seine Frage in kaum vernehmlichem Flüsterton.

»Norna, weiß er Bescheid?«

»Von mir«, lautete ihre durch Belustigung oder Gram erleichterte Antwort. »Aber er begreift nichts. Er fürchtet sich zu sehr vor dem Tod. Dadurch wird sein Denken verzerrt.«

»Fast alle Menschen fürchten den Tod.« Warden blieb bei seinem Flüstern. »Meistens gelingt es uns, die Furcht zu verdrängen.«

Norna stieß ein Zischen der Ungeduld oder Gereiztheit aus. »Bei ihm ist es keine gewöhnliche Todesfurcht. Sie leiden schon so lange unter ihm und haben das noch nicht gemerkt? Von ›Todesfurcht‹ zu reden, wäre in seinem Fall eine gewaltige Untertreibung. Er will ewig leben.« Bitter nickte sie vor sich hin.

»Ja, ewig. Ich seh's. Was glauben Sie denn, warum er mich hier eingesperrt hat? Seit fünfzig Jahren büße ich für das, was ich sehe. Er ist der Überzeugung, bei den Amnion könnte er die Lösung finden. Er hält sie für genetische Wundertäter. Daß sie seinen Körper retten können, ehe er versagt, verspricht er sich von ihnen. Oder daß sie ihm vielleicht einen neuen Körper geben können. Frieden kann er mit ihnen nicht schließen. Das ließe ihm die Menschheit nicht durchgehen. Zwar sind die Menschen dumm« – sie berief sich wohl auf das, was sich auf den Bildschirmen abspielte –, »aber so dumm nun auch wieder nicht. Aber dürften Sie gegen die Amnion Krieg führen, hätte er keine Aussicht mehr, von ihnen zu erhalten, was er will. Also braucht er diesen Zustand Kalten Kriegs. Wieso ist Davies Hyland« – sie stellte die Frage, als gehörte sie unzweifelhaft zum Thema – »für ihn so wichtig?«

An derselben Frage hatte Warden auch schon ein halbes Dutzend Mal gegrübelt. Unter dem Druck der Einsichten Nornas und der eigenen Notlage zwang er sich abermals zum Überlegen.

»Die Amnion kennen eine Technik, die als ›Schnellwachstumsmethode‹ bezeichnet wird«, konstatierte er leise, sprach seine Gedankengänge aus. »Ich höre schon seit Jahren, daß bei ihnen ein Verfahren gebräuchlich ist, durch das Körper stark beschleunigt heranwachsen. Und allem Anschein nach funktioniert es. Andernfalls wäre Morn Hyland noch schwanger. Sonst hätte sie keinen Jungen, geschweige denn einen erwachsenen Sohn. Aber wie kann er über einen voll herausgebildeten Verstand verfügen?« Das war die entscheidende Frage, der fatale unbekannte Faktor.

»Wie haben die Amnion die ganzen Jahre des Lernens und Erfahrungensammelns kompensiert, die ihm fehlen?«

Norna Fasner wandte den Blick nicht von den Monitoren; dennoch fühlte Warden sich zum Weiterreden genötigt.

»Sie müssen ein Mittel kennen, um Verstand artifiziell zu generieren.« Ohne erlernte Fähigkeiten und gesammeltes Wissen konnte der menschliche Organismus nicht adäquat funktionieren. »Oder zu kopieren. Kopieren klingt plausibler. Aber was hat ihnen als Original gedient? Haben sie einen ihrer Spezies als Vorbild genommen? Dann wäre er ein Amnioni, und Josua müßte ihn töten, falls nicht Morn Hyland es täte.« Panikartige Anwandlungen und Erwägungen durchstoben ihn, seine Intuition arbeitete mit Hochdruck. »Sie müssen einen menschlichen Geist in sein Hirn kopiert haben.«

Er brauchte seine Gedankengänge nicht zu Ende zu formulieren; es erübrigte sich, die Schlußfolgerung in Worte zu fassen, zu sagen: Wenn sie so etwas bei Davies Hyland durchführen können, ist es ihnen auch bei Holt Fasner möglich. Norna nickte schon. Ihre Mumienlippen kauten Speichel und Stillschweigen, als bestünde darin das Geheimnis ihrer Orakelhaftigkeit; der Sinn des Lebens.

Geht es wirklich *darum*? Manipuliert er das EKRK, verheimlicht er das Antimutagen-Immunitätsserum, bindet er mir und meinen Polizisten die Hände, sorgt er für den Fortgang dieses unerklärten Kriegs, verrät er die Menschheit, verdammt noch einmal, nur damit er *ewig leben* kann?

Lieber Gott, man muß ihm das Handwerk legen!

Gut. Und wie?

Wessen Bewußtsein hatte Davies Hyland?

Warden hatte sich ausschließlich auf Norna Fasner konzentriert und nicht bemerkt, daß ein Betriebsschutzmann die Tür geöffnet, den Kopf hereingesteckt hatte.

»Die Zeit ist um, Sir«, sagte der Mann in zurückhaltendem Ton. »Ihr Shuttle steht bereit.«

Erschrocken verlagerte Warden seine Aufmerksamkeit auf den Wächter.

Fast sofort gab seine Augenprothese ihm wenigstens einen kleinen Grund zur Beruhigung. Die Aura des Mannes zeigte Ungeduld, Langeweile und Müdigkeit an, dagegen keine Anzeichen außergewöhnlicher Stressbelastung oder Anspannung. Also hatte der Betriebsschutz keinen Hinterhalt vorbereitet; Fasner hatte sich nicht dagegen entschieden, Warden ins VMKP-HQ umkehren zu lassen. Zweifellos mochte er Dios die Bürde, Angus Thermopyle und Morn Hyland zu verraten, nicht ersparen.

»Ich komme«, sagte er zu dem Wächter.

Im Randbereich von Norna Fasners Blickfeld blieb er stehen und deutete eine Verbeugung an. »Danke«, murmelte er leise. »Ich tu, was ich kann.«

Ihre Abschiedsbemerkung nannte seinen insgeheimen Kummer, seine Unzulänglichkeit, beim Namen, verfolgte ihn beim Verlassen des Pflegezimmers wie eine Schar Furien.

»Das ist zuwenig, Warden Dios.«

Die Wächter, unwillkürlich neugierig – oder womöglich nur vorsichtig –, warfen ihm stumme Blicke der Verwunderung zu. *Das ist zuwenig, Warden Dios.* Er erübrigte für sie nur ein Achselzucken und einen unpersönlich finsteren Gesichtsausdruck.

Keiner von beiden sprach ihn darauf an. Schließlich war er der VMKP-Polizeipräsident. Und offenbar hatten sie keine Weisung, ihn für irgend etwas zur Rede zu stellen. Statt dessen führten sie ihn lediglich auftragsgemäß zurück zum Shuttle, ließen ihm seine Scham für sich ganz allein.

Er wußte so genau wie Norna, daß es *zuwenig* wäre, nur zu tun, was er tun konnte. Nur fiel ihm nichts Besseres ein.

Während des Rückflugs zum VMKP-HQ zermarterte er sich pausenlos das Hirn nach irgendeiner Inspiration, so daß er zuletzt hochgradig schlechte Laune hatte. Holt Fasners Befehl erbitterte ihn aufs ärgste; er fraß an seinem wehen Herzen, als wäre ihm pure Säure injiziert worden. Wäre er die Sorte Mensch gewesen, die sich bei Ekel leicht übergab, hätte er am laufenden Band gekotzt, als wäre es möglich, sich auf diese Weise seiner Verzweiflung zu entledigen.

Angus Thermopyle und Morn Hyland waren gewissermaßen Kinder seiner heftigsten Leidenschaft und gleichzeitig seiner tiefsten Drangsal. Wenn es sein mußte, konnte er Vector Shaheed und Succorsos übrige Besatzungsmitglieder opfern; er konnte die *Posaune* entbehren und Nick Succorso seiner Wege ziehen lassen; er hatte schon Schlimmeres verbrochen. Davies Hyland käme mit dem Leben davon, und Warden durfte zumindest hoffen, daß sich irgend etwas ereignete, das dem Jungen die Verwirklichung von Holt Fasners Absichten zu vermeiden half. Aber Succorso die Macht über Morn Hyland und Angus Thermopyle zu geben, sie nach allem, was sie in Warden Dios' Namen schon durchlitten hatten, der Erniedrigung und dem Tod auszuliefern ...

Das war schlicht und einfach *zu wenig*.

Warden schäumte innerlich vor Erbitterung, während das Shuttle sich der Stationsreede näherte, und befahl der Crew, Hashi Lebwohl, dem DA-Direktor, eine Blitzmeldung mit der Anweisung zuzuleiten, sich in zehn Minuten mit ihm in einem seiner Hochsicherheitsbüros zu treffen. Für Angus Thermopyle und Morn Hyland mochte er *zuwenig* getan haben, aber aus Lebwohl die Wahrheit herauszuholen, dazu war er bei Gott noch fähig. Es erforderte alle Duldsamkeit, ja sogar mehr, um die zerrüttungsträchtigen Konflikte in seinem eigenen Schädel zu ertragen: für Hashi Lebwohls krumme Touren konnte er keinerlei Toleranz erübrigen.

Sämtliche Anzeichen sprachen dafür, daß Lebwohl hinter Wardens Rücken Fäden zog, unabhängig vom VMKP-Polizeipräsidenten mit eigenmächtigen Entschlüssen auf die Ereignisse einwirkte. Das konnte man als Amtsvergehen bezeichnen; sogar als Verrat. Andererseits agierte Lebwohl anscheinend nicht im Auftrag des Drachen. Zum guten oder schlechten Ausgang trieb er das Spielchen für sich allein.

Eine halbe Stunde blieb Warden noch, bis sich das Funkfenster zum nächsten günstigsten Lauschposten ergab. Solange durfte er warten, bis er seine Nachricht an Min Donner verschlüsselte und absandte; bevor er den eigenen Verrat unwiderruflich machte. Doch bis dahin gedachte er zu erfahren, wieviel Schaden Hashi Lebwohl angerichtet hatte.

Es entsprach der Natur der Sache und war daher unvermeidlich, daß der Lauschposten den VMK gehörte: ein Bestandteil des auf Veranlassung Holt Fasners geschaffenen, weithin ausgedehnten Kommunikationsnetzes. Im Laufe von einhundertfünfzig Jahren der Habgier und des Größenwahns hatte der Drache vorauszuplanen gelernt.

Er erhielt ohne Zweifel eine Kopie der durch Warden Dios an die *Rächer* ergangenen Befehle.

Schon bei diesem Gedanken hätte Warden am liebsten Hashi Lebwohl den Kopf abgerissen.

Seine Aufgebrachtheit hatte kein anderes Ventil.

Dios mißachtete den Gruß der Dock-Sicherheitskräfte und die eindringlichen Bitten von Kommu-Techs um Aufmerksamkeit – zur Zeit erachtete die Kommunikationsabteilung alles als dringlich –, strebte durch die Korridore seiner Domäne, bis er zu dem für das Gespräch mit Hashi Lebwohl ausgesuchten Büro gelangte.

Dort wartete der DA-Direktor schon auf ihn. Sein Gesicht trug ein verschwommenes, leutseliges Lächeln zur Schau, als hätte er soeben mit den Wachen vor dem Büro ein paar Späßchen ausgetauscht. Im Gegensatz dazu hatten die Wachen Mienen der Ratlosigkeit und des Unbehagens aufgesetzt; ihre Erleichterung war in Wardens IR-Sicht, als sie vor ihm salutierten, ganz offenkundig. Allem Anschein nach konnten sie mit Hashi Lebwohls Humor nichts anfangen.

»Polizeipräsident Dios ...«

Lebwohls uralte, völlig ungepflegte Brille schien den Blick seiner blauen Augen zu brechen, alles zu verschleiern, was er anschaute; aber vielleicht verbarg sich dahinter ein Trick, um zu erreichen, daß andere Leute ihm nur ansahen, was sie sehen sollten. Ganz charakteristisch für ihn war sein

Laborkittel, der wirkte, als hätte er ihn aus einem Mülleimer geborgen und anschließend wochenlang darin geschlafen. Seinen altmodischen Schuhen baumelten die Schnürsenkel nach: es war ein Wunder, daß er gehen konnte, ohne zu stolpern.

»Hinein«, raunzte Warden ihn grob an, als er die Tür aufstieß. Ohne Hashi Lebwohl den Vortritt zu gewähren, stapfte er ins Büro, umrundete den Schreibtisch, nahm im Sessel Platz.

Hashi Lebwohl bummelte nicht. Er folgte Warden ins Büro, schloß die Tür. Während Dios die Tür elektronisch verriegelte und die Abschirmsysteme aktivierte, kam Lebwohl zum Schreibtisch gewieselt, blieb davor stehen. Trotz seines selbstsicheren Gehabes und seiner äußeren Erscheinung, die an einen schlampigen Gelehrten erinnerte, vermittelte irgend etwas am Zucken der langen Finger und am trüben Glanz der Brillengläser den Eindruck, daß er ahnte, in Schwierigkeiten zu stecken.

»Aus der Herkunft Ihrer Blitz-Benachrichtigung folgere ich«, sagte er, als hätte er die Absicht, gegen Wutausbrüche Dios' vorzubeugen, »daß Sie gerade von einer Visite in der Drachenhöhle kommen. Im VMKP-HQ kursieren schon Gerüchte, die mir diesen Rückschluß bestätigen. Und aus Ihrem finsteren Blick leite ich den Schluß ab, daß die Begegnung nicht erfreulich verlaufen ist. ›Ich weiß einen schlimmen Wurm‹« – diesen Satz äußerte er theatralisch, als ob er Dichtung zitierte –, »»der würgt' und schlang schon viel ...‹ Ich versichere Sie meines Mitgefühls.«

Mit einem Schnauben bleckte Warden Dios die Zähne. »Keine faulen Witze, Lebwohl«, warnte er den DA-Direktor. »Ersparen Sie mir Ihre üblichen Faxen. Ja, ich komme soeben von einer Unterredung mit meinem Chef. Und sie ist tatsächlich unschön abgelaufen. Und nun will ich dafür den Grund aufdecken.«

Hashi Lebwohl erlaubte sich ein amüsiertes Stirnrunzeln. Er wies auf einen Sessel. »Darf ich mich in diesem Fall erst einmal setzen?« fragte er.

»Nein.«

Lebwohls Augen hinter den Brillengläsern weiteten sich. »Ach so. Anscheinend gehen Sie davon aus, ich sei dafür verantwortlich, daß Ihre Unterredung mit Holt Fasner schlecht verlaufen ist. Darf ich fragen, wie das möglich sein soll?«

»Das möchte ich von Ihnen erfahren.«

Hashi Lebwohl hielt Dios' Blick stand und deutete mit einem knappen Achselzucken Unverständnis an. »Wie denn? Ich weiß nicht, welches Thema Sie zu diskutieren wünschen.«

»Ich gebe Ihnen 'n Tip.« Auf der Tischplatte ballte Warden die Hände zu Fäusten. »Informieren Sie mich über *Freistaat Eden*.«

Lebwohl blinzelte hinter den trüben Brillengläsern. Anzeichen der Anspannung verliehen seiner Aura schärfere Umrisse. Allerdings mochte schlichte Verblüffung die Ursache sein. »›Freistaat Eden‹, was ist das? Meines Wissens existiert kein solcher Freistaat.«

Warden verkniff sich einen Fluch. »Hashi, hören Sie mir gut zu«, sagte er leise und mit äußerster *Zurückhaltung*, um nicht gleich ins Toben zu verfallen. »Es ist jetzt lange genug gegangen. Woher stammen die Informationen über die Geschehnisse in Kassafort, die Sie mir vor einigen Stunden vorgelegt haben?«

»Wie ich zu Ihnen schon erwähnt habe, Sir« – offenbar hatte der DA-Direktor sich zur Dreistheit entschlossen –, »ist die Meldung per regulärem Interspatium-Kurierdrohnen-Dienst von einem Lauschposten im Kombi-Montan-Asteroidengürtel eingetroffen. Sie wurde mir gerade wegen ihrer Rotinemäßigkeit zugeleitet, ich habe nämlich – quasi rotinemäßig – allen Daten und sämtlichen Funksprüchen, die sich mit Thanatos Minor befassen, eine automatische Maximalpriorität zugewiesen. Der Lauschposten hatte den Funkspruch eines Raumschiffs aufgeschnappt, das sich nicht identifiziert hat und deshalb vermutlich als Illegalenraumer eingestuft werden muß.« Je mehr er redete, um so deutlicher klang seine Pose entrüsteter Tugendhaftigkeit nach einer Fassade für vielschichtigere Gefühlsregungen. »Der Funkspruch war nichts anderes als ein gewöhnlicher Funkspruch, man hatte die Nachricht keineswegs direktionalisiert an den Lauschposten abgestrahlt. Ich habe keine Hinweise darauf, daß das Raumschiff überhaupt von der Existenz des Lauschpostens wußte. Es hat lediglich versucht, andere Raumschiffe, vermutlich ebenfalls Illegalenraumer, in bezug auf die Vorkommnisse auf Thanatos Minor, soweit man sie beobachtet hatte, zu warnen. Von manchen der angeführten Einzelheiten, Sir« – er betonte das Wörtchen *Sir* –, »hätte ich nicht erwartet, daß sie in so einem Funkspruch erwähnt werden. Deshalb bin ich sowohl dem Inhalt der Nachricht wie auch den Gründen für ihre Ausstrahlung mit Vorbehalten begegnet. Trotzdem habe ich den Text wegen seiner offensichtlichen Wichtigkeit an Sie weitergeleitet.«

Zum Schluß leistete Hashi Lebwohl sich gelinden Sarkasmus. »In welcher Weise hat mein Vorgehen in dieser Angelegenheit zum unangenehmen Verlauf Ihrer Unterredung mit unserem verehrten Generaldirektor beigetragen?«

Als hätte er eine vollkommene Klärung des Sachverhalts bewirkt, seine Unschuld bewiesen, setzte er sich in den nächststehenden Sessel.

»*Lügner!*«

Warden beugte sich vor und drosch so wuchtig mit der Faust auf den Tisch, daß Hashi Lebwohl aufsprang, als wäre er geschlagen worden. Die Brille rutschte ihm auf die Nasenspitze: Fassungslos glotzte er Warden an.

»Sie haben mich hintergangen, und so etwas *dulde ich nicht.*« Warden sprach jedes einzelne Wort aus, als verübte er eine Gewalttat. »Sie sind erledigt. In spätestens einer Stunde will ich *hier auf dem Tisch*« – er hieb ein zweites Mal auf die Platte – »*Ihr* Rücktrittsgesuch liegen haben.«

Hashi Lebwohl stand der Mund offen; anscheinend hatte er Schwierigkeiten mit dem Schlucken. »Sie hintergangen?« japste er. »*Sie?* Sie persönlich? Was hat das mit Ihnen zu tun?«

Warden vollführte eine Gebärde des Widerwillens. »Also gut, dann will ich's anders formulieren. Sie haben das Ihnen entgegengebrachte dienstliche Vertrauen gebrochen. Sie haben Verrat an Ihren *Dienstpflichten* begangen.«

Darauf erfolgte sofort eine eindeutige Reaktion Lebwohls. Seine Augen schienen blaue Funken zu sprühen. »Nein«, widersprach er. »Niemals!«

Seinen Infrarot-Emanationen zufolge sprach er die Wahrheit – falls der Begriff ›Wahrheit‹ für ihn überhaupt irgendeine Bedeutung hatte.

»Dann informieren Sie mich gefälligst über das Raumschiff *Freistaat Eden*, gottverdammt noch mal!« herrschte Warden ihn an. Hätte er aufs Brüllen verzichtet, hätten Lebwohls unverfrorene Ausreden ihn womöglich den Verstand geraubt. »Min Donner hat das Schiff erwischt, wie es praktisch auf dem Lauschposten *parkte!* Es hat den Lauschposten sehr wohl benutzt, um den Funkspruch abzuschicken, aber Direktorin Donner konnte ihn nicht entschlüsseln, verflucht noch mal, weil der Code zu verdammt *kompliziert* war, und als sie das Schiff kontaktiert hat, hieß es, es sei im Auftrag der VMK unterwegs, im Auftrag des Großbonzen Cleatus Fane höchstpersönlich. Holt Fasner sagt jedoch, das sei gelogen ... Und er lügt *weniger gut* als Sie.«

Schroff ließ Warden sich in den Sessel zurückfallen. Er atmete tief ein, hielt die Luft an, während er um Selbstbeherrschung rang, ließ dann den Atem mit einem rauhen Stoßseufzer entweichen. »Also rücken Sie raus mit der Wahrheit, Hashi, solange Sie noch die Gelegenheit haben! Was für eine Scheiße bauen Sie da?«

Während Dios' Wutausbruch hatten sich Lebwohls Brauen auf seiner Stirn wie Raupen gekrümmt. Langsam bildeten sich an seinen Schläfen Schweißperlen. In der Mitte jeder Wange entstand eine geradezu unwahrscheinlich kreisrunde Rötung, die sich scharf von der übrigen Haut abzeichnete. Er zwinkerte hektisch mit den blauen Augen, aus denen, als gäbe es für ihn dazwischen keinen Unterschied, Blitze äußerster Panik und schrankenloser Bosheit zu zucken schienen.

»In diesem Fall werden Sie mir vielleicht erlauben, Polizeipräsident Dios«, nuschelte er halblaut, »meine bislang vorliegende Meldung zu ergänzen.«

»Ich bitte darum.«

»Eigentümer der *Freistaat Eden* ist Kapitän Darrin Scroyle«, antwortete Hashi Lebwohl rasch. »Wenn Kapitän Scroyle der ehrenwerten Direktorin der Operativen Abteilung angegeben hat, im Auftrag der Vereinigten Montan-Kombinate zu handeln, sei es auf Wunsch Cleatus Fanes oder einer anderen konzerninternen Instanz, hat er ...« Lebwohl unternahm eine sichtliche Anstrengung und bezähmte seinen Hang zu weitschweifiger Verschleierungsrhetorik. »Dann hat er die Unwahrheit gesprochen, um zu verheimlichen, daß er für mich tätig ist.«

Warden Dios schnitt eine böse Miene; ansonsten jedoch verhehlte er seine Empfindungen.

»Kapitän Scroyle ist Söldner«, erläuterte Hashi Lebwohl. »Gelegentlich betraue ich derlei Individuen mit Sonderaufträgen. Ich verlange von ihnen absolute Geheimhaltung der Aktionen. Zudem hängt der Wert, den Kapitän Scroyle für mich hat, zum großen Teil davon ab, daß er als Illegaler gilt. Aus diesen Gründen hat er Direktorin Donner irregeführt. Dieses Mal habe ich ihn vor ein paar Wochen – gewissermaßen als meinen Stellvertreter – nach Thanatos Minor geschickt, sozusagen als meinen mobilen Lauschposten. Ich neige nicht zur Selbstzufriedenheit, Warden. Zwar habe ich Vertrauen in die an Josua geleistete Arbeit, und ich stehe dafür ein, aber mich ausschließlich darauf zu verlassen war mir zuwenig. Deshalb habe ich Kapitän Scroyle mit genau dem beauftragt, was er getan hat – nämlich eine frühzeitige Meldung über den Verlauf der Operation Josuas gegen Thanatos Minor zu senden. Habe ich damit unklug gehandelt? Haben Kapitän Scroyles Informationen nicht längst ihre Nützlichkeit erwiesen?«

Warden überging die Frage nach der Brauchbarkeit von

Kapitän Scroyles Informationen mit einem Schnauben. »Darum geht es gar nicht, das wissen Sie genau.« Tatsächlich waren diese Informationen geradezu unbezahlbar. Dennoch hatten sie für Dios keine so entscheidende Bedeutung wie die Garantie, dem DA-Direktor Vertrauen schenken zu können. »Die Frage ist, warum ich von Ihnen in all das nicht eingeweiht worden bin. Gottverdammt noch mal, ich bin der *Polizeipräsident* der VMKP. Was ist in Sie gefahren, daß Sie glauben, *mich* anlügen zu müssen? Sie sind Chef der Abteilung *Datenakquisition*. Es ist Ihre *Pflicht*, mich über Tatsachen in Kenntnis zu setzen, und nicht, mir irgendwelchen Scheiß aufzutischen.«

Hashi Lebwohl war der einzige Warden bekannte Mensch, der schwindeln konnte, ohne daß man es ihm anmerkte. Bei Ausflüchten eine ruhige Miene und selbstbewußtes Auftreten zu bewahren, fiel leicht; ebenso mühelos waren Menschen zu allen erdenklichen Arten des Täuschens und Verstellens imstande. Doch dem Körper autonome Reaktionen zu verbieten, blieb normalerweise unmöglich. Und die eigentümlichen Stress-Symptome des Lügens hatten eine spezifische Infrarotsignatur, die Warden bei jedermann erkannte – bei jedem außer Hashi Lebwohl. Mehr als anhand beliebiger sonstiger Anzeichen ersah Warden aus genau diesem Umstand, daß Lebwohl zwischen Wahrheit und Lüge keine wesentliche Unterscheidung traf. Man merkte ihm keinen Stress an, weil er nichts dergleichen empfand.

Jetzt jedoch verspürte er Stress. Aufgrund dessen flackerte seine Aura. Unter dem psychischen Druck pochte sein Puls mühsamer. Wardens Vorhaltungen rührten bei ihm an eine Schwäche, die mit Wahrheit oder Falschheit in keinem Zusammenhang stand.

»Mir ist bewußt«, erklärte er, wobei er unbehaglich die Achseln zuckte, »daß alle Informationen, die Sie erhalten, auch an Generaldirektor Fasner gehen, und ich wollte Kapitän Scroyle nicht kompromittieren, indem ich Leuten von seiner Nützlichkeit Kenntnis gebe, denen ich nicht traue.

Außerdem war ich der Ansicht, daß Sie gegenüber Generaldirektor Fasner eine vorteilhaftere Position hätten, wenn er nicht über alle Mittel Bescheid weiß, die ich anwenden kann und die somit Ihnen zur Verfügung stehen. Andererseits wäre es schlichtweg ungünstig für Sie, fiele es auf, daß Sie unserem obersten Vorgesetzten wissentlich Informationen verschweigen. Folglich habe ich es als richtig angesehen, Ihnen dieses Risiko zu ersparen.«

Wieder nichts als Quatsch, dachte Warden. Er hörte und sah es: er konnte es praktisch riechen. Trotzdem beschloß er spontan, Lebwohls Äußerungen nicht in Frage zu stellen. Er wollte ausloten, wie weit seine Unehrlichkeit ging.

»Das betrachte ich nicht als ausreichende Rechtfertigung!« fuhr er ihn finsteren Blicks an. »Wie soll ich denn künftig *Ihnen* noch Vertrauen schenken? Wieviel darf ich Ihnen nach Ihrer eigenen Einschätzung in Zukunft eigentlich noch erzählen?«

Darüber brauchte Lebwohl nicht erst nachzudenken. Er wußte schon eine Antwort. »Wir beide sind doch in ganz verschiedener Situation. Sie müssen dem EKRK und ebenso Generaldirektor Fasner Auskünfte erteilen. Ich habe ausschließlich Ihnen Meldung zu machen und Bericht zu erstatten. Ich unterstehe weder der Macht von Riesenwürmern noch entschlußlosen Gremien. Alles, was *mir* verschwiegen wird, kann nur meine Effizienz mindern.« Er sprach leiser und in nahezu flehentlichem Ton weiter. »Werden *mir* Fakten vorenthalten, Warden, kann ich meine *Arbeit* nicht verrichten.«

Warden unterdrückte den Drang, nochmals mit der Faust auf den Tisch zu hauen. Inzwischen hatte er seinen Zorn gebändigt; sein Grimm ruhte jetzt kalt und hart in seinem Innern, und er nutzte diesen emotionalen Ballungspunkt, um den DA-Direktor noch genauer zu beobachten. Angesichts des Zerstiebens all seiner Hoffnungen konzentrierte er sich, während die Überlebensfrist seiner Leute verstrich, auf das Erfordernis, durch einen Überraschungseffekt, durch Zwang oder vielleicht Überzeugung

Hashi Lebwohl eine entscheidende Portion Wahrheit abzuringen.

»Gut, ich kopiere der DA-Abteilung Min Donners Meldung. Sie können sie lesen, sobald Sie dazu Zeit finden. Aber ich nenne Ihnen schon einmal die wichtigsten Punkte des Inhalts. Die *Posaune* ist davongekommen. Sie hat den Bannkosmos verlassen, während Direktorin Donner sich mit Ihrem teuren Kapitän Scroyle herumzanken mußte, dem Lauschposten einen Funkspruch zugeleitet und ist weitergeflogen. Der Nachricht zufolge hat sie Erfolg gehabt. Kassafort ist vernichtet worden. Das ist die gute Neuigkeit. Die schlechte Neuigkeit ist, daß die Jericho-Priorität außer Kraft gesetzt werden mußte. Ferner ist Milos Taverner zu den Amnion übergelaufen. Wäre es nicht so verdammt vorhersehbar gewesen, müßten wir das als Katastrophe einstufen. Angus Thermopyle bleibt uns also fern, bis wir jemanden dazu in die Lage versetzen, seine neuen Codes zu aktivieren.«

Hashi Lebwohl nickte vor sich hin. Sein Lächeln war unpersönlicher Natur, legte allerdings ein gewisses Maß zurückgewonnener Gefaßtheit nahe. Seine in Josua investierte Mühe hatte sich ausgezahlt.

»Er hat, könnte man sagen, eine ansehnliche Passagierliste vorzuweisen«, setzte Warden hinzu. »Wäre die *Posaune* kleiner, müßten die Antriebskammern zur Übernachtung dienen.« Er sprach in gedehnten Knurrlauten, bereitete den Schlag vor, den er Hashi Lebwohl zu verpassen beabsichtigte; den ersten von mehreren Schlägen, sollte einer nicht genügen. »Nick Succorso ist an Bord. Und vier Angehörige seiner Besatzung, Mikka Vasaczk, Ciro Vasaczk, Sib Mackern und – dank eines wahrhaft ungeheuerlichen Zufalls – Vector Shaheed. Ich bin sicher, der Name sagt Ihnen etwas.«

»Wie könnte ich ihn vergessen?« In Hashi Lebwohls Aura mischten sich Zuversicht und Falschheit. »Abend für Abend beklage ich sein Schicksal, obwohl nur das Kissen von meinem Kummer erfährt. Ihm die Forschung zu entziehen, ehe er die Tätigkeit beenden konnte, war zwar notwendig, aber eine häßliche Sache, für einen Mann mit seinen Fähigkeiten ein Riesenunglück. Unter anderen Umständen wäre er für seine Leistungen belohnt und nicht gestraft worden.«

Der DA-Direktor versuchte Zeit zu schinden, stellte Warden fest; er schwafelte drauflos, während seine Gedankengänge rasten, um die Implikationen der Anwesenheit Vector Shaheeds an Bord der *Posaune* zu ergründen.

Warden ließ Lebwohl keine Zeit zum Überlegen. »Und obendrein«, fügte er nach nur kurzer Pause barsch hinzu, »ist Morn Hyland dabei.«

»Auf der *Posaune?*« krächzte Lebwohl. »An Bord der *Posaune?*«

Warden nickte. »Zusammen mit Nick Succorso und Angus Thermopyle.«

Diese Mitteilung warf Hashi Lebwohl keineswegs um. Reflexartig sackte er in den Sessel, als wären ihm die Knie eingeknickt; doch seine IR-Aura zeugte von keinem Erschrecken. Statt dessen leuchtete sie auf wie das Flackern einer Sonne; verschleuderte mit lautlosem Knistern Eruptionen der Erregung und Spannung.

»Dann hat sie tatsächlich überlebt«, konstatierte er mit gedämpfter Stimme. »Ich habe mit dieser Möglichkeit gerechnet. Daran geglaubt, es könnte dahin kommen ... Aber ich mochte es nicht so recht glauben. Wieso war ihr Überleben nicht vollständig ausgeschlossen?«

»Stehen Sie noch immer«, fragte Warden, angetrieben von Scham, mit rücksichtsloser Unaufrichtigkeit, »zu der Arbeit, die Sie an Josua verrichtet haben?«

Trägst nicht du die Schuld?

Selbstverständlich hatte Lebwohl nicht die geringste Schuld. Warden Dios selbst hatte dafür gesorgt: er könnte niemandem außer sich die Schuld geben. Aber das wußte Hashi Lebwohl nicht. Und Warden hatte vor, ihm so schwer wie überhaupt nur möglich zuzusetzen, um die Wahrheit zu erfahren.

Doch Lebwohl schien ihn nicht gehört zu haben; die versteckte Anschuldigung nicht zu begreifen. Seine Aura brodelte von Emanationen, die bei jedem anderen auf Entsetzen hingedeutet hätten, bei ihm dagegen – allem Anschein nach – lediglich Erregung anzeigten.

»Polizeipräsident Dios«, verkündete er halblaut, »das sieht nach Verrat aus. Verräterei und Betrug. Nick Succorso ist ...«

Er unterbrach sich mitten im Satz. »Nein, ich will kein vorschnelles Urteil fällen.« Die Schmierstreifen auf seinen Brillengläsern zergliederten seinen Blick in Segmente der Hoffnung und Besorgnis. »Josuas Auftrag hat sich zu einer größeren, schauderhaften Verwicklung ausgewachsen. Um die veränderte Situation zu meistern, müssen auch wir zu durchschlagenden und schauderhaften Taten bereit sein.«

Hashi Lebwohls Aufmerksamkeit hatte sich vollends nach innen gekehrt. »Es gibt noch einen Glanzpunkt, den Sie wissen sollten«, knurrte Warden, um ihn aus seiner Verschanzung zu scheuchen. »Anscheinend hat sie plötzlich einen Sohn.«

Hashi Lebwohl reagierte nicht. Genausogut mochte er Warden Dios' Enthüllung überhört haben.

»Sie nennt ihn Davies Hyland. Er muß Succorsos Kind sein ... Oder Thermopyles.« Diese Vorstellung zerriß Warden schier das Herz. »Man muß wohl unterstellen, daß ihre Schwangerschaft der Grund war – der einzige Grund, den wir uns überhaupt denken können –, weshalb Succorso mit ihr Station Potential angeflogen hat, nämlich zu dem Zweck, per Schnellwachstumsmethode zu entbinden. Ist Ihnen darüber etwas bekannt? Wissen Sie, wie die Amnion Kinder, deren Körper nicht innerhalb von Jahren, sondern binnen Tagen ausreifen, mit Geist ausstatten?«

Wessen Bewußtsein hat Davies Hyland?

Hashi Lebwohl schüttelte den Kopf. Seine Emanationen umschirmten ihn mit einem Mantel der Selbstversunkenheit.

»Polizeipräsident Dios«, sagte er mitten in seinen insgeheimen Grübeleien, »ich muß diesen Vorgang durchschauen. Soll ich etwa glauben, daß es Josua gelungen ist, seine Programmierung zu überwinden?«

»Was denn sonst?« schnauzte Dios.

Lebwohl blinzelte hinter seiner Brille. Endlich schenkte er Warden wieder Beachtung. »Ist keine andere Erklärung für Morn Hylands unerwünschtes Überleben denkbar?« entgegnete der DA-Direktor. »Weshalb verhält Josua sich in anderer Hinsicht trotzdem noch genau so, wie unsere Instruktionen es vorsehen? Warum informiert er uns über seine zeitweilige Freiheit, obwohl er bestimmt am stärksten nach einer Chance zur Flucht lechzt? In gewisser Beziehung müssen seine grundlegenden Instruktionen« – so lautete seine abschließende Schlußfolgerung – »noch wirksam sein. Wir haben ihn nach wie vor in der Hand.«

»Gut.« Soviel war Warden einzuräumen bereit. »Also sagen Sie's mir. Warum ist sie noch am Leben?«

Von welcher Verräterei faselst du?

Hashi Lebwohls IR-Eruptionen und Aura-Geflacker fiel in sich zusammen.

»Wäre es nicht möglich«, erwiderte er, »daß ihr Überleben auf irgendeine Abmachung zurückgeht? Vielleicht ist Josua auf Thanatos Minor in Situationen geraten, in dies oder jenes Dilemma, in Schwierigkeiten, die wir einfach nicht voraussehen konnten. Eventuell hat ihn die Anwesenheit amnionischer Kriegsschiffe – oder Milos Taverners Überlaufen – so enorm gefordert, daß er seine Grenzen schlichtweg überschreiten mußte. Oder möglicherweise hat Taverner gegen die eine oder andere Priorität verstoßen. Unter solchen Umständen war Josua vielleicht auf Unterstützung angewiesen. Und an wen hätte er sich wenden sollen, wenn nicht an einen anderen unserer Agenten, in diesem Fall an Nick Succorso? Sollte es so gewesen sein, daß Kapitän Succorso als Gegenleistung für seinen Beistand Morn Hylands Schonung verlangt hat, hätte Josuas Programmierung einem Einverständnis durchaus nicht entgegengestanden.«

»Na schön«, knurrte Warden. Eben dies Argument hatte er Holt Fasner genannt. Es war falsch; daran kannte er keinen Zweifel. »Und wieso, zum Teufel, sollte Succorso so etwas tun?«

Vor was für einer Verräterei hast du Furcht? Faselst du über dich selbst?

Hashi Lebwohl richtete sich im Sessel auf; als merkte er nicht, was er trieb, vollführten seine Hände fahrige, lasche Bewegungen, um den zerknitterten Laborkittel zu glätten. Einen Moment lang hatte es den Anschein, als wäre er nicht willens, Wardens Blick zu erwidern. Dann jedoch schaute er den Polizeipräsidenten geradeheraus an.

»Polizeipräsident Dios, was ich Ihnen zu sagen habe, wird Sie sicherlich verärgern.« Die innere Anspannung verlieh seiner Stimme einen heiseren, röchelnden Klang. »Aber ich bin der Ansicht, ich bin mit beinahe hellseherischer Klugheit vorgegangen.«

Warden verschränkte die Arme auf der Brust; wartete grimmig und in der Hoffnung auf das Kommende, nun endlich die Wahrheit zu erfahren.

»Sie sind verstimmt«, meinte Hashi Lebwohl, »weil Sie von mir nicht umfassend informiert worden sind. Um einen bei unserem respektablen Regierungskonzil beliebten Terminus zu verwenden, ich habe Ihnen keine ›vollständige Bestandsaufnahme der Fakten‹ präsentiert. Dafür werden Sie mich rügen, oder Sie werden es zu schätzen wissen, ganz wie Sie es als angebracht erachten. Aber ich will Ihnen unverblümt sagen« – in seinem Tonfall klang frecher Trotz an –, »daß ich es nicht als zu meinen Dienstpflichten gehörig betrachte, jederzeit ›vollständige Bestandsaufnahmen der Fakten‹ zu liefern. Wenn es nötig war, habe ich immer alle akquisitierten Daten offengelegt. Und es ist offenkundig, daß nun eine Offenlegung unumgänglich ist.«

Er schob sich die Brille auf der Nase zurecht, um wirrer oder deutlicher zu machen, was Warden sah.

»Kapitän Scroyles Funkspruch ist nicht die einzige Nachricht, die ich über die Geschehnisse auf und um Thanatos

Minor erhalten habe. Außerdem ist mir ein Blitz Nick Succorsos zugegangen. Diese Mitteilung erklärt mein Zögern, die bisher gesammelten Informationen in vollem Umfang weiterzureichen, und ebenso die Maßnahmen, die daraufhin meinerseits ergriffen worden sind.«

Das sieht nach Verrat aus. Verräterei und Betrug. Nick Succorso ist ...

Warden mußte sich fast auf die Zunge beißen, um seine Ungeduld zu zügeln. Welcher Betrug? Was für *Maßnahmen?*

»Ich möchte Succorso wörtlich zitieren.« Der Stress, der in Hashi Lebwohls Stimme mitschwang, hatte Anklänge einer bei ihm ungewohnten Förmlichkeit zur Folge. »Der Text lautet: ›Wenn Sie sie kriegen, Sie Schuft, können Sie sie haben. Mir ist es gleich, was aus Ihnen wird. Sie waren auf mich angewiesen und haben trotzdem alles verbockt. Sie haben so etwas wie sie verdient. Kaze sind doch einfach zu spaßig, was?‹«

»›Kaze sind zu spaßig‹?« wiederholte Warden unwillkürlich; Entgeisterung beeinträchtigte seine Selbstkontrolle. »*Das* hat er gefunkt?«

Hashi Lebwohl nickte. Vielleicht bereitete Wardens Staunen ihm Genugtuung. »Sie sehen, vor welche Probleme dieser Satz uns stellt. Auf den ersten Blick könnte man meinen, er wäre auf unbegreifliche Weise über unsere neuesten Schwierigkeiten informiert. Und es ist völlig offen, von welcher Person, die wir ›haben können‹ sollen, er eigentlich spricht. Ich mußte es als meine dienstliche Pflicht ansehen, Polizeipräsident Dios, aus Kapitän Succorsos und geradeso aus Kapitän Scroyles Funknachricht meine Schlußfolgerungen zu ziehen. Um eine Erklärung für die unverhohlene Drohung in Kapitän Succorsos Äußerungen und auch für die nicht richtig durchschaubaren Einzelheiten in Kapitän Scroyles Meldung zu finden, habe ich ein Szenario konstruiert, das, wie ich sagen muß, mir regelrechtes Grauen einflößt.« Er wirkte keinesfalls, als ob ihn Grauen schüttelte. Der Glanz seiner Augen hinter den Schlieren der Brillengläser bezeugte vielmehr Stolz.

Kaze sind doch einfach zu spaßig. Zu spaßig?

»Lassen Sie mich Ihnen zunächst noch eine zusätzliche Hintergrundinformation geben«, schwafelte Hashi Lebwohl pedantisch, »dann erörtern wir das Wesentliche. Wie Sie wissen, erwähnt Kapitän Scroyle die *Sturmvogel*, ein Raumschiff, deren Kapitänin eine gewisse Sorus Chatelaine ist. Nach einer Hypothese der Datenverwaltung soll die *Sturmvogel* in Wirklichkeit ein umgebauter Illegalenraumer mit dem ehemaligen Namen *Liquidator* sein. Es kann Zufall sein – oder vielleicht nicht –, aber der *Liquidator* ist vor Jahren Morn Hylands Mutter zum Opfer gefallen. Gleichfalls ist die ursprüngliche *Käptens Liebchen* von der *Liquidator* überfallen worden und damals als einziger Überlebender ein junger Bursche namens Nick Succorso an Bord zurückgeblieben.«

Warden verkrampfte die Arme, versank in seine stoische Abwartehaltung. Komm zur Sache, Mann! hätte er am liebsten geschrien. Welche *Maßnahmen?*

Aber Hashi Lebwohl hörte sich viel zu gerne reden. Er schwadronierte weiter.

»Ein Band des Blutvergießens umschlingt Nick Succorso, Morn Hyland und Sorus Chatelaine. Allerdings kann es der Fall sein, daß das Schicksal dieses Band, so wie das Seil der Nornen, nach verschiedenen Richtungen spannt. Natürlich neigt man als erstes zu der Auffassung, daß Morn Hyland gegen die Besatzung der *Sturmvogel* beziehungsweise *Liquidator* einen gehörigen alten Groll hegt. Gleichzeitig ist vorstellbar, daß Sorus Chatelaine damals an Bord der früheren *Käptens Liebchen* Nick Succorso das Leben geschenkt hat.«

»Was soll an alldem so interessant sein?« brummte Warden ungeduldig. »Mir wird die Zeit knapp. Ich brauche Fakten, keine Spekulationen.«

Ich muß die Wahrheit wissen.

Hashi Lebwohl wedelte mit der Hand, als ließe sich damit jede Art von Dringlichkeit abtun. »Das sehe ich vollauf ein, Polizeipräsident Dios.« Jetzt verwies seine Aura auf mehr als Stolz: auf Selbstgerechtigkeit, Rechthaberei. »Bedenken Sie dabei bitte: Morn Hyland und Nick Succorso sind geradezu naturgemäß verfeindet, und wenn aus keinem anderen Grund, daß er das Zonenimplantat-Kontrollgerät gegen sie benutzt haben muß. Da er nun einmal Nick Succorso ist, kann man von ihm kaum etwas anderes erwarten. Er und Sorus Chatelaine hingegen sind vielleicht Verbündete. Wieso sollte jemand wie Nick Succorso das Risiko eines Besuchs auf Station Potential riskieren, nur damit seine geborene Gegenspielerin auch noch einen Sohn bekommen kann? Und weshalb sollten auf Thanatos Minor um eine eventuelle Bundesgenossin Succorsos Gerüchte über ein Antimutagen-Serum kursieren? Kurzum, ich habe mir folgendes Szenario konzipiert ...«

Gegen den Druck der Arme auf seiner Brust nahm Warden Dios einen ergiebigen Atemzug.

»Nick Succorso und Sorus Chatelaine haben beschlossen, unermeßlich reich zu werden.« Hashi Lebwohl sprach mit in den Nacken gelehntem Kopf, als referierte er der Zimmerdecke. Trotz der Zerstreutheit seines Gebarens hörte man ihm beinahe Selbstgefälligkeit an. »Zur gleichen Zeit faßten sie den Vorsatz, uns zu bestrafen, weil wir Succorso, als er Beistand verlangte, keine Unterstützung erwiesen haben. Morn Hyland ist aufgrund einer Übereinkunft mit den Amnion nach Station Potential gebracht und dort in einen gegen uns gerichteten, genetischen Kaze verwandelt worden.«

Dank purer Willenskraft enthielt Warden sich jeder Reaktion. Doch durch seinen Kopf spukten gräßliche Bilder aller Art. Gänzlich autonom, unabhängig von allem Willen, trieb sein Körper ihm Schweiß auf die Stirn; ihm war zumute, als ob er Blut schwitzte. Ein genetischer Kaze? Eine fürchterliche Vorstellung, die jeden Menschen außer Hashi Lebwohl tatsächlich in äußerstes Grauen stürzen müßte, in tiefste Furcht. Und die *Möglichkeit* konnte nicht geleugnet werden. Warden Dios hatte nichts geplant, keine Vorkehrungen getroffen, um gegen so etwas vorzubeugen. Und solang Angus Thermopyle keine Anzeichen einer genetischen Modifikation bei Morn Hyland erkannte, sah er keinen Anlaß, um sie nicht in seinem Umkreis zu dulden.

Gütiger Himmel, so eine Schweinerei hätte Erfolgsaussichten! Verrat wäre dafür eine zu schwache Bezeichnung. Falls Lebwohls These einer Kumpanei zwischen Nick Succorso und Sorus Chatelaine stimmte, fehlte Warden jedes Argument gegen die Interpretationen des DA-Direktors.

Ach, Morn! Was habe ich dir nur angetan?

Aber Hashi Lebwohl war noch nicht am Schluß seiner Darlegungen. »Die gesamte anschließende Streitigkeit zwischen Nick Succorso und den Amnion war nichts als eine einzige Vorspiegelung«, behauptete er, den Blick unverwandt zur Decke des Büros gehoben, »die den Zweck hatte, die Wahrheit zu verbergen. Daß Succorso dem Kassierer Morn Hyland in einer Kosmokapsel geschickt hat, war nur ein Trick. Danach hat er sie wieder in seinen Gewahrsam gebracht, wahrscheinlich mit amnionischer Hilfe. Sorus Chatelaine wiederum hat das Gerücht ausgestreut, daß es ein Antimutagen-Immunitätsserum gibt, und zwar in ihrem Besitz. Daß jemand durch Succorso den Amnion überlassen und dann von ihnen zurückgeholt worden ist, war nur ein abgekartetes Manöver, um die Wirksamkeit des Medikaments zu demonstrieren. Nachdem er das erreicht hatte, erwirkte Kapitän Succorso – vielleicht durch seine frühere Komplizenschaft mit Milos Taverner –, daß er und Morn Hyland sich an Bord der *Posaune* in Sicherheit bringen konnten. Mit welchen Ergebnissen? Morn Hyland, scheinbar harmlos, stellt sich wieder bei uns ein, das VMKP-HQ wird durch einen gen-terroristischen Anschlag ausgeschaltet, die ganze Menschheit erleidet einen gewaltigen Schrecken. Und an wen wendet sich unsere Spezies, um noch eine Hoffnung zu haben? Na, selbstverständlich an Nick Succorso und Sorus Chatelaine, die ein erwiesenermaßen effektives Antimutagen-Mittel anzubieten haben.«

Hashi Lebwohl senkte den Blick und sah Warden an. »Klingt das nicht hundertprozentig nach unserem guten Kapitän Succorso? Ihm winkt unvorstellbarer Reichtum.

Und uns will er einschüchtern.« Humorlos schmunzelte Lebwohl. »Darum hat er die Blitz-Nachricht geschickt. Er ist unverschämt genug, uns zu verhöhnen, weil er sich einbildet, wir seien zu dumm, um seine betrügerischen Machenschaften zu durchschauen. Er kann den Versuchungen seines Überlegenheitswahns nicht widerstehen.«

Warden schluckte hörbar. »Das war's?« Das Schwitzen konnte er nicht verhindern; aber die Stimme hatte er unbarmherzig unter seiner Gewalt. »Das ist Ihr Szenario?«

Lebwohl nickte. Stolz verfärbte seine Aura, aber ebenso eine Emanation von Heimtücke.

»Und Sie glauben daran?« hakte Dios nach.

»Glauben?« Fahrig winkte der DA-Direktor ab. »Für mich ist es keine Frage des Glaubens oder Nichtglaubens. Es handelt sich um eine Hypothese, um mehr nicht. Ich halte sie für plausibel. Deshalb könnte sie zutreffend sein. Glauben oder Zweifel haben darauf keinen Einfluß.«

»Aber Ihr Szenario erschreckt Sie nicht«, sagte Warden.

»Ob es mich ›erschreckt‹, fragen Sie? Nein, es erschreckt mich nicht. Ich bin der Meinung, es ist eine gruselige Gedankenspielerei. In der Praxis sehe ich allerdings keinen Grund zur Beunruhigung.«

Warden nahm die Arme vom Brustkorb und legte die Fäuste auf die Schreibtischplatte. Er wollte, daß Lebwohl seinen Unmut sah; und auch, wie sehr er sich beherrschte.

»Es erschreckt Sie nicht«, knurrte Dios, »weil Ihrerseits schon etwas dagegen unternommen worden ist. Sie haben inzwischen, wie Sie sich ausdrücken, ›mit beinahe hellseherischer Klugheit‹ irgendwelche ›Maßnahmen‹ veranlaßt.« *Durchschlagende und schauderhafte Taten.* »Hören Sie jetzt nicht etwa auf mit den Informationen. Nun kommt der Teil, auf den ich schon die ganze Zeit warte.«

Geziert zuckten Lebwohls Lippen. Er rückte die Brille auf der Nase zurecht, schlug ein dürres Bein übers andere.

»Polizeipräsident Dios, ich habe Ihnen mein Vorgehen bislang verschwiegen, weil ich den Zeitpunkt für verkehrt hielt, um Sie einzuweihen. Entscheiden Sie selbst, ob ich richtig gehandelt habe. Als die *Freistaat Eden* der *Rächer* begegnete, hatte Kapitän Scroyle seine Meldung an mich abgesetzt und wartete auf neue Anweisungen. Ich habe ihm umgehend einen Kontrakt über einen weiteren Sonderauftrag offeriert.«

Plötzlich hegte Warden die unerschütterliche Überzeugung, daß er zu guter Letzt die Wahrheit hörte. »Sonderauftrag? Was für einen Sonderauftrag?«

Hashi Lebwohl strahlte seinen Chef an wie blauer Himmel. »Nach meiner Ansicht war unverzüglich entscheidendes Eingreifen nötig. Darum habe ich Kapitän Scroyle ein erkleckliches Honorar dafür geboten, die *Posaune* und sämtliche an Bord befindlichen Personen zu eliminieren.«

Fast hätte Warden aufgebrüllt; beinahe wäre er in Geschrei ausgebrochen – oder in Geheul. Seine Fäuste knallten auf den Tisch. Die *Posaune* zu eliminieren? Angus Thermopyle und Morn Hyland zu liquidieren, während er, Warden Dios, persönlich nahezu im wahrsten Sinne des Wortes Himmel und Erde in Bewegung versetzt hatte, um ihr Leben zu retten?

Hashi, du Dreckskerl! Du gewissenloser *Widerling!*

Aber Wardens Überraschung und Betroffenheit erfüllten ihn mit derartiger Konfusion, daß er kein Wort hervorbrachte; er empfand in so vieler verschiedener Hinsicht Kummer und Bestürzung, daß er nichts davon in Worte zu fassen vermochte.

Zu eliminieren ...?

Natürlich war das der wirkliche Grund, warum Hashi Lebwohl seine Mauscheleien mit der *Freistaat Eden* verheimlicht hatte, *natürlich*. Er hatte sein Treiben nicht zugeben wollen. Wäre die Wahrheit jetzt nicht durch Warden aufgedeckt worden, hätte Lebwohl das Wissen um sein insgeheimes Engagement zur Ausmerzung dessen, was er für nichts anderes als Verräterei und Betrug Nick Succorsos hielt, voraussichtlich mit ins Grab genommen.

Warden verstand selbst nicht, wie es ihm gelang, in kein Aufheulen zu verfallen. Er hieb die Fäuste auf den Tisch, damit sie sich zu keinen selbstzerstörischen Handlungen verstiegen.

Hashi Lebwohls Verhalten entsetzte ihn bis ins Mark. Aber gleichzeitig – jawohl, verdammt noch mal! –, *gleichzeitig* ebnete es ihm einen Weg, um Holt Fasners Befehle zu unterlaufen; eine wahrhaft verlockende Gelegenheit, um sich vor der Arglist, die zu begehen Fasner von ihm forderte, zu drücken. Sollte die *Freistaat Eden* doch ruhig die *Posaune* vernichten. Morn Hyland und Angus Thermopyle fänden zwar keine Gnade, aber wenigstens einen anständigen Tod; auch Nick Succorso führe zur Hölle; und Davies Hyland bliebe die Bekanntschaft mit dem Drachen erspart. Ihr Ende wäre auch der Untergang aller Hoffnungen und Wünsche Warden Dios'; doch zumindest könnte er sich nachsagen – jedenfalls bei vordergründiger Betrachtung –, er hätte saubere Hände.

Und drängte sich dieser Ausweg nicht geradezu unwiderstehlich auf? Zumal angesichts der Gefahr, daß man Morn Hyland in einen genetischen Kaze verwandelt hatte?

Nein, schwor er sich mit ganzem Herzen. Nein. Diesen Weg gehe ich *nicht*.

Er schämte sich abgrundtief, bis ins Innerste seines Herzens; ihm brannte aus Scham das Blut in den Adern. Er war außer sich vor Wut über den DA-Direktor; doch er konnte gegen Hashi Lebwohl keine Vorwürfe erheben. So weit wäre es nie gekommen, hätten nicht Wardens eigene Pläne und Ränke, seine Komplizenschaft mit dem Drachen und seine verborgenen Bemühungen, sich daraus zu lösen, eine Umgebung geschaffen, die seinen Mitarbeitern Manipulation und Geheimniskrämerei erlaubte, sie dazu anstiftete, ja derlei sogar unentbehrlich machte.

Er war der Polizeipräsident der Vereinigte-Montan-Kombinate-Polizei; niemand anderes. *Er* trug die Verantwortung.

Und er war Warden Dios. Schmach und Schande flößten ihm Kraft ein.

Grimmig lockerte er die Fäuste. Kaschieren konnte er seinen Zorn und seine Seelenqual nicht; doch er verzichtete auf eine Standpauke.

»Da gibt's eigentlich nur ein Problem«, knirschte er durch die Zähne. »Es ist alles Humbug. Plausibel mag Ihr Szenario sein, aber es stimmt nicht mit den Tatsachen überein. Das ist nicht der Grund, warum Morn Hyland noch am Leben ist.«

Hashi Lebwohl öffnete den Mund; klappte ihn zu. Äußerste Überraschung färbte seine Aura. Als merkte er nicht, was er tat, senkte er die Hände auf die Armlehnen des Sessels, um sich zu stützen.

»Sie lebt noch«, fauchte Warden, »weil ich Angus Thermopyle befohlen habe, sie zu retten. Ich habe seine Programmierung geändert... seinen Data-Nukleus ausgetauscht, bevor er und Milos Taverner abgeflogen sind. Sie wollen sie umbringen...« Der nächste Satz brach sich aus ihm mit der Vehemenz eines Aufschreis Bahn. »*Aber ich brauche sie lebendig.*«

Man sah Hashi Lebwohl an, daß ihm das Herz stockte, es mehrere Schläge ausließ. Ihm wich das Blut aus dem Gesicht, als würde es abgesaugt. Trotzdem zuckte er nicht zusammen; äußerte er keine Einwände; stellte sich nicht taub, täuschte nicht vor, Dios zu mißverstehen. Ein harter Schlag hatte ihn getroffen, aber sofort bemühte er sich, diese ungeahnte Wende zu verkraften.

»Sie haben seine Programmierung geändert...«, ächzte er perplex. »Sie brauchen sie lebendig...« Seine Hände zitterten leicht, während er sie ans Gesicht hob, die Brille abnahm, vorsichtig die Bügel einklappte, die Brille in die Brusttasche seines Laborkittels schob. Ohne sie wirkte er sonderbar anfällig, als hülfe es ihm, wenn er sie auf der Nase hatte, eine Schwäche zu vertuschen. »Sie sind für mich eine echte Herausforderung, Polizeipräsident Dios. Sie führen etwas Weitreichenderes im Schilde, als ich vermutete. Erst jetzt ersehe ich, daß Morn Hylands Überleben für Sie seinen Nutzen haben könnte.«

Verbissen litt Warden seine inneren Nöte und blieb stumm; räumte Hashi Lebwohl Zeit zum Nachdenken ein.

»Auf gewisse Weise verkörpert sie für uns alle eine Gefahr«, lallte Lebwohl. »In anderer Beziehung allerdings ...« Ihm erstickte die Stimme; seine Emanationen glosten vor Verdrossenheit. Stärker als jeder andere Warden bekannte Mensch verließ Hashi Lebwohl sich auf seinen Intellekt. Und jetzt war ihm ins Gesicht gesagt worden, daß seine Intelligenz und Befähigung sich nicht bewährt hatten. »Ach, Ihre Pläne reichen wahrhaftig sehr weit. Nachdem ich die Gelegenheit versäumt habe, entsprechende Überlegungen anzustellen, frage ich mich jetzt, wie Sie in diesen sorgenvollen Zeiten unserem achtbaren Regierungskonzil Ihre Aufrichtigkeit und Zuverlässigkeit besser beweisen könnten als durch Errettung eben der Frau, die durch Ihre Entscheidungen am meisten hat leiden müssen. Und die Gefährdung, die von ihr ausgeht, erhöht um so mehr die Vorteilhaftigkeit eines solchen Schritts.«

Er sank nachgerade im Sessel zusammen; man hätte meinen können, in dem Maße, wie sein Selbstwertgefühl schrumpfte, fiele auch seine Erscheinung ein. »Sollte sie ein Kaze sein, sind wir gewarnt. Wir haben die Möglichkeit, uns gegen sie zu schützen. Aber Ihre Ehrlichkeit und Tüchtigkeit müßten durch die Rettung einer Frau, die so vieles zuungunsten des Drachen auszusagen hat, unvermeidlich einen höheren Stellenwert bekommen, und das trüge dazu bei, daß Sie Ihre Position halten können.«

Es mochte sein, daß Hashi Lebwohl die ganze Welt anzulügen verstand; sich selbst jedoch konnte er nichts vormachen.

»Bitte entschuldigen Sie meinen bedauerlichen Irrtum, Polizeipräsident Dios. Ich habe Ihnen einen einzigartigen Bärendienst erwiesen.«

Wie wahr. Der Kontrakt war Kapitän Scroyle schon übermittelt worden. Daran ließ sich nichts mehr ändern. Außer ...

»Ich nehme an«, fragte Warden matt, »es besteht keine Aussicht, Kapitän Scroyle zu kontaktieren?«

»Leider nicht.« Hashi Lebwohl zog eine düster-grämliche

Miene. »Ich weiß nicht, wohin er fliegt, sondern nur, daß er der *Posaune* folgt. Und er erwartet von meiner Seite keine Kontaktaufnahme. Deshalb wird er auch nirgendwo mit Funksprüchen rechnen.«

Nein, natürlich nicht. Das wäre auch zu einfach gewesen.

»Wenn es so ist« – Warden stemmte die Handteller auf die Schreibtischplatte und richtete sich auf –, »dürfen Sie nun zurück an die Arbeit gehen. Ich habe keine Zeit mehr. Wie jeder hier habe auch ich Anweisungen auszuführen.«

Du brauchst nicht deinen Rücktritt einzureichen, Hashi. Ich habe an dir noch Bedarf.

Lebwohl erhob sich aus dem Sessel. Er kramte in den Kitteltaschen, bis er die Brille fand, setzte sie sich wieder auf die Nase. Allerdings sparte er es sich, durch die Gläser zu schauen.

»Verzeihen Sie mir, falls ich einen begriffsstutzigen Eindruck errege«, fistelte er mit einem Röcheln. »Ich möchte nur volle Klarheit haben, damit mir keine weiteren Fehler unterlaufen. Haben Sie für mich Befehle?«

»Ja.« Warden zögerte nicht. »Die Verantwortung für Josua oder die *Posaune* fällt fortan nicht mehr in Ihre Zuständigkeit. Überlassen Sie sie mir. Sollten Ihnen neue Informationen über Kassafort, die Amnion, die *Posaune*, Josua, die *Freistaat Eden* oder Min Donner zukommen, leiteten Sie sie unverzüglich mir zu.«

Keine Fisimatenten mehr, Hashi.

Der DA-Direktor nickte. »Wie Sie wünschen.«

»Statt dessen betraue ich Sie«, sagte Warden, »mit der Untersuchung des Attentats auf Godsen Frik.«

Lebwohls Brauen ruckten nach oben, aber Warden konnte nicht unterscheiden, ob aus Verblüffung oder aus Erleichterung.

»Min Donner ist fort und ihr Sicherheitschef überfordert. Wenn Sie die Wahrheit« – dieses Wort wählte Warden mit voller Absicht – »über diese Kaze nicht ermitteln können, dann kann es niemand ... Aber es gibt da eine Tatsache, die Ihnen vielleicht unbekannt ist. Kurz bevor der Kaze bei ihm aufkreuzte, erhielt Frik einen Anruf Holt Fasners. Fasner gab Frik die Order, ihn unverzüglich aufzusuchen. Frik hat abgelehnt, weil ich ihm das Verlassen des VMKP-HQ verboten hatte.« Warden schwieg für einen Moment. »Vor seiner Ermordung hat Godsen Frik mich angerufen«, fügte er dann hinzu, »und mich über die gegenüber Fasner ausgesprochene Weigerung unterrichtet.«

Nun war Lebwohls Verblüffung unverkennbar. Er spitzte die Lippen und pfiff leise durch die Zähne. »Also hat unser teurer Godsen Frik vor seinem Abgang doch noch die Tugend der Treue entdeckt. So etwas hätte ich nicht für möglich gehalten.«

»Und genau darum ist er ermordet worden«, konstatierte Warden in barschem Ton. »Weil er plötzlich diese Tugend entdeckt hatte.«

Hörst du auch gut zu, Hashi? Verstehst du, was ich dir sagen will?

»Aha«, nuschelte Hashi Lebwohl, während er die Implikationen durchdachte. »Dann verdient er es vielleicht doch, daß man um ihn trauert.«

Warden Dios rang sich dazu durch, eindeutig klarzustellen, auf was es ihm ankam. »Passen Sie auf, Hashi, daß Ihnen nicht das gleiche zustößt.«

Der DA-Direktor reagierte mit einem Lächeln, bei dem seine blauen Augen ihren kalten Ausdruck beibehielten. »Ich habe keine Furcht. Frik befand sich in einer völlig anderen Situation als ich. Niemand außer Ihnen hat je irgendeine Veranlassung gehabt, an meiner Verläßlichkeit zu zweifeln.«

Er deutete eine Verbeugung an, ehe er zur Tür ging und darauf wartete, daß sein Chef sie ihm aufmachte.

Aber als die Schlösser und Versiegelungen sich öffneten, drehte er sich noch einmal dem Polizeipräsidenten zu. »Mir geht gerade durch den Kopf«, sagte er in grüblerischem Ton, »daß die Amnion mit der Schnellwachstumsmethode unmöglich ein Bewußtsein züchten können.«

Warden geriet in Zeitnot. Und er hatte noch Entscheidungen zu treffen; Entschlüsse zu fassen, von denen etliche Menschenleben abhingen, nicht zuletzt sein eigenes Leben. »Zu der Erkenntnis bin ich auch schon gelangt«, bemerkte er unwirsch.

Hashi Lebwohl ließ sich nicht beirren. »Nach allem, was wir über ihre Methodik auf anderen Gebieten wissen, dürfte es jedoch eine einleuchtende Annahme sein, daß sie eins zu kopieren imstande sind. Wenn Davies Hyland also eine Psyche hat, muß sie ursprünglich von jemand anderem stammen.«

»Pfiffig gedacht«, grummelte Warden. »Und von wem? Etwa von Nick Succorso?«

»Ich glaube nicht.« Hashi Lebwohl sann weiter über die Frage nach; jedoch waren seine Emanantionen ruhig geworden, und seine Stimme klang nach Zuversicht. »Können Sie sich vorstellen, daß Kapitän Succorso sich einem solchen Verfahren unterwirft? Bestimmt hätten die Amnion ihm keine Garantie geboten, daß sein Verstand bei dem Kopiervorgang intakt bleibt. Es kommt mir sogar reichlich unwahrscheinlich vor, daß Davies Hyland irgendeinem gewöhnlichen Menschen soviel bedeuten kann, daß er für ihn die Risiken eines derartigen Verfahrens auf sich nimmt.«

Lebwohl warf Warden einen vielsagenden Blick zu, aber wartete nicht auf eine Antwort. Er streckte die Hand aus, öffnete die Tür; und im nächsten Moment war er fort.

Doch er hatte Warden den dringend gesuchten Hinweis gegeben; nachdem die Tür sich hinter Lebwohl geschlossen hatte, lag im plötzlichen Schweigen die Lösung des Problems geradezu in der Luft, als böte er eine Wiedergutmachung an.

Hashi Lebwohl, du gottverdammter Scheißkerl, du bist ein Genie.

Davies Hyland mußte ein Bewußtsein haben; und zwar ein menschliches Bewußtsein. Andernfalls wäre es den Amnion nicht so wichtig, sich ihn zurückzuholen; keinesfalls dermaßen bedeutsam, um durch eine Hatz auf die *Posaune* offenen Krieg zu riskieren. Das war ein entscheidender

Aspekt. Hätte er den Geist eines Amnioni, wäre er ihnen erst gar nicht abhanden gekommen.

Woher also hatte er ihn? *Wessen* Geist hatte er?

Wer mochte ihn als wertvoll genug erachtet haben, um die Gefahr des Wahnsinns oder eines völligen Zusammenbruchs in Kauf zu nehmen? Welcher Mensch brachte zu so etwas die Bereitschaft auf?

Nur Morn Hyland kam in Frage.

In Davies Hyland steckte das Bewußtsein seiner Mutter.

Warden konnte es sich nicht leisten, sich nun in aller Ausführlichkeit darüber den Kopf zu zerbrechen. Er stand bedrohlich dicht davor, das Funkfenster zu Min Donner zu verpassen; die Befolgung der Befehle Holt Fasners zu versäumen. Und falls er lange genug zögerte, um sich neue Hoffnung einzureden, wühlte sie ihn vielleicht derartig auf – oder lähmten ihn Zweifel so stark –, daß ihm womöglich die eine, kleine Chance entging, die er noch sah.

Klein? Sie war nicht *klein*: vielmehr war sie *winzig*. Unendlich winzig bis zum Nichtvorhandensein.

Dennoch beabsichtigte er das Wagnis einzugehen. Andere Wege konnte er nicht mehr beschreiten.

Er setzte sich im Sessel zurecht. Ans Computerterminal gehockt, formulierte er Holt Fasners Befehle – und ebenso die eigenen Anweisungen –, um sie Min Donner an Bord der *Rächer* übermitteln zu lassen.

SIXTEN

Kapitän Sixten Vertigus war ein alter Mann. – Er spürte sein Greisentum schon morgens beim Aufstehen, und das Gesicht, das ihn im Spiegel begrüßte, glich aufgrund seiner Falten einem zerknitterten Bogen Papier. Was er noch an Haar hatte, hing in so feinen Büscheln an seinem Schädel, daß es auf jede Statik ansprach. Wenn er sich rasierte – eine zwar atavistische Angewohnheit, die er aber nicht aufgeben mochte –, zitterten ihm die Hände, als verrichtete er schwere Arbeit; und die Haut seiner Hände war so durchsichtig, daß sich darunter die Adern und Sehnen erkennen ließen. Anziehen konnte er sich nur mit erheblicher, lästiger Umständlichkeit.

Als Greis betrat er sein Büro im Konzilsdeputiertentrakt des EKRK-Regierungskomplexes; als Greis erschien er im Beratungssaal des Konzils; und geschah es einmal, daß er sein Alter vergaß, erinnerte jeder, der ihm begegnete – vom untersten Datenarchivangestellten bis hin zu Abrim Len –, ihn wieder daran, indem er ihn wie einen Invaliden behandelte, der sich nur zeitweilig von dem Bett erhoben hatte, in dem er schon längst hätte den Geist aufgeben müssen.

Als Greis schaute er zu, wenn Mitarbeiter auf seinem Schreibtisch Akten hin- und herschoben; wenn seine Deputiertenkollegen vortäuschten, ihn in ihre Diskussion einzubeziehen, weil er als lebende Legende galt und deswegen schwerlich übergangen werden konnte; während die anderen Konzilsdeputierten und ihre Mitarbeiter – Konzilsvorsitzender Len und seine Sekretäre – unentwegt und immerzu, bis ins Detail, über die ebenso end- wie geistlosen, aber unverzichtbaren Angelegenheiten quasselten, die das

Regieren des Human-Kosmos betrafen. Manchmal schlief er in Wahrheit, wenn sein Blick auf Zeitgenossen ruhte; und selbst im vollsten Wachzustand waren seine Augen so fahl, daß er den Eindruck eines Blinden erregte; er hätte jemand sein können, dem das Sehvermögen nichts mehr bedeutete.

Obendrein hatte er infolge des Attentats noch Beschwerden im ganzen Körper. Noch fühlte er die Nachwirkungen der Explosion, durch die Marthe getötet worden war und die beinahe auch Sixten selbst das Leben gekostet hätte, in den gebrechlichen Knochen, seinem müden Kopf, dem wehen Brustkorb und dem schwachen Magen.

Bei gewissen Anlässen – und momentan besonders – war ihm zumute, als wäre er inzwischen mehr als ein Greis; hatte er das Empfinden, ein steinaltes Relikt zu sein. Allem Anschein nach war der einstige Held des Explorationsraumschiffs *Komet* und erste Mensch, der mit den Amnion Kontakt gehabt hatte, vollständig und unwiderruflich zum Fossil geworden.

Freilich befand er sich damit in keiner untherapierbaren Verfassung. In seiner Eigenschaft als Ehrenvorsitzender der EKRK-Fraktion des Vereinten Westlichen Blocks hätte er sich ohne weiteres denselben Verjüngungstechniken unterziehen können, die Holt Fasners Leben verlängert hatten. Doch er sah davon ab; er erwog es nicht einmal. Er mochte gar nicht so lange leben, daß er noch mitansehen müßte, wie der Drache die Zukunft der Menschheit gestaltete.

Um eine herausfordernde Aufgabe wie den Versuch anzupacken, Holt Fasners Sturz herbeizuführen, war er viel, viel zu alt.

Wäre ihm ein anderer Konzilsparlamentarier eingefallen, dem er zugetraut hätte, daß er ein derartiges Wagnis einging und die Konsequenzen zu tragen bereit war – nur ein einziger –, er hätte ihm sofort die Verantwortung abgetreten. Soviel er wußte, gab es allerdings keinen zweiten Kandidaten zur Verwirklichung des Anliegens. Die auf Suka Bator tätigen Leute, die möglicherweise die Neigung mitgebracht hätten, das Risiko nicht zu scheuen – Sonderbevollmächtigter

Igensard kam Sixten in den Sinn, weil er jeden Moment in seinem Büro vorzusprechen gedachte –, blieben wegen gewisser Motive ausgeschlossen, die Sixten günstigstenfalls als irrig, im schlimmsten Fall sogar als verhängnisvoll erachtete. Und der gesamte Rest hatte zuviel Manschetten, die Konzilsdeputierten noch mehr als ihre Untergebenen.

Deshalb betrachtete er es letzten Endes als Vorteil, alt zu sein. Denn was hatte er schon noch zu verlieren? Viel Zeit blieb ihm so oder so nicht mehr. Nie hatte er über irgendeine signifikante Machtfülle verfügt. Seine Stellung als Held des Explorationsraumschiffs *Komet* sowie als VWB-Fraktionsehrenvorsitzender im EKRK, ganz zu schweigen von seinem Ansehen als Säulenheiliger der Redlichkeit bei Gruppierungen wie den Transnationalen Terratreuen, hatte vorwiegend symbolischen Charakter; er duldete diese Kinkerlitzchen nur, weil es ihm ab und zu eine Gelegenheit bot, um nach den eigenen Überzeugungen zu handeln. Und sein Selbstwertgefühl war keiner echten Gefährdung ausgesetzt. Jahrelang war er ungefähr so einflußreich wie die Galionsfigur eines Segelschiffs alter Zeiten gewesen. Ein Fehlschlag müßte bei ihm keineswegs die Empfindung hervorrufen, noch überflüssiger als vorher zu sein.

Trotzdem sah er sich genötigt, sich mit der Frage zu beschäftigen, ob er ein erneutes Scheitern wirklich verkraften könnte.

Aber das war die falsche Frage.

In Wahrheit lautete sie: Konnte er es wirklich ertragen, keinen neuen Versuch zu unternehmen?

Er hatte Min Donner darin eingeweiht, daß er nach seinem Selbstverständnis stets nur im Konzil gesessen hatte, um sich *Holt Fasner bei allen seinen Bestrebungen entgegenzustellen* ... Persönlich hatte er mit dem VMK-Generaldirektor lediglich zweimal zu schaffen gehabt, einmal vor dem Flug der *Komet*, der im Kontakt zu den Amnion resultierte, und einmal danach. *Um darüber Klarheit zu gewinnen, was er tat und wie er es anstellte, Fakten zu sammeln, die andere Menschen dazu veranlassen könnten, gleichfalls gegen ihn aufzutreten.*

Doch schließlich hatte er aus Senilität und Einfalt die Recherchen Untergebenen anvertraut – und war um sämtliche Ergebnisse gebracht worden.

Er hat bei mir das unumstößliche Gefühl hinterlassen, daß es in seinem Denken nichts gibt, das sich mit ihm selbst an Bedeutung messen kann. Er hält sich für größer als die Vereinigten Montan-Kombinate, größer als das Erd- und Kosmos-Regierungskonzil, vielleicht größer als die gesamte Menschheit.

In gewisser Beziehung, sagte Sixten sich heute, spielten sein Alter und sein früheres Versagen jetzt keine Rolle mehr. Nicht einmal die Eventualität, daß man ihn ermordete, war noch relevant. Statt sich wegen solcher Sachen mit Sorgen zu plagen, sollte er lieber darüber froh sein, daß Min Donner ihm zu einer letzten Chance verholfen hatte. Endete sie nochmals mit einem Mißlingen, ginge nichts Zusätzliches verloren. Und falls er Erfolg hatte, erränge er etwas von unschätzbarem Wert.

Auf alle Fälle – ob ihm Erfolg beschieden wurde oder nicht, ob er lebte oder starb – merkte er, ob er noch Mann, noch *Mensch* genug war, um sein Handeln mit seinen Überzeugungen in Einklang zu bringen.

Er versuchte Frohmut zu empfinden, während er auf den Sonderbevollmächtigten Igensard wartete.

Bedauerlicherweise kannten die Jahre mit ihm kein Mitleid. Es scherte den Lauf der Zeit nicht, ob er ein Held war oder ein Feigling. Eigentlich hatte er die Absicht, die Bearbeitung von Min Donners Entwurf der Vorlage des Abtrennungsgesetzes fertigzustellen; aber er schlief fest in seinem Sessel, als der Interkom-Apparat läutete und Marthes Nachfolgerin ihn über die Ankunft des Sonderbevollmächtigten informierte.

Sixtens Augen fühlten sich trocken wie Stein an; er hatte mit offenen Lidern geschlafen. Das erste anschließende Geblinzel war unangenehm. Fahrig tastete er nach der Taste. Als er sie endlich gefunden hatte, hörte er als nächstes aus dem Hintergrund des Vorzimmers Igensards Stimme.
»Pennt er da drin?«

Die humorlose Gleichgültigkeit im Ton des Sonderbevollmächtigten und die verschleierte Geringschätzung gingen Sixten gegen den Strich.

»Natürlich habe ich gepennt«, sagte er ins Mikrofon. Die piepsige Zittrigkeit und Schwäche der eigenen Stimme war ihm ebenfalls zuwider, doch daran ließ sich nichts ändern. »Glauben Sie etwa, so alt zu sein, sei ein Vergnügen? Herein mit Ihnen!«

Als Igensard die Tür öffnete und eintrat, hatte Sixten seine Kleidung geglättet, den Blick ein wenig geschärft und sich vergewissert, daß sich sein privater Interkom-Apparat in Betrieb befand.

Die Handwerker hatten bei der Wiederherstellung sowohl des Büros wie auch des großen Vorzimmers, in dem Sixtens Mitarbeiter ihre Arbeitsnischen und Schreibtische hatten, Gründliches geleistet. Die Schäden an der Decke waren behoben; die Wände hatte man repariert. Der Teppichboden und sogar seine Schreibtischplatte aus kristallisiertem Gußharz waren ersetzt worden. Keine Spur wies noch darauf hin, daß ihn ein Kaze attackiert hatte.

Trotzdem kam Igensard in den Büroraum, als rechnete er mit Geruch nach hochexplosivem Sprengstoff und Blut.

Der Sonderbevollmächtigte war ein graumausiger Typ, der ein Gehabe der Indifferenz kultivierte, durch das er kleiner wirkte als er war; das Haar schmiegte sich an seinen Kopf, als wollte es keine Aufmerksamkeit erregen. Er trug graue, schmucklose, nichts als ordentliche Bürokratenkleidung neutralen Zuschnitts: jeder Beliebige hätte in seinem Anzug stecken können. Aber weil der Anzug nicht maßgeschneidert war, verbarg er Igensards unpassenden Kugelbauch nicht. Infolgedessen bot sein Bauch einen schroffen Gegensatz zu dem hageren Gesicht und den mageren Gliedmaßen. Von dem Wanst abgesehen, hinterließ er den Eindruck eines Menschen, der zuwenig aß, um jemals korpulent zu werden.

»Es ist einfach, Sonderbevollmächtigter, jemanden wie mich beim Pennen zu ertappen, während Sie sich wahrscheinlich genügend Schlaf gönnen dürfen.« Sixten sparte sich die Mühe des Aufstehens; er hatte genug Jahre auf dem Buckel und hinlänglichen Status, um in nahezu jedermanns Anwesenheit sitzen bleiben zu können. »Aber im Moment sehen Sie aus, als hätten Sie tagelang nicht geschlafen.«

Damit äußerte er keineswegs die Wahrheit: in Wirklichkeit sah Maxim Igensard nicht müder oder weniger wach als gewohnt aus, und er hatte frische Kleidung am Leib. Doch Sixten dichtete dem Sonderbevollmächtigten gerne Schwachpunkte an. Die unerfreuliche Alternative wäre gewesen, glauben zu müssen, Igensard sei tatsächlich so frei von Schwächen, wie sein Auftreten nahelegte.

»Nehmen Sie ruhig Platz«, fügte Sixten hinzu, deutete auf den Sessel vor dem Schreibtisch.

Von dieser Sitzgelegenheit aus konnte Igensard nicht die kleine Leuchttaste sehen, die die Betriebsbereitschaft von Sixtens privatem Interkom-Apparat anzeigte.

»Nicht doch, Kapitän Vertigus.« Igensards Tonfall harmonierte an Trübheit und Bescheidenheit mit seiner Erscheinung und blieb bar jeglichen Humors. »Selbstverständlich habe ich viel Arbeit zu bewältigen. Aber mir stehen tüchtige Mitarbeiter zur Seite. Und eine Anzahl anderer Konzilsdelegierter gewährt mir bereitwillig jede Unterstützung.«

Aber er lehnte es nicht ab, sich zu setzen.

Dank irgendeiner Eigentümlichkeit der Wahrnehmung machte sein Bestreben, kleiner auszusehen, seine Statur robuster, wenn er saß; quasi fester, vielleicht auch kraftvoller, als enthielte er einen nuklearen Kern, der auf seine kritische Masse zusammenschrumpfte.

»Ihre Besorgnis ist unbegründet«, stellte er klar, »und zwar schon deshalb, weil nicht *ich* in letzter Zeit zum Ziel von Meuchelmördern geworden bin.« Energisch unterlief er Sixtens Versuch, den Lauf des Gesprächs zu bestimmen. »Sind Sie auch bestimmt heil geblieben? Konzilsvorsitzender Len hat mir versichert, Sie seien nicht verletzt worden, aber das kann ich kaum glauben. Sie waren so nah an der ...«

Rücksichtslos unterbrach Sixten ihn. »Entschuldigen Sie, Sonderbevollmächtigter.« Er hatte nicht vor, mit diesem Mann die Kaze-Attacke zu diskutieren. »Mein erster Eindruck war, Sie sähen müde aus. Es wird wohl an meinen Augen liegen. In meinem Alter kann ich solche Irrtümer weiß Gott nicht mehr auf die Lichtverhältnisse schieben. Wollen wir gleich zur Sache kommen? Sie haben bei mir um einen Termin ersucht. Ich kann für Sie soviel Zeit erübrigen, wie wir brauchen. Aber daß Sie jede Menge zu tun haben, ist mir bekannt. Der beste Mitarbeiterstab der Welt kann einen Mann in Ihrer Position von übermäßiger Beanspruchung nicht erleichtern. Was kann ich für Sie tun?«

Gegen so feinen Sarkasmus war Maxim Igensard gefeit. Er lächelte auf eine Weise, die seine ausdruckslose Miene nicht verzog, und sein unnahbarer Blick wurde davon nicht weicher.

»Ich hoffe sehr, Sie werden mich Maxim rufen, Kapitän Vertigus«, gab er zur Antwort. »Wir kennen uns kaum, aber ich möchte mit Ihnen so unverblümt wie mit einem Freund sprechen dürfen. Ich jedenfalls bin vollauf bereit, zu Ihnen ganz offen zu sein. Wenn Sie es wünschen, behandle ich unser Gespräch vertraulich, nur glaube ich, es wäre von höchstem Wert, könnten wir vollkommen ehrlich miteinander reden.«

»Ich weiß Ihre Freundlichkeit zu schätzen, Maxim.« Sixten spitzte den Mund und bekam dadurch ein Gesicht, das seiner Einschätzung nach einer Trockenpflaume ähnelte; doch er wandte diesen Trick vorsätzlich an, weil er dabei so viele Gesichtsmuskeln bewegte, daß Emotionen wie Überraschung, Konsternation oder Verzweiflung verborgen blieben. »Allerdings muß ich gestehen – gänzlich im Geiste der gegenseitigen Offenheit –, daß mich ziemlich verdutzt, was Sie da sagen. In welcher Hinsicht möchten Sie ›ganz offen‹ zu mir sein?«

»Sixten …«, sagte Igensard, stockte jedoch. »Ich darf Sie doch Sixten nennen?« fragte er erst einmal.

Sixten preßte die Lippen zusammen, um sein Behagen zu

verheimlichen. »Es ist mir lieber, Kapitän Vertigus genannt zu werden. Das ist eine Art von Ehrentitel« – diese Begründung fügte er hinzu, um nicht unhöflich zu wirken –, »den ich mir durchaus verdient habe.«

Gleichmütig zuckte Maxim Igensard die Achseln. »Dann eben Kapitän Vertigus. Ich meine damit, daß ich bereit bin, Ihnen jede Frage – alle Fragen – bezüglich meiner Untersuchungen zu beantworten, die Warden Dios und die VMKP betreffen.«

»Ach so.« Mit Mühe verhinderte Sixten, daß sich sein Gesicht zu einer Grimasse verzog. Die Wirkungslosigkeit seiner Anstrengungen, Igensard zu verunsichern, erinnerte ihn an frühere, schwerere Fehlschläge. Wieder befand er sich in der Gegenwart eines Mannes, der Macht und seine Geheimnisse hatte; und erneut wußte er nicht, wie er dagegen ankommen sollte. »Und worüber soll nach Ihrem Wunsch *ich* mich offen äußern?«

»Ich würde Ihnen gern einige Fragen stellen«, antwortete Igensard sofort. Man hörte seinem Tonfall an, ihm war sehr wohl klar, daß er sich anmaßend verhielt, aber er hatte keine Wahl. Seine Pflicht hatte Vorrang. »Je wahrheitsgetreuer und vollständiger Sie darauf Auskünfte erteilen, um so nützlicher werden Ihre Darlegungen mir sein. Nicht mir persönlich natürlich, sondern als vom EKRK mit diesen Untersuchungen beauftragter Sonderbevollmächtigter.«

»Das sehe ich ein«, beteuerte Sixten. Er nahm sich einen Moment Zeit zur Gewissenserforschung und gelangte zu dem Ergebnis, daß er nicht in der Stimmung war zu wachsweichen Sabbeleien. »Ein interessanter Vorschlag. Verzeihen Sie mir, wenn ich deswegen nicht vor Begeisterung vom Sitz falle. Offen gestanden, mir fällt überhaupt nichts ein, was Sie mir erzählen könnten, das ich wissen müßte oder wollte. Sie sind über meine Einstellung informiert. Seit Jahrzehnten halte ich als einzelner daran fest. Ich bin für die VMKP. Ich bin gegen die VMK. Und mein Standpunkt ist von solchen Einzelheiten der Funktion wie Ehre oder Dienstvergehen völlig unabhängig. Überzeugen Sie mich davon, daß Holt Fasner rein wie ein Engel ist, oder zeigen Sie mir die Zahl des Tiers auf Warden Dios' Stirn, ich bleibe auch dann bei meiner Haltung. Die Menschheit benötigt die VMKP. Aber der VMK muß die Menschheit sich entledigen. Wir sollten strukturelle Angelegenheiten erörtern, nicht Einzelheiten der Funktion. Aber wie ich die Lage sehe, stehen Strukturfragen außerhalb Ihrer Untersuchungsvollmachten.«

Sixten hob die Schultern. »Das heißt allerdings nicht, daß ich keine Bereitschaft hätte, Fragen zu beantworten. Ich bin bloß ein alter Querulant, kein Obstruktionist. Was möchten Sie wissen?«

Was willst du erfahren, Sonderbevollmächtigter? Was willst du aus mir herausholen?

Während Sixten sprach, hatte Maxim Igensard zugehört, ohne mit der Wimper zu zucken. Er schien unerschöpfliche Geduld zu haben. Trotzdem vermittelte er den Eindruck, weiter in sich zusammenzusinken, dadurch noch kompakter und gleichzeitig gefährlicher zu werden. Sixten hatte das beunruhigende Gefühl, daß sich ein Wutausbruch Igensards, sollte je einer erfolgen, nicht von Wahnsinn unterscheiden ließe.

»Sie sind ein bemerkenswerter Mann, Kapitän Vertigus«, sagte Igensard, sobald Sixten schwieg, regelrecht ehrerbietig. »Ich bin der Ansicht, Sie sollten Polizeipräsident der VMKP sein.«

Mit beiden Händen winkte Sixten ab. »Schmeichelei ...«

»Nach mehreren Jahrzehnten von Warden Dios' Wirken«, erklärte Igensard, als dürfte niemand ihm ins Wort fallen, »sind es Redlichkeit und Anstand, was die Menschheit am dringendsten braucht. Männer wie Dios und Lebwohl spezialisieren sich auf moralische Taschenspielereien, und davon haben wir inzwischen genug erlebt. Noch allzu viel mehr dergleichen können wir nicht verkraften. Sie dagegen ... Sie wären diese Aufgabe im Schlaf zu erfüllen fähig.«

»Schmeichelei ist pure Zeitverschwendung«, entgegnete

Sixten lakonisch. »Ich erledige alles im Schlaf. Deshalb bin ich noch längst nicht der Richtige für den Posten des VMKP-Chefs. Es ist bloß ein Zeichen dafür, wie *alt* ich bin. Nur zu, rücken Sie raus mit Ihren Fragen. Ob ich sie beantworte, entscheide ich, wenn ich sie kenne.«

»Natürlich.« Igensard fügte sich mit einer Zufriedenheit, als hätte er genau das erreicht, was er als am wichtigsten erachtete. »Kapitän Vertigus, ist etwas Wahres an dem Gerücht, daß Sie einmal selbst Untersuchungen im Zusammenhang mit Holt Fasner und den VMK vorgenommen haben?«

Dermaßen überrascht, daß er es nicht verhindern konnte, nickte Sixten.

»Entschuldigen Sie, daß ich so naiv nachforsche«, ergänzte Igensard seine Frage, um den Eindruck von Unhöflichkeit zu vermeiden. »Sie müssen berücksichtigen, daß alles, was Sie früher getan haben, Jahre vor meiner Zeit geschehen ist. Ich weiß darüber gar nichts. Für Gerüchte sind selbstverständlich nicht Sie verantwortlich. Aber ich wußte kein anderes Mittel, um an die Wahrheit zu gelangen, als mich an Sie direkt zu wenden. Wären Sie damit einverstanden, mir die Erkenntnisse Ihrer damaligen Untersuchungen zur Verfügung zu stellen? Ich meine, mir und meinen Mitarbeitern?«

Sixten versuchte nochmals den Mund zu spitzen und merkte, daß er ihn weit geöffnet hatte. *Um an die Wahrheit zu gelangen.* Er war schlichtweg baff. *Die Erkenntnisse zur Verfügung stellen ...?* Das Alter hatte ihn nicht nur gebrechlich gemacht, sondern auch verblödet. Was ging hier vor?

»Warum?« Fast blieben ihm die Worte im Hals stecken. »Warum legen Sie darauf Wert?«

Wie Maxim Igensard da vor ihm saß – ohne sich zu regen, ohne die Miene zu verziehen –, ähnelte sein Gleichmut immer stärker schierer Arroganz. Oder sie beruhte auf Hintersinn.

»Ich bin mir vollständig dessen bewußt«, sagte er ungezwungen, »daß meine Untersuchungsvollmachten nicht für

Generaldirektor Fasner und die zu seinem Konzern gehörigen Firmen gelten. Aber ich suche, wenn man so sagen will, nach Hinweisen – nach Verhaltensmustern oder Hintergründen –, die mir helfen, Polizeipräsident Dios' Handlungen richtig einzuordnen. *Darauf* erstrecken sich meine Vollmachten. Sicherlich stimmen Sie mir darin zu, daß es unzweifelhaft zur Sache zählt, sich dafür zu interessieren, ob sein doch recht willkürlicher Stil der Polizeiarbeit, obwohl das EKRK ihn nicht gutheißt, schon früher von Generaldirektor Fasner gewünscht oder zumindest gebilligt wurde. Wäre das der Fall, hätten wir eine Erklärung für seine Exzesse, und vielleicht wären sie tatsächlich sogar in gewissem Maß entschuldbar.« Anscheinend dachte Igensard, damit etwas für Sixten Tröstliches zu äußern. »Je mehr ich über diese Zusammenhänge weiß, um so verläßlicher kann ich meine Untersuchungen zu Ende führen.«

Nun durchschaute Sixten den Sonderbevollmächtigten. Die Aussicht, jemand könnte die Arbeit, die er vor Jahren geleistet hatte – und die ihm geraubt worden war –, zu schätzen wissen oder gebrauchen können, verflog wie die flüchtigen Tagträume des Greisenalters. Wenn Sixten ihm verriet, was mit den Untersuchungsergebnissen passiert war, würde Igensard Enttäuschung nur vorspiegeln; die Frage war lediglich ein Köder.

Sixten preßte die Handteller auf die Tischplatte, um das Beben seiner Hände zu unterbinden. »Sie versuchen mir noch immer zu schmeicheln.« Der Ärger machte seine Stimme für einen Moment härter, so daß sie einen festen Klang bekam. »Warum unterlassen Sie nicht das lange Drumherumgerede und sagen mir, was Sie wirklich wollen? Stellen Sie eine offene, ehrliche Frage. Vertrauen Sie auf eine offene, ehrliche Antwort.«

»Sie haben mich mißverstanden«, lautete Maxim Igensards einfallslose Erwiderung. »Wie könnte ich so dreist sein, Ihnen zu schmeicheln? Ich habe die Frage genau aus den Erwägungen gestellt, die von mir aufgezählt worden sind. Aber aus irgendeinem Anlaß stehen Sie meinen Beweggründen mißtrauisch gegenüber. Ich will gar nicht erst versuchen, Ihnen die Ehrbarkeit meiner Motive zu verdeutlichen. Wenn die Tatsache, daß ich als mit den bewußten Untersuchungen beauftragter EKRK-Sonderbevollmächtigter im Rahmen meiner dienstlichen Aufgaben zu Ihnen komme, nicht als Privatperson mit irgendwelchen eigennützigen Zwecken, mich in Ihrer Sicht nicht als vertrauenswürdig qualifiziert, wird bestimmt auch nichts, was ich sagen könnte, Ihren Argwohn verscheuchen. Und wenn der Umstand, daß Sie wegen Ihrer Auffassungen kürzlich zum Ziel eines Mordanschlags geworden sind, Sie nicht davon überzeugt, daß wir in eine ernste Situation geraten sind, kann ich daran mit Worten gewiß nichts ändern.«

Am liebsten hätte Sixten ihn angemault, aber er unterdrückte die Anwandlung. Aus Erfahrung wußte er, daß seine Stimme, wenn er lauter sprach, noch schwächer als sonst klang. Also bemühte er sich statt dessen, scharfe Krächzlaute auszustoßen.

»Sie strapazieren meine Geduld, Sonderbevollmächtigter. Hätte irgend jemand die Absicht, mich wegen meiner Auffassungen zu ermorden, wäre die Gelegenheit schon in den ganzen bisherigen Jahren vorhanden gewesen. Wenn ich plötzlich das Ziel von Attentaten abgebe, muß sich irgend etwas geändert haben, und ich bin es nicht.« Grimmig riskierte er einen Seitenhieb. »Vielleicht sind Ihre Ermittlungen die Ursache.«

Igensard blieb unbeeindruckt; unbeirrt. »Ich wüßte nicht, wie das der Fall sein könnte«, entgegnete er stirnrunzelnd. »Aber sollte es so sein, würde ich erwarten, daß Sie um so eher dazu geneigt sind, mit mir zusammenzuarbeiten. Sie schweben in Gefahr, bis ergründet worden ist, was hinter dem Anschlag steckt. Meine Ermittlungen bedeuten Ihre größte Hoffnung.«

»Schwachsinn«, schnob Sixten. Er fühlte sich zu gereizt, um seine Worte vorsichtig zu wählen. »Sie vergessen, mit wem Sie's zu tun haben. Ich *unterstütze* die VMKP. Ich bin *gegen* die VMK.«

Wenn irgend etwas für mich eine Gefahr ist, du selbstgefälliger Egomane, dann kommen deine Nachforschungen dafür genausogut wie alles andere in Frage.

Das traf den Sonderbevollmächtigten. Seine Brauen ruckten nach oben; leichte Rötung verfärbte seine Wangen. Er saß unverändert still, als wäre er ganz locker. Nur seine Stimme klang nun härter.

»Die Bezeichnung ›Schwachsinn‹ muß ich zurückweisen, Kapitän Vertigus. Sie ist beleidigend, so etwas habe ich nicht verdient.«

Dann erhielten seine Augen einen Ausdruck der Berechnung. »Es sei denn, Sie wollen mir durch die Blume sagen, daß Ihre Befürwortung der VMKP über bloße Unterstützung hinausgeht ... Daß Sie mit Warden Dios gemeinsam in Betreibungen verwickelt sind, durch die Sie sich Feinde gemacht haben, die Ihren Tod wünschen.«

Dieser knappe Fehlschuß amüsierte Sixten so sehr, daß er am liebsten laut gelacht hätte. »Was? Ich und Godsen Frik unter einer Decke? Das ist nicht nur abwegig, Sonderbevollmächtigter, es ist blanker Unfug.«

Darauf reagierte Maxim Igensard mit einem strengen Stirnrunzeln. »Wie ich sehe, ziehen Sie es vor, mich zu verulken.« Sein Ärger – die Tatsache, daß er verärgert werden konnte – schien ihn aufzuplustern, so daß er unwillkürlich weniger bedrohlich wirkte. »Offensichtlich ist von einer Fortsetzung unserer Unterhaltung wenig Gewinnbringendes zu erwarten.«

Aber er blieb im Sessel sitzen.

»Es wäre meinerseits jedoch verfehlt«, fuhr er in unverändertem Ton fort, »nicht wenigstens noch eine abschließende Frage an Sie zu richten. Normalerweise würde ich Sie schon aus Respekt vor Ihrem Alter und Ihren Erfahrungen, wenn nicht Ihre Ansichten wären, keineswegs so belästigen. Aber diese Frage betrifft etwas zu Bedeutsames, als daß ich sie auslassen dürfte, Kapitän Vertigus.«

Sixten hielt den Atem an, während er darauf wartete, daß Igensard endlich zum Kern der Sache kam.

»Konzilsvorsitzender Len hat mich darüber informiert, daß Sie beabsichtigen, zur nächsten Konzilssitzung, also in achtzehn Stunden« – Igensard brauchte nicht auf die Uhr zu blicken –, »eine Gesetzesvorlage einzureichen. Nach seinen Angaben machen Sie von Ihrem Vorrecht als Konzilsdeputierter Gebrauch, Ihren Antrag als ersten Punkt auf die Tagesordnung setzen zu lassen, so daß alle übrigen Vorgänge aufzuschieben sind, bis Ihre Eingabe unterbreitet ist, und daß Sie es ablehnen, vorher den Inhalt Ihrer Vorlage zu nennen, ja sogar die allgemeine Tendenz verschweigen... Kapitän Vertigus, ich muß Sie fragen, was für eine Art von Gesetzesentwurf Sie vorzulegen gedenken.«

Aha. Mit einem Seufzen atmete Sixten aus. Endlich war die Wahrheit heraus. Deshalb hatte Maxim Igensard ihm geschmeichelt; ihm angeboten, ihn in die Resultate seiner Ermittlungen einzuweihen; ihn an die Lebensgefahr erinnert. Schon als Igensard um den Termin ersuchte, hatte Sixten vermutet, daß das Gespräch schlußendlich auf diesen Punkt hinausliefe. Darum hatte er sein privates Interkom-Gerät eingeschaltet.

Er hätte den Erstaunten spielen können; aber ihm fehlte dazu die Lust.

»Entschuldigen Sie, Sonderbevollmächtigter, ich möchte nicht unhöflich sein, aber das geht Sie überhaupt nichts an.«

»Sie enttäuschen mich, Kapitän Vertigus.« Anhören konnte man Maxim Igensard keine Enttäuschung. Er schien wieder zu schrumpfen, sich um die heiße Mitte seiner Kraft zu erhärten. »In diesem Fall muß ich Sie bitten – nein, ich muß Sie auffordern –, daß Sie auf Ihr Vorrecht verzichten und dem Ostunion-Konzilsdeputierten Sen Abdullah den Vortritt lassen. Oder aber, falls Sie das als unter Ihrer Würde betrachten, Ihrer Vize-Konzilsdeputierten Sigune Carsin. Das ist kein geringes Anliegen, und ich bestehe darauf nicht leichtfertig. Aber die Sicherheit des Human-Kosmos ist gefährdet. Solange Warden Dios Polizeipräsident der Vereinigte-Montan-Kombinate-Polizei ist, sind wir effektiv ohne wirklichen Schutz. Sie müssen nachgeben, Kapitän Vertigus. Meine Ermittlungstätigkeit muß im Konzil unbedingten Vorrang haben.«

Sixten empfand dabei Stolz, Igensards Blick fest standzuhalten.

»Nein.«

Im ersten Moment hatte es den Anschein, als bildete der Sonderbevollmächtigte sich ein, er könnte seinen Willen durchsetzen, indem er Sixten fest in die Augen starrte; daß Sixten schon unter diesem geringen Druck weich würde. Gegen solche Taktiken wußte Sixten jedoch eine vergleichbar einfache Abwehr: Stillen Gesichts und mit offenen Augen legte er ein kurzes Nickerchen ein.

Als er ein paar Herzschläge später erwachte, war Maxim Igensard ungehalten aufgesprungen.

»Sie sind ein Narr, Kapitän Vertigus ... Ein alter Narr.« In seinem kalten Ton lag eine Andeutung von unmißverständlicher Grobheit. »Sie sind in Dios' Amtsmißbrauch verwickelt, und wenn er abserviert wird, reißt er Sie mit ins Unglück.«

Er wandte sich zur Tür, ohne sich zu verabschieden.

»Ich kann mir ein schlimmeres Schicksal vorstellen«, sagte Sixten gedehnt, froh über die eigene Abgebrühtheit.

Da drehte der Sonderbevollmächtigte sich um. Seine Augen glitzerten, als wären sie aus Glimmerstein, und Zorn verkniff seine Miene.

»Ich will Ihnen etwas erzählen, das ich erfahren habe«, meinte er leise und in unheilvollem Tonfall. »Sie haben mich nichts gefragt, an ›Einzelheiten der Funktion‹ sind Sie ja nicht interessiert, aber ich erzähl's Ihnen trotzdem. Angus Thermopyle war wegen der Entwendung von Stationsvorräten verhaftet worden. Weil man keine andere Erklärung wußte, hat man angenommen, er müßte im Kombi-Montan-Stationssicherheitsdienst einen Komplizen gehabt haben. Diese ›Einzelheit der Funktion‹ ist es gewesen, durch die jede Opposition gegen das Autorisierungsgesetz erstickt worden ist. Dadurch hat Dios sich endlich mit all den Befugnissen ausstatten lassen können, die er brauchte, um sich zum größten realen Machtfaktor des Human-Kosmos aufzuschwingen. Aber wer war Thermopyles Komplize?« Obwohl Maxim Igensard mit ruhiger Stimme sprach, benutzte er sie mit der Wucht einer Keule. »Wen hatte er bestochen? Laut Hashi Lebwohl soll es der Stellvertretende Sicherheitsdienstleiter gewesen sein, Milos Taverner – derselbe Mann, der dann Thermopyle direkt unter Dios' Nase zur Flucht aus dem VMKP-HQ verholfen hat. Klingt einleuchtend, nicht wahr? Auf alle Fälle, wenn man glaubt, daß das VMKP-HQ es mit der Sicherheit lax genug nimmt, um eine solche Flucht möglich zu machen. Und es paßt dazu, daß Taverner außerhalb der Station in größerem Umfang Banktransaktionen tätigte. Vorerst sind die Aufzeichnungen mir nicht zugänglich – ich bin noch nicht zur Einsichtnahme berechtigt worden –, aber für einen Stellvertretenden Stationssicherheitsdienstleiter hat er eine enorme Menge von Transaktionen durchgeführt. Das alles hört sich genau nach einem Verräter an, stimmt's?«

Sixten betrachtete Igensard, als wäre der Sonderbevollmächtigte ein Kaze, der jeden Moment explodieren mochte.

»Aber das Interessante kommt erst noch, Kapitän Vertigus – die Frage, die Sie dahin bringen sollte, noch einmal über Ihren Starrsinn nachzudenken. Wenn Milos Taverner illegale Zahlungen erhielt, dann keinesfalls von Angus Thermopyle. Er hatte nämlich kein Geld. Dank seines Data-Nukleus ist die Beweislage in dieser Hinsicht unanfechtbar. Er war *blank*. Trotz seines legendären Rufs als Raumpirat war er nicht einmal dazu fähig, genug Kredit für die Reparatur seines Schiffs zusammenzukratzen. Damit stehen wir vor einer faszinierenden Frage, Kapitän Vertigus. Wer hat Taverner dafür bezahlt, daß er Thermopyle hilft?« Fast fauchte Maxim Igensard die Worte. »Wer hatte von seiner Flucht einen *Vorteil*? Sobald mir vom Konzil die Befugnis vorliegt, die Finanzkonten der VMKP zu prüfen – vor allem Hashi Lebwohls Transaktionen –, werde ich, wie ich glaube, die Antwort finden. Also denken Sie lieber noch einmal über die ›Einzelheiten der Funktion‹ nach, Kapitän Vertigus. Überlegen Sie sich, ob es ein ›schlimmeres Schicksal‹ gibt. Rufen Sie mich an, falls Sie zu anderen Einsichten gelangen.«

Als wäre er ein klobiges, unaufhaltsames Ungetüm, riß Igensard die Tür auf und stapfte hinaus.

Sixten starrte die Tür an, nachdem sein Besucher fort war; momentan konnte er sich gar nicht vorstellen – oder vielleicht erinnerte er sich nicht mehr –, welchen Nutzen es eintragen sollte, den EKRK-Sonderbevollmächtigten verärgert zu haben. Wer einen Vorteil hatte? Sixten mochte es gar nicht wissen. Er wollte nichts anderes als schlafen. Die abgestumpfte Wahrnehmung des Greisenalters beschränkte alles sonstige auf den Rang von Belanglosigkeiten.

Warden Dios, was *treibst* du da?

Mit Mühe blieb er lange genug wach, um sich über seinen Interkom-Privatapparat zu beugen. »Sie können nun aus Ihrem Versteck kommen«, murmelte er hinein. »Er ist weg.«

»Ich bin schon unterwegs«, antwortete ihm augenblicklich eine Stimme.

Sie ist aufmerksam, bemerkte Sixten. Prächtig. Wenigstens einer von uns muß auf der Hut sein.

Durch diesen Gedanken getröstet, ließ er sich, ohne daß es diesmal einer Provokation seitens Maxim Igensards bedurft hätte, ins Dunkel entgleiten.

Abermals schreckte die Interkom ihn aus Träumen, an die er sich nicht erinnerte und die ihn auch gar nicht kümmerten.

»Kapitän Vertigus?« Marthes Nachfolgerin zählte kaum dreißig, war praktisch noch eine Göre. In Sixtens vom Schlaf konfusen Gehör klang ihr Stimmchen, als wäre sie gerade erst aus der Wiege gekrochen. »Koina Hannisch, Direktorin des Ressorts Öffentlichkeitsarbeit bei der VMKP, ist da.«

Er seufzte. »Schicken Sie sie rein.«

Warden Dios hatte Milos Taverner bestochen, damit er Angus Thermopyle eine Falle stellte. Um im Konzil das Autorisierungsgesetz durchzudrücken.

»Wo greift die Personalabteilung eigentlich diese einfältigen Kindchen auf?« nuschelte Sixten, während er seinen Anzug glattstrich. Glaubt sie etwa, ich wüßte nicht, wer Koina Hannish ist?

Für einen Moment vermißte er Marthe so schmerzlich, daß ihm Tränen in die Augen traten. Sie hatte sich als seine engste Helferin und Vertraute bewährt – Mitarbeiterin und Sekretärin –, seit er im EKRK saß; und während der vergangenen fünfzehn Jahre, seit dem Tod seiner Frau, war sie seine einzige wirkliche Kameradin gewesen. Die Erkenntnis, daß sie in Fetzen gesprengt worden war, nur weil irgendwo eine herzlose Kanaille, die die Macht hatte, Kaze einzusetzen, den Tod eines alten Sacks wie ihm wünschte, flößte Sixten Bitterkeit und Härte ein.

Mein Standpunkt ist von solchen Einzelheiten der Funktion wie Ehre oder Dienstvergehen völlig unabhängig ... Zeigen Sie mir die Zahl des Tiers auf Warden Dios' Stirn, und ich bleibe auch dann bei meiner Haltung.

Nichts als Quatsch.

Koina Hannish kam ins Büro, während er sich noch damit beschäftigte, sich die Tränen aus den Augen zu wischen.

Sobald sie ihn sah, blieb sie stehen. »Bitte entschuldigen Sie«, sagte sie leise. »Ich störe Sie. Ich warte draußen.«

Sixten winkte beschwichtigend ab. »Ach was, machen Sie keine Umstände.« Er bat sie herein, gab mit einer Gebärde zu verstehen, daß sie die Tür schließen sollte. »Nehmen Sie 'n Rat von mir an«, brummelte er mit schwächlicher Stimme, während er sich die Nässe aus den Augen zwinkerte. »Werden Sie nicht alt. Man wird dabei bloß sentimental.«

Koina Hannish war so höflich, sich nach seiner Aufforderung zu richten. Indem sie trotz ihres einwandfrei professionellen Auftretens Freundlichkeit ausstrahlte, schloß sie die Tür und setzte sich in den eben von Igensard verlassenen Sessel.

»Kapitän Vertigus, in meiner Gegenwart können Sie so sentimental sein, wie Sie wollen«, meinte sie halblaut. »Es macht mir nichts aus. Im Gegenteil, ich bin froh, wenn ich merke, daß es noch Menschen auf der Welt gibt, die etwas zu fühlen imstande sind.«

Sixten mochte kein altes Leid diskutieren; und ebensowenig aktuelle Anlässe zur Verzweiflung. Wenn er die Wahl hatte, befaßte er sich lieber mit seinen Fehlschlägen. »Ich vermute«, fragte er gedämpft, »Sie haben nicht den Eindruck gewonnen, daß Sonderbevollmächtigter Igensard ein sonderlich gefühlvoller Zeitgenosse ist?«

Natürlich lag ihm nichts daran, daß sie seinen Themenwechsel als Vorwurf empfand; deshalb beruhigte es ihn zu sehen, daß er sie nicht pikierte. Auf jeden Fall stellte sie sich ohne Schwierigkeit um.

»Allzu gemütvoll ist er nicht, nein.« Hannishs Lächeln wirkte zerstreut: kollegial auf unpersönliche Weise. »Für so etwas ist er anscheinend zu fanatisch.« Sie hob die Schultern. »Er erledigt seine Arbeit. Diese Fragen haben ihre Berechtigung. Und es müssen Antworten her.« Sie zögerte kurz. »Ich bin mir noch immer nicht sicher, weshalb Sie darauf bestanden haben, daß ich die Unterredung mitanhöre.«

In Sixtens Augen brannten noch immer Tränen, während er Koina Hannish musterte. Ist es wahr? hätte er am liebsten unumwunden gefragt. Sie sind doch dort tätig. Ist es wahr? Hat Warden Dios tatsächlich Milos Taverner dafür bezahlt, daß er den KombiMontan-Sicherheitsdienst verrät, um die Verabschiedung des Autorisierungsgesetzes durchzupeitschen? Doch er war sich unsicher, ob er ihre Antwort vertrüge. Womöglich erwiderte sie etwas, das seinen Mut – ganz zu schweigen von seinen Überzeugungen – stärker beeinträchtigte, als er es verkraften könnte.

Statt dessen konzentrierte er sich, so gut es ihm gelang, auf ihre Unsicherheit. »Haben Sie damit ein Problem?«

»Tja ...« Sie durchdachte die Situation während des Sprechens. »Es bringt mich in eine ziemlich heikle Klemme. Ich weiß etwas über die Ermittlungen des Sonderbevollmächtigten, das ich nicht wissen dürfte. Und Warden Dios ist mein Chef. Teile ich ihm mit, was ich gehört habe, oder behalte ich's für mich? Ist er wirklich korrupt, muß er überführt und bestraft werden. Aber falls er ein ehrlicher Mensch ist, verdient er's, sich gegen so einen Verdacht verteidigen zu dürfen.«

Glauben Sie, daß er ehrlich ist? fragte Sixten in Gedanken. Aber er stellte die Frage nicht laut, weil Hannish wahrscheinlich auch keine Antwort wußte. Zwar blickte sie auf Erfahrungen in der VMKP-Öffentlichkeitsarbeit zurück, an ihrem hohen Posten allerdings war sie neu; es konnte ohne weiteres sein, daß sie noch nicht durchschaute, ob der VMKP-Polizeipräsident ein ehrbarer Mensch war oder ein Lumpenhund.

»In dieser Beziehung kann ich Ihnen leider auch nicht weiterhelfen«, entgegnete er barscher als beabsichtigt: Weh und Alter machten ihn zu hinfällig, als daß er mit ihrer Freundlichkeit umzugehen verstanden hätte. »Sie müssen sich auf Ihr Gewissen verlassen. Aber ich hatte ja nicht vor« – er sprach beherrschter weiter –, »Ihnen Unannehmlichkeiten zu verursachen, ich wußte nicht, über was Igensard mit mir reden wollte. Wie ich Ihnen schon mitgeteilt habe, befürchte ich, daß Sie in Gefahr schweben. Es kann kein Zufall sein, daß ungefähr zur gleichen Zeit Bombenanschläge auf Godsen Frik und mich stattgefunden haben. Männer wie Frik und ich sind jahrzehntelang vor dergleichen verschont geblieben. Seine Kumpanei mit Holt Fasner hat ihn geschützt. Und ich ...«

Er spreizte die Hände. »Ich war nicht in Gefahr, weil von mir keine echte Bedrohung ausging. Folglich muß ich mich fragen, was sich geändert hat. Und da kann ich mir nur zweierlei denken. Eines sind die Ermittlungen des Sonderbevollmächtigten. Ich wüßte jedoch nicht, warum oder wieso eigentlich. Offen gesagt, ich kann mir nicht vorstellen, daß einer von uns beiden wichtig sein soll. Aber das ist nicht besser oder schlechter als die andere etwaige Möglichkeit, daß nämlich jemand die Einreichung des Abtrennungsgesetzes verhindern will. Allerdings bleibt mir auch in dem Fall das Warum oder Wieso völlig unklar. Außerdem ist es sowieso unwahrscheinlich. Kein Mensch – das heißt, mit Ihrer Ausnahme – kennt mein Vorhaben.«

Ausgenommen Min Donner, fügte er bei sich hinzu. Falls sie mich aufs Glatteis gelockt hat, muß sie irrsinnig sein, und dann können wir allesamt einpacken.

»Ich wünschte, mit fiele eine andere Erklärung ein«, äußerte er mit schwächlicher Stimme. »Nachgedacht habe ich schon gründlich darüber, aber ich kann mir einfach keinen Reim auf die Vorkommnisse machen. Angesichts der Umstände läßt sich jedoch nicht ausschließen, daß Sie das nächste Opfer werden.«

Koina Hannish furchte die Stirn, als ob sie angestrengt grübelte. »Ich weiß Ihre Sorge um mich mehr zu schätzen«, sagte sie bedächtig, »als ich mit wenigen Worten verdeutlichen kann. Ich bin neu an meinem Posten. Vor meiner Beförderung durch Polizeipräsident Dios bin ich unter Direktor Frik tätig gewesen.« Sie hob die zierlichen Schultern. »Dabei habe ich mir eine reichlich kritische Einstellung zum Ressort Öffentlichkeitsarbeit angeeignet. Zuerst hatte ich sogar dagegen Bedenken, die Beförderung anzunehmen. Die Aussicht, genauso wie Direktor Frik handeln zu müssen, war mir« – sie verzog den Mund – »ziemlich peinlich. Aber seitdem ich von Polizeipräsident Dios zur Annahme des Postens überredet worden bin, hat sich meine Auffassung gewandelt. Ihre Sorge um meine Person, Ihre Bereitschaft zu riskieren, Ihre Bemühungen könnten auf Widerstand stoßen, weil Sie mich gewarnt haben, gaben mir die Gelegenheit zu einer interessanten Gegenprobe auf der Seite der Leute, in deren Dienst ich stehe. Mein ›Gewissen‹, wie Sie es nennen, hat mir vorgeschrieben, Polizeipräsident Dios über Ihre Besorgnis zu unterrichten.«

Sixten schnitt, um sein plötzliches Erschrecken zu verheimlichen, sein Trockenpflaumengesicht. O Gott, was habe ich angestellt? Wie viele Leute habe ich ins Unheil gestürzt?

»Seine Reaktion war haargenau so«, erzählte die Direktorin, »wie ich sie mir erhofft hatte. Er hat mir gegenüber erklärt ... Ich wollte, ich könnte seine Worte so überzeugend wiederholen, wie sie klangen. Er sagte: ›Wir sollten lieber nicht darüber reden. Es wäre besser, wir wüßten davon gar nichts ... Falls und wenn wir durch die normalen, regulären Medien *öffentlich* über das Vorliegen eines Abtrennungsgesetzes informiert werden, nehmen wir eine Haltung absoluter, strikter Neutralität ein ... Wir unterwerfen uns diesen Entscheidungen, egal wie sie ausfallen.‹«

Sixten wand sich unbehaglich im Sessel. »Trotzdem bin ich beunruhigt. So daherzureden ist leicht. Wenn man den richtigen Ton anschlägt, ist es einfach, so etwas mit großer Überzeugungskraft von sich zu geben. Ich weiß, aus Ihrer Sicht haben Sie korrekt gehandelt, Direktorin Hannish, deshalb mache ich Ihnen keine Vorwürfe.« Warden Dios hatte Milos Taverner bestochen, um Angus Thermopyle von ihm eine Falle stellen zu lassen. Damit das Konzil das Autorisierungsgesetz verabschiedete. »Leider muß ich nun Sorge haben, daß ihm von Ihnen eine Frist verschafft worden ist, um darüber nachzudenken, wie er meine Bestrebungen vereiteln könnte.«

Hannish schüttelte den Kopf. Ihr Blick spiegelte absolute Überzeugtheit wider. »Zudem hat er mir versichert, daß ich in keiner Gefahr bin. Daran hatte er keinen Zweifel. Er hat eindeutig beteuert, daß die Attentate auf Sie und Direktor Frik mit dem Abtrennungsgesetz in keinem Zusammenhang stehen.«

Sixten vergaß die Lippen zu spitzen. Zu perplex, zu überwältigt von Staunen oder Entsetzen, um noch Vorsicht zu kennen, starrte er Hannish an. »Wollen Sie damit sagen, er weiß, was wirklich vor sich geht?«

Fest erwiderte die Direktorin seinen Blick. »Ausdrücklich zugegeben hat er's nicht, aber diese Schlußfolgerung liegt unmißverständlich nah. Und er hat erwähnt, aus der nächsten EKRK-Sitzung könnte vielleicht etwas ersichtlich sein.«

Sixten hatte sich kaum noch in der Gewalt. Seine piepsige Greisenstimme klang wie Gekläff. »Sie meinen, er weiß schon jetzt, was auf der bevorstehenden Sitzung passiert?«

Koina Hannish nickte. »Als er das sagte«, gestand sie nach flüchtigem Zögern, »war der Moment da, in dem ich merkte, daß ich ihm glaube.«

»Selbst falls Igensard recht haben sollte?« gab Sixten zu bedenken. Selbst wenn Dios tatsächlich Taverner bestochen hat, um Angus Thermopyle zu leimen?

Hannish blieb unbeeindruckt. »Auch dann.« Ihre Augen schauten ihn klar an wie Juwelen. »Irgendwie bezweifle ich, daß der Sonderbevollmächtigte voll im Bild ist.«

Aus Sorge, er könnte wieder zu weinen anfangen, hob Sixten die Hände ans Gesicht und drückte die Handballen auf die Augen. Was *bedeutete* das alles? Um Himmels willen, was *trieb* Dios? Der Ehrenvorsitzende der VWB-Fraktion war schlichtweg alt, *zu* alt; jedes Vermögen, mit Intrigen und Krisen zurechtzukommen, das er einmal gehabt haben mochte, war längst erlahmt. Min Donner hatte ...

Unvermittelt stockte Sixten das Herz. In einer Anwandlung der Inspiration oder Paranoia malte er sich aus, wie es wäre, falls im Beratungssaal des Konzils während einer Sitzung ein Kaze detonierte. Mit entsetzlicher Lebensechtheit sah er die Folgen eines derartigen Anschlags vor sich: sah Leiber wie Abfall zwischen dem zertrümmerten Mobiliar liegen, hörte geradezu das scheußliche Geräusch, mit dem langsam Blut von den Wänden tropfte.

Anschließend hätte Warden Dios selbstverständlich keine Alternative, als den Notstand auszurufen und die gesamte Regierungsgewalt über den Human-Kosmos an sich zu reißen; dann wäre er tatsächlich nur noch Holt Fasner allein verantwortlich.

Genau diese Krise könnte durch das Abtrennungsgesetz vermieden werden. Falls man es verabschiedete.

Sixtens Furcht brachte seinen Puls zum Hämmern. Kalter

Schweiß brach ihm aus, schien auf seiner Stirn zu Eis zu gefrieren, rann seitlich am Kinn hinab, während er schlotterte wie im Fieber.

Min Donner hatte ihn hereingelegt. Sie hatte sein Leben aufs Spiel gesetzt, um eine Zukunft abzuwenden, die zumindest Warden Dios, wenn sonst niemand, kommen sah.

»Kapitän Vertigus?« fragte Koina Hannish mit verhaltener, aber sorgenvoller Stimme. »Geht's Ihnen gut?«

Nein, sagte sich Sixten, rang um geistige Klarheit. Das wäre zuviel. Zu ungeheuerlich. Zu brutal. So weit ging kein Mensch. Nicht einmal der größenwahnsinnige Holt Fasner würde sich so etwas herausnehmen ...

»Geht's Ihnen gut?« wiederholte Hannish eindringlicher.

Außer man reizte ihn in ausreichendem Maß.

Außer wenn Igensards Ermittlungen den Drachen in einer Hinsicht gefährdeten, die Sixten nicht ersehen konnte.

Dann mochte er zu so etwas fähig sein.

Mühevoll gab sich Sixten einen Ruck und widmete die Beachtung wieder der RÖA-Direktorin. »Hören Sie auf meinen Rat.« Seine Stimme zitterte; er konnte es nicht verhindern. »Werden Sie nicht alt. Sie kriegen am hellichten Tag Alpträume.«

»Kapitän Vertigus«, erkundigte Koina Hannish sich leise, »kann ich irgend etwas für Sie tun? Ihnen etwas besorgen? Kapitän Vertigus, was müssen Sie haben?«

Ich muß ... Ich muß ... Ihm fiel keine rechte Antwort ein. Ich muß mich, gottverdammt noch mal, endlich entschließen. Ich muß mich der Notwendigkeit *stellen* und die Konsequenzen hinnehmen.

Oder Igensard nachgeben. Unwiderruflich zurückweichen, bis dieses jämmerliche alte Herz bricht und mir meinen Frieden gönnt.

»Wem vertrauen Sie?« krächzte er; die Beklemmung seines Brustkorbs hinderte ihn beim Sprechen.

»Vertrauen?« Verwirrt musterte ihn die Direktorin.

»Ich meine, außer Dios. Jemandem, den Sie kennen ... Eine Person im VMKP-HQ. Wem trauen Sie?«

Koina Hannishs erste Reaktion bestand aus einer mißmutigen Miene des Befremdens. Sie sah aus, als wäre sie zu der Beurteilung gelangt, Sixtens Geist hätte sich endlich umnachtet; sie wirkte, als würde sie im folgenden Moment aufstehen und gehen; sich entfernen, ehe er zu toben anfing. Gleich darauf jedoch kam sie zu einem anderen Entschluß.

»Direktor Lebwohl«, gab sie deutlich zur Antwort.

Grimmig verscheuchte Sixten die Bilder von Leichen und Blut aus seinen Gedanken. Nimm dich zusammen, alter Trottel. Als erster Mensch überhaupt hatte er einen Amnioni erblickt. Gegen Holt Fasners direkte Weisung war er allein in das Amnion-Raumschiff übergewechselt, um dem Unbekannten zu begegnen, der Zukunft, und sich dessen zu vergewissern, daß er dazu imstande war, ihr entgegenzugehen. Er mußte doch ganz einfach jetzt das gleiche leisten können.

»Richten Sie Direktor Lebwohl aus«, sagte er zu Hannish, »daß ich befürchte, es gibt einen weiteren Anschlag. Während der kommenden Konzilssitzung. Machen Sie ihm klar, wenn er sich je als echter Polizist verstanden hat, wenn ihm die Sauberkeit der VMKP wichtig ist oder er im Human-Kosmos Recht und Gesetz herrschen haben will – oder von mir aus, wenn er nur seinen Ruf wahren möchte –, muß er um jeden Preis Kaze aus dem Beratungssaal fernhalten.«

Betroffen riß die Direktorin die Augen auf: damit hatte er sie überrascht. Allerdings verhielt sie sich anders, als er es erwartete.

»Ich richte es ihm aus«, versprach sie. »Ich werde ihm Ihre Warnung genau wiederholen. Und ich bin der Ansicht, daß er auf Sie hört. Er wird Sie ernst nehmen. Aber es ist so ...«

Sie schwieg für einen Moment, als beabsichtigte sie, ihre Worte sorgsam zu wählen.

»Sie haben es noch nicht erfahren ... Es ist bisher nicht bekanntgegeben worden. Zwischen dem EKRK-Schutzdienst und dem VMKP-HQ haben ziemlich diffizile Verhandlungen stattgefunden. Man könnte sagen, sie haben sich um Zuständigkeiten gestritten ... um gesetzliche Rechte. Inzwischen liegt eine, wie ich glaube, für beide Beteiligten passable Einigung vor. Konzilsvorsitzender Len hat die Vereinbarung schon unterzeichnet. Und Polizeipräsident Dios hat sie genehmigt. Im Laufe der nächsten Stunden wird das Wachpersonal auf Suka Bator verdoppelt. Man wird jede erdenkliche Vorsichtsmaßnahme ergreifen. Oberste Regie soll der Sicherheitschef des VMKP-HQ haben. Er zählt zu Min Donners Leuten.« Letzteres fügte sie hinzu, als sei es geeignet, Sixtens Befürchtungen gänzlich zu zerstreuen.

Er wußte nicht, was er dazu anmerken sollte; darum konzentrierte er sich darauf, den Mund geschlossen zu halten; seine Panik zu unterdrücken.

»Ich verlange nicht von Ihnen, damit zufrieden zu sein«, beteuerte Koina Hannish. »Ein Anschlag ist auf Sie schon erfolgt, man kann Ihnen nicht zumuten, daß Sie sich auf herkömmliche Sicherheitsvorkehrungen verlassen. Und es gibt keinen Grund, weshalb wir Direktor Lebwohl nicht um die Einleitung zusätzlicher Schutzmaßnahmen ersuchen sollten. Es kann durchaus sein, daß er etwas sieht, was dem VMKP-HQ-Sicherheitsdienst entgeht.«

Komm, Mann, komm! ermahnte sich Sixten. Reiß dich zusammen! Laß sie nicht in der Luft hängen!

»Ich danke Ihnen.« Er hatte das Empfinden, seine Stimme optimal zu gebrauchen; aber selbst in den eigenen Ohren klang sie so kläglich, daß er es bei den drei Wörtchen nicht bewenden lassen konnte. »Vielleicht gibt es doch etwas, für das es sich lohnt zu sterben.«

Offenkundig verstand sie ihn nicht. Wie sollte sie auch? »Wir wollen hoffen«, antwortete sie, indem sie wieder ihr professionelles Gebaren annahm, »daß es nicht soweit kommt.«

Das Abtrennungsgesetz war Min Donners Idee gewesen. Sie hatte Sixten den Entwurf überbracht.

Und Warden Dios hatte Milos Taverner gekauft, um Angus Thermopyle über den Tisch zu ziehen.

Direktorin Hannish machte Anstalten zum Aufstehen, hockte sich jedoch statt dessen auf die Sesselkante. »Ich muß gehen«, erklärte sie mit einer Spur von Beunruhigung. »Aber vorher sollte ich Ihnen wohl noch sagen, daß ich Polizeipräsident Dios über Ihre Unterredung mit Sonderbevollmächtigtem Igensard informiere. Wenn ich tatsächlich an ihn glaube, muß ich auch danach handeln.«

Nach Sixtens eigenem Gefühl fiel sein Achselzucken weniger sorglos, hingegen viel ratloser aus, als es ihm behagte.

Koina Hannish beugte sich vor. »Ich möchte Ihnen nicht zu nahe treten, aber ich muß Sie einfach fragen ... Ist alles in Ordnung mit Ihnen? Sind Sie wirklich wohlauf?«

Zu seiner Erleichterung spürte er, daß seine Furcht schwand. Vielleicht stand mittlerweile seine Entscheidung doch fest. Oder vielleicht war er nur wieder dösig geworden. Welche Ursache es auch haben mochte, es war ihm wieder möglich, in normalerem Ton zu antworten.

»Meine liebe, junge Dame, in meinem Alter ist es so gut wie ausgeschlossen, eine klare Unterscheidung zwischen Wohlaufsein und Übeldransein zu ziehen. Bitte machen Sie sich um mich keine Sorgen. Ich vermute, ich bin noch nicht ganz bereit, tot umzufallen.«

Wäre er ein, zwei Jahrzehnte jünger gewesen, hätte ihr Lächeln ihm das Herz erwärmt. »Wenn es so ist«, meinte sie und stand auf, »beeile ich mich, damit ich noch mein Shuttle kriege.«

Sixten erhob sich nicht aus dem Sessel – er bezweifelte, daß er genug Kraft hatte –, aber als Koina Hannish sich an der Tür umdrehte, um sich zu verabschieden, nickte er ihr auf förmliche Weise zu.

Während sie das Büro verließ, erkannte Sixten Vertigus, daß er längst viel zu weit gegangen war, um es sich noch anders überlegen zu können. Ob er am Leben blieb oder es ihn das Leben kostete, er mußte zu seinen Überzeugungen stehen.

ERGÄNZENDE DOKUMENTATION

MATERIEKANONE

Wie das Verhältnis zwischen Ordnung und Chaos ist auch die Relation zwischen Materie und Energie leicht zu beschreiben. Die praktische Nutzanwendung dieser Relation jedoch, von der die besondere Effektivität der Materiekanone abhängt, läßt sich allerdings nur ein wenig umständlicher erläutern.

Materie ist, schlicht formuliert, nichts anderes als Energie in verfestigter beziehungsweise geballter Form. Materie ist ›erstarrte‹ Energie, ähnlich wie Ordnung ›erstarrtes‹ oder ›stillstehendes‹ Chaos ist. Umgekehrt kann man Energie als ›verflüssigte‹ Materie in dem Sinne interpretieren, wie Chaos sich als ›verflüssigte‹, in ›Fluß‹ geratene Ordnung auffassen läßt.

Trotzdem mag es abseitig wirken, die Materie-Energie-Relation in den Begriffen der Ordnung-Chaos-Relation zu diskutieren. Selbstverständlich ist einerseits Energie in ihren praktischen Anwendungen keineswegs unkontrollierbar oder unberechenbar. Andererseits liegt die Analogie von Materie und Ordnung auf der Hand. Und das verbreitete Verständnis von Chaos als etwas ›Willkürlichem‹ oder ›Unberechenbarem‹ läuft auf eine ungenaue Beschreibung hinaus.

In der Chaostheorie gilt es als axiomatisch, daß die Vorstellungen von Willkür und Unberechenbarkeit ausschließlich innerhalb des eigenen Bezugsrahmens Bedeutung haben, in den eigenen Wirkungskreisen. So wie Energie durch Felder (Elektromagnetismus, Gravitation, starke und schwache Kernkraft) definiert oder strukturiert wird, definieren oder strukturieren – anders gesagt: begrenzen – die

Anstöße und Prinzipien, durch die es in Bewegung gesetzt wird, und das Ausmaß seiner Wirksamkeit das Chaos. Obzwar die Effekte der Entropie bei komplexen Systemen deren Veränderung oder Verkümmerung mit unvorhersehbarer Tendenz verursachen, ist der Prozeß der Unvorhersehbarkeit als solcher sehr wohl eine berechenbare Größe.

Der entscheidende Punkt ist folgendes: Reiner Zufall oder völlige Unberechenbarkeit kann nicht innerhalb von Grenzen existieren, so daß alles Existente aufgrund des bloßen Sachverhalts seiner Existenz Grenzen aufweist, es also reiner Zufall oder völlige Unberechenbarkeit gar nicht geben kann. Auch alles Chaotische muß zwangsläufig innerhalb einer gewissen Anzahl von Beschränkungen ablaufen.

Die Entwicklung der Materiekanone geschah durch die Anwendung der Chaostheorie auf die Relation zwischen Materie und Energie.

Sobald die Postulate der Chaostheorie erst einmal durchschaut sind, sprechen keine gedanklich-begrifflichen Hindernisse mehr gegen das hypothetische Vorhandensein von Formen des Chaos, die sich unter bestimmten Bedingungen durch ihre eigenen Grenzen in Formen der Ordnung umwandeln. Und wenn solche Formen des Chaos existieren, kann ihre Existenz auch vorsätzlich herbeigeführt werden: man kann sie konzipieren und so generieren, daß sie sich, wenn gewisse Parameter erfüllt sind, in Formen der Ordnung transformieren.

Metaphorisch ausgedrückt, verschießt eine Materiekanone einen Strahl lichtkonstanter Energie, die beim Kontakt mit Materie ›erstarrt‹; diese Energie gewinnt Masse aus jedem Objekt, das ihren Weg kreuzt – eine Masse, die wenigstens für Picosekunden mit Lichtgeschwindigkeit existiert und darum zumindest theoretisch unendliche Masse ist.

Im materiellen Universum kann kein Objekt sich gegen eine lichtkonstante Kollision mit einer unendlichen Masse behaupten. Aus diesem Grund wird die Effektivität einer Materiekanone allein durch praktische Voraussetzungen gemindert; beispielsweise die der Materiekanone verfügbare Energiemenge oder die Widerstandsfähigkeit des verschossenen Strahls gegenüber Streuungseinflüssen über größere Entfernung hinweg, die Nähe anderer, eine Dispersion verursachender Energiefelder oder (wo die technischen Möglichkeiten bestehen) durch Partikelkollektoren, die der Bildung einer unendlich großen Masse entgegenwirken.

Wenn Chaos eine raffiniertere und vielleicht essentiellere Form der Ordnung ist, kann man die Destruktivität der Materiekanone als heimtückischere und vielleicht unwiderstehlichere Form materieller Stabilität einstufen.

MIN

Sobald die *Rächer* die anfängliche Beschleunigungsphase beendet hatte und sich anschickte, der *Posaune* durchs Hyperspatium zu folgen, legte Min Donner sich nochmals schlafen. Sie hielt es für ratsamer, sich jetzt auszuschlafen statt später. Die *Posaune* hatte einen erheblichen Vorsprung. Und die Verfolgung gestaltete sich alles andere als unkompliziert. Nach jeder Hyperspatium-Durchquerung mußte ihr Peilsignal neu georet werden, bevor die *Rächer* den Flug fortsetzen konnte. Und die bordinterne Drallverschiebung der *Rächer* beeinträchtigte die Navigation, warf sie jedesmal, wenn sie in die Tach überwechselte, um Tausende oder Zehntausende von Kilometern aus dem Kurs. Es mochten ein bis zwei Tage verstreichen, bis sie nur weit genug aufholte, um es mit der Geschwindigkeit der *Posaune* aufnehmen zu können.

Eine Bedingung dafür war, daß die Drallverschiebung sich nicht verschlimmerte; und daß es keinerlei Zwischenfälle gab.

Unterdessen brauchte die Interspatium-Kurierdrohne der *Rächer* etliche Stunden, um das VMKP-HQ zu benachrichtigen. Und seitens Warden Dios' war keine unverzügliche Antwort zu erhoffen. Er konnte gar nicht schnell antworten: er mußte abwarten, bis das VMKP-HQ ein Funkfenster zu einem Lauschposten in effektiver Reichweite der mutmaßlichen Flugroute der *Rächer* hatte. Danach würden weitere Stunden vergehen, während die Kurierdrohne mit der Antwort ihrem Ziel entgegenraste.

Also war es günstiger, jetzt auszuruhen.

Hatte die *Rächer* ihre Geschwindigkeit erst einmal der

Schnelligkeit der *Posaune* angeglichen, mußte der Polizeikreuzer nur noch zum Zwecke von Kurskorrekturen beschleunigen. Das Peilsignal der *Posaune* erlaubte es der *Rächer*, für die Hyperspatium-Durchquerung Parameter zu bestimmen, die den Kreuzer dem Interspatium-Scout allmählich näherten, ohne ihn zu überholen. Solange die *Posaune* nicht beschleunigte, hatte die *Rächer* die Möglichkeit zum Aufholen, indem sie ausschließlich den Ponton-Antrieb ausnutzte.

Weil Min Donner nun einmal Min Donner war, erwachte sie bei jeder Kursänderung, jeder noch so minimalen Wandlung in den internen Vibrationen der *Rächer*. Trotzdem war es ihr vergönnt, fast acht Stunden lang – mit Unterbrechungen – zu schlafen, ohne durch Hoch-G-Belastung gestört zu werden.

Zuletzt war es wieder die Interkom, die sie weckte.

»Direktorin Donner, hier spricht die Brücke. Direktorin Donner?«

Dieses Mal kehrte sie rasch in die Senkrechte zurück. Alle anderen Personen an Bord brauchten nicht Stunden, sondern Tage oder Wochen der Erholung; Min hatte keine derartigen Strapazen durchgestanden, wie die Besatzung der *Rächer* bis vor kurzem hatte durchleiden müssen.

Während sie sich aus der Koje schwang, um an den Interkom-Apparat zu gehen, merkte sie, daß ein Großteil ihrer körperlichen Beschwerden verschwunden war; auch die Ohren taten nicht mehr weh. Mins Grimm indessen war erhalten geblieben.

Erst ganz zum Schluß hatte Warden Dios angedeutet, daß nach seiner Meinung Morn Hyland lebend davonkommen könnte. Davor hatte er sie in dem Glauben belassen – nein, ihr regelrecht *eingeredet* –, man müßte Morn Hyland dem Tod ausliefern.

Auf wen oder was sollte sie von nun an noch bauen?

Wie konnte sie sicher sein, daß Morn Hylands Rettung nichts anderes als das Vorspiel zu einer weiteren Hinterhältigkeit war?

Dennoch freute sie sich auf alle Fälle über Morn Hylands Befreiung, war darüber mit Herz und Seele *froh*. Aber in versöhnlicher Stimmung befand sie sich deswegen nicht.

Während sie sich mit Ohren, Fußsohlen und den Nerven ihrer Haut einen Eindruck vom Zustand der *Rächer* verschaffte, aktivierte sie das Interkom-Gerät. »Brücke, hier Direktorin Donner.« Ganz graduell nahm die Drallverschiebung langsam zu. »Kapitän Ubikwe?«

»Direktorin Donner«, antwortete die Stimme, die sie aufgeweckt hatte, »ich bin Dritter Offizier Stoval, Hargin Stoval.« Im Gegensatz zu den anderen Offizieren hatte er einen phlegmatischen Tonfall, als wäre er gegen Müdigkeit gefeit. »Kapitän Ubikwe möchte mit Ihnen reden. Er befindet sich in der Kombüse.«

»Geht klar«, sagte Min. »Ich suche ihn dort auf.« Doch sie wollte nicht bis dahin auf Neuigkeiten warten. »Wo sind wir? Was ist los?«

»Bei allem Respekt, Sir«, entgegnete Stoval stur, »ich glaube, es ist besser, Sie besprechen die Lage mit Kapitän Ubikwe.«

Min enthielt sich jeder Erwiderung. Sie schaltete den Interkom-Apparat ab, stand dann einen Moment lang still da und starrte ihn an. Dolph, du verdammte Primadonna, was soll denn das? Wovor hast du Schiß?

Warum dürfen deine Untergebenen nicht mit mir reden?

Aber sie kannte den Grund. Sein Raumschiff und ebenso die Besatzung hatten Schaden genommen, waren verschlissen und ausgelaugt. Man hatte ihn auf die Jagd nach einem VMKP-Interspatium-Scout geschickt – ausgerechnet! –, und dabei hatte er wahrscheinlich selbst mindestens einen feindlichen Raumer im Nacken. Zudem stand die *Rächer* in dieser Situation allein. Und Min hatte ihm bis jetzt nicht offenbart, wieso das alles überhaupt sein mußte.

Dolph Ubikwe war kein Mensch, dem man ohne weiteres so eine Zumutung bieten konnte.

In seinem und geradeso ihrem Interesse rang sich Min

Donner zu erhöhter innerer Gefaßtheit durch, ehe sie ihre Kabine verließ, um die Kombüse ausfindig zu machen.

Eine der Errungenschaften, die Min Donner nach ihrer Beförderung zur OA-Direktorin in der VMKP-Raumflotte durchgesetzt hatte, war die Beseitigung getrennter Einrichtungen für Offiziere und Mannschafts-Dienstgrade. Sie trat für Rangordnung und Befehlsstrukturen ein, die sich nicht auf Privilegien oder Absonderung stützten, sondern auf Achtung und Einsatzwillen. Jedes Besatzungsmitglied der *Rächer* erhielt seine Speisen und Getränke an denselben Verpflegungsautomaten und -spendern, alle Crew-Angehörigen aßen im selben Kasino.

Infolgedessen war die Kombüse nicht unbedingt der Ort, den Min für eine vertrauliche Besprechung ausgesucht hätte.

Doch sie vermutete, daß Kapitän Ubikwe sie aufgrund eben der Absicht dort sprechen wollte, einen vertraulichen Charakter der Unterredung zu verhindern. Er wünschte, daß sie für das, was sie ihm mitteilte, auch die Verantwortung behielt, und genauso für alles, was sie verschwieg. Ihm kam es darauf an, daß seine Untergebenen wußten, er verheimlichte ihnen nichts, was irgendwie einen Einfluß auf ihre Überlebensaussichten ausübte.

Min respektierte seine Einstellung, ohne damit einverstanden zu sein. Die Zwickmühle, in die Warden Dios sie gebracht hatte, war ihr zu sehr zuwider, als daß ihr hätte gefallen können, sie öffentlich zu diskutieren.

Sie empfand gelinde Erleichterung – die sie eilends unterdrückte –, als sie Dolph allein in der Kombüse antraf. Natürlich stand die Tür zum Kasino offen, und gleich dahinter lümmelte ein halbes Dutzend Besatzungsmitglieder an den Tischen, plauderte oder nahm Mahlzeiten ein: alle in guter Hörweite. Zwar konnten sie lauschen, doch wenigstens nicht Min Donner sich aus Verlegenheit winden sehen.

Kapitän Ubikwe saß an einem Tisch der Kombüse; in seinen Händen dampfte ein Becher Kaffee. Eigentlich hatte der Tisch den Zweck, darauf Tabletts und Teller abzustellen, während man sich an den Verpflegungsspendern und -automaten bediente, doch standen stets zwei Stühle für Leute bereit, die schleunigst essen und sofort gehen mußten. In einem dieser Stühle fläzte sich Dolph, die Ellbogen auf die Armlehnen gestützt, als hätte er diesen Halt unbedingt nötig. Als er Min erblickte, deutete er mit einem Nicken in die Richtung des anderen Stuhls.

»Schnappen Sie sich was zu futtern, Direktorin«, brummelte er, »und pflanzen Sie sich hin. Wir müssen uns mal ausführlich unterhalten.«

Tatsächlich verspürte Min ein dringliches Bedürfnis nach Nahrung, aber Lust und Appetit auf Essen hatte sie nicht. »Sie möchten das Gespräch hier führen?« fragte sie, anstatt sich zu erkundigen: Warum gerade jetzt? Was hat sich geändert?

Er zuckte die Achseln. »Warum nicht? Nicht ich bin's, der den Betrieb, den Flug dieses Schiffs ermöglicht. Es ist die Crew. Deshalb habe ich vor ihr keine Geheimnisse.«

Solange Min vor ihm stand, ragte sie hoch über ihn empor. Sie merkte kaum, daß ihre Finger um den Griff der Pistole strichen, ihn wiederholt umfaßten. »Sie wissen«, erwiderte sie leise, »ich könnte befehlen, die Besprechung in meiner Kabine durchzuführen, Verlauf und Inhalt anschließend geheimzuhalten. Es steht in meiner Macht, Dolph.«

»Klar«, bestätigte er mit außerordentlich betonter Selbstsicherheit, die seine Anspannung vertuschen sollte. »Aber Sie werden's nicht befehlen. Sie sind keine solche Heuchlerin.«

Der Mann war unerträglich. Aber Min verkniff es sich, es ihm ins Gesicht zu sagen. In Wahrheit galt ihr Widerwille gar nicht dem Druck, der von ihm ausging, der Art und Weise, wie er sie zwang, die Zwiespältigkeit ihres Handelns einzugestehen. Nicht er war derjenige, der ihren Groll verdiente. Vielmehr war es Warden Dios.

Trotzdem verflog Mins Zorn nicht. An einem Spender

füllte sie sich einen Becher mit Kaffee und an einem Verpflegungsautomaten einen Teller mit Eintopf, knallte beides auf den Tisch und nahm Dolph gegenüber im zweiten Stuhl Platz. »Verflucht noch mal, Kapitän Ubikwe«, zischelte sie in harschem Ton, während sie ihn beäugte wie ein Falke, »ich wünschte, Sie würden sich nicht verhalten, als wäre ich der Gegner. Ich bin Min Donner, nicht Maxim Igensard. Und Holt Fasner bin ich erst recht nicht. Verlegen Sie sich doch auf etwas Konstruktiveres. Lassen Sie Ihre märtyrerhafte Entrüstung beiseite und erklären Sie mir, weshalb ich statt durch Sie von Ihrem Dritten Offizier geweckt werden mußte.«

Dolph schaute nicht zur Seite: sein Ärger war ihrem Zorn ebenbürtig. Dennoch senkte er, als er antwortete, die Stimme so weit, daß nur Min seine Vorhaltungen hörte.

»Kann sein, daß Sie nicht der Gegner sind«, knurrte er, »aber auf alle Fälle sind Sie ein Problem. Sie haben mir befohlen, ein Raumschiff unbeachtet zu lassen, das möglicherweise einen kriegerischen Akt begeht, und ebenso ein zweites Schiff, das unter Umständen in hochverräterische Aktivitäten verwickelt ist, und nur, damit wir einem unserer eigenen Raumer nachjagen können. Es kam aus dem Bannkosmos, und Sie wissen, warum es dort war, Sie wußten, wann es zurückkehrt, also nehme ich an, daß Ihnen auch bekannt ist, wohin es fliegt. Aber Sie haben mir verschwiegen, weshalb das alles eigentlich geschieht. Warum wir, warum Sie hier sind, warum das Schiff sich hier herumtreibt. *Wissen* Sie, wohin es steuert?«

Die eindringliche Nachdrücklichkeit seiner Frage machte Min betroffen. Sie schüttelte den Kopf, wartete reglos wie eine schußbereite Waffe auf seine nächsten Worte.

»In diesem Fall«, raunzte er lauter, »will ich's Ihnen sagen.« Es mochte ein Zeichen der Hochachtung sein, daß er sie keine Lügnerin nannte. »Massif 5. Kosmo-Industriezentrum Valdor. Und durch einen erstaunlichen Zufall ist das genau die Gegend, woher wir gekommen waren, bevor Sie uns für diesen neuen Auftrag abkommandiert haben.«

Ach du lieber Himmel, stöhnte Min insgeheim auf. Daß Dolph deswegen sauer war, konnte wahrhaftig niemanden wundern.

Und er war noch nicht fertig. »Vielleicht haben Sie's vergessen«, fügte er in immer aggressiverem Ton hinzu, »also erinnere ich Sie lieber daran, daß uns zwei Einschüsse verpaßt worden sind. Bordinterne Drallverschiebung vermindert unser Navigationsvermögen, im Hydrauliksystem sind Haarrisse, eine der Sensorgruppen ist unbenutzbar, und *vier meiner Besatzungsmitglieder haben den Tod gefunden*, Direktorin.« Sichtlich bezähmte er den Drang, die Faust auf den Tisch zu knallen. »Elf weitere Leute sind zu schwer verletzt, um Dienst zu tun. Und der Interspatium-Scout fliegt uns genau *dort*hin voraus, wo all das vorgefallen ist. Sollte er den Kurs nicht noch ändern, trifft er in vierundzwanzig Stunden ein. Ist er erst einmal dort, könnte es sein, daß selbst ein Gruppe-Eins-VMKP-Peilsignal zuwenig ist, um uns die weitere Verfolgung zu ermöglichen. Aber folgen müssen wir, wollen wir verhindern, daß das Amnion-Raumschiff ihn erwischt... Glauben Sie etwa, wir hätten noch nicht genug gelitten? Haben Sie vor, mit uns durch den Kosmos zu kreuzen wie früher Segelschiffe durchs Sargassomeer, bis wir dank der Drallverschiebung, wenn nicht aufgrund gewöhnlichen Pechs, mit 'm Asteroiden kollidieren? Direktorin Donner, ich will wissen, um was es sich bei alldem eigentlich dreht.«

Min stieß einen Seufzer aus, der Verständnis andeutete. »Ich sehe Ihre Begründung ein.« Angesichts der Lage konnte sie sich keinen Vorwand denken, der gerechtfertigt hätte zu verschweigen, was sie wußte. »Sie sollen die beste Aufklärung über die Situation erhalten, die ich Ihnen geben kann. Aber ich muß Sie warnen. Es kann sein, daß meine Erklärungen unvollständig sind.« Der Euphemismus hinterließ in ihrem Mund einen schlechten Nachgeschmack. »Die Operative Abteilung spielt bei dieser Aktion nur eine Nebenrolle. Sie ist von Hashi Lebwohl und Warden Dios gemeinsam geplant worden« – wenigstens *unterstelle* ich, daß sie sie zusammen geplant haben –«, »ohne daß dabei meinen Ansichten sonderliche Beachtung geschenkt worden wäre. Also ist es ohne weiteres möglich, daß ich über manches nicht informiert bin. Ich nehme an, Sie haben die von der *Posaune* abgeschickte Meldung gelesen?«

Dolph betrachtete sie unnachsichtigen Blicks. »Klar.«

»Dann brauche ich Ihnen keinen langen Vortrag zu halten. Wie erwähnt, wir haben – das heißt, die Abteilung DA hat's – eine verdeckte Operation gegen Thanatos Minor eingeleitet. Die *Posaune* hat sie ausgeführt. Es ist verbreitet worden, man hätte sie gekapert, in Wahrheit haben wir sie aber für diesen Zweck einem Ex-Illegalen namens Angus Thermopyle verfügbar gemacht. Ich nenne ihn ›Ex-Illegalen‹, weil er von dem Moment an, als er in Hashi Lebwohls Obhut gelangte, aller eigenen Entscheidungen enthoben wurde. Die DA hat ihn unifiziert, er ist jetzt ein Cyborg mitsamt Zonenimplantaten und einem Data-Nukleus. Er ist dahingehend programmiert, Hashi Lebwohls Befehle zu befolgen. Er konnte auf Thanatos Minor landen, weil er als Illegaler in einem gekaperten Raumschiff galt, aber hingeschickt hatten wir ihn, damit er den gesamten Planetoiden in Stücke sprengt.«

Dolph öffnete den Mund, um eine Frage zu stellen, biß sich jedoch auf die Lippe und bewahrte Schweigen, ließ Min die Informationen auf ihre Weise vermitteln.

»Allerdings war uns von Anfang an ersichtlich«, erläuterte sie, »daß er auf Thanatos Minor in eine komplizierte Situation geraten mußte. Dort hielt sich nämlich schon ein Mann mit Namen Nick Succorso auf, mit seinem Schiff *Käptens Liebchen*. Er zählt zu Lebwohls weniger zuverlässigen Agenten. Meistens spielt er den Illegalen, tatsächlich ist er jedoch für die DA tätig. Aus diesem Grund hat er ein ›Antimutagen-Immunitätsserum‹ in seinem Besitz ...«

»Ich hatte gar keine Ahnung«, knurrte Dolph, »daß es ein solches Mittel gegen Mutagene gibt. An sich ist so was eine zu hochbedeutsame Entdeckung, um sie geheimzuhalten.«

Mit düsterer Miene hob Min die Schultern. »Dazu äußere

ich mich später. Lassen Sie mich eins nach dem anderen erzählen ... Succorso flog von Station Potential nach Thanatos Minor. Fragen Sie nicht warum – ich weiß beim besten Willen nicht, was er sich dabei gedacht hat, zu den Amnion zu fliegen. Jedenfalls bin ich der Meinung, daß die Amnion *dadurch* von dem Medikament erfahren haben und daß Succorso *dadurch* über ihre biologischen Hochbeschleunigungsexperimente Bescheid weiß. Als nächstes muß es Succorso gelungen sein, einige Besatzungsmitglieder der *Käptens Liebchen* zu retten, bevor Thanatos Minor explodierte. Wäre das alles, reichte es den Amnion bestimmt nicht aus, um einen kriegerischen Konflikt zu riskieren. Aber Sie kennen ja die Meldung, Sie wissen, es kommt schlimmer. Kapitän Thermopyle hat gegenwärtig eine reichlich buntscheckige Gruppe von Leuten an Bord. Schon die Tatsache, daß zu ihnen auch Succorso gehört, ist eine beträchtliche Überraschung, berücksichtigt man, daß Hashi Lebwohl Kapitän Thermopyle nie in die Hand gekriegt hätte, wäre er nicht von Succorso in die Falle gelockt und wegen eines Verbrechens verurteilt worden, das er gar nicht begangen hat. Aber das ist noch nicht alles. Morn Hyland ist OA-Mitarbeiterin.«

Vor Verblüffung sackte Dolph das Kinn nach unten; doch Min ließ ihn nicht zu Wort kommen.

»Thermopyle hatte sie nach der Havarie des VMKP-Zerstörers *Stellar Regent* aus dem Wrack geborgen. Dann ist sie ihm von Succorso weggeschleppt worden. Einer von beiden muß sie geschwängert haben, und deshalb hat sie jetzt einen Sohn ... Per ›Schnellwachstumsverfahren‹ hat sie ihn gekriegt, wie diese Methode auch aussehen mag.« Bei dieser Vorstellung wurde Min zum Kotzen zumute. »Anscheinend sind dabei Erscheinungen aufgetreten, die die Amnion nicht geahnt hatten. Jetzt wollen sie sich den Sohn zurückholen, weil sie glauben, er verkörpert den Schlüssel dazu, Amnion in menschlicher Gestalt zu replizieren. Und das wäre die einzige Waffe, die es ihnen ermöglichen könnte, uns zu vernichten.«

Voller Grimm erwiderte sie Dolphs Blick. »Genügt Ihnen das? Nehmen Sie mir jetzt ab, daß die *Posaune* Schutz benötigt? Glauben Sie jetzt, daß die Amnion unter diesen Umständen bereit sind, einen Krieg zu riskieren?«

Ubikwe räusperte sich mit einem kehligen Laut. »An der Stelle der Amnion wäre ich allemal bereit ... Und allmählich beschleicht mich das Gefühl, einer von denen zu sein.«

Min löste mit einer Willensanstrengung die Hand von der Waffe und hob den Kaffeebecher an den Mund. »Was soll denn das heißen?«

»Nein, erzählen Sie bitte die ganze Geschichte zu Ende«, entgegnete Dolph mürrisch. »Ich bin danach dran.«

»Na gut.« Versonnen schaute Min in den Becher, als könnte der bloße Anblick des Kaffees ihre Nerven beruhigen. »Wie Sie wollen.«

Was hat sich ereignet, während ich geschlafen habe? Was geht vor?

»Weshalb ich hier bin, hat einen recht einfachen Grund.« Wenigstens bei vordergründiger Anschauung. »Die VMKP braucht jemanden am Brennpunkt des Geschehens, der die erforderlichen Entscheidungen treffen und durchsetzen kann. Eine Person mit der Autorität, überall Unterstützung anfordern zu können. Und Sie sind hier, weil die *Rächer* das einzige abkömmliche Raumschiff war. Daß Thermopyle Massif 5 anfliegt, wußte ich nicht. Aber ich kann Ihnen sagen, wie es soweit kommen konnte, und ich habe meine Vermutungen, warum es dahin kam. Thermopyle ist ein Cyborg. Gleichzeitig ist er einer der miesesten Illegalen, die ich kenne – und das bedeutet natürlich, man darf ihn bei einer solchen Aktion nicht nach Gutdünken vorgehen lassen. Also hatte man ihm einen Begleiter mitgegeben, der ihn quasi am Zügel führen, gemäß den Veränderungen der Situation seine Programmierung modifizieren sollte. Dieser Begleiter war Milos Taverner, der Mann, der inzwischen zum Verräter an der Menschheit geworden ist. Aber Hashi Lebwohl hatte sich gedacht, daß so etwas passieren könnte. Ach, *mir* war auch klar, daß es sich nicht ausschließen ließ.

Folglich sind in Thermopyles Data-Nukleus Sicherheitsvorkehrungen integriert worden. Im Effekt bedeutet das, die auf Taverner abgestellten Prioritätscodes Thermopyles wurden storniert, neue Codes initiiert. Dummerweise sind sie aber nutzlos, solange niemand da ist, der sie anzuwenden versteht. Aufgrund dessen befindet sich Thermopyle zur Zeit in gewissem Umfang außerhalb unserer Kontrolle. Hashi Lebwohl hat all das aber vorausgesehen. Thermopyles Programme umfaßten auch den Befehl, Meldung zu erstatten. Und er hatte das Peilsignal zu aktivieren. Und nun hat er nur noch zweierlei zu tun, nämlich sich von der Erde und dem VMKP-HQ fernzuhalten sowie am Leben zu bleiben. Er darf fliegen, wohin er will, bis wir festgestellt haben, wie gefährlich er ist, und eine Gelegenheit finden, um ihm neue Anweisungen zu erteilen. Diese Möglichkeit wahrzunehmen gehört ebenfalls zu unseren Aufgaben. Sobald ein entsprechender Befehl Polizeipräsident Dios' eintrifft, nähern wir uns der *Posaune* so weit, daß es durchführbar wird, Thermopyles neue Codes in Kraft zu setzen.«

Ubikwe schnitt eine sehr finstere Miene, unterbrach Min jedoch nicht.

»Auf jeden Fall geht es auf Thermopyles eigenen Entschluß zurück, Massif 5 anzufliegen«, stellte sie klar. »Vielleicht erwartet er, daß er dort in Sicherheit ist ... Obwohl ich es bezweifle. Er kennt sich in dem Sonnensystem nicht aus. Darum vermute ich, er hat Massif 5 ausgesucht, weil Succorso und Shaheed an Bord sind.«

Und vielleicht wegen Morn Hyland.

»Weiter«, knurrte Dolph Ubikwe.

»Sagt Ihnen der Name Vector Shaheed etwas?« fragte Min, obschon sie keinen Anlaß zu der Annahme hatte, daß es sich so verhalten könnte. »Er ist Gentechniker, und er war früher bei Intertech tätig, als sie noch Antimutagen-Forschung betrieb. Soviel allgemein bekannt ist – in der Öffentlichkeit –, wurde die Forschungstätigkeit vorzeitig abgebrochen, weil damit gefährliche genetische Manipulationen verbunden gewesen sein sollen. Die Wahrheit ist allerdings, daß die Forschung von unserer DA-Abteilung übernommen wurde. Hashi Lebwohl hat sie erfolgreich zu Ende geführt. Er hat Typen wie Succorso benutzt, um den Impfstoff zu erproben ... Und vielleicht, um sich ab und zu mit den Amnion in Geistesakrobatik zu messen. Nach der Beendigung des Intertech-Forschungsprojekts hat Shaheed sich irgendwie Nick Succorso angeschlossen. Dem Psychoprofil in seiner Id-Datei zufolge ein Fall von ›enttäuschter Treue‹. Ich bin der Auffassung, daß Thermopyle deshalb nach Massif 5 fliegt. Succorso hat das Immunitätsserum, und Shaheed weiß, wie man es analysiert. Wo könnte Thermopyle sonst ein Schwarzlabor finden, in dem es Shaheed möglich ist, sich mit dem Medikament zu beschäftigen, und währenddessen am Leben bleiben?«

Ein ungläubiges Feixen verzerrte Dolphs Gesicht. »Sie glauben allen Ernstes, er will das Mittel duplizieren? Und was soll er dann damit anfangen? In Massenproduktion gehen? Ein Riesengeschäft aufziehen, es verkaufen? Vermutlich an Illegale? Ausgerechnet Hashi Lebwohls Lieblingscyborg?«

Min widerstand dem Drang, ähnlich grob zu antworten: Für wen halten Sie mich, bilden Sie sich ein, ich könnte Gedanken lesen? »Ich vermute«, erwiderte sie statt dessen, »daß Succorso einen derartigen Plan ausgeheckt hat. Er ist zu so etwas fähig. Vielleicht Shaheed auch. Thermopyle ist dafür nicht der Mann. Aber er dürfte dazu imstande sein, die Chose mitzumachen, weil er nicht weiß, was er sonst anfangen soll, bis sein Computer neue Befehle erhält.«

»Aha ...« Einen Moment lang kaute Kapitän Ubikwe auf der Unterlippe, besah sich den leeren Kaffeebecher. »Leider wird dadurch alles nur noch viel schlimmer.«

»Inwiefern?« Min war der versteckten Seitenhiebe überdrüssig. »Was schert es uns, was für Pläne Succorso ausbrütet? Das Kommando hat Thermopyle, und sobald wir nahe genug an der *Posaune* sind, können wir ihm eine Nachricht übermitteln und ihn unter unsere Kontrolle bringen.«

Dolph schnaubte. »Sind Sie fertig?« fragte er, starrte unverwandt seinen Becher an. »Müßte ich sonst noch etwas wissen?«

Min schüttelte schroff den Kopf.

»Dann bin nun ich dran.« Dolph legte die Handflächen auf den Tisch wie jemand, der zu brüllen beabsichtigte.

Jetzt kommt es, dachte Min. Um sich mit etwas abgeben und somit besser beherrschen zu können, zwang sie sich zum Löffeln ihres Eintopfgerichts, als könnte nichts, was Ubikwe redete, sie beeindrucken.

»Ich habe vorhin angedeutet«, sagte er mit rauher Stimme, »daß ich das Gefühl hätte, für die Amnion zu arbeiten, ohne es zu ahnen. Ein Alien-Raumschiff unbeachtet zu lassen, das in den Human-Kosmos eindringt, hat leider auf mich diese Wirkung.« Beim Sprechen schien er vor Empörung anzuschwellen, aus den eigenen Worten sowohl an Umfang wie auch an Rage zu gewinnen. Seine Stimme wurde nicht lauter; trotzdem hallte sie von den Wänden wider. »Raumschiffe ohne Beachtung zu lassen, die eventuell in Hochverrat verwickelt sind, hat nun mal auf mich diese Wirkung. Und zu erfahren, daß ich einer Polizeitruppe angehöre, die ein Antimutagen-Immunitätsserum zur Verfügung hat, aber es geheimhält, nur damit Kerle wie dieser Kapitän Succorso damit Unfug anstellen, ruft bei mir komischerweise genau das gleiche Gefühl hervor ... Aber ich will Ihnen erklären, weshalb ich mich wirklich fühle, als stünde ich auf der falschen Seite.«

Er schob eine Faust in die Tasche und holte einen zerknitterten Textausdruck heraus. »Während Sie schliefen, haben wir einen VMK-Lauschposten passiert.«

Im ersten Augenblick drohte Min am Eintopf zu ersticken. Aber sie hob nicht den Kopf; Dolph sollte nicht sehen, wie mühsam sie schlucken mußte.

»Keinen VMKP-Lauschposten«, bekräftigte Ubikwe. »Einen Lauschposten der Vereinigten Montan-Kombinate. Wieso sie hier draußen überhaupt einen unterhalten, ist mir ein Rätsel. Wahrscheinlich wissen *Sie* es, Direktorin, aber mir steht momentan nicht der Sinn nach weiteren Geheimnissen. Der Lauschposten hatte eine Mitteilung für uns gespeichert. Nicht für Sie, für *uns*. Der Codierung zufolge ist sie an die *Rächer* gerichtet.«

Darin mochte seine einzige denkbare Entschuldigung dafür zu sehen sein, daß er Min nicht sofort geweckt und ihr die Nachricht ausgehändigt hatte. »Sie stammt nicht von der Operativen Abteilung. Sie ist auch nicht vom Operativen Kommandozentrum. Mensch, sie kommt direkt von Warden Dios persönlich. Und ich muß Ihnen gestehen, mir wird davon speiübel.«

»Schön.« Min stieß den Löffel so heftig in den breiigen Eintopf, daß einiges über den Tellerrand schwappte. »Ihnen kann von mir aus speiübel sein.« Sie streckte die Hand aus. »*Ich* will die Nachricht erst einmal lesen.«

Unvermittelt bemerkte sie, daß in Dolphs Augen Schadenfreude glomm. »Da.« Er klatschte das Blatt neben Mins Hand auf den Tisch. »Wenn Sie sie gelesen haben, dürfen Sie ruhig auf den Fußboden kotzen. Dem Bootsmann macht's bestimmt nichts aus, er ist längst daran gewöhnt, daß die Kombüse andauernd dreckig ist.«

Min verkniff sich eine unflätige Antwort, nahm das Blatt und glättete es, um den Text besser lesen zu können.

Ubikwes Angaben trafen zu. Der Funkspruch stammte von Warden Dios. Und der Codierung nach war er an die *Rächer* adressiert. Als ob er Min Ungehorsam zutraute ...

Der erste Teil der Nachricht enthielt Warnungen. Nach Durchlesen der Codes und offiziellen Adressierung stieß Min zunächst auf die Information, daß die *Freistaat Eden* ein für Hashi Lebwohl tätiges Söldnerraumschiff war; die DA hatte Kapitän Scroyle als Beobachter unter Vertrag genommen, und er hatte Thanatos Minor kurz vor der Vernichtung des Planetoiden verlassen. Aber inzwischen war die DA mit ihm einen neuen Kontrakt eingegangen. Aufgrund von Erwägungen, die Warden Dios nicht zu erklären beliebte, hatte die *Freistaat Eden* jetzt den Auftrag, die *Posaune* zu annihilieren.

Hashi Lebwohl, du dreckiger Aasgeier! Du *gottverdammtes* Stück Scheiße.

Die *Rächer* erhielt den Befehl, alles zu tun, was in der Macht des Polizeikreuzers stand, um den Interspatium-Scout zu schützen.

Ferner erfuhr Min, daß die *Sturmvogel*, ein durch Kapitän Scroyle im Umraum Thanatos Minors geortetes Raumschiff, mit hoher Wahrscheinlichkeit als die einstige *Liquidator* identifiziert worden war, ein mit Superlicht-Protonengeschütz bewaffneter Illegalenraumer, der, wie man bis vor kurzem vermutet hatte, als verschollen oder havariert gemeldet war; jetzt jedoch gingen Hashi Lebwohls Experten davon aus, daß er mit falschen Registrierungsdaten und nachträglich installiertem Ponton-Antrieb unter dem Namen *Sturmvogel* sein Unwesen trieb.

Laut Warden Dios' Vermutung konnte die *Sturmvogel* das Raumschiff sein, das im Bannkosmos die Verfolgung der *Posaune* aufgenommen hatte. Falls das zutraf, sah sich die *Rächer* einem überaus starken Widersacher gegenüber; der *Liquidator* wurde die Vernichtung mehrerer anderer Raumer nachgesagt, und nur der Umstand, daß sie damals über keinen Ponton-Antrieb verfügte, hatte verhindert, daß sie mit ihrem hochspeziellen Geschütz noch mehr Unheil anrichtete.

All das war tatsächlich schon übel genug. Aber es kam noch schlimmer.

Auf Warden Dios' persönliche Anweisung sollte die *Rächer*, sobald sie sich in Reichweite befand, mit allerhöchster Priorität der *Posaune* einen Funkspruch übermitteln.

Die Mitteilung hatte einen nur kurzen Text. Er lautete: *Warden Dios an Isaak: Prioritätscode Gabriel. Zeigen Sie diese Nachricht Nick Succorso.*

Mehr umfaßte er nicht. Garniert war er allerdings mit Codes, die Min nicht kannte und nicht entziffern konnte, anscheinend eine Art von Maschinensprache, die den Zweck hatte, Isaaks Computerprogramme zu reorientieren. Doch die zwölf Wörter Klartext genügten. Min Donners Blickfeld umflorte sich grau, Erbitterung erfüllte ihr Herz.

Succorso war kein Dummkopf. Mit Sicherheit fand er heraus, was der Funkspruch bedeutete. Vielleicht kapierte er nicht, wieso Dios ihn ihm schickte, aber wie er ihn für sich nutzen konnte, würde ihm bald ersichtlich sein.

Morn Hyland hielt sich zusammen mit den beiden Männern an Bord der *Posaune* auf, die ihr das meiste Leid zugefügt hatten. Und den einzigen Schutz gegen sie bot ihr die Tatsache, daß ein von der VMKP programmierter Cyborg das Kommando über den Raumer hatte. Weil Thermopyle eben Thermopyle war, duldete er nicht, daß Succorso ihr etwas antat; und infolge seiner Unifikation ließ auch Thermopyle selbst sie in Ruhe.

Aber nach Eintreffen des Funkspruchs ...

Dann konnte Succorso das Kommando übernehmen. Auf seine Weise war er kaum zuverlässiger als Milos Taverner. Verfügte er über ein Raumschiff wie die *Posaune* – und unterstand ihm zudem ein Cyborg –, mochte er sich durchaus als unaufhaltsam erweisen.

Morn Hyland wäre jedenfalls nicht dazu in der Lage.

Warden Dios, *Warden*, du hast uns verraten. Morn. Angus Thermopyle. Mich. Die Menschheit. Uns allen hast du einen Dolchstoß in den Rücken versetzt.

»Die Wahrheit ist«, sagte Dolph Ubikwe plötzlich, »daß ich zu Ihnen Vertrauen habe.« Er bemühte sich nicht, leise zu sprechen: ebensogut hätte er eine Rede ans ganze Kasino halten können. »Ihnen habe ich immer vertraut, und damit ist jetzt nicht einfach Schluß. Und momentan bedeutet Warden Dios' persönliche Autorität mir 'n Scheiß. Er hat Hashi Lebwohl Söldner mieten und auf die eigenen Leute hetzen lassen. Ich weiß nicht, was ich davon halten soll oder was hinter *dem* da steckt ...« Er drosch die Hand auf den Bogen Papier. »Aber ich kann mir denken, wer der Anstifter ist. Nämlich Holt Fasner. Oder Cleatus Fane, der für den Drachen immer die Drecksarbeit erledigt. Also, es liegt bei Ihnen. Sie treffen die Entscheidung. Wir führen aus, was Sie anordnen. Und wir pfeifen auf die Konsequenzen.«

Min erwiderte seinen Blick, ihre Augen brannten, ihr

glühten die Handflächen; sie umklammerte den Pistolengriff, als wäre er das einzige, das für sie noch einen Sinn ergab. Ihretwegen zeigte sich Dolph Ubikwe bereit, eine direkte Anweisung des VMKP-Polizeipräsidenten zu mißachten ...

»Sie wissen«, antwortete sie leise – fast im Flüsterton –, »ich könnte Sie schon für diese Äußerungen vor Gericht bringen.«

Ein Grinsen entblößte Dolphs Zähne. »Ja, ich weiß. Aber Sie tun's nicht. Sie sind keine solche Heuchlerin.«

Ach, wirklich nicht? Mit einem Mal schier überwältigt von Ekel und Überdruß, mußte sie die Zähne zusammenbeißen und die Faust um den Griff der Waffe krampfen, damit sie nicht aufbrauste und das Eintopfgericht quer über den Tisch schleuderte. Und was *war* sie dann? Was halfen ihr nun all die Jahre der Hingabe und Pflichttreue?

Warden Dios zwang sie zu verräterischem Verhalten. Zum Verrat an der Menschheit. Oder wenigstens Verrat an ihrem Diensteid.

Was verlangte er von ihr? Unterstellte er, daß die verläßliche Min Donner – so verläßlich, daß manche Leute sie seine ›Henkerin‹ nannten – seine Weisung blindlings ausführte? Oder glaubte er, hoffte er, erwartete er, daß ihr Festhalten an den Idealen, denen die VMKP vorgeblich diente, sie dazu bewog, ihm ungehorsam zu sein?

Wie sollte sie sich entscheiden können, wenn sie nicht wußte, was er wollte?

Wer *war* sie?

Während Dolph auf ihre Antwort wartete, fand sie einen Ausweg. Sie entdeckte die Lösung in Ubikwes Miene, obwohl er es nicht wußte; und hätte er es geahnt, wahrscheinlich wäre es von ihm geleugnet worden. Auf ein Wort von ihr war er dazu bereit, ein Vergehen zu verüben, das ihn mitsamt der ganzen Besatzung ins Unglück stürzen müßte. Und diese Bereitschaft hegte er aus dem einfachen, schlichten, für ihn ausreichenden Grund, weil er sie kannte. Als Direktorin der Operativen Abteilung der VMKP verkörperte sie im wahrsten Sinne des Wortes eine Maßstäbe setzende Instanz: man wußte, sie war Lügen geradeso abgeneigt wie jedem Verrat, sie stand mit wahrhaft inbrünstiger Treue zu ihren Untergebenen.

Und eben deshalb hatte sie nun keine Wahl. Sie leitete nicht die DA, nicht die Verwaltung, das Kommandozentrum oder das RÖA, sondern die *Operative Abteilung*. Das hieß, grob gesagt, sie gab nicht das Hirn, auch nicht das Herz der VMKP ab, sie war ihre Faust. Und eine Faust, die eigenmächtige Entschlüsse anderen Menschen aufzwang, war nichts anderes als die Pranke eines Prügelanten.

Wenn hier Verrat vorlag, dann nicht auf ihrer Seite, sondern seitens Warden Dios'. Nicht sie bestimmte die Politik der VMKP. Sie verübte ein Vergehen anderer Art – einen Verstoß gegen ihre grundsätzlichsten Überzeugungen –, falls sie sich dahin verstieg, sich die Verantwortung für richtungsweisende Beschlüsse über die Zukunft des Menschengeschlechts anzumaßen.

Folglich wußte sie, was sie zu tun hatte. Es war ihr zuwider; aber sie mußte so vorgehen.

»Sie haben recht«, bestätigte sie Dolph. »Die Entscheidung obliegt mir.«

Ihr war zumute, als zerbröckelte ihr das Herz, während sie Ubikwe den Befehl erteilte. »Senden Sie der *Posaune* den Funkspruch, ehe sie Massif 5 erreicht.« Auf jedem Fragment ihres Herzens schien ein Name zu stehen: Morn Hylands oder Warden Dios' Name. »Vorher müssen Sie sie natürlich einholen.«

Dadurch brachte sie ihn und seine Besatzung unter noch stärkeren Druck. Solange die Drallverschiebung die Navigation beeinträchtigte, mußte die *Rächer* enorme Anstrengungen aufwenden, um mit dem schnellen, unbeschädigten Interspatium-Scout mitziehen zu können.

»Je früher Sie sich ins Zeug legen, um so besser.«

Auch Dolph Ubikwes Name mochte auf einem der Fragmente stehen.

Er allerdings wirkte jetzt nicht betroffen. Unter seinem

Fett wurden die Gesichtszüge härter; er wölbte die Schultern, als müßte er Hiebe einstecken. Aber er trug keine Einwände vor, keine Beschwerde; sein Blick bezeugte keine Niedergeschlagenheit. Statt dessen, so hatte es den Anschein, während er Min musterte, versuchte er sie einzuschätzen; oder verglich sich mit ihr, fragte sich, ob er ihr je ebenbürtig werden könnte.

Nach einem längeren Moment entließ er mit einem gedehnten Seufzen den Atem aus der Brust. »Scheiße, und ich dachte die ganze Zeit, 's sei 'n Vergnügen, zu den Guten zu gehören.«

Er blies übertrieben die Backen auf und stemmte sich vom Stuhl hoch.

Die Willigkeit hinter der Fassade seines Sarkasmus rührte Min tiefer, als zu zeigen sie verkraftet hätte. Doch aus bloßer Dankbarkeit, weil er ihr einen Kummer erspart hatte, unternahm sie einen Versuch, zu ihm freundlich zu sein.

»Noch etwas, Dolph.« Sie schaute ihn nicht an; sie wollte nicht, daß er ihre Miene sah. »Das nächste Mal, wenn so was vorkommt« – sie wedelte mit Dios' Funkspruch –, »fressen Sie es nicht erst in sich hinein. Es regt Sie nur auf, und wenn Sie schlecht gelaunt sind, kann man Sie kaum ertragen.«

»Aye, Sir, Direktorin Donner, Sir.« Seine Stimme klang, als ob er grinste. »Wie Sie wünschen.«

Min wäre nun gerne selbst zum Lächeln fähig gewesen, aber ihr innerliches Elend war viel zu groß. Sie hatte ihren Entschluß gefaßt. Sollte die Menschheit deswegen leiden müssen, gedachte sie die Verantwortung zu tragen.

Dennoch konnte sie sich, während Kapitän Ubikwe die Kombüse verließ, um ihren Befehl auszuführen, nicht des Empfindens erwehren, daß die Folgen für Morn Hyland mehr Leid bedeuteten, als eine Sterbliche zu erdulden vermochte.

ANGUS

Sobald die *Posaune* einen gleichmäßigen Kurs flog, eine stete Geschwindigkeit erreicht hatte und sich vom KombiMontan-Asteroidengürtel entfernte, hatten Angus Thermopyle und Mikka Vasaczk sich von den unmittelbaren Nachwirkungen der durch die G-Belastung verursachten Besinnungslosigkeit erholen können, und Angus machte sich daran, das Raumschiff in kurzen Sprüngen über die Lichtjahre hinweg zum Massif-5-System und zum Kosmo-Industriezentrum Valdor zu steuern. Zwischen den einzelnen Hyperspatium-Durchquerungen ließ er sich Zeit. Und er verzichtete auf eine weitere Beschleunigung, die es ermöglicht hätte, pro Sprung größere Distanzen zu überwinden. Statt dessen wartete er nach dem Rücksturz in die Tard manchmal eine halbe, bisweilen eine volle Stunde – gelegentlich sogar länger –, bevor er den Ponton-Antrieb erneut aktivierte und den Scout abermals durchs Hyperspatium jagte.

Darum dauerte der Flug, der normalerweise binnen zwölf Stunden zurückzulegen gewesen wäre, nahezu zwei Tage.

Angus informierte Mikka und die übrigen Personen an Bord dahingehend, daß er sich für diese Vorgehensweise entschieden hätte, um Morn zu schonen. Bei jeder Rückkehr in die Tard mußte die *Posaune* mit dem Eintreten eines Notfalls rechnen und daher auf die Durchführung extremer Manöver vorbereitet sein. Man konnte nie die Möglichkeit völlig ausschließen, daß navigatorische Unstimmigkeiten das Schiff in die allzu ungemütliche Nähe einer Gravitationsquelle oder gefährlich nah an ein Hindernis transferierten. Und natürlich enthielt eine Astrogationsdatenbank nicht jeden Steinbrocken, der durch die finsteren Weiten des Alls schwirrte. Darum mußte Davies vor jeder Hyperspatium-Durchquerung Morn in Schlaf versetzen, damit plötzliche Hoch-G-Belastung bei ihr nicht das Hyperspatium-Syndrom auslöste.

Thermopyle versuchte seinen Schicksalsgenossen weiszumachen, er wollte es Morn ersparen, die gesamte Strecke bis zum Kosmo-Industriezentrum Valdor in durchs Zonenimplantat-Kontrollgerät induzierter Bewußtlosigkeit zuzubringen.

Und er benutzte die gleiche Ausrede, um zu erklären, warum er nichts unternahm, um der Verfolgung durch die drei Raumschiffe zu entgehen, die das Scanning der *Posaune* schon geortet hatte, als sie am Rande des KombiMontan-Asteroidengürtels in die Tard zurückfiel. Eines davon hatte sich in nächster Nachbarschaft des von Angus angefunkten Lauschpostens befunden; eines von ihnen hielt aus der Richtung Thanatos Minors auf den Human-Kosmos zu; das dritte Schiff wies alle Anzeichen eines gefechtsbereiten VMKP-Polizeiraumers auf. Und jedes mochte es auf die *Posaune* abgesehen haben; oder alle drei waren hinter ihr her. Trotzdem tat Angus nichts, um die Fährte der *Posaune* zu verwischen.

Er wollte, behauptete er, Morn keine Ausweichmanöver zumuten. Doch nicht nach all dem, was sie schon hinter sich hätte. Und es sei sowieso schwierig, der *Posaune* zu folgen. Ein Verfolger müßte nach jeder Hyperspatium-Durchquerung stundenlang durch den Weltraum kreuzen, um ihre Partikelspur wiederzufinden. Und diese Mühe sei vergeblich, falls er nicht genau einschätzen konnte, welche Entfernung der Interspatium-Scout bei jedem Sprung zurücklegte. Und obendrein: selbst wenn der Verfolger das Flugziel der *Posaune* erriet und einfach Massif 5 ansteuerte, gäbe es für ihn keine Garantie – vielleicht nicht einmal eine höhere Wahrscheinlichkeit –, daß es ihm gelang, den Scout dort in dem riesigen, unerhört kompliziert beschaffenen, buchstäblich unkartografierbaren Sonnensystem aufzuspüren.

Nick schnaubte nur hämisch über Angus' Begründung. Mikka nahm sie mit mürrischer Miene der Mißbilligung zur Kenntnis. Morn beharrte darauf, sie sei dazu bereit, soviel Zeit wie nötig in artifiziellen Träumen zu verbringen, damit die *Posaune* sicher nach Massif 5 gelangte.

Angus ließ nichts von allem gelten.

Selbstverständlich waren seine Argumente purer Blödsinn. Er gab einfach *Humbug* von sich. Seine eigenen Instinkte bäumten sich dagegen auf, sein Memmengemüt sah darin einen Anlaß zu äußerster Furcht. Ihm war zumute, als rasten von allen Seiten Raumschiffe durchs Dunkel des Alls wie Furien auf ihn zu, wären sie längst im Erfassungsbereich der Scanner; schon in Schußweite.

In Wahrheit erlaubte seine Programmierung ihm weder Absetzmanöver noch schnelle Flucht. Als wäre das Peilsignal der *Posaune* nicht genug des Verrats, zwang zudem sein Data-Nukleus ihn zum geistlos-voraussehbaren Verhalten eines Schwachkopfs; nötigte ihn sicherzustellen, daß es jedem Verfolgerraumschiff hundertprozentig möglich war, ihm im Nacken zu bleiben.

Mit jeder Stunde, die verstrich, schmeckte die Freiheit ihm bitterer. Welchen Vorteil hatte es, eigene Entscheidungen treffen zu dürfen, wenn er sie ausführen mußte wie ein Idiot?

Die Leute, von denen seine Programmierung stammte, mußten sich im voraus über seine absehbaren Fluchtbestrebungen amüsiert haben. Selbst wenn sie die Kontrolle über ihn lockerten, gewährten sie ihm keine wirkliche Freiheit.

Damit muß Schluß sein, hatte Warden Dios gesagt. *Wir haben ein Verbrechen an Ihrer Seele begangen*. Er mußte wohl geflunkert haben: Jede Sekunde der Ausstrahlung des Peilsignals der *Posaune* bewies, daß noch längst kein Schluß war mit diesem Verbrechen. Doch warum hatte er gelogen? Eine *machina infernalis* hatte er Angus genannt. Wer log schon eine Maschine an?

Zu gerne hätte Angus geglaubt, daß Dios nicht gelogen hatte. An *irgend etwas* mußte er glauben. aber jede neue, zwangsbedingt langsame Flugphase der *Posaune* verstärkte allmählich seine Ansicht, daß er sich etwas vormachte.

Und Feiglinge, die zur Selbsttäuschung neigten, büßten dafür mit Mißhandlung, Erniedrigung und Tod.

Schließlich unterließ er es vollends, mit den Menschen zu reden, die ihn umgaben, oder ihre Fragen zu beantworten; sogar wenn Morn welche stellte. Durfte er nicht aussprechen: *Du bist verraten worden, wir alle sind verraten worden*, dann mochte er überhaupt nichts mehr sagen. Er hätte es nicht verkraften können.

Von Zeit zu Zeit brachte Ciro ihm Sandwiches und Kaffee. Auf energisches Zureden seiner Schwester hatte Ciro die Aufgaben eines Stewards übernommen. Anscheinend empfand er das als Degradierung und hatte etwas dagegen. Es zeigte sich, daß er trotzdem nicht nur ein anhänglicher Bursche war, sondern auch fähig zur Disziplin. Und daß es ihm nicht an Mumm fehlte, hatte er auch schon gezeigt. Er gestattete sich lediglich andeutungsweise Anzeichen des Mißvergnügens, während er Angus und Mikka an den Konsolen Essen servierte, auch jedem anderen, der gerade auf der Brücke erschien, etwas anbot.

Nachdem die *Posaune* den KombiMontan-Asteroidengürtel hinter sich gelassen hatte, betätigte Mikka sich noch mehrere Stunden lang an der Position des Ersten Offiziers. Wenn Angus etwas Mitarbeit forderte, half sie ihm. Während der übrigen Zeit verschaffte sie sich einen Eindruck vom Schiff. Als sie am Ende des Durchhaltevermögens war, schickte Angus sie von der Brücke und flog den Scout allein, bis sie sich wieder einfand.

Angus hätte so gut wie jeden darum ersuchen können, ihre Funktion zu übernehmen, sah jedoch davon ab. Er hatte nicht die Absicht, Nick je wieder Zugriff auf die Datenspeicher und Computerprogramme der *Posaune* zu geben. Morn durfte sich nicht auf der Brücke aufhalten, wenn der Scout in die Tach überwechselte; und Davies mußte bei ihr bleiben. Zwischen den Sprüngen verbrachte Vector praktisch die gesamte Zeit an der Auxiliarkommandokonsole-Technikkontrollpult-Kombination – permanent angeschnallt, um nicht aus dem Sessel abzutreiben –, aber er leistete keinen Beitrag zur Schiffsführung. Vielmehr verwendete er die Konsole, um die früher bei Intertech von ihm betriebenen Forschungen in möglichst großem Umfang zu rekonstruieren und Programme zu schreiben, die ihm bei der Analyse von Nicks Antimutagen helfen sollten. Und Sib Mackern hatte sich in die Aufgabe verbissen, Nick zu bewachen. Mit Schußwaffen konnte Mackern nicht umgehen – Angus hatte ihn schon in Aktion gesehen –, doch offenbar erachtete er Nick als die ärgste Gefahr, die der *Posaune* drohen mochte, und deshalb hegte er alle Entschlossenheit zu verhindern, daß Nick noch mehr Schaden anrichtete.

Was Nick betraf, so war er anscheinend in einen Zustand heiteren Irrsinns übergeglitten. Was man zu ihm sagte, verstand er immerhin deutlich genug, um darüber gehässig zu grinsen, nur sprach er kein Wort mehr. Wenn er sich nicht in seiner Kabine aufhielt, schwebte er auf der Brücke umher, lungerte um die Konsolen wie irgendein gebrechlicher alter Tropf, der den Kontakt zur Gravitation und ebenso zur Realität verloren hatte. In Abständen lächelte er, als wäre er, während sein MediTech gerade weggguckte, senil geworden. Die Narben unter seinen Augen waren fahl, hatten die Farbe kalter Asche. Trotz der Tatsache, daß Sib dauernd auf ihn achtgab, ihn ständig unter Beobachtung hatte, ignorierte er das nervöse Männlein, als wäre Mackern unsichtbar.

Diese Situation befriedigte Angus überhaupt nicht. Erstens bezweifelte er, daß Sib Mackern tatsächlich über die Fähigkeit verfügte, Nick auf lange Sicht effektiv in Schach zu halten. Zweitens war er der Überzeugung, daß Nicks friedliche Losgelöstheit nichts war als Vorspiegelung. Trotzdem sperrte er Succorso nicht ein. Sein Data-Nukleus schloß diese Option aus. Folglich mußte er sich statt dessen auf Sib verlassen; und jeden anderen, der zufällig in der

Nähe sein sollte, falls Nick es mit irgendwelchen Sauereien versuchte.

Zwölf Stunden vergingen; dann vierundzwanzig; dreißig. Mikkas und Angus' Berechnungen deckten sich darin, daß bei der gegenwärtigen Geschwindigkeit noch rund zehn Flugstunden die *Posaune* von den Ausläufern des Valdor-Systems trennten. Fünf Minuten nachdem er seine ›Passagiere‹ darüber informiert hatte, daß er vor der nächsten Hyperspatium-Durchquerung eine Stunde lang Normalraumflug beabsichtigte, kamen Morn und Davies auf die Brücke.

Vielleicht war es Zufall, daß sich auch sämtliche übrigen Personen auf der Brücke befanden. Mikka hatte erneut den Sessel des Ersten Offiziers belegt. Nick kreiste trotz Angus' achtsamer und Mackerns sorgenvoller Aufmerksamkeit um die tandemisierten Kommandokonsolen. Ciro hatte soeben nochmals eine leichte Mahlzeit aus der Kombüse angebracht. Und Vector konzentrierte sich auf die Auxiliarkommandokonsole-Technikkontrollpult-Kombination, als hätte er alle seine menschlichen Schwächen und jedes Ruhebedürfnis vergessen; als wäre die Wahrnehmung seines Bewußtseins zusammengeschrumpft auf seine Hände und den kleinen Bildschirm, hätte es sämtliche Menschen und jede Ablenkung vollkommen ausgegrenzt, verböte es sich selbst den Schlaf. Während er arbeitete, spitzte und entspannte, spitzte und lockerte er den Mund, als sorgte eine Art von innerem Rhythmus für diese Marotte. Angus hatte den Eindruck, daß der Genetiker beim Eingeben von Daten oder Programmeschreiben lautlos durch die Zähne pfiff, dann damit aufhörte, wenn er sich die Resultate besah.

Morn schaute sich auf der Brücke um; sie und Davies nahmen von Ciro Riegel gepreßter Nahrung und Antigrav-Thermoskannen mit Kaffee entgegen. Mangels Bordrotation konnten sie nirgends stehen. Dank ihrer Ausbildung beherrschte Morn jedoch die Kunst des stationären Schwebens. Offenbar hatte Davies diese Befähigung von ihr geerbt.

Nach einem Bissen in den Nahrungsriegel und einem Schluck Kaffee wandte sie sich an Angus.

»Wie kommen wir voran?« Sie sprach in sorgsam neutralem Tonfall. »Wo sind wir?«

Sie sah kaum besser aus als vor ein, zwei Tagen aus. Noch hatte sie zu wenig Essen und Schlaf gehabt, um sich von ihrer in Mark und Bein gedrungenen Erschöpfung zu erholen. Aber sie litt an keinen Entzugserscheinungen mehr; und die Entlastung von diesen Beschwerden zeigte sich an den kleinen Muskeln rings um ihre Augen, dem Ausdruck ihres Munds und der verminderten Fiebrigkeit ihrer Bewegungen. Zudem hatte sie sich offensichtlich in der Hygienezelle ausgiebig gesäubert: Haut und Haar glänzten von Reinlichkeit. Vielleicht hatte sie sich die Stunden ihrer Gefangenschaft bei den Amnion abzuwaschen versucht. Oder sie hatte sich bemüht, ihren Nerven die Erinnerung an Nicks Berührungen auszubürsten.

Oder an das, was ihr Angus angetan hatte.

Ihr bloßer Anblick verursachte Angus solche Magenschmerzen, als würden in seinem Bauch Messer umgedreht.

Anstatt sich zu äußern, projizierte er eine Astrogationsschematik auf einen der Hauptbildschirme, damit Morn sich selbst über die Lage informieren konnte.

Sie betrachtete das Bild, sah Davies an. Beide nickten wie Zwillinge; sie stützten sich beide auf die gleiche Ausbildung und zogen aus der Darstellung die gleichen Schlußfolgerungen.

»Wann treffen wir ein?« erkundigte Morn sich bei Angus.

Er schnitt eine abweisende Miene, aber bewahrte Schweigen. Ich bin hintergangen worden. Ihr seid hintergangen worden. Es muß Schluß sein, ja, aber mit den Verbrechen der verfluchten VMKP nimmt es offenbar kein Ende.

»Angus...«, begann Morn, als wollte sie ihn warnen – oder ihm drohen.

Davies schwebte näher an den Kommandosessel.

»Ich weiß nicht, was für ein Problem er hat«, mischte Mikka sich brüsk ein, »aber ich vermute, er wird durch den

Schlafentzug allmählich psychotisch.« Nick schnaubte verächtlich, als er das hörte, enthielt sich jedoch jeden Kommentars. »Er beantwortet keine Fragen mehr«, meinte Mikka, wobei sie Nick einen bitterbösen Blick zuwarf, zu Morn. »Aber er hat meiner Konsole Daten zugeleitet.«

Nun widmete außer Morn auch Davies seine Aufmerksamkeit Mikka. »Er mußte es, ich wäre nämlich nicht imstande gewesen, 'n Kurs durch das System zu planen, hätte er mir nicht mitgeteilt, wann wir's erreichen. Ich glaube, im ganzen Human-Kosmos gibt's von Massif 5 keine komplette Karte, aber selbst die uns greifbaren Karten wären nutzlos, wüßten wir nicht den Zeitpunkt. Die Koordinaten der zwölf Planeten und des Valdor-Industriezentrums können wir ungefähr schätzen, aber ohne Zeitangabe ließe sich nicht vorausberechnen, wo auf ihren Umlaufbahnen sich gerade die fünfundzwanzig bis dreißig größten Planetoiden, die Kometen und Asteroidenschwärme befinden. Laut Angus' Auskunft sind wir in ...« – sie las die Anzeigen ab –, »in neun Stunden dreißig Minuten dort. Während der ersten fünfzehn bis zwanzig Stunden habe ich auch gedacht, es sei doch Verrücktheit, sich so langsam ranzupirschen. Inzwischen erkenne ich allerdings wenigstens einen Vorteil. Ein paar Hundert unerfaßte Asteroiden und ein, zwei Singularitäten mal außer acht gelassen, gelangen wir in neun Stunden auf eine relativ freie Einflugschneise ins System. Wir sind nicht gezwungen, sofort irgendwelchen Felsklötzen oder stärkeren Schwerkraftquellen auszuweichen. Danach ...« Sie zuckte die Achseln. »Danach wird's natürlich trotzdem schwierig.«

Alle außer Vector musterten sie, während sie die Verhältnisse schilderte, ließen sich von ihr erklären, was sie längst wußten, als könnte es ihnen, es aus ihrem Mund noch einmal zu hören, dabei helfen, sich darauf besser einzustellen; als eignete es sich, um ihre Befürchtungen zu zerstreuen.

»Massif 5 ist ein Doppelsonnensystem«, konstatierte Mikka sachlich. »Soviel stellare Masse hat eine gewaltige Menge von Felsen und Gesteinsschutt angezogen. Es sind zwölf große Planeten vorhanden, alle auf verschiedenen Umlaufebenen. Einige kreisen mit echt erstaunlichen Geschwindigkeiten in Schleifen um beide Gestirne, andere nur um den einen oder um den anderen Stern, und ein paar wandern um die gesamte Gravitationsquelle. Alle Planeten haben Monde, manche bis zu dreißig Stück, und vier sind von Ringen umgeben. Außerdem gibt's in allen Richtungen Asteroidenschwärme, regelrecht wie ein Schrapnellhagel. Möglicherweise hat's mehrere Hundert Planetoiden, von denen manche wirklich Wahnsinnskreisbahnen um die zwei Sonnen und mehrere Planeten beschreiben. Neun Kometen sind verzeichnet, und einige von ihnen sind verdammt riesig. Und zudem sind die Trümmer vorhanden, alles mögliche, von faustgroßen Steinen, die mit zwanzig bis dreißig Prozent c umherrasen, bis hin zu treibenden Raumschiffswracks.«

Angus knurrte vor sich hin, während er die Problematik durchdachte. Im Hinblick auf sein Vermögen, durch das System zu navigieren, machte er sich keine Sorgen – *er* konnte es bestimmt besser als jeder andere –, nur war ihm die Aussicht zuwider, das Schiff aus Sicherheitserwägungen langsam hindurchsteuern zu müssen.

»Das alles stellt uns sowieso schon vor enorme Anforderungen«, erklärte Mikka, »aber es kommen noch zusätzliche Schwierigkeiten auf uns zu. Offenbar entstehen in Doppelsternsystemen durch die besonderen Schwerkraftbedingungen leicht Singularitäten. Gut ist, daß man im Valdor-System nur fünf entdeckt hat. Bis jetzt. Schlecht ist, daß sie instabile Umlaufbahnen haben, und zudem soviel Anziehungskraft, daß sie die benachbarten Kreisbahnen verzerren. Das bedeutet« – ihre Stimme klang zunehmend grimmiger –, »jede beliebige Information in unseren Datenbanken kann praktisch jederzeit ungültig werden. Mit anderen Worten, das ganze Sonnensystem ist ein regelrechter Alptraum.«

Sie wußte, wovon sie sprach. Sie und Ciro waren im Kosmo-Industriezentrum Valdor geboren.

»Aber gleichzeitig ist es natürlich eine wahre Schatzkammer.« Nochmals hob sie die Schulter. »Darum hat Valdor sich ja dort eingenistet. Massif 5 bietet Rohstoffe aller Art in einem Maßstab, den man sich gar nicht vorstellen kann. Inzwischen hat's allerdings noch 'n Grund. Das KIV ist im Human-Kosmos zur hauptsächlichen Forschungsstätte für die Untersuchung von Singularitäten geworden. Man sucht nach einer Methode, um soviel geballte Energie zu nutzen.«

Ihr Ton wurde immer härter. »Und das ist gleichzeitig die Ursache, weshalb es dort mehr Raumpiraten und illegale Einrichtungen als im gesamten übrigen Human-Kosmos zusammengenommen gibt.« Mit lässiger Leichtigkeit tippte sie Befehle in ihre Konsole und projizierte eine dreidimensionale Darstellung des Valdor-Systems auf eine Mattscheibe. »Da ist unser Ziel.« Mehrmaliges Tastendrücken brachte eine kleine Ansammlung bernsteingelber Pünktchen, etwa ein Drittel des Durchmessers vom Rand des Systems entfernt, zum Blinken. »Wie ihr seht, liegt es nicht gerade in der Nähe unserer Einflugroute. Dort befindet sich ein Asteroidenschwarm, der zu wenig Massenträgheit aufweist, um sich von der Gravitationsquelle zu lösen. Wenn keine Singularität ihn wegzieht, wird er sich einwärts verlagern und in vielleicht zwanzig Jahren in den Kleinen Massif 5 stürzen. Aber momentan jedenfalls gibt's mitten darin, rundum geschützt durch mehrere Tausend andere Felsbrocken, einen so großen Asteroiden, daß er glatt ein Mond sein könnte. Dort ist das Laboratorium, das wir aufsuchen wollen.«

Davies hörte aufmerksam zu; ansonsten jedoch hatte sein Betragen die Ähnlichkeit mit Morns Verhalten abgelegt. Ihre Beachtung galt vollauf Mikka; er hingegen schaute wiederholt zu Nick hinüber, um zu beobachten, was er trieb, oder Angus an, um zu sehen, wie er Mikkas Äußerungen aufnahm. Angus vermutete, daß er, seit er an Bord gekommen war, wenig geschlafen hatte; es schien, als wäre seine Körpertemperatur zu hoch, um Ruhe finden zu können.

Er hatte Morns Zonenimplantat-Kontrollgerät in seinem Besitz: bei jeder Hyperspatium-Durchquerung schaltete er sie gewissermaßen ein und aus. Doch was tat er, während sie hilflos im Schlummer lag?

Zwanghaft malte Angus sich aus, was Davies mit dieser Macht anfangen könnte; was er, Angus, an der Stelle seines Sohns täte.

Bei seinen Phantasien schwindelte ihm vor lüsterner Begierde.

Verlangen und Enttäuschung. Es hatte sich schon gezeigt, daß er nicht die Fähigkeit hatte, mit Morn fertig zu werden; daß alle seine Bemühungen, sie zu erniedrigen, sie niederzuzwingen, nichts anderes als vergebliche Versuche gewesen waren, dem Kinderbett zu entfliehen. Sein Lebtag lang hatte er in diesem Ringen gestanden und es nie geschafft, sich zu befreien.

Er bekam kaum mit, daß Davies eine Frage an Mikka richtete. »Bist du dort schon einmal gewesen?«

Mikka schüttelte den Kopf. »Ich kenne bloß die üblichen Gerüchte, das Geschwätz ... Die Sorte Geschichten, die unweigerlich in Sonnensystemen kursieren, in denen es von Illegalen wimmelt. Nick hat mal behauptet, er hätte es besucht. Falls das stimmt, hat er mir nie Näheres erzählt.«

Nick winkte geringschätzig ab; seine Geste erregte keine Beachtung.

»Die Leute, *die* darüber reden«, sagte Mikka, »nennen keinen Namen. Man spricht nur vom ›Labor‹, aber es dürfte eher die Größe eines richtigen Forschungsinstituts haben. Ob die Astro-Schnäpper über das Labor Bescheid wissen, habe ich keine Ahnung.« Sie wartete nicht auf eine diesbezügliche Einlassung Morns oder Davies'. »Vermutlich ja. Es besteht schon seit fünfundzwanzig Jahren. Aber es ist nie versucht worden, es zu schließen. Hinter den ganzen Felstrümmern, die als Versteck dienen, ist es nahezu unangreifbar. Man muß es langsam anfliegen, und auf diversen Asteroiden sind Materiekanonen eingebunkert. Wahrscheinlich ist es sowieso kein lohnendes Ziel. Es unterhält keine Kontakte zu den Amnion. Es ähnelt mehr diesen medizinischen Laboratorien auf der Erde, die daran arbeiten, reiche Leute schöner zu machen, und zu diesem Zweck an gesetzlich geschützten Tierarten experimentieren, beispielsweise Menschen. Tatsächlich werden dort vielerlei medizinische Forschungstätigkeiten ausgeübt. Man untersucht die Wirkungsweisen von Zonenimplantaten. Cyborgs werden hergestellt. Das Labor hat jede Menge BR-Chirurgie erfunden. Und die Techniken, dank der Menschen Selbstverstümmelung überleben können. Trotzdem ist es kein überwiegend medizinisch orientiertes Laboratorium. Das ist nur 'ne Erwerbsquelle, um die eigentliche Forschung zu finanzieren.«

Cyborgs werden hergestellt, wiederholte Angus in Gedanken, aufgewühlt durch Abscheu. Seine Erbitterung wuchs, ballte sich Stunde um Stunde stärker, ohne daß sich ein Ventil fand. Kein Wunder, daß die Astro-Bullen das ›Labor‹ nicht schlossen: Wahrscheinlich schickten sie selbst ihre eigenen Forscher zum Arbeiten hin, damit sie lernten, wie man die Art von chirurgischen Eingriffen durchführte, die man an ihm vorgenommen hatte.

Mikka atmete tief durch. Dabei verkniff sie die düstere Miene immer mehr, bis ihre Gesichtszüge sich straff an die Umrisse des Schädels zu schmiegen schienen.

»Der Mann, der's gebaut hat, heißt Deaner Beckmann. Er ist kein gewöhnlicher Illegaler. Geht man nach seinem Ruf, muß er so was wie 'n übergeschnappter Libertarier sein ... Oder Anarchist. Er hält nichts von Gesetzen, die gerade die Art von Forschung verbieten, die ihn am meisten interessiert. Und was ihn interessiert – so heißt's wenigstens –, ist gravitische Gewebemutation. Er will genetische Adaptionen entwickeln, die es dem menschlichen Organismus erlauben, die Belastungen einer Betätigung im Umkreis von Singularitäten zu überstehen. Auf lange Sicht hat er vor, Menschenwesen zu erzeugen, denen es möglich ist, Singularitäten aus unmittelbarer Nähe zu untersuchen.«

»Wozu?« fragte Ciro verblüfft.

»Weil er glaubt«, antwortete Mikka mit gepreßter Stimme, »daß in ihrem Innern die Zukunft der Menschheit liegt. Vermutlich denkt er, daß alles, was von ihnen eingesaugt wird, irgendwo wieder zum Vorschein kommen muß. Aber solange sie den Druck nicht aushalten, können *Menschen* nicht hinein.« Sie stieß ein spöttisches Schnauben aus. »Also möchte er ein paar Abänderungen vornehmen.«

»Zu seinem Pech«, bemerkte Morn, als wäre ihr nach wie vor daran gelegen, Angus zu warnen, »sind derartige Forschungen illegal. So unerlaubt wie gesetzwidriger Mißbrauch von Zonenimplantaten.«

Davies nickte, als wäre er ihr Echo.

Nick kicherte höhnisch, während er auf der Brücke umherschwebte.

Mikka warf ihm einen Blick zu, als hätte sie ihm am liebsten ein paar runtergehauen; doch sie beschränkte sich darauf, ihre Ausführungen zu beenden.

»Man erzählt über Beckmann, daß er den Anfang mit einer Subvention aus dem Grundlagenforschungsfonds Holt Fasners gemacht hat. Aber sie soll durch falsche Angaben über Zweck und Durchführungsort der Forschungen erschlichen worden sein. Seitdem versteckt er sich mitten in dem Asteroidenschwarm. Weil er gegen alles ist, was Forschung behindern könnte, läßt er andere Leute zu sich kommen und bei ihm ihren Betätigungen nachgehen. So ist mir's jedenfalls zu Ohren gekommen.«

»Klingt fast zu schön, um wahr zu sein«, meinte Vector leise, ohne den Blick von seiner Arbeit zu heben. »Bestimmt hat er alles, was ich brauche.«

Sib Mackern wand sich wie jemand, der kurz davor stand, sich zu erbrechen. »Dort willst du wirklich hin?« fragte er den Techniker. »An 'n Ort, wo man sich BR-Chirurgie ausdenkt und Cyborgs fabriziert?« Langgehegte Furcht verzerrte ihm die Miene. »Ist das nicht genauso schlimm, als wären sie Amnion?«

»Wären dort Amnion, hätten die Leute keine Wahl«, stellte Morn schroff klar. Sie schob die Hand an den Hinterkopf, als entsänne sie sich der vielfältigen Weise, wie ihr Z-Implantat gegen sie benutzt werden konnte.

»Sei unbesorgt«, meinte Vector zu Sib. »Es wird das reinste Vergnügen. Ich bin da in meinem Element.« Sein Gesicht verzog sich zu einem Lächeln der Selbstironie. »Und ich wollte schon immer Retter der Menschheit sein. Wo ich dazu Gelegenheit erhalte, ist mir egal.«

»›Retter der Menschheit ...‹« Nick feixte ein falsches Grinsen in Vectors Richtung. »Na, das gefällt mir. Mann, du könntest nicht mal dich allein vor 'm Sack Flöhe retten, selbst wenn du das Labor *geschenkt* kriegtest. Du machst deinen Scheiß nur dann richtig« – sein Grinsen entgleiste für einen Moment zu einem greulichen Zähnefletschen –, »wenn du die Hose voll hast.«

Wütend drehte Mikka sich mitsamt ihrem Sessel Angus' Kommandokonsole zu. »Bringst du ihn nun endlich zum Schweigen« – ruckartig wies ihr Kopf auf Nick –, »oder muß ich es tun?«

Finster erwiderte Angus ihren Blick. Vorprogrammierte Verbote schienen ihm die Gurgel einzuschnüren, die Kehle zu beengen, bis er zu ersticken drohte.

»Laß ihn sabbern, Mikka«, empfahl Vector ganz gelassen. »Er versucht vorzutäuschen, daß er noch 'ne Rolle spielt. Außer seiner Häme hat er nichts mehr zu bieten.«

»Das ist mir *gleich*«, fauchte Mikka. »Ich habe zu lang an seine Überlegenheit geglaubt. Ich *will* sein Gequassel *nicht mehr hören*.«

Angus mochte es erst recht nicht mehr ertragen. Stärker als jeder andere an Bord verspürte er das Bedürfnis zu toben und um sich zu schlagen; er lechzte nach einer Art der Gewalttätigkeit, die ihn aus seinem Gefängnis befreien konnte. Er hätte Nick bereitwillig und mit dem größten Behagen jederzeit eigenhändig getötet, zu gerne Morn auf der Stelle vergewaltigt oder sich an einem Schott den eigenen Schädel zu Brei gerammt, nur um zu beweisen, daß er dazu fähig war; doch all das blieb ihm unverwirklichbar. Er hatte nicht einmal die Möglichkeit zu erklären, weshalb er sich durch Morn und Vector zu dem Flug nach Massif 5 hatte überreden lassen.

»Dann verschwinde von der Brücke«, sagte er grob zu Mikka. Du bist verraten worden. Wir sind *allesamt* hereingelegt worden. Glaubst du etwa, *mir* macht es Spaß, mir das Gequatsche von Leuten anzuhören, die reden können, was sie wollen? »Du wirst abgelöst. Laß dich erst wieder hier blicken, bis wir Massif 5 erreicht haben.«

Nick schwebte zu einem Schott, klammerte sich an Haltegriffe. Sein Grinsen fiel dermaßen scheußlich aus, daß Angus innerlich aufheulte; doch er gab keinen Laut von sich.

»Angus, was soll das?« fragte Morn angespannt. Sie kannte Angus zu gut.

»Wir müssen was gegen *ihn* unternehmen«, sagte Sib, indem er auf Nick deutete. Seine Stimme klang nach untypischer Entschlossenheit. »Wenn wir ihn nicht wenigstens einsperren, treibt er uns noch alle in den Irrsinn.«

»Angus, dein Vorgehen ist völlig verkehrt«, unterstützte Davies ihn in ernstem Ton. »Sib hat recht. Nicht Mikka ist das Problem, sondern Nick.«

Angus gab seinem Sohn keine Antwort, ebensowenig Sib, und er ging auch nicht auf Morns Frage ein, obwohl das eigene stumme Aufbegehren und Aufbäumen ihm fast das Herz zerriß. Sein Data-Nukleus untersagte es ihm, einen Agenten der VMKP-Da-Abteilung einzusperren.

Mikka wandte sich ihm zu, musterte ihn mit hartem Blick. Als er jede Stellungnahme verweigerte, biß sie sich auf die Lippe und zuckte verkrampft die Achseln.

»Ich muß so oder so mal 'ne Pause einlegen.« Sie sprach zu Morn, ohne sie anzusehen. »Später braucht er mich doch wieder. Außer er kommt auf die Idee, mich durch Nick abzulösen. Und dann bin ich hier allemal fehl am Platze.«

Die Augen gesenkt, öffnete sie die Gurtverschlüsse und schwang sich aus dem G-Andrucksessel, schwebte in tadellos vollführtem Purzelbaum zum Aufgang. Am Geländer zog sie sich zur Konnexblende hinauf und verschwand außer Sicht.

»*Verflucht* noch mal ...!« Mit einer Hand festgeklammert, damit er nicht abtrieb, drosch Davies neben Angus die Faust auf den Rand der Kommandokonsole. »Ich dachte, wir könnten dir trauen«, blaffte er ihn an. »Ich glaubte, du hättest dich geändert.«

»Er hat sich verändert«, stellte Morn in sorgenvollem Ton fest. »Er haßt Nick. Darum würde er sich normalerweise nie so verhalten.«

Unter sichtlicher Selbstüberwindung näherte sie sich Angus' Sitz. Als sie direkt vor ihm schwebte, hob sie den Blick in sein Gesicht. Ihre vom Leid düsteren Augen hatten dunkle Ringe; und doch wirkte sie wie eine Unantastbare, als könnte sie jede Art von Gewaltakt heil überstehen.

»Angus, da stimmt doch irgend was nicht. Wir müssen wissen, was es ist. *Ich* muß es wissen.«

Sie hätte hinzufügen können: Und *ich* habe das Recht zu fragen.

»Zu dumm«, erwiderte er, als verhöhnte er sie; als wäre er dazu imstande. »Du kannst auch in deine Kabine gehen. Wir wechseln in fünf Minuten in die Tach über.«

Konsterniert verzogen sich Morns Mundwinkel. »Aber du hast gesagt ...«

»Ich hab's mir anders überlegt.«

Seine Willenskraft hätte sich mit ihrer nicht messen können: dafür war er zu schwach. Hätte er mit nichts als seinem Willen versucht, ihrem Blick standzuhalten, bis sie sich abwandte, wäre der Ausgang gewesen, daß er in seinem G-Andrucksessel gewimmert hätte wie ein Säugling. Aber seine Z-Implantate waren zusammengefaßt stärker als Morns Zonenimplantat; und sie waren aktiv. Er stierte sie mit einer unnachgiebigen Festigkeit an, als wäre er die Impacter-Ramme eines Erzhammers, bis sie den Blick senkte und sich umdrehte, als hätte er sie niedergerungen.

»Komm«, sagte sie gedämpft zu Davies. »Trotz allem ist es sein Raumschiff. Er hat hier das Sagen.«

Davies sah aus, als stauten sich Wutschreie in seiner Brust; er war voll fieberhaften Tatendrangs und extremer

Ungezügeltheit, mußte alle Mühe aufwenden, um sich zu bezähmen. Aber nach Morns Worten hielt er verkniffen den Mund und folgte ihr über den Aufgang zur Konnexblende.

Angus schaute ihr nicht nach. Er mied Sib Mackerns feuchten Blick, mißachtete Ciros unreife Entrüstung, scherte sich nicht um Vectors Miene des Befremdens. Am allerwenigsten beachtete er Nick. Er gedachte keinem von ihnen einen Vorwand zu geben, sich ihm zu nähern.

Denn falls jemand ihm auf die Pelle rückte – jemand der Kommandokonsole zu nahe kam –, hätte er sicherlich gemerkt, daß auf seinem Sichtschirm ein Scanning-Indikator blinkte.

Er zeigte ein Raumschiff an.

Nicht im unmittelbaren Umraum: es war beinahe acht Lichtminuten von der *Posaune* entfernt. Doch es war fast sofort nach dem Interspatium-Scout in die Tard zurückgefallen, ganz als nähme es den gleichen Kurs.

Als ob es ihm folgte.

Niemand rührte sich. Nur Nick ließ den Haltegriff los und segelte auf Angus zu, fing sich in letzter Sekunde an der Kante der Kommandokonsole ab. Bedächtig schlang er die Arme um die Konsole und glotzte Angus scheel ins Gesicht.

»Wissen Sie, was Ihr Problem ist, Kaptein Thermogeil?« fragte er mit ärgerlich provozierendem Nölen. »Sie hassen sich selbst. Sie wollen gar keine Freunde. Nein, es verhält sich sogar noch schlimmer ... Sie wollen nicht mal Bundesgenossen. Sie glauben, Sie haben keine verdient. Sie haben der Schlunze das Hirn kaputtgefickt. *Er* weiß alles darüber, bis ins kleinste Detail. Und *trotzdem* möchten beide Sie auf ihrer Seite sehen. Und was Mikka betrifft, sie ist derart eifersüchtig, daß sie sich mit 'ner Schlange verbünden würde, falls sie mich genug haßte. Sie alle haben komischerweise den *Wunsch,* ausgerechnet *Ihnen* zu helfen.«

Angus sah Nick geradewegs an; aber an den Rändern seines Blickfelds beobachtete er die Anzeigen. Das fremde Raumschiff folgte eindeutig dem Kurs der *Posaune.* Und es steigerte die Schnelligkeit: Scanning und Datensysteme schätzten, daß die Geschwindigkeit 30 Prozent der Lichtgeschwindigkeit überschritt. Das war zuwenig, um Angus einen Anlaß zur Besorgnis zu liefern. Dennoch krampfte sich ihm unwillkürlich das Herz zusammen.

Was war das für ein Raumschiff?

»Aber Sie wollen davon partout nichts wissen«, fügte Nick hinzu. »Dafür hassen Sie sich selbst viel zu sehr. Sie können niemanden *verkraften*, der Sie nicht wie den dreckigsten, widerwärtigsten Halunken des gesamten Universums behandelt.«

Angus fühlte sich auf allen Seiten von Gefahren umlauert. Ein unbekanntes Raumschiff auf seiner Fährte. Mindestens ein Gegner, der ihn allzu gut durchschaute.

Die Elektroden tief in seinem Gehirn stellten ihn auf blitzartiges Eingreifen ein, während Sib Mackern, in der Faust die Pistole, auf Nick zugeschossen kam.

Nick verhielt, verzichtete vorsätzlich auf jegliche Anstalten, sich zu wehren. Trotzdem wurde sein Gegriene starr, und seine ganze Haut paßte sich dem Aschgrau seiner Narben an.

Sib stoppte sich an der Armlehne von Angus' Kommandosessel.

»Aber Morn, Davies und Mikka sind anders, Nick.« Er setzte die Waffenmündung an Nicks Schläfe; trotz seiner Furchtsamkeit hatte er die Pistole fest in der Faust. »Und sie stehen nicht allein da. Der einzige, den *ich* hasse, bist du.«

Auch ihn trieben innere Zwänge an; seine Furcht saß so tief wie Angus' Elektroden. Es mochte sein, daß er auf verschwommene Weise klärte, wessen Partei er ergriff; daß er nicht auf Nicks, sondern Angus' Seite stand.

»Und vergiß nicht mich«, rief Ciro, obwohl seine Stimme quäkte. »Du hast Mikka gekränkt. Das verzeihe ich dir nicht.«

So wie Sib legte er sein Bekenntnis genauso für Angus wie für Nick ab.

Die Aussagekraft der Daten, die vor Angus' Augen über

den Sichtschirm wanderten, nahm zusehends, indem die Analyseprogramme die Emissionen des unbekannten Raumers immer verläßlicher analysierten, deutlicheren Charakter an. Das Raumschiff war zu groß, emittierte Energie auf zu vielen Bandbreiten, um etwas anderes als ein Kriegsschiff zu sein.

War es ein Raumer der VMKP?

Oder eine Amnion-›Defensiveinheit‹, die bei der Jagd auf die *Posaune* die Anzettelung eines offenen Kriegs riskierte?

Obschon in Angus' Innenleben nichts als Tumult, als Heulen und Zähneknirschen herrschten, musterte er Nick ganz einfach kalten Blicks, wartete darauf, daß die Nervensäge wieder auf Abstand ging.

Nick regte sich nicht, bis Sib die Waffe von seiner Schläfe senkte und zurückwich. Dann erst stieß er sich von der Kommandokonsole ab. Während er einen Bogen zu einem Schott beschrieb und von dort aus zum Aufgang hinüberschwebte, straffte sich sein Grinsen. Man hätte meinen können, er versuchte Erleichterung zu verbergen.

»Du solltest in die Tach überwechseln, so bald es geht«, riet er Angus. »Wir wollen doch nicht, daß irgend jemand uns einholt. Ich bin in meiner Kabine.«

Er grinste Sib Mackern gehässig an und verließ die Brücke.

Insgeheim fluchte Angus. Nick hatte den Indikator gesehen.

So ein Mist.

Mit grimmiger Entschlossenheit tippte er der Konsole Befehle ein.

»Übersprung in die Tach erfolgt in dreißig Sekunden«, gab er per Interkom bekannt, während er den Steueranlagen Koordinaten und dem Ponton-Antrieb Energie zuleitete, das Scanning fokussierte und die Materiekanone auflud.

So lange brauchten Vector, Sib und Ciro, um sich in die relative Sicherheit ihrer Kabinen zurückzuziehen.

Am liebsten hätte er die Frist gespart, die nächste Hyperspatium-Durchquerung *sofort* durchgeführt, während er noch günstigere Voraussetzungen hatte. Wenn er zuließ, daß ein VMKP-Raumschiff ihn einholte, war er erledigt. Dann konnte irgendein Astro-Schnäpper seine Prioritätscodes invozieren, und schon hätte seine kurze, so ambivalente Freiheit ein Ende.

Doch sein Data-Nukleus gestattete ihm nicht zu pfuschen. Er gewährte den Leuten, die auf ihn bauten, ihre vollen dreißig Sekunden Zeit, ehe er die *Posaune* abermals ins Hyperspatium schleuderte.

MORN

Morn erwachte mit dem vage beunruhigenden Gefühl, jemand hätte einen Schalter umgelegt, aus abgründigen Träumen. Im einen Moment ruhte sie noch in derartig bekömmlich-tröstlichem Schlummer, daß er sie von der Oberfläche ihrer Haut bis ins vom Gram zermürbte Herz mit Stille erfüllte. Im darauffolgenden Moment war sie hellwach, hatte die Augen offen, spürte ihre schlaffen Glieder; fühlte ihr nach wie vor vorhandenes, weil durch Schlaf oder Träume unauslöschliches Leid.

Sie kannte das Phänomen. Es entstand durch den Stress des Übergangs vom künstlich hervorgerufenen Schlaf und Frieden ins gewöhnliche, mit Mängeln behaftete Menschsein. Aber daß sie es schon kannte, beschwichtigte sie wenig. Sie war von den Emissionen ihres Zonenimplantats dermaßen abhängig geworden, daß sie sogar die hilflose Verfassung der Bewußtlosigkeit als der Begrenztheit und dem Weh des Wachzustands vorziehbar empfand.

Auf der anderen Seite der engen Kabine kauerte Davies auf der Kante seiner Koje, hatte sich gegen die Schwerelosigkeit mit dem Knie daran untergehakt. Er betrachtete Morn düsteren, gehetzten Blicks, der auf gewisse Weise ebensoviel geballte Unrast widerspiegelte wie Angus' memmenhafte Bosheit, die Morn ihm angesehen hatte, während er sie vergewaltigte und demütigte.

In der Hand hielt er das Zonenimplantat-Kontrollgerät.

Wie Angus.

Und wie Nick. Einige Zeit lang hatte auch Nick sie dank der Elektrode in ihrem Schädel seiner Gewalt unterwerfen können.

Und genau wie sie beide war Davies ein Mann ...

Darum flößte seine Gegenwart ihr im ersten Augenblick Grauen und Abscheu ein. Wieder hatte ein Mann sie in seiner Macht, der keine andere Absicht haben konnte, als sie zu mißhandeln und zu mißbrauchen.

Aber ob Mann oder kein Mann, er war ein anderer Mensch als die beiden. An diese Einsicht klammerte sich Morn, während er sie musterte. Sein Hand hing locker in der Luft; kein Finger drückte Tasten. Er war ihr Sohn: sein Geist war ein Gegenstück ihrer Psyche. Die Ruhelosigkeit in seinen Augen beruhte nicht auf Gemeinheit. Sie war ein Ausdruck seiner Sorge; seines gegen Nick gerichteten Argwohns; des Zweifels an Angus; und der unumgänglichen, unberechenbaren Nachwirkungen der Tatsache, daß er in Morns Leib herangewachsen war, während nahezu andauernd Stürme artifiziell induzierter Kräfte sie durchtost hatten. Dadurch war er auf Stoffwechselextreme konditioniert worden, die kein normaler Ungeborener überstanden hätte.

Morn fragte sich, wie er sich eigentlich Erholung verschaffte. Er sah aus, als hätte er seit der Flucht aus Kassafort nicht mehr geschlafen.

Vielleicht vermochte er gar nicht zu schlafen.

Aber wie lange könnte er ohne Schlaf bei Verstand bleiben?

»Geht's dir gut?« wollte er erfahren, nachdem er einige Zeit lang ihr Aufwachen mitangeschaut hatte. Die Frage drang ihm als rauhes Krächzen aus der Kehle, als hätte er Stunden mit verkrampften Stimmbändern zugebracht, nur auf ihr Erwachen gewartet.

Morn nickte. Die Rückkehr in den Wachzustand hatte sie entkräftet. Sie fummelte an den Verschlüssen der Gurte, die sie auf der Koje niederhielten, öffnete sie, befreite sich aus dem Anti-G-Kokon. Die Finger daran festgekrallt, um nicht abzutreiben, schwang sie die Beine über den Kojenrand, setzte sich auf die Kante.

Ihre Benommenheit und die Schwerelosigkeit verursachten ihr einen Schwindelanfall. Sie hatte den Eindruck, daß die *Posaune* trudelte, Heck über Bug durchs All taumelte wie ein Wrack. Doch im nächsten Moment bewährte sich Morns Null-G-Training, die Desorientierung schwand.

»Wo sind wir?« fragte sie leise, während sie die Nachbilder von Träumen aus ihren Gedanken verscheuchte.

Davies schnitt bei der Antwort eine ähnlich finstere Miene wie sein Vater. »Angus sagt, nach Massif 5 ist bloß noch eine Hyperspatium-Durchquerung erforderlich. Sobald wir dort sind, müssen wir sofort fast permanent auf Hoch-G-Belastung gefaßt sein, deshalb will er uns nun 'ne Gelegenheit geben, uns die Füße zu vertreten. Das nächste Mal wechseln wir in siebzig Minuten in die Tach über, hat er angekündigt.« Mißmut verzog Davies' Mund. »Außer er überlegt's sich auch diesmal anders.«

Bei der Erinnerung an Angus' Zänkigkeit seufzte Morn. Sein Benehmen ängstigte sie stärker, als sie eingestehen mochte. »Er wird's nicht, wenn wir ihm keinen Vorwand liefern. Wir können uns von der Brücke fernhalten. Vielleicht behält er dann die Ruhe.«

Davies schnaubte. Anscheinend befriedigte ihn der Vorschlag nicht, Ärger einfach aus dem Weg zu gehen. Seitlich am Kinn strafften und entspannten sich ihm die Muskeln, als kaute er seine Erbitterung durch. Die Faust packte das Zonenimplantat-Kontrollgerät energischer. »Was ist nur in ihn gefahren?« schalt er unvermittelt. »Was hat sich geändert? Vor dem Verlassen des Bannkosmos ist er nicht so gewesen. Ich dachte schon, er stünde wirklich auf unserer Seite. Jetzt führt er sich auf, als fräße er irgendeinen Groll in sich hinein.«

Angesichts der Nöte Davies' neigte Morn den Kopf. Wie sollte sie ihm helfen? Über irgendwelche Folgeerscheinungen der Schnellwachstumsmethode und des Bewußtseinstransfers hatte sie keinerlei Kenntnisse; genausowenig über embryonale Entwicklung und Geburt unter dem Einfluß eines Z-Implantats. Und sie war ohne psychische Krücke selbst kaum zu irgend etwas imstande. Angus gab ein Thema ab, mit dem sie sich am liebsten gar nicht beschäftigt hätte. Im Grunde genommen übte er noch immer die Gewalt über sie aus, auch wenn er nicht mehr über das Kontrollgerät verfügte. Alles was sie tat und redete, alles was sie *war*, trug den Stempel, den Makel seiner Brutalität.

Seiner und Nicks Brutalitäten.

Und doch war Davies ihr Sohn.

An die Koje geklammert, zuckte sie die Achseln. »Du weißt über ihn nur soviel wie ich.«

»Ich weiß sogar mehr«, entgegnete Davies harsch. »Ich war schon einige Zeit mit ihm zusammen, bevor er dich aus den Pfoten der Amnion befreit hat. Mir ist klar, daß ich ihm gleichgültig bin. Einen Sohn zu haben bedeutet ihm 'n Scheiß.« Morn schüttelte den Kopf, aber Davies ließ sich nicht beirren. »Er hat mich bloß aus der Zelle des Kassierers geholt, weil Nick ihm eingeredet hatte, er könnte mich gegen dich einhandeln. *Du* bist es, die ihm wichtig ist.« Davies' Augen glosten, als sähe er ebenfalls einen Grund zum Mißmut gegen Morn; als mäße er ihr daran die Schuld zu, daß seinem Vater nichts an ihm lag. »Dich will er haben ... Und es geht noch weiter. Er will dich günstig stimmen. Deshalb bin ich davon ausgegangen, daß er auf unserer Seite steht. Er ist vollauf zu tun bereit, was du von ihm verlangst. Oder wenigstens war er's. Was er jetzt vorhat, da blicke ich nicht durch.«

Sein Kummer griff Morn ans Herz. Ach, Davies, mein armer Junge. Du bist an allem völlig unschuldig. Du hast nichts Derartiges verdient.

Dennoch behielt sie diese Art trostspendender Floskeln für sich. Für so etwas war er zu alt. Körperlich lebte er als Sechzehnjähriger; und sein Geist, sein Verstand, war gleichzeitig jünger und älter als Morns Bewußtsein, gealtert ebenso durch ihren wie den eigenen Leidensweg, jedoch mangelte es ihm an der Reife langer Erfahrungen.

»Und das stört dich«, erwiderte Morn bedächtig.

Zeitweilig vergaß Davies, an der Koje Halt zu bewahren. Die Aufwallung von Vehemenz, die ihn jetzt durchfuhr, hatte die Wirkung, daß er zur Kabinendecke emporschwebte. Heftig stieß er sich oben ab und sauste zurück zur Koje herunter, hielt sich wieder fest.

»Morn, ich bin völlig allein. Ich meine *hier*.« Er schlug sich mit dem Handballen auf die Stirn. »Alle Erinnerungen, die ich habe, bestehen darauf, ich sei du. Ich weiß, daß es nicht stimmt, aber mein Gedächtnis bleibt dabei. Ich brauche ... Ich weiß nicht, wie ich mich ausdrücken soll.«

Aber dann platzte es wild aus ihm hervor. »Ich brauche einen *Vater*! Irgend jemanden, der mir Rückhalt bietet. Eine Bezugsperson, die mir dabei hilft, mir zu verdeutlichen, wer ich eigentlich bin. Er könnte so jemand für mich sein. Er ist 'ne Schlächternatur, ein Vergewaltiger und Schlimmeres – ich weiß es, ich kann's ja nicht einfach aus meinem Kopf streichen –, aber immerhin *sehe ich aus* wie er. Angus gibt für mich das einzige Vorbild ab, das einflußreich genug ist, um mir weiterzuhelfen. Aber jedesmal, wenn ich mich voll auf ihn verlasse, stellt er irgendwas an, so daß ich ihn mit 'ner Materiekanone abknallen könnte. Es ist, als ob er mich seelisch vergewaltigte, mein Gemüt quälte ...«

Davies verstummte, als ob er erstickte. Seine Kümmernis war verflogen. Jetzt ähnelte er nur noch einem kleinen Jungen, wirkte er erschreckend kindlich, gänzlich rat- und schutzlos.

Morn war zum Weinen zumute. Die Vorstellung, daß ihr Sohn, *ihr Sohn*, Angus brauchte, er Bedürfnisse hatte, die nur Angus befriedigen konnte, schien mehr zu sein, als sie zu ertragen vermochte. Genügte es nicht, daß Angus' Widerwärtigkeiten jeden Bestandteil ihres Wesens besudelt und verunstaltet hatten? Mußte obendrein ihr Sohn nach seinem Einfluß verlangen?

Doch wie sollte sie dagegen Einspruch erheben? Welches Recht hatte sie dazu? Sie selbst hatte Davies' Dilemma herbeigeführt. Sie trug dafür die Verantwortung, ohne Einschränkung und ohne die Möglichkeit zu Ausflüchten.

Und auch für Angus hatte sie Verantwortung zu tragen. Anstatt ihn seinem Schicksal in der Falle zu überlassen, die ihm durch Nick gestellt worden war, hatte sie das Zonenimplantat-Kontrollgerät von ihm entgegengenommen und ihm das Leben geschenkt. Aufgrund der eigenen Schwächen, aus Rücksicht auf ihre nackte, unbehebbare Unzulänglichkeit, hatte sie ihm das Todesurteil erspart, das bei einem Prozeß wegen gesetzwidriger Anwendung eines Z-Implantats unvermeidlich gegen ihn verhängt worden wäre.

Ihr blieb gar keine Wahl: sie hatte sich damit abzufinden. Davies mußte von ihr eine Antwort erhalten.

»Vielleicht solltest du statt an ihn an meinen Vater denken.« Es ging ihr zu Herzen, von dem anderen Davies Hyland, den sie geliebt und dessen Tod sie verursacht hatte, nur zu sprechen. Dennoch unternahm sie diesen Versuch, obwohl der Gram ihr die Brust sprengen zu müssen, ihre Lungen in Blut zu tränken schien. »Den Mann, nach dem ich dich genannt habe. Du erinnerst dich genauso gut wie ich an ihn. Wenn die Astro-Polizei korrupt ist, dann gilt das für die Datenakquisition und die Führung, für Hashi Lebwohl und Warden Dios. Aber nicht für Min Donner. Die OA hat saubere Hände. Und selbst wenn Direktorin Donner geradeso wie die anderen sein sollte, mein Vater war's bestimmt nicht. Angus hat mir erzählt ...«

Ihre Kehle verengte sich, so daß sie kein Wort mehr hervorbrachte. Sie mußte eine Anwandlung der Trauer verwinden, ehe sie weitersprechen konnte. »Nach der durch mich ausgelösten Havarie der *Stellar Regent* waren ein paar von uns noch am Leben ... Darunter auch mein Vater. Angus sagte, er wäre infolge der Explosion blind gewesen ... Aber selbst als Blinder verzichtete er nicht darauf, um sein Schiff zu kämpfen. Er hörte nicht auf, ein Polizist zu sein. Als Angus ins Wrack eindrang, hat mein Vater versucht, ihn zu verhaften ... Angus' Schiff zu beschlagnahmen. Obwohl er nichts sehen konnte, wollte er Angus durch einen Bluff unschädlich machen ...«

Wieder schnürte sich ihr die Kehle ein. Sie konnte keinen Laut mehr von sich geben, bis die Erinnerungen wichen. »Mehr habe ich dir nicht zu bieten«, bekannte sie zum

Schluß. »Das Andenken meines Vaters ist alles, was ich noch habe.« Und ihr blieb das Andenken an Bryony Hyland, seine Frau, ihre Mutter, die gleichfalls stets mit ganzem Herzen geliebt, geglaubt und gefochten hatte; die in den Tod gegangen war, um ihr Raumschiff und die anderen Besatzungsmitglieder vor dem Superlicht-Protonengeschütz der *Liquidator* zu schützen. »Sonst nichts.«

Aber es reichte aus. Ihrem Sohn mochte es zuwenig sein; ihr jedoch genügte es.

»Komm«, sagte sie beherrscht, rang um Fassung. »Essen wir erst mal was. Wir werden's brauchen.«

Zuerst regte Davies sich nicht. Er beobachtete sie, um den Mund einen starrkrampfhaften Zug, der an Angus Wutfratzen erinnerte, und in den Augen einen Ausdruck der Verzweiflung. Und doch war er, vermutete Morn, ihr zu widersprechen unfähig. Alle tieferen Bereiche seiner Seele beharrten darauf, er sei sie, und der Kapitän der *Stellar Regent* sein Vater gewesen.

Langsam atmete er durch, wandte den Blick von Morn ab. Kurz besah er sich das Zonenimplantat-Kontrollgerät, als hätte er es zu hassen gelernt. Hätte Morn es nicht benutzt, um den Konflikt mit Nick durchzustehen, wäre er nie zur Welt gekommen. Und hätte Angus ihr kein Z-Implantat in den Kopf gepflanzt, wäre sie niemals schwanger geworden.

Davies' Lächeln war voller Trostlosigkeit. Er öffnete die Faust; ein leichtes Schnippen beförderte das Kontrollgerät in Morns Richtung.

Sie fing es mit der freien Hand auf und schob es in eine Tasche der Bordmontur, ohne den Blick von Davies zu wenden.

»Du hast recht«, sagte er zerstreut. »Wir sollten was futtern.«

Er vermied es, sie anzuschauen, während er die Koje verließ, zur Tür schwebte und am Kombinationsschloß Tasten tippte. Dann jedoch verharrte er; an einen Haltegriff der Tür geklammert, erwiderte er Morns traurigen Blick.

»Ich mache dir keine Vorwürfe«, erklärte er ruhig. »Dafür erinnere ich mich an zu vieles. Was dir zugestoßen ist. Wie du dich gefühlt hast. Warum du so und so und nicht anders vorgegangen bist.« Er versuchte zu lachen, aber scheiterte kläglich. »Ich hätte das gleiche getan.«

Er stieß sich vom Haltegriff ab und segelte hinaus in den Korridor, der durch die Mittelsektion der *Posaune* verlief.

Während sie ihm folgte, mußte Morn einen neuen Drang unterdrücken, in Tränen auszubrechen. Davies' Verständnis erregte den Eindruck, als verziehe er ihr Verbrechen, die in Wahrheit unverzeihlich bleiben müßten.

Ähnlich wie es sich an Bord der *Käptens Liebchen* verhalten hatte, bestand auch auf der *Posaune* die Kombüse aus kaum mehr als einer Nische in der Wand des Hauptkorridors. Allerdings waren die Nahrungs- und Getränkeautomaten sowie übrigen Einrichtungsbestandteile für den Gebrauch unter den Bedingungen der Schwerelosigkeit konstruiert worden. Die Ausgabegeräte pumpten Kaffee, Suppe und andere Flüssigkeiten in Antigrav-Behältnisse; das Lebensmittelangebot umfaßte hauptsächlich Preßnahrungsriegel und kompakte Sandwiches, die nicht in Bröckchen und Krümel zerfielen. Auf Deck angeschraubte Stühle umstanden den einzigen, schmalen Tisch; an den Sitzen sowie den Wänden konnten Gurte eingehakt werden.

Vor mehreren Stunden, während einer der längeren Pausen, die Angus zwischen den Hyperspatium-Durchquerungen machte, hatte Davies in einem Wandschrank voller Ausrüstungsgegenstände eine Anzahl mit Karabinerhaken ausgestatteter Nullschwerkraftgurte entdeckt und für sich und Morn zwei an sich genommen. Darum konnten sie sich, sobald ihre Mahlzeiten fertig waren, an den Stühlen festhaken und essen, ohne daß sie bei jeder Armbewegung vom Tisch abtrieben.

Schweigsam aßen sie, bis plötzlich am Kombüseneingang Sib Mackern erschien und fragte, ob er sich zu ihnen setzen dürfe. Morn deutete auf einen Sitz. »Klar«, nuschelte Davies mit vollem Mund.

Sib betätigte sich – aus Verlegenheit ziemlich ungeschickt – in der Kombüse, bis seine Mahlzeit zubereitet war; dann schob er sich Morn und Davies gegenüber auf einen Stuhl. So wie die beiden hatte er sich einen Nullschwerkraftgurt besorgt oder aushändigen lassen. Sobald er sich angehakt hatte, betrachtete er seine Nahrungsriegel und die Antigrav-Flasche, als könne er sich nicht entsinnen, wieso er geglaubt hatte, hungrig zu sein.

Den Kopf gesenkt, beobachtete Morn ihn unauffällig unter den Fransen ihres Haars hervor. An Bord der *Käptens Liebchen* hatte er sie aus ihrer Zelle entweichen lassen, damit sie den Versuch wagen konnte, Davies vor den Amnion zu retten. Wie auf ihre verschiedenerlei Weise auch Mikka und Vector hatte er es zu ihren Gunsten riskiert, Nick zu hintergehen; das Risiko hingenommen, daß Nick ihn totschlug. Dabei sah der frühere Datensysteme-Hauptoperator keineswegs wie ein Mensch aus, der sich solchen Gefahren aussetzte. Ständig schien ihm eine Aura eines diffusen Hangs zur Verzweiflung anzuhaften. Seine bläßlichen Gesichtszüge hatten immerzu einen Ausdruck, als wollte er sich dafür entschuldigen, daß er überhaupt lebte; man hätte meinen können, sein dünner Schnurrbart sei nur ein Schmutzstreifen auf der Oberlippe. Seine Entschlossenheit, auf Nick aufzupassen, hatte ihn sichtlich geschlaucht und nervlich zermürbt.

Noch heute fragte sich Morn, warum er ihr geholfen hatte. In gewisser Beziehung empfand sie alle gegen Nick gerichtete Opposition als sinnvoll und natürlich. Sib jedoch war schon seit längerem auf der *Käptens Liebchen* tätig, vermutlich gleichfalls unter den Bann der vorgeblichen Unbesiegbarkeit Nicks geraten gewesen. Warum hatte er sich von ihm abgewandt? *Seit ich mich ihm angeschlossen habe*, hatte Sib in der Kabine, ehe er Morn freiließ, zu ihr gesagt, *ist von uns viel Scheußliches begangen worden. Mir kommen davon solche Alpträume, daß ich aus 'm Schlaf hochschrecke und schreie.* Morn erinnerte sich an die Miene des Abscheus, die sie ihm damals, während er ihr half, angesehen hatte. *Aber so was war noch nie da. Einen Menschen hatten wir den Amnion noch nicht verkauft. Ich habe sie gesehen, Morn. Diese Mutagene sind ein Greuel.*

Was hatte er gesehen?

In der Hoffnung, daß er sich gesprächsbereit zeigte, versuchte sie eine Unterhaltung anzuknüpfen. »Wo stecken denn die anderen alle?«

Offenbar hatte Sib nichts gegen ein Gespräch. Es bot ihm für seine Angespanntheit ein Ventil. »Nick ist in seiner Kabine. Vermutlich pennt er. Oder vielleicht hockt er nur rum und grinst die Wand an.« Diese Vorstellung verursachte ihm ein Schaudern, doch er rang merklich um Beherrschung. »Er kann nirgends hin, ohne daß er an der Kombüse vorbeikommt, darum dachte ich, ich leiste es mir, was zu mampfen.«

Für einen Moment schwieg er, als verkörperte Nick das einzig relevante Problem. Erst als Morn und Davies ihn anschauten, ergänzte er seine Antwort. »Vector sitzt noch an der Arbeit. Er schuftet, als hätte er vergessen, daß auch Techniker ab und zu mal Schlaf und Essen brauchen. Manchmal ist mir gar nicht mehr bewußt, daß er bei Gravo-Belastung starke Schmerzen in den Gelenken hat. Bei Schwerelosigkeit scheint er viel mehr Kräfte zu haben. Mikka und Ciro sind in ihrer Kabine, glaube ich.« Anklänge der Bänglichkeit verliehen seinem Tonfall ungewohnte Schärfe. »Seit Angus Mikka von der Brücke gewiesen hat, habe ich sie nicht mehr gesehen.«

Stirnrunzelnd trank Davies einen Schluck aus der Antigrav-Flasche und räusperte sich. »Wir würden gerne mal, was Angus betrifft«, sagte er unvermittelt, »noch diese oder jene Theorie hören.« Er zeigte auf Morn. »Was glauben Sie, was in ihn gefahren ist?«

Ratlos hob Sib die Schultern. Anscheinend war er, seit Nick ihn zum Datensysteme-Hauptoperator der *Käptens Liebchen* befördert gehabt hatte, stets in einer Gemütsverfassung der Ratlosigkeit gewesen. Trotzdem bemühte er sich, eine überzeugende Antwort zu geben.

»Er und Nick sind geborene Todfeinde. Sie hassen sich. Aber die Art und Weise, wie sie sich hassen ...« Seine Stimme verklang, als machten die eigenen Einsichten sie betroffen. Dann jedoch sprach er seine Einschätzung aus. »Sie wären lieber Verbündete, als jeder auf einer anderen Seite zu stehen.«

Morn schüttelte den Kopf. Sie hatte von Angus Thermopyle das Gefühl, daß in ihm völlig undifferenzierter Haß schwelte, ein allgemeiner und allesumfassender Haß, der zwischen Illegalen und Polizisten keinen Unterschied machte, sondern schlicht und einfach jeden traf, der zufällig in Thermopyles Quere geriet. Auf keinen Fall konnte sie sich irgendeine Situation vorstellen, in der er außer acht ließe – von Vergeben gar nicht zu reden –, daß Nick ihn hereingelegt, ihn in die Knie gezwungen hatte.

Indessen gab es auch noch andere Umstände zu berücksichtigen ...

Wie war es dahin gekommen, daß Angus sich hier an Bord eines VMKP-Raumschiffs aufhielt, zudem in der Gesellschaft von Leuten, die er weder benötigte noch leiden mochte? Und weshalb hatte er sich auf den Vorschlag eingelassen, ein Schwarzlabor anzufliegen? Weil er tatsächlich, wie er behauptete – oder wenigstens angedeutet hatte –, einen Handel mit Hashi Lebwohl eingegangen war: den Auftrag übernommen hatte, eine verdeckte Operation gegen Kassafort durchzuführen, um als Gegenleistung am Leben bleiben zu dürfen? Und um Morn zu retten? Und ebenso Nick, falls sich die Gelegenheit ergab?

Nick arbeitete gelegentlich als Agent für die DA-Abteilung: auch er war schon für Lebwohl tätig gewesen. Hatte Angus weitergehende Befehle erhalten, die er nicht nannte, Befehle einer Art, die ihn zwangen, mit Nick zu paktieren, um einen weiteren Bestandteil der mit Lebwohl getroffenen Vereinbarung einzuhalten?

Ohne Übergang schien es in der Kombüse ungemütlich

warm zu werden, als ob die Herde sich überhitzten. Morn spürte, daß ihr Schweiß über den Rücken rann; sie an den Rippen kitzelte wie Läuse.

»Wir sitzen in der Tinte.« Sie merkte kaum, daß sie laut dachte. »Wir stecken tief in Schwierigkeiten.«

Davies blickte sie an und öffnete den Mund, um zu fragen, was sie meinte. Doch Sib stand voll unter dem Eindruck seiner eigenen Befürchtungen; er glaubte, daß sie auch Morn beschäftigten.

»Ich weiß«, pflichtete er bei. »Aber ich bin der Ansicht, es ist weniger wesentlich, was Angus anstellt. *Nicht Nick* hat sich verändert. Er ist noch immer...« Sein Adamsapfel zuckte konvulsivisch. »Er wäre noch immer dazu bereit, jeden von uns an die Amnion zu verkaufen. Er bräuchte nur 'ne Gelegenheit.«

Während Morn Brechreiz unterdrückte, gab sie Davies mit einem kurzen Wink zu verstehen, daß er still sein sollte. Ihre Erinnerungen glichen einem Schwarzen Loch: sie drohten sie einzusaugen. Sie wollte hören, was Sib zu sagen hatte; war sich *alles* anzuhören bereit, das sich eignete, um ihr dabei zu helfen, sich auf die Gegenwart zu konzentrieren.

»Sib, du hast einmal erwähnt« – man merkte ihrer Stimme die Mühe an, die es sie kostete, Ruhe zu bewahren –, »du hättest gesehen, wie die Amnion mit Menschen verfahren. Du hast es als ›Greuel‹ bezeichnet.«

Sib nickte. »Ja.« Er versuchte zu lächeln, sah dadurch allerdings nur dümmlich aus. »Dieses Wort hört man von Illegalen nur selten. Aber ich weiß, wovon ich spreche.«

Er hatte alle Bereitschaft, um die Geschichte zu erzählen: soviel war offensichtlich. Doch wie wichtig es ihm auch sein mochte, er schaffte es nicht, ohne zu zappeln. Während des Redens machte er etliche Pausen, dann brachen wieder überstürzte Mitteilungen aus ihm hervor, ganz wie bei einem Menschen, der sein Elend nicht vergessen konnte. Es sah aus, als blendete es sein Augenlicht, sich an das Geschehene zu erinnern; er starrte durch Morn hindurch, als wäre er mit seiner Vergangenheit allein.

»Eigentlich habe ich nie richtig auf 'n Kahn wie die *Käptens Liebchen* gepaßt, das weißt du, Morn ... Ich bin mir sicher, du hast's schon gemerkt, als du zu uns an Bord gekommen bist. Nick war von Anfang an der Meinung, ich hätte für so was nicht den Mumm, und da hatte er recht. Aber das ist nicht der wahre Grund, warum ich nie auf so 'n Schiff gehörte ... Ich stamme aus einer Spediteursfamilie. Wir hatten unser eigenes Raumschiff ... Vor rund fünfzehn Jahren.« Morn mutmaßte, daß Sib damals ungefähr so alt wie Davies gewesen sein mußte. »Und wie alle, die 'n eigenen Raumer hatten, waren wir in der Erzverfrachtung tätig. Die meisten Aufträge haben wir dort erledigt, wo wir jetzt hinfliegen, innerhalb des Massif-Systems, rund ums Kosmo-Industriezentrum Valdor. Wir hatten aber auch 'n kleinen Ponton-Antrieb, deshalb konnten wir uns gelegentlich lukrativere Aufträge aussuchen. Reich wurden wir nicht gerade, aber schlecht ging's uns auch nicht ...«

Geradeso wie Morn schien es ihm in der Kombüse wärmer zu werden. Langsam bildeten sich an seinen Schläfen Schweißtropfen und rannen die Wangen hinab.

»Auf unserem letzten Flug holten wir eine Ladung Selen und den Großteil des Bergwerkpersonals eines Montanbetriebs vom Mond eines Planeten, der den Kleinen Massif 5 umkreist. Der Planet befand sich nahezu auf maximalem Abstand vom Industriezentrum Valdor, aber sein Orbit sollte ihn demnächst zwischen den beiden Sonnen hindurchbewegen, und genausogut hätte man ihn in 'n Schmelzofen stecken können. Die Mine mußte für wenigstens ein, zwei Jahre aufgegeben werden. An sich gab's damit keine Probleme, wir nahmen die Arbeiter an Bord, und dazu soviel Selen, wie wir bunkern konnten, und schlugen um die Doppelsonne 'n Kurs nach Valdor ein. Allerdings mußten wir 'ne außergewöhnlich weite Kurve fliegen, weil uns 'n besonders gefährlicher Asteroidenschwarm im Weg war, und dadurch gelangten wir näher an die Randzonen des Systems, als es uns behagte ... Zu weit ab von den hauptsächlichen Frachtrouten und den VMKP-Patrouillen, als daß wir uns wohl in unserer Haut gefühlt hätten. Nun hatten wir aber schon, wenn's sich nicht anders einrichten ließ, öfters solche Umwege gemacht. Wir sahen keinen Grund, warum es diesmal nicht gutgehen sollte. Der Flug mußte um ein, zwei Monate verlängert werden, aber dann konnten wir wieder auf Reede liegen.«

Auch auf seiner Stirn sammelte sich Schweiß. Nässe färbte seine Brauen dunkel. Mit dem Handrücken wischte er sich die Schweißschicht ab; anschließend verklammerte er die Finger.

»Dieses Mal *kam* es natürlich anders. Diesmal stellte sich 'n Radarecho, das zunächst bloß 'n Steinklotz des Asteroidenschwarms anzuzeigen schien, als Illegalenraumschiff heraus. Gerade als wir keinen Anlaß zur Besorgnis mehr sahen, überfiel es uns. Es beschoß uns mit irgendeiner Art von Kanone – ich weiß bis heute nicht, was für 'ne Waffe 's gewesen sein kann –, die unseren Frachter auftrennte, als wäre er 'ne Konservenbüchse. Unsere Abwehrgeschütze wurden als erstes getroffen, also konnten wir uns nicht mal wehren. Der Angreifer klinkte sich bei uns ein, und wir wurden geentert. Die Illegalen raubten das Selen. Damit war unter den Umständen selbstverständlich zu rechnen gewesen. Aber sie brachten keinen von uns um. Ich meine, nach dem Nahkampf. Wir dachten, sie würden uns allesamt wegpusten oder einfach aus der Luftschleuse werfen, aber nichts da ... Ich war in 'm EA-Anzug zwischen den beiden Schiffsrümpfen versteckt. Sonderlich tapfer bin ich ja nie gewesen, aber als unsere Abwehrgeschütze ausfielen, hatte ich die verrückte Idee, ich könnte vielleicht vor Ort eine der Kanonen reparieren, deshalb war ich in 'n EA-Anzug gestiegen und auf die Außenhülle hinausgeklettert. Nur deshalb sitze ich jetzt hier. Nur darum bin ich noch 'n Mensch ...«

Für einen Moment verklang seine Stimme. Es schien, als versuchten seine Hände sich, sobald er sich zum Weitererzählen zwang, ineinander zu verschlingen.

»Wir ... Meine Familie ... die vielen Kumpel ... sie sind

also nicht ermordet worden. Von solchen Illegalen hatte ich bis dahin noch nie gehört gehabt, ich wußte gar nicht, daß es derartige Leute gab. Sie waren keine gewöhnlichen Raumpiraten, sondern Verräter, sie betätigten sich direkt für die Amnion.« Anscheinend merkte er nicht, daß ihm Schweiß in die Augen sickerte. »Anstatt daß sie sie massakrierten, injizierten sie ihnen der Reihe nach Mutagene.«

Tief aus Davies' Kehle drang ein Knurren, ein Laut der Wut und des Unmuts. Morn legte eine Hand auf seinen Arm, um ihn zur Ruhe zu mahnen, doch wich ihr Blick nicht aus Sibs Miene.

»Ich hatte 'ne Videoverbindung zur Brücke«, erklärte Mackern, als ob es ihm bei der Erinnerung graute; als bereitete sie ihm Qualen. »Alles konnte ich mitansehen. Hätte man sie ermordet ... meine Familie ... die anderen ... Dann wäre ich wohl ins Raumschiff zurückgekehrt und hätte versucht, ihnen zu helfen. Vielleicht. Verzweifelt genug war ich ja, also wer weiß ... Aber ich mußte mitanschauen, wie man ihnen Mutagene einspritzte. Ich habe sie gesehen ... wie sie sich veränderten. Dadurch war ich wie gelähmt. Ich war bloß noch zum Schreien imstande, ich konnt's nicht verhindern ... Zum Glück hatte ich mein Mikro ausgeschaltet. Meine gesamte Familie und sämtliche Kumpel, soweit sie das Gefecht überlebt hatten ... wurden in Amnion verwandelt. Schließlich gingen sie an Bord des Illegalenraumschiffs, und ich blieb allein zurück.«

Mühevoll löste er die Finger aus der Verklammerung, nahm die Hände auseinander. Doch es schien, als wüßten sie mit ihrer Separierung nichts anzufangen. Langsam krochen sie wieder aufeinander zu, verkrallten sich von neuem ineinander.

»Ich habe geschrien, bis mir die Stimme versagte. Wahrscheinlich dachte ich, solange ich mich hören kann, verliere ich nicht den Verstand.« Sib schluckte krampfartig. »Aus irgendeinem irrationalen Grund hatte ich Furcht, ich könnte auch 'n Amnioni werden, nur indem ich zusah, wie sich meine Familie in Amnion umwandelte. Aber das ist natürlich nicht passiert ... Nichts von allem hätte geschehen müssen.«

Er blinzelte gegen den Schweiß in seinen Augen an und heftete den Blick auf Morn. In seinem Tonfall klang keinerlei Zorn mit; ihm fehlte es an Morns Fähigkeit, lange Groll zu hegen. Er verfügte über keinen emotionalen Schutz gegen das Vorgefallene. »Seit wir den Asteroidenschwarm umflogen, hatten wir dem Valdor-Industriezentrum regelmäßig Statusmeldungen übermittelt. Und nachdem wir das Illegalenraumschiff geortet hatten, waren von uns permanent Hilferufe gefunkt worden. Wir wußten, jemand hatte sie aufgefangen, wir hatten nämlich 'ne Antwort gekriegt. Von den Astro-Polypen. Vom VMKP-Polizeikreuzer *Vehemenz* unter dem Kommando Kapitän Nathan Alts. Allzu weit entfernt war der Kreuzer nicht, etwa 'ne halbe Milliarde Kilometer. Aber er teilte uns mit, er könnte nicht eingreifen. Der Vektor schlösse 'n Beidrehen aus, die G-Belastung würde das Schiff demolieren, falls 's versuchte, uns rechtzeitig zu erreichen ...«

Die Erinnerungen an Verlust und Leid verkrampfte ihm den Nacken, als zuckte er die Achseln. »Die *Vehemenz* ist nie eingetroffen. Wahrscheinlich wäre ich umgekommen – und es wäre mir 'ne Erleichterung gewesen –, aber gerade als mir die Luft ausging, kreuzte 'n anderer Illegaler auf, um das Wrack auszuschlachten, ehe 'ne offizielle Bergung stattfinden konnte. So bin ich dann selber zum Illegalen geworden. Die Astro-Schnäpper hatten sich ferngehalten. Und meine Familie gab es nicht mehr. Ich hatte gar keinen Anlaß, irgend etwas anderes anzufangen. Und als ich später« – mit leiser Stimme kam er zum Schluß – »die Gelegenheit hatte, bei Nick anzuheuern, hab ich's getan.«

Morn nickte; ihre Augen brannten. Zeitweilig vergaß sie Angus Thermopyle und die VMKP-Korruption; vergaß sie Nick. Statt dessen war ihr, als empfände sie all die Wut, die Sib brauchte und nicht aufzubringen vermochte. Die Raumpolizei war ausgeblieben. Unter diesen Voraussetzungen wäre möglicherweise sogar sie zur Piratin geworden.

Wieviel Illegale wie Sib gab es? Wie Vector? Wie viele waren durch Unzulänglichkeiten oder Amtsmißbrauch auf seiten der Polizeitruppe zum Verbrechen getrieben worden, bei der sie, Morn Hyland, ihren Dienst an der Menschheit zu leisten versuchte? In welchem Umfang war die Raumpiraterie, die die Erfolgsaussichten des Überlebenskampfs der Menschheit gegen die Amnion beeinträchtigte, von der Polizei selbst verursacht worden?

Wann mochte es damit ein *Ende* haben?

Da unterbrach Davies ihr insgeheimes Wutschäumen. »Kapitänhauptmann Nathan Alt«, wiederholte er grob den genannten Namen. »Ich kenne ...« Er blickte Morn an, berichtigte sich. »Du kennst den Fall.«

Er hatte recht: Sobald er sie darauf hinwies, entsann sie sich. Und es war wichtig.

»Ja, ich erinnere mich an Kapitän Alt.« Morns Stimme zitterte, bis sie sich energisch zusammenriß. »Während meiner Zeit an der Polizeiakademie war der Fall schon legendär. Er stand vor Gericht, weil er im Massif-System einem von Raumpiraten attackierten Raumschiff nicht zu Hilfe gekommen war. Soweit man uns informiert hat« – geschehen war diese Aufklärung im Rahmen einer schier endlosen Folge von Lektionen über Pflichten und Obliegenheiten eines Polizisten –, »ist er von Min Donner mit allen Anschuldigungen eingedeckt worden, die ihr überhaupt in den Sinn kamen. Zwar bestätigten die Angaben seines Data-Nukleus, daß er keine Kursänderung hätte vollziehen können, ohne daß die G-Belastung die *Vehemenz* beschädigt und vielleicht ein paar Besatzungsmitglieder das Leben gekostet hätte. Aber Direktorin Donner hatte darauf bestanden, daß er verpflichtet gewesen sei, den Versuch auf jeden Fall zu machen. Er hätte sogar die Situation absehen sollen. Ihm lagen die Flugmeldungen des Schiffs vor, ihm war ersichtlich, daß es vor dem Asteroidenschwarm in einen unsicheren Teil des Doppelsonnensystems ausweichen mußte und dort in Schwierigkeiten geraten konnte.«

Sehr nachdrücklich nickte Davies, als teilte er die Ansichten der OA-Direktorin.

»Das Gericht hat sich ihrem Standpunkt angeschlossen«, sagte Morn. »Alt wurden die Offiziers- und Kapitänspatente aberkannt, und die Operative Abteilung hat ihn gefeuert.«

Sib konnte ihren Blick nicht erwidern: seine Augen ruckten wiederholt zur Seite, als gehorchten die Muskeln nicht mehr. Er hatte, während man seinen Angehörigen Amnion-Mutagene injizierte, einen eigentlich unentbehrlichen Teil seiner selbst in die Leere des Alls hinausgeschrien. Dennoch hatte er irgendwoher den Mut gefunden, um Morn beizustehen, als sie am dringendsten Hilfe benötigte; den Mumm, sich gegen Nick zu stellen und das Leben zu riskieren ...

»So leid mir's tut, Morn«, nuschelte er auf seine gefalteten Hände hinab. »Das hilft doch überhaupt nichts. Wozu sind Polizisten gut, wenn sie sich keine Mühe geben und ihre Arbeit nicht erledigen?«

»Du siehst die Sache verkehrt herum«, nölte Nick aus dem Korridor vor der Kombüse. »Wenn sie ihre Arbeit zu machen versuchen, kommt alles noch viel schlimmer.«

Vor Schreck zuckte Sib zusammen, sein Kopf fuhr empor. Gemeinsam drehten Morn und Davies ihre Sitze, stemmten sich gegen die Nullschwerkraftgurte, um Nick anzuschauen.

Er schwebte, an einen Haltegriff geklammert, am Zugang zur Kombüse. Dank der Schwerelosigkeit konnte er sich vollkommen lautlos fortbewegen. Und Sib hatte nach unten geblickt. Infolgedessen hatte Nick hinter Morn und Davies aufkreuzen können, ohne bemerkt zu werden.

Panik packte Morn, sobald sie sein Gesicht sah.

Seine Augen glosten, als ob aus ihnen Wahnsinn leuchtete: als flammte in seinem Schädel eine Leuchtkugel des Irrsinns. Ein Grinsen bleckte ihm die Zähne. Blut verfärbte seine Narben dunkel, ließ sie deutlich hervortreten wie das Werk von Krallen.

»Ja, du siehst alles total verkehrtrum.« Seine Stimme klang ebenso nach mörderischen Absichten wie innerer Entspanntheit; gerade so, als wäre er Herr seiner selbst und der Umgebung. »Wenn Polypen ihre Arbeit zu tun versuchen, kommt es *so*.«

Morn kannte ihn längst viel zu gut: sie wußte, was seine Miene verhieß. Ohne zu überlegen, ohne nur einen Gedanken daran zu verschwenden, was hier schiefgelaufen sein mochte, griff sie nach den Gurtverschlüssen, um sich Bewegungsfreiheit zu verschaffen; um nach dem Zonenimplantat-Kontrollgerät in ihrer Tasche zu grapschen.

Trotzdem reagierte sie zu langsam. Sie hatte einfach zuviel hinter sich; ihre Nerven und Muskeln waren lahmer geworden. Nick vollführte an dem Haltegriff eine Drehung, schwang das Bein im Bogen, um ihr einen Tritt gegen den Kopf zu versetzen, und sie sah, er würde sie nicht verfehlen. Sein Stiefel sauste auf sie zu, als ob sie reglos verharrte; als wartete sie regelrecht darauf.

Davies dagegen war schneller. Er verfügte über die Reflexe seines Vaters; seine Paten hießen Adrenalin und Drangsal. Und auch er wußte über Nick nur zu genau Bescheid: kannte ihn aus Morns Erinnerungen, durch ihre Leiden. Ihn befiel im selben Augenblick Panik wie Morn. Unwillkürlich schleuderte er Nick seine Antigrav-Flasche ins Gesicht. Mit dem anderen Arm blockte er Nicks Fußtritt ab.

Weil er noch an den Stuhl geschnallt war, gelang es ihm, den Stoß abzuwehren.

Aus demselben Grund jedoch rammte die Wucht des Zusammenpralls ihn gegen die Tischkante. Morn glaubte, aus seinen Rippen oder dem Arm ein Knacken zu hören. Trotz der Gewichtslosigkeit Nicks zeichnete sein Tritt sich sowohl durch Masse wie auch Trägheitsmoment aus, und Davies' Masse konnte nicht ausweichen.

Die Antigrav-Flasche traf Nick an der Wange, glitt ab und flog davon, hinterließ auf seiner erhitzten Haut einen runden, hellen, einer Verunreinigung ähnlichen Fleck. Vorübergehend verlor Nick über sich die Gewalt, Davies' Abwehrschlag warf ihn zurück, er trudelte an die Gegenüberwand des Korridors.

Kaum daß ihr Gurt sich öffnete, stieß Morn sich ab, benutzte den Tisch, um einen Purzelbaum in Richtung der Ausgabeautomaten zu schlagen, fort von Nick.

Sib war für eine Sekunde zu völliger Reglosigkeit erstarrt. Auf ihn hatte Erschrecken diese Wirkung: Entgeisterung lähmte ihn bis zur Handlungsunfähigkeit. Und in der zweiten Sekunde beging er den Fehler, an den Verschlüssen zu fummeln, um seinen Nullschwerkraftgurt zu öffnen.

Dann ließ er von den Verschlüssen ab und zerrte die Pistole aus der Tasche. Sein Finger schwuppte zur Sensortaste, ehe Nick sich von Davies' Abwehrhieb erholen konnte.

Und ehe Davies die Gelegenheit erhielt, sich zu ducken ...

Aber Nick war nicht allein. Neben ihm schwebte, die Zehen knapp überm Boden, die Miene mörderisch finster, Angus im Korridor. Er schloß die Faust um einen Haltegriff und fing Nick mühelos ab, lenkte ihn zur Seite, als erforderte sein Eingreifen keinerlei Anstrengung.

Gleichzeitig hob er die andere Hand in Sib Mackerns Richtung.

Fast zu schnell, um gesehen werden zu können, schoß zwischen den Fingern ein dünner Strahl kohärenten Lichts hervor. Bevor Sib die Sensortaste betätigen konnte, schmolz Angus' Laser mitten durch die Pistole ein Loch.

Sib heulte vor Schreck und Schmerz auf – zwar hatte der Laserstrahl ihn nicht verletzt, aber die Hitze ihn versengt – und schleuderte die unbrauchbar gewordene Waffe von sich.

Ach du Schande.

*Laser*feuer? Aus Angus' *Hand?*

Morn verstand nicht, was sie da sah, und legte momentan auch gar keinen Wert auf Durchblick. Ihre Reaktionen konzentrierten sich ausschließlich auf die akute Notlage. Sie klammerte sich an den nächstbesten Getränkespender, beugte auf dem Gehäuse eines Speisenautomaten die Knie und schnellte sich wie ein Geschoß auf Angus zu.

Für einen Sekundenbruchteil, in dem Morns Gehirn, obwohl er zu kurz war, um ihn messen zu können, aufzuglühen schien, blickte sie geradewegs in Angus' Augen.

Sein ganzes Gesicht war schwarz von Blut, als wären ihm Hunderte von Blutgefäßen auf einmal geplatzt, aufgerissen worden durch Überdruck des Herzens. In seinen Augen stand soviel Irrsinn wie in denen Nicks, aber dieser Wahnsinn beruhte auf Seelenqual, nicht auf Bosheit, nicht Triumph. Ein starrkrampfartiges Verzerren des Munds entblößte seine Zähne; dennoch drang kein Laut aus seinem Mund. Nichts zwängte sich an der zerstörerischen Beklemmung vorbei, die ihm schier den Brustkasten sprengen zu müssen schien.

Die Hand, die Sib Mackerns Pistole durchschmolzen hatte, schwenkte Morn entgegen.

Wieder war Davies schneller als sie. Gerade stemmte er sich von der Tischkante zurück. Obwohl er noch an den Stuhl geschnallt war und ihn offenbar zudem eine Verletzung behinderte, gelang es ihm, eine Faust gegen Angus' Arm zu hauen.

Viel zu flink, als daß Davies sich hätte wehren können – zu blitzartig, als daß Morn zu erkennen fähig gewesen wäre, wie er unter diesen Bedingungen so etwas fertigbrachte –, führte Angus einen Hieb an die Seite von Davies' Kopf. Ein Knirschen ertönte, als würde Stein zermalmt. Ein zweites Mal rumste Davies gegen den Tisch.

Diesmal richtete er sich nicht wieder auf.

Der Schwung des Schlags beförderte Angus aus Morns Weg.

Im Hauptkorridor hatte Nick sich inzwischen gefangen. Nun schien er wie eine Ramme in die Kombüse vorzustoßen, um Morn den Schädel zu brechen.

Anstatt nach Angus zu schlagen, krallte sie die Finger in die Rückseite seiner Bordmontur und nutzte die Masse seiner klobigen Gestalt für noch einen Purzelbaum aus. Mit jedem Quentchen an Kraft und Schwung, das sie aufbringen konnte, stieß sie ihre Stiefelabsätze mitten in Nicks Gesicht.

Der Anprall schleuderte ihn kopfüber den Korridor hinunter.

Gleichzeitig wurde Morn heftig gegen Angus' Rücken gewuchtet.

Weil es um ihr Leben ging, unternahm sie einen verzweifelten Versuch, Abstand von ihm zu gewinnen.

Mit einer Leichtigkeit, als hätte sich ihre Fähigkeit erschöpft, ihn zu beeinflussen, packte er hart wie eine Eisenzange ihr Handgelenk.

»*Morn!*« schrie Sib Mackern; zu spät, viel zu spät. Wieder grabbelte er an den Verschlüssen seines Nullschwerkraftgurts.

Einen Herzschlag später erschien Mikka.

Sie mußte in ihrer Kabine den Lärm der Auseinandersetzung gehört haben und so schnell wie möglich herbeigeeilt sein. Während sie durch den Korridor segelte, verpaßte sie Nick, als er an ihr vorüberschlingerte, einen Faustschlag, sah jedoch davon ab, sich vollends auf ihn zu stürzen. Sie hatte schon beschlossen, Morn zu Hilfe zu kommen.

Hinter Mikka schwebte, direkt in Nicks Quere, ihr Bruder heran. Als Nick auf ihn zutrudelte, hob Ciro seine Stunnerrute.

Mikka fiel mit ihrem ganzen muskulösen Leib Angus in den Arm.

Morn entglitt seinem Zugriff, als hätte er sie von sich gestoßen.

Sie torkelte durch die Schwerelosigkeit, verhinderte nur mit Mühe, daß ihr Kopf mit den Schotts kollidierte, taumelte wie eine Feder im Luftstrom in die Richtung zur Brücke.

Irgendwo hinter ihr erscholl ein Schrei, den jemand aus Schmerz ausstoßen mochte, möglicherweise Ciro. Sie hörte ein dumpfes Grunzen der Anstrengung; und Hiebe, so laut wie Schüsse. Doch sie hielt nicht an. Getrieben von Wut und Entsetzen, schwebte, sauste, ja hetzte sie in der Schwerelosigkeit vorwärts, so schnell sie es zustande brachte. In ihrer Panik meinte sie zu spüren, wie Angus' Fäuste nach ihr grapschten, seine Finger sie ergriffen. Sie fuchtelte mit Armen und Beinen, um schlechter zu fassen zu sein, segelte durch den Korridor, bis sie den Durchgang zur Brücke erreichte.

Dort bremste sie ihr wildes Dahinjagen an den Geländern, verschaffte sich daran Halt. Aber sie stockte nicht an der Konnexblende, schaute sich nicht um. Von den Geländern führte sie erneut eine Rolle durch die Luft aus, überquerte auf diese Weise die unbesetzten Konsolenplätze und landete erst an dem Schott neben dem Technikkontrollpult.

Erschrocken hob Vector den Blick. »Morn...?!« Vor Überraschung blieb ihm die Luft weg, erstickte seine Stimme. Er hatte sich zu stark konzentriert, um irgend etwas zu hören. »Was...?«

Morn schlang die Finger um einen Haltegriff, stemmte sich gegen das Schott, schwebte zu Vector.

Infolge Ermüdung und Entgeisterung waren seine blauen Augen stumpf; zum Sprechen unfähig, starrte er Morn an, als ob sie vor ihm mutierte.

Morn hatte keine Ahnung, was schiefgegangen sein mochte, aber sie wußte, was die Ereignisse bedeuteten. Angus und Nick hatten sich verbündet. Und Angus war zu Sachen imstande, die sie normalerweise als unvorstellbar erachtet hätte...

»*Selbstvernichtung!*« schrie sie durchdringend, dermaßen herrisch, als setzte sie Vector eine Pistole auf die Brust. »Spreng das Schiff! *Sofort*, solang's noch möglich ist!«

»Morn?« Er stierte sie nur an, schien sie kaum wiederzuerkennen. »Morn?«

»*Gottverdammt* noch mal!« Vector war zu lahmarschig. »Laß mich an die Konsole!«

Wie eine Rasende drängte sie ihn beiseite, nahm seinen Platz an der Tastatur ein.

Selbstvernichtung. Jetzt oder nie. Mit Gewißheit bekam sie keine weitere Chance. Jeden Moment konnte Angus sie mit seinem unwahrscheinlichen, aber offensichtlich wirklich vorhandenen Laser in den Rücken schießen. Morn bezweifelte, daß Mikka und Sib ihn zu bändigen vermochten, und Davies war außer Gefecht gesetzt. Es gab keine andere Möglichkeit mehr, um ihn aufzuhalten.

Und doch rief der bloße Gedanke ihr aus dem Innersten des Herzens Schaudern empor, füllte ihr den Kopf mit Schreien, die sie nicht auszustoßen vermochte.

Selbstvernichtung.

Wie oft mußte sie noch dem gleichen Grauen ins Auge blicken, ehe es ihr endlich gelang, sich umzubringen?

»Das klappt nicht!« schnauzte Angus vom Oberende des Aufgangs herab. »Du kriegst auf diese Funktionen keinen Zugriff. Außer Vectors Forschungsdaten hab ich alles gesperrt.«

Während er sprach, erkannte Morn, daß er die Wahrheit sagte. Trotz der wilden Handgreiflichkeiten war er nicht einmal außer Atem; anscheinend hatte er es nicht eilig. Er fürchtete sich vor nichts, das Morn anstellen könnte.

»Gib's auf«, forderte er. »Zwing mich nicht, gegen dich vorzugehen.«

Morn war zum Weinen, ja nach lautem Kreischen zumute, am liebsten hätte sie sich an der Konsole die Fäuste blutig gehämmert. Es stimmte: auf diese Weise konnte sie ihn nicht aufhalten. Dennoch hatte sie keine Zeit für ihre Erbitterung. Sie durfte ihre Verzweiflung und ihren Gram sich nicht austoben lassen. Sie brauchte sie für sich selbst.

Unverändert an den Haltegriff geklammert, drehte sie sich dem Mann zu, der sie über Wochen hinweg mißhandelt und vergewaltigt hatte; dem Mann, der ihr jetzt in den Rücken fiel.

Angus befand sich noch am Oberende des Aufgangs. Offenbar war er der Ansicht, schon gewonnen zu haben; sich ihr nicht einmal nähern zu müssen, um die Oberhand zu bewahren. Doch sein Gesicht spiegelte keinen Triumph wider – und erst recht keine Genugtuung. Er schwitzte dermaßen, daß seine Haut zerlaufenem Wachs glich, und er mahlte mit den Zähnen, als müßte er grausame Schmerzen unterdrücken. Aufgrund der geballten Pein in seinen Augen sah er wie ein Mann aus, der wußte, was Vergewaltigung bedeutete.

»Herrje«, fragte Vector gedämpft, »was ist denn eigentlich abgelaufen? Was ist passiert?«

Angus gab dem Techniker keine Antwort. Seine Aufmerksamkeit galt ausschließlich Morn. Man hätte glauben mögen, er dächte darüber nach, wie er sie um Mäßigung anflehen sollte.

Sein Ton jedoch hatte nichts Flehentliches an sich. »Nick hat Ciro so tüchtig mit der Stunnerrute durchgeprügelt, daß der Junge sich das Gedärm aus 'm Leib kotzt. Mikka und Davies sind bewußtlos. Und Sib macht mir den Eindruck, als hätte er irgend 'n Anfall.«

Aus der Konnexblende kam Nick zum Vorschein und schwebte an Angus' Seite. Mit einer Hand bremste er sich am Geländer des Aufgangs ab; in der anderen Faust hielt er die kleine, aus Milos Taverners Besitz an Bord der *Posaune* zurückgebliebene Stunnerrute. Der durch Davies' Hieb auf seiner Wange erzeugte Fleck hatte sich zu einem lebhaften Rot verfärbt und bildete einen sonderbaren Kontrast zum Dunkelrot seiner Narben.

»Inzwischen nicht mehr«, berichtigte er Angus, prustete fast. »Jetzt reihert er auch rum. Die Bordatmosphäre dort hinten ist voller Kotze. Wenn die beiden sich erholt haben, werden sie beim Reinigen ihre Freude haben.«

Er stieß einen Laut hervor, der ebensogut ein Lachen wie ein Knurren hätte sein können.

»Niemand kann dir mehr helfen«, sagte Angus zu Morn. »Gib auf, bevor ich zu drastischeren Maßnahmen greifen muß.«

Vector rührte sich an seinem Platz, als wollte er Einspruch erheben; doch offensichtlich überlegte er es sich anders.

»Nein«, japste Morn. Im Zustand annähernder Bewegungslosigkeit merkte sie, daß sie kaum noch zu atmen vermochte. Stress und Furcht krampften ihr die Lungen zusammen; sie konnte jeweils nur wenige Wörter auf einmal ausstoßen. »Ich denke nicht dran ... noch mehr ... einzustecken. Lieber tot.«

Mit der freien Hand langte sie in die Tasche und holte das Zonenimplantat-Kontrollgerät heraus. Sie schlang die Finger um sämtliche Tasten, versteckte das schwarze Kästchen hinter dem Rücken, hielt es dort in Deckung, schützte es mit dem eigenen Körper, so daß Angus es nicht mit seinem Laser zerschießen könnte, ohne sie vorher zu töten.

»Morn, nicht«, raunte Vector voller Bestürzung. »Ich helfe dir ... Irgendwie. Ich werde gebraucht, sie wollen meine Forschungsergebnisse. Wenn dir jemand was antut, höre ich mit der Arbeit auf.«

Morn beachtete ihn nicht.

Ebensowenig kümmerten sich Nick und Angus um ihn. Statt dessen nahm Nick eine angespannte Haltung ein und warf Angus einen bösen Blick zu. »Warum hast du ihr das Ding nicht weggenommen, du Arschloch? Ich hatte dir gesagt, du sollst es an dich bringen.«

Auch ihm gab Angus keine Antwort. Von seinen Wangen troff Schweiß, als vergösse er Tränen. Seine von undurchschaubaren inneren Belastungen bläulich-rote Miene erweckte den Eindruck, als ob er an seiner Zunge erstickte.

»Na, auf jeden Fall mußt du *verhindern*, was sie vor hat«, raunzte Nick. Übergangslos verwandelte sich seine boshafte Häme in nackte Wut. »Das ist ein Befehl. Ich will sie lebend. Nach all den Gemeinheiten, die sie mir zugefügt hat, *will* ich sie *lebendig* haben.«

Möglicherweise hätte Angus gehorcht. Die Drangsal, die in seinem Blick zum Ausdruck kam, gestattete die Mutmaßung, daß er von Nick, wenn auch äußerst widerwillig,

Befehle annahm. Aber Morn wartete nicht lange genug, um Klarheit zu erhalten.

»Ihr hört nicht zu«, stellte sie fest. »Mir bleibt nichts anderes mehr übrig. Ihr könnt mich nicht daran hindern. Kommt einer von euch« – irgendwie fand sie die Kraft zum Schreien – »*bloß einen Schritt* näher, drücke ich die Finger auf alle Tasten gleichzeitig! Lieber verschmore ich mir das Gehirn, als daß ich noch mal einen von euch *an mich heranlasse!*«

»Nicht!« krächzte Vector verzweifelt.

Morn bemerkte seine Bewegung im Augenwinkel, aber zu spät. Den gewichtslosen Körper an das Technikkontrollpult geklammert, schlug er ihr die Handkante seitlich gegen den Hals, haschte dann wie verrückt nach dem Zonenimplantat-Kontrollgerät.

Entriß es ihrer Hand.

Und drehte sich um.

Indem er seine Masse von dem Technikkontrollpult abstieß, schmetterte er das schwarze Kästchen gegen das Schott, hieb es mit der Kraft des Handballen auf die harte Fläche.

Blut spritzte, als das Kästchen zu einem Halbdutzend scharfkantiger Bruchstücke zersprang, ihm an der Hand die Haut zerschlitzte. Rote Kügelchen wimmelten übers Schott, schwärmten in der Bordatmosphäre nach allen Seiten. Der Anprall verursachte ihm offenkundig Schmerzen in den arthritischen Gelenken.

Um Morn zu betäuben, hatte er nicht fest genug zugeschlagen. Obwohl ihr nun der Untergang sicher, sie endgültig verloren war, kam sie noch rechtzeitig zur Besinnung, um zu sehen, wie seine blauen Augen glasig wurden, als müßte er in Ohnmacht sinken. Bluttröpfchen sprenkelten Morns Gesicht wie eine Vielzahl winziger Wunden.

Beim Anblick seiner verletzten Hand und des zersprungenen Kästchens drohte sie vollends von Hysterie, die in ihr gefährlich emporbrodelte wie Lava, zersetzend wie Säure, überwältigt zu werden.

Vector mußte der Ansicht sein, ihr das Leben gerettet zu haben, seine Schuld wiedergutzumachen, indem er sie vom äußeren Zwang befreite. Nick konnte das schwarze Kästchen nicht ersetzen. Er kannte die Übertragungsfrequenzen nicht, die integrierten Codes waren ihm unbekannt.

Aber Angus wußte darüber Bescheid. Er konnte jederzeit ein neues Zonenimplantat-Kontrollgerät herstellen.

Benommen vor Schmerzen und kalter Wut, fauchte Davies eine Unflätigkeit, als Mikka ihn von der Tischkante zurückzog. Hätte er schwerelos in der Luft geschwebt, wäre es nicht so schlimm gewesen, doch er war noch an den in der Kombüse festgeschraubten Stuhl geschnallt. Bei Mikkas Versuch, ihn aufzurichten, schabten in seinem Oberarm die Knochen aneinander, als hätten sie Sägezähne, und zwischen den Rippen stach ihm Pein, als hätte man ihm lange Messer hineingebohrt.

Eine Zuckung entstellte sein Gesicht zu einer Fratze. »Scheiße!« knirschte er, biß die Zähne zusammen, damit der Schmerz nicht aus seinem Brustkorb heraufquoll und ihn erdrosselte.

Vorsichtig ließ Mikka von ihm ab, gab ihm die Möglichkeit, selbst für sich zu tun, was er konnte. »Wie übel geht's dir?« fragte sie; ihre Stimme schien aus weiter Ferne an sein Gehör zu dringen.

Er schloß die Lider, um seine Konzentration zu erhöhen. Umhüllt von Dunkelheit, versuchte er die Schwere der Verletzungen einzuschätzen. »Der Scheißkerl hat mir den Arm gebrochen«, knurrte er halblaut. »Und 'n paar Rippen.« Während des Sprechens spürte er noch einen Ursprungsort heftiger Beschwerden. »Und meine Birne fühlt sich an, als hätte er sie mir entzweigehauen.«

»Du hast nicht allein was abgekriegt«, antwortete Mikka widerborstig. »Leider kann ich dir im Moment nicht helfen. Wir sind auf die Brücke befohlen worden.«

Befohlen worden. Auf die Brücke. Davies versuchte die Mitteilung zu verstehen, merkte jedoch, daß es ihm nicht gelang. Zuviel lenkte ihn ab: Die Schmerzen und ein hitziger, nachgerade urtümlicher Drang, wenigstens einen mörderischen Schlag zu führen, störten seine Aufmerksamkeit. Und der Geruch ...

Erbrochenes.

Der Gestank umwehte seine Nase in so unmittelbarer Nähe, daß er befürchtete, er selbst hätte sich übergeben.

Als er die Augen öffnete, verschwamm wiederholte Male alles in seiner Sicht, als wäre der Blutdruck des eigenen Herzens für seine Sehnerven eine Überforderung. Doch nach einem längeren Moment klärte sich sein Blickfeld.

Vor ihm hing Sib Mackern mit dem Gesicht nach unten auf dem Kombüsentisch. Für Nullschwerkraftverhältnisse wirkte seine Position unnatürlich: schon infolge normaler Muskelkonzentrationen hätte er in den Gurten aufwärtsschweben müssen. Offenkundig klebte sein Gesicht in einer Lache eigener Kotze. Zäher Schleim und Essensklumpen hatten sein Gesicht und die Tischplatte verschmiert; feine, perlenartige Bröckchen umkreisten ihn wie Sternbilder.

Er atmete, war jedoch besinnungslos.

Im Innern der Kombüse und im Hauptkorridor bemühten sich die Skrubber, in der Bordatmosphäre umhertreibende Schleier und Verklumpungen aus Erbrochenem abzusaugen, doch vorerst ohne rechten Erfolg. Bald mußte man die Filter austauschen, oder die Luft an Bord der *Posaune* würde stinkig.

»Was ist ...?« Davies' Stimme erstickte; die Beschwerden und der Gestank raubten ihm den Atem. »Was ist ihm zugestoßen?«

»Stunning«, teilte Mikka ihm kurz angebunden mit. »Nick hat Ciro die Stunnerrute entwunden. Wäre sie größer, die Ladung stärker, wäre er tot. Ciro auch. Kannst du zur Seite rücken? Wenn du mir nicht im Weg bist, ziehe ich ihn hinaus.«

Zur Seite rücken? hätte Davies zu gerne gemault. Klar. Wahrscheinlich schaffe ich es sogar bis zum Krankenrevier. Falls du mir hilfst. Und der liebe Gott seinen Segen gibt.

Aber ihm mangelte es an Kraft zum Murren. Außerdem hatte Mikka es nicht verdient, unter seiner Verbitterung zu leiden ...

Wo hatte sie gesteckt, als Nick und Angus über Morn herfielen?

Wo waren jetzt die anderen?

Was, zum Teufel, spielte sich eigentlich ab?

Gegen die Kopfschmerzen die Zähne zusammengebissen, rang Davies darum, auch seinen übrigen Verstand zu klaren Gedanken zu zwingen.

»Du sagst ...« – er mußte sich erst darauf besinnen, was Mikka erwähnt hatte –, »daß wir auf die Brücke befohlen worden sind.« Er unterdrückte eine Aufwallung der Wut. »Von wem?«

»Von Nick.« Mikka empfand selbst ein Höchstmaß an Bitterkeit. »Er hat das Kommando an sich gerissen. Wie's aussieht, hat Angus seine Geheimnisse uns die ganze Zeit verschwiegen. Zum Beispiel, wieso er sich plötzlich von Nick Befehle erteilen läßt. Oder wie er so was macht.« Am Rande des Blickfelds sah Davies, daß sie auf die zerschmolzene Pistole deutete, die über den Speiseautomaten schwebte. »Oder weshalb er«, fügte sie als letztes hinzu, »dermaßen stark ist.«

Angestachelt durch die zittrigen Anklänge der Verzweiflung in ihrer Stimme, verdrängte Davies den Schmerz und schaffte es zu guter Letzt, sie anzusehen.

Sobald er sie erblickte, zuckte er zusammen und hustete, als hätte eine gebrochene Rippe ihm in einen Lungenflügel gestochen.

O ja, auch sie hatte etwas einzustecken gehabt – *schwer* einiges einstecken müssen. Durch das zermalmte Fleisch über ihrem rechten Auge glänzten Knochen. Das Auge war beinahe zugeschwollen, aber die Platzwunde hatte noch nicht zu bluten aufgehört. Das Naß sickerte aus der schwärzlich-roten Schwellung an ihrer Stirn und bedeckte die gesamte rechte Gesichtshälfte. Ihr Schädel mußte etliche Brüche erlitten haben.

Sie gehörte dringender als er ins Krankenrevier. Bestimmt hatte sie eine Gehirnerschütterung: höchstwahrscheinlich glitt sie binnen kurzem hinüber in einen Schockzustand. Vermutlich fanden auch unter den Knochen Blutungen statt. Sollte im Gehirn ein Hämatom entstehen, mochte sie daran sterben.

»Scheiß auf die Brücke«, empfahl Davies. Das Husten tat weh, aber er konnte es ertragen. Es blieb weit hinter der Gefahr zurück, in der Mikka sich befand. »Du benötigst medizinische Behandlung. Hau ab ins Krankenrevier. Ich komme gleich nach.«

Und Sib mußte auch hingeschafft werden. Möglicherweise hatte er Erbrochenes verschluckt und in der Luftröhre stecken; vielleicht war er am Ersticken...

Mikka schüttelte den Kopf. »Du mißverstehst die Lage.« Ihre Worte klangen nach Niedergeschlagenheit und Trostlosigkeit, als gäbe es nichts mehr zu empfinden außer tiefstem Schrecken. »Nick hat uns auf der Brücke anzutanzen befohlen. Sofort. Ganz egal, in welcher Verfassung wir sind.« Sie brachte ihre Äußerungen nur mühevoll hervor, mit so gepreßter Stimme sprach sie. »Er hat«, erklärte sie, »Morn in der Gewalt.«

Davies warf ihr einen Blick zu, der einem Aufschrei glich.

Mikka reagierte mit einem schwachen Achselzucken. »Wir sind am Ende. Feierabend. Vector ist auch verletzt. Morn ist die einzige, die nicht verwundet oder bewußtlos ist« – Davies sah in Mikkas Augen, daß sie an ihren Bruder dachte, der irgendwo nahebei ohne Beistand blieb –, »aber ich glaube, sie ist in Hysterie verfallen.«

»Dann braucht sie mich.« Schwälle von Serotonin und Noradrenalin klärten Davies das Gehirn; er kannte kein Zögern. *Er hat Morn in der Gewalt.* Davies' rechter Arm war bis auf weiteres nutzlos. Er drehte sich so zur Seite, daß er mit der Linken den Gurt vom Stuhl haken konnte. *Ich glaube, sie ist in Hysterie verfallen.*

Fast augenblicklich linderte die Schwerelosigkeit die Beschwerden des gebrochenen Arms. Obwohl seine Rippen aneinanderschabten, verließ Davies die Kombüse und machte sich auf den Weg zur Brücke.

Trotz der Unruhe, die ihn antrieb, bewegte er sich in Anbetracht der Verletzungen achtsam voran. Längs der Wände montierte Haltegriffe halfen ihm dabei, sein Vorwärtsschweben zu lenken, bis er die Konnexblende erreichte. Am Niedergang verharrte er, hielt sich am Geländer fest und schaute sich erst einmal auf der Brücke um.

Nick saß an der Kommandokonsole und grinste wie ein Totenschädel; er zeigte Davies die gebleckten Zähne und die dunklen Narben wie Siegesfahnen. Angus hatte im Andrucksessel des Ersten Offiziers Platz genommen: hockte reglos da, die gesamte Muskulatur starr verkrampft, wandte nicht einmal den Kopf, um seinen Sohn anzublicken. Vector Shaheed, an den Sessel vor dem Technikkontrollpult geschnallt, kauerte da, als drohte ihm eine Ohnmacht; er hatte die Bordmontur geöffnet und sich von den Schultern gezogen, mit einem Ärmel die rechte Hand umwickelt. Blut tränkte den Stoff. Im weißlich-fahlen Licht wirkte seine blasse Haut schlaff, nahezu leblos.

Anscheinend hatte keiner von ihnen nur das geringste Interesse, Morn Hilfe zu leisten.

Sie schwebte dicht unter der Decke, schaukelte sachte gegen das Metall, das Gesicht zwischen den Knien verborgen, die Arme um die Schienbeine geschlungen. Die Gewaltsamkeit, mit der sie Halt an sich selbst bewahrte, ließ sich deutlich erkennen. Sie hatte sich klein gemacht, weil es für sie sonst keinen Schutz mehr gab: sie hatte nichts mehr zu ihrer Verteidigung aufzubieten, alle ihre Hoffnungen waren zerstoben.

Im ersten Moment blieb Davies unfähig zu jeder Regung. Nur Morn zu betrachten war er imstande, während ihn Betroffenheit überkam und er, als durchführe ihn die Entladung eines Stunnerknüppels, mit krasser Klarheit dachte: Das ist keine Hysterie. Es ist Wahnsinn. Sie ist übergeschnappt.

Nick mußte ihr Zonenimplantat-Kontrollgerät an sich gebracht haben. Die Aussicht, wieder unter seine Macht zu geraten, war wohl zuviel für sie gewesen.

Und es war mehr, als Davies ertragen konnte. Ungeachtet des gebrochenen Arms, der kaputten Rippen und des angeschlagenen Schädels stieß er sich vom Niedergang ab, schwang sich mit aller Kraft auf Nick zu.

Angus fing ihn ab.

Davies merkte gar nicht, wie es geschah. Angus war sehr wahrscheinlich nicht angeschnallt gewesen; vermutlich hatte er doch noch den Kopf rechtzeitig genug gedreht, um Davies' Absicht zu erkennen. Auf alle Fälle prallte Davies, anstatt Nick angreifen zu können, gegen Angus, torkelte dadurch zur Seite.

Für eine Sekunde setzte der Schmerz, der bei dem Zusammenprall den Arm und die Rippen durchzuckte, sein Hirn gewissermaßen außer Betrieb. Sein Blickfeld färbte sich rot. Als er wieder sehen konnte, hatte er Angus im Nacken hängen, ein Unterarm, hart wie eine Eisenstange, preßte sich gegen Davies' Kehle.

»Hör auf!« knarrte ihm Angus' Stimme ins Ohr. »Es ist zu spät, laß es sein ... Es hat keinen Zweck mehr. Zwing mich nicht, dir noch mal weh zu tun.«

»Er ist mein Leibwächter«, sagte Nick zu Davies. »Wer sich mit mir anlegen will, muß erst an ihm vorbei. Soweit ich's bis jetzt überblicke, ist er bei der Erfüllung dieser Aufgabe verdammt tüchtig.«

Angus und Davies wumsten gemeinsam gegen das Schott, trieben von da aus auf die Sichtschirme zu. Ein Anprall mehr bedeutete für Davies keinen Unterschied: er spürte ihn kaum. Aber infolgedessen veränderte sich hinter seinem Rücken Angus' Position.

Einmal kräftig zugedrückt, und Davies' Luftröhre wäre zerquetscht. Dazu hätte in dieser Situation jeder die Möglichkeit gehabt: es bedurfte nicht Angus' Kraft. Davies röchelte schon jetzt. Die gebrochenen Knochen stachen durch seinen Leib wie Dolche. Trotzdem nahm er, als ginge es ums Leben, alle Kräfte zusammen und rammte den linken Ellbogen Angus in den Wanst.

Angus verkraftete den Stoß mit einem gedämpften Grunzen. Aber der Druck gegen Davies' Gurgel lockerte sich nicht. Er behielt die Lage völlig in der Hand, hakte eine Stiefelspitze an die Rücklehne von Nicks Andrucksessel, verminderte so den Schwung und vollführte in der Luft eine Längsdrehung, durch die die Kollision mit einem der Bildschirme weich ausfiel, polsterte gleichzeitig mit dem eigenen Körper Davies' Gestalt ab.

»*Hör auf!*« wiederholte Angus. »Du solltest dich erst mal über die Verhältnisse informieren, ehe du Nick 'n Vorwand lieferst, um dich zu killen. Vector hat« – er zischte Davies diese Mitteilung zu, als wüßte er genau, was sein Sohn momentan an Kenntnis brauchte – »ihr Zonenimplantat-Kontrollgerät zerschlagen. Dabei hat er sich die Hand verletzt.«

Davies bemerkte, daß er nicht mehr atmete. Zerschlagen ...? Während er und Angus von dem Monitor forttrieben, schaute Davies hinüber zu Vector.

Vector erwiderte seinen Blick und nickte.

Ihr Zonenimplantat-Kontrollgerät zerschlagen.

Davies erlahmte, als hätten sich seine ärgsten Befürchtungen zerstreut.

Bis ihm einfiel, daß Angus sich darauf verstand, der Kommandokonsole eine Parallelkontrolle einzuprogrammieren.

»Mir wär's lieber gewesen, du hättest ihm das nicht unter die Nase gerieben«, nölte Nick in lakonischem Ton. »Es macht mir Spaß, wenn er sich so aufregt. Es wäre lustig gewesen, ihn in dem Glauben zu belassen, ich könnte ihr befehlen, ihm die Eier abzureißen.«

»Dann formuliere deine Scheißbefehle gefälligst genauer, verflucht noch mal!« schnauzte Angus zornig. Davies spürte, wie seinem Vater aus unterdrücktem Gewaltdrang die Muskeln zitterten. »Was du mir *nicht sagst*, wird *nicht getan*.«

Nick schmunzelte über Angus' Erbitterung. »Ist ja schon

gut«, entgegnete er. »Mich vergnügt's auch, wenn *du* dich ärgerst.«

Davies hatte den Eindruck, daß ein Tremor Angus durchbebte: einem eingezwängten Sturm vergleichbare Neuronen-Fehlfunktionen. Aber dergleichen blieb ihm im Augenblick einerlei. Er hatte nur Augen für Morn, während er darauf wartete, daß Angus ihn aus dem Würgegriff entließ. Noch immer konnte er nicht ihr Gesicht sehen: zu eng hatte sie sich zusammengekrümmt. Aber er könnte seinen unversehrten Arm um sie legen, sie an sich ziehen; vielleicht spürte sie es. Und eventuell hörte sie es, wenn er etwas zu ihr sagte ...

»Halt dich von ihr fern«, warnte Nick ihn in scharfem Tonfall. »Sieht aus, als wäre sie autistisch geworden, was? Na, von mir aus. Ich will nicht, daß dir der Irrtum unterläuft zu glauben, du könntest sie trösten. Das wäre für sie kein bißchen von Nutzen.«

Nicht einmal aus Rücksicht auf Morn vermochte Davies seine Wut zu bezähmen. »Du Schwein! Sie benötigt Hilfe.«

»Hilfe?« schnob Nick. »Du bist ein wahrer Optimist, weißt du das, du verblödeter kleiner Scheißer? Falls es dir noch nicht klar sein sollte, wir haben's bei ihr mit einer Süchtigen zu tun. Sie ist nicht durchgeknallt, weil *ich* mir das Scheißkontrollgerät angeeignet hätte, sondern weil Vector es zerhauen hat und sie ohne das Ding nicht leben kann. Tja, nun sieht sie *ernsten* Problemen entgegen. Sobald wir im Massif-System sind, müssen wir während des ganzen Flugs zu dem Labor auf das Erfordernis eingestellt sein, Hoch-G-Belastungen zu erdulden. Das heißt, sie muß aufs Hyperspatium-Syndrom gefaßt sein. Wird sie nicht mit Kat schlafengelegt, droht die ganze Zeit lang die Gefahr, daß sie uns alle umzubringen versucht. Wie gerne du's auch möchtest, du kannst ihr überhaupt nicht helfen. Ich will's jedenfalls nicht. Ich habe vor, sie für jede einzelne Lüge, die sie mir je aufgetischt hat, *bitter büßen* zu lassen. Da stehen wir erst am Anfang. Wenn du von ihr keinen Abstand hältst, bricht Angus dir auch den anderen Arm. Kapiert?«

Davies verkniff sich Beschimpfungen; unterdrückte seine Schmerzen und die Rage, schluckte Blut. Natürlich hatte Nick recht. Morns Hyperspatium-Syndrom mußte das Valdor-System für sie in eine private Hölle verwandeln. Ohne das Zonenimplantat-Kontrollgerät verfügte sie – außer medikamentöser Betäubung – über keinen Schutz gegen den Wahnsinn, an den ihr Sohn sich so gut erinnerte, als hätte er ihn selbst erlebt.

An Bord der *Strahlenden Schönheit* hatte sie Angus davon erzählt.

Ich konnte Sie auf den Bildschirmen sehen ... Aber in dem Moment ist mir alles gleich gewesen ... In meinem Kopf hatte sich alles vollständig verändert. Mir war, als ob ich schwebte, und alles schien völlig licht und klar zu sein. Wie bei einer Vision. Als ob das Universum selbst zu mir spräche. Und ich seine Botschaft verstünde, auf einmal in Kenntnis der Wahrheit sei ... Ich wußte genau, was ich tun mußte. Was ich zu tun hatte. Ich bin nicht im geringsten im Zweifel gewesen.

Dann hatte sie in der Hilfssteuerwarte der *Stellar Regent* die Selbstvernichtungssequenz in die Konsolentastatur getippt.

Aus dieser Krise – in der Folge des unfeststellbar gewesenen Strickfehlers, den das Hyperspatium in ihrem Hirn entdeckt hatte, eines Schwachpunkts, den hohe Schwerkraftbelastung zur Katastrophenursache steigerte – hatten alle ihre weiteren Leiden sich ergeben, als wären sie unabwendbar gewesen.

Dennoch spürte Davies, als er Nick das Kat erwähnen hörte, ein lebhaftes Aufkeimen frischer Hoffnung.

Nick ging davon aus, daß Morn mit Medikamenten betäubt werden mußte. Er ahnte nichts von der Möglichkeit, als Ersatz für das Kontrollgerät eine parallele Zonenimplantat-Kontrolle zu installieren. Von sich aus war er bisher nicht darauf gekommen.

Und Angus hatte es ihm verschwiegen.

Überrascht wandte Davies den Kopf, verrenkte sich schier den Hals, bis er seinen Vater anschauen konnte.

Angus glotzte Nick an, als erwartete er neue Befehle. Aber Davies sah seine Miene ...

Als Angus in der Kombüse gegen ihn vorgegangen war, hatte Davies keinen Blick auf ihn werfen können; dafür war keine Gelegenheit vorhanden gewesen. Folglich erkannte er jetzt zum erstenmal den Ausdruck schwärzester Seelenpein, die das Gesicht seines Vaters verfinsterte, die ungeheuerliche Mordgier in den Augen. Trotz der unfehlbaren Sicherheit seiner Bewegungen und der Festigkeit seiner Haltung wirkte er wie ein durchgedrehter Schlächter, als wäre er noch irrsinniger als Morn; als wäre er längst vollständig und unwiderruflich dem Wahn verfallen.

Er gehorchte Nicks Befehlen. Aber ihre Befolgung war ihm verhaßt.

Davies verstand diesen Sachverhalt nicht. Dennoch tat sein Herz einen Satz. Nick hatte keine Ahnung, daß es möglich war, eine parallele Zonenimplantat-Kontrolle zu installieren, also konnte er es Angus auch nicht befehlen.

Was du mir nicht sagst, *wird* nicht getan.

Morn, hast du das gehört? Ist dir klar, was es bedeutet?

Davies schwindelte vor Erleichterung, als er Succorso zunickte. »Na gut«, krächzte er. »Ich will die Situation nicht für sie schlimmer als nötig machen.«

Einen Moment lang musterte Nick ihn; dann sah er Angus an und zuckte die Achseln.

Mit einer Konvulsion, als empfände er Abscheu, ließ Angus von seinem Sohn ab.

Sofort stieß sich Davies ab und entfernte sich zu Vector und dem Technikkontrollpult. Während Angus an den Platz des Ersten Offiziers zurückkehrte, klemmte Davies ein Knie unter die Konsole, um den unversehrten Arm frei zu haben. Um zu verhehlen, wie erleichtert er sich fühlte, schnitt er eine düstere Miene, rieb sich den mißhandelten Hals.

Als Vector ihn anschaute, nickte er ihm zu, dankte dem Techniker für mehrerlei auf einmal.

Über ihm schwebte Morn als fest zusammengerollte,

fötale Kugelgestalt, geradeso unzugänglich, als befände sie sich auf der anderen Seite des Hyperspatiums. Er überließ sie aus dem gleichen Grund sich selbst, aus dem sie geduldet hatte, daß Nick ihn den Amnion wiedergab: weil keine andere Wahl blieb. Und er wollte das Risiko vermeiden, daß seine insgeheime Hoffnung aufflog.

»Offenbar hast du jetzt hier das Sagen«, murrte er an Nick gewandt. »Wenn Angus deine Befehle ausführt, können wir nichts gegen dich ausrichten.«

Nick grinste oder grimassierte, als ob seine Gesichtsnarben glühten. »Da hast du verdammt recht.«

»Aber du hast auf der Brücke keinen Bedarf an mir«, äußerte Davies trotzig. »Ich muß zur Behandlung ins Krankenrevier. Es kostet dich nichts, mich gehen zu lassen.«

»Scheiße, da hast du Pech«, fuhr Nick ihn an. »Mir ist es gleich, wenn euch die Knochen schmerzen. Ich *will*, daß ihr leidet. Für das, was ihr mir angetan habt, ist es nur 'ne kleine Buße. Darum bleibst du hier« – er verfiel ins Schreien – »und *büßt*, bis ich von deinem Anblick genug habe!«

Angus schluckte, als hätte er große Not mit dem Atmen.

Doch fast sofort errang Nick die Selbstbeherrschung zurück. »Aber wer weiß, vielleicht findest du's hier ja sogar interessant. Beim Arsch der Galaxis, wo stecken denn die anderen Figuren?«

»Wir sind da«, sagte Mikka vom Oberende des Aufgangs herab.

Ihre Stimme hatte einen erschreckend schwächlichen Klang, als stünde sie dicht vor dem Zusammenklappen. Weil sie noch immer blutete, sah ihre Stirnverletzung inzwischen noch furchtbarer aus. Dennoch brachte sie es zustande, an ihren Seiten Sib und Ciro zu stützen. Beide waren wieder bei Bewußtsein und infolge der Strapazen totenbleich; doch sie hatten ihren Körper noch nicht wieder in der Gewalt. Schwaches Zucken und Rucken schüttelte ihre Leiber, als würden ihre Nerven noch drangsaliert.

»Wir haben Befehle stets befolgt«, stellte sie mit einem

Rest an Widerspruchsgeist klar. »Aber nach soviel Stunning ist es schwierig, sich fortzubewegen.«

»Wahrhaftig?« höhnte Nick. »Das wußte ich noch gar nicht. Beeilt euch gefälligst da runter und rein, sonst befehle ich Angus, sich an euren inneren Organen ein bißchen in der Laserchirurgie zu üben.«

Wie ein Kind, das zu weinen anfing, verbarg Ciro das Gesicht an Mikkas Schulter. Sib wirkte, als hätte er gerne das gleiche getan, aber er verbiß es sich; statt dessen warf er einen Arm übers Geländer und half Mikka dabei, sie alle drei durch die Steuerbrücke zu einem Haltegriff gegenüber des Technikkontrollpults zu befördern.

Langsam sanken sie aufs Deck herunter. Unvermindert von Zuckungen geplagt, löste Sib sich von Mikka und suchte sich einen anderen Haltegriff, damit sie die Kräfte ganz für ihren Bruder aufwenden konnte.

»Gut.« Nick streckte sich im Andrucksessel aus; im Kapitänssessel fühlte er sich in seinem Element und unangreifbar. »Nun können wir loslegen.«

Vorsätzlich kehrte Mikka ihm den Rücken zu, wandte sich an Vector, der seinen Platz am anderen Ende einer Aufreihung von Bildschirmen hatte. »Was ist mit deiner Hand passiert?« wollte sie erfahren.

»Er hat Morns Zonenimplantat-Kontrollgerät zerbrochen«, sagte Angus, ehe Vector antworten, bevor Nick es verbieten konnte. »Es zerschlagen und sich dabei die Hand aufgerissen. Er...«

»Angus, halt's Maul!« wies Nick ihn grob an. »Du sabberst von nun an nicht mehr. Wenn ich wünsche, daß du redest, stelle ich dir 'ne Frage.«

Sofort schloß Angus den Mund so fest, als wären seine Kiefer mit Draht zusammengenäht worden. Er blickte hilflos. Seine Augen glichen offenen Wunden.

»Gut gemacht, Vector«, kommentierte Mikka leise. Sie verzichtete darauf, ihr Erleichtertsein zu verhehlen. »Du bist ein Genie. Daran hätte ich selbst denken sollen.«

Vector schenkte ihr ein verzerrtes, unglückseliges Lächeln, das einem durch kalte Asche gezogenen Strich ähnelte.

Nick grinste. »Nein, Mikka«, nölte er. »Wie üblich siehst du die Sache falsch. Du solltest das Mundwerk zumachen und zuhören. Ich erkläre euch geistlosem Meuterergesindel nun die aktuellen Fakten, und damit bekommt ihr eure einzige Gelegenheit, um euch übers laufende zu informieren.«

»Wie schön«, schnauzte Mikka zurück. »Dann mal los!« Es hätte ohne weiteres sein können, daß sie ihn zu provozieren, zu Gewalttätigkeiten zu reizen versuchte. Trotz des blutüberströmten Gesichts und ihrer Entkräftung hielt sie seinem Blick stand. »Ich bin gespannt, ob die ›aktuellen Fakten‹ so günstig für dich sind, wie du's dir denkst.«

Im ersten Moment verkrampfte Nick die Muskeln, als wollte er sie anspringen. Dann jedoch lehnte er sich wieder in die Polsterung des Kommandosessels. In seinen Augen glitzerte es von unheilvoller Selbstbezähmung.

»Angus, ich will, daß du, wenn sie noch ein Wort von sich gibt – irgendein Wörtchen –, deinen putzigen kleinen Laser gegen sie einsetzt. Schneide ihr damit 'n Finger ab. Sollte sie schreien, schimpfen oder bloß stöhnen, schießt du ihr den nächsten Finger weg. Du trennst sie ihr nacheinander ab, bis sie lernt, die Klappe zu halten.«

Ruckartig hob Ciro den Kopf von Mikkas Schulter, drehte das Gesicht Nick zu. Seine Augen spiegelten Entsetzen wider; derartiges Grausen empfand er, daß man fast nur noch das Weiße sah.

Unwillkürlich krümmte sich Sib Mackern um seinen Magen, um sich nochmals zu übergeben; aber es war nichts übrig, was er hätte erbrechen können.

Über ihnen schwebte Morn, war der Furcht und Verzweiflung unterlegen.

»Fordere ihn nicht heraus, Mikka«, warnte Davies eindringlich. »Er meint's ernst. Und Angus wird ihm gehorchen.«

Wir brauchen dich. Morn und ich brauchen dich.

Und wir müssen erfahren, was Nick zu sagen hat.

Mikka verkniff sich eine Entgegnung. Sie sah Angus' Miene so gut wie Davies: sie erkannte, er würde Nicks Anweisungen genau ausführen. Mit Mühe schloß sie die Lider, ließ die Schultern sinken; sie holte tief Luft und ließ den Atem unterdrückt entweichen. Nachdem sie die Augen wieder geöffnet hatte, schwieg sie.

»Scheiße, ich weiß nicht, was eigentlich mit euch Schwachsinnigen los ist«, meinte Nick zu ihr. »*Lernt* ihr denn *nie* dazu? Davies kreuzt hier mit 'm gebrochenen Arm auf. Du hast 'ne kaputte Rübe. Trotzdem bildet ihr zwei euch immer noch ein, ihr könntet mich verarschen. Aber eines kann ich euch sagen. Von nun an ist *Schluß* damit!« fauchte er harsch durch die Zähne.

»Ich brauche euch nicht. Jetzt steht Angus auf *meiner* Seite. Das ist alles, was zählt. Vector behalte ich bei mir. Er kann noch ganz nützlich sein. Aber ihr anderen ... Von mir aus dürft ihr krepieren, mir ist's scheißegal. Der einzige Grund, warum ich euch noch nicht abgemurkst habe, ist die Überlegung, daß mir vielleicht was Besseres einfällt.«

Davies mißachtete die Drohung. Ernstgenommen werden mußte sie, soviel war ihm klar; dadurch änderte sich jedoch überhaupt nichts. Auch Morn ignorierte er, obwohl es ihm ans Herz griff; sie mußte warten. Mit dem unversehrten Arm hielt er sich die Rippen und blickte Nicks Erklärungen entgegen.

»Bis dahin möchte ich euch 'ne kleine Geschichte erzählen«, kündete Nick sardonisch an. »Ich will, daß ihr alle rafft, was hier abläuft, damit ihr *wißt*, daß ihr für mich überflüssig seid. Entsinnt ihr euch an die KombiMontan-Station?«

Genüßlich fläzte er sich im Kommandosessel. Sich wieder in die altgewohnte Pose hineinzusteigern, sich in Drohgebärden zu üben, bereitete ihm offenbar größtes Behagen; so fühlte er sich sauwohl. Trotzdem hörte man aus seinem Tonfall herbe Anklänge der Bitternis und des Grolls. »Erinnert ihr euch daran, wie wir Angus aufs Glatteis gelockt haben? Durchgezogen worden ist's zwar von Milos und mir, aber unsere Idee war's nicht. Wir hatten den Befehl von Hashi Lebwohl. Von der verdammten Abteilung Datenakquisition. Dort wollte man endlich des hochgradig berühmt-berüchtigten Kapteins Thermogeil habhaft werden.«

Angus zeigte keinerlei Reaktion. In seinen von unvorstellbaren inneren Nöten trüben Augen stand nichts als Bosheit.

»Nach unserem Abflug von der Station hat die DA sich ihn vom Stationssicherheitsdienst überstellen und Milos gleich mitkommen lassen. Beide sind ins VMKP-HQ gebracht worden. Dort hat man bei Angus diese und jene kleinen chirurgischen Abänderungen vorgenommen... Solche Sachen, die der arme, alte Kassierer, Friede seiner Asche, immer ›Bio-Optimalisierung‹ nannte. Zu einem Cyborg hat man ihn gemacht. Seinen Händen sind ultrafeine Laser eingebaut und den Augen UV-Prothesen installiert worden. Er kann Störfelder emittieren.« Nicks Blick streifte Davies. »Dadurch wird verständlich, wie er an all den zahllosen Wächtern und Überwachungseinrichtungen Kassaforts vorbeigelangen konnte. Und er verfügt seit der Modifikation über Körperkräfte wie ein wahrer Goliath. Aber am wichtigsten ist folgendes: Sein Gehirn ist voller Z-Implantate. Ihr bedauert Morn, weil sie eine einzige solche Elektrode im Kopf hat. Er muß mindestens sechs Stück in der Birne haben. Und alle werden sie durch einen Computer gesteuert. Jedes Neuron in seinem häßlichen Schädel untersteht der Beeinflussung durch 'n Computer. Irgendwo in ihm steckt 'n Data-Nukleus, der ihm befiehlt, was er tun soll, ihm alle Handlungen vorschreibt. Ohne Hashi Lebwohls Einverständnis kann der Scheißkerl nicht mal pissen gehen. Schaut ihn euch an.« Mit knapper Geste wies Nick auf Angus. »Ihr könnt ihm ansehen, daß ich die Wahrheit spreche.«

Davies schaute ihn an; allerdings wußte er ohnedies schon Bescheid. Nicks Enthüllung stimmte mit Davies' Beobachtungen überein. Und die Wahrheit war tatsächlich aus der geballten Finsternis in Angus' Miene ersichtlich, dem Druck dunklen Bluts unter der Haut. Angus hätte ein Fanatiker sein können, ein Kaze; ein Irrer, der jeden Moment durchdrehen, die Leute in seiner Umgebung zusammenschießen mochte. Der extreme seelische Notstand, die pure Hoffnungslosigkeit, die in seinen Augen zum Ausdruck kamen, bewiesen deutlich, daß er hinsichtlich seines Verhaltens keine Wahl hatte.

»Er würde mich ja gerne umbringen.« Entschlossen unternahm Nick eine Anstrengung, um einen lässigen Tonfall anzuschlagen, doch seine Unversöhnlichkeit rief in seiner Stimme nach wie vor rauhe, ruppige Laute hervor. »Wenn Blicke töten könnten, wäre ich längst bloß noch 'n Matschfleck an der Wand. Aber er darf es nicht. Der Computer hat ihn unter Kontrolle. Angus ...« Unvermittelt wandte er sich schroff an ihn. »Sag: ›Ja, Herr und Meister.‹«

»Ja, Herr und Meister«, wiederholte Angus durch die wüste Verbissenheit seiner Kiefer.

Sib stierte zu ihm hinüber, als wäre er sich die Art von Programm auszumalen außerstande, die Angus zu solcher Unterwürfigkeit zwang. Tausend Fragen in der Miene, blickte Ciro seine Schwester an, dann faßte er sie am Arm, um sie daran zu erinnern, daß Nick ihr das Sprechen verboten hatte.

Guter Gott! stöhnte Davies stumm in den Schmerz, der ihm in Kopf, Brustkorb und Arm gloste. So schlimm steht es? Nick beherrschte seinen Vater; dieser stand vollkommen unter Nicks Verfügungsgewalt. Nichts von allem, was Angus je Morn angetan hatte, war ärger als Angus' jetzige Lage gewesen.

Voller roher Genugtuung nickte Succorso. Seine Narben waren so düster wie Angus' Gesichtszüge.

»Und weshalb hat die DA das alles eingefädelt?« stellte er eine rhetorische Frage. »Ihr könnt euch die Veranlassung denken. Um Kassafort zu vernichten. Und Morn zu befreien. Wen hätte sie denn anderes benutzen sollen? Wer sonst hätte sich dort einschleichen können? Dafür brauchte sie einen dermaßen schleimigen Illegalen, daß er kein Mißtrauen erweckte. Aber damit allein kam die DA nicht hin. Es galt auch 'n Täuschungsmanöver durchzuführen, weil er 'ne glaubwürdige Erklärung dafür vorweisen mußte, wie er es geschafft hatte, in 'm VMKP-Raumschiff aus dem VMKP-Hauptquartier zu flüchten. Und die DA konnte ihn nur unter der Voraussetzung – der Gewißheit – nach Thanatos Minor schicken, daß sie ihn an der Kandare behielt. Egal wie tüchtig man dort ist, man konnte seiner Programmierung unmöglich Instruktionen für jede Eventualität einschreiben. Deshalb zog man Milos Taverner heran. Zur Irreführung. Und um Angus im Griff zu behalten. Die DA hat Milos Prioritätscodes verfügbar gemacht, die Angus zwangen, ihren Willen zu erfüllen.«

Davies unterdrückte seine Betroffenheit und konzentrierte sich, als hinge davon sein Leben ab, auf jedes Wort, das Nick von sich gab.

Für einen Moment verklang Succorsos Stimme. »Ich dachte«, sagte er wie im Selbstgespräch, »Milos käme mir zu Hilfe ... daß Hashi Lebwohl ihn deswegen geschickt hätte.«

Davies war, als könnte er in Nicks Augen ein Abbild der *Käptens Liebchen* sehen.

Doch fast unverzüglich setzte Nick seine Darlegungen fort. »Zum Glück für uns war der DA-Abteilung völlig klar, wie weit sie Milos trauen durfte.« Während der weiteren Ausführungen vertiefte sich seine Verbitterung. Die Wörter schienen sich in seinem Mund zu reiben. »Hashi Lebwohl hatte mit Komplikationen gerechnet. Sobald Milos zu den Amnion übergelaufen war, sind Angus' Prioritätscodes automatisch ausgewechselt worden. Habt ihr mir bis jetzt folgen können?«

Anscheinend merkte er nicht, daß er allmählich immer lauter redete. »Angus erledigt also auf Thanatos Minor seinen Auftrag. Er rettet Morn. Und mit ihr uns, allerdings nur, weil er uns braucht, um sie rauszuhauen. Wir schwirren ab. Aber was dann? Alle seine Maßnahmen, auch all sein Gerede, beruht auf Instruktionen, die mit jeder Stunde veralten. Nach der Einschätzung Hashi Lebwohls beziehungsweise der DA könnte er dadurch zu einer Gefahr werden. Seiner Programmierung kann Angus sich nicht entziehen. Es ist jedoch vorstellbar, daß seine Programme unter gewissen Umständen versagen. Ein unvorhergesehenes Ereignis kann 'ne Logikschleife verursachen, und er wird zu einem Cyborg-Amokläufer. Oder von den Zwängen der Programmierung frei. Darum darf die DA es nicht riskieren, ihn zurückzuholen, bevor vollständig sicher ist, daß von ihm keine Gefährdung ausgeht ...«

Nick schwieg kurz; sein Blick schweifte durch die Brücke. »Mit anderen Worten« – er scheiterte bei dem Bemühen, seiner Stimme einen Tonfall des Triumphs zu verleihen –, »es mußte ein Ersatzmann für Milos her.«

Ja natürlich.

»Verrat's nicht«, sagte Vector unvermutet. Seine vom Schmerz stumpfen Augen erwiderten Nicks bitterbösen Blick. Obwohl Vectors Stimme so schwach klang, wie sein Gesicht bleich war, deutete sie eine gewisse Festigkeit an; die Weigerung, eingeschüchtert zu werden. »Wir ahnen es schon. Die DA hat dich ausgeguckt.«

Morn blieb in sich selbst zurückgezogen, so klein und hart und fern, wie sie es nur zustande zu bringen vermocht hatte.

Unwillkürlich entstellte ein Ausdruck der Häme Nicks Mund. »Zufällig verhält's sich so, daß wir von 'm Raumschiff verfolgt werden, dem VMKP-Kreuzer *Rächer*. Er hängt ziemlich weit zurück, aber vor etwa einer Stunde, unmittelbar bevor wir in die Tach übergewechselt sind, hat er uns 'ne Mitteilung zugefunkt.« Er bleckte die Zähne. »Die Astro-Schnäpper haben mir Angus' neue Prioritätscodes zukommen lassen. Na, wenn ihr das geahnt habt, wird euch wohl auch der Rest klar sein. Jetzt habe *ich* über ihn das Kommando. Er gehorcht *mir*. Und er wird mir nicht ungehorsam sein, meine Befehle nicht mißachten, er kann mir nicht einmal mit dem Zeigefinger drohen, denn seine Programmierung *erlaubt es ihm nicht.* Habt ihr gut *zugehört?*« Nick schaute sich triumphierend auf der Brücke um.

»Habt ihr geschnallt, wie die Sache steht? Ich habe ihm als erstes befohlen, mich zu beschützen. Kann sein, ihr Lumpenpack denkt, ihr könnt euch gegen mich zusammenrotten, aber das ist bloß Tagträumerei. Um mir was anhaben zu können, müßt ihr erst an 'm Cyborg mit Roboterreflexen und integrierten Lasern vorbei. Und ich selbst bin auch keineswegs wehrlos.«

Er wedelte mit Milos' kleiner Stunnerrute, tätschelte dann damit die Kommandokonsole. »Und ich habe die Codes für das Raumschiff. Die *Posaune* gehört jetzt auch *mir*.«

Er konnte nicht mehr stillsitzen, seine lockere Haltung nicht beibehalten. Zu gründlich war er zuvor geschlagen worden: keine Macht reichte jetzt noch aus, um ihn daran zu hindern, sich in den Mann zurückzuverwandeln, der nie unterlag. Aufgewühlt durch das Ausmaß all seiner Schlappen, vollführte er während des Sprechens mit den Fäusten abgehackte, Boxhieben ähnliche Bewegungen, als bekämpfte er einen unsichtbaren Gegner. Seine Stimme klang schrill und nach Blut, ähnlich wie ein Bohrer, der sich durch Knochen fraß.

»Ich bin mir sicher, daß Hashi Lebwohl in seiner unendlichen Weisheit sich einbildet, er könnte mich im Sinne der DA beschwatzen. Oder mich übertölpeln. Oder wenigstens mit mir feilschen. Damit ich tu, was er will. Und vielleicht hat er ja durchaus recht. Ich weiß es nicht, bis ich erfahren habe, was er zu bieten hat. Aber falls er glaubt, er kann mich zu irgend etwas überreden, das zu meinem Nachteil ist, oder dahingehend einseifen, daß ich aufgebe, was ich jetzt habe, dann ist sein gottverdammtes verdrehtes Hirn völlig im Eimer. Jetzt habe ich einen Raumer mit genug Feuerkraft, um's mit 'm Schlachtschiff aufzunehmen. Und 'n Ersten Offizier, der beispiellose Tricks beherrscht und mir nicht widerspricht. Wenn Vector in dem Labor seine Arbeit erledigt hat, verfüge ich über etwas, das ich für genügend Kredit verkaufen kann, um mir 'ne eigene Raumstation zu bauen.« Sein ganzes Gesicht schien sich um seine Narben zusammenzuziehen. »Und dann werde ich euch und ein paar anderen Typen zeigen, was wahre Rache bedeutet.«

»Falls du nicht vorher beknackt wirst«, murmelte Davies mürrisch, »und dich selbst umbringst.«

Ruckhaft schwenkte Nick die Kommandoposition herum, richtete seinen Zorn geradewegs gegen Davies. »*Dich* lasse ich wahrscheinlich am Leben. Du gibst einfach 'n zu guten Köder ab.« Anschließend hob er den Kopf, um beim Zetern eindrucksvoller zu wirken. »Aber euch anderen rate ich dringend, euch lieber allmählich Gründe zu überlegen, aus denen ich euch bei mir behalten sollte. Denkt euch mal besser was aus, weshalb ich so großmütig sein sollte, euch zu verzeihen. Und das gilt auch für *sie*.«

Mit der Stunnerrute wies er auf Morn. »Von ihr verlange ich vollständige *Folgsamkeit*, habt ihr das kapiert? Ich will keinen Deut mehr von ihrer verfluchten Selbstgerechtigkeit erleben, ihrer Aufmüpfigkeit, ich mag von ihr keine Lügen mehr hören. Sonst puste ich euch Arschgesichter, ohne euch 'ne Träne nachzuweinen, allesamt zur Schleuse hinaus.«

Sib nahm die Hand vom Haltegriff, ließ sich neben den Monitoren einfach in der Luft schweben. Nicks Forderung nach Morns völliger Unterwerfung war anscheinend mehr, als er verkraften konnte. Sib sah so blaß wie Vector aus, aber seine Zuckungen hatten aufgehört. Das Elend in seinen Augen hatte keinen körperlichen Ursprung.

Er hatte sich vorgenommen gehabt, Nick zuverlässig zu bewachen. Und er war gescheitert.

»Tu's doch sofort«, meinte er leise. »Wozu noch lange fackeln?«

Nick drehte den Kommandosessel noch einmal, wandte sich Sib, Ciro und Mikka zu. Doch anstatt zu schreien, antwortete er nun in nahezu sachlichem Ton, als hätte er die Beherrschung zurückgewonnen.

»Momentan habe ich keine Zeit. Wir nähern uns dem

Übersprungsfenster nach Massif 5. Und danach muß ich mich mit noch allerhand mehr beschäftigen, bis wir das Labor erreicht haben.« Nun ging seine Stimme erneut über in das altbekannte, verhängnisträchtige Nölen. »Außerdem möchte ich euch zusehen, wie ihr leidet, wie ihr wimmert, wie ihr euch windet. Ich möchte genießen, wie ihr euch bis zum letzten Schweißtropfen die grauen Zellen zermartert, um euch was auszudenken, das mich davon überzeugt, ich sollte euch keinen Externaktivitätenausflug ohne EA-Anzug machen lassen.«

Davies konnte den Mund nicht halten. Irgend etwas *mußte* er tun: von der Steuerbrücke verschwinden, aus Nicks Nähe, sich um Morn kümmern. Sie brauchte ihn, und bisher hatte er nichts unternommen, um ihr zu helfen.

Alle brauchten ihn. Sib hatte sich bis zum äußersten gefordert. Mikka kannte Nick zu genau, als daß sie seine Drohungen in den Wind schlagen könnte. Ciro war eindeutig gänzlich am Ende, so gründlich entsetzte ihn, als was sich der Mann entpuppte, den er einmal bewundert hatte; und wie leicht er an der Nase herumzuführen gewesen war, erschreckte ihn vielleicht zusätzlich. Und Vector wirkte, als wäre er zu geschwächt, um sich zu rühren; von der Fähigkeit zu Entscheidungen gar nicht zu reden.

»Wenn's so ist«, entgegnete Davies forsch, »wieviel Zeit *bleibt* denn eigentlich? Mit der verletzten Hand kann Vector keine Labortätigkeit verrichten. Mikka darf vor einer medizinischen Behandlung keiner Hoch-G-Belastung ausgesetzt werden. Ich bin vielleicht bald nicht mehr dazu imstande, mich aufrecht zu halten. Und wenn du von Morn ›Folgsamkeit‹ verlangst« – das Wort auszusprechen, schmerzte Davies wie erlittene Gewalt, aber er benutzte es absichtlich, um Nick umzustimmen –, »ist's wohl zu empfehlen, du läßt mich sie ins Krankenrevier schaffen. Kann sein, Kat bringt sie wieder zu Verstand, aber ich kann die richtige Dosis nicht selbst festlegen.«

Nick setzte zu einer Erwiderung an, vielleicht der Äußerung: ›Ist mir doch scheißegal.‹ Aber dann überlegte er es sich anders. »Na gut.« In seinem Blick zeichneten sich allerlei Ränke ab; allem Anschein nach Pläne, die über den Besitz der *Posaune* und das Schicksal seiner gegenwärtigen Opfer schon weit hinausgingen. Er betrachtete die Anzeigen. »Ihr habt zwanzig Minuten Zeit. Wenn ihr bis dahin nicht angegurtet seid, könnt ihr einpacken. Aber glaubt nicht« – zur Warnung hob er die Faust –, »ihr könntet mir im Krankenrevier 'n Streich spielen. Ich beobachte euch von der Brücke aus. Falls ihr versucht, irgendwelche Überraschungen für mich vorzubereiten, merke ich's. Und was passiert, sollte Angus nochmals in die Verlegenheit kommen, mich verteidigen zu müssen, wird euch absolut nicht gefallen.«

Davies vergeudete keine Sekunde für irgendeine Antwort. Zwanzig Minuten. Nun war Eile geboten. Er schwang das Knie unter dem Technikkontrollpult hervor, stieß sich vom Deck ab; schwebte über die Andrucksessel hinweg zu Morn.

Mikka gab Ciro mit einem Schubs zu verstehen, daß er ihr folgen sollte. Sib und Vector befanden sich schon unterwegs zum Ausgang.

Während Davies über ihm die Brücke durchquerte, gewahrte er flüchtig ein weiteres Mal die krasse Qual in Angus' Augen.

Auch sein Vater brauchte ihn.

Einerseits brauchte Angus ihn; doch gleichzeitig würde er ihn, falls er ihm beizustehen versuchte, also gegen Nick handelte, ohne zu zögern töten.
Nein. Darüber nachzudenken konnte Davies sich momentan nicht leisten. Eines nach dem anderen. Noch zwanzig Minuten, bis die *Posaune* in die Tach überwechselte. Zwanzig Minuten Frist, um Mikkas, Vectors und die eigenen Verletzungen zu verarzten. Zwanzig Minuten Zeit, um irgendwo in der straff abgerundeten Schutzhülle ihres Körpers Morn anzusprechen.
So behutsam wie nur möglich legte er den unversehrten Arm um sie und bugsierte sie in die Richtung der Konnexblende.
Allerdings ergaben sich, weil er mit dem einen Arm Morn umfing und den anderen Arm gebrochen hatte, bei den erforderlichen Bewegungsabläufen Schwierigkeiten. Ungeschickt wollte er am Oberende des Aufgangs bremsen, indem er ein Bein um ein Geländer schlang, doch die Massenträgheit bewirkte, daß er übers Geländer torkelte und ihm ein Aufprall an den Stufen drohte. In dieser Verfassung war er nutzlos, *nutzlos*, er war nicht einmal noch fähig, sich unter Nullschwerkraftbedingungen fortzubewegen, bestimmt zog er sich neue Verletzungen zu, wenn er aufschlug ...
Sib Mackern schwang sich hinter Davies den Aufgang empor. Im letzten Moment gelang es Sib, seine Schulter zwischen Davies und die harten Stufen zu schieben. Grelle Blitze der Pein schossen durch Davies' Sicht, als beim Anprall seine und Morns gemeinsame Masse die gebrochenen

Knochen stauchte. Dennoch milderte Sibs Körper einen Großteil des Aufpralls.

Anscheinend war Sib unversehrt. Während Morn und Davies von der Treppe zurückwuchteten, sprang Mackern gleichzeitig aufwärts. Mit einer Hand packte er das Geländer, die andere Faust klammerte er an Davies' Bordmontur.

»Danke«, nuschelte Davies ins lichte Flammen der Phosphene.

Sib ersparte sich eine Antwort. Ein Ausdruck des Jammers hatte sich seinem Gesicht eingekerbt.

Sibs Zugriff gestattete Davies das Beibehalten der Richtung, während er Morn zum Krankenrevier beförderte.

In seiner Brust schwoll ein Druckgefühl an: möglicherweise hatte er innere Blutungen. Weil neurale Eruptionen ihm die Sicht beeinträchtigten, glich der Korridor für ihn einem langen, düsteren Tunnel, der ins Dunkel mündete. Das kleine Krankenrevier der *Posaune* lag in der Nähe des Hecks, abgesondert von den durch die Besatzung stärker frequentierten Bereichen zwischen Kombüse und Steuerbrücke, zwischen Kabinen und Lift. Irgendwie mußte es möglich sein, dort hinzugelangen. Schmerzen waren nur Schmerzen: er müßte dazu fähig sein, sie für ein, zwei Minuten zu mißachten.

Angus' Z-Implantate und Computer erklärten seine Schnelligkeit, aber nicht die übermenschliche Kraft seiner Schläge. *Körperkräfte wie ein wahrer Goliath.* Er mußte zudem andere Hilfsmittel verfügbar haben.

Unvermutet hob Morn den Kopf. Ehe Davies merkte, daß sie sich regte, hatte sie schon den Arm ausgestreckt und einen Haltegriff erhascht.

Verdutzt krallte Sib Mackern sich instinktiv in Davies' Bordmontur. Beide rotierten sie im Halbkreis um Morn und gelangten am Schott zum Halt.

»Morn?« krächzte Davies. Dann riß er in plötzlicher Panik den Kopf herum, sein Blick erforschte den Korridor. Er wollte nicht riskieren, von Nick belauscht zu werden, ihm etwaige Einlassungen Morns preiszugeben. Wo hing das nächste Interkom-Gerät? Natürlich, vor jeder Kabinentür befand sich ein Apparat: hier, da, dort. Weitere Geräte sah Davies in größerer Entfernung. Aber sie waren alle ausgeschaltet. Die Lämpchen der Betriebsanzeige leuchteten nicht.

»Morn?« raunte Davies ein zweites Mal. Einen Moment lang empfand er eine so kindliche Furcht, daß er sich sorgte, er müßte in Tränen ausbrechen.

Sie schaute ihn kurz an, warf ihm einen raschen Blick inständiger Bitte um Beistand zu. Danach wandte sie das Gesicht ab.

In Mikkas Begleitung erreichten Vector und Ciro den Hauptkorridor. Doch sobald sie Morn sahen, grapschten sie nach Haltegriffen oder hielten sich einer am anderen fest, taten alles, um sich abzubremsen. Gleich darauf scharten sie sich um sie, Schulter an Schulter mit Davies und Sib.

»Morn...« Mikka biß um ihre Stimme die Zähne zusammen, um die Lautstärke zu dämpfen. Von ihrer Schläfe rann frisches Blut. »Bist du bei Bewußtsein? Hast du alles mitangehört? Was sollen wir anfangen? Irgendwie müssen wir uns doch wehren.«

»Zumindest kann ich mich weigern, für sie die Arbeit zu machen«, bot Vector mit schwacher Stimme an. »Niemand kann mich zwingen, mein Gehirn zu gebrauchen.«

»Nein, *nicht*«, flüsterte Morn. »Wehrt euch nicht. Verweigert nichts. Bleibt am Leben... Liefert ihm keinen Vorwand, um euch zu ermorden.«

»Warum nicht?« fragte Sib Mackern mit ersticktem Stöhnen. »Tot wären wir besser dran. Für dich gilt das noch mehr als für jeden von uns. Du bist diejenige, der er wirklich ans Fell will.«

Mit einem Nachdruck, als unterdrückte sie Schimpfworte, schüttelte Morn den Kopf. »Für so was fehlt uns die Zeit. Irgendwo steckt eine Unwahrheit. Irgend jemand lügt. Es kommt vor allem darauf an, daß wir am Leben bleiben, bis wir herausfinden können, wie's sich wirklich verhält.«

Angus hatte ungefähr das gleiche gesagt.

Überdeutlich stachen aus Mikkas blutbesudeltem Gesicht die Augen hervor. »Welche Unwahrheit? Angus ist 'n Cyborg. Nick hat ihn unter seiner Fuchtel. Was soll's weiter damit auf sich haben?«

»Los doch, zum Krankenrevier«, entgegnete Morn. »Vorwärts. Wir haben's alle nötig. Ich versuch's euch zu erklären.«

Sie hatte recht. Anscheinend war es ihr gelungen, indem sie einen völligen Zusammenbruch vorspiegelte, die Scheußlichkeiten aufzuschieben, die Nick mit ihr anzustellen beabsichtigte; trotzdem mußten Vorbeugungsmaßnahmen gegen ihr Hyperspatium-Syndrom ergriffen werden.

»Zuerst die leichten Fälle«, sagte Davies, indem ihn neues Adrenalin durchschwallte. Ihm schwindelte vom Schmerz: seine Furcht ähnelte allmählich einem exaltierten Erregungszustand. Morn brauchte ihn. Wegen des Hyperspatium-Syndroms war sie auf seine Hilfe angewiesen. »Sib und Ciro, ihr seid gemeint. *Los*, laßt euch behandeln und macht die Plätze frei. Dann kommt Vector dran. Danach bist du an der Reihe, Mikka. In deiner Verfassung kannst du Hoch-G-Belastung nicht durchstehen. Ich erledige meine Behandlung zuletzt. Während wir verarztet werden, kann Morn sich soviel Kat spritzen lassen, wie sein muß.«

Als wären sie es gewohnt, von ihm Weisungen zu empfangen, setzten Sib und Ciro sich längs der Schotts wieder in Bewegung. Vector schloß sich ihnen an. Nur Mikka hatte Einwände.

»Nein, *ich* bin zuletzt dran. Du mußt bei Morn bleiben. Falls die Zeit zu knapp wird, bin ich in der Patientenkammer gut aufgehoben. Darin kann mir vermutlich nicht mal bei 'm Angriff was passieren.«

Davies verzichtete auf eine Diskussion. »Von mir aus. Hauptsache, wir fangen an.«

Ihm wäre wohler in der Haut gewesen, hätten sie sich in einem kleineren Raum des Schiffs unterhalten können. Es ließ sich schlecht beurteilen, was aus dem Hauptkorridor an Nicks oder Angus' Ohren dringen mochte.

Morn mußte nun nicht mehr gestützt werden. Daher hatte Davies die Möglichkeit, beide Arme zur Steuerung seiner Fortbewegung zu benutzen. Kaum hatte Morn sich abgestoßen, folgte er ihr zum Krankenrevier.

In dem Maße, wie sich seine Sicht klärte, schrumpfte die Entfernung auf ihre normale Weite zusammen. Durch achtsames Vorwärtsschweben erreichte er das Krankenrevier innerhalb weniger Sekunden.

Es hatte etwa die halben Abmessungen einer Kabine und eine dicke Tür, um die Gerätschaften sowie Patienten von den Vorgängen im übrigen Schiff abzusondern. Nach Mikka schwang Morn sich in den Eingang. Davies fand kaum noch genug Platz in dem Raum, um sich hinter seiner Mutter hineinzuquetschen und die Tür zu schließen.

Geradeso wie im Korridor waren auch hier die Interkom-Apparate außer Betrieb.

Zum Glück war das Krankenrevier der *Posaune* die am besten ausgestattete derartige Einrichtung, die Davies bisher gesehen hatte: kompakt und höchst leistungsfähig, eingestellt auf alle denkbaren Notfälle. Sib hatte der Konsolentastatur des MediComputers am Kopfende der Patientenkammer schon Befehle eingetippt. Eben erst war die Tür zugefallen, da spuckte ein Spender schon zwei Kapseln gegen Sibs und Ciros Stunning-Nachwirkungen und den Brechreiz aus: eine Mixtur aus Kat und Stimulanzien, Analgetika sowie Metabolinen. Krampfhaft schluckte Sib eine Kapsel, gab die andere Ciro, dann sah er Vector an und zeigte auf die Liege der Patientenkammer.

Sofort ergriff Vector einen Haltegriff, wälzte sich auf die Polsterfläche, hielt still, während Mikka und Morn ihn anschnallten, damit die cybernetischen Systeme sich ungestört mit seiner Hand befassen konnten.

Sib tippte den Dringende-Behandlung-Befehl ein und bereitete den MediComputer auf die Übernahme weiterer Patienten vor, instruierte ihn zur Heilung der Verletzungen Vectors. Dann wich er beiseite, weil aus der Wand glänzende Stahlarme und flexible Injektoren ausfuhren, um den betroffenen Körperteil zu anästhetisieren, die Schlitzwunden an Handteller und Fingern zu säubern, zu untersuchen, heilwirksam zu beeinflussen, zu nähen und zu verbinden.

»Morn!« mahnte Mikka mit Nachdruck.

»Ja, ja ...« Mit einer Hand hielt Morn sich an der Liege fest, mit der anderen Hand strich sie sich die Haare aus der Stirn. In ihren Augen glitzerte eine Andeutung von Besessenheit, eine durchaus mit Angus' Desolatheit vergleichbare Verzweiflung. Dennoch blieb ihre Stimme fest, energisch: hart und quasi geballt wie eine Faust. »Ich will versuchen, mich so klar wie möglich auszudrücken.«

Schmerzbetäubungsmittel und Kat machten Vectors Augen glasig. Trotzdem heftete er den Blick unbeirrt auf Morn, als wäre sie seine einzige Rettung.

»Die DA ist korrupt«, sagte Morn. »Soviel wissen wir. Ich bin buchstäblich alles zu glauben bereit, was ich über Hashi Lebwohl höre. Aber ich bin Mitarbeiterin der Operativen Abteilung. Ich arbeite für Min Donner. Und sie ist eine ehrliche Polizistin.«

Diese Beteuerung bewog Mikka zu einem düsteren, zweifelnden Stirnrunzeln.

»Sie muß es sein«, beharrte Morn. »Andernfalls wäre ich bestimmt keine Polizistin. Wäre die OA auch korrupt, hätte irgendein Mitglied meiner Familie – mein Vater, meine Mutter oder sonst jemand – es gemerkt. Dann hätten wir unseren Abschied genommen. Die ganze Familie Hyland hätte nichts mehr mit der VMKP zu schaffen haben mögen. Ich hätte nie die VMKP-Polizeiakademie besucht.«

Damit sprach sie die Wahrheit: Davies glaubte es ihr, obwohl er selbst noch nie darüber nachgedacht hatte. Es deckte sich zu sehr mit seinen Gedächtnisinhalten, um falsch zu sein.

»Meine gesamte Familie hatte Vertrauen zu Min Donner. Und es gab bei uns keine Dummen. Oder Blindgläubige. Deshalb habe auch ich zu ihr Vertrauen.«

»Na und?« fragte Mikka.

Doch Morn kannte kein Zögern. »Denkt daran, daß der Funkspruch nicht von der DA stammte. Er kam von der OA. Vom VMKP-Kreuzer *Rächer*. Als ich das letzte Mal von diesem Polizeikreuzer gehört habe, war ein Kapitänhauptmann Dolph Ubikwe der Kommandant, und er genießt die Art von Reputation, für die ehrliche Polizisten in den Tod zu gehen bereit sind. Er täte so etwas nie, und Min Donner würd's ihm nicht befehlen, stäke dahinter nicht etwas ganz anderes.«

Irgend etwas, das uns einen Grund zum Durchhalten gibt.

Die Sehnsucht nach Hoffnung in Mikkas Augen war so offensichtlich wie pure Flehentlichkeit. »Und das wäre?«

Vectors Hand hatte tiefe Einschnitte erlitten, aber die Verletzungen waren nicht unbehebbar. Die robotischen Reinigungstupfer und Wundnähnadeln verrichteten die erforderlichen Tätigkeiten in kürzester Zeit. Weil der Techniker noch zu schwach war, um sich eigenhändig loszuschnallen, ließ er Sib und Ciro die Gurtverschlüsse öffnen; Ciro half ihm dabei, sich an die Wand zu lehnen.

Sib winkte Davies zu.

Indem er auf Arm und Rippen sorgsam achtgab, plazierte Davies sich in der Schwerelosigkeit über der Liege, bis sein Rücken auf die Polsterung gesunken war; dann erst streckte er die Beine aus. Mit der unversehrten Hand öffnete er die noch von den Amnion gefertigte Bordmontur; Mikka und Sib streiften ihm das seltsame, schwarze Material herunter, entblößten seinen Oberkörper. »Morn braucht Kat«, rief er in Erinnerung, während Sib und Mikka ihn festschnallten.

»Geht klar.« Sib tippte an der Tastatur die Befehle für Davies' Behandlung, fügte anschließend die Anweisung zum Bereitstellen einer oral zu verabreichenden Kat-Dosis hinzu.

Morn beobachtete ihren Sohn, als hätte sie die Befürchtung, die Krankenrevier-Computersysteme könnten ihm ein Leid antun.

»Und das *wäre?*« wiederholte Mikka, als preßte sie ein Stöhnen hervor.

Aus der Wand bohrte sich ein Saugröhrchen in Davies' Unterarm, zapfte ihm Blut zwecks Analyse durch den Computer ab. Das nahezu subliminale Aufblitzen von Röntgenstrahlen spürte er mehr auf der Haut, als daß er es sah. Als nächstes strömten ihm aus Injektoren Kat, Analgetika und Antibiotika in die Adern. Augenblicklich ließen die Schmerzen nach.

Von da an hörte er die Stimmen, als könnten sie ihm kaum noch ans Gehör dringen; als hätten die Medikamente ihn in eine medizinische Version der Tach transferiert, wären alle übrigen Anwesenden auf der anderen Seite einer riesigen Wahrnehmungskluft zurückgeblieben.

»Ich weiß es nicht«, bekannte Morn. Es hatte den Anschein, als zwänge sie sich zu so harten Tönen ihrer Stimme, um nicht in Gejammer zu verfallen. »Vielleicht die Absicht, Nick unschädlich zu machen, wenn die DA an ihm keinen Bedarf mehr hat.«

Ein Greifer umfaßte Davies' gebrochenen Arm, brachte die Knochen in die richtige Position. Eine schimmerndstählerne Extremität behandelte den Bruch mit Gewebeplasma und Metabolinen, hüllte den Arm in einen so gut wie gewichtslosen Acrylverband.

»Möglicherweise enthält Angus' Programmierung ja Beschränkungen, von denen wir nichts ahnen. Oder es kann sein, wir sind mitten in eine verdeckte Operation geraten, die geheim bleiben muß.«

Als nächstes packte der Greifarm Davies' Schulter, zog sie in eine Richtung, während die Liege sich in eine andere Richtung verschob, um die Rippen zu dehnen und zu begradigen.

Anschließend rückte die Liege zurück in die Ausgangsposition, und aus der Wand kam eine Düse zum Vorschein, die ihm eine flexiblere Acrylmasse um den Brustkasten sprühte. Ihr Erhärten dauerte nur wenige Augenblicke; danach schützte die Umhüllung seine Rippen und hinderte ihn gleichzeitig an schmerzhaften oder nachteiligen Bewegungen.

»Oder vielleicht«, ergänzte Morn ihre Spekulationen, »zieht Min Donner einfach mit Hashi Lebwohl an einem Strang, bis sie herausfindet, was vor sich geht, und der Sache ein Ende bereiten kann. *Irgend etwas* muß da in Gang sein.«

Ganz gleich was es ist, es könnte für uns eine Hilfe bedeuten.

Mikka stöhnte, als drohte ihr eine Ohnmacht. »Und du willst, daß wir *davon* unser Leben abhängig machen?«

»Ja.«

Ja, wiederholte Davies bei sich.

Die Medi-Computer-Diagnostik informierte ihn über eine kleine Bruchstelle in seinen Schädelknochen; innerhalb der Schädelwölbung waren jedoch keine Schädigungen aufgetreten. Während Metaboline die Heilung der Knochenbrüche beschleunigten, schützten andere Medikamente Davies gegen Schockzustand und Gehirnerschütterungsfolgen.

Über ihm reichte Sib Morn ein Fläschchen mit Tabletten. Sie warf einen Blick auf das Etikett mit den Dosierungsangaben, entleerte dann zwei Tabletten in ihre Handfläche. Sie betrachtete sie, als könnten sie ihr den Tod bringen, aber schluckte sie.

Die diversen Medikamente dämpften Davies' Sinneswahrnehmungen, machten seinen Verstand benommen. Er tat trotzdem, was er konnte, um Morn Mut einzuflößen. »Angus kämpft dagegen an«, lallte er mühevoll über den selbstgeschaffenen Abgrund hinweg. »Er hilft Nick nur in dem Umfang, wie er's muß.«

»Quatsch ...« Je stärker Mikka blutete, um so schwächer wurde ihre Stimme. »Er ist 'n *Cyborg*. Er führt Befehle aus. Und was glaubst du, wieviel Hilfe Nick denn überhaupt noch braucht?«

Davies' Blick streifte den Interkom-Apparat. Das Betriebslämpchen war dunkel.

»Angus weiß ...« Sein Gemurmel überbrückte die Kluft nur mit großer Anstrengung. »Er weiß, wie man 'n paralleles Kontrollgerät herstellt ... Für Morns Z-Implantat. Er hat's schon mal getan. Er kann das Gerät ersetzen, das Vector zerbrochen hat ... wann er will.« Hatte er damit alles gesagt? Nein, noch nicht. »Aber davon hat Nick keine Ahnung ...« Und mehr. »Angus hat's ihm verschwiegen.«

Morn nickte. In ihren Augen glommen Andeutungen von Stolz und Dankbarkeit. Davies bedauerte, darauf nicht eingehen zu können: es schien, als ob die Wirkung der Medikamente sich auf sein gesamtes Innenleben erstreckte, keinen Raum mehr für Worte ließ.

Das war verkehrt. Er müßte sich ihrer annehmen, statt hier lahm herumzuliegen, nutzlos wie ein Invalide. Aus irgendeinem Grund hatte man ihn inzwischen losgeschnallt; doch als er sich aufzurichten versuchte, merkte er, ihm war die Orientierung abhanden gekommen. Er konnte nur zusehen, während Morn und Sib ihm die Bordmontur zurück über Arme und Schultern zogen, sie auf der Brust schlossen.

Unvermutet machten Tränen seine Sicht verschwommen. »Es tut mir leid«, meinte er zu Morn. Man hörte seiner Stimme soviel Beklommenheit und Ratlosigkeit an, als ob er weinte. »Ich kann dir momentan nicht mehr beistehen. Zu viele Medikamente ...«

Sie hob ihn von der Polsterliege. Weil er gewichtslos war, nahm sie ihn wie einen Säugling in die Arme. »Du hast mir schon geholfen.« Sie hielt ihn aus dem Weg, während Mikka sich auf die Liege bettete. »Und du wirst mir weiterhin behilflich sein. Ich habe genug Kat eingenommen, um vier Stunden lang zu schlafen.« Schon hatte der Effekt des Kats die Eindringlichkeit in ihrer Stimme verebben lassen. Binnen kurzem mußte auch ihr Bewußtsein umnachtet werden. »Und danach wirst du mir so hervorragend helfen, wie du's kannst.«

Davies hatte das Gefühl, als könnte er in ihrer Umarmung versinken und nie mehr umkehren. Ausschließlich dank seines außergewöhnlichen endokrinischen Erbteils blieb er wach.

»Noch vier Minuten«, konstatierte Sib mit gepreßter Stimme. »Am besten verdrückt ihr euch schleunigst in eure Kabinen.«

»Und du auch«, antwortete Mikka. Sib und Ciro schnallten sie an. »Gib dem Computer ein, er soll Vorkehrungen gegen Hoch-G-Belastung treffen, und dann hau ab. Nimm Ciro mit. Es wird mit mir schon alles gutgehen.«

In einer Geste der Aufmunterung legte Vector seine unverletzte Hand auf Ciros Schulter. »Komm«, sagte er halblaut. »Ich fühle mich zu mies, um's allein bis zur Kabine zu schaffen. Und ich muß jemanden haben, der mir beim Anschnallen in der Koje hilft.«

»Mikka ...«, setzte Ciro an, als wollte er widersprechen, bei ihr bleiben. Aber sofort stieß er sich von der Liege ab, um Vector die Tür zu öffnen.

Morn folgte ihm, zog Davies mit sich.

Schon halb besinnungslos schwebten sie zu ihrer Kabine, aber fühlten sich dabei bleischwer. In ihrem Schwächezustand hatten sie das Empfinden, als wäre die Bordatmosphäre zähflüssig geworden, behinderte sie ihre Bewegungen. Während des Aufenthalts im Krankenrevier schien der Hauptkorridor wieder länger geworden zu sein. Er sah aus, als erstreckte er sich vor ihnen bis in unermeßliche Fernen, ähnlich wie ein Flur in einem Alptraum. Davies vermochte kaum noch die Lider offenzuhalten. Aber noch widerstand er der Betäubungswirkung der Medikamente. Morn war in üblerer Verfassung als er: stärker erschöpft, im Gegensatz zu ihm nicht für permanente Krisensituationen geboren. Falls sie jetzt einschliefen, fänden sie beide den Tod.

Morn hielt durch, bis sie endlich zur Kabine gelangten, sie die Tür geöffnet, Davies hineingeschoben hatte. Danach jedoch erschlaffte sie, überwältigten sie Kat und Ausgelaugtheit.

Durch einen trüben, dichten Nebel der Schlaftrunkenheit

bugsierte Davies sie in ihre Koje, hüllte sie in den Anti-G-Kokon und schnallte sie an. Dann gab er sich, während sein Geist in gieriger Dunkelheit zerfaserte, alle Mühe, um das gleiche für sich zu leisten.

Er schaffte es gerade noch, die Verschlüsse zum Einrasten zu bringen, ehe er infolge der Entkräftung und der Medikamente in tiefen Schlaf sank.

ANGUS

Es gab keine Worte. Keinerlei Worte gab es mehr. Angus existierte in einer Welt, aus der jegliche Sprache entfernt worden war, die man jeder Bedeutung beraubt hatte, der jeder Außenkontakt ermangelte. Vom VMKP-Polizeikreuzer *Rächer* war ein Funkspruch eingetroffen, er hatte ihn gelesen; und da bekam sein Gemüt den letzten Sprung, erlitt sein Geist den endgültigen Knacks, schwamm nur noch im wüstesten Gefühlsmatsch, in Fluchtgedanken und unheilschwangerer Empörung, gleich was er tat, wohin er sich wandte.

Warden Dios an Isaak: Prioritätscode Gabriel.

Dios hatte ihn seiner Mutter zurückgegeben. Angus' Schädelinneres hatte sich in sein Kinderbett verwandelt, in dem er wehrlos Qualen ausstehen mußte. Wie ein Kind, das keinen anderen Ausweg wußte, suchte er Zuflucht in sich selbst, flüchtete er sich in Dunkelheit und Todessehnsucht; lechzte er nach der großen Leere, wo unerträglicher Schmerz sein Ende fand.

Zeigen Sie diese Nachricht Nick Succorso.

Doch er war kein Kind mehr: er war ein erwachsener Mann, ein Cyborg zudem, und seine Zonenimplantate gestatteten ihm nichts von allem. Den Tod durfte er nicht wählen, Wahnsinn konnte ihn nicht retten. Auf der Brücke allein, zur Gesellschaft nur Nick Succorso und das Verhängnis, lenkte er am Platz des Ersten Offiziers die *Posaune*, während er gleichzeitig im Kinderbett lag und ein Winseln von sich gab, das durch seine zusammengebissenen Zähne niemand hören konnte.

Während er das Raumschiff steuerte – das jetzt nicht

mehr *seines* war, es nie wieder werden sollte –, beobachtete er, daß Nick sich über die *Posaune* informierte, am Kommandopult Daten lud, sich die Codes geben ließ, zum Herrn des Schiffs aufschwang.

»Scheiße«, rief Nick wiederholte Male, meistens aus Staunen. »Ich hatte keinen blassen Schimmer, daß man solche Raumschiffe bauen kann. So was hätte ich überhaupt nicht für *möglich* gehalten, verdammt noch mal. Das ist ein wahres *Superschiff*.«

Angus hatte die *Strahlende Schönheit* verloren. Er hatte Morn verloren und seine Existenz. Jetzt verlor er auch die *Posaune*. Aber seiner Mutter war es einerlei. Dios hatte ihn ihr zurückgegeben; und sie hatte an nichts auf der Welt Interesse als seinen schwachen Schreien und seiner Leidensfähigkeit.

Dennoch zeigte sich von all seinen Qualen äußerlich nichts, kein Quentchen seiner Qual drang nach außen; oder es blieben ganz minimale Anzeichen, die man ihm anmerkte: die von Grauen und inneren Konflikten verursachte Mühseligkeit seines Herzschlags, die Unsicherheit der Hände, die Not in seinen Augen. Alles andere stand unter der Despotie des Data-Nukleus.

Unmittelbar nach Eingang des Funkspruchs der *Rächer* hatte der Data-Nukleus ihn in Nicks Kabine geschickt; dort hatte Angus ihm das dünne Festkopieblatt der Mitteilung ausgehändigt. Die Programmierung hatte ihn zu warten genötigt, während Nick dem Text einen Sinn abzugewinnen versuchte; ihn gezwungen, Warden Dios' Antworten auf Nicks Fragen zu nennen. Und von da an hatte er keine Alternative mehr gehabt, als Nicks Anweisungen auszuführen: sich für ihn zu schlagen, ihm jeden Schutz zu gewähren, jede Nick beliebende Brutalität zu verüben.

Jetzt erlegten die Programme des Interncomputers ihm die Pflicht auf, gemäß Nicks Geheiß die *Posaune* durch das verschlungene Chaos des Massif-5-Doppelsternsystems zu lenken; das vormals ihm gehörige Schiff mit schneller Geschwindigkeit und unter hoher G-Belastung an Hunderten von Hindernissen vorüberzusteuern, stundenlang, bei nur wenigen Pausen, um die Justierung der Instrumente zu verfeinern oder körperliche Bedürfnisse zu erfüllen.

Während er in seinem Kinderbett lag, in Pein und Blut vor sich hinbrabbelte, zu mitgenommen, um wenigstens das schwächliche Protestgeheul eines Kleinkinds auszustoßen, diente er zur gleichen Zeit Nick Succorso und den undurchschaubaren, verräterischen Machenschaften der VMKP mit der stummen Präzision einer Maschine.

Massif 5 war ein Alptraum von Sonnensystem, aber Angus fürchtete es nicht. Er kannte keine Furcht äußeren Ursprungs. Und sein Irrsinn gefährdete die Instruktionssets und die Datenspeicher nicht im geringsten: Um den Raumer durch das emissionsintensive Inferno zwischen den zwei entgegengesetzten Gestirnen sowie die erfaßten und unerfaßten Gefahren, von denen es in dem Systen nur so wimmelte, zu lenken, konnte der Interncomputer ohne Komplikationen auf einen gesunden menschlichen Geist verzichten.

»Beim Arsch der Galaxis, was willst du?« hatte Nick aus seiner Koje gemault, als Angus die Kabine betrat. »Siehst du nicht, daß ich penne?«

Angus hatte keine Antwort gegeben: der Data-Nukleus schrieb ihm keine vor, und ihm selbst fehlten mittlerweile die Worte. Statt dessen hatte er Nick stumm das dünne Blatt aus dem Drucker der Kommandokonsole unter die Nase gehalten.

»Scheiße noch mal ...«

Nick hatte sich unterm Anti-G-Kokon aufgesetzt und Angus die Festkopie aus der Hand gerissen. Dann hatte sein Gesicht aus sprach- und fassungsloser Überraschung einen dümmlichen Ausdruck bekommen. Langsam vollzog sein Mund Formulierungen nach, als läse er den Text laut ab; als könnte er ihn nicht verstehen, ohne die Lippen zu bewegen.

Einen Moment später hatte er Angus stumpfen Blicks angeguckt. Die Narben verzerrten seine Gesichtszüge, als sollte daraus eine fratzenhafte Maske werden.

»Woher stammt die Mitteilung?« fragte er mit ausdrucksloser Stimme.

Angus erteilte die Auskunft, als wäre sie längst irgendwo im Data-Nukleus konzipiert gewesen und hätte nur auf Nicks Nachfrage gewartet.

Uns folgt ein VMKP-Polizeikreuzer mit Namen *Rächer*. Wir haben ihn passiert, nachdem wir in der Nähe des KombiMontan-Asteroidengürtels aus dem Bannkosmos in den Human-Kosmos zurücktransferierten. Kurz bevor wir das letzte Mal in die Tach übergewechselt sind, war er uns nahe genug, um diesen Funkspruch abzusetzen. Sie haben den Scanning-Indikator gesehen.

»Isaak«, nuschelte Nick vor sich hin. Es hatte den Anschein gehabt, als wäre er außerstande zu klarem Denken. »Prioritätscode Gabriel ... Was soll das *heißen?*«

Es heißt, daß jetzt Sie das Kommando haben. Sie geben die Befehle. Ich führe sie aus.

Mühsam hatte Nick geschluckt; schluckte ein zweites Mal. Seine Blick war schärfer geworden. Er konnte die Augen nicht mehr von Angus wenden. »Warum denn das?«

»Weil ich es muß. Ich bin ein Cyborg. Die VMKP hat mich einer Unifikation unterzogen. Ich unterstehe der Steuerung durch einen mir implantierten Computer, der dafür sorgt, daß ich jedem gehorche, der den gültigen Prioritätscode kennt.«

»Ein Cyborg ...« Nick hatte die Zähne gefletscht. »Ein beschissener Maschinenmensch.« Anscheinend übte das Bemühen, die neuen Informationen und Aufschlüsse zu durchschauen, nach und nach auf ihn eine belebende Wirkung aus. »Was sollte mich nach deiner Ansicht dazu bringen, so einen Blödsinn zu glauben?«

Angus hatte gegen die Gitterstäbe seines Kinderbettchens angeschrien, aber er war zu klein, um in die Freiheit entweichen zu können. Immer war er zu klein geblieben. Seine lange Flucht vor dem Abgrund war nichts als Selbstbetrug gewesen: die unentbehrliche, verzweifelte Selbsttäuschung eines Feiglings.

Nichts. Aber ich bin sicher, Ihnen fällt eine Methode ein, um die Angaben zu überprüfen.

»Schön, versuchen kann ich's ja mit 'ner Überprüfung.« Nick knüllte das Festkopieblatt zusammen. »Da, Isaak.« Er warf den Ballen Folie Angus zu. »Friß auf.«

Angus hatte die Folie aufgefangen, den Ballen durch kraftvolles Zusammenpressen verkleinert und hinuntergewürgt: geradeso wie noch vor kurzem Milos Taverners Niks.

Da hatten Nicks Augen plötzlich geglänzt. An den Rändern seiner Narben hatte rötlich kräftiger Pulsschlag gepocht.

»Warum?« fragte er Angus. »Warum haben sie so was mit dir gemacht?«

Angus erläuterte es ihm.

In Nicks Augen hatten gefährliche Hoffnungen geirrlichtert. Ein Ende seines Niedergangs. Ein neuer Anfang. Er hatte sich aus der Koje geschwungen, sich in der Schwerelosigkeit an einen Haltegriff geklammert, Angus aus vermindertem Abstand eine Miene voller wachsender Erregung und Aufgewühltheit gezeigt.

»Na gut, nehmen wir mal an, da ist was dran ... Und weshalb unterstellen sie dich jetzt mir?«

Angus klärte ihn auf; erzählte ihm alles über Milos Taverner.

Erbittert hatte Nick die scheußlichsten Flüche gewettert, brisant wie Thermit am Rande der Explosion. »Und du erwartest, daß ich *darauf* baue? Du willst, daß ich auf so was mein Leben setze? Ich soll glauben, daß du mich nicht in 'ne Falle lockst?«

Darauf gaben Angus' Programme keine Auskunft. Sie sahen dazu keine Erfordernis.

»O ja, ich prüfe die Sache«, verhieß Nick; er sprach, als spräche er keine Worte, sondern spiee Feuer. »Mit welcher Ausrüstung hat man dich zur Vernichtung Kassaforts ausgestattet?«

Angus' Programmierung enthielt sich der Antwort.

»Isaak, du verfluchter Hurensohn«, schnob Nick, »ich frage dich unter Berufung auf Prioritätscode Gabriel, verdammt noch mal: *Mit welcher Ausrüstung hat man dich zur Vernichtung Kassaforts ausgestattet?*«

Schmerz. Verzweiflung.

UV-Prothesen zur Erkennung von Elektronikfeldern und Schaltkreisen. Störfeld-Projektoren zur Neutralisierung von Observationsanlagen. Implantierten Lasern zur Zerstörung von Schlössern und Eliminierung von Widersachern.

Wahnsinn. Verderben.

Die ihm eingepflanzten Panzerplatten, die ihm Schutz gewährten, und die Verstärkungen in den Gliedmaßen, die ihm so übermenschliche Kräfte verliehen, erwähnte der Data-Nukleus nicht.

Kurz dachte Nick nach, dann äußerte er Vorbehalte. »Scheiße, Isaak, wenn du zu so was fähig bist, warum hat dann Milos dich abhauen lassen? Er hätte dich für jeden beliebigen Zweck einspannen können. Verlangst du von mir, dir zu glauben, daß er sich so 'ne Chance hat einfach entgehen lassen?«

Seiner Befehlsgewalt über mich waren Grenzen gezogen. Einprogrammierte Restriktionen verbieten es mir, VMKP-Mitarbeiter zu töten. Dazu zählen auch Sie. Und er dachte, er sei hintergangen worden. Hashi Lebwohl hatte ihm mitgeteilt, ich sollte Morn nicht befreien.

»Aber Hashi hat *gelogen*.« Sofort knüpfte Nick daran an. Sein Gesicht glühte von einer eigentümlichen Art des Wahnsinns; in diesem Zustand verfügte er über einen übermenschlichen Sinn für versteckte Möglichkeiten. »Und da, als du Sachen angestellt hast, auf die er keinen Einfluß nehmen konnte, hat der arme, beschränkte Milos die Nerven verloren. Na gut ...« Obwohl er in normalem Ton sprach, klang seine Stimme, als ob er Angus anbrüllte. Blut füllte seine Narben, schien auch seinen Blick zu verdunkeln. Seine Haut verstrahlte Hitze. »Du mußt's mir beweisen. Du hilfst mir, das Raumschiff zu übernehmen. Und du hast mich zu schützen. Und ...«

Unvermittelt brach er ab, als ihm eine andere Idee kam.
»Nein, halt mal. Einen Moment. Wie kann ich ...?«

Dann durchschaute er den Vorgang.

»Isaak«, sagte er laut und deutlich, »ab sofort gilt die Gabriel-Priorität. Du befolgst von nun an genau meine Befehle, selbst wenn ich nie wieder die Namen ›Isaak‹ oder ›Gabriel‹ erwähne. Hörst du mich? Ich rede mit deinem Computer. Priorität Gabriel ist in Kraft. Bei jedem Befehl, den ich dir gebe, ist die Gabriel-Priorität gültig. Du brauchst die Code-Angaben nicht mehr zu hören, ehe du mir gehorchst. Auch wenn du die Codes nie wieder hörst, gehorchst du mir. Sag, daß du kapiert hast.«

»Ich habe verstanden.«

Nick musterte Angus zutiefst grimmig. »Sag mir, wie du dich dazu verhältst.«

Dafür existierten keine Worte. Keinerlei Worte. Alle Sprache war Angus ausgesengt, alle Bedeutung ausgemerzt worden; er würde nie mehr frei sein. Der letzte Rest seiner geistigen Gesundheit war dahin.

Ich werde gehorchen.

»*Ausgezeichnet!*« knirschte Nick voller Triumph durch die Zähne. Vom Aktionsdrang in geradezu frenetische Stimmung hineingesteigert, wandte er sich mit leidenschaftlichem Schwung zur Tür. »Also los! Ich muß diesem Gesindel unbedingt 'ne *Lektion* erteilen.«

Angus hatte Nick gehorcht, weil er von Warden Dios ins Kinderbett zurückgeschickt worden war, seine Schreie zu schwach klangen, als daß jemand anderes als seine Mutter ihn hätte hören können. Auf Nicks Befehl hatte er Mikka und Davies verletzt, Sibs Pistole zerschmolzen, auf der Brücke Morn in die Enge gedrängt und zur Hysterie getrieben.

Und jetzt lenkte er das Raumschiff, damit Nick die Gelegenheit hatte, sich auf das Kommende vorzubereiten.

Inzwischen hatte die *Posaune* sich erheblich vom Tard-Wiedereintrittspunkt entfernt: sie flog das Massif-5-Sonnensystem quasi in ununterbrochenem, zwar lautlosem, jedoch mörderischem navigatorischen Ringen an. Vom Dopplereffekt verzerrte und wechselnden Perspektiven abgewandelte Kurven von Trajektorien glommen auf den Displays. Die Instrumente bestürmten ihn mit Warnungen, Radarechos erschienen und erloschen, indem Gefahren auftauchten und verschwanden, in wirrem Durcheinander. Wie flimmernde Hurrikane sausten Asteroidenschwärme über die Scannermonitoren und blieben, nachdem Angus Ausweichmanöver vollzogen hatte, achtern zurück. Die Deflektoren der *Posaune* zerpulverten kleine Planeten- und Raumschiffstrümmer. Von allen Zeiten wirkten Gravitationskräfte auf das Schiff ein, verfälschten die Daten der Vektoren, beeinträchtigten die Steuerung. Immerzu drohten dem Raumer zu wuchtige Kollisionen, um deflektierbar zu sein, zu starke Gravo-Quellen, um ihnen zu entkommen.

Dennoch meisterte Angus sämtliche Schwierigkeiten nahezu mit Leichtigkeit, ohne daß man ihm Anzeichen von Stress anmerkte: sein Interncomputer und der Interspatium-Scout waren dafür geschaffen. Schneller als jedes normale Raumschiff kämpfte sich die *Posaune* zu ihrem Ziel vor.

Sobald Nick sich alles an Kenntnissen angeeignet hatte, was er auf einmal geistig verarbeiten konnte, schob er ab und zu ein Schläfchen ein, gelegentlich aß er etwas; dann und wann schwafelte er drauflos. »Wahrscheinlich wundert es dich«, meinte er bei einer dieser Anwandlungen der Redseligkeit, »wieso ich einen Köder brauche. Es liefe ja alles viel glatter ab, könntest du die Saubande einfach in den Kojen abknallen. Ich könnt's, wo deine Restriktionen dem im Weg stünden. Dann hätte ich die Möglichkeit, sie zur Schleuse hinauszuwerfen, und die Sache wäre erledigt. Aber ich bin dir voraus. Weit voraus.« Er faselte daher, als hätte Angus ausschließlich die Aufgabe, sich über ihn Gedanken zu machen. »Du hast noch keine Ahnung, was passiert, wenn Vector herausgefunden hat, wie sich das Serum synthetisieren läßt ...«

Er schielte Angus an. Seine Narben glichen dem selbstsicheren Zähneblecken eines Raubtiers. »Frage mich, was wir tun werden.«

Was werden wir tun?

»Wir knöpfen uns Sorus vor«, antwortete Nick, als flößte sein Entschluß ihm Stolz ein. »Die scheißverdammte Sorus Chatelaine. Die *Sturmvogel*. Und dafür muß 'n Köder her. Sie arbeitet für die Amnion, und die Amnion wollen deinen lieben, guten Sohn haben. Wenn wir ihn ihr als Lockvogel präsentieren, springt sie darauf bestimmt an. Ihr wird klar sein, daß es 'ne Falle ist, aber deswegen kann sie sich nicht drücken. Die *Amnion* geben sich nicht mit Ausreden zufrieden, wenn sie ihnen nicht bringt, was sie verlangen.«

Er überlegte kurz. »Natürlich halten die Astro-Schnäpper sich währenddessen nicht raus«, fügte er dann hinzu. »Denen muß ich auch was bieten, um sie mir vom Hals zu halten. Morn wäre dazu geeignet« – erbittert mahlten seine Zähne –, »aber die kriegen sie nicht. Mit ihr habe ich andere Pläne. Und mir stehen gewisse Optionen offen. Zum Beispiel wissen Mikka und das elende Arschloch Sib genausoviel wie ich über die biologischen Beschleunigungsexperimente der Amnion. Sollte die *Rächer* uns Ärger verursachen, kann ich den Kosmo-Polypen allemal damit kommen.«

Angus schwieg. Indikatoren flimmerten auf seinen Sichtschirmen und Anzeigen, spiegelten die lautlose, zufallsabhängige Pavane der Vernichtung wider, die das Doppelsonnensystem unablässig zu tanzen schien. Selbstbeschränkung hieß die einzige ihm verbliebene Antwort.

»Wie lange noch?« ertönte Davies' Stimme aus der Interkom.

»Halt dein Drecksmaul«, entgegnete Nick mit Behagen. »Wir sind beschäftigt.«

Davies ließ sich nicht einschüchtern. »Ich muß wissen, wieviel Kat ich Morn spritzen soll.«

Falls er vor Nick Furcht hatte, verheimlichte er es. Das war gut. Angus fürchtete sich genug für alle Beteiligten.

»Das ist mir scheißegal«, erklärte Nick. »Denk bloß nicht,

du könntest sie retten, indem du sie wahnsinnig werden läßt. Falls sie's wird, dürfte dir überhaupt nicht gefallen, was ich mit ihr anstelle. Oder was dann dir blüht.«

Er feixte Angus an und schaltete Nick den Interkom-Apparat aus.

Ähnlich hatte Angus' Mutter gelächelt, wenn sie sich übers Kinderbett beugte.

Etwas später deutete Nick fluchend auf eine Anzeige. »Ein Peilsignal, du miese Ratte? Das hast du verschwiegen. Kein Wunder, daß die *Rächer* uns aufgespürt hat.«

Für einige Augenblicke kaute er auf der Lippe, grübelte angestrengt; dann lockerte sich seine Haltung. »Angesichts der Umstände sollte ich mich wohl nicht beklagen. Aber ich kann mir einfach nicht denken, was, zum Teufel, du dir eigentlich dabei gedacht hast. Sag mir, weshalb ... Nein, ich sehe warum. Sag mir, warum du es nicht erwähnt hast.«

Angus gab Antwort, als wäre er ein Leichnam.

»Sie haben nicht gefragt. Ich treffe keine Entscheidungen. Ich befolge nur Befehle. Wonach Sie nicht fragen, kann ich Ihnen nicht sagen.«

Daraus bestand sein alleiniger Schutz, sein einziges Geheimnis. Es hatte ihn schon einmal, nämlich während der Verhöre durch die VMKP-Abteilung Datenakquisition, wirksam gedeckt. Jetzt schützte es ihn erneut; es erlaubte ihm, den letzten, wenn auch nutzlosen Rest seiner selbst unversehrt zu erhalten.

Nichts schrieb ihm vor, Nick mitzuteilen, daß er Morns zerbrochenes Zonenimplantat-Kontrollgerät jederzeit ersetzen konnte.

»Na, wir wollen's den Astro-Polypen nicht zu leicht machen«, nölte Nick. »Bis jetzt haben sie mir geholfen, so gut sie konnten. Ich glaube, ich möchte gar nicht wissen, was sie von mir wollen, wenn sie sich sicher sein sollten, daß sie dich wieder unter Kontrolle haben.«

Seine Finger tippten Tasten der Kommandokonsole. Auf einem Display sah Angus, daß Nick den Peilsender desaktiviert hatte.

Ein nutzloser Rest, ja: ausgehöhlt und bedeutungslos. Und doch hielt Angus daran fest.

Und an etwas anderes klammerte er sich: eine nutz- und bedeutungslose, sinnentleerte Handlung. Während er Nick zu Diensten war – und Warden Dios –, ließ er auf einem Monitor ständig den Funkspruch der *Rächer* projiziert. Mochte Nick es ruhig merken und Argwohn hegen; sollte er denken, Angus müßte an seine Gehorsamspflicht erinnert werden. Angus blieb es einerlei. Er konnte nicht anders. Immer wenn seine Programmierung und Nicks Anweisungen ihm eine Gelegenheit einräumten, las er den Text mit der stieren Begriffstutzigkeit eines Debilen.

Warden Dios an Isaak: Prioritätscode Gabriel.
Zeigen Sie diese Nachricht Nick Succorso.

Die Worte standen eingefügt in einen Code, den er nicht kannte und nicht zu entziffern verstand, anscheinend eine Art von Maschinensprache, in der man Isaaks Interncomputer neue Direktiven erteilt hatte. Dennoch besah Angus sich den Text, wann er nur konnte; er starrte und glotzte ihn an, bis ihm die Sicht verschwamm und sein ersticktes Geheul ihm das Gehör erfüllte.

Wir haben ein Verbrechen an Ihrer Seele begangen, hatte Warden Dios zu ihm gesagt. Und er hatte gesagt: *Damit muß Schluß sein.*

Angus forschte nach dem Ende seiner Verzweiflung, dem Boden des Abgrunds, aber fand nichts.

Sechs Stunden. Zwölf. Achtzehn. Die Strapazen hätten für jeden Menschen, sogar für einen unifizierten Cyborg, zuviel sein müssen. Und sie hätten selbst Angus überfordert, wäre er nicht dazu fähig gewesen, sein gesamtes Wissen, all seine Geschicklichkeit und seine ganze Schläue aufzuwenden, um einen Kurs durch das Doppelsonnensystem zu fliegen, der es der *Posaune* soweit wie möglich ersparte, Schubkraft einzusetzen. Gewöhnliche Sterbliche benötigten Schlaf; sogar im Kinderbettchen gemarterte Kleinkinder schliefen, wenn sie ihr Los nicht mehr zu ertragen vermochten. Nick schlief, wenn er danach das Bedürfnis verspürte. Angus hingegen hielten die Z-Implantate wach und in andauernder Leistungsbereitschaft; trotz der Tatsache, daß seine kleinen Gliedmaßen an die Latten gefesselt waren, so daß seine Mutter *ihm Schmerzen zufügen* konnte, mußte er den Anforderungen der Verzweiflung gehorchen.

Warden Dios an Isaak ...

Doch fern im verworrenen Hintergrund seines Gemüts *tröstete sie ihn* nach jeder Penetration, *als ob sie ihn liebte.*

Zeigen Sie diese Nachricht ...

Endlich ortete er am Rand der Scanningreichweite das Flugziel, den Asteroidenschwarm, in dem nach Mikkas Auskünften ein verrückter Forscher mit Namen Deaner Beckmann versteckt seine Institution etabliert hatte. Dank eines bitteren Zufalls war seine Erstfinanzierung durch Holt Fasner erfolgt – denselben Mann, der die Weltraumpolizei am Gängelband hatte.

Angus' Datenspeicher und die Instrumente der *Posaune* bestätigten die Angabe, daß diesem Asteroidenschwarm das Schicksal bestimmt war, letzten Endes im Kleinen Massif 5 zu verglühen. Einen Hinweis darauf, daß die VMKP von der Existenz des Schwarzlabors wußte, lieferte sein Data-Nukleus allerdings nicht. Es gab keine Hoffnung, die Ortungsgeräte der *Posaune* könnten tief genug in den Schwarm hineintasten, um die Emissionen des Labors zu messen. Die Entfernung war nur ein Teil des Problems; zudem erzeugten die vielen tausend Gigatonnen an Felstrümmern viel zuviel Interferenzen aller Art. Und überdies verzerrte eine kaum einen Parsec vom Orbit des Asteroidenschwarms sich befindende, strahlungsintensive Singularität alles, was der Interspatium-Scout wahrnehmen konnte.

Mikka hatte angegeben, das Labor befände sich in der Mitte des Schwarms auf *einem so großen Asteroiden, daß er ein Mond sein könnte.*

Hinter den ganzen Felstrümmern, die als Versteck dienen, hatte sie dargelegt, *ist es nahezu unangreifbar. Man muß es langsam anfliegen, und auf diversen Asteroiden sind Materiekanonen eingebunkert.*

Nick tippte Befehle in seine Tastatur. Ohne Interesse nahm Angus zur Kenntnis, daß seine Konsole die Steuerungsfunktion verlor.

»Von hier aus fliege ich den Kahn selber«, erklärte Nick. »Ich weiß, wo das Labor ist. Und wie ich uns den Zutritt erschwatzen kann. Du würdest bloß dafür sorgen, daß wir atomisiert werden.«

Zeigen Sie diese Nachricht ...

Und Angus hatte ihm alles gezeigt; jedes Wort, den gesamten Code. Doch Nick hatte die Maschinensprache unbeachtet gelassen und sich auf den Klartext konzentriert.

»Du behältst Zielerfassung und -verfolgung, Ortung, Dispersionsfelder, sämtliche Abwehranlagen, Datensysteme und Schadensbekämpfung«, fügte Nick hinzu. An Angus' Konsole wurden die genannten Funktionen aktiviert. »Wahrscheinlich hast du schnellere Reflexe als ich. Falls Unannehmlichkeiten entstehen, verlasse ich mich gefechtsmäßig auf dich. Den Rest schaffe ich allein.«

Mikka hatte erzählt, in dem Schwarzlabor würden *vielerlei medizinische Forschungen durchgeführt. Das Labor hat jede Menge BR-Chirurgie erfunden. Trotzdem ist es kein überwiegend medizinisch orientiertes Laboratorium. Das ist nur 'ne Erwerbsqelle, um die eigentliche Forschung zu finanzieren.* Deaner Beckmanns wahres Ziel: *Gravitische Gewebemutation. Er will genetische Adaptionen entwickeln, die es dem menschlichen Organismus erlauben, die Belastungen im Umkreis von Singularitäten zu überstehen ... Weil er glaubt, daß in ihrem Innern die Zukunft der Menschheit liegt ... Aber solange sie den Druck nicht aushalten, können Menschen nicht hinein. Also möchte er ein paar Abänderungen vornehmen.*

Genau wie die Astro-Schnäpper.

Warden Dios an Isaak ...

Damit muß Schluß sein.

Das Schwarzlabor mochte die einzige existente Illegaleneinrichtung sein, wo man Möglichkeiten hatte, um Angus' Unifikation rückgängig zu machen. Aber diese Alternative stand ihm nicht offen.

Zügig gewann der Asteroidenschwarm auf den Scanningschirmen schärfere Konturen; zu schnell, berücksichtigte man die Gefahren. Unter normalen Verhältnissen hätte ein Raumschiff mit normalen Leuten an Bord beim Anflug die Geschwindigkeit reduziert, um sich dem immensen Mahlstrom aus Gestein vorsichtiger zu nähern. Kein anderer Raumer hätte das Doppelsonnensystem mit solcher Schnelligkeit wie jetzt die *Posaune* durchquert; doch an Bord herrschte keine geistige oder sonstige Normalität. Nick war in seinem Unumschränktheits- und Allmachtrausch regelrecht aus dem Häuschen, und seine Exaltiertheit schien sich wie Fusionsenergie auf den Interspatium-Scout zu übertragen, während er beidrehte, das Raumschiff auf den Vektor des Asteroidenschwarms einschwenkte und seiner Bahngeschwindigkeit anpaßte. Jede Fortbewegung durch das chaotische Umhertrudeln der Felsbrocken bliebe ausgeschlossen, wenn das Raumschiff nicht mit gleicher Geschwindigkeit die gleiche Richtung flog.

Die flache Hand etlicher Ge* preßte Angus in den Sessel, während das Raumschiff drehte, aber er konnte sie ohne weiteres verkraften. Nick mußte die eigenen Belastungsgrenzen beachten. Mutete er sich zuviel zu, schwand ihm eventuell das Bewußtsein, und er verlor alles, was er so überraschend gewonnen hatte. Und Angus war erheblich stärker als er. Überdies rotierte die Brücke der *Posaune* in ihren reibungsfreien Lagern, korrigierte ständig die Orientierung, um die G* zu kompensieren. Jede Härte, die Nick durchstand, überstand Angus mit Leichtigkeit.

Auch Davies und Morn konnten sie durchhalten, wenn sie sich in ihren Kojen gut festgeschnallt hatten. Vector, Mikka und Ciro mußten gleichfalls dazu imstande sein.

Graduell ließ der laterale Schub nach. Das Raumschiff war inmitten der überfüllten Leere auf die Trajektorie des

---

* *Ge:* Gravity earth, Erdschwerkraft, als Maßzahl für die Stärke der Beschleunigung; G als Abkürzung für Gravitation resp. Beschleunigung allgemein. – *Anm. d. Red.*

Asteroidenschwarms eingeschwenkt. Fast unverzüglich jedoch trat an die Stelle dieser Krafteinwirkung Bremsdruck. Die *Posaune* flog zu schnell; bei dieser Geschwindigkeit müßte sie am erstbesten Asteroiden zerschellen, der ihr in die Quere kam.

Angus spürte keinen Unterschied. Schwerkraft blieb Schwerkraft, er fühlte sie immer gleich, weil die Brücke sich durch Rotation darauf einstellte. Auf das Raumschiff selbst dagegen wirkte sich der Unterschied aus, und man merkte es ihm an. Die Geräusche des Bremsmanövers dröhnten durch den Rumpf, ein nahezu subliminales und doch wüstes energetisches Heulen, das gleichzeitig lauter und tiefer klang als das unüberhörbare Rumoren des lateralen Schubs.

Ein, zwei Sekunden lang flackerten die Bildschirme und erloschen, während die Computer die aufgrund des Bremsmanövers erforderlich gewordenen Neuberechnungen der Scanning-Algorithmen durchführten. Für die Dauer eines Herzschlags hatten die Anzeigen Angus nichts als Wirrwarr zu bieten. Im nächsten Moment war die Lage bereinigt. Daten erschienen: Entfernung, Größe, Zusammensetzung, relative Geschwindigkeit eines halben Hunderts Hindernisse auf einmal. Ein wahrer Partikelsturm an Input umschwärmte den Rumpf der *Posaune*, wurde von den Computern interpretiert und Angus in kohärenter Form präsentiert, als könnte man in so vielen verschiedenen Massen, umhergewirbelt von so vielen gegensätzlichen Kräften, sehr wohl etwas anderes sehen als pures Chaos.

Im Hintergrund lärmten Warnsignale der Nahbereichssensoren. Nick lenkte die *Posaune* zu schnell und zu nah an den ersten Felsklötzen vorbei in den Asteroidenschwarm. Angus hatte nicht gezögert, das Manöver ebenso zu fliegen, aber Nick traute er es nicht zu. Aber trotz seiner verhältnismäßigen Unvertrautheit mit dem Raumschiff handhabte Nick die Steuerung mit zuverlässiger Präzision. Durchgellt von einem wachsenden Durcheinander an Warnsignalen, beendete der Interspatium-Scout das Bremsmanöver in den

Randzonen des wirren Stroms aus Gestein. Von da aus hielt sie zwischen den Steintrümmern auf den entlegenen Mittelpunkt des Asteroidenschwarms zu.

Auf den Sichtschirmen zeigte sich eine nachgerade unwahrscheinliche Konfusion von Positions- und Vektordaten. Durch solche labyrinthischen Ansammlungen stellarer Felsen zu navigieren wäre für jedes Raumschiff – zumal bei dieser Geschwindigkeit – eine enorme Herausforderung gewesen, selbst wenn die Asteroiden in Relation zueinander stabile Bahnen gehabt hätten; wären sie durch Zeit, zurückgelegte Weiten und Entropie ihrer jeweiligen Eigenbewegung beraubt worden und wie ein einziger Körper durchs All gerast. Aber das war natürlich nicht der Fall. Widerstreitende Schwerkraftfelder des Massif-5-Doppelgestirns, der benachbarten Singularität sowie des Asteroidenschwarms selbst beeinflußten je nach Masse und Zusammensetzung jeden einzelnen der Himmelskörper. Infolgedessen veränderte jeder Felsbrocken innerhalb der allgemeinen Trudelbewegung des Gesamtschwarms ständig die Position. Asteroiden in der Größe von Raumschiffen oder Raumstationen trieben gegeneinander, zerbarsten entweder oder gerieten danach auf andere Vektoren. Der ganze Schwarm brodelte, als hätte er eine Tendenz zum Gerinnen. Allein die schiere Wirrnis der Kollisionen und Schwerkrafteinflüsse verhinderte, daß die Asteroiden wie um ein Schwarzes Loch ihrem Mittelpunkt entgegenstürzten.

Dennoch erwies eine Navigation sich als möglich. Wäre es anders gewesen, hätte das Schwarzlabor nie gebaut werden können. Aber der Flug mußte langsam erfolgen, so annähernd genau wie möglich mit der Geschwindigkeit der in unmittelbarer Nachbarschaft befindlichen Asteroiden. Sowohl die Gesteinsflut ringsum wie auch Nicks Hang zu überhöhter Geschwindigkeit bedeuteten eine Gefährdung der *Posaune*.

Er flog das Raumschiff, als läge ihm daran, Angus etwas zu beweisen; als wollte er Angus zeigen, daß er genauso tüchtig war wie ein Cyborg. Indem er bösartig vor sich hin fluchte, die Zähne fletschte und seine Narben wie Schmuck zur Schau trug, steuerte er den Interspatium-Scout durch das stumme Donnern und Schaben der Felsriesen, als wäre er ein Supermann; Instinkt und Geschick erhoben ihn von neuem zur Statur des Mannes, der nie unterlag.

Von den Nahbereichssensoren ausgelöste Warnsignale gellten wie die Stimmen gefolterter Seelen. Ein Asteroid mit den Abmessungen eines Kriegsschiffs prallte gegen seinen Nachbarn, verwandelte sich augenblicklich und lautlos in einen Hagel Geschosse, die ins umfassendere Tohuwabohu der Umgebung prasselten. Energien vielfach gebrochener Sonnenwinde, aufgeladen durch magnetische Resonanzen, verschleuderten langgezogene, blendend helle, Lichtschlieren gleiche Blitze gegen die Deflektorschirme der *Posaune*. Immerzu sprangen die Diagramme auf den Displays um, weil das Scanning seine Ortungsergebnisse fortlaufend neu definieren mußte. Trotzdem fand Nick unbeirrbar den Weg ins bewachte Zentrum des Asteroidenschwarms.

Er bediente die Steuerungsfunktionen wie ein Magier. Wenigstens in dieser Beziehung wußte er, was er trieb. Warden Dios hatte gewußt, was er tat.

Zeigen Sie diese Nachricht Nick Succorso.

Da er keine Pflichten hatte, außer die Anzeigen abzulesen und sich bereitzuhalten, durchlebte Angus seinen privaten Alpdruck und den alptraumhaften Flug des Schiffs wie das verwunschene Faktotum eines umnachteten Hexers, durch Verfluchung abhängig vom Zauberstab seines Meisters.

Die Funksendung der *Rächer* war in eine Codierung eingebettet gewesen, die Nick so wenig wie Angus zu lesen verstanden hatte. Falls dieser Teil der Mitteilung für ihn bestimmt gewesen war, hatte er ihn übersehen oder mißachtet. Dabei blieb es, solang er Angus nicht befahl, ihm den Text ein zweites Mal zu zeigen.

Die Nachricht hatte sich in Angus' Gehirn den Neuronen eingeätzt. Er hätte sie jederzeit aus dem Gedächtnis wiedergeben können. Nicht weil er sie vergessen gehabt hätte, starrte er auf den Monitor, oder weil er hoffte, es gelänge ihm irgendwie, sie zu begreifen; sondern nur, weil er für sich nichts anderes mehr hatte.

»Mit der Zeit wird's leichter«, behauptete Nick, als hätte er einen Kloß in der Kehle. Trotz seiner Aufgedrehtheit machte ihm der Stress zu schaffen. »Das Labor räumt schon seit Jahren rings um seine Position im All auf. Man zerteilt Asteroiden, um an Brennstoff und Mineralien zu gelangen, seltene Substanzen und dergleichen. So wird 'ne Schneise angelegt, das Schußfeld der eingebunkerten Artillerie verbessert, die Mikka erwähnt hat. Wir müßten bald ein Signal von einem ihrer ferngesteuerten Relais empfangen. Dann müssen wir den Großteil der übrigen Strecke vor ihren Rohren zurücklegen.«

Angus hatte keine Ahnung, weshalb Nick eigentlich quasselte, außer um mit seinem Wissen anzugeben. Binnen kurzem ließ sich allerdings auf den Sichtschirmen erkennen, daß er recht hatte. Die Asteroidendichte nahm ein wenig ab. Kilometerweise verbesserten sich die Scanningresultate. In der Mitte hätte der Asteroidenschwarm die höchste Dichte haben müssen; doch das Gegenteil war der Fall.

Während sich der Schwarm lichtete, setzte Nick die Geschwindigkeit herab. Die *Posaune* verlangsamte, flog das Ziel auf weniger riskante Weise an. Nick schenkte den Displays der Kommunikationsanlagen verstärkte Beachtung, suchte das Frequenzspektrum nach einer Funkquelle ab, die nahe genug sein mußte, um durchs Umhertorkeln des Gesteins, durch die Störwirkung der Statik das Raumschiff zu erreichen.

Warden Dios hatte Angus als *machina infernalis* bezeichnet, als *Höllenmaschine*. Er hatte gesagt: *Wir haben ein Verbrechen an Ihrer Seele begangen.*

Was noch übrig war von Angus' Seele, wand sich vor stillem Aufbegehren.

Plötzlich tippte Nick eine Taste. »Da!« Er riß an der Konsole einen Ohrhörer aus dem Fach und stöpselte ihn sich ins linke Ohr. Fortgesetzt gaben seine Hände den Steuerungsfunktionen Befehle, während er eine Trichterantenne der *Posaune* auf die soeben geortete Funkwellenquelle richtete.

»Ich hab ihn ...!«

Auf einem Monitor war die Quellenposition zu erkennen: eine Relaisanlage auf einer leblosen Felskugel mit relativ stabiler Trajektorie. Vermutlich war das Relais gegen Kollisionen und energetische Sonnenwindentladungen abgeschirmt und die Antenne auf bedarfsgemäße Reorientierung programmiert worden. Aber kein Funksignal, das von diesem Felsklotz ausging, konnte tief genug in den Asteroidenschwarm vordringen, um dadurch das Schwarzlabor aufzuspüren. Er gehörte zu einem ganzen Netz von Relais, die sich untereinander ununterbrochen Signale zufunkten, bis sich ein brauchbares Funkfenster zum Labor ergab.

Während Nick lauschte, verfiel er in eine neue Art der Anspannung. Die kompromißlose Konzentration, mit der er die Navigation abwickelte, degenerierte zu falscher Unbekümmertheit. »Labor-Kommunikationszentrale, hier spricht Kapitän Nick Succorso an Bord des VMKP-Interspatium-Scouts *Posaune*«, sagte er im Tonfall gespielter Lockerheit. »Registrierungsdaten folgen.« Er drückte mehrere Tasten. »Keine Panik, wir sind keine Spione. Wir haben das Schiff im Verlauf einer verdeckten Aktion der VMKP gegen Thanatos Minor im Bannkosmos gekapert. Andernfalls wären wir alle tot. Der Stimmprofilvergleich wird Ihnen meine Identität bestätigen. Ich bin schon bei Ihnen gewesen. Die übrigen Personen, die ich an Bord habe, noch nicht.« Er tippte weitere Tasten. »Mannschaftsliste folgt.«

Ein Blick auf die Monitoren stellte Angus klar, daß Nicks ›Mannschaftsliste‹ weder Morn noch Davies erwähnte; und genausowenig Angus selbst.

Er hätte sich die Mitteilungen der Kommunikationszentrale anhören können, indem er den Ohrhörer des Ersten Offiziers benutzte. Aber dazu hatte Nick ihm keine Weisung erteilt.

Ein Teil seines zerspellten Verstands suchte nach Materiekanonen-Bunkern, damit er die Zielerfassung darauf justieren konnte; mit einem anderen Teil betrachtete er die unentzifferbaren Zeilen des Maschinensprachen-Codes, als verbürge sich darin das allesentscheidende Geheimnis seines Lebens.

»Das weiß ich, Arschloch«, sagte Nick mit bedrohlicher Lässigkeit ins Mikrofon seiner Kommandokonsole. »Ich bin doch kein Blödmann. Geben Sie mir die Chance, Ihnen zu verdeutlichen, weshalb sich das Risiko lohnt.«

Aber sein Ton täuschte. Ungeachtet seiner vorherigen Eile wurde er nun vorsichtig. Mit einer Reihe behutsamer Bremsschübe verlangsamte er die *Posaune*, beließ sie im Umkreis der Relaisstation, außerhalb der Reichweite der Abwehranlagen des Schwarzlabors. Dann wartete er ab.

Für Mikrowellenrelais war die Übertragungsentfernung gering. Das Labor verzögerte die Antworten absichtlich, damit die dortigen Autoritäten sich verständigen konnten. Oder um die Artillerie in Feuerbereitschaft zu versetzen.

Als die Kommandozentrale sich das nächste Mal meldete, versteifte sich Nicks Haltung.

»Nein, an eine Preisgabe meines Data-Nukleus denke ich überhaupt nicht«, erwiderte er, als wäre er gefeit gegen Drohungen oder Beunruhigung. »Ich bin nicht hier, um Ihnen meine Seele zu verkaufen. Ich möchte lediglich für einige Zeit Ihre Einrichtungen in Anspruch nehmen. Kann sein, es dauert nur wenige Stunden. Oder vielleicht ein paar Tage.«

Ohne die dem Gespräch gewidmete Aufmerksamkeit zu vermindern, korrigierte er die Fluglage der *Posaune*, um einer Wolke langsamer umherirrender Kleintrümmer eines auseinandergebrochenen Asteroiden auszuweichen.

... während seine Mutter ...

... ihm harte Gegenstände ...

Diesmal antwortete die Kommunikationszentrale sofort.

Bei dem, was er zu hören bekam, schärfte sich Nicks Blick. »Hat Ihr ganzer Saftladen denn inzwischen total den Kontakt zur Realität verloren?« schnauzte er einen Moment später. »Besagt der Name ›Vector Shaheed‹ Ihnen gar nichts? Er steht auf dem Mannschaftsverzeichnis. *Vector Shaheed*. Um Gottes willen, der Mann ist doch 'ne Berühmtheit.« Nick verzog hämisch den Mund, aber seiner Stimme merkte man nichts von der Verachtung an, die er Vector entgegenbrachte. »Er ist Genetiker und würde gern Ihre Genlabors benutzen.«

... in den Rachen rammte ...

Angus hörte nicht mehr zu.

Möglicherweise hatte Nick den Maschinensprache-Teil der von der *Rächer* erhaltenen Nachricht ignoriert, weil er sie nicht lesen konnte. Traf dieser Fall zu, war er wahrscheinlich nicht für ihn bestimmt. Hashi Lebwohl sandte mit Gewißheit keine Instruktionen oder Zusagen in einem Code an seine Agenten, den zu entziffern ihnen verwehrt blieb. Für wen also war die Mitteilung gedacht?

Welchen Sinn hatte sie?

... und lachte ...

Vermutlich hatte man sie in Maschinensprache verfaßt, weil sie bestimmt war für eine Maschine.

Welche Maschine? Für die *Posaune?*

Beim ersten Lesen des Funkspruchs war Angus' Geist quasi neutralisiert gewesen. Er hatte nicht wahrgenommen – nicht erkennen können –, ob die Bordcomputer auf die Funksendung reagiert hatten.

... als wäre er es, den sie liebte ...

Er folgte seiner Eingebung und tippte den kompletten Funkspruch der *Rächer* in seine Konsole, ohne sich darum zu scheren, ob Nick es merkte oder nicht.

Noch ehe er fertig war, erschien auf dem Monitor ein Hinweis.

EINGABEFEHLER. CODIERUNG ÜBERPRÜFEN UND EINGABE WIEDERHOLEN.

»Ja, genau *der* Vector Shaheed«, rief Nick mit betont mühevoller Geduld, als redete er mit Idioten. »Von Intertech.«

Angus versuchte es ein zweites Mal. Jetzt ließ er den Klartext weg und tippte nur die Code-Zeilen.

Mit dem gleichen Ergebnis.

EINGABEFEHLER. CODIERUNG ÜBERPRÜFEN UND EINGABE WIEDERHOLEN.

Aus den Abgründen in Angus' Gemüt wallte Hoffnungslosigkeit empor. Ihm war, als könnte er sich an Äußerungen seiner Mutter erinnern, sie gurren hören: *Du kannst nicht fort*, obwohl er damals zu klein gewesen war, um irgendeine Sprache außer Schmerz und Trost zu verstehen. *Nein, nein, du kannst nicht fort. Ich kann nicht von denen weg, und du kannst nicht von mir fort. Das ist so, weil du mein Sohn bist. Weil du immer mein Sohn bleibst.*

Nick schaltete das Mikrofon aus und grinste Angus verschwörerisch zu. »Ich glaube, ich spreche mit Deaner Beckmann persönlich«, flüsterte er, als hätte er Sorge, trotzdem belauscht zu werden. »Dort weiß tatsächlich jemand über Vector Bescheid. Diese besessenen Forscher quasseln einfach zuviel. Außenstehenden vertrauen sie keine Geheimnisse an, aber gegenseitig plaudern sie alles aus. Wahrscheinlich weiß Beckmann, woran Vector gearbeitet hatte, bevor er bei Intertech die Brocken hingeschmissen hat.«

Was geht mich das an? wunderte sich Angus. Weshalb sollte mich das etwas angehen?

... den sie liebte ...

Was blieb übrig? Wie viele sonstige kommunikationsfähige Maschinen hatte die *Posaune* an Bord?

Ihm fiel nur eine weitere Apparatur ein.

Damit muß Schluß sein.

Isaak, sagte er stumm. Hörst du mich, Isaak? Kannst du mich verstehen, Isaak?

Isaak lautete sein Code-Name. Gleichzeitig diente er als Zugriffscode. Wenn sein Hirn das genaue Muster der neuralen Aktivität formte, das dies Wort repräsentierte, öffnete sich in seinem Kopf ein Fenster und gewährte ihm Zugriff auf gewisse Datenspeicher oder manche Programme. Alles Wissen und die gesamte Handlungsrichtschnur, die der Data-Nukleus seines Interncomputers enthielt, wären vergeblicher Aufwand gewesen, hätte er keine Gelegenheit gehabt, sich ihrer unter den richtigen Bedingungen willentlich zu bedienen.

»Wie ich dafür zahlen will?« Nick prustete ins Mikrofon. »Ich schlage vor, daß ich mit *Ergebnissen* zahle. Falls Vector Erfolg hat, fällt Ihnen ein Stück von dem zu, was er entdeckt. Konkretes kann ich Ihnen momentan nicht versprechen, weil ich keinen Schimmer habe, was 's sein könnte. Aber *eins* kann ich Ihnen verraten. Die Amnion haben in bezug auf Mutationen Kenntnisse« – geradesogut hätte er *gravitische Gewebemutation* sagen können –, »die sich eventuell genau mit dem decken, was Sie sich vorstellen.«

Wenn dieser Köder Nick nicht weiterhalf, nutzte nichts mehr.

Das ist so, weil du mein Sohn bist.

Naturgemäß waren Angus' Zonenimplantate nicht dazu imstande, buchstäblich seine Gedanken zu lesen. Sie erkannten eine bestimmte Anzahl spezifischer synaptischer Grundmuster, doch vorwiegend deuteten sie seine mentale Verfassung anhand des Auftretens einzelner Neurotransmitter, der Veränderungen in der Zusammensetzung seines Bluts. Sie übten ihre Kontrollfunktion direkt durch Einwirkung auf seine motorischen Zentren aus. Die vieldeutigen Bestrebungen seiner Willenskraft zu korrigieren – oder nur zu verstehen –, waren sie unfähig.

Weil du immer mein Sohn bleibst.

Kannst du mich hören, Isaak?

»Geschafft!« krakeelte auf einmal Nick. »Ich hab's *geschafft!*«

Er drehte sich im Kommandosessel seinem Ersten Offizier zu, als erwartete er, daß Angus sich beeindruckt zeigte.

»Sie lassen uns durch. Da.« Voller Triumph wies er auf ein soeben auf einem Display sichtbar gewordenes Schema. »Das ist unser Kurs vorbei an den Kanonen. Gerade kommt alles an ...« Er las die Anzeigen ab. »Anflugsprotokolle, Flugverkehrs- und Navigationsinformationen, Trajektoriedaten, alles, was wir brauchen. Wenn Vector nun keinen Scheiß baut, sind wir endlich *reich*. Beckmann wird mit beiden Pfoten Kredit-Obligationen über uns ausschütten.«

Angus gab keine Antwort; er konnte es nicht. Seine Aufmerksamkeit war ausschließlich nach innen gerichtet: zu grenzenlos war seine Verzweiflung, zu tief ging sein Leid, als daß er für Nick hätte Beachtung erübrigen können. Seine Hände und Füße waren *ans Bettgestell gebunden,* und er hatte noch nie genug Kraft gehabt, um sich zu befreien.

Nachdem sich das mentale Fenster geöffnet hatte, sagte er bei sich unablässig den Funkspruch der *Rächer* auf und hoffte, daß der codierte Text irgendwie durch das Fenster in den Data-Nukleus eindrang; verließ sich darauf, daß die Eigenschaft des Interncomputers, die es dem Data-Nukleus ermöglichte, Nicks Befehle zu hören und zu verstehen, vielleicht auch seine eigene innere Stimme empfing.

Nick betrachtete wieder die Anzeigen; diesmal starrte er sie an, als wären sie aus irgendeinem Grund nur verschwommen erkennbar. Im darauffolgenden Moment schrak er im Andrucksessel zurück, als hätte ihn ein Hammerschlag getroffen. Alles Blut wich aus seinem Gesicht, den Narben; weiß, so fahl wie Knochen, stierten seine Augen.

Dann fuchtelte er mit beiden Armen in der Luft und stieß einen Schrei aus, der dem Aufschrei ähnelte, der sich ihm bei der Vernichtung der *Käptens Liebchen* entrungen hatte – das Aufheulen eines Menschen, dem das Herz brach.

Sein nächster Blick galt erneut Angus.

Abermals hatte seine Miene sich so rasch verändert, als hätte er eine Maske aufgezogen. Krasse Blässe verlieh seinen Wangen die Weißlichkeit der Augen; die Narben jedoch hatten sich wieder mit Blut gefüllt, waren so dunkel geworden, daß sie fast schwarz wirkten. Sie umrahmten seinen fahlen Blick als Kerben der Gewalttätigkeit.

»Die *Sturmvogel* ist dort«, raunte, nein hauchte er. »Sorus Chatelaine hat uns überholt ... sie ist schon da.«

Wie im Starrkrampf ballte er die Fäuste. Eine Zuckung des ganzen Körpers warf ihn gegen die Gurte.

»Diese satanische Schlampe«, sagte er als nächstes so laut und deutlich, als hätte er sich noch in der Hand; als ob er noch wüßte, was er tat. »Die Schlunze. Das ist ihr letzter Fehler. Nun *kralle* ich sie mir.«

Angus beendete sein innerliches Aufsagen des codierten Textteils.

Und wartete.

Nichts geschah. Er war zu schwach. Das mentale Fenster blieb aktiv, bis er es schloß; aber es änderte sich nichts.

ERGÄNZENDE DOKUMENTATION

SYMBIOTISCHE KRISTALLINE
RESONANZTRANSMISSION

Jahrzehntelang hatten Theoretiker über die Möglichkeit einer ohne Zeitverlust durchführbaren Kommunikation über interstellare Entfernungen hinweg diskutiert.

In praktischem Rahmen existierte diese Möglichkeit natürlich nicht. Alle bekannten Methoden zur Übermittlung von Daten waren gleichermaßen zu wenig flexibel und zu anfällig, um in der Weite des Alls effizient zu sein. Die Wellenformen des Funks, die Photonenemissionen der Laser sowie die linearen Impulse, die in der elektronischen Telekommunikation Verwendung fanden, zeichneten sich allesamt durch Lichtkonstantheit aus (so daß sie zu langsam blieben, um bei nach Lichtjahren bemessenen Distanzen etwas zu taugen) und unterlagen in unterschiedlichen Graden der Verzerrung durch Gravitationsquellen, Herden elektromagnetischer Strahlung und Plasma-Emittierung, ganz zu schweigen von der Übertragung hinderlichen Hemmnissen wie Planeten- und Sonnenkugeln oder den unkartografiert durch die riesige Ausdehnung des Weltraums treibenden Staub- und Partikelwolken.

Zudem hatte die Menschheit unterdessen eine Alternative entwickelt: die Interspatium-Kurierdrohne. Indem man die zu übermittelnden Daten speicherte und als physisches Objekt durchs Hyperspatium transportierte, erzielte die Menschheit im interstellaren Nachrichtenwesen Resultate, die das Leistungsvermögen von Mikrowellen oder Lasern weit übertrafen.

In praktischer Beziehung hätte man also die Frage nach einer Möglichkeit der verzögerungsfreien interstellaren

Kommunikation als unsinnig abtun können: einerseits als unverwirklichbar, anderseits als überflüssig.

Davon ließen sich jedoch Theoretiker, die sich gerne mit dem Unsinnigen beschäftigten, Unmöglichkeit leugneten und das Überflüssige hätschelten, nicht abschrecken.

Viele von ihnen rechtfertigten ihre Bemühungen mit folgenden Überlegungen: Im Normalraum bewegen sich Wellen wesentlich schneller als Objekte fort. Objekte können die Lichtgeschwindigkeit schlichtweg nicht überschreiten; sobald sie sich c annähern, unterliegen sie der Zeitdilation, bis sie im letzten, fast unerreichbaren Moment unendlich werden. Deshalb wird, je weiter Objekte sich c annähern, immer mehr Kraft erforderlich, um sie zu beschleunigen. Die letzten, beinahe unendlich kleinen Geschwindigkeitszunahmen erfordern nahezu unendlichen Energieaufwand.

Aber mittels des Interdimensionaltricks der Hyperspatium-Durchquerung konnten Objekt sich *im Effekt* doch viel schneller als das Licht fortbewegen. Die physikalischen Eigenschaften der Objekte erlaubten es ihnen, ins Hyperspatium überzuwechseln – wohin ihnen keine Form von Welle folgen konnte – und es intakt zu verlassen.

Wenn ein derartiger Trick sich mit Objekten praktizieren ließ – ein Kunstgriff, der durch dieselben physikalischen Eigenheiten ermöglicht wurde, die Materie strikt auf Unterlichtgeschwindigkeiten beschränkten –, weshalb sollte dann nicht ein analoger Kniff für Wellenformen zu finden sein, ein Trick, der sich die spezifischen materiellen Eigentümlichkeiten der Mikrowellen und des Lichts zunutze machte?

So lautete die Argumentation mancher Theoretiker. Allerdings blieben ihre Vorstellungen reine Spekulation, bloße Phantasiegebilde, bis die Resultate ziemlich eng spezialisierter Forschungen in bezug auf die Charakteristika gewisser Kristallstrukturen bekannt wurden.

Im Nullschwerkraft-Milieu tätige Kristallografen waren Kristalle von einer Reinheit zu konzipieren und zu fabrizieren fähig, die auf der Erde kein Produzent zustande bringen konnte; einer Reinheit, die es in der Natur nicht gab. Der ursprüngliche Forschungszweck betraf die Untersuchung der Beziehung zwischen den Kristallflächen und den Kristallkeim-Atomen, aus denen die Flächen heranwuchsen; zugrunde lag der plausible Gedanke, daß die Kristallflächen eine Art von Code repräsentierten, dessen Entzifferung wiederum neue Rückschlüsse auf die Atome selbst gestatten könnte. Und je reiner der Kristall, um so akkurater der Code. Schon bald jedoch führte das Forschungsprojekt zu der sekundären Entdeckung, daß gewisse hochreine anisotropische Kristalle, paarweise aus sich gleichen ›Zwillingsatomen‹ gewachsen, eine Eigentümlichkeit aufwiesen, die man später ›symbiotische Resonanz‹ nannte. Wenn man einen solchen Kristallzwilling mechanischem Druck aussetzte, um einen piezoelektrischen Effekt zu erzeugen, ergab sich beim anderen Zwilling gleichzeitig eine gleichartige Reaktion.

Es hatte den Anschein, als wären beide Kristallzwillinge am genau selben Zeitpunkt demselben Druck unterworfen, obwohl die Kristalle sich dabei in keinem physischen Kontakt befanden. Vielmehr waren die Zwillinge sogar in gesonderten Behältnissen gewachsen und voneinander durch diverse Flüssigkeiten und Barrieren getrennt.

Anschlußuntersuchungen ergaben, daß der Abstand, über den hinweg die symbiotische Resonanz wirksam wurde, eine Funktion erstens der Kristallreinheit war, zweitens der Ähnlichkeit ihrer Kristallkeim-Atome. Insbesondere wurde ersichtlich, daß bei höherer Übereinstimmung der Beschaffenheit der Kristallkeim-Atome die Kristallzwillinge, wenn sie aufeinander reagierten, sowohl in räumlicher wie auch zeitlicher Hinsicht größere Hindernisse überwinden konnten.

Theoretiker, die an der Möglichkeit verzögerungsloser interstellarer Kommunikation Interesse hegten, gerieten in Ekstase.

Offenbar stak in der symbiotischen Resonanz das Potential zu einer Datenübermittlungsmethode. Piezoelektrische Reaktionen konnten in Form eines Codes in einem Kristallzwilling hervorgerufen und aus der Reaktion des anderen Zwillings decodiert werden. Und wenn so eine Kommunikation zwischen zwei Labors möglich war – ohne Zeitverzögerung –, weshalb nicht zwischen zwei Raumstationen?

Warum nicht zwischen einer Raumstation und der Erde? Zwischen der Erde und anderen Planeten? Zwischen der Erde und fremden Gestirnen?

Die Kristallografen sahen nichts, was theoretisch dagegen sprach. Auf alle Fälle stellten ihre Forschungen bei wiederholten Gelegenheiten unzweifelhaft klar, daß sich die symbiotische Resonanz zeitunabhängig vollzog. Praktische Einwände gab es hingegen genug; und in der Tat erwiesen sich die Schwierigkeiten als im Effekt unausräumbar.

Um eine weiter als nur ein paar Dutzend Meter wirksame symbiotische Resonanz zu verursachen, hätten die Kristallkeim-Atome der Kristallzwillinge eine Übereinstimmung nach dermaßen strikten Standards haben müssen – eine Gleichheit bis hin zu den präzisen Umlaufpositionen der Komponentenelektronen –, daß dergleichen dem menschlichen Geist im wahrsten Sinne des Wortes unvorstellbar blieb; und vor allem ließ ein derartiger Standard sich mit Menschen geläufigen Verfahren nicht bewerkstelligen. Zwar konnte die Reinheit der Kristalle verbessert werden; aber wie sollte man die Kristallkeim-Atome einander bis zur vollkommenen Übereinstimmung zu synchronisieren? So wie von Einstein die Grenzen der physikalischen Geschwindigkeit definiert worden waren, hatte Heisenberg die Grenzen der atomaren Prädetermination ermittelt.

Kristallografen glaubten eher daran, daß Objekte eines Tages über die Lichtgeschwindigkeit hinaus beschleunigt werden könnten, als daß sie es für denkbar erachteten, es seien einmal einzelne Kristallkeim-Atome in einen Zustand vollständiger Gleichheit zu bringen.

Es entsprach der Natur der Theoretiker, daß sie sich von diesen Bedenken so wenig abschrecken ließen wie von früheren Einwänden. Wenn für Menschengeist und Menschenmethoden eine Kommunikation durch symbiotische Resonanz unmöglich war, bedeutete das noch längst nicht, behaupteten sie, daß sie nicht möglich war für einen anderen Verstand und andere Methoden. Könnte es nicht denkbar sein, führten sie an, daß die Technik der Amnion die Herausforderungen einer symbiotischen kristallinen Resonanztransmission bewältigte?

Das war nur eine Theorie; sie mußte so wenig richtig sein wie jede x-beliebige sonstige Spekulation. Trotzdem genügte schon der bloße Gedanke daran, um den Männern und Frauen, die mit der Verteidigung des Human-Kosmos betraut waren – Männern wie Warden Dios und Frauen wie Min Donner –, kalten Schweiß auf die Stirn zu treiben.

DARRIN

Kapitän Darrin Scroyle, Baas des Söldnerraumschiffs *Freistaat Eden*, hockte nackt in seiner Kabine und kratzte sich zerstreut die angegraute, krause Brustbehaarung, während er sich die Anzeigen seiner Datensysteme-Konsole anschaute.

Auf einem der kleinen Monitoren sah man eine Darstellung des Massif-5-Doppelsonnensystems. Die letzte Messung des Peilsignals der *Posaune* zeigte den Einflugpunkt des Interspatium-Scouts in das Sonnensystem. Gegenwärtig war er der *Freistaat Eden* um eine kurze Hyperspatium-Durchquerung voraus.

Das gleiche galt für die *Rächer*. Die *Freistaat Eden* war dem VMKP-Kreuzer in beträchtlichem Abstand durchs Dunkel des Alls gefolgt; in hinlänglichem Abstand, um außerhalb der vermutlichen Scanning-Reichweite der *Rächer* zu bleiben, jedoch nah genug, um sie in der Ortung zu behalten. Dank der Positionsbestimmungsdaten, die das Peilsignal der *Posaune* zu errechnen ermöglichte, als ob im Vakuum eine Reihe von Schildern stünde, und der Partikelspur der *Rächer*, die als zusätzliche Informationsquelle diente, hätte die *Freistaat Eden* dem Interspatium-Scout in alle Ewigkeit auf der Fährte bleiben können.

Leider bezahlte man sie nicht dafür, daß sie ihm nur hinterdreinflog. Und zwischen ihr und der Auftragserfüllung stand die *Rächer*.

Ohne Zweifel hatten *Rächer* und *Freistaat Eden* völlig entgegengesetzte Gründe für die Verfolgung der *Posaune*. Wenn die *Freistaat Eden* den Interspatium-Scout angriff, würde die *Rächer* ihn aktiv verteidigen.

Derartige Vorgänge hatte Darrin Scroyle während seiner Laufbahn schon ein paarmal miterlebt. Mehr als einmal hatte er beobachtet, daß die selbstgerechte Min Donner und der gerissene Hashi Lebwohl an gegensätzlichen Vorhaben arbeiteten. Im VMKP-HQ wußte die Rechte nicht, was die Linke tat.

Einerseits fand Darrin Scroyle das keineswegs amüsant.

Andererseits beunruhigte es ihn nicht. Ihm war es einerlei, auf wessen Seite Min Donner und Hashi Lebwohl sich in dieser Situation geschlagen hatten. Ihn interessierte nur eine Frage: Wußte man an Bord der *Rächer* über seinen Auftrag Bescheid? War Min Donner vor Hashi Lebwohls Absicht gewarnt worden? Wußte sie, daß er der *Freistaat Eden* den Code zur Entschlüsselung des Peilsignals der *Posaune* zur Verfügung gestellt hatte?

Falls die *Rächer* informiert worden war, mochte die *Freistaat Eden* dieses Mal bei der Auftragserledigung ungewöhnlichen Schwierigkeiten entgegensehen.

Höchstwahrscheinlich mußte der VMKP-Kreuzer als beachtlicher Opponent eingestuft werden. Seiner Reputation zufolge nahm Kapitänhauptmann Dolph Ubikwe zur VMKP-Disziplin eine laxe Haltung ein; bei der Ausführung der Befehle allerdings hatte ihn noch niemand nur der geringsten Nachlässigkeit beschuldigen können.

Wenn es Darrin Scroyle nicht gelang, die *Rächer* irgendwie auszutricksen, ließ sich ein Gefecht mit dem kriegsmäßig ausgerüsteten Polizeikreuzer nicht vermeiden.

Nicht daß Darrin sich davor gefürchtet hätte. Trotzdem wollte er das, wenn es sich einrichten ließ, lieber umgehen. Der mit Hashi Lebwohl abgeschlossene Vertrag schrieb ihm nicht vor, sich wie ein Dummkopf zu benehmen.

Für einen Söldner war er ein reichlich alter Knabe. Nicht nur auf der Brust, auch auf dem Kopf hatte er graue Haare. Inzwischen störte es ihn nicht mehr, einen schlaffen Schmerbauch zu haben. Wenn er seine Ischiasbeschwerden hatte, blieb er schlichtweg in der Koje liegen; sein Gefühl mißtraute den Nervenimplantaten, die sich als Abhilfe des

Leidens anboten. Mittlerweile war er alt genug, um zu wissen, in Wahrheit waren im Leben die Dinge nie so einfach.

Auch diese Einsicht bereitete ihm keine Sorgen mehr. Er und sein Raumschiff behaupteten sich in ihrem kompromißlosen Dasein schon so lange, daß er sich zum Ausgleich eine relativ schlichte Denkweise angewöhnt hatte: Er konzentrierte sich auf die Komplikationen, die ihn betrafen, und ließ alles andere beiseite.

»Wie ist die Lage?«

Alesha stellte die Frage aus der Kapitänskoje, in der sie lag und darauf wartete, daß er seine Tätigkeit an der kabineninternen Datensysteme-Konsole beendete. Wie er war sie nackt. Und wie er nicht mehr jung. Mit der Zeit hatte die Bordrotation der *Freistaat Eden* ihre einst prallen Brüste immer tiefer sinken lassen. Ihre habituelle Ernsthaftigkeit war mit den Jahren zur Marotte geworden, so daß ihre früher so sinnige Miene der Nachdenklichkeit heute einem schrulligen Grinsen ähnelte. Sie hatte weniger Durchhaltevermögen, als sich Darrin erinnerte, und vielleicht auch verminderte sexuelle Bedürfnisse.

Dennoch hatte er sie lieb und gern. Er schätzte den Trost, den ihre weiche Haut ihm spendete, obwohl sie nicht mehr so straff war, wie er es gerne gehabt hätte; mochte den Geschmack ihrer Brustwarzen, obschon seine Zunge sie nicht mehr so schnell zum Erhärten brachte. Und ihm war ihre Weigerung wichtig, Verwicklungen außer acht zu lassen, die er ohne weiteres zu mißachten neigte.

Alesha Hardaway war seine Waffensysteme-Hauptoperatorin und gleichzeitig seine Cousine ersten Grades. So verhielt es sich oft an Bord von Söldnerraumschiffen: ihre Besatzungen hatten einen Hang zur Inzucht. Selten akzeptierten sie Außenstehende. Man konnte Fremde, die dem gleichen Codex anhingen, die gleiche Hingabe an die Gemeinschaft aufbrachten – und denen man Vertrauen schenken konnte –, nur äußerst schwer finden. Sobald Darrin aufgrund von aktionsbedingten Ausfällen oder anderen Abgängen Besatzungsmitglieder von anderen Söldnern übernommen hatte, war in den meisten Fällen, wenn Pech oder ungenügend kritische Beurteilung mitspielten, rasch zu merken gewesen, daß der *Freistaat Eden* die Fähigkeit schwand, ihre Aufträge verläßlich abzuwickeln. Alesha lebte von Anfang an mit ihm an Bord des *Raumschiffs*.

»Ungefähr wie gedacht«, antwortete er. Wie Aleshas Frage klang seine Auskunft kumpelhaft und lässig. »Dem letzten empfangenen Peilsignal zufolge ist die *Posaune* ins Valdor-System eingeflogen. Die *Rächer* ist ihr schon nach. Wir tun das gleiche, sobald ich der Brücke sagen kann, wie wir vorgehen wollen. Und das dritte Raumschiff – diese Gondel, die aus der Richtung Thanatos Minors gekommen ist – haben wir seit vierundzwanzig Stunden nicht mehr geortet. Ich weiß nicht, wo's steckt. Deshalb nehme ich an, daß es inzwischen auch dort ist« – er tippte mit dem Finger auf die Grafik, obwohl Alesha sie aus der Koje sehen konnte – »und versucht, die *Posaune* eher als die *Rächer* und wir einzuholen.«

Einen Moment lang überlegte Alesha, bevor sie fragte: »Wie *willst* du denn in das System einfliegen?«

Darrin kehrte der Datensysteme-Konsole den Rücken zu, so daß er Alesha ansehen konnte. Sie lag auf dem Bauch, stützte das Kinn auf die verschränkten Arme. Ihre üppigen, im Laufe der Zeit grübchenreich gewordenen Hüften wölbten sich hinab zu dem Spalt zwischen ihren Schenkeln.

»Vermutlich kenne ich dich schon zu lange«, sagte er. »Irgendwie bin ich mir ganz sicher, das ist nicht die Frage, die du eigentlich stellen möchtest.«

Alesha schnitt ihre stets entgleisende Denkermiene. »Bin ich so leicht durchschaubar?«

Darrin spitzte den Mund. »›Durchschaubar‹ würde ich dich nicht nennen. Nur kenne ich dich nun mal schon lange. Im allgemeinen bemühe ich mich, aus Erfahrung zu lernen.«

»Na schön.« Versonnen erwiderte sie seinen Blick. »Ich wünschte, du würdest mir noch einmal erklären, warum wir diesen Auftrag übernommen haben. Er ist gefährlich.«

Wahrscheinlich war sie die einzige Person an Bord, die sich mit dieser Frage beschäftigte. Darrin hoffte, daß es sich so verhielt. Irgendwelche Umstände, darauf eine Antwort zu geben, verursachte es ihm trotzdem nicht.

»Weil die Bezahlung in einer Größenordnung erfolgt, die zur Gefahr in lohnendem Verhältnis steht.«

So lautete seine Grundregel: *die* Hauptregel seines Geschäftsgebarens. Für einen Auftrag gut bezahlt zu werden und ihn zuverlässig auszuführen, das war sein Kredo. Oder den Auftrag abzulehnen und es darauf beruhen zu lassen. Alles ohne nachträgliche Grübeleien; ohne spätere Gewissensbisse; ohne Selbstmitleid und ohne kalte Füße. Bezahlung einstreichen und die Aufgabe erledigen. Anders ergab das Leben keinen Sinn.

Die Alternative wäre Vampirismus gewesen: vom Blut und Schweiß anderer Menschen zu existieren. In einem Leben ohne zweckmäßigen Sinn hätte er ebensogut Illegaler werden können. Oder Astro-Schnäpper.

Alesha hingegen dachte in anderen Bahnen als er; sie kannte das gleiche Engagement wie er, doch umrankten es Grauzonen des Spekulierens und Bedenkentragens.

»Woher bist du davon so überzeugt?« Sie musterte ihn sachlich-ernsten Blicks. »Die ganze Angelegenheit stinkt nach Intrigen und Gegenintrigen. Wie kannst du da genau wissen, wie groß die Gefahr ist?«

Darrin hob die Schultern. »Genau wissen kann ich's nicht. Aber ich stehe zu meinen Entscheidungen. Ich habe den Auftrag nicht blindlings angenommen. Und das Honorar ist glänzend.«

Alesha schüttelte den Kopf. »Es gibt verschiedenerlei Arten der Blindheit. Hat Lebwohl dir verraten, weshalb er die *Posaune* vernichten lassen will?«

»Du weißt, daß er's nicht hat. Er ist 'n Klient. Ich erwarte nicht, daß er mir seine Gründe mitteilt.«

»Aber wie willst du dann ...?«

»Gut, gut ...« Darrin sparte es sich, Geduld vorzutäuschen. Hätte Alesha keine solchen Fragen gestellt, wäre sie ihm weniger lieb und teuer gewesen. Und daß die Situation diesmal besonders kompliziert war, scheute er sich nicht einzugestehen. Nur die innere Einstellung, die sein Handeln bestimmte, mußte einfach sein. »Ich sehe die Sache folgendermaßen. Die *Posaune* ist ein VMKP-Raumschiff...«

Während er seine Lagebeurteilung gab, setzte er das Kratzen seiner Brusthaare fort. »Sie wurde mit einem berüchtigten Illegalen als Kommandanten und dem ehemaligen Stellvertretenden Sicherheitsdienstleiter als Erstem Offizier nach Thanatos Minor geschickt, wahrscheinlich zum Zweck einer verdeckten Operation. Vielleicht um Kassafort zu sprengen? Ich weiß es nicht. Aber eins weiß ich. Während die *Posaune* sich dort aufhielt, kam der Kassierer um den Inhalt einer Kosmokapsel, der ursprünglich von Nick Succorso den Amnion geliefert werden sollte. Succorso hat sich mit Thermopyle in einem Lokal getroffen. Im Lauf einer Auseinandersetzung vor der Explosion des Planetoiden hat Succorso seinen Raumer und haben die Amnion ein Kriegsschiff verloren. Zu dem Zeitpunkt hatte die *Posaune* aber schon mehr als zwei Leute an Bord. Wir wissen's genau, weil wir sie bei Externaktivitäten und der Rückkehr ins Raumschiff beobachtet haben. Es sah ganz so aus, als hätte die *Käptens Liebchen* sich geopfert, um sie am Leben zu erhalten. Danach ist die *Posaune* gerade noch rechtzeitig abgehauen, um der Stoßwelle der Explosion zu entgehen. Sie flog aber nicht in den Human-Kosmos, obwohl jeder normale Mensch sich unter diesen Umständen dorthin verdrückt hätte. Statt dessen verstrichen acht oder zehn Stunden, bevor sie wieder auftauchte, und da kam sie gar nicht aus der Richtung Thanatos Minors. Inzwischen hatte Min Donner schon jemand ausgesandt, um sie in Empfang zu nehmen. Aber darum hat die *Posaune* sich überhaupt nicht gekümmert. Sie wäre sogar unbemerkt geblieben, hätte sie nicht den Zwischenstopp eingelegt, um den Funkspruch an den Lauschposten abzusetzen. Und danach nahm sie sofort Kurs auf Massif 5, gerade so, als wollte sie mit der VMKP nichts zu tun haben... Nur hat sie freundlicherweise ein leicht auffangbares Peilsignal aktiviert und Massif 5 in großzügig eingeteilten Flugphasen angesteuert, so daß man ihr leicht folgen konnte.«

Darrin empfand gelinde Gereiztheit, als ihm auffiel, daß er sich auf der Brust die Haut aufschabte. Er kratzte zu kräftig. Hätte Alesha sich nicht auf seine Ausführungen konzentriert, wäre er von ihr daran erinnert worden, mit dem Kratzen aufzuhören. Mißmutig betrachtete er seine Hand und senkte sie auf den Oberschenkel.

»Zur gleichen Zeit kommt ein anderes Raumschiff aus dem Bannkosmos, das der *Posaune* mit höchster Geschwindigkeit von Thanatos Minor aus nachgeflogen ist.«

Er spreizte die Hände. »Wie gescheit muß ich eigentlich sein, um zu durchschauen, was das alles bedeuten soll?«

Alesha lauschte, als prägte sie sich jedes einzelne Wort genau ein. »Sag mir, was du dir dazu denkst.«

Unwillkürlich mußte Darrin lächeln. Manchmal hatte er Alesha so schrecklich gern, daß er am liebsten laut gelacht hätte. Doch es lag ihm fern, ihr eine andere als eine ernsthafte Antwort zu geben.

»Ich bin der Ansicht, Succorso hatte 'ne Fracht, die die Amnion haben wollten. Er hat sie ihnen versprochen, damit sie ihn am Leben ließen, die Fracht aber dann nach Kassafort umgeleitet. Dann haben er und Thermopyle sie dem Kassierer geraubt. Das heißt, sie haben sie jetzt dabei. Natürlich möchten sie sie nicht den Kosmo-Polypen überlassen. Sie sind Illegale, sie tun nicht, was die Polizei verlangt, wenn man ihnen keine Knarre an die Birne hält. Genausowenig möchten sie sich aber allein einer Vergeltungsaktion der Amnion stellen. Das Raumschiff, das ihnen aus dem Bannkosmos gefolgt ist, könnte die ›Defensiveinheit‹ *Stiller Horizont* sein. Gegen sie hätten sie trotz der supermodernen Ausstattung der *Posaune* keine Chance. Also haben sie der *Rächer* die Möglichkeit gegeben, ihnen zu folgen. Sie versuchen den Kreuzer zwischen sich und dem dritten Raumschiff zu halten. Auch die *Rächer* will diese so heißbegehrte Fracht der *Posaune* haben. Und natürlich will

Min Donner nicht, daß die Amnion sie sich unter den Nagel reißen. Das will auch Hashi Lebwohl nicht, aber es kann sein, er verläßt sich nicht darauf, daß ein einzelner VMKP-Kreuzer der Aufgabe gewachsen ist, es zu verhindern. Daß Succorso und Thermopyle die Fracht behalten, kann er auch nicht wollen. Und vielleicht – vielleicht, sage ich – will er ebenso vermeiden, daß sie in Min Donners Gewahrsam gelangt. Eventuell mißfällt ihm die Vorstellung, was dieser reinherzige Schutzengel damit anfängt, egal was das sein könnte. Also hat er uns den Auftrag erteilt, den Zankapfel aus der Welt zu schaffen.«

»Zur Sicherheit«, folgerte Alesha leise.

Darrin nickte. »Zur Sicherheit. Genau. Um sich selbst abzusichern.«

Er schwieg einen Moment lang, um Alesha Zeit zum Durchdenken seiner Äußerungen zu lassen. »Mit anderen Worten«, meinte er dann, »ich glaube nicht, daß irgend jemand gegen *uns* intrigiert. Hätte Hashi Lebwohl Bedenken, weil wir über die Vorgänge auf Thanatos Minor ›zuviel wissen‹, wär's ohne weiteres möglich gewesen, uns von der *Rächer* ausradieren zu lassen. Kapitänhauptmann Ubikwe ist dafür der richtige Mann, ihm jucken die Finger, er lauert doch schon lang auf 'ne Gelegenheit. Aus der Sicht der Operativen Abteilung gilt jeder, der sich hinter Cleatus Fane versteckt, als Illegaler. Aber Lebwohl hat ganz anders gehandelt. Vielmehr ist uns von ihm 'n Vertrag angeboten, wir sind durch ihn über das Peilsignal informiert worden. Und er hat uns, wie's den Eindruck erweckt, einen kompletten Überblick der besonderen Kapazitäten der *Posaune* gegeben. Seine Sorgen hängen mit nichts zusammen, was wir wissen oder nicht wissen. Er kann auf unsere Verschwiegenheit bauen. Und einen anderen Grund als die gegenteilige Annahme könnte er nicht haben, um unsere Beseitigung zu wünschen ...« Er beendete seine Darlegungen mit einem leichten Lächeln. »Na, was sagst du jetzt?« fragte er. »Werden wir für die Gefahr ausreichend bezahlt, oder nicht?«

Alesha antwortete nicht sofort. »Das bringt mich auf meine ursprüngliche Frage zurück«, entgegnete sie statt dessen. »Wie lauten deine Befehle an die Brücke? Solange wir so weit hinter *Posaune* und *Rächer* herhinken, besteht gar keine Aussicht, den Auftrag auszuführen. Irgendwie müssen wir sie überholen oder wenigstens, falls das ausgeschlossen ist, zwischen sie gelangen. Aber wie sollen wir das machen? Wir wissen nicht, wohin sie fliegen.«

Darauf wußte Darrin eine eigene Gegenfrage. »Da wir gerade beim Spekulieren sind, woraus könnte nach deiner Auffassung diese umstrittene Fracht bestehen?«

Alesha hob die Schultern. »Keine Ahnung. Ich kann mir nichts vorstellen, das den Amnion so unwichtig wäre, daß sie's von Succorso klauen lassen, und ihnen gleichzeitig so wichtig sein könnte, daß sie 'n Krieg riskieren, um's sich zurückzuholen.«

Darrin verpreßte die Lippen, um nicht zu grinsen. »Du denkst wieder über Gründe nach. Das ist nur hinderlich, sie lenken von den Sachfragen ab. Was ist uns über die Fracht als solche bekannt?« Weil er Alesha seine Gedanken gern auseinandersetzte, klang sein Ton nicht nach Pedanterie. »Succorso hat sie in einer Kosmokapsel an die *Friedliche Hegemonie* expediert. Was für 'ne Fracht – welche *kostbare* Fracht – paßt in eine Kosmokapsel? Es muß was mit physischer Beschaffenheit sein, soviel ist klar, nicht bloß Daten oder Geheiminformationen. Kein Rohstoff oder irgendein sonstiges unbearbeitetes Material. So was wäre den Amnion keinen Vorstoß in den Human-Kosmos wert.« Seine Hand näherte sich, als hätte sie ihren eigenen Willen, dem Brustbein. Resolut senkte Darrin sie. »Ein Gerät? Irgendeine Apparatur? Glaube ich nicht. Die Amnion können ihre Maschinen nach Belieben reproduzieren, und ihnen ist klar, daß wir dazu außerstande sind. Unsere Methoden sind zum Nachbau ihrer Technik ungeeignet.«

Es hatte den Anschein, als wäre Alesha dazu fähig, stundenlang hintereinander sein Gesicht zu betrachten, ihm sozusagen beim Denken zuzuschauen. »Und was bleibt übrig?«

»Etwas Organisches«, gab Darrin augenblicklich zur Antwort. »Etwas Lebendiges. Vielleicht sogar etwas, das zum Überleben die Bordsysteme einer Kosmokapsel benötigt.«

Dank seiner Selbstsicherheit fühlte er sich auch in dieser Hinsicht sicher.

»Zum Beispiel?« fragte Alesha.

»Ist doch egal.« Darrin verwarf die Frage, indem er mit beiden Händen abwinkte. »Das brauchen wir nicht zu wissen. Entscheidend ist, daß wir auf dieser Grundlage ersehen können, wohin die *Posaune* fliegt.«

Im ersten Moment spiegelte Aleshas Miene Verwirrung wider. Dann machte sie große Augen und gab einen Seufzer von sich, als der Groschen fiel.

»Zu Deaner Beckmann. Dem Schwarzlabor. Weil die Fracht organischer Natur ist.«

Nachdrücklich nickte Darrin, stolz auf sie und im geheimen mit sich selbst zufrieden.

»Also geben wir's dran, dieser so zuvorkommend hinterlassenen Spur der *Posaune* zu folgen. Statt dessen fliegen wir an völlig anderer Stelle ins Massif-5-System ein.« Er wandte sich wieder der Datensysteme-Konsole zu und deutete auf einen bestimmten Punkt der Darstellung, obwohl Alesha ihn nicht sehen konnte. »Und zwar dort. Dafür ist eine so riskante Interspatium-Durchquerung erforderlich, wie wir sie uns noch erlauben dürfen, wenn wir gleichzeitig darüber hinaus planen möchten.«

Seine Crew und das Raumschiff waren derlei kalkulierte Risiken gelegentlich schon eingegangen, wenn die Umstände es verlangt hatten. Zu beiden hatte er Vertrauen. Dennoch überprüfte er im stillen seine Entscheidung noch einmal, während er sie erläuterte.

»Mit dieser Hyperspatium-Durchquerung springen wir ... ähm ... rund eine Million Kilometer weit auf die Rückseite von Beckmanns Asteroidenschwarm.« Falls Alesha in seiner Planung irgendeinen Fehler sah, wollte er ihren

Standpunkt nun hören. »Bis er durchgeführt ist, also Kurs und Geschwindigkeit angepaßt, wir in die Tach übergewechselt und in die Tard zurückgefallen sind, in Richtung Asteroidenschwarm beigedreht haben, müssen wir voraussichtlich jede Chance abschreiben, die *Posaune* noch einzuholen. Aber wir sind dann zumindest der *Rächer* um etliche Flugstunden voraus. Und wir sind in der richtigen Position. Wir können den Asteroidenschwarm als Ortungsschutz benutzen, während wir auf Pirsch nach der *Posaune* gehen. Wenn wir Glück haben, werden wir von der *Rächer* nicht mal bemerkt.«

Er drehte der Konsole wieder den Rücken zu und wartete auf Aleshas Kommentar.

»Und was ist mit dem anderen Raumschiff?« fragte sie.

Nachdenklich furchte Darrin die Stirn. »Das ist 'n Problem. Gegenwärtig wissen wir nicht, wo es steckt. Aber ich sehe die Sache so. Wenn man auf dem Schiff über das Schwarzlabor Bescheid weiß – man dort ebenfalls errät, wo die *Posaune* hinfliegt –, ist es kein Amnion-Raumer. Dann ist es ein Schiff mit menschlicher Besatzung, die für die Amnion tätig ist, vielleicht aus keinem anderen Beweggrund als guter Bezahlung.«

Nachdenklich verzog er den Mund. Mehr als einmal hatte er sich mit der Frage befaßt, ob er gleichfalls einen Auftrag der Amnion entgegennähme. Verhielt es sich mit der Treue zum Söldner-Codex wirklich so einfach, wie er es gerne sah? Er wußte es nicht. Sein Leben lang war er einer diesbezüglichen Entscheidung aus dem Weg gegangen, indem er sorgfältig vermieden hatte, daß eine Situation entstand, die sie ihm zumutete.

»Das heißt mehrerlei«, ergänzte er seine Erklärungen. »Erstens, daß es über weniger Feuerkraft verfügt als ein amnionisches Kriegsschiff. Es kann sein, daß die *Posaune* ein Gefecht mit dem Raumer durchsteht. Er wiederum wird die *Posaune* nicht angreifen, solange sie sich in der Nähe des Schwarzlabors befindet. Die Unbekannten legen wohl kaum gesteigerten Wert darauf, von Beckmanns Materiekanonen-Artillerie pulverisiert zu werden. Und möglicherweise möchten sie auch nicht, daß er erfährt, auf wessen Seite sie stehen. Falls das Raumschiff uns nahe genug auf die Pelle rückt, um Ärger zu verursachen, bleibt meines Erachtens reichlich Zeit, um uns darüber klar zu werden, was wir dagegen unternehmen.«

Alesha nickte, als er verstummt war. Anscheinend entdeckte sie in seiner Argumentation keine Mängel. Langsam verzogen sich ihre Lippen zu einem selten gewordenen Lächeln.

»Habe ich dir schon mal gesagt, daß ich dich in solchen Angelegenheiten für einen ganz gewieften Kerl halte?«

Darrin grinste. »Ab und zu hast du's nebenbei erwähnt, ja«, antwortete er gedehnt. »Aber ich hätte nichts dagegen, es öfters zu hören.« Doch schon bewog die Zuneigung, die er für Alesha empfand, ihn zum Ernst. »Ich hoffe bloß, du hast recht. Ich habe keine Lust, uns irgendwie in die Scheiße zu reiten. Dafür bin ich viel zu gern am Leben.«

Unvermittelt wurden Aleshas Augen feucht. Sie blinzelte und senkte den Blick. »Ich weiß, wie du fühlst.« Endlich ging sie auf seine vorherige Frage ein. Wurden sie für das Risiko hinlänglich gut entlohnt? »Ich werde alt. Dadurch kommt mir alles schwieriger vor. Ich mag dich nicht verlieren.«

Weil er Kapitän dieses Raumschiffs war, für Alesha und die gesamte übrige Besatzung die Verantwortung trug, verspürte er die Versuchung zu entgegnen: ›Keine Sorge, du verlierst mich nicht. Was uns zustößt, stößt uns beiden zu.‹ Aber er kannte Alesha besser, als daß er ihr falschen Trost geboten hätte.

Statt dessen aktivierte er die Interkom und kontaktierte die Brücke, erteilte seine Anweisungen. Dann stieg er zu Alesha in die Koje und ließ sich schnaufend zwischen ihre gespreizten Schenkel sinken.

Vielleicht war dies die letzte Gelegenheit.

MIN

Während sie den Korridor entlangschwebte und -schaukelte, versuchte Min Donner sich auf ihre Nullschwerkraftreflexe zu besinnen und verfluchte Dolph Ubikwe, weil er sie aus ihrer Kabine gerufen hatte. In einer Flugphase, wenn jeden Moment Alarmsirenen ertönen und vor der Gefahr warnen konnten, am Stahl des Raumschiffs zu Brei zermatscht zu werden, war es purer Irrsinn, an Bord durch die Gänge zu turnen.

Sie hatte zu lange in einer Weltraumstation gewohnt. Und wenn sie reiste, geschah es normalerweise in Raumschiffen mit Bordgravitation. Sie hatte sich an angenehme Schwerkraftverhältnisse gewöhnt, an Gewicht und Masse; an Umgebung, in der ihre Nerven und sogar die Venen wußten, wo oben war, wo unten. Der freie Fall, wie er in der *Rächer* herrschte – begleitet von unvermitteltem Rucken, Rumpfdröhnen und Andruck, sobald der Kreuzer Kurskorrekturen vornahm –, bekam ihr ziemlich schlecht.

Entweder das, oder sie wurde allmählich alt, ohne es zu merken.

Selbstverständlich war die *Rächer* nicht für eine solche Flugweise konstruiert worden. Im Gefecht blieb sie natürlich schwerkraftfrei, weil zentrifugale Trägheit ihre Manövrierbarkeit verringert hätte. Aber unter allen anderen Bedingungen behielt sie Bordgravitation bei. An Bord befanden sich zu viele Menschen mit zu vielen verschiedenerlei Pflichten. Sie alle konnten sich effektiver bewegen und arbeiten, sich leichter erholen und schlafen, wenn das Eigengewicht ihnen Halt verlieh.

Aber Kapitänhauptmann Ubikwe hatte Null-G angeordnet, damit der Polizeikreuzer die *Posaune* einholen konnte. Die Drallverschiebung beeinträchtigte bei jeder Hyperspatium-Durchquerung die Navigation. Nach jedem Rücksturz in die Tard mußte die *Rächer* Zeit dafür opfern, das Peilsignal des Interspatium-Scouts neu zu orten. Zudem verschlimmerte sich die Drallverschiebung. Mit jeder Stunde, die verstrich, erhöhte sich die Wahrscheinlichkeit, daß die *Freistaat Eden* – oder war es die *Sturmvogel*? – die *Posaune* zuerst einholte.

Fast vierundzwanzig Stunden hindurch war die *Rächer* effektiv unter Gefechtsbedingungen geflogen, ehe der Kreuzer ins Massif-5-Sonnensystem vorstieß.

Und jetzt hatte man keine andere Wahl mehr, als den Flug ohne G fortzusetzen. Wenn Raumschiffe sich mit der Geschwindigkeit der *Rächer* und der *Posaune* fortbewegten, verkörperte eine stellare Zone wie das Kosmo-Industriezentrum Valdor ein lebensgefährliches Labyrinth aus Hindernissen und Risiken. Unter solchen Umständen bedeutete eine zusätzliche Erschwernis durch Bordgravitation eine zu hohe Gefährdung.

Ohne das Peilsignal der *Posaune* als Anhaltspunkt mochte das aus dem Bannkosmos gekommene Raumschiff die Spur des Interspatium-Scouts längst verloren haben. Daß die *Freistaat Eden* inzwischen die *Rächer* überholt hatte, war allerdings denkbar. Min konnte kein Ende der Lügen mehr absehen, die ihr erzählt worden waren; sie hielt es für durchaus möglich, daß Hashi Lebwohl nach wie vor dirigierte, wohin Angus Thermopyle flog, und mittlerweile die *Freistaat Eden* entsprechend informiert hatte.

Aus diesem Grund arbeiteten die besten Kommunikationsexperten der *Rächer* daran, den Code zu knacken, der Warden Dios' Nachricht an Nick Succorso verschlüsselte.

Möglicherweise hatten diese Code-Zeilen, das war Dolph Ubikwes Meinung, überhaupt nichts zu bedeuten. Aber wenn sie eine Bedeutung hatten, wünschte Min sie zu erfahren.

Sie mußte dringendst herausfinden, was sich eigentlich abspielte.

Unterdessen raste die *Rächer* unter rücksichtslosen Strapazen durchs All. Trotz der erheblich größeren Masse des Kreuzers, den Schwierigkeiten beim Neuorten des Peilsignals der *Posaune* sowie den Auswirkungen eines wirklich ungünstigen Einflugs ins Massif-5-Doppelsonnensystem bemühte sich Kapitänhauptmann Ubikwes Besatzung schonungslos darum, dem schnellen, beweglichen Interspatium-Scout auf der Fährte zu bleiben.

Daß Min unter solchen Verhältnissen die Kabine verließ, war tatsächlich reiner *Wahnsinn*. Sie müßte angeschnallt in der Koje liegen. Aber das war keineswegs die erste Verrücktheit, die sie beging, weil Not es gebot. Und sollte sie lange genug leben, war es bestimmt nicht die letzte Übergeschnapptheit. Per Interkom hatte Dolph Ubikwe sie angerufen und zu kommen gebeten. Ohne zu zögern hatte sie dem Ersuchen nachgegeben und sich losgeschnallt.

Er wollte sie im Medizinalrevier sprechen.

Eine Begleitung war seinerseits nicht angeboten worden, und Min hatte keine verlangt. Sie kannte den Weg. Und je weniger Leute sich in den Korridoren dem Manövrierrisiko aussetzten, um so besser. Daß Ubikwe das gleiche Risiko wie Min auf sich nahm, war schlimm genug.

Irgend etwas mußte vorgefallen sein.

Wieder einmal.

Min vergeudete keine Kräfte auf Grübeleien darüber, was es sein könnte. Vielmehr konzentrierte sie sich aufs Zurückgewinnen ihrer Nullschwerkraftreflexe; auf die Aufgabe, sich mit möglichst wenig überflüssigen Bewegungen durch die Gänge vorwärtszubewegen.

Im selben Moment, als sie die Alarmsirenen gellen hörte, vollführte sie einen Satz nach den nächsten Haltegriffen, hakte ihren Nullschwerkraftgurt fest. Die Brückencrew warnte die übrige Besatzung so rechtzeitig wie möglich, doch manchmal fiel die Frist verdammt kurz aus. Die Fäuste um je einen Haltegriff geklammert, den Rücken ans

Schott gepreßt, wartete Min auf den Hammerschlag plötzlich Schubs, der sie in eine unvorhersehbare Richtung drücken würde und den sie eventuell nicht überlebte.

Ein reguläres Bremsmanöver. Sie erkannte es sofort, sobald sie den Andruck spürte. Der Ruck warf sie so heftig nach vorn, daß sich eine Hand vom Haltegriff löste. Hätte sie sich nicht mit dem Nullschwerkraftgurt abgesichert, wäre sie mit der Nase gegen das Schott geschmettert worden. Doch der Gurt rettete sie, wie ein Gummiseil riß er sie zurück. Zum Glück dachte sie daran, ihre Muskulatur zu lockern, als ihre Hand vom Haltegriff glitt; andernfalls hätte sie sich Rupturen der Rückenmuskeln zuziehen können.

Fünf Sekunden starken Gegenschubs folgten. Weiße Blitze durchflackerten Mins Sicht, verflimmerten zu Finsternis. Der Pulsschlag wummerte ihr in den Ohren. Die Belastung rief in ihrem Körper Zuckungen und Krämpfe hervor. Dann war das Manöver vorbei. Für einige Sekunden baumelte sie am Nullschwerkraftgurt hin und her, während die angestaute Trägheit aus ihrer Masse wich.

Falls ihr so etwas unterwegs nochmals passierte, mochte sie selbst reif fürs Medizinalrevier sein. Schon jetzt spürte sie, daß einige der erlittenen Prellungen ihr *üble* Schmerzen bereiten würden.

Während sie verschnaufte, wartete sie auf die nächste Durchsage der Brücke, die der Besatzung mitzuteilen hatte, was als nächstes bevorstand.

Die Alarmsirenen erschollen noch einmal, diesmal weniger laut und nicht so lang wie beim erstenmal. Fast unverzüglich spürte man neuen Schub, der die verlorene Geschwindigkeit wiedergewinnen sollte, Aufflammen der Triebwerksdüsen erhellte das Dunkel des Alls. Der Andruck war weniger stark, dafür dauerte die Beschleunigung etwas länger; doch nach ein paar Minuten pfiff ein Entwarnungssignal aus der Bordinterkom-Anlage.

»Sicherheitsvorkehrungen können aufgegeben werden«, informierte eine Frauenstimme die Besatzung. »Es bleiben achtundzwanzig Minuten bis zum nächsten hindernisbe-

dingt notwendigen Ausweichmanöver. Nutzen Sie die
Zeit.«

Die Interkom verstummte mit einem Klicken; es ähnelte
dem Geräusch, das der Karabinerverschluß erzeugte, als
Min ihren Nullschwerkraftgurt aus dem ans Schott geschweißten Schäkel hakte. Sofort stieß sie sich mit dem Fuß
von der Wand ab.

Verdammt noch mal, Dolph, beschwerte sie sich im stillen. Was ist denn so verflucht eilig? Warum konntest du
nicht warten?

Aber sie wußte, daß Dolph sie aus seiner Kabine angerufen hatte, nicht von der Brücke. Wahrscheinlich hatte er sich
ausgeruht. Als er sie um die Zusammenkunft bat, war er
sich vermutlich nicht darüber im klaren gewesen, daß die
Rächer auf einen Bereich freien Weltalls zuflog.

Grimmig fragte sich Min, was, zum Teufel, so dringend
sein mochte, daß er seine und ihre Gesundheit aufs Spiel
setzen mußte.

Erste Hinweise auf die Antwort sah sie, sobald sie aus
einem der großen Personenlifts in den Korridor schwebte,
der rechterhand zwanzig Meter weit zum Medizinalrevier
führte.

Im Korridor baumelte eine ganze Anzahl von G-Hängematten: wenigstens fünfundzwanzig hatte man vor dem
Medizinalrevier an beiden Wänden befestigt. Und alle
waren belegt. Das Medizinalrevier bot Platz, wenn man Patientenkammern und OP-Tische zusammenzählte, für zehn
Leute. Also befanden sich hier im Gang zusätzliche Behandlungsbedürftige.

Hatte sich ein Unfall ereignet? Eine explosive Dekompression? Hatte das Raumschiff einen Materiekanonen-
Treffer abbekommen? Unmöglich. Min hätte es gemerkt.
Jede Beschädigung, durch die so viele Besatzungsmitglieder verletzt worden wären, hätte eine im gesamten Schiff
spürbare Erschütterung und überall hörbaren Krach verursacht.

Min mußte sich zu sehr konzentrieren, um vor sich hin zu schimpfen, während sie den Korridor entlanghangelte; endlich drückte sie den Handteller auf den Scanner am Eingang des Medizinalreviers. Nachdem sie sich hineingeschwungen hatte, rollte die Tür automatisch hinter ihr zu.

Drinnen wartete Dolph mit einem zweiten Mann auf sie, den seine Uniform und die Insignien als den MediTech der *Rächer* kennzeichneten. Sie saßen, gesichert mit Nullschwerkraftgurten, auf fahrbaren Stühlen, die sich per Servomotor in auf dem Deck montierten Schienen bewegten und den Zweck hatten, dem Medizinalrevierpersonal das Arbeiten auch bei Null-G beziehungsweise unter Gefechtsbedingungen zu erlauben. Die beiden OP-Tische waren frei, aber alle Patientenkammern belegt.

»Direktorin Donner ...« Der MediTech salutierte vor Min. Auf seinem Id-Schildchen stand der Name Foster. Seine Stimme klang matt vor Überarbeitung.

»Ich hoffe, Sie haben sich nicht gestoßen«, brummte Dolph Ubikwe zur Begrüßung. »Ich war der Ansicht, die Sache kann nicht warten, bis wir durch eine freie Zone fliegen.«

Eine Faust an einem Haltegriff, erwiderte Min den Gruß des MediTechs, doch ihre Aufmerksamkeit galt Dolph. »Was ist passiert?«

Einen Moment lang schaute er ihr, die dunklen Lippen gespitzt, in die Augen. »Zweierlei.« Dann senkte er den Blick aufs Deck, als wäre er es überdrüssig, Min anzusehen. »Aber am besten erörtern wir eins nach dem andern.« Er winkte dem MediTech zu. »Zuerst sind Sie dran, Foster.«

»Bei den Patienten handelt es sich nicht um Verletzte, Direktorin«, stellte Foster sofort klar. »Ich rede von denen vor der Tür. Wären sie Verletzte, könnte ich so viele gar nicht unter apparativer Beobachtung halten, aber es sind keine. Sie sind einfach krank. So etwas habe ich ...« – er stockte kurz – »... noch nie erlebt.«

Aus Mins Sicht war er noch gar nicht alt genug, um überhaupt schon viel erlebt zu haben.

Über *fünfundzwanzig* Krankheitsfälle auf einmal? ging es ihr durch den Kopf. Wieso? Aufgrund von Ansteckung? Sie bezwang eine Aufwallung der Ungeduld. »Inwiefern krank?« fragte sie.

Foster hob die Schultern, als wollte er sich ducken. »Übelkeit, Erbrechen, Bluthochdruck. Desorientierung und Halluzinationen.« Er sah Dolph an, als erhoffte er sich von ihm eine Bestätigung. »Fünf Patienten haben mir gesondert geschworen«, fügte er hinzu, »die Wände beugten sich auf sie herab, um sie zu zerquetschen. Kein Betroffener ist in Lebensgefahr. Zum Sterben sind sie nicht krank genug. Aber so, wie sie sich fühlen, wären sie wohl lieber tot.«

Beinahe die halbe Besatzung ...

»Das hört sich an«, knurrte Min durch die Zähne, »als hätten sie bei der Einnahme von Stimulanzien und Hype übertrieben.«

Verkrampfung verspannte Dolphs Schultern: unwillkürliche Ablehnung. Dennoch verkniff er sich jede Bemerkung.

»In Wahrheit sieht es ganz nach KAS aus.« Ein zweites Mal hob Foster mit sichtlichem Unbehagen die Schultern. »Nach Kosmo-Disassimilationssyndrom«, erklärte er überflüssigerweise die Abkürzung. »Es liegen die klassischen, unmißverständlichen Symptome vor.«

Weil sie befürchtete, daß er recht hatte, unterdrückte Min den spontanen Drang, ihn anzuschreien. »KAS?« Die *Rächer* war beschädigt und verschlissen, die Besatzung zu schwach. »Eine regelrechte KAS-*Seuche*, verdammt noch mal?!« Das Raumschiff und das Personal hatte hier in diesem Doppelsonnensystem schon zuviel durchgestanden.

»Auf einem bewährten Schiff mit so erfahrener Besatzung?«

Diesmal antwortete an Fosters Stelle Dolph. »Da liegt das Problem«, sagte er leise. »Sie glauben's nicht. Und ich glaub's auch nicht. Direktorin Donner ...« Er heftete den müden Blick wieder auf Mins Gesicht und sprach ihren Titel und Namen mit betonter Deutlichkeit aus. »Meine Einschätzung lautet, wir haben's mit kollektivem psychosomatischen Krankmachen zu tun.«

Unvermittelt schob Foster seinen Stuhl zur Wand und betätigte sich an der Medizinalrevier-Hauptkontrollkonsole, dem Anschein nach, um den Zustand der Leute in den Patientenkammern zu checken. Offenbar war er der gleichen Auffassung wie sein Kapitän. Vielleicht verbot es ihm allerdings sein Gespür für ärztliche Ethik, sie auszusprechen.

Krankmacherei. Innerlich bestürmt von Bestürzung und Entrüstung, zwang Min sich zur Selbstbeherrschung, wurde so still, blieb gleichzeitig so einsatzbereit wie ihre Pistole. Keine Seuche: ein Protest. Stummer, passiver Widerstand gegen ihre Befehle. Ungehorsam knapp unterhalb offener Meuterei. Aber die VMKP-Dienstvorschriften kannten derlei Verhaltensmuster nicht; sie bewerteten dergleichen als Simulantentum, als Dienstvergehen, das vor einem Disziplinargericht endete.

»Kapitänhauptmann Ubikwe«, fragte sie gedämpft, »was für ein Schiff führen Sie eigentlich?«

Dolphs Mund zuckte vor Bitterkeit. »Soviel ich weiß, ist es der Polizeikreuzer, den zu führen man mir befohlen hat.« In seinen getrübten Augen schwelte Zorn. »Es ist mein Raumschiff, Direktorin«, sagte er jedoch im folgenden Moment. »Mein Problem. Ich befasse mich damit. Aber vorher brauche ich etwas von Ihnen.«

Min wartete, als wäre sie eine auf seinen Kopf gerichtete Waffe. Die *Rächer* war von einem dringend erforderlichen Urlaub zurückgehalten worden, um einem VMKP-Interspatium-Scout zum Massif-5-System nachzujagen – einem Raumschiff, zu dessen Kommandanten man plötzlich Nick Succorso ernannt hatte. Und das war das Resultat.

Dafür trug Dolph Ubikwe keine Verantwortung. Es fiel in Mins Zuständigkeit. Und die Verantwortung lag bei Warden Dios.

»Ich habe erwähnt, daß zweierlei vorgefallen ist«, fügte Dolph hinzu und hielt Mins hartem Blick stand. »Möglicherweise ist das zweite Ereignis das schlimmere.« Kurz schwieg er, forschte in Mins Miene. »Die *Posaune*«, teilte er schließlich mit, »hat das Peilsignal desaktiviert.«

Min rührte sich nicht; zeigte keine Reaktion. Aber ihre Handflächen brannten, als wären darin Leuchtkugeln entzündet worden. Hätte Nick Succorso jetzt vor ihr gestanden, wahrscheinlich hätte sie ihm sämtliche Knochen einzeln gebrochen.

»Wir haben es keinesfalls aus der Ortung verloren«, versicherte Dolph rasch. »Gruppe-Eins-Peilsignale sind viel zu gründlich konzipiert, zum Donnerwetter, als daß man sie verlieren könnte. Sie übermitteln alles, was es erfordert, um sie unweigerlich wiederzufinden. Sogar wenn sie abgeschaltet werden, erfolgt darüber Mitteilung. Die *Posaune*« – so lautete sein Rückschluß – »versucht uns zu entwischen.«

Min betrachtete ihn, als wäre sie gegen Überraschung oder Erschrecken vollauf gefeit. »Was«, erkundigte sie sich aus dem Brennen einer inneren Glut, das sich nur wie Schmerz anfühlte, weil sie zur Untätigkeit verurteilt war, »brauchen Sie von mir?«

»Ich muß eine *Erklärung* haben«, brauste Ubikwe in plötzlicher Heftigkeit auf. »Ich muß wissen, wer in diesem *verdammten Kuddelmuddel* was und mit wem anstellt!« Doch schon im nächsten Augenblick hatte er die Fassung wiedererrungen. »Nein, lassen Sie's gut sein. Mein Gejammer ist überflüssig. Wenn Sie Bescheid wüßten, hätten Sie mich längst eingeweiht.«

Danach bändigte er seine Emotionen mit Förmlichkeit. »Direktorin Donner«, sagte er, »im Grunde genommen muß ich nur wissen, was wir nun tun sollen. Wie können wir der *Posaune* folgen, wenn wir nicht wissen, wohin sie fliegt?«

In Min toste eine Lohe des Zorns. Unflätigkeiten stiegen in ihr auf, doch sie blieb stumm.

Zum Henker noch mal, Warden Dios, du irregeleiteter, geheimniskrämerischer Wichser, was *verlangst* du von mir?!

Natürlich war Dolphs Haltung ihr einsichtig. Eine Auseinandersetzung mit Furcht und Trotz der ausgefallenen Besatzungsmitglieder mußte so oder so für das ganze Raumschiff Folgen haben. In dem Fall, daß diese Leute sich als starrsinnig erwiesen, sie verstockt bei ihrer Verweigerung blieben, kamen sie unter Umständen ausnahmslos vors Disziplinargericht. Falls sie unter Druck einlenkten, verloren sie den Selbstrespekt – und vielleicht mehr als durch alles übrige überlebten Weltraumpolizisten die Härten des Berufs dank ihrer Selbstachtung. Weshalb sollte Dolph sich abmühen, um sie durch Überzeugung oder Einschüchterung zur Wiederaufnahme des Diensts zu bewegen, wenn die *Rächer* keine konkrete Aufgabe mehr zu erledigen hatte?

Wie also waren Mins Alternativen beschaffen?

Aufzugeben? Heimzufliegen? Zu vergessen, daß auch sie der Selbstachtung bedurfte? Und daß auf Fragen, die den gesamten Human-Kosmos angingen, die Lösungen bei Angus Thermopyle, Nick Succorso und Morn Hyland an Bord des Interspatium-Scouts gefunden werden konnten?

Oder sollte sie nach der Partikelspur der *Posaune* fahnden? Durch das ausgedehnte Sargassomeer des Doppelsonnensystems kreuzen, bis die ganze Besatzung der *Rächer* infolge von Stress und Erschöpfung wirklich erkrankte?

Oder den Schutzdienst des Kosmo-Industriezentrums Valdor kontaktieren, Unterstützung anfordern? Obwohl es Tage dauern mochte, bis sich Hilfe organisieren ließ?

Oder sich etwas anderes überlegen? Einen Lauschposten lokalisieren und dem VMKP-HQ eine Blitz-Anfrage nach Instruktionen schicken?

Oder sie konnte eigene Schlußfolgerungen ziehen. Alles auf die Karte ihres Urteilsvermögens oder ihrer Intuition setzen.

»Ich habe schon die Vermutung geäußert«, sagte sie, indem sie ihre Worte mit Bedacht wählte, »die *Posaune* könnte auf der Suche nach einem Labor sein. Gehen wir einmal davon aus, ich habe recht. Wie viele illegale Forschungsinstitutionen gibt es im hiesigen Sonnensystem?«

Die *Rächer* hatte ihren turnusmäßigen Dienst im Bereich des Massif-5-Doppelsonnensystems erst vor wenigen Tagen abgeschlossen gehabt. Dolph Ubikwe hatte noch alle ihm bekannten Informationen über das System im Kopf.

»Sechs. Über mindestens sechs wissen wir Bescheid.«

Sechs? Ach du Scheiße. Min schlang eine Faust um den Griff der Pistole, um das Glühen der Handfläche zu lindern. Massif 5 war für Illegale das reinste Paradies. »Wieviel davon könnte die *Posaune* erreichen, legt man die letzte Quellposition des Peilsignals zugrunde?«

Dolph schaute sie an, ohne zu zwinkern. »Zwei.«

»Nur zwei. Das erleichtert die Sache.« Min durchdachte kurz ihre Optionen. »Welche verfügt über die Ausstattung, um Medikamente und Mutagene zu erforschen?« erkundigte sie sich dann. »Von welcher ist anzunehmen, daß sie Vector Shaheeds Reputation kennt und ihm dort zu arbeiten erlaubt?«

Dolph Ubikwes Miene blieb unbewegt. Er wirkte, als hätte er nicht nur das Blinzeln, sondern auch das Atmen aufgegeben. »Deaner Beckmanns Labor.«

Sofort ergänzte er die Auskunft um eine Warnung. »Aber es anzufliegen ist Selbstmord. Ein Interspatium-Scout – jedes kleinere Raumschiff – kann in Beckmanns Umgebung wesentlich besser als wir manövrieren.«

»Wir fliegen hin«, erklärte Min, als ob sie entgegnete: Das ist mir schnuppe. Sie sah Fosters Rücken an, wies mit dem Kopf, wobei sie die Brauen hob, in Richtung des mit Hängematten vollen Korridors. »Es sei denn, Sie haben eine bessere Idee.«

Dolph schnaubte gedämpft und senkte den Kopf. »Direktorin, *alle* meine Ideen sind besser als dieser Einfall. Aber an Ihrer Stelle würde ich genau die gleiche Entscheidung treffen. Ich hoff's jedenfalls.« Erinnerungen an Massif 5 und durchgemachtes Unheil schienen seine Schultern niederzudrücken. Erst langsam, danach stets schneller und fester, rieb er die Hände auf den Oberschenkeln. Man hätte meinen können, er versuchte aus nichts als Reibung neuen Mut zu gewinnen.

Schließlich drosch er die Hände auf die Knie und schaute Min von neuem an. Offenbar war er jetzt selbst zu einem Entschluß gelangt. »Zuerst einmal wär's ganz nützlich«, sagte er leise, »würden Sie nebenbei in der momentanen Situation einen Anlaß sehen, um mich zur Sau zu machen.«

Damit verdutzte er sie. »Wie bitte?« fuhr sie auf.

»Mich zusammenzuscheißen«, wurde er deutlicher. »Mich runterzuputzen.« Grimmige Heiterkeit umspielte seine Mundwinkel. »Mir die Schuld an diesem plötzlichen kollektiven KAS-Ausbruch zuzuschieben. Schreien Sie herum, soviel und was Sie wollen, die Hauptsache ist, Sie meinen's ernst. Und daß Sie richtig schön laut sind.« Während sie ihn fortgesetzt anstarrte, als wäre er unversehens irre geworden, verzog er das Gesicht zu einer Grimasse.

»Ich will, daß Sie im Korridor gehört werden. Das schaffen Sie doch, oder?« Der Sarkasmus verlieh seiner Stimme Schärfe und eine gewisse Gehässigkeit. »Sie möchten mich doch sowieso zur Schnecke machen, seit Sie an Bord sind. Soweit ich mich auskenne, besteht das einzige wahre Geheimnis der Befehlsgewalt in der Fähigkeit, den richtigen Zeitpunkt zum Wütendwerden auszusuchen. Also üben Sie nun die Befehlsgewalt aus. Seien Sie auf mich wütend.«

Er erwiderte Mins Blick der Konsternation mit einem spöttischen Lächeln, als hätte er sie irgendwie über den Tisch gezogen.

Seien Sie doch selbst auf sich wütend, Sie Blödian, hätte sie ihm am liebsten empfohlen. Sie sind ein großer Junge, sie wissen allein, wann Sie auf sich sauer sein müssen. Aber die Belustigung hinter seinem provokativen Lächeln machte ihr gleich darauf klar, daß sie den Zweck seines Ansinnens mißverstand. Er glaubte, es sei von Vorteil, wenn seine psychosomatischen KAS-Fälle hörten, wie sie – um einen an der Polizeiakademie gängigen Ausdruck zu verwenden – ›den Lack vom Schott schrie‹.

Vielleicht wußte er, was er tat.

Also schöpfte Min einen tiefen Atemzug, während sie das Reservoir ihrer angestauten Erbitterung anzapfte. Dann brüllte sie drei Minuten lang ununterbrochen auf Dolph Ubikwe ein und scheute keine Verbalinjurien, um ihn ›zur Sau zu machen‹.

Als sie verstummte, glotzte Foster sie mit offenem Mund an. Lautloses Gelächter rüttelte an Dolphs Schultern.

»Und nun verraten Sie mir eines«, sagte sie halblaut und mit heiserer Stimme. »Was ist daran so komisch?«

Er schüttelte den Kopf. »Warten Sie ab, Sie werden's sehen.«

So träge-traurig, als fiele es ihm sogar unter Nullschwerkraftbedingungen schwer, den dicken Wanst zu regen, hakte er sich vom Stuhl los und schwang sich in die Höhe. Mit einer Miene übertriebenen Selbstmitleids öffnete er die Tür. Doch als er zum Medizinalrevier hinausschwebte, hatte er wieder den Ausdruck der Ermüdung und Besorgnis wie zuvor im Gesicht.

Min folgte ihm bis zur Schwelle, legte die Hand an den Scanner und hielt dadurch die Tür offen.

Im Korridor verharrte er zwischen den G-Hängematten, schaute sich kurz um, als verschaffte er sich Überblick auf einem Schlachtfeld. Dann näherte er sich einer Hängematte, ganz als wäre sie eine zufällige Wahl. Er klammerte die Finger in das Maschengeflecht, besah sich den darin Ausgestreckten aus düster-kummervoller Miene. »Wie steht's, Baldridge?« Möglich war, daß er den Namen vom Id-Schild abgelesen hatte, doch Min hegte die Überzeugung, daß er sämtliche Besatzungsangehörigen namentlich kannte. »Ihnen muß 's ja echt dreckig gehen.«

»Aye, Sir«, antwortete Baldridge mit schwächlicher Stimme.

»Wie fühlen Sie sich denn? Was ist mit Ihnen vorgefallen?«

Bewegungen der G-Hängematte erweckten den Eindruck, daß sich Baldrige herumwälzte. »Ich weiß nicht, Sir. Ich hab an meiner Konsole gesessen und gearbeitet, genau wie immer, da flimmerte es mir auf einmal vor Augen, und da konnt ich die Anzeigen nicht mehr lesen. Dann mußt ich mich erbrechen. Die Brocken waren so groß, daß ich noch versucht hab, sie einzusammeln. Der Diensthabende hat mich ins Medizinalrevier bringen müssen.«

»Das hört sich ja reichlich mies an«, brummte Dolph voller Mitgefühl. »Man sollte in diesen Röhren die Medizinalreviere endlich größer bauen. Sie dürften hier nicht in 'ner Scheißhängematte rumliegen.«

»Aye, Sir.« Man hörte deutliche Verunsicherung aus Baldriges Stimme.

Wieder ohne daß man ihm eine offensichtlich vorher überlegte Auswahl angemerkt hätte, schwebte Dolph auf einen zweiten KAS-Fall zu. Diesmal antwortete eine Frau. Ubikwe stellte ihr, nur anders formuliert, die gleichen Fragen, und sie gab ihm ihre Version der gleichen Auskünfte. Durch die Maschen der G-Hängematte tätschelte er ihr den Kopf, als wollte er sie auf diese Weise trösten, und entfernte sich zu einem dritten Betroffenen.

Min blickte zur Seite und sah, daß Foster sich neben ihr eingefunden hatte, um ebenfalls von der Tür aus Ubikwes Auftritt zu beobachten. Anscheinend fühlte er sich stark für seine Patienten verantwortlich: wünschte vielleicht sicher sein zu können, daß Kapitänhauptmann Ubikwe nicht roh mit ihnen umsprang.

Nachdem Dolph sein Verständnis das dritte Mal zum Ausdruck gebracht hatte, blieb er, wo er sich befand. »Wissen Sie«, sagte er statt dessen zu dem Besatzungsmitglied in der G-Hängematte, »mir ist einmal das gleiche passiert.«

Er sprach, als redete er ganz persönlich mit dem Mann; jetzt jedoch hatte er die dunkle Stimme gehoben, so daß jeder im Korridor ihn hören konnte.

»Und es war nicht auf meinem ersten, nein, auf meinem zweiten Schiff. Ich meine, ich war nicht mehr grün hinter den Ohren. Wenigstens dachte ich das von mir. Und trotzdem ist's mir zugestoßen. Unser MediTech, ein bärbeißiger alter Karbolhengst, der ein paarmal zu oft das Hyperspatium durchquert hatte, klärte mich darüber auf, ich litte nicht einfach am KAS, sondern ich wäre verdammt *deprimiert*.«

Ein Grinsen verzerrte seine Gesichtszüge. Aber schon war er wieder ernst.

»Bevor das passiert ist, hatte ich mich für ziemlich tüchtig gehalten. Ich flog erst auf dem zweiten Schiff und war schon zum Dritten Waffensysteme-Offizier befördert worden, auf dem Weg in die höheren Ränge, wo man praktisch jeden Tag eigenständige Entscheidungen zu treffen hat. Ja, wahrhaftig, ich dachte, ich sei an meiner Konsole 'n echt guter Fladenfurzer. Und da stellte sich leider raus, ich hatte recht, nur auf ganz andere Art.«

Nochmals deutete sein Mund ein Lächeln an, aber er erzählte gleich weiter.

»Wir gerieten in 'n schweres Gefecht gegen vier Illegale, einen richtig dicken Raumfrachter und drei Kanonenboote, die versuchten sich in 'm Asteroidengürtel vor uns zu verpfeifen. Das war keineswegs mein erster Kampfeinsatz, der war noch 'ne Gammeltour gewesen, auch nicht mein erstes schweres Gefecht, aber aus irgendeinem Grund hatte ich mehr Schiß als sonst. Der Raumfrachter war nicht beweglich, die Kanonenboote dagegen konnten uns umschwirren wie 'n Mückenschwarm, erst recht, weil wir langsam manövrieren mußten, um im Asteroidengürtel eine Kollision zu vermeiden. Sie griffen von allen Seiten gleichzeitig an, ich konnte überhaupt nicht sämtliche Trajektorien auf einmal auf den Sichtschirmen behalten, von meinem Kopf ganz zu schweigen. Und wegen irgendwelcher Überlegungen, die mir nie so richtig klar geworden sind, hatte der Alte – unser Kapitän bestand darauf, daß wir ihn so nannten, Gott weiß warum – mir verboten, die Zielerfassung und -verfolgung auf Automatik zu schalten und draufloszuballern. Nein, er wollte die Ziele persönlich aussuchen und sich dafür nach Lust und Laune Zeit lassen. Mehrere Minuten lang habe ich damit gerechnet, den Tod zu finden. Mir schwitzten derart die Hände, daß meine Finger von den Tasten rutschten. Jedesmal wenn der Alte mir 'n Feuerbefehl gab und ich schoß, gab's nichts mehr, auf *was* ich hätte schießen können, als Felsklötze und Vakuum. Wenn er sonst nichts zu sagen hatte, zeterte er unaufhörlich herum, und ich wußte, daß er meinetwegen schimpfte ...«

Dolph schwieg, als wäre er angesichts der Erinnerung in Selbstvergessenheit entglitten. Dann seufzte er. »Und da war's soweit.«

Er verstummte, als ob er schon die ganze Geschichte beendet hätte.

Wider Willen verspürte Min das Verlangen, den Rest zu hören. Seine Stimme oder die Geschichte zeichnete sich durch die Eigenschaft aus, Zuhörer in den Bann zu ziehen; sie wurde einfach davon in Beschlag genommen. Und nicht nur sie. Min konnte auf den ersten Blick erkennen, daß Ubikwe die Aufmerksamkeit des gesamten Korridors galt. Foster biß sich auf die Lippe, während er abwartete, als wäre ihm die Spannung schwer erträglich.

»Sie kriegten Halluzinationen?« fragte jemand, gedrängt durch das unvermutete Schweigen, schüchtern nach.

Dolph schüttelte den Kopf. »Es kam schlimmer.« Plötzlich verzog sich sein breites Gesicht zu einem Grinsen, das einem Sonnenaufgang glich. »Ich habe mir die Bordmontur vollgeschissen. Und zwar von den Kniekehlen bis zum Hals.«

Aus einem inneren Kern persönlichen Amüsements quoll ihm Fröhlichkeit empor. »Ich war zum größten Fladenfurzer seit Menschengedenken geworden!« Er fing mit Gepruste an, verfiel dann in ein Gelächter, als gäbe er den tollsten Witz seines Lebens zum besten. »Man hätte meinen können, ich wäre 'ne Woche lang nicht auf der Latrine gewesen. Als ich mich endlich ausgeschissen hatte, stank die Brücke, wirklich die *komplette* Brücke, wie eine verstopfte Abfallverarbeitungsanlage. Unsere Dritte Funkoffizierin mußte tatsächlich *kotzen*, weil sie den Gestank nicht aushalten konnte.«

Seine Erheiterung steckte an. Mehrere Besatzungsmitglieder lachten gleichfalls schallend, als könnten sie nicht anders. Ein weiteres Dutzend lachte leiser mit.

»Unser MediTech hatte also völlig recht«, erklärte Dolph zum Schluß, als das Gelächter verklang. »Ich war *wochenlang* deprimiert, verdammt noch mal.«

Er schüttelte den Kopf, stieß sich ab und schwebte an den G-Hängematten vorüber, strebte in die Richtung der Kapitänsunterkunft. Unterwegs zuckten ihm die Schultern, als lachte er noch vor sich hin.

Gemeinsam kehrten Min und Foster ins Krankenrevier um und ließen die Tür zurollen.

Der MediTech vermied es, Min anzusehen. »Ist diese Geschichte wahr, Direktorin?« fragte er mit der ratlosen Miene eines Menschen, der nicht sicher war, ob er gerade etwas Angebrachtes erlebt hatte oder nicht.

Min nickte. »Ja. Sein Kapitän hat sie mir vor Jahren erzählt. Inzwischen hatte ich sie völlig vergessen.« Sie schwieg kurz. »Aber so wie sein Kapitän sie wiedergegeben hat«, fügte sie dann hinzu, »war sie nicht lustig.«

»Wäre sie unwahr«, äußerte Foster gedämpft – hörte sich dabei klüger an, als sein Alter nahelegte –, »hätte sie nicht gewirkt.« Danach kehrte er an seine Konsole und die Monitoren zurück.

Eine Stunde später, während einer neuen Durchquerung freien Raums, rief der Kapitänhauptmann Min in ihrer Kabine an und teilte ihr mit, daß einundzwanzig der KAS-betroffenen Besatzungsmitglieder die G-Hängematten verlassen und sich zum Dienst zurückgemeldet hätten.

Min war sich nach wie vor nicht so recht darüber im klaren, was er eigentlich angestellt hatte; aber offensichtlich war es mit Erfolg geschehen.

»So eine Schau hätten Sie nicht spielen können«, sagte sie streng zu ihm. »Sie glauben wirklich, diese alte Geschichte sei komisch.«

»Natürlich«, bestätigte er und gähnte. »Ich wollte, daß die Leute ihren eigenen Zustand mal unter anderen Gesichtspunkten betrachteten. Ich meine nicht die körperliche Verfassung. Wie sie sich emotional fühlten, davon rede ich. Gemütsmäßig.«

Ein zweites Mal drang aus dem Interkom-Apparat ein Gähnen. »Verzeihen Sie, Direktorin. Es ist wohl besser, ich schiebe ein Nickerchen ein, solang ich noch 'ne Gelegenheit habe.«

Leise knackte der Lautsprecher, als Ubikwe die Verbindung unterbrach.

Noch einige Zeit lang lag Min im Anti-G-Kokon ihrer Koje, während die *Rächer* im Zickzackkurs das Massif-5-Doppelsonnensystem durchmaß, aber die Flugrichtung nach Deaner Beckmanns Schwarzlabor beibehielt, und versuchte sich auszumalen, sie lachte über Warden Dios. Oder lachte mit ihm zusammen über einige Besonderheiten seines neueren Verhaltens.

Sie schaffte es nicht.

Anhand des Trainings, das Morn genossen hatte, und unter Berücksichtigung der bisherigen eigenen Erfahrungen lauschte Davies auf die Aktivitäten des Raumschiffs. Er spürte die vielfältig abgestuften Schubkräfte der Triebwerke, taxierte die verschiedenerlei Vektoren der beim Bremsen und Manövrieren fühlbaren G. Er bemerkte den Unterschied, als die *Posaune* in den Asteroidengürtel vorstieß, der Beckmanns Schwarzlabor umgab und umschirmte.

Die Veränderung war offensichtlich. Schnell ablaufende, wechselhafte Vorgänge bei relativ niedriger Geschwindigkeit hatten andere Auswirkungen als hindernisbedingte Ausweichmanöver bei hoher Beschleunigung. Und jedem Kurswechsel, den die *Posaune* im Massif-5-System vollführte, schloß sich eine gleichartige Rückkehr in die Hauptflugrichtung an: erst Druck an der einen Seite, dann auf der Gegenseite. Im Asteroidenschwarm gab jedes Ge Schub, während die *Posaune* zwischen den Felsbrocken umherraste, den Bestandteil einer Reihe stets neuer Trajektorien ab.

Tatenlos im Anti-G-Kokon der Koje festgeschnallt zu liegen bedeutete für Davies eine Quälerei. Alle seine Energien – Geist, Gefühl, Stoffwechsel – glosten bei überhöhter Temperatur: die meiste Zeit brauchte er mehr Bewegung als Ruhe. Außerdem verdrossen ihn die Beschwerden der Rippen, des Arms und des Kopfs. Trotz seiner Anlage zu überdurchschnittlich rapiden Heilungsprozessen und aller von der Patientenkammer verabreichter Medikamente genas er nicht so rasch, wie er es gerne gehabt hätte.

Eine Rastlosigkeit, die ihn wie Panik beunruhigte, wühlte

ihn innerlich auf. Sobald die *Posaune* in den Asteroidenschwarm eingeflogen war, riskierte er es, aus der Koje zu steigen.

Den verletzten Arm konnte er benutzen; die Gußmasse, in die das Glied gehüllt worden war, gewährte den noch empfindlichen Knochen ausreichenden Schutz. Und das flexiblere Acrylmaterial um die Rippen erwies sich als hinlängliche Stütze seines Brustkastens. Solange Nick ihm keine zu hohen G-Werte zumutete, hatte Davies die Möglichkeit zu agieren, ohne sich neue Beeinträchtigungen zuzuziehen.

Einfach weil sein Bewegungsdrang so unwiderstehlich war, verbrachte er zehn Minuten damit, wie ein Geschoß zwischen Fußboden und Decke der Kabine auf- und abzusausen, unter Null-G-Bedingungen das Äquivalent von Liegestützen. Anschließend suchte er die Hygienezelle auf, duschte sich unter einem scharfen Wasserstrahl, versuchte das Schmutzgefühl abzuwaschen, das Angus' Verräterei hinterlassen hatte.

Doch als das Wasser abgesaugt und Davies' Haut trockengeblasen worden war, beschloß er, keine saubere Bordmontur anzulegen. Seit der Stunde seiner Geburt hatte er stets die Montur aus dem seltsamen schwarzen Amnion-Material getragen. Besonders bequem war sie nicht, aber er brauchte ihre Fremdartigkeit, bedurfte einer äußerlichen Mahnung daran, wer er war, woher er stammte. Jedesmal wenn er nicht achtgab, dachte er, er sei Morn. Im Schlaf suchten ihn ihre Träume heim.

Vielleicht war das der wahre Grund, warum er ein so geringes Schlafbedürfnis verspürte.

Andruck schubste seine Schulter gegen die Wand. Nicht allzu fest, gerade genug, um ihn noch einmal zur Vorsicht zu mahnen. Und ihn daran zu erinnern, daß er nach Morn sehen mußte.

Sie schlief, ins Gurtwerk des Anti-G-Kokons geschnallt, wehrlos den oberflächlichen Schlaf, den zuviel Kat verursachte. Infolge wiederholter Kat-Dosen, die er ihr in Kapselform zwischen die schlaffen Lippen geschoben hatte, war sie schon so lange besinnungslos, daß er sich allmählich fragte, ob sie je wieder aufwachte. An der Polizeiakademie hatten die MediTechs Anekdoten über Leute erzählt, die infolge Kat-Überdosen so tief in sich selbst versunken waren, daß sie nie ins Bewußtsein zurückkehrten.

Er warf einen Blick aufs Chronometer der Kabine: Min mußte in vierzig Minuten die nächste Kapsel erhalten – oder erwachen.

Nach kurzem Überlegen entschied er, so lange nicht warten zu dürfen. Trotz der gefährlichen Umstände befreite er sie aus dem Anti-G-Kokon und hob sie aus der Koje.

Sofort merkte er, daß sie ihre Bordmontur beschmutzt hatte. Niemand konnte so lange schlafen, wie sie schon schlummerte, ohne den Darm zu entleeren.

Schlagartig löste der widerwärtige, süßliche Geruch Erinnerungen aus ...

So etwas war ihr – war ihm – schon einmal passiert. Nachdem er von Angus an Bord der *Strahlenden Schönheit* gebracht worden war, hatte Angus ihn, um ihn niederzuhalten, in einer Patientenkammer der Krankenstation festgeschnallt. Noch randvoll mit Entsetzen über die Havarie der *Stellar Regent* und die fast vollständige Ausrottung der Hyland-Familie hatte Davies oder Morn geschrien und geheult, gegen die tauben Wände angebrüllt, bis die Stimme versagte, er den Verstand verlor. Anschließend hatte Angus ihm Kat gespritzt ...

... und als er aufwachte, hatte er noch immer in dem EA-Anzug gelegen, in dem er aus dem Wrack der *Stellar Regent* auf die *Strahlende Schönheit* befördert worden war, und sein Gestank hatte die Krankenstation erfüllt, und seinen Kopf. Angus' Macht über ihn hatte mit Mord und Hyperspatium-Syndrom begonnen; mit Blut und der geistigen Klarheit der Selbstvernichtung.

Morn wimmerte leise, während sie in den Armen ihres Sohns schlief, und drehte den Kopf zur Seite, als hätte er sie in ihren Träumen gestört.

Der gedämpfte Laut und die Regung schreckten Davies auf, er fand zu sich selbst zurück.

Plötzlich hatte er Schweißrinnsale auf den Wangen. Sein Herz hämmerte, er ränge er ums Leben. Das war *Morns* Geruch, *ihr* Schicksal, nicht seines: es war *ihre* Erinnerung. *Ihr* Alptraum ...

Wenn er den Unterschied außer acht ließ, vergaß er sich selbst, wurde er so wahnsinnig, wie sie es damals gewesen sein mußte.

Ach, Morn ...

Zweifellos müßte er ebenso wahnsinnig sein. Dennoch klammerte er sich, solang er noch wußte, was das war, ans geistige Gesundsein. Morn brauchte ihn; das stand an erster Stelle. Den Gestank loszuwerden konnte er später auf andere Weise versuchen.

Mit grimmiger Entschlossenheit bugsierte er ihren gewichtslosen Körper in die Hygienezelle. Sein Magen drehte sich schier um, während er ihr die Bordmontur abstreifte und Morn in die Duschkammer schob. Wenigstens diese Erinnerung blieb ihr erspart: sie schlief weiter. Er schaltete die Düsen auf Feinzerstäubung, damit sie nicht ertrank. Während das Wasser sie reinigte, schmiß er die verdreckte Bordmontur in den Müllschacht und suchte nach einer frischen Montur in passender Größe.

Neuer ruckartiger Andruck schleuderte ihn von einer zur anderen Seite, als die *Posaune* abermals ein Ausweichmanöver durchführte. Jeder Schub wirkte auf Davies, als gäbe ihm ein Stunnerknüppel Alarm: er fürchte die Folgen, die bei Morn eintreten mochten. Doch der Andruck wurde nie so stark, daß er ihm schadete; wahrscheinlich war die G-Belastung also auch zu niedrig, als daß Morns Hyperspatium-Syndrom akut werden könnte.

Als er zur Hygienezelle zurückkehrte, um nach Morn zu schauen, hörte er sie im Feuchtigkeitsnebel husten; sie war also bei Besinnung.

»Ich bin hier.« Er sprach laut, damit sie ihn verstehen konnte. »Nick hat noch keine Durchsage gemacht, und die anderen sind, glaube ich, noch in den Kabinen, aber ich weiß, daß wir inzwischen im Asteroidengürtel sind. Ich vermute, wir treffen bald am Labor ein. Mir ging's gegen den Strich, dir noch mehr Kat zu verabreichen, ich dachte mir, lieber riskiere ich's, dich zu wecken.«

»Danke«, antwortete sie nach einem neuen Hustenanfall.

Sie war wach. Und bei Verstand. Ein plötzlich Aufwallen der Erleichterung verursachte Davies ein Schwindeln, er war den Tränen nahe, so froh fühlte er sich. Kein akutes Hyperspatium-Syndrom: diesmal nicht. Bis zu diesem Moment hatte er keinen Begriff von der Tiefe seiner Furcht gehabt. Soweit er sich entsann, hatte Morn nie versucht, sich der gefährlichen Klarheit des HS-Irrsinns mit Kat zu erwehren. Er hatte nicht gewußt, ob es gelang.

Er zitterte, als er die Hygienezelle verließ, von außen die Tür schloß.

Während er auf Morn wartete, übte er in der Null-G weitere Boden-Decke-Sprünge, forderte seinen Körper – trainierte die Verspannungen ab –, bis der alienfabrizierte Stoff der Bordmontur seine Haut scheuerte und er dermaßen schwitzte, daß er schon die nächste Dusche vertragen konnte.

Morn kam sauber und trocken aus der Hygienezelle zum Vorschein; doch nicht einmal ein Übermaß an allzu vielen Stunden Schlaf hatte ihr Aussehen verbessert. Ihre Erscheinung war unverändert bleich und dünn, nahezu ausgezehrt, als hätte sie tagelang nichts gegessen. Kat-Nachwirkungen machten ihren Blick trüb. Trotz der G-Freiheit erregten ihre Bewegungen einen fahrigen, schwächlichen Eindruck. Nur schwer ließ sich glauben, daß sie dieselbe Frau war, die empfohlen hatte: *Verweigert nichts. Bleibt am Leben ... Liefert ihm keinen Vorwand, um euch zu ermorden.*

Irgendwo steckt eine Unwahrheit. Irgend jemand lügt. Es kommt darauf an, daß wir am Leben bleiben, bis wir herausfinden können, wie's sich wirklich verhält.

Aber Angus hatte Nick nicht verraten, wie sich ein zweites Kontrollgerät für Morns Z-Implantat herstellen ließ.

Diese Erinnerung hatte Davies für sich allein; darauf baute er. Daran dachte er, während er Morn ansah, damit der Anblick ihrer Hinfälligkeit ihm keine neue Panik einflößte.

Sie mied seinen Blick. Vielleicht konnte sie noch nicht deutlich sehen. »Und was nun?« fragte sie mit schwacher Stimme.

Davies zuckte die Achseln. Schweißtröpfchen lösten sich von seinem Gesicht und verwandelten sich zu Kügelchen, die im Licht gleißten, während sie auf die Lufterneuerungsanlage zutrieben. »Am besten warten wir ab.« Bis die *Posaune* das Schwarzlabor erreichte. Bis Vector seinen Versuch, das Antimutagen-Medikament zu analysieren, beendet hatte. Bis Nick ein Fehler unterlief. Oder daß Min Donner auf irgendeine, momentan nicht vorstellbare Weise eingriff. »Was Gescheiteres fällt mir nicht ein. Dir?«

Sie schüttelte den Kopf. Sie hatte keine bessere Idee.

Für lange Zeit, wie es schien, behielt die *Posaune* eine relativ ruhige Fluglage bei, dann folgten weitere Manöver. Jede Kurskorrektur, jeder Schub geschah von da an behutsam, vorsichtig: das Raumschiff bewegte sich, als suchte es sich einen Weg durch ein Minenfeld. Davies widerstand dem Wunsch, aufs Chronometer zu sehen. Statt dessen versuchte er durch bloße Intuition zu erraten, was die *Posaune* vollführte.

Sie hatte gestoppt, so daß Nick das Schwarzlabor kontaktieren und eine Anflugserlaubnis einholen konnte. Jetzt befand sie sich auf dem Anflug. Langsam, damit man sie im Labor nicht als Bedrohung einstufte. Damit seine Artillerie nicht das Feuer auf sie eröffnete. Der Interspatium-Scout mußte nah am Ziel sein. Wären die Materiekanonen-Bunker noch weit entfernt, gäbe es wegen der vielen Felsbrocken und der Statik kaum eine Möglichkeit zu akkurater Zielerfassung. Scanninganlagen mochten überall im Asteroidengürtel verteilt sein, ihre Daten durch ein Netz von Relaissatelliten übermitteln; die Artillerie hingegen mußte im engeren Umkreis des Labors stationiert sein.

Also gut: Einmal angenommen, seine Vermutungen stimmten. Wie lange konnte der Flug noch dauern? Eine Stunde? Länger? Weniger? Willentlich hielt Davies den Blick vom Wandchronometer fern. Weil er Bewegung brauchte, irgendeine Bewegung, fing er nochmals mit Boden-Decken-Sprüngen an. Nach und nach steigerte er, ohne es zu merken, das Tempo. Auf. Ab. Natürlich hatten Richtungsangaben in der Nullschwerkraft keine Bedeutung und bildeten lediglich einen Bezugsrahmen. Auf. Ab. Trotzdem erzeugten die Bewegungsabläufe seines Körpers ihre eigenen G, hatten ihren eigenen Sinn. Auf. Ab.

»Warten zu müssen ist schwierig genug«, meinte Morn zerstreut und mit gedämpfter Stimme. »Du strapazierst meine Nerven mit dem Gehüpfe. Warum tust du das?«

Davies bremste sich an der Kante der Koje. »Stillsitzen kann ich nicht leiden«, antwortete er, atmete angestrengt, aber gleichmäßig, als könnte er die Übung noch stundenlang durchhalten. »Schlafen kann ich auch nicht ausstehen. Mir gruselt's davor.«

In dem Maße, wie Morns Organismus das letzte Kat verarbeitete, gewannen ihre Muskeln eine gewisse Elastizität zurück, vor allem im Gesicht. Allmählich war ihre Miene wacher, weniger stumpf geworden. Sie bemühte sich sogar um ein Lächeln, allerdings mit begrenztem Erfolg. »Wie bin ich nur an einen Sohn wie dich gekommen? Mir ist genau gegenteilig zumute. Ich fühle mich, als könnte ich dauernd schlafen...« Sie hob die Schultern, verzog das Gesicht. »Praktisch in alle Ewigkeit. Mir graut es vor Bewegung... vor Ereignissen. Ich fürchte mich davor, was als nächstes bevorsteht. Ich habe den Eindruck« – ihr Tonfall nahm ein wenig den Klang trockenen Humors an –, »ich werde auf die alten Tage zur Memme. Angesichts der Tatsache, daß ich fast so jung wie du bin, ist das keine erfreuliche Aussicht. Wahrscheinlich stelle ich 'n Feigheitsrekord auf.«

Davies jedoch war nicht in der Laune für Späße. »In Anbetracht der Tatsache«, entgegnete er, »daß du schon für ein ganzes Leben durch die Hölle gegangen bist, hast du dir das Recht verdient, Furcht zu haben. Es ist höchste Zeit, daß wir anderen dir ein bißchen helfen. Aber du bist uns zu weit voraus. Mit dir gleichziehen können wir nicht mehr.«

Sib Mackerns Vorsatz, auf Nick achtzugeben, war zum Debakel geworden. Und weder Mikka noch Davies selbst hatten sich als fähig erwiesen, mit Angus fertig zu werden. »Aus irgendeinem Grund bist immer du es, die uns hilft.«

Morn schnitt eine finstere Miene. »Bestimmt hast du recht«, gab sie ironisch zur Antwort. »Ich entsinne mich deutlich, mich aus dem Karzer der Amnion gerettet zu haben.«

»Das waren Angus und Nick«, widersprach Davies wahrheitshalber. Mikka und Sib. Und die *Käptens Liebchen.* »Ich habe bloß Schmiere gestanden.«

Plötzlich war Morn zornig. »Du bist ›bloß‹ bei Verstand geblieben«, fuhr sie ihn an, »obwohl du hättest völlig wahnsinnig werden müssen. Du hast ›*bloß*‹ den Kassierer dermaßen verunsichert, daß er sich nicht getraut hat, dich Nick oder den Amnion auszuliefern. Dir is es ›*bloß*‹ gelungen zu verhindern, daß Angus von Nick reingelegt wurde. Wie viele von uns wären noch am Leben, wenn du nicht ›*bloß*‹ das alles hingekriegt hättest? Und seitdem kümmerst du dich ausschließlich um mich. Also erzähl mir *nicht*, du wärst niemandem 'ne Hilfe. Derartiges Gerede halt ich nicht aus ... Dafür brauche ich dich viel zu sehr.«

Davies empfand eine Regung des Bedauerns, die er nicht unterdrücken konnte. »Tut mir leid, so hab ich's nicht gemeint. Ich bin nur ...« Scham und erzwungene Untätigkeit wirkten auf ihn wie Wut. »Ich bin ratlos. Zweimal hast du mich gerettet, als Nick mich den Amnion ausliefern wollte.« Einmal auf Station Potential. Das zweite Mal durch Umleitung der Kosmoskapsel. »Wenn du dich als Memme bezeichnest, klingt das in meinen Ohren, als ob du mir sagst, es wäre nichts mehr übrig, auf das ich bauen könnte.«

Morn atmete tief durch, entließ den Atem mit langgedehntem Seufzen. »Ich weiß. An sich möchte ich gar nicht so gereizt sein. Aber das dauernde Warten ...« Sie strich sich mit den Händen durchs Haar, rang um Gefaßtheit. »Es zermürbt mich. Ständig müssen wir warten und warten, und ich habe keine Ahnung, auf was ich überhaupt noch hoffen soll. Manchmal spüre ich, wie ich innerlich aufgerieben werde.«

Davies kannte dieses Gefühl – oder wenigstens ein ähnliches. Er biß die Zähne zusammen und klammerte sich an den Rand der Koje, damit die angestaute Unrast ihn nicht wieder zu Gezappel hinriß.

Er und Morn fügten sich ins unvermeidliche Abwarten.

Sie spürten, daß die *Posaune* an einem Liegeplatz festmachte. Die Geräusche des Einmanövrierens und Andockens, die durch den Rumpf hallten, waren ganz unverkennbar. Zuerst spürte man den stetigen, leichten Andruck des Gegenschubs, hörte das schwache Brausen der Manövrierdüsen; dann erklang das Klirren von Metall, verstärkt durch die Enge des Innenraums, während das Raumschiff an den Führungsschienen der Astro-Parkbucht entlangschabte; danach ertönte das Rumoren und Knarren der Greifer, als das Schiff verankert wurde. Zu guter Letzt ertönte das charakteristische Fauchen und Zischen der Luftschläuche, Abfallentsorgungsrohre und Stromkabel, die man der *Posaune* ankoppelte, begleitet vom typischen Echo.

Langsam verstummte das entfernte, durchdringende Jaulen der Triebwerke. Das Raumschiff hatte angedockt.

Die Anspannung, die Davies' Wirbelsäule verkrampfte, wuchs um noch einen Grad. Unablässig schloß und lockerte Morn die Fäuste, während sie sich mit den Fingern durch die Haare strich, als ob es sie erhebliche Selbstbeherrschung kostete, sie sich nicht büschelweise auszuraufen.

Plötzlich knackte der Interkom-Apparat.

»Es ist soweit, ihr Arschlöcher, wir sind da«, drang Nicks Stimme fröhlich aus dem Lautsprecher. »Auf die Brücke mit euch! Gleich wäre gut, sofort wäre besser. Es ist Zeit zur Befehlsausgabe.«

Augenblicklich sprang Morn aus der Koje, als dürfte sie auf keinen Fall zögern; als ob sie die sichere Erkenntnis hätte, sie würde durch Zaudern jede Gelegenheit zum Handeln unwiderruflich versäumen. Doch der Anblick ihrer beklommenen Miene und ihrer Blässe zerriß Davies fast das Herz. Er langte nach ihrer Schulter, drehte Morn mitten in der Luft zu sich herum.

»Ich könnte behaupten, daß du noch schläfst. Er müßte mir glauben, er kann nicht wissen, wieviel Kat ich dir injiziert habe. Wahrscheinlich kannst du so lang in der Kabine bleiben, wie du willst.«

So weit reicht mein Schutz.

Morn schüttelte den Kopf. »Das hieße, noch mehr warten zu müssen. Ich möchte etwas tun. Egal was.« Für einen Moment umspielte ein versonnenes Lächeln ihren Mund. »Vermutlich bin ich dir doch ähnlicher, als ich dachte.«

Dazu fiel Davies keine Antwort ein. Sein Aktionsdrang ließ ihm keinen Raum für Argumente. Ohnedies war er sich nicht recht darüber im klaren, wer hier eigentlich wen beschützte.

Die Fäuste geballt, als hätte er seinen Mut wie eine Waffe in den Händen, stieß er sich ab und schwebte zur Kabinentür.

Er spürte, als er sich in Bewegung setzte, eine Abwärtstendenz, ein Resultat der geringen Schwerkraft des Asteroiden, vielleicht ein wenig verstärkt durch Gravitationsfelder in diesen und jenen experimentellen Anlagen Deaner Beckmanns. Als er die Tür erreicht und geöffnet hatte, berührten seine Füße das Deck.

Er fühlte gerade genug Schwere, um ihn beim Praktizieren des Null-G-Trainings zu behindern; gleichzeitig zuwenig, um ihm normales Gehen zu gestatten.

Furcht beschleunigte seinen Pulsschlag, während ein Sprung ihn in flachem Bogen zum Aufgang der Konnexblende beförderte.

Er traf als erster auf der Brücke ein: nur Nick und Angus befanden sich dort. Davies hangelte sich am Geländer des

Niedergangs hinab. Nick empfing ihn mit einem mörderischen Grinsen, das Gesicht voller schwarzer Narben und wortloser Drohungen. Angus dagegen hockte reglos – die Schultern gebeugt, den Kopf gesenkt – vor seiner Konsole, als wäre er eingedöst.

Hinter Davies erschien Morn in der Konnexblende.

Nicks böses Lächeln wurde breiter. »Du bist also wieder helle im Oberstübchen«, sagte er auf brüske Weise. »Ich weiß nicht, ob ich das bedauern oder mich darüber freuen soll.«

»Freu dich.« Morn antwortete mit fester, ruhiger Stimme; als spräche sie von einem entlegenen Ort aus, an dem Nicks Bosheit ihr nichts abhaben konnte. »Wenn ich verrückt bin, kannst du mich nicht quälen.«

Ungeachtet ihrer offenkundigen Schwäche und unübersehbaren Wehrlosigkeit folgte sie ihrem Sohn auf die Brücke.

Vielleicht versuchte sie Nick zu trotzen; er jedoch reagierte nicht. Eine abartige, insgeheime Ekstase war in ihm entbrannt. Die Leidenschaft, die ihm den Blick erhitzte und seine Narben mit Schwärze füllte, erweckte den Eindruck, ihn in einen Zustand der Übererregtheit hineingesteigert zu haben, in dem auch von ihm alles abprallte.

Etwas war geschehen; ein Ereignis, das so einschneidend und verhängnisvoll wie der Funkspruch der *Rächer* sein mußte.

»Ihr habt mich unterschätzt«, verkündete Nick. »Aber das ist mir momentan völlig wurscht. Während ihr euch dumm und dämlich gepennt habt, hat das Spiel eine Dimension viel höherer Größenordnung bekommen.«

»Wieso?« fragten Davies und Morn wie aus einem Mund.

»Was meinst du?« fügte Morn hinzu.

»Was ist los?« wollte Davies erfahren.

»Wie putzig ...!« Selbstzufrieden nickte Succorso. »Ihr gefallt mir. Ihr zwei seid euch so beschissen gleich, daß ihr glattweg Zwillinge sein könntet. Wenn ihr euch besondere Mühe gebt, um mich aufzuheitern, erlaube ich euch vielleicht, Beckmann und sein Tech-Gesocks mit gegenseitigem Gedankenlesen zu unterhalten.«

»Schön«, sagte Mikka von der Konnexblende herab. »Morn und Davies sind also für die Unterhaltung zuständig. Und womit dürfen wir anderen uns befassen?«

Sie stand zwischen Sib und Ciro, als bräuchte sie die beiden zur Stütze. Im Krankenrevier war Mikkas Stirn genäht und verbunden worden; zweifellos hatte sie auch Bluttransfusionen und Medikamente bekommen. Doch ihre Schädelverletzung brauchte mit Sicherheit länger zum Heilen. Sie sah geschwächt und auf eine für sie gänzlich untypische Weise abgeschlafft aus; man hätte meinen können, ihr wären mehr Knochen gebrochen worden, als der Medi-Computer verarzten konnte.

Dahinter kam mit steifen, unbeholfenen Bewegungen Vector auf die Brücke: anscheinend schmerzten ihm sogar in dieser niedrigen G die Gelenke. Aufgrund eines Verbands hatte seine Hand einen eindrucksvoll dicken Umfang, als hätte er am Ende des Arms einen Hammer; dennoch konnte er, falls erforderlich, noch die Finger verwenden. Aber wahrscheinlich war er dazu fähig, auch einhändig mit der Laboreinrichtung zu arbeiten.

Körperlich waren Sib und Ciro in besserer Verfassung. Unterhalb der Nervenschädigungsgrenze hielten die Nachwirkungen des Stunners nicht allzu lang an. Trotzdem hatte Sib hohle Wangen, und ebenso waren ihm die Augen in den Schädel gesunken; es hatte den Anschein, als ob seine Ängste und sein Versagen ihn inwendig zerfräßen. Und Ciro litt wohl an einer Art von vernichtender Selbstabscheu. Vielleicht beschämte ihn die Tatsache, daß er sich von Nick hatte die Stunnerute entwinden lassen, zu tief.

»Ihr dürft euch damit befassen, meine Komparsen zu mimen«, lautete Nicks Antwort. Seine Stimme klang, als äffte ein schiefmäuliges Monstrum seinen vorherigen Tonfall unheilvoller Lässigkeit nach. »Ich statte Beckmann mit Vector einen Besuch ab, damit er die hiesigen Laboranlagen benutzen kann. Ihr kommt mit. Eins will ich in diesem Zusammenhang, solltet ihr noch verschlafen genug sein, um von Dummheiten zu träumen, eindeutig klarstellen. Ihr führt meine Befehle aus. Ihr werdet *tun*, gottverdammt noch mal, was *ich* euch *sage*, ist das klar?!«

Er tippte Tasten seiner Konsole, um die Bildschirme zu löschen, dann schnallte er sich aus dem G-Andrucksessel los und stand auf, mindestens zum Teil, um allen zu zeigen, daß er inzwischen eine Impacter-Pistole am Gürtel trug. Irgendwann im Laufe der vergangenen Stunden mußte er sich aus einem Waffenschrank bedient haben.

»Ich kann's mir wohl sparen zu erwähnen, daß ich jeden umlege, der mir nicht gehorcht. Beschissene Heldenfiguren wir ihr machen sich ja aus so was nichts. Nein, ihr werdet parieren, weil ihr euch gar nicht ausmalen könnt, was ich Angus mit Morn anstellen lassen werde, wenn ihr nicht kuscht. Habe ich mich bis jetzt deutlich genug ausgedrückt?«

Mikka und die drei anderen waren am Oberende des Niedergangs geblieben. Wegen des Verbands schien Mikkas Stirnrunzeln zu einer Grimasse der Brutalität zu entarten. »Das bedeutet, wenn ich's richtig verstehe, Angus und Morn begleiten uns nicht. Und was ist mit Davies?«

Nick schüttelte den Kopf. »Er auch nicht. Offen gestanden« – sein Gesichtsausdruck hätte schelmisch sein können, wären nicht die Narben so düster gewesen –, »Beckmanns Kommunikationszentrale weiß nicht, daß sie an Bord sind. Ich habe sie nicht ins Mannschaftsverzeichnis aufgenommen. Was Beckmann und seine Wachhunde betrifft, halten nur wir fünf uns im Raumschiff auf. Also hat Angus die Möglichkeit, uns jede Rückendeckung geben, die nötig werden könnte, solange wir von Bord sind.«

Er wandte sich an seinen Ersten Offizier. »Hörst du zu, du hirntotes Arschloch?«

Angus' Stimme klang, als würde sie ihm im Brustkasten gepreßt, zurückgehalten durch gegensätzliche Arten inneren Drucks. »Ich höre zu.«

Er hob weder den Kopf, noch blickte er sich um.

»Gut«, schnarrte Nick. Er redete mit Angus, als wäre sonst niemand anwesend. »Aber hör genau zu, ich dulde nämlich keine Mätzchen. Wir fünf gehen von Bord. Wahrscheinlich kommen wir erst wieder, wenn Vector bei der Analyse des Serums Resultate erzielt hat. Wie lang's dauert, hängt davon ab, wie gut er ist. Ich nehme an, im Moment bildet er sich ein, er könnte was dadurch gewinnen, wenn er langsam arbeitet. Aber er wird noch mal über die Situation nachdenken und bestimmt zu der Erkenntnis gelangen, daß nur um so mehr Leute Schaden erleiden, je länger er braucht. Bis zu unserer Wiederkehr« – Nick trieb ein, zwei Schritte weit auf den Platz des Ersten Offiziers zu – »gibst du uns Rückendeckung.« Er beugte sich vor. »*Hörst du zu?*« vergewisserte er sich nochmals.

Davies hielt den Atem an. Angus mußte Nicks schwachen Punkt verkörpern, die Stelle in Nicks Planung, wo alles schiefgehen mochte. Sollte er die Gewalt über Angus verlieren, während er fort war und sie nicht erzwingen konnte, hätte er schlicht und einfach kein Raumschiff mehr, in das er zurückkehren könnte.

Noch immer hob Angus nicht den Blick. »Ich höre zu.«

»Das will ich dir auch geraten haben«, fuhr Nick ihn an. Anscheinend ohne daß er es merkte, sammelte sich in seinen Mundwinkeln schaumiger Speichel. »Sonst mach ich dich fix und fertig... Und du weißt, daß ich dazu fähig bin.«

Angus widersprach nicht; er wirkte, als stäke in ihm nur noch wenig Leben. Sein Nicken glich dem Erbeben einer defekten Maschine.

Aber diese Gebärde genügte Nick.

»Du hast jede anzapfbare Kommunikations- und Scanningfrequenz zu überwachen und auf etwaige Anzeichen bevorstehender Komplikationen zu achten«, befahl er. »Falls du irgend etwas siehst oder erfährst, das den Eindruck erweckt, wir hätten Schwierigkeiten, lädst du sofort die Materiekanone und gibst entsprechende Drohungen durch. Das Raumschiff hat genug Energie zur Verfügung, um von hier aus die ganze Station zu demolieren. Angesichts so einer Gefahr hört Beckmann dir allemal zu. Seine Forschungen sind ihm zu wichtig, er wird nichts riskieren.«

Insgeheim sagte sich Davies, daß Nick recht hatte. Indem er sich Nick so nah auf die Pelle rücken ließ, war Deaner Beckmann ein schwerer Fehler unterlaufen.

Nun wandte Nick sein böses Grinsen Davies und Morn zu, obwohl auch seine nächsten Worte unverändert Angus galten.

»In der Zwischenzeit« – in seinem hitzigen Blick tanzte Heiterkeit – »überlasse ich die Hyland-Zwillinge dir.«

Davies glaubte zu spüren, wie sein Herz stehenblieb. Er hörte, wie Sib vor Schrecken ein erstickter Laut entfuhr, Mikka einen gedämpften Fluch ausstieß; doch diese Äußerungen besagten ihm nichts. Für eine Sekunde schien die Brücke sich rings um ihn zusammenzuziehen, auf nichts als Dunkelheit einzuschrumpfen. Erinnerungen umgaukelten inmitten eines Abgrunds der Hilflosigkeit sein Gemüt wie schwarze Schwingen: Angus mit dem Zonenimplantat-Kontrollgerät in der Hand, Angus' Erektion unter den Nähten der Bordmontur, Angus voller praller Gewalttätigkeit ...

Ruckartig richtete Davies den Blick auf Morn, sah sogar das wenige restliche Blut aus ihren Wangen weichen. Sie bewahrte Ruhe, blieb reglos, als könnte sie alles verkraften; aber die vollkommene Totenblässe ihres Gesichts und die weißlichen Ränder der Panik rund um die Netzhäute ihrer Augen verrieten, welche Furcht sie empfand.

Sarkastisch klatschte Nick sich selbst Beifall. »Wenn dieser Computer in deinem bösartigen kleinen Hirnkasten mit den beiden ein bißchen spielen möchte«, meinte er dann zu Angus, »nur zu, tu dir keinen Zwang an. Mir soll's gleich sein.«

Gleich sein, hörte Davies. *Gleich sein*.

»Aber du darfst sie nicht aus den Augen lassen. Und sie sollen nichts anfassen.«

Nichts anfassen.

»Erlaube ihnen nicht, irgend was zu reden oder bloß zu *denken*, das sie zu der falschen Vorstellung verleiten könnte, sie hätten vielleicht 'ne Chance, sich noch mal aus der Scheiße zu retten. Aber bring sie« – diese Einschränkung machte er sehr unvermittelt – »nicht um. Ich bin mit ihnen noch nicht fertig. Ist das *klar?*«

»Es ist klar«, bestätigte Angus mit tonloser Stimme.

Angus ...

»Gut.« Nick fletschte die Zähne. »Wenn ich wieder da bin, darfst du mir alles erzählen.«

Morn, hilf mir. Sag mir, wie ich dir helfen kann. Wir müssen uns aus dieser Lage winden.

Mikka hatte sich nicht von der Stelle gerührt; ebensowenig ihre Kollegen. »Mir ist etwas nicht klar«, sagte sie schroff. »Du erwartest, daß wir aus Bammel vor dem, was Angus andernfalls Morn antut, deine Befehle ausführen. Aber gerade du hast ihm gestattet, mit ihr zu treiben, was ihm paßt. Womit willst du uns dann noch einschüchtern?«

Trotz ihrer Schwäche versuchte sie Nick unter Druck zu setzen; ihn zu zwingen, Morn und Davies wenigstens etwas Schutz zu gewähren.

Nick schwang sich zu ihr herum, seine Stimme drohte ihr wie eine Faust. »Ich habe euch nicht davor gewarnt, was *er* sich ausdenkt. Ich habe euch vor dem gewarnt, was *ich* mir für ihn gegen die beiden ausdenke.«

Mühsam hob Mikka die Schultern. »Könnte das schlimmer sein?«

»Du kannst mich ja auf die Probe stellen«, entgegnete Nick, schrie fast. Speichelflöckchen stoben von seinen Lippen. »Stell mich doch auf die *Probe.*«

Mikka musterte ihn, ohne mit der Wimper zu zucken; aber sie gab keine Antwort. Vielleicht fühlte sie sich dazu außerstande.

Angus hatte Nick verschwiegen, wie sich ein neues Kontrollgerät für Morns Zonenimplantat herstellen ließ. Vielleicht hatte er diese Möglichkeit im geheimen sich selbst vorbehalten.

»Stell du ihn auf die Probe, wenn du Wert drauf legst, Mikka«, mischte sich unerwartet Vector ein. Die Ruhe seiner blauen Augen verstörte Davies, als erhielte er Einblick in etwas Unauslotbares. »Ich werd 'n braver Junge sein und seine Befehle befolgen.«

Ciros Augen weiteten sich, als ob diese Einlassung ihn bestürzte: als wäre er davon ausgegangen, daß Vector sich offen gegen Nick stellte. Mikka verlagerte ihr Gewicht so, daß sie Vector anschauen konnte, ohne ihren Hals zu belasten.

»Die Wahrheit ist«, erklärte Vector, »mir ist es völlig einerlei, was er mit dem Antimutagen anfängt. Nehmen wir mal an, ich finde die Formel heraus. Ich möchte ja bloß wissen, ob ich damals auf dem richtigen Weg gewesen bin, ob die Forschungen, die ich bei Intertech betrieben habe, zum gewünschten Ergebnis geführt hätten.«

»Ist das dein *Ernst?*« erregte sich Sib. »Es ist dir wirklich egal, was er damit *anstellt?*«

Behutsam hob der Ex-Genetiker die Schultern. »Ich bin nicht so kaltschnäuzig, wie's vielleicht auf den ersten Blick aussieht. Die Formel als solche ist doch für ihn nutzlos. Ich könnte ihm jedes erdenkliche chemische Wunder der Galaxis als Formel übergeben, aber er hätte überhaupt keine Möglichkeit, um daraus ein synthetisches Produkt zu fabrizieren. Dafür fehlt ihm die Ausstattung. Mit der Formel allein kann er nichts anfangen, außer sie zu verkaufen. Und jeder Verkauf ist eine Art der Weiterverbreitung. Vielleicht keine so effektive Methode wie eine direkte Verteilung des Serums an die Menschheit, aber es läuft darauf hinaus. Je mehr Leute davon Kenntnis erhalten, um so mehr wird das Wissen um seine Existenz zum Allgemeinwissen. Eine derartige Entdeckung bewirkt schon durch ihr bloßes Vorhandensein Gutes. Sie nutzt zur Ausbreitung alle Wege, die sich anbieten.«

Er konnte unmöglich noch ganz richtig im Kopf sein. Anscheinend glaubte er Morns starrsinniger Behauptung, da müsse etwas anderes *in Gang sein*. Irgend etwas, das Grund zur Hoffnung gab. Aber Nick hatte Morn und Davies vorsätzlich Angus ausgeliefert, so daß er mit ihnen *ein bißchen spielen* durfte. Nicht die geringste Rechtfertigung irgendeiner Hoffnung war noch denkbar.

»Das ist verdammt wenig«, meinte Mikka durch die Zähne zu Vector.

»Halt's Maul, Mikka«, schnauzte Nick. »Für dummes Gelaber hab ich keine Zeit. Ihr befolgt meine Befehle, und zwar *sofort*.« Bedrohlich schloß er die Finger um den Griff seiner Pistole. »Die Kommunikationszentrale weiß, daß Verletzte an Bord sind. Deshalb drängt man uns nicht, man glaubt, wir bräuchten noch ein wenig Zeit, um uns aufzurappeln. Aber wenn wir nicht bald drüben aufkreuzen, fängt man sicher an, uns lästige Fragen zu stellen. Die falschen Fragen. Das will ich vermeiden. Also, wirst du nun *tun, was ich sage*, oder muß ich deinem Bruder erst ein paar Löcher in den Wanst ballern, ehe du zur Vernunft kommst?«

Im ersten Moment verkrampfte sich Mikkas Haltung. Sie bewegte sich auf Ciro zu, als wollte sie sich schützend vor ihm plazieren. Unter dem Schädelverband warf ihr unversehrtes Auge Nick einen streitbaren Blick zu. Dennoch mußte ihr klar sein, daß sie momentan nichts erreichen konnte. Allmählich schwand ihr Widerspruchsgeist.

»So leid's mir tut, Morn«, sagte sie mit einem Seufzen, »aber ich weiß nicht, was ich anderes machen soll, als zu gehorchen. Da bin ich wirklich überfordert.«

»Zerbrich dir deswegen nicht den Kopf.« Morns Stimme blieb fest, obwohl ihr Blick nichts als Erwartung nahen Unheils widerspiegelte. »Ich hätte die gleiche Entscheidung getroffen.«

Ich nicht, lag Davies ein Einspruch auf der Zunge. *Ich nicht*. In Wahrheit jedoch wußte er es besser. Er hatte selbst keine Ahnung, was jemand von ihnen in der jetzigen Situation unternehmen könnte.

Unvermutet knackten die Lautsprecher der Brücke.

»*Posaune*, hier spricht die Kommunikationszentrale«, meldete sich eine angespannte Stimme. »Wir dachten, Sie wollten von Bord gehen. Gibt's irgendein Problem? Brauchen Sie Hilfe?«

Nick fluchte ungeduldig. Mit einem Satz kehrte er an die Kommandokonsole zurück und schaltete das Mikrofon ein.

»Kommunikationszentrale, hier ist Kapitän Succorso. Es war nicht meine Absicht, Sie warten zu lassen. Mir lag lediglich daran, daß der MediComputer vorher Vectors und Mikkas Behandlung abschließt. Die Verarztung ist soeben abgeschlossen worden. Wir öffnen die Luftschleuse in fünf Minuten.«

»Lassen Sie sich Zeit«, antwortete die Stimme aus der Kommunikationszentrale mit hörbar unehrlichem Großmut. »*Wir* haben's nicht eilig.«

Mit einem neuen, durchs Betätigen eines Schalters verursachten Knacken endete die Verbindung.

Nick desaktivierte das Mikrofon.

»So. Auf geht's!«

Unvermutet gemächlich, beinahe träge in seinen Bewegungen, drehte er sich dem Ausgang zu. Anscheinend fühlte er sich vollauf sorglos, vollkommen selbstsicher. Trotzdem glichen die Narben unter seinen Augen durch Säure eingebrannten Verätzungen, schienen sich immer tiefer in seine Wangen zu fressen. Seine ganze Gestalt verströmte Hitze, als drohte er überzukochen.

»Zum Lift«, sagte er zu Mikka, Vector, Sib und Ciro. »Vorwärts!«

Eine Sekunde lang zögerten Mikka und ihre Gefährten. Doch nachdem sie kurze Blicke gewechselt hatten, stießen sie sich vom Geländer ab und schwebten durch die Konnexblende hinaus in den Korridor.

Davies konnte Nick nicht mir nichts, dir nichts gehen lassen. Ihn marterte die gleiche Furcht wie Morn. Irgend etwas mußte er dagegen tun. »Moment mal«, ergriff er in energischem Tonfall das Wort. »Du hast uns noch nicht erzählt, was passiert ist. Weshalb bist du so aufgeregt? Was ist eigentlich los?«

Er dachte, Nick gäbe keine Antwort. An sich hatte Nick sich längst zu weit in seine Überspanntheit verrannt; es war vorstellbar, daß er keine normalen Fragen mehr zur Kenntnis nahm oder sich, falls doch, nicht zu Auskünften herabließ.

Infolgedessen überraschte seine Reaktion Davies. Erst spähte er in den Korridor, um sich zu vergewissern, daß Mikka und ihre Kameraden sich inzwischen außer Hörweite befanden; dann brach ein fiebriges Lachen aus ihm hervor, er ballte ruckartig, ja geradezu konvulsivisch die Fäuste. »Sorus«, sagte er, kicherte dabei; doch sofort erstickte das bloße Nennen des Namens ihm die Stimme im Hals. »Die gottverfluchte Sorus Chatelaine.« Für einen Moment stierte er vor sich hin, als bekäme er keine Luft mehr. »Sie ist hier«, krächzte er schließlich.

Es hatte den Anschein, als ob ihn der eigene Frohsinn erdrosselte.

Die *Sturmvogel?* wollte Davies unwillkürlich fragen. Hier? Arbeitet ihre Kapitänin nicht für die Amnion? Doch die Erinnerung an die Frau, die dem Kassierer dabei behilflich gewesen war, ihn zu verhören, hielt ihn von Bemerkungen zurück. Sorus Chatelaine war die Frau, die Nick aus Geringschätzung das Gesicht zerschlitzt hatte, weil sie ihn nicht einmal des Tötens für wert befand. Der Kassierer hatte sie mit Davies' Vernehmung betraut. Ihr empfohlen, ihn zu foltern, sollte es erforderlich sein. Sie hatte es nicht getan: allem Anschein nach griff sie nur im äußersten Fall zu extremen Maßnahmen. Aber daß sie davor nicht zurückschrak, hatte Davies ohne weiteres geglaubt.

Sie hätte es getan, wäre er nicht von Angus befreit worden...

Demselben Angus, den jetzt Nick unter der Fuchtel hatte. Dem er die Erlaubnis erteilt hatte, daß er mit Davies und Morn *ein bißchen spielen* dürfte.

Demselben Angus, der an seiner Konsole zusammengesunken war, als wäre sein Rückgrat oder seine Seele zerbrochen.

Nick näherte sich unverändert gemächlich dem Aufgang. Unterwegs packte er jedoch plötzlich die Rücklehne von Angus' G-Andrucksessel, schwang sich daran zu seinem Ersten Offizier herum. Seine gesamte Erscheinung schien Bosheit auszustrahlen, während er sich vorbeugte und Angus' Wange tatschte, als wäre der Cyborg ein ungezogenes Kind, zu dem er wider Willen eine unangebrachte Zuneigung hegte.

»Viel Spaß«, wünschte er ihm heiter. »Du weißt ja wohl, daß sich solche Gelegenheiten nicht jeden Tag ergeben.«

Er feixte Davies und Morn zu, vollführte einen Purzelbaum zu den Stufen, als hätte er das Bedürfnis, eine Schau abzuziehen, hangelte sich am Geländer empor und entschwand in Richtung der Lifts.

Sekunden später hörte man das Surren von Servomotoren, als die Lifttür aufrollte und sich schloß. Beim Abfahren des Aufzugs erzeugten Hydrauliksysteme ein unterschwelliges, fast unwahrnehmbares Summen. Nick und seine unfreiwillige Begleitung machten sich ans Öffnen der Luftschleuse; auf den Weg zu Deaner Beckmann.

Morn und Davies waren allein mit seinem Vater – dem Mann, der als erster Morns Leben ruiniert hatte.

Wohlüberlegt rückte Davies zwischen Morn und Angus.

Morn legte eine Hand auf Davies' Schulter. Vielleicht sollte die Berührung ihn trösten oder beschwichtigen; eventuell an die Wichtigkeit erinnern, die er für sie hatte. Aber langsam bohrten ihre Finger sich in sein Fleisch, umklammerten die Schulter, als könnte sie nirgendwo sonst Halt und Stütze finden.

Angus hatte sich noch nicht geregt. Er lehnte wie eine Marionette mit durchtrennten Drähten an der Konsole, durch die unabweisbaren Gebote seines Data-Nukleus abgekoppelt von jeglicher Willenskraft, Eigenständigkeit und Hoffnung.

»Nun komm schon, Angus«, sagte Morn unvermittelt.

Aus Grausen und hilflosem, verbissenem Trotz klang ihre Stimme rauh; Erinnerungen sprachen aus ihrem Tonfall. »Bringen wir's hinter uns. Zeig dich uns von deiner übelsten Seite.«

Davies' Herz hämmerte gegen seine Rippen wie ein Gefangener gegen Mauern. Spontan stellte er sich auf Kampf ein.

Morns Worte riefen bei Angus ein Schlottern hervor. Zittrig hob er den Kopf. Flüchtig fummelte er am Verschluß der Gurte: man hätte glauben können, seine Hände seien zu steif, zu verkrampft. Dann richtete er sich angestrengt auf, als müßte er umständlich einen Muskel nach dem anderen bewegen.

Wacklig wie ein menschliches Wrack kehrte er sich seinen Opfern zu.

Sie zu sehen schien ihm ein Schaudern einzujagen. Sie standen nur zwei Meter von ihm entfernt, aber er zwinkerte sie an, als könnte er sie kaum erkennen; als bliebe er ihren Anblick zu begreifen unfähig. Er atmete mühsamer: sein Brustkasten rang um Luft, als stäke er in einem EA-Anzug ohne Sauerstoffvorrat. Stumme Qual machte seine gelblichen Augen glasig. Nach und nach färbte angestauter innerer Druck sein Gesicht dunkel. Er verbog die Finger zu Klauen, als bereitete er sich auf ein Blutbad vor.

Plötzlich warf Angus die Arme in die Höhe und drosch mit den Handballen auf seine Schläfen ein.

Unwillkürlich schrak Davies zurück. Morns Finger krallten sich in seine Schulter.

Als hinge davon sein Leben ab, versuchte Angus etwas zu sagen. Aber wegen seines heiseren Röchelns konnte er keine Wörter artikulieren, sie nicht deutlich aussprechen.

Betroffen schaute Davies zu, wie sein Vater sich immer, immer wieder gegen die Schläfen schlug.

Dann sah es so aus, als ob der Druck in Angus' Innerem sich mit einem Mal löste und wich. »Ich bin nicht dein Sohn«, knirschte er, als gäbe er eine Obszönität von sich, mahlte mit den Kiefern.

Seine Stimme stieß einen durchdringenden, gellenden Schrei hervor, als löste höchster Triumph oder furchtbarste Verzweiflung ihm die Kehle.

»Ich bin *NICHT* dein *verdammter Scheißsohn!*«

Im nächsten Augenblick verfiel er in einen Hustenanfall, der wie Schluchzen klang.

MORN

Angus' Aufschrei wirkte auf Morn wie ein Hieb mit dem Stunnerknüppel. Die Furcht schien ihre Muskeln in Pudding verwandelt zu haben, das Mark ihr aus den Knochen zu sickern. Was? wollte sie fragen.

Was?

Wovon *redest* du?

Aber sie brachte kein Wort über die Lippen. Für Worte hätte sie Kraft gebraucht – alles, was sie hätte sagen können, jede Art der Entgegnung, wäre für sie ein Kraftakt gewesen –, und ihr war durch Angus' Aufschreien alle Kraft verscheucht worden. Vor dem Triumph oder der Pein in Angus' Stimme, einem Ausfluß inwendiger Zerrissenheit, stand sie völlig ratlos da.

Ich bin nicht dein Sohn.

Fassungslos blickt sie Davies an.

Auch er war beträchtlich schockiert worden. Er entsann sich so gut wie sie Angus'. Und seine Fähigkeit, sich von Morn zu unterscheiden, war unterentwickelt: Bisher hatte er nur ein paar Tage gehabt, um als selbständiger Mensch einen eigenen Lebensweg zu gehen. Irgend etwas ging in ihm vor, er versuchte die Verstörung zu überwinden – eine Abwehr- oder Trotzhaltung einzunehmen, sich auf Unversöhnlichkeit zurückzuziehen, auf Gewalt zurückzugreifen. Morn konnte seinem Mienenspiel das Ausmaß des inneren Ringens ansehen. Dennoch blieb er im ersten Moment so handlungsunfähig wie Morn; gebannt und gelähmt durch die schiere, absonderliche Gräßlichkeit von Angus' Geschrei.

Ich bin NICHT *dein verdammter Scheißsohn!*

Und dann war Angus in ein Husten verfallen, als wären seine Lungen zerfetzt worden ...

Und nun hörte er auf zu husten: zwischen zwei Herzschlägen endete sein Keuchen. Die Beschwerden hatten ihm Tränen in die Augen getrieben, die ihm die Wangen verschmierten, aber er beachtete sie nicht. Vielleicht wußte er nichts von ihnen. Er wirkte so entgeistert wie Davies, geradeso benommen wie Morn.

Ganz langsam, als hätte auch er nur noch Brei in den Gliedmaßen, drehte er sich wieder dem Platz des Ersten Offiziers zu.

Morn erkannte die Ursache der plötzlichen Wandlung. Sein Data-Nukleus hatte ihn rigoroser Kontrolle unterworfen: Emissionen der Z-Implantate hatten das Husten unterdrückt, seine Verzweiflung niedergerungen, das Triumphgefühl weggefegt. Angus war ein unifizierter Cyborg, beherrschte durch Entscheidungen, die andere Menschen, die es nicht scherte, was er empfand oder welche Nöte ihn plagten – die es nur interessierte, wie er benutzt werden konnte –, schon vor Tagen oder Wochen für ihn getroffen hatten. Für einen kurzen Moment waren die künstlich auferlegten Schranken von seinem grauenhaften menschlichen Leidensdruck gesprengt worden. Aber jetzt hatte der unabweisbare Zwang, den der Interncomputer auf die Nervenzentren seines Gehirns ausübte, ihn von neuem an der Kandare.

Wenn er etwas tat, dann weil Warden Dios oder Hashi Lebwohl – oder Nick Succorso als ihr Handlanger – es von ihm verlangten, nicht weil er selbst es wollte.

Sie durchschaute seine Lage aus eigener Erfahrung. Zwar war sie nie unifiziert gewesen. Doch ihr war von Angus die gleiche Art von Zwang aufgenötigt worden; und später hatte sie sich den Wirkungsweisen des Z-Implantats aus eigenem Antrieb unterzogen. Immer wieder hatte sie am eigenen Leib gespürt, wie elektromagnetische Funktionen wahre Berge des Elends und Wehs von ihren Schultern wälzten.

Ich bin nicht dein Sohn.

Davies öffnete den Mund: Er beabsichtigte irgendeine feindselige Bemerkung von sich zu geben, wollte Morn schützen, indem er sich selbst als Ziel für Angus' Schlechtigkeit darbot. Morn sah es seiner Miene an. Mit einer Mühe, die ihr ein Zittern verursachte, als hätte Fieber sie gepackt, hob sie die Hand zur Warnung, um Davies zum Schweigen zu bringen.

Einen gleichen Ausdruck der Furcht und Wut im Gesicht wie sein Vater, erwiderte er ihren Blick. Aber er klappte den Mund zu. Nur ein dunkles, grimmiges Knurren drang aus seiner Kehle.

Mit induzierter Stetigkeit tippte Angus an der Konsole des Ersten Offiziers Tasten.

Vollkommen mit dem Latein am Ende, schaute Morn zu, wie aus dem Druckerschlitz der Konsole ein dünnes Blatt zum Vorschein kam.

Angus riß den Ausdruck so bedächtig ab, als wäre er ein Wertgegenstand. Sein Data-Nukleus schrieb ihm Präzision vor. Anschließend vollführte er in der leichten G des Asteroiden eine tadellose Drehung und verließ die Konsole. Trotz der Zwänge seiner Zonenimplantate erregten seine Bewegungen den Eindruck nahezu anmutiger Leichtigkeit und Unbekümmertheit.

Seine Stiefel berührten vor Davies das Deck. Er bremste sich mit der Handfläche an Davies' Schulter ab.

Davies regte sich nicht. Starr vor Verständnislosigkeit, duldete er die Berührung, ohne zusammenzuzucken; ohne zuzuschlagen. Seine Aufmerksamkeit galt dem Blatt in Angus' Hand.

Unverändert langsam, als wäre die Situation für sinnlose Hast zu dringlich geworden, reichte Angus das Blatt Davies.

Aus einem Grund, den sie nicht hätte darlegen können, hielt Morn den Atem an, als wäre sie sich nicht mehr sicher, wessen Kind Davies war, ihrer oder Angus' Sohn.

Davies betrachtete den Ausdruck. Es schien, als könnte er

den Text nicht lesen. Vielleicht hatte er Schwierigkeiten mit den Augen. Oder womöglich konnte er einfach nicht glauben, was er sah.

»Herrje ...«, seufzte er mit gedehntem, leisem Ausatmen, als entwiche ihm die Lebenskraft. Beinahe im Zeitlupentempo wandte er sich Morn zu.

Und mit ihm drehte sich auch Angus: gemeinsam kehrten sie sich in Morns Richtung. Die Ähnlichkeit zwischen beiden war geradezu unheimlich. Davies war nicht so aufgedunsen, hatte weniger Muskeln, im Gegensatz zu Angus kaum Fett. Seine schwarze Bordmontur bildete einen augenfälligen Gegensatz zu Angus' schmuddeligem Äußeren. Das jedoch waren zweitrangige Abweichungen. Im wesentlichen unterschieden nur Davies' Augen – er hatte Augen wie Morn – ihn von seinem Vater.

Mit einemmal schwang Davies die Arme über den Kopf. »*Jetzt haben wir ihn!*« schrie er. »Da *haben* wir ihn!«

Verdutzt fuhr Morn zurück. Sie konnte es nicht verhindern: sein unerwarteter Ausbruch erschreckte sie wie ein Angriff. Seine Rufe klangen ihr in den Ohren nach. Einen Augenblick lang hörte sie nichts anderes. Ihr war zumute, als hätte Davies sie in Zusammenwirken mit seinem Vater taub gemacht.

Angus' Wangen waren noch immer feucht: seinen Augen entflossen Tränen, ohne daß er es unterbinden konnte. Er sah nicht Davies an. Vielmehr hatte er den Blick auf Morn geheftet, als bäte er sie um etwas.

Um Verständnis? Um Verzeihung?

Um Hilfe?

Ihr Herz tat mehrere mühselige Schläge, ehe sie wieder Worte fand.

»Was ist das? Was steht da drauf?«

Davies kostete es sichtlich Anstrengung, um ruhig zu antworten. »Es stammt von der *Rächer*.« Doch seine Augen brannten vor Erregung, sein ganzer Körper zeugte von ungestümer Freude. »Jetzt kennen wir den Code. Angus' Code. Nun können wir Nick in die Knie zwingen.«

Angus glotzte Morn in dumpfer Flehentlichkeit an wie ein geprügeltes Tier.

Davies' Auskunft war eigentlich deutlich genug. *Jetzt kennen wir den Code.* Dennoch begriff sie zunächst nicht, was das hieß. *Angus' Code.* Panik, Hoffnung und alter Schmerz erfüllten ihren Brustkorb, bis sie kaum noch zum Atemholen imstande war, ihr das Herz eingezwängt wurde, das trotz allem gequält weiterschlagen wollte.

Nun können wir Nick in die Knie zwingen.

Was soll das heißen?

Ihre Frage blieb stumm. Sie stellte sie sich selbst, nicht ihrem Sohn. Nicht Angus.

Und sie wußte keine Antwort.

Sie versuchte es noch einmal.

»Was soll das heißen?«

»Es heißt ...« Vor Aufregung bebte Davies' Hand, als er ihr das Blatt zeigte, sie drängte, es in die Hand zu nehmen. »Wir sind jetzt dazu in der Lage, etwas *gegen ihn zu unternehmen.* Daß wir die Möglichkeit haben, seine Befehle zu widerrufen. Und Angus neue Befehle zu geben. Daß wir Nick *schlagen* können.«

»So einfach ist es nicht«, sagte Angus so schwerfällig, als kämpfte er gegen eine Einschnürung seiner Kehle an. Sein Blick spiegelte himmelschreiende Not wider, und doch vermochte er kein Hilfeersuchen zu artikulieren.

Wie betäubt ließ Morn sich das Blatt in die Hand drücken, las den Text selbst.

Warden Dios an Isaak, stand auf der Folie. *Prioritätscode Gabriel.*

Morn entzifferte die Code-Angaben, die die *Rächer* als Absender des Funkspruchs identifizierten. Aber andere Code-Zeilen, die sie nicht zu entschlüsseln vermochte, garnierten den Text wie eine Umrahmung. Möglicherweise handelte es sich um eine spezielle Maschinensprache. Jedenfalls ähnelten sie keinen üblichen VMKP-Kommunikations- oder Kommandosequenzen.

Zeigen Sie diese Nachricht Nick Succorso.

Die *Rächer* hatte Nick die Befehlsgewalt über Angus Thermopyle überlassen. Und jetzt hatte Angus sie Davies übertragen.

Und Morn.

Auf einen Schlag zählte jede Kleinigkeit viel zuviel. Nun durfte sie sich keinen Fehler mehr leisten. Ohne Vorwarnung oder Gelegenheit zur Vorbereitung war eine allesentscheidende Krisensituation eingetreten, in der jeder Schnitzer verhängnisvolle Folgen haben mußte, aber sie sich auf nichts als Gespür und Verzweiflung stützen konnte.

Und darauf war sie, weiß Gott, gegenwärtig *nicht im entferntesten* eingestellt.

Davies war dermaßen aufgeregt, daß er vor Begeisterung zur Decke hinaufsprang. Er konnte sich nicht beherrschen: er sah nicht die Gefahr. Ihn blendete die Stärke seines Wunsches, sie zu beschützen.

Die Bürde lastete auf Morn.

Ob sie darauf vorbereitet war oder unvorbereitet.

Der Herzschlag wummerte ihr laut wie Getrommel, dunkel wie Donner in den Ohren. Es blieb belanglos, ob sie für die Herausforderung bereit war oder nicht. Das interessierte niemanden. Nicht einmal sie selbst durfte sich daran stören.

Trotzdem ging sie so achtsam vor, wie das Dröhnen in ihren Ohren und der Aufruhr ihres Gemüts es zuließen.

»Isaak«, sagte sie mit unsicherer Stimme, »unter Berufung auf Prioritätscode Gabriel befehle ich dir, meine Fragen zu beantworten. Ist das der vor kurzem eingetroffene Funkspruch, die von Nick erwähnte Mitteilung?«

Krampfartig schluckte Angus einmal; seine Augen bettelten Morn an.

»Ja.«

»Hast du die Anweisung befolgt?«

»Ich hatte keine Wahl.«

»Du hast die Nachricht Nick gezeigt?« fragte Morn; sie wollte von Angus erfahren, in welcher Lage sie sich jetzt befand.

Angus nickte, als hätte er im Genick Schmerzen. »Ja.«

»Natürlich hat er sie ihm gezeigt«, rief Davies ungeduldig dazwischen. Zu sehr gab er sich dem Jubel hin, anscheinend merkte er gar nicht, wie mörderisch gefährlich die Situation geworden war; daß in jeder Beziehung nicht nur Morns, sondern auch sein Leben auf dem Spiel stand. Mit jedem Moment wurden die Konsequenzen von Angus' Verrat in immer fürchterlicherer Tragweite sichtbar. »Das ist 'n *Prioritätscode*. Er *kann* sich nicht weigern.«

Morn achtete nicht auf ihn.

»Und seitdem hat er dir befohlen« – sie mußte sicher sein, *mußte* es aus Angus' Mund hören –, »was du tun sollst? Du warst gezwungen, seinen Willen zu befolgen? Darum hast du dich gegen uns gestellt?«

»Ja.« Vielleicht hätte er aufgestöhnt, wäre es ihm von den Z-Implantaten erlaubt worden. »Aber so einfach ist das nicht.«

Morn schöpfte tief Luft, atmete langsam aus, um sich zu beruhigen. Furchtsam pochte das Herz ihr in den Ohren, eine Vielzahl stummer Körpergeräusche der Panik beeinträchtigten ihr Gehör. Der Ausdruck in ihrer Hand bebte wie Laub im Wind.

»Warum zeigst du dann jetzt den Funktext uns? Hat Nick es dir befohlen? Steckt dahinter irgendein Trick?«

Daraufhin glommen neue Funken in Angus' Augen. Ärger vermengte sich mit seiner stummen Bittstellerei. »Er weiß davon nichts.«

Davies sank zum Deck herab. »Machst du dir deswegen Sorgen?« fragte er gespannt, als versuchte er eilends mit Morns Gedankengängen gleichzuziehen. »Du glaubst, das gehört zu einem miesen Spiel, das Nick mit uns treibt?«

Morn gab keine Antwort. Im Augenblick konnte sie für ihn keine Aufmerksamkeit erübrigen. Mit Leib und Seele konzentrierte sie sich auf Angus.

»Von wem sonst hast du die Weisung erhalten? Und warum?« Unverwandt schlotterte das Blatt. »Da steht nichts über eine Weitergabe des Codes an uns.«

»Ich weiß nicht, von wem.« Ein andeutungsweiser Tremor ging durch Angus, als versuchte er vergeblich, die Achseln zu zucken. »Ich kann nur erklären, wie es abgelaufen ist«, sagte er in rauhem Tonfall. »Es hängt mit der Maschinensprache zusammen. Ich kann sie nicht lesen, aber mein Data-Nukleus kann's. Als ich die Code-Zeilen eingegeben habe, erteilte er mir die Anweisung, den Funkspruch Davies zu zeigen. Aber nicht sofort. Ich durfte nicht in Nicks Sicht- oder Hörweite handeln. Daß ich es tun sollte, habe ich erst erfahren, als Nick das Raumschiff verließ. Mein Data-Nukleus hat mich nicht informiert, daß ...« Wieder ein Zittern. »Er soll es nicht wissen.«

»Das ist ja auch so oder so belanglos«, behauptete Davies. »Jetzt *kennen* wir den Code. Wir können ihn anwenden, egal was Nick weiß.«

Für einen Moment richtete Morn den Blick von Angus auf ihren Sohn. Sie schaute ihm in die Augen, so daß er ihr die wortlose Mahnung zur Zurückhaltung ansah und sein Enthusiasmus schrumpfte, bis nur eine mürrische Miene zurückblieb. Dann lenkte sie ihre Aufmerksamkeit wieder auf Angus.

»Wie meinst du das: ›So einfach ist es nicht‹?«

Die Verkrampfung seiner Schultern verriet ihr, daß sie sich mit der Frage dem Ursprung seiner Notlage näherte; der Frage, die er eigentlich von ihr gestellt haben wollte.

»Ihr könnt seinen Befehlen widersprechen«, antwortete er mit heiserem Krächzen. »Gut und schön. Und er kann euren Befehlen widersprechen. Ihr hebt gegenseitig eure Befehle auf. Und was passiert dann? Vielleicht könnt ihr ihn schlagen, vielleicht nicht. Aber ich bin auf alle Fälle unfähig zur Ausführung konkreter Handlungen. Ich bin nutzlos.«

Fast glaubte Morn ihn innerlich *Bitte, bitte!* heulen zu hören, als fände sein Leid keine Worte. Sie empfand das ganze Ausmaß dessen, was Warden Dios und Hashi Lebwohl ihm zugefügt hatten, als zutiefst schockierend.

Davies schaffte es nicht, sich zu beherrschen. »Wir sind trotzdem im Vorteil«, mischte er sich ein. »Nick ahnt nichts von den Schwierigkeiten, die er jetzt hat. Wir haben die Gelegenheit zu überraschendem Zuschlagen. Angus kann uns die Waffenschränke öffnen. Wir passen Nick mit Schußwaffen in der Luftschleuse ab. Schnappen ihn uns, ehe er in Angus' Nähe gelangt. Wir sperren ihn ein, wo Angus ihn nicht hören kann. Wenn's sein muß, bringen wir ihn um. Mal sehen, wie er dem *Tod* widerspricht.«

Angus' Blick blieb unablässig auf Morn geheftet. Sein Interncomputer hatte ihn damit beauftragt, den Code-Text Davies zu zeigen; doch sein Interesse galt ausschließlich Morn.

»So einfach ist es nicht«, wiederholte Angus. Ständig ballten und lockerten mehrerlei Arten inneren Drucks, die ihn eigentlich in Wahnsinn hätten stürzen müssen – oder wenigstens zu Bewegungen treiben –, seine Muskeln; doch die Zonenimplantate hielten ihn in unsichtbaren Fesseln. »Und wenn er mich aus dem Labor kontaktiert? Oder mich per externem Interkom-Apparat anruft, während ihr in der Schleuse wartet?« Seine Verärgerung war verpufft. »Ich muß ihm gehorchen. Falls er mich fragt, was an Bord los ist, muß ich es ihm sagen.«

Davies öffnete den Mund; schloß ihn. Morns Gesichtsausdruck hinderte ihn an neuen Äußerungen. Wie Angus musterte er sie, als hätte er vor, eine Frage an sie zu richten, sie um etwas zu bitten ...

Jetzt wußte Morn die Frage, die Angus wünschte, daß sie sie ihm stellte. Auf einmal war sie ihr so klar, als stünde sie auf dem Blatt geschrieben, das sie noch in der Hand hatte. Doch sobald sie begriff, um was es ging, erschrak sie bis ins Mark.

Von dem, was sie nun in die Wege leitete, hing Leben oder Tod aller Beteiligten ab: Mikkas und Ciros, Sibs und Vectors, ebenso Nicks und Angus' sowie Davies', und auch ihr eigenes Überleben oder Sterben. Dieser Sachverhalt war furchtbar genug. Und doch erschien der Tod auf seine Weise als relativ einfache Angelegenheit: seine Bedeutung ließ sich leicht verstehen. Angus' Verrat und Zwangslage dagegen verwiesen auf Verwicklungen entschieden höherer, weitergehender Tragweite.

Morn hatte sich geschworen, am Erbe ihrer Eltern festzuhalten, den Idealen ihrer Familie: sich auf die Überzeugungen zu stützen, die ihr aus dieser Quelle vermittelt worden waren; daß sie eine Polizistin im wahrsten Sinne des Wortes zu sein und zu bleiben beabsichtigte, obwohl Korruption die Weltraumpolizei besudelte, obschon Männer wie Warden Dios und Hashi Lebwohl es über sich brachten, der Menschheit insgesamt Ungeheuerlichkeiten und einzelnen Menschen beispielloses Leid zuzumuten. Gerade weil sie sich durch Schwäche und Fehlbarkeit auszeichnete, gedachte sie keine Mühsal zu scheuen, um stark zu sein.

Doch genau das war jetzt, wie es den Anschein hatte, unmöglich geworden.

Außerstande, den nächsten Schritt zu tun, wandte sie sich zur Seite.

»Aber wieso geht das alles so kompliziert vor sich?« Ihre Stimme klang in den eigenen Ohren kläglich, wie ein Gejammer des Selbstmitleids; als hätte Mutlosigkeit sie überwältigt. »Wenn Warden Dios' oder Hashi Lebwohls Plan vorsah, uns Angus' Befehlscode zukommen zu lassen«, fügte sie dennoch hinzu, »weshalb hat man ihn uns nicht schlichtweg auf offiziellem Weg übermittelt?« Das war, wenngleich sie Angus nicht tangierte, eine äußerst wichtige, vielleicht durch und durch maßgebliche Frage. »Wieso hat erst Nick ihn erhalten? Er hätte Angus ermorden können, bevor sich die Gelegenheit ergab, den Code zu unseren Gunsten zu verwenden.«

Davies war nahezu außer sich vor Unbezähmbarkeit oder Gereiztheit. »Auch das ist doch völlig ohne Belang.«

Ruckartig drehte Morn ihm den Kopf zu. Ein Auflodern des Zorns verdrängte ihre Furcht. »Es spielt sehr wohl eine Rolle«, widersprach sie streng. »Für wen arbeiten wir nun? Wer will uns ausnutzen? Auf wessen Seite sollen wir stehen?«

Weder wirkte Davies sonderlich beeindruckt, noch zögerte er mit der Antwort. »Unserer eigenen Seite«, empfahl er, als wäre er seiner Sache sicher. »Der Seite, für die wir uns entscheiden.«

Morn bändigte den Drang, ihn auszuschimpfen. *Wach auf!* hätte sie ihn am liebsten angeschrien. *Werde endlich erwachsen!* Das VMKP-HQ ist gespalten. Vielleicht geht ein Riß durch den gesamten Human-Kosmos. Es ist denkbar, daß Warden Dios sinnvolle Befehle erteilt, aber Hashi Lebwohl sie entstellt hat, weil sie nicht in den Kram paßten. Oder daß Dios seine wahren Anordnungen vor Lebwohl verheimlichen wollte und sie deshalb in Maschinensprache versteckt hat. Oder Min Donner das Vorhaben der beiden mißbilligte, allerdings keine Insubordination riskieren mochte, und darum von ihr dem Funkspruch eigene Befehle eingearbeitet worden sind. Es ist *von Belang!* Wohin wir von hier aus fliegen, alles, was wir von nun an unternehmen oder versuchen, ist davon *abhängig,* wer will, daß Nick das Kommando über Angus ausübt. Und wer will, daß wir ihm die Macht über Angus entwinden.

Und vom *Warum.*

Aber schon ein, zwei Herzschläge später merkte sie, daß ihr Bedürfnis zu schreien schwand. Die Wut hatte ihren Zweck erfüllt: ein Teil ihrer Furcht war in Entschlossenheit umgewandelt worden. Unwissentlich hatte Davies es ihr ermöglicht, sich auf den nächsten Schritt vorzubereiten.

Unversehens konnte sie wieder deutlich hören. Das dröhnende Wummern ihres Herzens und der lautlose Hall des Schreiens waren verflogen. Sie hörte Davies' erregtes und Angus' verbissen-beklommenes Atmen. Die leise-hartnäckige elektronische Allgegenwärtigkeit der Kommandosysteme erreichte Morns Gehör; das Summen der Leuchtkristalle in den Sichtschirmen und – als Hintergrund zu allem übrigen – das ununterbrochene Gesäusel der Klimaanlagen-Skrubber. Und hinter allem schien sie, durch die greifbare Realität und emotionale Aufgewühltheit nur ungenügend kaschiert, das unterschwellige, gefahrvolle Knistern des Verrats wahrzunehmen.

Erneut wandte sie sich an Angus.

Er harrte still in stummem Leid aus. Sein Interncomputer verwehrte ihm die Mittel zum Artikulieren seiner Bitte. Wenn sie ihm nicht die richtige Frage stellte, konnte er ihr keine Auskunft geben.

»Na schön«, sagte sie, als wäre auch sie in jeder Hinsicht so sicher wie Davies. »Wir widersprechen Nicks Befehlen. Er widerspricht unseren Befehlen. Dann haben wir eine Pattsituation. Du kannst nichts mehr machen. Welche Alternativen bieten sich dazu an?«

Für einen ganz kurzen Moment schaute Angus zu Boden, als könnte er nicht ertragen, was er zu sagen hatte. Aber dann hob er den flehentlichen Blick seiner gelblichen Memmenaugen wieder zu Morns Gesicht.

»Tötet mich.«

»Außer dieser«, schnauzte Morn in plötzlicher Erbitterung.

Ein Zucken, als durchstäche ein Schmerz Angus, verzog seinen Mund. »Helft mir.«

»Dir ›helfen‹ sollen wir?« Morn tat nichts, um ihre Verbitterung zu bezähmen; sie brauchte sie. »Was soll denn *das* heißen?«

»Helft mir«, wiederholte Angus, als sammelte er die Wörter wie Reste in einer Trümmerlandschaft auf. »Mich loszulösen ... vom Data-Nukleus.«

Aus seinen Augen rannen Tränen, die ihm nichts bedeuteten.

Davies lief rot an, vielleicht infolge einer Aufwallung der Panik oder Empörung. Man sah ihm an, daß ihm eine lautstarke, heftige Bemerkung auf der Zunge lag.

Morn kam ihm zuvor. *So einfach ist es nicht.* Sie drohte durch die gleichen Erinnerungen, die momentan ihren Sohn gegen Angus aufbrachten, abermals in einen Zustand nackten Entsetzens abzugleiten. Um sich dagegen zu behaupten, konzentrierte sie sich auf Angus' verzweifelte Lage, das hilflose Bitten seiner Miene. Sie dachte an die durchdringende Zerquältheit, mit der er *Ich bin NICHT dein verdammter Scheißsohn!* gebrüllt hatte.

»Irgendwie habe ich geahnt«, antwortete sie in bissigscharfem Ton, »daß es darauf hinausläuft.« Ihre gräßlichsten Ängste hatten sie vorgewarnt. »Dich vom DataNukleus zu erlösen. Dich zu befreien ... damit du wieder deine eigenen Entschlüsse fassen kannst. Aber wie?«

Elektronische Emissionen beendeten die Spasmen in Angus' Wange; zwangen ihn zu einer Reglosigkeit, als wäre er eine aus Bein geschnitzte Skulptur.

»Ihr könnt ihn herausschneiden. Ich kann euch sagen, wie es geht. Aber dann« – er sprach ohne Eile, ohne ein einziges Wort besonders zu betonen – »bin ich als Cyborg für euch verloren. Meine gesamten Datenspeicher und alle meine speziellen Fähigkeiten wären dahin. Ich wäre bloß noch ...« Die Programmierung erlaubte ihm ein steifes Anheben der Schultern, das aussah, als wollte er sich ducken. »Wird der Chip entfernt, stürzt das komplette System ab. Allerdings sind einige Stasisbefehle fest integriert. Auf sie reagieren meine Zonenimplantate automatisch. Ich würde quasi stillgelegt, ihr könntet euch nicht einmal noch mit mir verständigen. Schließlich müßte ich sterben.«

Er verstummte.

Davies beobachtete Morn mit allen Anzeichen der Betroffenheit.

»Oder?« fragte sie grimmig.

»Oder ihr helft mir«, antwortete Angus in wüstem Ton aus wie zugeschnürter Kehle, »ihn zu modifizieren.«

»Zu *modifizieren?*« Davies hatte sich ans Geländer des Aufgangs zur Konnexblende geklammert; es hatte den Anschein, als könnte er sein Aufbegehren nicht mehr ohne äußeren Halt zügeln. Er empfand die gleiche Wut wie Morn, die gleiche tiefe, unentbehrliche Entrüstung: auf jede Weise hatte er das gleiche durchlitten wie sie, außer am eigenen Leibe. »Das ist unmöglich.« Was ihn betraf, mußte es einfach unmöglich sein. »KMOS-SAD-Chips lassen sich nicht überschreiben. Man kann sie nicht abändern. Wozu wären sie andernfalls denn gut?«

Aber in Wahrheit war sein Zorn nicht das gleiche wie

Morns erbitterte Wut. Die geistige Gemeinsamkeit zwischen ihnen endete in der amnionischen Entbindungseinrichtung auf Station Potential. Vom Moment seiner Geburt bis zur Befreiung durch Angus hatte Davies sein Dasein als Gefangener verlebt, getrennt von Morn.

Wogegen sie ...

»Weshalb hörst du ihm überhaupt zu?« wandte er sich hitzig an Morn. »Du wirst ihm doch wohl nicht helfen, oder?! Das *kannst* du doch gar nicht. Nicht nach allem, was an Bord der *Strahlenden Schönheit* geschehen ist. Du nährst nur völlig überflüssigerweise seine Hoffnungen. Wahrscheinlich hat er sich schon ausgedacht, was er mit dir anstellt – mit uns –, sobald er frei ist.« Sein Tonfall wurde immer eindringlicher. »*Hör auf* mit dem Gerede«, forderte, bat er. »Gib ihm Befehle. Oder laß mich ihm Befehle erteilen. Nick ist das eigentliche Problem. Wir müssen uns auf *ihn* vorbereiten.«

Morn schüttelte den Kopf.

Während ihr Sohn auf der *Käptens Liebchen* Gefangener gewesen war, hatte sie das Raumschiff in ihre Gewalt gebracht, die Interspatium-Barkentine und einen Großteil Station Potentials als Geisel genommen, um ihn herauszuhauen. Später hatte sie, vor Grauen in beinahe autistischer Verfassung, stundenlang in ihrer Kabine gehockt und sich die Haare ausgerissen, bis Sib Mackern endlich den Mut fand, sie freizulassen. Mehr als einmal hatte sie Zonenimplantat-Entzugserscheinungen durchstehen müssen. Und dann war sie von Nick den Amnion ausgeliefert worden. Amnion-Mutagene in den Venen, hatte sie in der Zelle auf die ribonukleischen Konvulsionen gewartet, die sie um ihr Menschsein und ebenso den Verstand bringen mußten.

Morns Wut war von völlig anderer Art.

»Davies«, sagte sie deutlich und mit Nachdruck, »halt den Mund. Wir müssen's uns anhören. Wir müssen wissen, welche Möglichkeiten uns offenstehen.« Von neuem wandte sie sich an Angus. »Modifizieren?« fragte sie.

Er hatte auf ihren Wortwechsel mit Davies nicht reagiert.

Seine gesamte Aufmerksamkeit hatte sich in der krassesten Form geballt, bis er nichts anderes noch wahrnahm als die eigene Not, sein Ersuchen, und Morn: für sonst irgend etwas gab es keinen Raum mehr in seinem Denken und Empfinden. »Ich kann den Chip verändern«, behauptete er, sobald sie ihn erneut angesprochen hatte. »Ihr braucht mir nur zu helfen, an ihn dranzugelangen.«

»Und wie?«

Sie meinte: Wie bist du dazu imstande? Aber sie meinte gleichzeitig: Wieso weißt du, auf welche Weise so etwas machbar ist? Wie ist möglich, daß du einen Kunstgriff beherrschst, den sonst niemand im Human-Kosmos sich auch nur in mindesten vorstellen kann?

Anscheinend verstand er sie. »Ich hab's von den Amnion gelernt.« Jedes einzelne Wort kostete ihn eine Mühsal, als müßte er es aus den Abgründen einer gräßlichen Tiefe heraufzerren. Oder als ob er sich sorgte, wie Morn seine Einlassungen aufnahm.

»Vor vielen Jahren ist's gewesen«, erklärte er, sprach jetzt wieder mit tonloser Stimme – der Stimme einer Maschine. »Damals habe ich 'n Erzfrachter gekapert, *Süße Träume*. Crew von achtundzwanzig Leuten. Aber ich hab sie nicht gekillt. Ich war nicht hinter der Ladung her.«

Unvermittelt wünschte Morn, er hielte den Mund. Sie spürte, wie ihr innerlich kälter wurde, als kröche die Weltraumleere, durch die der Asteroidenschwarm taumelte, ins Raumschiff. Sie bezweifelte, daß sie es verkraften konnte, noch mehr zu erfahren.

»Statt dessen habe ich die Besatzung nach Kassafort geflogen«, gestand Angus mit monotonem Leiern, »und an die Amnion verkauft. Alle achtundzwanzig Personen. Das war das größte einzelne Angebot, das den Amnion je von einem Illegalen unterbreitet wurde, und sie haben mich dafür bezahlt, indem sie mir zeigten, wie ich den Data-Nukleus der *Strahlenden Schönheit* manipulieren konnte.«

In Morns Magengrube entstand eine merkwürdige Eisigkeit und breitete sich rundum aus; ihre Glieder begannen zu zittern, ihr Herz flatterte. Nick hatte sie den Amnion überlassen. Auch Davies hatte er zu verschachern versucht. Angus jedoch hatte nicht einen Menschen verkauft, sondern *achtundzwanzig* ...

Nochmals brachte er ein steifes Achselzucken zustande. »Das ist der einzige Grund, weshalb ich vom KombiMontan-Sicherheitsdienst nicht exekutiert worden bin, als er dazu Gelegenheit hatte. Der einzige Grund, warum ich hier bin. In dieser Verfassung.« Seine Tränen bedeuteten keineswegs, daß er weinte. Sie waren der Schweiß seiner inneren Marter. »Im Data-Nukleus der *Strahlenden Schönheit* ließen sich keine Beweise finden, die sie gegen mich hätten verwenden können.«

Die eisige Kälte erreichte Morns Schultern, durchzitterte ihre Arme. Irgendwie schien die Eisigkeit des absoluten Nullpunkts in ihr Inneres eingedrungen zu sein, der vollkommene und unbehebbare Frost des interstellaren Abgrunds.

Ein Mann, der achtundzwanzig Menschen an die Amnion verkauft hatte, wünschte die Freiheit wiederzuerhalten.

»Du Schweinehund«, keuchte Davies durch die Zähne. »Du mieses Stück Scheiße. Wie kannst du eigentlich weiterleben? Wie ist es dir möglich, dich selbst zu ertragen?«

Angus antwortete nicht; Morn jedoch kannte die Antwort. Ihr Einblick in Angus war geradeso intim wie Vergewaltigung. Er ertrug es nicht. Sein Lebtag lang floh er vor sich selbst, stürzte sich von einer in die nächste Gewalttat, zappelte sich wie besessen ab, um der Finsternis seines eigenen Innenlebens zu entkommen.

»Wie?« wiederholte Morn. Auch ihre Stimme zitterte, als litte sie an Unterkühlung. »Wie machst du das?«

Ihre Frage galt etwas ganz anderem, als ihren Sohn interessierte.

Angus verstand sie. »KMOS-SAD-Chips ändern nie ihren Zustand«, erläuterte er, als hielte er ein Referat. »Sie ergänzen ihn gewissermaßen nur. Es ist physikalisch undurchführbar, sie nachträglich abzuwandeln. Jeder weiß, es gibt nur eine Möglichkeit, um auf ihren Speicherinhalt einzuwirken, nämlich einen Filter draufzuschreiben, der beim Abrufen der Informationen einige Daten überdeckt. Die Daten bleiben vorhanden. Bloß lassen sie sich nicht mehr erkennen. Aber das ist ein zweckloses Vorgehen. Man sieht nämlich den Filter. Er wird zusammen mit den anderen gespeicherten Daten wiedergegeben. Auch das ist allgemein bekannt.«

Morn bebte vor sich hin, als würde sie von Angus verhöhnt.

»Der Trick besteht darin«, sagte er unvermindert betonungslos, »einen *transparenten* Filter zu schreiben. Er ist sichtbar, trotzdem bemerkt ihn niemand, weil alles ganz normal aussieht. Aber auch das ist im Grunde genommen ausgeschlossen. Der Chip nimmt ja *ausschließlich* Ergänzungen vor. Sein Inhalt ist durchweg linear, in chronologischer Reihenfolge gespeichert. Auch ein transparenter Filter ist ersichtlich, weil er später als die Daten, die er überdeckt, hineingeschrieben wird. Andernfalls könnte der Filter nicht funktionieren ...«

Er erweckte den Eindruck, seine Darlegungen wider Willen zu unterbrechen, als stünde er an der Abzweigung einer Logik-Baumstruktur: gefangen zwischen der VMKP-Programmierung und der eigenen Verzweiflung. Je kälter sich Morn fühlte, um so stärker rann ihm Schweiß übers Gesicht. Er verdrehte die Augen, zeigte mehr vom Glitzern des Gelbs.

»Weiter«, verlangte Davies halblaut. Seine Stimme klang, als wäre er außer Atem, fast nach Ausgelaugtheit; als wäre er bis zum äußersten angespannt. »Hör bloß nicht auf, wenn's am interessantesten ist.«

»Außer man weiß«, antwortete Angus etwas überstürzt, »wie man einen Filter schreibt, der genau wie das Gittermuster des Chips aussieht.« Seine Stimme kratzte in der Kehle wie eine rostige Klinge. »Dann ist er nicht nur transparent, sondern tatsächlich unsichtbar. Er bleibt beim Abtasten unerkannt, weil er sich von der materiellen Beschaffenheit des Chips nicht unterscheidet, und den Chip sieht man nie, man bekommt nur die Daten zu sehen.«

Morn schlang die Arme um den Oberkörper, um ihr Schlottern zu unterbinden, aber sie fror zu stark. Langanhaltendes Beben durchzitterte ihre ganze Gestalt. Ihr klapperten die Zähne, bis sie sie zusammenbiß.

»In größerem Umfang bin ich dazu nicht imstande«, gab Angus zu. »Nur die Amnion können's, ihre Apparate und Codierungen sind so gut. Sie haben mir lediglich beigebracht, wie sich die Information für mich nutzen läßt.«

Seine Augen trieften wie nässende Wunden.

»Aber wenn die Data-Nuklei der *Strahlenden Schönheit* und meines Interncomputers«, fügte er hinzu, »auf die gleiche Weise hergestellt worden sind, kann ich einen Filter schreiben, der meine Prioritätscodes überdeckt. Sie blockiert. Dann kann kein Außenstehender mir mehr Befehle geben.«

Wahrscheinlich *waren* sie gleich fabriziert worden, überlegte Morn mit kurioser innerer Distanziertheit. Der einzige rechtmäßige Produzent von KMOS-SAD-Chips, den die Menschheit hatte, war die VMKP. Morn fiel kein Grund ein, weshalb die Fabrikationsmethoden verändert worden sein sollten.

»Scheiße ...« Davies musterte Angus voller mit Schrecken vermischter Faszination: Trotz seiner spontanen Ablehnung erregte Angus' Vorschlag bei ihm weitergehendes Interesse. »Kannst du keine gründlichere Arbeit leisten? Die Originalprogrammierung filtern? Gegen 'n eigenes Programm austauschen?«

Angus schüttelte den Kopf. »Nein.« Er beantwortete die Frage, als wäre sie aus Morns Mund gekommen. »Ich weiß nicht, in welchem Code sie geschrieben ist. Ich kann nur mit Daten arbeiten, die ich kenne.«

»Wie deinem Prioritätscode«, ergänzte Davies an seiner Stelle.

»Wie meinem Prioritätscode«, bestätigte Angus stur.

Nein, stöhnte Morn innerlich. Dazu war sie nicht fähig. Es war zuviel verlangt. Absolut ausgeschlossen. Wie oft hatte er sie mißhandelt und erniedrigt, vergewaltigt, geprügelt? Davies hatte recht: sie konnte Angus nicht die Freiheit wiedergeben.

Aber eine Frage mußte sie noch an ihn richten, trotz ihrer Verstörtheit und obwohl inwendige Kälte sie zerfraß. Eine entscheidende Einzelheit galt es noch zu klären ...

»Angus, wer weiß darüber Bescheid, daß du das kannst?«

Welcher der Ränkeschmiede und Gegenintriganten im VMKP-HQ konnte Angus' Fähigkeit in seine Pläne einbeziehen haben?

Diesmal blieb eine Antwort aus. Es schien, als wäre er selbst infolge innerer Vereisung erstarrt. Sein Elend und seine Flehentlichkeit stauten sich zu einer ungeheuren Ballung des Leidensdrucks, sein Blick hing unverwandt an Morn, aber kein Laut kam aus seinem Mund. Offenbar kollidierte Morns Frage mit einer vorprogrammierten Restriktion, so daß die Z-Implantate ihn zum Schweigen zwangen. Er sah aus, als erstickte er an unaussprechbaren Worten.

»Isaak«, sagte Morn mit aus Selbstbeherrschung rauher Stimme. »Ich berufe mich auf Prioritätscode Gabriel. Beantworte meine Frage. Wer weiß, daß du dazu imstande bist?«

Erneut hob er auf eine Weise die Schultern, die an einen Spasmus erinnerte. »Warden Dios.« Seine Auskunft klang, als schrie, heulte er: *Ich bin nicht dein Sohn!* »Soweit ich informiert bin, ist er eventuell die einzige Person.« *Ich bin NICHT dein verdammter Scheißsohn!* »Aber er hat sich nicht von mir über die Methode in Kenntnis setzen lassen. Und er könnte, war sein Standpunkt, auch niemand anderes darin einweihen. Es sei zu gefährlich. Er hat von ›Selbstmord‹ gesprochen.«

Selbstmord? Entgeistert blieb Morn so stumm, als befände sie sich in der stillen Unterbrechung zwischen einem und dem nächsten Schub ihres Fröstelns. Dieser Schachzug – die Weitergabe von Angus' Prioritätscode an Davies, die sie und ihren Sohn mit dem Fluch der Entscheidungsnotwendigkeit belegte – ging auf Warden Dios zurück. Allerdings betraf er nicht Hashi Lebwohl. Und nicht Min Donner. Sie waren seine Untergebenen: um für ihn eine Gefahr zu sein, hatten sie schlichtweg zuwenig Einfluß und Mittel. Im Human-Kosmos existierte nur eine Macht, die groß genug war, um Warden Dios etwas anhaben zu können.

Ausschließlich Holt Fasner konnte den VMKP-Polizeipräsidenten vernichten.

Morn erkannte die Ursache der Kälte: Sie spürte, sie war in die Anfangsphase des Zonenimplantat-Entzugs geraten. Die ihr fortlaufend verabreichten Dosen an Kat hatten das Eintreten der Entzugserscheinungen aufgeschoben; doch jetzt holten die Folgen sie ein, gruben ihre Krallen in die Nerven, steigerten die Frostigkeit in Leib und Gliedern zu einem schrillen Sturmgeheul eiszeitlicher Vergletscherung.

Warden Dios hatte Davies die Kontrolle über Angus gegeben.

Warum? Was wollte er von ihrem Sohn? Was sollte Davies nach seiner Ansicht unternehmen können, um ihn vor dem Drachen zu schützen?

Was glaubte er eigentlich, wieviel Leid sie durchstehen konnte?

Davies stieß sich vom Geländer des Aufgangs zur Konnexblende ab und schwebte auf Morn zu. Als er sie an den Schultern faßte, drängte der schwache Anprall sie rückwärts, von Angus fort. Sie bebte in Davies' Händen; schlotterte dermaßen, als müßte sie unter seinem Griff zerbrechen. Er blickte ihr aus unmittelbarer Nähe ins Gesicht.

»Morn, ständig wiederhole ich mich.« Seine leise Stimme klang nach verhängnisvollen Aussichten; er äußerte sich in einem Flüstern, das dem Säuseln in die Weltraumleere entweichender Bordatmosphäre glich. »*Nichts* von alldem hat momentan Bedeutung. *Hier* nicht. Nicht für *uns*. Wir können doch gar nicht ohne weiteres erraten, auf wessen Seite wir zu stehen haben. Wir wissen nicht, wer diese Vorkommnisse angestiftet hat oder was man von uns verlangt. *Da* dürfen wir unser Problem nicht sehen. Unser Problem ist *Nick*. Auf ihn müssen wir uns einstellen. Es ist völlig offen, wann er zurückkehrt. Vielleicht beschließt er, wenn Vector erst mal an der Arbeit sitzt, an Bord auf die Ergebnisse zu warten. Uns zu schikanieren, um sich die Zeit zu vertreiben. Sich völlig unvorbereitet von ihm erwischen zu lassen, wäre heller Wahnsinn.«

Er klammerte die Finger um ihre Schultern, als könnte der Druck ihre innerliche Eiseskälte lindern.

»Gib Angus die nötigen Befehle«, forderte er starrköpfig. »Oder ich tu's, wenn's dir zuviel ausmacht. Wir müssen *handeln*.«

Angus enthielt sich jeden Einwands. Allem Anschein nach war er mit seinen Möglichkeiten der Bittstellung am Ende. Schweiß bildete Perlen auf seiner Haut, hervorgepreßt durch den innerlichen Stau seiner Notlage; doch er stand reglos da, sagte nichts, fragte nichts.

Er wollte von Morn befreit werden.

Ihr Leben lang war Morn eine Frau gewesen, die wußte, wie man Groll nährte. Ihren Eltern hatte sie nie verziehen, sie für den Dienst bei der VMKP verlassen zu haben. Weil sie damals ein Kind gewesen war, hatte sie auch sich selbst nie vergeben. Nachdem ihre Mutter dabei ums Leben gekommen war, im Gefecht gegen die *Liquidator* die *Intransigenz* zu retten, hatte Morn beschlossen, selbst Weltraumpolizistin zu werden, und gehofft, dadurch ihren alten, unbesänftigten Kummer nach außen wenden zu können, ihre Schuldgefühle zu mindern. Dies Anliegen jedoch scheiterte, als ihr Hyperspatium-Syndrom zur Havarie der *Stellar Regent* führte. Auf einer gänzlich unterschwelligen Ebene – jenseits von Verstand oder Logik – war ihre Schuld bekräftigt worden. Die *Stellar Regent* war havariert, weil sie ihren Eltern nie verziehen hatte. Darin lag der Ursprung ihres Hyperspatium-Syndroms; das war der Makel in ihrem Kopf. In den Ketten ihres Grolls gefangen, hatte sie den Tod ihrer Eltern heraufbeschworen.

Und dann war sie in Angus' Hände gefallen: der Inkarnation und Apotheosis ihrer verdienten Strafe. Mit allem

Nachdruck hatte sie ihren Groll gegen sich selbst gekehrt. Nach allem, was sie verbrochen hatte – und ihr angetan worden war –, sah sie keinen möglichen Ausweg aus ihrem Schicksal, als von Angus das Zonenimplantat-Kontrollgerät anzunehmen und sich Nick anzuschließen; indem sie sich auf das durch und durch unaufrichtige Vorgehen verlegt hatte, Nick in seinen Illusionen zu bestätigen. Sie hatte eine denkbare Rettung verworfen, um ihre Bestrafung zu verlängern.

Aber Davies hatte sie verändert. Ein Kind zu haben hatte sie dazu gezwungen, über ihren Groll und ihre Selbstzüchtigung hinauszuwachsen und über andere Fragen nachzudenken; die Dinge aus höherer Warte zu bewerten. Von Vector hatte sie erfahren, daß die Weltraumpolizei korrupt war; anfangs hatte diese Information ihr Entsetzen eingeflößt. Doch was unterschied die Geheimhaltung des Intertech-Antimutagens seitens der VMKP von dem Gebrauch, den sie von dem schwarzen Kästchen gegen Nick gemacht hatte. Oder gegen sich selbst. Wenn sie wünschte, daß ihr und das Leben ihres Sohns sich besser als Nicks oder Angus' Existenz gestalteten, mußte sie endlich dazu übergehen, andere Entscheidungen zu treffen.

Was mich betrifft, hatte sie einmal zu Davies gesagt, *bist du das Zweitwichtigste in der Galaxis. Du bist mein* Sohn. *Aber am allerwichtigsten* ist es, *an erster* Stelle steht es, *keinen Verrat an meiner Menschlichkeit zu begehen.* Und später, als er beabsichtigte, Nick aus der *Posaune* auszusperren, hatte sie klargestellt: *Du bist Polizist. Und ich will künftig auch Polizistin sein. Wir verhalten uns nicht so.*

Schöne, rührselige Gefühle. Aber sie blieben ohne Sinn, wenn man die zugrundeliegenden Prinzipien mißachtete.

Wenn sich danach zu richten jedoch hieß, Angus die Freiheit zurückzugeben ...

Es schauderte ihr vor Abscheu, während sie ihn mit dieser Frage konfrontierte. »Warum sollten wir dir helfen?« rief sie ihm an Davies' Schulter vorbei zu. »Davies hat recht. Bestimmt ist es möglich, Nick irgendwie unschädlich zu machen, ohne dich zur Handlungsunfähigkeit zu verurteilen. Du wirst für uns arbeiten, weil du's mußt, unsere statt Nicks Befehle ausführen, und wir brauchen uns nicht mehr ständig vor dir zu fürchten.« Wir benutzen ihn als Instrument, so wie Warden Dios und Nick es getan haben. Vielleicht weniger brutal. Oder raffinierter. Trotzdem als Werkzeug. Wir verdinglichen ihn. »Weshalb dürfte ich auch nur im geringsten annehmen, einer von uns wäre, wenn du von dem Interncomputer frei bist, in deiner Gegenwart sicher?«

»Morn!« mahnte Davies, klammerte die Finger fester an ihre Schultern, schüttelte sie.

Morn ignorierte ihren Sohn. Die Situation bedingte, daß sie ihre Aufmerksamkeit ebenso konzentriert wie Angus ballte. Momentan zählte nichts außer seiner Antwort.

»Weil ich euch hätte aufhalten können«, behauptete er, kaum daß Davies schwieg. Alle Anzeichen der Feindseligkeit waren aus seiner Miene gewichen; nur der nackte, unverhohlene Ausdruck seiner Drangsal ließ sich noch erkennen.

»Quatsch!« Davies fuhr herum, drehte sich mit einem Ruck Angus zu. »Nichts konntest du verhindern. Du warst doch *unterlegen.* Nick hatte dich *geschlagen,* du hast in keiner Hinsicht noch 'ne *Wahl* gehabt. Du hättest deine Seele verkauft, um dich aus der Patsche zu winden, aber dazu hat er dir keine Gelegenheit gewährt. Du hast ihr das Kontrollgerät gegeben und sie abhauen lassen« – seine Fäuste schwangen durch die Luft –, »weil du *nichts anderes mehr tun konntest!*«

Angus schüttelte den Kopf, als wollte er sich den Hals brechen. Unverändert sprach er allein mit Morn.

»Ich hätte beweisen können, daß ich hereingelegt worden bin. Über Nicks geheime Beziehungen zum KombiMontan-Sicherheitsdienst wußte ich doch Bescheid. Die Verbindung zu Milos Taverner wäre leicht herzustellen gewesen. Ein Wort von mir, und der Sicherheitsdienst hätte euch zurückgehalten. Dich und Nick. Selbst wenn mir nicht geglaubt worden wäre, gestoppt hätte man euch erst einmal. Um Zeit zum Herausfinden der Wahrheit zu haben. Dann wärt ihr erledigt gewesen. Und die Verbindung bestand wirklich. Taverner wäre überführt worden. Und er hätte alles ausgeplaudert, um seinen Hals zu retten. Vielleicht wäre ich, hätte ich's nicht geschafft, eine günstigere Lösung auszuhandeln, exekutiert worden, aber ich hätte dich und Nick mit ins Verderben gerissen. Nur habe ich's nicht getan. Auch später nicht, nachdem ihr fort gewesen seid. Ich habe mich vor Gericht überhaupt nicht verteidigt. Nicht mal, um die *Strahlende Schönheit* vor der Verschrottung zu bewahren.« In seinen Augen spiegelte sich dumpfes Weh. »Ich habe mit mir anstellen lassen, was sie wollten ... damit sie Nick in Ruhe ließen. So daß du entkommen konntest.«

Er überraschte Morn; schockierte sie fast. Für die Dauer von ein, zwei Herzschlägen fühlte sie keine Kälte, war sie zu voller Konzentration fähig.

»Warum?«

Warum hast du diese Haltung eingenommen?

Seine Stimme sank herab, bis sie ihn kaum noch verstehen konnte. »Weil ich eine Abmachung mit dir getroffen hatte.« Die Worte klangen widersinnig kläglich, als kämen sie von einem mißhandelten Kind. »Ich hatte dir das Zonenimplantat-Kontrollgerät gegeben. Du hast mir weiterzuleben ermöglicht. Und ich habe mich nach der Vereinbarung gerichtet. Unabhängig davon, ob du's auch so hältst oder nicht ... Immer wenn ich dir Leid zugefügt habe« – dieses Eingeständnis äußerte er mit nahezu unhörbarem, jammervollem Flüstern, als schüttete er damit sein ganzes Herz aus –, »habe ich mir selbst weh getan.«

»Angus«, setzte Davies grob zu einer Erwiderung an, »gottverdammt noch mal ...!« Dann jedoch verstummte sein Aufbäumen. Anscheinend fehlte es ihm an Worten für das, was er empfand. Den Rücken Morn zugekehrt, wartete er gebeugt auf das Kommende, als neigte er jetzt zum Rückzug in sein Innenleben, krampfte sich sein Wesen um Schmerz zusammen, den er nicht durchschaute.

Morn legte eine Hand auf seine Schulter. Während sie

spürte, wie seine Muskeln sich unter dem von Aliens fabrizierten Stoff der Bordmontur verspannten, erkannte sie, was sie tun mußte.

Sie hatte den Entschluß herbeizuführen; ihn nun zu treffen und entsprechend zu handeln. Warden Dios hatte ihrem Sohn die Verantwortung übertragen, doch ihm gebührte sie nicht.

Davies war unter Rückgriff auf ihren Geist per biologischem Schnellverfahren entbunden worden, aber er war nicht *sie*. Auch sein Vater gab einen Teil seines Ichs ab. Und Davies stand zwischen ihnen beiden – zwischen der Erinnerung an ihr Leid und der Bewunderung für seinen Vater. Zorn bot ihm den einzigen Schutz. Wenn er darauf verzichtete, war er verloren.

Die notwendige Entscheidung überforderte ihn.

Morn dagegen ...

Was mich betrifft, bist du das Zweitwichtigste in der ganzen Galaxis. Du bist mein Sohn.

Sie war die Frau, die Angus vergewaltigt und erniedrigt hatte. Ob er es wußte oder nicht, damit hatte er ihr das Recht abgetreten, über sein Schicksal zu entscheiden.

Aber am allerwichtigsten *ist es, an erster* Stelle steht es, *keinen Verrat an meiner Menschlichkeit zu begehen.*

Alles, was sie gelernt hatte, lief auf folgendes hinaus: Rache war zu kostspielig. So etwas konnte die Menschheit sich nicht leisten.

Vorsätzlich verwarf sie den Groll und den Selbstbestrafungsdrang ihres gesamten Lebens.

»Wir machen es«, sagte sie zu Angus, obwohl die Stimme ihr fast in der Kehle erstickte, das Hämmern ihres Herzens ihr Kälteschwälle verdoppelter Intensität verursachte. »Wir vertrauen dir. Allerdings keineswegs dir allein.«

Sie äußerte die Einschränkung mehr aus Rücksicht auf Davies als um Angus' willen. »Wir trauen demjenigen, der die Programmierung deines Data-Nukleus vorgenommen hat.« Morn zitterte wie eine Verdammte. »Ich glaube, es ist Warden Dios persönlich gewesen. Meine Ansicht ist, er versucht einen Weg zu finden, um gegen Holt Fasner vorzugehen. Und falls es so ist, bin ich der Meinung, wir sollten ihn unterstützen.«

Sie schlotterte, als hätte die Kälte, die sie durchkroch, eine metaphysische Natur angenommen; als wäre sie von einem Beben der Seele befallen worden, das den Körper nur beiläufig erfaßte.

Trotzdem beendete sie, was sie zu sagen hatte. »Wir sind Polizisten. Wir benutzen keinen Menschen wie ein *Ding*.«

Angus ballte und entkrampfte die Fäuste, während er langsam den Mund zu einem wilden Grinsen verzog.

Sobald Davies sich umdrehte und die Arme um sie schlang, fing Morn an zu weinen.

NICK

Nick Succorso durchquerte durch die geringe Gravitation des Laboratoriumsasteroiden, als schwebte er auf einer Wolke. Sein Triumphgefühl erhob ihn über alles, er war vor lauter prallen Ambitionen nahezu umnachtet. Gieriges Sehnen und Lechzen, das ihn sein Leben lang zermürbt hatte, sollte endlich, endlich gestillt werden; *wurde* gestillt. Die *Posaune* war *sein* Raumschiff geworden. Aus Gründen, die ihm nichts bedeuteten und die ihn auch gar nicht interessierten, hatte Warden Dios ihm seinen VMKP-Lieblingscyborg unterstellt. Mikka und Vector mußten seine Befehle ausführen. Schon bald sollte er in den Besitz eines im Effekt unerschöpfbaren Vorrats des Antimutagen-Serums der VMKP-DA-Abteilung geraten – und damit allen Reichtums, dessen er je bedürfen mochte. Auch Morn fiel *ihm* zu, war ihm so sicher wie die *Posaune* und Angus, reif für die Vergeltung.

Und die *Sturmvogel* war hier; Sorus Chatelaine war *da*.

Nicks Herz und Hirn schwammen so übervoll von Seligkeit, daß sie ihn bei seinen Bewegungen beschwingte, er bei jedem Schritt abzuheben schien. Er bemerkte kaum noch das Deck.

Mikka und Vector an seinen Seiten, Sib und Lumpi hinter sich, verließ er die Luftschleuse der *Posaune* und betrat den Zugangsstollen, der in Deaner Beckmanns Schwarzlabor mündete.

Unter ihrem Verband trug Mikka eine böse Miene zur Schau, während Vector seine Fassade gelassener Ruhe anscheinend vervollkommnet hatte: sein Gesichtsausdruck gab nichts preis. Was Sib und Lumpi anbelangte, scherte es

Nick keinen Deut, was sie dachten oder empfanden. Ohnehin hatte er vor, sie auf alle Fälle abzuservieren. Es ihnen heimzuzahlen, daß sie es gewagt hatten, sich gegen ihn zu stellen. Wirklich wichtig war nur Vector. Nick brauchte Mikka nur zur Tarnung. Er hatte dafür gesorgt, daß sie von der Anwesenheit der *Sturmvogel* nichts wußte. Sie konnte ihm nichts vermasseln, weil sie vom vollen Umfang seiner Absichten nichts ahnte.

Der Eingang hatte eine vollständig kahle Beschaffenheit: Er bestand lediglich aus einem geraden, betonierten Gang zu einer anderen Luftschleuse, erhellt durch längliche, flache Leuchtkörper, deren Helligkeit flackerte, als hätten sie eine Schwankungen unterworfene Stromversorgung. Nick gewahrte keine Scanningfelder oder Detektorsensoren. Das Schwarzlabor schützte sich mit anderweitigen Abwehranlagen, und deren Mehrheit hatte Nick inzwischen passiert.

Mit einem letzten Sprung erreichte er die innere Luftschleuse, drückte den Daumen auf die Taste des daneben an die Wand montierten Interkom-Apparats. »Kapitän Succorso«, meldete er sich. »Wir sind da. Tut mir leid, daß Sie warten mußten.« Er schaute sich um, überzeugte sich davon, daß sich die Schleuse der *Posaune* geschlossen hatte. »Die Schiffsschleuse ist zu«, sagte er daraufhin, obwohl der Hinweis sich erübrigte. Schon aus Sicherheitsgründen kontrollierte die Reedeaufsicht routinemäßig solche Einzelheiten. Trotzdem sah Nick gewohnheitsmäßig jedesmal nach. »Sie können uns einlassen.«

»Danke, Kapitän.« Die Antwort zeugte von bezähmter Ungeduld. »Achtung, wir öffnen.«

Servomotoren schnurrten. Mit gedämpftem Zischen wurde der minimale Druckunterschied ausgeglichen. Gleich darauf klaffte die Irisblende der Schleuse auf, gewährte Nick und seiner Begleitung Einlaß ins wärmere Licht der Beckmannschen Domäne.

Durch die Schleuse gelangten sie in eine Kammer, die einem Lagerraum ähnelte; sie diente als Rezeption des

Schwarzlabors. Sie war, ließe sich fast sagen, voll mit Leuten. Außer sechs Wächtern zählte Nick drei Frauen und zwei Männer in Laborkitteln – ein ganzes Empfangskomitee.

Die Wächter waren mit Impacter-Pistolen bewaffnet. Und alle hatten sie Bioprothesen der einen oder anderen Art: Scanner, Kommunikationsgeräte, verstärkte Gliedmaßen und vermutlich auch versteckte Waffen. Was diesen Aspekt betraf, hätten sie aus Kassafort stammen können. Aber die Tatsache, daß sie hier unter wesentlich anderen Verhältnissen lebten, als sie beim Kassierer geherrscht hatten, zeigte sich an ihren Augen, denen man keine durch chemische Abhängigkeiten bedingte Verschleiertheit ansah: keine der vielfältigen Symptome eines Dauergebrauchs von Kat, Nervensprit, Pseudoendorphinen oder sonstigen Stimulanzien. Wahrscheinlich hatten sie sich in den meisten Fällen freiwillig den bioprothetischen Abwandlungen unterzogen. In mancher Hinsicht waren sie gefährlicher als die Männer und Frauen, die im Dienst des Kassierers gestanden hatten.

Nick kannte keine der in Laborkittel gekleideten Frauen. Schon bei seinem letzten Besuch des Schwarzlabors hatte er über die Frauen hinweggesehen: Nach seinen Erfahrungen waren Weibsbilder, die sich mit Forschungstätigkeit und Laborarbeiten abgaben, zu häßlich fürs wahre Leben; jedenfalls zu häßlich, um ihnen Beachtung zu schenken. Und von den Männern kannte er nur eine Person vom Sehen.

Deaner Beckmann: den Gründer, die treibende Kraft und die leibhaftige Verkörperung des Schwarzlabors.

Entweder Vectors oder Nicks Name hatte in der Chefetage Aufmerksamkeit erregt.

Der Laboratoriumsdirektor war ein kleiner, stämmiger Mann, der infolge seiner vornübergebeugten Haltung, die den Eindruck erweckte, er wollte durch pure Willenskraft seine Masse vergrößern, um so kürzer und dicker wirkte. Als einziger Anwesender befand möglicherweise er sich unter Drogeneinfluß. Seinen Forschungsmitarbeitern und

-mitarbeiterinnen konnte man verschiedene Grade der Achtsamkeit oder Unterordnung ansehen, wogegen er ein Gebaren der Zerstreutheit und nervösen Umtriebigkeit, ja beinahe der Furchtsamkeit an den Tag legte, als wäre er besessen von Träumen, die zu scheitern drohten.

Gravitische Gewebemutation, dachte Nick verächtlich. Kein Wunder, daß der Mann aussah, als käme er allmählich um den Verstand. Wenn Beckmann tatsächlich anstrebte, in einem Schwarzen Loch zu leben, brauchte er sich nur eines zu suchen und hineinfallen zu lassen. Das würde ihn von seiner Verrücktheit kurieren.

Allerdings verbarg Nick seine Geringschätzung. In seinem Denken beurteilte er es als um so günstiger, je übergeschnappter Beckmann war: das erleichterte es ihm, den Wissenschaftler zu übertölpeln.

Außerdem konnte es sein, daß Beckmann sich einfach nur etwas Sorgen wegen der nahezu unmerklichen Stromschwankungen machte, die die Beleuchtung beeinträchtigten wie eine elektronische Schüttellähmung.

»Ich bin Kapitän Succorso«, stellte Nick sich mit heiterem Lächeln Beckmann und dem Laborpersonal vor. »Vielen Dank, daß Sie uns zu sich gelassen haben. Ich glaube« – das war ein einfallsloser Hinweis, trotzdem sprach er ihn aus –, »Sie werden es nicht bereuen.«

»Kapitän Succorso, ich bin Dr. Beckmann.« Im Gegensatz zu seiner vergrämten Miene hatte Beckmanns Stimme einen Tonfall der Kurzangebundenheit und Bestimmtheit; ihr Klang verriet, daß ihn keine Zweifel plagten. »Bitte verzeihen Sie die Gegenwart der Wachen. Sie brauchen sich deswegen durchaus nicht als Gefangener zu fühlen.«

»Wir sind hier«, ergriff einer der Bewaffneten plötzlich das Wort, »weil Ihr Raumschiff ein VMKP-Interspatium-Scout der Kompaktklasse ist.« Quasimilitärische Winkel über dem schwarzen Sonnensymbol an seiner Uniform unterschieden ihn von den übrigen Wächtern. »Bei Ihrem letzten Besuch haben Sie die *Käptens Liebchen* geflogen, eine Interspatium-Barkentine von« – streng spitzte der Mann den

Mund – »dubioser Legalität. Jetzt hat es den Anschein, als ob Sie für die Astro-Schnäpper arbeiteten.«

»Das ist Kommandant Retledge«, machte Dr. Beckmann ihn Nick bekannt. »Er leitet unseren Werkschutz.«

Allem Anschein nach gehörte eine respektvolle Einstellung nicht zu Kommandant Retledges Dienstpflichten. »Ich würde gern eine überzeugendere Erklärung als die von Ihnen haben, die Sie uns bieten, Kapitän Succorso«, sagte er, als hätte Beckmann kein Wort geäußert.

Nick zögerte nicht; er war über jedes Zögern hinaus. Ohne auf die Werkschutzleute zu achten, wandte er sich an Beckmann.

»Dr. Beckmann, gestatten Sie mir, Ihnen meine Crew vorzustellen. Mikka Vasaczk, Erste Offizierin.« Bei den nächsten Namensnennungen wies er jedesmal mit dem Kinn auf den Genannten. »Sib Mackern, Datensysteme-Hauptoperator. Lumpi, unser Kajütensteward. Und Vector Shaheed kennen Sie, glaube ich, zumindest aufgrund seiner Reputation. Er war bei mir als Bordtechniker tätig.« Er hob die Schultern. »Jetzt hat natürlich jeder von uns andere Aufgaben.«

Dr. Beckmanns sorgentrüber Blick ruhte auf Vector; Nicks restliche Begleitung würdigte er keiner Beachtung. dennoch unterbrach er seinen Werkschutzleiter nicht.

»Zu behaupten, Sie seien kein Spion, ist leicht, Kapitän Succorso«, konstatierte Retledge in kühlem Ton. »Wir sehen uns hier Risiken ausgesetzt. Wir sind ständig mit Risiken konfrontiert. Man muß davon ausgehen, daß das Kosmo-Industriezentrum Valdor und die VMKP Sie zu 'm reichen Mann machen, wenn Sie uns ans Messer liefern. Wir beschneiden zu stark die KIV-Profite. Klar, zu uns gelassen haben wir Sie. Uns zu erreichen war auch leicht. Aber Sie fliegen nicht ab, ehe ich keinen Anlaß mehr sehe, Ihnen zu mißtrauen. Also räumen Sie bei mir jeden Grund zum Argwohn aus, Kapitän Succorso.«

Nick war sich völlig sicher, daß aus Retledges Gerede der Einfluß Sorus Chatelaines sprach. Die Wissenschaftler und

Werkschutzleute wirkten beunruhigter, als sie es normalerweise zu sein bräuchten. »Haben Sie schon erfahren«, erkundigte er sich, weil er von Intrigen Chatelaines ausging, »was mit Kassafort passiert ist?«

Zwei Werkschutzmänner tauschten Blicke, aber niemand gab Antwort.

Es stand gänzlich außer Frage: für das Mißtrauen des Werkschutzleiters war die Kapitänin der *Sturmvogel* verantwortlich. Zweifelsfrei hatte er ihr Informationen abverlangt. Und Sorus Chatelaine hatte sicherlich keine Skrupel gehabt, einige Fakten auszuplaudern, und wenn in keiner anderen Absicht, als ihre Anwesenheit zu rechtfertigen. Aber Retledge mochte es nicht zugeben; er wollte Nick verheimlichen, wo er stand.

Die Situation war äußerst heikel. Wieviel Nick erzählen durfte, hing davon ab, was Retledge schon von Chatelaine wußte. Hinsichtlich der Frage, was das war, blieb Nick aufs Raten angewiesen. Aber er hatte kein Muffensausen; mittlerweile fürchtete er nichts mehr. Er war Nick Succorso, und in Spielchen dieser Art war er besser als Retledge, Sorus Chatelaine und Hashi Lebwohl zusammen.

»Die Sache ist kompliziert«, sagte er angesichts der konzentrierten Wachsamkeit Retledges und des Schweigens der übrigen Leute in unumwundener Offenheit. »Ich will vorsichtig sein, weil ich nicht den Eindruck hervorrufen möchte, ich würde etwas versprechen, das ich nicht halten kann. Folgendes hat sich ereignet. Ich bin mit der *Käptens Liebchen* nach Station Potential geflogen. In einer Beziehung ist der Besuch dort gut gelaufen, in anderer nicht. Aber ich habe gekriegt, was ich wollte, und es ist gleichzeitig das, was mich zu Ihnen führt.«

Eine Lüge war so gut wie die andere. »Nur paßte das den Amnion nicht so recht in den Kram. Sie haben sich auf die Jagd nach mir gemacht. Während sie mich verfolgten, hat mein Ponton-Antrieb einen Defekt erlitten. Ich konnte noch mit knapper Not Kassafort ansteuern, hatte allerdings die Amnion im Nacken. Ehrlich gesagt, ich dachte, ich sei erledigt.« Nick lächelte, als ob er sich jetzt darüber amüsierte. »Aber durch einen Zufall traf ungefähr zur gleichen Zeit die *Posaune* bei Kassafort ein. Wenigstens nehme ich an« – er spreizte die Hände –, »es war 'n Zufall. Ich bekam die Geschichte zu hören, die *Posaune* sei von 'm Illegalen namens Kaptein Thermogeil« – er konnte der altgewohnten, ihm lieb gewordenen Verballhornung von Thermopyles Namen nicht widerstehen – »und seinem Komplizen Milos Taverner, dem ehemaligen Stellvertretenden Sicherheitsdienstleiter der KombiMontan-Station, entführt worden. Taverner soll, als er in Gefahr schwebte, selber verhaftet zu werden, Thermogeil aus dem Knast des VMKP-HQ befreit haben, und angeblich sind die beiden mit der *Posaune* verduftet. Ob da was Wahres dran ist – ich hab keine Ahnung.«

Es vergnügte Nick, mit welcher Ernsthaftigkeit er solchen Scheiß daherreden konnte. »Zu der Zeit war's mir auch egal. Ich hatte an nichts anderem als 'm neuen Raumschiff Interesse. Möglichst mit Ponton-Antrieb. Ich kannte Thermogeil, wir hatten schon früher gelegentlich miteinander zu tun. Also habe ich ihm einen Zusammenschluß vorgeschlagen. Während er und Taverner sich in Kassafort aufhielten, habe ich einige meiner Crewmitglieder in ihr Raumschiff gebracht. Dann habe ich die *Käptens Liebchen* ein Ablenkungsmanöver durchführen lassen, und wir sind mit der *Posaune* abgehauen.«

An seiner Seite zog Mikka den Kopf ein, als verkniffe sie sich Beschimpfungen. Vector betrachtete Beckmann, als hätte er zu guter Letzt Antworten auf alle seine Fragen gefunden. Mikka hingegen hatte Mühe, die Contenance zu wahren. Nick kannte sie gut, kannte die Anzeichen: die bedrohliche Anwinkelung ihrer Hüfte, die Weise, wie ihre Schultern den Stoff der Bordmontur dehnten. Am liebsten hätte sie ihn jetzt einen Lügner genannt.

Aber er hatte vor ihr keine Furcht, so wenig wie er Sorus Chatelaine noch fürchtete. Aus Rücksichtnahme auf Morn und ihren Bruder mußte sie den Mund halten.

»Leider sind Thermogeil und Taverner auf Kassafort zurückgeblieben«, behauptete Nick ohne eine Spur des Bedauerns. Er bleckte die Zähne. Deaner Beckmann mochte aus Interesse an seinen Forschungen Illegaler sein, nicht aus Raffgier; trotzdem war er ein Illegaler. Er konnte unmöglich Erschrecken über das heucheln, was getan zu haben Nick andeutete. »Wahrscheinlich hätte das für sie keine schlimmen Folgen gehabt, nur hat dummerweise irgend jemand Kassaforts Fusionsgenerator sabotiert. Ich erachte es ohne weiteres als denkbar, daß sie selbst es gewesen sind. Ich habe keine Fragen gestellt, ich wollte nur das Raumschiff. Und ich hab's mir gerade noch rechtzeitig geschnappt. Wir sind wenige Sekunden vor der Stoßwelle gestartet. Sobald wir uns abgesetzt hatten, haben wir Kurs aufs Massif-System genommen.«

Retledges Miene hatte sich nicht verändert. Im ersten Moment, nachdem Nick verstummte, ließ keiner von Beckmanns Untergebenen sich eine Reaktion anmerken.

»Wie interessant«, brummte schließlich der Werkschutzchef.

»Ich habe schon immer gesagt ...«, fing Dr. Beckmann an.

Retledge fiel ihm ins Wort. »Eine schöne Geschichte, Kapitän Succorso, bloß gibt sie uns wenig Anlaß, um Ihnen Vertrauen zu schenken.«

»Das ist mir klar«, entgegnete Nick. »Aber sie bietet Ihnen 'n Grund, um das Risiko einzugehen. Wie schon erwähnt.«

Er wandte sich wieder an den Laboratoriumsdirektor. »Dr. Beckmann, ich möchte nicht mehr als nur die Erlaubnis, daß Vector für kurze Zeit in einem Ihrer Genetiklabors arbeiten darf. Und ein paar Vorräte, die ich bezahlen kann, falls die Risiken, die *ich* hingenommen habe, sich auszahlen. Habe ich erzählt, daß ich auf Station Potential etwas habe mitgehen lassen?« Er stellte die Frage, als wäre dieser Sachverhalt unklar geblieben. »Daß es sehr kostbar ist? Sonst hätten die Amnion wohl kaum einen derartigen Aufwand betrieben, um's zurückzuholen. Wenn Sie Vector gestatten, es zu analysieren« – wohlüberlegt setzte er das Versprechen an den Schluß seiner Äußerungen –, »können Sie an den Resultaten partizipieren.«

Dr. Beckmann hatte sich gegen die Unterbrechung durch Retledge nicht verwahrt. Andererseits ließ er sich offenbar nicht beirren.

»Ich habe schon immer gesagt«, wiederholte er, »daß Geld ein schäbiger Beweggrund ist, um irgend etwas anzupacken. Klägliches Streben führt zu kläglichen Ergebnissen.« Im Hintergrund seiner Stimme klang ein Unterton hingebungsvoller Besessenheit an, die sich nicht von leidenschaftlicher Wildheit unterscheiden mochte. »Träumten Menschen nie von Höherem als Geld, wären sie der Rettung nicht wert.«

Anscheinend glaubte er ernstlich, er und sein Laboratorium wirkten für so etwas wie die ›Rettung der Menschheit‹. Vielleicht war er längst nicht mehr bei Trost.

»Aber mit Geld kann man ...«, setzte Nick an.

»Entschuldigung«, mischte sich unerwartet eine der Frauen ein. »Dr. Shaheed?«

Vector drehte ihr den Kopf zu, schenkte ihr sein wohlwollendes Lächeln. »Ja?«

»Dr. Shaheed ...« Die Frau sprach mit trockener Kehle; wie jemand, der nur widerwillig Aufmerksamkeit auf sich zog. »Ich habe den Mann gekannt, der bei Ihnen an den Computern tätig gewesen ist. Bei Intertech.«

Zum erstenmal musterte Nick sie genauer. Sie war ein kleinwüchsiges Geschöpf mit mißlungener Frisur und einer platten, ausdruckslosen Miene – der Art von Gesichtszügen, ersah Nick dank einer insgeheimen Eingebung, die manchmal MediTechs hinterließen, wenn sie schwere Gesichtsverletzungen billig zu beheben versuchten.

»Orn Vorbuld«, antwortete Vector, als ob ihre Worte ihn nicht überraschten. »Er und ich haben uns damals gemeinsam Kapitän Succorso angeschlossen, nachdem die DA-Abteilung der VMKP mein Forschungsprojekt unterbunden hatte.« Wie es den Anschein hatte, war er williger als Mikka dazu bereit, Nicks Tour mitzuspielen. »Vor einigen Wochen haben wir ihn verloren.«

Nick bezweifelte keine Sekunde lang, daß die Frau Vorbuld gekannt hatte.

»Er hat etwas getan, das man als Selbstmord bezeichnen könnte«, sagte Mikka düster dazwischen, bestätigte Vectors Angaben. Allerdings zeigte ihr Ton Nick an, daß sie einen versteckten Versuch unternahm, ihm Schwierigkeiten zu machen.

Doch die Frau reagierte nicht auf Mikkas Andeutung: sie hatte es auf etwas anderes abgesehen. »Was glauben Sie, Dr. Shaheed«, fragte sie, ohne Vectors Blick richtig zu erwidern, »was ich bei dieser Neuigkeit empfinde?«

Vorbulds Namen zu kennen war eines; zu wissen, was für ein Mensch er gewesen war, etwas anderes. Dr. Beckmann hatte eine verschleierte Methode ersonnen, um Vectors Identität zu überprüfen.

Jetzt hing alles von Nicks vormaligem Bordtechniker ab.

Nachdenklich furchte Vector die Stirn. »Wenn ich raten müßte, würde ich sagen«, antwortete er mit genau der richtigen Mischung aus Verständnis und Distanziertheit, »es freut Sie – oder erleichtert Sie schlichtweg – zu hören, daß er tot ist. Er hat Frauen belästigt, wo sich die Gelegenheit bot. Aber es kann auch sein« – knapp hob Vector die Schultern –, »Sie bedauern es, daß Sie ihn nicht eigenhändig töten konnten.«

Die Frau nickte langsam. Ihre Augen waren ausdruckslos geworden, als blickte sie zurück in Erinnerungen, die sie freiwillig nie irgendwem beschriebe. Aber im selben Moment wich ein Großteil der Spannung aus den Anwesenden. Vector hatte die Identitätsüberprüfung bestanden.

Mikka ballte die Fäuste; doch sie erwähnte Vorbulds ›Selbstmord‹ kein zweites Mal.

»Dr. Shaheed«, sagte Beckmann, als ob er Vector nicht schon seit Minuten anstarrte, »seien Sie willkommen. Es ist schön, einem Kollegen mit Ihrer Reputation zu begegnen. Ich hoffe, Sie verstehen, daß wir gewisse Sicherheitsvorkehrungen beachten müssen. Niemand von uns hatte bisher die Ehre, Sie persönlich kennenzulernen. Aus unserer Sicht wäre es leider leicht für jemanden, Ihre Id-Plakette zu stehlen und sich für Sie auszugeben. Wir könnten den Betrug nicht feststellen, ohne ein komplettes Genprofil auszuarbeiten.«

Nick kannte keinen Illegalen, der sich je bereitwillig einer Erbgutuntersuchung unterzogen hätte, wenn das Resultat sich mit den auf seiner Id-Plakette gespeicherten Daten vergleichen ließ. Dieser Fehler unterlief in der Regel nur Schnüfflern. Und natürlich hatten sie damit keine Probleme: ihre Id-Plaketten waren ja Fälschungen. Aber an Orten wie dem Schwarzlabor sprach es von vornherein gegen jemanden, wenn er für eine Gen-Untersuchung seine Einwilligung gab.

»Dr. Beckmann, ich bin es, für den diese Begegnung eine Ehre ist.« Vector zeigte wie zum Zeichen der Unterordnung die Handteller vor. »Selbstverständlich habe ich volles Verständnis für Sicherheitsmaßnahmen. Ich habe gegen Ihre Arbeitsweise keine Einwände. Im Gegenteil, ich bewundere Ihren unerschöpflichen Einfallsreichtum.«

Succorso nickte.

»Bedauerlicherweise bereitet diese spezielle wissenschaftliche Angelegenheit, die Kapitän Succorso im Sinn hat, mir etwas Kopfzerbrechen. Natürlich habe ich an allen technischen Gegenständen oder chemischen Verbindungen aus dem Bannkosmos großes Interesse. Als Forscher ist es meine Pflicht, an dergleichen interessiert zu sein, und zwar gänzlich ungeachtet jeder denkbaren Relevanz bezüglich der Forschungen, denen mein persönliches Engagement am stärksten gilt. Und sicherlich besteht immer die Möglichkeit, daß so eine Relevanz vorhanden ist. Sie sind über die Arbeit informiert, die wir hier leisten, Dr. Shaheed?«

»Nur ganz allgemein«, gestand Vector. »Ich habe Ihre Monographien gelesen ...« Er zählte eine Anzahl von Themen auf, die Nick überhaupt nichts besagten. »Allerdings schon vor längerer Zeit. Seitdem sind mir über Sie nichts als Gerüchte zu Ohren gekommen.«

»Und wie denken Sie darüber?« fragte Deaner Beckmann.

Für einen Moment durchdachte Vector seine Optionen. Vielleicht hätte er jetzt Nicks Rat gebraucht, aber er vermied den Fehler, es sich anmerken zu lassen. »Ehrlich gestanden«, gab er statt dessen zur Antwort, »dazu möchte ich mir nicht einmal Spekulationen erlauben. Ich weiß, was ich hier herauszufinden hoffe, aber ich habe eigentlich keine Ahnung, was Sie benötigen.«

»Was ich am meisten benötige, Dr. Shaheed«, erklärte Beckmann in durchdringendem Ton und ohne Retledge eine Chance zum Dazwischenreden einzuräumen, »ist Zeit. Wir leben in einer komplizierten Epoche. Die Amnion, denen Kapitän Succorso so fröhlich Besuche abstattet, liefern der VMKP genau den Vorwand, den Leute mit autoritärer Polizeistaatsgesinnung im Laufe der gesamten Menschheitsgeschichte immer gesucht haben – einen Grund, um den Bürgern, die zu beschützen sie behaupten, eine Tyrannei der Besserwisserei und des Informationsvorsprungs aufzuerlegen. Die Tatsache, daß die Amnion-Gefahr wirklich existiert, dient nur der Selbstbestätigung der moralischen Despotie Warden Dios' und seiner Handlanger. Und die Folgen, den wahren Preis dieser Tyrannis, sehen wir hier.«

Ein, zwei der mit Laborkitteln gehüllten Personen scharrten verlegen mit den Füßen, senkten peinlich berührt den Blick. Ohne Zweifel hatten sie diese Tirade Beckmanns schon zahllose Male gehört. Aber ihre Reaktion entging ihm; er stockte nicht im mindesten. In seiner Stimme klang jetzt bitterernster Fanatismus an. Wahrscheinlich hätte er sich nicht einmal, wäre es sein Wunsch gewesen, noch zur Zurückhaltung zwingen können.

Allerdings hatte der Laboratoriumsdirektor bestimmt nicht dank Dummheit unter dermaßen schwierigen Bedingungen so lang überlebt. Er mußte für seine Einlassungen einen Grund haben.

Trotz seiner heftigen Begierde, endlich gegen Sorus Chatelaine vorzugehen, nötigte Nick sich zur Gelassenheit, täuschte Geduld vor.

»Ist Ihnen an unserer Beleuchtung etwas aufgefallen, Dr. Shaheed?« wollte Dr. Beckmann wissen.

Falls er Beunruhigung verspürte, verheimlichte Vector sie. »Nichts Besonderes, muß ich gestehen.«

»Sie hat *Unregelmäßigkeiten*«, konstatierte Beckmann. »Das Licht *flackert*, Dr. Shaheed, und zwar infolge der schlichten Ursache, daß unsere Energieversorgung nicht ausreicht, um allen Anforderungen, die wir an sie stellen müssen, zu genügen. Wir müßten Energiemengen erzeugen, die den Kräften entsprechen, aus denen Singularitäten bestehen, aber wir können es nicht. Wir haben dazu keine Möglichkeit. Ständig durchsuchen wir den Asteroidenschwarm nach Rohstoffen, schaffen uns auf jede erdenkliche Weise neue technische Ausstattungen an, belohnen Leute, die in unserem Auftrag Verbrechen begehen, und verüben selbst Verbrechen, und trotzdem bringen wir kaum genug Energie für eine kleine Echtzeit-Simulation unserer eigentlichen, hauptsächlichen Experimente zusammen, der wahren, großen Herausforderung. Und warum ist es so?« Diese Frage hatte selbstverständlich nur rhetorischen Charakter.

»Weil die VMKP uns zum Tätigsein als Illegale zwingt. Anstatt unsere Arbeit zu sanktionieren, statt alle Ressourcen der Zivilisation in die Forschung zu investieren, die der Menschheit die einzige Hoffnung erschließt – für das Trachten nach Rettung durch Wissen –, drängt die ›Polizei‹ uns in eine jämmerliche Existenz am Rand eben der Gesellschaft, der wir zu dienen versuchen. Meine Forschung, Dr. Shaheed, *meine* Forschung« – offenbar konnte er es gar nicht genug betonen – »hat das immanente Potential, die Zukunft der Menschheit gegen jede vorstellbare Bedrohung zu sichern, die die Amnion verkörpern oder die von ihnen ausgehen könnte. Und trotzdem bin ich praktisch ein Ausgestoßener, was ich für meine Experimente brauche, kann ich nur durch Stehlen und Rauben zusammenkratzen.«

Nick mußte der Neigung zu einem hämischen Grinsen widerstehen. Ihr Scheißforscher seid doch alle gleich.

Immer tut ihr Eierköpfe euch leid. Am besten versteht ihr euch aufs Selbstmitleid. Wachsender Drang zum Handeln machte ihn hektisch, so daß es ihm zusehends Schwierigkeiten bereitete, seine Ungeduld zu verhehlen.

Sorus hatte ihm damals das Gesicht *zerschlitzt*. Sie hatte mit ihm gefickt, aber seine Hoffnungen zerstört, ihm das Gesicht *zerschnitten*, ihn im Stich gelassen. Und jetzt hielt sie sich *hier* auf.

Doch Dr. Beckmann war noch nicht fertig mit dem Schwadronieren.

»Allerdings wäre nicht einmal die VMKP ein unüberwindliches Hemmnis«, beteuerte er, »stünden wir nicht vor einem weiteren Problem. Wir haben einen unabänderlichen Termin vor uns. Dieser gesamte Asteroidenschwarm geht einem unvermeidlichen Schicksal entgegen. An den Bedürfnissen organischer Materie gemessen, haben wir reichlich Energie zur Verfügung. An der Größenordnung von stellaren Systemen orientiert, sind wir dagegen unvorstellbar schwach. In wenigen, kurzen Jahren verglüht der Asteroidenschwarm im Kleinen Massif 5, dann ist er dahin, und alles, was wir hier leisten, wird sinnlos gewesen sein.«

Er schwieg für einen kurzen Moment. »Außer wir haben Erfolg«, fügte er dann in schroffem Ton hinzu. »Außer wir finden das gesuchte Wissen und entwickeln es rechtzeitig zu konkreten Anwendungen weiter. Habe ich mich klar ausgedrückt, Dr. Shaheed?«

Vector dachte über die Frage nach. »Ich glaube ja, Dr. Beckmann.«

»Ich möchte trotzdem deutlicher werden«, bestand Beckmann auf zusätzlichen Erläuterungen, »damit es keine Mißverständnisse gibt. Sie kommen mit dem Wunsch, unsere Laborausrüstung zu benutzen. Mit anderen Worten, bei uns Strom zu verbrauchen. Welche unserer Aufgaben, welches unserer Experimente soll ich verschieben, damit Sie Strom verfügbar haben?«

Was er meinte, war offensichtlich: Meine Mittel sind sehr

beschränkt. Ich überlasse Ihnen nichts, wenn Sie mir nicht bieten, was ich brauche.

Diesmal wartete Nick nicht auf Vectors Antwort. Er ließ seine Spannung als Gereiztheit nach außen dringen. »Unter diesen Umständen verstehe ich absolut nicht«, erklärte er, »wie Sie sich das Risiko erlauben könnten, uns *nicht* behilflich zu sein.«

Langsam wandte sich Beckmann von Vector ab, als fiele es ihm schwer, außer ihm irgend jemanden ernst zu nehmen.

»Die Uhr läuft, Dr. Beckmann«, sagte Nick in schneidendem Ton. »Die Zahl der Sekunden, die Ihnen noch bleiben, ist schon berechenbar. Wenn die Aussicht besteht, daß unser Projekt etwas für Sie Nützliches hervorbringt, und sei's nur zufällig, dürfen Sie's sich nicht erlauben, diese Gelegenheit zu verpassen.« Er zuckte die Achseln. »Sollten sich Vectors Untersuchungsergebnisse als für Sie nutzlos erweisen, müssen wir Ihren Aufwand natürlich auf andere Art entgelten.«

Beckmann musterte Nick mehrere Sekunden lang schweigend. Dank seiner zerstreuten Fanatikermiene wirkte er wie jemand, der gerade überlegte, ob er sich die Mühe machen sollte, ein Insekt zu zertreten. Doch als er den Mund öffnete, galt seine Frage Vector, obwohl er Nick im Augenmerk behielt.

»Was brauchen Sie, Dr. Shaheed?«

Jetzt hab ich dich drangekriegt! jubelte Nick. Nun sagte er nichts mehr zu Beckmann.

Unverzüglich nannte Vector eine Reihe von Erfordernissen, aber Nick hörte der Aufzählung von Gerätschaften und Verbrauchsmaterial gar nicht zu. »Das ist nicht alles«, stellte er sofort klar, sobald der Genetiker verstummte. Und nun zu *dir*, Sorus. Bist du bereit? »Sib hat eine Liste der Sachen, die wir aus Ihrem technischen Ersatzteillager haben müssen.« Die Tatsache, daß Sib jetzt zum erstenmal davon hörte, scherte Nick nicht. »Er kann sich mit der Besorgung befassen, während Vector seine Arbeit erledigt. Und von Lumpi möchte ich, daß er bei Ihnen unsere Lebensmittelvorräte aufstockt.« Er spürte, wie neben ihm Mikka zusammenfuhr, aber beachtete sie nicht. »Sie liefern uns nichts, bis wir dafür zu zahlen imstande sind, klar, nur will ich schon mal alles bereitliegen haben, damit wir abfliegen können, wenn Vector fertig ist.«

»Nick ...« Aus ihrem unversehrten Auge heftete Mikka einen bitterbösen Blick auf ihn.

»Mikka ...?« fragte im gleichen Moment Lumpi mit banger Stimme.

»Nick, ich ...«, wollte gleichzeitig Sib einen Einwand vortragen.

Dieses Mal jedoch war es Werkschutzleiter Retledge, der sich von niemandem bremsen ließ. »Warum haben Sie's so eilig, Kapitän Succorso?« erkundigte er sich so laut und in derartig scharfem Tonfall, daß er alle übertönte.

Vorsätzlich drehte Nick dem Werkschutzchef den Rücken zu. »Du hast gewußt, wie's hier zugeht«, antwortete er durch die Zähne, während sein Mund lächelte. »Vertrau einfach dem Werkschutz. Die Leute kümmern sich um deinen Bruder. Du kannst im Labor aufpassen, daß Vector zum Arbeiten seine Ruhe hat.«

Ehe sie etwas erwidern konnte, wandte er sich an Sib. »Du weißt, wieviel davon abhängt«, sagte er barscher, als er mit Mikka geredet hatte. »Also bau keinen Scheiß.«

Um Sib noch stärker unter Druck zu setzen, drehte er quasi die Daumenschrauben an, sorgte dafür, daß der Werkschutz ihn wachsam beobachtete; ihn und ebenso Mikka.

Damit Lumpi im Vergleich zu den beiden um so harmloser wirkte.

Am liebsten hätte Nick laut gelacht. Doch die Zeit, um Sibs ängstliche Betroffenheit auszukosten, durfte er sich nicht nehmen; wenigstens momentan nicht. Statt dessen widmete er seine Aufmerksamkeit nun dem Werkschutzleiter.

»Nach meiner Einschätzung ist das, was wir da haben, sehr wertvoll«, sagte er, bevor Retledge seine Frage wiederholen konnte. »Und wenn ich recht habe, muß davon ausgegangen werden, daß uns Raumschiffe verfolgen. Raumschiffe mit Leuten, die es uns fortnehmen wollen. Wie ich es sehe, wird durch meinen möglichst baldigen Abflug die Aussicht verringert, daß hier ein Schlachtfeld entsteht.«

Erneut wandte er sich an den Laboratoriumsdirektor. »Wenn Sie keine Einwände haben, würde ich gern anfangen, Dr. Beckmann«, sagte er. »In dieser oder jener Hinsicht läuft für uns alle die Uhr.«

Deaner Beckmann hatte seinen Entschluß gefaßt: er zögerte nicht, danach zu handeln. »Dr. Shaheed kann Labor einunddreißig benutzen, Sven«, instruierte er einen Mitarbeiter. »Bitte führen Sie ihn hin und seien Sie ihm dabei behilflich, sich einzurichten. Geben Sie ihm, was er braucht, solang's in vernünftigem Rahmen bleibt.«

Meinte der Direktor: Behalten Sie ihn im Auge? Beobachten Sie, was er treibt? Nick wußte es nicht, und es war ihm einerlei. Er hatte nicht vor, Vectors Analyseresultate zu verheimlichen. Beckmann die Wahrheit mitzuteilen bedeutete die größte Gefahr, in die er ihn bringen konnte. Mit ein wenig Glück vernichtete die *Sturmvogel* nach Nicks Abflug das Schwarzlabor; daß Sorus Chatelaine so weit ging, um ihre Amnion-Herren gegen die Bedrohung durch das Antimutagen abzusichern, war durchaus denkbar.

»Linne«, sagte Dr. Beckmann zu der Frau, die Vectors Identität bestätigt hatte, »richten Sie Dr. Hysterveck aus, er möchte bis auf weiteres seine TKE-Simulation unterbrechen. Das dürfte genug Strom für die Geräte abzweigen, die Dr. Shaheed verwenden muß.«

An der Spitze seiner Mitarbeiter strebte er zum Ausgang. »Kommandant Retledge, Mr. Mackern und ... äh ... Mr. Lumpi überlasse ich Ihrer Obhut.«

Nick hatte das Gefühl, er müßte singen, wäre jetzt zum Singen der richtige Zeitpunkt. Sein Gemüt lechzte im Zustand unbändiger Vergnügtheit nach Musik.

Sorus die Wangen zu zerschlitzen sollte ihm nicht genügen. Er hatte die Absicht, mit dem Messer ihr verfluchtes Herz zu kitzeln.

SORUS

Auf der Brücke der *Sturmvogel* verfolgte die Kapitänin des Raumschiffs mit, wie die *Posaune* den Anflug durch den Asteroidenschwarm bewältigte und sich an den von der Kommunikationszentrale des Schwarzlabors zugeteilten Liegeplatz schob. Sie belauschte den Funkverkehr zwischen der Kommunikationszentrale und der *Posaune*, bis sie hörte, daß Nick Succorso und vier weitere Personen von Bord gingen, um Deaner Beckmann den Grund ihres Besuchs zu erläutern. Anschließend aktivierte sie per Daumendruck die bordinterne Interkom und befahl dem von ihr zusammengestellten Einsatzteam, sich bereitzuhalten.

Sie war der Überzeugung, daß ehemalige Crewmitglieder der vernichteten *Käptens Liebchen* die vier Leute waren, die Succorso begleiteten. Zuvor hatte sie zur Kenntnis genommen, daß das seitens der *Posaune* an die Kommunikationszentrale übermittelte Mannschaftsverzeichnis weder Angus Thermopyle, Morn Hyland noch Davies Hyland erwähnte. Succorso verschwieg ihre Anwesenheit.

Oder hatte er sich ihrer inzwischen entledigt? Das erachtete Sorus als ausgeschlossen. Einen VMKP-Cyborg außer Gefecht zu setzen traute sie einem Würstchen wie Nick nicht zu. Und daß die beiden Hylands zu wertvoll waren, um sie einfach abzumurksen, mußte wohl sogar ihm klar sein. Also hatte er sie an Bord des Interspatium-Scouts zurückgelassen, um ihre Gegenwart zu verheimlichen; sie für seine Zwecke in Sicherheit zu belassen.

Daran störte Sorus sich nicht. Jemand von der *Käptens Liebchen* eignete sich ohnehin besser für ihre Absicht. Zweifellos wäre es Taverner recht, gelänge es ihr, sich Thermopyle oder einen der Hylands zu greifen; doch für das, was sie im Sinn hatte, gab ein untergeordnetes Besatzungsmitglied allemal einen tauglicheren Kandidaten ab.

Wie lange mochte Succorso mit Beckmann sprechen? Wieviel Zeit brauchte er, um den Laboratoriumsdirektor zu dem zu beschwatzen, was er vorhatte? Das hing davon ab, wie vieles von seinem Wissen er ausplauderte. Falls er Beckmann verriet, daß er ein Antimutagen-Serum zu analysieren beabsichtigte, durfte er mit sofortiger Unterstützung rechnen. Um an eine solche Information zu gelangen, trat Beckmann ihm möglicherweise vorübergehend das halbe Schwarzlabor ab. Eventuell jedoch war es Succorso zuwider, soviel preiszugeben, und in diesem Fall dauerte es sicherlich länger, Beckmann zum Entgegenkommen zu überreden. Und Sorus persönlich hatte Retledge genug über die Ereignisse auf Thanatos Minor erzählt, um ihn nervös zu machen.

Es konnte sein, daß Succorso und Beckmann eine ganze Weile mit Diskussionen herumbrachten, bevor die Leute von der *Posaune* sich im Schwarzlabor frei bewegen durften; ehe sie angreifbar wurden.

Sorus besuchte das Schwarzlabor schon seit Jahren. Sie und Retlege kannten sich schon lange; zeitweilig waren sie ein Liebespaar gewesen. Sie hatte ihm erklärt, daß Succorso keinen Aufwand scheuen würde, um ihr zu schaden. Sogar den Grund hatte sie ihm erzählt.

Im Moment konnte sie nur stillhalten und abwarten, ob Retledge darauf reagierte; ob er die Schlußfolgerung zog, es sei im besten Interesse des Labors, sie davon zu unterrichten, wie Beckmanns Entscheidung in bezug auf Succorso ausfiel. Sobald er sie informierte – falls es geschah –, war der Augenblick da, um das Einsatzteam loszuschicken.

Milos Taverner betrachtete sie, ohne zu zwinkern: seine lidlos und gelblich gewordenen, jetzt katzenhaft senkrecht geschlitzten Augen hatten trotz der im übrigen beibehaltenen menschlichen Eigenschaften seiner Erscheinung keinen Feuchtigkeitsbedarf. »Was ist Ihre Absicht, Kapitänin

Chatelaine?« erkundigte er sich; stellte die Frage nicht zum erstenmal.

Seine fremdartig veränderte Stimme klang unerträglich fest. Sie klang, als wäre er gefeit gegen Schmerz, Beunruhigung, Schrecken und alle die sonstigen Emotionen, die Sorus wie Sukkubi auf den müden Schultern durchs Leben schleppte.

Mittlerweile stand er so lange neben ihrem Kommandosessel, daß sie allmählich das Gefühl hatte, er bliebe dort für den ganzen Rest ihres Daseins; daß künftig jede von ihr getroffene Entscheidung nach den Kriterien fremder Ansprüche und Maßstäbe überprüft und in Frage gestellt werden könnte; jeder Atemzug, bis hin zu ihrem letzten Seufzer, mit Alienpheromonen verpestet sein sollte. Daß ihre Existenz verseucht würde wie sie selbst; auf gleiche Weise verfälscht. Taverner leistete ihr jedesmal Gesellschaft, wenn sie sich auf der Brücke aufhielt, als wäre es sein eigentliches Anliegen, sie an die Fakten und Zwänge zu erinnern, die sie ohnedies nie vergessen konnte.

Derartiges Benehmen empfand sie als abscheulich. Schon jahrelang bewies sie den Amnion, daß sie intelligent genug war, um die Sachlage zu verstehen und ohne Beaufsichtigung danach zu handeln.

Trotzdem wünschte Taverner ständig zu erfahren, welche ›Absicht‹ sie hatte.

Verdrossen wandte sie sich ihm zu. »Haben Sie mir geglaubt«, entgegnete sie, obwohl sie anzweifelte, daß er den Zusammenhang begriff, »als ich Ihnen vorhersagte, daß die *Posaune* das Schwarzlabor anfliegt?«

Die Richtigkeit dieser Ankündigung war ein Triumph ihrer Intuition gewesen. Vielleicht hätte sie Genugtuung verspürt, wäre ihr dafür noch die Kraft geblieben; hätte sie nicht tief in ihrem Herzen ein solches Maß kalter Verzweiflung gehabt. Normalerweise wäre die *Posaune* nicht mehr einzuholen gewesen. Die Weise, wie der Interspatium-Scout aus dem Amnion-Kosmos verschwunden war, hatte an sich jede Verfolgung unmöglich gemacht.

Nach einem Rendezvous mit der Defensiveinheit *Stiller Horizont*, um neue Ausrüstung und eine Lieferung spezieller Mutagene und Medikamente an Bord zu nehmen sowie Marc Vestabule und die Shuttle-Crew auf das riesige Amnion-Raumschiff zu transferieren, war es weitergeflogen, um durch die mit Trümmern und Statik gespickte Weite des Alls den Emissionen der *Posaune* nachzuspüren, während die *Sturmvogel* Kurs auf die Grenze zum Human-Kosmos genommen hatte. Mangels besserer Einfälle hatte Sorus ihr Schiff in die Richtung jenes Abschnitts der Grenzzone gelenkt, wo der KombiMontan-Asteroidengürtel den Bannkosmos streifte. Das war für die *Posaune*, hatte sie überlegt, das logischste und sicherste Flugziel. Einem Raumer auf der Flucht bot der Asteroidengürtel alle Arten von Ortungsschutz und Verstecken. Und die KombiMontan-Station war nicht weit. Selbst wenn die Astro-Schnäpper dort nicht in Bereitschaft lagen, konnte die Station Beistand leisten.

Doch ehe sie die erwählte Region erreichte, hatte Sorus von der *Stiller Horizont* Neues erfahren. Das Amnion-Kriegsschiff hatte die Spur der *Posaune* verloren. Wegen der erstaunlichen Genauigkeit der amnionischen Instrumente hatte die *Stiller Horizont* den Kurs der *Posaune* bis zu einem Roten Riesen verfolgen können, dessen Koordinaten sich noch eindeutig innerhalb des Bannkosmos befanden; von da an allerdings hatten die überstarken Strahlungsemissionen des Sterns die Partikelspur des Interspatium-Scouts überlagert.

Wieder einmal hatte sich das amnionische Denken als der menschlichen Gerissenheit und Listigkeit inadäquat gezeigt. Ohne Sorus' Unterstützung hätten die Amnion die *Posaune* nie wiedergefunden. Nach aller Wahrscheinlichkeit hätten sie sogar den gegenwärtigen, unsicheren Frieden verspielt, in dem sie mit der Menschheit koexistierten. Ihr unerklärter Krieg gegen den Human-Kosmos hätte ein Debakel über sie gebracht.

Aber Sorus hatte gut geraten, als sie sich zur Kursnahme

auf die Nähe der Grenzzone entschloß. Danach waren ihre Mutmaßungen auf die Ebene reiner Spekulation übergewechselt.

Sie hatte einen VMKP-Polizeikreuzer beim Eintreffen im Umkreis der Grenze geortet, der wohl die Aufgabe hatte, die *Posaune* in Empfang zu nehmen und bei der Rückkehr in den Human-Kosmos zu eskortieren. Unerwartet hatte sie beobachtet, wie der Kreuzer eine Flugunterbrechung einlegte, um in Funkverkehr mit einem anderen Raumschiff zu treten, einem Raumer, das mit dem Scanning der *Sturmvogel* durch die dazwischen treibenden Felsen des Asteroidengürtels nicht geortet werden konnte.

Und dann hatte Sorus die *Posaune* aus dem Hyperspatium kommen sehen; der Interspatium-Scout hatte gleichfalls einen Funkspruch in die Richtung des verborgenen Raumschiffs abgeschickt und sich anschließend entfernt, offenkundig nichts getan, um den VMKP-Kreuzer zu kontaktieren, geschweige denn, daß er zu ihm gestoßen wäre; doch fast unverzüglich hatte der Polizeikreuzer die Verfolgung aufgenommen. Wäre Sorus an ihrer Position geblieben, hätte sie vielleicht das versteckte Raumschiff geortet, wenn oder falls es den Asteroidengürtel verließ. Allerdings hätte sie dadurch den Anschluß an die *Posaune* verloren.

Aber die *Sturmvogel* war nicht in der Nachbarschaft des Asteroidengürtels geblieben. Das seltsame Verhalten der *Posaune* hatte Sorus die Informationen geliefert, die sie brauchte; die Art von Informationen, die wilde, obwohl naheliegende Spekulationen erlaubten.

»Folgen Sie dem Raumschiff«, hatte Taverner ihr befohlen. »Die *Posaune* muß gestellt werden. Sie darf nicht entkommen. Wenn Sie nicht sofort zuschlagen, erhält sie Verstärkung. Mit Ihrer Bewaffnung können Sie den Interspatium-Scout bezwingen.«

Die Bewaffnung, die er meinte, war das Superlicht-Protonengeschütz der *Sturmvogel*. Anscheinend ging er davon aus – im Gegensatz zu Sorus –, die Astro-Schnäpper wüßten nicht, daß die *Sturmvogel* einmal *Liquidator* geheißen hatte; daß die Illegalen, die früher den Normalraum mit einem Protonengeschütz ganz beträchtlich unsicher machten, jetzt unter anderem Namen flogen und zudem ihren Raumer mit einem Ponton-Antrieb ausgerüstet hatten. Sorus hatte sich die Mühe gespart, mit Taverner ein Wortgefecht anzuzetteln. Ebensowenig hatte sie ihm gehorcht. Statt dessen hatte sie ihre eigenen Anweisungen erteilt, das Schiff rasant beschleunigen lassen, um in den Human-Kosmos und ins Hyperspatium überzuwechseln.

»Kapitänin Chatelaine«, hatte daraufhin Taverner – geradeso wie eben wieder – sie gefragt, »was ist Ihre Absicht?«

Sie war auf seine Frage eingegangen, allerdings erst, nachdem die *Sturmvogel* erhebliche Beschleunigung aufgenommen hatte.

Wenn die Leute an Bord der *Posaune* willig nach direkter Weisung der VMKP verfuhren, argumentierte sie, warum hatte sich der Interspatium-Scout nicht schlichtweg dem Polizeikreuzer angeschlossen und durch das Kriegsschiff heim zur Erde eskortieren lassen? Sorus war kein Grund eingefallen. Darum hatte sie den Schluß gezogen, daß entweder Succorso oder Thermopyle andere Vorstellungen hatte.

Eigene Ideen, die vielleicht nicht die Billigung der Astro-Schnäpper genossen.

Gefühlsmäßig hatte sie die Möglichkeit verworfen, daß Thermopyle es war, der aus der Reihe tanzte, nicht etwa, weil er ein unwichtiger Beteiligter gewesen wäre, sondern weil man ihn zu einem unifizierten Cyborg degradiert hatte, einer zu Initiative oder Ungehorsam unfähigen Entität.

Was, zum Teufel, hatte also Nick Succorso vor?

Von Taverner wußte Sorus, daß Succorso über ein Antimutagen-Serum verfügte, das er von Hashi Lebwohl erhalten hatte.

Was finge sie, hatte sich Sorus gefragt, an Nicks Stelle mit einem solchen Serum an?

In dem Bewußtsein, daß die Amnion ihr zu folgen außerstande waren – und die Astro-Schnäpper nur so langsam folgten, daß sie nichts mehr ausrichten konnten –, flöge sie zum besten und sichersten Schwarzlabor, das sie kannte, um den kostbaren Besitz nach Möglichkeit zu analysieren und daraus Gewinn zu schlagen, ehe die Kosmo-Bullen oder irgend jemand anderes ihr in die Quere kamen.

Diesen Anforderungen genügte nur ein Ort. Und sie lag auf dem Kurs, den die *Posaune* vom KombiMontan-Asteroidengürtel aus genommen hatte.

Indem sie ihre Crew bis zum äußersten belastete, hatte Sorus Chatelaine mit einer Reihe großer Hyperspatium-Sprünge Deaner Beckmanns Schwarzlabor angeflogen. Beckmanns brillante und brillant verteidigte Übung in Sinnlosigkeit.

Aber hier und jetzt, obwohl jeder Trottel sehen konnte, wie vorteilhaft es war, die Angelegenheiten ihr zu überlassen, verlangte Milos Taverner erneut von ihr eine Rechtfertigung.

Sie rechnete nicht damit, daß er ihre Gegenfrage verstand, und wartete doch auf Antwort, beharrte grimmig auf der Eigenverantwortung für ihr greuliches Los.

Zunächst erregte er den Eindruck, als bliebe ihre Frage ihm undurchschaubar. »›Glauben‹ ist keine mentale Konzeption der Amnion«, antwortete er mit seiner tonlosen Stimme. Seine Mutation hatte vor erst wenigen Tagen stattgefunden, aber allem Anschein nach war ihm die Fähigkeit zum menschlichen Denken schon abhanden gekommen – eben die Fähigkeit, wegen der man ihn auf Sorus' Raumschiff zum ›Entscheidenden‹ eingesetzt hatte. »In Ihren Begriffen könnte es jedoch richtig sein zu sagen«, fügte er indes hinzu, »daß wir Ihnen ›geglaubt‹ haben. Sie sind ein Mensch. Falschheit ist unter Menschen weitverbreitet. Vielleicht ist sie angeboren, ein organischer Makel. Allerdings sind uns die Mittel zu eigen, um zu verhindern, daß Sie, Kapitänin Chatelaine, Falschheit gegen uns verüben.« Auch die Drohung betonte er in keiner Weise. Auf dergleichen konnte er verzichten: Was er da feststellte, war ein Bestandteil ihres Lebens, seit Sorus das Pech gehabt hatte, unter ungünstigen Voraussetzungen Bekanntschaft mit den Amnion zu schließen. »Und ich habe Ihnen bei diesem Vorgang das bessere Urteilsvermögen zugestanden. Bedeutet das nicht so etwas, wie Ihnen zu ›glauben?‹«

Sorus stieß ein verächtliches Schnauben aus. Die typisch amnionische Haarspalterei interessierte sie nicht.

»Hatte ich recht«, fragte sie, »oder nicht?«

Taverner behandelte die Frage, als wäre sie ausschließlich rhetorischer Art. »Ihre hinsichtlich des Verhaltens Kapitän Thermopyles getroffene Voraussage hat sich als zutreffend erwiesen. Es kann sein, daß auch Ihre Beurteilung seiner Motive richtig ist.«

»Dann lassen Sie mich gefälligst in Frieden!« schnauzte Sorus ihn an. »Lassen Sie mich in Ruhe arbeiten. Ich bin noch Mensch. Ich weiß, wie ich die Sache anpacken muß. Es nervt mich, wenn ich Ihnen andauernd Gründe nennen soll.«

Für einen ausgedehnten Moment musterte Taverner sie. Seine von keinem Zwinkern bewegten Augen und das schwammige Gesicht verhehlten seine Gedankengänge. Dann jedoch überraschte er Sorus, indem er näher an den Kommandosessel trat, sich nach vorn neigte und einen krummen Zeigefinger auf sie richtete, als wünschte er, daß sie vertraulich den Kopf näher schob.

Trotz ihres Abgestoßenseins beugte Sorus sich vor.

»Kapitänin Chatelaine«, erklärte er mit merkwürdig verschwörerischem, beinahe menschlichem Flüstern, so daß niemand außer ihr ihn hören konnte, »Sie sollten wissen, daß die Amnion Mutagene entwickelt haben, die sich durch die Luft ausbreiten. Es sind leicht primitive und langsam wirkende Mutagene, aber sie reichen zur Erfüllung der gegenwärtigen Aufgaben aus.«

Sorus starrte ihn an. *Durch die Luft* ... Vor Panik bäumte sich ihr Magen auf; nur Jahre finsterster Entschlossenheit und bitterer Disziplin hinderten sie daran, einfach ihre Pistole zu ziehen und ihn mitten in die Fresse zu schießen, damit er nicht aussprach, was er als nächstes zu sagen hatte.

»Nester derartiger Mutagene«, teilte er ihr fast unhörbar leise mit, »sind an den Skrubberfiltern dieses Raumschiffs angebracht worden.« Das mußte während des Verladens der Ausrüstung und Vorräte von der *Stiller Horizont* geschehen sein. »Ich habe die Möglichkeit, ihre Freisetzung auszulösen. Sollten Sie uns gegenüber Falschheiten begehen, werde ich sicherstellen, daß Ihre Crew sich so etwas nie herausnimmt.«

In Sorus' Innerem brodelten Wut und Hoffnungslosigkeit, denen sich kein Ventil bot. »Sie Lump«, knirschte sie durch die Zähne. »Das gehörte nicht zu unserer Abmachung.«

Weshalb habe ich alle diese Jahre eines Lebens des Verrats und der Untaten durchgehalten, wenn ihr mir jetzt sogar meine Crew wegnehmt?

Aber ihr Einspruch lief auf eine Lüge hinaus, und darüber war sie sich vollständig im klaren. Sie hatte es nicht für die Amnion, sondern für sich selbst getan.

Taverners Antwort klang so gedämpft wie das unterschwellige Säuseln der Klimaanlage der *Sturmvogel*. »Ihre Frage entbehrt eines korrekten Inhalts. Wir sind mit Ihnen keine ›Abmachung‹ eingegangen. Sie sind unsere Erfüllungsgehilfin. Bisher hat Ihre Besatzung ihre menschliche Natur beibehalten dürfen, damit Sie im Human-Kosmos effektiv für uns tätig sein können. Inzwischen hat jedoch die neue Situation die aktuellen Erfordernisse verändert. Sie lehnen es ab, uns Ihre Absichten zu erläutern. Nun gut. Unterlassen Sie es. Aber seien Sie sich für den Fall, daß Sie Falschheit mit uns treiben, der Konsequenzen bewußt.«

Sorus verstand ihn. O ja, sie verstand ihn vollkommen. Seit Jahren schon war sie nur noch Handlangerin der Amnion. Taverner hatte den Charakter ihrer Abhängigkeit nicht verändert; nur das Risiko war von ihm erhöht worden.

Eine Müdigkeit, schwer wie Stein, ballte sich an der

Stelle, wo die Schultern in den Nacken übergingen, um die Rundung ihrer Muskeln. »Ich hab's Ihnen ja gesagt«, seufzte sie, weil sie Taverner nicht verscheuchen konnte. »Ich weiß, was ich tu.« Einen Moment lang umwölkte Mattigkeit die Ränder ihres Blickfelds. »Und wenn ich mich irre«, fügte sie hinzu, »ist immer noch Zeit, alles so durchzuführen, wie Sie es wünschen.«

Anscheinend verließ sich Taverner auf ihre Zusicherung. Dennoch blieb er an ihrer Seite, während sie auf eine Nachricht von Werkschutzleiter Retledge wartete.

»Kapitänin Chatelaine?«

Die Stimme des Werkschutzchefs, die aus dem Interkom-Apparat tönte, klang markig und nach Selbstbewußtsein. In dieser Hinsicht ähnelte er Beckmann: hatte er erst einmal einen Entschluß gefaßt, gab er sich danach nicht mehr mit Bedenken ab.

Mit einem Ruck wechselte Sorus von halbem Dösen ins Hellwachsein über. »Hallo, Retledge. Danke für den Anruf. Darf ich fragen, was los ist?«

Ohne Neugier beobachtete Taverner sie, als wäre es ihm einerlei, was sie anstellte.

»Dr. Beckmann hat Kapitän Succorso und Dr. Shaheed die Erlaubnis erteilt, ein Labor zu benutzen«, antwortete Retledge geradezu zackig. »Die übrigen Crewmitglieder der *Posaune* sind auch hier. Meine Leute behalten sie unter Observation.«

Da: das war die Bestätigung. Sorus hatte von Anfang an recht gehabt. Vector Shaheed machte sich daran, Lebwohls Antimutagen-Serum zu analysieren, damit Succorso die Formel verschachern konnte. Sorus unterdrückte den Drang, unter Taverners Nase die Faust zu schütteln.

Aber was diese Information für Sorus bedeutete, konnte Retledge natürlich nicht ermessen. Seine Überlegungen galten anderen Dingen. »Kapitän Succorso hat dich nicht erwähnt«, sagte er nach kurzem Schweigen. Selbst durch den Interkom-Lautsprecher hörte man ihm einen Anklang grimmigen Humors an. »Eine höchst auffällige Unterlassung, meiner Meinung nach. Wenn man ihm glaubt, drehen seine Gedanken sich um ganz andere Gegenspieler.«

Verblüfft hob Sorus die Brauen, äußerte sich dazu jedoch nicht.

»Ich weiß nicht recht«, gestand Retledge, »wem von euch beiden ich trauen soll. Jedenfalls dulde ich hier keine Unregelmäßigkeiten. Die *Posaune* hat anlegen dürfen. Kapitän Succorso erledigt, was er hier abziehen möchte. Dann fliegt die *Posaune* ab. Alles vollkommen klar und einfach. Ist das gebongt, Kapitänin?«

Sorus verkniff sich eine barsche Erwiderung. Das Leben ist nicht einfach. Niemand nimmt jemandem etwas ab. Wenn du nicht selbst auf dich achtgibst, kannst du nicht verlangen, daß ich auf dich aufpasse. »Na sicher, Retledge«, beteuerte sie statt dessen mit gedehnter Stimme. »Die Schmeißfliege am Leben zu lassen war der größte Fehler, der mir je unterlaufen ist.« Ihr Mund zuckte, während sie log, aber ihre Stimme blieb ruhig und fest. »Ich möchte mir nicht noch mehr Fehler leisten.«

Succorso hatte sie nicht erwähnt? Verdammt noch mal, was hatte denn *das* zu besagen?

»Gut«, sagte Retledge. Aus der Interkom kam ein Knacken, als er die Verbindung trennte.

Sorus fühlte sich zu abgeschlafft, um sich zu rühren. Sie senkte den Kopf und schloß die Lider; sofort drohte eine Übermüdung sie zu überwältigen, als ob sie auf die Gravitationsquelle ihrer tiefinnersten Verzweiflung zustürzte. Aber Taverner wandte keine Sekunde lang den Blick von ihr: sie wußte es, ohne hinzuschauen. Seine Aufmerksamkeit gehörte ausschließlich ihr; er konfrontierte sie mit Forderungen, denen sie sich nicht verweigern konnte.

Was für ein Spielchen trieb Succorso denn *jetzt*?

Sorus hatte keine Ahnung. Nach einer halben Minute riß sie sich trotz aller Ausgelaugtheit zusammen und schickte ihr Einsatzteam auf den Weg.

Fünfundvierzig Minuten später kehrte das Team zurück. Sorus erwartete es in der Schleuse, die die *Sturmvogel* mit dem Schwarzlabor verband.

Neben ihr stand Milos Taverner. Sie hätte es lieber gehabt, er wäre auf der Brücke gewesen, jedoch keine Lust verspürt, sich mit ihm zu zanken. Allerdings hatte sie darauf bestanden, daß er, um seine Fremdartigkeit zu verbergen, eine Sonnenbrille aufsetzte.

Die vier Teammitglieder waren nicht unbedingt Sorus' tüchtigste Leute, aber für den auszuführenden Auftrag die beste Auswahl gewesen. Einer der beteiligten Männer, ihr Waffensysteme-Zweitoperator, war ein so großer und lauter Mensch, daß seine Freunde ihm nachsagten, er könnte nicht niesen, ohne daß auf benachbarten Raumschiffen die Nahbereich-Warnsensoren Alarm gäben. Der zweite Mitwirkende, der Steward der *Sturmvogel,* war schlichtweg das schönste Jüngelchen, das Sorus je gesehen hatte, verkörperte eine offene, durch seine schier unstillbare Lüsternheit verstärkte Verlockung zur Pädophilie. Die dem Team zugeteilte Frau, eine Bordtechnikerin, hatte das sonderbare Talent, einen grenzenlos unterwürfigen Eindruck zu erregen, während ihre Formen fast die Montur sprengten.

Sorus hatte diese drei ausgesucht, weil sie sich gut zur Ablenkung eigneten. Ohne großen Aufwand konnten sie für nahezu unbeschränkte Dauer die Aufmerksamkeit ihrer Umgebung auf sich ziehen.

Zum Befehlshabenden des Einsatzteams hatte sie ihren Zweiten Offizier bestimmt, weil er ein schnelles Köpfchen hatte, sich durch Entschlußfreudigkeit auszeichnete und sich darauf verstand, völlig Fremde zur Folgsamkeit zu überreden.

Befehlsgemäß brachte das Team einen jungen Burschen an. Vielleicht vierzehn oder sechzehn Jahre war er alt, aber durch die Blässe der Furcht in seinem Gesicht sah er jünger aus.

Mit rauhem Grinsen salutierte der Zweite Offizier vor Sorus. »Kapitänin ...!« Dann deutete er auf den Jungen.

»Laut Besatzungsverzeichnis der *Posaune* heißt er Ciro Vasaczk, aber Succorso nennt ihn ›Lumpi‹.«

Dieser junge Mann war genau, was Sorus brauchte.

Lumpi hatte eine untersetzte Statur, leicht überbreite Hüften. Seine schlichte Bordmontur war eine Nummer zu groß, deswegen an den Bündchen von Fußknöcheln und Handgelenken zerknittert, aber immerhin sauber. Die Blässe seiner Haut betonte das Weiße seiner Augen zusätzlich; der Mund hing ihm etwas offen. Doch weder zitterte er, noch leistete er Widerstand. Er heftete den Blick auf Sorus, als wäre ihm auf Anhieb klar, daß sein Leben jetzt in ihrer Hand lag; sie und niemand sonst darüber Macht hatte. Wenn sie kein Erbarmen mit ihm hatte, fand sich kein anderer Mitleidiger.

Praktisch noch ein Kind, dachte Sorus, insgeheim aufgewühlt von einem Selbstabscheu, den sie sich nicht erlauben konnte. Genau richtig.

»›Lumpi‹?« wiederholte sie mit gelassener Stimme. »Ciro gefällt mir besser.«

Ihm zuckte eine Braue. Sorus nahm an, daß er zuviel Bammel zum Sprechen hatte. Da jedoch überraschte er sie, indem er trotz seiner Furcht das Wort ergriff. »Kapitän Succorso wird mit Ihrem Verhalten bestimmt nicht einverstanden sein.«

Ernst betrachtete Sorus ihn. »Natürlich nicht. Genau das ist der Sinn der Sache.« Sie wandte sich an ihren Zweiten Offizier. »Gab's Probleme?«

Der Mann schüttelte den Kopf. »Wir haben ihn in dem Abfütterungssaal angetroffen, den Beckmann Refektorium nennt. Er saß an 'm Tisch und füllte 'n Bestellformular aus. Man könnte meinen, er hätte jetzt Schiß, aber er war kein bißchen ruhiger, als wir ihn fanden. Ich vermute, weil Succorso ihn mit Vorratsbeschaffung beauftragt hat, ohne klarzustellen, was benötigt wird.« Sein Blick streifte das restliche Team. »Wir sind kein einziges Mal vom Werkschutz mit ihm gesehen worden. Die Werkschutzleute waren mit anderen Dingen beschäftigt. Für sie sieht's so aus, als wäre er hinausgegangen, während sie nicht hingeguckt haben.«

Sorus nickte. »Gut.« Sobald Retledges Untergebene das Fehlen des Jungen bemerkten, fahndeten sie zweifellos nach ihm, aber ihre Suche würde von der Vorstellung geprägt sein, er hätte sich einfach selbständig entfernt – eventuell um sich einmal im Schwarzlabor umzuschauen, vielleicht auf Succorsos Geheiß.

Aber ehe der Werkschutz ernstlich nervös wurde, wollte Sorus ihn ins Schwarzlabor zurückschicken.

Sie salutierte und ließ das Team abtreten. Nacheinander strebten die Crewmitglieder zur Schleuse hinaus. Sorus blieb mit Ciro und Taverner allein.

Taverner hatte kein Wort gesprochen. Er hätte hinter seiner Sonnenbrille blind sein können; blind und taub, ohne Kenntnis von irgend jemandes Gegenwart.

Sorus hatte ihm vorzuschlagen erwogen, ihr die Drecksarbeit abzunehmen und persönlich zu erledigen. Doch trotz ihres Widerwillens gegen sich selbst hatte sie darauf keinen gesteigerten Wert gelegt. Die Verantwortung für das eigene Handeln war das einzige, wodurch sie ihre geistige Gesundheit und ihr Menschsein beibehielt.

»Ciro«, fragte sie so zerstreut, als wäre sie in Gedanken versunken, »weißt du, wer ich bin?«

Der Junge gab keine Antwort. Voller Panik starrte er sie an, doch darüber hinaus reagierte er auf keinerlei Weise.

»Weißt du, wer das ist?« Mit dem Kopf wies Sorus auf Taverner.

Nicht einmal Ciros Blick ruckte in Taverners Richtung.

Sorus ließ ihrem Tonfall ein wenig Überdruß einfließen. »Was glaubst du, aus welchem Grund ich angeordnet habe, dich herzuholen?«

Ein Moment verstrich, bevor er sich zum Antworten entschloß. »Ich dachte, Sie brauchen einen neuen Besatzungsangehörigen. So was kommt ja vor bei solchen Raumschiffen. Wenn Not am Mann war, hat's Nick auch schon auf die Tour gemacht... Leute schanghait...« Langsam strafften sich längs seines Kinns die Muskeln, traten sichtbar hervor. »Eigentlich bin ich kein Steward. Ich bin als Bordtechniker geschult worden. Aber darum geht's Ihnen wohl gar nicht ...«

Für eine flüchtige Sekunde klang seine Stimme lauter und höher, als drohte sie zu versagen. Doch er behielt sich in der Gewalt. »Sie sind nicht an mir interessiert. Sie haben's selber gesagt. Sie wollen mich bloß gegen Nick ausspielen.« Mühsam schluckte er. »Oder die *Posaune*.«

Sorus seufzte stumm. Also war Ciro trotz seiner Manschetten noch zu klarem Denken fähig. Und er hatte Technikkenntnisse. Aus Sorus' Sicht war das um so besser. Für ihn hingegen mußte es verschlimmern, was ihm bevorstand.

»Du hast recht«, bestätigte sie. »Du bist tatsächlich vollkommen unwichtig. Du als individuelle Person, meine ich. Ich hätte jeden genommen. Aber du bist gerade greifbar gewesen. Und nun hör mir genau zu ...« Sie gab ihm den Rat, als dächte sie, er wäre überhaupt zu etwas anderem imstande.

»Davon hängt nämlich dein Leben ab. Ich wünsche, daß du die Situation rundum verstehst. Du sollst darüber Klarheit haben, daß es mir vollständig ernst ist.«

Er nickte so ruckartig, daß die Bewegung einem Zucken ähnelte. Nie wich sein Blick von Sorus' Gesicht.

Taverner stand reglos dabei. Nur einmal hätte Sorus ihn zu gerne beunruhigt oder in Verlegenheit gesehen. Infolge des Umstands, daß der Halb-Amnioni keine Spur der Nervosität zeigte, vermittelte er ihr das Gefühl, selbst reichlich zappelig zu sein.

»Ich bin Kapitänin Chatelaine«, stellte sie sich Ciro mit aus Gereiztheit harscher Stimme vor. »Du befindest dich auf dem Raumschiff *Sturmvogel*. Wir sind auf Thanatos Minor gewesen, als die *Käptens Liebchen* dort zerschellt ist. Ich bin die Frau, die deinem Kapitän Succorso die Visage zerschlitzt hat. Ich diene den Amnion.«

Unwillkürlich sackte Ciros Kinn herab.

»Das soll nicht heißen, daß ich für sie arbeite.« Ohne Rücksicht zeigte Sorus ihren Zorn und Ekel. Ihr lag daran, den jungen Mann einzuschüchtern, ihn bis an den Rand des Gelähmtseins zu erschrecken. »Nein, ich *diene* ihnen, Ciro. Ich will dir erklären warum.« Dazu gekommen war es in einem anderen Leben, in der Zeit, nachdem Sorus sich willentlich für den Weg einer Illegalen entschieden gehabt hatte.

»Vor Jahren hat dies Schiff einen anderen Namen getragen. Damals hatte es keinen Ponton-Antrieb. Deshalb ist's den Astro-Schnäppern irgendwann gelungen, uns zum Kampf zu stellen. Kaputtkriegen konnten sie uns nicht, dafür sind wir zu stark bewaffnet. Sie schafften's aber, das Schiff gehörig zu beschädigen. So schwer, daß es so gut wie fluguntüchtig wurde, es war nur eine Frage der Zeit, bis wir abkratzen mußten. Wir hatten nur die eine Aussicht, uns ins Grab fortzuschleichen.« Allzu deutlich erinnerte sich Sorus noch daran. »Beim nächsten Zusammenstoß hätten die Polypen uns in Stücke geballert. Bloß sind wir vorher von den Amnion gefunden worden. Wir machten damals schon Geschäfte mit ihnen und hatten wegen des Gefechts ein Rendezvous verpaßt. Sie suchten nach uns.«

Wie benommen glotzte Ciro sie an; er näherte sich dem Zustand blanken Entsetzens.

»Leider sind sie dann gar nicht nett zu uns gewesen.« Sorus' Stimme knarrte. »Als sie merkten, wie schwer unser Raumschiff beschädigt war, haben sie uns nicht etwa Hilfe angeboten. Sie doch nicht. Statt dessen haben sie uns ein Ultimatum gestellt. Wir sollten ihre Forderungen erfüllen oder verrecken. Sie wollten uns im Schneckentempo durchs All tuckern lassen, bis wir verhungerten oder uns die Luft ausging, wenn wir uns nicht ihrem Willen beugten.«

Errätst du, was nun folgt, Junge? Ahnst du, in was für Schwierigkeiten du steckst?

»Sie hatten den Wunsch, an mir ein Experiment vorzunehmen. Damals war von ihnen ein neues Medikament entwickelt worden – ich gehe mal davon aus, man kann's ein

Medikament nennen –, und sie wollten wissen, ob es bei Menschen wirkt. *Falls* es wirksam sei, sagten sie mir, bliebe ich ein Mensch. Ich dürfte mein Raumschiff behalten, man würde uns retten, uns einen Ponton-Antrieb überlassen, alles geben, was wir benötigten.«

Bis der Schmerz ihrer Erinnerungen zumindest zum Teil abgeklungen war, legte Sorus eine kurze Pause ein. »Falls das Experiment *mißlang*, würde ich mich in ihresgleichen verwandeln.«

Sie bewegte ihre Schultern, um die Verspannungen ein wenig zu lockern.

»Ich konnte mir mühelos denken, was passieren mußte, wenn ich ablehnte. Ein Gefecht hätten sie nicht riskiert, sie wollten nicht auch beschädigt werden. Sie hätten uns einfach uns selbst überlassen, bis wir nicht mehr dazu imstande gewesen wären, uns zu wehren. Dann wären wir geentert worden, und sie hätten ihre verdammten Experimente auf alle Fälle durchgeführt. So oder so wären wir alle verloren gewesen. Die Amnion hätten bekommen, was sie wollten, wir dagegen gar nichts. Also habe ich mich für das Experiment zur Verfügung gestellt.«

Hätte Ciro jetzt irgendeine Reaktion gezeigt, wahrscheinlich wäre er von ihr angebrüllt worden. Sie bedurfte dringend eines Ventils für das nagende Weh ihrer Verzweiflung. Doch aufgrund irgendeiner Ursache flößte seine stille, geballte Furcht ihr Scheu ein, so wie Taverners Gefeitsein gegen Beunruhigung sie abschreckte.

»Es hat geklappt«, klärte sie ihn voller Bitternis auf. »Ich bin noch ein Mensch.«

Nochmals hob sie die Schultern. »Allerdings hatten sie mir vorher verschwiegen, um was für eine besondere Art von Medikament es sich handelte. Das habe ich erst nachher bemerkt. Es ist kein Antimutagen, sondern etwas Komplizierteres. Es neutralisiert die Amnion-Mutagene nicht, sondern verschiebt lediglich das Eintreten ihrer Wirkung. Wie ein zeitweiliges Gegenmittel. Ein Mutagen bleibt im Körper, lebt weiter, dringt in jede Zelle vor, rankt sich um die DNS-Stränge, nur verändert es nichts, solange das Medikament gleichfalls durch den Körper kreist. Wie lange der Mutationseffekt verzögert wird, ist von dem verabreichten Quantum des Medikaments abhängig – oder davon, wie oft man es erhält. Man kann das Dasein als Mensch weiterführen, bis man von der Versorgung mit dem Mittel abgeschnitten wird. Und dann verwandelt man sich zum Schluß« – sie schnippte mit den Fingern – »doch in einen Amnioni.«

Ihre Füße scharrten übers Deck, während sie ihre Balance der geringen Asteroiden-G anpaßte.

»Darum diene ich den Amnion, Ciro. Täte ich's nicht, entzögen sie mir das Gegenmittel. Und das ist der Grund, weshalb *du* nun *mir* dienen wirst.«

Sie schob die Linke in eine Tasche ihrer Bordmontur und holte eine gefüllte Injektionsspritze heraus.

Für ein so junges Bürschchen war Ciro ziemlich fix. Erst machte er ein langes Gesicht, wirkte verstört, als überwältigte ihn die Panik; er schrak um einen Schritt zurück. Aber sein Rückwärtsweichen erwies sich als Finte. Viel zu schnell für echte Panik trat er flink nach der Injektionsspritze.

Zum Glück war Sorus darauf vorbereitet. Sie schwang sich seitwärts, brachte die linke Hand vor Ciros Tritt in Sicherheit und versperrte ihm mit dem rechten Arm den Fluchtweg.

Sein Fuß schoß an Sorus vorüber und auf Taverner zu.

Ohne jede Anstrengung packte Taverner den Stiefel des Jungen, riß ihn mitten in der Luft herum und umklammerte ihn hinterrücks mit beiden Armen.

Ciro wehrte sich wild und heftig, ohne einen Laut von sich zu geben. Doch genausogut hätte er versuchen können, sich aus Ketten zu befreien. Der Halb-Amnioni hatte mehr als genug Kraft, um ihn festzuhalten.

Jetzt zögerte Sorus nicht mehr. Andernfalls bestünde die Gefahr, daß das Finstere ihres Handelns aus ihrem Tiefinnersten emporschwallte und sie darin ertrank. Behend und unbarmherzig ergriff sie Ciros Handgelenk, zerrte seinen Unterarm aus dem Ärmel, um einiges an Hautfläche zu entblößen, und stach die Nadel der Injektionsspritze hinein.

Nach zwei Sekunden war die Spritze leer.

Vor Nick Succorsos vorgeblichem Steward lagen noch schätzungsweise zehn Minuten menschlicher Existenz.

Rasch ging Sorus für den Fall, daß er ein zweites Mal zutreten sollte, von ihm auf Abstand. Aber sofort sah sie, daß er die Gegenwehr aufgegeben hatte. Starr hing er in Taverners Umklammerung; stierte den winzigen Einstich an, den die Spritzennadel in seiner Haut hinterlassen hatte. Danach erst warf er den Kopf in den Nacken und öffnete den Mund zu einem Schrei äußersten Grauens.

Mit ausgestrecktem Arm versetzte Sorus ihm eine Ohrfeige. Der Hieb linderte ihren Selbstabscheu nicht im geringsten, aber erstickte Ciros Aufschrei.

»Du sollst zuhören, hab ich dir gesagt!« schnauzte sie. »*Sieh* mich an!«

Sobald sein Schädel nach vorn sackte, hatte er die Augen wieder auf den Unterarm gesenkt; die Stichwunde bannte seinen Blick unwiderstehlich. Aber als Sorus es verlangte, hob er langsam den Kopf.

Sein Gesichtsausdruck weckte bei ihr den Wunsch, ihn zu erschießen.

Während sie irgendwo in ihrem Innern zitterte, legte sie die Injektionsspritze beiseite und brachte aus der Tasche ein kleines Fläschchen zum Vorschein.

»Denk mal 'n bißchen nach, Ciro. Würde ich dich in einen Amnioni verwandeln, wärst du für mich keine Hilfe. Succorso ließe dich gar nicht zurück an Bord. Du hast recht, ich habe dir ein Mutagen gespritzt. Aber es wirkt nicht sofort. Hast du gehört? Die Wirkung tritt *nicht* sofort ein. Damit ist frühestens in zehn Minuten zu rechnen. Das hier« – sie hielt das Fläschchen vor ihm hoch – »ist das Gegenmittel. Dieses erwähnte Medikament, das dafür sorgt, daß ein Mutagen passiv bleibt.«

Sein Blick schien sich an dem Fläschchen festzusaugen, als wollte er den Inhalt mitsamt dem Glas und Plastik hinunterschlingen.

»In der Flasche sind sechs Pillen«, teilte Sorus ihm mit. »Eine Pille pro Stunde. Ich kann dir jetzt sechs Stunden deines Lebens schenken. Und ich habe noch mehr von diesen Pillen. *Viel* mehr. Sogar genug, um uns beiden zu gewährleisten, daß wir Menschen bleiben, solange wir leben. Aber ich möchte, daß du mal hübsch *nachdenkst*.«

Plötzlich bäumte Ciro sich gegen Taverners Klammergriff auf, warf sich in wütendem Widerstand hin und her. Doch die Mühe war vergeblich: ohne Zweifel hätte er Sorus ebenso leicht wie den Jungen bändigen können. Nach zwanzig Sekunden erlahmte Ciro, baumelte matt in Taverners Armen.

»Sie wollen wissen, warum wir hier sind.« Jetzt schaute er weder Sorus noch das Fläschlein an; sein Kopf hing vornüber, als wäre sein Genick gebrochen. »Ich soll's Ihnen verraten.« Seine Stimme entrang sich der beengten Brust als Ächzen.

»Falsch.« Seine Furcht steigerte Sorus' Zorn. »Warum ihr hier seid, *weiß* ich längst, verdammt noch mal. Ich bin über Shaheeds Forschungen informiert. Also, dein zweiter Versuch.«

Er zuckte zusammen. »Dann verlangen Sie, daß ich was für Sie tu. Was gegen Nick. Oder das Raumschiff.«

»*Denk nach*«, ermahnte Sorus ihn.

»Es kann wohl nicht so sein, daß ich wen umbringen soll«, meinte er ganz leise. Sorus konnte sein Gesicht nicht erkennen; sie hörte kaum seine Stimme. »Für so was bin ich zu jung. Ich hätte keine Chance. Ihnen geht's darum, daß ich was am Schiff anstelle.«

»Nur zu.«

»Von der Bedienung der Computerkonsolen habe ich keine Ahnung«, wandte Ciro ein. »Ich weiß die Prioritätscodes nicht. Und außerdem bin ich sowieso nie allein auf der Brücke.«

Sorus nickte. »Das ist wahrscheinlich richtig. Aber vielleicht fällt dir noch mehr ein.«

Kurz hielt er den Atem an; danach entließ er ihn mit einem Laut, der einem Schluchzen glich. »Ich soll den Antrieb sabotieren.«

»*Beide* Antriebe«, stellte Sorus klar, um Mißverständnissen vorzubeugen. »Du hast 'ne Technikerausbildung hinter dir. Du verstehst. Das ist alles. Mehr fordere ich nicht. Du garantierst, daß die *Posaune* mir nicht davonfliegt. Den Rest erledige ich. Wenn sie nicht abhauen kann, ist sie geliefert. Ich hole sie ein, verankere unser Schiff an ihr, schweiße sie notfalls auf, nehme mir, was ich will. Dann kannst du dich mir anschließen. Ich versorge ich dein Leben lang mit dem Gegenmittel.«

»Geben Sie mir die Pillen«, bat Ciro im Flüsterton.

»Noch nicht«, entgegnete Sorus, schloß die Faust fester um die kleine Flasche. »Vorher will ich noch etwas klären. Sobald ich dich von Bord lasse, könntest du in Versuchung kommen, Succorso zu erzählen, was ich getan habe. Du bist, wie du selber gesagt hast, noch jung, und junge Leute lassen sich leicht dazu verleiten, Helden zu spielen. Oder vielleicht glaubst du, ich hätte dich belogen. Aber du kannst mir keinen Strich durch die Rechnung machen. Das sollte dir klar sein. Ich lege ab, wenn du gegangen bist. Ohne Nachschub an Pillen wirst du zum Amnioni. Deine Freunde müßten dich töten. Und mir hättest du nicht geschadet. Ich kann die *Posaune* immer noch innerhalb des Asteroidengürtels angreifen, wo sie keine Möglichkeit hat, mir davonzufliegen. Ist das klar, Ciro?«

Sie hatte angenommen, er würde nicken: er wirkte demoralisiert genug, um allem zuzustimmen. Doch sie täuschte sich.

»Und was, wenn ich über sechs Stunden brauche?« gab er zu bedenken; unverändert beließ er das Gesicht gesenkt, nach wie vor hing ihm der Kopf auf die Brust, als wäre der Hals entzweigebrochen. »Von innen hab ich die Antriebe noch nie gesehen. Ich weiß nicht mal, wie man hineingelangt. Wenn ich nun mehr Zeit brauche?«

Endlich hob er den Kopf, als triebe der Druck seines rasenden Herzens ihm das Kinn hoch. »Oder wenn Nick bei Ablauf der sechs Stunden nicht fertig ist? Ich hier festsitze und sie draußen im All sind, während meine Frist abläuft?«

Diesmal krächzte seine Stimme, klang nach unterdrücktem Gejammer.

Sorus schaute ihm in die verstörten Augen, erwiderte seinen Blick. Obwohl sie schon seit Jahren im Dienst der Amnion stand und trotz ihrer zahlreichen Besuche in Kassafort hatte sie nie zuvor so etwas getan, was sie Ciro zumutete. Dennoch hatte sie genügend Brutalität mitangesehen und selbst erleben müssen, um auf seinen Einwand vorbereitet zu sein.

»Na gut«, seufzte sie, als ob sie sich zu einem Zugeständnis herabließe. Einer anderen Tasche der Bordmontur entnahm sie ein zweites Fläschchen. »Ich genehmige dir sechs weitere Stunden.« Sie wollte, daß er Furcht litt, voller Entsetzen war, aber nicht, daß er aus Grausen handlungsunfähig wurde. »Aber mehr kann ich dir nicht zugestehen. Hast du meinen Auftrag in zwölf Stunden nicht ausgeführt, mußt du zusehen, was aus dir wird.«

Weil er noch so ein jugendliches Bürschchen war, empfand er womöglich zwölf Stunden als lange Zeit.

Er verzog das Gesicht, als müßte er nun zu Tränen zerfließen; doch Sorus wartete wortlos auf seine Antwort. »Also gut«, hörte sie ihn schließlich wimmern. Daraufhin forderte sie Taverner auf, von ihm abzulassen.

Kaum war Ciro aus Taverners Griff frei, schnappte er sich aus Sorus' Hand die Fläschchen, riß ein Behältnis auf, kippte eine Pille heraus und steckte sie sich, ehe die zehnminütige Gnadenfrist ablief, mit fahrig-zittrigen Bewegungen in den Mund.

Sorus Chatelaine wußte genau, wie er sich fühlte.

Wenige Minuten später brachte Sorus' Zweiter Offizier Ciro von Bord. Er hatte Weisung, den jungen Mann bei Werkschutzleiter Retledge abzuliefern; ihm zu melden, Ciro sei in der Nähe der *Sturmvogel* aufgegriffen worden, entweder hätte er dort herumspioniert oder sich verlaufen gehabt, und man übergäbe ihn dem Werkschutz, um Streit mit Kapitän Succorso zu vermeiden; anschließend sollte der Zweite Offizier umgehend aufs Schiff zurückkehren.

Kaum hatte sich die äußere Schleusenpforte hinter ihm geschlossen, wandte Sorus sich an Taverner. »Zufrieden?« fragte sie ihn.

Dank der Sonnenbrille sah Taverner ganz wie ein Mensch aus, aber die dunklen Gläser hatten nicht mehr Ausdrucksvermögen als sein Alienblick. Statt zu antworten, stellte er eine Gegenfrage.

»Glauben Sie, daß dieser Plan gelingt?« Er betonte das Wort ›glauben‹ nicht; die vorangegangene Unterhaltung hatte geklärt, wie er darüber dachte.

Verdrossen schnaubte Sorus. »Sie haben vielleicht vergessen, wie menschliche Furcht aussieht. Ich hab's nicht. Der Junge hat *Schiß*. Er tut, was ich sage.«

Darin war sie sich vollkommen sicher. Männer wie Succorso inspirierten bei ihren Untergebenen nicht die Art von Treue, die Ciro zur Selbstaufopferung bewegen könnte.

»Aber natürlich heißt das nicht, ich kann garantieren, daß der Plan sich bewährt«, fügte Sorus hinzu. »Eventuell klappt's, vielleicht nicht. Wenn er zuviel Furcht hat, besteht die Möglichkeit, daß er sich verrät. Nur *glaube* ich« – sie benutzte den Ausdruck voller Häme –, »daß der Versuch sich lohnt.«

Taverners kurzes Schweigen mochte das amnionische Äquivalent eines Achselzuckens sein. »Diese Laboratoriumsanlage«, verkündete er dann unverblümt, während sie beide sich noch allein in der Schleusenkammer aufhielten und niemand zuhören konnte, »muß vernichtet werden.«

Sorus hatte in letzter Zeit ein Übermaß an Destruktion

miterlebt; zu viele Leben enden sehen. »Irgendwie habe ich geahnt«, entgegnete sie, während Verzweiflung ihr die Kehle beengte, »daß Sie noch mit so etwas rausrücken.«

Taverner blieb unbeirrt. »Das von Kapitän Succorso gewünschte Wissen muß hier im Keim erstickt werden. Die Vernichtung dieser Einrichtung ist eine unabdingbare Notwendigkeit.«

Weh und Finsternis in Sorus' Innerem stifteten sie zur Wildheit an. Schroff drehte sie ihm den Rücken zu, drückte mit dem Daumen an der Kontrolltafel eine Taste, um die innere Schleusentür zu öffnen. »Na, dafür sind Superlicht-Protonengeschütze ja schließlich da.«

Sobald die Pforte aufschwang, stieß Sorus sich regelrecht ab, durchquerte den Korridor mit weiten Sprüngen, versuchte einen möglichst großen Abstand zwischen sich und den Halb-Amnioni zu bringen, den man damit beauftragt hatte, sie zu drangsalieren.

MIKKA

Mikka konnte unmöglich bleiben, wo sie war; doch jetzt nicht, keinesfalls unter diesen Umständen. Nick hatte ihr befohlen, vor dem Labor Wache zu stehen, in dem angeblich er und Vector zu arbeiten gedachten – wogegen es wahrscheinlicher war, daß Vector arbeitete und Nick zuguckte –, aber dazu fühlte sie sich schlicht und einfach außerstande.

Er schmiedete Pläne: die Anzeichen ließen sich überhaupt nicht verkennen. Seine Bemühung, die Anwesenheit der an Bord der *Posaune* verbliebenen Personen zu verheimlichen, sowie sein unvermuteter Entschluß, Sib und Ciro von ihr zu trennen, ergaben keinen Sinn, betrachtete man sie für sich allein; folglich mußten sie Bestandteile einer umfangreicheren Planung sein.

Und was er auch aushecken mochte, dabei mußte zwangsläufig Verhängnisvolles herauskommen – irgendein Unheil, das sie traf, oder jemanden, der ihr etwas bedeutete. Sie kannte Nick gut genug, um die Boshaftigkeit und Erregung in seinen Augen nicht zu übersehen.

Der Gedanke an seine Umtriebe erfüllte sie mit Beklommenheit und Erbitterung. Sie konnte es absolut nicht ertragen, hier ewig nutzlos herumzustehen, während ihrem Bruder und den wenigen Menschen, in denen sie Freunde sah, Schlimmes drohte.

Ungeachtet der Folgen, die sich womöglich später aus ihrem Ungehorsam für Morn und Davies ergeben mochten, wandte sie sich an den Wächter, den Retledge abkommandiert hatte, damit er mit ihr gemeinsam vor dem Labor auf Posten stand, erklärte ihm, ihr seien noch einige Sachen eingefallen, die Sib und Ciro auf die Bestellungen schreiben müßten, und entfernte sich von der abgeschlossenen Labortür.

Weder äußerte der Mann Einwände, noch folgte er Mikka. Sie war zweitrangig; seine hauptsächliche Verantwortung betraf die Vorgänge im Labor. Und Beckmanns Werkschutz hatte genügend andere Mitarbeiter, um zu verhindern, daß sie Ärger verursachte.

Tatsächlich baute Mikka sogar darauf, jeder Menge weiterer Werkschutzleute zu begegnen. Sie war nie zuvor in dem Schwarzlabor gewesen, kannte sich nicht aus. Darum mußte sie sich regelmäßig nach dem Weg erkundigen. Und auf alle Fälle wollte sie nicht, daß irgend etwas von dem, was sie unternahm, den Eindruck der Heimlichtuerei erweckte. Sollte Nick sie zur Rede stellen, hatte sie vor, ihm Augenzeugen zu nennen, die ihre Aussagen bestätigten.

Das Bewegen war ihr eine Hilfe; ebenso half es ihr, auf der Grundlage eigener Entscheidungen zu handeln. Zunächst ging sie nur die Strecke zurück, die sie vorher zu dem Labor genommen hatte, in dem Vector gegenwärtig an seiner Tätigkeit saß. Doch sobald sie einen der Hauptkorridore des Schwarzlabors betreten hatte, schaute sie sich nach Werkschutzleuten um.

Techniker und Wissenschaftler in Kitteln latschten in beide Richtungen des Korridors – so viele, daß Mikka vermutete, in den weitverzweigten Laboratorien und Experimentierstätten des Illegaleninstituts lief gerade ein Schichtwechsel ab. Wie viele Menschen lebten hier? Sie wußte es nicht. Die Einrichtung war groß, allerdings relativ klein, verglich man sie mit einer Schwarzwerft wie dem vernichteten Kassafort. Gewöhnliche Raumpiraterie lockte mehr Illegale an als verbotene Forschung, und wenn allein aus dem Grund, weil Stehlen und Rauben leichter fiel als die Art von Betätigung, der sich Beckmann hingab.

Nach fünf Minuten bemerkte Mikka voraus einen Werkschutzmann, der die gleiche Richtung wie sie einhielt. Sie folgte ihm.

Er betrug sich, als suchte er jemanden. Sie tippte an seinen Arm, um seine Aufmerksamkeit zu erregen; er fuhr herum und schaute sie unfreundlich an, so als wäre er bei etwas Wichtigem gestört worden.

Auf den ersten Blick war er ihr unsympathisch. Aus irgendeinem Grund reizte seine Angespanntheit ihre Nerven so sehr, daß ihr die Haut kribbelte wie von Läusen.

Trotzdem merkte sie sich als erstes den Namen, der auf seinem Werkschutz-Id-Schildchen stand: Klimpt. Zeugen mit Namen waren nützlicher als welche ohne Namen.

»Entschuldigen Sie«, sagte sie, nachdem sie seine Beachtung gefunden hatte. »Ich bin Mikka Vasaczk von der *Posaune*. Ich suche meinen Bruder Ciro.«

Wie von Nick war ihr Bruder, seit sie beide auf der *Käptens Liebchen* angeheuert hatten, auch ihrerseits stets ›Lumpi‹ gerufen worden. Doch seit einigen Tagen erregte Ciros Spitzname bei ihr Anstoß. Ciro verdiente eine anständigere Behandlung.

Der Werkschutzmann blickte weg, sah sich im Korridor um, schenkte seine Aufmerksamkeit wieder Mikka; höflich zu sein, gab er sich keine sonderliche Mühe.

»Wen?«

Mikka spürte, wie sich ihr Gesicht unter dem Kopfverband zu ihrer gewohnten grimmig-finsteren Miene verzog; aber sie blieb bei einem neutralen Tonfall. »Kapitän Succorso nennt ihn ›Lumpi‹. Er hat den Auftrag, bei Ihrem Lebensmittellager einiges zu ordern. Ich muß ihn sprechen.«

Klimpt musterte sie schärfer. »Warum?« verlangte er zu erfahren.

Mikka zuckte die Achseln, um ihm zu zeigen, daß seine Feindseligkeit sie nicht beeindruckte. »Wir brauchen dies und jenes, von dem Ciro vielleicht nichts weiß. Ich möchte sicher sein, daß er es auf die Bestelliste setzt.«

Die Feindlichkeit des Werkschutzmitarbeiters ließ nach; statt dessen nahmen seine Gesichtszüge einen Ausdruck der Genervtheit an. »Dann können Sie mir helfen«, meinte er leise, um von keinem Unbeteiligten gehört zu werden.

»Der kleine Scheißkerl hat sich irgendwohin verdrückt. Wir sollen ihn ausfindig machen.«

Mikka fühlte, wie ihr Herz flatterte. Am liebsten hätte sie Klimpt dafür, daß er ihren Bruder als ›kleinen Scheißkerl‹ diffamierte, aufs Maul gehauen. Gleichzeitig war ihr danach, sich die Haare zu raufen, zu zetern, blindlings loszulaufen. *Sich verdrückt?* Ciro? Bei dem schauderhaften Schiß, den er hatte – und obwohl er die Ereignisse noch weniger als Mikka begriff?

Aber Anwandlungen von Panik führten zu gar nichts; hatten so wenig Zweck wie Hiebe für den Werkschutzmann. Sie behielt ihre Stimme in der Gewalt.

»Glänzende Leistung«, brummte sie. Jetzt verstand sie, woher Klimpts feindselige Einstellung rührte. »Wie haben Sie das geschafft?«

»Wir haben es nicht *geschafft*«, widersprach er trotzig. »Es ist einfach passiert.«

Wo haben Sie schon gesucht? wollte Mikka fragen, überlegte es sich jedoch anders. Darüber zu reden wäre zwecklos. Die örtlichen Gegebenheiten des Schwarzlabors waren ihr unbekannt; durch überflüssige Erklärungen Klimpts verlören sie nur Zeit. »Ist mit Sib Rücksprache genommen worden?« fragte sie statt dessen. »Sib Mackern?«

Klimpt schüttelte den Kopf.

»Sagen Sie mir, wo ich ihn finde. Ich spreche mit ihm, während Sie weitersuchen. Falls er weiß, wo Ciro abgeblieben ist, gebe ich dem Werkschutz Bescheid.«

Mit einer Andeutung von Dankbarkeit nahm der Werkschützer ihren Vorschlag an. Je mehr Leute nach Ciro suchten, um so früher fand man ihn. Und je eher man ihn aufspürte, um so geringer war die Aussicht, daß sich Klimpt ernsten Tadel einhandelte. Er deutete in die Richtung, aus der Mikka gekommen war, rasselte rasch eine Wegbeschreibung herunter und setzte anschließend seine Durchquerung des Hauptkorridors fort.

Wo bist du, Ciro? Was hat Nick dir angetan?

Auf dem gewiesenen Weg mußte sie zum Materiallager

gelangen. Angestrengt darauf konzentriert, sich Klimpts Angaben zu vergegenwärtigen, um sich nicht zu verirren – und um der Panik widerstehen zu können –, beeilte sie sich so sehr, wie es möglich war, ohne Wissenschaftler oder Techniker anzurempeln oder irgendeinen anderen Aufruhr zu verursachen.

Was hatte Nick mit ihrem Bruder verbrochen?

Sie konzentrierte sich energisch: sogar zu stark. Im ersten Moment fiel ihr nicht auf, daß einer der Räume, an denen sie vorübereilte, dem Fluggäste-Wartesaal einer Weltraumstation ähnelte. Zwanzig oder dreißig Sessel standen darin verteilt; in Abständen säumten Datenterminals die Wände; unter der Decke war zu Informationszwecken eine Anzahl Bildschirme montiert.

Mikka blieb stehen. Welchen Bedarf hatte ein Schwarzlabor an einer derartigen Lounge?

Sie konnte sich keinen denken.

Gegenwärtig hielt niemand sich dort auf, also trat sie ein und warf einen Blick auf die Monitoren.

Sobald sie sah, was sie zeigten, begriff sie den Sinn dieses Raums: das war kein Wartesaal, sondern eine Art von Info-Zentrum. Von zwei Mattscheiben konnte man allem Anschein nach den aktuellen Stand verschiedener Experimente ablesen. Auf einem Bildschirm beugten sich mehrere Forscher über eine Mikka fremde Apparatur. Ein weiterer Monitor übertrug ein Referat: Der Mann auf dem Podium leierte etwas daher, als wüßte er, daß niemand zuhörte. In diesem Saal konnten Zuschauer Experimente mitverfolgen, sich über die Forschungsergebnisse von Kollegen in Kenntnis setzen oder sich Darlegungen abstruser Themen anhören.

Wo war Ciro? Was hatte Nick angestellt?

Mikka wandte sich zum Gehen, da gewahrte sie noch einen Monitor. Auf ihm ließ sich die Belegung der Dock-Liegeplätze ersehen: welche Raumschiffe in welchen Astro-Parkbuchten verankert ruhten.

Drei der Raumer kannte sie nicht. Möglicherweise gehörten sie dem Schwarzlabor. Eines der Schiffe war die *Posaune*; Ziffern und Indikatoren blinkten, verwiesen auf Aktivstatus der Bordsysteme.

Ein Raumschiff hieß *Sturmvogel*.

Gott *verdammt* noch mal!

Du sollst verdammt sein, Nick, du elender, dreckiger Schweinehund!

Darauf also kam es Nick an. Anhand schwerer Erfahrungen und durch reine Intuition stieß sie auf die Antwort auf alle Fragen. Die *Sturmvogel* lag im Dock: etwas anderes zählte nicht für Nick. Irgendwie mußte Nick in seinem abartigen Drang nach Rache an Sorus Chatelaine soeben Ciro als Bauernopfer dargebracht haben.

Mit so weiten Sätzen, wie die G des Asteroiden sie zuließ, sprang Mikka aus dem Info-Zentrum und nahm in rücksichtslosem Lauf die von Klimpt gewiesene Route.

Glücklicherweise leerten sich die Korridore allmählich. Das eingeschlagene Tempo war gefährlich, und zwar um so mehr, als sie momentan nur mit einem Auge einigermaßen gut sehen konnte, ein beeinträchtigtes räumliches Sehvermögen hatte. Unterlief ihr ein Fehler, mochte sie sich einen Arm oder ein Bein brechen, sich die Rippen anknacksen. Das Adrenalin, das durch ihre Adern pochte, bereitete ihr Kopfschmerzen, als hätte ihr Schädel neue Prügel abgekriegt. Dennoch verminderte sie ihre Eile nicht. Nick hatte Ciro in eine Falle gelockt; sie, Ciro und Sib waren vorsätzlich von ihm getrennt worden, um Ciro schutzlos zu machen.

Damit er keinen Schutz gegen die Besatzung der *Sturmvogel* hatte. Nick hatte gewußt, daß sich das Raumschiff hier befand, soviel war Mikka jetzt klar; selbst wenn er es nicht durch die Instrumente der *Posaune* erfahren hatte, mußte es ihm aus den von Beckmanns Kommunikationszentrale übermittelten Flugverkehrsdaten ersichtlich geworden sein. Aufgrund irgendwelcher schmutziger Erwägungen hatte er beschlossen, Ciro als Köder für Sorus Chatelaine zu mißbrauchen.

Was er dadurch zu gewinnen hoffte, konnte Mikka im Moment nicht nachvollziehen. Genausowenig verstand sie, woher Chatelaine gewußt haben konnte, daß Nick das Schwarzlabor anflog. Trotzdem war sie fest der Überzeugung – fest genug, um gräßliche Furcht um ihn zu haben –, daß Ciro in Gefahr schwebte, Nick die Absicht hegte, ihn gegen seine alte Erzfeindin zu benutzen.

Sie begegnete keinen Werkschutzleuten mehr. Vielleicht suchten sie inzwischen alle nach ihrem Bruder.

Bei diesem Gedanken wurde ihr zum Kotzen zumute.

Sie prallte so heftig gegen eine Wand, daß sie sich die Lungen nachgerade stauchte, und der Stoß beförderte sie im Schweben schnurstracks in das Zimmer, in dem laut Klimpts Auskunft Sib Mackern anzutreffen sein sollte.

Der Raum war kaum größer als ein Kabuff. Gegenüber einer dicken Panzertür, die einer schweren Schleusenpforte glich, stand in einer Wandnische ein Datenterminal. Über der Panzertür war auf einem Schild der Hinweis MATERIALLAGER zu lesen. Offenbar hielt Deaner Beckmann seine Materialvorräte und Gerätschaften in einem Tresorgewölbe weggesperrt, eine Vorkehrung, die man angesichts des Schlags von Zeitgenossen, die ihn aufsuchten, um mit ihm Geschäfte zu treiben, vollauf verstehen konnte.

Vor dem Datenterminal besah sich Sib, die Stirn gerunzelt, den Bildschirminhalt – oder den Schweiß, der ihm auf die Hände troff, wenn seine Finger auf die Tastatur einhämmerten.

Sib war allein.

Mit einem Ruck hob er den Kopf, als er das dumpfe Geräusch hörte, mit dem Mikka gegen die Wand wumste und abprallte. Erleichterung breitete sich in seiner vor Stress verbissenen Miene aus. »Mikka! Sind wir fertig? Können wir ...?«

Beim Anblick ihrer Erregung brach er mitten im Satz ab. Sein Gesicht wurde starr; reglos schaute er ihr entgegen, während sie um Atem rang.

»Ist Ciro hier aufgetaucht?« keuchte Mikka.

Sib schüttelte den Kopf.

»Verdammte Scheiße!« Vor Enttäuschung und Sorge drosch Mikka sich die Fäuste auf die Hüftknochen. *Verdammt-verdammt-verdammt!* Was sollte sie nun anfangen? Wie konnte sie ihn finden?

»Was ist passiert?« fragte Sib im Flüsterton, als sorge er sich, der Werkschutz könnte lauschen.

Mikka erzählte es ihm schweratmend; erst bei den letzten Sätzen klang ihre Stimme wieder weitgehend normal. »Und die *Sturmvogel* ist hier. Sie hat angelegt. Wie sie uns aufgespürt hat, weiß ich nicht, aber jedenfalls ist sie da.«

Sorus Chatelaine hatte Nick das Gesicht zerschnitten...

»Moment mal«, entgegnete Sib unterdrückt. »Da blick ich nicht durch. Du glaubst, Nicks Vorgehen hängt irgendwie mit ihr zusammen? Wie denn?«

Wuchtig schwang Mikka die Fäuste. »Er hat uns absichtlich getrennt, weil wir einzeln angreifbarer sind. Vor allem Ciro.«

»Aber warum?« hakte Sib nach. »Was will er damit erreichen?«

Mikka war es gewohnt, auf der Grundlage ihrer Kompetenz zu handeln; immer zu wissen, was es zu tun galt, und es auszuführen imstande zu sein. Doch jetzt fühlte sie sich durch Ciros Gefährdung geradezu wie gelähmt.

»Ich habe *keine Ahnung*. Aber ich bin mir sicher, daß es so ist. Wir sind von ihm getrennt worden, damit Chatelaine sich einen von uns schnappen kann. Vielleicht will er uns einen nach dem anderen loswerden... Obwohl ich daran nicht glaube. So einfach ist der Fall nicht. Er muß dabei das Ziel verfolgen, irgendwie *sie* reinzulegen.«

Sib kaute auf der Unterlippe. Sein Blick schien durch Mikka hindurchzudringen. Sie befürchtete, daß er zu starke Zweifel hegte; etwa annahm, sie dächte sich etwas aus, um ihn zur Befehlsverweigerung zu überreden. Seine nächste Äußerung jedoch überraschte sie. »Dann sollten wir uns lieber mal bei der *Sturmvogel* umsehen«, sagte er. Daß er sich dabei unwohl in der Haut fühlte, war aus seiner Miene offen ersichtlich. »Vielleicht finden wir ihn. Oder vielleicht läßt Chatelaine ihn gehen, wenn wir sie warnen.« Er verzog das Gesicht, als stäche ihn ein Schmerz.

Mikka wurde zumute, als ob ihre unermeßliche Dankbarkeit ihr das Herz zum Zerfließen brächte. »Wir kennen den Weg nicht«, wandte sie ein, um ihre plötzliche Schwäche zu kaschieren.

Sib blickte sie nicht an. Statt dessen drehte er sich wieder dem Datenterminal zu. Er tippte ein paar Tasten, löschte damit das Materiallager-Bestellformular vom Bildschirm und griff auf das öffentliche Informationsprogramm des Schwarzlabors zu. Es umfaßte unter anderem Orientierungsgrafiken für einen Großteil der Asteroidenstation. Vermutlich wollte Deaner Beckmann vermeiden, daß Neulinge sich verirrten.

Mikka teilte Sib mit, in welcher Parkbucht die *Sturmvogel* ankerte, schaute ihm dann über die Schulter zu, während er die Grafiken sichtete, um festzustellen, wie man vom Materiallager am schnellsten zu der Parkbucht gelangen konnte. Sie ließ ihn suchen. Eine neue Furcht bedrängte sie.

»Wenn wir das machen«, bemerkte sie kaum hörbar, »reißt Nick Morn in Stücke.«

Sib zog den Kopf ein, wischte sich Schweiß oder Starre aus den Augen. »Sie hätte dafür Verständnis«, flüsterte er. »Sie täte das gleiche.«

Dann zeigte er auf die Mattscheibe. »Da.« Er wies auf einen Strang roter Pünktchen, der die kürzeste Strecke zwischen dem Materiallager und der Parkbucht der *Sturmvogel* markierte.

Mikka hatte den seltsamen Eindruck, er könnte auf irgendeine Weise stärker als sie geworden sein. Trotzdem zögerte sie nicht. »Also los.« Nun zu zaudern durfte sie sich nicht leisten.

Sib schaltete das Datenterminal aus, wandte sich ab, um Mikka zu begleiten – und blieb stehen, weil Werkschutzleiter Retledge das Zimmer betrat.

Retledge hatte einen Werkschutzmann dabei. Beide hatten die Hände ostentativ auf die Griffe ihrer Impacter-Pistolen gelegt.

Der Werkschutzleiter musterte Mikka mit humorlosem Lächeln. »Hier stecken Sie also«, konstatierte er mit gedehnter Stimme. »Was das Rumtreiben betrifft, sind Sie anscheinend so schlimm wie Lumpi. Ich weiß nicht, wozu Kapitän Succorso Ihnen eigentlich Befehle gibt. Offenbar befolgen Sie sie sowieso nicht.« Dann nickte er Sib lebhaft zu. »Entschuldigen Sie, Mr. Mackern, ich spreche nicht von Ihnen. Wenigstens Sie haben soviel Verstand, daß Sie dort bleiben, wohin man Sie schickt.«

Mikka bezähmte ihren Drang zum Aufbrausen; verschränkte die Arme auf dem Busen, um nicht vor Retledges Gesicht die Fäuste zu schütteln. »Sie wollen bitte berücksichtigen«, sagte sie durch die Zähne zu ihm, »daß ich effektiv Kapitän Succorsos Erste Offizierin bin. Mir ist einiges eingefallen, während er und Dr. Shaheed beschäftigt sind, was wir noch gebrauchen könnten, und hab's für meine Pflicht gehalten zu veranlassen, daß Lumpi die Sachen in seine Bestellung aufnimmt. Von Mr. Klimpt, Ihrem Mitarbeiter, habe ich erfahren, Lumpi hätte sich ›verdrückt‹. Ich bin hergekommen, um festzustellen, ob er bei Mr. Mackern ist.«

»Na klar«, erwiderte Retledge. »Und natürlich glaube ich Ihnen aufs Wort. Sie sehen nicht wie 'ne Frau aus, die Schereien anzettelt. Aber um ganz sicher sein zu können, soll Vestele lieber 'n bißchen auf Sie achtgeben.« Finsteren Blicks faßte der Werkschutzmann den Pistolengriff fester. »Er wird gewährleisten, daß Sie Ihre restlichen ›Pflichten‹ aufschieben, bis Kapitän Succorso Sie abholt. Und was Klimpt angeht, ihm ziehe ich für diese Schlamperei die Ohren lang. Dr. Beckmann duldet keine Unfähigkeit.«

Mit der schwachen G gut vertraut, drehte er sich ruckartig um und verließ den Raum.

Zur Warnung richtete Vestele seinen grimmigen Blick erst auf Mikka, dann auf Sib. Langsam wich er bis zur Schwelle zurück, vergrößerte den Abstand zu den beiden, verringerte so die Gefahr eines Angriffs. Danach jedoch schwand seine Anspannung oder Argwohn in erheblichem Maß. Er nahm die Hand von der Pistole und wies mit dem Zeigefinger aufs linke Ohr.

»Ich hab 'n Radioimplantat.« Er sprach in unerwartet umgänglichem Ton. »Wenn man Lumpi findet, krieg ich's mit. Ich sag Ihnen Bescheid. Und ich hör's auch, falls Kapitän Succorso nach Ihnen fragt.«

Mikka hätte ihm für seine Freundlichkeit danken sollen. Im ersten Moment hatte sie es tatsächlich vor. Doch es fehlte ihr an Kraft. Unter ihr gaben die Beine nach, sie sank in die Hocke nieder. Sie schlang die Arme um die Knie, um zu verhindern, daß ihr Herz vollends zerschmolz, senkte den Kopf und schloß die Lider.

Nick hatte ihre Schwachstelle entdeckt, die Blöße, an der ihr jede Gegenwehr unmöglich wurde. Noch nichts, was er je getan hatte, war für sie schmerzhaft wie dies hier gewesen. Selbst seine überflüssigsten Verführungsabenteuer und die kaltschnäuzigste Zurückweisung hatten sie vergleichsweise wenig getroffen, trotz ihres Kummers und ihrer Wut war sie dadurch im wesentlichen unbeeinträchtigt geblieben; sie hatte dennoch stets den Alltag und ihre Aufgaben zu bewältigen verstanden. Jetzt jedoch litt sie ein solches Elend, daß sie nicht einmal noch zu stehen vermochte. Alles in ihrem Innern bäumte sich vor Qual auf. Daß Nick und Sorus Chatelaine womöglich ihrem Bruder das scheußlichste Unheil zufügten, war mehr, als sie ertragen konnte.

Er hatte etwas Besseres verdient.

Sib nannte ein paarmal halblaut ihren Namen, aber sie beachtete es nicht. Schließlich bewahrte er Schweigen und ließ sie in Ruhe.

In einer Beziehung verlief das Warten unangenehm lang; in anderer Hinsicht wirkte es überraschend kurz. Mikka schaute nicht aufs Chronometer. Statt dessen klammerte sie sich in ihrem Gram an ihre Knie, bis Vestele sie mit einem Räuspern aus der Dumpfheit schreckte.

Sie hob den Blick und sah ihn die Hand halb ans Ohr heben, den Kopf zum Lauschen seitwärts neigen. Einige Sekunden lang war seine Aufmerksamkeit abgelenkt.

Ohne es zu merken, sprang Mikka auf.

Die Kraft, deren es bedurfte, um ihre verkrampften Muskeln zu strecken, beförderte sie empor zur Decke. Sofort ruckten die Augen des Aufpassers in ihre Richtung: er riß die Waffe hoch, als befürchtete er, von Mikka attackiert zu werden. Aber Sib erhaschte ihren Arm, hielt sie fest. Als ihre Füße wieder den Boden berührten, zeigte sie ihre leeren Hände vor, um Vestele von ihrer Friedlichkeit zu überzeugen.

Vestele ließ die Pistole auf sie gerichtet, jedoch lockerte sich sein Griff um die Waffe.

»Was ist los?« erkundigte Sib sich gespannt. »Was haben Sie erfahren?«

Vesteles Auskunft fiel zurückhaltend aus. »Lumpi ist aufgegriffen worden. Aus irgendeinem Grund hat er sich in einem der Transportstollen des Frachtgutdocks aufgehalten. Er hätte sich verlaufen, sagt er ... Kapitän Succorso hätte er gesucht, behauptet er, und sich dabei verirrt.« Der Werkschutzmann verzichtete auf jeden Kommentar zur Glaubwürdigkeit von Lumpis Aussagen. »Er ist jetzt in der Rezeption. Wo Dr. Beckmann Sie begrüßt hat.«

»Ist er ...?« Mikkas Stimme erstickte in der Kehle, ehe sie die Frage beenden konnte. Soviel Erleichterung und Sorge stauten sich in ihrem Brustkorb, daß sie kaum noch Atem fand.

»Ob er wohlauf ist?« fragte Vestele. »Nach Angaben der Kommunikationszentrale ja. Er macht einen reichlich kopfscheuen Eindruck, also hat er vielleicht genug Schiß, um sich an die Wahrheit zu halten. Aber verletzt oder so was ist er nicht.«

Mikka schnappte nach Luft. »Bringen Sie mich zu ihm.«

Der Werkschutzmitarbeiter schüttelte den Kopf. Ohne zu schwanken, zielte seine Waffe auf Mikka. »Tut mir leid, Kommandant Retledge will, daß Sie hierbleiben. Bis wir

Neues von Kapitän Succorso hören.« Obwohl er fest blieb, verhielt er sich weiterhin verträglich. »Sie brauchen sich nicht zu beunruhigen. Ihrem Lumpi stößt schon nichts zu. Wir haben so wenig Interesse an Ärger wie Sie.«

Mikka fühlte sich der Versuchung ausgesetzt, ihn anzuschreien; ihm zu drohen; einen Bluff zu riskieren, um sich an ihm vorbeizupfuschen. Doch eine tiefe Empfindung der Nutzlosigkeit hielt sie davon zurück. Nicks Komplotten war sie noch nie gewachsen gewesen: immer war er ihr voraus. Seit sie seinem Bann verfallen war und auf seinem Raumschiff angeheuert gehabt hatte, gab ihre Kompetenz stets nur eine Maske für diese Form der Unzulänglichkeit ab – ein Mittel, um die Tatsache zu verdrängen, daß sie ein unbedeutender Mensch war und noch weniger an Bedeutsamem zustande brachte. Was sie dachte oder wollte, zählte ausschließlich für Leute, die ebenso weitgehend ineffizient wie sie blieben.

Für Leute wie Ciro und Sib. Und Vector.

Wie Morn und Davies.

Also entgegnete sie nichts. Sie hatte nichts mehr zu sagen.

»Was ist es denn, auf das Sie seitens Kapitän Succorsos warten?« wünschte Sib zu erfahren. Vielleicht war er sich über die eigene Bedeutungslosigkeit noch nicht im klaren. Oder er hatte sich längst an seine Unwichtigkeit gewöhnt.

Vestele hob die Schultern. »Ich bin bloß Werkschutzangestellter. Ich mache hier nicht die Politik.« Er schwieg einen Augenblick lang. »Meines Erachtens will Dr. Beckmann vor allem wissen«, fügte er dann hinzu, »wie Kapitän Succorso seine Vorleistungen zu entgelten gedenkt.«

Das hieß, Mikka und Sib saßen hier fest, bis Vector seine Analyse des VMKP-DA-Antimutagens vollendet hatte.

Darüber konnten Stunden verstreichen. Oder Tage.

Mikka fragte sich, ob Morn und Davies noch am Leben – oder bei Verstand – sein mochten, wenn Nick, sie und seine übrigen Begleiter endlich an Bord der *Posaune* zurückkehrten. Oder ob Sorus Chatelaine ihnen die Rückkehr aufs Schiff überhaupt gestattete.

Zwei weitere Stunden vergingen, bevor Vestele wieder auf Durchsagen aus seinem Radioimplantat lauschte. Er nickte vor sich hin, obwohl seine Vorgesetzten ihn weder sehen noch hören konnten. »Dr. Shaheed ist fertig«, teilte er anschließend mit. »Er und Kapitän Succorso verlassen gerade Labor einunddreißig. Kapitän Succorso will sich mit Ihnen treffen, wo Lumpi ist, also in der Rezeption. Und er hat vor, eine Unterredung mit Dr. Beckmann zu führen.«

Sib rieb sich mit den Händen das Gesicht. »Ich fühle mich zu nichts fähig«, gestand er mit gedämpfter Stimme. »Vor zwei Stunden war mir noch, als wäre alles 'n Kinderspiel. Aber jetzt nicht mehr.«

Mikka hörte nicht zu. Ihr wummerte das Herz in der Brust. »Dann gehen wir«, wandte sie sich an Vestele.

Der Werkschutzmann betrachtete sie aus schmalen Augen; danach Sib. Im nächsten Moment schob er die Impacter-Pistole ins Halfter.

»Da entlang.« Er deutete den Korridor hinab.

Getrieben von Panik, stürzte Mikka aus der Kammer, so schnell es möglich war, ohne den Boden unter den Füßen zu verlieren.

Flugs folgte ihr Sib, ihm schloß sich – ebenso rasch – Vestele an. Vor der ersten Abzweigung ließ Mikka den Werkschützer die Führung übernehmen. Sie versuchte ihren Pulsschlag zu beruhigen – vielleicht sogar ihre Furcht zu meistern –, indem sie sich darauf konzentrierte, sich seinen Schritten anzupassen, mit denen er sie und Sib durch die labyrinthischen Anlagen des Schwarzlabors geleitete.

Wenig später lauschte er ein weiteres Mal auf sein Radioimplantat, erhielt neue Weisungen. An der Einmündung zu einem großen Korridor, bei dem es sich anscheinend um eine der Hauptverkehrsadern des Asteroideninneren handelte, blieb er stehen, forderte Mikka und Sib mit einer Geste auf, gleichfalls anzuhalten. »Hier warten wir.«

Mikka konnte sich nicht beherrschen. »Auf was?«

»Mikka«, tuschelte Sib, um sie zur Ruhe zu ermahnen.

Vestele sparte sich eine Erwiderung. Vielmehr zeigte er in den Hauptkorridor.

Gerade waren Nick und Vector aufgetaucht. Der Mann, den Dr. Beckmann mit ›Sven‹ angeredet hatte, und zwei Werkschutzleute begleiteten sie. Doch dem Laborpersonal schenkte Mikka keine Beachtung. Während sich die Gruppe näherte, starrte sie Nick und Vector entgegen, als könnte sie ihnen die Antworten, die sie brauchte, von den Gesichtern ablesen.

Beide strotzten offenkundig vor Genugtuung und Triumph.

Damit jedoch endete die Ähnlichkeit der beiden. Vectors Lächeln und seine gutmütigen, blauen Augen verstrahlten einen erhabenen Glanz, als hätte das Wasser eines Sakraments ihn reingewaschen. Er schritt schwungvoll aus, als verursachten seine Gelenke ihm keine Beschwerden mehr, und bewegte die Lippen, als sänge er vor sich hin.

Nick dagegen ...

Sein Triumphgefühl bezeugte Blutdurst und Bösartigkeit; nichts als Bedrohlichkeit. Seine Narben traten schroff wie fette Ausrufezeichen hervor, wirkten dermaßen geschwollen durch boshafte Erregtheit, daß es schien, als pochten und zuckten sie; und sein Grinsen glich einem Ausdruck der vollkommenen Liebe eines Sadisten zu seinen Opfern.

Die Antworten, die der Anblick der beiden Mikka gab, waren eindeutig: sie konnte sie gar nicht mißverstehen. Er hatte Ciro ins Unglück geschickt wie ein Opferlamm. Und Sorus Chatelaine hatte angebissen.

Er macht einen reichlich kopfscheuen Eindruck ...

Für einen Moment trübte das Rot blinder Wut Mikkas heiles Auge.

Auch Nick ging flott, hatte offenbar vor, den gewonnenen Vorteil eilends auszunutzen. Als er an Mikka vorüberkam, grapschte er nach ihrem Arm, zog sie mit. Seine Finger krallten sich heiß wie Feuer in ihre Muskeln; seine gesamte Erscheinung schien Hitze auszustrahlen wie ein Schmelzofen.

»Du lebst gerne verdammt gefährlich, was?« raunte er, den Mund an ihr Ohr geneigt. »Ich hatte dir befohlen, vor der Tür aufzupassen, bis wir fertig sind.«

Langsam klärte sich Mikkas Sicht. Sie hatte ihm nichts entgegenzusetzen; wußte ihm nichts entgegenzuhalten. Nicht hier und unter diesen Umständen. Möglicherweise nie. Mit tonloser Stimme wiederholte sie die Darstellung, die sie Klimpt und Retledge gegeben hatte. Daß Nick ihr glaubte, erwartete sie nicht: sie beabsichtigte lediglich Zeit herauszuschinden, bis sie Ciro wiedersah.

»Das ist wahr«, bemerkte Sib, kaum daß sie verstummt war, in naiver Hilfsbereitschaft, als dächte er, Nick hätte für ihn Gehör.

Doch Nick erübrigte für Sib keine Beachtung; seine Geringschätzung für den früheren Datensysteme-Hauptoperator ließ sich nachgerade mit Händen greifen. »Es soll mir egal sein«, antwortete er Mikka leise. »Es ist zu spät, als daß du mir noch Streiche spielen könntest. Das ist es, auf was 's mir ankommt.« Vor Vergnügen glitzerten seine Augen wie Skalpelle. »Und du wirst dafür büßen, solange du lebst. Was vielleicht, wenn du's weiter so treibst, nicht mehr allzu lang ist.« Seine Stimme troff vor Bösartigkeit. »*Darüber* denke mal nach. Du wärst tot ... Aber ich hätte noch Lumpi am Schlafittchen.«

Der Schmerz seiner Klaue um Mikkas Arm war ihr einerlei. Das Weh hingegen, das es ihr bereitete, ihm so nah zu sein, überforderte ihr Duldungsvermögen. Sie stemmte die Füße auf den Boden, zerrte den Arm aus Nicks Griff. Ehe irgend jemand reagieren konnte, wich sie an die Wand des Korridors aus, distanzierte sich wenigstens so weit von seinem Triumph.

Gleichzeitig eilte Sib vorwärts, schob sich zwischen sie und Nick. Ungeachtet seiner Furchtsamkeit wollte er Mikka schützen. Vielleicht bewog ihn dazu der Entschluß, sich so bald wie möglich, weil er zuvor an der selbstübernommenen Herausforderung, Nick zu bewachen, gescheitert war, für jemanden zu opfern.

Nick hatte für ihn nur ein gehässiges Grinsen übrig, bevor er den Weg fortsetzte.

Während Mikka sich hinter ihm hielt, geriet sie an Vectors Seite.

Auch er berührte mit der Hand ihren Arm – faßte allerdings behutsam zu, gerade nachdrücklich genug, um ihr Tempo so zu vermindern, daß schließlich fünf bis sechs Schritte sie von Nick trennten. Ebenso wie Nick neigte er den Kopf, um ihr etwas ins Ohr zu flüstern.

»Er täuscht sich.« Vector sprach so leise, daß sie die Worte kaum hören konnte. »Ihm ist das Wesentliche entgangen. Herrgott, waren wir damals *dicht* dran.«

Wahrscheinlich meinte er seine Forschungsgruppe bei Intertech. »Wären uns die Polypen noch 'n Monat lang von der Pelle geblieben – oder bloß eine Woche –, dann hätten wir's gehabt. Ich habe die Formel jetzt so schnell feststellen können, weil ich den allergrößten Teil schon kannte.«

»Und *das* ist das Wesentliche, glaubst du?« raunte Mikka.

»Verstehst du nicht, wovon ich rede?« Flüchtig packte Vector ihren Arm fester, besann sich jedoch sofort und lockerte den Griff. »Von nun an ist sie kein Geheimnis mehr. Wenn er sein Geschäftchen mit Beckmann gemauschelt hat, ist alles weitere jeder Steuerung entzogen. Dann *erfahren* die Menschen von der Formel, jeden Tag wissen mehr Menschen Bescheid. Der Human-Kosmos entgleitet der Macht unserer Astro-Schnäpper. Bisher hatten sie wegen ihrer Unentbehrlichkeit soviel Einfluß. Immer waren sie der einzige Schutz der Menschheit. Aber wenn sich erst einmal die Kenntnis der Formel allgemein *ausgebreitet* hat, ist damit Schluß.«

Vector lächelte wie ein Wiedergeborener. »Nick ist völlig von seinen Rachegelüsten besessen. Er sieht nicht, daß er längst drauf und dran ist, sich selbst den Boden unter den Füßen wegzuziehen.«

Mikka verstand seine Argumentation. Es mochte sogar sein, daß er recht hatte. Doch es scherte sie nicht. »Das ist auch keine Hilfe«, entgegnete sie. »Trotzdem hat er noch *uns* in der Hand.«

Uns und Morn. Angus und Davies.

Vector seufzte auf; straffte seinen Rücken. »Dagegen können wir nichts machen.« Anscheinend war er der Ansicht, auch Mikka ließe das Wesentliche außer acht. »Wir sind schon geliefert, seit wir auf der *Käptens Liebchen* angeheuert haben. Aus der Bredouille, die ein so schwerer Fehler einbrockt, schwimmt sich niemand je wieder frei.«

Vielen herzlichen Dank, murrte Mikka bei sich. Das ist wirklich ein großer Trost. Doch trotz ihrer Verbitterung blieb sie stumm. Sie konnte es Vector nicht zum Vorwurf machen, daß sie einen jüngeren Bruder hatte.

Einer der Werkschützer lauschte auf sein Radioimplantat, wandte sich danach an Sven und verständigte sich mit ihm über etwas. Sven nickte und entfernte sich; vermutlich war ihm ein anderer Auftrag erteilt worden.

Nur von Werkschutzleuten eskortiert, betraten Nick, Sib, Vector und Mikka die Rezeption, in der Deaner Beckmann sie nach der Ankunft empfangen hatte.

Der Laboratoriumsdirektor war schon dort, hatte Werkschutzleiter Retledge und zusätzlich ein halbes Dutzend Werkschützer dabei. Hinter so vielen, alle in dem kleinen Raum zusammengedrängten Personen blieb Ciro, der am Zugang zur Luftschleuse stand, fast unsichtbar; man hätte meinen können, die übrigen Anwesenden hätten seine Existenz vergessen.

Beckmann stapfte zwischen den restlichen Leuten auf und ab, als ob er innerlich schäumte oder nach irgend etwas fieberte; als zermürbten ihn Begierden, von denen er nicht wußte, wie er sie stillen sollte. Sobald er jedoch Nick sah, blieb er mit einem Ruck stehen.

»Kapitän Succorso...« Seine Stimme klang nach dem Knirschen eines Metallschneiders. »Es ist höchste Zeit für Sie, mir ein paar Antworten zu geben.«

Beinahe gleichzeitig legten die Werkschützer die Hände

um die Griffe ihrer Impacter-Pistolen. Sie hatten und kannten ihre Befehle.

Nick hielt so prompt an, wie es sich in der geringen G ausführen ließ. Hinter ihm taten Sib, Vector und Mikka das gleiche.

Diesmal wartete der Laboratoriumsdirekor nicht ab, bis sein Werkschutzleiter das Gespräch an sich riß. »Sie kreuzen hier auf und bitten um Hilfe«, schnauzte er, »und alles, was Sie im Gegenzug anbieten, ist etwas Vages wie eine Beteiligung an Dr. Shaheeds nicht näher bezeichneten Forschungsergebnissen. Das will ich nicht als tragisch einstufen, bei einem Mann mit Dr. Shaheeds Reputation bin ich zu einem gewissen Risiko bereit. Aber dann erfahren wir von einem anderen Raumschiff, einem Schiff, das wir seit Jahren kennen, daß Sie gekommen sind, um Unruhe zu stiften. Und was passiert? Sie sind noch keine Stunde hier, da verlegen sich zwei Ihrer Besatzungsmitglieder, dem *Anschein* nach gegen Ihre Order, auf eigenmächtiges Herumtreiben. Einer davon« – mit brüsker Gebärde wies er auf Ciro – »bleibt sogar für eine Weile unauffindbar. Und kaum spüren wir Ihren Mr. *Lumpi* wieder auf, da fliegt das andere Raumschiff ab. Sähe er nicht selbst so unerhört eingeschüchtert aus, ich würde fast glauben, er hätt's verscheucht ... Ich verlange klare Antworten, Kapitän Succorso, und zwar sofort. Was für ein Unheil richten Sie zu meinem Nachteil an?«

Er hatte einen ernsten, strengen Ton angeschlagen, doch Mikka bekam kaum mit, was er redete. Ihre geballte Aufmerksamkeit galt Ciro. Hinter den Schultern der Werkschützer konnte sie von ihm nur wenig erkennen, und trotzdem schien sie ihn so deutlich zu sehen, als wären sie beide allein.

Ciro war noch zu jung, um seine Empfindungen verheimlichen zu können. Dank schierer Willensstärke bewahrte er eine ruhige Miene; stand er da, ohne zu zappeln. Dennoch schien er mit dem gesamten Körper eine mörderische Gefahr herauszuschreien: daß man ihn so gründlich wie bei einer Vergewaltigung fertiggemacht hatte und er nicht wußte, wie er es verkraften sollte. Um einer Täuschung zu erliegen, kannte Mikka ihn zu gut. Seine Not und Verzagtheit hatten für sie offensichtlichen Charakter. Schweiß rann ihm wie Wachs über die Haut; er sah aus, als schmölzen ihm im Leib die Knochen.

Mikka hatte bislang gedacht, sie hätte schon mit dem Schlimmsten gerechnet; doch jetzt sah sie, daß sie keine Ahnung gehabt hatte, wie grauenvoll es sein konnte.

Sie hörte Beckmanns Fragen nicht zu, ließ Nick keine Zeit zu ihrer Beantwortung. Vorwärtsgetrieben von ihrem Übermaß an Seelenpein, drängte sie sich zwischen den Werkschützern hindurch zu ihrem Bruder.

»*Mikka!*« rief Nick ihr ungehalten nach.

Einige Männer wichen ihr aus dem Weg. Andere zückten die Impacter-Pistolen. Als sie zu Ciro vordrang, waren wenigstens drei Waffen auf ihren Kopf gerichtet.

Sie beachtete sie nicht.

Was hat er dir angetan?

Daß sie sich ihm näherte, vertiefte anscheinend nur seine Nöte. Kummer verzog sein Gesicht, als hätte sie ihn bei etwas Beschämendem ertappt. Den Überschwang, der in ihr emporschwallte, zu bändigen außerstande – ein Ungestüm, das einem gellend-schrillen Schrei glich –, schlang sie die Arme um ihn, drückte ihn an sich. Er allerdings reagierte überhaupt nicht: Zurückweisung verhärtete ihm sämtliche Muskeln. Seine Furcht hatte ihn vollkommen in Beschlag genommen, beherrschte ihn derart, daß er sich nicht im mindesten auf Mikka einlassen konnte.

Was haben sie an dir verbrochen?

»Mikka!« raunzte Nick ein zweites Mal.

»Mikka!« blaffte Sib wie ein Echo.

Sie ließ von ihrem Bruder ab; fuhr herum, sah sich so dicht mit drei Waffenmündungen konfrontiert, daß die Läufe ihr Gesicht streiften.

»... nicht Ihr Glück herausfordern, Vasaczk«, sagte Werkschutzleiter Retledge; oder etwas Ähnliches.

Sie ignorierte ihn; mißachtete die Schußwaffen der Werkschützer. Statt dessen konzentrierte sie ihre Vehemenz wie einen Strahl aus Wut auf Nick.

»Ich bringe ihn an Bord.« Ihre Stimme klang nahezu gleichmäßig. »Ich muß mit ihm sprechen. Und du willst uns sowieso nicht hier haben.«

Verstehst du, was ich sage, du Drecksack? Hörst du gut zu? Du solltest auf unsere Anwesenheit keinen Wert legen, denn falls du versuchst mich aufzuhalten, schnappe ich mir einen dieser Rumshämmer und ballere dir die Visage weg. Und falls mir das mißlingt, verrate ich Retledge, was du meines Erachtens hier für einen Scheiß abziehst.

Allem Anschein nach verstand Nick ihre stillschweigende Drohung. Sie könnte irgend etwas äußern, das vom Schwarzlabor der *Sturmvogel* gepetzt wurde; das Sorus Chatelaine warnen mochte. »Meinetwegen, Kommandant«, sagte er sofort zu Retledge. Auf einer Wange zerrten winzige Zuckungen an den Rändern seiner Narben. »Von mir aus können wir sie ruhig gehen lassen. Der Junge braucht Kat, sonst kriegen wir kein Wort aus ihm raus. Und sie macht sich um ihn zuviel Sorgen, um hier noch nützlich zu sein.«

Natürlich mußte er den Werkschutzleiter beschwichtigen. »Sib und Vector bleiben bei mir. Wir haben noch jede Menge zu diskutieren.« Ein unwillkürlicher Spasmus des Munds entblößte seine Zähne. »Ich denke nicht im entferntesten ans Abfliegen, ehe Sie und Dr. Beckmann vollauf zufriedengestellt sind.«

Hinter den Impacter-Pistolen sah Mikka, daß Kommandant Retledge zum Laboratoriumsdirektor hinüberschaute.

Mit Nachdruck nickte Deaner Beckmann.

Eine leichtes Abflauen der allgemeinen Spannung ging durch den Raum wie ein Seufzen. Langsam senkten drei Werkschutzleute die Waffen von Mikkas Gesicht. Ein vierter Werkschützer strebte an Ciro vorbei und tippte dem Tastenfeld neben der Schleusenpforte eine Zahlenkombination ein.

Mikka kehrte Nick den Rücken zu, damit er nicht sah, wie dicht sie davor stand zu kreischen.

»Gut, bring ihn an Bord, Mikka.« Jetzt blökte er nicht mehr herum, aber seine Stimme verursachte Mikka ein Gefühl, als striche eine Messerspitze an ihrem Rückgrat entlang; ihr war zumute, als genügte ein knapper Stoß, und sie zwängte sich zwischen die Wirbel, durchtrennte Mark und Nerven. »Mit seiner Insubordination befasse ich mich später. Und mit deiner auch.«

Von mir aus, knurrte sie insgeheim. Tu es doch. Das Risiko gehe ich ein.

Aber sie wußte, sie hatte schon alle Chancen verspielt.

Ciro hatte sich bisher nicht vom Fleck gerührt. Vielleicht war er dazu nicht mehr fähig. Er blieb, mit dem Rücken zur Schleuse, Nick und Sib, Retledge und Beckmann zugewandt; reglos wie in Totenstarre. Es schien, als hätte eine andere Art von Messer ihm die Verbindung zwischen Geist und Gliedmaßen gekappt.

Wieso verschlimmerte es sein Elend, wenn er Mikka sah? Sie legte die Hände auf seine Schultern, drehte ihn nachgerade gewaltsam um, schubste ihn vorwärts, als sich die Schleuse öffnete, nötigte ihn zum Betreten der Schleusenkammer.

Hinter ihnen schloß der Werkschützer das innere Schleusentor. Nach einer kurzen Reihe automatischer Sicherheitsüberprüfungen klaffte die Irisblende des äußeren Tors. Sofort drängte Mikka ihren Bruder in den kahlen Zugangsstollen, der zur *Posaune* führte.

Was hatten sie mit ihm angestellt? Wie hatte man es geschafft, ihm ein solches Grauen einzujagen? Er war ihr Bruder, aber noch nie hatte sie ihn dermaßen voller Furcht erlebt. Niemals.

Die Beleuchtung verströmte ein Licht von irgendwie menschenfeindlicher Mattigkeit. Mikka bemerkte keine Kameras oder Sensoren. Vielleicht gab es hier keine versteckten Observationsanlagen. Sie kannte den Code für die Schleuse der *Posaune* nicht: Sie mußte Angus bitten, sie an

Bord zu lassen. Falls doch eine Überwachung stattfand, kam heraus, daß sich entgegen Nicks Angaben jemand im Interspatium-Scout aufhielt. Dadurch mochten seine Pläne vereitelt werden; doch gleichzeitig wäre es verhängnisvoll für die Menschen, die Mikka etwas bedeuteten.

Einmal angenommen, Ciro war nicht schon vom Unheil ereilt worden ...

Sie gelangten zum Raumschiff. Auf irrationale Weise besorgt, Ciro könnte kehrtmachen und fortlaufen, drückte sie ihn an die Wand und lehnte sich gegen ihn, während sie den Deckel aufklappte, unter dem sich die externe Kontrolltafel befand, und preßte den Daumen auf die EIN-Taste der Interkom.

»Hier ist Mikka.« Sie fauchte die Worte leise, um nicht ins Schreien oder Zetern zu verfallen. »Laßt mich ein.«

Niemand antwortete. Die Indikatoren der Kontrolltafel zeigten an, daß die Interkom in Betrieb war; dennoch erhielt Mikka keine Antwort.

Sie drosch mit der Faust auf den Schiffsrumpf. »Ich habe Ciro dabei. Wir stecken in Schwierigkeiten. Macht auf!«

Natürlich gab Angus keinen Mucks von sich. *In der Zwischenzeit überlasse ich die Hyland-Zwillinge dir*, hatte Nick ihm gesagt. *Wenn dieser Computer in deiner bösartigen kleinen Rübe mit den beiden ein bißchen spielen möchte, nur zu, tu dir keinen Zwang an.* Wahrscheinlich hörte Angus sie gar nicht. Es beschäftigte ihn zu sehr, Morn zu vergewaltigen. Oder Davies bei lebendigem Leibe langsam die Haut abzuziehen ...

Mikka konnte ihre Aufgebrachtheit nicht mehr bezähmen, schlug nochmals auf den Schiffsrumpf. Ihre Fingerknöchel hinterließen auf dem Metall einen Schmierstreifen Blut, aber sie spürte keinen Schmerz. In ihrem gegenwärtigen Zustand nahm sie keine kleineren Schrammen mehr zur Kenntnis.

»Gottverdammt noch mal, macht *auf!*«

»Mikka«, röchelte Ciro abgehackt, »bitte ...«

»›Bitte‹?« Sie wirbelte herum, als wollte sie ihn prügeln. »Was *bitte*?«

In seinen Augen stand nichts als Leid. Infolge mangelnder Feuchtigkeit wirkten sie wie entzündet. Nicht einmal wenn er es gewollt hätte, wäre er zum Weinen fähig gewesen: um zu weinen, fehlten ihm die Tränen.

»Töte mich.« Nur mühsam durchdrang seine Stimme die Einengung der Kehle. »Jetzt sofort. Solange noch die Gelegenheit da ist.«

An der Kontrolltafel blinkten Lichter auf, als der Öffnungsmechanismus der Schleuse seine Tätigkeit aufnahm.

Mikka zog den Kopf ein. Empörung und Wut tobten in ihr: Durch die Zähne heulte sie auf, während sie Ciro von der Wand wegriß, als die Schleusenpforte aufschwang und ihn ins Innere der *Posaune* warf.

Aufgrund der geringen G segelte er quer durch die Schleusenkammer, rumste gegen die innere Schleusenpforte, prallte ab und schwebte zurück zum Einstieg, als hätte er vor, das Weite zu suchen.

Sie fing ihn mitten in der Luft ab und schleuderte ihn ein zweites Mal einwärts.

Wäre sie nicht so flink gewesen, hätte Davies' Hieb ihr vielleicht den Schädel zerschmettert. Dank ihrer Behendheit führte er den Schlag nicht im genau richtigen Augenblick. Die Pistole in seiner Faust verfehlte ihren Kopf. Statt dessen rammte sich der Pistolengriff tief in die Muskulatur ihrer linken Schulter. Sofort fühlte ihr Arm sich taub an, als hätte sie eine Stunnerknüppel-Entladung abbekommen.

»Scheiße, Mikka!« schimpfte Davies halblaut, aber eindringlich. »Was soll das geben?« wollte er wissen. »Wo ist Nick? Wir dachten, er ist bei dir. Was geht denn vor?«

Im Augenwinkel sah Mikka, daß Morn an der Kontrolltafel Tasten drückte, so rasch es ging, um schleunigst die Schleusenpforte wieder zu schließen.

Morn. Und Davies. Aber Angus war nicht bei ihnen.

Vorerst sparte sich Mikka den mühevollen Versuch, die Situation zu verstehen. Ihr linker Arm war unbrauchbar. Sie mußte Ciro aus ihrem Griff freigeben, um an der inneren Schleusentür und am Lift die Tasten zu betätigen. Danach jedoch packte sie ihn sofort wieder mit der Faust, obwohl er keine Anstalten zum Ausbüxen gemacht hatte.

»Mikka«, rief Davies. Inzwischen war die äußere Schleusenpforte geschlossen, so daß er nicht mehr leise sein mußte.

»Mikka, es tut uns leid«, sagte Morn, sprach besonnener als Davies. »Wir hatten keine Absicht, dich zu überfallen.« Wie Davies war sie bewaffnet: mit einer geladenen, schußbereiten Laserpistole. »Wir dachten, auch Nick käme mit dir ... Die Gefahr, daß er überraschend zurückkehrt, war ja nicht von der Hand zu weisen.«

Servomotoren rollten die Türflügel des Lifts aus Mikkas Weg. Sie schubste Ciro in die Aufzugkabine, trat hinter ihm ein, drehte sich um.

»Vector ist fertig«, teilte sie Morn und Davies so deutlich mit, wie sie es konnte. »Er und Nick feilschen jetzt mit Beckmann. Nick hat ihn bei sich behalten. Sie dürften bald eintreffen.« Verzweiflung sickerte durch die Fassade ihrer Selbstbeherrschung nach außen. »Ciro und ich müssen uns aussprechen, also *laßt uns in Ruhe*.«

Anscheinend hatte Davies kein Gehör für die vielschichtigen Stressuntertöne in ihrer Stimme. »Was geht vor?« fragte er zum zweitenmal. »Was ist da drin passiert?«

Sonderbare Spritzer sprenkelten die Vorderseite seiner fremdartigen Bordmontur. Sie sahen wie Blut aus.

»Wo ist Angus?« konterte Mikka grob mit einer Gegenfrage. »Was ist denn hier an Bord los?«

Wie zur Warnung legte Morn eine Hand auf Davies' Arm.

Ruckartig klappte er den Mund zu.

Indem sie verhalten vor sich hin knurrte, schloß Mikka die Lifttür, ließ die Kabine aufwärtsfahren. »Bleib von der Brücke fern!« Sie hörte kaum, was Davies ihr nachrief. »Angus will nicht gestört werden.«

Will nicht gestört werden? Was spielte sich hier ab? Morn und Davies hatten Waffen. Sie lauerten Nick in der Luftschleuse auf. Und Angus wollte nicht *gestört* werden?

Später. Um all das konnte sie sich später kümmern. Wenn sie dann noch dazu die Kraft übrig hatte. Sobald sich die Lifttür öffnete, zerrte sie Ciro aus der Aufzugkabine.

Der zentrale Mittschiffskorridor war leer: sämtliche Geräusche im Schiff klangen, als wäre es leer. Zum erstenmal, seit sie sich an Bord der *Posaune* aufhielt, war die Konnexblende zur Brücke geschlossen. Aber sie nahm sich keine Zeit, um über die Situation nachzudenken. Sollte nun etwas vorfallen, das eine Verzögerung zur Folge hatte, war es vollauf denkbar, daß sie sich das Haar raufte, Haare ausriß; sich am Schott den Kopf einrannte. Mit vier Schritten erreichte sie ihre und Ciros gemeinsame Kabine. Wenigstens reagierte das Kombinationsschloß der Tür, als sie den Code eintippte, auf Anhieb.

Mikka stieß ihren Bruder so roh in die Kabine, daß er taumelte; beinahe hinfiel.

Während er das Gleichgewicht wiedergewann, sich langsam und furchtsam umwandte, schloß sie die Tür; sperrte sie ab. Wäre es möglich gewesen, einen Eisenriegel vorzuschieben, hätte sie es getan. Mit einem Blick auf den Interkom-Apparat überzeugte sie sich davon, daß er sich nicht in Betrieb befand.

Ihre Lungen rangen nach Atem, als sie Ciro inmitten der kleinen Kabine zur Rede stellte. »So.« Der Atem kratzte ihr im Hals. »Jetzt verrätst du mir, was sich ereignet hat. Egal was es ist, wir stehen dagegen zusammen.«

Aus trockenen Augen erwiderte Ciro ihren Blick, als hätte sie ihm vorgeschlagen, ihm die Brust aufzuschneiden und das Herz rauszureißen.

MORN

Morn spürte das Einsetzen der Entzugserscheinungen, das Brennen ihrer Nerven, als hätte Mikkas rasereiartige Durchquerung der Luftschleusenkammer in den Synapsen einen langsamen Schwelbrand entfacht. Bisher war sie zu stark von den Geschehnissen in Anspruch genommen gewesen – und zu sehr voller Furcht –, um die eigene Verfassung zu beachten; zu aufgeputscht vom Adrenalin, um die künstliche Stimulation durch das Zonenimplantat herbeizuwünschen oder zu brauchen.

Angus war noch nicht vorbereitet. Vielmehr war er momentan buchstäblich wehrlos. Sogar Ciro hätte trotz seiner offensichtlichen Verschüchtertheit nun den Cyborg töten können.

Angus' Ringen um seine Freiheit machte Morn betroffen. Er war ein Opfer seiner Zonenimplantate: sie wußte, wie es sich unter dem Joch dieser Elektroden lebte. Seine Hilflosigkeit rührte in ihrem Herzen an wunde Stellen, die sie gar nicht näher untersuchen mochte.

Gleichzeitig ging ihr die Aussicht, daß er Erfolg haben könnte, gegen den Strich. Sie hatte die Entscheidung getroffen, ihm den Versuch, sich zu befreien, zu gewähren. Jetzt war sie darüber selbst entsetzt.

Aber ohne ihn war sie verloren. Ihr Leben und das ihres Sohns hingen von ihm ab. Und ihre Fähigkeit, all das zu ertragen, was ihr zugestoßen war, und ebenso das, was sie getan hatte, waren von ihrem Vermögen abhängig, Entschlüsse zu fassen, die sich für eine Polizistin gehörten.

Wegen Angus' gegenwärtiger Schutzlosigkeit warteten sie und Davies in der Luftschleuse auf Nick. Bevor Angus seine Selbsttransformation beendet hatte, konnte er sich nicht verteidigen, erst recht niemand anderes beschützen. Morn und Davies mußten es allein mit Nick aufnehmen.

Wir erschießen ihn einfach, hatte Davies vorgeschlagen. Über Waffen verfügten sie. Ehe er sich ans Werk machte, hatte Angus die Waffenschränke aufgeschlossen.

Morn hatte abgelehnt.

Warum nicht? hatte Davies sich beklagt. Wenn er tot ist, kann er uns nichts mehr anhaben. Und hat keinen Einfluß mehr auf Angus. Wir müssen uns doch nicht *ausschließlich* auf diese abwegige Möglichkeit verlassen, daß Angus seinen Data-Nukleus modifizieren kann.

Weil wir Polizisten sind, hatte Morn geantwortet. Wir halten es anders.

Und vielleicht brauchen wir ihn noch. Vielleicht will das Schwarzlabor mit niemand anderem verhandeln, und dann muß er uns die Starterlaubnis erschwatzen.

Und es könnte dahin kommen – die bloße Vorstellung flößte ihr Grauen ein –, daß wir seine Hilfe benötigen, sollte Angus außer Kontrolle geraten. Falls die Chance, die wir jetzt haben, zum Bumerang wird. Oder es ihm irgendwie gelingt, aus seiner Programmierung die Restriktion zu löschen, keine VMKP-Mitarbeiter angreifen zu dürfen.

Außerdem können wir nicht die Gefahr ausschließen, daß wir versehentlich Vector oder jemand anderes erschießen.

Nick mußte bald eintreffen: Mikka hatte ihn angekündigt. *Vector ist fertig.* Der Genetiker hatte es geschafft, das Antimutagen der VMKP-DA zu analysieren: er kannte die Formel. *Er und Nick feilschen jetzt mit Beckmann.* Und zweifellos wünschte Beckmann an dem Geheimnis teilzuhaben, und wenn nur um des Gewinns willen, der sich damit erwirtschaften ließ. Unter den gegebenen Umständen konnte das ›Feilschen‹ nicht lange dauern. Sicherlich erhielt Nick alles, was er forderte, und war in wenigen Minuten bereit zum Abflug.

Was war in Mikka gefahren? Und was war mit Ciro geschehen? Die Aufgebracht- und Verstörtheit der beiden konfrontierte Morn von neuem mit einer anderen, hartnäckigen Frage: Weshalb war die *Sturmvogel* abgeflogen? Zunächst hatte Morn angenommen, Sorus Chatelaine flöge ihren Raumer in den Asteroidenschwarm, um sich dort in den Hinterhalt zu legen. Doch Mikkas Betragen und Ciros Miene deuteten andere Möglichkeiten an.

Daß Nick eine weitere Greueltat verübt hatte.

Oder selbst hintergangen worden war; daß sich Beckmann, vielleicht aufgehetzt durch Chatelaine, gegen ihn gestellt hatte.

Morn beabsichtigte nicht, irgend jemand darin einzuweihen – nicht einmal Mikka –, wie ungeschützt Angus im Moment war, bevor sie wußte, was sich in Deaner Beckmanns Domäne ereignete.

Ich brauche Zeit. Darauf hatte Angus bestanden. Ihr müßt mir Nick vom Hals halten, bis ich mit dem Data-Nukleus soweit bin und einer von euch ihn in meinen Interncomputer zurücksteckt. Danach kann ich mich selbst verteidigen, auch wenn ich noch an die Bordcomputer gekoppelt bin.

Nur kann ich die Sache nicht überstürzen. Kompliziert ist sie sowieso, aber am allerschwierigsten ist das Unwirksammachen der Stasisbefehle. Sie sind fest integriert. Dadurch haben die Techs dieses Drecksskerls Hashi Lebwohl mich immer in der Gewalt gehabt. Sie konnten den Data-Nukleus nach Bedarf einsetzen und rausnehmen, weil die Stasisbefehle nicht auf dem Chip sind. Sie werden automatisch aktiv, wenn meine Programmierung ihnen nicht gegensteuert.

Deshalb ist es euch nicht möglich, mir einfach den Rücken aufzuschneiden, den Data-Nukleus rauszuholen und mir in die Hand zu drücken. Dann wäre ich unfähig, mich mit ihm zu beschäftigen.

Die Lösung, die er sich ausgedacht hatte, war geradeso umständlich wie ungewiß. Sie hatten seinen Rücken öffnen, den Interncomputer freilegen und ihn anhand eines ganzen

Kabelbündels mit den Computersystemen der *Posaune* koppeln müssen, um im Effekt den Data-Nukleus des Raumschiffs zur Neutralisierung der festintegrierten Programminstruktionen zu verwenden, damit sie Angus' Data-Nukleus entfernen konnten, ohne daß er in Stasis verfiel.

Kann das gutgehen? hatte Morn gefragt.

Wer weiß, Scheiße noch mal? hatte Angus' Gegenfrage gelautet. Wenn dabei nur herauskommt, daß ihr verschmort, was von meinem Brägen übrig ist, seid ihr nicht schlimmer als jetzt dran. Eure Chancen gegen Scheißkapitän Schluckorso sind allemal besser. Und vielleicht ist dann endlich damit Schluß, daß ich drinnen in mir herumschreie, wo mich doch niemand hört.

Also hatten Morn und Davies sich einverstanden erklärt. Ihnen blieb, was sie betraf, gar keine Wahl. Und sobald Davies davon überzeugt gewesen war, daß das Risiko einer Befreiung Angus' sich lohnte, hatte es ihn zum Handeln gedrängt.

Morn hatte es ihm überlassen, Angus aufzuschneiden und ihn an den Bordcomputer anzuschließen, allerdings nicht wegen seines Tatendrangs. Sie mochte Angus nicht so nahe kommen; wollte nicht sein Blut an ihren Händen haben. Während Davies sich bei Erledigung der Aufgabe, an Angus' Interncomputer zu gelangen, mit Rot besprizte, Haut zur Seite schälte, Muskeln beiseiteschob, um die implantierte Hardware zu entblößen, anschließend genau nach den Weisungen seines Vaters Kabel ankoppelte, hatte sie sich nützlich gemacht, indem sie die Kabel in die Kommandokonsole stöpselte.

Zur gleichen Zeit hatte sie auf Scanning und Interkom geachtet, sowohl auf das Schwarzlabor wie auch den umgebenden Asteroidenschwarm ein Auge gehabt, um auf etwaige warnende Anzeichen aufmerksam zu werden. Als sie die *Sturmvogel* ablegen sah, hatte sie eine Zeitlang an den Waffensystemen gesessen, das Raumschiff in Zielerfassung und -verfolgung der Bordwaffen der *Posaune* behalten, bis sie sicher sein durfte, daß Sorus Chatelaine den Interspatium-Scout nicht anzugreifen gedachte, solange die *Sturmvogel* sich noch in Reichweite der Materiekanonen des Schwarzlabors befand.

Auf diese Weise hatte Morn sich beschäftigt, abgelenkt. Andernfalls wäre sie infolge der Anspannung und Angus' Blutgeruch wohl in Tränen ausgebrochen.

Das Verfahren war langwierig und mühsam gewesen. Aber zu guter Letzt hatte Angus erklärt: Alles geritzt, wir können's wagen. Soviel ich sehe, klappen alle Tests. Also los, nimm den Chip raus.

Jetzt oder nie. Tötet oder rettet mich.

Als Davies zwischen Angus' Schulterblättern den Data-Nukleus aus der Halterung entfernte, hatte sein Vater die Augen verdreht, eine Grimasse wie ein Spastiker gezogen und einen halblauten Fluch ausgestoßen. Dann verfielen er und sein Sohn in ein Gelächter, als wären sie durchgedrehte Schuljungen, so außer sich waren sie vor Begeisterung über einen gelungenen Streich.

Vielleicht bot sich ihnen zu dritt doch eine gute Chance. Möglicherweise hatte Angus seine Handlungsfähigkeit zurückgewonnen, bis Vector seine Analyse abschloß, konnte wieder seine Laser, Datenspeicher und sonstigen Hilfsmittel benutzen, und war frei von den Zwängen seiner Prioritätscodes.

Doch Mikka hatte sich zu früh über die Interkom gemeldet. Und die Kommunikationszentrale des Schwarzlabors hatte ihre Rückkehr nicht avisiert. Angus war noch nicht bereit, er schwitzte noch an dem Data-Nukleus. Solang er nicht im Interncomputer steckte, funktionierte keines der Implantate. Er hatte nicht einmal Bewegungsfreiheit: die Kabel, die ihn mit den Schaltsystemen des Kommandokonsolencomputers verbanden, behinderten und beschränkten in nachhaltigem Umfang sein Aktionsvermögen.

Er gab ein leichtes Opfer ab.

Morn und Davies hatten die Waffen an sich gerissen und waren zur Luftschleuse gerannt.

Beim Verlassen der Brücke hatten sie die Konnexblende

des Durchstiegs geschlossen. Allerdings genoß Angus dadurch nur Schutz, wenn er daran dachte, sie elektronisch zu verriegeln. Morn befürchtete, daß er sich zur Zeit zu stark konzentrierte, um an solche Vorkehrungen zu denken.

Doch in dieser Hinsicht war sie machtlos. Mit höchster Eile hatten sie und Davies sich beiderseits der Schleusenpforte postiert; sich auf Nicks Ankunft eingestellt.

Schlag ihn nieder, hatte sie ihrem Sohn zugezischelt. Wenn du ihn betäubst, sind unsere Probleme behoben. Selbst wenn er nur benommen ist, haben wir ihn gleich in der Hand. Falls du daneben haust... Starr vor Beklommenheit hatte sie die Achseln gezuckt. Wir müssen es so versuchen.

Verbittert hatte Davies genickt. Nach wie vor hätte er Nick lieber liquidiert.

Aber kaum hatte Morn die Pforte geöffnet, schwang sich Mikka wie in heller Panik in die Schleusenkammer, stieß Ciro vor sich herein, als hätte er zuviel Furcht, um sich selbst zu rühren.

Vector ist fertig. Er und Nick feilschen jetzt mit Beckmann. Sie dürften bald eintreffen.

»Was geht vor?« hatte Davies gefragt. »Was ist da drin passiert?«

»Wo ist Angus?« fragte ihrerseits Mikka. »Was ist denn hier an Bord los?«

Und schon verschwand sie mit Ciro ins Schiffsinnere, fuhr mit ihm im Lift nach oben.

»Ach je«, raunte Davies bestürzt. »Was mag den beiden bloß begegnet sein? Ich dachte, hier wäre bloß 'n Labor, nicht so 'ne Horrorschau wie Kassafort.«

Morn fühlte die herben Beschwerden der Zonenimplantat-Entzugserscheinungen durch ihre Nervenbahnen kriechen. Sie wußte keine Antwort. Irgendwie drängten Mikkas und Ciros Furcht sie an den Rand eines neuen Anfalls. Die Emissionen des Z-Implantats blieben schon zu lang aus. Nur durch die vielen Stunden, die sie unter Kat-Einwirkung verbracht hatte, war das Einsetzen der wahnsinnigen

Gier nach dem Licht der Klarheit hinausgeschoben worden. Inzwischen mußte man die Konsequenzen als überfällig betrachten.

Immerzu kreisten dieselben Fragen durch ihren Verstand.

Was hatten Mikka und Ciro im Schwarzlabor erlebt? Was hatten sie *getan*?

Davies packte seine Impacter-Pistole fester. Sein Körper strahlte Spannung aus, die an Statik erinnerte. »Wir sollten auf die Brücke zurückkehren«, meinte er zu Morn. »Einer von uns müßte ständig dort sein, um den Data-Nukleus wiedereinzustöpseln, sobald Angus das Frisieren bewältigt hat. Und wenn ich Nick nicht in den Griff kriege, du hättest gegen ihn gar keine Chance.«

Anscheinend verspürte er das Bedürfnis, seine Sorge zu erklären. »Wir haben keine Ahnung, was mit Mikka und Ciro los ist. Sie könnten bei Angus alles ruinieren, indem sie nur ein Kabel anpacken.«

»Ich weiß«, stöhnte Morn. Ein längst bekanntes, säurescharfes Brennen leckte durch ihre Glieder, die Gelenke. Es pochte in ihrem Hinterkopf. »Aber wenn ich Angus traue, kann ich Mikka erst recht vertrauen. Egal was passiert ist, sie will auch nicht, daß Nick auf diesem Schiff das Sagen hat.« Nochmals hob sie die Schultern. »Ich kann nicht fort«, gestand sie mit schwächlicher Stimme. »Ich würde verrückt, müßte ich hier allein auf ihn warten.«

Mißmutig brummte Davies, versuchte sie jedoch nicht zu überreden. »Dann müssen wir diesmal geschickter als eben bei Mikka vorgehen. Dieses Mal bist du zuerst dran. Vertritt ihm den Weg, halt ihm das Schießeisen unter die Nase, tu irgend was, um ihn abzulenken. Ich brauche nur zwei Sekunden, um die Schleusenpforte zu schließen und ihm eins auf 'n Dez zu knallen.«

Morn nickte dumpf. Bangen oder Entzug machte ihren Gaumen trocken, drohte die Überreste ihrer Courage zu verdorren.

Aber sie erhielt keine Zeit zum Kleinmütigsein. Ehe er

sich an seine gewagte Transformation machte, hatte Angus die komplette Interkom der *Posaune* aktiviert. Jetzt summte der Interkom-Apparat der Schleusenkammer, und fast sofort blökte Nicks Stimme in die Stille.

»Öffnen!« Ihm war Überschwenglichkeit anzuhören; er wirkte, als wäre er nahezu manisch vor Eifer. »Ich bin wieder da. Was du auch gerade treibst« – wahrscheinlich meinte er Angus, während das Kommunikationszentralenpersonal des Schwarzlabors annehmen mußte, er spräche mit Mikka –, »laß es sein. Mach das Schiff startbereit. Es ist Zeit zum Abfliegen.« Er hustete ein Lachen hervor. »Und Zeit, daß wir uns 'n bißchen Spaß gönnen.«

Spaß. Na klar.

Morn umklammerte die Laserpistole.

Bummelei durften sie sich nun nicht erlauben. Nick erwartete von Isaak sofortigen Gehorsam. Jeder Aufschub mochte ihn vor der Falle warnen.

Davies betätigte die Kontrollen der Schleusenpforte. Dann drückten er und Morn sich beiderseits des Einstiegs in die Ecken.

Morns Herz wummerte wuchtig genug, um ihr ein Schwindelgefühl zu verursachen. Vertritt ihm den Weg. Halt ihm die Waffe unter die Nase. *Verhafte* ihn. War sie nicht Polizistin? Sie mußte doch wissen, wie man so etwas ausführte.

Aber sie war zwischen Angus und Nick beinahe zerrieben worden. Sie war zur Zonenimplantat-Süchtigen geworden. Wochen der Überanstrengung und Furcht hatten ihren Tribut gefordert. Und die Polizeitruppe, in der sie diente, hatte sich als korrupt erwiesen. Die Laserpistole in ihrer Hand fühlte sich wie eine Alien-Konstruktion an: wie ein Gegenstand, den sie nicht durchschaute und nicht zu gebrauchen wußte.

Und obendrein schickte Nick erst Sib und dann Vector in die Schleusenkammer voraus, als hätte er die Absicht, sie so auf Ungefährlichkeit zu prüfen.

Ihre Hand, nein, ihr ganzer Arm zitterte bereits, als Nick zwischen sie und Davies trat.

Am Lift drehte Sib sich um, sah Morn. Und seine unwillkürliche Überraschung verriet sie.

Die Waffe auf Nicks Kopf gerichtet, sprang Morn vor. *»Stehenbleiben!«* fuhr sie ihn an, als wäre sie wirklich noch Polizistin, glaubte sie unvermindert an sich selbst.

Doch sie hatte schon versagt. Für die schwache G fielen ihre Bewegungen zu kraftvoll aus. Die Muskulatur ihrer Beine schnellte sie an Nick vorbei zur Decke hinauf, ohne daß sie es vermeiden konnte.

Sibs Verblüffung warnte Nick, und ebenso das Geräusch, als die Schleusenpforte zuschwang. Aber er achtete nicht auf Morn. Vielmehr stürzte er sich plötzlich und mit aller Wildheit auf Davies. Morns hastig abgefeuerter Schuß versengte, ohne Nick nur zu streifen, unter seinen Füßen das Deck.

Davies war auf die Attacke nicht gefaßt. Er hatte sich auf aktives Angreifen vorbereitet, nicht aufs Angegriffenwerden. Er riß, als Nick herumwirbelte, die Hände zu spät hoch, um Nicks Ellbogen abzuwehren, so daß der Stoß voll seine Backe traf. Sein Kopf prallte mit einem satten Klatschen, als würde eine Frucht zermatscht, gegen die Wand.

Mit einem Fauchen fuhr die Schleusenpforte zu; begrenzte die Auseinandersetzung aufs Innere des Raumschiffs.

Morn wumste an die Decke und prallte ab, fuchtelte mit dem Arm, versuchte zu zielen. Doch nun versperrte Vector ihr das Schußfeld. In der Absicht, aus der Schußrichtung zu gelangen, tappte er zur verkehrten Seite.

Nick schlug nach Davies' Kopf. Davies war halb betäubt, sich kaum noch zu regen fähig. Dennoch rettete ihn Morns Nahkampfausbildung. Rein reflexmäßig warf er die Arme kräftig genug empor, um Nicks Fausthieb abzublocken.

Im nächsten Augenblick kollidierte Nick mit ihm, beide torkelten gegen das Schott, als Sib mit aller Kraft und vollem Gewicht Nick ins Kreuz sprang.

Sib hatte zu oft als Nichtskönner dagestanden, war zu häufig durch die eigene Ängstlichkeit beschämt worden.

Jetzt verwandelte ihn die Verzweiflung. Seine Augen funkelten, als er sich abstützte und Nick eins ums andere Mal die Ellbogen in den Rücken rammte, das Drehmoment seiner Schultern und die Kraft der Arme wie Geschosse gegen Nicks Rippen und Nieren richtete.

Nick brüllte auf vor Schmerz und stieß sich von Davies ab, vollführte eine Wendung, um Sibs Ellbogen zu entgehen.

»Angus!« heulte er. »*Angus!*«

Morn schubste, als geriete sie in äußerste Raserei, Vector aus dem Weg, stürzte sich kopfüber auf Nick.

Auch das wäre schiefgegangen, hätte Vector ihr nicht geholfen. Trotz seiner durch alte Gliederbeschwerden bedingten Unbeweglichkeit stemmte er sich mit Armen und Beinen gegen das Schott, so daß Morn den erforderlichen Angelpunkt fand, um sich auf die richtige Weise in Nicks Richtung zu schwingen.

Sie hechtete in Nicks Rücken, und er fiel aufs Gesicht.

Ihr Körpergewicht reichte nicht aus, um ihn niederzudrücken, sie war ihm physisch nicht gewachsen. Darum versuchte sie gar nicht erst, ihn zu überwältigen. Als er sich unter ihr zusammenkrümmte, um sie abzuschütteln, krallte sie die freie Hand in den Kragen seiner Bordmontur und bohrte ihm die Pistolenmündung ins Ohr.

»*Halt*, sage ich! So schieß ich bestimmt nicht daneben. Du kannst gar nicht schnell genug sein, um einen Fehlschuß zu verursachen. Wenn du nicht *stillhältst*, brenne ich dir ein Loch mitten ins *Gehirn!*«

Sie wußte nicht, ob er ihr glaubte. Sie war sich nicht einmal sicher, ob sie selbst sich glauben sollte. Trotzdem zögerte er ...

In der folgenden Sekunde drosch Davies ihm den Griff der Impacter-Pistole wie eine Keule auf den Schädel.

Nicks Gestalt zuckte konvulsivisch, ehe er erschlaffte. Ein leises Ächzen entfuhr ihm. »Angus, du Schweinehund ...«

Dann schwand ihm die Besinnung.

Am Hinterkopf sickerte ihm Blut durchs Haar. Weiteres

Blut rötete unter seinem Gesicht das Deck. Dennoch atmete er noch schwach, geradeso wie jemand, der sich nicht aufs Sterben verstand.

»Scheiße«, japste Davies irgendwo über Morn. »Tut mir leid ... Es scheint so, als wäre ich einfach unfähig, mit ihm fertig zu werden. Jedesmal wenn ich mich mit ihm anlege, macht er irgend was Unerwartetes.«

Langsam senkte Morn den Kopf, verschnaufte für einen Moment über Nicks Schulterblättern, überließ sich dem plötzlichen Schwächegefühl der Erleichterung. Angesichts ihrer Haltung hätte man denken können, sie bedauerte ihn; doch in Wirklichkeit war sie mit einemmal derartig froh, daß sie ihre Schadenfreude kaum verhehlen konnte.

»Sei nicht so streng mit dir«, meinte Vector gedämpft zu Davies. Auch Vector sah man das Aufatmen deutlich an. »Was *mich* angeht, sind deine Leistungen erstaunlich. Sobald ich den Fehler mache zu glauben, ihr Hylands kenntet Grenzen, stellt ihr so etwas auf. Wie habt ihr ...?« Mit einem lauten Krächzen befreite er seine Lungen von gestauter Luft. »Ihr verschlagt mir regelrecht den Atem. Wie habt ihr Angus aus der Quere gekriegt? Ich dachte, mit ihm sei nicht mehr zu reden. Von seiner augenscheinlichen Unbezwingbarkeit ganz zu schweigen.«

»Könntest du wohl da hinrücken?« ertönte dicht an Morns Kopf Sibs Stimme. »Ich helfe dir. Wenn du von ihm steigst, sorge ich dafür, daß wir das ganze Affentheater nicht noch einmal durchstehen müssen.«

Nicht noch einmal ...? Mühsam blickte Morn auf und sah, daß Sib eine Rolle Isolierband in den Händen hatte.

»Das Zeug ist stark wie Flexistahl«, versicherte er gelassen. »Wenn ich ihn damit einwickle, haben wir vielleicht seinetwegen keine Sorgen mehr.«

Vector lachte, seine Belustigung klang klar und heiter wie blauer Himmel. »Sib, du Irrer, hast du *immer* 'ne Rolle Isolierband bei dir?«

Sib wurde rot. »Ich hab sie in die Tasche gesteckt, nachdem Nick das Kommando übers Schiff an sich gerissen hatte. Weil ich nichts finden konnte, was nach 'ner Waffe aussah. Da war eben das Isolierband mein bester Einfall.« Kurz erwiderte er Morns Blick, ehe er ihn auf Nick heftete. »Auf diese Gelegenheit habe ich lange gehofft.«

Morn rang sich ein Lächeln ab. »Dann nutze sie.« Sie wälzte sich so behutsam von Nick, als könnte ihre Erleichterung nicht von Dauer sein.

Sofort ging Sib an die Arbeit. Er fesselte Nick sorgfältig die Hände auf den Rücken, wickelte ihm etliche Meter Isolierband um Oberkörper und -arme; danach verschnürte er auch die Füße und ließ dabei nur Spielraum für kleine Schrittchen. Zum Schluß verband er Fuß- und Handfesseln miteinander, damit Nick nicht springen oder treten konnte.

Voller grimmiger Beifälligkeit schaute Davies zu. »Behalte die Rolle griffbereit«, empfahl er, als Sib fertig wurde. »Falls er noch immer 'ne große Fresse riskiert, kleb'se ihm zu.«

Sib nickte. Ob auch er sich erleichtert fühlte, war ihm nicht anzusehen.

Durch einen tiefen Seufzer entledigte Morn sich eines Teils ihrer Furcht. Ihre Augen begegneten Davies' Blick stummer Fragestellung; sie nickte zum Zeichen der Zustimmung.

Er aktivierte den Interkom-Apparat und kontaktierte die Brücke.

»Angus? Wir haben ihn erwischt.« Er schwieg kurz, überlegte wohl, wieviel er seinem Vater mitteilen sollte. »Wir haben ihn«, wiederholte er dann lediglich. Er sah hinüber zu Vector, um dessen Einwilligung einzuholen, bevor er eine zusätzliche Information hinzufügte. »Vector ist gelungen, was er sich vorgenommen hatte.«

Mit dem Zeigefinger tippte Vector gegen die eigene Schläfe. »Ich hab alles im Kopf«, sagte er so laut, daß auch Angus es hören mußte. »Wäre die Möglichkeit vorhanden, könnte ich umgehend mit der Massenproduktion anfangen.« Seine Miene zeigte ein wahrhaft strahlendes Lächeln.

»Ich hab's fast geschafft«, antwortete Angus nach kurzem

Schweigen. Harte Anstrengung ließ sich seiner Stimme anmerken. »Kommt rauf.«

Davies drehte sich Morn zu. Auf seinem Gesicht breitete sich ein Grinsen aus. Unversehens wirkte er unglaublich jung, viel jünger als sein Vater – *Jahrzehnte* jünger, als sich Morn fühlte. Fünkchen tanzten in seinen Augen, so daß sie lebhaft glitzerten. »Worauf warten wir? Los doch, wir gehen.«

Morn schüttelte den Kopf. In ihrer Erleichterung, beeinträchtigt durch Entzugserscheinungen und neue Erwägungen, mischte sich Bitternis. Wieder glühten ihr die Nervenstränge. Und die Pein nahm zu: organisches Adrenalin konnte die Gier nach künstlicher Stimulation nicht stillen. Nick verkörperte nur einen der Dämonen, die ihr Leben heimgesucht hatten. Noch plagten andere sie, wollten sich nicht vertreiben lassen. »Erst müssen wir uns beraten.«

Alles was sie und ihre Leidensgefährten taten, hatte eine viel zu immense Tragweite, um unüberlegt angepackt werden zu dürfen.

»Wir haben Nick unschädlich gemacht. Das ist ein Schritt vorwärts. Aber deshalb sollten wir nicht unvorsichtig sein.«

Vergessen wir nicht, was auf dem Spiel steht. Oder daß alles an seidenem Faden hängt.

Angus Vertrauen zu schenken fiel schwer.

»Das ist auch meine Ansicht«, unterstützte Vector sie sofort. »Davies, ich bitte dich, mich nicht mißzuverstehen. Ich bin dermaßen froh, daß ich kaum klar denken kann. Aber ich möchte wissen, wie ihr trotz Angus so ein Ding drehen konntet. Ich hatte den Eindruck, Nick hätte ihn ...« Vergeblich suchte der Genetiker nach passenden Worten. »Ich dachte, er stünde fest unter Nicks Befehlsgewalt. Was habt ihr gegen Angus unternommen?«

Morn mochte sich jetzt mit dieser Frage nicht aufhalten. »Das ist leichter zu erklären, wenn du ihn siehst. Davies und ich brauchen sofort einige Informationen.« Die Angus für den Fall, daß er zu uns unaufrichtig ist, lieber nicht erfahren sollte. »Zuerst einmal ... Mikka hat erwähnt, Nick und Beckmann hätten ›gefeilscht‹. Was hat Nick gefordert?«

Sib wollte es Vector überlassen, darauf zu antworten, doch der Genetiker winkte ab.

»Als wir das Schwarzlabor betreten haben«, erzählte Sib, »schwafelte Nick davon, daß wir Vorräte und anderes Material bräuchten. Das war völliger Unsinn, aber wohl sowieso bloß vorgeschoben. Kaum war Vector mit der Analyse fertig, hat Nick Beckmann mitgeteilt, er hätte sich's anders überlegt. Daß er was anderes wünschte. Er hat Dr. Beckmann die Formel verraten und ihm zum Beweis für ihre Richtigkeit ein paar Antimutagen-Kapseln ausgehändigt.«

Stumm nickte Vector. Wortlos hielt er Nicks Fläschchen in die Höhe. Darin befanden sich nur noch fünf oder sechs Kapseln.

»Wir haben Starterlaubnis bekommen«, sagte Sib. »Und das hier …« Er beugte sich über Nick, wühlte in seinen Taschen und brachte ein kleines Metallrechteck, das einer Id-Plakette ähnelte, zum Vorschein. »Einen Datenträger. Laut Dr. Beckmann sind darauf alle Kenntnisse gespeichert, die das Labor über den Asteroidenschwarm gesammelt hat. Die beste lokalstellare Karte, die davon existiert. Zusammensetzung, innere Vektoren, externe Einwirkungen, alles …« Er bot den Chip Morn an, doch sie gab Davies mit einer Geste zu verstehen, daß er ihn an sich nehmen sollte. »Wenn die Daten stimmen«, meinte Sib zum Schluß, »müßten wir dazu in der Lage sein, im Blindflug durch den Schwarm zu navigieren.«

»Klingt vielversprechend.« Der Datenträger verschwand in Davies' Faust. Sein Blick fragte Morn so deutlich wie ein gesprochenes Wort: Können wir nun gehen?

Nein, antwortete sie lautlos. Ein leichter Tremor des Entzugs durchbebte sie. Sie hatte den Chip nicht von Sib angenommen, weil sie nicht wollte, daß jemand ihre Hand zittern sah.

»Es klingt sogar ziemlich unkompliziert«, wandte sie sich

an Sib und Vector. »Aber was ist denn Unerfreuliches vorgefallen? Was ist Mikka und Ciro passiert?«

Vector blickte Sib an, dann wieder Morn. »Ich hatte gehofft, das könntest du uns erklären.«

Morn verneinte mit einem Kopfschütteln. »Sie ist mit Ciro an Bord gestürmt gekommen, als wäre er in Lebensgefahr. Aber sie hat keinen Grund genannt.«

Ciro und ich müssen uns aussprechen, also laßt uns in Ruhe.

Sib verzog das Gesicht. »Vielleicht denkt sie«, mutmaßte er gleich darauf, »er *ist* in Lebensgefahr.«

»Was soll das heißen?« fragte Davies dazwischen. An Mikka und ihren Bruder erinnert zu werden, verstärkte erneut seine innere Anspannung.

»Irgendwie war's komisch«, sagte Sib reichlich perplex. »Als Vector die Erlaubnis erhalten hatte, in einem der Labors zu arbeiten, sind wir von Nick getrennt worden. Er hat Ciro weggeschickt, um Nahrungsmittel zu ordern, an denen wir keinen Bedarf haben. Mir gab er den Befehl, Ausstattungsteile zu besorgen, die wir genausowenig brauchen. Und Mikka hat er von uns abgesondert. Sie sollte vor dem Labor, in dem Vector arbeiten durfte, Wache stehen. Aber sie hat ihm nicht gehorcht.« Sib zuckte die Achseln. »Wahrscheinlich war's ihr einfach unmöglich. Sie hat Ciro gesucht. Aber er war plötzlich unauffindbar. Der Werkschutz behauptete, daß er sich ›verdrückt‹ hätte. Mikka kam zu mir, um nachzuschauen, ob er bei mir wäre. Wir wollten uns auf die Suche machen, da fand ihn auf einmal der Werkschutz. Man sagte uns, er sei unverletzt, nur ›kopfscheu‹ geworden. Wir durften aber nicht zu ihm. Wir mußten warten, bis Vector fertig war, deshalb hatten wir keine Gelegenheit, um uns mit ihm zu unterhalten ...«

»Weiter«, verlangte Morn halblaut.

Sib zauderte wie jemand, der erst klare Gedanken fassen mußte. »Ich habe überhaupt keinerlei Begriff davon, was da vorgegangen sein könnte. Aber Mikka ... Sie ist der Ansicht, es gäbe 'n Zusammenhang mit der *Sturmvogel*. Sie glaubt, Ciro ist von Nick als Köder mißbraucht worden.

Warum hätte er sonst das Märchen ausgeheckt, daß wir Vorräte und Material bräuchten? Mikka denkt, er versucht Sorus Chatelaine irgendwie übern Tisch zu ziehen, ihr 'ne Falle zu stellen.«

Ratlos spreizte Sib die Hände.

»Weil sie die Frau ist«, erklärte Morn leise, »die ihm das Gesicht zerschnitten hat.«

»Ja, stimmt genau. Damals hatte die *Sturmvogel* einen anderen Namen, und Sorus Chatelaine eventuell auch. Er wußte nicht, daß sie dieselbe Person ist, bevor er sie in Kassafort wiedersah. Ich kann mir durchaus vorstellen, daß er jetzt nichts anderes mehr als Rache im Sinn hat.«

»Moment mal«, bat Davies. In seinen Augen spiegelte sich ahnungsvolle Düsternis wider. »Welchen Namen?«

Betrübt hob Sib die Schultern. »Ich weiß nicht, wie sie sich früher nannte. Nick hat's nie erwähnt. Aber die *Sturmvogel* hieß mal *Liquidator*.«

Schlagartig durchstach ein neuer Schmerz Morn. Sie spürte ihn so durchdringend wie den Entzug, aber er war von gänzlich anderer Natur – das unerwartete Aufbrechen eines so tief eingefleischten, so gründlich verinnerlichten Leids, daß sie keuchte und beinahe auf die Knie sank. Sie hatte es nicht geahnt, doch es hatte in ihr gehaust, wie ein Raubtier Jahre über Jahre hindurch in einem Winkel ihres Herzens gelauert, auf die Gelegenheit zum Hervorspringen geharrt ...

Auf diesen Augenblick, um sie vollends zugrunde zu richten.

Liquidator.

Sie hörte kaum Davies' erstickten Ausruf; merkte nicht, daß auch ihr ein Laut entfuhr. *Liquidator!* Vector streckte die Hand nach ihr aus. »Morn«, jammerte Sib, »was ist denn, hab ich was Falsches gesagt?« Morn verstand nicht, was die beiden wollten. Altes Weh zerriß ihr die Brust, und sie konnte für nichts anderes Beachtung erübrigen.

»*Liquidator*«, drang es gleichzeitig über ihre und Davies' Lippen, gemahnte an das nahezu tonlose Heulen verwaister, durch die Nabelschnur an ihre Vergangenheit gefesselter Kinder.

So wie das Schwelen der Entzugserscheinungen kehrte nun auch die Erinnerung an das Piratenraumschiff zurück; erfüllte Morns Gemüt mit schrecklicher seelischer Qual.

Sie schien wieder ein kleines Mädchen in den Armen ihres Vaters zu sein, während er sie über den Tod ihrer Mutter informierte.

Seine Stimme klang fest und deutlich, genau wie die Stimme eines Mannes, der zu sehr zu würdigen wußte, was seine Frau getan hatte, um sich dagegen aufzulehnen. Dennoch rannen ihm Tränen aus den Augen, sammelten sich an den soviel Selbstsicherheit ausdrückenden Umrissen des Kinns und fielen wie Regentropfen auf Morns schmalen Brustkorb.

Wir hatten einen Notruf eines Erzumladedepots im Bereich der Orion-Sphäre empfangen. Ein Illegaler hatte das Depot brutal attackiert ...

Das Raumschiff nannte sich Liquidator. *Schnell flog es nicht, und anscheinend hatte es keinen Pontonantrieb. Aber es verfügte über schwere Bewaffnung, eine Bewaffnung wie ein Schlachtschiff.*

Weil wir zu unvorsichtig gewesen sind, riß der erste Schuß der Liquidator *der* Intransigenz *eine ganze Rumpfseite auf ...*

Wir sind mit einem puren Superlicht-Protonenstrahl beschossen worden.

Der Protonenstrahl richtete soviel Beschädigungen an, daß er uns die Zielerfassung unmöglich machte. Ein zweiter Strahltreffer hätte uns vernichtet.

Deine Mutter saß auf ihrem Posten in der Feuerleitzentrale. Und die Feuerleitzentrale gehörte zu den Abschnitten der Intransigenz, *die die* Liquidator *getroffen hatte. Die Rumpfseite der* Intransigenz *war auf voller Länge undicht geworden. Die Luft entwich aus der Feuerleitzentrale.*

Deine Mutter hätte sich retten können. Aber sie hat sich dagegen entschieden. Während ihr die Atemluft ausging, die Feuerleitzentrale dekompressierte, legte sie die Zielerfassungsfunktio-

nen auf andere Schaltkreise um, damit wir unsere Kanonen wieder einsetzen könnten.

Darum hat die Intransigenz *das Gefecht überstanden. Sie hat es uns rechtzeitig ermöglicht, unsere Kanonen aufs Ziel zu richten. Wir haben die* Liquidator *mit unserer gesamten Schiffsartillerie unter Beschuß genommen.*

Aber da war deine Mutter schon verloren gewesen.

Sie hat ihr Leben für ihre Schiffskameraden geopfert.

Und dann hatte Morns Vater ein Versprechen abgelegt. *Niemand in der VMKP wird Ruhe geben, bis deine Mutter gerächt worden ist. Wir werden die* Liquidator *und sämtliche übrigen Raumschiffe ihrer Sorte aus dem Verkehr ziehen.*

Als er seine Schilderung beendete, hatte Morn beschlossen – noch in seinen Armen –, ebenfalls Polizistin zu werden. Sie hatte sich zu sehr für sich selbst geschämt, um einen anderen Entschluß zu fassen.

Das war der für ihr weiteres Leben maßgebliche Moment ihrer Kindheit gewesen: der Moment, der sie zu dem gemacht hatte, was sie gewesen war, als die *Stellar Regent* die Havarie erlitt: eine Polizistin, die sich nicht gegen Angus zu wehren vermocht hatte. Ihre Scham saß zu tief; hatte sie zu nachhaltig geprägt.

Ihr war entgangen, daß Davies sich von der Stelle bewegt hatte; jetzt stand er auf einmal vor ihr. Seine Hände packten ihre Schultern, als gedächte er sie aufzurütteln. Die Augen ausgenommen, hatte er die jüngere Ausgabe des Gesichts seines Vaters: platt und voller Verbitterung, eine Ballung der Bösartigkeit. Aber die Augen machten den wesentlichen Unterschied.

In seinen Augen glosten Morns Erinnerungen, gespeist vom selben Brennstoff, der in ihr die Glut nährte.

»Wir knöpfen sie uns vor«, sagte er durch die Zähne zu Morn.

»Ja«, gab sie zur Antwort.

Nein, rief hingegen ihr Herz. *Nein!*

Rache war zu kostspielig. Das hatte sie auf die harte Tour gelernt. Oder etwa nicht? Sie hatte gesehen, um was

Nick dadurch gebracht worden war: sein Raumschiff und seinen Ruf, die einzigen Gegebenheiten seines Daseins, die ihn bei Verstand gehalten hatten. Und seit dem Untergang der *Stellar Regent* hatte Morn unablässig den Preis ihres alten Eigengrolls gezahlt. Es blieb *gleichgültig*, wer Sorus Chatelaine wirklich war; wie die *Sturmvogel* früher einmal geheißen hatte. Ausschließlich Vectors Forschung hatte Bedeutung; nur die Existenz seines Antimutagens der Allgemeinheit bekanntzumachen war wichtig. Rachegelüste waren etwas für verlorene Seelen. Niemand sonst konnte sie sich leisten.

Aus welchem anderen Grund war sie das Risiko eingegangen, Angus zur Freiheit zurückzuverhelfen?

Und dennoch vermochte sie Davies keine anderslautende Antwort als ihr *Ja* zu erteilen. Ihr Mund weigerte sich, eine Weigerung auszusprechen. Sie stand unter dem Joch ihrer Verlusterlebnisse. Ohne diese Traumata hatte sie keine Vorstellung ihrer selbst.

Niemand in der VMKP wird Ruhe geben, bis deine Mutter gerächt worden ist. Wir werden die Liquidator *und sämtliche übrigen Raumschiffe ihrer Sorte aus dem Verkehr ziehen.*

An dieser Haltung war vielleicht nichts falsch. Offenkundig empfand Davies in dieser Hinsicht genauso wie sie, und er hatte fast den gleichen Geist wie sie. Der Brand, der in ihr fraß, hatte auf ihn den gegenteiligen Effekt: er glühte nur so von innerer Gewißheit, Zielbewußtheit; von Leben. Vielleicht war sie zu lange Opfer gewesen: hatte zu viele Tage und Wochen damit verbracht, wie eine Unterworfene zu denken. Möglicherweise war es jetzt an der Zeit, daß andere Jäger die Jagd aufnahmen.

Deine Mutter hätte sich retten können. Aber sie hat sich dagegen entschieden.

Bei der Erinnerung an ihre Mutter merkte Morn, daß sie aus eigener Kraft stehen konnte: ihre Beine waren stark genug. Das neurale Lamento des Entzugs hatte sie nicht in der Gewalt. Unvermittelt lachte sie: ein freudloses, rauhes Auflachen voller Anklänge der Zermürbung und Reue.

»Aber eine Verfolgung können wir uns wohl sparen. Sie wird sich von sich aus mit uns anlegen.«

Davies nickte. Seine Hände ließen von Morn ab. Er war bereit.

»Morn?« fragte Sib nervös. »Ich komme nicht klar. Wovon redet ihr?«

Nick lag noch ohnmächtig da, sein Atem hauchte schwach aufs Deck. Sein Anblick ermutigte Morn. Es kostete sie einige Anstrengung, aber sie zwang sich dazu, Sib und Vector anzuschauen.

Vector verstand die Lage so wenig wie Sib. Trotzdem wirkte er nicht beunruhigt. Er hatte einen Rückhalt an Unerschütterlichkeit, der seinem Kameraden fehlte.

»Davies und ich haben mit dem Raumschiff noch eine Rechnung zu begleichen«, sagte Morn mit verhaltener Stimme. »Der *Liquidator*. Wir nehmen es uns vor.«

Sibs Mund deutete Fragen an, die er nicht aussprach. »Genau das wollte auch Nick«, stellte er statt dessen mit merklicher Anspannung fest. Furcht machte seinen Blick verschwommen.

»Zu dumm, aber nun geschieht's nicht in seinem Interesse.« Morn seufzte auf. »Wir tun's in unserem Interesse.«

Doch trotz ihrer Bemühungen, es sich einzureden, glaubte sie daran selbst nicht.

»Laß uns abfliegen«, drängte Davies. »Je länger wir warten, desto mehr Zeit hat Chatelaine, um für uns eine Falle vorzubereiten.«

Morn nickte.

Davies faßte Sib am Arm und zog ihn zu Nick.

Sib blickte ängstlich, doch er widerstrebte nicht. Gemeinsam hoben er und Davies Nick an und trugen ihn zum Lift.

Morn gab Vector mit einer Geste zu verstehen, daß er vorgehen sollte. Sie betrat den Lift als letzte, schloß an der Kontrolltafel die Tür und schickte die Aufzugkabine hinauf zur Mittelsektion des Interspatium-Scouts.

Als sie alle zusammen auf die Brücke gelangten, waren Morns knappe Kräfte schon wieder im Schwinden begriffen. Das Andenken ihrer Mutter reichte nicht aus, um ihr Grauen vor Angus zu bezähmen.

Zwar hatte Davies mit Morns Bewußtsein das Licht der Welt erblickt; dennoch verliefen ihre Gedankengänge nicht vollkommen gleich. Die Monate in Morns Gebärmutter hatten ihn auf so hohe Durchschnittswerte der Stimulation konditioniert, daß sie ein normales Kind getötet hätten. In dieser Beziehung ähnelte seine physische Verfassung ihrem Zonenimplantat-Entzug. Trotzdem bestand zwischen ihnen ein grundlegender Unterschied. Seine Bedürfnisse konnten aus eigenen endokrinen Quellen gedeckt werden; Morn hingegen bedurfte äußerer Beeinflussung.

Zweifel plagten sie. Mikka und Ciro gingen ihr nicht aus dem Sinn.

Sie konnte nicht vergessen, daß die gegensätzlichen Funksprüche, die schließlich Nick ebenso zum Gelackmeierten gemacht hatten wie vor ihm alle anderen an Bord, den nebulösen Zielen eines übergeordneten Konflikts dienten; ihr unersichtlichen und für sie nicht beurteilbaren Zwecken.

Am wenigsten jedoch vermochte sie zu vergessen, daß sie nicht wußte, ob sie Angus Vertrauen schenken sollte.

Als Davies die Konnexblende zur Brücke öffnete, sah Morn den Cyborg noch genau dort sitzen, wo sie ihn verlassen hatten: direkt vor – fast unter – der Kommandokonsole.

»Ach du Scheiße«, krächzte Sib. »Was habt ihr mit ihm angestellt?«

Angus' nackter Rücken war scheußlich anzusehen. Aus aufgeschnittenem und zertrenntem Gewebe sickerte Blut, so wie sein Gesicht Schweiß verströmte; Blutrinnsale näßten ihm längs der Wirbelsäule die Bordmontur. Aus der breiten Wunde, die Davies ihm zwischen seinen Schulterblättern beigebracht hatte, führten feine, silberne Drähte zur Unterseite der Kommandokonsole – ein filigranes, scheinbar beliebig beschaffenes Gespinst, das ihn vor der Stasis bewahrte.

Kleine Werkzeuge, ein Erste-Hilfe-Kasten und Kabel waren in naher Reichweite um ihn verteilt, doch gegenwärtig benutzte er davon nichts. Vielmehr hielt er sich momentan mit den Fingern einen Computerchip vors Gesicht. Er starrte ihn an, als könnte er seine Geheimnisse durch schiere Beschwörung ergründen.

Seinen Data-Nukleus.

Davies achtete nicht auf Sib. »Bist du fertig?« wollte er barsch von Angus wissen.

»So oder so.« Angus' Antwort ertönte nur als schwächliches, kaum hörbares Raunen. Die Verzweiflung, die ihn zu diesem Schritt getrieben hatte, war verflogen. Seine Stimme klang eher nach einem kleinen Jungen, der zum Hoffen zuviel Furcht hatte. »Mehr kann ich ...« Seine Kehle verengte sich; ein Augenblick verstrich, ehe er den Satz beenden konnte. »Mehr kann ich nicht tun.«

Davies zog an Nick, so daß Sib folgen mußte, und stapfte die Stufen des Niedergangs hinab. »Dann wollen wir's versuchen.«

Angus hob den Data-Nukleus ans Licht; doch sein Kopf sank vornüber, bis es schien, als wartete sein Nacken nur noch auf die Axt.

Davies und Sib legten Nick hinter der Kontrollkonsole des Ersten Offiziers aufs Deck. Nachdem Davies seine Impacter-Pistole Sib ausgehändigt hatte, trat er unverzüglich vor seinen Vater. Wenn er die *Liquidator* zur Strecke zu bringen beabsichtigte, brauchte er Angus.

Vectors Blick fiel auf Morn. Als sie sich nicht rührte, zuckte er die Achseln und stieg als nächster den Niedergang hinunter.

Morn hatte angenommen, sie würde sich endlich anschließen. Doch sie blieb, wo sie stand, gelähmt durch ihre Unsicherheit. Sie sagte sich, daß sie zögerte, weil sie zu gerne bei Mikka und Ciro nach dem Rechten gesehen hätte. Die Wahrheit jedoch lautete, daß sie plötzlich am liebsten geflohen wäre; sie sich inbrünstig wünschte, *Reißaus zu nehmen*, bevor Angus die Macht wiedergewann, um ihr zu schaden.

»Morn?« fragte Davies; drängte sie. Er stand neben Angus bereit, wartete auf Morns Erlaubnis.

Nein! forderte ihre Furcht. Nein! Er ist ein Mörder. Ein Vergewaltiger. Er hat mich *kaputtgemacht*. Seinetwegen bin ich Zonenimplantat-Süchtige. Lieber sähe ich ihn tot. Lieber wäre ich selbst tot.

Aber sie wußte es besser.

Rache war etwas für verlorene Seelen.

Du bist Polizist, hatte sie einmal zu ihrem Sohn gesagt. *Und ich will künftig auch Polizistin sein.* Polizisten waren Jäger, doch sie gingen nicht aus Vergeltungsdrang auf die Jagd. Wenn sie die Konfrontation mit der *Sturmvogel* suchte, dann weil Sorus Chatelaine eine Feindin der Menschheit war, nicht weil das Gefecht gegen die *Liquidator* ihre Mutter das Leben gekostet hatte.

Obwohl Angus ihr Entsetzen einflößte, jeder Moment des Leidens, der ihr von ihm bereitet worden war, ihr in der Brust Beklemmungen verursachte, hatte sie zu ihm gesagt: *Wir vertrauen dir.*

Jetzt oder nie.

Aufs Geländer gestützt, setzte sie den Fuß auf die Stufen zur Brücke.

»Dann also los, tu's«, sagte sie trotz ihres Grausens. »Wir sind so weit gegangen, daß es jetzt widersinnig wäre, einen Rückzieher zu machen.«

»Sehr richtig.«

Davies nahm Angus den Data-Nukleus aus den Fingern, trat hinter seinen Vater und kniete sich hin.

»Was soll er tun?« erkundigte sich Sib. Er erweckte den Eindruck, als wäre ihm aus mangelndem Durchblick und Bangheit speiübel. »Ich verstehe überhaupt nicht, was hier vorgeht. Was *treibt* ihr da?«

Morn hatte den Niedergang hinter sich gebracht. Sobald sie die Hand vom Geländer löste, legte sie sie auf Sibs

Schulter, teils um ihn zu beschwichtigen, teils um die eigene Balance zu behalten.

»Angus behauptet zu wissen, wie man einen Data-Nukleus frisiert.« Das war die beste Antwort, die sie zu geben wußte; zu umfangreichen Erläuterungen hatte sie keinen Mumm. Sib mußte seine Wissenslücken schließen, so gut er es konnte. »Wir möchten klarstellen, ob das wahr ist.«

»Aha«, brummelte Vector gedämpft. »Ihr haltet nichts von halben Sachen, hm? Ihr zieht die radikale Alles-oder-nichts-Methode vor. Wär's zuviel verlangt, uns zu erklären, wie er das schaffen will? Data-Nuklei nachträglich zu verändern soll bekanntlich unmöglich sein.«

Später. Morn hob die Hand, um ihn zu vertrösten. Falls wir mit dem Leben davonkommen. Und wir Zeit haben.

Davies betrachtete Angus' Rücken; fluchte unterdrückt; wandte sich zur Seite. Er suchte Tupfer aus dem Verbandskasten und wischte das Übermaß an Blut ab, um die Buchse für den Chip erkennen zu können.

Wie in äußerster Hoffnungslosigkeit hing Angus' Kopf herab. Er ertrug Davies' Tasten und Wühlen, als hätte die Entfernung des Data-Nukleus ihn jeglichen normalen Empfindungsvermögens beraubt.

Unvermittelt knackten die Lautsprecher der Steuerbrücke.

»*Posaune*, hier spricht die Kommunikationszentrale. Wir warten.«

Warten? Ach du Scheiße. Augenblicklich paralysierte Stumpfheit Morns Hirn. Auf was warteten sie dort?

Davies erstarrte mitten in der Bewegung.

In Sibs Augen schillerte Panik. Doch ehe er etwas sagen konnte, griff Vector ein.

»Am besten sprichst du mit denen, Sib.« Seine Ruhe stellte klar, daß er gänzliches Zutrauen zu dem früheren Datensysteme-Hauptoperator hegte. »Es wird sie zwar überraschen, wenn du antwortest, aber daran läßt sich nichts ändern. Morn, Davies und Angus kommen nicht in Frage, sie sind offiziell gar nicht anwesend. Und mir glaubt man in der Kommunikationszentrale bestimmt nicht. Ich bin bloß Genetiker. Und was Nick angeht ...« Phlegmatisch lächelte Vector. »Wie's aussieht, ist er für die nächste Zeit zu nichts zu gebrauchen. Folglich bleibst nur du übrig.«

Sib konnte sein Muffensausen nicht verbergen. Sein Gesicht schien bei der Erinnerung an früheres Versagen zu schwitzen. Trotzdem stärkte Vectors Zuversicht ihm ein wenig das Rückgrat. Oder vielleicht besann er sich darauf, daß Morn und Davies ohne seine Hilfe Nick nicht bezwungen hätten. Ungeachtet seiner Furchtsamkeit eilte er zur Kontrollkonsole des Ersten Offiziers.

Während Morn sich vorzustellen versuchte, auf was die Kommunikationszentrale warten mochte, aktivierte Sib das Mikrofon der Interkom.

Vector kannte kein Säumen. »Wenn du mir den Datenchip gibst«, sagte er zu Davies, »speise ich die kartografischen Informationen dem Bordcomputer ein. Das kann ich an der Auxiliarkommandokonsole erledigen. Dann sind wir dazu imstande, den Asteroidenschwarm wohlbehalten zu verlassen« – sein Blick fiel auf Angus –, »egal was passiert.«

Mit düsterer Miene reichte Davies ihm den Datenträger. Sofort setzte er die Arbeit an Angus' Rücken fort, bemühte sich, soviel Blut zu entfernen, daß er sehen konnte, was er am Interncomputer tat.

»*Posaune* an Kommunikationszentrale«, meldete Sib sich mit beinahe fester Stimme. »Bitte entschuldigen Sie die Verzögerung. Wir sind so gut wie startbereit.«

Vector lächelte ins Rund der Steuerbrücke. Dann strebte er zur Auxiliarkommandokonsole-Technikkontrollpult-Kombination.

»So kommt's mir ganz ordentlich vor«, murmelte Davies hinter Angus' offenem Rücken. Er nahm eine kleine Elektronikzange zur Hand, ergriff damit den Data-Nukleus. »Nun kann ich ihn eventuell einstöpseln, ohne daß er verkehrt herum steckt.«

Er hielt den Atem an, damit seine Hand nicht zitterte, und näherte den Data-Nukleus Angus' Interncomputer.

»*Posaune*, wer spricht da?« wünschte die Kommunikationszentrale in scharfem Ton zu erfahren. »Wo ist Kapitän Succorso?«

Morn kannte die Stimme des Sprechers nicht.

»Ich muß mich nochmals entschuldigen, Kommandant Retledge«, antwortete Sib. »Hier spricht Sib Mackern. Ich glaube, ich muß Ihnen die Situation erklären. Die Wahrheit ist« – mit etwas Mühe gelang es ihm, seine Zaghaftigkeit nach Verlegenheit klingen zu lassen –, »daß Kapitän Succorso und Dr. Shaheed leider nicht mit dem Feiern warten mochten. Sie sind in der Kombüse und schon halb betrunken. Vielleicht könnte ich den Kapitän dazu überreden, mit Ihnen zu sprechen, aber ich bezweifle ernsthaft, daß 's ihn jetzt interessiert, ob wir jemals ablegen.«

Sobald er einmal mit dem Schwatzen losgelegt hatte, stockte Sib nicht mehr. Er gewann an Selbstsicherheit. »Mikka Vasaczk behandelt ihren Bruder im Krankenrevier. Anscheinend hat er irgendein gesundheitliches Problem, von dem wir bisher nichts wußten. Es war plötzlich alles einfach zu anstrengend für ihn. Also bin bloß noch ich übrig. Sobald unsere Computersysteme Ihren Datenträger gelesen haben, sind wir zur Entgegennahme der Abflugdaten bereit.«

»Sie allein, Mr. Mackern?« Werkschutzleiter Retledge verheimlichte seine Ungläubigkeit nicht. »Sie wollen die *Posaune* allein fliegen?«

»So«, raunte Davies durch zusammengebissene Zähne. »Er ist drin.« Er richtete sich auf und schlang, ohne sich dessen bewußt zu sein, die Arme um den Leib, als bräuchte er Trost. »Kannst du mich hören, Angus? Hab ich's richtig gemacht? Kannst du erkennen, ob's so richtig ist?«

Angus regte sich nicht; gab keine Antwort. Er kauerte auf dem Deck, als hätte er sich in seine Exekution gefügt.

Der Entzug brachte Morns Magen zum Rumoren. Sie spürte, daß sie hyperventilierte. Sieh zu, daß wir endlich wegkommen, hätte sie Sib gerne gedrängelt. Sorg dafür, daß sie uns die Starterlaubnis erteilen. Aber sie wagte es nicht; sie durfte nicht riskieren, von der Kommunikationszentrale gehört zu werden.

»Kommandant Retledge«, entgegnete Sib, »die *Posaune* ist ein Interspatium-Scout, kein Erzfrachter oder Kriegsschiff.« Er sprach lauter, um Davies' Gemurmel zu übertönen. »Wie Sie aus den Registrierungsdaten ersehen können, ist lediglich eine zweiköpfige Besatzung nötig. Wenn Ihre Informationen stimmen, kann ich ihn im Schlaf aus dem Asteroidenschwarm fliegen.« Er schwieg, täuschte Bedenken vor. »Im Moment ist Kapitän Succorso alles egal«, fügte er dann hinzu, »aber wenn er wieder nüchtern ist, dürfte er vor Wut toben, falls ich seine Befehle nicht ausgeführt habe.«

Nick wirkte, als reagierte er auf die Nennung seines Namens. Er stöhnte leise, zog die Schultern hoch, als wollte er aufstehen. Doch der Versuch überforderte ihn, er sackte zurück aufs Deck.

Retledge bewahrte für einen ausgedehnten Moment Schweigen. »*Posaune*«, schnob er schließlich voller Mißmut, »wir halten uns bereit, um auf Ihr Wort hin den Ablegevorgang einzuleiten. Wenn Sie das Dock verlassen haben, übermitteln wir Ihnen die Abflugdaten. Kommunikationszentrale Ende.«

Aus den Brücken-Lautsprechern tönte leises Geknister; von da an blieben sie still.

»Gleich ist's soweit«, meinte Vector zu niemandem Bestimmtes.

Auf einmal bewegte Angus die Arme.

Morn fuhr zusammen; sie konnte es nicht verhindern. Vor Furcht kribbelten ihr die Nervenstränge.

Angus spannte die Muskeln. Er straffte den Rücken. Langsam stand er auf, stemmte sich zu voller Körpergröße empor. Man hätte ihn für eine Maschine halten können, die man soeben wiederangeschaltet hatte.

»Angus?« fragte Davies unsicher. »Angus …?«

Wie ein Stoßgebet entrang sich Angus' Brust ein unterdrücktes Ächzen. Erst klang es leise, dann lauter, während sein Herz schlug, er die Arme beugte; Muskelregungen zuckten längs seiner Wirbelsäule, als ob er Systeme checkte. Halt, halt! wollte Morn ihn ermahnen, brachte jedoch keinen Laut über die Lippen. Er zog sie in seinen Bann. Sie konnte nur dastehen und lauschen, während sein Stöhnen sich zu einem Brüllen steigerte, so kehlig und durchdringend wie das Heulen eines gequälten Tiers.

Mit einemmal sprang er von der Kommandokonsole weg, riß die Kabel heraus, so daß eine Wirrnis aus Blutspritzern und Drähten ihn umstob.

»Es funktioniert!« schrie er, als hätte ihn Tollwut gepackt. *»Es hat geklappt!«*

Morn trat einen Schritt näher auf ihn zu. Niemand anderes kam in Frage. Davies kniete noch, wo eben Angus gehockt hatte, zu schockiert, um handeln zu können. Sib und Vector blieben starr, als wären sie plötzlich gelähmt. Nick hätte sich irgendwie auf die Knie hochgewunden, aber weiter aufrichten konnte er sich nicht. Morn mußte Angus allein entgegentreten.

Sie hatte die Laserpistole in der Faust; wie aus eigenem Willen zielte die Hand mit der Waffe auf Angus' Kopf. »Woher soll ich wissen, daß es wirklich so ist?« Sie japste, als hätte sie die Kraft zum Atmen verloren. »Wie soll ich dir glauben?«

Angus lärmte nicht aus Wut, sondern aus wilder Freude, so roh und ungestüm wie Mord; unbezähmt wie pure Raserei. Seine Hände, blutig vom Befummeln des Data-Nukleus, ver- und entkrampften sich wie ein zerfetztes Herz.

»Probier's aus«, schnaubte er. »*Probier's* an mir aus.«

An ihm ausprobieren? Es drängte sie ausschließlich zu einem: sich umzudrehen und fortzulaufen. Nein, ihm einen Laserstrahl durch den Kopf zu schießen, ehe er eine Chance hatte, sich dagegen zu wehren. Unwillkürlich faßte sie die Waffe energischer. Aus dem Innersten ihres Wesens quollen Scham und Angst empor, flehten sie an, die Sensortaste zu drücken.

Wir machen es. Wir vertrauen dir.
Wir sind Polizisten.

»Isaak, ich berufe mich auf die Gabriel-Priorität.« Morn stieß jedes einzelne Wort wie ein Keuchen aus. »Senk den Kopf!«

Nick preßte ein Röcheln der Pein und des Betrogenseins heraus. »Du dreckiges Schwein ...«

Nachgerade außer sich vor Verzückung hob Angus statt dessen das Gesicht zur Decke.

»Ich bin frei.« Unbändige Erleichterung machte seine Stimme breiig, als ob er schluchzte. »Ich bin *frei*.«

»Du fiese Ratte.« Indem er an dem längeren Isolierband zerrte, das die Hand- mit den Fußfesseln verband, rappelte Nick sich hoch, bis er auf den Füßen stand. Seine Augen waren vor Schmerz glasig, die Stimme klang schwerfällig. »Elender Lump.« Er hatte kaum genügend Kraft zum Stehen, und die Fesseln ließen ihm kaum Bewegungsspielraum. Dennoch scheute er nicht den Aufwand, seine Verzweiflung zu artikulieren. »Hinterlistiges, mieses Stück Scheiße ...«

Morn beachtete ihn nicht. »Das ist nicht so, wie du's vorausgesagt hast«, hielt sie Angus vor. Ihr Arm fing zu beben an; sie konnte es nicht vermeiden. Die Mündung der Laserpistole zitterte über die Sichtschirme hinter Angus' Kopf. »Du hast behauptet, du könntest deine Prioritätscodes überschreiben, aber nicht die grundsätzliche Programmierung abändern. So hast du's dargestellt. Wie frei *bist* du jetzt *wirklich?*«

Angus verdrehte die Augen, als würde ihm wieder zum Losheulen zumute. Es hatte den Anschein, als ob Morns' Argwohn ihn peinigte oder sonstwie aufwühlte.

Schlagartig verlagerte sich seine Aufmerksamkeit auf Nick. Mit einem Knurren stürzte er sich auf ihn. Mit der Linken grapschte er nach Nicks Kragenaufschlag; sein Schwung und Kraft warfen Nick rückwärts, schmetterten ihn rücklings gegen das Schott.

Vorsätzlich ballte Angus vor Nicks Gesicht die Rechte, zielte mit den prothetischen Lasern auf seine Augen.

Nicht! dachte Morn. *Doch.* Nein!

Sie bescherte Nick mit einer Frage den Tod. Wie frei *bist* du jetzt *wirklich?* Sein Blut kam über sie.

Doch Angus aktivierte die Laser nicht. An der Faust zeichneten sich weiß die Fingerknöchel ab, unter der Haut sah man die enorm gespannten Sehnen hervortreten. Er krampfte die Faust zusammen, bis sie so stark wie Morns Hand schlotterte. Sein Wunsch, Nick zu töten, ließ sich seiner Miene so eklatant ansehen, als schrie er ihn heraus.

Aber die Laser blieben inaktiv.

»Siehst du?« Mit wüster Grobheit stieß er Nick von sich, wirbelte wieder herum zu Morn. Seine Stimme schwoll zu einem Grölen des Kummers und Widerspruchs an. »*Siehst du?* Ich kann's nicht. Ich kann ihn nicht mal *verdreschen.* Meine Programmierung *läßt nicht zu, daß ich VMKP-Mitarbeitern was zufüge.*«

Nick sank auf die Knie, kippte aufs Deck. Seine Augen stierten über die fahlen Narben der Wangen hinweg. Aus irgendeiner Tiefe seines Innern drang ein Geräusch über seine Lippen, das entfernt einem Lachen ähnelte.

»Los doch, komm«, flehte Angus. »*Probier's* aus! Du brauchst nicht da rumzustehen und zu glauben, ich hätte meine Vereinbarung mit dir nicht eingehalten.«

Allmählich mäßigte sich sein Tonfall zu einem bitteren Knurren. »Ich bin frei von *ihm.*« Sein Handrücken wies in Nicks Richtung. »Und ich bin frei von *dir.*« Sein dicker Zeigefinger fuhr wie zum Zustechen mitten auf Morns Brustbein zu. »Es ist dir unmöglich, mich so zu *benutzen,* wie er's getan hat. Aber von der gottverdammten VMKP bin ich nicht frei. Ich bin nicht frei von Warden Dios.« Angus' Augen zeugten von geradeso finsteren Erinnerungen wie Morns. »Ich werde von ihm und dem Halunken Hashi Lebwohl nicht mehr frei sein, solange sie leben. Gib mir 'ne Möglichkeit zu beweisen, daß ich mich an meine Zusagen halte. Die Versprechen, die mir wichtig sind. Sag mir, was ich tun soll.«

Unversehens stand Davies neben Angus, den Verbandskasten unter den Arm geklemmt. Morn hatte nicht bemerkt, daß er sich von der Stelle rührte. Ihre Aufmerksamkeit war zeitweilig dermaßen auf Angus konzentriert gewesen, daß nur er noch zu existieren schien.

»Als erstes könntest du mal stillhalten«, meinte Davies verdrossen. »Wenn ich deinen Rücken nicht behandle, verblutest du uns.«

Angus willigte weder ein, noch lehnte er ab. Er wartete auf Morns Antwort.

Davies schaute zu ihr herüber, entnahm dem Verbandskasten eine Tube Gewebeplasma und entleerte vom Inhalt einiges auf Angus' Wunde.

»Ich glaube ...«, fing Sib zögerlich an.

»Sag nichts«, fiel Vector ihm mit unvermuteter Schärfe ins Wort. »Das ist eine Angelegenheit zwischen den zweien. Du und ich haben in dieser Sache kein Recht zum Dreinreden.«

Morn wandte sich ab. Das Zittern, durch das sie vorhin beim Zielen behindert worden war, erreichte jetzt eine derartige Stärke, daß sie es nicht mehr ertragen konnte. Sie brauchte das schwarze Kästchen, ohne das Kontrollgerät war sie zu schwach, zu hinfällig. Angus hatte sie um zu vieles gebracht. Sie hatte den Entschluß gefaßt, ihm den Weg zur Freiheit zu ebnen: doch nun fühlte sie sich dazu außerstande, die Konsequenzen zu verkraften.

Doch als sie sich umdrehte, blickte sie in Nicks Augen.

Trotz seines angeschlagenen Kopfs und der Fesseln grinste er wie ein Totenschädel. »Du blöde Schlampe«, schimpfte er halblaut. »Ich sei 'n schlechter Kerl, glaubst du? Was nun kommt, ist viel schlimmer.«

Beim Anblick seiner verzerrten Miene und dem Klang seiner Stimme verhärtete sich etwas in Morns Gemüt: Es glich einem Nachhall der Entschlossenheit, die ihr die Entscheidung gestattet hatte, Angus zu helfen.

Wir trauen demjenigen, der die Programmierung deines Data-Nukleus vorgenommen hat. Ich glaube, es ist Warden Dios persönlich gewesen. Meine Ansicht ist, er versucht einen Weg zu fin-

den, um gegen Holt Fasner vorzugehen. Und falls es so ist, bin ich der Meinung, wir sollten ihn unterstützen.

Angus hatte niemandem etwas angetan, bevor er unter Nicks Kontrolle geriet.

Deine Mutter hätte sich retten können. Aber sie hat sich dagegen entschieden.

»Nur damit du Klarheit hast«, entgegnete sie Nick, indem sie seinen Blick erwiderte, »nicht Angus hat dir den Teppich unter den Füßen weggezogen. Zu so etwas war er gar nicht fähig. Er hatte keinerlei Aussicht, den Prioritätscodes je zuwiderzuhandeln. Es sind die Leute gewesen, die dir den Funkspruch geschickt haben.«

Erneut gab Nick dumpfe, unartikulierte Laute von sich; diesmal jedoch hörte es sich weniger nach Gelächter an.

Morn steckte den Laser weg; sie brauchte keine Waffe mehr. Ohne Waffe endete das Zittern ihrer Hand, konnte sie sich wieder Angus zuwenden.

»Ich will, daß du die Kommandokonsole übernimmst«, sagte sie zu ihm. »Sib muß mit der Kommunikationszentrale palavern, aber um das Schiff durch den Asteroidengürtel zu steuern, brauchen wir dich.« Da Davies, Sib und Vector zuhörten, ließ sie keinen Zweifel an ihrer Absicht. »Wir fliegen der *Sturmvogel* nach. Wahrscheinlich können wir sie ohne deine Hilfe nicht schlagen. Du bist auch weiterhin Kapitän dieses Schiffs.«

Vor Dankbarkeit bleckte Angus die Zähne, aber gab keine Antwort. Statt dessen ließ er Davies stehen und schwang sich in den G-Andrucksessel der Kommandokonsole. Die Bordmontur noch bis zur Taille heruntergestreift, Blut rings um die halbverschlossene Wunde, machte er sich daran, Befehle einzutippen, die die Systeme der *Posaune* in Betrieb setzten.

Nick lachte abermals, doch Morn kümmerte sich nicht darum. Um frischen Mut zu sammeln, sagte sie sich insgeheim eine Litanei der Hoffnung auf.

Ein Mann, der ihr Leid zugefügt hatte, lag gefesselt und hilflos da.

Die Restriktionen in Angus' Data-Nukleus hatten nach wie vor ihre Gültigkeit; er hatte die Freiheit zu tun, was Morn von ihm verlangte. Dies Geschenk war ihr seitens Warden Dios' zugefallen.

Ihr Sohn und ihre Kameraden hatten überlebt.

Vector kannte die Formel des Antimutagens.

Und die *Sturmvogel* hatte einmal *Liquidator* geheißen.

Vielleicht hatte Davies recht. Vielleicht war jetzt die Zeit anderer Jäger gekommen, um auf die Jagd zu gehen.

ERGÄNZENDE DOKUMENTATION

SPRACHE UND INTELLIGENZ DER AMNION

Im Verkehr mit den Amnion erwies sich mehr als in eventuell jeder anderen Periode der Menschheitsgeschichte die Sprache als das einzige praktikable Mittel der Verständigung.

Eine Verständigung war erforderlich für die Aushandlung von Wirtschaftsabkommen, die Festschreibung der Grenzen und die Beilegung von Meinungsverschiedenheiten – eben für das, was die Menschheit als ›Diplomatie‹ bezeichnete. Aus diesem Grund hatten die Amnion gelernt, die menschliche Sprache zu übersetzen, soweit sie nur konnten, und ihre eigene Sprache den Menschen zum Erlernen zur Kenntnis gegeben. Allerdings erfuhr die Menschheit buchstäblich nichts darüber, was der Amnionsprache zugrunde lag: den Menschen fehlte der Kontext.

Dieser Mangel bezog sich auf das gesamte Wahrnehmungsspektrum. Einerseits hatte die Menschheit keinen Begriff davon, wie ein Amnioni sinnliche Eindrücke erlebte. Was verursachte einem Amnioni körperliches Behagen? Was bereitete ihm Schmerz? Welche Angehörigen der Spezies waren für andere attraktiv? Andererseits hatten die Menschen auch keine Informationen über die amnionische Kultur. In welchem Verhältnis stand zum Beispiel der individuelle Amnioni zu seinem Nachwuchs? Hatten sie überhaupt Nachwuchs, oder wurde jeder Angehörige der Spezies auf irgendeine unpersönliche Weise quasi fabriziert? Pflegten die Amnion Künste? Ließ ihre gesellschaftliche Struktur Raum für imaginatives Schöpfertum? Wenn ja, wie sahen die Resultate aus?

Niemand wußte darüber Bescheid.

Die Amnionsprache war das einzige Instrument, um Aufschlüsse zu gewinnen.

Genausogut hätte man einen Feldstecher nehmen können, um die Wunder der Galaxis zu bestaunen. Das Instrument hatte für die gestellte Aufgabe weder die Reichweite noch die Präzision.

Zahlreiche Hindernisse türmten sich vor der Forschung auf; nicht zu den geringsten davon zählte die Tatsache, daß die Amnion sich untereinander bei der Verständigung keineswegs ausschließlich auf sprachliche Laute stützten. Vielmehr spielten auch die zielgerichtete Freisetzung und Anwendung von Pheromonen, und wahrscheinlich auch, wie manche Theoretiker behaupteten, Lichtschattierungen und Farben, eine maßgebliche Rolle.

Doch welche genaue Funktion übten Pheromonsignale aus? Bildeten sie ein Analogon zur ›Körpersprache‹ der Menschen – eine mehr oder weniger bewußte Form des Posierens –, oder umfaßten sie einen bedeutungstragenden Code? Traf ersteres zu, hatten sie zweitrangige Wichtigkeit: Übersetzung und Dolmetschen konnten bewältigt werden, ohne sie zu berücksichtigen. War allerdings letzteres der Fall, hatten sie für das gegenseitige Verständnis wesentliche Relevanz.

Zudem konfrontierte es mit immanenten Schwierigkeiten, für die gedankliche Begriffswelt solcher Aliens annähernd akkurate Definitionen oder Vergleiche zu finden. Eben die konkreten Schranken des Definierens, die die Tauglichkeit oder Bereicherungen einer Sprache ausmachten, verursachten einer Spezies Verständigungsschwierigkeiten. Ein derartiger Fall war die bei den Amnion übliche Bezeichnung eines Kriegsschiffs als ›Defensiv-Einheit‹. Gab ›Defensiv-Einheit‹ wirklich das treffendste menschliche Wort ab, das die Amnion finden konnten, um die intendierte Funktion eines ihrer Kriegsschiffe zu beschreiben? Betrachteten die Amnion ihren genetischen Hegemonismus als eine Form der ›Verteidigung‹? Oder bildete das Wort nur ein Beispiel für die rhetorischen Euphemismen, die Diplomaten und Politiker bevorzugten – ein Versuch, durch sprachliche Manipulation eine Drohung zu beschönigen?

In solchen Fragen wäre Präzision nützlich gewesen. Leider blieb sie unerreichbar.

Eine der kritischsten Erscheinungen bei den Verständigungsschwierigkeiten bestand aus dem Fehlen von Personalpronomen in der Amnionsprache. Wenn amnionische Diplomaten oder andere ›Entscheidende‹ Verlautbarungen vortrugen, nahmen sie keinerlei Bezug auf sich selbst als Individuen. Sie kannten keinen privaten Terminkalender, brachten keine persönlichen Wünsche zum Ausdruck. Ohne Rücksicht auf die Tragweite der zu diskutierenden Themen vertraten sie entweder den Standpunkt der Amnion oder hatten gar keine Meinung. Nur ehemalige Menschen, die durch Amnion-Mutagene unvollständig transformiert worden waren, verwendeten Wörter wie ›ich‹, ›mir‹, ›mich‹ etc.

Ein ähnlich schwerwiegendes Problem warf der allem Anschein nach in der Amnionsprache feststellbare Mangel an abstrakten, der Menschheit liebgewordenen Konzeptionen auf, darunter Begriffen wie ›Gut‹, ›Böse‹, ›Gerechtigkeit‹, ›Barmherzigkeit‹ und ›Treue‹. Theoretisch war es denkbar, daß die Amnion derlei Werte hatten, aber sich darüber ausschließlich durch Pheromone verständigen konnten. Möglicherweise galten sie bei ihnen auch als zur Intimsphäre gehörig oder zu entblößend, um sprachlich behandelt zu werden.

Im Gegensatz dazu wirkte die Verwendung von Personalpronomen – wenigstens nach menschlichen Begriffen – gleichermaßen so naheliegend normal, dermaßen vielseitig nützlich und derartig praktisch, daß jede Sprache, die darauf verzichtete, einen beinahe unerträglich umständlichen und restriktiven Eindruck erregte.

Was implizierte das Fehlen von Personalpronomen über die Natur der Amnionintelligenz und Denkmuster oder den Charakter des amnionischen Strebens?

Diese Fragen hatten eine eminente Wichtigkeit, weil die

Menschheit keinen Anlaß dazu sah, die Gegebenheit eines genetischen Hegemonismus der Amnion anzuzweifeln. Und wenn man die Amnion nicht durchschaute, wie könnte man sie dann in einem kriegerischen Konflikt besiegen?

Alle Bemühungen, die bekannten Eigenschaften der Amnionsprache zu interpretieren, stützten sich auf entweder die eine oder die andere zweier unterschiedlicher Hypothesen, von denen jede ihre Anhänger und Gegner hatte, jede hinsichtlich des Umgangs der Menschheit mit dem Bannkosmos ihre besonderen Implikationen aufwies.

Die eine Hypothese postulierte das Vorhandensein eines ›Kollektivbewußtseins‹ der Amnion. Indem sie Analogien zu gewissen Insektenarten zog, behauptete diese Theorie, sämtliche Amnion seien Teil einer gemeinschaftlichen Intelligenz, die ihr materielles Zentrum oder ihren Nexus – quasi die ›Königin‹ – irgendwo fern im von den Amnion beherrschten Weltall hätte. Einzelne Mitglieder oder Bestandteile dieser Kollektivintelligenz führten zwar eine gesonderte körperliche Existenz, hätten jedoch keine eigenständigen Gedanken und keinen eigenen Willen. Vielmehr sei jedes Mitglied im Effekt nur ein Neuron oder Ganglion des Kollektivs, übertrüge Informationen nach innen und setzte den Kollektivwillen nach außen in Handlungen um.

Vertreter dieser Theorie benutzten sie gern, um zu erklären, warum der erste Mensch, an dem ein Experiment mit Amnion-Mutagenen durchgeführt worden war, den Verstand verloren hatte. Während die Frau, die sich für das Experiment freiwillig gemeldet hatte, transformiert wurde, sei sie wahnsinnig geworden, weil die Distanz – falls es keine andere Ursache gab – die neue Amnioni vom Ursprung ihrer Identität und des Daseinssinns abgeschnitten hätte. Im Rahmen der Kollektivbewußtsein-Hypothese betonte man sehr eine Anzahl von Berichten, denen zufolge manche Menschen gehört haben wollten, wie Amnion eine Entität, ein Konstrukt oder eine Konzeption mit der Bezeichnung ›Geist-Gemeinschaft‹ erwähnten. Was sollte damit gemeint sein, lautete das Argument, wenn nicht die ›Königin‹ des amnionischen ›Ameisenstaats‹, der Mittelpunkt von Intelligenz und Intention der gesamten Spezies?

Traf die Kollektivbewußtsein-Hypothese zu, wäre es die erfolgversprechendste Strategie der Menschheit gegen die Amnion gewesen, den Sitz der ›Geist-Gemeinschaft‹ zu lokalisieren und sie auszumerzen. Ohne ihre ›Königin‹ verfiele die komplette Spezies in einen Zustand des Irrsinns.

Die zweite Hypothese unterstellte hinterhältigere Verhältnisse und war deshalb auf gewisse Weise furchterregender. Ihre Befürworter verwarfen die Auffassung, die ›Geist-Gemeinschaft‹ könnte eine physische Entität oder ein materieller Nexus sein; vielmehr sahen sie darin eine abstrakte Anschauung, eben das Äquivalent von Wörtern wie ›Gut‹ und ›Böse‹, mit denen Menschen ihr Handeln begründeten. Und sie widersprachen der Einschätzung, daß die Frau, der als erstem Menschen ein Amnion-Mutagen injiziert worden war, den Verstand infolge des Getrenntseins von der ›Geist-Gemeinschaft‹ verloren hätte: sie vertraten die Ansicht, die Ursache der Geistesstörung sei darin zu erblicken, daß das Mutagen sie der genetischen Identität beraubt hätte.

Diese andere Hypothese besagte, Motivation und Aktionen der Amnion gingen nicht von einem ›Kollektivbewußtsein‹ oder einem ›Ameisenstaat‹ aus, sondern von den grundlegenden Codierungen der Nukleotide ihrer RNS. Sie hätten aus dem gleichen Grund keine den menschlichen Vorstellungen ähnlichen, abstrakten Begriffe, aus dem sie keine Personalpronomen kannten: sie brauchten keine. Ihr Imperialismus sei sowohl in inhaltlicher Beziehung wie auch der Form nach genetischer Natur; im Ursprung ebenso wie im Effekt. Mit dem menschlichen Drang zur Fortpflanzung zu vergleichende Imperative bewegten sie zum Handeln. Treibende Elemente, die gleichzeitig fundamentaler, allumfassender und plausibler seien, als die Direktiven einer enorm fernen ›Königin‹, die zudem einen beispiellos homogenisierenden Einfluß haben müßte, würden aus den Amnion eine Gemeinschaft schmieden und sie zu Taten drängen.

Kein ›chirurgischer Schlag‹ irgendwo im Bannkosmos, wandten die Meinungsführer der Theorie vom genetischen Imperativ ein, könnte die von den Amnion ausgehende Bedrohung in relevantem Umfang vermindern. Die buntscheckige und vielfältige Reichhaltigkeit des Lebens in der Galaxis sei niemals in Sicherheit, solange man nicht die Existenz jedes einzelnen Amnioni ausradiert hätte.

HASHI

Während er durch die Korridore des VMKP-HQ zur Reede schlurfte, dachte Hashi Lebwohl über die Quantenmechanik der Realität nach. Werner Heisenberg, dieser sonderbare Mensch, hatte die Wahrheit konstatiert, als er – seiner Zeit um Jahrzehnte voraus – das Postulat äußerte, Position und Geschwindigkeit eines Elektrons könnten nie gleichzeitig bestimmt werden. Wenn man wußte, wo sich ein bestimmtes Partikel befand, ließ sich seine Bewegung nicht bestimmen. Quantifizierte man seine Bewegung, konnte man nicht mehr seine Lokation ermitteln. Das eine Wissen schloß das andere aus: Auf ähnliche Weise behinderte bisweilen die Bemühung, die Realität zu verstehen, daß man sie durchschaute. Und doch hätte die Menschheit ohne die Mühe des Erkennens nie erfahren, daß es überhaupt Elektronen gab; daß die verläßliche Festigkeit des Makrokosmos von den undefinierbaren Aktivitäten im Mikrokosmos abhing.

Hashi selbst agierte wie eine Art von atomarem Partikel, veränderte die Wirklichkeit, indem er sich bewegte; er schuf neue Tatsachen und negierte alte Fakten, während er in seinen schäbigen Schuhen mit den offenen Schnürsenkeln zu der Astro-Parkbucht latschte, in der das Shuttle nach Suka Bator wartete.

Diese Metapher gefiel ihm. Normalerweise maß der Direktor der VMKP-DA-Abteilung der Wahrheit keinen erhöhten Stellenwert bei. Trotzdem erübrigte er für sie gewaltige Bewunderung. In seinen Augen war das wechselhafte, aber nahtlose Fließen von Sachverhalten und ihren Deutungen, das die Realität konstituierte, ein prozeßartiger Vorgang von überragender Schönheit.

Er machte sich auf den Weg, um gewisse Wahrheiten aufzuklären und dadurch andere Wahrheiten zu eliminieren.

Niemand hatte ihn aufgefordert, mit Koina Hannishs RÖA-Shuttle zur Erde hinabzufliegen und an der nächsten Sitzung des Erd- und Kosmos-Regierungskonzils teilzunehmen. Die Öffentlichkeitsarbeit zählte nicht zu seinen Dienstpflichten. Was geschah, wenn sich das EKRK zu einer Sondersitzung traf, um Kapitän Vertigus' bislang geheime Vorlage des Abtrennungsgesetzes zu debattieren, ging Hashi Lebwohl nichts an.

Genausowenig fiel die Sicherheit auf Suka Bator in seine Zuständigkeit. Warden Dios hatte in offenkundiger Verärgerung die Aufgabenstellung ins kummervolle Gesicht geschleudert, die VMKP-Untersuchung der terroristischen Anschläge weiterzubetreiben, die Godsen Frik und beinahe auch Kapitän Sixten Vertigus das Leben gekostet hatten.

Doch solche Erwägungen hielten Hashi Lebwohl nicht zurück. Ungeachtet der Tatsache, daß er gegenwärtig die Verantwortung für ganz andere Angelegenheiten hatte, zog er seine Id-Plakette und sonstige Legitimationen aus der Tasche, zeigte sie am Dock wie eine Handvoll Spielkarten den verdutzten Posten vor und stieg, als hätte er dazu jedes Recht, unter fortwährendem Schwatzen in den Raumflugkörper.

Immerhin war er der Direktor der VMKP-Abteilung Datenakquisition, und ihm zu widersprechen empfahl sich nicht. Er durfte davon ausgehen, daß das VMKP-HQ-Sicherheitspersonal ihm nie etwas ablehnte. Statt dessen nahm es in solchen Situationen mit Warden Dios Rücksprache. Sollte Hashi Lebwohls Verhalten von Warden Dios mißbilligt werden, konnten die Wächter ihm immer noch am Zielort das Verlassen des Shuttles verwehren.

Er glaubte nicht, daß Warden Dios seine Absicht beanstandete. Trotz des unglückseligen Kontrakts, den er Darrin Scroyle, dem Kapitän der *Freistaat Eden*, zugeschanzt hatte, unterstellte er – oder vielleicht hoffte er es einfach –, daß Dios ihm nach wie vor Vertrauen entgegenbrachte.

Unaufhörlich kombinierten und rekombinierten sich subatomare Partikel und schufen neue Tatsachen, neue Realitäten; neue Wahrheiten. Hashi hatte vor, Dios' Vertrauen zu rechtfertigen. Ergab sich das Erfordernis, daß der DA-Direktor dafür sich selbst einem Risiko aussetzte, scheute er es nicht.

Ob genehmigt oder nicht, seine Teilnahme an der EKRK-Sitzung bedeutete eine Gefährdung. Koina Hannish hatte ihm von Kapitän Vertigus eine Warnung übermittelt. *Richten Sie Direktor Lebwohl aus, daß ich befürchte, es gibt einen weiteren Anschlag.* Angeblich hatte sie die Äußerungen des Kapitäns wörtlich wiederholt. *Während der kommenden Konzilssitzung. Machen Sie ihm klar, wenn er sich je als echter Polizist verstanden hat, wenn ihm die Sauberkeit der VMKP wichtig ist oder er im Human-Kosmos Recht und Gesetz herrschen haben will – oder von mir aus, wenn er nur seinen Ruf wahren möchte –, muß er um jeden Preis Kaze aus dem Beratungssaal fernhalten.*

Hashi wiederum hatte den OA-Sicherheitschef über die Warnung informiert, den Mann, der zur Zeit die Verantwortung für den Schutz des Konzils trug. Manche Leute hätten Kapitän Vertigus' Wink womöglich als Panikmache eines senilen Alten abgetan. Hashi Lebwohl sah die Sache anders. Nach seiner Einschätzung war jemand, der Godsen Frik als des Ermordens wert erachtete, zu allem fähig.

Aber natürlich wäre der Nichtsnutz und Widerling Godsen Frik nicht ums Leben gekommen, hätte er dem Ruf des Drachens gehorcht; hätte nicht Warden Dios, anscheinend um ihn zu schützen, seine Bewegungsfreiheit aufs VMKP-HQ beschränkt. Ein faszinierendes Zusammenfallen voller bemerkenswerter Implikationen und Unklarheiten. Wüßte man, welche Ereignisse geschahen, könnte man absehen, wohin sie führten. Wüßte man, wohin sie führten, könnte man sie nicht mehr erkennen.

Sixten Vertigus' Warnung lieferte Hashi Lebwohl einen Anlaß, aus dem er beschlossen hatte, an der Konzilssondersitzung teilzunehmen.

Ein zweiter Grund war, daß er mit Koina Hannish zu

sprechen beabsichtigte, Dios' neuer VMKP-RÖA-Direktorin.

Er erregte ihre Aufmerksamkeit, als er die Passagierluke des Shuttles durchquerte. Sie las in einem Bündel Computerausdrucken, zweifellos Informationen, die sie auf ihre erste VMKP-Sitzung vorbereiten sollten. Aus Verblüffung schaute sie ihn aus großen Augen und mit leicht geöffneten Lippen an. Ihre natürliche Anmut jedoch ließ sie nicht im Stich; sie mochte verdutzt sein, aber ihr blieb keineswegs – wie der gute, alte, inzwischen verewigte Godsen Frik sich ausgedrückt hätte – ›die Spucke weg‹. Ihre Miene blieb beherrscht, als Lebwohl auf den Platz neben ihr zutappte, sich hineinwarf und den Kopf auf die Schulter neigte, um sie über seine schmutzigen Brillengläser hinweg anlinsen zu können. Sie lächelte sogar, allerdings nur mit den Mundwinkeln.

»Direktor Lebwohl«, sagte sie halblaut, »Sie versetzen mich in Erstaunen. Bringen persönliche Gründe Sie zu mir, oder sind Sie der Meinung« – sie wedelte mit dem Bündel Papieren –, »meine Informationen seien unzureichend? Dann müßten Sie sich leider mit der Unterweisung kurz fassen.« Sie blickte aufs Kabinenchronometer. »Wir sollen in zwei Minuten ablegen.«

Bevor er antwortete, schenkte Hashi ihr sein freundlichstes Grinsen, jenes nämlich, mit dem er wie ein wohlwollender, lustiger und leicht irrer Onkel aussah. »Meine liebe *Direktorin* Hannish« – humorig betonte er ihren Rang –, »ich würde mir niemals anmaßen, Ihnen *kurzgefaßte* Unterweisungen zuzumuten.« Das war ein Späßchen: ihm wurde häufig nachgesagt, er wäre zum Sichkurzfassen unfähig. »Sie wissen über Ihre Aufgaben viel besser als ich Bescheid. Und ich würde Sie zu einem solchen Zeitpunkt nie mit persönlichem Kram belästigen.«

Er verstummte und schwieg, als hätte er damit eine hinlängliche Erklärung von sich gegeben.

An der Vorderseite der Passagierkabine stand ein OA-Sicherheitsmitarbeiter und ließ den Blick über Hashi Lebwohl, Koina Hannish und die übrigen Fluggäste schweifen:

Außer den beiden flogen zwei Untergebene der RÖA-Direktorin, ein Sicherheitsdienst-Kommunikationstechniker sowie der Vize-Sicherheitschef Forrest Ing mit. Merklich voller Unbehagen räusperte sich der Mann. »Direktor Lebwohl«, sagte er, »es dürfte besser sein, Sie schnallen sich an. Wir haben Starterlaubnis und legen ab, sobald die Luken dicht sind.«

Hashi zwinkerte, als wäre der Ratschlag ihm unbegreiflich. Dann jedoch schnaufte er, als wäre bei ihm gerade der Groschen gefallen, und tastete nach den Gurten des Andrucksessels. Sobald er sich festgeschnallt hatte, schmunzelte er Koina Hannish nochmals zu.

»Ich habe viel zu lange hier im VMKP-HQ in meiner Bude herumgehockt. Da vergißt man leicht die alltäglichen Kleinigkeiten des Reisens.«

Koina Hannishs Mund hatte einen ernsteren Ausdruck angenommen. Für einen Moment musterte sie Hashi versonnenen Blicks. »Ich warte, Direktor Lebwohl.« Ihre Stimme klang neutral, weder nach Aufmunterung noch nach Ungeduld.

»Keine Bange«, entgegnete Hashi, als wäre er der Hofnarr des VMKP-HQ. »Das Shuttle fliegt bestimmt zur festgelegten Uhrzeit ab.«

Als wäre damit ein Stichwort gefallen, drückte der Sicherheitsdienstler, indem er aufs Blinken einer Leuchtfläche reagierte, an der Kontrolltafel Tasten; sofort rollte die schwere Luke zu. Mit hörbarem Wumsen schlossen sich Verriegelung und Abdichtung. Der Mann nahm einen kurzen Systemtest vor und schnallte sich anschließend in seinen G-Andrucksessel.

Maschinengebrumm durchdröhnte den Rumpf. Für den Shuttle-Antrieb war es noch zu früh. Ein Teil des dumpfen Gerumpels stammte vom Startkatapult des Docks, im VMKP-HQ-Jargon ›die Schleuder‹ genannt, das das Shuttle ins Dunkel des Alls hinausbefördern sollte. Den Rest der herben Geräuschkulisse erzeugten die großen Servomotoren, die das Hangartor zum Weltraum öffneten.

In diesen Lärm knisterte aus der Interkom eine Stimme. »Achtung, Achtung, Start in dreißig Sekunden. Beschleunigung zwo Ge.«

Zwo? dachte Hashi Lebwohl. Hui. Es gab keine theoretische Begründung, weshalb das Startkatapult das Raumfahrzeug nicht sanft wie auf einem Kissen, so daß man den Andruck gar nicht spürte, ins Vakuum entlassen könnte. Koina Hannish hatte es eilig.

Flüchtig fragte sich Hashi, ob er eigentlich noch gesund genug war, um mit einer Gewalt in den Sitz gewuchtet zu werden, die seinem doppelten Körpergewicht entsprach. Dann grinste er. Es war nämlich zu spät, um sich darüber Gedanken zu machen: viel zu spät. Als wäre er auf die Brille angewiesen, nahm er sie von der Nase und zwischen die Hände, damit sie ihm nicht vom Gesicht gerissen wurde.

Sobald man den Andruck spürte, faßte Koina Hannish ihr Bündel Blätter fester; darüber hinaus merkte man ihr keine Probleme an.

Dann war das Startmanöver vorüber: Das Shuttle entfernte sich vom VMKP-HQ. Schwerelosigkeit packte Hashis Magen, so daß er ihm zur Kehle heraufzuschweben schien, ein widerwärtiges Gefühl, das jedoch endete, wenn das Raumfahrzeug unter den Einfluß der Erdschwerkraft geriet. Lebwohl fiel auf, daß er die Luft anhielt. Langsam atmete er aus. Eine Art von mentaler Inspektionsinstanz teilte ihm mit, daß seine Organ- und Körperfunktionen so gut abliefen, wie es unter diesen Umständen zu erwarten war.

Er setzte sich die Brille wieder auf die Nase und widmete seine Beachtung erneut der RÖA-Direktorin.

Sie betrachtete ihn, als wäre ihre Unterhaltung nie unterbrochen worden. »Ich warte darauf«, stellte sie gelassen klar, »daß Sie mir verklickern, warum Sie an Bord sind.«

Beifällig nickte Hashi Lebwohl. Ihn vergnügte die Undurchschaubarkeit ihrer Fassade. Sie wuchs mit den Herausforderungen ihrer neuen Position. Binnen weniger Tage hatte sie ein stärkeres Selbstbewußtsein entwickelt. Sie wirkte entschiedener und konzentrierter. Entfaltete sie sich so weiter, mußte sie bald ein Dutzend Godsen Friks wert sein.

»Schön«, antwortete er, »dann will ich's Ihnen verraten. Die Wahrheit ist« – Wahrheit: was für ein allgegenwärtiges, vielseitiges Wort –, »daß mir ein, zwei kleinere Fakten bekannt sind, über die Sie meiner Meinung nach einmal nachdenken sollten. Hauptsächlich bin ich allerdings hier« – er wies auf den G-Andrucksessel – »statt anderswo, weil ich hoffe, Sie können *mir* zu ein paar Aufschlüssen verhelfen.«

Mit ausdrucksloser Miene wölbte Koina Hannish die Brauen, ohne etwas zu entgegnen.

»Wissen Sie«, erklärte Hashi, »ich habe vor, die nun bevorstehende, voraussichtlich ebenso einzigartige wie ungewöhnliche Sonderssitzung unseres hochgeachteten Erd- und Kosmos-Regierungskonzils zu besuchen. Es ist denkbar, daß die ehrenwerten Konzilsdeputierten den Wunsch verspüren, mir Fragen zu stellen.« Das jedoch war der belangloseste der Gründe für seinen Flug zur Erde; indes fühlte er sich nicht gezwungen, auch seine sämtlichen anderen Beweggründe zu nennen. Allgemein war bekannt, daß Sonderbevollmächtigter Maxim Igensard permanent auf der bedingungslosen Forderung beharrte, Hashi Lebwohl mit weiteren Fragen piesacken zu dürfen. »Natürlich sind meine Auskünfte profilierter – oder vielleicht sollte ich der Einfachheit halber sagen, besser auf die VMKP-Politik abgestimmt –, wenn ich mich vernünftig darauf einstelle. Und ich bin davon überzeugt, meine liebe Koina, daß Sie dazu befähigt sind, mich vernünftig vorzubereiten.« Er legte eine kaum wahrnehmbare Pause ein. »Falls Sie die Güte hätten.«

Zeichnete sich auf Hannishs Gesicht ein Stirnrunzeln ab? Sicher war Lebwohl nicht. Ihm fehlte Warden Dios' künstlich optimalisierte Sicht; er vermochte die Spannung im Muskelspiel unter Koinas Haut nicht zu deuten. Trotzdem ließ die Anspannung hinter ihrer nächsten Frage sich keinesfalls überhören.

»Weiß der Polizeipräsident von Ihrem Ausflug?«

Was sich dahinter verbarg, war unmißverständlich. Billigt er Ihr Vorgehen? wünschte sie zu erfahren. Hat er Sie geschickt?

»Leider nicht«, gab Hashi Lebwohl zu, blieb unvermindert gleichmütig. »Seit einiger Zeit hat er zuviel zu tun, um mit mir zu sprechen. Das heißt« – augenblicklich schränkte er seine Einlassung ein –, »ich vermute, daß er zu beschäftigt war. Man kann unzweifelhaft erkennen, daß die ihm unterstehenden Abteilungen ihre Pflichten in der gewohnten Weise erfüllen. Aber folgert daraus zwangsläufig, daß Warden Dios viel zu tun hat? Vielleicht nicht. Ich kann nur sagen, daß er es in letzter Zeit unterlassen hat, mit mir zu reden.«

Damit erzählte er nicht alles, aber hielt sich an faktische Tatsachen. Hashi dachte gar nicht daran, der RÖA-Direktorin in dieser Hinsicht einen Vorwand zu Klagen zu geben.

»Aber Sie fliegen trotzdem?« fragte sie.

»Meine liebe Koina« – wäre seine Fähigkeit zum Lächeln einem Regler angeschlossen gewesen, hätte er ihn jetzt höher eingestellt –, »in meine heutige, hohe Position bin ich nicht gelangt, weil ich gezögert hätte, die Initiative zu ergreifen oder mir Verantwortung aufzubürden.«

Hannish nickte bedeutungsvoll. Zweifelsfrei war auch sie sich dessen bewußt, in welche Unnahbarkeit Warden Dios sich seit kurzem hüllte. Seit seinem kürzlichen Besuch bei Holt Fasners Firmensitz war er im wahrsten Sinne des Wortes unerreichbar geworden, verkehrte mit DA, RÖA, ja sogar der OA fast ausschließlich mittels Untergebener. Hashi Lebwohl hatte den absonderlichen Eindruck, daß Dios sich versteckte, sich allein mit seinen Sorgen plagte, während er auf irgendeine Offenbarung oder Entwicklung wartete, die in sein dunkles Spiel mit dem Drachen oder gegen den Drachen Licht brachte.

Dieser Eindruck vertiefte Lebwohls Bedauern, das ihm die Kenntnis bereitete, daß sein Kontrakt mit der *Freistaat Eden* Warden Dios Schaden zugefügt hatte; es grämte ihn sowohl, daß er unabsichtlich dem Polizeipräsidenten einen Bärendienst erwiesen hatte, der sich nicht rückgängig machen ließ, wie auch, daß es ihm mißlungen war, Dios' Betreibungen in ihrer vollen Komplexität zu erfassen. Nach den eigenen Maßstäben hatte er seinen Polizeipräsidenten stets treu und ehrlich unterstützt. Aber Dios wollte, daß Morn Hyland am Leben blieb, obschon Hashi auf die Möglichkeit aufmerksam gemacht hatte, daß sie in mehr als nur einer Hinsicht eine Kaze abgab.

Hashi Lebwohl war die Vorstellung, daß irgendeines Menschen Geist tiefer erwägen oder weiter blicken könnte als sein Verstand, nicht gewöhnt. Der bloße Gedanke daran beunruhigte ihn nachhaltig. Er empfand das nagende Bedürfnis, irgendwie zu beweisen, daß sein Denken und Handeln Warden Dios' Intentionen gerecht wurde.

Und das war der eigentliche Grund, warum er das Shuttle nach Suka Bator bestiegen hatte.

Koina Hannish ahnte naturgemäß nichts von seinen geheimen Kümmernissen.

»Trotzdem weiß ich nicht genau«, erwiderte sie grüblerisch, »ob es richtig von mir wäre, Sie in zusätzliche Sachverhalte einzuweihen.« Das Wort ›zusätzliche‹ war überflüssig, lediglich ein feiner Hinweis darauf, daß sie ihn schon einmal über gewisse Fakten und Geheimnisse in Kenntnis gesetzt hatte. »Wäre der Polizeipräsident daran interessiert, daß Sie an der Sitzung teilnehmen, hätte er es Ihnen bestimmt mitgeteilt.«

Fahrig fuchtelte Hashi mit den Händen, als ob Hannishs Skrupel ihm keine Verlegenheit verursachten. »Meine liebe Koina, ich traue Ihrem Urteil hundertprozentig. Lassen Sie mich zu Ihnen als Beweis meines guten Willens über diese kleinen Neuigkeiten plaudern, ohne all das zu erwähnen, was unser ach so schwer vermißter Godsen Frik den ›Haken an der Sache‹ genannt hätte, und dann können Sie frei entscheiden, ob Sie im Gegenzug meine Fragen beantworten möchten.«

Sie kränkte ihn nicht mit der Frage: Und es stört Sie nicht, daß Dritte zuhören? Mittlerweile mußte sie ihn gut genug kennen, um zu ersehen, daß er nicht aus Achtlosigkeit so handelte, auch wenn sie sich wahrscheinlich nicht denken konnte, aufgrund welcher Überlegungen ihm daran gelegen sein sollte, seine Erörterungen mit ihr in gewissem Sinn ›öffentlich‹ zu führen. »Ein fairer Vorschlag«, sagte sie statt dessen leise und wartete auf das Kommende.

»Sind Sie mit Lane Harbinger bekannt?« fragte Lebwohl.

Koina schüttelte den Kopf. »Der Name ist mir geläufig. Sie ist die Enkelin Malcolm Harbingers. Aber wir sind uns nie persönlich begegnet.«

»Schade«, bemerkte Hashi ironisch. »Sie haben vieles gemeinsam.« Doch schon unterdrückte er vorsichtshalber seine humorige Anwandlung. Lane Harbinger war eine nervöse, umtriebige Frau und verkörperte nahezu das direkte Gegenteil der RÖA-Direktorin, und er hatte sich Hannish gegenüber zu einer Haltung faktenbezogener Wahrheitstreue entschlossen. »Aber das ist im Moment belanglos. Es geht mir um ihre aktuellen Arbeitsergebnisse. Sie hat nach Godsen Friks Ermordung im Auftrag der Datenakquisition das Indizienmaterial analysiert, das wir am Tatort gefunden haben.«

Er spürte hinter sich Bewegung. In den Augenwinkeln gewahrte er, daß Forrest Ing in einen näheren G-Andrucksessel überwechselte, um besser hören zu können. Der OA-Sicherheitsdienst – die gute Min Donner und all ihre rauhbeinigen, fleißigen Helferlein – hatte nämlich keine Indizien entdeckt.

»Bei gewissenhafter Untersuchung des Büros Ihres früheren Vorgesetzten«, erklärte Hashi, ohne zu stocken, »sind wir auf ein winziges Bruchstück der Id-Plakette des Kaze gestoßen. Um genau zu sein, auf ein winzigkleines Fragment des KMOS-SAD-Chips der Plakette.« Verstehen Sie auch alles, Vize-Sicherheitschef Ing? Diese Einzelheiten sind in Berichten enthalten, die die DA-Datenverwaltung inzwischen an die Operative Abteilung weitergeleitet hat. »Seitdem ist Lane Harbinger damit beschäftigt gewesen, die

Daten zu exzerpieren, die in diesem Teilchen des Chips vorhanden geblieben sind. Sind Sie an technischen Details interessiert?« Seine Frage war rein betulicher Art.

Koina Hannish schüttelte nochmals den Kopf. »Dann will ich Ihnen die Ergebnisse kurz und bündig erläutern«, versprach Hashi. »Schlicht ausgedrückt, ein KMOS-Chip verändert seinen Zustand – oder, im Fall eines KMOS-SAD-Chips, ergänzt ihn –, wenn ein dafür geeignetes Signal auf Ab- und Zuleitung einwirkt. Gelesen wird der Chip durch umgekehrte Einwirkung. Bedauerlicherweise fehlen diesem *derartig* winzigen Fragment« – er legte Daumen und Zeigefinger aneinander, um die Kleinheit des Fundstücks anzudeuten – »diese Eigenschaften, also Ab- und Zuleitung. Weil deswegen die normalen Methoden zum Lesen des Chips nicht anwendbar sind, war Lane Harbinger zur Improvisation gezwungen. In den vergangenen Stunden, meine liebe Koina, hat sie sich selbst übertroffen. Um Sie nicht mit technischen Finessen zu langweilen, möchte ich lediglich feststellen, daß sie Mittel ersonnen hat, um das Bruchstück mit anderen, lesbaren Chips zu verbinden. Auf diese Weise hat sie Zugriff auf den Inhalt des Chips erhalten.«

Koina Hannish hob die zierlichen Brauen, um ihr Interesse zu zeigen, aber unterbrach ihn nicht. Hashi fühlte, wie sich hinter seinem Rücken Forrest Ing näher beugte.

Lebwohl schmunzelte und verlegte sich aufs Lehrerhafte.

»Wie Sie sich wohl denken können, ist der Inhalt so bruchstückhaft wie der Chip selbst. Allerdings ist der Restinhalt bemerkenswert, sogar äußerst bemerkenswert. Zweifellos ist Ihnen bekannt, daß wir, die Vereinigte-Montan-Kombinate-Polizei, der einzige Produzent von KMOS-SAD-Chips sind, den die Menschheit hat. Zudem sind die VMKP und das Regierungskonzil die einzigen legitimen Benutzer solcher Chips. Jede Anwendung hat entweder mit der einen oder anderen Institution zu tun. Der eigentliche Hersteller ist jedoch ein Unternehmen mit dem kuriosen Namen Anodynum-Systemwerke. Bestimmt ist Ihnen auch bewußt, daß die Anodynum-Systemwerke eine hundertprozentige Tochterfirma der Vereinigten-Montan-Kombinate sind.«

Folglich standen die Anodynum-Systemwerke, obwohl die VMKP das gesamte Personal und den Schutzdienst stellte, in gewissem Umfang auch Holt Fasner offen.

»Wie aus den von mir beschriebenen Zusammenhängen hervorgeht«, setzte Hashi Lebwohl seine Darlegungen fort, »steht unser ehrenwertes Regierungskonzil in keinem direkten Kontakt mit den Anodynum-Systemwerken. Das Regierungskonzil wird von uns mit KMOS-SAD-Chips beliefert. Darum ist das vielbeschäftigte Personal des Regierungssitzes bisher von unseren Ermittlungen ausgenommen geblieben. Die Herkunft jedes dem Konzil gelieferten Chips kann zurückverfolgt werden. Unsere einstweilige Annahme, sozusagen unsere Arbeitshypothese, ging davon aus, daß ein Chip ausschließlich bei den Anodynum-Systemwerken gestohlen worden sein und nur VMKP-Mitarbeiter oder Untergebene des Drachen den Diebstahl verübt haben könnten. Aber jetzt ist diese Unterstellung durch Lane Harbingers Feststellungen fraglich geworden. Sie hat dem Fragment zwei Codesequenzen exzerpiert, die man beide als lesbar bezeichnen kann. Keine ist auch nur im entferntesten vollständig, aber beide sind umfangreich genug, um Aufschluß über ihre Herkunft zu gewähren. Überprüfungen durch Expertensysteme haben das unstrittige Resultat erbracht, daß diese Codesequenzen kleinere Bestandteile von Kryptogeneratoren sind.«

Lebwohl schwieg und betrachtete die maskenhafte Miene gelassener Angelegentlichkeit, mit der die RÖA-Direktorin ihm zuhörte. Kapitän Vertigus hatte ihr Anlaß zu der Vermutung gegeben, daß sie in Gefahr schwebte. Unzweifelhaft war das die Erklärung für Forrest Ings Anwesenheit an Bord: man hatte dem Vize-Sicherheitschef die persönliche Zuständigkeit für Direktorin Hannishs Schutz aufgebrummt. Doch die angeborene Schönheit ihrer Gesichtszüge verbarg sämtliche inneren Regungen.

»Besagt dieser Begriff Ihnen etwas?« fragte Hashi sie; auf Antwort jedoch wartete er nicht. »Organisationen wie unser OA-Sicherheitsdienst und der EKRK-Schutzdienst verlassen sich, um Personen- und Befugniskontrollen durchzuführen, stark auf ständig wechselnde Kombinationen von Paßwörtern und Verifikationschiffren. Und weil sie ständig wechseln, müssen diese Kombinationen gemäß der vom Fabrikanten konzipierten Parameter auf jeder Id-Plakette und jeder Legitimation generiert werden. Diese Funktion verrichtet ein sogenannter Codieromat. Im wesentlichen bringt dieser Codierer regelmäßig automatisch Varianten der Paßwörter und Verifikationschiffren hervor. Der Terminus Kryptogenerator bezieht sich auf die spezielle Programmiersprache – gewissermaßen die Grammatik und das Vokabular, wenn man so will –, in der man den Codieromaten geschrieben hat. Es liegt auf der Hand« – er spreizte die Hände, um den Eindruck zu vermitteln, sich vollständig an die Wahrheit zu halten –, »daß der Codieromat ein größeres Geheimnis als die Codes ist, die er erzeugt. Gleichzeitig ist er allerdings, weil er konstant bleibt, leichter erkennbar.«

Während Koina Hannish abwartete, drückte Hashi Lebwohl die Schulterblätter tiefer in den G-Andrucksessel. Dann kam er zur Sache.

»Von den zwei Kryptogenerator-Sequenzen, die durch Lane Harbinger identifiziert worden sind, gehört eine zu dem gegenwärtig bei den Anodynum-Systemwerken gebräuchlichen Codieromaten.« Er verzog das Gesicht, als wollte er die Achseln zucken. »Damit ist natürlich zu rechnen gewesen. Ohne Autorisationsmerkmal hätte der Chip keine einzige Kontrolle durchgestanden. Aber der andere Bestandteil ...«

In gespielter Verzweiflung verdrehte Hashi die Augen. »Ach, meine liebe Koina, ja, es ist der zweite Sequenzabschnitt, der in unseren Ermittlungsprämissen solche Unordnung gestiftet hat. Der andere Abschnitt« – er sprach laut und deutlich, damit Forrest Ing nichts entging – »umfaßt

Teile aus dem Kryptogenerator des vom EKRK-Schutzdienst benutzten Codieromaten.«

Endlich lohnte ein leichtes Aufflackern der Bestürzung in Koina Hannishas Augen ihm den Aufwand: die Andeutung verborgener Furcht. Ihr drohte größere Gefahr, erkannte sie jetzt, als ihr bisher geschwant hatte.

»Die Tragweite dieser Entdeckung verschlägt einem geradezu den Atem, nicht wahr?« meinte Hashi, als hätte er daran seine Freude. »Der Urheber der Kaze-Attentate hat sowohl Zugang beim Anodynum-Systemwerk wie auch beim EKRK-Schutzdienst. *Quod erat demonstrandum.* Die Logik ist unwiderleglich. Die Schwierigkeit besteht lediglich darin, wie ich schon angesprochen habe, daß der EKRK-Schutzdienst keinerlei Beziehungen zum Anodynum-Systemwerk unterhält.«

Kurz rekapitulierte Hashi bei sich, ob er sich unmißverständlich genug ausgedrückt hatte. »Ich möchte an der Sondersitzung des Regierungskonzils teilnehmen«, fügte er abschließend hinzu, sobald er mit sich zufrieden war, »weil ich glaube, daß die Ermittlungen auf das Konzil und sein Umfeld ausgedehnt werden müssen.«

Geben Sie gut acht, Vize-Sicherheitschef Ing, ergänzte er in Gedanken. Es kann sein, daß auch ich Ihren Schutz benötige.

Koina Hannish musterte ihn; Dunkelheit schwamm in den Tiefen ihrer Augen. Unter der krampfhaft-straffen Starre ihrer Wangen und der Stirn ließen sich die Knochen erahnen. Nicht zum erstenmal fragte sich Lebwohl, was sie in Warden Dios' Auftrag beim Regierungskonzil erledigen mußte; welches Mandat ihr der Polizeipräsident erteilt hatte. Er wünschte Antwort auf diese Frage, doch bezweifelte inzwischen, daß er von der RÖA-Direktorin eine Auskunft erhoffen durfte.

Endlich ging sie auf seine Ausführungen ein; allerdings nur im Flüsterton.

»Haben Sie Warden Dios Bescheid gesagt?«

Trotz seiner Selbstbeherrschung zeigte Hashi Lebwohl

sich indigniert. »Bitte beleidigen Sie mich nicht, Koina.« Mißvergnügen rief bei ihm ein sonderbares Gefühl der Wehrlosigkeit hervor. »Auch für mich gilt, was Godsen Frik Ihnen jetzt entgegenhalten würde: Ich verstehe mich auf meine Arbeit.«

Nach einem längeren Moment nickte Koina Hannish. Ganz langsam senkte sie den Blick wieder auf das Bündel Computerausdrucke in ihrer Hand, als fragte sie sich, welchem sinnvollen Zweck all diese Informationen eigentlich dienen sollten.

Lebwohl hatte es nicht eilig. Der Flug durch die Gravitationsquelle der Erde hinunter nach Suka Bator räumte ihm soviel Zeit ein, wie er brauchte: mehr als genug. Er konnte sich Geduld leisten. Also wartete er und schwieg – eine Übung in Zurückhaltsamkeit, deren viele seiner Untergebenen ihn nicht als fähig erachtet hätten –, bis die RÖA-Direktorin schließlich den Kopf hob und ihn von neuem anblickte.

»Ich vermute, Sie haben eigentlich gar kein Interesse daran, von mir einen Lagebericht zu hören.« Ihre Stimme klang leise, aber fest. »Ich bin sicher, Sie wissen längst alles, was ich ihnen erzählt habe.« Ihr Kinn deutete auf ihre Mitarbeiter. »Warum stellen Sie nicht der Einfachheit halber eine konkrete Frage? Dann könnte ich hinsichtlich der Beantwortung eine konkrete Entscheidung treffen.«

Hashi widmete ihr nochmals sein onkelhaftes Lächeln. Jetzt hatte er es dringend nötig; seine eigenen Sorgen lauerten schon zu dicht hinter seiner Fassade. Konnte er fragen: Welche Anweisungen haben Sie von Warden Dios erhalten? Welche Stellung bezieht er zu Kapitän Vertigus' Abtrennungsgesetz? Nein. Das wäre zu plump. Und nicht das passende Gesprächsthema für Forrest Ings Ohren.

»Wenn mich das Gedächtnis nicht trügt«, sagte er statt dessen, »hatten Sie vor kurzem eine wichtige Unterredung mit unserem verehrten Polizeipräsidenten.«

Ihr Nicken bewies, daß sie wußte, welche Besprechung er meinte; doch sie ignorierte den Köder. Das Ausmaß ihrer

Selbstbeherrschung hätte Hashi begeistert, wäre ihm nicht im Augenblick beispiellos mulmig zumute gewesen.

Er räusperte sich. »Darf ich fragen, welche Haltung er eingenommen hat?«

Es hatte den Anschein, als durchdächte die RÖA-Direktorin eine ganze Reihe von Erwägungen, bevor sie antwortete. Sie tat es mit sorgsam gleichmäßiger Stimme, die nichts betonte.

»Er hat mir mitgeteilt, ich sei nicht in Gefahr. Ich glaube, er hat wörtlich gesagt: ›Es geht bei den Attentaten um etwas anderes.‹«

Wahrhaftig. Wirklich und wahrhaftig. Hashi Lebwohl zügelte den Drang, mehrere neue Denkansätze gleichzeitig aufzugreifen. Bei solchen Gelegenheiten beneidete er seine Computer – und auch den eigenen Verstand – um ihre Multitasking-Kapazität. Konversation verlief so kläglich linear. »Wie ich sehe«, meinte er und vollführte eine knappe Geste in die Richtung Forrest Ings, um Zeit zu gewinnen und sich zu überlegen, welchen Ansatz er verfolgen sollte, »verlassen Sie sich nicht völlig auf seine Einschätzung. Oder der Sicherheitsdienst der Operativen Abteilung hat da seine Bedenken.« Allerdings mochte er diese Bemerkungen nicht als Kritik ausgelegt haben. »Selbstverständlich heiße ich diese Vorsicht vorbehaltlos gut. Vorbeugung ist immer am klügsten.«

Er beugte selbst gerne vor. Eines seiner Ziele hatte er erreicht, indem er die RÖA-Direktorin ›öffentlich‹ über die Untersuchungsergebnisse der DA-Abteilung unterrichtete. Ob willig oder nicht, Forrest Ing müßte aussagen, daß Hashi Lebwohl alles ihm Machbare getan hatte, um Koina Hannishs Sicherheit zu gewährleisten.

Inzwischen hatten andere Angelegenheiten Vorrang.

»Verzeihen Sie meine Neugierde«, äußerte Hashi verhalten und so sachlich, als bliebe ihm alles einerlei. »Wie hat der Polizeipräsident auf Ihre Neuigkeiten reagiert?«

Koina sah ihn an, ohne zu zwinkern. In ihrem Blick zeichnete sich eine Tendenz zur Härte ab. »Tut mir leid«, entgegnete sie. Nur ihre Mundwinkel lächelten. »Diese Information ist, wie es Direktor Frik genannt hätte, ›hochvertraulich‹.«

Offensichtlich waren die Zeiten vorüber, in denen sie mit ihm offenherzig auch über Dinge plaudern konnte, die nicht in den engeren Bezugsrahmen seiner Dienstpflichten gehörten. Seit ihrer Beförderung an Godsen Friks Position fühlte sie sich an neue Maßstäbe gebunden. Wie schon so viele Männer und Frauen vor ihr vermochte sie nicht mehr zwischen anhänglicher Treue zu Warden Dios und engagiertem Dienst in der VMKP zu differenzieren.

Von ihr hatte Hashi Lebwohl keine Unterstützung zu erwarten.

Es fiel ihm schwer, aber er begriff ihren Standpunkt. Trotz energischer Bemühungen, um von emotionalen Trübungen des Verstands unbeeinträchtigt zu bleiben, die alle menschlichen Wahrheiten trübten – Werturteilen und Moralisiererei, irrationale Hingabe und blindes Vertrauen –, litt er unter einer ähnlichen Verwirrung. Mit einem Seufzer drückte er die schmächtigen Gliedmaßen tiefer in die Polsterung des G-Andrucksessels.

»In diesem Fall werde ich die Gelegenheit nutzen, um ein kurzes Nickerchen einzulegen.« Er lachte auf, ohne daß er einen Grund hätte nennen können. »Solange uns noch der Friede des Alls umgibt.«

Nachdem er die Lider geschlossen hatte, hörte er Koina Hannish in ihrem Packen Computerausdrucke blättern, um sich weiter über das zu informieren, was bevorstand. Hinter ihm tuschelte Forrest Ing mit dem Kommunikationstechniker, der mittlerweile unter Nutzung der Trichterantennen des Shuttles Funkkontakt aufgenommen hatte, zweifellos sowohl mit dem VMKP-HQ wie auch Sicherheitschef Mandich auf Suka Bator. Doch um all das scherte Hashi Lebwohl sich nicht.

Es geht bei den Attentaten um etwas anderes.

Obschon die Problematik ihn grämte, fragte er sich zum x-ten Mal, ob er dazu imstande war, bei einem dermaßen ausgeklügelten Spiel wie dem, das Warden Dios wagte, mithalten zu können.

Schwerkraft und das gedämpfte Brausen des Eintritts in die Erdatmosphäre holten ihn in den vollen Wachzustand zurück. Polymerisierte Keramik schützte das Shuttle vor der Reibungshitze, aber gegen das Heulen der aufgewirbelten Luft und das Dröhnen des Antriebs gab es keine vollständige Abschirmung. In dieser Phase der Shuttle-Trajektorie übte der Bremsschub mehr Druck als die Gravitation aus. Die G-Andrucksessel der Passagierkabine drehten sich automatisch in Gegenrichtung, um die Belastung mit den Rücklehnen aufzufangen. Als die G-Werte ihn niederpreßten, schien Hashi Lebwohls hagere Gestalt regelrecht in die Sesselpolsterung einzusinken. Das Eintritts- und Bremsmanöver mutete den Passagieren mehr zu als der Start – die Strapaze übertraf jede körperliche Anstrengung, die Lebwohl im Laufe der letzten Jahre ertragen hatte –, weil jedoch der Andruck graduell zunahm, hatte er keinen traumatischen Charakter.

Hashi warf Koina Hannish einen Blick zu und sah ihre Gesichtszüge zu der üblichen Erstarrung verzerrt, die erhöhte G verursachte, schaute sofort wieder weg, um ihr wenigstens die Illusion des Ungestörtseins zu lassen. Unter diesen Bedingungen hatte das Gesicht selbst des schönsten Menschen unweigerlich offenkundige – und offenkundig würdelose – Ähnlichkeit mit einem Totenschädel.

Barmherzigerweise dauerte der Einflug in die Atmosphäre nur kurz. Nur ein paar Minuten lang fühlte Lebwohl sich rücklings in die Gravitationsquelle hinabgerissen; danach schwenkte das Shuttle in eine horizontale Flugbahn ein, der Bremsschub schwand. Hashi hatte den Eindruck, ihm hinge die Gesichtshaut so schlaff an den Knochen, als hätte sie jede Elastizität verloren, aber er konnte wieder leichter atmen, und die Beklemmung des überhöhten Drucks wich von seinem Herzen.

In zwanzig Minuten würde das Shuttle seine Gleitkufen

auf der glasierten Landebahn von Suka Bators Raumhafen fast zu Schlacke zerreiben und der DA-Direktor wenig später zum erstenmal seit mehr Jahren, als nachzurechnen er Lust verspürte, wieder seinen Heimatplaneten betreten.

Jetzt war der richtige Zeitpunkt da, um den nächstfälligen Schritt zu tun, die nächste Vorsichtsmaßnahme in die Wege zu leiten.

»Vize-Sicherheitschef Ing ...« Jetzt befand sich Hashi Lebwohls Platz hinter Forrest Ing. Doch ein Leben lang des Umgangs mit Interkom-Apparaten und Funkgeräten hatte ihn daran gewöhnt, mit Leuten zu sprechen, ohne sie zu sehen. »Vor der Landung muß ich auch mit Ihnen noch ein Wörtchen reden.«

Befremdet sah Koina Hannish ihn an, mischte sich jedoch nicht ein.

Mühsam drehte der Vize-Sicherheitschef den Kopf um die Rücklehne des G-Andrucksessels und erwiderte Lebwohls Blick. Er hatte ein grobes, kantiges Gesicht, dem Überraschung schlecht stand. Außerdem sah man seiner Miene das Anstrengende der momentanen Körperhaltung an. Gleich zog er sich außer Sicht zurück. »Ja, Direktor?«

»Vize-Sicherheitschef«, konstatierte Hashi in umgänglichem Ton, »Direktorin Hannishs Teilnahme an der anberaumten Sondersitzung des Erd- und Kosmos-Regierungskonzils wird erwartet, meine Anwesenheit dagegen nicht. Ich hoffe sogar, daß mein Auftauchen erhebliche Überraschung verursacht. Daraus könnten sich aufschlußreiche Konsequenzen ergeben. Um etwaigen neuen Entwicklungen begegnen zu können, muß ich die Gewißheit haben, daß Sie allen Bitten oder Anweisungen nachkommen, die ich Ihnen eventuell erteile.«

Er glaubte zu hören, daß Ing sich im G-Andrucksessel regelrecht wand. »Verzeihen Sie, Direktor«, antwortete der Vize-Sicherheitschef, »aber die Befehle, die ich von Sicherheitschef Mandich erhalten habe, gewähren mir wenig Spielraum. Ich bin persönlich für Direktorin Hannishs Schutz verantwortlich. Um offen zu sein, ich darf sie nicht einmal zur Toilette gehen lassen, ohne vorher ein Inspektionsteam hineinzuschicken. Und ich habe Weisung, nur ihre und niemand anderes Befehle zu befolgen. Wenn Sie wünschen, daß ich etwas für Sie erledigen soll, muß ich erst die Genehmigung einholen.«

Mit anderen Worten, dachte Hashi, du weigerst dich, mir zu vertrauen. Min Donners gerechter Zorn schwelte in jedem einzelnen Hirn der Operativen Abteilung.

»Dann holen Sie die Genehmigung jetzt ein«, forderte Lebwohl in leicht schärferem Tonfall. »Es geht mir um genau das, was Sie ansprechen. Falls ich von Ihnen verlange, etwas zu ›erledigen‹, muß es geschehen, ohne daß Sie Zeit damit vergeuden, Ihren Chef um Erlaubnis zu fragen.«

Ings Unbehagen wurde spürbarer. »Mit welcher Art von Schwierigkeiten rechnen Sie, Direktor?«

Hashi stieß ein gereiztes Schnaufen aus. »Ich erwarte nichts. Aber ich will vorbereitet sein.«

Auf seine Weise war auch das eine faktische Wahrheit. Nach der Definition von Heisenbergs Unschärferelation konnte man Lebwohls Gespür für Eventualitäten als gleichermaßen präzis und verschwommen einstufen. Er orientierte sich, was die Tendenz der Ereignisse betraf, nach intuitiven Überzeugungen. *Es geht bei den Attentaten um etwas anderes.* Darum konnte er unmöglich gleichzeitig wissen, was für Ereignisse es waren – oder welche noch folgen sollten.

Forrest Ing allerdings zeigte sich recht unzufrieden mit Lebwohls Antwort. »Bei allem Respekt, Direktor ...«, setzte er umständlich zu einer Entgegnung an, entschloß sich dann aber doch zur Unumwundenheit. »Sicherheitschef Mandich möchte bestimmt eine genauere Auskunft von mir haben.«

Diesen Einwand hatte Hashi vorausgesehen. Und er ärgerte ihn. Mit einemmal war ihm zumute, als müßte sein Widerwille gegen die OA-Direktorin und all ihre verblendeten Übervereinfachungen ihm die Luft abwürgen. Seine Stimme verfiel in kurzatmiges Rasseln.

»Dann seien Sie so freundlich und teilen Sie Sicherheitschef Mandich mit, ich wünsche von ihm Personal unterstellt zu haben, das seine Einwilligung hat« – die letzten Worte schnarrte er nahezu –, »zu tun, was ich sage.«

Unentschlossen wandte der Vize-Sicherheitschef sich an Koina Hannish. »Wie lautet dazu Ihre Anweisung, Direktorin Hannish?«

Die RÖA-Direktorin – gesegnet sollte ihre Beherztheit sein – kannte kein Zögern. »Verfahren Sie gemäß Direktor Lebwohls Anliegen«, gab sie in aller Ruhe zur Antwort. »Ich weiß auch nicht, was Direktor Lebwohl Sorgen macht, aber ich bin der Ansicht, wenn er Anlaß zur Vorsicht sieht, liegen wichtige Gründe vor. Sollte sie überflüssig sein, kann sie uns nicht schaden.«

Der Vize-Sicherheitschef zauderte noch einen Augenblick lang. Dann jedoch hörte Hashi, daß er dem Kommunikationstechniker etwas zuflüsterte.

Mit einiger Mühe bändigte Hashi Lebwohl seinen Unmut. Anstatt Beschimpfungen Min Donners und aller Gestalten ihres Schlages zu knirschen, drehte er sich Koina zu und lächelte. »Vielen Dank, Direktorin Hannish«, sagte er so leise, daß es diesmal nur sie hörte.

Obwohl nichts, was er empfand oder ernst meinte, eine simple Natur hatte, war seine Dankbarkeit echt.

Sie betrachtete ihn mit düsterer Miene. »Direktor Lebwohl«, entgegnete sie ebenso verhalten, »wieso habe ich bloß auf einmal den Eindruck, daß alles, auf was ich mich hier vorbereite« – sie bog das Bündel Computerausdrucke –, »plötzlich nicht mehr so wichtig ist?«

Lebwohl lächelte versonnen. »Meine liebe, junge Frau, früher oder später haben wir alle diesen Eindruck. Die Kenntnis des Istzustands schließt die Beobachtung der Bewegung aus, so wie das Beobachten der Bewegung das Wissen um den Istzustand ausschließt. Und trotzdem hat keines von beidem ohne das andere irgendeine Bedeutung.«

Der Ernst ihres Gesichtsausdrucks furchte Koina Hannishs Stirn tiefer. Für einen Moment befürchtete er, ihrer

Beherrschtheit zuviel zugemutet zu haben; daß sie ihn nun vielleicht anschnauzte. Doch sie schwieg, bis sie sich zu einer sachlichen Reaktion imstande sah. »Und das soll heißen?« fragte sie ziemlich kühl.

Unter den Gurten des G-Andrucksessels hob Hashi die Schultern. Während sie die Fassung bewahrte, konnte er sich nicht des Gefühls erwehren, daß ihm die Selbstbeherrschung entglitt. »Ich erwarte nichts.« Das Röcheln in seiner Stimme verschlimmerte sich merklich, bis sie heiser klang. »Aber ich will vorbereitet sein. Wie ich schon erwähnt habe.«

Direktorin Hannish musterte ihn, bis er fortschaute. »Ich denke mir, Ihre Haltung ist durchaus nicht unfair«, äußerte sie wie in schweren Gedanken. »Schließlich habe ich Ihre Frage ebensowenig beantwortet.« Sie nahm das Bündel Papiere in beide Hände, um es aus Rücksicht auf die baldige Landung zu ordnen.

Hashi Lebwohl verspürte die Neigung, ihr zu bestätigen: Das haben Sie tatsächlich nicht. Ich bin froh, daß Sie es nicht vergessen haben. Doch sein Mißmut war deplaziert. Wenn jemand seinen Groll verdient hatte, dann nur er selbst. Denn es war ein Faktum – vielleicht sogar die Wahrheit –, daß er überhaupt keine Antworten wußte, die er ihr hätte geben können. Dem stand Ungewißheit im Weg.

Warden Dios hatte ihn an die Wand gespielt. Wenigstens einmal, gestand Hashi sich ein. Wenn er sich nicht auf das eigentliche Niveau des Spiels emporkämpfte – und zwar in aller Kürze –, mußte es soweit kommen, daß ihm seitens anderer Leute das gleiche passierte.

SORUS

Die *Sturmvogel* flog bereits zurück in den Asteroidenschwarm, kehrte längst ins Innere der stellaren Domäne Deaner Beckmanns um, als die Kommunikationsanlagen-Hauptoperatorin die Kommunikationszentrale des Schwarzlabors kontaktierte und sie davon überzeugte, daß Kapitänin Chatelaine unbedingt mit Kommandant Retledge reden mußte.

Der Kurs der *Sturmvogel* separierte sie von der eigenen, nach außerhalb des Asteroidenschwarms verlaufenden Partikelspur. Falls Retledge es ablehnte, ihr behilflich zu sein, mußte Sorus von der Unterstellung ausgehen, daß die *Posaune* der Partikelspur folgte. Succorso verzichtete bestimmt nicht auf eine Verfolgung. Und selbst in dem Fall, daß bei ihm die Vernunft die Oberhand gewinnen sollte, er es nicht wagte, sein neues Raumschiff in einem Gefecht gegen die *Sturmvogel* zu riskieren, versuchte er gewiß trotzdem, ihr nachzufliegen: Solang er nicht wußte, wo sie sich befand, konnte er nicht darauf bauen, daß sie ihm nicht in die Quere kam. Deshalb hatte Sorus ihm eine möglichst deutliche Fährte aus Emissionen hinterlassen. Jetzt kehrte sie in Gegenrichtung um und hatte die Absicht, sich an seine Fersen zu heften, sobald er der Partikelspur hinterdreinsteuerte.

Es sei denn, Retledge lieferte ihr eindeutigere Anhaltspunkte.

Ausnahmsweise belästigte Milos Taverner sie dieses Mal nicht mit Fragen. Er stand neben der Kommandokonsole und überwachte stumm alles, was auf der Brücke getan oder gesprochen wurde, behielt jedoch seine Gedanken für sich. Ob Retledge eine Hilfe war oder sich bockig betrug:

der Halb-Amnioni hatte schon seine Befehle erteilt. Wenn sie nicht in die Umgebung des Schwarzlabors umkehrte, konnte Sorus sie nicht ausführen.

Sie erkannte die Stimme des Werkschutzleiters, als sie aus den Brücken-Lautsprechern ertönte, ehe er seinen Namen nannte.

»Chatelaine? Das ist aber eine Überraschung. Ich dachte, ihr verlaßt den Schwarm. Hast du mir nicht versichert, ihr wollt keinen Ärger mit Kapitän Succorso?«

Sorus brauchte einen Moment, um ihre Kräfte zu sammeln. Die Brückencrew hatte Furcht; man sah es ihr an. Sämtliche Besatzungsmitglieder hatten Bammel. In unterschiedlichen Abstufungen schienen sie allesamt an der gleichen Furcht zu leiden, die Sorus bei Ciro Vasaczk hervorgerufen hatte.

Aber gerade jetzt mußte Sorus einen selbstbewußten Eindruck machen; hatte sie zu wirken, als wäre sie ihrer Sache völlig sicher. Retledge verstand ihre Stimme genauso gut zu deuten, wie sie seine Stimme kannte.

»Ich habe wirklich gesagt«, erwiderte sie, »daß ich keinen Ärger möchte. Das heißt, wenigstens nicht im Einflußbereich des Labors. Von anderen Aspekten mal ganz abgesehen, lege ich keinen Wert darauf, womöglich bei meinem nächsten Besuch unwillkommen zu sein.«

Unwillkürlich blickte sie Milos Taverner an; doch seine Miene gab nichts preis. Er trug noch immer die Sonnenbrille, die sie ihm vor einiger Zeit ausgehändigt hatte. Hatte er vergessen, sie abzusetzen? Konnte ein Amnioni etwas vergessen? Doch auch wenn er sie abgenommen hätte, wäre aus seinem teigigen Gesicht und den fremdartig gewordenen Augen nichts zu ersehen gewesen. Gemetzel an Menschen hatten für ihn keine Signifikanz mehr.

»Aber ich habe auch erklärt«, fügte Sorus hinzu, »daß es der größte Fehler meines Lebens gewesen ist, Succorso das Leben zu schenken.« Sie schwieg kurz. »Ich möchte, daß du mir dabei hilfst, diesen Fehler zu korrigieren.«

Die Funkwellen schwirrten durch ein halbes Dutzend

oder mehr Relaisstationen, bevor sie Retledge erreichten. Durch die Entfernung und störende Statik klang seine Antwort sonderbar tonlos.

»Wie könnte ich dazu beitragen?«

»Mit der Erlaubnis zur Umkehr und mit der Beantwortung einiger Fragen«, erklärte sie.

»Welcher zum Beispiel?« erkundigte Retledge sich aus der Weite des Dunkels.

»Zum Beispiel: Ist er inzwischen abgeflogen? Wie lang ist es her? Und welchen Kurs habt ihr ihm zugewiesen?«

Wo in diesem ruhelosen Tumult zum Untergang verurteilter Felsbrocken verbarg sich die *Posaune*? Wieviel Zeit hatte Sorus, um alles zu vollbringen, was die Amnion von ihr verlangten?

»Chatelaine, du weißt« – Statikgeräusche verzerrten Retledges Stimme –, »daß wir derartige Informationen nicht bekanntgeben. Wir bieten hier ein stationäres Ziel. Unsere Artillerie ist ein gewisser Schutz, aber wir benötigen darüber hinausgehende Sicherheit. Darum tun wir aus grundsätzlichen Erwägungen alles, was wir können, um zu jedem Raumschiff, das uns besucht, gute Beziehungen zu haben. Auch wenn die Kapitäne dieser Schiffe untereinander keine ausgesprochene Freundschaft pflegen.«

Ließ sich seiner Entgegnung Ärger anhören? Sorus konnte es nicht unterscheiden. Für alle Fälle verlieh sie ihrem Ton einen beschwichtigenden Anklang.

»Dafür habe ich natürlich volles Verständnis, Retledge. Dummerweise stehe ich trotzdem vor einem Problem. Es ist abzusehen, daß Succorso die Absicht hat, mich zu überfallen. Er bleibt für mich eine Gefahr, solang er lebt.« Sie gab ihrer Stimme einen sanfteren Klang. »Was kann ich dir anbieten, damit du dich dahin durchringst, mir zu helfen?«

Milos Taverner lauschte ihr, als wäre er blind.

»Chatelaine«, versicherte Retledge, »du erhältst die Erlaubnis zur Rückkehr, wenn dir wirklich daran gelegen ist. Kursdaten und Flugverkehrsinformationen folgen.«

Der Steuermann starrte auf seine Kontrollkonsole, bis die

codierten Daten eingingen. »Alles da, Kapitänin«, meldete er halblaut. Anscheinend war Retledge nicht verstimmt.

Dennoch verzichtete er nicht auf eine Warnung. »Solltet ihr allerdings anstreben, hier euren Streit mit Kapitän Succorso auszutragen, verschwendet keine Zeit mit dem Rückflug. Wir möchten in euren albernen Zank nicht hineingezogen werden. Dann fliegt weiter und laßt uns in Ruhe. Ende.«

Die Verbindung zur Kommunikationszentrale knisterte und erlosch.

Du selbstgerechte Schweinebacke, dachte Sorus wüst. Verflucht noch mal, merkst du nicht, in welcher Verzweiflung ich stecke? Glaubst du, ich täte *irgend etwas* von all diesem Quatsch, hätte ich eine Wahl? Du bist schon so gut wie tot. Es würde dich nichts kosten, mir Hilfe zu leisten.

Einen Moment später machte Schmerz in ihren Fingern sie darauf aufmerksam, daß sie die Fäuste ballte.

Fahrt doch allesamt zur Hölle!

»Auf den festgelegten Kurs einschwenken«, befahl sie mit einem Seufzer dem Steuermann. »Alle Sorgfalt beachten, aber Kurskorrektur so schnell ausführen, wie die Daten es gestatten.« Die nächste Bemerkung äußerte sie eher im Selbstgespräch als zu seiner Information. »Ich vermute, wenn die *Posaune* noch auf Reede läge, hätte Retledge es uns gesagt. Also ist Zeit kostbar.«

Sie wandte sich an Milos Taverner. »Es sieht so aus, als ob wir auf uns gestellt seien.« Eine Barschheit, die Überdruß andeutete, schlich sich ihrer Stimme ein: er selbst hatte auf sie diese Wirkung. »Mir mißfällt die ganze Situation. Sie haben mir Prioritäten gesetzt, die in Konflikt stehen. Konzentriere ich mich auf die eine Aufgabe, riskiere ich, die andere nicht erfüllen zu können. Aber Sie haben ja erwähnt, Sie könnten Verstärkung herbeordern.« Das hatte der Halb-Amnioni nach dem Rendezvous der *Sturmvogel* mit der *Stiller Horizont* beteuert. »Vielleicht sollten Sie sie nun rufen.«

Als vollzöge er einen Akt der Höflichkeit, drehte Milos Taverner sich ein Stück weit in ihre Richtung.

»Warum brauchen Sie Verstärkung, Kapitänin Chatelaine?«

»Weil die *Posaune*, falls sie Beckmanns Labor zu rasch nach unserem Abflug verlassen hat, vielleicht schon zum Asteroidenschwarm hinaus ist, bevor es uns gelingt, sie abzufangen.« Deshalb, du amnionischer Schuft. Herrgott, wie es ihr zuwider war, diesem Ex-Menschen alles erklären zu müssen. Sie war es einfach *satt*. »Sobald sie eine freie Flugbahn für die Beschleunigung vor sich hat, kann sie in die Tach wechseln. Und dann hätten wir die allergrößte Mühe, um sie wiederzufinden. Darum muß ein zweites Raumschiff her, das sie am Rand des Asteroidenschwarms abweist, ehe sie uns entwischt.«

Milos Taverner schüttelte den Kopf: eine atavistische Geste, die nichts mehr bedeutete. »Ich verstehe Ihre Darlegungen nicht. Sind Sie inzwischen der Auffassung, daß Ciro Vasaczk, anders als Ihrerseits instruiert, die Antriebsaggregate der *Posaune* nicht sabotiert?«

Es kostete Sorus beträchtliche Zurückhaltung, um nicht in unflätige Beschimpfungen auszubrechen. »Diese Frage habe ich schon beantwortet. Es wäre Dummheit zu glauben, nichts könnte schiefgehen. *Deshalb* will ich Unterstützung.« Da fiel ihr etwas ein. »Auch wenn Sie sich nicht dazu bequemt haben«, ergänzte sie unverhohlen übellaunig, »mir zu erläutern, welche *Art* von Verstärkung Sie mitten in einem Sonnensystem wie Massif 5 eigentlich herbeizaubern wollen.«

Der Halb-Amnioni erweckte den Eindruck, als dächte er über ihren Sarkasmus ernsthaft nach. »Ich stehe in Kontakt mit *Stiller Horizont*«, gab er dann gleichmütig Auskunft.

»Was?« Sorus konnte weder ihre Ungläubigkeit noch ihre Entrüstung verheimlichen. »Hier mit dem Bannkosmos in Kontakt? Quasseln Sie keinen Scheiß, Taverner. Selbst mit Interspatium-Kurierdrohnen dauert's mindestens einen Tag, um von hier 'ne Nachricht nach dort zu übermitteln, und Sie haben keine Kurierdrohnen zur Verfügung. Aber das ist nicht alles. Eine Mühle wie die *Stiller Horizont* braucht vielleicht zwei Tage, um bei uns einzutreffen. Zwei zusätzliche *Tage*, Taverner. Sie haben mir versichert, wir könnten Verstärkung bekommen, wenn wir sie benötigen. Daß wir drei *Tage* lang drauf warten müssen, davon ist keine Rede gewesen.«

Milos Taverner musterte sie. Wie seine Augen blieben auch seine Gefühle – falls er noch welche kannte – für Sorus unerkennbar.

»Ich stehe in Kontakt mit *Stiller Horizont*«, wiederholte er mit gleichmäßiger Stimme. »Der Kontakt geschieht ohne Zeitverlust. Ich kann ohne meßbare Verzögerung Mitteilungen senden und empfangen. Die Apparatur, die diese Verständigung ermöglicht, ist nach der Vernichtung Thanatos Minors von der Defensiv-Einheit an Bord Ihres Raumschiffs gebracht worden. Gegenwärtig ist die Kommunikation auf eine maximale Reichweite von zwei Komma einundsiebzig Lichtjahren begrenzt. Aus diesem Grund hat *Stiller Horizont*, als wir Kurs auf das hiesige Sonnensystem genommen haben, eine Annäherung an den Human-Kosmos eingeleitet.«

Sorus widerstand der Versuchung, ihn voller Entgeisterung anzuglotzen. Es genügte, wenn die Brückencrew ihn angaffte.

»Eine verdeckte Annäherung«, sagte er ohne besondere Betonung. »Marc Vestabule ist zuversichtlich der Überzeugung, daß *Stiller Horizont* nicht geortet worden ist. Gegenwärtig befindet sich die Defensiv-Einheit an einer eins Komma achtunddreißig Lichtjahre von uns entfernten Position. Nur Kurs und Geschwindigkeit bedürfen der Anpassung. *Stiller Horizont* kann innerhalb von schätzungsweise drei Stunden jede Position in der Nachbarschaft des Asteroidenschwarms einnehmen, die Sie wünschen.«

Seine Einlassungen verschlugen Sorus den Atem. Die Amnion-Technik war zu Leistungen imstande, die sie sich kaum vorstellen konnte. Tief in ihrem Innern siedeten und brodelten Verzweiflung und Verbitterung.

»›Kontakt ohne Zeitverlust‹?« schnob sie. »Und daß Sie

so was in petto haben, ist mir verschwiegen worden? Dachten Sie, ich bräuchte darüber nicht Bescheid zu wissen?«

Der Halb-Amnioni schwieg. Irgendwie schien seine Reglosigkeit auf ein Achselzucken hinauszulaufen.

Sorus knurrte ungnädig, doch es gab nichts, was sie hätte sagen können, das einen Unterschied bedeutet hätte. Seit jeher gestaltete sich ihr gesamter Umgang mit den Amnion auf genau diese Weise. Sie waren bereit, sich Argumente anzuhören – oder die menschliche, unverläßliche Version von Argumenten –, aber ließen sich kaum jemals darauf ein, enthüllten nichts; ignorierten jedes Zureden.

»Teilen Sie dem Kahn mit, er soll kommen«, forderte sie Milos Taverner barsch auf. »Ich nenne eine genaue Zielposition, wenn ich weiß, welchen Kurs die *Posaune* von Beckmanns Labor aus eingeschlagen hat.«

Taverner knickte leicht vornüber; es sah aus, als versuchte er sich zu erinnern, wie Menschen eine Verbeugung vollführten. Dann wandte er sich ab, um die Brücke zu verlassen.

Anscheinend handelte es sich bei dem Apparat zur Herstellung eines ›Kontakts ohne Zeitverlust‹ nicht um ein Implantat. Er mußte das Gerät in der Kabine haben, die man ihm, als er an Bord gekommen war, zur Verfügung gestellt hatte.

Doch ehe er von der Brücke verschwinden konnte, ergriff die Kommunikationsanlagen-Hauptoperatorin das Wort.

»Kapitänin, das Labor ruft uns. Kommandant Retledge möchte dich noch einmal sprechen.«

Sorus hob die Hand, empfahl Taverner zu warten. »Verbindung herstellen«, befahl sie.

Das Knacken eines Schalters aktivierte die Lautsprecher.

»Chatelaine?« fragte der Werkschutzleiter. »Hier ist Retledge.«

Sorus rückte näher ans Mikrofon und nahm all ihren ermatteten Mut zusammen. »Jetzt bin ich aber überrascht, Retledge«, antwortete sie mit fester Stimme. »Ich war der Ansicht, du hättest deinen Standpunkt deutlich genug dargelegt.«

Retledge räusperte sich. »Der Wortwechsel tut mir leid, Sorus. In der Kommunikationszentrale waren zu viele Zuhörer. Jetzt bin ich allein. Die Funkverbindung ist verschlüsselt.«

»Ach so.« Sorus sprach in sanfterem Ton. »Dann freut's mich, von dir zu hören. Besagt dein Anruf, daß du's dir anders überlegt hast?«

Der Kommandant gab keine direkte Antwort. »Zufällig *kannst* du«, entgegnete er statt dessen, »auch für mich etwas tun.«

»Nur raus mit der Sprache«, sagte Sorus.

Retledge nahm sich einen Moment Zeit, um seine Worte zu wählen. »Du siehst in Kapitän Succorso eine Gefahr. Du willst diese Gefahr eliminieren. In dieser Hinsicht haben wir etwas gemeinsam.«

Sorus schaute sich über die Schulter um, vergewisserte sich dessen, daß Milos Taverner sich noch auf der Brücke befand. »Weiter«, sagte sie. »Ich höre.«

»Dr. Beckmann hat mit Kapitän Succorso einen Handel abgeschlossen. Um genau zu sein, eigentlich mit Vector Shaheed. Beckmann hält sich an solche Vereinbarungen. Er befürchtet, daß niemand mehr das Labor anfliegt, wenn wir uns in derartige Privatfehden wie zwischen dir und Succorso einmischen. Und er hat obskure Vorstellungen von ›professioneller Höflichkeit.‹ Ihm fiel's nie ein, zu einem ›Kollegen‹ wie Shaheed rabiat zu sein.«

Der Werkschutzleiter schwieg. Als er weitersprach, war ihm trotz Entfernung und Statik der Grimm deutlich anzumerken.

»Aber die Sicherheit ist nicht sein, sondern *mein* Problem. *Ich* muß mir darüber Gedanken machen, wie wir am Leben bleiben. Und ich bezweifle, daß wir die Geheimnisse, die mit der *Posaune* durchs All fliegen, überleben können. Sie haben ... allerhöchste Sprengkraft, Sorus. Das kannst du mir glauben. Wenn sie öffentlich werden, bricht das Unheil über uns herein.«

Es ist schon da, dachte Sorus. Du bist schon so gut wie tot. Aber sie sagte es nicht laut.

»Ich beantworte deine Fragen«, bot Retledge ihr an, »wenn du mir versprichst, das Schiff zu vernichten. Total. Keine Überlebenden. Ohne daß etwas anderes als Staub übrigbleibt.« Zum Schluß bekam seine Stimme einen zynischen Anklang. »Ich erzähle Beckmann, Succorso sei ein ›Navigationsfehler‹ unterlaufen.«

Sorus glaubte ihm nicht. Es scherte ihn nicht, ob Shaheeds ›Geheimnisse‹ womöglich ›allerhöchste Sprengkraft‹ hatten: ihn interessierte es, ihre Exklusivität beizubehalten. Was Beckmann von Shaheed erfahren hatte, war viel wertvoller, wenn sonst niemand davon wußte. Doch seine Motive hatten für Sorus keinerlei Belang. Sie wollte die Informationen.

»Mein Freund«, gab sie zur Antwort, ehe er den Eindruck gewinnen konnte, daß sie zauderte, »die Sache ist abgemacht. Totale Vernichtung. Keine Überlebenden.« Dich eingeschlossen. »Ohne daß mehr als Staub übrigbleibt.« Wie von ihrem Herzen.

»Dann solltest du dich beeilen«, empfahl Retledge eilig. »Shaheed ist mit seiner Analyse wesentlich schneller fertig geworden, als ich es erwartet hatte. Succorso ist schon abgeflogen.«

»Ich fliege trotzdem erst das Labor an«, entgegnete Sorus. Bilder von Massakern spukten durch ihre Phantasie, krampften ihr den Magen zusammen. Sie und der Werkschutzleiter waren einmal ein Liebespaar gewesen. Die Beziehung hatte ihr damals nicht mehr als die Gelegenheit zu Vergnügungen bedeutet. Aber jetzt wühlte die Erinnerung wie ein stumpfes Messer in den Wunden ihrer Verzweiflung. »Ich will mich hinter ihn setzen. Sobald ich bei euch bin, drehe ich ab und folge ihm, bis wir eure Scanningreichweite verlassen haben. Auf diese Weise kriegst du nichts Peinliches mit.«

Flüchtig zögerte Retledge. »Na gut«, willigte er ein. »Haltet euch bereit, um die Daten der Abflugtrajektorie der *Posaune* und Flugverkehrsinformationen zu kopieren.«

»Wir haben die Daten, Kapitänin«, meldete der Steuermann gleich darauf.

»Daten sind kopiert«, teilte Sorus dem Werkschutz-Kommandanten mit. »Wir kehren um, wenn wir euren Umraum erreicht haben.« Es drängte sie, das Funkgespräch zu beenden, bevor ihre Stimme sie vielleicht verriet. »*Sturmvogel* Ende«, sagte sie zum Schluß, desaktivierte das Mikrofon mit einem Fausthieb.

Adieu. Tut mir leid. Auch wenn es dir nicht mehr hilft.

»Kapitänin Chatelaine«, merkte hinter ihr Milos Taverner an, »die Ihrer Spezies immanente Falschheit kennt keine Schranken.« Übergangslos stellte er eine Frage. »Können Sie nun die Position nennen, die *Stiller Horizont* einnehmen soll?«

Randvoll mit angestauten Verwünschungen, schwang Sorus ihr Kommandopult zu ihm herum. Doch an der schieren Unverrückbarkeit und der scheinbaren Augenlosigkeit seiner Erscheinung prallte sie nachgerade ab. Noch vor wenigen Stunden hatte seine Gegenwart genügt, um sie vergessen zu lassen, daß er einmal ein Mensch gewesen war; und sie kannte die Amnion inzwischen so gut, daß sie wußte, kein Mitglied dieser Spezies hätte je dem Druck nachgegeben, den man auf sie ausübte. Vielleicht verdiente sie, was die Amnion ihr antaten. Vielleicht hatte sie es immer verdient gehabt.

In finsterster Gemütsverfassung holte sie die Karten des Asteroidenschwarms, über die die *Sturmvogel* verfügte, auf einen Monitor; projizierte die von Retledge übermittelten Daten hinein; führte rasch einige Berechnungen durch. Dann gab sie Milos Taverner die erforderlichen Daten.

Sofort verließ der Halb-Amnioni die Brücke, um seine für

›Kontakt ohne Zeitverlust‹ geeignete Funkvorrichtung in Betrieb zu nehmen.

Während die *Sturmvogel* in den Asteroidenschwarm zurückflog, sich wieder der Innenzone von Deaner Beckmanns stellarer Domäne näherte, zweigte der Waffensysteme-Hauptoperator für den Antriebsschub ungenutzte Energie ab, um das Superlicht-Protonengeschütz aufzuladen.

MIKKA

Mikka hörte das Fauchen der sich lösenden Schläuche und das Knacken, mit dem die Kabel von den Steckverbindungen getrennt wurden; sie spürte den kräftigen Ruck, als die Greifer der Parkbucht das Raumschiff freigaben. Metall knirschte, als sollte es verbogen werden. Die *Posaune* legte vom Dock ab. Ob mit besseren oder schlechteren Aussichten, der Interspatium-Scout verließ das Schwarzlabor.

Noch immer rührte Mikka sich nicht von der Stelle. Sie blieb ans eine Ende ihrer Koje gekauert, den Rücken in die Ecke gedrückt, seit sie und Ciro die gemeinsame Kabine betreten hatten. Während die *Posaune* von dem Asteroiden abtrieb und den Wirkungskreis der geringen Schwerkraft verließ, hakte Mikka ein Bein unter die Gurte des Anti-G-Kokons, um nicht ins Schweben zu geraten. Sonst änderte sich nichts. Dem Schwarzlabor den Rücken zu kehren hatte keine größeren Unterschiede zur Folge.

Ciro lag vor ihr, den Oberkörper auf ihre Knie gestützt, den Kopf abgewandt; sie hielt die Arme um ihn geschlungen. Er weigerte sich zu reden. Aus seinem Mund war kein Wort mehr gekommen, seit er sie angefleht hatte, ihn zu töten. *Jetzt sofort. Solange noch die Gelegenheit da ist.*

Bitte.

So, hatte sie ihn angekeucht, nachdem sie mit ihm in die Privatsphäre der Kabine regelrecht geflüchtet war. *Jetzt verrätst du mir, was sich ereignet hat. Egal was es ist, wir stehen dagegen zusammen.*

Er hatte sie angeblickt, als hätte sie gedroht, ihm das Herz herauszureißen, ja als hätte sie schon damit angefangen;

bleich wie der Tod und ohne eine Träne in den Augen hatte er sie angestarrt, bis sie es nicht mehr ertragen konnte, schließlich die Augen von ihm abwandte. Aber eine Antwort hatte er nicht gegeben.

Erzähl's mir! hatte sie ihn angeschrien. *Heraus damit, verdammt noch mal! Ich kann dir nicht helfen, wenn du mir nicht sagst, was los ist.*

Er hatte nicht geantwortet. Statt dessen hatte er sich in der Koje zusammengerollt und das Gesicht der Wand zugedreht.

Geplagt von Atemnot, voller verzweifelten Lechzens nach Luft und Hoffnung, hatte sich Mikka zu ihm in die Koje geschwungen, in den Winkel gezwängt; ihn an sich gezogen, bis er auf ihren Knien lag und sie ihn in den Armen halten konnte. Und noch immer sagte er nichts. Er ließ sie nicht einmal sein Gesicht sehen.

Ihr Bruder. Und sie trug für ihn die Verantwortung: nur durch ihre Schuld war er überhaupt hier. Ihretwegen hatte er mit ihr auf der *Käptens Liebchen* angeheuert; ihr zuliebe hatte Nick ihn in die Besatzung aufgenommen. Heute war er der einzige Mensch, den sie noch zu lieben vermochte.

Nick zu verlieren hatte sie überlebt. Aber falls sie ihren Bruder verlor ...

Nachdem sie eingesehen hatte, daß er keinerlei Bereitschaft verspürte, sich ihr anzuvertrauen, weinte sie. Auch das war inzwischen vorbei. Jetzt hatte sie so trockene Augen wie er, kauerte in der Ecke und hielt ihn einfach nur in den Armen, während die *Posaune* aus dem Dock schwebte und die für den Start erforderliche Fluglage einnahm. Zum Abflug durch den Umraum des Schwarzlabors. Zurück ins weitverstreute, turbulente Gewimmel der ungezählten Gesteinsbrocken des Asteroidenschwarms.

Wie lange mochten sie brauchen? Leichter Schub bewegte das Raumschiff vorwärts. Erst mußte der relativ freie Raum rings ums Labor durchquert werden. Dann der Schwarm selbst; danach das Massif-5-System. Wieviel Zeit würde verstreichen, bis Nick sie, ihren Bruder und das ganze

Raumschiff aus der Reichweite jeder denkbaren Hilfe beförderte?

Wie lange konnte sie Ciros Schweigen erdulden?

Wahrscheinlich hatten Morn und Davies mittlerweile in der Luftschleuse Nick aufgelauert. Mit Erfolg? Mikka bezweifelte es; wenn Nick sich auf Angus' Beistand verlassen durfte, indem er ihm einfach zu helfen befahl, hatten sie wohl kaum Erfolg haben können. Nein, höchstwahrscheinlich waren Morn und ihr Sohn tot. Außer Nick hatte Morn vorerst das Leben geschenkt, weil es ihn wie einen Süchtigen danach gelüstete, sie zu erniedrigen und zu peinigen ...

Warum hatte Angus den beiden – Morn und Davies – Pistolen ausgehändigt?

Ciro sträubte sich gegen Mikkas Umarmung. »Ich möchte allein sein«, sagte er mit leiser, gepreßter Stimme.

Unwillkürlich verkrampften sich Mikkas Muskeln, als wäre sie mit einem Stunnerknüppel geschlagen worden.

»Bestimmt wirst du auf der Brücke gebraucht.« Trotzig hielt er das Gesicht weggedreht. Mikkas Arm dämpfte seine Stimme zusätzlich; sie klang nach einem kleinen Jungen. Einem Jungen, der wußte, das einzige Gute, das er noch erhoffen durfte, war der Tod. »Es wird schon wieder. Ich möchte bloß allein sein.«

Nein, wollte Mikka ihm entgegenschleudern. Nein, lag ihr als Erwiderung auf der Zunge, damit bin ich nicht einverstanden. Aber sie brachte keinen Laut hervor.

»Wenn du nicht auf die Brücke gehst, holt dich jemand. Vector oder Sib. Oder Nick, falls er dich noch immer bestrafen will. Ich kann nicht mehr. Wenn du gehst, kannst du vielleicht dafür sorgen, daß sie mich in Ruhe lassen.«

Für ihn war die Grenze des Zumutbaren überschritten. Nick hatte ihn Sorus Chatelaine geopfert, und jetzt war er vollständig fix und fertig.

Mikka schluckte, um Kehle und Gaumen zu befeuchten. Sie konnte ihm nicht helfen. Er wünschte ihre Hilfe nicht: er ließ nicht mehr mit sich reden. Es gab nur noch eines, was ihr offenstand, um etwas zu seinen Gunsten zu tun: ihm die

Würde zuzubilligen, das Vorgefallene auf seine Weise zu verwinden.

Nun versuchte sie zu antworten: Na gut. Wenn du es so willst. Doch auch diesmal kam, als sie den Mund öffnete, kein Ton heraus. Ihre Kapazität zum Tränenvergießen hatte sich erschöpft.

»Bitte, Mikka ...«

Ihr blieb nichts anderes übrig, als sich nach ihm zu richten. Sie faßte den Vorsatz, aus der Koje zu steigen, wenn sie ihre verspannten Muskeln gelockert hatte, und zur Tür zu gehen ...

Das Läuten des Interkom-Apparats vereitelte ihr Vorhaben im Ansatz.

»Mikka?« Morns Stimme. »Ciro?« *Morns* Stimme. »Ist bei euch alles klar? Darf ich reinkommen? Ich muß mit euch sprechen.«

Sofort fing Ciro plötzlich zu plappern an. »Nein, Mikka, laß sie nicht rein, ich will sie nicht sehen, ich kann sie jetzt einfach nicht sehen, laß sie bloß nicht rein ...«

Blut und Drangsal dröhnten mit einemmal dermaßen laut in Mikkas Ohren, daß sie beinahe den Eindruck hatte, taub zu sein. Sie warf einen Blick auf den Interkom-Apparat. Nein, Morn konnte Ciro nicht hören. Das Mikrofon war abgeschaltet.

»Es tut mir leid, daß es so lange gedauert hat, bis ich bei euch aufkreuze«, sagte Morn. »Ich weiß, ihr habt Schwierigkeiten. Ich will euch helfen. Aber es ist zwischendurch einiges passiert ... Bitte macht auf. Wir müssen uns unterhalten.«

Aber es ist einiges passiert ...

Trotz des Rauschens in Mikkas Gehör verstand sie jetzt schlagartig, was sie da hörte. *Morns Stimme.* Morn lebte. Und sie fällte ohne Rücksicht auf Nick eigene Entscheidungen.

Warum hatte Nick sie nicht umgebracht?

Die Bedeutsamkeit dieser Frage konfrontierte Mikka auf einmal so eindringlich, daß sie die momentane Bedrängnis überwog; dringend genug, um Ciros Gejammer an Wichtigkeit zu überbieten. Sie konnte unmöglich mißachten, wie viele Leben davon abhingen.

Sie schob Ciro beiseite und schwang sich aus der Koje. »Mikka«, bettelte Ciro unentwegt, »nein, bitte nicht, nein, nicht ...« Aber sie ignorierte ihn. Sobald sie das Kombinationsschloß der Tür erreichte, tippte sie den Öffnungscode ein.

Ciro verstummte, als wären ihm die Stimmbänder durchtrennt worden.

Eine Faust an einem Haltegriff, wartete Morn im Korridor. Sie war allein. Ihre Augen wirkten unnatürlich dunkel; verdüstert durch Zweifel und Sorgen.

Während die Tür zur Seite rollte, schenkte sie Mikka ein unsicheres Lächeln, dann betrat sie entschlossen die Kabine. Im Innern ließ sie sich vom schwachen Beschleunigungsdruck der *Posaune* zum Stehen bringen. Nach einem kurzen Blick in Mikkas Miene galt ihre Aufmerksamkeit Ciro, der in der Koje lag, ihr den Rücken zugedreht, das Gesicht abgewandt.

»Mein Gott«, fragte Morn leise, »was ist ihm denn zugestoßen?«

Zittrig schöpfte Mikka Atem. Das Dröhnen in ihren Ohren schlug in Wut um. Der Zorn tobte in ihrem Kopf wie ein Gewitter. »Nick hat ihn reingelegt. Als Köder mißbraucht. Ihn *geopfert*. Er wollte, daß die Leute der *Sturmvogel* ihn sich kaschen ... Ich weiß nicht warum. Es muß mit einem seiner ewig dreckigen Pläne zusammenhängen.«

Ihre Kehle schnürte sich ein. Keine Worte konnten ausdrücken, was sie empfand. Sie vollführte eine Geste der Ratlosigkeit. »Seit er wieder bei mir ist, benimmt er sich nur noch so. Erst hat er verlangt ...« Eigentlich war es ihr gar nicht möglich, so etwas auszusprechen, die bloße Vorstellung schmerzte zu sehr, doch irgendwie zwang sie sich dazu. »Er hat verlangt, ich sollte ihn töten. Jetzt will er dauernd, daß ich ihn in Ruhe lasse.«

Morns Augen weiteten sich; die Düsterkeit ihres Blicks wurde tiefer. »Ihn töten?« Ihr Mund formte die zwei Wörter kaum vernehmlich. Dann biß sie sich auf die Lippe.

Mikka sprach weiter; oder wenigstens glaubte sie zunächst, es zu tun. Die Absicht hatte sie jedenfalls. Wo ist Nick? wollte sie fragen. Was geht vor? Wieso lebst du überhaupt noch? Was hat Angus mit dir angestellt? Doch sie schaffte es nicht, einen einzigen Laut aus der Brust zu pressen. Ihr Schädel schmerzte, als wäre sie gerade erst gedroschen worden. Der Kopfverband bedeckte ein Auge, behinderte ihre Sicht. Und Morn betrachtete Ciro, als könnte sie aus den Umrissen seines verspannten Rückens sein ganzes Verhängnis ablesen.

Ein wenig wußte Mikka über Morn: sie war Nicks und ebenso Angus' Opfer gewesen. Nur das Zonenimplantat hatte ihre geistige Gesundheit gerettet. Aber als die Amnion ihr Mutagene in die Venen spritzten, hatte sie diesen Rückhalt nicht gehabt. Morn verstand etwas von Verhängnissen.

»Ciro.«

Sie nannte seinen Namen sehr leise. Der Klang ihrer Stimme jedoch genügte: Er zuckte zusammen.

»Dreh dich um, Ciro. Sieh mich an. Ich muß mit dir reden, und ich möchte, daß du mich dabei anschaust.«

Ciro drückte sich nur um so verbissener gegen die Wand.

Mit den Augen ersuchte Morn seine Schwester um Einwilligung zum Weitermachen. Knapp nickte Mikka, und Morn näherte sich der Koje. Dort klammerte sie eine Hand ans Gurtwerk, setzte sich auf die Kante der Koje und senkte die andere Hand auf Ciros Schulter.

Sie verzichtete auf den Versuch, ihn zu sich umzuwenden: Sie ließ ihn schlichtweg durch die Barrikade seiner Ablehnung ihre Gegenwart spüren.

»Ciro«, wiederholte sie. »Wir haben Nick überwältigt. Sib hat ihn gefesselt. Und Angus nimmt keine Befehle mehr von Nick an. Nick kann uns nicht mehr schaden.«

»Wie ...?« brach es in unbändiger Überraschung aus Mikka hervor. Wie, zum Teufel, habt ihr denn *das* hingekriegt? Aber sofort biß sie sich auf die Zunge. Sie mochte Morn nicht ins Wort fallen.

Ciros Körper ließ sich eine unterschwellige Veränderung anmerken. Er bewegte sich nicht, doch Mikka konnte ihm ansehen, daß er jetzt zuhörte.

»Der Funkspruch, durch den Nick an Angus' Prioritätscodes gelangt ist, kam von der *Rächer*«, erklärte Morn ruhig. »Von Dolph Ubikwe. Ich habe ja gesagt, ich glaube, daß sich da irgend etwas hinter den Kulissen abspielt. Daß da irgendwelche Entwicklungen in Gang sind, die uns Grund zum Hoffen geben. Diesmal hatte ich recht. Derselbe Funkspruch hat nämlich Angus' Computer neue Instruktionen übermittelt. Kaum hatte Nick mit euch das Schiff verlassen, hat Angus die Codes auch uns mitgeteilt. Sich uns praktisch zur freien Verfügung gestellt. Dann hat er uns erläutert, wie wir ihn von der Fremdbestimmung befreien könnten. Von der Abhängigkeit. Jetzt muß er keinen Prioritätscodes mehr gehorchen. Sie sind quasi blockiert, haben auf ihn keinen Effekt mehr. Er ist wieder zu eigenen Entscheidungen fähig.«

»Moment mal«, fuhr Mikka auf. Sie konnte sich nicht zurückhalten: was sie da hörte, jagte ihr Entsetzen ein. »Du hast seine Codes bekommen ... diesen Schweinehund unter deiner Gewalt gehabt ... und hast ihn *befreit?*«

Morn sah Mikka nicht an. Anscheinend hatte sie nicht das Bedürfnis.

»Er hat das Zonenimplantat benutzt, um mich zu quälen. Genau wie später Nick. Ich kann nicht auf diese Weise mit Menschen umspringen.«

Mikka preßte einen Handteller auf den Kopfverband, als könnte sie dadurch den Schmerz unterdrücken. Das war der Untergang. Sie waren allesamt erledigt. Morn konnte *nicht auf diese Weise mit Menschen umspringen.* Prächtig. Wunderbar. Statt dessen lieferte sie sich ihnen aus. Lieferte sich ein zweites Mal Angus Thermopyle aus. Und dabei war er nach wie vor ein Cyborg, oder etwa nicht? Jetzt stand es in seiner Macht, jeden so zu schikanieren, wie er einmal sie behandelt hatte.

Kein Wunder, daß Morn derartig mitgenommen aussah. Sie war übergeschnappt. Genau wie Nick.

Dennoch klang in ihrer Stimme keine Spur von Irrwitz an. *Ich kann nicht auf diese Weise mit Menschen umspringen.* Vielmehr hörte sie sich an wie eine Frau, die sich dazu durchgerungen hatte, Risiken hinzunehmen, die sie selbst erschreckten.

Mikka versuchte das Gefühl der Hilflosigkeit, das ihr Beklemmung verursachte, zu überwinden. »Und welche Entscheidungen trifft er?«

Mon hob den Kopf. Für einen Moment schloß sie die Augen, als wäre ihr das eine Hilfe, um ihre leidvollen Erinnerungen zu verkraften.

»Irgendwie haben er und ich vor längerem spontan etwas Ähnliches wie eine Abmachung vereinbart«, antwortete sie halblaut. »Einen Pakt, um uns gegenseitig am Leben zu halten. Er hat mir das Kontrollgerät zu meinem Z-Implantat überlassen. Ich hab's genommen und bin mit Nick gegangen, statt mich an den Sicherheitsdienst der KombiMontan-Station zu wenden. Deswegen fehlte es nachher an Beweisen, so daß man Angus nicht zum Tode verurteilen konnte. Und ich hatte, was ich benötigte, um mein Leben weiterführen zu können. Anscheinend ist diese ... An sich weiß ich gar nicht, wie ich's nennen soll. Diese Übereinkunft erachtet er wohl als noch gültig. Er hält sie ein. Und vielleicht denkt er, weil ich ihm die Befreiuung von den Prioritätscodes ermöglicht habe, ich hielte mich auch dran.«

Bedächtig öffnete Morn die Augen und sah Mikka an. Die Dunkelheit in ihren Augen war noch tiefer geworden.

»Zur Zeit überläßt er mir die Entscheidungen.«

Obwohl Mikka sich redlich Mühe gab, vermochte sie Morns Blick nicht zu erwidern. Nicht zum erstenmal fühlte sie sich in Morns Anwesenheit schlaff und unzulänglich; beschämt bis ins innerste Wesen. Morn hätte an Bord die Schwächste sein müssen. Auf alle Fälle hatte sie die ärgsten Leiden durchzustehen gehabt. Und doch war sie stärker als jeder andere. Sie wußte es bloß nicht.

»Und welche Entscheidungen triffst *du?*« erkundigte sich Mikka trotz eines inwendigen Bebens, das auf ihre Stimme übergriff.

Morn dachte über die Frage nach. »Wir folgen der *Sturmvogel*«, sagte sie; erweckte dabei den Eindruck, insgeheim die Antwort zu scheuen.

Sie hätte Ciro nicht wirksamer aufschrecken können. Unvermittelt warf er sich herum und heftete den Blick auf Morn. Aus seiner Miene sprach eine Aufgewühltheit, die Mikka nicht zu deuten wußte – eine so extreme Hoffnung oder Verzweiflung, daß beides sich nicht unterscheiden ließ.

Momentan jedoch sah Morn ihn nicht an. Vielmehr konzentrierte sie sich auf Mikka, als hätte sie Ciro vergessen.

Intuitiv durchschaute Mikka ihr Vorgehen. Auch sie vermied es, Ciro anzublicken, um ihn nicht in seine verkniffene Haltung der Abweisung zurückzutreiben. »Um Himmels willen, wie bist du denn«, fragte sie statt dessen Morn in reichlich mürrischem Stil, »ausgerechnet auf *die* Idee verfallen?«

»Das Raumschiff trug früher einen anderen Namen. Damals hieß es *Liquidator*. Meine Mutter ist bei einem Gefecht gegen dieses Schiff ums Leben gekommen. Die einzige Mutter, an die sich Davies erinnert. Auf eine recht umständliche Weise ist sie der Anlaß gewesen, weshalb er und ich Polizisten geworden sind. Letzten Endes sind wir's nur geworden, um eines Tages auf das Raumschiff, das unsere Mutter getötet hat, Jagd machen und es zur Strecke bringen zu können.«

Ciro stützte sich auf den Ellbogen, als wollte er Morns Gesichtsausdruck genauer erforschen. Er hob eine Hand in ihre Richtung, ließ sie dann jedoch sinken.

»Davies ist stärker als ich daran interessiert«, fügte Morn hinzu. »Oder besser gesagt: Ich möcht's auch, aber ich traue der Sache nicht. Rache ist zu kostspielig. Und vielleicht haben wir Wichtigeres zu tun. Nur hat sich unser Bewußtsein von seiner Geburt an verschieden fortentwickelt. Es steckt genug von Angus in ihm, um sein Denken zu beeinflussen. Und alles, was er seitdem erleben mußte, war viel zu kompliziert ... Er braucht einfache, klare Entschlüsse. Sie helfen ihm dabei, an dem festzuhalten, was er ist.«

Morn zuckte die Achseln. »Und ich muß Polizistin sein. Das ist es, was ich brauche. Also habe ich vielleicht, um endlich die Sorte Polizistin zu werden, die ich sein möchte, ganz von vorn anzufangen.«

»Nein«, begehrte Ciro so leise auf, daß es sich wie ein Gewinsel anhörte. »Nicht ...«

Morn sprach ihn an, ohne sich von Mikka abzuwenden. »Verstehst du, was ich sage, Ciro? Wir machen uns auf die Verfolgung der *Sturmvogel*. Und die Kapitänin der *Sturmvogel* hat dir etwas angetan.« Ein Unterton des Zorns wurde in ihrer Stimme spürbar, schliff ihre Worte scharf. »Sorus Chatelaine will dich irgendwie gegen uns benutzen. Nicht bloß gegen Nick.« Das stellte sie sofort klar. »Durchschaust du das, Ciro? Ich weiß nicht, was sie dir erzählt hat, aber was sie plant, ist nicht allein gegen Nick gerichtet. Er ist unwichtig. Sie arbeitet für die Amnion. Und die Amnion wollen *uns alle* tot sehen. Wir haben ein Antimutagen. Wir haben Davies. Obendrein wissen wir über ihre Experimente Bescheid, mit denen sie die Beschleunigung ihrer Raumschiffe auf nahezu Lichtgeschwindigkeit anstreben. Wenn sie uns nicht fangen können, müssen sie uns liquidieren. Darum ist Chatelaine hinter uns her. Egal wohin wir fliegen, sie folgt uns. Vor ihr sind wir niemals sicher. Damit haben wir eine sehr gute Begründung, um selbst nach ihr auf die Jagd zu gehen.«

»Bitte«, stöhnte Ciro, als ob sie ihm den Leib aufschnitte. Flehentlich hing sein Blick an Morn. »Tu mir das nicht an ...!«

»Nicht ich tu dir was an«, widersprach Morn. »*Sie* ist es. Sorus Chatelaine. Ich versuche nur, dir zu helfen, damit du's verstehst.«

Langsam rutschte sie am Rand der Koje entlang, bis sie Ciro ins Gesicht sah. Mikka hielt den Atem an, während

Morn die Hand so gemächlich, daß das Ergebnis unvermeidbar wirkte, an Ciros Brust hob und die Vorderseite seiner Bordmontur packte. Mit der Faust zog sie ihn hoch, bis er aufrecht vor ihr saß.

In unverhohlenem Grauen stierte er sie an. Aus Furcht zeigten seine Augen soviel Weiß, daß sie keine Pupillen zu haben schienen. Ihm stand der Mund offen. Trotzdem leistete er keine Gegenwehr. Irgendwie hatte Morn ihn völlig in ihrem Bann.

»Eventuell kannst du die Situation ja noch verändern«, sagte sie zu ihm. Zorn und Schmerz statteten sie mit einem solchen Maß an Kraft aus. »Wenn wir dich dir selbst überlassen und du ausführst, was Chatelaine von dir fordert, finden wir alle den Tod. So oder so. Falls wir nicht im Kampf sterben, verwandelt man uns in Amnion. Ausnahmslos, Ciro. Nicht etwa nur Nick. Nicht bloß Angus. Auch Mikka und mich. Sib, Vector und Davies. Eine Handvoll Antimutagen-Kapseln kann uns dagegen nicht schützen. Mehr haben wir nämlich nicht übrig. Sperren wir dich ein, so daß du ihren Willen nicht erfüllen kannst, werden wir voraussichtlich nicht gefangengenommen. Aber dann besteht nach wie vor die Gefahr, daß sie uns auslöscht. Ihr Raumer ist mit einem Superlicht-Protonengeschütz bewaffnet. Ein Treffer genügt.«

Mikka erschrak. Mit einem Superlicht-Protonengeschütz bewaffnet? Ach du Scheiße!

»Laß ihn in Frieden«, raunte sie Morn zu. »Meinst du nicht, daß 's ihm schon übel genug geht?«

Ciros Unterlippe zitterte. Die Furcht schien ihn mit Stummheit zu schlagen.

Morn bedrängte ihn weiter, als hätte sie alle Nachsicht vergessen und von Grausen nie etwas gehört. Jedes Wort, das sie äußerte, glich in seiner Schärfe einem Schnitt.

»Aber wenn du uns erzählst, was sie von dir verlangt, können wir womöglich etwas gegen sie unternehmen. Dann haben wir vielleicht noch eine Chance. Und wenn du uns verrätst, was sie an dir verbrochen hat, sind wir vielleicht dazu imstande, dir zu helfen.« Sie kam zum Schluß ihres Zuredens. »Es liegt an dir, Ciro. Aber du solltest dich lieber schnell entscheiden. Wir haben wenig Zeit.«

Noch immer ließ sie ihn nicht los.

»Es ist mein Ernst, Morn«, warnte Mikka sie in allerdings verhaltenem Ton. Ohrensausen und dumpfes Weh dämpften alles. Sie konnte die eigene Stimme kaum hören. »Jetzt reicht's. Es wäre netter, ihn einfach zu foltern.«

Morn beachtete sie nicht. Ihr Blick und ihre Faust an Ciros Bordmontur kannten keine Rücksicht.

Er zappelte in ihrem Griff. »Dann bringt ihr mich um.« Seine Stimme zitterte.

»Kann sein.« Allem Anschein nach schloß Morn nicht einmal diese Möglichkeit aus. »Mag sein, daß uns keine andere Wahl bleibt. Aber ehe es soweit kommt, wollen wir alles tun, was wir können, um dich zu retten. Und wir können jetzt, da wir das Raumschiff haben und Angus auf unserer Seite steht, eine *Menge* tun.« Sie schlug wieder einen etwas versöhnlicheren Tonfall an. »Ciro, sag's uns. Bitte. Gib uns eine Gelegenheit, um dir zu beweisen, daß du nicht allein bist.«

»Nicht *allein?*« Ciros Stimme bebte, versagte jedoch nicht. Morn hatte in seinem Innern an einen harten Kern der Aufsässigkeit gerührt; einer Vehemenz, die sich nun so geballt und heftig Bahn schuf, wie man es von seiner Schwester kannte. »Du willst mir beweisen, ich sei *nicht allein?* Und was ist mit Mikka? Wie *allein* ist sie?«

Verdutzt starrte Mikka ihn an.

»Du bist Polizistin«, rief Ciro, »Polizistin, ständig hältst du uns vor, daß du Polizistin bist. Ja, na schön, aber *sie* ist 'ne Illegale. Sib ist auch Illegaler. Sogar *Vector* ist Illegaler. Was willst du denn *ihnen* beweisen? Was bleibt denn ihnen übrig, wenn du mit deinem Polizeispielen fertig bist? Weshalb soll's schlimmer für sie sein, jetzt zu sterben? Wenigstens bietet sich ihnen 'ne Chance zum Kämpfen. Also müssen sie nicht rumsitzen und warten, bis sie *exekutiert* werden!«

Morn fuhr zurück, als hätte er ihr Säure ins Gesicht gespritzt.

Als sie seine Äußerungen hörte und Morns Reaktion sah, hatte Mikka genug; mehr konnte sie nicht ertragen; sie rastete aus. Sie ruderte mit den fast gewichtslosen Gliedern, schwebte zur Kojenkante, grapschte nach dem Rand, schwang sich daran hinab und richtete all die Wut der Verzweiflung gegen ihren Bruder.

»Red hier bloß nicht solchen *Scheiß!* Ich mach mir jetzt *gar keine Gedanken* über 'ne Exekution. Mich schert's kein bißchen, was in Tagen, Wochen oder *Monaten* passiert, falls uns überhaupt das Glück vergönnt ist, noch so lange zu leben. Im Moment mache ich mir ausschließlich Sorgen um *dich!*«

Sie rang um Beherrschung, senkte ihre Lautstärke. »Und danach kümmere ich mich darum, wie ich's den Armleuchtern heimzahlen kann, die uns diesen ganzen Schlamassel eingebrockt haben. Ich kann selbst die Verantwortung für meine Verbrechen tragen.«

Doch die Mühe des Beherrschens zerrüttete sie ebenso stark wie der Anblick seiner Furcht. Sie mußte schreien; das Gesicht zur Decke heben und heulen, bis ihr das Herz brach.

»Wenn du uns in den Rücken fallen willst«, zischte sie ihn erbittert an, »dann *tu's!* Aber benutze nicht *mich* als Vorwand. Und rede dich auch nicht mit Sorus Chatelaine raus! Sie hat nichts anderes getan, als dich unter Druck zu setzen. Sie ist nicht hier und hält dir keine Pistole an den Kopf.«

Sobald sie die volle Grobheit ihres vierschrötigen Naturells aufbot, war Ciro ihr nicht mehr gewachsen. Sie konnte ihm ansehen, daß angesichts ihrer derben Unverblümtheit sein restlicher Widerstandswille zerstob. Er mußte schon innerlich weich gewesen sein: Sorus Chatelaine hatte in seinem Innenleben etwas zertrümmert, das er zu seinem Rückhalt benötigte. Um ihn zum Sprechen zu bringen, hatte Morn ihn gnadenlos aus der Reserve gelockt. Und jetzt schalt seine Schwester ihn aus, als wäre er ein Stück Dreck ...

»Nein, sie ist nicht hier«, pflichtete er notgedrungen bei; gab es zu wie ein geprügeltes Kind. »Es ist viel schlimmer.«

Genau wie Morn stierte Mikka ihren Bruder an, als wäre sie plötzlich gelähmt. Angus hatte ihr den Schädel angeknackst. Warum hatte er ihr nicht auch die Trommelfelle zerhauen? Sie wollte nicht hören, was Ciro zu sagen hatte. Es mochte für sie zuviel sein.

Doch Ciro war zu einem Entschluß gelangt. In der Koje niedergeduckt, regelrecht in die Enge gedrängt, die Augen voller Gram, erzählte er Mikka und Morn mit schmerzlicher Stimme, was sie zu erfahren wünschten.

»Sie dient den Amnion, weil sie ihr ein Mutagen gespritzt haben. Ein spezielles Mutagen. Es wirkt langsam. Die Amnion haben ihr 'n Gegenmittel verfügbar gemacht. Es schiebt die Wirkung des Mutagens auf. Sie bleibt so lange Mensch, wie sie das Gegenmittel erhält. Solang ihr Nachschub zugeht. Aber sobald sie's nicht nimmt oder man es ihr verweigert, tritt die Wirkung des Mutagens ein.«

Seine Stimme sank beim Sprechen immer weiter herab. Aber gleichgültig, wie leise sie wurde, Mikka konnte sie hören. Das Getöse, das in ihrem Schädel widerhallte, gewährte ihr keinerlei Schutz. Es stand außerhalb ihrer Macht, sich selbst zu verzeihen. Nick hatte Ciro geopfert, und sie hatte daran schuld. Sie hatte Nick ihren Bruder so gewiß ausgeliefert, als hätte auch sie in ihm nichts anderes als einen Köder gesehen.

»Sie hat das gleiche mit mir gemacht. Sie und ein Mann. Ich glaube, es könnte Milos Taverner gewesen sein.«

Inzwischen rannen ihm Tränen aus den Augen, aber er bemerkte sie nicht. Auch Mikka nahm sie kaum wahr.

»Mir ist von ihr versprochen worden, wenn ich unsere Antriebsaggregate sabotiere, so daß wir nicht mehr dazu in der Lage sind zu fliehen oder uns zu wehren, will sie mich in ihre Crew aufnehmen und mit dem Gegenmittel versorgen.« Ein Schluchzen beengte ihm die Kehle. »Damit ich Mensch bleibe.«

In ihre Crew aufnehmen. Mikka stöhnte. »Und das glaubst du?«

»Ich muß«, antwortete er schlichtweg.

Muß? Natürlich mußte er es glauben. Sorus Chatelaine hatte ihm ein Mutagen in die Adern injiziert. Es gab nichts anderes mehr, an das er hätte glauben können.

Mikkas Drang zum Heulen schwoll bis zu so einem Maß an, daß sie es nicht mehr zu unterdrücken vermochte. Sie stieß sich von der Koje ab, schwang aus purer Hilflosigkeit die Fäuste und gab einen Schrei von sich, der aus innerstem Herzen drang.

Sofort packte Morn sie am Brustteil der Bordmontur, hielt sie auf die gleiche Weise wie vorher Ciro fest. Ihre Augen waren kalt und düster, trostlos wie eine Eiswüste. »Mikka! Für so was haben wir *keine Zeit!*«

Ihre Worte trafen Mikka wie eine Ohrfeige. Sie führte einen wilden Hieb nach Morns Kopf. Doch die G war zu niedrig, um ihr für dergleichen hinlänglichen Halt zu geben. Die eigene Kraft lenkte sie vom Ziel des Faustschlags ab.

Als sie sich an der Kabinenwand abgefangen hatte, stand Morn schon an der Interkom.

Ohne auf Mikka zu achten, aktivierte sie den Apparat.

»Vector? Bist du da? Ich brauche dich!«

»Ich bin hier, Morn«, ertönte unverzüglich Vectors Antwort. Infolge Konzentration oder des Metalls der Schaltkreise klang seine Stimme zerstreut; zu weit fort, als daß man ihn erreichen könnte. »Laß mir noch zwanzig Minuten. Ich möchte ungern mitten in dieser Sache aufhören.«

»Vector ...«, begann Morn.

»Es wird großartig«, beteuerte er, als hätte er sie nicht gehört. »Ich verfasse gerade den Text für einen Funkspruch. Unter meinem Namen, ich hoffe, das sorgt für eine gewisse Glaubwürdigkeit. Im wesentlichen steht drin, daß ich nach meinem Abgang von Intertech die damals dort betriebenen Forschungen zu Ende geführt habe. Daß das Resultat ein Antimutagen ist. Ich nehme auch die Formel in den Text auf und schlage vielleicht ein paar zur Verifikation taugliche Tests vor. Wir können auf Dauerabstrahlung schalten und den Funkspruch überall senden, wo wir sind. Jeder, der ihn empfängt, kann das Immunitätsserum selbst herstellen. Guter Gott, Morn, ich habe immer davon *geträumt*, so etwas zu tun. Ich kann noch gar nicht glauben, daß es nun wahr wird. Dadurch hat sich alles gelohnt, was hinter uns liegt.«

»Aber *nicht jetzt*«, erwiderte Morn in scharfem Ton. Ihre Stimme strotzte von Empörung. »Vector, ich *brauche* dich! Dein Funkspruch kann warten. Das hier *nicht*.«

So ausgedehntes Schweigen folgte, daß Mikka schon befürchtete, Vector würde sich weigern. Dann knackte der kleine Lautsprecher.

»Na gut. Ich komme. Wo bist du?«

»In Mikkas Kabine.«

Morn schaltete den Interkom-Apparat ab.

Mikka klammerte sich an einen Haltegriff. Erst einen Moment später merkte sie, daß sie vor sich hinjapste. Sie konnte nicht mehr denken; sie verstand nichts mehr. Es schien, als ob Morns wachsender Zorn irgendwie die gesamte Luft der Kabine verbrauchte.

In Ciros Augen zeigte sich schwacher Glanz, der ein Anzeichen frischer Hoffnung sein mochte. »Was kann Vector denn ausrichten?« fragte er mit stockender Stimme.

Morn fuhr zu ihm herum, als müßte sie dem Wunsch widerstehen, ihn anzuschreien. »Verdammt noch mal, Ciro, was glaubst du denn, *wofür* man ein Antimutagen benutzt? Ich weiß nicht, ob's in deinem Fall hilft. Ein Immunitätsserum ist nicht dasselbe wie ein direktes Gegenmittel. Das Immunitätsserum hätte *vor* dem Mutagen in deinem Körper sein sollen. Ich habe keine Ahnung, was geschieht, wenn das Mutagen schon drin ist. Aber wir werden's herausfinden. Den Versuch ist's, bei Gott, wert.«

Ciro musterte sie; dann legte er die Hände über die

Augen, als wagte er nicht daran zu denken, daß sie recht haben könnte.

Zu ihrer Bekümmerung mußte Mikka einsehen, daß sie so schnell nicht mithalten konnte; sie hatte nicht die Fähigkeit, so unvermittelt von Verzweiflung zu Hoffnung überzuwechseln. Ihre zerrissenen Gefühle ließen es nicht zu. Sie mußte irgend etwas tun, um ihren inneren Aufruhr zu bezähmen. Um nicht nochmals in Geschrei auszubrechen, schwang sie sich zur Tür und öffnete sie für den Fall, daß Vector nicht wußte, welche Kabine sie bewohnte.

Doch er stand schon davor und hatte die Hand gehoben, um anzuklopfen.

Reichlich roh – wie grob, scherte sie nicht – grapschte sie nach seiner Bordmontur und zerrte ihn herein, schloß hinter ihm die Tür.

Völlig überrascht fuchtelte er in dem aussichtslosen Versuch, einer vertretbaren Trajektorie zu folgen, mit den Armen. Doch sofort half Morn ihm dabei, sich abzufangen, legte beide Hände auf seine Schultern, um ihm Halt zu geben; ihm und sich selbst.

Vectors blaue Augen leuchteten: Er war dem Entzücken so nahe, wie Mikka es bei ihm noch nie erlebt hatte. Aber er war stets jemand gewesen, der sich zu konzentrieren verstand. Sobald er Morns, Ciros und Mikkas Miene sah, vergaß er seinen persönlichen Enthusiasmus.

»Was ist passiert?« fragte er ruhig. »Wie kann ich behilflich sein?«

Morn holte tief Luft, hielt den Atem einen Moment lang an, als bräuchte sie Zeit, um abermals Mut zu sammeln. Dann gab sie Vector eine kurze, bündige Zusammenfassung von Ciros Ereignisbericht.

»Du weißt über Mutagene mehr als wir alle zusammen«, sagte sie abschließend. »Und über Antimutagene. Sag uns, was wir noch machen können.«

Als Bordtechniker mochte Vector Shaheed lediglich tüchtig gewesen sein. Auf anderen Gebieten jedoch war er erheblich mehr als das. Ein leichter Ausdruck des Mißmuts verdunkelte sein rundliches Gesicht – eine Art von stummem Kommentar zu Ciros Schicksal –, aber er wußte auf Anhieb, wie sie vorzugehen hatten.

»Packen wir einfach eins nach dem anderen an«, sagte er in rauhbeinig-gutmütigem Tonfall zu Ciro: dem Ton eines Mannes, der keinen Anlaß zur Panik sah. »Nimm unbedingt weiter das Gegenmittel ein. Selbst wenn es nur zeitweilig wirkt, es verlängert die Frist. *Wieviel* Zeit bleibt denn eigentlich noch?«

Mikka begriff kaum, was er da redete; Chaos und Fatalismus tosten durch ihr Gemüt. Ciro hingegen ging so sachlich, wie es ihm momentan möglich war, auf Vectors Frage ein. »Sie hat mir Pillen für zwölf Stunden mitgegeben«, antwortete er, obwohl sein Kehlkopf konvulsivisch zuckte. »Ich muß in ...« Sein Blick streifte das Wandchronometer der Kabine. »In neun Minuten muß ich wieder 'ne Pille schlucken.« Er klaubte ein kleines Fläschchen aus der Tasche der Bordmontur. »Mehr hab ich nicht übrig.«

Vector nickte. »Das müßte reichen.« Ohne Zögern wandte er sich zur Tür. »Ich brauche 'ne Spritze. Ich bin gleich zurück.«

Mikka war zumute, als verlöre sie die Besinnung; als wäre sie eine Ertrinkende. Sie wußte nicht, wie sie mit der Besorgnis, Morn könnte unrecht haben, umgehen sollte; der Furcht, Vector könnte zu spät gekommen sein, um Ciro zu retten. »Wozu soll denn das gut sein?« schnaufte sie, röchelte nach Luft.

Vector schaute sie an und hob die Brauen. »Ich muß eine Blutprobe nehmen«, erklärte er. »Der MediComputer kann sie analysieren. Vielleicht werden mir dadurch nicht alle Fragen beantwortet, aber ich ersehe daraus, wie stark das Mutagen den Mutagenen ähnelt, gegen die Nicks Antimutagen wirksam ist. Inzwischen weiß ich beträchtlich mehr über die Effektivitätslimits des Mittels, als ich noch vor ein paar Stunden wußte.«

Ciro hing an seinen Lippen, lauschte jedem Wort, als wäre Vector dazu imstande, ihm durch bloßes Reden das

Menschbleiben zu garantieren. Mikka jedoch konnte sich nicht zurückhalten. Falls sie sich zu glauben durchrang, daß Vector ihrem Bruder helfen konnte, aber später sein Vorhaben mißlang, schlug sie ihn möglicherweise tot.

»Und wozu«, stieß sie hervor, als wäre sie am Ersticken, »soll *das* nützlich sein?«

Vector hob die Schultern. »Wenn die Ähnlichkeit groß ist und Chatelaines Gegenmittel das Mutagen tatsächlich in passivem Zustand beläßt, müßte unser Antimutagen anschlagen. Du mußt beachten, daß es keine organische Immunität hervorruft. Die menschliche DNS wird davon nicht gegen Mutagene gefeit. Vielmehr handelt es sich im Prinzip um eine gentechnisch erzeugte Mikrobe, die als eine Art von Bindemittel fungiert. Sie fixiert sich an den Nukleotiden des Mutagens und neutralisiert sie. Dann scheidet der Körper beide als Abfallprodukt aus. Natürlich wäre es normalerweise sinnlos, das Immunitätsserum zu nehmen, nachdem ein Mutagen injiziert wurde. Der Grund ist die Sofortwirksamkeit der Amnion-Mutagene. Aber wenn dieses Mutagen vorerst passiv bleibt, dürfte unser Antimutagen eine gute Aussicht haben, mit ihm fertig zu werden.«

Morn schob ihn zum Ausgang. »Am besten beeilst du dich«, drängte sie ihn. »Diskutieren können wir darüber ein anderes Mal.«

Vector nickte. Trotzdem wartete er noch lange genug, um Mikka die Gelegenheit zu weiteren Fragen oder Einwänden zuzugestehen.

Mikka biß sich auf die Lippe und krallte die Finger in die Beine der Bordmontur, um sich zum Schweigen zu zwingen.

Vector neigte den Kopf, als wollte er sich verneigen. Die Geste erweckte einen seltsam förmlichen Eindruck, war anscheinend ein Zeichen des Respekts. Im darauffolgenden Moment vollführte er einen eleganten Satz zur Tür und schwebte zur Kabine hinaus.

Unverzüglich stieß Mikka sich von der Wand ab, schwang sich zu Ciro in die Koje.

Diesmal erwiderte er, als sie ihn umfing, ihre Umarmung.

»Es tut mir leid«, flüsterte sie. »Ich wollte nicht so hart zu dir sein. Ich habe bloß derartig schreckliche Sorge um dich, daß es mich schier wahnsinnig macht.«

Stumm nickte Ciro und drückte sich fester an sie.

»Ich gehe zurück auf die Brücke«, kündete Morn an. Ihre Stimme schien aus weiter Ferne zu kommen. »Die anderen müssen erfahren, was los ist.« Sie meinte Sib, Davies und Angus. »Und vielleicht ist Angus auch eine Hilfe. In seinen VMKP-Datenspeichern könnte sich irgend etwas Aufschlußreiches finden lassen.«

Der Kopfverband behinderte Mikkas Sicht. Sie gab keine Antwort. Es beanspruchte sie zu sehr, ihren Bruder in den Armen zu halten.

DARRIN

Tief im Innenbereich des Asteroidenschwarms, der Deaner Beckmanns Schwarzlabor als Schutz diente, saß Darrin Scroyle an seiner Kommandokonsole und beobachtete drei Crewmitglieder der *Freistaat Eden* bei der Arbeit. Sie hatten Externaktivitäten aufgenommen, befanden sich jedoch so nah am Raumschiff, daß die Scheinwerfer und Außenbordkameras sie problemlos erfaßten. Darrin verfolgte ihre Tätigkeit auf dem größten der Brücken-Monitoren.

Durch den Stoff der Bordmontur kratzte er sich geistesabwesend an der Brust. Nie wandte er die Augen von der Bildfläche. Falls sich irgendwo im chaotischen Durcheinander des Asteroidenschwarms rings ums Raumschiff Bedrohliches abzeichnete, erhielt er von der Brückencrew früh genug Meldung; doch sollten seine drei Leute draußen irgendwelche Schwierigkeiten haben, wollte er es selbst sehen. Dadurch mochte er zu rechtzeitigem Einschreiten fähig sein und die Möglichkeit haben, sie zu retten.

Mit Greifern und Kompressionshaken hatten sie sich Halt auf der rauhen Oberfläche eines Asteroiden verschafft, der kaum größer war als die Brücke der *Freistaat Eden*. Gegenwärtig drängten sie sich um einen Betonsockel, der als Verankerung eines der Relais diente, die Scanningdaten und Funkverkehr vom und zum Schwarzlabor weiterleiteten.

Falls die Erkenntnisse, die Darrin bei seinem letzten Besuch des Schwarzlabors gewonnen hatte, noch stimmten, mußte sein Raumschiff diese Position erreicht haben, ohne von Beckmanns Ortungsinstrumenten erfaßt zu werden.

Die Kommunikationszentrale wußte nicht, wo er sich befand ...

Außer er hatte einen Fehler begangen ...

Er zuckte die Achseln. Fehler oder kein Fehler, er war hier. Und wenn seine Leute ihre Arbeit richtig erledigten, würde sich bald klären, ob er sich in dieser oder jener Hinsicht verrechnet hatte.

Der Anblick schwacher menschlicher Leiber, die wie Blasen mitten im unkalkulierbaren Umherstieben dermaßen vielen Gesteins trieben, verursachte ihm im Magen ein mulmiges Gefühl. Bei ihm war das der Normalfall: Schon immer war es ihm leichter gefallen, EA selbst durchzuführen, als ihnen zuzuschauen; trotzdem scheute er die Observation nicht. Wenn seine Untergebenen außerhalb des Schiffs das Leben riskierten, konnte er wenigstens ein bißchen Unwohlsein erdulden, um ein Auge auf sie zu haben.

Ein paar Minuten später drang Statikgeknister aus dem Brückenlautsprecher. »Ich glaube, wir sind fertig, Kapitän.« Eine Frauenstimme: die Stimme Pane Suesas, seiner Ersten Offizierin. »Sieht ganz so aus, als müßt's funktionieren. Wie ist der Empfang?«

»Datensysteme, Empfangsqualität?« fragte Darrin, ohne den Blick vom Bildschirm zu nehmen.

»Ausreichende Qualität, Kapitän«, meldete der Datensysteme-Hauptoperator. »Bei dieser Entfernung läßt die Statik sich leicht ausfiltern. Aber erst müssen wir den Code knacken.«

»Ist das 'n Problem?« erkundigte sich Darrin, obwohl er die Antwort kannte.

Der Datensysteme-Hauptoperator lachte spöttisch. »Für mich? Nein.« Hätte er nicht regelmäßig seine hohe Meinung von sich selbst gerechtfertigt, wäre er Darrin unerträglich gewesen. »Bis die EA-Gruppe wieder in der Luftschleuse steht, wissen wir alles, was das Labor weiß.«

»Ausgezeichnet.« Darrin beugte sich übers Mikrofon. »Pane«, gab er Bescheid, »der Empfang ist gut. Ihr habt's hingekriegt. Kommt an Bord zurück, ehe ich vom Zuschauen raumkrank werde.«

»Aye, Kapitän«, lautete die Erwiderung.

Gleich darauf readjustierten seine Erste Offizierin und ihre beiden Begleiter die umgeschnallten Lenkdüsen; Schübe komprimierten Gases beförderten sie in die Richtung der *Freistaat Eden*.

Von ihrem Platz an den Waffensystemen warf Alesha einen ernsten Blick herüber zu Darrin. Sie war, so wie er, im Sessel angegurtet. Das Raumschiff schwebte ohne Bordrotation im All: Zentrifugalschwerkraft hätte inmitten des Asteroidenschwarms die Manövrierbarkeit der *Freistaat Eden* herabgesetzt. Alesha mußte sich, um Darrin ansehen zu können, gegen die Gurte stemmen.

»Bist du sicher, daß sie nicht merken, was wir tun?«

»›Sie‹? Succorso und Thermopyle?« Seine volle Aufmerksamkeit galt Pane und ihren Kameraden: deshalb verstand er Aleshas Frage zuerst nicht. »Ach«, sagte er dann, »du meinst Beckmanns Kommunikationszentrale.«

Alesha nickte.

Er schüttelte den Kopf. »Ja und nein, kann ich da nur sagen. Wenn mir 'n Fehler unterlaufen ist oder inzwischen Installationen verlegt worden sind, ist nicht auszuschließen, daß wir auffallen. Aber selbst in diesem Fall können sie unseren Sender nicht anpeilen, weil er absolut passiv ist. Er fügt nichts hinzu und entfernt nichts, stört nicht, verzerrt nichts, hinterläßt keine Spuren. Er liest lediglich die Signale, die das Relais passieren, und funkt sie uns zu. Also sind wir zumindest für eine Weile sicher.«

Die Kameras folgten den drei Crewmitgliedern, die zur *Freistaat Eden* umkehrten. Infolge langsam wechselnder Brennweite wurde das Abbild der Asteroiden im Hintergrund nach und nach unscharf. »Sobald unsere Datensysteme sie entschlüsselt haben«, fügte Darrin hinzu – mehr um seinen Magen zu beruhigen, als weil Alesha solcher Erläuterungen bedurft hätte –, »erfahren wir alles, was sich in diesem Quadranten von Beckmanns Scanningnetz abspielt.

Wir können jeden Funkspruch hören, den seine Kommunikationszentrale aus dieser Gegend empfängt oder in sie abstrahlt. Dadurch finden wir heraus, wo die *Posaune* steckt, oder, falls sie inzwischen abgeflogen ist, welchen Kurs sie genommen hat. Und wir ersehen, ob irgendwelche anderen Raumer in ihrer Nähe herumgeistern ... Oder sie verfolgen.«

Kurz überlegte Darrin, ob er sich richtig ausgedrückt hatte, bevor er seine Darlegungen beendete. »Außerdem können wir, falls nötig, unseren Sender sprengen und damit den gesamten hiesigen Sektor des Scanningbereichs neutralisieren. Damit würde praktisch jeder, der sich darauf verläßt, ortungsmäßig blind.«

»Hört sich gut an«, äußerte Alesha mit einem Ansatz zur Skepsis in ihrem Tonfall. »Hört sich *zu* gut an. Es klingt einfach zu leicht. Wenn wir dazu imstande sind, warum nicht auch die *Posaune*? Warum nicht die *Rächer*? Oder das Raumschiff, das der *Posaune* aus dem Bannkosmos nachgeflogen ist?«

»Sicherlich könnten sie's.« Je näher Pane und die zwei übrigen Crewangehörigen dem Schiff kamen, um so merklicher linderten sich Darrins Magenbeschwerden. »Aber die *Posaune* dürfte sich dafür nicht die Zeit nehmen. Sie wird's eilig haben, aus dem Asteroidenschwarm zu verschwinden. Und die *Rächer* ist noch nicht eingetroffen.« Die Bordmontur schützte seine Brust: er konnte sich soviel kratzen, wie er wollte. »Und wo dieses andere Raumschiff ist, weiß ich nicht. Vielleicht befindet es sich gar nicht im Massif-5-System. Oder es lauert irgendwo in der Nachbarschaft der *Rächer*. Das ist einer der Gründe, weshalb wir das Relaissystem melken. Wir müssen wissen, wo die anderen Beteiligten sind, um uns auf die Ereignisse einzustellen.«

Alesha nickte ein zweites Mal. »Ich weiß. Ich wollte dich's nur erklären hören.«

Im Laufe der Jahre hatte sie bei mehreren Gelegenheiten ihm gegenüber erwähnt – manchmal mit mehr als nur gelinder Erbitterung –, er hätte die Begabung, auch die unmöglichste Situation auf eine Weise zu beschreiben, durch die sie bewältigbar wirkte. Diesmal jedoch merkte man ihrer Stimme keine Bitternis an. Sie hatte schon ernstzunehmendere Bedenken übergangen, um sich auf die Gegenwart zu konzentrieren; das ihre getan, um die *Freistaat Eden* durchzubringen.

Die Kameras begleiteten das EA-Team bis zur offenen Luftschleuse an der verkratzten Rumpfseite des Raumschiffs.

Mit offensichtlicher Befriedigung drückte der Datensysteme-Hauptoperator eine Taste. »Geschafft, Kapitän.« Er verzichtete auf jede Anstrengung, um seine Selbstgefälligkeit zu verbergen. »Ich gebe jetzt die Daten an Scanning- und Kommunikationskonsole weiter.«

»Macht 'n guten Eindruck, Kapitän«, kam während des Sichtens der Übertragung eine Meldung von der Scanninginstrumente-Konsole. »Wenn du die Observation des EA-Teams abgeschlossen hast, schalte ich dir die Projektion auf den Großbildschirm.«

Pane hatte sich vor der Luftschleuse an einem Schäkel festgehakt und winkte ihre Begleitung in die Schleusenkammer. Darrin gelangte zu der Auffassung, daß dem Trio nichts mehr zustoßen konnte. »Glänzende Arbeit«, sagte er mit einem Seufzer der Erleichterung zum Datensysteme-Hauptoperator. »Ich bin soweit«, rief er anschließend zur Scanninganlagen-Konsole hinüber.

Sofort erlosch auf dem Großmonitor die Videoübertragung, wich einer 3-D-Scanningschematik.

Ein Gewirr blauer Pünktchen zeigte Felsbrocken an. Grüne Indikatoren wiesen auf Ortungsstationen und Relais hin; gelbe Anzeigen verwiesen auf eingebunkerte Artillerie. In einer Ecke der Darstellung war Leere zu sehen: der freie Raum im unmittelbaren Umkreis des Schwarzlabors. Das Bild flimmerte schwach, weil Beckmanns Ortungssysteme sich permanent dem andauernden Wechseln der Positionen all der vielen Asteroiden anpassen mußten.

Zwei rote Punkte mitten in dem Wirrwarr markierten Raumschiffe.

Die Schematik identifizierte sie nicht mit Namen, sondern in Codeform. Dennoch erkannte Darrin auf den ersten Blick, daß keines von beiden die *Freistaat Eden* sein konnte. Keines war einem Relais so nah. Und beide befanden sich im Flug.

Also hatte man im Schwarzlabor keine Kenntnis von der Anwesenheit der *Freistaat Eden*. Infolgedessen durfte nach normalem menschlichen Ermessen davon ausgegangen werden, daß auch niemand anderes davon wußte.

Ein rotes Echo entfernte sich vom Schwarzlabor und suchte sich einen Weg durch die Mitte des Quadranten. Das andere Echo hielt vom Rande der Übersicht auf den Umraum des Labors zu.

Einen Moment später ergänzte der Scanningcomputer das Bild um ein gelbes Pünktchen: die Position der *Freistaat Eden*. Nur wenige Tausend km trennten sie von dem Raumfahrzeug in der Mitte des Bildschirms.

»Hast du die Identifikationen dieser Schiffe dechiffriert?« fragte Darrin.

»Ich bin noch bei der Koordination, Kapitän«, antwortete der Kommunikationsanlagen-Hauptoperator. Der Funkverkehr zwischen Raumschiffen und der Kommunikationszentrale geschah durch eigenen, von den Datenströmen des Scanningsystems separierten Datenaustausch. Doch durch schnell durchführbare Zeitsegment-Vergleiche ließ sich bestimmen, welcher Datenstrom zu welchem Radarecho gehörte.

Innerhalb von fünf Sekunden ersetzte ein Name den Code über dem roten Indikator in der Bildmitte.

Posaune.

Ganz eindeutig strebte sie vom Labor fort, flog schwarmauswärts. Und in einem Abstand von nur 2000 km von der *Freistaat Eden*.

»Ziel erfaßt«, sagte Alesha, ohne jemanden Bestimmtes anzusprechen. Trotz der geringen Distanz hätte sie durch dermaßen viel wirr dahertrudelndes Gestein die *Posaune* nicht einmal bei ganztägigem Beschuß treffen können. Der Interspatium-Scout blieb gegen das Scanning der *Freistaat Eden* vollkommen abgeschirmt. Dennoch entfachte Aleshas Hinweis in Darrins Brust ein kleines Fünkchen der Erregung.

Anspannung oder Tatendrang rief bei der Brückencrew unwillkürlich eine straffere Haltung hervor, sie saß unversehens aufrechter in den G-Andrucksesseln. Von sich aus, ohne Anweisung, projizierte der Steuermann eine Extrapolation des Kurses der *Posaune,* errechnete einen Abfangkurs und fügte beides der Darstellung ein.

In drei Stunden war die *Freistaat Eden* dazu imstande, die *Posaune* abzufangen und anzugreifen.

Darrin lag der Befehl *Also los, nichts wie durchgestartet* auf der Zunge, da erschien auf der Mattscheibe der zum zweiten roten Indikator gehörige Schiffsname.

Sturmvogel.

»Au verdammt noch mal«, raunte Alesha, als spräche sie fürs ganze Schiff. »Sie war auch in Kassafort. Was macht sie jetzt hier?«

Darrin wußte es. In diesem Fall konnte er auf Eingebungen verzichten; die Logik alles Zusammenfallenden war zu offen ersichtlich. »*Sturmvogel*«, sagte er leise. »Kapitänin Sorus Chatelaine. Ihrer Reputation zufolge soll sie für den Kassierer tätig gewesen sein. Und gelegentlich für die Amnion. Da haben wir das Raumschiff, das der *Posaune* aus dem Bannkosmos gefolgt ist.«

Er war sich vollkommen sicher.

»Es gibt Schwierigkeiten, Leute«, warnte Alesha die Brücke. Ihre Erfahrung und die Beziehung zu Darrin verliehen ihr das Recht zu solchen Aussagen. »Wir müssen mit Komplikationen rechnen. Haltet euch bereit.«

Darrin räusperte sich.

»Wenn sie weiß, wo die *Posaune* ist«, gab er zu bedenken, »bedeutet sie für uns Konkurrenz.« Er nahm an seiner Kommandokonsole einige Näherungsberechnungen vor und besah sich die Ergebnisse. »Falls sie jetzt umdreht, könnte sie die *Posaune* vor uns erreichen.« Der Interspatium-Scout flog einen gleichmäßigen, effizienten Kurs durchs Labyrinth der Asteroiden, aber ohne erkennbare Eile. Wer die Risiken nicht scheute, konnte die *Posaune* durchaus einholen. »Sogar wenn sie wartet, bis sie im Umraum des Schwarzlabors anlangt, um von dort aus der Partikelspur der *Posaune* nachzufliegen, bleibt sie nah dran. Wenn sie nicht weiß, wo die *Posaune* steckt, brauchen wir uns natürlich überhaupt nicht mit ihr abzugeben. Sie fliegt in die verkehrte Richtung. Bis Beckmann ihr mitteilt, was sie wissen muß, ist es zu spät, als daß sie sich noch einmischen könnte.«

»Und was glaubst du, Kapitän?« fragte der Kommunikationsanlagen-Hauptoperator sachlich. Nicht Alesha: Darrin vermutete, daß seine Waffensysteme-Hauptoperatorin sich längst eine eigene Meinung gebildet hatte.

Für die Dauer dreier Herzschläge schwieg Darrin, betrachtete nur die Darstellung auf dem Großbildschirm und ließ die immanente Logik des Geschehens auf sich einwirken. Dann schüttelte er den Kopf und traf eine Festlegung.

»Sie weiß es. Wenn Chatelaine so tüchtig ist, daß sie's geschafft hat, der *Posaune* bis ins Massif-5-System zu folgen, ist sie auch fähig genug, um den Job zu Ende zu führen.«

Ihm war es ohne weiteres möglich, etwas so einfach zu sehen und danach zu handeln, als beruhte es nicht auf Spekulation, sondern wäre eine Tatsache.

»Allerdings wünschen die Amnion keine Vernichtung der *Posaune*«, ergänzte er im nächsten Moment seine Überlegungen. »Sie wollen sie kapern lassen, die Fracht haben. Das heißt« – er schaute sich auf der Brücke um, sah jedem Crewmitglied ins Gesicht, um sich davon zu überzeugen, daß alle sich auf die Situation eingestellt hatten –, »wir sollten dafür sorgen, daß wir sie als erste erwischen.«

Niemand zögerte. »Ich bin schon dabei, Kapitän«, meldete der Steuermann halblaut, während ihm von den

Daten- und Scanningsystemen Informationen zuflossen. Gleichzeitig veranlaßte Alesha, daß Energie zum Aufladen der Materiekanone des Raumschiffs abgezweigt wurde.

Darrins Blick huschte über die Anzeigen seiner Kontrollkonsole, er sah, die Luftschleuse war geschlossen worden. Pane und ihre Begleitung waren außer Gefahr.

Er gab den Startbefehl, und der Steuermann zündete den Pulsator-Antrieb der *Freistaat Eden*. Das Raumschiff erhielt Schub.

Darrin blieb sich darüber im unklaren, was er eigentlich empfand, bis sein Blick das nächste Mal auf Alesha fiel. Aus dem geringen Abstand zwischen ihren G-Andrucksesseln konnte er sehen, daß sich an ihren Schläfen winzige Schweißperlen sammelten. Im Laufe all der Jahre, seit er sie liebte, hatte er sie nur schwitzen sehen, wenn sie Furcht gehabt hatte.

Da erkannte er, daß auch er Furcht verspürte.

„Wir holen nicht auf." – Rachgier, Zorn und eine eigentümliche Form des Wahnsinns verbrannten Davies innerlich.

»Wir bleiben zurück, Angus.«

Angus sparte sich den Aufwand einer Antwort.

In gewisser Hinsicht lebte Davies schon zu lang in dieser Verfassung. Anderseits jedoch war er davon abhängig. Er bedurfte des Drucks der Umstände und seines Stoffwechsels, um sich von der zentralen Konfusion im Kern seines Wesens abzulenken, sich dagegen zu schützen. Allem zum Trotz, was seine Augen, die Nerven und andere Menschen ihm mitteilten, war er mit dem Bewußtsein zur Welt gekommen, eine Frau zu sein. Eine Frau war er, er war *Morn*, war es auf vielfältige Weise, die in keinem Zusammenhang mit der Gestalt seines Fleisches oder der Natur seiner Hormone stand. Das Band zu seiner Mutter hatte eine fundamental falsche Beschaffenheit. Doch verstiege er sich dahin, die Diskrepanzen zu durchdenken, wäre sein Zusammenbrechen die Folge. Der Stress brächte sein Gehirn zum Platzen wie eine faule Frucht. Unglückseligerweise ließen seine inneren Abwehrmechanismen ihn schutzlos gegen andere Arten des Irrsinns. Als er erfuhr, daß man die *Sturmvogel* einmal unter dem Namen *Liquidator* gekannt hatte, war das seltsam anfällige Gleichgewicht zwischen seiner erhöhten Belastbarkeit und seiner akuten Konfusion aus dem Lot geraten. Wie Magnesium unter Wasser war er inwendig entbrannt, verzehrte gebundenen Sauerstoff, bis er an die Luft gelangen und in echte Flammen ausbrechen konnte.

Die *Liquidator* hatte die *Intransigenz* mit einem Superlicht-Protonenstrahl getroffen. In die Feuerleitzentrale, wo seine Mutter, nein Morns Mutter, nein seine Mutter, *gottverdammt noch mal* ... wo *Bryony Hyland* Dienst getan hatte, war ein Leck geschossen worden. Sie hatte das Leben verloren, weil sie an ihrer Kontrollkonsole ausharrte, um die *Intransigenz* zu retten.

Davies erinnerte sich daran. Deshalb war er Polizist geworden.

Als junges Mädchen hatte Morn Hyland sich in der Stille ihres Herzens geschworen, eines Tages dieses Raumpiratenschiff zu *erwischen*; ihre Mutter zu rächen. Und sie hatte sich seit jeher darauf verstanden, insgeheimen Groll zu hegen. Irgendwo in den Tiefen ihrer gekränkten Seele, unter dem Leid, das ihr Angus, Nick und die VMKP zugefügt hatten, war ihr Vorsatz lebendig geblieben, bis er sich auf Davies übertrug.

Jetzt war bei ihm die Fähigkeit verflogen, sich noch für irgend etwas anderes zu interessieren als die Rache. Der Drang nach Vergeltung schien seine Geistesklarheit wie Säure zu zerfressen. Morn war unvermindert dazu imstande, an sonstige Angelegenheiten zu denken, sie zu berücksichtigen: er konnte es nicht mehr. Statt dessen kochte er innerlich vor sich hin, weil Angus sich weigerte, schneller zu fliegen.

Die *Posaune* flog nach Davies' Ansicht zu langsam, folgte der Partikelspur der *Sturmvogel* zu gemächlich, hielt sich zu pedantisch an die von der Kommunikationszentrale des Schwarzlabors vorgegebene Abflugstrajektorie; Angus war aus Sorge, meinte Davies, zu vorsichtig. Davies wollte die Triebwerke zum Glühen bringen wie sein Herz, doch Angus scherte sich nicht darum. Vielmehr konzentrierte er sich auf Daten, die Davies nicht zu deuten verstand, auf Fragen, die Davies nicht einmal als des Aufwerfens wert erachtete.

Trotz des Bluts auf seinem Rücken und der nach wie vor bis zur Taille heruntergezogenen Bordmontur hatte Angus einer Maschine nie stärker als momentan geähnelt: er schien gefühllos, mechanisch und unnahbar zu sein.

Es fiel Davies kaum auf, daß Vector die Brücke verließ. Er kümmerte sich nicht um Sib Mackerns schweißige Ängstlichkeit, während der ehemalige Datensysteme-Hauptoperator zwischen den Kontrollkonsolen umherschwebte, ostenativ auf Nick aufpaßte, obwohl Nick sich so gut wie nicht rühren konnte. Angus arbeitete, Sib schwitzte, Nick ächzte und kicherte abwechselnd wie jemand, der ein inneres Ringen durchstand, das ihn bisweilen amüsierte; unterdessen errechnete Davies beharrlich immer neue Kursprojektionen, verglich in geradezu fieberhafter Betriebsamkeit Angus' Entscheidungen mit den Flugverkehrsinformationen der Schwarzlabor-Kommunikationszentrale und den von Deaner Beckmann zur Verfügung gestellten Asteroidenschwarm-Karten; immer wieder berechnete und neuberechnete er den Abstand zwischen *Posaune* und *Sturmvogel*.

»Sie haut uns ab«, knirschte er zum zehnten- oder zwölftenmal.

Angus tippte Befehle ein, als hätte er nichts gehört. »Was macht Morn?« fragte er, ohne den Kopf zu haben. »Wofür braucht sie Vector?«

Davies' Gußverband und das Jucken des Heilvorgangs nervten ihn beträchtlich: noch eine Ablenkung. Er mahlte mit den Zähnen. »Sie *hängt* uns *ab*. Du läßt sie uns davonfliegen.«

Mit durch und durch künstlicher Ruhe nahm Angus den Blick von den Anzeigen.

»Du vergeudest meine Zeit«, entgegnete er Davies unumwunden. »Wenn du nicht den Mund halten kannst, sag etwas Nützliches. Erkläre mir, weshalb die Kommunikationszentrale uns genau den gleichen Kurs wie der *Sturmvogel* zugewiesen hat.«

Allem Anschein nach konstatierte er damit die Wahrheit. Ohne Rücksicht auf die immensen statischen Störungen im Asteroidenschwarm stimmte die der *Posaune* zugeteilte Abflugstrajektorie zu sehr mit den entsprechenden Daten der

Sturmvogel überein, als daß ein Zufall hätte vorliegen können. Jeder Flugabschnitt und jedes Ausweichmanöver, die Angus zwischen den Felsbrocken zu beachten instruiert worden war, deckte sich weitgehend mit dem Verlauf der Partikelspur, die die *Sturmvogel* hinterlassen hatte.

»Wen interessiert das schon?« erwiderte Davies verbittert. »Vielleicht waren sie zu faul, um für uns 'ne eigene Abflugtrajektorie zu konzipieren. Welchen Unterschied besteht denn deswegen?«

Wenn wir die Flugrichtung der *Sturmvogel* kennen, können wir doch erst recht schneller fliegen.

Sib wartete nicht auf eine Erklärung Angus'. »Es ist nicht normal«, bemerkte er voller Unbehagen. Anscheinend vermochte er schier gar keine Ruhe mehr zu finden: obwohl Nick jetzt im Effekt machtlos war, hielten alte Ängste Mackern unter Hochspannung. »Einrichtungen wie das Schwarzlabor streuen den Verkehr so weit wie möglich. Sie möchten verhindern, daß ein Raumschiff die Identität eines anderen Raumers vortäuscht, um einen geplanten Überfall zu kaschieren. Und sie wollen in ihrem Umkreis keine Konfrontationen zwischen Raumschiffen. Gibt es Ärger, wird das Geschäft beeinträchtigt, egal wer gewinnt. Aber das ist noch nicht alles.«

Sib hatte seine Pistole in der Hand. »Die Sorte Raumschiffkapitäne, die hier aufkreuzt, will sich überhaupt nicht aus der Nähe sehen. Diese Leute möchten gar nicht wissen, wer sich eventuell an Kontrahenten in derselben Gegend aufhält. Und sie wünschen nicht, daß irgend jemand merkt, wohin sie fliegen.«

Nick stieß ein ersticktes Lachen aus.

Angus heftete einen finsteren Blick auf Davies. »Es sieht mir ganz danach aus, als hätt's der Sausack Beckmann direkt darauf angelegt, daß wir der *Sturmvogel* nachfliegen, oder nicht?« Als Davies keine Antwort gab, sprach er weiter. »Das Problem ist, ich verstehe nicht warum. Was hätte er dadurch zu gewinnen? Was kann er von Chatelaine erfahren haben, das ihn dazu bewogen haben könnte, uns dabei zu helfen, ihr möglichst genau auf der Fährte zu bleiben? Ich fliege nicht schneller« – das stellte er nun klar –, »bevor ich nicht weiß, nach wessen Regeln wir uns hier richten.«

Davies biß sich auf die Lippe, um nicht loszuschreien: Welchen *Unterschied* macht es aus? Wen *interessiert* das?

Gottverflucht, Angus, sie fliegt uns davon!

»Es ist 'ne Falle«, krächzte Nick unerwartet. Die Erwähnung von Sorus Chatelaines' Namen hatte ihn aus seiner Selbstversunkenheit gerissen. »Beckmann steht auf ihrer Seite. Kann sein, die Krähe wird alt, aber ich wette, sie kann noch immer herrlich ficken. Ein paar Stündchen, und sie hatte ihn soweit, daß er ihre Scheiße frißt. Er schickt uns in 'n Hinterhalt.«

Davies hörte ihm nicht zu. Er konnte es nicht. Den Emissionen der *Sturmvogel* zufolge flog sie mit stärkerem Schub als die *Posaune*. Und sie beschleunigte. Die Ex-*Liquidator* machte sich abermals aus dem Staub. Angus könnte sie erwischen, die *Posaune* war schnell und manövrierfähig genug, um sogar in diesem Asteroidenschwarm nahezu jedes andere Raumschiff einzuholen; doch er nahm ihr Entweichen in Kauf.

Während er stumm vor sich hinschäumte, aktivierte Davies die Interkom, schaltete die Rundruffunktion ein. Er wußte nicht, wo Morn sich befand, aber auf diesem Wege konnte er sie auf alle Fälle ansprechen. Sie selbst hatte Angus gesagt, daß sie sich die *Sturmvogel* vorknöpfen wollten. Und Angus gehorchte ihr, wenngleich Davies die Ursache dafür weder begriff noch überhaupt zu durchschauen versuchte. Er hatte vor, sie auf die Brücke zurückzurufen, damit sie sicherstellen konnte, daß Angus ihre Weisung ausführte.

Doch ehe er ein Wort äußerte, spürte er sie hinter sich, als ob ihre Gegenwart eine nachgerade greifbare Aura hätte, die rund um die Kontrollkonsolen die Atmosphäre veränderte, bestimmte.

Er drehte sich um, sah sie an der Konnexblende den Niedergang herabschweben, eine Hand am Geländer.

»Morn ...«, fing er an.

Die geballte Empörung in ihrer Miene verschlug ihm die Sprache. Sie sah so zornig aus, wie ihm zumute war: wutentbrannt genug, um zu töten.

Seit sie gegangen war, um bei Mikka und Ciro nach dem Rechten zu sehen, mußte etwas Erhebliches vorgefallen sein.

»Es ist schlimmer, als ich dachte«, sagte sie, als Angus sie anblickte. In den ehernen Konturen ihrer Gesichtszüge und der präzisen Sparsamkeit ihrer Bewegungen offenbarte sich das Ausmaß ihrer Selbstbeherrschung. Dennoch prägte ein Zittern, das sie nicht unterdrücken konnte, ihre Stimme, verlieh ihr die Schartigkeit einer Säge.

Hinter der Kommandokonsole haschte Sib Mackern nach einem Haltegriff, verhielt starr und bleichen Gesichts. Nick rollte mit den Augen und keckerte erneut.

»Was soll das heißen?« erkundigte Angus sich ungnädig.

Morn schwang sich zur Rücklehne von Davies' G-Andrucksessel, um sich Angus leichter zuwenden zu können. »Ich habe keine Ahnung, ob er wußte, in was er Ciro da hineinreitet.« Sie brauchte Nicks Namen nicht zu nennen: daß ihre Wut ihm galt, war offensichtlich. »Jetzt ist es auch unwesentlich, ob er's wußte oder nicht. Jedenfalls verhält die Sache sich übler, als ich dachte.«

Ein leises Stöhnen entfuhr Sib. Angus öffnete den Mund, klappte ihn wieder zu und wartete.

»Ciro ...« Für einen Augenblick schwand Morn die Fassung. Während sie um neue Beherrschung rang, wandte sie sich an Nick. »Das ist deine Schuld«, flüsterte sie, als ob eine Flamme nach ihm leckte. Dann kehrte sie sich wieder Angus zu.

»Sorus Chatelaine hat ihm ein Mutagen injiziert.«

Schockiert hob Sib die Hand an den Mund, um sich am Aufschreien zu hindern. Erinnerungen füllten seine Augen wie ein Ausdruck des Ekels. Angus saß reglos da, plötzlich so still, als wären seine sämtlichen inneren Funktionen zum Erliegen gekommen.

Na gut, ist ja traurig, beabsichtigte Davies zu rufen. Und

ein Grund mehr, um sie zur Strecke zu bringen. Aber es gibt längst genügend Gründe. Nur holen wir mit dieser Geschwindigkeit die *Sturmvogel* niemals ein.

Aber seine Kehle verweigerte ihm den Gehorsam. Wahrscheinlich war er mittlerweile genauso verrückt wie Nick; blieb ihm ebenso wie Nick der Atem weg. Die Konfusion, die er nicht eingestehen, der er sich nicht stellen mochte, staute sich innerhalb ihrer Abschottung, schürte den Schwelbrand in seinem Gemüt. Sorus Chatelaine hatte Bryony Hyland auf dem Gewissen. Sie hatte Ciro ein Mutagen injiziert. Irgend etwas verhinderte, daß Davies einen Laut herausbekam.

»Anscheinend ist es das gleiche, das die Amnion ihr verabreicht haben.« Morn stieß die Wörter so abgehackt hervor, als wäre ihre Stimme eine Klinge, die sie zerteilte. »Dann hat sie Ciro ein Gegenmittel überlassen. Mit dieser Methode halten die Amnion sie am Gängelband. Das Gegenmittel eliminiert das Mutagen nicht, sondern schiebt die Wirkung bloß auf. Beläßt es inaktiv. Nach ihren Aussagen kann er Mensch bleiben, solang er das Gegenmittel nimmt. Sie hat ihm versprochen, ihn damit zu versorgen. Aber erst soll er Sabotage an der *Posaune* verüben.«

In Nicks Augen leuchtete wahnwitziger Triumph. »Es hat geklappt«, verkündete er, als hätte jeder auf der Brücke nur auf seinen Kommentar gewartet. »Ich hab ihr 'n Köder unter die Nase gehalten, und sie hat angebissen. Nun packen wir sie am Arsch.«

Ein kaum merklicher Tremor durchbebte Angus. Man hätte meinen können, durch die Gefährdung des Raumschiffs wären seine Systeme reaktiviert worden.

»Das hat er erzählt?« fragte er Morn, ohne auf Nick zu achten.

In den Augenwinkeln sah Nick, daß Morn nickte, als wäre sie vor Wut zu sehr außer sich, um noch zu sprechen.

»Es läuft bestens«, hechelte Nick. »Sie glaubt, bei uns an Bord würde 'n Sabotageakt begangen. Also täuschen wir Sabotage vor. Wir lassen sie kommen. Dann brennen wir ihr das verdammte Herz heraus. Wir brennen ihr *endlich* das verfluchte Herz aus.«

Davies wünschte, Nick hielte den Mund. Trotz allem jedoch konnte er nachvollziehen, was Nick empfand.

Wenn die *Sturmvogel* auf jeden Fall umkehrte, um der *Posaune* den Garaus zu machen, brauchte man keine Bedenken dagegen zu haben, sie sich erst einmal entfernen zu lassen. *Endlich* bot sich eine Gelegenheit zu der Rache, nach der Davies gierte; zu der Vergeltung, die im Innersten seiner Seele das Schwelen nährte.

»Und du glaubst ihm?« hakte Angus nach. »Weshalb sollte er die Wahrheit sagen? Er kann nur Mensch bleiben, indem er tut, was sie verlangt. Jetzt wissen wir Bescheid, seine Chance zur Sabotage ist dahin. Damit ist er zum Mutieren verurteilt.«

Dieses Mal schüttelte Morn den Kopf. »Ich glaube ihm«, erklärte sie wie eine Frau, die keinerlei Zweifel mehr hegte.

Angus blieb Morn zugedreht; erwiderte fest ihren Blick. Sie schauten sich an, als fände zwischen ihnen irgendeine Konfrontation statt. Aber er widersprach ihr nicht, zweifelte die Richtigkeit ihrer Einschätzung nicht an. Vielleicht war er dazu außerstande.

»*Endlich*«, wiederholte Nick. Seine Stimme sank, als er sich wieder in sich selbst zurückzog, zu einem Gemurmel herab.

Auch das verstand Davies. Schenkte Nick dem Beachtung, was rings um ihn vorging, müßte er letzten Endes einsehen, daß er bei dem Angriff auf die *Sturmvogel* keinen aktiven Part einnehmen durfte. Und das bräche ihm mit Gewißheit das Herz.

Morn hob die Schultern. »Es kann sein«, sagte sie, »daß Vector eine Möglichkeit hat, um ihm zu helfen. Eventuell ist Nicks Antimutagen eine Abhilfe. Aber Ciro ist ein derartiges Grauen in die Glieder gefahren ...« Sie schöpfte tief Atem, um ihre Betroffenheit zu lindern. »Vielleicht bleibt er ein Wrack, selbst wenn er davonkommt. Und Mikka kann nicht mehr für ihn tun, als ihm Gesellschaft leisten.

Ich hoffe, du brauchst sie in der nächsten Zeit nicht. Falls doch, haben wir Pech. Sie ist schlichtweg nicht abkömmlich.«

Angus wandte sich wieder seiner Kontrollkonsole zu. »Wir schaffen's ohne sie.«

Das war Davies recht. Angus hatte ursprünglich Mikka als Erste Offizierin eingesetzt, aber Davies lechzte danach, diese Position selbst zu belegen, er brannte nahezu im wahrsten Sinne des Wortes nach der Bedienung der Zielerfassungs- und Zielverfolgungsinstrumente, der Waffensysteme. Er wollte nicht so entmannt wie Nick enden, dem es Isolierband und Mißtrauen unmöglich machten, seiner grundlegendsten Leidenschaft bis zur Erfüllung nachzugehen.

Doch Davies hätte diese Leidenschaft nicht beim Namen nennen können, nicht einmal für sich allein. Sie gloste in ihm, als ob auch ihn Zonenimplantate vorwärtstrieben; irgendwie jedoch entging ihm ihre wahre Bedeutung. Er bezeichnete sie nur als ›Rache‹, weil er permanent zu verwirrt war und zu aufgewühlt, um sie genauer zu erwägen.

Niemand konnte ihn entmannen: eigentlich war er ohnehin eine Frau. Alles, was er über sich wußte, beruhte auf dieser Voraussetzung. Folglich war es alles falsch. Seine gesamte Existenz stützte sich auf eine Unwahrheit.

Erbost kratzte er sich längs der Ränder seines Gußverbands. Wenn er seine Hände mit nichts anderem beschäftigte, glitten seine Finger unwillkürlich über die Funktionstasten der Waffensysteme, verschmierten darauf Schweiß und Öl. Er nannte seine Leidenschaft ›Rache‹, damit sie ihn nicht zugrunde richtete.

»Was sagt Vector dazu?« fragte Sib Mackern zaghaft. »Weiß er, was er machen soll?«

Morn seufzte. Im ersten Moment erweckte sie den Eindruck, als drohte alte Müdigkeit sie zu überwältigen. Vielleicht ließ die Wirkung des Kats nach, das ihre Entzugserscheinungen dämpfte.

»Er kennt sich mit dem Antimutagen besser als jeder andere Mensch aus, es könnte sein, sogar besser als Hashi Lebwohl.« Langsam entkrampfte sich ihre Haltung. Ihre Hand rutschte an der Polsterung von Davies Andrucksessel hinab, senkte sich auf seine Schulter. »Er hat sich ziemlich optimistisch geäußert.«

Man sah ihr an, daß ihr plötzlich etwas einfiel. »Ach, noch etwas«, sagte sie. »Bei Chatelaine war ein Mann, der ihr dabei geholfen hat, Ciro das Mutagen einzuspritzen. Ciro glaubt, es war Milos Taverner.«

Obwohl er unentwegt weiterarbeitete, glomm auf einmal in Angus' Augen ein Schimmer stummer Wut.

Davies reagierte nicht auf Morns Berührung. Er konnte nicht davon ablassen, er extrapolierte nochmals einen Kurs, brachte die Emissionen der *Sturmvogel* in Relation zu Flugroute und Geschwindigkeit der *Posaune*. Es gab keinen Zweifel: die *Sturmvogel* vergrößerte weiterhin den Abstand. Bald mußte sie so weit voraus sein, daß nicht einmal die *Posaune* sie noch einholen konnte.

Er mußte sich gedulden, bis die Ex-*Liquidator* zurückkam, um ihn zu liquidieren.

Auf sonderbare Weise beschwichtigte Ciros Schicksal Davies' Enttäuschung. Wenn man auf der *Sturmvogel* einen Sabotageakt an Bord der *Posaune* erwartete, fiel es leichter zu glauben, daß die Mörderin seiner Mutter, seiner Großmutter, zurückkehrte.

Zwanzig Minuten später läutete die Interkom-Anlage.

Angus aktivierte die Lautsprecher so schnell, daß Davies dazu gar keine Gelegenheit erhielt.

»Hier ist Vector«, ertönte die ruhige Stimme des Genetikers. »Ich bin im Krankenrevier. Morn? Angus?«

Sein Tonfall war neutral, frei von jeder Andeutung.

»Hier«, meldete Angus sich augenblicklich.

»Angus«, sagte Vector, »das ist ja ein höchst erstaunliches Krankenrevier. Ich wußte nicht, daß die VMKP so was baut. Da sind Analysedaten verfügbar, im Vergleich zu denen manche Kliniken, die ich kenne, reichlich dumm dastehen.

Wäre die Ausstattung noch ein bißchen besser, könnte sogar Deaner Beckmann sie gebrauchen.«

Mit einem Ruck wirbelte sich Morn um Davies' G-Andrucksessel. Per Daumendruck schaltete sie an seiner Kontrollkonsole das Mikrofon ein.

»Geht die Sache gut?« fragte sie eindringlich.

»Oh, Verzeihung, Morn«, antwortete Vector. »Ich hatte nicht vor, euch auf die Folter zu spannen. Ja, es geht gut. Ich habe schon eine neue Blutprobe untersucht und gesehen, daß es klappt.«

»Gott sei Dank«, wisperte Sib. Angus nickte vor sich hin; sonst enthielt er sich jeder Regung.

Davies schwitzte in seiner Bordmontur, als bestünde er aus erhitztem Wachs.

Plötzliche Erleichterung beengte Morn die Kehle wie ein angestautes Schluchzen. Sie gab einen unterdrückten, erstickten Laut von sich, ließ von der Kontrollkonsole ab und bedeckte das Gesicht mit den Händen. Durch diese Bewegungen trieb sie von der Kontrollkonsole des Ersten Offiziers fort, entfernte sich von Davies, als wünschte sie nicht in seiner Nähe zu sein.

Als könnte sie die Nähe seiner wutentbrannten Rachgier nicht ertragen.

Komm und leg dich mit mir an, flehte Davies hinaus ins statikdurchknisterte Trudeln des Asteroidenschwarms, in die Kälte des Weltalls. Komm und tu, wofür dich die Amnion Mensch bleiben lassen. Ich bin es, den du kaschen mußt. Die Amnion wollen mich lebend haben.

Glaube ruhig, bei uns hätte Sabotage stattgefunden. Komm und versuch dein Glück.

Bitte.

Vector war noch nicht fertig. Nach kurzem Schweigen erklang seine Stimme noch einmal aus den Lautsprechern.

»Darf ich fragen, was im Moment abläuft?«

»Lieber nicht«, entgegnete Angus schroff. Sein Blick folgte Morn, er beobachtete ihr Beiseitetreiben, als drängte es ihn, sich loszuschnallen und zu ihr zu schweben, sie anzufassen – als dächte er, sie könnte seine Berührung verkraften. »Kümmere dich um Ciro. Sieh zu, daß er die Geschichte übersteht. Dann komm auf die Brücke und vervollständige den Funkspruch. Wir senden ihn, sobald wir ein Funkfenster zum Kosmos-Industriezentrum Valdor haben. Falls wir diesen verfluchten Asteroidenschwarm überleben.«

Er desaktivierte die Interkom-Anlage. »Ich wüßte immer noch gerne«, brummte er, ohne eine bestimmte Person anzusprechen, »wessen Spiel wir eigentlich spielen.«

Als ihr Rücken ans Schott stieß, wischte Morn sich die Augen, rieb mit den Handtellern die Wangen. Anschließend langte sie für den Fall, daß Angus Manövrierschub anwenden mußte, nach den nächsten Null-G-Haltegriffen. Aber eine Antwort gab sie ihm nicht.

»Na, wenn Nick recht hat ...«, setzte Sib zu einer Äußerung an, brachte seinen Gedankengang jedoch aus irgendeiner Ursache nicht zu Ende. »Ich glaube, ich blicke nicht so richtig durch. Was hätte die *Sturmvogel* denn von der Sabotage? Sie fliegt doch sonstwohin. Ob Ciro Erfolg hat, erfährt sie doch gar nicht.«

Er schaute Nick an, als erhoffte er sich von ihm Aufschluß. Doch Nick ließ sich nicht einmal ansehen, ob er ihn gehört hatte. Reglos und unansprechbar lag er schlaff in den Fesseln, als hätte ihn Autismus befallen.

»So wird's nicht bleiben«, grummelte Angus halblaut.

Davies wußte nicht, ob er die Flugrichtung der *Liquidator* oder Nicks Insichgekehrtheit meinte.

Auf alle Fälle behielt Angus recht.

Nach ungefähr fünfzehn Minuten kehrte Vector auf die Brücke zurück, meldete Ciros Blut mutagenfrei und machte sich am Technikkontrollpult von neuem an die Arbeit. Und keine halbe Stunde verstrich, bevor die Partikelanalysatoren so extrem ausschlugen wie Davies' Herz wummerte. Schmale Frequenzen innerhalb des Spektrums zuckten zu Spitzenwerten empor, als stießen sie Schreie aus. Die Sensoren lösten Alarm aus, weil subatomare Eruptionen sie bombardierten, die mit dem natürlichen Felsgestein und der Statik des Asteroidenschwarms in keinem Zusammenhang standen.

»Scheiße!« japste Davies. Überstürzt fuhren seine Hände nach den Funktionstasten der Datensysteme, speicherten die Messungen in der Kontrollkonsole, veranlaßten ihre Begutachtung.

Auch diesmal war Angus schneller. Als Davies das Eintippen der Befehle beendet hatte, projizierte sein Vater schon Resultate auf die Monitoren.

»Gütiger Himmel«, schnaufte Sib, während sich vor seinen Augen Zahlen und daraus abgeleitete Rückschlüsse ausbreiteten. »Sind wir beschossen und getroffen worden?«

Krasse Höhen in den Meßdaten legten den Gedanken an Waffeneinwirkung nahe.

»Nein«, brummelte Angus gedämpft, ohne seine Tätigkeit zu unterbrechen. »Aber da kommt 'ne Stoßwelle.«

Die Sensoren zeigten, daß sich hinter der anfänglichen Eruption eine kolossale Gewalt ballte.

Morn klammerte sich resoluter an den Haltegriff. Sie beachtete die Bildschirme nicht, hatte nicht einmal Augen für Davies. Statt dessen beließ sie bleich und angespannt den Blick auf Angus geheftet.

»Wir kriegen nichts ab«, fügte er einen Moment später hinzu. »Sie müßte zuviel Felsklötze wegpusten, um uns zu erreichen.«

»Aber was ...?« versuchte Sib eine Frage zu stellen.

Davies wünschte sich, daß Morn ihn ansah, deutete mit Nachdruck auf seinen Monitor. »Weißt du, was das ist?«

Er kannte die Antwort: sie von ihr zu hören war überflüssig. Er wollte nichts anderes als ihre Aufmerksamkeit. Er, *nein sie* hatte an der Polizeiakademie derlei Phänomene beinahe mit Besessenheit studiert.

Sie war er. Dafür ersehnte er ihre Bestätigung.

Sie schüttelte den Kopf, als wäre es ihr unmöglich, die Augen von Angus zu wenden.

»Was denn?« drängelte Sib.

Vornüber in die Gurte des G-Andrucksessels gelehnt, betrachtete Vector die Anzeigen. »Irgendein Typ von Strahlenkanone ist eingesetzt worden«, sagte er leise und voller Befremden. »Allerdings erkenne ich die Signatur nicht. Die Verzerrung ist zu stark. Eine andere Energiequelle stört unsere Ortung.«

»Verdammt richtig«, schnob Davies. »Der Fusionsgenerator des Schwarzlabors. Er ist gerade explodiert.«

»Ein Superlicht-Protonenstrahl hat ihn zerschossen«, knurrte Angus laut und deutlich. »Die *Sturmvogel* ist hinter uns.«

Morn zuckte zusammen, als hätte etwas sie gestochen.

»Du meinst«, krächzte Sib ungläubig, »Sorus Chatelaine hat eben das *Schwarzlabor* vernichtet? Sie ist zurückgeflogen und hat es *annihiliert?*«

Indem er das Gesicht zu einer Fratze verzog, wies Davies mit einem Rucken des Kopfs auf Nick. »Sie ist auf den Köder reingefallen. Er hat nicht bloß sie überlistet. Das komplette Labor hat er geleimt. Sie arbeitet für die Amnion. Es gehört zu den Gründen, weshalb sie hier ist, in ihrem Auftrag zu gewährleisten, daß niemand etwas von unserem Antimutagen erfährt.« Morn, *schau mich an.* »Von dem Moment an, als Nick mit Beckmann zu verhandeln anfing, war das Labor zum Untergang verurteilt.«

Und natürlich war Deaner Beckmann nicht von Nick gewarnt worden.

»Offenbar hat man ihr genug vertraut, um sie noch einmal den Artillerie-Abwehrring durchqueren zu lassen. Und danach hatten sie dort nichts mehr, um sich gegen Superlicht-Protonenstrahlen zu schützen.«

Selbst die *Intransigenz* hatte das Gefecht gegen die *Liquidator* nur mit knapper Not überstanden.

»All die vielen Menschen«, flüsterte Morn. »*Die vielen Menschen ...!*« Vor Grauen schien sie zu schrumpfen. »Nick, was hast du *getan?*«

Schlagartig riß Nick die Augen auf. Langsam hob er den Kopf und grinste wie ein Totenschädel.

»Daß hier ein zweites Raumschiff mit diesem Typ von Kanone umhergurkt, ist äußerst unwahrscheinlich«, erklärte Angus. »Es muß die *Sturmvogel* sein. Also ist sie jetzt hinter uns.« Er zuckte die Achseln. »Hätte Ciro die Antriebe sabotiert, wär's kein Problem für sie, uns jetzt einzuholen.«

Sib kaute auf seinem Schnurrbärtchen. »Was fangen wir nun an?«

Ein Schaudern des Sichaufraffens ging durch Nick. »Laßt mich frei«, forderte er.

Es hatte den Anschein, als ob nur Davies ihn hörte. Vector, Sib, Morn und Angus verhielten sich, als hätte er nichts gesagt.

»Wißt ihr«, bemerkte Vector, »was mich an Illegalen immer erstaunt hat – mich natürlich eingeschlossen –, ist das Ausmaß an Einfallsreichtum, das wir entfalten, wenn's darum geht, uns gegenseitig Scherereien zu verursachen. Es ist wahrhaft atemberaubend.« Beim Sprechen desaktivierte er das Technikkontrollpult, öffnete den Gurt und schwebte aus dem Andrucksessel. Mit dem Fuß stieß er sich ab und näherte sich der Kommandokonsole. »Deaner Beckmann war ein brillanter Mann. Leicht wirrköpfig nach meiner Meinung, aber ein Genie. Die Hälfte aller Leute seines Labors bestand aus überragend fähigen Köpfen. Und jetzt sind sie alle …«

Er schluckte schwer und neigte das Kinn auf die Brust, als ob lange vergessene Emotionen seinem Herzen entstiegen. Gram verschleierte seine blauen Augen.

»Laßt mich frei«, wiederholte Nick. Sein Tonfall deutete Fiebrigkeit oder Hysterie an. »Ich halte sie auf.«

An der Armlehne von Angus' G-Andrucksessel fing Vector sich ab. Es hatte den Anschein, als wünschte er, genau wie Davies, Morns Beachtung. Aber ihre Aufmerksamkeit galt ausschließlich Angus, als wäre er die einzige Person, die zählte, ja der außer ihr einzige Anwesende an Bord; der einzige Mensch, der ihr helfen könnte.

»Meine Ansicht ist, wir sollten von hier verduften«, sagte Vector zu ihr und Angus. Seine Stimme zitterte. »In den freien Raum fliegen und die Funksendung abstrahlen. Beckmann und seine Leute sind massakriert worden, weil sie vom Antimutagen-Immunitätsserum Kenntnis erhalten hatten. Unsere einzige effektive Verteidigung besteht darin, noch viel mehr Menschen zu informieren. Alle Menschen. Stellen wir uns zum Kampf, droht die Gefahr, daß wir unterliegen. Das wäre ein Sieg der Amnion, und wir wären alle vergeblich gestorben.«

»Nein!« legte Davies sofort Widerspruch ein. »So dürfen wir nicht vorgehen.« *Sie hat meine Mutter getötet!* »Wir müssen sie unschädlich machen. Hier im Asteroidenschwarm, wo wir im Vorteil sind« – wo die Beweglichkeit der *Posaune* sich am günstigsten auswirkte –, »und solange sie denkt, bei uns wäre Sabotage verübt worden. Eine so gute Chance bietet sich uns nie wieder.«

Worte reichten nicht aus. Er vermochte sein inneres Schwelen nicht zu artikulieren. Dazu waren allein seine Hände an den Funktionstasten der Bordwaffen imstande.

Endlich wandte Morn sich ihm zu. Beklommen und voller Erschütterung musterte sie ihn schmerzlich. »Ach, Davies«, stöhnte sie leise.

»Die Sache geht auf mein Konto«, erklärte Nick vehement. »Das ist meine Sache. Laßt mich frei.«

Angus sah seinen Sohn an und wölbte die Brauen. »Findest du nicht, daß Vectors Argumente vernünftig sind?« Doch in Davies' Ohren klang seine Frage wie Hohn.

Davies' Nerven schmachteten nach dem Ventil lauten Geschreis, das sich durch die Muskulatur seiner abgeschnürten Kehle hinauspressen wollte. *Begreifst du denn nicht? Es ist mir* egal, *ob sie vernünftig sind. Es ist mir* gleich, *welchen Preis es uns kostet. Die* Sturmvogel *hat meine Mutter – meine Großmutter – getötet. Wenn wir sie nicht zur Strecke bringen, bleibe ich ein* Nichts!

Irgendwie jedoch beherrschte er sich. »Morn hat schon

eine Entscheidung getroffen«, entgegnete er lasch. »Daß wir nämlich der *Sturmvogel* folgen.« Sogar in den eigenen Ohren erregte seine Antwort einen wenig überzeugenden, kraftlosen Eindruck, als wäre er nur ein trotziges Kind; doch er wußte nicht, wie er seine Bedürfnisse anders in Worte fassen sollte. Morn beobachtete ihn mit Kummer in der Miene, als ob er sie enttäuschte. »Daß wir der *Sturmvogel* folgen«, wiederholte er. »Sie hat zu viele Menschen abgeschlachtet. Wir sind Polizisten, wir dürfen uns vor dieser Anforderung nicht drücken ...«

Mit einemmal hatte er eine Eingebung und verstummte. Sein innerliches Glosen brannte so hell, daß es ihn exaltierte. Anstatt weitere Begründungen vorzutragen, sagte er das einzige, von dem er annehmen konnte, daß es Angus auf seine Seite zog.

»Milos Taverner ist bei ihr an Bord.«

Kaum hatte Davies den Namen genannt, funkelte erneut alte Wut in Angus' gelblichen Augen. Sein Haß hatte beinahe autonomen Charakter: er war so stark, ging dermaßen tief, daß nicht einmal seine Zonenimplantate ihn meistern konnten. Sein Mund zuckte, als entsänne er sich an widerwärtige Martern.

»Vielleicht wäre es doch keine so verwerfliche Tat«, murmelte er, »Sorus Chatelaine aus ihrem Elend zu erlösen.«

»Macht mich los«, verlangte Nick hartnäckig. »Ich halte sie auf. Ich weiß, was ich zu tun habe.«

»Jetzt reicht's mir«, konstatierte Sib in unnatürlich rohem und übermäßig selbstsicherem Tonfall. »Das Gesabber hör ich mir nicht mehr an. Ich klebe ihm das Maul zu.«

Grimmig schob er die Pistole in eine Tasche der Bordmontur und zückte aus einer anderen Tasche die Rolle Isolierband.

»Nein!« erhob Davies nochmals Einspruch. »Nicht.« Jetzt lenkte ihn Intuition, gebieterisch wie Feuer. Weil er verzweifelt war, sah er neue Möglichkeiten ... »Wir brauchen ihn.«

Er hieb auf den Verschluß der Sesselgurte, befreite sich

aus dem Geschirr, sprang aus dem G-Andrucksessel des Ersten Offiziers, um Sib in den Arm zu fallen.

Sib verharrte und blickte ihn konsterniert an. Morn machte den Mund auf, als wollte sie sich einmischen. Vector mußte ihren Entschluß ins Wanken gebracht haben; sie stand nicht mehr auf Davies' Seite, versagte ihm ihre Unterstützung, während er sie am dringendsten benötigte. Doch anstatt etwas zu äußern, schaute sie ihn nur an, dumpfes Weh in den Augen.

»Ihn?« prustete Angus verächtlich. »Du meinst Scheißkapitän Schluckorso? Dann müssen wir tiefer in Schwulitäten stecken, als ich dachte. Wofür, zum Henker, sollte *der* denn gut sein?«

Davies gab sich erst gar nicht mit einer Antwort ab. Als er Sib zögern sah, schwebte er statt auf ihn auf Nick zu.

Nick lehnte in zusammengekauerter Haltung, als hinderten ihn die Fesseln am Aufrichten des Rückens, am heckwärtigen Schott. Damit er nicht zum Geschoß wurde, wenn die *Posaune* manövrierte, hatte Sib ihm einen Arm an einem Haltegriff befestigt: daran baumelte Nick wie ein gerupftes Huhn.

Auf abartige Weise wirkte er, als wäre er wegen seiner Narben blind. Ihre irrsinnige Ausdrucksfähigkeit beherrschte seinen Blick vollkommen. Leidenschaftliche Besessenheit pochte in ihnen, als wären sie alles, was er noch hätte.

Am Brustteil von Nicks Bordmontur fing Davies sich ab.

Unter den Brauen hervor starrte Nick ihn an.

Ohne auf den Druck zu achten, unter den Morns Bestürzung und Angus' Geringschätzung ihn setzten, erwiderte Davies seinen Blick.

»Und wie?« wünschte er zu erfahren. »Wie willst du sie aufhalten?«

Nick grinste ein abweisendes Lächeln. »Laß mich frei.«

»Na klar«, antwortete Davies in scharfem Ton; aggressiv aus Verzweiflung. »Wir lassen dich frei, geben dir 'ne neue Gelegenheit, uns alle abzumurksen. Kannst du dir vorstellen, daß Angus damit einverstanden wäre? Daß Morn zustimmt? Benutze mal deinen Grips, Nick. Eher wirst du hier hängen, bis du verfault bist. Du hast behauptet zu wissen, was du tun mußt. Bis jetzt glaub ich's dir nicht. Wie könntest du sie denn nach deiner Ansicht aufhalten?«

Nicks Augen bekamen einen Ausdruck manischer Berechnung. Er schielte an Davies' Schulter vorbei Angus und Morn an, ehe er den Blick wieder auf Davies heftete. Langsam hob er das Kinn.

»Laß mich frei«, wiederholte er in verschwörerischem Flüsterton, als wollte er vermeiden, daß Angus und Morn ihn hörten. »Gebt mir 'ne Waffe. Ein Lasergewehr. Ein großes. Und 'n EA-Anzug.«

»Ach, tolle Idee«, schnauzte Davies. »Großartiger Einfall. Damit du uns alle rösten kannst, ohne dir Sorgen um Lecks im Rumpf zu machen.«

Ungeduldig schüttelte Nick den Kopf. »Ich will hinaus«, tuschelte er Davies ins Gesicht. »Laßt mich draußen zurück. Ich halte sie auf. Sie folgt uns. Sie weiß, wo wir sind.« Auch seine heisere, gepreßte Stimme troff von Verzweiflung. »Die Kommunikationszentrale hat uns die gleiche Flugroute wie ihr zugewiesen. Also fliegt sie uns auf gleichem Kurs nach. Ich bleibe draußen zurück. Ich warte auf sie. Sie bemerkt mich bestimmt nicht, weil sie an so was nicht denkt.« Sein Brustkorb rang um Atem. »Ich schieße sie auf wie 'ne Konservenbüchse. Bis sie merkt, ich bin da, verliert sie soviel Bordatmosphäre, daß die Kacke am Dampfen ist. Dann schneide ich mir 'n Weg hinein. Ich reiße ihr das Herz heraus. Die Narben, die ich ihr beibringe, überlebt sie nicht. Laß mich frei.« Er zeigte Nick die Zähne. »Ich will sie killen.«

Angus lachte rauh. »Du bist madig unterm Skalp, Scheißkapitän Schluckorso. Für so was ist die *Sturmvogel* zu groß. Mit einem einzigen Lasergewehr kann man ihr keine erheblichen Schäden zufügen. Du könntest nicht mal ihre Geschwindigkeit vermindern.«

Vector nickte. »Du bildest dir wohl ein, wir wären alle 'n

bißchen bescheuert, Nick. Wie kannst du erwarten, daß wir glauben, du fängst nicht sofort zu ballern an, sobald du so eine Knarre in den Flossen hältst?«

Was die beiden dachten, interessierte Davies nicht. Er wartete auf Morns Stellungnahme.

Vector verstummte. Angus äußerte nichts mehr. Sib schwieg. Alle auf der Brücke warteten auf Morns Standpunkt.

Nach einem Moment der Stille räusperte sich Morn.

»Davies«, sagte sie in mattem Ton, »das ist ausgeschlossen.« Das durch Nick und Sorus am Schwarzlabor begangene Verbrechen entsetzte sie zu stark: sie erkannte nicht mehr, was auf dem Spiel stand. »Was ist in dich gefahren? Du willst die *Sturmvogel* aus dem Verkehr ziehen. Das kann ich verstehen. Aber wenn dafür erforderlich ist, daß du Nick Vertrauen schenkst ...«

Ihre Stimme verklang, als zöge sich Morn an eine Stätte der Untröstlichkeit zurück, an der sie niemand noch stören könnte.

Davies drehte sich nicht um. Falls er sich nun umwandte und sah, daß sie unüberzeugbar blieb, müßten ihm die Adern platzen.

»*Nein!*« schrie er mitten in Nicks Wahnsinn. »Ich *begreife* ihn, ich verstehe ihn besser als *du*. Ich erinnere mich an alles, an das *du* dich erinnerst.« Das Leid, das Nick ihr zugefügt hatte, war den Windungen seines Hirns wie mit Säure eingeätzt. »Und ich bin ein *Mann*, egal was das heißt. Ich weiß, was er machen wird. Er muß es unbedingt tun.«

Nicks blinder Irrsinn drängte ihn zum Weiterreden. Gleichzeitig fand er darin Rückhalt, der es ihm ermöglichte, sich zu bezähmen. Er hörte zu schreien auf und knurrte: »Mit uns befaßt er sich nicht mehr. Wir zählen gar nicht. Wir waren für ihn nie wichtig. Für ihn hat ausschließlich Sorus Chatelaine Bedeutung. In seinem ganzen Dasein ging es immer nur um sie.«

Succorso nickte, als hätte er an Davies' Durchblick seine Freude.

»Wenn wir auf den Versuch verzichten, mit der *Sturmvogel* abzurechnen«, fügte Davies harsch hinzu, »wir es verkraften, uns dermaßen für uns selbst schämen zu müssen, können wir uns für den Rest unseres Lebens verstecken.« Endlich ließ er Nicks Bordmontur los, wandte sich den restlichen Anwesenden zu. »Sie wird immer auf der Jagd nach uns bleiben. Aber wenn wir sie zu erledigen versuchen, sollte Nick uns helfen. Er kann ihr 'n Schlag versetzen, solange sie noch glaubt, Ciro hätte bei uns Sabotage verübt.«

Soll er doch für seine Verbrechen Wiedergutmachung verrichten. Und unsere Chancen verbessern.

Morn krallte die freie Hand ins Haar und zog daran, als wollte sie sich den Verstand mitsamt den Wurzeln ausrupfen. »Meinst du wirklich?« fragte sie. »Schau ihn dir doch bloß mal an.« Dunkelheit füllte ihre Augen, während sie ihren Sohn musterte. »Gefällt dir, was du siehst? Eigentlich ist er gar nicht mehr vorhanden. Von ihm ist nichts mehr übrig. Er ist praktisch gestorben, als er sein Raumschiff verloren hat. Das ist es, was an Rache nicht stimmt. Sie tötet den Rächer. Sie ist nur eine besondere Art von Selbstmord.«

Gottverflucht sollst du sein, knirschte Davies bei sich. Ich habe deinen Entschluß befürwortet, Angus die Freiheit zurückzugeben. Als du zu guter Letzt wieder zu Entscheidungen fähig gewesen bist, habe ich zu dir gestanden. Warum kannst du jetzt nicht zu mir halten?

Er überging ihre Einwände. »Glaubst du wirklich«, entgegnete er statt dessen gedämpft, »es sei *vorzuziehen*, ihn hier herumhängen zu lassen wie einen Rollbraten?«

Damit machte er offenbar mehr Eindruck auf die Anwesenden als mit allen vorherigen Argumenten. Angus brummte aus der Tiefe der Kehle, aber widersprach nicht. Vector blinzelte, als empfände er Beschämung; als ob alles, was rings um ihn geschah, ihn mit ungewohnten Gefühlen überraschte.

Verkrampft und blaß stierte Sib seine Hände an. In einer Faust hatte er die Pistole, in einer Hand die Rolle Isolierband. Es sah so aus, als wöge er sie gegeneinander ab; wählte er sein Schicksal.

Die Pistole wog schwerer. Unvermittelt schob er das Isolierband zurück in die Tasche, hob den Kopf. Ein Ausdruck des Getriebenseins glänzte wie Schweiß auf seinem fahlen Gesicht.

»Ich begleite ihn«, kündete er an. »Ich garantiere, daß er sich nicht gegen euch wendet.«

Erschrocken starrten Vector und Morn ihn an.

»Ihr habt recht, die *Sturmvogel* zu vernichten, ist ihm unmöglich.« Grausen durchbebte seine Stimme. »Aber es ist vorstellbar, daß er ein paar Schäden anrichtet. Ihr vielleicht immerhin soviel Unannehmlichkeiten verursacht, daß ihr sie besiegen könnt.« Unwillkürlich schloß sich ihm die Kehle. Es dauerte einen Moment, ehe er weiterreden konnte. »Danach könnt ihr zurückkommen und mich an Bord holen.«

»Scheiße noch mal«, murmelte Angus vor sich hin. »Heiliger Bimbam, 's könnte uns was nützen.«

»*Sib*«, rief Morn unterdrückt. Jetzt weinte sie wieder. Winzige Sternbilder aus Tränen schwebten vor ihren Augen: Partikel nahen Verderbens. »Das muß doch nicht sein. Es ist einfach zuviel verlangt. Wenn nun was schiefläuft? Wenn wir dich nicht rechtzeitig finden? *Oder sie dich schnappt?*«

Wenn sie dich gefangennimmt und dir das Mutagen einspritzt?

Sib zuckte die Achseln. »Mein Lebtag lang hatte ich immer Angst. Ich habe den Amnion zu viele Menschen überlassen. Das muß ich irgendwie ausgleichen. Als ich dich aus der Kabine befreit habe, war das 'n Anfang. Jetzt kann ich nicht mehr zurück. Und ich glaube, Davies hat recht. Wir müssen die *Sturmvogel* eliminieren. Abhauen können wir vor ihr nicht. Sie ist zu gefährlich. Wenn ich mit Nick gehe, kann ich euch den Rücken decken. Und vielleicht ihm dabei behilflich sein, die *Sturmvogel* zu beschädigen.«

»Klar«, ermunterte Nick ihn beifällig. »Na sicher.«

Morn wandte sich ab, als könnte sie den Anblick der Männer rundherum nicht mehr ertragen.

Für einen Moment beobachtete Vector sie mit offenkundiger Besorgnis. Dann richtete er seine Aufmerksamkeit auf Angus. »Wir sollten eine Entscheidung herbeiführen, solang uns dazu noch Zeit bleibt.« Ein ungewohntes Maß der Betroffenheit und Erbitterung zuckte um seine Mundwinkel. »Ich habe meine Meinung ausgesprochen. Davies', Nicks und Sibs Auffassung hast du auch gehört. Nun bist du dran, mit deiner Ansicht rauszurücken. Wie sollen wir vorgehen?«

Angus bleckte die Zähne, ahmte unbewußt Nicks ewiges Gefeixe nach. Offenbar kannte er kein Zaudern mehr. Seine Gesichtszüge spiegelten wüste Entschlossenheit wider, als er zu Davies und Nick herumschwang, Morn den Rücken zukehrte.

»Mir wär's lieb, Succorso loszuwerden«, lautete seine Antwort. »Ich hätte ihn längst abserviert, aber meine Programmierung erlaubt's nicht. Und der feisten Pappnase Taverner habe ich auch einiges heimzuzahlen. Und ich will euch gegen die *Sturmvogel* beistehen. Dieses Superlicht-Protonengeschütz ist eine enorm gefährliche Waffe. Ich würde mich ungern auf 'n Gefecht einlassen, ohne ... irgendeine Extrahilfe einzusetzen. Ich sage, riskieren wir's. Wir wollen sehen, ob Scheißkapitän Schluckorso wirklich dermaßen übergeschnappt ist, wie Davies behauptet.«

Kurz dachte er über Sib nach. »Sib brauche ich nicht«, sagte er dann zu Vector. »Wenn er auf Succorso achtgeben will, soll er's von mir aus tun.«

Sib seufzte, als hätte er gehofft, Angus würde ablehnen.

Davies zog den Kopf ein, um eine so gewaltige Erleichterung zu verbergen, daß sie ihm Tränen in die Augen trieb.

Ohne viel Drumherum gab Angus der Kommandokonsole einen Befehl ein, drehte dann seinen G-Andrucksessel, um auf dem Monitor die Resultate sehen zu können. »Wir nähern uns einem Felsen, der mir für eure Absicht passend vorkommt. Er ist groß genug, um sich zu verstecken, aber nicht so groß, daß ihr dadurch Schwierigkeiten habt. Also, Zeit zum Handeln.«

Er maß Sib energischen Blicks. »Zieh die Sache richtig ab«, knurrte er. »Geht sie schief, fühlen wir alle uns nachher ganz schön beschissen. Bring ihn zum Schrank mit den EA-Anzügen. Wenn er 'n Anzug trägt, feßle ihm wieder die Arme auf 'n Rücken. Die Waffen beförderst du. Ich steuere das Schiff nah an dem Asteroiden vorbei, ihr könnt leicht hinüberschweben. Falls ihr Lenkdüsen einsetzen müßt, die Anzüge haben welche. Nimm ihm die Fesseln nicht ab, ehe wir außer Reichweite sind. Danach wird er wohl nichts gegen dich unternehmen. Wenn er noch nicht völlig verrückt ist, muß ihm klar sein, daß er vielleicht deinen Beistand braucht. Funkkontakt können wir nicht lange zu euch halten. Es sind zuviel Felsmassen im Weg, und es hat zu starke Statikstörungen, und wir verfügen nicht über Beckmanns Relaissystem. Aber die EA-Anzüge haben Notsender, durch die wir euch später finden können. Falls wir nicht kommen, könnt ihr davon ausgehen, daß es uns unmöglich ist.«

Angus machte eine schroffe Gebärde des Abschieds. »Los!«

Vorsätzlich konzentrierte er sich auf die Kommandokonsole, als wären Sib und Nick schon fort.

Davies wischte sich die Augen, klärte seine Sicht. Wenigstens für kurze Zeit hatte seine Erleichterung alles verändert. Für den Augenblick war sein inwendiger Schwelbrand erloschen. An seine Stelle war angesichts des Risikos, das Sib freiwillig auf sich nahm, Scham getreten.

Weil er irgendwie seine Dankbarkeit zum Ausdruck bringen mußte, entschloß er sich dazu, Sib in bezug auf Nick behilflich zu sein.

Sib nickte ihm zu, während Davies das Isolierband vom Haltegriff löste, an dem man Nick befestigt hatte, aber er sprach kein Wort. Inzwischen hatte seine Entschiedenheit die Form dumpfen Elends angenommen. Vor lauter Angst hatte er schweißig-feuchte Haut; die Nässe in seinen Augen glich verflüssigter Furcht.

Nick schenkte ihnen überhaupt keine Beachtung. Er brabbelte unterdrückt vor sich hin, wiederholte überglücklich immer die gleichen Sätze. »Arme Sau. Sie ist schon so gut wie tot und ahnt's noch gar nicht. Sie hat zum letztenmal über mich gelacht. Arme Sau.«

Gemeinsam schoben Sib und Davies ihn zur Konnexblende.

»Davies.«

Morns gedämpfte Stimme hielt ihn geradeso wirksam zurück wie eine auf seine Schulter gelegte Hand. Er verschaffte sich Halt am Geländer und wandte sich nach ihr um.

»Was ist in dich gefahren?« fragte sie ein zweites Mal. Ihre Augen blickten so düster drein, als hätten sich im Abgrund zwischen den Sternen Klüfte geöffnet. »Was bist du für ein Mensch?«

Sofort war seine Erleichterung dahin: neue Glut in seinem Gemüt fraß sie hinweg. Eine Hitze durchwallte ihn, die auf Zorn zurückgehen mochte, heftig wie der Haß seines Vaters. Als er sie gebraucht hatte, war ihr Rückhalt ausgeblieben. Anstatt ihn zu unterstützen, ihm zu helfen, hatte sie vor ihm Furcht.

»Soviel ich weiß«, antwortete er, als knirschten ihm die Wörter zwischen den Zähnen, »bin ich Bryony Hylands Tochter. Die Tochter, die sie hatte, ehe du deine Seele für ein Zonenimplantat verkauft hast.«

Bitterkeit vergiftete hinter ihm die Atmosphäre, während er Nick und Sib hinter sich durch die Konnexblende von der Brücke zog.

SIB

Sib Mackern wollte verschont bleiben. Rückblickend war er der Ansicht, daß er sein gesamtes Leben lang keinen anderen Wunsch verspürt hatte. Die Ursache lag vielleicht darin, daß ihm so wenig erspart geblieben war; seine ganze Lebensgeschichte bestand aus einer Aneinanderreihung unbeachteten Flehens.

Verschont mich.

Nein.

Sein Name war ein Kürzel für ›Sibal‹: Seine Mutter hatte eigentlich ein Mädchen haben wollen. Seit er davon wußte, wünschte er sich inständig, von seinem Namen verschont geblieben zu sein.

Nein.

Die Arbeit an Datensystemen hatte ihm nie Spaß gemacht, und ebensowenig mochte er den Weltraum oder Raumfahrzeuge. Am wenigsten hatte er für den Erzfrachter seiner Familie übrig gehabt. Verschont mich damit, hatte er gebeten – nicht mit Worten, doch auf jede andere erdenkliche Art und Weise, in der ein Mensch seinen Empfindungen Ausdruck geben konnte. Aber sein Vater hatte ihn, weil er gebraucht wurde, zur Tätigkeit auf dem Familienfrachter gezwungen. Und das hatte zu dem einen, kritischen Ereignis seines Lebens geführt, bei dem er sich selbst darum bemüht hatte, verschont zu bleiben.

Während ein Illegaler den Erzfrachter auflaserte, war Sib in einem EA-Anzug zwischen den Schiffsrümpfen versteckt gewesen. Damals hatte er die irre Idee gehabt, er könnte vielleicht zu einem der Geschütze gelangen und es aus der Nähe gegen den Raumpiraten einsetzen. Ein Einfall, der

Nicks jetziger Idee an Verrücktheit durchaus gleichkam. *Nur deshalb sitze ich jetzt hier*, hatte er Morn und Davies erzählt. *Nur darum bin ich noch 'n Mensch ...*

Meine Familie ... die vielen Kumpel ... sie sind also nicht ermordet worden. Anstatt daß sie sie massakrierten, injizierten sie ihnen der Reihe nach Mutagene.

Alles konnte ich mitansehen. Hätte man sie ermordet ... Dann wäre ich wohl ins Raumschiff zurückgekehrt und hätte versucht, ihnen zu helfen. Vielleicht. Verzweifelt genug war ich ja ... Aber ich mußte mitansehen, wie man ihnen Mutagene einspritzte. Ich habe sie gesehen ... wie sie sich veränderten. Dadurch war ich wie gelähmt.

Danach hatte er nur noch geschrien. Er hatte nicht mehr aufhören können. Zum Glück hatte er vorher das Mikrofon des Helmfunks ausgeschaltet gehabt.

So war er verschont geblieben.

Er hatte geschrien, bis ihm die Stimme versagte. Dabei klammerte er sich an die doppelt unsinnige Überzeugung, er könnte, solang er die eigene Stimme hörte, nicht zum Amnion verwandelt werden, indem er bloß zuschaute, wie seine Verwandten mutierten.

Doch natürlich hatte der weitere Verlauf seines Daseins bewiesen, daß es seinen Preis hatte, verschont zu bleiben. Immer. Unausweichlich. Ein Pirat, der auf illegales Bergungsgut aus gewesen war, hatte ihn gerettet. Das war schlimm genug gewesen. Aber einige Jahre später hatte er, weil er noch immer hoffte, eines Tages seine ewige Furcht zu überwinden, sein Schicksal zu beeinflussen versucht, indem er bei Nick Succorso anheuerte.

Verbrechen um Verbrechen hatte Nick ihn jedesmal mit dem unerschütterlichen *Nein* zu leben gelehrt, wenn er auf Barmherzigkeit hoffte, die er nicht fand und wahrscheinlich auch nicht verdiente.

Auf gewisse Weise hatte er vielleicht, als er sich gegen Nick stellte, indem er Morn aus ihrer Kabine freiließ, darauf abgezielt, sich die Übel zu verdienen, die ihm ohnehin zustoßen sollten.

Nun tat er noch einmal das gleiche. Nur war die Lage dieses Mal viel schlimmer. Diesmal half er Davies dabei, Nick durch den Zentralkorridor der *Posaune* zu den Wandschränken mit den EA-Anzügen zu bringen. Ein *zweites Mal* hatte er die Absicht, die wilde Hoffnung, *wieder* Menschen, die ihm etwas bedeuteten, durch Externaktivitäten zu retten. Und zwar ausgerechnet in Begleitung des Mannes, den er am meisten fürchtete, dem er am tiefsten mißtraute. Er fühlte, wie sein Körper praktisch in Entsetzen zerfloß.

Verschont mich.

Nein.

Er mußte bei seinem Vorschlag völlig ausgeklinkt gewesen sein.

»Sie ist längst so gut wie tot«, nuschelte Nick heiter vor sich hin, »und ahnt es nicht. Arme Sau.«

Davies kümmerte sich nicht um Nicks Gefasel. »Einen Moment«, sagte er, als sie das Krankenrevier passierten. Er ließ Nick los, öffnete die Tür und ging hinein. Als er herauskam, hatte er ein Skalpell in der Hand. »Zum Zerschneiden des Isolierbands«, erklärte er.

»Sie hat zum letztenmal über mich gelacht«, verhieß Nick nonchalant.

Sib und Davies gelangten, Nick zwischen sich, zu den Schränken mit den EA-Anzügen.

Anzeigelämpchen über den Wandschränken verwiesen darauf, daß sie offen waren: Angus hatte von der Brücke aus die erforderlichen Schaltungen vorgenommen. Sib und Davies bugsierten Nick vor die Schränke. Sib schwebte ein, zwei Meter zur Seite und zückte die Laserpistole, während Davies Nicks Fesseln zerschnitt.

Kaum waren seine Arme frei, hörte Nick zu faseln auf.

In wüstem Tatendrang riß er sich das restliche Isolierband von den Gliedmaßen, knüllte es zusammen und schmiß es von sich. Sofort schwebte auch Davies beiseite. Unwillkürlich faßte Sib die Pistole fester. Er konnte sie nicht ruhig halten – im Umgang mit Schußwaffen war er nie gut gewesen –, hoffte aber, daß Nick davon ausging, er könnte ihn aus diesem Abstand nicht verfehlen, egal wie sehr ihm die Hand zitterte.

Nick streckte die Arme und bog den Rücken nach hinten, bis die Wirbel knackten. »So ist's besser«, knurrte er. »Nun kommen wir voran.«

Plötzlich sah er wieder wie der Alte aus: selbstbewußt, pfiffig und unschlagbar. Alle Anzeichen des Tics, der bisweilen seine Selbstgefälligkeit minderte, waren verflogen. Er betrachtete Sibs Waffe, hob die Brauen und verzog den Mund zu einem Grinsen gespielten Bedauerns, dann stieß er ein Lachen aus und drehte sich um, öffnete einen Wandschrank.

»Wo steckt das Ding, das ich letztes Mal getragen habe?« fragte er. »Ach, da ist es ja.«

Er pfiff unmelodisch vor sich hin, während er einen EA-Anzug herausholte und überstreifte.

Er checkte die Indikatoren und Verschlüsse des Anzugs so sorgsam und gelassen, als wüßte er genau, daß nichts schieflaufen könnte; stülpte den Helm über und schloß die Verriegelung, klappte die Sichtscheibe zu. Langsam verschwanden seine Gesichtszüge, nachdem er die Polarisierung aktiviert hatte. Ein Fauchen ertönte, als er den Anzug aufblies.

»Bist du fertig?« fragte Nick, obwohl er nicht sicher war, ob Nick ihn hören konnte.

Aber Nick hatte den Helmfunk eingeschaltet. Sein Außenlautsprecher knackte. »Na los doch«, verlangte er. »Ich will diesen Teil hinter mir haben.«

Er bog die Arme nach hinten, um es Sib und Davies zu erleichtern, ihn zu fesseln.

Nicks Selbstvertrauen schüchterte Sib beinahe ebenso nachhaltig ein wie ihr gemeinsames Vorhaben. Er selbst jedoch hatte diese Entscheidung herbeigeführt: nun mußte er den Plan bis zum Ende durchstehen. Tat er es nicht, müßte der Schmerz *nochmals* verweigerter Barmherzigkeit mehr sein, als er zu verkraften vermochte.

Er warf Davies die Rolle Isolierband zu und hielt die Pistole auf Nick gerichtet, während Davies ihm die Arme fesselte.

Danach war er an der Reihe. Er zögerte nicht; sein ganzes Leben hindurch hatte er gezögert und damit nur alles verschlimmert. Verschont zu bleiben hatte seinen Preis. Immer. Unausweichlich. Er reichte die Pistole Davies, suchte einen EA-Anzug aus und legte ihn an.

Der Druck des Waldo-Geschirrs um seine Hüften erinnerte ihn daran, daß er auf Thanatos Minor nicht so recht imstande gewesen war, die Lenkdüsen zu bedienen. Womöglich klappte es unter Null-G-Bedingungen besser. Oder vielleicht zündete er sie falsch; sauste vom Raumschiff und Nick fort, zwischen das Asteroidengewirr, verirrte sich in aussichtsloser Weise ...

Sollte das geschehen, mußte er die Gefährten an Bord der *Posaune* anbetteln, ihn zu bergen.

Er vertraute Morn und Davies. Er traute Mikka und Vector. Dennoch kannte er seit langem die Antwort.

Verschont mich.

Nein.

»Gib mir 'n Stück Isolierband«, sagte er zu Davies. »Ich will mich bei ihm ankoppeln. Mit den Lenkdüsen kann ich nicht so gut umgehen. Sonst finde ich, falls wir getrennt werden, eventuell nicht mehr zu ihm zurück.«

Davies nickte; er hatte mitangesehen, welche Umstände Sib auf Thanatos Minor mit den Lenkdüsen gehabt hatte. Während Sib den EA-Anzug checkte und den Helm verschloß, befestigte Davies einen zehn Meter langen Streifen Isolierband an Nicks Handgelenk und faltete die klebfähige Seite zusammen, um daraus einen Strang zu bilden.

Die Airoprozessoren des EA-Anzugs erzeugten in Sibs Lungen Druck. Zwar besagten die Anzeigen im Helminnern, daß die Anzugluft genau mit der Bordatmosphäre der *Posaune* übereinstimmte. Trotzdem war ihm zumute, als könnte er nicht mehr atmen. Mit den Kontrollen auf der Brust des Anzugs reduzierte er die Luftzufuhr und erhöhte statt dessen den Sauerstoffanteil. Von da an ließ die Beklemmung allmählich nach.

Den Helmfunk einzuschalten hatte er vergessen. Ohne etwas zu hören, sah er, daß Davies einen Moment lang den Mund bewegte, dann die Hand hob und an Sibs Kontrollen eine Funkfrequenz einstellte. Sofort aktivierte sich der Innenlautsprecher.

»Du mußt achtgeben, Sib«, sagte Nick. »Wenn du mich nicht hören kannst, können wir genausogut die Finger von der Aktion lassen. Dann läßt sich doch nichts ausrichten.«

»Ich nenne Angus eure Frequenz«, hörte Sib gleichzeitig Davies ankünden. »Solang ihr in Reichweite seid, hören wir euch. Unter den jetzigen Umständen wird's aber höchstens ein paar Minuten dauern. Aber wenn ihr innerhalb dieser Zeitspanne Unterstützung braucht, ist's wahrscheinlich noch möglich, etwas zu tun.«

Stumm nickte Sib, ehe ihm einfiel, daß Davies sein Gesicht nicht sehen konnte. Weil seine Kehle trocken war, schluckte er. »Alles klar«, gab er zur Antwort.

Davies aktivierte den nächsten Interkom-Apparat, um Angus zu informieren. Dabei zielte er mit der Waffe fortgesetzt auf Nicks Kopf.

Da er sich keine andere Wahl gelassen hatte, schwebte Sib an den zweien vorüber zum Waffenschrank.

Auf der Brücke tippte Angus, sobald Sib sich an Ort und Stelle befand, den Computerbefehl zum Öffnen des Schranks ein. Festen Willens, nicht zu zögern, schlichtweg nicht innezuhalten – sich von der riesenhaft weiträumigen Kälte außerhalb des Interspatium-Scouts nicht erschrecken zu lassen –, suchte Sib für Nick ein schweres Lasergewehr von der Größe eines tragbaren Raketenwerfers aus, entnahm für sich ein kleineres Gewehr. Ohne auf Nicks Billigung zu warten, machte er den Schrank zu.

»Bestens«, kommentierte Nick, sobald er Sibs Auswahl sah. »Wenn ich Sorus damit nicht den Arsch aufreißen kann, ist alles Zeitvergeudung. Die Ladung der Materiekanone, die Angus mit sich rumgeschleppt hat, dürfte jetzt zu schwach sein.«

»Die beiden sind bereit, Angus«, meldete Davies durch die Interkom der Brücke. »Wir gehen nun zum Lift.«

Bereit? dachte Sib. Bereit? Er verstand nicht genau, welchen Sinn dieses Wort für ihn hatte. War er je für irgend etwas bereit gewesen?

Nick hingegen war bereit. Obwohl ihm die Arme wieder auf den Rücken gefesselt waren, wirkte er vollauf bereit zum Handeln. Mit dem Fuß hatte er sich abgestoßen und schwebte in die Richtung des Lifts, noch bevor Davies das Gespräch mit Angus beendete.

Sib folgte ihm, als ob Nicks Tatendrang ihn mitzöge.

Die Aufzugkabine wartete. Nick hatte sich bereits hineingeschwungen, als Sib und dann Davies eintrafen.

Durch die unhandlichen Waffen wurde Sib die Fortbewegung erschwert. Er verpaßte den Handgriff und schwebte am Lift vorbei. Indem er fuchtelte, versuchte er sich abzufangen, aber sein Schwung beförderte ihn den Korridor hinab. Die Feuchtigkeitsmeßwerte im Innern des EA-Anzugs stiegen, während Sib vor Aufregung schwitzte und schnaufte.

Davies bremste ihn. Er erübrigte für ihn einen Blick, der auch von Angus hätte sein können – entweder voller Ärger oder Geringschätzung –, und zerrte ihn zurück zum Lift.

»Danke«, keuchte Sib.

Davies schob, während er Nick mit der Laserpistole in Schach hielt, Sib in den Aufzug, drückte eine Taste der Kontrolltafel, um die Tür zu schließen.

Nicks Schnauben schien in Sibs Helm die Luft mit Verachtung zu schwängern. »Ich habe doch gesagt, du sollst achtgeben. Das wird ja langsam lächerlich. Wenn du dich draußen so gelungen wie drinnen bewegst, befreie mir lieber die Arme und gib mir sofort das Gewehr. Sonst könnt's sein, du hast keine Gelegenheit mehr, mir's zu übergeben.«

»Halt die Schnauze, Nick«, fuhr Davies ihn an. »Ohne ihn als Begleiter dürftest du überhaupt nicht hinaus. Du wärst noch ans Schott gebunden, und alles, was im Zusammenhang mit der *Sturmvogel* passiert, geschähe ohne dich.«

Nick lachte abgehackt wie ein Knattern von Statik, verkniff sich jedoch eine Entgegnung.

Während die Aufzugkabine nach oben stieg, aktivierte Davies den Interkom-Apparat. »Wir sind gleich an der Schleuse«, gab er der Brücke durch. Darüber wußte Angus zweifellos schon Bescheid: er erkannte es an den Statusanzeigen. Anscheinend redete Davies lediglich, um seine Anspannung in den Griff zu bekommen. »Ich warte im Lift, bis die zwei das Schiff verlassen haben. Und ich behalte die Pistole. Falls Nick sich in der Schleuse irgendwelche Schweinereien leisten sollte, kann ich ihm hier früh genug entgegentreten.«

Nochmals lachte Nick roh auf.

»Sib?« ertönte unvermutet Morns Stimme. »Kannst du mich hören?« Selbst aus dem kleinen Lautsprecher klang ihre Stimme nach Betroffenheit; zu persönlich, als daß Sib wirklich glauben konnte, sie meinte ihn.

»Ja, Morn.«

Ihm war, als ob er erstickte. Nach wie vor erschien der Druck im Innern des EA-Anzugs ihm zu hoch. Er widerstand dem Drang, ihn weiter zu senken.

»Sib«, sagte Morn, als empfände sie Eile; als befürchtete auch sie, durch Stillhalten handlungsunfähig zu werden. »Ich möchte dir nur danken. Ich weiß nicht, warum du stets denkst, du seist kein tapferer Mensch. Du hilfst mir jedesmal, wenn ich es nötig habe. Einfach ist's leider nie ... Es wäre nicht einmal leicht, würdest du vor Mumm nur so strotzen. Aber du tust es trotzdem.«

Verschone mich, dachte Sib. Doch sein Jammer machte ihn stumm.

»Was mich betrifft«, fügte Morn hinzu, »ist das mehr als normale Tapferkeit.«

»Also bitte«, mischte Nick sich fröhlich ein. »Wir wollen doch nicht rührselig werden. Das ist 'n Abenteuer, an dem man sein helles Vergnügen haben kann.«

Gedämpft fluchte Davies, ohne damit Nick zu beeindrucken.

»Noch zwei Minuten«, meldete sich Angus. »Geht in die Luftschleuse. Wir nähern uns dem ausgesuchten Asteroiden. Wenn ihr ihn verpaßt, muß ich umdrehen.«

»Wird gemacht.« Mit dem Daumen schaltete Davies die Interkom aus und tippte Codes ein, die die Türen zwischen Lift und Luftschleuse öffneten. Während die Türen aufrollten, wandte er sich an Sib.

Er zeigte ihm das Skalpell und steckte es in eine Gürtelwerkzeugtasche an Sibs EA-Anzug. »Für den Fall«, stellte er klar, »daß du die Verbindungsleine nicht mit dem Laser durchschießen möchtest.«

Wieder nickte Sib, obwohl er hinter der polarisierten Helmscheibe für Davies unsichtbar blieb.

»Los, vorwärts!« forderte Nick. Er rammte eine Schulter gegen die Wand der Aufzugkabine, um sich abzustoßen, und schwebte hinaus.

Unwillkürlich zauderte Sib. Er wußte nur zu genau, auf was er sich einließ. Jetzt hatte er die letzte Chance, um es sich anders zu überlegen: hier in diesem Moment, ehe die Schleusenpforte hinter ihm zufiel und die Dekompression einsetzte. Er konnte Nicks Arme von den Fesseln befreien, ihm das Lasergewehr in die Hand drücken; bei Davies bleiben, während Nick seinen lebenslangen Haß auf Sorus Chatelaine zum logischen Abschluß brachte.

Er konnte der kalten Dunkelheit des Alls und der Erinnerung an seine gellenden Schreie aus dem Weg gehen. Sollte jemand anderes den Amnion für das Unheil, das sie Ciro, Morn und Sibs Familie zugefügt hatten, einen Denkzettel verpassen.

Aber du tust es trotzdem. Das ist mehr als normale Tapferkeit.

Jedenfalls war es besser, als um Barmherzigkeit zu flehen und immer wieder ihre Verweigerung hinnehmen zu müssen, während die Menschen, die er liebte, starben oder Schlimmeres erlitten, weil er sie nicht schützen konnte.

»Sag Mikka und Ciro von mir adieu«, bat er Davies. »Ich bin froh, sie gekannt zu haben.«

Davies antwortete nicht: Du siehst sie wieder. Wir holen dich an Bord. Vielleicht glaubte er nicht daran.

Sib bezwang sein Grauen und schwebte in die Schleusenkammer.

»Ihr müßt jetzt raus«, knisterte Angus' Stimme in sein Ohr.

Sofort drehte sich Davies den Kontrollen zu. Servomotoren schwangen die innere Schleusenpforte zu, schlossen sie mit einem kräftigen Wumsen ineinandergreifender Riegel; und schon stand Sib mit Nick allein in der Schleusenkammer. Einen Moment später blähten sich die EA-Anzüge auf, während Pumpen die Luft aus der Kammer saugten.

»Schau nicht so kläglich drein«, spottete Nick. Er konnte Sibs Gesicht so wenig sehen wie Sib seines: er redete, um auf der Brücke gehört zu werden. »Du gehst dem Höhepunkt deines Lebens entgegen, gottverdammt noch mal. Von nun an brauchst du mir praktisch nur den Rücken zu decken. Alle werden denken, du wärst 'n echter Held, obwohl du in Wirklichkeit nichts anderes tust, als den Anzug mit Scheiße zu füllen.«

»Zum Donnerwetter, Nick ...!« begann Morn.

»Nimm dich zusammen, du Halunke!« schnauzte Davies. »Wenn er dir nicht die Arme befreit, bleibst du hilflos.«

Aber was Nick von sich gab, blieb Sib mittlerweile einerlei. Für ihn zählte jetzt nur noch die Außenpforte der Schleuse, das letzte, dünne Hindernis zwischen ihm und dem Schwarz des Weltalls. Sobald alle Luft aus der Schleusenkammer gepumpt war, schwang die Außenpforte auf, öffnete die *Posaune* dem unabwägbaren, mörderisch gefährlichen Durcheinander des Asteroidenschwarms.

Draußen sah er nichts als Mitternacht. Unkenntliche Umrisse und unbeeinflußbarer Wirrwarr erfüllten die Finsternis. Ein kurzes Aufleuchten von Statik umrandete die Konturen des von Angus ausgesuchten Asteroiden mit sonderbarem Feuer. Dann erlosch das Flackern, so daß das Dunkel um so tiefer wirkte.

»Auf *geht's!*« stieß Nick in durchdringendem Ton hervor.

Mit wegen der Waffen, die er trug, unbeholfenen Bewegungen schaltete Sib den Helmscheinwerfer ein. Die Ende der Leine, die Davies an Nicks Fesseln geknüpft hatte, wickelte er sich überm Handschuh ums Handgelenk.

»Also gut«, krächzte er.

Sofort brachte Nick die Hüften in eine Art von Startposition und zündete die Lenkdüsen.

Gasstöße und der Strang Isolierband rissen Sib wie ein Frachtstück aus der Schleuse in die Kälte des Asteroidenschwarms.

An alles, was anschließend vorging, konnte er sich danach kaum erinnern. Das Wummern seines Pulsschlags und Pfeifen seiner Atmung mußten sein Gehirn betäubt, die Furcht es geblendet haben. Lediglich bruchstückhafte Einzelheiten fielen ihm ein: Schweben inmitten der bodenlosen Dunkelheit, Zug an der Verbindungsleine, an die er sich ums liebe Leben festklammerte, Nicks harsche Stimme; dann war es wohl mit der bewußten Wahrnehmung wieder vorbei gewesen: an mehr konnte er sich nicht entsinnen. In seinem Kopf schien es nichts zu geben als das Echo seiner einstigen Schreie, bis er sich ungefähr eine halbe Stunde lang neben Nick an den Fels gekrallt hatte, verankert durch Kompressionshaken, vor Augen die Nachwirkungen – das Naturschauspiel – der Vernichtung des Schwarzlabors, die in der Ferne lohten und gleißten wie eine kosmische Lasershow.

Nick mußte ihn zu dem Asteroiden nachgeschleppt haben: Sib hielt es für ausgeschlossen, daß er es aus eigenem Vermögen geschafft hatte. *Ich habe geschrien, bis mir die Stimme versagte.* Anscheinend hatte er Nicks Fesseln durchtrennt, ihm eine der Waffen ausgehändigt: das Isolierband war fort, und Nicks Arme umschlangen das schwere Lasergewehr. *Wahrscheinlich dachte ich, solange ich mich hören kann, verliere ich nicht den Verstand.* Wahrscheinlich hatte er von irgend jemandem erfahren – von Nick oder jemandem auf der *Posaune* –, daß die Werkzeugtaschen des EA-Anzugs Kompressionshaken enthielten. *Aus irgendeinem irrationalen Grund hatte ich Furcht, ich könnte auch 'n Amnioni werden, nur indem ich zusehe, wie sich meine Familie in Amnion umwandelt.* Woher hätte er es sonst wissen sollen?

Nichts von allem hätte geschehen müssen.

Andererseits brauchte er niemanden, der ihm die Leuchterscheinungen hätte erklären müssen. Er verstand sie, hatte er das Empfinden, dank direkter Intuition, als fände das tosende Flimmern und Wabern der Gluthölle in der Tiefe des Asteroidenschwarms einen Widerhall bei seinen grauenvollen Erinnerungen. Er war der Datensysteme-Hauptoperator der *Käptens Liebchen* gewesen: Zumindest theoretisch durchblickte er die Funktions- und Wirkungsweise eines Superlicht-Protonengeschützes. Und er konnte sich leicht ausmalen, welcher Typ von nuklearem Brenner Deaner Beckmanns Schwarzlabor mit Energie versorgt hatte. Die Gewalten, die das Laboratorium verschlungen hatten, würden erst, wenn jeder ihnen erreichbare Partikel aufgesprengt und verzehrt worden war, ausgebrannt sein. Zusätzlich aufgeheizt durch Statik, die die komplexen Trudelbewegungen des Asteroidenschwarms verursachten, loderten die freigesetzten Kräfte in der Weite des Weltraumdunkels wie entfesselte Blitze und Elmsfeuer. Mit Eruption um Eruption umrahmte Licht die Asteroiden in ausgedehntem Umkreis, bis es schien, als ob sie zuckten, ihnen die Brachialität, die sie heimsuchte, wie lebendem Gewebe Schmerzen zufügte. Und bei jedem Aufleuchten beließ ein nachträgliches Druckgefühl in den Sehnerven Sib vollkommen blind.

Alles konnte ich mitansehen. Hätte man sie ermordet ... Dann wäre ich wohl ins Raumschiff zurückgekehrt und hätte versucht, ihnen zu helfen. Aber ich mußte mitansehen, wie man ihnen Mutagene einspritzte.

Die Erinnerung lähmte ihn, als wäre er in der absoluten Minustemperatur des Alls erstarrt.

Die *Posaune* war längst fort. In seinem Helmfunk waren ihre Stimmen leiser geworden und schließlich verstummt; er wußte nicht nicht einmal genau, wann eigentlich.

Aber die *Sturmvogel* kam näher. Falls sie den auf Deaner Beckmanns Labor verübten Überfall und das nachfolgende Unheil selbst überstanden hatte ...

»Du liebe Güte«, murmelte Nick, als wäre er auf sich stolz. »Na, ist das nichts? So etwas habe ich noch nie gesehen. Auf so was hab ich mein Leben lang gewartet. So ein Feuer werde ich auch in ihrem Herzen entfachen. Wenn sie krepiert ist, wird sie die Hölle als Erlösung begrüßen.«

Nick war verrückt; darüber war Sib sich im klaren. Ganz gleich, ob sie Sorus Chatelaine überraschten, ein oder auch zwei Lasergewehre konnten an einem Raumschiff von der Größe der *Sturmvogel* einfach keinen so starken Schaden anrichten, wie Nick es sich offenbar wünschte. Dennoch widersprach Sib ihm nicht. Inzwischen scherte es ihn nicht mehr, was Nick daherredete. Innerlich konzentrierte er sich darauf, seine Gedanken, Erinnerungen und Handlungen zu einer Einheit zu verschmelzen, damit er zu guter Letzt, vielleicht zum erstenmal im Laufe seines Daseins, selbst über sein Schicksal entschied.

So weit und nicht weiter war er im Leben gelangt. Nichts anderes hatte er noch übrig.

»Wann kriegen wir die Stoßwelle zu spüren?« fragte Sib, nachdem er noch ein paar Minuten lang den lichtstrahlenden, unruhigen Untergang des Schwarzlabors beobachtet hatte.

»Gar nicht.« Aus Nicks Tonfall sprach absolute Gewißheit. In den Jahren, seit Sib ihn kannte, hatte er mehrmals behauptet, Algorithmen im Kopf errechnen zu können. »Kaptein Thermogeil hat recht. Es ist zuviel Gestein dazwischen, zuviel an Trägheitsmoment. Dadurch wird die Stoßwelle absorbiert. Wir dürfen uns getrost entspannen und uns die Darbietung anschauen.« Er äußerte sich, als drehte sich die Unterhaltung um ein naives Theaterstück.

»Und die *Sturmvogel?*« erkundigte sich Sib. »Sie muß

doch von der Stoßwelle erfaßt worden sein. Welche Wirkung hat sie auf sie?«

Nick wandte sich Sib zu. Sein Helmscheinwerfer warf Schlieren gebrochener Helligkeit auf Sibs polarisierte Helmscheibe.

»Sib Mackern«, schnob Nick, »ich muß mich wahrhaftig immer wieder über dich wundern. Du bist so verdammt *langsam* von Begriff. Kapierst du denn die Sache nicht? Sind die ganzen letzten Vorfälle« – er verhöhnte Sib in hämischem Ton – »irgendwie an dir vorbeigegangen? Sie hätte gar kein Superlicht-Protonengeschütz verwenden müssen. Es wäre ihr möglich gewesen, Beckmanns Bude mit einer Materiekanone zu beschießen, dann wär's nicht so offensichtlich geworden, wer's getan hat. Aber dann wäre der Fusionsgenerator nicht explodiert. Sie hat das Superlicht-Protonengeschütz benutzt, weil sie die Explosion wollte. Sie hatte die Absicht, die Stoßwelle zu erzeugen. Sicher, sie verwischt unsere Partikelspur. Sie fegt jede meßbare Emission im ganzen Sektor hinweg.« Man hörte ihm blanke Verachtung für seinen Begleiter an.

»Aber sie muß unserer Spur ja nicht folgen. Sie kennt unseren Kurs. Sie braucht bloß die Flugrichtung von Trümmern freizuschießen und uns nachzufliegen. Dafür hat sie die Stoßwelle ausgelöst. Bei richtig angepaßter Geschwindigkeit kann sie sich davon vorwärtsschleudern, sich von ihr die Flugbahn freiräumen und auf vielleicht die fünf- oder sechsfache Schnelligkeit der *Posaune* bringen lassen. Natürlich muß sie bremsen, während sich die Stoßwelle verläuft, danach muß sie wieder selbst manövrieren. Aber vorher legt sie eine beträchtliche Strecke zurück.«

Er sprach so angelegentlich, als ob Sorus Chatelaines Ideenreichtum ihn vergnügte. »In den ersten zehn Sekunden nach Abfeuern dieser verfluchten Kanone«, schätzte er zum Schluß, »hat sie wahrscheinlich zwei Stunden Flugzeit herausgeschunden.«

O Gott, schnaufte Sib bei sich. Neue Furcht zog ihm das Zwerchfell zusammen. »Du meinst ...«

»Ja, das meine ich«, unterbrach Nick ihn hämisch. »Sie wird hier sein, lange bevor du dir überlegt hast, ob du wirklich so tapfer sein kannst, wie's diese scheißverrückte Schlampe« – Morns Namen brauchte er nicht erst zu nennen – »von dir glaubt.«

Im Kern des Asteroidenschwarms pulsierte und waberte Helligkeit. Das Licht von Folgeexplosionen durchzuckte Sibs Blickfeld von Rand zu Rand, als gälte es undenkbare Horizonte zu bestimmen. Es hatte den Anschein, als schüfen die Nachwirkungen der Vernichtung des Schwarzlabors eine eigene Coriolis-Kraft, so daß die Intensität der Eruptionen zu- anstatt abnahm ...

Jeden Moment konnte die *Sturmvogel* eintreffen.

»Wenn's so ist«, sagte Sib mit schwacher Stimme, »solltest du mir wohl lieber erklären, wie wir vorgehen wollen.«

Die unvermutete Vehemenz, mit der Nick reagierte, riß ihn fast aus der Verankerung. »*Du* tust überhaupt *nichts*«, dröhnte es plötzlich in Sibs Raumhelm. »Du bist ein selbstgerechtes Arschloch von Meuterer, und ich bin dich leid auf den Tod. Ich bin dich satt, Vector, Mikka und die ganzen übrigen mickrigen Scheißtypen, die sich einbilden, sie hätten 'n Recht auf was anderes als Befehlsbefolgung. Bevor ich zulasse, daß du mir in die Quere kommst, wirst du *geröstet*. Hörst du gut zu? Du darfst dich an dem kleinen Spielzeuggewehr festhalten. Von mir aus kannst du dran lutschen. Aber Sorus Chatelaine überläßt du *mir*. Du bleibst, wo du bist, verflucht noch mal, und bleibst mir aus dem Weg.«

Nicks Lasergewehr wies auf Sibs Brust. Sib mochte hier und jetzt nicht den Tod finden, solange ungelinderte Furcht sein Denken und Empfinden beherrschte, er sich in der Erinnerung noch schreien hörte. Die Vorstellung, Nick könnte ihn verschonen, schloß sich um sein Herz wie die Kälte des Weltalls.

Nick wünschte, daß er passiv bliebe. Sib bot sich die Möglichkeit, einfach abzuwarten, während die *Sturmvogel* vorbeiflog. Das Leben zu bewahren; sich Sorus Chatelaine fernzuhalten. Falls die *Posaune* umkehrte, um ihn zu holen, wurde ihm endlich Barmherzigkeit zuteil.

Es konnte so ausgehen. Wenn er es dazu kommen ließ.

Eine halbe Stunde verstrich. Oder mehr Zeit? Weniger? Sib wußte es nicht. Jedenfalls hatte er den Eindruck, daß der Todeskampf des Labors allmählich verebbte. Nach wie vor stach Licht durchs Chaos der Felsbrocken, als ob Schreie durchs Dunkel gellten, doch verlor das Geflacker nach und nach an Heftigkeit. Das Schwarzlabor war vernichtet, verglüht bis hinab auf die atomare Ebene und verstreut in die Leere. Mit dem Aufzehren des letzten Brennstoffs mußte auch das Leuchten erlöschen.

Seit einer Weile brabbelte Nick wieder vor sich hin. »Sie muß jeden Moment da sein«, wiederholte er ständig, als wüßte er nicht, daß Sib ihn hören konnte. »Jeden Moment. Zähl die Minuten, Drecksau. Du hast nur noch wenige.«

Sib achtete nicht auf sein Gefasel. Wo er sich befand – inmitten der ruhelosen Wirrnis des Asteroidenschwarms klein wie ein Atom –, vermochte er schlichtweg nicht zu glauben, daß die moralische Ordnung seines Lebens umgestoßen werden könnte.

Er erhaschte den ersten Blick auf das Raumschiff, als es schnurstracks aus dem Herzen der im Ausbrennen begriffenen Feuersbrunst des Schwarzlabors zu kommen schien: wie eine aus Gewalttat und Verwüstung geborene Schöpfung. Umwallt von Feuer, schob es sich aus der Dunkelheit hervor wie ein schwarzer Behemoth, degradierte Sib, Nick und den Asteroiden, an den sie sich klammerten, jeden Felsklotz der gesamten Umgebung zu Zwergen.

»Da!« stieß Nick in rauhem Flüstern hervor, als drohte ihm die Stimme, gepackt von Leidenschaften, die er nicht meistern konnte, in der Kehle zu ersticken.

Die *Sturmvogel* flog mit eingeschalteten Scheinwerfern, erforschte das benachbarte Vakuum: kein vernünftiger Kapitän navigierte durch einen Asteroidenschwarm, ohne für den Fall, daß ein inkorrektes Emissionsecho oder ein Sensorfehler zum Übersehen eines Hindernisses führte, die Scanningmessungen durch Video-Observation zu ergänzen. Wenige Augenblicke später erkannte Sib deutlich die Umrisse des Raumschiffs. Ungefähr eiförmig, bestückt mit Antennen, Rezeptoren, Trichterantennen sowie Geschützkuppeln, näherte es sich vollkommen lautlos, als schwämme es in Öl, schien rasch, obwohl es noch zwei oder drei Klicks entfernt war, den Sichtbereich der Helmscheibe auszufüllen.

Das Scheinwerferlicht erhellte die Narben früherer Gefechte und die Male neuer Beschädigungen. Eine Delle hatte den Bug verformt; eine zweite Beule mittschiffs sah von weitem wie ein Krater aus. Und weiter heckwärts war der Rumpf aufgerissen worden: geborstenes Metall säumte ein dunkles Loch. Einen Frachtraum, mutmaßte Sib.

Dort konnten sie den Weg ins Schiff finden. Ließen sich Innenschotts aufschneiden, konnten ein, zwei Lasergewehre dem Raumer durchaus einigen Schaden zufügen. Nicht genug, um ihn aufzuhalten; doch genügend, um ihn zu schwächen.

Sib schwitzte nicht mehr. Die Indikatoren des EA-Anzugs zeigten an, daß er in Dehydrationsgefahr schwebte.

Du bleibst, wo du bist, verflucht noch mal, und hältst dich mir aus dem Weg.

Noch immer wußte Sib keine Lösung. Jahrelang hatte er Nick nur gefürchtet und ihm stets gehorcht.

Nick kauerte an seinen Kompressionshaken. Sein Raumhelm ruckte hin und her, während er die *Sturmvogel* betrachtete, ihre Annäherung beobachtete; anschließend überprüfte er das schwere Lasergewehr auf Hundertprozentigkeit der Ladung.

»Mir das Gesicht zerschneiden, was?« murmelte er. »Komm her, du Wildsau. Noch 'n bißchen näher. Dann wirst du sehen, wie du dafür büßen mußt.«

Auch diesmal sprach er nicht mit Sib. Soweit Sib es feststellen konnte, mochte Nick seine Existenz völlig vergessen haben.

»Jetzt ist's Zeit zur Revanche.«

Kein Kilometer trennte das Raumschiff noch von dem Asteroiden, als Nick sich von seinen Kompressionshaken löste, sich mit einem Tritt abstieß und auf den riesigen Rumpf zuschwebte. Auf die Benutzung der Lenkdüsen verzichtete er; sie brauchte er nicht. Statt dessen sauste er wie ein Stein auf das große Raumfahrzeug zu.

Sib sah zu, das Herz voll mit einstigen Schreien. Trotz der Wärme im Anzuginnern war ihm, als spürte er, wie sich die schwarze Kälte in seinen Leib fraß.

Du bleibst, wo du bist, verflucht noch mal. Laß die *Sturmvogel* vorüberfliegen. Bleib im Dunkeln allein und am Leben. Bau auf die Hoffnung, daß die Anzugsysteme so lange funktionieren, bis die *Posaune* dich holt. Daß die *Posaune* überhaupt lange genug überdauerte, den Aufwand auf sich nahm, seinetwegen umzukehren.

Oder handle. Trotze Nick ein letztes Mal. Hör damit auf, immerzu darum zu flehen, verschont zu werden. Versuch einen Schlag im Namen all der Menschen zu führen, die er gerne hatte.

Aber du tust es trotzdem. Vielleicht war das die Wahrheit. Vielleicht hatte Morn es, indem sie es laut aussprach, zur Wahrheit erhoben.

Wenn er duldete, daß Nick ihn verschonte, mußte er später dafür die Zeche zahlen.

Nick hielt auf das Raumschiff zu. Alle paar Sekunden streifte ihn das Scheinwerferlicht der *Sturmvogel*, glänzte auf seinem EA-Anzug wie Sternenschein. Er hatte, als er sich abstieß, einen ausreichenden Vorbehalt berücksichtigt; seine Trajektorie sollte sich erst in einigen weiteren Momenten mit dem Kurs des Raumers kreuzen.

Sib beschloß, nicht auf Barmherzigkeit zu warten. Er sagte *nein* zu sich.

Sib stellte die Füße nebeneinander und sprang von dem Asteroiden dem Raumschiff entgegen.

Er atmete nicht. Er war sich nicht sicher, ob sein EA-Anzug noch genug Luft enthielt. Ob er sich kräftig genug abgestoßen oder die erforderliche Richtung eingeschlagen hatte, um tatsächlich zu dem Schiff zu gelangen, wußte er ebensowenig. Er konzentrierte sich auf Nick, als glaubte er, Nick könnte ihn dorthin, wohin er wollte, auf irgendeine Weise mitziehen.

Wie ein Falter trieb er mitten durchs Gewimmel des Asteroidenschwarms auf das riesenhafte Raumschiff zu.

Jetzt sah er, daß nicht der demolierte Frachtraum an der Seite der *Sturmvogel* Nicks Ziel abgab. Vielmehr war es der Bug. Aus den Geschützkuppeln ragten dort wie gefährliche Dornen die Rohre der vorderen Bordartillerie: schlanke Laser, dicke Materiekanonenläufe, kompliziert beschaffene Protonenemitter.

Irgendwie war es Sib gelungen, in die richtige Richtung zu springen. Nick erreichte den Rumpf wenige Sekunden vor ihm, packte einen Haltegriff. Sib kam kaum fünf Meter neben Nick auf dem Raumschiff an.

Doch an dieser Stelle gab es keine Haltegriffe.

Er prallte auf und sofort ab, trieb fort – zurück in die Wirrnis des Asteroidenschwarms. Der Raumer würde an ihm vorüberrasen, ihn in der Weite des Alls zurücklassen.

Nein. Die Anzugstiefel konnten ein Magnetfeld erzeugen. Jeder Raumanzug, der etwas taugte, verfügte über diese Eigenschaft; sie war bei Externaktivitäten fürs Überleben unverzichtbar.

Er drückte den entsprechenden Kippschalter und vollführte einen Purzelbaum.

Sobald seine Stiefel aufs Metall knallten, blieben sie darauf haften.

An irgendeinem Zeitpunkt fing er wieder an zu atmen. Für eine Zeitspanne, die er wie eine Ewigkeit empfand, war er aus Erleichterung und Sauerstoffmangel blind; seine Augen sahen das Umfeld nur verschwommen.

Aber die Zeit war da. Hier war es jetzt soweit. Schluß mit dem Gezauder. Ein Ende der Tatenlosigkeit. Es war Zeit zum Zuschlagen.

Er zwinkerte, bis er wieder deutlich sehen konnte.

Sein Lasergewehr war zu klein. Eine Öffnung in den Rumpf der *Sturmvogel* zu brennen kostete lange Minuten; das gleiche galt für die Zerstörung eines der Bordgeschütze. Doch es gab andere Ziele ...

In der Helligkeit seiner Helmlampe und der Positionslichter der *Sturmvogel* suchte er die Rumpffläche nach Partikelanalysatoren, Kameras, Trichterantennen ab; nach allem, was seiner Waffe zum Opfer fallen konnte.

Da: eine Videokamera, eine von mehreren Kameras, die die Dunkelheit erforschen.

Er zielte mit dem Lasergewehr auf sie, drückte die Sensortaste. Der erste Schuß verfehlte die Kamera. Dann schmolz ein rotes Aufblitzen die Kamera von ihrer Aufhängung.

Ein Schlag. Sib entblößte die Zähne. Viel hatte er nicht angerichtet, aber *etwas*. Er hatte etwas zustande gebracht, was er davor noch nie geschafft hatte. Wäre ihm dazu die Gelegenheit gegeben worden, hätte er nun laut gebrüllt, bis seine stummen Schreie des Grauens zu einem Geheul der Auflehnung emporgellten.

Nick kam ihm zuvor.

»Ich habe dich gewarnt.«

Sib fuhr herum; sah vor sich Nick.

»Mit Sorus rechne ich ab.« Er sprach mit der Stimme eines Mörders.

Starr vor Verblüffung schaute Sib zu, während Nick mit beiden Armen die Waffe hob und auf ihn anlegte.

In einem Aufleuchten kohärenten Lichts blieb Sib Mackern vor allen Weiterungen verschont.

SORUS

Vor der durch die Vernichtung des Schwarzlabors verursachten Stoßwelle brauste Sorus Chatelaine mit Deaner Beckmanns Blut an den Händen und mit der Absicht zu neuem Töten durchs Weltall.

Der Schuß aus dem Superlicht-Protonengeschütz und die Detonation des Schwarzlabor-Fusionsgenerators hatten in ihr einen Nachhall hinterlassen, als wäre in ihrem Innern eine Kettenreaktion entstanden, die an Hitze und Gefräßigkeit jener glich, die das Geschütz hervorgerufen hatte. Nach diesem Gemetzel gab es kein Zurück mehr: sie konnte nur noch nach vorn blicken. Ihre Handlungen ähnelten Atomen, die sich spalteten und bei jeder Spaltung enormere Gewalten freisetzten.

Während die Stoßwelle sich am statisch aufgeladenen Gestein des Asteroidenschwarms brach und verlief, bremste die *Sturmvogel* ihr halsbrecherisches Dahinjagen ab und nahm die Suche nach der Emissionsfährte der *Posaune* auf. Hinsichtlich dieser Aufgabe vertraute Sorus ihrer Scanninginstrumente-Hauptoperatorin. Sie persönlich hatte ohnehin keine Möglichkeit, um ihr bei der Suche behilflich zu sein. Obwohl ihre Fassade den Eindruck vermittelte, ihre Aufmerksamkeit gälte den Vorgängen auf der Brücke – und dem Mutierten neben dem Kommandosessel –, befaßte sie sich insgeheim mit anderen Angelegenheiten.

Von Gewaltakt zu Gewaltakt ...

Nicht Nick Succorso war derjenige, nach dessen Tod sie in Wahrheit lechzte. Vielmehr war es Milos Taverner. Was sie betraf, sah sie in Succorso einen unwichtigen Hampelmann. Als er vor etlichen Jahren von ihr an der Nase herumgeführt, hereingelegt und schließlich im Stich gelassen worden war, hatte es für sie tatsächlich keinerlei Rolle gespielt, ob er lebte oder starb; und auch heute blieb es ihr einerlei. Im Gegensatz dazu hätte keine andere Tat ihr soviel gehässige Freude bereitet wie die Liquidierung des Halb-Amnioni. Und nicht allein, weil er sich an Bord ihres Raumschiffs aufhielt, sie überwachte, ständig geneigt war, sie zu kritisieren; nicht nur, weil seine Einschätzung ihrer Person darüber bestimmte, ob sie die Unzufriedenheit ihrer gemeinsamen Herren überlebte oder mit Sanktionen rechnen mußte.

Sie hätte ihn gleichfalls zu gerne umgebracht, weil er sie zur Vernichtung des Schwarzlabors genötigt hatte. Nicht einmal in ihren Alpträumen – den einzigen Träumen, die ihr kamen – hatte sie einen derartigen Massenmord vorausgeahnt. Sie war von ihm dazu gezwungen worden, Menschen zu töten, die sie gekannt und gelegentlich respektiert hatte; Illegale wie sie selbst.

Soviel Morde. Jedes neue Glied in der Kettenreaktion der Gewalt zermarterte ihr das Herz. Ihr Dasein ekelte sie an. Nur das Erfordernis immer neuer Gewalttaten hielt sie am Leben ...

Auf irgend etwas anderes durfte sie nicht mehr hoffen.

Man verlangte von ihr, daß sie die *Posaune* irgendwie kaperte: soviel war ihr klar. Jedes andere Resultat der Hetzjagd wäre für die Amnion unbefriedigend. Dummerweise hegte Sorus die Überzeugung, daß diese Anforderung sich nicht erfüllen ließ. Trotz der List, für die sie Ciro Vasaczk eingespannt hatte, konnte sie an nichts mehr denken als Tod.

Sollten die Amnion jedoch lediglich unzufrieden sein, raubten sie ihr vielleicht nicht das Menschsein. Sie hatten für sie eine zu vielseitige Verwendung.

Dann waren andere Konsequenzen vorstellbar.

Falls sie das Verhängnis noch eine Zeitlang aufschieben konnte ...

»Ich habe sie, Kapitänin«, meldete plötzlich die Scanninganlagen-Hauptoperatorin. »Es ist ohne jeden Zweifel die Emissionssignatur der *Posaune*.«

»Gut«, antwortete Sorus. »Vergleiche sie mit der Flugroute, die uns Retledge übermittelt hat. Projiziere sämtliche Abweichungen auf den Monitor, damit wir sie sehen können. Und leite sie der Steuerung zu. Steuermann, es ist jetzt soweit, daß wir ernsthaft darangehen müssen, das Raumschiff einzuholen.«

Eigentlich waren Befehle jetzt überflüssig. Ihre Crew wußte längst, was es zu tun galt. Sie gab ausschließlich Anweisungen, um Taverner zu verdeutlichen, daß sie seinen Willen entschlossen ausführte. »Inzwischen wird vom Scanning eine Geschwindigkeitsschätzung erhältlich sein. Wir müssen schneller fliegen. Einen Großteil des Abstands haben wir schon hinter uns gebracht. Nun kommt's darauf an, den Rest zurückzulegen. Wenn Ciro Vasaczk erledigt hat, womit ich ihn beauftragt habe« – in ihrer Stimme klang Grimm an –, »dürften wir dafür bald Anzeichen in der Partikelspur bemerken.«

Falls nicht etwas schiefgegangen ist ...

Voller Bitternis blickte sie Taverner an, um zu sehen, ob er es abermals wagte, ihr dreinzureden.

Vielleicht geht dieses Mal, hoffte sie stumm, für dich etwas schief, du nichtmenschlicher Halunke.

Vor ein, zwei Stunden hatte er einen sonderbaren Kasten, so groß wie die Kommandokonsole, auf die Brücke geholt. Das Gerät strotzte von für Sorus unverständlichen Kontrollen und Anzeigen. Trotz der Größe trug Taverner es an einem Gurt um den Hals, so daß er es leicht bedienen und die Ergebnisse erkennen konnte. In der Null-G hatte das Gewicht keine Bedeutung.

Obwohl sie ihn nicht danach fragte, hatte er ihr erklärt, worum es sich handelte: seine FKZ, die ›Funkvorrichtung für Kontakte ohne Zeitverlust‹, die es ihm gestattete – wie er behauptete –, in verzugsfreie Funkverbindung zur *Stiller Horizont* zu treten. Der Zeitpunkt rückte näher, an dem die beiden Raumschiffe ohne Kommunikationsverzögerungen kooperieren mußten; und vorzugsweise ohne belauscht zu werden.

Möglicherweise sprach er die Wahrheit. Es konnte sein, daß das Gerät funktionierte.

Vielleicht war die *Stiller Horizont* inzwischen nahe genug, um sich an der Hatz auf die *Posaune* zu beteiligen.

In diesem Fall mochte es sich ergeben, daß Sorus die Gelegenheit erhielt, die Logik der Gewalt um noch einen Schritt weiterzutreiben.

Wo befand sich das VMKP-Kriegsschiff, das von der *Sturmvogel* zuletzt im Umkreis des KombiMontan-Asteroidengürtels geortet worden war, wo es offenbar auf die *Posaune* gewartet hatte? Zwar zeigte sich nirgends eine Spur des Polizeikreuzers, doch Sorus war davon überzeugt, daß er irgendwo in der Nähe lauerte.

Wenn Taverners Angaben stimmten, war die *Stiller Horizont* bereits zu einer Kriegshandlung verleitet worden. Mit ein wenig Glück mochte die große ›Defensiveinheit‹ zu guter Letzt in einen Entscheidungskampf mit dem VMKP-Kreuzer verwickelt werden.

Diese Erwägung spendete Sorus Hoffnung; die einzige ihr verbliebene Hoffnung. Sie malte sich aus, wie die Amnion-Defensiveinheit und der Polizeikreuzer sich gegenseitig zu Schrott ballerten. Sie stellte sich vor, wie sie Milos Taverner genau zwischen die Augen schoß, bevor es ihm gelang, die zwischen den Skrubberfiltern versteckten Mutagendepots zu öffnen. Sie konnte sich sogar vorstellen, daß sie selbst, falls nötig, auf die *Stiller Horizont* feuerte, um ihr vollends den Garaus zu machen. Dann könnten ihre Leute aus dem Wrack der *Stiller Horizont* bergen, was sie am dringendsten benötigte: das Gegenmittel, das Sorus' menschliche Existenz gewährleistete. Einen so umfangreichen Vorrat, daß er für ihr ganzes Leben reichte.

Sollte all das geschehen, wäre sie frei. Sie mitsamt ihrer Besatzung ...

Die Kettenreaktion trieb sie vorwärts. So oder so war es unmöglich, ihr zu widerstehen; deshalb versuchte Sorus erst gar nicht, sich dagegenzustemmen, den Verlauf der Ereignisse abzuändern. Das Superlicht-Protonengeschütz hatte das Schwarzlabor heimgesucht wie die Glut einer Nova. Jetzt ging Sorus selbst Risiken ein; riskierte sie das eigene Verderben.

Aber als erstes mußte sie die *Posaune* stoppen.

Voraussichtlich war das keine einfache Anforderung. Zumindest ihrem Ruf zufolge waren Nick Succorso und Angus Thermopyle ernstzunehmende Gegner. Zudem war Thermopyle seit einiger Zeit VMKP-DA-Cyborg und hatte Mittel zur Verfügung, über die nicht einmal Taverner näher Bescheid wußte. Der *Posaune* hatte man zusätzliche Geheimnisse eingebaut. Und Sorus' Sabotageversuch unter Einsatz des jungen Vasaczk konnte allzu leicht auffliegen.

Dennoch hatte Sorus die Absicht, für ihre Herren auch diese Mordaktion auszuführen. Um letzten Endes darüber hinausgehen zu können.

Auf der Brücke herrschte spürbare Spannung. Taverner erzeugte diese Wirkung. Die Luft schien mit Unheil geschwängert zu sein. Die Brückencrew schwitzte an den Kontrollkonsolen, jedes Crewmitglied vertiefte sich mit geballter Konzentration in seine Tätigkeit.

Sorus wußte, wie die Crew sich fühlte. Trotzdem bereitete die allgemeine Verkrampftheit ihr Sorge. Männern und Frauen mit angespannten Nerven unterliefen Fehler ...

»Kapitänin!« Die Stimme der Kommunikationsanlagen-Hauptoperatorin krächzte. »Ich habe Audioempfang.«

Längs der Nerven Sorus' spalteten sich Atome, verbreiteten Furcht wie ein durchbrennender Atommeiler. »Hier draußen?« fragte sie. »Wer könnte hier sein, der uns kontaktieren will?«

Was, zum Teufel, ist denn jetzt los?

»Milos ...«, setzte sie zu einer an den Halb-Amnioni gerichteten Frage an. Ist die *Stiller Horizont* schon da? Was unternimmt sie? Doch seine nichtssagende Miene bewog sie zum Schweigen. Er trug noch die Sonnenbrille, die sie ihm gegeben hatte, um seine Amnioni-Augen zu verbergen. Als sie ihn anschaute, erwiderte ein längliches, schwarzes Rechteck ihren Blick, unergründlich und unauslotbar wie das Hyperspatium.

»Die Funktätigkeit gilt nicht uns«, stellte die Frau an der Kommunikationskonsole eilends klar. »Allgemeine Ausstrahlung, wir haben sie nur zufällig aufgefangen. Jede zu empfangende Frequenz ist von mir für den Fall, daß irgend etwas Nützliches durchkommt, das uns hilft, abgesucht worden. Die nukleare Reaktion hinter uns hat das gesamte Funkspektrum neutralisiert. Aber jetzt ist's damit vorbei.«

Allgemeine Ausstrahlung? Das ergab keinen Sinn. Wer sollte, wenn er bei normalem Verstand war, unter den gegenwärtigen Verhältnissen, solange die Vernichtung des Labors noch im Hintergrund gloste und waberte, in diesem Asteroidenschwarm eine allgemeine Funksendung ausstrahlen?

»Ursprung lokalisieren«, befahl Sorus.

»Tut mir leid, Kapitänin, hab ich schon versucht. Es war bloß 'ne kurze Sendung. Wir hatten keine Gelegenheit zum Triangulieren. Und sie enthielt keine Codes für Position, Uhrzeit, nichts dergleichen. Bloß 'ne Stimme war's. Ich kann den Quadranten nennen, sonst nichts.«

Einen Moment lang kaute Sorus auf der Unterlippe. »Na gut«, antwortete sie. »Dann laß mal hören.«

»Aye, Kapitänin.« Die Kommunikationsanlagen-Hauptoperatorin tippte Tasten, lud den digitalisiert aufgezeichneten Funkspruch und schaltete die Lautsprecher ein.

Sofort trat auf der Brücke Stille ein. Niemand regte sich, niemand atmete.

»… zerschneiden, was?« drang eine Männerstimme aus der Dunkelheit des Weltalls. »Komm her, du Wildsau.«

Sie hatte einen seltsam hohlen Ton, durch den sie klang, als befände sich ihr Besitzer in engstem Raum. Dennoch hörte man sie geradezu unnatürlich deutlich. Eigentlich hätten Entfernung und Statik sie stärker verzerren müssen.

»Noch 'n bißchen näher. Dann wirst du sehen, wie du dafür büßen mußt.«

Die Stimme rührte an Sorus' Gedächtnis. Fast erkannte sie sie ...

»Jetzt ist's Zeit zur Revanche.«

»Kapitänin Chatelaine«, sagte Milos Taverner, als wäre er schließlich doch dazu imstande, etwas Ähnliches wie Überraschung zu empfinden, »das ist Kapitän Succorso.«

Kaum hatte er es ausgesprochen, wußte Sorus, daß er recht hatte. Nick Succorso. Er mußte irgendwo nahebei sein – zu nah. *Komm her, du Wildsau.* Er hatte eine Falle vorbereitet und wollte sie hineinlocken.

Weshalb klang seine Stimme so hohl, so umgrenzt?

Noch 'n bißchen näher.

Der Grund hätte ihr ersichtlich sein müssen; sie sollte dazu fähig sein, ihn zu durchschauen. Aber sie hatte keine Zeit zum Nachdenken.

»Scanning, verdammt noch mal!« brauste sie auf. »Was geht da vor? Was ist zu orten?«

»Nichts, Kapitänin«, beteuerte die Frau an den Scanninggeräten aufgeregt. »Nichts außer Gestein. Ich messe die Partikelspur der *Posaune*, aber sie fliegt noch immer vor uns. Und irgend was anderes kann ich nicht erfassen. Wir sind hier weit und breit das einzige Raumschiff.«

Sorus kannte kein Zögern. »Waffensysteme, alles feuerbereit machen! Steuermann, zum Ausweichmanöver auf meinen Befehl einstellen! Taverner, Sie sollten sich lieber irgendwo sicheren Halt verschaffen. Es kann sein, daß wir gleich ziemlich wild umherkurven müssen.«

Taverner trat vor ihre Kommandokonsole und hielt sich mit einer Faust daran fest. Die andere Hand beließ er an den Kontrollen des FKZ-Apparats.

»Da *ist* einfach nichts«, beharrte die Scanning-Hauptoperatorin, starrte aus großen Augen auf die Sichtschirme.

Jetzt ist's Zeit zur Revanche.

»Den Video-Aufnahmebereich verkleinern«, befahl Sorus in scharfem Ton. »Visuelle Erfassung der unmittelbaren Schiffsumgebung.«

Mit dem Daumen aktivierte sie die Alarmsirenen des Raumschiffs.

»Fertig, Steuermann?«

»Scheiße!« entfuhr es der Scanning-Hauptoperatorin. »Kapitänin, gerade ist 'ne Kamera ausgefallen.«

»*Visueller Rundblick!*« schrie Sorus. »Zum Donnerwetter, ich will sehen, was da draußen ist!«

»Kapitänin!« zischte im selben Augenblick die Frau an den Kommunikationsanlagen und schaltete wieder die Brücken-Lautsprecher an.

»Ich habe dich gewarnt«, sagte Succorso so hohl und unheilträchtig wie eine Stimme aus dem Grab. »Mit Sorus rechne ich ab.«

Gütiger Himmel!

Diesmal bereitete es den Kommunikationsgeräten keine Mühe, die Quelle zu lokalisieren. »Guter Gott!« kreischte die Frau an der Kontrollkonsole in unwillkürlichem Erschrecken. »Er sitzt direkt auf unserem Schiff.«

Das Scanning war auf Fernpeilung justiert, darin bestand das Problem – die Instrumente forschten nur nach größeren Objekten. *Direkt auf dem Schiff.* Diese absonderliche Resonanz der Enge in Succorsos Stimme: beinahe hatte Sorus die Ursache erkannt. Natürlich. Sie hätte die Ursache sofort begreifen müssen.

Aber wie hätte sie oder irgend jemand anderes erraten können, daß Succorso irrsinnig genug war für einen derartigen Handstreich?

»Kapitänin«, rief die Scanning-Hauptoperatorin, »wir sind getroffen worden. Laserbeschuß.«

»Kann ich bestätigen«, schnauzte der Mann an der Datensysteme-Kontrollkonsole. »Wir werden angegriffen. Ich melde Beschädigungen.«

Welche Beschädigungen? Wo waren sie getroffen worden?

Eines nach dem anderen.

Sorus' Stimme durchdrang die Furcht und Bestürzung der Brücken-Crew. »Wo bleibt die *visuelle Erfassung?*«

»Kommt, Kapitänin«, ächzte die Scanninganlagen-Hauptoperatorin.

Eine Sekunde später teilte sich der Hauptmonitor in Bilder, indem drei externe Kameras der *Sturmvogel* auf den Ort der Schadensverursachung einschwenkten. Aufgewühlt von einem wüsten Gefühlsgemisch – Betroffenheit, Mulmigkeit, Wut –, sah Sorus Gestalten in EA-Anzügen.

Nur zwei: zwei einsame Gestalten inmitten des ausgedehnten Asteroidenschwarms attackierten das Raumschiff, als ob sie sich einbildeten, sie beide könnten es bezwingen. Und ein Angreifer war schon unschädlich, fraglos tot: einen gewichtslosen Schwall Blut an der Stelle, wo die Helmscheibe gewesen war, trieb er soeben vom Rumpf ab.

Ein Mann allein griff die *Sturmvogel* an. Ein Irrer, der gerade seinen einzigen Begleiter verloren oder selbst getötet hatte.

Allerdings wußte er genau, was er tat.

Magnetisch haftete er auf dem Metall und stand vor der Waffenkuppel des Superlicht-Protonengeschützes. In den Armen hatte er ein Lasergewehr: ein schweres Modell. Im Scheinwerferlicht zeichnete er sich als gräßliche, verhängnisvolle Erscheinung gegen die Dunkelheit ab, während er unentwegt auf den Geschützsockel feuerte.

»Scheiße, was gibt denn das?« fragte der Steuermann, als traute er seinen Augen nicht; als verstünde er nicht, was er sah.

Der Waffensysteme-Hauptoperator wußte die Antwort. »Kapitänin«, meldete der Mann konsterniert, »die Kontrolle über das Protonengeschütz ist futsch. Ich kann es nicht mehr einsetzen. Sie ist unbrauchbar gemacht worden.«

»Muß ich bestätigen«, ergänzte ihn der Datensysteme-Hauptoperator. »Er hat die Stromkabel durchgebrannt. Jetzt zerschmilzt er die Aufhängung. Er hat schon mehr Schaden angerichtet, als wir mit eigenen Mitteln reparieren können. Wir müssen 'ne Werft anfliegen.«

Plötzlich drehte er seine Kontrollkonsole in Sorus' Richtung. »Kapitänin«, sagte er heiser, »das ist 'ne höllisch gefährliche Laserknarre. In dreißig Sekunden brennt sich der Strahl so tief in den Rumpf, daß er die Innenwandung durchsengt.«

Als hätte die Gestalt im EA-Anzug – Nick Succorso – ein Stichwort erhalten, stellte sie den Beschuß ein. Succorso hob den Kopf. Scheinwerferlicht gleißte auf seiner Helmscheibe, während er sich nach allen Seiten umblickte.

Rasch zerschoß er mit einem dünnen Strahl rubinroten Lichts eine der Kameras. Die Bilder auf dem Hauptmonitor zerstoben, reduzierten sich von drei auf zwei.

So mußte es auch der zuerst ausgefallenen Kamera ergangen sein.

Nahezu gemächlich wandte sich Succorso der nächsten Kamera zu. »Gib gut acht, du Drecksau«, sagte er, als wäre er sich ganz sicher, daß Sorus ihn sehen konnte. »Gleich bist du dran.«

Jetzt ist's Zeit zur Revanche.

Eines seiner Abbilder verflüchtigte sich in Rotglut. Nur eines blieb übrig.

Er hat schon mehr Schaden angerichtet, als wir mit eigenen Mitteln reparieren können.

Wieder kannte Sorus kein Zaudern. Sie hatte so viele Jahre hindurch überlebt, weil sie Entscheidungen zu treffen verstand, wenn sie fällig waren, und für den richtigen Augenblick hatte sie ein ausgeprägtes Gespür.

Ihre Finger hämmerten Befehle in die Kommandokonsole und sprengten die komplette Geschützkuppel vom Rumpf der *Sturmvogel.*

In derselben Sekunde verglühte auch die letzte Kamera in einem Laserstrahl.

Ein kolossales ehernes Dröhnen hallte durch die *Sturmvogel,* als eine Aufreihung von Sprengsätzen gleichzeitig detonierte. Auf ihre Weise in der Wirkung so präzise wie Succorsos Laser, zerrissen die Explosionen Schrauben und Schweißnähte, lösten Stahlplatten, kappten Stromleitungen, schmolzen Drähte. Als das große Geschütz vom Rumpf geschleudert wurde, erbebte das gesamte Raumschiff wie ein verwundetes Tier.

Doch der Monitor blieb leer. Sorus bekam nicht zu sehen, ob die Explosionen Succorso zerfetzten; sie sah keinen verstümmelten Leib, aus dem Blut sprudelte. Vorstellen konnte sie es sich, aber gesehen hatte sie es nicht.

Erschütterungen grollten durch den Rumpf, während sich die Wucht der Detonationen verlief. Der Datensysteme-Hauptoperator brüllte in sein Mikrofon, schloß gegen die Gefahr der Dekompression etliche Schotts, beorderte Schadenbekämpfungsteams an kritische Punkte. Alle übrigen Mitglieder der Brücken-Crew glotzten Sorus an, als wäre sie genauso verrückt wie Nick Succorso.

Die Kommunikationsanlagen-Hauptoperatorin meldete, daß er nicht mehr funke.

Diese Meldung reichte keineswegs aus, um Sorus zu beruhigen.

Aus Zorn, Fassungslosigkeit und Zerrüttung brannten ihr die Nerven wie von Laserfeuer, als sie zu Milos Taverner herumfuhr. Sie hatte vor, ihn irgendwann und irgendwie, sollte sich ihr je die Chance bieten, mitten ihn seine selbstgefällige, schwammige Fresse zu schießen.

»Blicken Sie durch, Taverner?« raunzte sie ihn an. »Ist Ihnen klar, was passiert ist? Er hat uns übern Tisch gezogen. Succorso *hat uns reingelegt*. Ich habe keine Ahnung, was ihm die Idee eingegeben hat, unser Raumschiff zu beschädigen sei sein Leben wert ...« Nein, das war eine falsche Überlegung, eine so ernstzunehmende Beschädigung lohnte offensichtlich den Einsatz eines Menschenlebens, nur begriff Sorus nicht, weshalb er das eigene Leben aufs Spiel gesetzt hatte. »Aber auf alle Fälle hat er uns geleimt. Wir haben die ganze Zeit hindurch nach seiner Pfeife getanzt. Er hat uns Ciro Vasaczk, diesen jungen Burschen, regelrecht untergeschoben. Wir dachten, wir wären ihm über, aber er hat für uns 'n Köder ausgeworfen. Es findet keine Sabotage statt.

Falls die *Posaune* sich verhält, als hätte sie einen Defekt, wird's bloß ein Trick sein, sonst nichts. Ohne das Superlicht-Protonengeschütz sind wir nur noch halb so gefährlich wie vor ein paar Minuten.«

Der Halb-Amnioni durchdachte seine Alien-Prioritäten. »Aber jetzt«, postulierte er, »ist Kapitän Succorso tot.«

»Nur weil er nicht ahnen konnte, daß ich die Geschützkuppel absprenge.« Ihre Maßnahme war beinahe so irrwitzig gewesen wie sein Vorgehen; fast ebenso von Verzweiflung diktiert. Und sie hatte nicht gesehen, ob die Explosion ihn erwischte ... »Andernfalls beschösse er uns noch immer, und binnen dreißig Sekunden hätte er die Innenwandung durchlöchert gehabt. Dann wären wir in *schlimmen* Schwierigkeiten gewesen!«

Doch Taverner anzuschreien führte zu überhaupt nichts. Mit entschiedener Willensanstrengung bezähmte sie ihre Wut, überwand sie ihre Verstörung. »Wenn Sie wirklich mit der *Stiller Horizont* in Funkkontakt stehen«, sagte sie, »sollten Sie dafür sorgen, verdammt noch mal, daß sie rechtzeitig eintrifft, um uns zu unterstützen. Wir werden's nötig haben.«

Taverners Augen konnte sie nicht sehen, der Winkel seiner Kopfhaltung jedoch machte ihr klar, daß er etwas von seinem merkwürdigen Apparat ablas.

»Es wird Unterstützung da sein, Kapitänin Chatelaine«, versicherte er mit ruhiger Stimme. »*Stiller Horizont* ist bereits ins Massif-5-System eingeflogen.«

Die Crewangehörigen an Datensysteme- und Scanningkonsole arbeiteten weiter, so gut sie es fertigbrachten. Sämtliche anderen Mitglieder der Brückencrew stierten ihn überrascht an. So etwas hatten sie nicht für möglich gehalten.

Langsam hob Milos Taverner den Kopf. »Ich habe dagegen argumentiert«, teilte er ihr aus Gründen mit, die sie nicht durchschaute. »Irgend etwas hier in mir« – mit frappierender, nachgerade rührend naiver Gebärde legte er die Hand auf die Brust – »warnt mich vor Gefahr. Menschen wie Nick Succorso und Angus Thermopyle verkörpern eine große Bedrohung. Allerdings zwingt uns der außerordentliche Ernst der Situation zur Hinnahme des Risikos. Die Defensiveinheit ist in spätestens einer Stunde in einer Position, von wo aus sie eine Flucht der *Posaune* aus dem Asteroidenschwarm vereiteln kann. Falls sie versucht, eine Flucht durch Anstreben hyperspatiumadäquater Übersprungsgeschwindigkeit zu erreichen, wird sie vernichtet. Sollte sie versuchen, innerhalb des Asteroidenschwarms der Kaperung zu entgehen oder dagegen Widerstand zu leisten, werden *Stiller Horizont* und *Sturmvogel* sie in gemeinsamer Operation aufbringen. Die Koordinierung der Kommunikation geschieht durch mich, damit keine Fehler unterlaufen.«

Keine Fehler. Toll.

Sorus wandte sich ab, um die Anzeigen der Kommandokonsole abzulesen. In Wirklichkeit bestand die ganze Lage aus einem einzigen Riesenfehler; die Situation war vom Anfang bis zum Ende eine Katastrophe. Succorso hatte sie überlistet. Noch übler war, daß gegenwärtig Thermopyle sie nasführte. Sie hatte ihre beste Waffe verloren, und alle ihre Bemühungen, die von den Amnion gestellte Aufgabe zu erfüllen, kehrten sich gegen sie selbst.

Normalerweise war sie keine Frau, die zu Stoßgebeten neigte; jetzt jedoch flehte sie namenlose Sterne an, ihr ein kampfstarkes VMKP-Kriegsschiff zu Hilfe zu schicken.

ERGÄNZENDE DOKUMENTATION

WARDEN DIOS: HINTERGRUNDINFORMATIONEN

*(Diese Notizen wurden – neben anderen – in Warden Dios'
Computerdateien gefunden, nachdem es dem Leiter der VMKP-
Abteilung Datenakquisition, Direktor Hashi Lebwohl, gelungen
war, die privaten Zugriffscodes des ehemaligen VMKP-Polizeipräsidenten zu knacken.)*

Oft denke ich darüber nach, wie ich eigentlich in diese Klemme geraten bin. In gewisser Beziehung spielt das Wie allerdings gar keine Rolle. Ich stecke drin. Und ich habe mir die Suppe selbst eingebrockt.

Mir bleibt überhaupt keine andere Wahl, als mich damit auseinanderzusetzen. Was es mich kostet, ist unerheblich, besonders wenn ich daran denke, welchen Preis mittlerweile die Menschheit für meine Irrtümer entrichtet hat. Und dieser Zoll kann sich nur noch immerzu vergrößern, es sei denn, mir fällt ein Weg ein, wie ich endlich meiner wahren Bestimmung gerecht werden kann.

Des Arguments, daß das gegenwärtige Arrangement trotz seiner schrecklichen Mangelhaftigkeit beibehalten werden sollte, weil es besser als die Alternativen sei, bin ich mir auf schmerzliche Weise bewußt. Man empfiehlt das kleinere Übel. Und immerhin wird die VMKP, falls ich es schaffe, meinen eigenen Untergang herbeizuführen, unausweichlich sein, was Hashi Lebwohl wahrscheinlich ›neutralisiert‹ nennen würde. Keiner kennt die Gefahr so genau wie ich oder versteht unsere Mittel so effektiv anzuwenden. Niemand hat eine derartig fatale Begabung wie ich dazu, Untergebene zur Loyalität zu inspirieren, oder meine ziemlich ambivalente Fähigkeit zum Fädenziehen. Bis zu dem

Zeitpunkt, an dem die Person, die danach meinen Platz einnimmt – Min Donner, wenn Gott will –, in ihre Posten hineingewachsen ist, wird der Human-Kosmos so schutzlos wie nie zuvor sein.

Aber das Argument beeindruckt mich nicht. Ich lehne die Vorstellung ab, die Polizei könnte der Menschheit besser dienen, wenn sie stark und korrupt ist anstatt schwach und ehrlich. Niemand Korruptes kann sich jemals durch wirkliche Stärke auszeichnen. Man sehe sich nur Holt Fasner an. Er verfügt über alle erdenkliche Macht. Obendrein ist er mein Chef. Mein Boss. Und trotzdem kann er nichts tun, um zu verhindern, daß ich seinen Sturz bewirke. Falls ich scheitere, dann nicht, weil er stark genug ist, um meine Absicht zu durchkreuzen, sondern weil meine Erfüllungsgehilfen, Angus Thermopyle und Morn Hyland, für meine Komplizenschaft – für die Korruption, die ich gefördert habe, um vor Holt Fasner die Wahrheit zu verschleiern – einen zu hohen Preis entrichten mußten.

Das ist der Grund, warum ich nicht resigniere. Ich kann einfach nicht das Unheil, das ich gestiftet haben, durch jemand anderes bereinigen lassen.

Aber immer wieder denke ich über die Vergangenheit nach, durchforsche sie nach Hinweisen, die meinen Nachfolgern helfen könnten, meine Irrtümer zu vermeiden.

Mein Leben lang bin ich vom Vorbild des Starkseins besessen gewesen.

Die Pflegeeltern, bei denen ich aufgewachsen bin, nachdem meine leiblichen Eltern umgekommen waren, wohnten in einer der urbanen Zwischenzonen der Erde. Auf der einen Seite der Stadt hatten die Gossengangs das Sagen. Auf der anderen Seite herrschte eine harmlosere Art von Zivilisation vor. Und in der Zwischenzone wechselten die Verhältnisse wie Ebbe und Flut, je nachdem, wie sich das Machtgleichgewicht verschob, zwischen Gewaltorgien und Sicherheit.

Darum gelangte ich zu der Überzeugung – und bin ihr bis heute treu geblieben –, daß alles von der Frage des

Stark- oder Schwachseins abhängt. Innerhalb ihres Territoriums waren die Gossengangs stark. Allem zwangen sie ihre Form der Ordnung auf. Andernorts erwiesen sich zivilere Strukturen als widerstandsfähig genug, um ihre Ausbreitung einzudämmen. In der Zwischenzone dagegen mußte jeder leiden, weil alle zu schwach waren, um dem Chaos zu trotzen.

Hier sollte Polizei, dachte ich mir damals, präsent sein. Die Zwischenzonen brauchten Männer und Frauen, die die Macht hatten, um gegen den Konflikt Sicherheit und Ordnung durchzusetzen, und zudem genug Tugenden, um dieses Ziel zu erreichen, ohne selbst zu einer Art von Gossengang herabzusinken. Eine andere Abhilfe konnte ich mir nicht vorstellen.

In gewisser Hinsicht habe ich seitdem meinen Kampf stets im Namen der Zwischenzonen geführt. Erst in der Zwischenzone des Erdorbits, wo Raumstationen und Raumindustrie, während keine planetare Autorität irgendeinen Einfluß auf sie ausübte, um Stücke des Wohlstandskuchens und um ihre Zukunft rangen. Und später in den viel ausgedehnteren Zwischenzonen, die durch den Kontakt zu den Amnion entstanden, den interstellaren Grenzzonen, die heute überall existieren, wohin mit Ponton-Antrieb ausgerüstete Raumschiffe fliegen können.

In der Zwischenzone, in der ich aufwuchs, tat ich, was ich konnte, um die Nachbarschaft, die Familien, zum Selbstschutz zu organisieren. Ich glaube, damit habe ich versucht, den Tod, der meine Mutter und meinen Vater ereilte, von meinen Pflegeeltern fernzuhalten. Allerdings hatten wir schlichtweg keine ausreichenden Hilfsmittel. Wir waren tüchtig – wenigstens glaube ich es –, aber nicht stark.

Bei erstbester Gelegenheit ließ ich mich vom Internschutz der AM anwerben. Dabei fühlte ich mich der Astro-Montan AG als solcher keineswegs verpflichtet und betrachtete es nicht einmal als engagierenswert, durch die Erforschung des Weltalls und das Erschließen neuer Ressourcen, die die AM betrieb, zum Fortbestand der Menschheit beizutragen.

Lediglich die Obliegenheit, die ich beim AM-Internschutz zu übernehmen hatte, nämlich in einem begrenzten Abschnitt der orbitalen Zwischenzone den Schutz von AM-Managern und -Personal sowie Firmeneinrichtungen und -tätigkeiten zu garantieren, zog mich enorm an. Ich konnte von meinem Gutmenschentum, bildete ich mir ein, woanders etwas einbringen. Die Stellung beim AM-IS gab mir die Verfügungsgewalt über Mittel und Geld, Ausstattung und Leute, deren es bedurfte, um meine ›Tugenden‹ in sinnvolle Praxis umzumünzen.

Damit verrichtete ich – so weit, so gut – durchaus wertvolle Arbeit. Sie hätte mich jedoch nicht lange zufriedengestellt, hätte ich nicht Holt Fasners Ambitioniertheit erkannt. Für jemanden mit meinen Obsessionen war der herkömmliche Zuständigkeitsbereich des AM-IS ganz einfach zu beschränkt. Ich wußte, daß ich bessere Arbeit leisten konnte – viel bessere Arbeit –, wenn sie sich auf größere Gebiete erstreckte.

Holt Fasner hatte größere Träume. Er war damals dabei, seine Domäne auszudehnen, und insofern erweiterte sich auch meine Zuständigkeit mit wahrhaft aufregender Schnelligkeit. Außerdem war er da schon alt. Vielleicht lag es daran, daß er bei mir – dies Eingeständnis klingt unglaublich naiv, sogar wenn ich es nur mir selbst mache – das Gefühl erweckte, er sei ein kluger Mann. Auf alle Fälle vermittelte seine gründliche Kenntnis aller Nutzanwendungen der Macht mir den Eindruck von Weisheit.

Und während meiner ersten Jahre beim AM-IS blieb ich trotz einer Reihe recht zügiger Beförderungen noch zum unteren Mitarbeiterkreis gehörig. Holt Fasner vertraute mir zuwenig, um mich in die Motive seiner Entscheidungen einzuweihen. Soweit ich es feststellen konnte, war der IS eine anständige, saubere Truppe. Alle unsere Handlungen hatten den Anschein vollkommener Rechtmäßigkeit.

Schließlich rief mein neues, künstliches Auge bei mir eine Art von Überheblichkeit hervor. Oder vielleicht rückte es nur eine mir längst innewohnende Hybris in den Vordergrund meines Charakters. Die IR-Sicht ermöglichte es mir,

Menschen so genau zu ›durchschauen‹, daß ich mich allmählich für unfehlbar hielt. Für einen fehlerfreien Gutachter der Wahrheit.

Ich war jung und hatte noch Schwung. Heute beschämt es mich, es zuzugeben, doch zu der Zeit fiel es mir leicht, mir einzureden, es gäbe zwischen Holt Fasners Träumen und meinem Traum keinen inhärenten Gegensatz – ja sogar, daß die Weise, wie seine Träume meinen Traum begünstigten, ein Indiz für ihre gemeinnützige Natur wäre.

In der wirren Zeit nach meinem Aufstieg zum Internschutz-Leiter ersah ich jedoch nach und nach, in Bruchstücken, gewisse Teile der Wahrheit. Damals kaufte die AM nach dem sogenannten Aufstand der Menschheit die Intertech auf. Es war die Zeit des Erstkontakts zu den Amnion und der ersten Wirtschaftsbeziehungen mit ihnen. Eine typische Zwischenzonen-Situation war entstanden. Wie nie zuvor war ich in meinem Element, gerade als ich mich mit der Einsicht abfinden mußte, daß der IS nicht nur soviel Zeit und Mühe für Industriespionage aufwandte, um die AM vor Benachteiligungen zu schützen. Vielmehr benutzte Holt Fasner gestohlene Geheimnisse, um selbst zu einem immer effektiveren Räuber zu werden.

Zum Beispiel spielte er vom IS besorgte Informationen aus, um bestimmte politische Machenschaften aufzudecken und dadurch die FEgSag dermaßen zu desavouieren, daß sie reif für eine Fusion wurde. Und die Dateien, die der AM-Internschutz über Parlamentarier führte – über ›Stimmvieh‹ –, die Beziehungen zu diesen und jenen Wirtschaftsunternehmen hatten, lieferte Fasner die Gelegenheit zu ›chirurgischem Eingreifen‹, sobald er die Interessen der Astro-Montan AG gefährdet sah.

Aber Erpressung ist und bleibt nun einmal Erpressung. Ich war entsetzt. Und völlig aus dem Lot geworfen. Gleichzeitig jedoch fast trunken vor Erregung über die Ereignisse, vom Zunehmen der Einwirkungsmöglichkeiten und verfügbaren Mittel des IS. Der Konflikt drohte mich zu zerreißen.

Doch gerade in solchen Situationen ist Holt Fasner ein Genie. Er weiß, wann er jemanden schubsen und wann er ihn halten muß. Wann Verführung und wann Gewalt ratsam ist. Er setzte sich mit mir zusammen und vertraute mir eine verschlankte Version seines bedeutendsten Traums an.

Er träume davon, erzählte er mir, den AM-IS im Human-Kosmos in den Rang einer so einflußreichen Organisation zu erheben, daß er den einzigen ernsthaften Kandidaten für eine künftige Weltraumpolizei der Menschheit abgäbe. Könnte er sich auf meinen Rückhalt verlassen, erklärte er, würde aus dem IS *die* Polizeitruppe für sämtliche interstellaren Zwischenzonen.

Damit hatte er mich trotz meiner Vorbehalte für sich gewonnen. Ich habe ihm geglaubt. Oder vielmehr, ich beschloß, ihm Glauben zu schenken. Ich benötigte einen Ausweg aus dem Konflikt zwischen Exaltiertheit und Entsetzen. Mein Wunsch, an die Wahrhaftigkeit seiner Worte zu glauben, war derart stark, daß ich wie ein Rasender daran Halt und Stütze suchte.

Und in eben so einem Zustand unterlaufen Menschen Irrtümer. Mein Fehler hieß: Komplizenschaft. Ich ließ Holt Fasner im geheimen seine Verbrechen begehen – half ihm sogar dabei –, um weiter dem Gemeinwohl dienen zu dürfen.

Natürlich ist das keine Entschuldigung. Es ist ganz einfach eine Schilderung. Ein warnender Hinweis. Ich schäme mich dafür, aber es könnte sich lohnen, darüber Bescheid zu wissen.

Jahre verstrichen, bevor ich merkte, wie weit ich vom richtigen Weg abgeirrt war, und da standen mir keine sauberen Lösungen mehr offen. Ich sah nur noch eine Chance, um das durch meine Verirrung verursachte Schlechte zu bereinigen, nämlich weiterzumachen.

Meine Komplizenschaft so weit auszubauen, wie es ging. Und alles zu tun, was in meiner Macht stand, um diese Komplizenschaft gegen den Mann zu wenden, der mich derlei Ränke zu betreiben gelehrt hat.

HASHI

Durch irgendeinen quasi alchemistischen Prozeß, mit dem Hashi Lebwohl nicht gerechnet hatte und den er nicht verstand, stellte die Wärme der Sonne, die ihm auf Kopf und Schultern schien, als er auf der Erde dem Shuttle entstieg, seinen Gleichmut wieder her. Wie viele Jahre waren vergangen, seit er sich das letzte Mal den Strahlen der Heimatsonne ausgesetzt hatte? Ein Dutzend? Mehr? Jetzt leuchtete sie von einem Himmel auf ihn herab, der so klar war wie pure Unschuld. Über Hashi wölbte sich eine azurblaue Weite, die nicht einmal die jahrhundertelange Umweltverschmutzung durch die Menschheit hatte verunreinigen können. Die unermeßliche Ausgedehntheit des Blaus erinnerte ihn an etwas, das Männer und Frauen, die in Weltraumstationen lebten, allzu leicht vergaßen: an die eigene Kleinheit. Nichts im VMKP-HQ hatte Ausmaße, angesichts der er sich so klein fühlte wie unter diesem Himmel. Und natürlich schottete die stählerne Außenwand der Station die Menschen gegen das viel größere Dunkel des Alls ab, damit ihr borrnierter Geist infolge der eigenen Bedeutungslosigkeit keinen Knacks erlitt.

Die Wärme, die Helligkeit, der Himmel: sie hatten eine eindeutig therapeutische Wirkung. Falls sich Hashi Lebwohl als zu dumm erwies und vor mehreren Milliarden anderen Menschen eine blamable Schlappe einstecken mußte, nahmen dieses Licht und dieser Himmel es überhaupt nicht zur Kenntnis. Sowohl in ihren subatomaren wie auch galaktischen Manifestationen bliebe die Realität davon unberührt. Er konnte nur das gleiche tun, was Quarks und

Mesonen taten: mit dem Elektronenfluß schwimmen. Sein und nochmals sein, so wie es die Gelegenheit anbot.

Lernen. Und vielleicht ... dienen.

In der Hitze des fernen Sonnenfeuers schien das Gefühl der Unzulänglichkeit ihm geradezu von den Schultern zu schmelzen. Als er und Koina den Haupteingang des EKRK-Regierungskomplexes erreichten, aus dem Sonnenschein ins Gebäude gingen, hatte er seine gewohnte Ausgeglichenheit zurückerlangt, war seine geistige Empfänglichkeit wiedergewonnen. Er hatte sich darauf eingestellt, alles zu beobachten, was geschah, im Rahmen seiner Möglichkeiten zu reagieren, wo er es als ratsam erachtete, in Erfahrung zu bringen, soviel er konnte, und sich damit zufriedenzugeben.

Mittlerweile waren Koinas zwei wichtigste Begleiter, Forrest Ing und der Kommunikationstechniker, in einer ganzen Horde von Wachpersonal, Funktionären, Nachrichtenjägern und Saaldienern verschwunden. Man eskortierte Koina und Lebwohl in den Hauptbau des Konzilsgebäudes, als wären sie zu Besuch gekommene Potentaten – in gewisser Hinsicht waren sie tatsächlich welche –, und durch diplomatietypisch hohe Flure in den offiziellen Beratungssaal des Erd- und Kosmos-Regierungskonzils.

Der Saal hatte ausreichende Abmessungen für hundert oder mehr Leute, ohne daß man sich darin hätte beengt fühlen müssen. Praktische Erfordernisse schrieben solche Ausmaße vor. Zwar bestand das Konzil aus nur einundzwanzig Mitgliedern – zweiundzwanzig, wenn man den Vorsitzenden mitrechnete, Abrim Len –, die für ihre Sitzungen mit ihren Minicomputern und Festkopiestapeln an der großen, oval geformten Ratstafel auf der tiefsten Ebene des Saals Platz nahmen. Allerdings saßen hinter jedem Deputierten reihenweise diverse Untergebene, Experten, Sekretärinnen und Rechtsberater. Und heute umstanden überdies an den Wänden des Beratungssaals, rings um die äußere Bestuhlung, die von VMKP-OA-Sicherheitschef Mandich abkommandierten Wachen, die er mit dem Schutz dieser Sitzung betraut hatte. Das Ergebnis war eine Ballung von Individuen und Intentionen, die unwillkürlich, obgleich einundzwanzig Deputierte für ein solches Parlament keine überhöhte Zahl abgaben, den Eindruck der Schwerfälligkeit, ja des Impraktikablen hinterließ.

Koinas Erscheinen hatte ein gutes Timing. Die Sitzung sollte in zehn Minuten anfangen; somit blieb einerseits der RÖA-Direktorin genug Zeit für höfliche Begrüßungen und um an ihren Platz zu gehen, andererseits den Deputierten beziehungsweise ihren Mitarbeitern eine zu kurze Frist, um sie mit eigenen Anliegen zu behelligen.

Als sie und Hashi Lebwohl durch eine der Eingangstüren den Beratungssaal betraten, vor denen ein Großteil der zusammengewürfelten Eskorte zurückblieb, schlug ihnen eine Woge des Lärms entgegen – das ununterscheidbare Raunen von Sekretären, die Deputierte informierten, von Parlamentariern, die Mitarbeitern Weisungen erteilten, und Untergebenen verschiedener Deputierter, die irgendwelche Angelegenheiten erörterten. Doch kaum zeigten sich die RÖA-Direktorin und der DA-Direktor im Saal, verstummte das Stimmengewirr schlagartig. Zweifellos hätten die Konzilsdeputierten und die Mehrzahl ihres Personals Koina Hannishs Ankunft allemal bemerkt; einige hätten ohnedies ihre Gespräche unterbrochen, um sie zu begrüßen. Aber Hashi Lebwohls Aufkreuzen bedeutete für alle eine Überraschung. Die jüngsten Geschehnisse hatten ihn im Konzil zu einem heißen Eisen gemacht. Und er hatte seit mindestens zwölf Jahren nicht mehr persönlich an EKRK-Sitzungen teilgenommen.

Er verharrte am Eingang und musterte die verblüfften Anwesenden, als wäre ihr plötzliches Schweigen ein Zeichen des Respekts. Sämtliche Deputierten befanden sich bereits an ihren Plätzen: zwei aus jeder der sechs politischen Großräume der Erde, je ein Delegierter von den neun wichtigsten Weltraumstationen. Hashi kannte sie so gut, wie man Männer und Frauen, denen man nie begegnet war, überhaupt kennen konnte. Anhand ihrer Dossiers wußte er ihre Namen und Vorlieben, hatte er Kenntnis von ihrem Abstimmungsverhalten und ihrer Lebensgeschichte. Und dank seines wunderbaren Gedächtnisses hatte er die gleichen Informationen über die Mehrheit ihrer Mitarbeiter und Berater. Seine Untergebenen in der DA-Abteilung nannten ihn manchmal ›Datenspeicher auf Beinen‹, und mit berechtigtem Anlaß. Im Zweifelsfall hätte er in diesem Saal ausschließlich die Wachen nicht mit Namen anreden können.

Die meisten Konzilsdeputierten hatten sich schon hingesetzt; Abrim Len dagegen stand in der Mitte des Runds der Ratstafel und verbeugte sich wie eine Marionette vor jedem, der seine Aufmerksamkeit beanspruchte. Mit Ausnahme des Vorsitzenden erhielten die Deputierten bei jeder Konzilssitzung per Zufallsauswahl andere Sitzplätze zugewiesen, um jedem Eindruck irgendeiner Bevorzugung vorzubeugen. Daher beruhte es auf reiner Zufälligkeit, daß zwei der heftigsten Kritiker der VMKP ihre Plätze neben dem Vorsitzenden hatten: rechts Sen Abdullah, der Deputierte der Ostunion, links Vize-Deputierte Sigune Carsin vom Vereinten Westlichen Block. Dennoch schien dieser Zufall nichts Gutes zu verheißen.

Auch andere Gesichter waren Lebwohl – aus ganz unterschiedlichen Gründen – recht vertraut. Blaine Manse, die Delegierte von Beteigeuze Primus, hatte sich durch wiederholte peinliche Vergehen gegen die Parlamentsordnung eine gewisse Reputation erworben. Punjat Silat von der Allianz Asiatischer Inseln und Halbinseln hatte faszinierende Monographien – wenngleich ziemlich spekulativen Inhalts – über die Philologie der Intelligenz verfaßt. Vest Martingale, die Delegierte der KombiMontan-Station, hatte einen für ihre Begriffe wohl unerfreulichen Part bei der Verabschiedung des Autorisierungsgesetzes gehabt.

Auf halber Länge der Ratstafel, Martingale gegenüber, lehnte Kapitän Sixten Vertigus in seinem Sessel, der alte Held des Erstkontakts der Menschheit mit den Amnion und Urheber der heutigen Sondersitzung. Den wackligen Kopf an die Rücklehne gestützt, hielt er die Augen geschlossen: es hatte den Anschein, daß er schlief.

Maxim Igensard saß hinter seiner Förderin Martingale. Mehr denn je ähnelte der Sonderbevollmächtigte einem als Beute getarnten Raubtier. Unter anderen Umständen wäre er infolge seiner grauen Kleidung und seines schlichten Äußeren inmitten der Experten und Sekretäre gar nicht aufgefallen. Momentan jedoch gab er Spannung ab wie ein Atomkraftwerk. Hashi Lebwohl vermutete – oder vielleicht hoffte er es –, daß Igensard, sobald er vom Inhalt der Gesetzesvorlage Kapitän Vertigus' erfuhr, um es im Jargon des VMKP-HQ auszudrücken, zu ›kritischer Masse‹ emporkochte.

Lebwohl kannte noch etliche weitere Gesichter; doch in dem durch sein Eintreten verursachten Schweigen schweifte sein Blick, als ob eine durch Gereiztheit und Erregung erzeugte Reibung ihn anzöge, an der Tafel entlang bis zu ihrem Ende. Und dann fuhr Hashi selbst ein Schreck in die Glieder.

»Direktor«, sagte im gleichen Moment Koina Hannish halblaut, als wollte sie eine Warnung aussprechen.

Im letzten Sessel, an einem Platz, der durch das Fehlen eines Computers und jeglicher Papiere auffiel, saß Cleatus Fane.

Holt Fasners Geschäftsführender Obermanagementdirektor: ein Mann, von dem es hieß, er redete mit der Stimme und hörte mit den Ohren des Drachen.

Von rundlicher Statur war er auf jeden Fall, doch zusätzlich nahm er durch die schiere Kraftfülle seiner Persönlichkeit soviel Raum in Beschlag, daß er um so fetter wirkte. Seine Augen hatten die unergründliche Grünfärbung der Tiefsee, und seine dicken Lippen zeigten ein unbarmherziges Lächeln. Darunter verhüllte ein breiter Schwaden weißen Barts seinen Hals und das Brustbein. Allerdings mußte man die Behaarung auf Oberlippe, Backen und Kinn eher drahtig als weich nennen: Wenn er sprach oder den Kopf drehte, bewegte sich sein Bart wie eine Klinge. Trotzdem hatte er, wie schon seitens vieler Menschen beobachtet worden war, eine mehr als lediglich geringfügige Ähnlichkeit mit dem Weihnachtsmann.

Er sah Hashi Lebwohls verdutzten Blick und schmunzelte wohlwollend, als hätte er sich eingefunden, um über den Beratungssaal und alle, die sich darin dem Werk widmeten, die Menschheit zu regieren, den Segen des Drachen auszusprechen.

Der Weihnachtsmann als Verteiler der Geschenke der VMK-Generaldirektion.

Doch Hashi ließ sich nicht täuschen. Daß Cleatus Fane im Auftrag seines Herrn und Meisters auch Strafen austeilte, war kein Zufall.

Was tat er hier? Sich auf diese Frage eine Antwort zu denken, hatte Lebwohl keine Schwierigkeiten. Abrim Len mit seinem unterwürfig-versöhnlerischen Gemüt mochte Holt Fasners Chefetage gesteckt haben, daß man die Sondersitzung zu dem Zweck anberaumt hatte, um über eine von Kapitän Sixten Vertigus unterbreitete Gesetzesvorlage zu beraten. Da der Drache über den Ruf des guten Kapitäns orientiert war, hatte er mit Leichtigkeit schließen können, daß Sixten Vertigus' Gesetzesvorlage gewiß nichts zu seinen Gunsten enthielt. Folglich hatte er seinen erfahrensten und zuverlässigsten Famulus geschickt, damit er sich anhörte, was der VWB-Deputierte beabsichtigte, und eventuell sofort Gegenmaßnahmen einleitete.

Der unterbrochene Lärm im Saal schwoll so unvermittelt von neuem auf, wie er geendet hatte: Auf einmal hatten jede Anwesende und jeder Anwesende das Bedürfnis, seinem Nachbarn oder seiner Nachbarin etwas zu erzählen. Zweifelsfrei fragten sich nicht wenige von ihnen, in welchem Zusammenhang Hashi Lebwohls Erscheinen wohl mit Cleatus Fanes Gegenwart stehen mochte.

Um seine kurze Entgeisterung zu übertünchen, verneigte Hashi Lebwohl sich in Cleatus Fanes Richtung. Mein lieber Geschäftsführender Obermanagementdirektor, sagte er mit lautlosen Lippenbewegungen, wie pikant, Sie hier zu sehen.

Dann lehnte er sich näher zu Koina Hannish. »Anscheinend wird jetzt«, flüsterte er ihr zu, »mit höherem Einsatz gespielt.« Das Stimmengewirr der Konzilsdeputierten und ihres Anhangs kaschierte seine Äußerungen vor der Umgebung. »Glauben Sie«, fragte er, »daß Kapitän Vertigus angesichts dieser Lage an seinem Vorhaben festhält?«

Koina Hannish schaute ihn an, und er sah, ihre Mundwinkel deuteten wieder ein Lächeln an. Nur ihre Mundwinkel. Dann machte sie Anstalten, zwischen den Stuhlreihen die Treppe zu ihrem dem Repräsentanten des Drachen genau gegenüber befindlichen Ehrenplatz am anderen Ende der ovalen Ratstafel hinabzusteigen.

Hashi folgte hinter ihren Mitarbeitern und Forrest Ing, bemerkte im Vorbeigehen, daß Abrim Len sich jetzt in ein würdevolles Gehabe hineinsteigerte wie jemand, der sich auf die praktische Ausübung eines öffentlichen Amtes vorbereitete. Doch er hatte kein Interesse an der Haltung des Vorsitzenden, ob würdig oder nicht. Ihn beschäftigten andere Fragen; wichtige Fragen, die sich durch Fanes Anwesenheit um so dringlicher stellten. Welche Antwort hatte Sicherheitschef Mandich seinem Stellvertreter Forrest Ing gegeben? Und wann hatte Stellvertretender Sicherheitschef Ing die Güte, sie ihm mitzuteilen? Lebwohl konnte es sich nicht leisten, inmitten der Versammlung Mandichs Stellvertreter seine gekränkte Eitelkeit oder seine gerechtfertigte Beunruhigung offen zu zeigen, aber sein Gespür drängte ihn mit einemmal zum Veranlassen strengster Sicherheitsvorkehrungen.

Nun konnte er nicht mehr von sich behaupten, daß er mit keinen ungewöhnlichen Vorkommnissen rechnete. Darum hatte sich sein Bedürfnis verstärkt, auf alles gefaßt zu sein.

Während Koina Hannish ihren Sessel erreichte, sich setzte und das Routineritual der Inbetriebnahme des Computerterminals durchführte, um im Bedarfsfall eine Videoverbindung zum VMKP-HQ zu haben, legte Hashi Lebwohl eine Hand auf den Arm des Stellvertretenden Sicherheitschefs, um ihn zurückzuhalten.

»Ich warte noch auf Ihre Antwort«, sagte er gerade so laut, daß er von Ing gehört wurde; gerade scharf genug, um der Feststellung in Ings Ohren einen bedrohlichen Klang zu verleihen. »Leider warte ich ungern.«

Verunsichert hob der Mann die Brauen, als könnte er sich nicht besinnen, wovon Hashi Lebwohl redete. »Verzeihung, Direktor«, bat er in aller Hast. »Ich war abgelenkt.«

Er drehte sich um und schnippte mit den Fingern; unverzüglich kam aus der restlichen Eskorte Koina Hannishs ein junger VMKP-OA-Sicherheitsdienstmann heran. Bisher hatte Lebwohl ihn gar nicht bemerkt; er mußte erst vor dem Beratungssaal zur Begleitung der RÖA-Direktorin gestoßen sein. Obwohl er vermutlich wenigstens zwanzig Jahre zählte, sah er wegen seines dünnen Blondhaars und der hellen Haut beinahe wie ein pubertierender Junge aus.

»Kadett Crender«, wandte sich Ing an ihn, nannte damit gleichzeitig Lebwohl den Namen seines Untergebenen, »Sie kennen Ihre Weisung. Sie sind hier, um Direktor Lebwohls Befehle zu befolgen. *Alle* seine Befehle.« Der Stellvertretende Sicherheitschef lächelte kalt. »Natürlich in vertretbarem Rahmen.«

»Jawohl, Sir.« Dem Polizeikadetten versagte fast die Stimme. Er wirkte ängstlich, als ob er befürchtete, Hashi Lebwohl könnte von ihm verlangen, daß er die Impacter-Pistole zückte und das Regierungskonzil zusammenschoß.

In vertretbarem Rahmen? In *vertretbarem Rahmen?*

Mit Mühe unterdrückte Hashi Lebwohl eine Anwandlung des Zorns. Mandich, schalt er stumm, Donner, Ing, seid gewarnt, wenn dieses Bürschchen mich im Stich läßt, habt ihr die Konsequenzen zu tragen. Dafür werde *ich* sorgen.

Brüsk belegte er den Stuhl unmittelbar hinter Koina Hannish. Danach schloß er die Lider und lauschte einen Moment lang auf das Rauschen und Wallen des Bluts in seinen Schläfen, als ob sein Pulsschlag den Elektronenfluß verkörperte; beschwichtigte sich mit Metaphern der Ungewißheit.

Er hob den Blick, sobald die Konzilsdeputierten und ihre

Mitarbeiter ruhig wurden. Die Eröffnung der Sitzung stand bevor.

Ein letzter Wachmann kam in den Saal, und die Türen wurden geschlossen. Als er das sah, drehte Vorsitzender Len sich der Ratstafel zu und ergriff sein zeremonielles Zepter – Hashi Lebwohl betrachtete es als eine Art von Keule –, das Symbol seines Amtes. Jetzt saßen alle Deputierten sowie ihre sämtlichen Mitarbeiter an den Plätzen, so daß nur der Konzilsvorsitzende und die Wachen noch standen. Würdevoll klopfte Len mit dem Zepter auf die Tafel, so daß ein Wums erklang, der trotz einer gewissen Wucht etwas Zögerlichkeit andeutete.

»Sehr geehrte Damen und Herren, Konzilsdeputierte des Erd- und Kosmos-Regierungskonzils«, rief er mit tönender Stimme. Er pochte noch einmal auf die Tafel. »Hiermit eröffne ich die heutige Sondersitzung. Die Sitzung ist eröffnet.«

Nachdem er ein drittes Mal geklopft hatte, legte er das Zepter beiseite.

»Wie Sie wissen«, erläuterte er in weniger förmlichem Tonfall, »ist die Sondersitzung einberufen worden, um eine Angelegenheit zu debattieren, die Kapitän Sixten Vertigus, Deputierter des Vereinten Westlichen Blocks, vorzubringen wünscht.« Er nickte Kapitän Vertigus zu, der sein Nickerchen fortsetzte. »Gleichzeitig stellt sich dem Konzil die Aufgabe, dringliche Fragen zu diskutieren« – die Äußerung hörte sich an, als ersuchte er den greisen Deputierten um Aufmerksamkeit –, »unter anderem, aber nicht nur, den kürzlichen, abscheulichen, terroristischen Anschlag auf Kapitän Vertigus selbst, die anschließende Ermordung Godsen Friks, des vorherigen Direktors des Ressorts Öffentlichkeitsarbeit der VMKP, und die offizielle Begrüßung seiner Nachfolgerin Koina Hannish.« Artig verbeugte der Vorsitzende sich in Hannishs Richtung. »Kapitän Vertigus hat jedoch einen Dringlichkeitsantrag auf bevorzugte Behandlung seiner Vorlage gestellt. Nicht nur unter Berücksichtigung seiner langjährigen Verdienste um das Konzil und der ganzen Menschheit gesteht die parlamentarische Geschäftsordnung ihm darauf das Recht zu. Andere Themen können also anläßlich dieser Sitzung nur beraten werden, wenn die Zeit und die Umstände es gestatten. Hat irgend jemand Einwände zu erheben, bevor ich Kapitän Vertigus das Wort erteile?«

Die abschließende Frage nach Einwänden war normalerweise eine reine Formalität, eine der rituellen Höflichkeitsfloskeln, die dem Regierungskonzil zu einer Illusion der Kollegialität verhalf. Folglich überraschte es Hashi Lebwohl, daß Sen Abdullah augenblicklich aufstand.

»Herr Vorsitzender Len, verehrte Konzilsdeputierte, ich muß mich dagegen aussprechen.« Der Vertreter der Ostunion hatte eine für Reden ungeeignete Stimme: sie leierte wie ein schlecht justierter Servomechanismus. »Bei allem Respekt vor Kapitän Vertigus halte ich die Situation doch für viel zu ungewöhnlich, als daß gegenwärtig ein einzelner auf dem Vorrecht eines Dringlichkeitsantrags bestehen dürfte. Ein Kaze hat ein Attentat auf ihn verübt, ein Kaze hat Godsen Frik ermordet. Und beides ist nur kurze Zeit passiert, nachdem wir eine Videokonferenz mit VMKP-Polizeipräsident Warden Dios und Direktor Hashi Lebwohl hatten, dem Leiter der VMKP-Abteilung Datenakquisition, einer Konferenz, die man wohl, milde ausgedrückt, als provokativ bezeichnen muß.«

Er vermied es, Hashi anzusehen.

Cleatus Fane beobachtete den Deputierten mit verschleiertem, nichtssagendem Blick.

Abdullah räusperte sich, als ob Fanes Beachtung ihm Unbehagen bereitete. »Herr Vorsitzender Len, ehrenwerte Konzilsdeputierte, der durch das Konzil zu dem Zweck, gegen Polizeipräsident Dios und die VMKP gerichtete Vorwürfe schwerwiegender Dienstvergehen zu untersuchen, ernannte Sonderbevollmächtigte hat mehrere fragwürdige Sachverhalte aufgedeckt, die uns Anlaß zu ernster Besorgnis geben. Die VMKP hat sich zu gewagten Geheimaktionen im Bannkosmos verstiegen und dabei Personen dubiosen Charakters eingesetzt. Der Direktor der Abteilung Datenakquisition hat eingeräumt, eine Leutnantin der Operativen Abteilung Verhältnissen ausgeliefert zu haben, die man als Prostitution bezeichnen muß, wenn nicht gar als Sklaverei. Ein notorischer Illegaler, Kapitän Angus Thermopyle, ist mit Hilfe eines verräterischen Subjekts aus dem Gewahrsam der Abteilung Datenakquisition entflohen. Und jetzt« – mit einem Wink wies Abdullah auf Hashi Lebwohl – »sitzt hier unter uns derselbe Direktor der Abteilung Datenakquisition, der im Laufe der Videokonferenz in Polizeipräsident Dios' Namen so erschreckende Einlassungen geäußert hat. Es wäre eine Vernachlässigung unserer Pflicht, würden wir die Gelegenheit versäumen, ihm unsere Fragen zu stellen.«

Die Stimme des OU-Deputierten nahm einen nörglerischen Tonfall an. »Kapitän Vertigus«, quengelte er, »ich muß Sie bitten, Ihren Dringlichkeitsantrag zurückzunehmen. Ich halte es für richtig, die Sondersitzung statt dessen zu einem Forum für die Untersuchungen unseres Sonderbevollmächtigten Maxim Igensard zu machen.«

Eifrig beugte Igensard sich an seinem Platz vor, um aufzuspringen.

So wie alle übrigen Anwesenden heftete Hashi Lebwohl nun den Blick auf Kapitän Vertigus. Selbst unter wesentlich günstigeren Voraussetzungen wäre Sen Abdullahs Wunsch kaum abzuschlagen gewesen. Und unter Cleatus Fanes Augen mochte der Alte eine Weigerung als geradezu unmöglich empfinden.

Kapitän Vertigus saß noch immer mit angelehntem Kopf und geschlossenen Augen im Sessel. Aus seinem offenen Mund drang ein leises Rasseln, als ob er schnarchte.

»Kapitän Vertigus ...!« Konzilsvorsitzender Len hatte eine Abneigung gegen Ungehobeltheit – ganz zu schweigen von Bestimmtheit –, und infolge seines Unbehagens glitt er in unnötig herrisches Gehabe ab. »Sie müssen darauf antworten. Gehen Sie auf das Ansinnen des Konzilsdeputierten Abdullah ein und ziehen Ihren Dringlichkeitsantrag zurück?«

Der Greis zuckte. Er senkte den Kopf, schlug die Augen auf; ratlos spähte er rundum, als hätte er vergessen, wo er sich aufhielt. »Was?« fragte er. »Ach so, ja«, fügte er jedoch sofort hinzu. Unüberhörbar zitterte ihm die Stimme.

Hashi Lebwohl, der hinter Koina Hannish saß, konnte sehen, wie sich ihre Schultern verkrampften. Etlichen Deputierten stockte der Atem.

»Ich überlasse meinem verehrten Kollegen liebend gerne das Wort«, sagte Kapitän Vertigus ziemlich leise.

Igensard hob das Gesäß vom Stuhl. Fanes Reaktion blieb unter seinem Bart verhohlen.

»Aber erst«, stellte der VWB-Deputierte klar, »wenn ich fertig bin.«

Verdutztheit ging wie eine statische Entladung durch den Beratungssaal. Hashi Lebwohl erlaubte sich ein Schmunzeln, während Igensard eine Fratze schnitt und Abdullah sich eine Entgegnung verkniff. »Gut gegeben, Kapitän«, bemerkte Hashi, allerdings nur halblaut. Sixten Vertigus galt schon so lange als Konzilstrottel, daß die meisten Leute seine alte Heldenmütigkeit vergessen hatten.

Koina Hannish enthielt sich jeder Reaktion; wagte sich kaum zu regen. Sie konnte es sich nicht leisten, womöglich die Tatsache zu verraten, daß sie wußte, was Vertigus beabsichtigte.

»Möchten Sie es sich nicht noch einmal überlegen, Kapitän?« fragte Vorsitzender Len eilig, um eine Konfrontation zu umgehen. »Ich bin sicher, wir finden noch Zeit für Ihre Vorlage, wenn Sonderbevollmächtigter Igensards Anliegen nachgekommen worden ist.«

Kapitän Vertigus seufzte vernehmlich. »Nein ...« Als er aufstand, hörte man seiner Stimme die Anstrengung an. »Ich überlege es mir nicht anders. Die Sache ist zu wichtig.« Er stützte sich mit den Armen auf die Ratstafel. »Und in bezug auf die ›provokativen‹ Themen, die mein geschätzter Kollege vorhin erwähnt hat, ist sie keineswegs irrelevant.«

Seine nächsten Worte klangen nach einer gewissen Herbheit. »Keine Bange, Herr Vorsitzender«, empfahl er Len.

»Wahrscheinlich dauert es nicht so lange, wie von einigen Anwesenden befürchtet wird.«

»Also gut, Kapitän Vertigus«, säuselte Len. Seine Hand auf Sen Abdullahs Schulter bewog den OU-Repräsentanten zum Hinsetzen. »Es ist Ihre Sondersitzung.«

Der Konzilsvorsitzende verbeugte sich und nahm nun gleichfalls Platz.

»Hoffentlich kommt was Gutes«, murmelte Sigune Carsin, ohne jemanden anzublicken. Sie war Sixten Vertigus' Vize-Deputierte, hatte jedoch nie verheimlicht, wie sehr es sie verdroß, hinter einem Mann zurückstehen zu müssen, den sie als senil einstufte.

»›Gutes‹?« Kapitän Vertigus neigte den Kopf zur Seite. »Ich glaube nicht. Ich bezweifle, daß es heutzutage noch ›Gutes‹ gibt. Aber wenn Sie aufmerksam zuhören, werden Sie merken, daß ich etwas anbiete, das besser als der jetzige Zustand ist.«

Carsin schielte ihn mißgelaunt an, doch hielt den Mund.

Bedächtig hob der Kapitän zwischen den gebeugten Schultern den Kopf höher, um sich an die ganze Versammlung wenden zu können.

»Natürlich haben Sie völlig recht«, beteuerte er als erstes. »Auf mich wurde ein Attentat verübt. Bei einem zweiten Anschlag ist der arme Wichtigtuer Godsen Frik ermordet worden. Mit dem, was seitens Warden Dios' und Hashi Lebwohls im Verlauf der Videokonferenz gesagt worden ist, haben sie bei uns – jedenfalls bei einigen von uns – große Empörung hervorgerufen. Kapitän Thermopyle ist geflohen, und was wir über die verdeckte Operation der DA im Bannkosmos erfahren mußten, schreit zum Himmel. Es ist zu schnell zuviel geschehen, als daß wir darauf hätten Einfluß nehmen können. Wahrscheinlich liegt der Sonderbevollmächtigte vollkommen richtig und hat einleuchtende Gründe zu der Annahme, daß er kurz vor der Aufdeckung der allerübelsten Art von Dienstvergehen steht.«

Es schien, als ermangelte seine Greisenstimme gänzlich der Kraft, um seinen Darlegungen Nachdruck zu verleihen.

Hashi fiel auf, daß er dennoch lauschte wie in Trance. Sixten Vertigus verfügte über einen Vorzug, der mehr zählte als Kraft: er zeichnete sich durch Hinfälligkeit durch Verdienst aus, die Sorte von menschlicher Schwächung, die ausschließlich die Folge langer Jahre der beharrlicher Tapferkeit und harter Erprobung sein konnte. Er vermochte überzeugend aufzutreten, weil er das Recht zum Überzeugendsein erworben hatte.

»Ich unterstütze die Vereinigte-Montan-Kombinate-Polizei«, konstatierte er, als wäre das Beben seiner Stimme durchaus eine Form der Kräftigkeit. »Ich habe sie immer unterstützt. Meines Erachtens ist die Aufgabe, die sie erfüllen soll, eine unbedingte Notwendigkeit. Darum widert das, was zur Zeit geschieht, mich mehr an als Sie alle. Ich möchte dagegen einschreiten. Gegen all das, was hier eben erwähnt worden ist. Und obendrein gegen alles, was Direktor Hashi Lebwohl uns noch verschweigt. Es ist meine Absicht, dem Sonderbevollmächtigten die Hindernisse aus dem Weg zu räumen, damit er seine Arbeit *richtig* durchführen kann.«

Hashi hatte Sorge, dem Kapitän könnte die Stimme versagen, wenn er sie zu stark beanspruchte; aber sie blieb ihm gehorsam.

»Wie es sich ergibt, weiß ich auch, wie ich ihm dazu verhelfen kann. Die Vorarbeit habe ich schon geleistet. Sie brauchen nur für meine Vorlage zu stimmen. Danach wird unsere Situation sich bessern.«

Rund einhundert Menschen hingen an den Lippen des Alten, als wären sie von ihm ebenso hingerissen wie Hashi Lebwohl; warteten voller Hochspannung auf seine nächsten Worte. Alle hörten sie Fanes in vollauf liebenswertem Ton gemachten Zwischenruf. »Eine überwältigende Aussicht, Kapitän Vertigus.« Ein nicht sonderlich subtiler Hinweis auf seine Anwesenheit – und den Mann, den er hier vertrat. »Was können Sie uns denn wohl vorschlagen, an das noch niemand gedacht hat?«

Sixten Vertigus beachtete die Bemerkung nicht. »Herr

Vorsitzender, werte Konzilskollegen«, sagte er, unverändert die Arme auf die Ratstafel gestemmt, mit hoher, schwacher Stimme, die jedesmal, wenn er lauter sprach, zu verzittern drohte, aber deutlich, »ich unterbreite die Vorlage eines von mir so genannten Abtrennungsgesetzes. Das vorgeschlagene Gesetz soll die Vereinigte-Montan-Kombinate-Polizei als Organisation von den Vereinigten Montan-Kombinaten ablösen und als Polizeitruppe des Erd- und Kosmos-Regierungskonzils rekonstituieren.«

Ablösen ...?

Rekonstituieren ...?

An der nachfolgenden Fassungslosigkeit der Versammlung hatte Hashi Lebwohl nachgerade diebisches Vergnügen. So manches Konzilsmitglied schnappte hörbar nach Luft. Einige wurden tatsächlich totenbleich. Andere drehten sich um und tuschelten mit ihren Beratern. Sekretärinnen packten sich gegenseitig an den Armen. Rechtsberater zogen Mienen der Ratlosigkeit. Igensard sackte zurück auf den Sitz wie jemand, den ein Axthieb getroffen hatte. Im Gegensatz zu ihm ruckte Fane an seinem Platz so heftig nach vorn, als wollte er sich zu einem Sprung abstoßen. Nach einem Moment der Lähmung und des Schweigens schnatterten fünfzig oder hundert Stimmen auf einmal durcheinander.

»Danke, Kapitän Vertigus«, hörte Hashi durch den Wirrwarr Koina Hannishs gedämpfte Stimme; zu leise, als daß Vertigus sie hätte verstehen können. »Danke.«

»Bitte!« Vorsitzender Len hatte sich aus dem Sessel emporgeschwungen, schrie aus vollem Hals, um sich durch das Gezeter Gehör zu verschaffen. »Verehrte Konzilsdeputierte, ich *bitte* Sie!« Er hämmerte mit dem Zepter auf die Ratstafel, als drösche er einem Widersacher den Schädel ein. »Bewahren wir doch Ruhe und *Ordnung!*«

Nach einem Weilchen hatten seine Rufe – oder die Gefahr, daß er sein Zepter zerbrach – schließlich eine Wirkung. Allmählich verebbte der Tumult. Erregte Delegierte glätteten ihre Kleidung, rückten sich in ihren Sesseln zurecht; Sekretärinnen und Berater stellten ihren Meinungsaustausch ein und klemmten sich hinter ihre Datenterminals; einige Mitarbeiter zischten Mahnungen, um auch die letzten Schwätzer zum Schweigen zu bewegen.

Oben verließ der Wachmann, der den Beratungssaal als letzter betreten hatte, seinen Posten an der Eingangstür – gegenüber Hashi Lebwohls Platz – und schlenderte ein paar Schritte weit an der Wand entlang, hielt an und stand wieder still. Anscheinend hatte er seinen Standort gewechselt, um besseren Ausblick hinab in die Saalmitte zu haben.

Hashi mutmaßte, daß nun Cleatus Fane umgehend ums Wort bat; doch Fane tat nichts dergleichen. Statt dessen sank er zurück in den Sessel, den Bart vor sich wie einen Schild.

»So ist es besser.« Der Konzilsvorsitzende keifte leicht, als wäre er eine entrüstete Tante. Zweifelsfrei kostete es ihn alle Mühe, die eigene Verdutztheit zu verheimlichen – und seine habituelle Angst vor unangenehmen Weiterungen. »Ich glaube, Kapitän Vertigus«, meinte er, sobald der Geräuschpegel auf anhaltendes Papiergeraschel abgesunken war, »es wäre gut, wenn Sie uns für Ihre Vorlage eine erklärende Begründung vortragen.«

Sixten Vertigus war reglos an seinem Platz stehengeblieben, während rings um ihn in den Sitzreihen die Unruhe versiegte; man merkte ihm nicht einmal an, daß er sie wahrgenommen hätte. Er setzte seine Ausführungen fort, als wäre er nicht im mindesten unterbrochen worden.

»Der Gesetzestext ist bereits vollständig formuliert. Er kann in der vorliegenden Form verabschiedet werden. Sie haben die Möglichkeit, ihn an Ihren Computern zu lesen.« In aller Eile schoben die Deputierten und ihr Personal die Nasen vor die Monitoren. »Laden Sie die Homepage des Vereinten Westlichen Blocks und tippen Sie meinen Namen sowie das Paßwort ›Überleben‹ ein.« Vernehmliches Tastengeklapper entstand, aber er kümmerte sich nicht darum. »Dann können Sie das vorgeschlagene Gesetz in komplettem Umfang einsehen.«

Die Mühsal, die es ihn kostete, den Kopf erhoben zu halten, zeigte sich in einem leichten Wackeln des Schädels, aber er hielt sich schonungslos aufrecht.

»Lassen Sie mich, während Sie lesen, einige der allgemeineren Fragen beantworten, die Sie jetzt in diesem Zusammenhang beschäftigen. Weil wir gegenwärtig unzweifelhaft in einer Krise stecken, sieht mein Gesetzesentwurf vor, die vorhandenen Einsatzmittel, das Personal und die gesamten Funktionen der VMKP intakt zu erhalten und zu übernehmen. So braucht sie für keinen einzigen Moment in ihrer Wachsamkeit zur Verteidigung des Human-Kosmos erlahmen. Zu ihrer Finanzierung ist eine proportional von allen im Weltraum wirtschaftlich tätigen Firmen zu erhebende Steuer vorgesehen. Prozeduren zur Erhebung der Steuer sind ebenfalls in die Vorlage aufgenommen worden. Also wird die neue Polizeitruppe auch in monetärer Hinsicht unter keinen Defiziten leiden müssen. Aber wenn sich so wenig ändern soll, was kann demnach durch die Verabschiedung dieses Gesetzes zu gewinnen sein?«

»Genau meine Frage«, rief jemand dazwischen; wer, das konnte Hashi Lebwohl nicht erkennen.

»Kurzfristig besteht der hauptsächliche Vorteil darin«, erläuterte Kapitän Vertigus, »daß die Polizei dann *uns* verantwortlich ist, nicht mehr den VMK. Folglich kann Sonderbevollmächtigter Igensard seine Untersuchungen weiterführen, ob Holt Fasner *oder* Warden Dios es billigen oder nicht. Langfristig aber werden sich aus diesem einen Vorzug noch Hunderte von signifikanten Verbesserungen ergeben.«

Er schwieg, sammelte neue Kräfte oder endgültige Entschlossenheit, nahm anschließend seine Erklärungen mit festerer Stimme wieder auf.

»Verabschieden wir das Gesetz, sind wir endlich dazu in der Lage, das Werk zu verrichten, zu dessen Bewältigung wir gewählt worden sind – die Aufgabe, die Zukunft der Menschheit im Weltraum zu bestimmen und zu sichern.« Trotz ihrer Zittrigkeit gewann seine Stimme nun eine schneidende Schärfe. »So wie die Verhältnisse momentan sind, bleibt uns immerzu nur die Gelegenheit, über Entscheidungen zu diskutieren, die andere Leute schon getroffen haben. Gegenwärtig, heute, ist es Holt Fasner, der die Politik der Menschheit im Weltall lenkt. Und seine Untergebenen führen seine Politik aus. Ab und zu erlaubt er uns, kleine Teile seiner Konzeptionen staatlich zu legitimieren. Während der übrigen Zeit könnten wir genausogut *schlafen*. Diesen Zustand will ich verändern. Wir können ihn ändern. *Wir* sind dazu imstande. Als ins Erd- und Kosmos-Regierungskonzil gewählte Vertreter der Menschheit *haben* wir dazu die Macht. Wir müssen uns nur dafür entscheiden« – offenbar kam er zum Ende seines Vortrags –, »das Gesetz zu beschließen.«

Er senkte den Kopf. Das Kinn auf der Brust, blieb er stehen, die Arme durchgestreckt auf die Ratstafel gestützt, als wartete er auf jemandes Segen.

Vor Hashi saß Koina Hannish mit an die Seiten gedrückten Händen da, als bezähmte sie den Drang, Kapitän Vertigus begeistert zu applaudieren.

Hätte sie zu klatschen angefangen, wäre Hashi in stärkste Versuchung geraten, gleichfalls Beifall zu spenden.

Wie vielen Deputierten, fragte er sich, war ähnlich zumute? Sigune Carsin wirkte völlig frappiert, war vielleicht durch spontane Bewunderung für den ihr übergeordneten VWB-Deputierten, dem sie stets nur Mißgunst entgegengebracht hatte, aus dem inneren Gleichgewicht geworfen worden. Abrim Len fuchtelte mit seinem Zepter: es hatte den Anschein, als dächte er, seine Würde hinge vom richtigen Hantieren mit dem Amtsstab ab. Vest Martingale äugte zwischen Cleatus Fane und Kapitän Vertigus hin und her, als fühlte sie sich unwillkürlich zu Fluchtverhalten gedrängt, aber wüßte nicht, bei welcher Partei sie in Sicherheit sein konnte. Punjat Silat strahlte wie ein gütiger Götze. Obschon sie in dem Ruf stand, im Konzil nur so eifrig tätig sein, weil sie dadurch Gelegenheit zu sexuellen Eroberungen erhielt, betrachtete Blaine Manse jetzt Kapitän

Vertigus mit einem Glanz erneuerter Sinnfindung in der Miene.

Hashi Lebwohl hätte sich noch die Gesichter anderer Deputierter angesehen, doch ein zweites Mal zog Bewegung gegenüber bei den Wachleuten seine Aufmerksamkeit an. Der Mann, der anfangs an der Eingangstür gestanden hatte, wechselte nochmals den Standort, entfernte sich um weitere zwei oder drei Meter von seinem ursprünglichen Posten. Dann blieb er wieder stehen. Teilweise befanden sich seine Gesichtszüge im Schatten: Hashi konnte sie nur undeutlich ausmachen.

»Kapitän Vertigus«, fragte der Geschäftsführende Obermanagementdirektor des Drachen, als wäre er wirklich besorgt, »sind Sie sicher, daß Sie sich wohl fühlen?«

Sixten Vertigus wandte nicht den Kopf. »Lesen Sie meine Gesetzesvorlage, Mr. Fane. Daraus ersehen Sie, was ich fühle.«

Cleatus Fane verlagerte sein Körpergewicht auf eine Weise, die ihn aufzublähen schien. »Dann bin ich leider zu sagen gezwungen – bei allem Respekt vor Ihrem Alter und Ihrer Reputation –, daß Ihr Anliegen absurd ist.«

Sein Tonfall hatte etwas Abstoßendes an sich, ähnlich wie süßliche Medizin, als legte er Wert auf überbetonte Freundlichkeit, um seine Verbitterung spürbarer werden zu lassen.

»Im Namen der Vereinigten Montan-Kombinate und im Interesse des Regierungskonzils muß ich auf mehrere Punkte aufmerksam machen, die zu übersehen Ihnen anscheinend beliebt hat.«

Fane bat nicht ums Wort. Er hatte so etwas nicht nötig: er sprach für Holt Fasner. Konzilsvorsitzender Len ließ ihn gewähren.

»Erstens ist Ihre Behauptung, die Zuständigkeit für die VMKP könnte dem Regierungskonzil übertragen werden, ohne daß sie für einen ›einzigen Moment in ihrer Wachsamkeit‹ erlahmt, bei pragmatischer Beurteilung vollkommen abwegig. Bei abstrakter Überlegung kann sich etwas Derartiges vorstellen. In der Praxis ist es unmöglich. Strukturelle Veränderungen haben strukturelle Auswirkungen. In einer Zeit, in der das Fortbestehen der Menschheit mehr denn je von der Polizei abhängig ist, verlangen Sie vom Konzil, über die zwangsläufigen Probleme einer solchen Umgestaltung und ihre unvermeidlichen Konsequenzen hinwegzusehen.«

Indem er die Ellbogen auf die Ratstafel setzte, um sich nach Sixten Vertigus' Seite zu drehen, schien er nochmals zu schwellen. Seine Stimme wurde bissiger, trotz aller liebenswürdigen Töne konnte man ihm jetzt Sarkasmus anhören.

»Des weiteren mißachten Sie, Kapitän Vertigus, die unbestreitbare Tatsache, daß die Polizei als Abteilung der Vereinigten Montan-Kombinate effektiver ist, als sie es je sein könnte, wäre sie ein Anhängsel des EKRK. Beim bestehenden Arrangement verfügen VMKP und VMK über gemeinsame Mittel, Informationen, Forschungsmöglichkeiten und Lauschposten, über gemeinsames Personal und andere Instrumentarien. Auf Anordnung Holt Fasners müssen sie zusammenwirken. Wie unterschiedlich ihre Maßnahmen auch sein mögen, sie haben einen einzigen Ursprung. Gegenwärtig ist die VMKP besser informiert, mobiler und machtvoller, als es unter jeglichen anderweitigen Umständen je zu erhoffen wäre. Und *nicht*, möchte ich sofort betonen, weil die VMK einer ihr nicht angeschlossenen Polizei die Mitarbeit, Informationen oder irgendeine Form der Unterstützung verweigern würden, sondern weil das EKRK und die VMK ihrer Natur nach völlig verschiedene Körperschaften sind, und zwar im Gegensatz zu VMK und VMKP.«

Cleatus Fane blickte im Beratungssaal umher, um den Deputierten die Gelegenheit zu geben, ihm zuzustimmen – oder zu widersprechen, falls sie dazu den Nerv hatten.

Doch Hashi erübrigte für den Auftritt des Geschäftsführenden Obermanagementdirektors keine Aufmerksamkeit mehr. Auf gewisse Weise hatte er das Zuhören eingestellt. Der Wachmann, der seinen Posten verlassen hatte, bewegte sich erneut von der Stelle. Als er von neuem stehenblieb, befand er sich fast direkt hinter dem Abschnitt der Ratstafel, an dem Vest Martingale saß. Legte er ein weiteres Mal die gleiche Strecke zurück, gelangte er hinter Sixten Vertigus; und nach abermals zwei Malen hinter Cleatus Fane.

Hashi beobachtete den Wachmann, versuchte sein Gesicht zu erkennen.

Da kein Konzilsdeputierter sich zu Wort meldete, setzte Fane seine Argumentation fort.

»Und zu guter Letzt, Kapitän Vertigus, sehe ich mich zu dem Hinweis gezwungen, daß Ihr Herumhacken auf der Forderung nach *Verantwortlichkeit* ausschließlich in die Irre führt. Bei aller Hochachtung vor dem Konzil ist doch wohl vollkommen offensichtlich, daß die Verantwortlichkeit gegenüber einer Gruppe von Frauen und Männern niemals einen so klar umrissenen und uneingeschränkten Charakter wie die Verantwortlichkeit gegenüber einer einzelnen Autoritätsperson haben kann. Gegenwärtig muß die VMKP Holt Fasner für alles, was sie unternimmt, Rede und Antwort stehen. Sein persönliches Engagement für die Integrität und Effektivität der VMKP schützt sie gegen jede Art der Korruption.«

Er schwieg, um seiner Zusicherung Nachdruck zu verleihen. Ebensogut hätte er in diesem Moment fragen können: Ist hier jemand, der öffentlich zu behaupten wagt, Holt Fasner sei kein ehrlicher Mensch?

Niemand äußerte diese Behauptung.

Fane lächelte. Er konnte es sich leisten, großmütig zu sein.

»Es mag zeitweilig so scheinen«, räumte er ein, »als seien Zweifel berechtigt, aber ich versichere Ihnen aufgrund langer, direkter Erfahrung, daß die seitens der VMKP-Geschäftsleitung betriebene Untersuchung der fraglichen Vorgänge alle Amtsvergehen nachhaltiger ausmerzen und jeden Verrat abschreckender bestrafen wird, als es dem Konzil möglich ist. Aller Eifer und alle Entschiedenheit der

Konzilsmitglieder können – wie groß der gute Willen auch sein dürfte – mit Holt Fasners genauerer Kenntnis der Leute und der Operationen unserer VMKP nicht konkurrieren. Bestünde man darauf, an einem Zeitpunkt so vieler Krisen die Tätigkeit der Polizei zu stören, wäre der gesamte Human-Kosmos Kaze-Attacken und Schlimmerem wehrlos ausgeliefert.« Er konnte sich einer Wiederholung nicht enthalten. »Jawohl, sogar Schlimmerem. Tatsächlich befürchte ich, daß jedes Anzeichen der Konfusion in der VMKP unseren sämtlichen Feinden umgehend die erforderliche Chance zum offenen Angriff böte.«

Endlich fiel Licht auf die Gesichtszüge des Wachmanns, den Hashi Lebwohl beobachtete.

»›Ich wollte sehen, und ich habe gesehen‹«, flüsterte der DA-Direktor, zitierte aus Überraschung schamlos ein Dichterwort.

Nathan Alt. Ex-Kapitänhauptmann Nathan Alt, ehedem Kommandant des VMKP-Polizeikreuzers *Vehemenz*. Bis Min Donner ihn wegen ›Pflichtversäumnis‹ vor ein Disziplinargericht gebracht hatte.

Keine Sekunde lang bezweifelte Hashi Lebwohl, daß er richtig sah. Er traute seinem umfangreichen Gedächtnis. Aber was in Heisenbergs Namen trieb *Nathan Alt* hier? In der Uniform eines EKRK-Schutzdienstmanns?

Sofort drehte der DA-Direktor sich im Sessel um und faßte den jungen Mann, den Forrest Ing ihm unterstellt hatte – Kadett Crender –, am Arm.

»Kommen Sie mit!«

Ohne auf Antwort zu warten, stand Hashi auf und durchquerte die besetzten Stuhlreihen, nahm die Richtung zur anderen Seite des Saals.

Sixten Vertigus war ein gebrechlicher, alter und obendrein vielleicht geschlagener Mann. Er sparte sich die Mühe, den Blick zu heben oder den Kopf zu drehen. Dennoch entbot er als einziger im Saal dem Geschäftsführenden Obermanagementdirektor eine Erwiderung.

»Das alles ist vollständig irrelevant, Mr. Fane«, entgegnete er matt. Trotz seiner Müdigkeit jedoch klangen seine Worte sehr deutlich. »Es ändert nichts. Sie würden genau die gleichen Beteuerungen mit genau dem gleichen Brustton der Überzeugung vortragen, hätte Ihr Chef, Holt Fasner, seine Seele den Amnion verkauft.«

Ein allgemeines Japsen des Erschreckens ging durch den Beratungssaal. Mit einem Ruck wandte Abrim Len sich Sixten Vertigus zu, stierte den VWB-Delegierten an. Noch nie hatte jemand so etwas vor dem EKRK laut ausgesprochen.

Hashi bewunderte Vertigus für die Fane erteilte Abfuhr, aber ließ sich nicht ablenken. Sobald er die oberste Stuhlreihe und den Laufgang an der Wand erreichte, drehte er sich wieder nach Kadett Crender um, zog den jungen Mann zu sich heran.

»Bleiben Sie dicht hinter mir«, befahl er so leise, daß die Wachleute im näheren Umkreis ihn nicht hören konnten. »Halten Sie sich bereit.«

In seinen unordentlich geschnürten Schuhen schlenderte Hashi an der Wand entlang, als wüßte er keinen Anlaß zur Eile; er hoffte, den Gegenstand seines Interesses früh genug abfangen zu können, um rechtzeitig herauszufinden, ob er eventuell nur in der Gefahr schwebte, sich zum Narren zu machen.

Beharrlich folgte Kadett Crender ihm.

Unten reckte Cleatus Fane seinen Bart empor. »Ich will diese Beleidigung bis auf weiteres überhören«, schnauzte er. »Um *was* geht es denn, Kapitän Vertigus?«

Sixten Vertigus seufzte. Möglicherweise war er inzwischen gänzlich erschöpft, aber er brachte noch die Kraft zum Antworten auf.

»Dauernd reden Sie über die praktische Nutzanwendung der Macht. ›Aller Eifer und alle Entschiedenheit‹ könnten damit ›nicht konkurrieren‹. Natürlich nicht. Aber das ist auch gar nicht Sinn und Zweck des Abtrennungsgesetzes. Es hat vielmehr etwas mit *Ethik* zu tun, Mr. Fane, mit Ethik und Verantwortungsbewußtsein. *Wir* sind die erwählten Repräsentanten der Menschheit. Holt Fasner ist nichts dergleichen. Die Verantwortung für die Führung der Polizei der ganzen Menschheit und die Bestimmung über ihre Einsätze obliegt *uns*, nicht ihm.«

Bravo, Kapitän, dachte Hashi Lebwohl. Trotzdem schlurfte er weiter. Währenddessen konzentrierte er sich darauf, der Umgebung vorzutäuschen, sein Dahintappen hätte einen banalen Grund; daß er sich vielleicht auf dem Weg zur Toilette verirrt hatte. Am wenigsten wünschte er, daß die Wachleute plötzlich ihn beobachteten anstatt die Konzilsdelegierten und ihre Mitarbeiter.

Cleatus Fane schnaubte in den steifen Schnurrbart. Falls Sixten Vertigus' Antworten – oder seine Entschlossenheit – ihm Bestürzung einflößten, verheimlichte er es. Und auf keinen Fall war er seinerseits um Antworten verlegen.

»Ich glaube, Sie werden feststellen müssen«, konterte er, »daß die Polizei keineswegs dermaßen blauäugig ist. Und wahrscheinlich hat man dort sogar einen dezidierten Standpunkt, was Ihre absurde Behauptung betrifft, man könnte Holt Fasner nicht soweit vertrauen, daß er ihre Unbescholtenheit garantiert. Ich zögere wahrhaftig nicht im geringsten, Ihnen vorauszusagen, daß diese Gesetzesvorlage bei Warden Dios selbst auf Ablehnung stößt, und zwar aus eben den Gründen, die ich vorhin genannt habe. Ich bin oft dabei gewesen, wenn er sich diskussionshalber über ›Ethik und Verantwortungsbewußtsein‹ ausgelassen hat, und deshalb bin ich mir ganz sicher, wie dazu seine Meinung lautet.«

Unvermittelt wandte er sich an Koina Hannish.

»Direktorin Hannish ...« Wie sein Bart drängte seine gesamte Erscheinung in ihre Richtung, als verkörperte er eine leibhaftige Forderung. »Ich weiß, Sie hatten keine Gelegenheit, um in dieser Frage Polizeipräsident Dios zu konsultieren, aber vielleicht ist es Ihnen doch möglich, zur Haltung der VMKP eine Stellungnahme abzugeben.«

Mittlerweile war Hashi längs der Rundung der Saalwand an eine Stelle gelangt, von wo aus er Koina Hannishs Gesicht sehen konnte. Sie erhielt ihre Fassade sorgloser Sachlichkeit einwandfrei aufrecht, die Schönheit diente ihr als Schild. Aber in Lebwohls Augen verriet die Weise, wie sie die Hände energisch an die Tischkante klammerte, ihre innere Anspannung. Cleatus Fane hatte soeben gefordert, daß sie öffentlich die Treue der VMKP zu den VMK verkündete; ihre und Warden Dios' Ergebenheit. In den Kreisen, in denen Holt Fasner seine Macht ausübte, war es für einen Untergeordneten unmöglich, eine solche Forderung zurückzuweisen.

Eine gewisse Beklommenheit ergriff Hashi Lebwohls Herz. Er hatte Koina Hannish gedrängt, Warden Dios über Kapitän Vertigus' Gesetzesvorlage in Kenntnis zu setzen; sie jedoch hatte es abgelehnt, ihm von Dios' Reaktion auf diese Information zu erzählen. Er stockte für einen Moment, um sich ihre Entgegnung anzuhören.

Sie stand nicht auf; aufzustehen war überflüssig. Jedes Augenpaar im Beratungssaal war auf sie gerichtet; ihr galt die vollkommene Aufmerksamkeit der Konzilsversammlung.

»Ganz im Gegenteil, Mr. Fane«, antwortete sie, »wir haben das Gesetz viele Male diskutiert.« Dunkle Anklänge insgeheimer Emotionen in ihrer Stimme deuteten an, daß sie wußte, welche Tragweite ihre Einlassungen hatten. »Selbstverständlich nicht diesen konkreten Gesetzesvorschlag. Das konnte ja nicht sein. Ich meine damit, der Polizeipräsident, meine Direktorenkollegen und ich haben öfters die Idee eines derartigen Abtrennungsgesetzes erörtert. Wir haben die Vor- und Nachteile debattiert und uns eine Meinung gebildet. Darum brauche ich jetzt nicht erst beim Polizeipräsidenten Rückfrage zu halten, bevor ich Ihnen unsere Position nennen kann.«

»Bitte, Direktorin Hannish«, warf Konzilsvorsitzender Len ein, unternahm einen laschen Versuch, die Sitzungsleitung wieder an sich zu ziehen. »Klären Sie uns auf.«

Der Geschäftsführende Obermanagementdirektor nickte, als ob er sagte: Ich warte. Durch tiefes Einatmen schien sein Leib unheilvoll anzuschwellen.

Sixten Vertigus hob nicht den Blick zu Koina Hannish. Dem Anschein nach sprach seine Haltung für resignierende Duldung des Schicksals.

»Vielen Dank, Vorsitzender Len.« Hannishs äußere Ruhe unterstrich die Eindringlichkeit ihres Tonfalls. »Mr. Fane, Kapitän Vertigus, verehrte Konzilsmitglieder« – festen Blicks musterte sie das Konzil –, »wir nehmen eine Position absoluter Neutralität ein.«

Verdutzt öffnete Fane den Mund zum Widerspruch; doch Koina Hannish ließ sich nicht von ihm unterbrechen.

»Wir lehnen zwangsläufig dafür die Verantwortung ab«, erläuterte sie. »Die Verantwortung liegt bei Ihnen, bei Ihnen allein. Unsere Pflicht ist es – und daraus besteht *unsere* Verantwortung –, nach Vorgabe der Grundsätze und Bedingungen unseres Statuts der Menschheit zu dienen. Maßten wir uns an, die Natur dieser Grundsätze und Bedingungen selbst zu bestimmen, würde aus uns unweigerlich ein Machtinstrument der Tyrannei, egal was für gutwillige Motive wir hätten. *Diese* Verantwortung muß deshalb bei Ihnen bleiben. Bei der Gründung unserer Polizeitruppe ist sie per Statut als Unterorganisation der VMK geschaffen worden, weil Sie es so als richtig erachtet hatten. Sollten Sie es nun für angebracht halten, das Statut zu verändern, werden wir uns ohne Frage fügen. Als Einzelpersonen hat jeder von uns seine Auffassungen und Überzeugungen. Aber in meiner Funktion als Direktorin des Ressorts Öffentlichkeitsarbeit der Vereinigte-Montan-Kombinate-Polizei bin ich Mr. Fane zu widersprechen gezwungen. Ich sage – und das würde jetzt statt mir auch Polizeipräsident Dios hier klarstellen –, die Entscheidung obliegt dem Konzil. Was Sie beschließen, wird von uns akzeptiert. Verhielten wir uns anders, wäre das ein Vertrauensbruch gegenüber dem Konzil, und die Menschheit wäre ohne uns besser dran.«

Koina Hannish senkte den Kopf. »Ich danke Ihnen«, äußerte sie zum Schluß, »für die Gelegenheit zur Stellungnahme.«

Das Regierungskonzil hatte im Laufe dieser Sitzung

schon zu viele Überraschungen erlebt. Die Deputierten und ihre Mitarbeiter saßen da und starrten die RÖA-Direktorin an, als wären sie von kollektiver Lähmung befallen worden. Cleatus Fanes Ähnlichkeit mit dem Weihnachtsmann hatte sich auf eine durchschaubare Illusion reduziert: Jetzt stand in seinen Augen mörderische Finsternis. Sigune Carsins Miene spiegelte fassungsloses Staunen wider. Len versuchte den Mund zu schließen, doch inzwischen war ihm der Unterkiefer zu schwer. Maxim Igensard zappelte an seinem Platz, als lechze er regelrecht danach, sich an die Versammlung zu wenden. Langsam hob Kapitän Vertigus den Kopf und schaute Koina Hannish an: Möglicherweise hatte er Tränen in den Augen.

Hashi Lebwohl fühlte sich mehr als erfreut: er empfand gründliche Erleichterung. Zumindest in dieser Hinsicht war seine Beurteilung des Polizeipräsidenten nicht irrig gewesen. *Was Sie beschließen, wird von uns akzeptiert.* Warden Dios' sonderbare Umtriebe, wie unbegreiflich sie auch wirken mochten, richteten sich gegen Holt Fasner.

Infolgedessen stellte die schwierige Frage nach Hashis Treue sich für ihn jetzt erheblich einfacher.

Um sich davon zu überzeugen, daß Kadett Crender sich bei ihm hielt, drehte er den Kopf und sah seinen Begleiter an.

Der Sicherheitsdienstler war unglaublich bleich geworden, das Blut ihm dermaßen aus den Wangen gewichen, als müßte er in Ohnmacht sinken. Intuitiv erkannte Hashi, daß der junge Mann den Konflikt verstand, den man im Beratungssaal austrug. Jung war er zwar, aber nicht dumm.

Doch der DA-Direktor hatte keine Zeit für weiteres Zaudern. In den Augenwinkeln erregte Bewegung seine Beachtung: Nathan Alt kam näher. Jetzt hatte der Mann, den Lebwohl belauerte, einen Standort an der Wand oberhalb Kapitän Vertigus' eingenommen, hinter seinem Platz.

»Dadurch ändert sich nichts an meiner Einschätzung«, knurrte Fane barsch; allerdings hätten seine Worte jetzt genausogut von einem puren Großmaul stammen können.

»Wenn das Regierungskonzil etwas unternimmt, das die Tätigkeit der Polizei stört, sie ausgerechnet zum gegenwärtigen Zeitpunkt schwächt, werden wir alle es bereuen. Das ist meine Überzeugung.«

Indem er zu Gott oder Heisenberg darum flehte, daß der Kadett intelligent genug war, um schnell zu reagieren, hingegen nicht so intelligent, um sich selbst im Weg zu stehen, schlurfte Hashi wieder vorwärts, beschleunigte seinen Schritt etwas, um Alt zu erreichen, ehe der Mann ihn bemerkte.

Konzilsvorsitzender Len hatte erneut das Wort ergriffen, rief das EKRK zur Ordnung, aber Hashi beachtete ihn nicht. Alt war schon zu nah bei Kapitän Vertigus. Schlimmer noch, er verminderte den Abstand zu Cleatus Fane. Die Aufmerksamkeit ausschließlich auf den ehemaligen VMKP-Kapitänhauptmann konzentriert, huschte Lebwohl an der Wand entlang.

Drei Meter vor Nathan Alt blieb er stehen. Endlich hatte er sich nahe genug angeschlichen, um das Namensschild der Uniform und den Schriftzug auf der an die Brusttasche geklemmten Dienstmarke lesen zu können.

Beide wiesen Alt als ›EKRK-Schutzdienst-Wachtmeister Clay Imposs‹ aus.

Hashi Lebwohl erschrak. Inmitten des ungewissen Wirbelns subatomarer Partikel betrachtete er den Mann.

Alt schenkte dem DA-Direktor keine Beachtung. Seine verschleierten Augen glotzten reglos und blicklos geradeaus, ohne irgend etwas anzusehen. Seine Pupillen waren unterschiedlich geweitet. Wächsern blaß hing ihm die Gesichtshaut schlaff von den Wangenknochen.

Hashi kannte die Symptome. Weil er mit dergleichen schon oft zu tun gehabt hatte, wußte er keinen Grund zum Zweifeln.

Nathan Alt befand sich im Zustand einer drogeninduzierten Hypnose.

Mit hölzernen Bewegungen setzte er sein graduelles Anschleichen in Cleatus Fanes Richtung fort.

Es war zu spät, längst zu spät, Hashi hatte zu lange gezögert, sich von Unsicherheit hemmen statt von Sicherheit leiten lassen. Nur Alts chemisch bedingter Stupor rettete die Situation.

»Nehmen Sie den Mann fest!« befahl Hashi energisch, indem er zu Crender herumfuhr. »Schaffen Sie ihn hinaus!«

Der junge Mann erstarrte. Seine Jugend und Unerfahrenheit hinderten ihm am sofortigen Handeln. Anstatt vorzuspringen, blinzelte er offenen Mundes vor sich hin, als wäre Hashis Befehl ihm unverständlich.

»Er ist ein *Kaze!*« schnauzte Hashi, brüllte fast. »*Schaffen Sie ihn raus!*«

Dann sprang er selbst auf Alt zu.

Unter völliger Mißachtung des chaotischen Wirrwarrs, der augenblicklich ringsum ausbrach, des Losheulens der Ratgeber und Sekretäre, krallte er Alt die Dienstmarke von der Uniform, riß die Knopfleiste auf und schnappte sich die um den Hals gehängte Id-Plakette.

In der darauffolgenden Sekunde vollführte Crender einen Satz an Hashi vorbei und rammte Nathan Alt beiseite. Der Kadett schrie vor Furcht, während er Alt halb zu den Türen stieß, halb schob.

Fast unverzüglich röhrte Forrest Ing Anweisungen. Zwei weitere Wachmänner eilten dem jungen Mann zu Hilfe. Gemeinsam zerrten sie Alt längs an der Wand zu den Ausgängen, so schnell es sich durchführen ließ. Auf der anderen Seite des Beratungssaals zeterte Ing auf seinen Komunikationstechniker ein, befahl ihm, die Wachleute vor dem Saal zu warnen und Sicherheitschef Mandich zu kontaktieren.

Durch den Drogeneinfluß benommen und betäubt, leistete Alt keine Gegenwehr. Vielleicht merkte er überhaupt nicht, daß etwas mit ihm geschah.

Dennoch konnte er jeden Moment explodieren. Die Tatsache, daß er hypnotisiert war, willenlos, bedeutete lediglich, die Bombe in seinem Körper sollte nicht von ihm, sondern mit einer anderen Methode gezündet werden: durch einen inneren Zeitmesser oder ein externes Funksignal.

Hashi Lebwohl fiel zu seinem Schutz nichts anderes ein, als sich kopfüber in die Bestuhlung zu werfen, das durch Entsetzen verursachte Durcheinander der Gestalten und Sitze.

Seine Fäuste umklammerten Imposs' alias Alts Dienstmarke und Id-Plakette, als wären sie kostbar genug, um als Lösegeld der gesamten Menschheit auszureichen.

Noch mehr Wachleute stürzten sich ins Gewühl. Zuletzt bewährte sich ihre Ausbildung doch: Ein halbes Dutzend von ihnen keilte trotz unablässigen Lärms und Geheuls eine Gasse durch das Gewimmel, andere rissen die Türen auf, weitere halfen bei Alts Entfernung aus dem Saal. Abrim Lens Stimme gellte durch den Saal und forderte die Anwesenden auf, sich zu den Ausgängen hinauszubeeilen. Wären sie seinem Wunsch zu folgen fähig gewesen, hätte es sich als unmöglich erwiesen, Alt aus dem Saal zu schaffen. Doch es traf rechtzeitig Verstärkung ein, um die Konzilsdeputierten und ihren Anhang zurückzuhalten.

Im Laufschritt schleiften Kadett Crender und die übrigen Wachleute Imposs alias Alt zum Beratungssaal hinaus. Sofort befahl Sicherheitschef Mandich, die Türen wieder zu schließen. Männer und Frauen, die nicht wußten, was sie tun sollten, schubsten Hashi Lebwohl mit den Füßen hin und her. Um nicht zertrampelt zu werden, raffte er sich, gerade als die Saaltüren zuschlugen, vom Fußboden empor.

»Hinsetzen!« schrie Ing aus vollem Hals durchs Getöse ins Getümmel. »*Hin*setzen! Dann sind Sie vor der Druckwelle sicher.«

Sein Aufruf erzeugte einen Moment des Einhaltens und Schweigens. Doch bevor jemand seiner Mahnung nachkommen konnte, erschütterte eine Detonation, so laut wie ein Donnerschlag, den Beratungssaal.

Die Explosion erfolgte in zu großer Nähe der Türen: sie zersprangen von unten bis oben. Der Boden erbebte. Menschen torkelten, einige verloren das Gleichgewicht. Nachdem die Druckwelle gegen Wände und Saaldecke gewuchtet war, rieselten und wallten in zerpulverter Form Stuck, Farbe und Mörtel durch die Luft.

Dann war es vorbei.

Mit Schrecken in den Mienen und Staub im Haar blickten sich die Konzilsmitglieder gegenseitig an. Man hätte meinen können, im ersten Moment glaubten sie nicht recht, daß sie noch lebten.

Ohne zu ahnen, daß ein Lächeln sein mageres Gesicht verzerrte wie im Starrkrampf, bückte sich Hashi Lebwohl und suchte den Fußboden nach seiner Brille ab.

Außer Clay Imposs alias Nathan Alt kam nur ein Mensch ums Leben. Ein EKRK-Schutzdienstler, der sich zu dicht am Explosionsort befand, wurde zerfetzt. Und nur ein Mann wurde ernsthaft verletzt: Kadett Crender verlor die linke Hand und den Unterarm. Ansonsten jedoch hatten die von Sicherheitschef Mandich veranlaßten Vorkehrungen wirksam geholfen, die Gewalt der Detonation weitgehend aus dem Saal ferngehalten und viele Leben gerettet. Eine Anzahl von Wachleuten, sowohl Angehörige des EKRK-Schutzdienstes wie auch der VMKP-OA, hatten Beeinträchtigungen der Trommelfelle und andere Explosionsfolgen erlitten, aber bleibende Schädigungen waren ihnen erspart geblieben.

Nachdem die Aufregung sich gelegt hatte und die Ordnung wiederhergestellt worden war, schlug Konzilsvorsitzender Len eine Vertagung der Sondersitzung vor, um den Deputierten eine gewisse Frist zur Erholung zuzugestehen. Zu seiner Überraschung lehnten sie sein Angebot einstimmig ab. Angesichts der Umstände herrschte im Regierungskonzil darüber Einmütigkeit, daß über die Gesetzesvorlage des VWB-Deputierten ohne Aufschub abgestimmt werden sollte.

Mit deutlicher Mehrheit wurde die Gesetzesvorlage verworfen. Die Konzilsmitglieder waren zu aufgewühlt, um sie in dieser Situation zu billigen. Sie glaubten Cleatus Fanes Beteuerung, die Abtrennung der VMKP von den

VMK müßte die Anstrengungen der VMKP, die Menschheit zu beschützen, nachhaltig behindern. Da zog man jede beliebige zentralisierte Autorität terroristischen Anschlägen vor.

Aus Furcht fühlten die Konzilsdelegierten sich zu wehrlos, um die Verantwortung für das eigene Überleben zu übernehmen.

Die Beobachtung, daß allem Anschein nach Cleatus Fane die Zielperson des Kaze gewesen war, verlieh seinen Argumenten zusätzliches Gewicht. Nicht von den Feinden der Menschheit schien die Gefahr auszugehen, sondern von den Gegnern der VMK. Darum sollten die VMK sich ihr entgegenstellen.

Nach Beendigung der Sondersitzung hinkte Kapitän Vertigus aus dem Beratungssaal. Doch er tat es mit aufrechtem Gang und ohne das geringste Anzeichen des Eingeschüchtertseins. Er hätte auf dem Weg zur ersten Begegnung der Menschheit mit den Amnion sein können.

Koina Hannish vermochte ihre Entrüstung nicht zu verbergen. Dieses Mal ließ ihre Fassade der Professionalität sie im Stich. »Wie ist er denn bloß *herein*gelangt?« wollte sie mehrmals von Forrest Ing erfahren. »Ist der OA-Sicherheitsdienst zu keinen besseren Leistungen imstande? Warum habe ich mich derartig dafür abgestrampelt, daß Sicherheitschef Mandich hier mit dem Schutz betraut wird, wenn's ihm nicht gelingt, uns einen Kaze vom Leib zu halten? Einen Kaze, vor dem *ich* ihn schon gewarnt hatte?«

Der arme Stellvertretende Sicherheitschef wußte keine Antwort.

Doch hinter ihrem Zorn stand eine andere, bedeutsamere Frage. Ihre Empörung implizierte die Vermutung, daß das Abtrennungsgesetz, hätte sich der Kaze nicht in den Beratungssaal einschleichen können, vielleicht verabschiedet worden wäre.

Hashi Lebwohl hielt diese Mutmaßung für einleuchtend. Er hatte Kapitän Vertigus' Argumente gehört und sie als Cleatus Fanes Einwänden überlegen anerkannt. Eventuell wären sogar von den VMK gekaufte und bezahlte Konzilsdeputierte in Versuchung geraten, für das Gesetz zu votieren.

Trotzdem beurteilte der DA-Direktor die Sondersitzung als Erfolg.

Warden Dios hatte Koina Hannish beteuert, sie schwebte in keiner Gefahr. Anscheinend hatte er damit gemeint, daß ihr persönlich keine Gefährdung drohte. Die vorangegangenen Anschläge auf Kapitän Vertigus und Godsen Frik bedeuteten nicht unbedingt, daß sie das dritte Opfer sein sollte. Sie hatten einen völlig anderen Sinn gehabt.

Im Anschluß an Nathan Alts Tod und Sixten Vertigus' Abstimmungsniederlage konnte Hashi Lebwohl den Zweck deutlich erkennen. Laufende Ereignisse waren klar geworden: ihr Stellenwert war ihm unzweifelhaft ersichtlich.

Andererseits hatte er keinerlei Ahnung, was als nächstes geschehen mochte.

MIN

Min Donner war zur Brücke unterwegs, als die Sirenen der *Rächer* aufheulten wie Todesfeen und Feueralarm gaben.

Der Polizeikreuzer näherte sich dem ausgedehnten Asteroidenschwarm, in dem Deaner Beckmann sein Schwarzlabor unterhielt, und Min wünschte am Dreh- und Angelpunkt der Informationen und Befehlsausgabe zu sein. Aber das unerwartete Jaulen der Alarmsirenen änderte alles. Mins Gespür hatte sie nicht vorgewarnt: sie war nicht gewahr geworden, daß die Vibrationen in den Strukturen des Raumschiffs auf das unmittelbare Bevorstehen eines Notfalls hinausliefen.

Von dem Unheil überrascht, schnellte sie sich in der Nullschwerkraft durch den Korridor vorwärts.

Dolph Ubikwe hatte sich noch nicht auf der Brücke eingestellt, als Min durch die Konnexblende sauste, sich an einem Haltegriff abfing. Am Kommandopult saß Hargin Stoval, der Dritte Offizier, raunzte Befehle in die Interkom. Mit lauten Rufen ergänzten Bordtechnik-Offizier und Datensysteme-Offizierin wechselseitig ihre Meldungen; die anderen Mitglieder der Brückencrew verbissen sich beharrlich in ihre Aufgaben, während die übrige Besatzung sich darum bemühte, sich einen Überblick der entstandenen Schäden zu verschaffen und sie zu begrenzen.

»Statusmeldung!« verlangte Min, sobald Stoval verstummte, um Luft zu holen.

Er hatte sie nicht auf die Brücke kommen sehen. Doch kaum hörte er ihre Stimme, schwenkte er den G-Andrucksessel herum und salutierte forsch vor Min. »Direktorin

Donner, das Schiff brennt.« Er nannte einen mittschiffs gelegenen Abschnitt des Schiffsinneren. »Einen Hinweis auf die Ursache haben wir bisher nicht, aber es ist auf alle Fälle ein schwerer Brand. So heiß, daß er sämtliches Plastik, Öl und Interieur frißt, die er erfaßt. Wir haben schon zwei Tote und mehrere Verletzte zu beklagen.«

Er zögerte kurz. »Ich sollte mir die Lage am Brandherd persönlich ansehen«, meinte er dann. »Falls Sie auf der Brücke das Kommando übernehmen, Direktorin ...«

Ruckartig nickte Min. »Gehen Sie.« Dem zufolge, was Dolph Ubikwe über ihn geäußert hatte, mutmaßte sie, daß Stoval der geeignetste Mann war, um die Schadensbekämpfung zu leiten. Kapitän Ubikwe fühlte sich gewiß nicht gekränkt, wenn sie ihn für kurze Zeit in seiner Kommandofunktion vertrat.

Während Stoval sich losgurtete und die Brücke verließ, löste Min die Faust vom Haltegriff und verschaffte sich neuen Halt an der Seite der Kommandokonsole. So konnte sie die Anzeigen und Sichtschirme im Augenmerk behalten, ohne Ubikwes Kapitänssessel zu okkupieren.

Nachdem ihr Blick rasch über die Darstellungen und Datenangaben geschweift war, wandte sie sich an die anderen Offiziere. »Müßte ich gegenwärtig über noch irgend etwas Bescheid wissen?«

Die jetzige Brückencrew stammte aus verschiedenen Schichten: der reguläre Dienstplan hatte über den Haufen geworfen werden müssen, um Personalausfall auszugleichen. Glessen an den Waffensystemen und Cray an den Kommunikationsanlagen schüttelten den Kopf. »Wir erreichen zur Zeit die Ausläufer des Asteroidenschwarms«, antwortete Patrice von der Steuerung herüber. »In einer Stunde stoßen wir in den eigentlichen Schwarm vor.«

An den Scanningschirmen hämmerte Porson vehement auf die Tastatur ein, bis Min ihm ostentative Aufmerksamkeit entgegenbrachte. »Sieht aus, als wäre die Sensorgruppe endgültig futsch, Direktorin«, meldete er schließlich halblaut. »Ich meine die, an deren Reparatur wir arbeiten, seit Sie an Bord sind. Das Feuer muß die Leitungen zerstört haben.«

»Kompensieren Sie den Wegfall«, wies Min ihn an. »Sagen Sie dem Steuermann, was Sie wissen müssen. Blinde Flecken im Scanning können wir uns nicht erlauben. Datensysteme-Offizierin, Sie sind zuständig. Was ist passiert?«

Die Datensysteme-Offizierin war eine junge Frau mit Namen Bydell. Sie zuckte zusammen, als Min sie ansprach. »Also, die Triebwerke ...«, setzte sie zu einer Erklärung an. »Die Computer ...« Sie war zu jung für ihre Pflichten; zu jung, um den Dauerstress zu verkraften, der seit längerem an Bord der *Rächer* ertragen werden mußte. »Ich weiß es nicht ...«

Sie machte den Eindruck, kurz vor einem Nervenzusammenbruch zu stehen.

»Rekonstruieren Sie den Ablauf der Brandentstehung«, ordnete Min mit festem Nachdruck an. Bydells Belastbarkeit war Dolph Ubikwes Problem. Min kannte seine Untergebenen zuwenig, um ihre individuellen Eigenschaften berücksichtigen zu können. Aber sie hatte nicht zu dulden vor, daß sie vor Schrecken wie gelähmt dahockten, während es im Raumschiff brannte. »Dafür gibt es Computersimulationen. Wir wollen vermeiden, daß Kapitän Ubikwe auf Antworten warten muß, wenn er auf der Brücke eintrifft.«

»Aye, Sir.« Bemüht duckte sich die Datensysteme-Offizierin über ihre Konsolentastatur wie eine Frau, die wußte, was sie tat.

Min drehte sich dem Kommandopult zu, tippte ein paar Tasten, um neue Informationen zu sichten; dann hielt sie inne, um nachzudenken.

Ein Feuer im Raumschiff war allemal übel genug; doch in diesem Fall war ein besonders gefährlicher Brand ausgebrochen. Wenn er sich ausbreitete, konnten die Steuerungsapparaturen der *Rächer* schwer beschädigt werden. Schlimmer noch, womöglich wurden weite Teile des Schiffsrumpfs undicht. Sollte Stoval es nicht schaffen, es schleunigst zu löschen, mochte der Raumer zum Wrack werden.

Eine der Sensorgruppen war unwiderruflich ausgefallen. Min überzeugte sich davon an der Kommandokonsole, obwohl sie Porsons Aussage keine Sekunde lang angezweifelt hatte. Die Instrumente waren alle außer Funktion, die *Rächer* war bugwärts in einem Winkel von fast dreißig Grad blind geworden.

Geringfügiges Gewicht senkte Min tiefer in ihre Stiefel, während der Steuermann die Fluglage des Raumschiffs in Relation zum Kurs veränderte.

Min ballte die Fäuste, um das altvertraute Kribbeln ihrer Handteller in den Griff zu bekommen, und wartete auf Kapitän Ubikwe.

Dolph erschien kaum fünf Minuten später als Min auf der Brücke. Er schwang sich den Niedergang herab, als dränge er Furcht und Schwäche mit den Schultern zur Seite, schwebte schnurstracks auf das Kommandopult zu, schob sich in den G-Andrucksessel und schloß die Gurte. »Danke, Direktorin«, sagte er zu Min. Seine Stimme hatte die Kraft und Sicherheit einer Dampframme. »Entschuldigen Sie, daß Sie warten mußten. Ich habe mir die Zeit genommen, mit Hargin zu reden. Unten spielt sich das moralische Äquivalent eines Infernos ab. Wie ist die Situation hier?«

Min sah Bydell an und beschloß, es darauf ankommen zu lassen. »Die Datensysteme-Offizierin wollte gerade Meldung erstatten«, gab sie seelenruhig zur Antwort.

»Jawohl, Sir«, sagte die Frau, als ob sie nach Luft schnappte.

»Gesehen habe ich nicht, was sich ereignet hat«, erklärte sie. »Jede Vorwarnung ist ausgeblieben ... Oder wenigstens ist nichts geschehen, das wir als warnendes Vorzeichen erkannt hätten. Aber ich habe einige Simulationen ausprobiert und versucht, ein passendes Szenario zu erarbeiten. Daraus sind folgende Erkenntnisse resultiert.«

In manchen Abschnitten des Hydrauliksystems sind Haarrisse entstanden, hatte der Bootsmann, als Min an Bord gegangen war, ihr mitgeteilt. *Wir hatten bisher keine Gelegenheit, um die Risse zu beheben.* Allerdings hatte sie darüber schon Bescheid gewußt: die Einsatzberichte der *Rächer* waren ihr bekannt gewesen. Und sie hatte an den vorgefundenen Verhältnissen nichts ändern können.

Jetzt erfuhr sie, was ihr Entschluß, den Polizeikreuzer trotz seines mitgenommenen Zustands für ihren Flug abzukommandieren, die Besatzung kostete.

Nach Bydells Rekonstruktion hatte sich das Verhängnis folgendermaßen angebahnt. Säure aus einer Hydraulikleitung hatte sich mit Öl aus einer anderen Hydraulikleitung vermischt. Natürlich hätte so ein Vorgang unmöglich sein müssen; derlei Leitungen verliefen durch separate, geschlossene Isolierrohre. Aber wenn Rohre platzen konnten, galt das gleiche für Isolierrohre. Während die *Rächer* unter Null-G-Bedingungen flog, ohne Eigenrotation oder Navigationsschub, mußten die ausgetretenen Flüssigkeiten sich gesammelt haben, bis sie ein beachtliches Quantum bildeten. Anschließend kreuzte und manövrierte das Raumschiff durch das Massif-5-System, wich Hunderten von Hindernissen aus, um auf der Fährte der *Posaune* zu bleiben. Säure-Öl-Tümpel schwappten und schwallten nach allen Richtungen, bis sie irgendwo durch andere Risse sickerten. Und durch sie rann die Brühe zu anderen Isolierrohren, drang in weitere Risse.

Unterdessen beschäftigte sich die Besatzung des Polizeikreuzers noch mit der Reparatur der wichtigen, aber defekten Sensorgruppe. Die externe Wiederherstellung der Instrumente hatte man beendet gehabt; die interne Neuverkabelung dagegen war noch durchzuführen gewesen. Zwecks Erledigung dieser Arbeit hatten Reparaturtechniker wiederholt Zugang in bestimmte Bereiche innerhalb der baulichen Struktur des Raumers haben müssen. Unglücklicherweise klemmte die Wartungsluke des Schotts, hinter dem es die Tätigkeit zu verrichten galt. Manchmal brauchten die Servomotoren drei oder vier Sekunden, um hinlänglichen Druck zum Bewegen der Luke aufzubauen.

Allerdings entstand bei der Druckerzeugung auch Wärme, die sich in dem Maße, wie die Funktionstüchtigkeit des Lukenmechanismus nachließ, zu Hitze steigerte.

Irgendwie waren rund um die überanspruchten Hydrauliken erhebliche Mengen von Säure und Öl zusammengeflossen. Als das Gemisch Feuer fing, explodierte es mit derartiger Gewalt, daß das Schott barst, zwei Techniker getötet wurden und zwei Verbrennungen davontrugen, und es einen Brand entfachte, den zu löschen der durch Nullschwerkraft und Manövrierschub behinderten Besatzung der *Rächer* die größten Schwierigkeiten bereitete.

Der Zwischenfall hatte den gänzlichen Fortfall der reparaturbedürftigen Sensorgruppe bewirkt.

Auch Kapitän Ubikwe litt unter dem Stress; man merkte es an einem seiner altgewohnten Wutausbrüche. »Gottverdammte Scheiße noch mal«, knirschte er, als ob er glaubte, niemand hörte zu. »Das ist zuviel. Allmählich glaube ich, unser Kahn ist verflucht. Meine Güte, wann ist je einer von uns auf'm Raumschiff gewesen, in dem's wirklich und wahrhaftig gebrannt hat?«

Kein Crewmitglied gab Antwort. Min krümmte die Finger und zählte den Pulsschlag, um sich vom Befehleerteilen zurückzuhalten.

»*Gottverdammte Scheiße* noch mal«, wiederholte Dolph. »Wir müssen Entscheidungen treffen.«

Unvermittelt wechselte er den Ton. »Porson, steht der Wegfall der Sensorgruppe eindeutig fest? Sind die Instrumente tatsächlich nicht mehr zu gebrauchen?«

»Es ist schlimmer, als wenn sie nur unbrauchbar wären, Kapitän«, bekräftigte der Scanningoffizier. »Ich messe nicht mal Statik. Der Computer behandelt sie, als wären sie gar nicht vorhanden.«

Dolph nickte. »Wie erfolgt der Ausgleich?«

»Ich versuche Teile der anderen Sensorgruppen auf den toten Winkel zu justieren, Kapitän«, lautete Porsons Auskunft, »aber sie erfassen nur ein paar Grad. Den Rest muß die Steuerung erledigen.«

»Sergei?« wandte sich Dolph an den für die Steueranlagen zuständigen Offizier.

»Ich habe die übliche Prozedur eingeleitet, Kapitän«, sagte Sergei Patrice, »falls man eigentlich behaupten darf, wir hätten eine ›normale‹ Situation. Ich rotiere das gesamte Schiff um die Längsachse. Sie können die Bewegung spüren, wir haben durch die G ein paar Kilo zugelegt. Im wesentlichen verhält es sich so, daß unsere Ortung pro Umdrehung einen blinden Fleck von einer Sekunde Dauer aufweist. Wir können die Dauer verkürzen oder verlängern, ganz wie Sie's wünschen. Aber, Kapitän ...«

Der Steuermann zögerte.

»Raus mit der Sprache«, knurrte Kapitän Ubikwe. »Schlechte Laune habe ich sowieso schon. Wahrscheinlich läßt sie sich nicht mehr verschlechtern.«

»Verzeihung, Kapitän.« Patrice grinste humorlos. »Mir ist nur durch den Kopf gegangen, ich sollte Sie vielleicht darauf aufmerksam machen ... So sind wir in keiner gefechtsmäßigen Verfassung. Wir dürfen uns im Kampf kein derartiges Trägheitsmoment erlauben. Irgendwann müssen wir die Wahl zwischen Sehenkönnen und Verteidigung treffen.«

Dolph erwiderte sein Schmunzeln. »Ich habe mich getäuscht. Meine Laune hat sich plötzlich beachtlich verschlechtert.«

Mit dem Daumen aktivierte er seinen Interkom-Apparat.

»Hargin«, rief er. »Hören Sie mich? Hargin Stoval, erstatten Sie Meldung.«

Die Interkom-Lautsprecher übertrugen entferntes Geschrei, das gegen ein lautes Hintergrundgetöse ertönte. Dann knackte es, als jemand ein Mikrofon aktivierte.

Stovals Stimme versprühte Enttäuschung und Bestürzung wie Funken. »Wir machen keine Fortschritte, Kapitän. Die Automatiksysteme sind dem Brand nicht gewachsen. Und es ist so verflucht heiß, wir können mit tragbaren Löschern nicht nah genug ran. Und die G-Belastung schadet uns. Es hat den Anschein, als ob die Glut sich dadurch stärker ballt. Das Feuer wird ständig heißer.«

Kapitän Ubikwe schnitt eine Grimasse. »Kapiert, Hargin. Bleiben Sie auf Empfang. Es muß etwas geändert werden. Sobald wir entschieden haben, was, gebe ich Ihnen Bescheid.«

Er schaltete sein Mikrofon ab und wandte sich an Min.

»Direktor Donner ...« Seine Stimme klang fest und nach Entschlossenheit, doch das düstere, streitbare Schwelen in seinen Augen verlieh ihm das Aussehen eines Verzweifelten. »Sie sind die Kommandierende dieser Aktion. Darum muß ich Sie fragen. Besteht irgendein Grund, weshalb wir nicht die Pulsator-Triebwerke desaktivieren und ohne Schub fliegen könnten, während wir den Brand bekämpfen?«

Min gestattete sich ein spöttisches Prusten. »Wenn ich lange genug nachdenke, fällt mir wahrscheinlich ein halbes Dutzend Gründe ein. Aber keiner ist noch von Belang, wenn das Feuer uns das Raumschiff demoliert. Veranlassen Sie, was sein muß, Kapitän. Mit den Konsequenzen befassen wir uns später.«

In Ubikwes Blick zeigte sich eine Regung der Dankbarkeit. Doch er nahm sich nicht die Zeit, um sie auszusprechen. Er drehte sein Kommandopult. »Also gut, Patrice ...«, setzte er zu einer Mitteilung an.

»Scheiße!« krächzte plötzlich Porson erschrocken. »Verzeihung, Kapitän«, fügte er gepreßt hinzu, tippte so schnell, wie er dazu fähig war, Befehle in die Tastatur. Auf den Bildschirmen flimmerten neue Scanningmeßwerte. »Scheiße«, stöhnte er noch einmal, als wäre er sich nicht mehr zu beherrschen imstande.

Dolph knurrte eine Ermahnung. Aber die Frage nach einer Erklärung konnte er sich sparen. Auch Min brauchte keine. Porson hatte die Daten, die ihn so verstörten, bereits auf einen der Großbildschirme projiziert.

Wie aus dem Nichts war vor der *Rächer* ein anderes Raumschiff im All erschienen.

Buchstäblich wie aus dem Nichts. Die Instrumente orteten die typische Statik – die den Eindruck erweckten, als würden die physikalischen Gesetzmäßigkeiten sehr strapaziert –, die auftrat, nachdem Raumschiffe aus dem Hyperspatium zum Vorschein kamen.

Zeilen am Unterrand der Bildflächen zeigten die korrespondierenden Meßdaten. Das Raumschiff war praktisch in enger stellarer Nähe der *Rächer* in die Tard zurückgefallen: in weniger als 60 000 km Abstand. Wäre an Bord bekannt gewesen, daß sich die *Rächer* in unmittelbarer Nähe befand, hätte man sie bei feindlichen Absichten schon unter Beschuß nehmen können. Und nach dem Rücksturz in den Normalraum hatte es eine Geschwindigkeit von 0,2 c, die dreifache Geschwindigkeit des Polizeikreuzers.

Es raste mit einem Tempo auf die Hauptzone des Asteroidenschwarms zu, das ein menschlicher Raumschiffskapitän als Irrsinn erachtet hätte.

»Gütiger Himmel«, raunte Glessen, der an seiner Waffensystemekonsole die gemessenen Werte mitlas. »Das sind ja Übergeschnappte.«

»Identifizierung«, rief Dolph in scharfem Ton. »Ich wünsche Identifizierung!«

Hatte die Besatzung des Raumschiffs friedliche oder feindselige Intentionen?

Auf alle Fälle war es *groß*: soviel ließ sich bereits aus den Scanningdaten ersehen.

»Das geortete Raumschiff sendet nicht, Kapitän«, meldete Cray. »Ich empfange ausschließlich hyperspatiale Reststatik und die üblichen Emissionsgeräusche.«

»Haben Sie die Emissionssignatur?« fragte Kapitän Ubikwe in die Richtung der Scanningkonsole.

»Aye, Kapitän.« Porson deutete mit dem Finger; die Zahlen standen schon auf dem Monitor.

Intuitiv erkannte Min die Signatur, lange bevor Dolph die nächste Frage stellte. »Bydell, welche Informationen liegen darüber vor?«

Vor lauter Aufregung kam Bydell bei der Anlyse nur

langsam voran. »Entschuldigung, Kapitän«, nuschelte sie, wiederholte sich wie eine verhedderte Bandaufzeichnung, während sie Befehle eintippte, auf Datenspeicher zugriff. »Entschuldigung, Kapitän.«

Min konnte nicht mehr warten. »Waffensysteme, nehmen Sie das Schiff in die Zielerfassung und -verfolgung«, ordnete sie mit herbem Nachdruck an. »Materiekanone, Torpedos, mit allem, was da ist. Feuerbereit machen.«

Falls das fremde Raumschiff schoß, erhielt die *Rächer* keine Warnung. Lichtkonstante Strahlen erreichten sie so schnell, wie sich Daten auf den Scanningschirmen zeigten. Die Möglichkeit der Instrumente zu erkennen, ob das Raumschiff die Strahlenkanonen aufgeladen hatte, war die einzige Chance, über eine etwaige Gefahr Klarheit zu gewinnen.

Dolph warf Min einen kurzen Blick zu, beschloß anscheinend, die Berechtigung ihrer Maßnahme nicht anzuzweifeln. »Na los, Glessen«, bekräftigte er Mins Anweisung. »Volle Gefechtsbereitschaft. Abschirmung auf maximale Leistung.«

Ein energischer Tastendruck an seiner Kommandokonsole brachte die Alarmsirenen der *Rächer* erneut zum Gellen.

Abermals aktivierte er die Interkom. »Hargin?« Er wartete keine Meldung ab. »Wir stellen Gefechtsbereitschaft her«, rief er ins Mikrofon. »Lassen Sie sich davon keinesfalls ablenken. Die Brandbekämpfung hat Vorrang. Sollten wir Manövrierschub geben müssen, künde ich's Ihnen rechtzeitig an.«

»Verstanden, Kapitän«, lautete Stovals Antwort. »Wir tun unser Bestes.«

»Unbekanntes Raumschiff in der Zielerfassung und -verfolgung, Kapitän«, meldete Glessen. »Allerdings sind wir außerhalb der effektiven Torpedoreichweite. Die Laser sind für ein so großes Ziel wahrscheinlich nicht wirksam genug. Dagegen könnte die Materiekanone ein Stück wegballern, falls sie keinen Partikelkollektor trifft. Aber bei der Geschwindigkeit, mit der es fliegt, verlieren wir es gleich aus der Gefechtsentfernung. In zwanzig Sekunden ist es außer Schußweite.«

Außer Schußweite. Lautlos fluchte Min. Vor ihrer Nase war ein Amnion-Kriegsschiff aus dem Hyperspatium rückgestürzt, um eine Kriegshandlung zu verüben. Doch der mit der Verteidigung des Human-Kosmos betraute VMKP-Polizeikreuzer *Rächer* hatte einen Brand an Bord. In zwanzig Sekunden waren die Amnion in Sicherheit.

Resolut unterdrückte sie den Wunsch, den Feuerbefehl zu erteilen. In ihrem momentanen Zustand konnte die *Rächer* kein Feindschiff zum Kampf stellen. Ohne zuvor die anderen Probleme behoben zu haben, könnte der Kreuzer keinen gegnerischen Beschuß überstehen.

»Kapitän ...« Bydells Stimme zitterte. »Ich habe eine vorläufige Identifizierung.«

»Dann nennen Sie sie«, raunzte Dolph Ubikwe.

»Nach Angaben des Computers«, antwortete Bydell, als hätte sie Fieber, »ist das Raumschiff eine sogenannte Amnion-Defensiveinheit der Behemoth-Klasse. Das größte Kriegsschiff, das die Amnion bauen. VMKP-DA-Einschätzungen zufolge verfügt es über ausreichende Feuerkraft, um eine kleine Sonne in eine Nova zu verwandeln. Und es ist« – krampfhaft schluckte die Datensysteme-Offizierin – »mit einem Superlicht-Protonengeschütz bewaffnet.«

Unwillkürlich entfuhr Glessen eine heisere Verwünschung. Cray wandte das Gesicht ab.

Eine Kriegshandlung. Kämpferische Wut brannte in Mins Handtellern. Ein Amnion-Kriegsschiff war aus dem Bannkosmos eingeflogen, um die *Posaune* abzufangen. Der Einsatz galt den Amnion als hoch genug, um Risiken dieses Maßstabs einzugehen.

War es das, was Warden Dios wollte? Einen Zwischenfall, um aufzuzeigen, wie wichtig die VMKP war, und dadurch seine politische Position zu stärken? Hatte er aus diesem Grund Milos Taverner mit Angus Thermopyle geschickt? Um dies Ergebnis zu erlangen?

Wie mochte Succorso reagieren, wenn er merkte, wie tief er in Schwierigkeiten steckte?

»Kapitän Ubikwe«, sagte sie resolut, »wir müssen dem Amnion-Raumschiff folgen.«

Er schaute sie nicht an. Statt dessen ließ er die Augen auf die Sichtschirme gerichtet, während seine Finger über die Tastatur huschten. »Ist das ein Befehl, Direktorin Donner?« Seine Schultern wölbten sich, als müsse er sich bezwingen. »Befehlen Sie mir, über die Tatsache hinwegzusehen, daß unser Schiff in Brand steht?«

»Ja«, schnauzte Min, »das ist ein Befehl. Nein, ich befehle Ihnen nicht« – das immerhin stellte sie sofort klar –, »darüber hinwegzusehen, daß das Schiff in Brand steht.«

Einige Augenblicke lang enthielt sich Dolph Ubikwe jedes Kommentars. Er senkte den Kopf: seine Gestalt schien zu schrumpfen, als verließe ihn aller Mut. Jetzt glich er einem Menschen, dem man den Freitod befohlen hatte.

Aber er gehorchte nicht. Vielmehr drosch er die Faust auf die Kante des Kommandopults, rotierte es zu Min herum. »*Und welches Vorgehen erwarten Sie nun von mir?*« schrie er. »Ich kann kein Gefecht mit einem Amnion-Kriegsschiff der *Behemoth-Klasse* anzetteln, verdammt noch mal, wenn mir das Manövrieren unmöglich ist, und ich kann nicht manövrieren, ohne die Besatzungsmitglieder umzubringen, die das Feuer bekämpfen.«

Min hielt seinem grimmigen Stieren stand. Ihre Augen spiegelten die Kompromißlosigkeit eines Gebots wider; einen bis zum Verhängnisvollen unbeugsamen Willen.

»Kapitän Ubikwe«, entgegnete sie durch die Zähne, »Sie haben zu Abdichtungszwecken genug Plexuloseplasma an Bord, um damit die Innenwandung des gesamten Rumpfs zu beschichten. Pumpen Sie von dem Zeug zwischen den Schotts ins Feuer und ersticken Sie die Flammen.«

Dolph sank das Kinn herab; dann er schloß den Mund. Schatten der Empörung verschleierten seinen Blick.

»Bydell …« Sein Tonfall klang scharf wie eine Sense. »Wie heiß ist das Feuer?«

Die Datensysteme-Offizierin las die Anzeigen ab. »Dem Computer zufolge beträgt die Hitze rund ...« Sie nannte eine Temperatur. Danach sprach sie aus Furcht an, auf was Ubikwes Frage hinauslief. »Kapitän, das ist so heiß, daß auch das Plexuloseplasma brennt.«

»Nein.« Min war ihrer Sache sicher. Über alle Materialien, die an Bord von VMKP-OA-Raumschiffen Verwendung fanden, hatte sie ein enzyklopädisches Wissen. »Plexuloseplasma wird bei diesen Temperaturen erst entflammbar, wenn es hart geworden ist. Der Schaum entzündet sich nicht. Wenn Stoval schnell genug handelt, kann er den Brand löschen, bevor das Plasma sich erhärtet.«

»So *nah* kann er doch gar nicht ran«, gab Kapitän Ubikwe wie ein Mensch zu bedenken, der sich am liebsten die Haare gerauft hätte.

Min blieb unbeirrt. »Geben Sie ihm durch, seine Leute sollen EA-Anzüge anlegen«, erwiderte sie. »Dann können sie den Brand aus unmittelbarer Nähe bekämpfen. Wenigstens ein paar Minuten lang.«

Bis die Hitze die Anzugkühlsysteme überforderte und sie ausfielen.

Dolph Ubikwes Mund zuckte, als verkniffe er es sich, Min noch einmal anzuschreien. Nach und nach jedoch wich die Düsternis aus seinen Augen. In seinem Mienenspiel wurden Ansätze einer Empfindung erkennbar, die Staunen oder Respekt sein mochte.

»Warten Sie mal, das könnte klappen«, räumte er halblaut ein. »Es klingt verrückt, aber eventuell geht's auf diese Tour.«

Seine Überraschung währte nur Sekunden. Anschließend reaktivierte er seinen Interkom-Apparat und gab Hargin Stoval neue Befehle.

»Sergei«, wies er danach nachdrücklich den Steuermann an, »stopp die Rotation. Hargin hat genug Ärger am Hals. Dreh bei, bis wir das Amnion-Raumschiff mit einer der intakten Sensorgruppen orten. Dann gleichmäßige Beschleunigung von einem Ge in Flugrichtung des Amnion-Raumers einleiten.«

»Aye, Kapitän.« Sergei Patrice tippte schon Befehle in die Tastatur.

»Damit können wir nicht aufholen«, erklärte Dolph, als sorgte er sich, Min könnte seine Maßnahme in Frage stellen, »aber wir bleiben in Scanningreichweite, bis er abbremst. Irgendwann *muß* er bremsen.« Jetzt sprach er, um seine Brückencrew zu informieren, nicht Min. »Ein Amnion-Kriegsschiff der Behemoth-Klasse kreuzt nicht hier auf, bloß um uns zum Spaß 'n Schreck einzujagen. Das Schiff sucht nach der *Posaune*. Also muß es die Geschwindigkeit verringern. Cray, per Richtstrahl« – er machte sich wieder an die Befehlserteilung – »einen Blitzfunkspruch an die Sicherungskräfte des Kosmos-Industriezentrums Valdor. Höchste Alarmpriorität. Geben Sie ihnen zur Kenntnis, daß Gefahr von einem Amnion-Kriegsschiff droht. Nennen Sie die Position des Störenfrieds. Sie sollen sämtliche Raumschiffe zusammenziehen, die zur Verfügung stehen.«

»Und sie sollen eine Blitzmeldung ans VMKP-HQ übermitteln«, ergänzte Min den Kapitänhauptmann. »Die schnellste Interspatium-Kurierdrohne schicken, die Sie haben. Auf meinen persönlichen Befehl.«

»Sofort erledigen«, brummte Kapitän Ubikwe.

»Aye, Kapitän.« Unverzüglich ging Cray an die Arbeit.

Dolph besah sich die Anzeigen, beugte sich wieder ans Interkom-Mikrofon.

»Hargin«, rief er, »wir stellen gleich die Eigenrotation ein. Statt dessen erfolgt longitudinale Ein-Ge-Beschleunigung. Dadurch dürfte Ihnen die Brandbekämpfung etwas erleichtert werden.« Dann konnten Stovals Brandbekämpfungskräfte die Füße aufsetzen und dem Boden vertrauen, auf dem sie standen. »Machen Sie sich darauf gefaßt.«

»Verstanden, Kapitän«, gab Stoval zur Antwort. Inzwischen hatte seine Stimme den hohlen Klang, wie ihn das Innere eines Raumhelms erzeugte. »Wir verlegen gerade die Schläuche. Jeden Moment sind wir soweit. Richten Sie

Bydell aus, Sie möchte auf meinen Hinweis die Pumpen in Betrieb nehmen. So dicht am Feuer versengen wir die EA-Anzüge. Wir können uns keine Bummelei erlauben.«

»Haben Sie's gehört, Bydell?« fragte Kapitän Ubikwe.

Vor Anspannung hatte die Datensysteme-Offizierin verkniffene Gesichtszüge. Ihre Hände flitzten und stoben über die Tastatur. »Aye, Sir.«

»Wir halten uns bereit, Hargin«, sagte Dolph ins Mikrofon. »Die Pumpen stehen unter Hochdruck. Wir schicken das Plasma so schnell durch, wie die Düsen spritzen.«

Unentwegt erteilte er weitere Befehle; aber Min hörte nicht mehr zu. Sie beobachtete, wie auf dem Hauptbildschirm das Ortungsecho des Amnion-Kriegsschiffs an Entfernung gewann. Der Amnioni raste davon, als wollte er niemals bremsen.

Doch ebenso wie Ubikwe wußte Min es besser.

Eine Defensiveinheit der Behemoth-Klasse, bewaffnet mit einem Superlicht-Protonengeschütz. Auf der Jagd nach der *Posaune*.

Unzweifelhaft eine Kriegshandlung.

Schadhaft infolge von sechs Monaten anhaltender Gefechte im Valdor-System, beeinträchtigt durch Drallverschiebung, blind im Erfassungswinkel einer kompletten Sensorgruppe und nun gefährdet durch ein dermaßen heißes Feuer, das es sie auszubrennen drohte, flog die *Rächer* ihrem schwersten Kampf entgegen.

MORN

Allmähliche Zerrüttung der Nerven beschlich Morn: sie konnte es spüren. Der Tatendrang und die Erbitterung, die ihr lang als Stütze gedient hatten, schwanden dahin, verflogen. Ihre Zonenimplantat-Entzugserscheinungen zermürbten sie so stark, wie schon das erste Erschrecken, als sie den Rückhalt des Z-Implantats verlor, sie verstört hatte, nur langsamer. Die Erleichterung darüber, daß es Vector gelungen war, Ciro zu helfen, hatte sie zusätzlich ausgelaugt und geschwächt. Jetzt schien ausschließlich noch Grauen ihr durch Mark und Bein zu kriechen.

Grauen vor dem, was Nick an dem Schwarzlabor verbrochen hatte. Vor der zerstörerischen Verrücktheit, die ihn dahin getrieben hatte, von Bord des Raumschiffs zu gehen, um sich im EA-Anzug der *Sturmvogel* entgegenzustellen. Vor Sibs Bereitschaft, ihn zu begleiten.

Vor der Tatsache, daß das, was Nick tat, bei Davies einen vernünftigen Eindruck hinterließ ...

Soviel ich weiß, bin ich Bryony Hylands Tochter. Die Tochter, die sie hatte, ehe du deine Seele für ein Zonenimplantat verkauft hast.

Ach, Davies, mein Junge. Was geht in dir vor?

Habe ich dich das gelehrt? Hast du es von mir gelernt?

Ist es ein Teil meiner selbst?

Vielleicht war es so. Doch falls ja, war diese Eigenschaft ihr abhanden gekommen, als zum erstenmal das Hyperspatium-Syndrom sie befiel, die Klimax und Apotheosis ihres alten Selbstgrolls.

Weniger als jeder andere konnte sie sich Vergeltung herausnehmen.

Vor wenigen Minuten war Davies von der Luftschleuse zurückgekehrt. Ohne sie oder jemand anderes eines Blicks zu würdigen, hatte er im Sessel des Ersten Offiziers Platz genommen und sich angeschnallt. Sein Gesicht zeigte nichts als Verschlossenheit, es war aus Mißmut finster, wie man es von seinem Vater kannte, jedoch im Ausdruck nicht so durchschaubar. Er hatte sich hinter Grenzen zurückgezogen, die Morn nicht überwinden konnte; unterdrückte oder bezähmte sein nahezu hysterisches Verlangen, die *Sturmvogel* anzugreifen. Seine Hände bearbeiteten die Tastatur vehement, aber gleichmäßig; er tippte die Befehle mit brutaler Präzision ein.

»Fühlst du dich jetzt wohler?« hatte Angus sich in gleichmütigem Ton erkundigt.

Davies hatte ihm eine Antwort versagt.

Auf einem Monitor ließ sich anhand von Statusindikatoren ersehen, daß er computerisierte Diagnosen der Waffensysteme durchführte, sich dessen vergewisserte, daß die Bordartillerie der *Posaune* voll aufgeladen war, rundum funktionierte.

Er kam mit der Zielerfassung und -verfolgung weniger gut als Angus zurecht. Menschliche Verzweiflung oder Leidenschaft schnitten im Vergleich mit Angus' Mikroprozessorreflexen schlecht ab. Trotzdem vermittelte sein Gebaren an der Waffenkonsole Morn den Eindruck, daß er alle Bereitschaft hegte, so rücksichtslos und blutrünstig wie sein Vater zu handeln.

Erst vor kurzer Zeit, höchstens ein, zwei Stunden, hatte Morn maßgebliche Entscheidungen getroffen, zu denen sie stand. Aber jetzt vermochte sie kaum noch den Kopf hochzuhalten. Zur gleichen Zeit, als sie sich für sich selbst zu schämen lernte, hatte sie den Wunsch nach Rache an der *Liquidator* entwickelt, und auf die gleiche Weise. Als Kind war durch die insgeheime Untreue zur Berufung ihrer Eltern ihr Selbstwertgefühl untergraben, ihr später wegen des Tods ihrer Mutter Schuldgefühle eingeflößt worden. Und seitdem hatte dieser Makel im innersten

Kern ihrer Überzeugungen alles zunichte gemacht, was sie anfing.

Jetzt war die alte Scham in neuem Gewand wieder da.

Soviel ich weiß, bin ich Bryony Hylands Tochter.

Sie sah keinen Ausweg. Sogar nach allem, was sie getan und erduldet hatte, holte die Logik ihres Syndroms sie unverändert ein.

Und sie war nutzlos. Sie konnte Vector nicht bei der Arbeit helfen. Ebensowenig war sie dazu in der Verfassung, eine der Konsolen zu übernehmen. Es mußte mit einem Gefecht gerechnet werden, mit überstürzten Manövern und hoher G-Belastung. Doch sobald die *Posaune* den Kampf auszutragen hatte, blieb Morn nichts anderes übrig, als ihre Kabine aufzusuchen und sich mit Kat zu betäuben, passiv im Anti-G-Kokon zu liegen, während andere Menschen darüber entschieden, ob das Raumschiff die Konfrontation überdauerte oder seine Vernichtung erfolgte.

So nutzlos wie Nick in Fesseln ...

Kaum dachte sie an Nick, wurde ihr wieder zum Weinen zumute. Auch wenn sie Nick nicht begriff, verstand sie doch allzu gut die inneren Zwänge, die Sib dazu bewogen hatten, ihn zu begleiten.

Was den Rest betraf ...

Ich begreife ihn, hatte Davies aufbegehrt, *ich verstehe ihn besser als du. Ich erinnere mich an alles, an das du dich erinnerst. Und ich bin ein Mann, egal was das heißt. Ich weiß, was er machen wird. Er muß es unbedingt tun.*

Mit unbedingten Festlegungen kannte Morn sich aus. Sie hatte sich selbst zu dergleichen verstiegen und war dadurch zu Extremen getrieben worden, die sie noch vor Wochen als unvorstellbar erachtet hätte. Dennoch weigerte sich ihr Gemüt, Nicks schrankenlose Gier nach Vergeltung an Sorus Chatelaine nachzuvollziehen.

Wieviel Zeit blieb ihr? Wie lange mochte es noch dauern, bis die Umstände sie nötigten, in ihre Kabine zu gehen und sich hinter einem Medikament zu verstecken?

Glaubst du wirklich, es sei vorzuziehen, *ihn hier herumhängen zu lassen wie einen Rollbraten?*

Im Moment hatte sie das Empfinden, es sei der jetzigen Lage vorzuziehen, sich den Lauf einer Impacter-Pistole in den Mund zu schieben und abzudrücken.

»Das war's«, brummelte plötzlich Angus. »Wir empfangen sie nicht mehr. Sib und Scheißkapitän Schluckorso sind außer Reichweite. Wenn Succorso den Tod sucht, hat er nun dazu die beste Gelegenheit.«

Morn beobachtete ihn. Er kauerte geduckt wie eine Kröte an seiner Konsole, Miene und Gesten zeugten von äußerster Konzentration. Noch immer hatte er sich nicht die Mühe gemacht, die Bordmontur wieder über die Schultern zu streifen. Morn konnte seine Tonnenbrust nur zu gut sehen, erinnerte sich zu genau daran: an das schwarze Dreieck aus Behaarung, das sein Brustbein wie eine Zielmarkierung bedeckte; seine helle, stets schweißige Haut. Und dennoch hatte er sich in irgendeiner Hinsicht verändert, unterschied sich, wenn auch nur in kaum merklichem Umfang, von dem Schlächter und Vergewaltiger, den sie kennengelernt hatte. Und genausowenig glich er noch dem verbissen-grimmigen Maschinenmenschen, der sie auf Thanatos Minor aus den Klauen der Amnion befreit hatte. Nach ihrer Erlaubnis, seinen Data-Nukleus frisieren zu dürfen, hatten sich in seinem Innenleben wesentliche Wandlungen angebahnt. Diese außerordentliche Konzentriertheit wirkte so geballt wie seine frühere Bosheit und Roheit; doch sie hatte neue Inhalte und Bedeutungen.

Morn dachte über Möglichkeiten nach, um ihn auszuforschen; zu klären, was diese Änderungen seiner Natur besagten. »Kehren wir wirklich um«, wandte sie sich an ihn, drehte den Monitoren den Rücken zu, »und holen Sib an Bord?«

Oder haben wir ihn nur in den Tod geschickt, damit du Nick loswerden kannst?

Angus' Finger verharrten an der Steuerungstastatur. Langsam hob er die gelblichen Augen und erwiderte Morns

Blick. Sie sah darin Andeutungen der Begierde; hinter seiner Selbstsicherheit und Zweckgerichtetheit Anzeichen des Kummers. *Was willst du?* hatte sie ihn gefragt, bevor die *Posaune* den Bannkosmos verließ. *Ich will dich*, hatte er geantwortet. Und sie darauf entgegnet: *Lieber verwandle ich mich in einen Brocken geistlosen Fleischs.* Doch seine Reaktion war für sie eine Überraschung gewesen.

Er hatte fast erleichtert ausgesehen. Als hätte ihr Widerwille ihm eine Schwäche erspart, die er sich nicht leisten durfte.

Jetzt verstand sie, daß er immer seine Freiheit stärker gewünscht hatte, als es ihn nach ihr gelüstete. Soweit sie ihm überhaupt über den Weg trauen konnte, war es der Fall, weil sie ihm die Chance gewährt hatte, sich von den Ketten der Prioritätscodes zu befreien.

Am Technikkontrollpult hob Vector den Kopf, damit ihm Angus' Antwort nicht entging. Davies hingegen war nicht anzumerken, ob er Morns Frage gehört hatte.

Angus musterte Morn; dann zuckte er die Achseln. »Wenn wir die Gelegenheit haben, ja. Warum nicht? Ihm ist's zu verdanken, daß ich endlich Succorso vom Hals habe. Das ist 'n Verdienst. Und wenn er so irre ist, könnte er uns vielleicht noch mal von Nutzen sein.«

Er hielt Morns Blick stand, als ob seine Augen nie zwinkerten.

»Alles übrige ist dir einerlei?« fragte Morn. »Als Mensch zählt Sib gar nicht für dich?«

»Ich sage dir, was für mich zählt.« Angus ballte die Faust und tappte damit etliche Male sachte gegen den Rand der Konsole. Darüber hinaus jedoch zeigte er keine emotionale Regung. Zonenimplantate garantierten ihm Kaltschnäuzigkeit. »Für mich zählt der Grund, warum du Scheißkapitän Schluckorso nicht aussteigen lassen wolltest.«

Morn runzelte die Stirn. Auf was zielte er ab?

»Du hast mir das Herz gebrochen«, warf Angus ihr barsch vor. »Weißt du das überhaupt? Immer hast du's auf ihn abgesehen gehabt. Du hast auf 'n ersten Blick 'n Auge auf ihn geworfen gehabt, damals bei Mallory.« Während des Sprechens wurde seine Stimme hörbar kehliger. »Ich wäre für dich zu morden bereit gewesen, hättest du mich ein einziges Mal so wie ihn angeschaut. Zum Henker noch mal, ich hätte jeden in der ganzen verdammten Station abgemurkst.« Sein Mund zuckte. »Hättest du mich jemals so angeschaut wie ihn, wäre dir von mir kein Härchen mehr gekrümmt worden. Ist es das, was jetzt mit dir passiert?«

Die Frage entrang sich ihm mit der Plötzlichkeit eines Aufschreis. »Läßt du jetzt hier vor meinen Augen die Nase hängen, weil du daran denkst, daß du ihn nie wiedersiehst?«

Damit schockierte er sie. Zu unvermutet, als daß sie sich hätte beherrschen können, geriet sie in helle Rage, entzündete sich der dürftige Zunder ihrer Seele zu flammendem Widerspruch. Zuviel Leid hatte er ihr zugefügt, zu lange, viel zu lange, so daß sie geglaubt hatte, er richtete sie ganz und gar zugrunde. Ein Weh so heiß wie Schmelzmasse durchgloste sie.

»Auf ihn *abgesehen?*« schrie sie in sein aufgedunsenes Gesicht und seine gelblichen Augen. »Du glaubst, ich hätt's auf ihn *abgesehen* gehabt? Hältst du mich für *ausgerastet?* Ich hatte *nie* ein Auge auf ihn geworfen. Der *Tod* wäre mir lieber gewesen!«

Bei ihrem Auffahren ruckte Vector im Sessel herum, und sogar Davies hob den Blick, starrte herüber. Aber sie achtete nicht auf die beiden.

»Ich hatte es auf nichts anderes *abgesehen*«, schleuderte sie Angus entgegen, als wären ihre Worte Messer, die ihn verletzen konnten, »ich wollte *nie* etwas anderes als irgend jemanden, der mir dabei hilft, *dir zu entkommen!*«

Schlagartig verstummte sie. Angus schockierte sie ein zweites Mal. Statt fortzuschauen oder zurückzuschrecken – oder seinerseits eine wütende Antwort zu geben –, betrachtete er sie lediglich, und währenddessen breitete sich auf seiner Visage ein Grinsen aus, als ginge dank ihrer Äußerungen in seinem Herzen die Sonne auf.

»Ist das wahr?« fragte er erstaunt. »Ist das dein Ernst?«

»Männer waren für mich 'n Anlaß zum Kotzen geworden«, stieß Morn hervor, als erbräche sie bittere Säure. »Alles Männliche hat mich angeekelt. Aber Nick war der einzige Kerl, der den Eindruck erweckte, als hätte er gegen dich eine Chance.«

Angus grinste weiter. Langsam verfiel er in Gekicher, das sich anhörte wie eine unzulänglich justierte Turbine.

»Scheiße, Morn. Wäre mir das klar gewesen, hätte ich nicht soviel Zeit damit vergeudet, mir zu wünschen, daß er verreckt.«

Das war zuviel für sie. Abscheu wühlte sie auf, durchwallte sie, so frisch wie zu der Zeit, als er sie zum erstenmal erniedrigt hatte. Am liebsten hätte sie ihm bei lebendigem Leibe die Haut abgezogen, sich blutig für das Elend, das er ihr zugemutet hatte, schadlos gehalten.

»Natürlich.« Sie bemühte sich darum, ihrer Stimme einen gehässigen Ton zu verleihen, um ihn nicht weniger zu kränken, als er ihr an Kränkung zumutete. »*Natürlich*, du Scheißkerl. *Dir* ist es gleich, was aus Sib wird. *Dich* schert es nicht, was für ein Typ Nick war. *Dich* kümmert's nicht, wem er was und wie angetan hat oder welche Folgen es hatte. *Du* interessierst dich nur für deine Einbildung, ich hätte es statt auf dich auf ihn *abgesehen* gehabt.«

Angus schüttelte den Kopf. Allmählich versiegte seine abartige Erheiterung; die Beglückung wich aus seiner Miene. Morns Vorhaltungen mußten ihn getroffen haben. »Vielleicht ist es wahr«, gestand er zu. Allerdings hatte es den Anschein, als schmerzte ihn diese Einlassung. Morns heftige Kritik weckte wieder seinen gewohnten Ingrimm. »Aber es kann sein, es ist längst unerheblich. Inzwischen bin ich eine Maschine.«

Seine Stimme hatte die vorherige, alte Grobheit zurückerlangt. »Eine scheißige, elende Maschine. Mehr nicht. Warden Dios befiehlt mir, was ich tun soll, und ich tu's. Ab und zu zieht er die Drähte. Manchmal darf ich eigene Entschlüsse fassen. Öfters kann ich das eine nicht vom anderen unterscheiden. Zum Teufel, was *erwartest* du denn, worum ich mich noch scheren soll?«

»Du bist ungerecht zu ihm«, mischte Davies sich unvermutet ein. Trotz seiner Jugend klang seine Stimme so streng, wie Morn es von ihrem Vater, wenn durch ihn ein Verweis ausgesprochen worden war, in Erinnerung hatte. »Er hat dich bei den Amnion rausgehauen. Und seitdem steht er auf unserer Seite. Soweit Nick es zuließ. Ohne ihn wären wir alle tot. Was willst du denn mehr?«

Wutentbrannt wirbelte Morn zu ihrem Sohn herum. Er hatte zu große Ähnlichkeit mit Angus, zu männlich war er und zu kriegerisch: er hatte kein Recht, ihr irgend etwas vorzuwerfen.

»›Bryony Hylands Tochter‹«, zitierte sie ihn in schneidendem Ton. »›Die Tochter, die sie hatte‹, bevor ich meine Seele den Amnion verkauft habe ... Das Unschuldslamm.« Die Tochter, die Nick Succorso und die *Sturmvogel* dermaßen haßte, daß sie deswegen Sib Mackern in den Tod gehen ließ. »Ich will, daß du dir darüber Gedanken machst, was du anstellst. Ich will, daß du dich vorher fragst, welchen Preis es fordert.«

Anscheinend blieb Davies unbeeindruckt. Er schrie nicht, legte es auf kein Wortgefecht an; er hob nicht einmal die Stimme. »Du hast keine Ahnung, welchen Preis es mich kostet.«

Morn vermochte nicht zurückzustecken: zu gewaltig war ihr Zorn. »Ich werde dir sagen, wovon ich keine Ahnung habe. Ich habe keine Ahnung, wieso du eigentlich soviel Selbstmitleid mit dir hast. Und ich möchte es auch gar nicht wissen. Es interessiert mich nicht. Ob dir's paßt oder nicht, dein Leben verdankst du mir. Und seither habe ich dich am Leben gehalten.« Angus hatte Davies nur befreit, um ihn bei den Amnion gegen sie einzutauschen. »Wenn du nicht darüber reden magst, was dich so wurmt, dann unterlaß es wenigstens, mir Vorschriften zu machen!«

Damit brachte sie ihn auf. In plötzlicher, äußerster Erbitterung drehte er sich ihr zu, in der Miene einen Ausdruck, der finsterster Haß hätte sein können. »Ich habe meinen Vater getötet!« schrie er, indem er sich gegen die Gurte stemmte. »Meine ganze Familie hab ich ausgerottet! Das Universum hat zu mir gesprochen, und ich habe ihm gehorcht. Mit eigener Hand habe ich's getan. Und dabei *bin nicht einmal ich es gewesen!* Ich *existiere* gar nicht. Ich bin bloß dein Abklatsch!«

Dann sank seine Stimme zu einem gedämpften Knurren herab. »Ich muß die Sorte Polizist werden, die du hättest sein sollen. Und du hast keine Ahnung« – er wiederholte die Behauptung –, »welchen Preis es mich kostet.«

So wirksam wie Löschschaum erstickte er Morns glühende Erregung, ihr Verlangen nach Angus' Blut verflog. Er hatte recht: sie ahnte nicht im geringsten, was es ihm abrang. Und sie wußte nicht, was Hashi Lebwohl und die VMKP-DA Angus zugefügt hatte; keine Vorstellung davon, wie sehr er dabei gelitten haben mochte. Sie beide, weder Davies noch Angus, hatten ihre selbstgerechte Entrüstung verdient.

Doch ohne sie blieb ihr nichts anderes als Scham.

»Ihr habt recht.« Sie konnte Davies nicht mehr in die Augen blicken; und genausowenig Angus. »Es tut mir leid. Der Entzug hat schuld ... Ich weiß nicht, wie ich ihn aushalten soll.«

»Hör mal«, sagte Vector gelassen, »vielleicht können wir eine Kat-Dosierung herausfinden, die dich schützt, ohne daß du schläfst. Wenn wir richtig titrieren.«

Morn schwieg dazu. Sie meinte den Entzug der künstlichen Stimulation durch das Zonenimplantat. Gleichzeitig aber auch den Entzug der Fähigkeit, ihre Grenzen zu überschreiten, sich über ihre Mängel zu erheben; und gegen diesen Verlust half kein Medikament.

Angus kreuzte durch den Asteroidenschwarm, so ruhig es sich durchführen ließ. Anhand der von Beckmann gelieferten Karte, den von der Kommunikationszentrale übermittelten Flugdaten und den weitreichenden Sensoren der

Posaune fand er Wege durch die Wirrnis des Gesteins, die keine hastigen Kursänderungen erforderten, keine überstürzten Ausweichmanöver. Mit relativ sanftem Schub schwenkte der Interspatium-Scout mal zur einen, mal zur anderen Seite, flog zum dichten Innenbereich des Asteroidenschwarms hinaus.

G zog Morn in jede erdenkliche Richtung. Ihre Füße schwebten vom Deck empor; langsam bog ihr Körper sich nach dieser oder jener Richtung. Doch der Andruck bedeutete für sie keine Bedrohung. Sie hatte eine Hand am G-Haltegriff und behielt so ihre Bewegungen genügend in der Gewalt, um nicht gegen ein Schott zu prallen.

Angus hätte sie zu ihrer Sicherheit von der Brücke schicken können; oder um die *Posaune* vor dem zu schützen, was sie womöglich tat, wenn das Hyperspatium-Syndrom sie befiel. Statt dessen beugte er auf andere Weise dagegen vor. Unter diesen Umständen durfte sie es sich erlauben, noch eine Zeitlang zu warten.

In vergleichbarer Art, wie sie sich an den Haltegriff klammerte, so krallte sie sich geistig an die Brücke, benutzte ihre Gegenwart am Mittelpunkt der Entscheidungen und des Handelns, um sich der Drangsal zu erwehren, die ihr Herz mit Beklommenheit erfüllte.

Am Kontrollpult des Ersten Offiziers betätigte Davies sich wie ein Besessener, übte und verbesserte seine Bedienung der Waffensysteme des Interspatium-Scouts.

Ohne ein einziges Mal von dem Haltegriff abzulassen, besah sich Morn die Daten, die er auf die Monitoren projizierte, und bei dieser Gelegenheit fühlte sie sich von der Vielseitigkeit und Machtfülle der Waffen überwältigt, mit denen man die *Posaune* ausgerüstet hatte. Das Raumschiff war ein Interspatium-Scout: Nach den offiziellen Registrierungsdaten galt er als völlig unbewaffnet. Auf jeden Fall hätte er zu klein für schwere Geschütze sein müssen. Doch offenbar hatten die Wissenschaftler der VMKP Wunder der Miniaturisierung vollbracht. Die Bewaffnung der *Posaune* konnte über weitere Entfernungen hinweg größere Schäden anrichten, als Morn es als möglich erachtet hätte.

Mit Lasern war die *Posaune* nicht ausgestattet. Sie waren ohnehin problematische Waffen; elektromagnetische Schwankungen sowie das Manövrieren und die Energiefluktuationen des Raumschiffs, das sie einsetzte, beeinträchtigten regelmäßig ihre Effektivität. Gefechtsbedingungen erschwerten der menschlichen Technik jede Kohärenz. Aber der Interspatium-Scout verfügte über genug andersartige Waffen, die das Fehlen von Laserkanonen wettmachten.

Für den Kampf bei geringem Abstand hatte er Impacter-Kanonen; für Gefechte bei größerer Distanz hatte er eine Materiekanone, Statik-Minen und Plasmatorpedos zur Verfügung. Am bemerkenswertesten war jedoch, daß er auch Singularitätsgranaten mitführte: eine so schwierig anwendbare und derartig gefährliche Waffe, daß Morns Instruktoren an der Polizeiakademie ihren praktischen Nutzen als minimal eingestuft hatten. Theoretisch schufen sie unter geeigneten Voraussetzungen bei der Detonation ein Schwarzes Loch, eine winzige Massekonzentration von solcher Dichte, daß ihre Schwerkraft alles anzog, was sich innerhalb des Ereignishorizonts befand. In der Praxis ergaben sich indessen kaum jemals entsprechende Bedingungen. Nur dann erzeugte eine Singularitätsgranate ein Schwarzes Loch, wenn in unmittelbarer Nähe ein ausreichendes Quantum fremder Energie vorhanden war, zum Beispiel, wenn sie in einer laufenden Antriebsdüse explodierte. Ohne die Zufuhr zusätzlicher Energie entstand eine lediglich so unbedeutende Singularität, daß sie sich selbst aufzehrte und verschwand, ehe sie Schaden anrichten konnte.

Die Tatsache, daß Hashi Lebwohl – oder Warden Dios – es als angebracht gesehen hatte, der *Posaune* Singularitätsgranaten auf den Flug mitzugeben, verursachte Morn ein dermaßen starkes Zittern, daß sich die Muskeln ihres Unterbauchs zusammenkrampften.

Sie hatten unterstellt, daß der Interspatium-Scout

Kämpfe um Sein oder Nichtsein durchfechten mußte. Voraussichtlich allein und wahrscheinlich gegen immense Widrigkeiten.

Welche konkreten Erwartungen hatten sie sich darüber hinaus in den Kopf gesetzt?

»Fertig«, konstatierte auf einmal Vector. Die Lebhaftigkeit seines Tonfalls verriet Genugtuung und Eifer. »Ich kopiere den Text der Kommandokonsole«, sagte er zu Angus. »Du kannst mit dem Senden anfangen, wann's dir recht ist.« Er leitete den Kopiervorgang ein.

»Falls wir dazu überhaupt noch 'ne Gelegenheit kriegen«, fügte er hinzu. »Ich hoff's natürlich. Das ganze Gerede übers Unschädlichmachen der *Sturmvogel*, damit wir uns nicht blamieren, ist ja schön und gut« – anzüglich sah er Davies an, der ihn jedoch nicht beachtete –, »aber diese Bekanntmachung ist eine wirksamere Waffe als jede Kanone.«

Morn nickte matt. Er hatte recht: seine Informationen über das Antimutagen der VMKP-DA waren das Wichtigste, was die *Posaune* an Bord hatte. Letzten Endes zählte es mehr, daß sie den Enthüllungstext sendeten, als die Frage, ob das Raumschiff die Gefahren überstand oder man es vernichtete; ob sie Angus vertrauen durften, ob Morn oder Davies ihre Seele verschachert hatten; oder ob Sib Mackern starb.

In dem Moment, wenn die Daten irgend jemanden erreichten, der sie verstand und weiterverbreiten konnte, nahm der gesamte, verschlungene Komplex der allumspannenden Intrigen und Hegemoniebestrebungen, die Menschheit und Amnion gegeneinander betrieben, einen gänzlich anderen Charakter an.

Möglicherweise stürzte Warden Dios von seinem Posten. Eventuell brach die VMKP insgesamt auseinander. Sogar Holt Fasners Stuhl mochte wanken. Und die Amnion erlitten einen Schlag, der sie vielleicht dazu zwang, den Zustand des unerklärten Kriegs zu beenden, entweder indem sie die Hörner einzogen, solange sie noch die Chance hatten, oder zum offenen Krieg übergingen.

Ganz gleichgültig, was geschah, wie hoch der Preis auch ausfiel, die *Posaune* mußte Vectors Enthüllung in den Kosmos hinausfunken.

»Ich hab ihn«, stellte Angus fest, sobald seine Kommandokonsole den Text kopiert hatte. »Wir senden, wenn wir den Asteroidenschwarm verlassen haben. In alle Richtungen, als wär's 'n Notruf. Schließlich wird jeder Empfänger im Valdor-System ihn auffangen.« Er fletschte die Zähne. »Dadurch erfahren diejenigen, die sich uns querlegen wollen, daß sie schon verloren haben. Und nun verzieh dich von der Brücke.«

Vector schnitt eine Miene, als wäre er von Angus beleidigt worden.

»Dein Platz ist bei einem Gefecht nicht der günstigste Aufenthaltsort«, erklärte Angus. »Falls ich plötzlich mit jeder Menge Ge beschleunigen muß, bist du in derselben Sekunde platt wie 'n Pfannkuchen. Und die Konsole geht dabei wahrscheinlich auch kaputt. Also geh und schnall dich in die Koje.«

»Ach so, ja«, meinte Vector, als er Angus' Darlegungen einsah. »Natürlich.« Er nickte. Mit Gebärden, als hätte er Schmerzen, wäre im Verlauf des Arbeitens die Arthritis in seinen Gelenken akuter geworden, öffnete er den Gurt, trieb aus dem Sessel in die Höhe.

Doch statt zum Ausgang schwebte er hinüber zu Angus' Kommandokonsole. Dort verschaffte er sich Halt an der Armlehne des Kapitänssessels. »Ich hätte nie gedacht, daß ich einmal so rede«, sagte er in müdem Ton, »aber ich vermisse die Zeit, als ich noch auf der Brücke bleiben konnte.« Er schaute nicht Angus, sondern die Displays an. »Wenn ich schon im All sterben muß, würde ich's lieber kommen sehen, Gott weiß warum. Kann sein, ich hoffe, daß mir im letzten Moment noch Absolution zuteil wird.« Er schmunzelte verzerrt. »Ich möchte ungern zu früh bereuen. Informierst du uns darüber, was sich abspielt?«

Sein Blick war auf Morn gefallen, doch sicherlich galt seine Frage Angus. »Ich nehme an, Mikka ist auch daran interessiert zu hören, was passiert. Ich jedenfalls möchte Bescheid wissen.«

»Falls ich Zeit habe«, entgegnete Angus ungeduldig. »Und nun zieh Leine.«

Vector seufzte und zuckte die Achseln. »Na gut.«

Er stieß sich von Angus' Andrucksessel ab und schwebte zur Konnexblende. Im nächsten Moment hangelte er sich am Geländer des Aufgangs empor und entschwand außer Sicht.

Ihn so die Brücke verlassen zu sehen, allein und ohne ein Wort des Lobs, machte Morn traurig. Er hatte soviel erreicht und dafür wenig erhalten. Egal bei welchen Verbrechen er Nick geholfen hatte, er bedurfte keiner Absolution mehr; wenigstens nicht, was Morn anbelangte. Er hatte etwas Besseres getan, als zu bereuen.

»Er hätte bleiben können«, bemerkte sie halblaut. »Es hätte uns nicht überfordert, ihm ein bißchen Gesellschaft zu leisten.«

»Nein, er konnte nicht bleiben«, widersprach Angus unwirsch, konzentrierte sich aufs Kommandopult und die Monitoren. »Und du solltest auch gehen. Hier bist du nicht sicher.«

Sein Ton schreckte sie auf wie eine Drohung, steigerte sie augenblicklich in eine panikartige Anwandlung hinein. Vor Beunruhigung wurde ihr heiß. Er meinte etwas Bestimmtes, hatte irgend etwas beobachtet ...

»Was ist denn los?«

»Ich habe da ein Scanningecho.« Angus' Finger trippelten wie Spinnenbeine über die Tastatur, er versuchte Bilddarstellungen zu schärfen, Daten zu präzisieren. »Wenn's kein Geisterecho ist, keine Fehlmessung, muß in der Umgebung noch 'n weiteres Raumschiff sein.«

Davies klammerte die Fäuste an die Kanten seiner Konsole. »Ist es die *Sturmvogel*? Hat sie so schnell aufgeholt?«

»Es ist 'n Echo«, antwortete Angus verdrossen. »'ne Emissionssignatur hab ich nicht, verdammt noch mal.«

Als nächstes maulte er Morn an. »Hau von der Brücke ab,

das ist mein Ernst! Ich habe schon erlebt, wie du dich bei hoher G-Belastung benimmst. So was will ich kein zweites Mal mitmachen.«

Wie in Panik, als wäre sie gehorsam, stieß Morn sich vom Schott in die Richtung der Konnexblende ab. Aber vom Geländer des Aufgangs aus beförderte sie sich in Gegenrichtung und schwebte hinter Angus' Kommandosessel.

Ob das Raumschiff die Gefahren überstand oder man es vernichtete...

Sie hatte nicht die Absicht, die Brücke zu verlassen, es sei denn, Angus warf sie gewaltsam hinaus.

»Du vergeudest zuviel Zeit mit der Bordartillerie«, rügte er Davies. »Kümmere dich um unsere Abschirmung.« Die *Posaune* hatte zu ihrem Schutz eine glasierte Beschichtung, um Laserstrahlen zu deflektieren, Kraftfeld-Projektoren zum Absorbieren von Impacter-Beschuß sowie Partikelkollektoren zur Abwehr von Materiekanonen-Treffern. »Die Astro-Schnäpper experimentieren mit Dispersionsfeldern. Könnten gegen 'ne Materiekanone effizienter sein. Da.«

Er drückte Tasten, leitete Daten auf Davies' Monitor.

»Sie kommen aber nicht automatisch zum Einsatz. Wenn sie aktiviert sind, dürfen wir nämlich selbst auch nicht schießen. Du mußt also wachsam sein.«

Davies starrte auf den Bildschirm, nahm die neuen Informationen zur Kenntnis. »Alles klar«, sagte er gedämpft. »Ich befasse mich damit.«

Ganz beiläufig empfand Morn Staunen. Ein Dispersionsfeld war eine elegante Sache: Man projizierte eine energetische Welle, die den Strahl der Materiekanone auflöste, bevor er dem Ziel Materie extrahieren konnte, ihm die Wirkungskraft raubte. Aber wie Angus gesagt hatte, verhielt es sich so, daß die *Posaune* keine ihrer Bordwaffen benutzen durfte, während das Dispersionsfeld aktiv war; der daraus resultierende Bosonenverlust wäre katastrophal.

Im übrigen bewahrte sie lediglich Halt an der Rücklehne von Angus' Kommandosessel, als kniete sie in einem Betstuhl.

Über seine Schulter hinweg sah sie die Anzeigen, verfolgte sie seine Bemühungen zur Identifizierung des Scanningsechos. Er war schnell – guter Gott, und *wie* schnell. Noch nie hatte sie irgend jemand eine Computerkonsole mit derartig rasanter Schnelligkeit bedienen sehen. In gewisser Hinsicht war er *tatsächlich* eine Maschine: ein fast integrales Modul des Raumschiffs.

Unter seinen Fingern formte das undifferenzierte, diffuse Echo sich ununterbrochen um, stellte sich immerzu anders dar. Trotzdem war es zu stetig, um ein Geisterecho zu sein. Die Bedingungen, unter denen inmitten der Statik des Asteroidenschwarms ein Geisterecho entstehen konnte, traten nur in geringem, flüchtigem Umfang auf: Ein falsches Echo wäre so plötzlich, wie es auftauchte, auch verschwunden.

»Allmählich krieg ich 'n Profil.« Angus redete wie im Selbstgespräch. »Sieht nicht nach der *Sturmvogel* aus. Ist kleiner. Verdammte Statik ... Kommt mir irgendwie bekannt vor. Scheiße, fast hätte ich ...«

Bekannt? Konnte es die *Rächer* sein? Wahrscheinlich nicht; daß das Raumschiff kleiner als die *Sturmvogel* war, sprach dagegen.

Morn vermochte nicht mehr zu schweigen. »Wenn es nicht die *Sturmvogel* ist« – sie mußte es einfach sagen –, »hat es vielleicht gegen uns keine feindlichen Absichten.«

»Das ist doch naiv«, schnob Davies, ohne Morn anzublicken. »Egal welches Raumschiff es ist, es muß 'n Illegaler sein. Hier fliegt niemand anderes rum. Und inzwischen muß man an Bord wissen, daß das Schwarzlabor nicht mehr existiert. Man wird annehmen, daß wir damit was zu tun haben. Deshalb wird man erst auf uns schießen und sich anschließend Gedanken über die Konsequenzen machen. Außerdem können wir nicht sicher sein, daß die *Sturmvogel* allein operiert.«

Immer mehr redete er wie sein Vater; entfremdete sich von Morn ... »Sorus Chatelaine hatte in Kassafort viele Freunde.«

»Ich habe dir doch gesagt«, raunzte Angus über die Schulter Morn an, »du sollst dich von der Brücke verdrücken.«

Aber er tat nichts, um seiner Aufforderung nachzuhelfen. Vielleicht ging er davon aus, daß sie endlich gehorchte. Mit dem Daumen aktivierte er die Interkom, schaltete auf allgemeine Durchsage. »Auf Gefecht einstellen. Jemand will uns an den Kragen.«

Wie lange mochte es noch dauern, bis sie die Randzone des Asteroidenschwarms erreichten? Auf einem der Bildschirme hatte Angus eine Navigationsschematik belassen. Der Darstellung zufolge brauchte die *Posaune* bis dahin noch mindestens eine Stunde Flugzeit. Allerdings könnte sie es früher schaffen – eventuell sogar erheblich früher –, wenn Angus beschleunigte; die Steuerung mit der gleichen nichtmenschlichen Geschwindigkeit und Präzision bediente, wie er die Analyse der Scanningdaten betrieb.

Angus, wollte Morn äußern, flieg schneller. Bring uns schleunigst zum Asteroidenschwarm hinaus. Wir müssen an einen Punkt des Weltraums gelangen, wo wir mit dem Senden anfangen können.

Doch die Worte blieben ihr im Hals stecken.

Im nächsten Moment heulten die Alarmsirenen des Raumschiffs. Auf einem Monitor erloschen die Anzeigen, neue Datenzufuhr verursachte einen Wirrwarr an Fragmenten, dann erschien ein anderes Bild; Informationen wanderten zu zügig über die Bildfläche, als daß Morn hätte mitlesen können.

»Da!« blaffte Angus. »Gottverdammt, diese Signatur ist mir doch schon begegnet.«

Endlich hatten die Scanninginstrumente deutlich ein anderes Raumschiff erfaßt, das zwischen den Gesteinsbrocken kreuzte.

Es kam hinter einem Steinklotz zum Vorschein, der so groß war, daß sich dahinter ein Schlachtschiff verstecken konnte. Die Manövrierdüsen glosten, während es beidrehte und Kurs auf die *Posaune* nahm. Obwohl es nicht die Abmessungen der *Sturmvogel* hatte, war es groß, übertraf die *Posaune* um mehrere Größenordnungen. Möglicherweise war es ein Handelsschiff, wahrscheinlicher jedoch ein Illegalen-Erzfrachter. Seine Emissionen drängten der Ortung Beweise eines hohen Energiepegels geradezu auf: der Pulsator-Antrieb war darauf vorbereitet, jederzeit hohen Schub zu erzeugen, die Bordartillerie aufgeladen.

Davies' Hände schlugen so wuchtig auf die Tastatur, daß sich seine Schultern wölbten und er mit dem Oberkörper gegen die Gurte fiel. Augenblicklich gab die *Posaune* eine volle Salve aus ihren Impacter-Kanonen und Materiekanonen ab.

Er hatte sich nicht die Zeit genommen, auf das Raumschiff zu zielen: die eigene Erpichtheit aufs Zuschlagen war ihm dabei in der Quere gewesen. Die Eruptionen der Impacter-Kanonen leckten am Rumpf des anderen Raumers entlang oder streiften es; die Materiekanone hingegen schoß weit vorbei.

Sofort verschwand das Raumschiff fast völlig aus der Ortung, weil Asteroiden zersprangen wie Splitterbomben, die Leere ihrer Zwischenräume mit Tonnen über Tonnen von Trümmern füllten, die kreuz und quer durchs gesamte Instrumentenspektrum sausten und trudelten.

Ein Bombardement aus Bruchgestein hagelte gegen die Abschirmung und auf den Rumpf der *Posaune*, daß es nur so donnerte. Von vorn bis hinten hallte ein Klingen durch den Interspatium-Scout, als wäre er ein Carillon.

In der folgenden Sekunde erbebte das Schiff, fiel das Scanning aus, als die Materiekanone des gegnerischen Raumschiffs es mit der Wucht einer Lawine traf.

Die Scanningdisplays knisterten und knatterten von Statik. Das Dröhnen überlasteten Metalls dröhnte durch den Rumpf. Alarmsirenen gellten, als johlten irre Bordgespenster. Angus hämmerte auf Tasten und manövrierte die *Posaune* aus dem Schußfeld, riß sie praktisch, indem er kräftig Schub gab, herum bis in Gegenrichtung, um Gestein zwischen den Interspatium-Scout und die Bordartillerie des Feindschiffs zu bringen.

Morn wußte, was er vollführte, obwohl sie ihn weder sehen noch hören konnte. Sie merkte es, weil ihre Füße vom Deck abhoben, das eigene Körpergewicht ihre Hände von der Rücklehne seines Kommandosessels löste, als hätte sie keinerlei Kräfte.

So hilflos, als wäre sie ein Korken, wirbelte sie durch die Luft und flog kopfüber aufs Steuerbordschott zu.

Sie zog den Kopf ein, buckelte die Schultern, drehte sich gerade noch rechtzeitig, um einen Schädelbruch zu vermeiden. Dennoch wumste ihre Masse mit voller Eigen-G ans Schott.

Der Anprall betäubte sie, rammte ihr den Atem aus den Lungen, trieb ihr das Blut aus dem Hirn. Sie schien aus sich selbst hinauszugleiten, als ob das Schott sie einsaugte.

Irgendwo nahebei hörte sie Davies schreien.

»Es klappt! Das Dispersionsfeld funktioniert.«

Kein Wunder, daß die Scanninginstrumente der *Posaune* nichts mehr orteten. Die Sensoren und Partikelanalysatoren maßen nur noch das wüste Chaos innerhalb des Strahls der Materiekanone.

Diese Signatur ist mir doch schon …

Da schwand Morn die Besinnung. Ihr entging, ob das andere Raumschiff noch einmal feuerte.

DARRIN

Darrin Scroyle betrachtete das Durcheinander, das sich auf den Scanning-Sichtschirmen abspielte; für einen Moment blieb er völlig reglos. Ringsum sperrte die Brückencrew vor Verblüffung und Bestürzung die Augen auf.

Die *Posaune* war nicht mehr zu erkennen, verschwunden in einem Ausbruch von Bosonen-Tohuwabohu. Bis die Sensoren wieder scannen konnten, blieb die *Freistaat Eden* quasi blind und taub, hätte geradesogut waffenlos sein können. Die Crewmitglieder an Scanning- und Datensysteme-Konsole mühten sich mit den Instrumenten und Programmen ab, versuchten den Partikelsturm zu durchdringen, doch er erwies sich als zu stark. Und als zu ungewöhnlich: Noch nie hatte die *Freistaat Eden* dergleichen erlebt.

Trotz des Emissionsdurcheinanders war Darrin jedoch der Überzeugung, den Interspatium-Scout nicht getroffen zu haben. Kein normaler Materiekanonen-Treffer hatte *derartige* Ergebnisse zur Folge. Wäre der Antrieb der *Posaune* explodiert oder das Raumschiff in seine Atome zerfallen, hätten die Computer der *Freistaat Eden* das Geschehen mühelos verstanden, die Verzerrungen ausgefiltert, um Resultate vorzulegen.

Der Interspatium-Scout war nicht mehr zu orten. Darrin konnte nicht einmal feststellen, ob er wenigstens einen Streifschuß abbekommen hatte.

Was im Namen des Universums ging hier vor?

»Wie haben sie denn *das* gemacht?« wunderte sich Alesha. Ein Anklang von Panik verlieh ihrer Stimme ungewohnte Schärfe. »Wir haben einen direkten Treffer erzielt, ich schwör's. Selbst wenn sie ein einziger fliegender Partikelkollektor wäre, müßte sie schwer genug erwischt worden sein, um jetzt Schrott zu sein.«

Darrin hob die Hand, um sie zum Schweigen zu veranlassen. Er brauchte jetzt Ruhe; brauchte sie zum Überlegen.

Alesha warf ihm einen ärgerlichen Blick zu, biß sich auf die Lippe; aber sie hielt den Mund.

Außer ihr wagte niemand ein Wort von sich zu geben.

Darrin kratzte sich die Brust, versuchte seine Verwirrung irgendwie zu verscheuchen und seine Gedanken zu ordnen.

Die *Posaune* hatte beinahe in derselben Sekunde das Feuer eröffnet, als sie auf den Scanning-Sichtschirmen der *Freistaat Eden* erschien – zu schnell, um eine herkömmliche Zielerfassung und -verfolgung vorzunehmen. Also hatte man an Bord gewußt, daß die *Freistaat Eden* in der Nähe kreuzte; der Waffensysteme-Verantwortliche mußte die Finger auf den Tasten gehabt haben, bereit zum sofortigen Abfeuern einer Salve gewesen sein.

Woher hatte man Bescheid gewußt?

Als Beckmanns Schwarzlabor während beispielloser Statikeruptionen, die als Rückschluß eine vollständige Vernichtung nahelegten, das Senden von Flugverkehrsdaten eingestellt hatte, war Darrin klar geworden, daß in diesem Konflikt mehr auf dem Spiel stand, als ihm bekannt war; vielleicht sogar mehr, als Hashi Lebwohl ahnte. Als einziges Raumschiff hatte sich die *Sturmvogel* in hinlänglicher Nachbarschaft des Schwarzlabors aufgehalten, um es überfallen zu können. Vermutlich war die *Sturmvogel* nach dem Untergang Kassaforts der *Posaune* in den Asteroidengürtel des Massif-5-Systems gefolgt. Hatte die *Posaune* ihre geheimnisvolle Fracht mit Deaner Beckmann geteilt und das Schwarzlabor darum ein solches Ende genommen? War es von der *Sturmvogel* vernichtet worden? Jemand hatte Deaner Beckmann hintergangen: soviel war offensichtlich.

Wer kam als nächster Dumme an die Reihe?

Darrins Überlebenstrieb drängte ihn zum Handeln. Es

war höchste Zeit zu einem Rückzieher, dringend geboten, kehrtzumachen und unverrichteter Dinge abzuschwirren. Das Risiko war zu groß; zu hoch für das Honorar; weil er zu wenig Informationen über die übrigen Mitwirkenden hatte, war die Sache zu gefährlich geworden. Wenn die *Posaune* zu *so etwas* imstande war, welche Überraschungen mochte sie außerdem in petto haben? Wenn ein Illegalen-Raumer wie die *Sturmvogel* sich dazu breitschlagen ließ, eine Illegalen-Einrichtung wie das Schwarzlabor anzugreifen, für was ließ Sorus Chatelaine sich weiter einspannen?

Darrin Scroyle hatte so viele Jahre des Söldnerdaseins überlebt, weil er ein ausgezeichnetes Gespür für überhöhte Risiken hatte.

»Was zu erkennen?« fragte er den Scanning-Hauptoperator.

»Wir dringen nicht durch, Kapitän«, antwortete der Mann an der Scanningkonsole. »Die Computer können mit dem Input nichts anfangen. Aber die Phänomene zerstreuen sich. Bald sind wir wieder zu Messungen fähig, die die Rechner interpretieren können ...« Er sah auf eine Anzeige. »Ich würde sagen, in zweieinhalb Minuten.«

Zweieinhalb Minuten, bis die *Freistaat Eden* wieder verwertbare Eindrücke der Umgebung empfing. War die *Posaune* auch geblendet? Oder wußte man an Bord, wie man diesen Sturm hochgradig geladener Partikel durchdrang? Manövrierte sie, schwenkte in Position, um ihren Gegner zu Schlacke zu zerschießen?

»Das dauert zu lang«, entschied Darrin. Weil die Crewmitglieder offenkundig Bammel hatten, bemühte er sich um einen betont gelassenen Tonfall. »Bis dahin dürfen wir nicht warten. Steuermann, Rückwärtsflug einleiten. Geh einfach davon aus, daß sich nichts verändert hat. Mir ist gleich, wie du's hinkriegst, aber tu's. Ich habe keine Lust, 'n unbewegtes Ziel abzugeben. Bugsiere das Raumschiff so zurück, daß der Asteroid zwischen uns und das Zentrum des Partikelsturms gerät. Vielleicht schirmt das Gestein uns soweit ab, daß das Scanning wieder funktioniert.«

»Wird gemacht, Kapitän.« Die Stimme des Hauptsteuermanns quäkte, als hätten seine Stimmbänder einen nervösen Tic, doch er nahm unverzüglich die Arbeit auf.

G-Belastung preßte Darrin vornüber in die Gurte, als plötzlich Gegenschub durch die *Freistaat Eden* rumorte. Falls die größeren Felsklötze der Umgebung ihre Konstellationen nicht zu stark verändert hatten, mußte der Steuermann dazu in der Lage sein, das Schiff sicher rückwärtszufliegen – zumindest ein paar Klicks weit –, indem er sich an den letzten Kursvektoren orientierte. Das mochte genügen ...

Stand er davor, sich aus dem Staub zu machen? Voraussichtlich reduzierte die Absetzbewegung das Partikelbombardement auf ein für die Bordcomputer bewältigbares Maß. Dann konnte die *Freistaat Eden* sich neuen Überblick verschaffen, wieder navigieren; den Pulsator-Antrieb auf volle Kraft voraus schalten ...

Sich aus diesem verfluchten Wahnwitz, solang es noch möglich war, unbeschadet zurückziehen.

Aber sobald er diese Möglichkeit ernsthaft erwog, wurde ihm einsichtig, daß er keineswegs Reißaus zu nehmen gedachte.

Er hatte sich auf einen Kontrakt eingelassen; einen Auftrag verbindlich angenommen.

Nicht nur wegen seines glänzenden Gespürs für Risiken und des ausgeprägten Überlebenswunschs hatte er bisher alle Gefahren überstanden, sondern auch, weil er sich an schlichte Regeln hielt. Er vertraute seinem Credo: *Für einen Auftrag gut bezahlt zu werden und ihn zuverlässig auszuführen.* Doch die Wahrheit lautete, er wußte gar nicht, ob man ihn für diesen Auftrag tatsächlich gut entlohnte. Vielleicht hatte er ihn falsch eingeschätzt. Andererseits konnte er nie genau beurteilen, ob man ihn gut bezahlte; so richtig war es nie möglich. Überraschende Ereignisse, Irrtümer, ja sogar Mißgeschicke kamen stets vor: zu oft, als daß man ihnen mit etwas anderem als einfachen, grundsätzlichen Verhaltensregeln begegnen könnte. Er hatte Vertrauen zu seinen Prinzipien, weil er die Alternativen als schlimmer einstufte. *Anders ergab das Leben keinen Sinn.*

Wie immer zog er es vor, eigene Festlegungen zu treffen und sich daran zu halten, statt sich nach den Regeln anderer Leute zu richten.

»Die Ortung funktioniert wieder, Kapitän«, meldete plötzlich der Scanning-Hauptoperator. »Der Asteroid wirft 'n Schatten, der das Scanning begünstigt. In 'n paar Sekunden müßte ich wieder verwertbare Informationen haben.«

Darrin stellte sämtliche Fragen zurück, die ihn beschäftigten, und legte die Hände an die Tastatur.

»Wir bleiben in der jetzigen Position, Steuermann«, befahl er. »Aber halt dich bereit. Falls die *Posaune* uns angreift, müssen wir sofort volle Pulle stochen. Alesha, konzentriere dich. Einmal haben sie drüben unsere Treffer verkraftet. Wir wollen hoffen, daß sie sie nicht jedesmal so einfach wegstecken.«

»Die Situation bereinigt sich, Kapitän«, meldete der Scanning-Hauptoperator einen Moment später. »Vorerst beträgt die Scanningreichweite bloß einen Klick... Nein, zwei. Aber die *Posaune* ist nicht zu orten. Soweit ist der Raum ringsum frei.«

Er meinte: frei von Raumschiffen. Die Darstellungen und Bilder, die jetzt auf den Monitoren erschienen, machten eine Vielzahl von Felsen erkennbar. Durch die Eruption, die die *Freistaat Eden* geblendet hatte, waren unter den benachbarten Asteroiden keine wesentlichen Verschiebungen der Konstellationen erfolgt.

Darrin hatte sich Fragen gestellt und sich dabei vergegenwärtigt, daß er längst Antworten wußte, die er als maßgeblich ansah. Darum gab es für ihn nun kein Zögern mehr. »So, Leute«, sagte er mit fester Stimme. »Es wird ernst. Daß die *Posaune* ein starker Gegner ist, wußten wir. Davor hat Hashi Lebwohl uns gewarnt. Nur hat er sich die Mühe gespart, uns zu erklären, wie gefährlich der Kahn ist. Von nun an behandeln wir sie wie ein Kriegsschiff. Ich vermute, daß sie ebenso wie wir geblendet worden ist. Das heißt, sie greift nicht an. Sie fliegt zum Asteroidenschwarm hinaus, soweit die scanningabhängige Orientierung es zuläßt. Und die sicherste Methode, wie sie sich auswärts verpissen kann, besteht darin, auf dem Kurs zurückzufliegen, den sie vorher genommen hatte, auf ganz genau diesem Kurs. Wir steuern zurück in den Partikelsturm. Mit soviel Beschleunigung, Steuermann, wie du für vertretbar hältst. Sollte er sich noch nicht in befriedigendem Umfang zerstreut haben, schießen wir aus der Materiekanone nach allen Seiten. Das halten wir durch, bis wir tadellose Scanningdaten haben. Dann sehen wir, wo die *Posaune* steckt. Es wird sich klären, ob wir sie zufällig getroffen haben und eventuell deswegen der Partikelsturm entstanden ist oder ob sie etwa 'n zweites derartiges Phänomen erzeugen kann.«

»Und wenn sie's kann?« fragte Alesha besorgt.

Darrin schnaubte. »In dem Fall bekommen wir sie gar nicht zu sehen. Aber ich gehe das Risiko ein. Ich bin der Ansicht, daß sie unter solchen Bedingungen uns ebensowenig sehen kann. Wenn das Scanning sich wieder einwandfrei durchführen läßt und es so bleibt, wir die *Posaune* aber trotzdem nicht orten, spüren wir ihre Partikelspur auf und verfolgen sie. Sobald wir sie einholen, versuchen wir's mit Lasern oder Torpedos. Mit *irgend was* muß sie ja zu knacken sein.«

Die meisten von der Brückencrew schauten ihn nicht an, doch er wußte, daß die Leute ihm ausnahmslos zuhörten. Nach jahrelangen gemeinsamen Erlebnissen vertraute er ihrer Entschlossenheit genauso wie ihren Fähigkeiten. Sie waren nicht immer seiner Meinung, aber verrichteten ihre Arbeit nach bestem Können. An dies Prinzip hielten sie sich geradeso wie er.

Ohne Atempause sprach er weiter.

»Noch etwas. Wir kehren in die Kernzone des Asteroidenschwarms um. Dort treibt sich auch die *Sturmvogel* herum. Wie ich den gegenwärtigen Kontrakt verstehe, ist nur ein Vertragsverstoß denkbar, der schlimmer wäre, als wenn wir's nicht schaffen, die *Posaune* zu eliminieren, und das wäre, sie von der *Sturmvogel* kapern zu lassen. Besonders der *Sturmvogel*. Darum ist nicht auszuschließen, daß wir uns zudem mit ihr anlegen müssen. *Sie* hat keinen wunderbaren neuen Schutz gegen Materiekanonen. Daran habe ich *keinen* Zweifel. Allerdings soll sie, heißt es gerüchteweise, mit einem Superlicht-Protonengeschütz ausgestattet sein.«

Alle auf der Brücke Anwesenden kannten das Gerücht, doch Darrin wiederholte es trotzdem. »Falls es dahin kommt, daß wir sie unter Feuer nehmen müssen, sollten wir also verdammt ganz sichergehen und ihr auf Anhieb alles verpassen, was wir zu bieten haben. Alles klar? Hat jemand Fragen? Seid ihr bereit?«

Niemand stellte Fragen. Natürlich nicht. Er war der Kapitän. Viele Jahre hindurch hatte er während ihrer gemeinsamen Abenteuer gewährleistet, daß sie am Leben blieben; ihnen seine Grundsätze vermittelt; ihnen Vertrauen geschenkt; und ihnen zu bescheidenem Wohlstand verholfen. Die meisten Besatzungsmitglieder schätzten ihn genauso, wie er sie schätzte.

»Dann bringen wir's hinter uns«, äußerte einige Augenblicke später Alesha mit gedehnter Stimme. »Ich habe diesen Asteroidenschwarm so satt, daß ich nahezu kotzen könnte.«

Der Steuermann lachte nervös und senkte die Hände auf die Tastatur.

Rasch extrapolierte der Scanning-Hauptoperator aus den Ortungsaufzeichnungen der Umgebung, die gemacht worden waren, ehe die *Posaune* aus der Erfassung verschwand, einen Kurs, projizierte ihn auf einen Bildschirm und kopierte ihn der Kontrollkonsole des Steuermanns.

Dann gab Darrin den Startbefehl, und das Raumschiff nahm Fahrt auf, um den Kontrakt zu erfüllen.

MORN

Beschleunigungsandruck preßte Morn aufs Deck: Druck voller Klarheit und Träume. Die vom Aufprall verursachten Wellen der Schmerzen wallten majestätisch wie Galaxien.

Und während sie träumte und sich quälte, rang Angus, obwohl sie ihn weder sehen noch hören konnte, um die Rettung des Raumschiffs.

Sobald die Computer oder sein Gespür ihm die Gefahr anzeigten, daß die *Posaune* an Felsklötzen zu zerschellen drohte, riß er den rasant dahinschießenden Interspatium-Scout aus dem Kollisionskurs. Indem er trotz des schwindelerregenden Umhertrudelns der *Posaune* die Orientierung behielt, glich er dem Drall mit Schub aus, beförderte sie aus dem Schußfeld der gegnerischen Bordartillerie, fort von der aberwitzigen Scanning-Wirrnis, die das Dispersionsfeld dem Strahl der Materiekanone entlockt hatte, lenkte sie zurück in die Richtung, aus der sie gekommen waren, wieder in die Tiefe des Asteroidenschwarms.

Falls er sich dazu Zeit nahm, nach Morns Befinden zu schauen, bemerkte sie davon nichts. Sie lag ohnmächtig auf Deck, aus einem Halbdutzend Abschürfungen an Rücken und Kopfhaut sickerte Blut.

»Wer war *das*?« brüllte Davies; und anderes: »Wohin fliegen wir? Verdammt noch mal, Angus, *sag* doch was!« Aber Angus achtete nicht auf ihn. Er handelte wie unter einem Bann, mit der uneingeschränkten Konzentration einer Maschine, geradeso wie ein Mikroprozessor interessierte er sich für nichts als die Rettung des Raumschiffs, während es mit dem Dreifachen der vorherigen Geschwindigkeit zwischen den Asteroiden dahinschoß. Befaßte er sich mit Plänen – oder seine Programmierung –, blieben sie dort verborgen, wo sie nicht zur Diskussion standen.

Diese Signatur ist mir doch schon begegnet.

Binnen einiger Augenblicke entfernte die *Posaune* sich aus dem Bereich der stärksten Distorsionen. Eines nach dem anderen konnten die Instrumente ihre Funktionen wiederaufnehmen. Der Asteroidenschwarm ringsum gewann seine reale Gestalt zurück, als wäre er aus dem Rohstoff des Bosonensturm neu geschaffen worden.

»Die *Liquidator* ist dort hinten!« schrie Davies, sobald die Ortungsergebnisse und Deaner Beckmanns Kartenmaterial es ihm ermöglicht hatten, die Position des Interspatium-Scouts und seine Flugrichtung zu lokalisieren. »Wenn du weiter so umherrast, rammen wir sie, ehe wir 'ne Gelegenheit zum Schießen finden.«

Vielleicht war Angus besser über die Verhältnisse informiert. Möglicherweise hatte eine mechanische Komponente seines Geistes längst die wahrscheinliche Position der *Sturmvogel* errechnet und in Betracht gezogen.

Auf völlig andere Art schien auch Morn die Situation zu überblicken. In ihrer Besinnungslosigkeit öffneten sich Fenster der Klarheit wie Blumen, die beim ersten morgendlichen Sonnenstrahl die Kelche ausbreiteten. So viel Gewißheit: so wenig Furcht. Das Leben stellte nichts in Frage; der Tod bedrohte nichts. Wenn sie in diesem Zustand lange genug wartete, mußte alles so klar werden.

Aber natürlich konnte sie nicht warten. Weiter wollte die Zeit vergehen. Furcht war dem Blut in Morns Venen und dem feinen Netzwerk elektrischer Impulse in ihrem Gehirn unentbehrlich. Dieser Sachverhalt hing mit ihrer Sterblichkeit zusammen: ohne sie wäre sie kein Mensch. Die Stofflichkeit ihres Fleischs könnte ohne Furcht nicht fortbestehen.

Angus kämpfte darum, das Raumschiff zu retten. Ähnlich plagte sich Morn damit ab, die Mauer der Finsternis in ihrem Kopf zu überwinden.

Sie war einer Belastung durch etliche Ge unterworfen gewesen, wuchtig genug gegen das Schott geknallt, um den Verstand zu verlieren. Angus hatte genügend Schub gegeben, um sie in den Wahnsinn zu stürzen. Einen Moment lang war ihr zumute, als überschritte sie die Schranke zum akuten Hyperspatium-Syndrom.

Mir war, als ob ich schwebte, und alles schien licht und klar zu sein. Als ob das Universum selbst zu mir spräche. Ich wußte genau, was ich tun mußte ...

Ich habe die Sequenz für die Selbstzerstörung in den Computer getippt.

Sie hörte sich reden, als wäre sie Davies. Sie wußte, wie er sich fühlte. Ihre gesamte Existenz drehte sich um Selbstzerstörung.

Soweit sie die Umstände durchschauen konnte, hatte nur der Andruck sie vorm Akutwerden des Hyperspatium-Syndroms bewahrt; nur die Tatsache, daß ihr Kopf und Rücken *schmerzten* und sie momentan mindestens dreißig Kilo mehr als gewöhnlich wog. Zu schweben war unmöglich. Die Gewißheit war da: sie erinnerte sich an den Klang von gebieterischen, unabweisbaren Befehlen. Aber während sie sich darum bemühte, über die Mauer der Dunkelheit zu gelangen und die Augen aufzuschlagen, entglitt sie dem Einfluß des Universums. Blitze lichter Klarheit loderten in ihrem Blutkreislauf auf; verglommen wie gescheiterte Hoffnungen.

Sie öffnete die Augen, als der Andruck nachließ und die künstliche Schwere aus ihrem Körper schwand.

Aus der Froschperspektive sah sie über sich Angus in seinem Kommandosessel thronen. Hinter ihm betätigte sich Davies an der Kontrollkonsole des Ersten Offiziers; er versuchte auf seinen Sichtschirmen die Position eines anderen Raumschiffs zu bestimmen.

Der *Sturmvogel?* Oder eines anderen, des fremden Raumschiffs?

Morn wollte die Antwort wissen, obwohl es sie nicht kümmerte, wie sie lautete.

Mühsam hob sie den Kopf. »Angus ...« Ihr ganzer Schädel schien bis hinab in die Wirbelsäule voller Geflimmer zu sein. »Was ist passiert? Wo sind wir? Ist das Schiff intakt?«

Ruckartig wandte Davies den Kopf. »Morn?« krächzte er betroffen. »Herrje ...!« Anscheinend war ihm entgangen, daß sie sich noch auf der Brücke aufhielt. Er hatte sich zu angestrengt konzentriert, um sie zu bemerken. »Du bist doch nicht verletzt?«

Für Davies hatte Angus keine Aufmerksamkeit erübrigt, aber er nahm sich Zeit für Morn. Kaum hörte er ihre Stimme, da drehte er seinen Kommandosessel, als wollte er sich in die Luft katapultieren. Aufgebrachtheit sprenkelte seine Haut mit roten Flecken, bis ihm vor Wut Gesicht, Hals und Wamme rot anliefen. In seinen Augen funkelte Gewalttätigkeit oder Hysterie.

»Ich habe dir gesagt, du sollst die Brücke verlassen!« brüllte er laut. »Gott*verdammt* noch mal, Morn, was *machst* du denn eigentlich, verfluchte Scheiße?! Glaubst du, wir *bräuchten* dich hier? Bildest du dir ein, wir könnten keine Entscheidungen treffen oder Tasten drücken, ohne daß du uns erzählst, was wir tun müssen? Oder bist du bloß lebensmüde? Ist's schon zu lange her, daß du das letzte Mal Selbstvernichtung gespielt hast?« An die Kante des Kommandopults geklammert, beugte er sich herab, stemmte sich in die Gurte. »Denkst du etwa, ich hätte bis jetzt alles durchgehalten, nur um mitanzusehen, wie dir dein blöder Verstand abhanden kommt? *Das ist mein Raumschiff!* Wenn ich einen Befehl gebe, hast du ihn *zu befolgen!*«

Seine Wut grenzte an Blutdurst. Dennoch flößte er Morn, weil vielleicht noch Residuen erhabener Klarheit in ihren Adern kreisten, keine Furcht ein. Ohnehin blutete sie schon: hatte sich am Schott bis aufs Blut aufgeschrammt. »Das heißt, nehme ich an«, murmelte sie so deutlich, wie ihr Kopfschmerz es erlaubte, »das Schiff ist noch intakt.«

Angus sank in den G-Andrucksessel zurück, als ließe ihre Bemerkung ihm die Luft ab; als ob sie ihn irgendwie beschwichtigte. »*Ja*, es ist intakt.« Verwunderung und Nachdenklichkeit ließen das Puterrot in seiner Miene langsam zu dem gewohnten Fahlgrau verblassen. »Dein Sohn ist zwar nicht schlau genug, um 'n Ziel anzuvisieren, bevor er ballert, beherrscht aber mit dem Dispersionsfeld 'n gutes Timing. Unser Gegenspieler hat uns voll getroffen, ohne 'ne Wirkung zustande zu bringen.«

Er forschte so intensiv in Morns Gesicht, als versuchte er ihr in den Geist zu blicken.

»Was sollte das?« fragte Davies in schwerfälligem Ton. »Warum bist du nicht von der Brücke gegangen? Weißt du nicht, wie gefährlich ...?«

Er verstummte, als Angus ihm ins Wort fiel.

»Dein Hyperspatium-Syndrom ist nicht aufgetreten.« Vor Zweifel klang Angus' Stimme rauh. »Vielleicht warst du zu lange besinnungslos. Oder die G-Belastung war zu schwach, um es auszulösen. Oder du hast's mit dem verdammten Zonenimplantat derart übertrieben, daß dein Gehirn inzwischen weich ist. Scheiße, Morn, du ...«

Was er zu sagen beabsichtigte, erfuhr Morn nie: den letzten Satz beendete er nicht.

Morn bewegte die Schultern, stöhnte infolge der Schürfwunden; setzte sich langsam auf. Angus hatte recht: Irgendein Umstand hatte verhindert, daß das Hyperspatium-Syndrom akut wurde. Sie hatte genug Ge zu spüren bekommen, um überzuschnappen; das wußte sie genau. War sie so lang ohne Besinnung gewesen, daß das Syndrom unterdrückt worden war? Hatte sie sich mit dem Zonenimplantat-Kontrollgerät, ihrem schwarzen Kästchen, derartig überstrapaziert, daß inzwischen Nervenschädigungen vorlagen? Die Ursache ließ sich nicht feststellen.

Nachdem jetzt der kritische Moment vorüber war, empfand sie Erleichterung.

... und ein wenig Traurigkeit, als hätte sie, weil die klaren Gebote des Universums ausblieben, etwas verloren, das ihr viel bedeutet hatte.

Sie wußte, wie sich Davies fühlte.

»Und wohin fliegen wir?« fragte sie, während sie das

Ausmaß ihrer Abschürfungen und Prellungen untersuchte.

»Recht so«, murmelte Davies. »Frag *du* ihn.« Mit einemmal klang seine Stimme nach Verbitterung. »*Mir* verrät er ja nichts.«

»Zurück«, brummte Angus wie jemand, der am liebsten die Hände in die Höhe geworfen hätte. »In den Asteroidenschwarm.« Indem er vor Verdruß oder Befremden eine Fratze schnitt, wies er auf die Bildschirme. »Man sieht's doch.«

Davies knirschte ein Schimpfwort, aber Angus überhörte es.

»Ihr habt euch nicht so vertraut mit Beckmanns Karten gemacht wie ich«, fügte Angus hinzu. »Von hier aus kann man keinen zweckmäßigen Kurs einschlagen, der aus der hiesigen Scheißgegend hinausführt, außer dem, auf dem wir diesem Raumschiff begegnet sind, es sei denn, man räumt Asteroiden aus 'm Weg, indem man sie rammt. Wir befinden uns zwischen der *Sturmvogel* und den anderen Wichsern in der Zange. Wir könnten ausweichen und uns versteckt halten, aber letzten Endes würden sie uns doch erwischen. Deshalb möchte ich sie mir einzeln packen. Wenn sie uns gleichzeitig angreifen, nützt uns selbst das Dispersionsfeld nichts mehr. Also will ich mir zuerst die *Sturmvogel* vorknöpfen und sehen, wie ich mit ihr fertig werden kann. Über sie weiß ich mehr als über die anderen Drecksäcke.« Auch in seiner Stimme schwang Bitternis mit. »Und es besteht ja immerhin 'ne gewisse Wahrscheinlichkeit, daß Scheißkapitän Schluckorso sie beschädigt hat. Das könnte uns 'ne Hilfe sein. Aber das andere Raumschiff« – sein Tonfall wurde grober – »ist mir, wie erwähnt, auch schon begegnet. Wir haben's schon mal gesehen.«

Er legte keine effekthascherische Kunstpause ein. Zorn und Verzweiflung drängten ihn zum Weiterreden. »Sein Name ist *Freistaat Eden*. Es ist zur gleichen Zeit wie wir in Kassafort gewesen. Dort ist's 'n paar Stunden vor uns gestartet. Den Namen weiß ich aus den Flugverkehrsdaten, die uns Kassaforts Leitzentrale übermittelt hat. Das Scanning hat die Emissionssignatur aufgezeichnet. Muß ich noch aussprechen« – er knurrte regelrecht –, »was das bedeutet?«

Morn schüttelte den Kopf, aber er ließ sich nicht zurückhalten. »Die Typen auf dem Kahn kennen uns von Kassafort. Und sie kennen die *Sturmvogel*. Deshalb ist's bestimmt kein dämlicher Zufall, daß sie hier aufkreuzt und uns mir nichts, dir nichts unter Beschuß nimmt.«

»Sie kooperieren mit der *Sturmvogel*«, sagte Morn an seiner Stelle. O Gott, noch mehr Widersacher. Wie viele Verbündete hatte Sorus Chatelaine?

»Wenn wir versuchen, es mit beiden gleichzeitig aufzunehmen«, knirschte Angus, »sind wir erledigt.«

Heftig zuckte er mit den Schultern, als bezähmte er den Drang, auf irgend etwas einzudreschen. »Sib ist noch draußen«, sagte er ruhiger. »Wir wissen nicht, wie es zugegangen ist. Falls er nicht durch die *Sturmvogel* oder Scheißkapitän Schluckorso ums Leben gekommen ist, er aus dem Schußfeld bleibt, wenn die Ballerei losgeht, und wir die *Sturmvogel* schlagen ... und die *Freistaat Eden* uns nicht zu bald einholt ... und wir ihn finden ...«

Den Rest ließ Angus in der Geräuschkulisse der *Posaune* verklingen: dem Winseln des Pulsator-Antriebs, dem Surren der Luftfilter-Skrubber, dem beinahe unterschwelligen Summen der aufgeladenen Materiekanone.

Die Vorstellung, daß Sib Mackern irgendwo mitten im weitläufigen, von Statik durchknisterten Gewühl des Asteroidenschwarms allein in seinem EA-Anzug einem langsamen Tod entgegensah, darauf wartete, daß ihm die Luft ausging oder die *Posaune* ihn barg, rief bei Morn noch tiefere Trauer hervor: Das Weh befiel sie, als setzte jemand eine Klinge an ihr Herz. Möglicherweise war es besser für ihn, von Nick oder der *Sturmvogel* getötet zu werden. Das Elend seiner unverkrafteten Verluste und unüberwundenen Furcht verdiente ein Ende in Anstand.

Wie lange konnte jemand schreien, ohne innerlich abzusterben?

Wieviel Bundesgenossen hatte Sorus Chatelaine?

Durch reine Willenskraft schob sie ihre Fragen beiseite. »Also geht's nicht mehr um Rache«, meinte sie leise, mehr an Davies als an Angus gewandt. »Wir stellen uns der *Sturmvogel* zum Kampf, weil es vernünftiger als die Alternativen ist.«

Davies erweckte den Eindruck, als verkniffe er sich eine Erwiderung. Auf sein Verlangen nach Vergeltung an der *Liquidator* und an Sorus Chatelaine war er schlichtweg emotional angewiesen; soviel hatte Morn mittlerweile begriffen. Es schützte ihn vor tieferem Schrecken, ärgerem Wahnsinn. Seine persönliche, eigentümliche Variante des Hyperspatium-Syndroms – die verrückte, absonderliche Kluft, die das, was er war, von dem trennte, dessen er sich entsann – lauerte in seinem Innern begierig auf eine Gelegenheit zum Zuschlagen. Wenn er nicht um sein Vorbild kämpfen konnte, um das, was er zu sein wünschte, mochte er zwischen den Dimensionen seiner selbst verschwinden und nie zur Wiederkehr imstande sein.

»Weißt du schon«, erkundigte sich Morn, um ihrem Sohn damit vielleicht zu helfen, bei Angus, »wie wir gegen sie vorgehen?«

Angus schüttelte den Kopf; zunächst gab er keine Antwort. Es konnte sein, daß er zuvor die Datenspeicher seines Interncomputers oder die Programmierung konsultierte. »Das hängt davon ab«, erklärte er schließlich, »in welcher Entfernung wir sie das erste Mal orten. Was an Asteroiden zwischen uns daherwalzt. Ob wir ein freies Schußfeld haben. Das alles ist noch offen.«

Er sah Davies an. »Aber sei diesmal nicht so verdammt schießwütig«, ermahnte er ihn im Ton der Mißbilligung. Trotzdem glaubte Morn, daß sie ihm mehr als nur Geringschätzung anhörte. Etwa Belustigung? Oder Anerkennung? »Gegen ein Superlicht-Protonengeschütz gibt's eigentlich nur eine einzige wirklich zuverlässige Abwehr. Man muß das Ding ausschalten, ehe es eingesetzt werden kann. Manchmal hält die Abschirmung, wenn der Abstand groß genug ist. Und ab und zu, wenn irgend jemand zuviel verdammtes Glück hat, um abzukratzen, gelingt es, den Protonenstrahl mit der Materiekanone zu treffen. Dadurch wird er zerstreut und verliert die Effektivität. Dann ist's auch möglich, daß die Abschirmung standhält. Soviel Glück hat aber selten jemand. Also vergeude keine Zeit mit dem Zerpulvern irgendwelcher Steine. Sieh zu, daß du das Raumschiff so präzise scannst, wie's überhaupt nur geht. Unter günstigen Umständen können wir die Protonenstrahl-Emittoren anpeilen.«

Ziemlich verlegen, als störte Morns Gegenwart sein Konzentrationsvermögen, projizierte Davies Schematiken auf einen Monitor, informierte sich noch einmal über die für Superlicht-Protonengeschütze typische Konfiguration und Emissionssignatur.

Während sie den Atem anhielt und auf das Pochen ihres Schädels lauschte, raffte sich Morn vom Deck hoch, langte nach einem Haltegriff. Manövrierschub drückte sie ans Schott, doch der Andruck blieb zu schwach, um sie zu gefährden. Dennoch hakte sie endlich ihren Nullschwerkraftgurt fest. Das war die einzige Vorsichtsmaßnahme, die sie ergreifen konnte, wenn sie die Brücke nicht verlassen wollte.

Einen Moment lang schaute sie Angus beim Scanning zu. »Wieviel Zeit haben wir nach deiner Ansicht noch?« fragte sie.

Habe ich noch Zeit, um das Krankenrevier aufzusuchen und mir Kat zu spritzen?

Muß ich entscheiden, ob ich dazu bereit bin, ständig mehr Medikamente einzunehmen?

»Einige Minuten«, grummelte Angus wie geistesabwesend. »Ein paar mehr, ein paar weniger, ich hab keine Ahnung, verdammt noch mal.« Er versank wieder in die mechanische Konzentriertheit seiner Mikroprozessoren. »Die *Sturmvogel* kreuzt nicht ziellos umher, das steht fest.

Sie will sich uns schnappen, bevor wir den Asteroidengürtel verlassen.«

Zuwenig Zeit fürs Aufsuchen des Krankenreviers. Mit einem Seufzer entließ Morn angestaute Luft aus dem Brustkorb. Ihre Entscheidung war schon gefallen, als sie es abgelehnt hatte, die Brücke zu verlassen.

Hatte es sich so verhalten, daß sie einfach zu lange bewußtlos gewesen war, als daß ihr Hyperspatium-Syndrom hätte akut werden können? War sie dadurch davor bewahrt worden? Oder hatte sich in ihr etwas verändert? Hatte sie eine inwendige Grenze zu anderen Möglichkeiten überquert?

So wie Persönlichkeit – und wie die Beziehung zwischen Persönlichkeit und Furcht – war das Hyperspatium-Syndrom ein Rätsel. Niemand verstand es.

Niemand hatte genug Zeit ...

»*Da!*« Angus tippte Tasten, und auf einem Monitor erschien eine Scanningdarstellung.

Dreißig Klicks entfernt schob sich hinter einem ruhelosen Gewimmel von Steinbrocken in der Größe eines EA-Anzugs sowie kleinerer Gesteinsbruchstücke ein Raumschiff aus der Deckung eines Asteroiden, der ausreichende Abmessungen hatte, um es vor den Sensoren der *Posaune* zu verstecken. Während das Bild schärfer wurde, drehte das Raumschiff den Bug in die Richtung der *Posaune*.

Am Unterrand des Monitors zeigten die Meßdaten schnell stets höhere Werte an. Zielverfolgung: das Raumschiff war feuerbereit.

Das Scanning identifizierte sofort Profil, Konfiguration sowie bord- und betriebseigene Charakteristika: es war die *Sturmvogel*.

In Anbetracht der Verhältnisse flog sie reichlich schnell, mit fast so hoher Geschwindigkeit wie die *Posaune*. In zwanzig Sekunden mußten beide Raumschiffe sich rammen können.

»Scheiße!« Schon hämmerte Davies wie ein Rasender auf seine Tastatur ein, versuchte das Ziel möglichst exakt zu analysieren. »Ich kann ...« Seine Stimme schnappte über. »Angus, ich kann die Emittoren nicht finden!«

Morn klammerte beide Fäuste an den Anti-G-Haltegriff, verfolgte das Geschehen. Wenn Davies die Emittoren nicht anmessen konnte, mußte das heißen, die *Sturmvogel* hatte sich gar nicht darauf vorbereitet, das Superlicht-Protonengeschütz einzusetzen.

»Dann laß es!« schnauzte Angus. »Hör her! Verschieß Torpedos, danach Statik-Minen auswerfen, als nächstes die Materiekanone abfeuern! Anschließend aktivierst du das Dispersi ...«

Ihn unterbrach das Losheulen der Alarmsirenen. Auf Angus' Monitor blinkten rote Zahlen.

Die Schultern nach vorn gebeugt wie ein Würger, lenkte Angus, während seine Finger über die Tastatur ratterten, mit jedem Gramm Lateralschub, den der Pulsator-Antrieb erzeugen konnte, die *Posaune* seitwärts.

Einen Sekundenbruchteil später flackerten die Darstellungen der Sichtschirme und erloschen, als die Scanningimpulse in einem Strahl aus der Materiekanone der *Sturmvogel* zerstoben.

Der Interspatium-Scout erhielt einen Stoß, als wäre er gegen eine Mauer gerast. Alarmsirenen und das Kreischen überbeanspruchten Metalls gellten durcheinander wie das Geheul Verdammter. Der Ruck warf Morn zur Seite, und sie wurde gerade rechtzeitig zurückgeschleudert, um zu erkennen, daß auf einem Display rote Linien die Partikelkollektoren einrahmten, die den Treffer zu absorbieren, den Effekt der Picosekunden, in denen die Energie der Materiekanone nahezu unendliche Masse annahm, abzuwenden versuchten.

In so kurzen Zeitabständen, daß nur eine Zentralrecheneinheit ihre Dauer messen konnte, fielen die Partikelkollektoren aus: einer um den anderen wurden sie überlastet und zersprangen wie Glas. Doch offenbar retteten sie das Raumschiff. Oder die willkürliche Statikkonfusion der elektromagnetischen Reibungskräfte des Asteroidenschwarms hatte den Strahl einiges an Wirksamkeit gekostet. Oder Angus' Ausweichmanöver hatte der *Posaune* einen Volltreffer erspart. Trotz des Dröhnens im Metall und des Sirenengejaules hätte Morn das durchdringend schrille Wimmern des Alarms gehört, der ein Leck anzeigte.

Sie hätte, aber hörte es nicht. Also muß der Rumpf der *Posaune* dicht geblieben sein.

»*Tu, was ich gesagt hab!*« brüllte Angus durch den Lärm.

Einen Arm ums seitliche Ende der Kontrollkonsole geschlungen, verfeuerte Davies Plasmatorpedos und streute Statik-Minen aus. Indem er dem Waffensysteme-Computer die residuellen Scanningdaten einspeiste, gab er blindlings einen Feuerstoß aus der Materiekanone ab.

Wahrscheinlich verfehlte er die *Sturmvogel*. Er war nicht Angus, schlichtweg zu langsam, um die neuen Positionen von *Posaune* und *Sturmvogel* zu extrapolieren und zu berücksichtigen.

Noch immer schwang Schub den Interspatium-Scout in Seitenrichtung. Morns Gelenke dehnten sich, als sollten ihr die Arme ausgerissen werden. Ohne den Nullschwerkraftgurt hätte sie den Halt verloren. Angus tippte der Kommandokonsole blitzartig Befehle ein, instruierte die Bordsysteme dermaßen schnell, daß zunächst die Wirkung auszubleiben schien.

Das Scanning brauchte zur Wiederherstellung seiner Funktionen schier eine Ewigkeit: zwei, drei Sekunden. Dann zuckte Bildsalat über die Monitoren, während die Computer die neuen Daten verarbeiteten.

Einen Moment später präsentierten die Sichtschirme die veränderte, fatale Situation mit aller Genauigkeit.

Bei diesem Anblick stockte Morns Herz. »Angus!« schrie sie trotz der Nutzlosigkeit irgendwelcher Zurufe unwillkürlich auf.

Eine Statik-Mine war bereits detoniert, verursachte am Rande des Scanning-Erfassungsbereichs einen Klecks der Verzerrung, der aussah wie eine Migräne-Aura. Daneben jedoch orteten die Instrumente ganz deutlich die *Sturm*-

vogel, die unvermindert auf ihr Opfer zusteuerte. Wüste energetische Eruptionen sengten an einer Rumpfseite entlang, eine Korona im Verebben begriffener Energien umflimmerte die Konturen des Raumschiffs: ein knapper Fehlschuß aus der Materiekanone der *Posaune*. Wie Blüten spickten rings um die *Sturmvogel* Plasmawolken das All. Doch sie selbst war unbeschadet: ihre Panzerung und Partikelkollektoren hatten dem Beschuß standgehalten. Und sie hatte jetzt ein freies Schußfeld vor sich.

Aber das war noch nicht am schlimmsten. Durch die Wiederaufnahme der Scanningfunktionen wurde auch der Asteroidenschwarm wieder sichtbar.

Die Sichtschirme zeigten, daß durch Angus' Bemühungen, dem Feuer der *Sturmvogel* auszuweichen, die *Posaune* mit mörderischem Schwung auf einen so klotzigen Asteroiden zuflog, daß sie daran zerschmettert zu werden drohte.

Angus mißachtete Morns Aufschrei. Vielleicht hatte er ihn nicht gehört: er war viel zu beschäftigt. »*Dispersionsfeld!*« herrschte er Davies mit der Schärfe eines Peitschenknalls an, während die meßbaren Emissionen der *Sturmvogel* eine zweite Salve ankündeten.

Ein Keuchen stummer Wut drang durch Davies zusammengebissene Zähne. In verzweifelter Hast aktivierte er die momentan wichtigste Abwehranlage der *Posaune*.

Zum zweitenmal fegte ein Bosonensturm den Scanning-Input von den Monitoren, als das Dispersionsfeld den Strahl der gegnerischen Materiekanone in Chaos umformte.

»Ja!« Angus fletschte die Zähne, drosch die Faust seitlich ans Gehäuse der Kommandokonsole. Doch sofort beugte er sich erneut über die Tastatur, tippte Befehle, die Morn weder erkennen noch deuten konnte.

Neuer Schub warf sie mit einem Ruck um den Haltegriff, mit einer Schulter wumste sie gegen das Schott. Ihr Leben hing davon ab, daß sie Halt hatte: ihre Hände und der Nullschwerkraftgurt verhinderten, daß der Andruck sie zwischen die Bildschirme schleuderte. Vielleicht reichte die kurze Beschleunigung aus, gelang es Angus, den Interspatium-Scout aus dem Kollisionskurs mit dem Asteroiden zu lenken, der bedrohlich näher schwebte; vielleicht ...

Mit merklichem Stottern versiegte der Triebswerksschub der *Posaune*.

Schlagartig schwand die G-Belastung. Die Muskelspannung in Morns Armen hob sie in die Luft. Der Nullschwerkraftgurt riß sie zurück.

Kein Schub mehr ...!

Geblendet durch den Partikelsturm, lösten die Nahbereichssensoren erst kaum eine Sekunde, ehe die *Posaune* gegen den Asteroiden schrammte, Alarm aus.

Ein grauenvolles Kratzen und Scharren tönte durch das Raumschiff, während Morn von dem Haltegriff gerissen zu werden schien. Der Andruck drohte sie quer durch die Brücke zu schleudern, aber sie hing noch am Nullschwerkraftgurt. Rumpf und Struktur des Schiffs gellten in stählerner Agonie. Davies warf es wie eine Puppe zwischen G-Andrucksessel und Kontrollkonsole hin und her. Angus dagegen schützte seine übermenschliche Kraft: In starrer Haltung stoisch an seine Kommandokonsole geklammert, ertrug er die Kollision.

Gravitation knickte Morn ein. Mit der Stirn prallte sie aufs eigene Knie. Der Nullschwerkraftgurt schien sie zu halbieren. Sie bekam keine Luft ...

Unter dem Krachen der Beschädigungen und dem Jaulen der Alarmsirenen gelangte die *Posaune* zum Stillstand, als hätte sie sich in den Fels des Asteroiden gerammt. Verschiedene Arten von Alarmsignalen hallten: Hinweise auf Schäden, Warnungen vor Elektrizitätsschwankungen und Systemausfällen. Metall knirschte und knarrte, während Rumpf und übrige Bauteile des Raumschiffs sich verformten.

Morn schmerzten Hüften und Knie, als wären sie ausgerenkt worden; in ihrem Unterleib stach und glühte es, als könnte Gewebe gerissen sein; Druck schien ihre Schädelknochen zu durchbohren.

Aber sie lebte. Noch immer hörte Morn nicht den gräßlichen Alarm winseln, der auf Lecks aufmerksam machte.

Allerdings funktionierte der Pulsator-Antrieb der *Posaune* nicht mehr. Ohne Schub hatte sie keine Möglichkeit zum Betrieb der Bordsysteme; keine Energie zum Aufladen der Bordartillerie. Akkumulatoren konnten die Tätigkeit der Lebenserhaltungssysteme und automatischen Wartungsfunktionen für einige Zeit aufrechterhalten, zur Verteidigung des Interspatium-Scouts jedoch trugen sie nichts bei.

Das Schiff konnte nicht mehr auf Abstand von dem Asteroiden gehen.

Unversehens war der Felsklotz ihr Grabstein geworden.

»Angus ...«, keuchte Davies, stöhnte. Seine Stimme entrang sich der Brust mit der Mattigkeit eines letzten Atemzugs. »Ach du lieber Gott. Angus ...«

Angus, was sollen wir tun?

Sobald man an Bord der *Sturmvogel* wieder einwandfreie Scanningdaten vorliegen hatte, schoß man den wehrlosen Interspatium-Scout zu Schrott.

»*Halt's Maul!*« brauste Angus auf. Entsetzen oder Tollwut sprach aus seinem Tonfall: er tobte vor Zorn oder Furcht. »Reiß dich zusammen! Gottverdammt noch mal, *nimm dich zusammen!* Ich *brauche* dich.«

Durch einen brutalen Faustschlag öffnete er seine Gurte. Mit akrobatischer Leichtigkeit vollführte er einen Purzelbaum aus dem G-Andrucksessel und schwang sich hinüber zur Konnexblende.

Um von der Brücke zu fliehen ...?

Nein. In Morn scholl ein Aufschrei kompromißlosen Widerspruchs durch den Scherbenhaufen ihres Schädels. *Nein!* Nicht jetzt: nicht so. Doch nicht, während sie und ihr Sohn fast zu zerschlagen waren, um sich selbständig zu retten.

Trotz der Qual ihrer zerdehnten Gliedmaßen und der heftigen Beschwerden in ihrem Leib streckte sie Oberkörper und Glieder. G bedeutete kein Hemmnis mehr; der Asteroid hatte kaum welche, die *Posaune* noch weniger. Sie stemmte sich gegen den Gürtel und grapschte nach Angus. Reckte die Finger nach ihm, als wollte sie ein Stoßgebet von sich geben.

Er befand sich schon außer Reichweite. Auf der anderen Seite seiner unermeßlichen Verzweiflung.

Dennoch verharrte er am Geländer des Aufgangs, als hätte Morn seinen Arm erhascht; ihn zu sich herumgezerrt. Seine gelben Augen stierten sie an, als bedrohte er sie mit giftigen, fauligen Hauern.

»Angus«, mahnte, flehte sie. Sein Name schien aus einem Abgrund der Erniedrigung und des Schreckens heraufzuquellen. »Angus. Was hast du vor?«

»Frag nicht!« schrie er, als wüteten in seinem Innern Dämonen. »Ich hab keine *Zeit.* Succorso ist verrückt. Aber er ist verdammt auch 'n Genie.«

Mit einer Gewaltsamkeit, als hätte er sich in einen Blutrausch hineingesteigert, schwang er seine aufgedunsene Leidensgestalt am Geländer hinauf und verschwand von der Brücke.

»Morn?« krächzte Davies. »Morn? Mein Gott, ich weiß nicht, was ich anfangen soll. Wir können den Antrieb nicht reparieren ... Dafür fehlt die Zeit. Mich zusammenreißen? Wovon redet er? Was will er damit sagen?«

Seine Zermürbung gipfelte in einem Aufschrei. »*Ich weiß nicht, was ich machen soll!*«

Bald mußte sich der Bosonensturm verflüchtigt haben. Dann konnte die *Sturmvogel* die *Posaune* wieder erkennen. Und zerschoß den wehrlosen Interspatium-Scout zu ...

Nein, das war ein Fehlschluß. Sie würde die *Posaune* nicht vernichten. Der Pulsator-Antrieb der *Posaune* war defekt: der Scout hatte keine Möglichkeiten mehr zur Verteidigung. Und Sorus Chatelaine keinen Grund, um ihn zu zerstören.

Vielmehr kam die *Sturmvogel* längs und befestigte Greifer an der *Posaune,* und die Besatzung erzwang sich den Zutritt in den Interspatium-Scout. Nahm Davies gefangen. Und alle anderen an Bord. Brachte das Immunitätsserum an sich und verhinderte die Aussendung der durch Vector ausgearbeiteten Funkbotschaft. Zog einen Schlußstrich unter all die Drohungen, die von der *Posaune* ausgingen.

Alles Leid und Elend, das Morn und Davies, Mikka und Vector, Sib und Ciro – und sogar Angus – durchgestanden, ihrem schwachen Menschsein zugemutet hatten, wäre dann vergeblich gewesen.

Wegen eines Ausfalls des Pulsator-Antriebs.

Genausogut hätte man ihn von Ciro sabotieren lassen können ...

Morn spürte, wie ihr Herz gegen die Rippen schlug, als wäre die *Posaune* ein zweites Mal mit dem Asteroiden kollidiert.

Ciro hatte keine Sabotage verübt. Vector hatte das Mutagen unschädlich gemacht. Außerdem wäre Ciro ein Sabotageakt durch Mikka verwehrt worden.

Succorso ist verrückt. Aber er ist verdammt auch 'n Genie.

Schmerzen durchwallten Morns Kopf wie Aufflackern von Klarheit. Sie hakte den Nullschwerkraftgurt vom Schäkel und schwebte zu Angus' Kommandosessel. Sie packte die Armlehne und schwang sich um die Rücklehne auf den Sitz; schnallte sich an; legte die Hände an die Konsole.

Während Davies ihr mit wachsendem Grausen zuschaute, übernahm sie das Kommando über den Interspatium-Scout.

ANGUS

Für sein Vorhaben stand Angus nur ein knappes Zeitfenster zur Verfügung; eine nahezu unberechenbar kurze Frist. Er mußte am richtigen Standort und bereit sein, bevor die Scanninginstrumente der *Sturmvogel* die *Posaune* wieder anpeilten. Wenn er sich dann gut genug gedeckt hielt, bemerkten Chatelaines Brücken-Operatoren ihn vielleicht nicht. Doch falls sie dazu Gelegenheit fanden, ihn zu beobachten, solang er sich noch umherbewegte ...

Ein rascher Laserschuß, und er war geschmort.

In diesem Fall wäre das Schicksal der *Posaune* besiegelt. Er hatte sie effektiv zur Wehrlosigkeit verurteilt.

Von der Konnexblende eilte er schnurstracks zu den Wandschränken mit den EA-Anzügen.

Er hatte alles getan, was ihm in den Sinn gekommen war, um sicherzustellen, daß seine Absicht gelang. Statik-Minen und Plasmatorpedos hatte er zu dem Zweck eingesetzt, um die Wirkung des Dispersionsfelds der *Posaune* zu verschleiern, damit man an Bord der *Sturmvogel* nicht erkannte, was tatsächlich geschah; so daß dort niemand begriff, daß die Blendung der Scanninggeräte, die das Feld verursachte, nur als Trick diente. Denn er gedachte dadurch lediglich seine nächsten Maßnahmen zu kaschieren.

Ohne Scanninginformationen konnte man auf der *Sturmvogel* nicht feststellen, daß die *Posaune* ihren Schub nicht wegen eines Ausfalls des Pulsator-Antriebs verloren hatte, sondern weil er von ihm schlichtweg abgeschaltet worden war; und ebensowenig hatte man erkannt, daß er vor dem Abschalten des Antriebs etliche Male Manövrierschub gegeben hatte, um die Kollision der *Posaune* mit dem Asteroiden weitgehend abzuschwächen. Chatelaine würde ausschließlich die Folgen des Zusammenpralls sehen: Schrammen und Beulen im Rumpf; zerknickte Rezeptoren und abgebrochene Trichterantennen; nichtfunktionierende Bordsysteme.

Genau das, was sie sähe, hätte Ciro den Antrieb wirklich sabotiert.

Dann erlag sie möglicherweise der Versuchung, die Besatzung der *Posaune* gefangennehmen zu wollen, statt sie mitsamt dem Raumschiff zu vernichten.

Vielleicht kam sie nahe genug heran, so daß Angus sie zerstören konnte.

Die Bordmontur hing ihm noch um die Hüften. Er hielt sich nicht damit auf, sie hochzuziehen. Als er den Spind erreichte, in dem sein EA-Anzug hing, streifte er sie vollends ab, warf sie beiseite. Es mochte sein, daß er ohne die Montur weniger schwitzte, er so das Dehydrationsrisiko verringerte. Splitternackt öffnete er den Wandschrank und entnahm den EA-Anzug.

Keine dieser Handlungen beging er aufgrund irgendwelcher Befehle seines Interncomputers. Im Gegenteil, der Data-Nukleus stand ihm zu Diensten. Die Zonenimplantate unterstützten ihn mit allem, dessen er bedurfte: Schnelligkeit, Genauigkeit, Kraft und Selbstbeherrschung. Aber seine Programmierung sah nichts von allem vor, was er gegenwärtig tat. Längst war er an einen Punkt gelangt, an dem es ihm freistand, eigene Entschlüsse zu fassen.

Weder Warden Dios noch Hashi Lebwohl hatte vorausgesehen, wie verzweifelt Angus werden konnte – und zu welchen Extremen er sich verstieg, wenn er in Verzweiflung geriet.

Doch eben weil er selbst sich zu dieser überaus gefahrvollen Aktion entschlossen hatte, graute es ihm davor bis ins Mark. Niemals verfiel er, sagte er sich, aus freien Stücken auf so eine Idee. Und dennoch kannte er kein Zögern. Wann hatte er denn eigentlich je irgend etwas aus freiem Willen getan? Furcht übte stärkeren Druck als Willensfreiheit aus. Im Abgrund gab es nichts als Schmerzen, Schrecknisse und tiefste Einsamkeit.

Sein Puls wummerte vor Grauen, als ob er freiwillig ins Kinderbett zurückkehrte, während er den EA-Anzug überstreifte, die Lenkdüsen umschnallte, die Arme in die Ärmel und Handschuhe schob, die Brustverschlüsse zusammenflanschte, den Helm überstülpte und verschloß. Mit Mikroprozessorgeschwindigkeit überprüfte er gemäß der Checkliste die Funktionen des EA-Anzugs, überzeugte sich von der Betriebsfähigkeit der Anzugsysteme. Dann knallte er die Spindtür zu und stapfte zum Waffenschrank.

Die miniaturisierte Materiekanone war die einzige Waffe, die er an sich nahm; die einzige Waffe, mit der er eine Chance hatte. Laser und Impacter-Gewehre, verschiedenerlei Faustfeuerwaffen, Kampfmesser, Granatwerfer – das alles war nutzlos. Für sich besehen, hatte auch die Materiekanone keinen Wert: innerhalb geschlossener Räume richtete sie enorme Verwüstungen an, gegen ein Raumschiff wie die *Sturmvogel* hingegen, armiert mit Partikelkollektoren und strahlenabweisender Panzerung, konnte sie kaum etwas ausrichten. Trotzdem riß er die Waffe aus der Halterung, besah sich, um sicher sein zu dürfen, daß sie aufgeladen war, die Indikatoren.

Sie befand sich in einsatzbereitem Zustand. Man konnte sie eher als bereit bezeichnen, als es für ihn galt. Er könnte niemals zu dergleichen bereit sein.

Er handelte dennoch. Indem er auf die Unzulänglichkeit der Zonenimplantate schimpfte, weil sie nicht sein Entsetzen vor dem eigenen Verhalten unterdrückten, machte er den Waffenschrank zu und beeilte sich zum Lift.

Weder Warden Dios noch Hashi Lebwohl hätte sich ausmalen können, zu welchen Extremen Angus fähig war, wenn man ihn zur Verzweiflung trieb.

Er fuhr mit dem Lift nach oben.

Seine Atemzüge röchelten und rasselten ihm, heiser vor Furcht, in den Ohren. Er atmete viel zu gepreßt, und im Helm klang das Geschnaufe überlaut. Er fühlte sich, als erschienen an allen Seiten die hohen Gitterstäbe seines Kinderbettchens, beengten ihn, beschränkten ihn auf seine kleine Welt. Nicht mehr lange, und er hyperventilierte.

Während seine Mutter ihm Schmerzen zufügte ...

Er mußte die Brücke kontaktieren. Dazu war jetzt die Zeit. Er brauchte Davies. Ohne Hilfe konnte nichts ihn retten. Und nichts die *Posaune*. Falls sie nicht der *Sturmvogel* zum Opfer fiel, dann dem zweiten gegnerischen Raumschiff.

Trotzdem widerstrebte es ihm, den Mund zu öffnen. Sobald er ihn aufklappte, befürchtete er, entflöhen ihm Beweise all seiner Zerrüttung, entspränge daraus eine so tiefe Flut der Finsternis, daß sie ihn ertränkte. Er scheute den Klang bedauernswerter Kläglichkeit, den seine Stimme in der Enge des Raumhelms haben mußte.

Aber er mußte die Brücke anrufen. Er bürdete sich sämtliche Risiken vergeblich auf, wenn er sich nun nicht mit der Brücke verständigte. Mit wüster Gebärde aktivierte er den Helmfunk.

»Hörst du zu?« knurrte er. »Gib acht, du Flasche.« Nur durch Roheit konnte er seine Furcht meistern. »Ich habe für dich Befehle. Wenn du was vermasselst, geben wir alle den Löffel ab.«

Vor dem Verlassen der Brücke hatte er zur Vorbereitung seines Coups mehrere Vorkehrungen getroffen. Dazu zählte unter anderem, daß er den Interkom-Apparat der Kommandokonsole auf die Funkfrequenz der EA-Anzüge eingestellt hatte. Folglich mußte Davies ihn hören können.

Beinahe entfuhr Angus ein Schrei, als ihm Morns Stimme antwortete.

»Wir hören dich, Angus. Wir tun, was du sagst. Ich glaube, das Dispersionsphänomen geht vorüber. In drei oder vier Minuten kann die *Sturmvogel* uns wieder orten.«

Ihr Tonfall – heiser, voller Not, vor Verzweiflung gehetzt – erinnerte ihn an die Weise, in der sie damals an Bord der *Strahlenden Schönheit* mit ihm gesprochen hatte. Wie sehr die Erinnerung ihn auch schmerzte, er konnte sie nicht unterdrücken.

Ich kann Sie retten, hatte sie gesagt. Ihr Schiff kann ich nicht retten, aber Sie. Sie brauchen mir bloß das Kontrollgerät auszuhändigen. Das Kontrollgerät des Z-Implantats.

Du bist verrückt, hatte er erwidert.

Überlassen Sie mir das Kontrollgerät, hatte sie ihn unverhohlen angefleht. Ich werde es nicht gegen Sie benutzen. Ich brauche es, um gesund zu werden.

Ich müßte mein Schiff aufgeben. So sieht dieser Handel doch aus, oder? Du rettest mich, wenn ich dir das Kontrollgerät abliefere. Aber mein Schiff ginge mir verloren.

Mein Schiff gebe ich niemals auf, schwor er, nachdem er sie geschlagen hatte.

Das hatte er gesagt und es ernst gemeint gehabt. Doch es war, wie so vieles andere, nur Selbstbetrug gewesen. Leeres Gewäsch. Er *hatte* die *Strahlende Schönheit* aufgegeben. Sie zur Ausschlachtung und Verschrottung überlassen müssen. Weil er nicht hatte sterben wollen. Und eben deshalb war auch der einzige Handel zustande gekommen, den er mit Morn hatte eingehen können.

Wir hören dich, Angus. Wir tun, was du sagst.

Als die Lifttür aufrollte, verharrte er zunächst wie gelähmt: Gegenüber sah er den Zugang zur Luftschleuse. Er vollführte eine Art von unbewußtem Multitasking, als hätte der Interncomputer ihn noch an der Kandare, tippte den Code in die Kontrolltafel, der die Schleusenpforte öffnete. Gleichzeitig stand er kurz davor, seine Seele hinauszuschreien.

»Du kannst dich nicht an der Kommandokonsole betätigen, Morn!« japste er wie ein Rasender. »Verdammt noch mal, hast du denn Gehirnerweichung? Bist du psychotisch geworden? *Wir können Hoch-G-Belastung nicht vermeiden.* Ich bin nicht schnell genug zurück, um wieder die Schiffsführung zu übernehmen. Und sobald wir durchstarten, wird dein Hyperspatium-Syndrom akut.« Und sie hatte die Kommandokonsole direkt vor ihrer Nase. »Verschwinde!

Kapierst du nicht? Du mußt von der Brücke gehen. Überlaß Davies das Kommando. Davies, du mußt dafür sorgen, daß sie von der Brücke abhaut!«

»Er kann das Schiff nicht allein führen.« Trotz ihrer Verzweiflung war sich Morn ihrer Sache vollauf sicher. »Das weißt du doch selbst. Es sind zu viele Aufgaben, und keiner von uns beiden arbeitet so schnell wie du. Wenn er die Steuerung handhabt, kann er sich zur gleichen Zeit vielleicht mit dem Scanning befassen, aber unmöglich auch die Waffensysteme bedienen. Wir wären wehrlos, selbst wenn wir noch manövrieren könnten.«

»Wir können aber nicht manövrieren«, rief Davies vehement dazwischen, »weil wir keinen Schub haben.«

In seiner Stimme schwang Erbitterung mit. Eventuell fühlte er sich von Angus im Stich gelassen.

»Darum muß die Steuerung von mir übernommen werden«, erklärte Morn so ruhig, als hätte, was sie redete, seinen Sinn; als verübte sie immer nur ausschließlich vernünftige Handlungen. »Er kümmert sich um Scanning und Waffensysteme. Mit der Zielerfassung und -verfolgung kennt er sich inzwischen so gut aus, daß er nebenher das Scanning überwachen kann.«

In der Enge des Raumhelms schienen Echos Angus' Kopf zu umschwirren, den Unterschied zwischen seinen Erinnerungen und dem, was er gegenwärtig tat, zu verwischen. »Du bist verrückt!« schrie er, sich zurückzuhalten unfähig, ins Mikrofon. »*Ich verliere mein Schiff!*«

»Angus«, entgegnete Morn gepreßt, »wir bieten hier ein leichtes Ziel. Vielleicht ist Verrücktheit das einzige, was uns noch retten kann. Weshalb gehst du sonst zu EA über? Hör auf zu nörgeln. Trage du deine Risiken, ich trage meine.«

»Und ich verliere mein Schiff!« wetterte Angus. »Müssen wir jedesmal den gleichen Handel eingehen? Daß du die Kontrolle an dich reißt und ich mein Schiff verliere?«

Morn gab keine Antwort. Statt dessen drang als nächstes Davies' Stimme mit schneidender Schärfe aus Angus' Helmlautsprecher.

»Ja oder nein, Angus, entscheide dich. Sie hat recht. Und sie ist keineswegs völlig durchgedreht. Vorhin hat sie etliche Ge überstanden. Bist du sicher, daß nicht du derjenige bist, der nicht mehr bei Trost ist? Ich habe ins Waffenschrank-Inventarverzeichnis geguckt. Du hast nichts dabei als diese tragbare Materiekanone. Gegen die *Sturmvogel* ist das Ding doch bloß 'n *Spielzeug*, Angus. Genausogut könntest du sie mit 'm Wasserpistölchen beschießen. Damit verpaßt du ihr kaum 'n Kratzer.«

Angus fehlte die Zeit für überflüssiges Geschnatter. Ohne zu merken, was er trieb, hatte er unterdessen die Schleusenkammer betreten und die Innenpforte hinter sich geschlossen; schon die Pumpen angeschaltet, die die Luft absaugten. Bald war es aus mit den Störungen des Scannings. Dann konnte die *Sturmvogel* die *Posaune* wieder orten ...

O Gott.

Angus' Durchsetzungsvermögen drohte zusammenzubrechen. Längst spukte ein Übermaß an Furcht und Ängsten durch seinen Kopf wie Furien. Aus lauter Drangsal nahezu umnachtet, griff er auf den Interncomputer zu, instruierte ihn, den Pulsschlag zu mäßigen, die Atmung zu beruhigen. Kaum war die Schleusenkammer luftleer gepumpt, tippten seine Hände den Befehl zum Öffnen der Schleuse ein. Dann wandte er sich über Helmfunk erneut an die Brücke.

»Meinetwegen. Wir haben ja alle 'ne Schraube locker. Also stürzen wir uns gemeinsam in Verrücktheiten. Hört zu. Ich habe keine Zeit für lange Erklärungen. Der Pulsator-Antrieb ist nicht defekt. Ich habe ihn stillgelegt. Er ist jetzt auf Kaltstart eingestellt. Morn, du brauchst nur die Tasten zu drücken und das Raumschiff in die gewünschte Richtung zu lenken.«

Ich bin nicht dein Sohn. Nach und nach weckte der Stress, den es ihm bereitete, die eigene Stimme um den Kopf zu haben, seine Bösartigkeit. *Ich bin NICHT dein verdammter Scheißsohn!* Als er weitersprach, klang sein Tonfall grimmiger.

»Ich will, daß ihr euch nicht muckst. Laßt von allem die Finger, probiert an nichts rum, und nehmt bloß nicht die *Sturmvogel* mit dem Zielcomputer ins Visier. Tut *nichts*. Bis ich euch Bescheid sage.« Bis ich dem Scheißvogel den Arsch aufgerissen habe. »Dann drückst du die Tasten, Morn, und zwar blitzartig. Bring uns von hier weg, so schnell es geht. Steuere in die Richtung, aus der wir gekommen sind, und volle Pulle, mit soviel Ge, wie du aushältst.«

»Wird gemacht«, antwortete Morn sofort. Vor Konzentration klang ihre Stimme nach Zerstreutheit. »Ich weiß, welche Tasten gemeint sind. Jetzt programmiere ich den Kurs ein. Gleich sind wir startbereit.«

»Und gebt mir Scanninginformationen«, forderte Angus. »Haltet mich auf dem laufenden, unterrichtet mich über alles, was ihr auffangt. Ich muß wissen, was sich abspielt.«

»Geht klar«, brummte Davies, als führte er ein Selbstgespräch. »Momentan ist noch alles ziemlich chaotisch. Wahrscheinlich kannst du draußen mehr als wir erkennen. Aber der Partikelsturm wird eindeutig schwächer. Der Scanningcomputer avisiert, daß wir in achtzig Sekunden wieder verwertbare Daten haben.«

Achtzig Sekunden. Scheiße! Das war zu knapp. Angus konnte es nicht schaffen.

Er hatte keine Wahl. Er mußte es schaffen.

Die Außenpforte der Luftschleuse schwang auf, gab ihm den Blick auf eine beinahe unsichtbare Kurvung groben Gesteins frei.

Er sah nur den Umriß und die relativen Winkel des Asteroiden, weil der Fels aus irgendeinem Grund dunkler als das Weltall ringsherum zu sein schien; irgendwie vollkommener in seiner Finsterkeit. Und weil in unregelmäßigen Abständen erratisches Statikflackern die Konturen erhellte, geisterhaft schwache Nachbilder auf seinen Netzhäuten hinterließ.

Augenblicklich steigerte sich sein Grausen auf eine völlig neue Stufe.

EA war ihm zuwider, er *verabscheute* sie. Aus innerstem

Herzen und bis in die Fingerspitzen hatte er vor Externaktivitäten immer Furcht empfunden. Was ihn klein machte, machte ihn angreifbar. Nur Kleinkinder konnten in Kinderbetten angebunden werden, nur bei ihnen war es möglich, mit Schmerz die Grenzen ihres Wesens zu erkunden.

Dennoch stieß er sich ab, schwebte zur Luftschleuse hinaus, am Schiffsrumpf empor und über den Fels, als scheuchten ihn Befehle seines Data-Nukleus vorwärts, nicht die eigene Verzweiflung.

Die Bestürzung verursachte Davies Beklemmungen, als er sah, daß Morn sich in den Kommandosessel schnallte.

Er wußte nicht, was ihn stärker entsetzte: von Angus verlassen worden zu sein oder Morns Hände an der Tastatur des Kommandopults. Erinnerungen ans Hyperspatium-Syndrom schwirrten ihm durch den Kopf, verhängnisträchtig wie ein Schwarm Raben: Klarheit und Untergang schienen mit Schwingen gegen die Innenwände seines Schädels zu stoßen.

Wenn Morn unter Hoch-G-Belastung geriet, sprach das Universum zu ihr, gebot ihr die Selbstvernichtung; und sie gehorchte. So war die Natur des Lapsus beschaffen, den die seltsame Physik des Hyperspatiums im Gewebe ihres Gehirns evoziert hatte. Sie blieb dagegen machtlos. Die Stimme des Universums überwältigte jedes andere Bedürfnis, jeden sonstigen Wunsch.

Aber natürlich stand die *Posaune* vor keiner hohen G-Belastung. Jetzt nicht und vielleicht nie wieder. Irgendwie hatte Angus den Pulsator-Antrieb demoliert oder sonstwie funktionsuntüchtig gemacht. Er hatte den Interspatium-Scout so wuchtig gegen den Asteroiden gelenkt, daß das Raumschiff fast aufgeborsten wäre.

Anschließend hatte er die Flucht ergriffen, als hätte sein Interncomputer oder die alteingesessenen Schrecken seiner Seele ihm befohlen, das Weite zu suchen und sich andernorts auszutoben.

Succorso ist verrückt. Aber er ist verdammt auch 'n Genie.

Was, zum Teufel, sollte das bedeuten?

»Gütiger Himmel, Morn«, ächzte Davies so dumpf, daß er sich selbst kaum verstand. »Tu's nicht. Bitte nicht.«

Anscheinend hörte sie ihn nicht. Oder es scherte sie nicht, was er sagte. Angestrengt konzentrierte sie sich auf die Kommandokonsole, ihre Finger huschten leicht und flink über die Tasten und Schalter, während sie sich darauf besann, was sie an der Polizeiakademie über Interspatium-Scouts der Kompaktklasse gelernt hatte. Das Haar baumelte ihr ungepflegt über die Davies zugewandte Gesichtshälfte, verbarg ihre Miene vor ihrem Sohn.

»Morn...« Er mußte sie irgendwie zur Vernunft bringen. Irgendeine Möglichkeit, um sie zur Zurückhaltung zu überreden, mußte es geben; auf irgendein Zureden oder irgendeine Mahnung hatte sie doch einfach einsichtig zu reagieren. Davies' Herz und alle seine Synapsen glühten, als hätte er das Zonenimplantat im Hirn und die Funktionen des Kontrollgeräts auf maximale Leistung gestellt, so daß sie ihn mit artifiziellem, rasereiartigem, unbeherrschbarem Drang nach immer nur dem Äußersten erfüllten; als stäke er noch in ihrem Leib, wände sich und zappelte im unfreiwilligen Tanz, zu dem die Emissionen des Z-Implantats ihn zwangen.

»Morn«, setzte er, angetrieben von Noradrenalin, nochmals an, diesmal lauter. »Morn, hör zu! Wir müssen die Lage anders anpacken, erfolgversprechender. Es sieht ganz so aus, als ob Nick und Sib gescheitert seien. Wahrscheinlich sind beide tot. Und Angus hat sich verpißt. Nur wir zwei sind übrig. Mikka, Vector und Ciro liegen angeschnallt in den Kojen und sind wehrlos.« Und ebensowenig können sie uns helfen. »Alles hängt jetzt von uns beiden ab. Egal wie wir nun vorgehen, es sollte wenigstens eine gewisse Erfolgsaussicht bestehen. Sie haben es nicht verdient zu sterben, nur weil du am Hyperspatium-Syndrom leidest.«

Morn erübrigte kaum Aufmerksamkeit für ihn. »Du glaubst«, raunte sie durch die filzigen Haarsträhnen, »ich sei der Sache nicht gewachsen.«

»Ich halt's für zu gefährlich«, rief Davies, dessen Anspannung und Zerrüttung zu groß waren, als daß er die Ruhe hätte bewahren können, »um so ein Risiko einzugehen.«

Morn nickte. »Ich auch.« Ihre Hände prüften einen Computerbefehl auf seine Wirksamkeit. »Aber hast du eine bessere Idee?«

Sie war unzugänglich geworden: ihre geballte Konzentration entrückte sie bis an den Rand der Taubheit. Das Ausmaß der Kluft, die sie rings um sich aufgerissen hatte, flößte ihm tiefe Betroffenheit ein. Vor einigen Augenblicken hätte er noch mehrere Alternativen vorzuschlagen gewußt. Jetzt jedoch schien sein Gehirn so leer zu gähnen wie sein offenstehender Mund. Seine Not war so schaurig, daß er keine Antwort über die Lippen brachte.

»Angus ist nicht ausgerissen«, beteuerte sie so gelassen, als spräche sie aus einem anderen Sonnensystem zu ihm. »Er hat irgend was vor ... Irgend etwas, das dermaßen ausgeklinkt ist, daß er's selbst nicht hinkriegt, es zu erklären. Dafür muß er uns hier auf der Brücke haben ... Er braucht unsere Hilfe. Oder kannst du etwa sämtliche Kontrollen des Raumschiffs allein bedienen?«

Aus ihrer Frage sprachen ausschließlich Distanziert- und Konzentriertheit. Falls sie damit Kritik an ihm übte, ließ sie es ihn nicht spüren. Trotzdem fühlte er sich verletzt, als hätte sie ihn mit Säure besprizt. *Natürlich* war er dazu imstande, die Kontrollen des Schiffs allein ...

Aber selbstverständlich konnte er es nicht. Nur Angus hatte diese Fähigkeit; nur ihm standen so umfangreiche Möglichkeiten zur Verfügung.

Unbewußt bleckte Davies die Zähne und verschränkte die Arme auf der Brust, um dahinter seine Unzulänglichkeit zu verbergen wie hinter einer Barrikade.

»Du kennst dich mit den Waffensystemen aus«, konstatierte Morn. »Du hast dich ins Scanning eingearbeitet. Kannst du gleichzeitig mit beidem auch noch die Steuerung handhaben?« Du bist genauso schwach wie ich. »Wahrscheinlich weißt du über die Steuerungsfunktionen nicht mehr als ich.« Du hast die gleichen Grenzen. »Das heißt, übernähmst du die Steuerung, könntest du dich nicht mehr mit Scanning und Waffen beschäftigen. Folglich müßten wir sogar dann sterben, falls Angus Erfolg hat. Du nennst das vielleicht nicht ›Selbstvernichtung‹, aber heraus käme das gleiche Resultat.«

Das ist etwas *anderes,* erwiderte Davies lautlos. Es ist wenigstens ein *Versuch,* am Leben zu bleiben, und nicht das gleiche, als wenn man weiß, was man anstellt, ist von vornherein nichts als Selbstmord. Doch er konnte seinen Einspruch nicht laut vorbringen, weil er wußte, sie hatte recht. Um Steuerung, Scanning und Waffensysteme gleichzeitig zu bedienen, war er einfach nicht gut genug. Ihm das Raumschiff anzuvertrauen wäre so selbstmörderisch wie die Folgen von Morns Hyperspatium-Syndrom, weil er menschliche Schwächen hatte.

Morn war mit ihrer Argumentation noch nicht fertig. »Vielleicht starten wir nicht so stark durch, daß mein Hyperspatium-Syndrom akut wird«, meinte sie so leise, als dränge ihre Stimme aus dem Raum um Fomalhaut oder aus der Tiefe des Bannkosmos an Davies' Ohr. »Oder es könnte sein, daß die lange Aktivität des Zonenimplantats irgend etwas in meinem Kopf verändert hat. Eigentlich weiß man überhaupt nichts Genaues über das Hyperspatium-Syndrom.«

Langsam drehte sie sich um und sah ihn an. »Du möchtest, daß ich die Sorte Polizistin bin, die Bryony Hylands Tochter sein sollte«, sagte sie sanft, als spräche sie geradewegs zum Innersten seines Herzens, wäre er ihr so innig vertraut, daß sie trotz all seiner Furcht sein eigentliches Wesen anzusprechen vermochte. »Was hätte nach deiner Ansicht *sie* getan?«

Es lag in ihrer Macht, ihn einzuschüchtern. Er blieb dagegen wehrlos. Je stärker ihre Beherrschung wurde, um so mehr drohte er außer sich zu geraten. Er wußte, wie die Mutter, an die er sich erinnerte, gehandelt hätte.

»Glaubst du, wenn die *Sturmvogel* uns gefangennimmt«,

fragte Morn, »sind Mikka, Vector und Ciro mir dafür dankbar, sie nicht vorher getötet zu haben? Denkst du dir etwa, dir wird *gefallen*, was die Amnion mit dir anzustellen beabsichtigen?«

Sie war ihm über: schroff und freundlich, brutal und unwiderleglich. Aus schierem Frust steigerte sich seine angestaute Vehemenz zur Hysterie. Er versuchte erst gar nicht, sie zu bändigen.

»Nein, es wird mir bestimmt *nicht* gefallen! Meinst du etwa, das *wüßte* ich nicht? *Keinem* von uns wird's gefallen. Sollten wir in ihre Gefangenschaft geraten, muß einer von uns soviel Mumm haben, alle anderen zu töten. *Aber ich kenne dein Hyperspatium-Syndrom!* Du kapierst doch alles, warum siehst du dann nicht auch das ein? Ich weiß, was es *heißt*, wenn das Universum zu dir spricht! Und ich weiß, wie sehr es anschließend schmerzt! Wenn du dir so was noch einmal antust, bricht's mir das Herz.«

Irgendwie rührte er damit an einen Punkt ihres Gemüts, der noch Weh empfinden konnte. Wie aus dem Nichts, als stürzte ein Raumschiff aus dem Hyperspatium in den Normalraum, sah er sich mit einem Wutausbruch Morns konfrontiert. Ihr Zorn fiel so unvermutet in die Tard zurück, daß er sich einbildete, auf seinen Gesichtsknochen Hitze zu spüren.

»*Besseres kann ich nun einmal nicht bieten!*« schrie sie, als ob Schub den Schiffsrumpf durchfauchte; ihre Stimme gellte wie das Quantengeheul einer Materiekanone. »Wenn du nicht dazu in der Lage bist, die *Posaune* allein zu fliegen, *halt den Mund und laß mich arbeiten!*«

Ruckartig wandte sie sich ab, ohne sein Gekränktsein zu beachten. Roh drosch sie die Handfläche aufs Kommandopult und aktivierte das Interkom-Mikrofon.

»Mikka, Ciro und Vector, gebt acht.« Sie gab sich keinerlei Mühe, um ihre Wut zu mäßigen; oder das Beben der Furcht und des Kummers zu unterdrücken, das ihre Stimme durchzog. »Ich habe wenig Zeit. Ihr wolltet informiert werden. Momentan kann ich euch nur das Folgende mitteilen ...«

Doch anscheinend verebbte während des Sprechens ihre Erregung; oder ging in der hochgradigen Konzentration auf, die sie jetzt wieder auf die Kommandokonsole richtete. Bei Satz um Satz klang ihre Stimme ruhiger, erneuerte sich die Kluft, die sie von Davies trennte.

»Wir hatten einen Schußwechsel mit einem anderen Raumschiff, der *Freistaat Eden*. Es ist uns von Kassafort bekannt. Wir nehmen an, daß es mit der *Sturmvogel* kooperiert. Wir haben auf die *Freistaat Eden* gefeuert, und sie hat zurückgeschossen. Das war das erste Gefecht, die erste Hoch-G-Belastung, die ihr gespürt habt. Wir haben uns abgesetzt. Angus wußte nicht recht, wie er sie abweisen sollte, also sind wir in Gegenrichtung geflogen. Der *Sturmvogel* entgegen. Angus war der Meinung, einen Kampf mit ihr könnten wir eher durchstehen. Als wir ihr begegnet sind, haben wir's mit Ausweichmanövern versucht. Aber dann ist der Pulsator-Antrieb ausgefallen. Weil wir nicht mehr bremsen konnten, sind wir mit einem Asteroiden kollidiert. Jetzt hat Angus sich auf eine andere Taktik verlegt. Auf welche, wissen wir nicht. Aber die *Sturmvogel* ist geblendet, wenigstens für ein paar Minuten. Die *Posaune* kann ein Dispersionsfeld erzeugen, das einen Materiekanonen-Strahl in Distorsion umformt. Momentan sieht die *Sturmvogel* uns nicht, und wir können sie nicht sehen. Also sind wir sicher, bis die *Sturmvogel* wieder Scanningresultate erhält. Dann dürfte sie voraussichtlich versuchen, uns zu kapern.«

Rauh pflügte Morn die Hände durchs Haar, als müßte sie ihre Gedanken aus der Nähe der Kommandokonsole vertreiben, um die Informationen beenden zu können.

»Falls Angus uns noch mitteilt, welchen Plan er verfolgt, und ich dazu die Zeit finde, erfahrt ihr's von mir. Auf alle Fälle sorgen Davies und ich dafür, daß Sorus Chatelaine uns nicht in ihre Krallen bekommt. Sollte uns keine andere Alternative mehr offenstehen, will ich versuchen, dem Ponton-Antrieb eine Rückkoppelungsschleife zu programmieren, so daß wir die *Sturmvogel*, sobald sie nahe genug heran ist, vielleicht mit uns in die Tach reißen. Wir könnten das Hyperspatium nicht mehr verlassen, aber sie auch nicht. Behaltet die Nerven. Noch sind wir nicht erledigt.«

Grob schaltete sie das Mikrofon ab und schenkte ihre volle Aufmerksamkeit wieder der Kommandokonsole.

Fortgesetzt starrte Davies zu ihr hinüber. Er hatte das Gefühl, sie schon seit Stunden voller Schrecken oder Verwunderung zu beobachten. Doch als sie »dem Ponton-Antrieb eine Rückkoppelungsschleife zu programmieren« sagte, wurde seine Fassungslosigkeit mit einem Schlag umgemünzt.

Die unbehebbare Identitätsdiskrepanz, die unter seinen Einwänden und Widersprüchen schwelte, unterzog sich einer sonderbaren, quasi tektonischen Verschiebung. Klar, eine Rückkoppelungsschleife. Warum hatte er nicht daran gedacht? Wenn sich in den Bordsystemen noch genügend residuelle Energie fand, hinlängliche Ladung in den Akkumulatoren ...

Eigentlich hätte die bloße Vorstellung einer solchen Handlungsweise ihm Schaudern einjagen müssen. Wenn Morns Hyperspatium-Syndrom ihr die Selbstvernichtung befahl, konnte sie den Ponton-Antrieb als Vernichtungswerkzeug benutzen und ihren sicheren Tod herbeiführen.

Aber es grauste ihn nicht: seine tiefe Furcht verwandelte sich in Staunen. Daß Morn wußte, wie sich die *Posaune* vernichten ließ, war nur zum Teil ein auslösender Faktor seiner inneren Veränderung; lediglich der Katalysator. Überwiegend geschah sie infolge der Einsicht, daß er, wenn Morn eine Rückkoppelungsschleife zustande zu bringen wußte, es gleichfalls konnte. Er war selbst dazu fähig, das Raumschiff zu vernichten.

Das bedeutete, falls Morn ums Leben kam oder wahnsinnig wurde, blieb ihm trotzdem eine Gelegenheit, um das Raumschiff und seine Freunde vor der *Sturmvogel* zu retten. Er hatte die Möglichkeit, es ihnen allen zu ersparen, in Amnion transformiert zu werden.

Er hatte die Chance, sich dem Zugriff der Amnion zu entziehen.

Im Zustand plötzlicher Erleuchtung erkannte er die wahre Natur der Leidenschaft, die seinem blutgierigen Rachedurst in bezug auf die *Sturmvogel/Liquidator* und Sorus Chatelaine zugrunde lag. Seine Wildheit und Entschlossenheit hingen viel stärker mit den Absichten zusammen, die Chatelaine mit ihm hatte, als mit dem Schicksal, das die *Liquidator* der *Intransigenz* und Bryony Hyland bereitet hatte.

Er hegte den unbändigen Wunsch, Sorus Chatelaine in all ihren Gestalten zu eliminieren, damit sie ihn nicht gefangennahm und die Amnion ihn nicht in eine Waffe gegen die Menschheit verwandelten.

Mit dieser Erkenntnis verflog sein Ärger über Morn, verging seine Furcht. Wenn er nicht einmal seinen tiefsten Schrecknissen machtlos gegenüberstand, konnte er die unmittelbar drohende Gefahr erst recht abwenden. Es war möglich, mit Morn zusammenzuwirken ...

Sie betrachtete die Tasten und Anzeigen, als hätte ihr Sohn zu existieren aufgehört. Auf den Monitoren ließ sich erkennen, daß der Bosonensturm – zu sekundären und tertiären Quantendiskontinuitäten transmutierte Materiekanonen-Energie – sich verzog, Partikelzerfall und die hohen Gauß-Werte des Asteroidenschwarms ihn auflösten. Nicht mehr lang, und die *Sturmvogel* hatte die *Posaune* wieder in der Ortung.

Falls es Angus gelang, für neuen Schub zu sorgen ...

War das der Grund, weshalb er die Brücke so fluchtartig verlassen hatte? Versuchte er verzweifelt eine Reparatur vorzunehmen, die das Flugvermögen der *Posaune* wiederherstellte?

Davies mußte Klarheit haben.

Er räusperte sich. »Aus welcher Veranlassung glaubst du«, fragte er mit soviel Ruhe, wie er aufbringen konnte, »daß Angus nicht einfach verduftet ist?«

Morn hob nicht den Blick. »Weil er nicht abkratzen will.« Von neuem hatte sie zwischen sich und Davies große Distanz geschaffen, rings um sich eine Mauer aus Leere gezogen. »Er wird noch Stunden, nachdem sein Gehirn kaputt und sein Blut geronnen ist, ums Leben kämpfen. Wo er geblieben ist, weiß ich auch nicht, aber er wird irgend etwas *tun*. Mit ein bißchen Glück haben wir also noch eine Chance.«

Diese Erklärung leuchtete Davies ein: sie paßte zu allem, dessen er sich über Angus entsann. Allerdings verstand er deswegen noch nicht, wieso Morn allem Anschein nach Angus genauer als er kannte, obwohl sein Gedächtnis randvoll war mit ihren Erinnerungen.

Die Scanning-Sichtschirme wiesen ihn darauf hin, daß er gegenwärtig für derartige Fragen keine Zeit hatte. In wenigen Minuten mußten die Sensoren und Partikelanalysatoren der *Sturmvogel* die Fähigkeit zurückgewinnen, die Umgebung zu identifizieren.

Plötzlich knackte der Interkom-Apparat der Kommandokonsole. Hart wie ein Donnerschlag dröhnte auf einmal Angus' Stimme durch die Brücke.

»Hörst du zu? Gib acht, du Flasche.« Er dachte wohl, Davies säße am Kommandopult. »Ich habe für dich Befehle. Wenn du was vermasselst, geben wir alle den Löffel ab.«

Rasch las Morn Anzeigen ab. »Er steckt in einem EA-Anzug«, flüsterte sie, »und benutzt den Helmfunk. Aber er ist noch nicht von Bord gegangen.« Danach schaltete sie das Mikrofon ein.

»Wir hören dich, Angus«, antwortete sie, als hätte sie mit seinem Anruf gerechnet. »Wir tun, was du sagst. Ich glaube, das Dispersionsphänomen geht vorüber. In drei oder vier Minuten kann die *Sturmvogel* uns wieder orten.«

Sobald sie mit Angus sprach, klang ihre Stimme nicht mehr nach Distanziertheit. Statt dessen erinnerte sie Davies an den Tonfall, in den sie verfallen war, als sie Angus damals auf der *Strahlenden Schönheit* um das Zonenimplantat-Kontrollgerät gebeten hatte.

Trotz der metallischen Unzulänglichkeit der Interkom-

Lautsprecher hörte man Angus die Bestürzung an, die er empfand, als er Morns Stimme hörte.

»Du kannst dich nicht an der Kommandokonsole betätigen, Morn! Verdammt noch mal, hast du denn Gehirnerweichung? Bist du psychotisch geworden? *Wir können Hoch-G-Belastung nicht vermeiden.* Ich bin nicht schnell genug zurück, um wieder die Schiffsführung zu übernehmen. Und sobald wir durchstarten, wird dein Hyperspatium-Syndrom akut. Verschwinde! Kapierst du nicht? Du mußt von der Brücke gehen. Überlaß Davies das Kommando. Davies, du mußt dafür sorgen, daß sie von der Brücke abhaut!«

Mit einem Knurren fletschte Davies die Zähne und tippte Befehle in die Tastatur, die möglicherweise bewirken mochten, daß die Scanningimpulse die Distorsionen durchdrangen. Gleichzeitig lud er das Inventarverzeichnis des Waffenschranks auf einen Bildschirm. Bestimmt wollte Angus die EA nicht unbewaffnet antreten.

Morn blickte ihn an und sah, was Davies tat. Er hatte den Eindruck, daß sie unter anderen Umständen gelächelt hätte. Aus Erleichterung oder Dankbarkeit? Hoffnung? Er durchschaute es nicht.

»Er kann das Schiff nicht allein führen«, entgegnete Morn. »Das weißt du doch selbst. Es sind zu viele Aufgaben, und keiner von uns beiden arbeitet so schnell wie du. Wenn er die Steuerung handhabt, kann er sich zur gleichen Zeit vielleicht mit dem Scanning befassen, aber unmöglich auch die Waffensysteme bedienen. Wir wären wehrlos, selbst wenn wir noch manövrieren könnten.«

»Wir können aber nicht manövrieren«, rief Davies so laut dazwischen, daß Angus ihn hören mußte, »weil wir keinen Schub haben.« Er wünschte Angus klarzustellen, auf wessen Seite er stand.

»Darum muß die Steuerung von mir übernommen werden«, stellte Morn klar. »Er kümmert sich um Scanning und Waffensysteme. Mit der Zielerfassung und -verfolgung kennt er sich inzwischen so gut aus, daß er nebenher das Scanning überwachen kann.«

»Du bist verrückt!« Verstörtheit sprach aus Angus' Stimme. »*Ich verliere mein Schiff!*«

Morn schlug die Handteller gegen die Seiten der Kommandokonsole, strich sich die Haare aus dem Gesicht. »Angus«, erwiderte sie in scharfem Ton, »wir bieten hier ein leichtes Ziel. Vielleicht ist Verrücktheit das einzige, was uns noch retten kann. Weshalb gehst du sonst zu EA über? Hör auf zu nörgeln. Trage du deine Risiken, ich trage meine.«

»Und ich verliere mein Schiff!« tobte Angus. »Müssen wir jedesmal den gleichen Handel eingehen? Daß du die Kontrolle an dich reißt und ich mein Schiff verliere?«

Schroff schaltete Davies sein Mikrofon an und ging auf die von Angus benutzte Frequenz.

»Ja oder nein, Angus, entscheide dich«, schnauzte Davies. »Sie hat recht. Und sie ist keineswegs völlig durchgedreht. Vorhin hat sie etliche Ge überstanden. Bist du sicher, daß nicht du derjenige bist, der nicht mehr bei Trost ist? Ich habe ins Waffenschrank-Inventarverzeichnis geguckt. Du hast nichts dabei als diese tragbare Materiekanone. Gegen die *Sturmvogel* ist das Ding doch bloß 'n Spielzeug, Angus. Genausogut könntest du sie mit 'm Wasserpistölchen beschießen. Damit verpaßt du ihr kaum 'n Kratzer.«

Darauf gib Antwort, wenn du kannst. Dann hast du vielleicht ein Recht, dich zu beschweren.

Mehrere Sekunden lang schwieg Angus. Als er sich wieder meldete, war er offenbar bereit zum Einlenken.

»Meinetwegen. Wir haben ja alle 'ne Schraube locker. Also stürzen wir uns gemeinsam in Verrücktheiten.«

Für Davies klang sein Tonfall der Unterlegenheit sonderbar bekannt. Genauso hatte er geredet, als er Morn in Mallory's Bar & Logis das Zonenimplantat-Kontrollgerät zusteckte. *Ich bin einverstanden. Mit der Abmachung. Ich halt den Mund.*

»Hört zu! Ich habe keine Zeit für lange Erklärungen.«
Denk dran, ich hätte dich umbringen können. Jederzeit töten.
»Der Pulsator-Antrieb ist nicht defekt. Ich habe ihn still-

gelegt. Er ist jetzt auf Kaltstart eingestellt. Morn, du brauchst nur die Tasten zu drücken und das Raumschiff in die gewünschte Richtung zu lenken.«

Aus Überraschung sperrte Morn die Augen auf; verdutzt schnappte sie nach Luft. Sofort schenkte sie ihre Beachtung erneut der Tastatur.

»Ich will, daß ihr euch nicht muckst«, fügte Angus hinzu. »Laßt von allem die Finger, probiert an nichts rum, und nehmt bloß nicht die *Sturmvogel* mit dem Zielcomputer ins Visier. Tut *nichts*. Bis ich euch Bescheid sage.« Allem Anschein nach hatte er sich jetzt wieder besser in der Gewalt. »Dann drückst du die Tasten, Morn, und zwar blitzartig. Bring uns von hier weg, so schnell es geht. Steuere in die Richtung, aus der wir gekommen sind, und volle Pulle, mit soviel Ge, wie du aushältst.«

»Wird gemacht«, versprach Morn konzentriert. »Ich weiß, welche Tasten gemeint sind. Jetzt programmiere ich den Kurs ein. Gleich sind wir startbereit.«

»Und gebt mir Scanninginformationen.« Davies spürte, daß Angus damit ihn ansprach. »Haltet mich auf dem laufenden, unterrichtet mich über alles, was ihr auffangt. Ich muß wissen, was sich abspielt.«

»Geht klar«, erwiderte Davies. »Momentan ist noch alles ziemlich chaotisch. Wahrscheinlich kannst du draußen mehr als wir erkennen. Aber der Partikelsturm wird eindeutig schwächer. Der Scanningcomputer avisiert, daß wir in achtzig Sekunden wieder verwertbare Daten haben.«

Aus dem Lautsprecher drang ein Keuchen. Von nun an ließ Angus kein Wort mehr verlauten.

Nur mühsam atmen hörte Davies seinen Vater durch die Interkom, sehr mühevoll; er rang nach Atem – oder Mut.

Er hatte den Helmfunk in Betrieb belassen. Indikatoren zeigten an, daß auch Morn ihren Interkom-Apparat eingeschaltet ließ. Grimmig erneuerte Davies seine Bestrebungen, den in Verflüchtigung begriffenen Partikelsturm mit den Sensoren der *Posaune* zu durchdringen.

Das Zentrum des Bosonensturms befand sich in der Nähe

des Interspatium-Scouts, zwischen ihm und der *Sturmvogel*. Aber zuerst löste die Distorsion sich an den Rändern auf: ihr Zentrum zerfiel zuletzt. Als Davies endlich Überlegungen zur Situation der *Posaune* anstatt über Morn anstellte, kribbelte neue Beunruhigung wie ein Insektenschwarm durch seine Nerven.

Wenn nun die *Sturmvogel* nicht an ihrer Position blieb, um das Ende des Partikelsturms abzuwarten? Wenn sie den Kurs änderte und sich näherte, die Distorsionen in der Absicht umflog, die *Posaune*, solange ihre Ortung noch beeinträchtigt war, zu attackieren?

Schweiß machte Davies' Handflächen rutschig. Im Gegensatz dazu fühlte sein Gaumen sich so ausgedörrt wie eine Wüste an. *Angus,* wollte er sagen, *Angus, mir ist gerade was aufgefallen.* Aber er brachte keinen Ton heraus: die Stimmbänder verweigerten ihm den Gehorsam. Seine Hände zitterten, während er Tasten drückte, mit den Instrumenten die zerfransten Randbereiche der Distorsion anpeilte.

Ununterbrochen rasselten Angus' Bronchien nach Luft, als stünde er im Ringkampf mit Dämonen.

Augenblicklich erhielt Davies Radarechos aus mehreren verschiedenen Richtungen, von Raumschiffen auf allen Seiten, einem halben Dutzend oder mehr.

Das jedoch war eindeutig unmöglich. Geisterechos, er empfing nichts als Geisterechos: Phantome und Schimären. Eine andere Erklärung gab es nicht, wenn der Scanningcomputer behauptete, durch massiven Fels ein Raumschiff zu erkennen. Dennoch war es ein gutes Zeichen, wie sehr es Davies auch verdroß. Wenn die Sensoren Geisterechos übermittelten, mußten sie bald wieder wirklich vorhandene Raumschiffe orten können.

Wie ein Pulk Monde oder Satelliten mit gestörten Umlaufbahnen kreisten die Geisterechos umeinander und rückten sich näher, bis schließlich, als der Scanningcomputer aus dem Schein das Reale herausgefiltert hatte, nur ein Echo übrigblieb.

Da.
Irrtum ausgeschlossen.
Scheiße!
Und keine Zeit, um ...

»Angus«, rief er eindringlich, versuchte nicht zu schreien, nicht in Panik zu geraten, »wir kriegen Gesellschaft. Von der Flanke.« Er nannte die relative Position des dritten Raumschiffs. Ein Bild zu übertragen, war das Scanning noch nicht wieder fähig. »Es fliegt schnell an. Es ist die *Freistaat Eden*.«

Seine Stimme drohte sich zu überschlagen. Den Scanningdaten zufolge gab es keinen Zweifel. »Die Emissionssignatur ist zu ähnlich, als daß es 'ne Täuschung sein könnte. *Guter Gott*, Angus! Was machen wir denn *nun*?«

Von Angus kam keine Antwort. Aus der Interkom drang nur ein Schnaufen, heiser wie Todesgeröchel.

Davies schaute Morn an, aber auch sie wußte nichts zu antworten. Ratlos starrte sie auf die Sichtschirme.

Sie hatte eine Kursextrapolation auf die Scanningschirme projiziert, ihren Kurs; eine Kursberechnung für die Flucht der *Posaune*. Davies ersah daraus, daß der Interspatium-Scout, wenn sie die Tasten für den Kaltstart betätigte, fast geradewegs dem Verbündeten der *Sturmvogel* ins Schußfeld der Bordartillerie steuern mußte.

ANGUS

Hinter Angus schloß und versiegelte sich die Schleusenpforte, doch er nahm es nicht zur Kenntnis. Er mußte schleunigst die andere Rumpfseite der *Posaune* erreichen, die vom Asteroiden abgewandte Seite. Im Laufe der wenigen Sekunden, die ihm noch blieben, mußte er dort anlangen und in den Sichtschutz der Masse des Interspatium-Scouts umkehren. Er schob die Mündung der Materiekanone unter den nächstbesten Haltegriff und ließ sie zurück. Mit den Stiefeln stieß er sich vom Fels ab und schwebte am Raumschiff empor.

Im selben Augenblick, als er oben die Rumpfwölbung überquerte, bohrte sich Schmerz wie eine Lanzenspitze durch die EM-Prothese ins Hirn. Zu schnell, als daß seine Zonimplantate es verhindern oder beheben konnten, schienen seine Sehnerven an die Schädelrückseite gespießt zu werden.

O verdammt! Scheiße! Ach du guter Gott! Unwillkürlich hob er eine Hand vor die Helmscheibe, aber damit half er sich nicht. Trotz der Abschirmung durch Mylar und Plexulose war sein Fleisch zu schwach, um den Schmerz zu verwinden.

Er hatte vergessen, die Polarisierung der Helmscheibe auf den Bosonensturm zu adjustieren, um die heftige Strahlung abzuwehren, die ihm jetzt ungehindert in dem durch seine Prothese empfangbaren Frequenzspektrum ins Hirn drang.

Verflucht noch mal! Was taten diese elenden Datenspeicher, wenn er ihre Unterstützung *brauchte*? Weshalb hatte seine Programmierung diese Panne nicht vorausgesehen?

Er wußte, warum nicht. Weder Warden Dios noch Hashi Lebwohl hatte geahnt, wie weit er zu gehen bereit war, wenn ihn Verzweiflung vorwärtspeitschte.

Durch einen rot tosenden Schleier der Qual ertastete er die Kontrollen auf der Brustplatte des EA-Anzugs, paßte in rasender Hast die Polarisation den Verhältnissen an.

Als die neurale Marter so weit nachgelassen hatte, daß er wieder sehen konnte, war er schon über fünfzig Meter von der *Posaune* abgetrieben. Auf das Zentrum des Partikelsturms zu, hinter dem die *Sturmvogel* lauerte ...

Wieviel Zeit hatte er noch?

Fünfundfünfzig Sekunden, meldete sein Interncomputer. Zählung läuft.

Erbittert zündete Angus die umgeschnallten Lenkdüsen, korrigierte mit komprimiertem Gas seine Trajektorie, so daß er zurück in die Richtung der *Posaune* schwenkte.

Mit Lenkdüsen-Höchstgeschwindigkeit schoß er längs des Schiffsrumpfs zu der Stelle, an die er wollte.

Wuchtig sauste er gegen den Rumpf; hätte fast keinen Halt gefunden und wäre abgeprallt. Doch diesmal bedeuteten seine Maschinenreflexe die Rettung. Seine Finger krallten sich an eine Klampe der Zugangsluke.

Noch siebenundvierzig Sekunden.

Er versuchte sich auf sein Vorhaben zu konzentrieren, Pein und Zeitlimit zu vergessen, den Mikroprozessoren den Vorrang zu lassen, tippte den Öffnungscode ins Kombinationsschloß der Luke.

Auch das Freigeben der Luke zum externen Öffnen war eine der Vorbereitungsmaßnahmen gewesen, die er von der Brücke aus erledigt hatte. Andernfalls hätte er jetzt Davies oder Morn Weisungen zuschreien, sie über das Erfordernis informieren, ihnen den Code nennen müssen. Sein Vorausplanen ersparte ihm diese Umstände. Der Atem fauchte ihm so schwerfällig durch die Kehle, daß er bezweifelte, sprechen zu können, von Schreien ganz zu schweigen.

Die Luke gewährte Zugang in den Munitionsbunker,

der die Singularitätsgranaten der *Posaune* dem Werfer zuführte.

Vor geraumer Zeit schon hatte er sich darüber gewundert, daß seine Quälgeister den Aufwand betrieben hatten, den Interspatium-Scout mit Singularitätsgranaten auszurüsten. Verwenden konnte man sie so gut wie nie. Sie abzufeuern war einfach; sie wirksam zu zünden hingegen wesentlich schwieriger.

Im Moment jedoch interessierte er sich nicht im entferntesten für Dios' oder Lebwohls Beweggründe.

Noch neununddreißig Sekunden.

Eilends löste er die erste Granate aus der Halterung und bugsierte sie zur Luke hinaus. Das zu bewältigen bedeutete bei Nullschwerkraft kein Problem. Und die Granate war nicht größer als Angus' Brustkasten: Mit diesen Maßen kam er ohne weiteres zurecht. Eine andere Sache verkörperte dagegen ihre Masse. Sie wog, wie ein Datenspeicher Angus mitteilte, über fünfhundert Kilo. Sie hatte ein erhebliches Trägheitsmoment. In Bewegung setzen konnte er das Ding, aber um es anschließend zu stoppen, würde er die Lenkdüsen bis zum äußersten belasten müssen.

Einen Fehlschlag durfte er sich nicht erlauben. Was nutzten ihm alle seine verstärkten Kräfte, wenn sie, sobald er sie benötigte, doch nicht ausreichten?

Indem er gleichermaßen um Mut und Atem rang, stemmte er die Granate hinaus, schaltete die Lenkdüsen auf volle Kraft und schwebte leicht wie eine Feder an der freien Seite der *Posaune* die Rumpfwölbung empor.

Vierundzwanzig Sekunden.

Außer Davies' zeitliche Schätzung war falsch. Vielleicht konnte die *Sturmvogel* ihn schon sehen.

Er wagte keinen Blick in ihre Richtung zu werfen.

Vorwärts, du Arsch! Elendes Arschloch, *vorwärts!*

An der Rumpflinie, die ihm als Sichthorizont der *Posaune* diente, veränderte er den Vektor der Lenkdüsen. Er legte sich ins Zeug, um die Granate zu drehen, bis er glaubte, die Sehnen müßten ihm reißen.

Er schob sie über die obere Rundung des Rumpfs der *Posaune*, direkt aufs Schwarz des Asteroiden zu. In den engen Raum zwischen der *Posaune* und dem Felsgestein.

Siebzehn Sekunden.

Angus konnte die Granate nicht im rechten Moment abfangen. Sie schmetterte gegen den Asteroiden. Ein Hagel von Felssplittern und Steinbrocken stob davon, als sie abprallte.

Doch auch darauf war Angus vorbereitet. Um sich abzustützen, rammte er die Stiefelspitze unter einen Haltegriff, knickte ruckartig die Hüften ein, manövrierte mit Hilfe der Lenkdüsen. Mit einem letzten Schlingern, das Angus beinahe die Arme ausrenkte, sank die Granate neben das Raumschiff und bewegte sich nicht mehr.

Elf Sekunden.

Scheiße, allzu knapp! Und er war noch nicht fertig. Er mußte die Granate nach oben zurückbefördern, an den Sichthorizont; dann wieder die Materiekanone an sich bringen und in Position gehen.

Irgendwo im trostlosen Kinderbett des EA-Anzugs mußte er die Kraft finden, um die Granate der *Sturmvogel* entgegenzuschleudern.

Er hatte nicht genug Kraft. Niemand hatte genügend Kräfte für so etwas. Von der VMKP-DA war er für allerlei Anforderungen ausgestattet worden, aber nicht für derlei Kraftakte. Zum letztenmal im Leben waren Angus' Hände und Füße *an die Gitterstäbe gebunden;* war er vollständig wehrlos. Überhaupt nichts, was er jemals tun könnte, reichte aus, um zu verhindern, daß Sorus Chatelaine und die übrigen Mieslinge im Asteroidenschwarm ihn zur Schnecke machten.

»Angus, wir kriegen Gesellschaft.« Davies' plötzlicher Zuruf schien Angus den Schädel zu spalten. Durch den Stress glich in seinen Ohren alles Hörbare scheußlichem Ohrensausen. »Von der Flanke.« Davies nannte Koordinaten, die nur Angus' Intercomputer verstand. »Es fliegt schnell an. Es ist die *Freistaat Eden*. Die Emissionssignatur ist zu ähnlich, als daß es 'ne Täuschung sein könnte. *Guter Gott*, Angus! Was machen wir denn *nun?*«

Der Verbündete der *Sturmvogel*. Hier. Schon da.

Jetzt war es schlimmer, als im Kinderbett angebunden zu sein, ärger als Nadeln und Pein. Angus wollte schreien, aber er mußte zu angestrengt nach Luft japsen.

Wie ein Wilder krallte er sich an Haltegriffe und Steigeisen, schwang sich zum Sichthorizont der Rumpfoberseite hinauf und spähte ins ruhelose Mitternachtsschwarz des Asteroidenschwarms.

Eigentlich hätte es zu finster sein müssen, um etwas zu sehen. Das erratische Flimmern und Glimmen der Statik konnte die Dunkelheit nicht aufhellen. Aber in der Ferne gloste noch schwach die durch die Vernichtung des Schwarzlabors hervorgerufene Aurora borealis und verlieh manchen Asteroiden einen nekrösen, unheilvollen Glanz, umglomm andere mit Lichtkränzen. Zudem leuchteten die Positionslampen der *Sturmvogel*, hoben ihre Umrisse vom Dunkel ab.

Denn da war sie, *da* geradeaus, mitten in Angus' Blickfeld, keine fünfzehn Kilometer entfernt.

Und näherte sich.

Die *Freistaat Eden* konnte er an der Spitze seiner rechten Schulter erkennen, am Rande des Gesichtskreises der Helmscheibe. Auch die Lichter der *Freistaat Eden* brannten. Aber sie war schon näher heran als die *Sturmvogel* – gütiger Himmel, *viel* näher. Höchstens 5 Klicks trennten sie von der *Posaune*. Sie war längst in Kernschußweite.

Darauf war Angus nicht eingestellt. Nichts konnte der *Posaune* gegen *zwei* Angreifer von Nutzen sein.

Immer, immer blieb er hilflos, nie war er etwas zu tun imstande. Liebevoll und grausam umfing ihn der Abgrund. Die eigene Schwäche hielt Angus nieder: Versagen und Furcht erfüllten ihn mit gräßlichem Leid.

»Gib mir Anweisungen!« gellte Morns Stimme. »Angus, sag mir, was ich tun soll!«

»Jetzt sehe ich auch die *Sturmvogel!*« schrie Davies.

»Beide Schiffe sind feuerbereit. Sie schießen uns jeden Moment zu Klump.«

Sag mir, was ich tun soll!

Morn hatte ihm die Freiheit zurückgegeben. Andernfalls hätte er vielleicht kapituliert und wäre ums Leben gekommen. Er wäre längst seelisch gestorben, vor Hilflosigkeit und lauter Zwängen dem Wahnsinn verfallen. Aber dank Morn hatte er die Freiheit wiedererlangt ...

Und seine cyborgischen Komponenten kannten keine Kapitulation. Seine Programmierung sah derlei nicht vor.

In höchster Verzweiflung schwang er sich nochmals am Rumpf der *Posaune* hinab, duckte sich hinter die Granate und stieß sie mit der Schulter ab.

Dann sprang er nach der Materiekanone.

Das genügte. Er hatte Waffen. Und Entsetzen bedeutete bei ihm das gleiche wie Kraft. Morn hatte ihm die Freiheit zurückgegeben. Die Zonenimplantate verhalfen Angus zu Sicherheit des Handelns, optimalisierten die Beherrschung seiner Sinne und Gliedmaßen, verminderten jedoch nicht im geringsten sein Gefühl krassester Dringlichkeit und äußerster Zeitnot.

Als die Granate über den Sichthorizont stieg, schwebte er hinterdrein.

Stoppte sie mit einem kurzen Gasstoß aus den Lenkdüsen.

Rückte hinter die Granate.

Es war zu spät. Im selben Moment eröffnete die *Freistaat Eden* das Feuer.

Und in der nächsten Sekunde auch die *Sturmvogel*. Schlagartig verwandelte sich die Dunkelheit, indem Materiekanonen schieres Chaos entfesselten, in eine Wirrnis aus gleißend hellem Licht und Diskontinuitäten.

Aber die beiden Raumschiffe schossen aufeinander. Herrgott, *sie schossen aufeinander!* Eines verübte am anderen Verrat. Die *Posaune* gab eine zu fette Beute ab, als daß man sie gerne geteilt hätte.

Und sie konnten es sich leisten, den Interspatium-Scout

zu ignorieren. Er erregte den Eindruck völliger Einsatzunfähigkeit.

Hätte die *Sturmvogel* das Superlicht-Protonengeschütz eingesetzt, wäre die *Freistaat Eden* schon besiegt gewesen, zerrissen worden, bevor sie ein zweites Mal feuern konnte. Doch Angus kannte die energetischen Eruptionen von Materiekanonen; er erkannte sie auf den ersten Blick. Die *Sturmvogel* erwiderte das Feuer mit der gleichen Waffe ...

Dadurch befand sich die *Freistaat Eden* im Vorteil. Sie hatte zuerst geschossen und war folglich dazu imstande, die Kanone schneller wiederaufzuladen. Und sie hatte die *Sturmvogel* überrascht. Wenn eines der beiden Raumschiffe eine Aussicht hatte, das Gefecht zu gewinnen, dann war es die *Freistaat Eden*.

Angus faßte seinen Entschluß rein gefühlsmäßig, zu schnell, um darüber nachzudenken. Er stemmte sich gegen die Granate, wuchtete sie mit jedem Quentchen und Restchen seiner artifiziell verstärkten Kräfte herum; aktivierte die auf Vollschub geschalteten Lenkdüsen.

Was er vollbrachte, hätte ihm eigentlich unmöglich sein müssen. Die Singularitätsgranate wog fünfhundert Kilogramm. Und er war allein. Doch er mußte auf eine Art und Weise, die er nicht durchblickte, für genau diese Aufgabe geschaffen, mit ihm unvorstellbaren Mitteln und Wegen dafür trainiert worden sein. Entsetzen bedeutete Kraft; bedeutete *Leben*. Gefangen im Kinderbett des EA-Anzugs, kämpfte er mit dermaßen verzweifelter Anstrengung um Freiheit, daß wohl sogar seiner Mutter, hätte sie ihn sehen können, das Herz gebrochen wäre.

Irgendwie gelang es ihm, die Granate der bedrohlich nahen Masse der *Freistaat Eden* geradewegs entgegenzuwerfen.

Um sie zu treffen, mußte sie eine halbe Ewigkeit brauchen. Oder es wäre normalerweise so gewesen; doch die *Freistaat Eden* kam unablässig näher, weil sie für die Fortsetzung des Feuergefechts Position und Schußwinkel zu verbessern versuchte. Sie flog schneller auf die Granate zu, als sich die Granate auf sie zubewegte.

Angus ließ seinem Interncomputer einen Sekundenbruchteil Zeit, um die relativen Trajektorien zu berechnen sowie den Punkt und die Zeit des Zusammenpralls zu schätzen. Dann sprang er auf den Rumpf der *Posaune*.

In rasender Eile hakte er den Nullschwerkraftgurt des EA-Anzugs an einen Haltegriff, straffte den Gurt, um dagegen vorzubeugen, daß er abhob oder hin- und hergeschüttelt wurde. Die Stiefel stellte er auf den Sockel des benachbarten Partikelkollektors, erhöhte ihre magnetische Ladung, um festen Stand zu haben. Er schwenkte die tragbare Materiekanone herum und legte sie an.

Eine zweite Garbe aus der Materiekanone der *Freistaat Eden*. Glutgezüngel umwaberte die *Sturmvogel* wie eine Penumbra des Verderbens. Bei dem Bemühen, Schäden abzuwenden, lohten und flackerten ihre Partikelkollektoren wie Sonnen. Wütend erwiderte sie das Feuer des Angreifers.

Falls sie die Granate traf, ehe sie die *Freistaat Eden* erreichte ... Ehe Angus selbst auf sie schießen konnte ...

»*Jetzt!*« heulte er ins Mikrofon. Endlich vermochte er zu schreien, aus dem Innersten seines gebrochenen Herzens emporzuschreien, auch wenn seine Stimme in der Finsternis, die ihn umgab, ungehört und unbeachtet zu verhallen schien. »*Jetzt ist's soweit. Die Tasten drücken!*«

Indikatoren in seinem Raumhelm blinkten auf ihn ein, warnten vor Dehydration, Überhitzung, Lenkdüsen-Überlastung, Sauerstoffmangel. An die Materiekanone geklammert, wartete Angus, abhängig von Morns Gnade, in seinem Kinderbett darauf, daß sich klärte, ob er leben oder sterben sollte.

Es ist die *Freistaat Eden!*« hatte Davies in die Interkom gekrächzt. »Die Emissionssignatur ist zu ähnlich, als daß es 'ne Täuschung sein könnte. *Guter Gott*, Angus, was machen wir denn *nun?*«

Auf den Bildschirmen sah Morn die Radarechos der beiden anderen Raumschiffe. Sie starrte ihre Positionen in der Kursprojektion an, als hätte ihr Herz ausgesetzt. Das gleiche Entsetzen wie nach der Vernichtung der *Stellar Regent* erfüllte sie, und sie vermochte sich nicht zu rühren.

Mit der Kaltstartmethode kannte sie sich aus. Manche Raumer hatten die dafür erforderliche Technik. Dabei trat starke, aber nicht unerträgliche Beschleunigung auf; bei einem Kaltstart entwickelte der Pulsator-Antrieb der *Posaune* zuwenig Schubkraft, um sie und Davies über die physischen Grenzen hinaus zu belasten. Sie hatten unter starker G-Belastung trainiert: dergleichen konnten sie aushalten. Falls nicht Klarheit und Irrsinn Morn überwältigte ...

Dagegen stellte die Kursextrapolation sie vor ein ganz anderes, ein unlösbares Problem. Die Stärke des durch die Posaune erzeugbaren Schubs, die Nähe der *Sturmvogel* und der überhaupt durch den Asteroidenschwarm mögliche Kurs hatten den von Morn programmierten Kurs bestimmt. Es gab, was die Flugroute betraf, keine Alternative.

Wenn sich die *Posaune* von dem Asteroiden entfernte und beidrehte, würde sie – mußte sie – direkt auf die *Freistaat Eden* zufliegen.

Davies' Finger flitzten über die Tastatur, hämmerten ein unermüdliches Stakkato. Zielerfassungsgrafiken hüpften über die Displays; die Scanninginstrumente versuchten die

Überbleibsel des Partikelsturms zu durchdringen. Die *Freistaat Eden* wurde deutlicher erkennbar, nahm eine verhängnisvolle Konkretheit an. Welches der beiden Schiffe eine Kollision überstünde, lag auf der Hand. Und zudem hatte die *Freistaat Eden* die Möglichkeit, jederzeit aus Kernschußweite zu feuern ...

Morn sah keine Alternative. Der Steuerungscomputer präsentierte keine andere Option. Flog die *Posaune* nicht in *diese* Richtung, konnte sie nirgendwo hinfliegen.

Aus der Interkom rasselte und röchelte Angus' heisere Atmung, als läge er im Sterben.

Hilf mir, verdammt noch mal! wollte Morn ihm zuschreien. Sag mir, was ich anfangen soll! Doch sie bezweifelte, daß Angus dazu in der Verfassung war, sie zu hören.

Da packte eine andere Furcht sie.

Was geschah, wenn die *Posaune* wirklich diesen Kurs einschlug? Wenn sie die Konfrontation überstand? Was sollte dann werden?

Morn konnte nicht über die akute Krise hinausdenken. Jenseits der Kursextrapolation existierte für sie ausschließlich Finsternis: gab es nichts als Asteroiden und Kollisionen; leere Scanningschirme und Blindflug; Hoch-G, Bewußtlosigkeit und Hyperspatium-Syndrom. Sie hatte sich, anders als Angus, nicht mit Deaner Beckmanns Asteroidenschwarm-Kartenwerk oder den vom inzwischen total vernichteten Schwarzlabor übermittelten Flugverkehrsinformationen vertraut gemacht. Sie wußte nicht, wie sie sich außer dem Unheil, das die Kursextrapolation vor ihren Augen ankündete, noch irgend etwas anderes vorstellen sollte.

Aber falls sie versagte, war der Interspatium-Scout zum Untergang und alle Menschen an Bord zum Tode verurteilt; falls die *Posaune* den Zangenangriff der *Sturmvogel* und der *Freistaat Eden* überstand und Morn für das Nachfolgende nicht vorausgeplant hatte, wäre alles vergeblich gewesen.

Und sie hatte schon das Raumschiff ihres Vaters vernichtet und den Großteil ihrer Familie ausgelöscht.

Sie bebte vor Furcht, während sie die vorgesehenen Kaltstartprotokolle der *Posaune* aus dem Hauptcomputer ins Steuerungsprogram kopierte, damit diese Voraussetzungen automatisch abliefen. Danach stellte sie die Korrektursteuerung darauf ein, das Schiff zu bremsen oder zu stoppen, falls der einprogrammierte Kurs zu einer Gefährdung führte.

Morn hatte keine Ahnung, welche sonstigen Maßnahmen sie ergreifen könnte.

»Ach du Schande, Morn ...!« Auf einmal schaltete Davies sein Mikrofon ab, so daß Angus ihn nicht mehr hörte, und drehte das Kontrollpult ein Stück weit in ihre Richtung. »Weißt du, was er *macht?*«

Morn schüttelte den Kopf. Die vorherberechnete Kursextrapolation hielt sie in ihrem Bann, und vielleicht stand ihr längst das Herz still. Sie konnte sich nicht im mindesten ausmalen, welche Absicht Angus verfolgte.

»Er hat eine der Singularitätsgranaten an sich gebracht«, sagte Davies halblaut; voller Bewunderung oder Betroffenheit. »Offenbar will er sie manuell einsetzen. Er glaubt, er kann eines der beiden Schiffe in 'n Schwarzes Loch stürzen. Mein Gott, anscheinend hat er vor, mit dem Ding nach einem der Schiffe zu *werfen.*«

Daß er damit eine Erfolgsaussicht hatte, war denkbar; es hätte jedoch nur dann Zweck gehabt, wäre die *Posaune* dem Angriff nur eines Gegners ausgeliefert gewesen. Und wenn es ihm dank irgendeines Wunders gelang, die Granate an eine Position zu bringen, wo sie von ihrem Ziel genug Energie absorbieren konnte.

Aber unter den gegebenen Umständen ...

Morn widerstrebte dem verzweifelten Wunsch, die Tasten, die den seitens Angus vorbereiteten Kaltstart auslösten, *jetzt* zu drücken und zu *fliehen,* solange die *Posaune* noch ein wenig Handlungsfreiheit hatte. Angus war noch nicht soweit: er hatte die Weisung noch nicht gegeben. Er krepierte außerhalb des Raumschiffs, voraussichtlich kam sein Bescheid nie; vielleicht hatte seine Furcht vor EA ihm längst den Geist umnachtet. Trotz allem blieb er allerdings die einzige Hoffnung der *Posaune;* ihre letzte Chance. Vorzeitiger Schub mochte sein Vorhaben vereiteln. Morn ballte die Fäuste, bis ihre Finger schmerzten, und wartete.

Plötzlich beanspruchten Davies' Scanninganzeigen seine volle Aufmerksamkeit. Erste Informationen über die *Sturmvogel* erschienen auf den Displays. »Da ist sie.« Die Sensoren lieferten präzisere Emissionsdaten. »Sie haben sich geortet«, rief Davies, sobald er die Daten sah. »Gleich schießen sie.«

Er aktivierte sein Interkom-Mikrofon. Aber Morn war schneller. Sie hatte schon zuviel Menschenleben auf dem Gewissen.

»Gib mir Anweisungen!« schrie sie in die Interkom. »Angus, sag mir, was ich tun soll!«

Auch Davies zeterte Angus etwas zu, doch Morn beachtete ihren Sohn nicht.

Die Scanninginstrumente maßen keine ankommenden Feuerleitimpulse von einem der beiden Raumschiffe. Sie nahmen nicht die *Posaune* ins Visier.

Einen Augenblick später registrierten die Sichtschirme Materiekanonen-Feuer, als ob stumme Schreie ertönten. Das Bild, das die *Posaune* vom umgebenden Asteroidenschwarm empfing, fluktuierte beträchtlich, während die Computer das Chaos auszufiltern versuchten.

»Sie schießen nicht auf uns.« Fassungslos beäugte Davies die Daten. »Uns halten sie für erledigt. Sie bekämpfen sich gegenseitig. Wir haben uns geirrt. Sie arbeiten gar nicht zusammen.«

Fast hätte Morn glauben können, der Interspatium-Scout hätte mehr Feinde, als sich zählen ließen.

Aber noch hatte die *Sturmvogel* nicht ihr Superlicht-Protonengeschütz eingesetzt. Vielleicht konnte sie es nicht ...

Zwischen den einzelnen Salven der Kontrahenten schien die Zeit stillzustehen. Zwischen den Sprüngen des Brücken-Chronometers lag die Zeit zum Leben oder Sterben. Morn senkte die Fingerspitzen auf die zur Auslösung des Kaltstarts erforderlichen Tasten, hielt sich bereit, obwohl auf dem eingegebenen Kurs das Debakel lauerte. Immerhin mußte der Kaltstart für die *Sturmvogel* und ebenso die *Freistaat Eden* eine gewisse Überraschung bedeuten. Davies hatte recht: Auf beiden Schiffen hielt man die *Posaune* für havariert oder wenigstens aktionsuntüchtig. Andernfalls wäre längst das Feuer auf sie eröffnet worden. Und durch den Überraschungseffekt konnte der Interspatium-Scout ein paar Sekunden Vorsprung gewinnen. Plus einige Sekunden durch die Distorsion. Keiner der zwei Verfolger konnte das Ziel so schnell neu anpeilen.

Doch gleichgültig, was sonst geschah, das Hyperspatium-Syndrom mußte Morn unbedingt erspart bleiben: es war absolut notwendig, daß sie geistig intakt blieb. Sobald sie die Tasten gedrückt hatte, wurde sie selbst zur größten Gefahr für das Raumschiff. Falls das Universum wieder zu ihr sprach, saß sie am geeignetsten Ort, um zu gehorchen. An den Steuerungskontrollen stand es in ihrer Macht, mit der *Posaune* einen der beiden anderen Raumer zu rammen; zur Kollision mit einem Asteroiden zu bringen; es ins Herz des Schwarzen Lochs zu lenken, das Angus zu erzeugen beabsichtigte.

Wie war sie das letztemal, als ihr das Hyperspatium-Syndrom drohte, davon verschont geblieben? Sie hatte gespürt, wie es akut wurde, als sie gegen das Schott prallte; hatte gefühlt, wie es ihren Geist mit kristallklarer Unterwerfung bezwang. Dann jedoch war es unvermutet von ihr gewichen, ihr Blutkreislauf hatte es fortgespült wie die Abfallprodukte verbrauchter Neurotransmitter.

Warum?

Was konnte sie unternehmen, damit dieser Vorgang sich wiederholte?

Außer an Schmerz entsann sie sich an nichts: das Krachen ihres Schädels gegen Metall; die üblen Abschürfungen auf ihrem Rücken.

Die Verletzungen schmerzten noch jetzt; aber Morn hegte

die Überzeugung, daß sie zuwenig schmerzten, der Schmerz nicht ausreichte.

»Ich kann die Granate erkennen«, quetschte Davies hervor, keuchte wie sein Vater. »Irgendwie hat er sie losgeschickt. Nicht zur *Sturmvogel*, sondern zur *Freistaat Eden*. Leuchtet mir ein. Sie ist näher. Ich weiß nicht, wie er so was macht.«

Trotz seiner mühseligen Atemzüge bezeugte sein Tonfall Staunen und Anerkennung. »Schon möglich, daß er verrückt ist, aber zielen kann er gut. Die Granate fliegt direkt aufs Ziel zu.«

Wenn die Sensoren der *Posaune* die Granate orteten, mußten auch die Instrumente der *Freistaat Eden* dazu fähig sein. Doch vielleicht achtete man drüben nicht auf sie.

Ein Gedanke kam Morn.

»Gütiger Himmel«, stieß sie hervor, japste ähnlich wie ihr Sohn. »Deshalb hat er die tragbare Materiekanone mitgenommen. Um die Granate zur Detonation zu bringen.«

Mit genug Energie, um ihre Wirksamkeit zu gewährleisten.

»Ist das möglich?« fragte Davies halblaut.

Morn wußte es nicht. »Könnten wir sie mit der Bordartillerie treffen?« stellte sie eine Gegenfrage. »Sie zünden, wenn sie dicht genug an der *Freistaat Eden* ist?«

»Aussichtslos«, schnaufte Davies. »Alles ist in Bewegung. Und zuviel Distorsion vorhanden. Und Kaltstart verursacht instabilen Flug. Das Schiff wird ziemlich stark schlingern. Es wäre 'n Riesenglück, ein so kleines Ziel um bloß fünfzig Meter zu verfehlen.«

Wie wollte dann Angus die Granate treffen?

Er war ein Cyborg: Mensch und Maschine. Vielleicht waren seine Augen, der Interncomputer und seine Zonenimplantate zusammen leistungsfähiger als der Feuerleitcomputer ...

Erneut feuerte die *Freistaat Eden*, überschüttete die *Sturmvogel* mit einer Salve ihrer Bordartillerie. Die *Sturmvogel* erwiderte den Beschuß. Ein ungeschütztes Raumfahrzeug wäre durch die energetischen Gewalten, die die beiden Schiffe zwischen sich entfesselten, atomisiert worden. Sollte die Granate zu früh getroffen werden ...

Noch hatte sie das Schußfeld nicht erreicht. Während die *Sturmvogel* und die *Freistaat Eden* Salve um Salve aufeinander abgaben, schwebte die Singularitätsgranate stetig ihrem Ziel entgegen.

Wieder entstand Scanningwirrwarr. Infolge der geringen Abstände zwischen den Kontrahenten vereinten sich Quantendiskontinuitäten mit Teilchenexorbitanz aus den Partikelkollektoren und erzeugten im gesamten Spektrum wilde Emissionseruptionen. Dank der neuen Distorsionen gewann die *Posaune* ein paar weitere Sekunden Frist hinzu.

»*Jetzt!*« dröhnte Angus' Stimme durch die Brücke. »*Jetzt ist's soweit. Die Tasten drücken!*«

Mit aller Kraft befolgte Morn die Aufforderung.

Im selben Augenblick aktivierte Davies die Bordartillerie, schaltete sie auf Energiezufuhr.

Ein Beben ging durch die *Posaune,* als hätte sie einen Impacter-Treffer erhalten. Der Ruck warf Morn in die Gurte und dann zurück in den G-Andrucksessel. Im Pulsator-Antrieb stoben Energien auf, deren Kräfte genügten, um kalte Antriebsdüsen sofort in Betrieb zu nehmen. Aus der Perspektive der *Sturmvogel* – und vielleicht auch der *Freistaat Eden* – mochte es den Anschein haben, als hätte sich die *Posaune* ins Felsgestein gebohrt; in Wirklichkeit ruhte sie lediglich an der Masse des Asteroiden. Stein schrammte mit nervenzerfetzendem Kreischen am Rumpf entlang, als sich der Interspatium-Scout mit gefährlicher Plötzlichkeit in Bewegung setzte.

Der Druck auf Morns Knochen schwoll an: aus Beschleunigung und Manövrieren resultierten etliche Ge. Sobald die *Posaune* sich vom Asteroiden gelöst hatte, schwenkte sie auf den geplanten Kurs ein, drehte bei, um in die Richtung der Asteroidenschwarm-Randzonen zu fliegen.

Auf Angus' Ziel zu: ein Raumschiff, dessen Besatzung die Vernichtung der *Posaune* anstrebte.

Weitere Male schüttelte das Raumschiff Morn durch, als fänden in den Triebwerken unkontrollierte Explosionen statt – Metall und polymerisierte Keramiken mußten zu hohe Hitze in zu kurzer Zeit absorbieren und gleichzeitigen Temperaturausgleich herstellen. Morns Hinterkopf grub sich tief in die Rücklehne des Andrucksessels; die Abschürfungen ihres Rückens preßten sich in die Polsterung.

Sie erinnerte sich an keinen andersartigen Schutz als Schmerz. *Soweit sie die Umstände durchschauen konnte, hatte nur der Andruck sie vorm Akutwerden des Hyperspatium-Syndroms bewahrt; nur die Tatsache, daß ihr Kopf und Rücken schmerzten ... Zu schweben war unmöglich.*

Indem sie taumelte wie ein Wrack, flog die *Posaune* durch die Distorsionen auf das Schußfeld zwischen den beiden anderen Raumschiffen zu.

Der Scout beschleunigte so stark, wie es sich in dieser Situation vertreten ließ. Zwar hätte der Pulsator-Antrieb mehr, sogar viel mehr G generieren können. Aber beim Kaltstart entstand ungleichmäßiger Schub. Ehe sich die Triebwerksdüsen erhitzt hatten, konnte kein Vollschub erreicht werden. Und Davies lud die Waffensysteme, zweigte Energie für sie ab. Die *Posaune* kam zu langsam auf höhere Geschwindigkeit, als daß sich Morns Kopf dem Universum geöffnet hätte.

Bei dieser Beschleunigung hätte die *Posaune* geradesogut unbeweglich bleiben können. Sobald die *Sturmvogel* oder die *Freistaat Eden* sie wieder in der Erfassung hatten, konnte eines der Schiffe sie mühelos eliminieren.

Den Akkumulatoren fehlte die Kapazität zur Energetisierung der Materiekanone. Doch sie enthielten genug Energie zum Projizieren des Dispersionsfelds. Falls Davies' Timing stimmte, gelang es ihm vielleicht, Beschuß abzuwehren, bis sich der Schub stabilisierte; bis der Scout Vollschub entwickelte und Morn dem Wahnsinn verfiel ...

Aber selbst wenn das Raumschiff die Konfrontation so lange überstand, daß Angus den Bosonensturm überlebte, war wenig wahrscheinlich. Die Quantendiskontinuitäten mußten die Instrumente seines EA-Anzugs stören, und vermutlich konnten seine Augen das Emissionschaos nicht durchdringen.

Indikatoren auf den Sichtschirmen der *Posaune* schienen ihr Todesurteil auszusprechen. Sie näherte sich dem Schußfeld zwischen der *Sturmvogel* und der *Freistaat Eden*. In wenigen Sekunden geriet sie der *Freistaat Eden* genau vor die Waffenmündungen. Das Scanning und Warnanzeigen verwiesen darauf, daß beide Schiffe ihre Bordartillerie aufluden, um den Schußwechsel fortzusetzen.

Beide waren angeschlagen: Aus ihren überlasteten Partikelkollektoren sickerte Partikelexorbitanz; bei beiden sah man Beulen und Sengschäden am Rumpf; zertrümmerte Antennen und aufgeborstene Luken; Materialstress kräuselte ihre Energieprofile. Doch die *Sturmvogel* hatte nachhaltigere Beschädigungen davongetragen.

Aufgrund früherer Schäden war sie von Anfang an im Nachteil gewesen.

»Die *Sturmvogel* hat uns im Visier«, knirschte Davies durch die Zähne. Das Scanning maß Feuerleitimpulse aus der Richtung der *Sturmvogel*, erkannte das Herumschwenken von Bordkanonen. »Aber die *Freistaat Eden*«, rief er als nächstes, »zielt noch auf sie.«

Die Vernichtung der *Posaune* mußte Sorus Chatelaine wichtiger sein als die eigene Verteidigung.

Auf den Skalen zuckten die Emissionsdaten zu Spitzenwerten empor. Sofort hieb Davies heftig den Handballen auf eine Tastengruppe, aktivierte das Dispersionsfeld.

Morn spürte die zeitlos kurze, bedrohliche Erschütterung eines Strahltreffers. Die *Posaune* war erwischt worden ...

Zum drittenmal fiel, als das gesamte meßbare Spektrum zerfledderte, das Scanning aus.

Nein, sie war nicht getroffen worden, diesen Ruck verursachten die Triebwerksdüsen. Ein halbes Dutzend Warnsignale schrillten gleichzeitig, aber kein Alarm ging auf einen Materiekanonen-Treffer oder das Entstehen eines Lecks zurück.

Im folgenden Moment zeigten die Schubparameter, die über Morns Monitoren wanderten, eine Stabilisierung an, die Energiepegelkurve vergleichmäßigte sich, stieg an. Ziemlich plötzlich nahm die *Posaune* immer stärkeren Schub auf.

Die G drückte Morn tiefer in den Andrucksessel. Während der Andruck wuchs, rauschte ihr stets lauter das Blut in den Ohren. Auf den Gesichtsknochen straffte sich die Haut. Ihr Herz mußte größere Mühe aufwenden, um weiterzuschlagen.

Jetzt oder nie. Falls nun das Hyperspatium-Syndrom sie packte, blieb sie dagegen wehrlos.

Sie wußte dagegen keinen Rat.

Wenigstens waren die *Sturmvogel* und die *Freistaat Eden* ortungsmäßig genauso geblendet wie die *Posaune*. Wurde der Interspatium-Scout nun vernichtet, dann nicht infolge eines feindlichen Treffers, sondern weil sie auf diesem Kurs womöglich die *Freistaat Eden* schlichtweg rammte. Oder weil sie bei Vollschub mit einem Asteroiden kollidierte. Oder das Universum zu Morn sprach ...

Mit einer Anwandlung absonderlichen, losgelösten Kummers begriff Morn, daß sie vielleicht nie erfuhr, ob Angus Erfolg hatte oder scheiterte; ob seine Verzweiflung tiefer als ihre reichte.

Aber sie erfuhr es. Sie erfuhr es *wahrhaftig*.

Denn gleich darauf verdoppelten, verdreifachten sich die G-Werte.

Doch im gleichen Moment erbebte die *Posaune* und verlor an Beschleunigung, als wäre sie geradewegs in ein Hindernis gesaust, das so dicht und flüssig war wie Wasser.

Gravitationsbelastungsalarm erfüllte das Schiff mit dem Geheul eines Irrsinnigen. Allerdings hätte Morn sie nicht gebraucht, um zu verstehen, was sich ereignet hatte.

Die Singularitätsgranate war von Angus zur Detonation gebracht worden. Und seine tragbare Materiekanone hatte ihr die zur Effektivität erforderliche Energie geliefert.

Die Kräfte eines Schwarzen Lochs griffen nach der *Posaune*.

Von da an existierte die Zeit nur noch in winzigsten Sekundenbruchteilen. Morns Herz fand gar keine Gelegenheit mehr zum Schlagen: G-Werte und Hyperspatium-Syndrom überfluteten ihren Innenkosmos zu schnell, als daß das Geschehen in Herzschlägen hätte gemessen werden können.

Alarmsirenen schrillten, warnten vor Ereignishorizont und Implosion. Vibrationen erzeugten ihr Zähneklappern, rüttelten an ihren Knochen, am Gehirn. Der Pulsator-Antrieb der *Posaune* hätte kraftvoll genug sein müssen, um sie aus der Einflußzone des Schwarzen Lochs zu befördern. Solange sie noch nicht unwiderruflich in den Bann der ultrahohen Schwerkraft geraten war, hätte es ihr möglich sein sollen, sich zu entziehen, der Gefahr davonzurasen. Aber natürlich hatte die Singularität schon die *Freistaat Eden* eingefangen, deren Energien nährten das Schwarze Loch, indem es sie verschlang. Sein Hunger richtete sich bereits weiter nach außen, es lechzte zu rasch nach weiterer Nahrung, als daß die *Posaune* ihm hätte wegfliegen können.

Morn wußte keinen Ausweg. Und nun brauchte sie keinen mehr. Voller Klarheit und Tod konnte sie in Deaner Beckmanns Traum vorstoßen und brauchte sich nie wieder mit Unklarheiten herumzuärgern.

Davies jedoch sah sich noch nicht am Ende seiner Möglichkeiten. Er wußte eine Lösung, die Morn nicht einfiel; die sie sich nicht vorstellen konnte. Obwohl er jedes Gramm seiner Körperkraft aufwenden, jedes Jota an Willenskraft aufbieten mußte, um seine Arme bewegen zu können, schob er seine Hände auf die Tastatur.

Unterband die Energiezufuhr zu den Waffensystemen.

Dann kehrte er den Energiefluß um: verstärkte mit der

Ladung der Waffensysteme und der Akkumulatoren die Leistung des Pulsator-Antriebs.

Diese Maßnahme genügte. Mittels der zusätzlichen Schubkraft gewann die *Posaune* Abstand von der fatalen Nähe des Schwarzen Lochs.

Mehr G: mehr als genug, um einem Menschen die Besinnung zu rauben. Schwärze breitete sich in Morns Geist aus.

Die Phase extremer Beschleunigung sollte nicht lange dauern. Automatische Korrektursteuerbefehle würden den Interspatium-Scout in Kürze abbremsen, sobald wie möglich, und die Geschwindigkeit reduzieren. Aber dadurch änderte sich nichts. Wenn das Schwarz aus Morns Geist wich, war ihr Hyperspatium-Syndrom akut und sie zur mörderischen Gefahr geworden. Weder Angus noch Davies würde lange genug leben, um zu erfahren, was sie zustande gebracht hatten.

Morn mußte sich ein Vorgehen überlegen, wie sie dem Universum ins Auge blicken und trotzdem sie selbst bleiben konnte.

Sie war nicht dazu fähig, mit den Händen die Tastatur zu erreichen: für sie war es ausgeschlossen, weil sie keine so enormen Muskeln wie ihr Sohn hatte. Und die G-Werte hatten sich weiter gesteigert. Das Brausen in Morns Ohren schwoll zu einer schwarzen Brandung an, die sie unausweichlich in ihre Tiefen zog.

Statt dessen schob sie den rechten Arm langsam an der Rücklehne des G-Andrucksessels hoch. Zentimeter um Zentimeter, Stück um Stück. *Ohne* daß Zeit zu verstreichen schien, ihr Herz hatte noch nicht wieder geschlagen, falls nur soviel wie eine Sekunde vergangen sein sollte, hatte Morn es nicht bemerkt. Durch Mitternachtsschwarz, Dröhnen und Drangsal rückte sie den Arm an der Lehne aufwärts, an der Polsterung hinauf, die verhinderte, daß der Andruck sie zermalmte.

Als ihre Hand über die Oberkante der Rücklehne glitt, verhielt Morn. Sie hatte das ihre getan. Die G erledigte den Rest.

Ohne Stütze genoß ihre Hand – der ganze Arm – keinen Schutz. Die Singularität und der Schub der *Posaune* packten das schwache menschliche Fleisch.

Hand und Arm wurden mit ihrem zehnfachen Gewicht über die Rücklehne gerissen, das Schultergelenk ausgerenkt, der Ellbogen zerknickt, das Handgelenk gebrochen.

Morn fühlte es nicht. Sie hatte schon das Bewußtsein verloren.

MIN

In einen der für Unterstützungpersonal bestimmten G-Andrucksessel am Schott hinter Dolph Ubikwes Kommandokonsole geschnallt, verfolgte Min Donner mit, wie die *Rächer* die anfliegende Amnion-Defensiveinheit zum Kampf stellte.

Die Luft auf der Brücke knisterte vor Spannung und Dringlichkeit; so greifbar schienen sie zu sein, daß man hätte meinen können, sie trübten die Bordatmosphäre mit CO_2 und Furcht, verstopften die Skrubber. Die Scanning- und Datensysteme-Operatoren verständigten sich in knappen, abgehackten Sätzen, machten ihre Meldungen auf eine Weise, daß ihre Äußerungen unterdrückten Schreien glichen. Die Funkoffizierin schnauzte auf einen Gesprächspartner beim Kosmo-Industriezentrum Valdor ein, forderte Beistand und Informationen. Ununterbrochen quäkten Stimmen aus Interkom-Apparaten, weil die Brückencrew Fragen an die anderen Stationen des Kreuzers stellte oder deren Fragen beantwortete. Spürbar rumorte Schub durch den Rumpf des Raumschiffs. Bisweilen klang es, als ob die bauliche Struktur der *Rächer* unter der Beanspruchung knarrte und ächzte. Die Salven der Materiekanonen durchdrangen den Raumer mit hörbarem Zischen.

Es hatte den Anschein, als ob die Männer und Frauen rings um Min sich ständig duckten und zusammenzuckten. Sie selbst bewegte sich ähnlich. Die Mitglieder der Brückencrew durften in unterschiedlichem Maß als Veteranen gelten, sechs Monate Kampftätigkeit auf Leben und Tod im Massif-5-System hatten sie abgehärtet. Min war an Gefechtsbedingungen so gewöhnt, daß sie ihre banaleren

Schwierigkeiten kaum noch zur Kenntnis nahm. Trotzdem wurden sie allesamt wie Säcke in den G-Andrucksesseln durchgeschüttelt, von der komplizierten Wechselhaftigkeit des Oszillierens miteinander in Konflikt befindlicher Navigationsvektoren ständig hin- und hergeworfen. Die *Rächer* schien sich im All umherzuwerfen, um dem Tod von der Schippe zu springen.

Kapitänhauptmann Ubikwe thronte inmitten des Stimmengewirrs und der Zwänge, der pausenlosen Anforderungen und des permanenten Entscheidungsdrucks, als wäre er gegen jede Art von Chaos gefeit. Er erweckte den Eindruck, als wäre seine bullige Gestalt unverrückbar mit dem Andrucksessel verschmolzen; als ob er die feste Drehscheibe abgäbe, um die sich die Nöte und das Ringen der *Rächer* drehten. Wiederholt mußte Min die Hände um die Armlehnen des G-Andrucksessels klammern, weil sie nie wußte, nach welcher Seite der Polizeikreuzer als nächstes krängte; Dolph hingegen sah sie niemals an seinem Platz schaukeln oder sich abfangen.

Sie sah ihn gern so in seiner Funktion. Er war *gut*. Natürlich hätte sie es vorgezogen, selbst das Kommando zu übernehmen; den Kreuzer als ihre persönliche Waffe zu verwenden. Ihre Fäuste glühten, gierten nach Taten. Aber da ihr Rang verlangte, daß sie Dolphs Position an Bord seines Schiffs respektierte, freute sie sich über seine Tüchtigkeit. Sie war froh darüber, mit ihm statt mit einem vorsichtigeren oder phantasieloseren Kommandanten in Aktion zu stehen.

Der Brand war gelöscht worden; das mußte eindeutig als vorteilhafte Entwicklung eingestuft werden. Durch das zwischen die Schotts gepumpte Plexuloseplasma-Dichtungsmittel waren die heißen Flammen erstickt worden. Harvin Stoval und zwei Kameraden hatten Hitzschläge und Verbrennungen erlitten, lagen im Krankenrevier; bei ihrem schonungslosen Einsatz hatten sie die Toleranzwerte der EA-Anzüge überschritten, so daß einige Anzugsysteme versagten. Die Wartungsabteilung hatte die Einschätzung der vom Brand angerichteten Schäden noch nicht abgeschlossen. Aber der *Rächer* und ihrer Besatzung drohte von dem Brand keine Gefahr mehr.

Allerdings konnte man es keinesfalls als gefahrlos bezeichnen, im Zustand der Erschöpfung, mit einem beschädigten Raumschiff, einer ausgefallenen Sensorgruppe und Drallverschiebung ein Gefecht gegen ein mit einem Superlicht-Protonengeschütz bewaffnetes Amnion-Kriegsschiff aufzunehmen.

Die schlechte Neuigkeit war, daß der Plexuloseplasma-Vorrat der *Rächer* nahezu verbraucht war; falls sie im Laufe des Gefechts ein Leck davontrug, war sie so gut wie erledigt.

Um das Alien-Raumschiff einzuholen, war die *Rächer* ihm zu langsam gefolgt. Obwohl Min eine Miene grimmiger Entschlossenheit bewahrte, hatte dieser Umstand ihr schwere Sorgen bereitet. Doch Dolphs Lagebeurteilung erwies sich als richtig, als die Defensiveinheit der Behemoth-Klasse in Flugrichtung auf das Zentrum des Asteroidenschwarms, in dem Deaner Beckmann sein Schwarzlabor etabliert hatte, ein brutales Bremsmanöver durchführte. Dadurch hatte die *Rächer* aufholen können.

Sobald die *Rächer* in Schußweite gelangte, hatte das Alien-Raumschiff damit angefangen, aus der Bordartillerie Salven auf sie abzufeuern. In regelmäßigen Abständen schoß das Superlicht-Protonengeschütz, drohte in zehntausend Kilometer langen Strahlbahnen kohärenten Lichts mit völliger Vernichtung. Wäre das Geschütz zu Dauerfeuer imstande gewesen, anstatt zwischen den Schüssen fast zwei Minuten Zeit zum Aufladen zu brauchen, hätte die Defensiveinheit ihren Gegner längst vernichtet. Es bedurfte nur eines einzigen Volltreffers.

Die *Rächer* hielt stand, so gut es ging, verließ sich auf Schnellig- und Beweglichkeit, um die Tatsache zu kompensieren, daß sie schlichtweg keine so starke Bordartillerie wie der Amnioni hatte. Überwiegend flog sie Ausweichmanöver, um der Eliminierung zu entgehen.

Das Überdauern sicherzustellen war Sergei Patrices Aufgabe. Sollte der Steuermann dem Amnion-Kriegsschiff jemals eine korrekte Zielerfassung der *Rächer* erlauben, lange genug an einer Position verharren, um ihm zu gestatten, sie ins Visier zu nehmen, blieb er vielleicht nicht mehr so lang am Leben, um zu merken, daß er einen Patzer begangen hatte.

Inzwischen hatte die Defensiveinheit drei mörderische Salven abgefeuert. Zweimal war die *Rächer* relativ weit verfehlt, doch beim drittenmal eine Mikrowellenantenne vom Heck gerissen und fast eine Triebwerksdüse zerschossen worden. Mit beschädigtem Triebwerk wäre der Polizeikreuzer nicht mehr unter Gefechtsbedingungen einsetzbar gewesen.

Unseligerweise stellte die Steuerung Patrice zudem vor weitere Schwierigkeiten. Er hatte auf der Brücke den problematischsten Posten. Um die defekte Sensorgruppe der *Rächer* auszugleichen, das Fenster der Blindheit wenigstens in Intervallen zu erhellen, hatte er die Eigenrotation wiederaufgenommen, tastete mit den übrigen Sensoren und Analysatoren des Kreuzers durchs All. Dadurch wurde die Herausforderung, die Gefechtsorientierung der *Rächer* beizubehalten und gleichzeitig Ausweichmanöver zu fliegen, zu einer unerhörten Zumutung.

Günstig an den Bemühungen des Steuermanns war ausschließlich, daß sie es Glessen an der Waffensysteme-Kontrollkonsole ermöglichten, den Amnioni konstant unter Beschuß zu halten. Während die *Rächer* rotierte, konnten nacheinander ihre sämtlichen Waffen eingesetzt werden. Dabei erfolgte jeweils die Aufladung der Artillerie auf der dem Gegner abgewandten Seite.

Wenn diese Art von Beschuß die Abschirmung des Aliens nicht überwand, hatte die *Rächer* nichts mehr zu bieten.

»Wie geht's voran, Porson?« Kapitän Ubikwe stellte die Frage mit gemütvollem Brummen, das eine Haltung innerer Gelassenheit und konzentrierter Beobachtung nahelegte, aber die gedämpft-verworrene Geräuschkulisse des

Gefechts mit Leichtigkeit durchdrang. Wenn er etwas sagte, hörte es die ganze Brücke. »Haben wir die anderen schon ein bißchen eingedellt?«

»Leider nicht, Kapitän.« Eifrig erpicht schuftete Porson an der Scanning-Kontrollkonsole, richtete seine Anstrengungen darauf, sämtliche von der *Rächer* benötigten Informationen zu sortieren und zu interpretieren. Anscheinend galt seine Hauptsorge, soweit Min es ihm ansah, der Eventualität, einen entscheidenden Fehler zu machen. »Das ganze Raumschiff muß ein einziger, riesiger Partikelkollektor sein. Wir treffen es, wir treffen's andauernd, aber wir könnten genausogut ins Leere schießen. Es fliegt nicht mal Ausweichmanöver. Es läßt uns einfach drauflosballern, steckt die Treffer weg und feuert zurück. Man könnte wirklich glauben, es benutzt unser Feuer, um die eigenen Kanonen aufzuladen.«

»Das ist unmöglich«, nuschelte Bydell. Die Datensysteme-Offizierin befand sich im Griff einer persönlicheren Art der Furcht als Porson, aber trug alles dazu bei, was in ihrer Macht stand, um dem Scanningoffizier bei der effektivsten Auswertung sämtlicher Informationen zu unterstützen, die die Instrumente lieferten. »Es ist die falsche Sorte Energie. Zu unkontrolliert.«

Wahrscheinlich war, überlegte Min, daß der Amnioni seine Partikelkollektoren einseitig vernetzt hatte und darauf vertraute, während der Auseinandersetzung mit der *Rächer* von keiner zweiten Seite angegriffen zu werden.

»Bleiben Sie dran«, befahl Dolph gelassen. »Wenn nichts anderes, bewirken wir damit auf jeden Fall, daß wir sie ablenken und beschäftigen, bis wir wissen, was wir anstellen sollen.«

Glessen nickte. Er feuerte ununterbrochen, gab unter sukzessiver Beanspruchung sämtlicher Waffen ständig Schüsse ab, anstatt die Feuerkraft der Bordartillerie in Salven zusammenzufassen – keine leichte Tätigkeit, berücksichtigte man die Art und Weise, wie die *Rächer* durchs All taumelte. Dennoch bediente er die Waffensysteme-Konsole so phlegmatisch, als empfände er zwischen seiner jetzigen Pflicht und dem Training in Gefechtssimulatoren keinen wesentlichen Unterschied.

»Übrigens, Direktorin«, fragte Dolph über die Schulter, »was *sollen* wir eigentlich anstellen? Wenn wir die Partikelkollektoren nicht überlasten und deswegen das Schiff nicht zusammenschießen können, was können wir dann überhaupt erreichen?«

Min erwog mehrere Antworten und verwarf sie allesamt. »Ich weiß es noch nicht«, gab sie zur Antwort, hob die Stimme, um in dem Radau verständlich zu sein. »Bis wir die *Posaune* orten, besteht unsere einzige Aufgabe darin, das Amnion-Schiff pausenlos zu bedrängen, während wir auf Verstärkung warten.«

Der Amnioni mußte aus einem bestimmten Grund diesen Abschnitt des Asteroidenschwarms angeflogen haben. Min konnte sich nicht denken, woher man an Bord der Defensiveinheit wissen sollte, wo sich die *Posaune* aufhielt, wenn man es auf der *Rächer* nicht wußte; trotzdem erregte das Verhalten der Amnion den Eindruck, daß sie *irgend etwas* wußten. Auf diese verschwommene Erkenntnis war Min zu bauen bereit; wenigstens eine Zeitlang.

Das Kosmo-Industriezentrum Valdor hatte die Aussendung bewaffneter Raumschiffe zugesagt. Wenn sie anlangten, saß der Amnion in der Falle. Falls er dann nicht die Flucht ergriff, drohte ihm die sichere Vernichtung.

Vorausgesetzt er vernichtete nicht vorher die *Rächer* …

Erneut sengte neben der Flanke der *Rächer* ein Protonenstrahl durchs Vakuum. Er ging weit daneben. Patrice leistete Hervorragendes. Über seiner Oberlippe und an den Schläfen glänzte feiner Schweiß. Seine Augen blickten glasig, als konzentrierte er sich zu krampfhaft, um noch richtig sehen zu können. Seine Hände jedoch bedienten die Tastatur mit unbeirrbarer Sicherheit. Immer neue Schubvektoren sandten Schwingungen und Druckwellen durch die *Rächer*, gewährleisteten den Fortbestand des Polizeikreuzers.

Indem Patrice die Daten seiner Ausweichmanöver während der Ausführung an Glessen weitergab, sorgte er dafür, daß der Waffensysteme-Offizier den Amnioni im Visier behalten konnte. Trotz ihres Schlingerns und Krängens setzte die *Rächer* das Bombardement der Partikelkollektoren ihres Widersachers unermüdlich fort.

Beiläufig fragte sich Min, auf welchem Stand wohl die Forschungen der VMKP-DA hinsichtlich eines Dispersionsfelds gegen Materiekanonen-Beschuß sein mochten. Bei der Simulation hatte der physikalische Vorgang gewirkt, als könnte er praktisch sehr effektiv sein; Prototypen hatten einen vielversprechenden Eindruck hinterlassen. Allerdings war das Gerät bislang nicht unter konkreten Gefechtsbedingungen erprobt worden. Erst einen Monat war es her, daß Min den Einbau experimenteller Dispersionsfeldprojektoren in einen OA-Zerstörer genehmigt hatte. Der Name *Rächer* hatte nie auf der Kandidatenliste gestanden. Sie erwartete zu ganz anderen Zwecken ein längerer Aufenthalt in der Werft.

Zu dumm. Möglicherweise war ein Dispersionsfeld genau das, was sie jetzt nötig hatte. Auf diese Entfernung garantierten ihre Partikelkollektoren im Zusammenwirken mit den Ausweichmanövern hinlängliche Sicherheit gegen die Materiekanonen des Aliens; nur hätte das durch ein Dispersionsfeld entstehende Emissionschaos sie gegen das Scanning des Amnioni geschützt, während sie die Defensiveinheit mit alternativen Methoden attackierte.

Hashi Lebwohl hatte einen experimentiellen Dispersionsfeldprojektor für die *Posaune* angefordert gehabt. Vielleicht bot der Interspatium-Scout Min eine Gelegenheit, um sich darüber zu informieren, ob ein derartiges Gerät sich in der Praxis bewährte.

»Cray«, grummelte Ubikwe, als befände er sich in seinem Kommandosessel in vollkommener Sicherheit, »ich sehe noch immer keine Unterstützung von Valdor eintreffen. Was hat man dort zur Rechtfertigung zu sagen? Ich kann mir nicht denken, daß die Leute bummeln, wenn ein Alien-Raumschiff sich in ihrem Sonnensystem herumtreibt.«

Die ganze Zeit schrie Funkoffizierin Cray fast ausschließlich, während sie den Informationsaustausch zwischen Dolph Ubikwe und der Valdor-Schutztruppe vermittelte, zwischen Ubikwe und dem Rest des Schiffs. Allerdings klang die Lautstärke ihrer Stimme eher nach einem der Selbstbeherrschung dienlichen Reflex, weniger nach Panikneigung oder Hysterie; sie hob die Stimme nur, weil das Schreien ihr dabei half, die Furcht in Schach zu halten.

»Kapitän«, antwortete sie, »das Kosmos-Industriezentrum Valdor hat acht Einheiten in unsere Richtung abkommandiert. Vorwiegend Kanonenboote, einen leichten Kreuzer. Aber wir sind zu weit abseits der regulären Flugrouten. Normalerweise patrouilliert die Schutztruppe hier nicht. Das erste Kanonenboot wird erst in elf Stunden in einer Reichweite sein, aus der es uns Beistand leisten kann.«

Elf Stunden! Min schnaubte. Überrascht war sie indes nicht. Im Rahmen des Alltäglichen verirrte Raumschiffsverkehr sich nie in die Nähe von Asteroidenschwärmen. Dennoch wurmte sie die Verzögerung.

»Deshalb sind in unserem Umkreis keine Handelsschiffe«, fügte Cray hinzu, »die das KIZ zu uns umleiten könnte. Vorerst sind wir auf uns allein gestellt.«

»Und was ist mit unserer Ablösung?« fragte Dolph. »Das VMKP-HQ muß doch, bevor wir heimgeflogen sind, eine Einheit abkommandiert haben, die unseren Patrouillendienst übernommen hat.«

Der Sarkasmus in seinem Tonfall mochte gegen Min gerichtet sein; sie nahm ihn jedoch nicht persönlich.

»Aye, Kapitän«, rief Cray überlaut; sie antwortete immer zu laut. »Valdor teilt mit, daß eine Stunde vor unserem Abflug die *Vehemenz* eingetroffen ist.«

Vehemenz, wiederholte Min in stummem Hohn. Dem Schiff ließ sich nicht nachsagen, daß es sich im Massif-5-System je mit Ruhm bekleckert hätte. Für sein Fehlverhalten in seiner Eigenschaft als ihr Kommandant war Nathan Alt disziplinargerichtlich abgeurteilt worden. Schon sein Vorgänger war gänzlich inkompetent gewesen. Und spätere

Offiziere und Besatzungen hatten sich kaum besser bewährt. Anscheinend waren manche Raumschiffe, hätte man glauben können, regelrecht verhext, zu einer Laufbahn der Nichtswürdigkeit verurteilt, an der menschlicher Wille und menschliche Fähigkeiten nichts ändern konnten.

»Ich erfahre gerade«, erklärte die Funkoffizierin, »daß sie wie rasender Racheengel durch die Gegend stocht, überall gleichzeitig zu sein versucht. Gegenwärtig ist sie allerdings auf der anderen Seite des Großen Massif 5.« Und hinter dem Stern unansprechbar. »Man kann sie nur anfunken, indem man Erzumladedepots und andere Raumschiffe als Relais verwendet. Aber selbst wenn sie wüßte, daß wir dringend ihren Beistand brauchen, würden vierzig oder fünfzig Stunden vergehen, bis sie hier ankommt.«

»Na also«, knurrte Dolph Ubikwe. »Wunderbar! Wir sind also auf uns selbst angewiesen. Manchmal glaube ich, der Weltraum ist einfach zu *groß*, verdammt noch mal. Daß wir unsere Zeit damit vergeuden, uns in die Tasche zu lügen, wir könnten ihn ›beherrschen‹.«

Seine Bemerkung hörte sich beinahe belustigt an.

»Wir müßten wissen«, meinte er in versonnenem Ton, »warum dieses Schiff« – mit dem Kinn deutete er auf das Radarecho der Defensiveinheit – »ausgerechnet diesen Teil des Asteroidenschwarms für so ungeheuer interessant hält. Hat irgendwer dazu einen Einfall? Porson, erkennen Sie irgendwelche Hinweise, die uns dabei nützlich sein könnten, Schlußfolgerungen zu ziehen?«

Was wir tatsächlich wissen müssen, dachte Min, ist der Inhalt der verschlüsselten Nachricht, die Warden Dios durch Angus Thermopyle an Nick Succorso übermittelt hat. Offenbar konnte man keine sinnvolle Strategie festlegen, solange sie nicht wußten, wo sich die *Posaune* finden ließ. Noch wichtiger war jedoch, daß man an Bord der *Rächer* nicht zu beurteilen vermochte, ob der Interspatium-Scout es wert war, für ihn das Leben zu wagen, ohne nur zu ahnen, was Warden Dios eigentlich von Thermopyle, Succorso und ihrem Raumschiff wollte.

Bedauerlicherweise hatten die dienstfreien Kommunikationsspezialisten der *Rächer* bisher mit der Entschlüsselung des vom VMKP-Polizeipräsidenten aufgefangenen Funkspruchs keinen Erfolg gehabt.

Damit blieb für Min nur die Beantwortung einer grundsätzlichen, wesentlichen Frage möglich. Vertraute sie ihm? Selbst jetzt noch, nachdem er Isaak/Angus der Befehlsgewalt Nick Succorsos unterstellt hatte?

Natürlich. Welche Wahl hatte sie denn?

Er hatte ihr mitgeteilt, daß Morn Hyland lebte.

»Viel kann ich nicht sehen, Kapitän«, gab Porson angespannt Auskunft, »falls man bei dieser Schießerei überhaupt von ›sehen‹ reden kann. Aber irgend was *ist* da ...«

Min drehte ihren Sitz, heftete die Aufmerksamkeit wie ein Falke auf den Scanningoffizier.

»Aus dieser Entfernung«, erläuterte er überflüssigerweise, »hat der Asteroidenschwarm Ähnlichkeit mit einem soliden Stück Stein. Magnet- und Gravitationsdruck erzeugen 'ne Menge elektrostatischer Energie, allerdings ausschließlich innerhalb des Schwarms. Davon orten wir bloß 'n gelegentliches Flackern, 'ne Art interstellaren Wetterleuchtens. Aber außerdem messe ich einige sehr sonderbare Stresserscheinungen. Wenn die Instrumente nicht gestört sind, und der Computer ist's jedenfalls nicht« – infolge seiner Unsicherheit klang seine Stimme, als hätte er das Bedürfnis, sich zu entschuldigen –, »dann dringt aus dem Asteroidenschwarm irgendeine anomale kinetische Reflexion. Ich weiß nicht, wie ich sie beschreiben soll. Sie ist, als ob das Echo von etwas viel zu Großem durch die Felsen ginge. Von irgend etwas, das ins normale Kräftespiel des Schwarms eingreift und es durcheinanderbringt.«

»Es ist, als käm's von einer Singularität«, warf Bydell unerwartet ein. »Als hätte da 'ne physikalische Anomalie, vielleicht 'n völlig verrücktes Experiment, ein Schwarzes Loch verursacht.« Plötzlich besann sie sich auf die Disziplin. »Verzeihung, Kapitän«, fügte sie halblaut hinzu, »tut mir leid, Sir.«

Dolph tat ihren Disziplinverstoß mit einem Wink ab. »Eine anomale kinetische Reflexion«, faßte Ubikwe nachdenklich zusammen. »Eine Singularität. Na, was mag denn das nun wieder zu bedeuten haben?«

Min konnte sich nicht mehr zurückhalten. Ein Schwelbrand schien in ihren Handflächen zu glosen, der Puls pochte in ihren Schläfen. »Das ist doch erst einmal ganz egal«, fuhr sie dazwischen. »*Wo* ist sie? Können Sie sie lokalisieren?«

Porson schaute Kapitän Ubikwe an. »Nicht genau, Sir«, antwortete er, als hätte Dolph die Frage gestellt. »Aber der Amnioni hat sich in direkter Anflugrichtung positioniert.«

Min packte die Armlehnen des G-Andrucksessels, weil aufgrund eines neuen Ausweichmanövers abermals Schub durch den Polizeikreuzer ging. »In diesem Fall, Kapitän«, schnarrte sie barsch, »kann ich Ihnen mitteilen, was wir tun.«

Ohne ersichtliche Mühe drehte Dolph ihr trotz gegensätzlicher Vektoren und spürbarer G-Werte sein Kommandopult zu. »Ich habe schon befürchtet, daß Sie so etwas sagen, Direktorin«, antwortete er mit gedehnter Stimme. Er sprach in lakonischem Ton; das Funkeln seiner Augen hingegen verriet eine gewisse Insolenz. »Als ich das Erfordernis erwähnt habe, zu Schlußfolgerungen zu gelangen, hatte ich die Hoffnung, wir könnten auf einer etwas plausibleren Grundlage dazu imstande sein.«

Plausibel? Am liebsten hätte Min ihn angeschrien. *Plausibles* wollen Sie? Ich weiß nichts Plausibles. An dieser gottverdammten Situation ist absolut nichts *plausibel*.

Sie nahm sich trotz allem zusammen. Sie durfte ihre Erbitterung und ihren Frust nicht an ihm auslassen. Er hatte es nicht verdient; Warden Dios war derjenige, der es verdient hätte.

Statt dessen sagte sie ihm die Wahrheit. Inzwischen hatte sie genügend Lügen und Fehlinformationen hingenommen, um davon Übelkeit zu verspüren.

»Ich sehe ausreichende Plausibilität vorliegen, Kapitän«, entgegnete sie. »Die *Posaune* ist ein Interspatium-Scout, und Scouts sind im Normalfall unbewaffnet. Dieses Schiff ist aber ein Ausnahmefall. Es verfügt über eine Materiekanone, Impacter-Geschütze und Plasmatorpedos.« Einen Dispersionsfeldprojektor. »Und es führt Singularitätsgranaten mit.«

Dolph Ubikwes Augen weiteten sich; unwillkürlich sank sein Kinn herab. Dann trat in seinen Blick ein Ausdruck, der vielleicht auf Wut beruhte. »Wollen Sie damit sagen« – fast knirschte er beim Sprechen mit den Zähnen –, »Sie haben einem unberechenbaren Illegalen und einem Cyborg ein Raumschiff mit *Singularitätsgranaten* überlassen? Mein Gott, Direktorin, ich war der Meinung, das Zeug wäre noch im *Experimentier*stadium! Ich dachte, die Dinger wären *verdammt* zu gefährlich, um sie zu verwenden.«

»*Alles* kann zu gefährlich sein«, erwiderte Min ungehalten. »Falls es Ihnen noch nicht aufgefallen ist, wir stecken gewissermaßen selbst schon längst in einem Schwarzen Loch.« Wir sind wie eine unwägbare Masse in unermeßlich kleinem Raum. »Daß es nicht physikalisch meßbar ist, heißt noch lange nicht, daß es ungefährlich wäre. Als wir die *Posaune* in der Umgebung des Kombi-Montan-Asteroidengürtels, solange wir die Gelegenheit hatten, nicht eliminiert haben, ist von uns ein Ereignishorizont überschritten worden. Nun müssen wir hindurch, weil das der einzige Ausweg ist.«

Wenn sie sich dessen, was sie über Deaner Beckmanns Theorien gelesen hatte, richtig entsann ... Und wenn er recht hatte ...

»Das Echo verrät uns, wo die *Posaune* steckt. Oder wo sie war.« Durch ein Schwarzes Loch, dessen Größe genügte, um derartige kinetische Inkonsistenzen hervorzurufen, konnte der Interspatium-Scout und seine Umgebung ohne weiteres verschlungen worden sein. Sie müßte sich, um dem Effekt der Granate entgangen zu sein, früh genug abgesetzt haben. »Falls sie den Asteroidenschwarm auf dieser Seite verlassen will, kommt sie aus derselben Richtung.«

Und treffen wir rechtzeitig ein, können wir sie vielleicht vor dem Amnioni schützen.

»Scheiße«, schimpfte unvermittelt Glessen. »Was ...?« Ohne den Kopf von der Waffensysteme-Kontrollkonsole zu wenden, erstattete er Meldung. »Kapitän, ein Geschütz verliert die Ladung.«

Dolph nahm den Blick nicht von Min. »Bydell?« Der Ärger in seinen Augen war durch Kummer verdrängt worden, als hätte er sich zu der Auffassung durchgerungen, die OA-Direktorin wäre um den Verstand gekommen.

»Ich bin schon beim Überprüfen, Kapitän«, krächzte die Datensysteme-Offizierin und las hastig die Anzeigen ab. »Die computerisierte Schadenermittlung verweist auf eine undichte Stelle der Stromzufuhr. Da tut's die Isolierung nicht mehr ... Hier ist das Stromleck.« Sie deutete auf eine Konstruktionsschematik, die außer ihr niemand sah. »Es muß wohl durch die Hitze entstanden sein. Das Kabel verläuft durch ein Schott, wo's gebrannt hat. Dort ist der Schaden eingetreten.« Sie schluckte. »Kapitän, das Problem wird schlimmer. Die dortige Sektion des Schotts hat inzwischen eine meßbare Ladung.«

Dolph Ubikwe verzog, Min zugewandt, so daß die Crew seine Miene nicht sehen konnte, das Gesicht, als wäre ihm zum Zähnefletschen zumute.

»Können Sie die schadhafte Stelle umgehen?«

»Aye, Kapitän.« In Bydells Stimme war ein Zittern. »Dadurch wird's allerdings unmöglich, eine gleichmäßige Energiezufuhr für die übrige Artillerie aufrechtzuerhalten. Die Leitungen verkraften keine so starke Ladung.«

Min erkannte in Kapitän Ubikwes massigem Gesicht kuriose Anzeichen extremer seelischer Konflikte. Die einander widerstrebenden Vektoren seines Innenlebens – Sorge um das Raumschiff, Respekt vor der Direktorin, Entschlossenheit zum Abgrenzen seiner Kommandogewalt, Drang zu dezidiertem Kampf – zerrten sein Gemüt in zu viele verschiedene Richtungen auf einmal. Er sperrte den Mund weit auf und schnappte tief nach Luft, als wollte er ein Gebrüll ausstoßen. Keinen Moment lang wich sein Blick von Min.

Aber er wurde nicht laut. Vielmehr atmete er aus und lachte unterdrückt vor sich hin. Langsam hob er die Hände wie zur Kapitulation. Seine Augen glitzerten.

»Tja, das sind die Freuden der VMKP-Pflichterfüllung«, brummelte er. »Mir sind, als ich mich beworben habe, Abenteuer und Nervenkitzel versprochen worden. Und jetzt, habe ich den Eindruck, erlebe ich beides. Bydell, legen Sie das kaputte Kabel lieber still, bevor sich jemand zu Tode elektrisiert. Glessen, Sie können ruhig 'ne Zeitlang auf ein Geschütz verzichten, zumal der Ausfall Ihnen das Feuern erleichtert.«

»Aye, Kapitän«, antworteten Bydell und Glessen wie aus einem Munde.

Unter anderen Umständen hätte ein Techniker die Isolierung binnen einer halben Stunde erneuern können. Jetzt jedoch wäre jedes Besatzungsmitglied, das die Polsterung der G-Andrucksessel verließ, innerhalb von Sekunden tot, würde durch die riskanten Manöver der *Rächer* zu Brei zerschmettert.

»Also gut, Direktorin«, sagte Dolph. Seine Stimme hallte durch die Brücke. »Sie haben mich überzeugt. Sie behaupten, wir sind in 'm Schwarzen Loch. Ich nenne so was: bis zum Arsch im Krokodilsrachen stecken. Aber so oder so, wir haben keine andere Wahl, als das Beste zu hoffen. Vielleicht hilft Optimismus. Wie lauten Ihre Befehle?«

Eventuell *half* Optimismus. In stummer Dankbarkeit für Kapitän Dolph Ubikwe erteilte Min ihm ihre Anweisungen.

Alternativkurs in die Richtung der anomalen kinetischen Reflexion einschlagen. Die *Rächer* zwischen den dortigen Teil des Asteroidenschwarms und die Bordartillerie des Amnion-Kriegsschiffs bringen. Mit dem Polizeikreuzer eine Position einnehmen, die es ermögliche, die Flucht der *Posaune* zu decken.

Und für das absonderliche Spiel, das Warden Dios mit Angus Thermopyle und Nick Succorso trieb – nicht zu vergessen mit Morn Hyland –, in den Untergang zu fliegen.

»Alles klar, Sergei?« fragte Dolph den Steuermann.

»Aye, Kapitän«, bestätigte Patrice.

»Ich hoffe, Ihnen steht heute der Sinn nach einer echten Herausforderung«, frotzelte Dolph regelrecht vergnügt. »Setzen Sie den Kurs, und wir schwirren ab. Nun haben Sie ja wohl wirklich alle Hände voll zu tun.«

Kaum hörbar murmelte Patrice eine Bemerkung, die »Erste Sahne, Kapitän« lauten mochte.

Rotationsschub. Ausweichmanöver. Nun das. Erste Sahne. Sicher. Min war nicht ganz der Überzeugung, daß sie selbst eine dermaßen vielfältige, komplizierte Aufgabenstellung bewältigt hätte.

»Kapitän«, raunte unversehens Porson, als wäre er zutiefst erstaunt oder entsetzt, »es ist zu lange her.«

»Zu lange her?« wiederholte Dolph in sachlichem, fast gleichmütigem Ton. »Was?«

Eilig bemühte sich der Scanningoffizier um Klarheit. »Zu lange, seit die Defensiveinheit das letzte Mal mit dem Protonengeschütz geschossen hat. Bisher hat sie es alle einhundertachtzig Sekunden auf uns abgefeuert. Genau alle hundertachtzig Sekunden. Ich vermute, das ist die Häufigkeit, die praktikabel ist. Inzwischen sind aber seit dem letzten Schuß drei Minuten vergangen. Dreieinhalb sogar, und sie hat das Protonengeschütz nicht mehr benutzt.«

Nicht mehr benutzt? Mins Magen begehrte auf wie bei einem Ekelgefühl. Nach dreieinhalb Minuten?

Dolph Ubikwe straffte in seinem Kommandosessel die Haltung, klammerte die Fäuste um die Armlehnen. »In diesem Fall, Sergei«, sagte er, als hätte er großen Spaß, wären alle Sorgen von seinen Schultern gewichen, »halte ich es für angebracht, daß wir Direktorin Donners Befehl volle Kraft voraus ausführen. Wenn eine Amnion-Defensiveinheit der Behemoth-Klasse, während sie sich verteidigen muß, auf den Einsatz ihres Protonengeschützes verzichtet, kann das nichts anderes heißen, als daß sie ein anderes Ziel anpeilt.«

Die *Posaune* war ein Raumschiff voller Überraschungen. doch nichts, worüber der Interspatium-Scout verfügte – oder an Bord hatte –, konnte ihn vor dem Strahl eines Superlicht-Protonengeschützes bewahren.

Dazu war nur die *Rächer* fähig.

Und wenn sie dabei ins Verderben flog.

SORUS

Taverner hatte darauf bestanden; es ihr *befohlen*. Obwohl sie ihn davor, daß es ein Trick war, gewarnt hatte. Angeschrien hatte sie ihn: daß die *Posaune* eine Havarie nur vortäuschte; keine Sabotage erfolgt war; Succorso viel weiter als vermutet vorausgedacht hatte; daß der Interspatium-Scout, wenn es so aussah, als hätte er einen Asteroiden gerammt und sei aktionsunfähig, diesen Anschein absichtlich erweckte, um die *Sturmvogel* anzulocken. Doch Taverner hatte darauf beharrt, das Risiko müsse in Kauf genommen werden. Für die Aussicht, die Besatzung der *Posaune* lebend zu fangen, sei kein Risiko zu groß. Als die Scanninginstrumente der *Sturmvogel* das merkwürdige Toben der Distorsionen endlich wieder durchdrangen, die Ortung den Interspatium-Scout, der unzweifelhaft lediglich vortäuschte, ein Wrack zu sein, schließlich von neuem erfaßten, hatte er Sorus trotz der ausgezeichneten Gelegenheit verboten, das kleine Raumfahrzeug zu atomisieren.

Und dementsprechend war das Resultat gewesen.

Mit einemmal war auf dem Schauplatz des Geschehens ein drittes Raumschiff erschienen. Der Scanningcomputer hatte es sofort identifiziert: er kannte es aus Kassaforts Flugverkehrsdaten.

Freistaat Eden. Außer dem Namen wußte Sorus nahezu nichts über das Schiff. Aber es war wenige Stunden vor Thanatos Minors Vernichtung von Kassafort abgeflogen.

Augenblicklich hatte die *Freistaat Eden* das Feuer eröffnet und die *Sturmvogel* unter schweren Beschuß genommen, ihre Panzerung und Partikelkollektoren bis zum äußersten belastet. Unbegreiflich, daß die *Posaune* an den abwegigsten

Orten Verbündete hatte. Die *Sturmvogel* mußte alle Kräfte zu ihrer Verteidigung aufbieten; andernfalls hätte sie die Attacke nicht überstanden.

Mit Salve um Salve deckte die *Freistaat Eden* sie ein. Entschieden erwiderte die *Sturmvogel* das Feuer. Aber sie hatte schon zu viele Schäden erlitten. Die Detonation Thanatos Minors hatte sie in Mitleidenschaft gezogen, Succorso sie zusätzlich demoliert. Trotz aller Bemühungen, sich des Angriffs zu erwehren, geriet sie in ernste Bedrängnis.

Und da war die *Posaune*, genau wie Sorus es vorausgesagt hatte, wieder aktiv geworden.

Der Interspatium-Scout mußte einen Kaltstart riskiert haben. Nur auf diese Weise konnte er so plötzlich Schub entwickelt haben und durchgestartet sein. Während die Düsen sich noch erwärmten, hatte das Raumschiff sich im Schlingerflug von dem Asteroiden entfernt ...

... und einen engen Halbkreis geflogen, durch den es in das Schußfeld zwischen den beiden Kombattanten geriet, zwischen die Bordartillerie der *Sturmvogel* und der *Freistaat Eden*.

Thermopyle mußte durchgedreht sein. Oder der Autopilot steuerte die *Posaune*, lenkte sie auf einen Kurs, den man den Computern schon eingespeist hatte, ehe die *Freistaat Eden* aufkreuzte.

Letzteres hieß, das er sich mit etwas anderem abgab; zu beschäftigt war, um sich mit der Steuerung zu befassen.

Daß er die nächste Falle stellte ...

»Zerstören Sie die *Posaune*«, forderte Taverner. Er hielt sich direkt vor Sorus an der Kommandokonsole fest; dank seiner nichtmenschlichen Körperkräfte blieb er so unverrückbar wie ein Stahlträger. Die Hand an seiner FKZ zitterte nicht im geringsten. Die Sonnenbrille bedeckte seine ebenfalls fremdartig gewordenen Augen: nichts ließ sich ihm ansehen. Sein Tonfall war längst so stur wie seine Mentalität. Dennoch konnte man den Anklang der Dringlichkeit in seinen Worten nicht überhören. »Vernichten Sie sie unverzüglich. Das andere Raumschiff wird Ihnen keine weitere Gelegenheit einräumen. Und die *Posaune* darf keinesfalls in die Hände unserer Feinde fallen.«

Sorus gehorchte, obwohl es einem Selbstmord gleichkam, die Bordartillerie auf ein anderes Ziel als den Angreifer zu richten. »Du hast's gehört«, schnauzte sie dem Waffensysteme-Hauptoperator zu. »Schieß den Interspatium-Scout zu Schlacke. Und zwar *sofort!*«

Mit verzweifelter Hast führte der Mann den Befehl aus und ließ seine Finger über die Tastatur flitzen.

Sorus gehorchte Taverner; jedoch nicht, weil sie ihn gefürchtet hätte. Sie hatte ihre alte Verzagtheit zu guter Letzt überwunden; oder sie war ihr durch ihre insgeheimen Hoffnungen und Nöte ausgebrannt worden. Zu stark war die *Sturmvogel* beschädigt; erhebliche weitere Schäden konnte sie unmöglich verkraften. In Sorus' Herz gab es nichts mehr als die stumme Erwartung eines etwaigen Lichtblicks.

Sie leistete Gehorsam, weil sie zu wissen glaubte, was sich als nächstes ereignen sollte.

Und auch diesmal behielt sie recht. In der derselben Sekunde, als die Materiekanone der *Sturmvogel* feuerte, brach ein zweiter wilder Wirbelsturm von Distorsionen aus: soviel unanalysierbares Bosonengestöber, daß auf der vollen Bandbreite, die die Sensoren und Partikelanalysatoren der *Sturmvogel* erfassen konnten, nur noch Chaos herrschte, als wäre die ganze materielle Existenz der *Freistaat Eden*, der *Posaune* sowie des gesamten Asteroidenschwarms ringsum nichts als ein quantenphysikalischer Jux.

Dafür mußte der Interspatium-Scout verantwortlich sein. Er verfügte über irgendeinen Schutz gegen Materiekanonen. Die Astro-Schnäpper entwickelten Waffen, von denen Sorus noch nie gehört hatte. Neue Waffensysteme, die sie sich nicht vorstellen konnte.

Trotzdem befand sie sich in Bereitschaft. Die *Posaune* hatte schon mit zu vielen unangenehmen Überraschungen aufgewartet. Sorus verspürte keine Lust, sich nochmals hereinlegen zu lassen.

»Abdrehen!« schrie sie einen Sekundenbruchteil, nachdem das Scanning ausfiel, dem Steuermann zu. »Sofort, auf schnellstem Wege!«

Jahrelang hatte sie den Mann bei der Arbeit beobachten können: Sie wußte, wie tüchtig er war; ihm brauchte man nicht erst zu erklären, daß er einige Sekunden alte Scanningdaten durchaus dazu benutzen konnte, um mitten im Einhertrudeln der Felsbrocken auf Gegenkurs zu gehen.

Im folgenden Moment warf Andruck sie zur Seite, drückte ihre Rippen gegen die Armlehne des G-Andrucksessels, als müßten sie gleich brechen. Die Ränder ihres Blickfelds schienen in einem Dunkel, dick wie Blut, zu verschwinden. Rundum hatte die Brückencrew jetzt die größte Mühe beim Bedienen der Kontrollkonsolen. Taverner wurde zum Beugen eines Knies gezwungen, um an seinem Standort aushalten zu können. Der Druck riß ihm die Sonnenbrille vom Gesicht, an einem Schott zerschellte sie in Scherben.

Während die *Freistaat Eden* und die *Posaune* genauso geblendet waren wie die *Sturmvogel,* setzte sich Sorus aus dem Gefecht ab. Falls die *Freistaat Eden* abermals feuerte, stellte das Scanning nichts fest, und ebensowenig bekam die *Sturmvogel* etwas zu spüren.

Die *Sturmvogel* beendete das Schwenkmanöver in die veränderte Flugrichtung, und Sorus rückte sich im G-Andrucksessel zurecht, bis sie wieder einigermaßen bequem saß. Noch ein paar Sekunden, mehr benötigte sie nicht: Schaffte das Schiff es, noch einige Sekunden lang ohne fatale Fehlberechnungen geradeauszufliegen, ohne eine Kollision zu erleben, mußten bis dahin die Scanninginstrumente ihre Funktionen wieder auszuüben imstande sein. Dann konnte Sorus sich neu orientieren, die Aussichten für die Möglichkeit einschätzen, rechtzeitig kehrtzumachen und die *Posaune* außerhalb des Schußfelds ihres Verbündeten abzufangen. Falls es dem Steuermann gelang, das Schiff so lange durchzubringen; Sorus im Laufe dieser unentbehrlichen Sekunden atmen konnte, der drohenden Besinnungslosigkeit widerstand ...

Unvermittelt stockte die *Sturmvogel*, als wäre sie gegen eine Mauer gestoßen. Der Schub schien zu schwinden, zu verpuffen. Im ersten Augenblick befürchtete Sorus, eine Triebwerksdüse wäre zerstört worden. Gleichzeitig stieg jedoch die G-Belastung. Von einem zum nächsten Herzschlag fühlte Sorus, wie sich ihr Körpergewicht verdoppelte.

»Schwerkraft!« keuchte der Datensysteme-Hauptoperator. »Herrje, ist das 'ne *Gravitation!* Da muß 'n Schwarzes Loch sein.«

Ein Schwarzes Loch? Hier? So plötzlich. Sorus verstand nicht, was sich abspielte – und legte momentan auch keinen Wert darauf. Ob Schwarzes Loch oder nicht, die Anziehungskraft war immens. Und jede Kraft, die so stark war, daß sie die *Sturmvogel* derartig packen konnte, mußte auch die gesamte Umgebung beeinflussen. Schon hallte ehernes Dröhnen durchs Schiff, indem Asteroiden aller Größen auf den Rumpf prasselten, ihn in der Eile, mit der sie sich der Gefräßigkeit unterwarfen, die nach ihnen gierte, glattweg zu durchschlagen versuchten.

Wenn das Raumschiff sich nicht aus der Anziehungskraft befreite, *schleunigst* befreite, wurde es zerstört, noch bevor das Schwarze Loch es verschlang. Der rasante Andrang angezogener Felsbrocken mochte sie in Trümmer zerschmettern.

»Eine induzierte Singularität«, sagte Taverner aus keinem Anlaß, den Sorus sich denken konnte. »Eine Waffe. Wir ... ich ...«

Anscheinend bereitete es ihm Schwierigkeiten, über sich selbst zu sprechen. »Ich habe davon gehört. Von sogenannten Singularitätsgranaten. Als ich Mensch war. Gerüchteweise. Es hieß, sie seien unpraktisch. Unsere Forschungen sind noch in Gang.«

Unpraktisch? brauste Sorus stumm auf. Wenn ein Schwarzes Loch ihr Raumschiff einschlürfte und verschlang, interessierte es niemanden an Bord einen Deut, ob derlei als *unpraktisch* galt.

Die Menschheit als solche agierte unpraktisch und existierte trotzdem weiter.

Sie sah, daß die Sichtschirme wieder Scanningdaten anzeigten, aber jetzt waren sie nutzlos. Achtern saugte die Anziehungskraft Bosonen zügiger ein, als sie Asteroiden anzog. An Bord der *Sturmvogel* konnte man dem eigenen Schicksal entgegenblicken.

»Vollschub voraus, Steuermann«, befahl Sorus mit höchstem Nachdruck, hob die Stimme, um sich durch das Dröhnen verständlich zu machen. Eine Riesenfaust aus G-Werten umklammerte ihren Brustkasten; Sorus' Befehle hörten sich an, als schrie sie um Hilfe. »Den Schub nicht direkt gegen die Anziehungskraft wenden, sondern im Winkel abfliegen. Wenn's ein Schwarzes Loch ist, können wir vielleicht genug laterale Beschleunigung gewinnen, um uns aus der Anziehung zu lösen.«

Das entblößte die Rumpfseite der *Sturmvogel* dem Gesteinshagel, so daß sie ein größeres Ziel abgab. Aber es bot ihr eine bessere Chance, dem Schwarzen Loch zu entrinnen.

»Schluß mit dem Aufladen«, keuchte Sorus dem Waffensysteme-Hauptoperator zu. »Die Energie dem Antrieb zuleiten. Die Materiekanone rettet uns jetzt nicht.«

Wenn überhaupt noch irgend etwas das Schiff rettete, dann die Tatsache, daß es abgedreht hatte, bevor das Schwarze Loch zu existieren anfing.

Das Dröhnen des Asteroidenhagels steigerte sich zum Donnern eines endlosen Trommelfeuers von Stein auf Metall, langsamer als die Treffer des Artillerieduells, aber nicht weniger verhängnisvoll. Sorus konnte kaum noch hören. In wenigen Augenblicken würde sie nicht mehr denken können. Die G fraß sich wie ein lautloser Bohrer durch ihre Glieder: ihr war zumute, als würden ihre Knochen pulverisiert. Ihre Haut schien zu zerfließen und sich umzuformen wie heißes Wachs. Wie lange konnte es noch dauern, bis ein ausreichend großer Felsklotz den Rumpf durchschlug? Wie lange, bis das Raumschiff den Ereignishorizont überquerte, Gefräßigkeit und Zeit Sorus rücklings in den Tod rissen?

So wollte sie nicht sterben. Es war ihr unmöglich geworden, die Hände zu bewegen, sie konnte die Impacter-Pistole an ihrem Gürtel nicht erreichen. Und sie hatte sich geschworen, hatte *geschworen*, Milos Taverner zu töten, bevor sie starb. Ihn geradewegs in die Fresse zu schießen – als nur geringfügige Vergeltung für das lange, lange Elendsdasein, das ihr die Amnion zugemutet hatten.

So wollte sie nicht sterben!

Manchmal ...

... half das Hoffen.

Zunächst langsam, zu langsam, als daß man es spürte, entfernte sich die *Sturmvogel* aus dem Einflußbereich des Schwarzen Lochs.

Indem sie das Zentrum der Gravitationsquelle umrundete, gewann die *Sturmvogel* ein zentrifugales Trägheitsmoment, das der Anziehung entgegenwirkte. Zuletzt half die Kraft des Schwarzen Lochs dem Raumschiff dabei, sich auswärts davonzuschwingen. Durch Wille und Hoffen dem Rachen der Finsternis um Sekunden zuvorgekommen, entzog sich Sorus Chatelaines Raumschiff dem Untergang mit gradueller Allmählichkeit.

In dem Maße, wie die Gravitation abschwächte, ließ auch das Prasseln der Asteroiden nach. Zusehends weniger Felsbrocken stillten den Hunger der Singularität. Mit wachsendem Abstand nahm ihre Anziehungskraft ab. Sorus war sicher, daß das Asteroidenbombardement die ganze betroffene Seite des Schiffs geplättet, dort jedes Bordgeschütz, jede Antenne und jede Luke, jeden Rezeptor und jede Düse in Schrott verwandelt hatte. Sämtliche Warnmelder der *Sturmvogel* wimmerten ihre Alarmsignale. Nur der Dekompressionsalarm fehlte. Das Raumschiff mochte beinahe zerschlagen worden sein, aber es war dicht geblieben.

Während der G-Druck von ihrem Brustkorb wich, atmete Sorus wieder freier. Für einen Moment trübte die Rückkehr des Bluts ins Gehirn und die Augen ihre Sehnerven. Dann durchdrang ihr Augenlicht den Blizzard der Phosphene wie hoffentlich gleichzeitig das Scanning den Partikelsturm, und sie konnte wieder sehen.

Auf allen Sichtschirmen heulten Indikatoren bernsteingelbe Panik hinaus. Die Anzeigen und Displays der Kommandokonsole schienen aus Furcht zu glosen, als wären sie voller Elmsfeuer. Aber die *Sturmvogel* war dem Schwarzen Loch entgangen.

Unermüdlich verrichtete der Steuermann seine Aufgaben, begradigte mit kurzen Schubstößen die verwegene Trajektorie des Raumschiffs. Unablässig ruckte, krängte und schlingerte die *Sturmvogel*, während sie durchs All taumelte, der Steuermann einen ordnungsgemäßen Kurs zu erzwingen versuchte. Einen Moment später leitete die Scanning-Hauptoperatorin ihm endlich wieder brauchbare Daten zu. Daraufhin besserte sich die Fluglage. Nach einem letzten Rums endete das Bombardement der Asteroiden.

Taverner hatte die ganze Zeit hindurch vor Sorus' Kommandokonsole ausgehalten, sich mit einer Faust ans Gehäuse geklammert. Von nun an sah Sorus wieder seine Alienaugen, weil er die Sonnenbrille nicht mehr trug.

Er beachtete die Kapitänin nicht. Statt dessen betrachtete er die undeutbaren Anzeigen seiner FKZ, während seine Finger über die Tasten huschten. Er stand in Kontakt mit der *Stiller Horizont*. Mittels verzögerungsfreier Kommunikation. Falls die hohen G-Werte ihm zu schaffen gemacht hatten, merkte man es ihm nicht an.

Sorus beschloß, ihn ihrerseits ebenso unbeachtet zu lassen. Was er da tat, war jetzt belanglos: egal was er wollte, es konnte warten.

»Schadensmeldung«, verlangte sie, indem sie Luft in die schmerzenden Lungen saugte, mit gepreßter Stimme vom Datensysteme-Hauptoperator. »Kurzgefaßt«, fügte sie hinzu, weil die Beschwerden es ihr versagten, sich um alles zur gleichen Zeit zu kümmern. »Nur die Rosinen.«

Blinkende Lichter an der Kommandokonsole forderten

ebenfalls ihre Aufmerksamkeit. Aber auch sie mußten warten.

»Da fällt die Auswahl schwer, Kapitänin«, schnaufte der Datensysteme-Hauptoperator. Er rieb sich die Augen und starrte die Anzeigen an. »Verdammt, ich kann kaum was sehen.« Trotzdem brachte er eine Meldung zustande. »Keine Dekompression«, sagte er, »aber ansonsten haben wir ganz schön was abgekriegt.« Er zählte eine Reihe von Düsen, Kanonen und Rezeptoren auf. »Alles futsch. Auf der Seite sind wir blind, taub und handlungsunfähig. Beide Rumpfwandungen haben Schaden genommen. Metallverformung ist weit über die Toleranzwerte hinaus eingetreten.« Kurz schwieg er. »Lenkdüsen im Bogen von dreißig Grad sind lädiert. Und eine der Triebwerksdüsen ist völlig flachgedrückt worden. Im freien Raum könnten wir in diesem Zustand wahrscheinlich 'ne ganze Zeit lang dahinschleichen, vielleicht sogar genügend Geschwindigkeit für 'ne Hyperspatium-Durchquerung aufnehmen. Wir hätten davon aber nichts. Uns fehlt die Möglichkeit, eine verläßliche Flugrichtung auszuwählen. In diesem Asteroidenschwarm zu navigieren ist nämlich wie ein Flipperspiel.«

Sorus hörte ihm zu, als spräche er kein Todesurteil aus. *Uns fehlt die Möglichkeit, eine verläßliche Flugrichtung auszuwählen.* Ohne präzise Orientierung und ausreichende Beschleunigung blieb ein Ponton-Antrieb nutzlos. Mit anderen Worten, die *Sturmvogel* konnte das Massif-5-System nicht mehr verlassen. Sie konnte sich nicht in Sicherheit bringen.

Um zu verhindern, daß das Schiff der VMKP in die Hände fiel, würde Taverner die Selbstzerstörung anordnen. So waren die Amnion nun einmal. Und sollte Sorus sich weigern, setzte er die in den Skrubbern versteckten Mutagene frei. Dann wurde jedes Besatzungsmitglied zum Amnioni, und man führte seinen Befehl doch aus.

Dennoch sah Sorus in der Meldung des Datensysteme-Hauptoperators nichts als Anlaß zur Hoffnung. Auf undurchschaubare und unberechenbare Weise fand sie nach wie vor Grund zum Hoffen.

»Wo sind wir?« fragte sie seelenruhig die Scanning-Hauptoperatorin.

Die Frau hob den Blick von den Kontrollen. »Schwer zu sagen, Kapitänin. Unsere Karten sind plötzlich ...« Sie versuchte zu lachen. »Veraltet sind sie.«

Vielleicht verstand auch sie, wie bedeutsam es war, Hoffnung zu bewahren.

»Aber wenn ich raten soll, ich glaube, wir sind hier.« Sie projizierte eine Darstellung auf einen Monitor. Allem Anschein nach befand sich die *Sturmvogel* ungefähr 30 Klicks vom Rande des unmittelbaren Einflußbereichs der Singularität entfernt, war also erheblich von der Flugroute abgewichen, die die Kommunikationszentrale des vernichteten Schwarzlabors der *Posaune* vorgegeben hatte. »Zur Steuerung will ich mich nicht äußern, aber meines Erachtens müßten wir dazu imstande sein, von unserer gegenwärtigen Position einen Weg aus dem Asteroidenschwarm zu finden. Nur dürfte es schwieriger sein als auf dem Kurs, den uns die Kommunikationszentrale gewiesen hat.«

Sorus nickte. »Haben wir die *Posaune* in der Ortung? Sind überhaupt irgendwelche Raumschiffe zu erkennen?«

»Im Moment ist nichts zu orten«, antwortete die Scanning-Hauptoperatorin. »Nach meiner Schätzung war die *Freistaat Eden* direkt rechts neben der Singularität. Sie muß das erste gewesen sein, was von ihr verschlungen wurde. Und die *Posaune* war näher als wir dran. Wenn sie davongekommen sein sollte, muß sie den lieben Gott auf ihrer Seite haben. Es wäre verflucht 'n wahres Wunder.«

Sorus lächelte der Frau zu. Keine Frage: die Scanning-Hauptoperatorin dachte mit. Ihr versonnenes Grinsen teilte der Kapitänin mit, daß Sorus nicht allein stand.

Noch eine Auskunft, überlegte Sorus, mehr brauche ich nicht. Nur eine. Ist das zuviel erhofft?

Sie nahm sich einen Moment Zeit, um sich die Warnlämpchen anzuschauen, die an der Kommandokonsole blinkten. Die Mehrzahl wies auf Gefahren hin, über die sie schon Bescheid wußte; auf Gefährdungen, die sie erwartet hatte. Eine Information allerdings verdutzte sie.

Jemand hatte eine Luftschleuse benutzt. Die Luftschleuse des Frachtbunkers, den nach der Vernichtung Thanatos Minors ein Trümmerbrocken ramponiert hatte.

Das war doch verrückt. Sämtliche Besatzungsmitglieder wußten es besser, als daß sie die Idee gehabt hätten, unter Gefechtsbedingungen ihre Anti-G-Kokons zu verlassen. Kein geistig gesunder Mensch begab sich unter solchen Verhältnissen in einen aufgeborstenen Laderaum.

Allerdings war die Anzeige unmißverständlich. Jemand hatte die Schleuse geöffnet; sie durchquert; sie geschlossen. Ohne sie abzusperren. Den Statusanzeigen zufolge war der Verriegelungsmechanismus außer Betrieb.

Nein. Sorus glaubte nicht, was sie sah. Da lag höchstwahrscheinlich ein umständebedingter Defekt vor. Zu hohe G-Werte, zu viele Asteroidentreffer. Sie hatte schon merkwürdigere Anzeigen gesehen, die sich später als falsch herausstellten.

Und sie hatte weder die Zeit noch die Kraft, um sich momentan über so etwas den Kopf zu zerbrechen. Ihre verbliebenen, knappen Kräfte brauchte sie, um sich an die Hoffnung zu klammern ...

Sie schüttelte den Kopf und richtete ihre Aufmerksamkeit auf Milos Taverner. »Was sollen wir nun anfangen?« erkundigte sie sich.

Er blickte sie nicht an. Seine ganze Konzentration galt der FKZ, mit der er Informationen empfing und übermittelte. Trotzdem antwortete er sofort, als hätte er alle ihre Äußerungen gehört. Als ob es ihm, wie Gott, gegeben wäre, Wunder zu wirken ...

»Kapitänin Chatelaine, die Analyse der Schub-Masse-Relation der Posaune, die während ihres Entweichens von Thanatos Minor gemessen werden konnte, erlaubt den Rückschluß, daß ihr Antrieb über ein adäquates Leistungsvermögen verfügt, um sie vom Ereignishorizont der Singularität fernzuhalten. Es ist vorstellbar, daß sie sich vor der Singularität gerettet hat. Tatsächlich muß es als naheliegend angenommen werden, daß an Bord vor Zündung der Singularitätswaffe für die Möglichkeit des Überlebens vorausgeplant worden ist. Das paßt ...«

Er stockte, als hätte er ein Übersetzungsproblem. Seine Umgangsfähigkeit mit der menschlichen Sprache, ähnlich wie sein Vermögen, menschliche Gedanken nachzuvollziehen, schwand immer mehr. Doch einen Moment später fand er anscheinend einen Weg, um auf sein vorheriges Ich zurückzugreifen; auf seinen früheren Geist.

»Das paßt«, wiederholte er zögernd, »zu allem, was mir über Kapitän Thermopyle bekannt ist. Um zu leben, würde er jederzeit seine Begleiter und sogar sein Raumschiff opfern.« Taverners Verhalten nach ließ sich nicht ausschließen, daß diese Vorstellung ihm bei seiner jetzigen Mentalität ernstes Unbehagen hervorrief. »Wir müssen von der Annahme ausgehen, daß die *Posaune* noch existiert.«

Er sprach in energischerem Tonfall weiter. »*Stiller Horizont* ist in Position gegangen, um eine Flucht der *Posaune* aus dem Asteroidenschwarm zu unterbinden. Es ist sehr wahrscheinlich, daß sie die Mittel hat, um den Interspatium-Scout zu vernichten. Allerdings steht sie zur Zeit in heftigem Gefecht mit einem VMKP-Kriegsschiff.« Ein zweites Mal schwieg er, um die erhaltenen Angaben richtig verdolmetschen zu können. »Sie würden es als ›Kreuzer der Skalpell-Klasse‹ bezeichnen. Die Anwesenheit dieses Kriegsschiffs verringert die Aussicht, daß *Stiller Horizont* die *Posaune* vernichten kann. Wir haben Anweisung, nun den Rand des Asteroidenschwarms anzufliegen und nach dem Interspatium-Scout zu suchen ... Und erforderlichenfalls *Stiller Horizont* zu unterstützen. Mir liegen die entsprechenden Koordinaten vor. Der Preis einer Kaperung der *Posaune* ist zu hoch. Darum muß sie vernichtet werden.«

Ja! Sorus konnte sich kaum beherrschen. *Ja.*

Gott sei Dank, daß Taverner sie nicht anschaute. Hätte er sie in diesem Moment angesehen, wären ihm der flüchtige

Ausdruck der Wut und diebischen Freude in ihren Augen sowie ihre Miene plötzlicher, hoffnungsfroher Mordlust bestimmt nicht entgangen.

Alles, was sie sich gewünscht hatte, war ihr zugefallen.

»Das ist Ihre Schuld«, maulte sie ihn an, nur um die Fassade zu wahren. »Vergessen Sie das nicht. Hätten Sie nicht verhindert, daß ich sie eliminiere, als ich dazu die Gelegenheit hatte, könnten Sie jetzt längst auf dem Heimflug sein.«

Nun hob Taverner endlich den Blick in ihr Gesicht. Nie zwinkerten seine Alienaugen. »*Stiller Horizont* ist über die gefallenen Entscheidungen und ihr Ergebnis informiert.«

»Dann ist's wohl am besten« – Sorus wandte sich ab, weil sie sich sorgte, ihre wahren Empfindungen nicht verheimlichen zu können –, »wir fliegen ab. Steuermann, der Amnioni gibt dir die Koordinaten. Es dürfte nicht leicht sein, dort hinzugelangen, aber du kannst es schaffen. Mit ein bißchen Eigenrotation haben wir genug Manövrierschub, um das Schiff in die entsprechende Richtung zu drehen.«

»Aye, Kapitänin.« Mehrere Sekunden lang tippte der Steuermann Tasten. Dann winkte er Taverner an die Steueranlagen-Kontrollkonsole, damit der Halbamnioni die Koordinaten eingab.

Taverner zögerte nicht. Anscheinend empfand er keine Veranlassung, um widerspenstig gegen Sorus zu sein. Er ließ von ihrem Kommandopult ab und schwebte hinüber zum G-Andrucksessel des Steuermanns.

Hinter seinem Rücken erwiderte Sorus den Blick der Scanning-Hauptoperatorin. Für einen kurzen Moment grinsten die beiden Frauen sich an wie Spießgesellinnen.

Als er aus dem Dunkel der Atemnot und Beschleunigung zurückkehrte, wunderte es ihn, daß er noch lebte.

Wie blöde. Ständig wunderte er sich darüber, noch am Leben zu sein. Was war nur mit ihm los? Lernte er denn gar nichts dazu? Zu staunen änderte gar nichts, half nicht im mindesten. Allein Fakten gaben den Ausschlag.

Die G-Belastung war von ihm gewichen; zwar schmerzte jeder Knochen und jede Sehne seines Körpers, aber er weilte noch unter den Lebenden.

Nein, die G-Belastung war nicht vorüber. Allemal wog er mehr als sein normales Gewicht. Der Pulsschlag schien seine Venen zu zerschrammen und zu zerstechen, als ob Glassplitter durch seinen Blutstrom schwämmen. Aus Schwäche blieb er im Andrucksessel liegen; infolge seiner Ausgelaugtheit spürte er sämtliche Beschwerden um so stärker. Er fühlte sich, als hätte jemand ihm durch die Sitzpolsterung spitze Eisenstangen in die Arme und zwischen die Rippen gestoßen. Er war sich nicht sicher, ob er den Kopf heben oder wenigstens schlucken konnte. Nur die Augen zu öffnen kostete ihn schon die ärgste Mühe.

Auf den ersten Blick ergab das, was er sah, keinerlei Sinn. Durch eine Art von Migräne der Dehydration und Phosphene erkannte er die Brücke. Zumindest in dieser Beziehung war er sich völlig sicher. Und der Dekompressionsalarm schwieg. Solange Davies nicht zu tief einzuatmen versuchte, bekam er Luft. In immerhin diesem Umfang war die *Posaune* intakt.

Doch die Scanningdisplays vor seinen Augen deuteten

allem Anschein nach darauf hin, daß sie sich nicht mehr fortbewegte. Die Schubdaten behaupteten, es sei der Fall; auch das gedämpfte Rumoren des Antriebsgeräuschs durch den Rumpf sprach dafür; ebenso die spürbare G-Belastung. Nach den angezeigten Informationen der Scanning-Kontrollkonsole traf jedoch das Gegenteil zu.

Die Monitoren waren groß genug, so daß Davies sie sehen konnte, aber seine Augen weigerten sich, irgend etwas Kleineres zu erkennen: sie nahmen weder die Indikatoren der Kommandokonsole wahr noch die Daten auf den Sichtschirmen. Lediglich den Kopf zu senken, um sie genauer zu betrachten, schmerzte viel zu stark. Davies hatte keine Ahnung von der aktuellen Lage.

Rings um ihn flüsterte eine Art von Respiration, als ob die Skrubber der Luftfilteranlagen leise stöhnten. Auch das ergab keinen Sinn. Noch nie hatte er von Skrubbern solche Töne gehört. Wenn sich die Filter verstopften, hörte man ab und zu ein leises, jämmerliches Rasseln, ähnlich wie aus der Brust eines Asthmatikers; nie jedoch so ein ersticktes Japsen nach Luft.

Er mußte den Kopf drehen; es *mußte* ihm gelingen.

Der Schmerz, den es ihm bereitete, den Kopf vorzubeugen, trieb ihm Tränen in die Augen. Aber das half ihm weiter: nachdem er die Nässe fortgeblinzelt hatte, konnte er deutlicher sehen.

Die Anzeigen beantworteten seine erste Frage. Der Autopilot flog die *Posaune*, aber Sicherheitsschaltungen hatten ihn korrekturgesteuert. Voraus schwebte zuviel Asteroidengestein: der durch Morn vorprogrammierte Kurs hätte das Ende des Raumschiffs zur Folge gehabt. Zu seinem Schutz hatten die Automatiken es quasi stationär im Asteroidenschwarm geparkt, manövrierten es nur zur einen oder anderen Seite, sobald eine Kollision drohte.

Aber die *Posaune* befand sich noch im Schwerkraftbereich des Schwarzen Lochs. Unablässig tastete die Singularität mit unersättlicher Gefräßigkeit nach ihr, versuchte sie zurückzuholen, wieder anzuziehen. Sie hätte keine Gegenwehr, setzte sie keinen Schub ein, um der gebieterischen Anziehungskraft der Gravitationsquelle entgegenzuwirken. Zum Glück leisteten die automatischen Sicherheitsschaltungen diesen Widerstand.

Gott sei Dank hatte Morn daran gedacht, sie zu aktivieren, ehe sie die Besinnung verlor.

Wo war der Interspatium-Scout? Wo in Relation zur *Sturmvogel* und dem dritten Raumer? Zur Singularität und zum Asteroidenschwarm? Davies durchforschte die Scanningdaten nach Aufschlüssen.

Nirgends war ein Zeichen der *Sturmvogel* oder irgend eines anderen Schiffs zu erkennen: das mußte man als vorteilhaft einstufen. Und das Schwarze Loch war *genau* dort. Aber ... Davies sperrte die Augen auf, ein Stich fuhr ihm durchs Herz, als er sah, daß die *Posaune*, seit er bewußtlos geworden war, kaum fünf Kilometer zurückgelegt hatte. Kaum fünf Klicks! Kein Wunder, daß sie noch gegen die Anziehung des Schwarzen Lochs ankämpfen mußte.

An dieser Position gab die *Posaune* ein leichtes Opfer ab.

Nach den Auskünften des Scanningcomputers ließen sich in Reichweite der Instrumente keine weiteren Raumschiffe orten. Allerdings würden bald welche da *sein*, dachte Davies – langsam und mühevoll, weil verkehrte Neurotransmitter sein geistiges Leistungsvermögen beeinträchtigten –, wenn der Interspatium-Scout nicht schleunigst Fahrt aufnahm.

Aber vielleicht brauchten sie sich wegen anderer Raumschiffe keine Sorgen mehr zu machen. Eventuell verkörperte der Ereignishorizont des Schwarzen Lochs die einzige verbliebene, wirkliche Gefahr. In dem Maße, wie die Singularität ihre Umgebung verschlang, wuchs sie. Soweit man diese Phänomene überhaupt messen konnte, war sie winzig. Doch möglicherweise nicht mehr lang. Beizeiten würde sie groß genug werden, um sich den gesamten Asteroidenschwarm einzuverleiben.

Und schon lange davor müßte ihre Anziehung zu stark sein, als daß die *Posaune* sich noch widersetzen könnte.

Endlich verstand Davies, weshalb ununterbrochen Felsen am Interspatium-Scout vorüberwanderten. Sie strömten auf den gierigen Rachen ultrahoher G zu.

Aber warum konnte das Scanning nicht mitteilen, wo sich die *Posaune* aufhielt?

Natürlich. Aufgrund ihrer Langsamkeit. Sie flog zu *langsam*. Sein Gehirn funktionierte geradeso gut wie ein Haufen Scheiße. *Natürlich* konnte das Scanning, außer in Relation zum Schwarzen Loch, die Position des Schiffs nicht ermitteln. Es fehlten Bezugspunkte. Alle identifizierbaren Objekte im näheren Umfeld waren bereits im Schwarzen Loch verschwunden. Und in weiterem Umkreis schwebten die Asteroiden viel zu dicht, um eine Orientierung an stellaren Fixpunkten zu gestatten. So tief im Innern des ewig ruhelosen Asteroidenschwarms erkannten die Instrumente nicht einmal den Großen und den Kleinen Massif 5.

Nun gut. In dem Fall mußte Davies schlichtweg unterstellen, daß die momentane Flugrichtung der *Posaune* wenigstens eine gewisse Übereinstimmung mit dem von Morn, ehe sie ohnmächtig wurde, eingegebenen Kurs aufwies. Das Schiff hatte geradeauszufliegen. Davies war über Morns bisherige Steuerungsmaßnahmen nicht informiert. Diese Funktionen waren seiner Konsole nicht kopiert worden. Doch die Ausbildung an der Polizeiakademie bot günstige Voraussetzungen zur Bewältigung der Situation. Irgendwie sollte es ihm möglich sein, die *Posaune* in die gewünschte Richtung zu lenken. Er brauchte nur die Gurte zu öffnen, seine Masse durch die Brücke zur Kommandokonsole zu schleppen, sich dort Halt zu verschaffen. Dann konnte er klären, wie es möglich war, den Schub zu erhöhen, bis sich die *Posaune* endgültig aus dem Einfluß der Gravitationsquelle befreite.

Erst jedoch mußte er Kräfte sammeln. Momentan überforderte ihn schon die Anstrengung, sich aus dem G-Andrucksessel aufzuraffen.

Fortwährend hörte er die Töne unregelmäßigen, gequälten Stöhnens, als lägen hinter ihm auf der Brücke zwei oder drei Menschen im Sterben, röchelten ihre letzten Atemzüge ... Er begriff nicht, was da vorging. Aus Skrubbern drangen nie derartige Geräusche. Verlöre die *Posaune* stoßweise an Bordatmosphäre, erklänge zur Warnung der Dekompressionsalarm.

Davies' Überlegungen liefen entschieden zu langsam ab. Es schien, als ob seine Gedanken unter dem eigenen Gewicht wankten und torkelten: als wäre sein Kopf voller Kat. Irgend etwas hatte er vergessen ... Hatte Morn irgendwann endlich das Krankenrevier aufgesucht, sich betäubt, um das Schiff vor den Konsequenzen ihres Hyperspatium-Syndroms zu schützen? War er in Wirklichkeit sie, angefüllt nicht nur mit ihren Erinnerungen, sondern auch mit den von ihr benötigten Medikamenten, geschlagen mit ihrer Krankheit?

Sollte das die Klarheit sein, die herrschte, wenn das Universum sprach?

Nahebei steigerte sich das Keuchen zu einem dumpfen Stöhnen der Pein. Sofort wandte Davies unwillkürlich, voller Angst vor dem Anblick dessen, was er vergessen hatte, den Kopf. Offenbar hatte er alles vergessen, was für ihn wahre Bedeutung hatte.

Morn lag mit gespreizten Gliedern im Kommandosessel. Aus dem Mund sickerten ihr Blutrinnsale, verursacht durch die hohen G-Werte, über die Wangen; sie mußte sich auf die Zunge oder die Lippen gebissen haben. Ihre Atemzüge gingen qualvoll flach. Davies hatte den Eindruck, daß ihre Lider flatterten, als hätte sie irgendeine Art von Anfall.

Ein neues, heiseres Aufstöhnen vermittelte ihm das Empfinden, daß ihr Bewußtsein wiederkehrte.

Aber das war nicht das schlimmste, o nein, durchaus nicht, andernfalls hätte sich Davies verzeihen können, daß er Morn vergessen hatte. Doch sobald der durch die Kopfbewegung entstandene Schmerz wich, sah er, daß ihre Ohnmacht, das Blut und das Zucken ihrer Lider nebensächlicher Natur waren: sie hatte ernstere, üblere Blessuren erlitten ...

Ihr Oberkörper lag verkrümmt auf der Armlehne des Andrucksessels, als hätte sie versucht, sich unter hoher G-Belastung aus den Gurten zu winden. Und der unnatürliche Winkel ihres rechten Arms hielt sie in dieser Stellung fest.

Kein menschliches Glied konnte *so* herabhängen und heil sein.

Während die *Posaune* sich gegen die Anziehungskraft der Singularität stemmte, mußte Morn den Arm über den Sesselrand geschoben haben, bis der Andruck, der die Flucht des Interspatium-Scouts begleitete, ihn erfaßt, ihn beinahe abgerissen hatte ...

So schlagartig, als vollführte er eine geistige Hyperspatium-Durchquerung, wurde Davies Hyland zu einem anderen Menschen. Endokrine Extreme transformierten ihn binnen eines Augenblicks. Noradrenaline unterdrückten den Schmerz; Dopamine und Serotonin bewirkten, daß er das Gewicht nicht mehr spürte. Er vergeudete keine Zeit damit, Morns Namen zu rufen oder in Panik zu geraten. Statt dessen öffnete er mit einem Fausthieb die Gurte und schwang sich aus dem G-Andrucksessel.

Noch immer war er um die Hälfte zu schwer. Unter besseren Umständen wäre er mit seiner effektiven Masse mühelos zurechtgekommen, wenn auch nicht leicht. Jetzt jedoch glaubte er zu spüren, wie seine Rippen aufeinanderschabten. Aber er mißachtete die zusätzlichen Kilo, als wären sie nicht vorhanden. Seine Stiefel knallten wuchtig aufs Deck, aber weder fühlte er das Stechen in den Fußsohlen noch den Ruck in den Knien.

Dank ihrer Kardanaufhängung rotierte die Brücke der *Posaune* bei hoher G-Belastung die G-Andrucksessel je nach den Andruckverhältnissen, um die Brückencrew optimal zu schützen. Mittlerweile hatte das Schiff allerdings eine stabile Fluglage angenommen. Das Deck unter Davies' Füßen bildete eine ebene Fläche.

Zwei Schritte genügten, um die Kommandokonsole zu erreichen. Sobald Morn aufwachte, mußte sie gräßliche Schmerzen haben. Schon der Anblick ihres verrenkten

Arms rief bei Davies ein Ziehen in den Gelenken hervor. Was konnte er tun, um ihr zu helfen? Er war kein Medi-Tech. Konnte er es wagen, sie aus dem Sitz fortzubefördern?

Ja. Das war aussichtsreicher, als sie in dieser Verfassung zu belassen.

Schnell, aber behutsam hob er Morns Arm an und schob sie in die Mitte der Rücklehne.

Ein Stöhnen erstickte im Blut auf ihren Lippen. Ihre Lidern hörten zu flattern auf: statt dessen verkniff sie jetzt die Augen, als hätte sie einen Schwindelanfall. Ein mattes Husten sprühte Blut auf ihr Kinn. Danach öffnete sie ganz allmählich die Augen.

»Morn«, raunte Davies furchtsam. »Morn? Kannst du mich hören?«

Ging er richtig vor?

Sein Gespür sagte ihm, daß sie sich diese Verletzungen absichtlich beigebracht hatte, wohl aufgrund der Überlegung, daß die Schmerzen dem Hyperspatium-Syndrom eventuell keinen Raum zur Entfaltung ließen. Und daß sie, selbst wenn es sie seiner Gewalt unterwarf, in verletzter Verfassung nicht gehorchen konnte.

Sie heftete den Blick in Davies' Gesicht. Ihr Mund formte ein Wort, obwohl Davies keinen Laut hörte.

Wollte sie seinen Namen nennen? Nein. Als sie es ein zweites Mal versuchte, fand sie genug Atem, um verständlich zu sein.

»Angus ...«

Fast hätte Davies aufgeschrien. Verwechselte sie ihn mit seinem Vater? Hatte sie an niemandem Interesse außer ausgerechnet Angus?

Dann kam ihm eine erschreckendere Einsicht.

Angus! Er hatte auch *Angus* vergessen, beide Elternteile waren von ihm glattweg vergessen worden, obwohl sie ihm vorhin das Leben gerettet hatten.

Angus war zuletzt außerhalb des Raumschiffs gewesen; er hatte die tragbare Materiekanone benutzt, um die Singularitätsgranate zu zünden. Das Schwarze Loch mußte ihn aufgesaugt, ihn vom Rumpf der *Posaune* fortgerissen haben, als wäre er nur ein Steinchen gewesen. Nicht einmal ein Cyborg hatte genügend Kräfte, um sich der Anziehungskraft einer Singularität zu widersetzen.

Doch Davies hatte Röcheln aus mehr als nur einer Brust gehört. Hastig senkte er das Gesicht an den Interkom-Apparat der Kommandokonsole, legte das Ohr an den Lautsprecher.

Als er sich vorbeugte, fuhren schmerzhafte Stiche zwischen seine Rippen.

Leise wie das Gewisper von Statik im Vakuum: Atemzüge. Aus Angus' Helmfunk drang das leise, hohle Seufzen mühevollen Schnaufens, ein und aus die Luft, ein und aus ...

Ruckartig hob Davies den Kopf. »Er lebt. Morn, er lebt. Er ist noch draußen.« Irgendwo mußte Angus sich festgemacht, seinen Nullschwerkraftgurt eingehakt haben. »Aber ich höre ihn.«

In Morns Wangen zuckten Muskeln: vielleicht versuchte sie zu lächeln. »Um so besser«, sagte sie kaum vernehmlich. »Noch einmal bringe ich so was nicht über mich.«

»Morn?« Davies blickte ihr aus unmittelbarer Nähe ins Gesicht, darum bemüht, keine ihrer Äußerungen zu versäumen. »Morn?«

»Wenn ich in Schwierigkeiten stecke«, antwortete sie keuchend, »fällt mir nie etwas Gescheiteres ein, als mir weh zu tun ... Selbstzerstörung ... Irgendwann muß ich mir mal was Vernünftigeres ausdenken.«

Ihre Stimme verklang so sanft, wie ihr die Lider herabsanken. Schwache Spannung wich aus ihren Gliedern, als sie eindöste.

Betroffen starrte Davies sie an. Selbstzerstörung? Zum Teufel, wovon redest du? Wach auf, verflixt noch mal! Ich brauche dich.

Die *Posaune* mußte den Flug fortsetzen; er mußte das Raumschiff weiterfliegen. Inzwischen waren die G-Werte gestiegen, weil sich die Gravitationsquelle verstärkte und die Sicherheitsautomatiken dagegen mehr Schub aufboten. Angus war noch draußen, *mein Gott, noch am Leben,* und die *Sturmvogel* mochte sonstwo sein. Bestimmt war die *Freistaat Eden* ins Schwarze Loch gerissen worden, aber die *Sturmvogel* hatte davon einen größeren Abstand gehabt; sich ihm möglicherweise entziehen können. Es war nicht auszuschließen, daß sie in genau diesem Moment die *Posaune* ins Visier nahm.

Morn hatte ernstzunehmende Verletzungen. Doch Davies hatte keine Zeit, um sie zur Besinnung zu bringen, sich um sie zu kümmern. Eigentlich brachte er es nicht einmal übers Herz ...

Ein neuer Einfall drängte ihn zu unverzüglichem Handeln.

Mit dem Handballen drosch er am Kommandopult auf die Interkom, schaltete den Empfang von Angus' leiser Atmung ab. Mit dem Finger aktivierte er die bordweite Durchsagefunktion.

»Mikka!« rief er laut. »*Mikka?* Hörst du mich? Ich brauche deine Hilfe.«

Er hatte die Stimme seines Vaters: bei ihm klang Furcht nach Wut.

»Und sag mir nicht, du könntest Ciro nicht sich selbst überlassen!« schnauzte er, als richtete sein Ärger sich gegen sie. »Er kann bei allem Selbstmitleid ruhig mal 'ne Zeitlang für sich bleiben. Es ist *nötig*, daß du hier anpackst. Ich bin im Moment völlig auf mich gestellt.«

Er wußte nicht, ob er von ihr eine Antwort erwarten durfte. Ohnedies ließ er ihr gar keine Gelegenheit. »Vector?« blaffte er ins Mikrofon. »Vector, *komm!* Ich kann unmöglich derartig viele verschiedene Aufgaben zur gleichen Zeit erledigen. *Ich bin hier praktisch allein.* Wenn ich keine Hilfe kriege, ist alles *umsonst.*« Alles, was Angus, Morn und das Raumschiff erduldet hatten, wäre vergeblich gewesen.

»Ich hör's.« Vectors Stimme drang, obwohl das Rumoren

des Schubs den Rumpf vibrieren ließ, unnatürlich laut aus der Interkom. Davies hatte die Lautstärke zu hoch eingestellt. Infolge unterdrückter Beschwerden sprach Vector in gepreßtem Tonfall; die hohen G-Belastungen mußten für seine entzündeten Gelenke eine schreckliche Zumutung gewesen sein. Trotzdem antwortete er sofort und anscheinend in voller Handlungsbereitschaft. »Sag mir, was ich tun soll, und ich führ's aus.«

Davies zögerte nicht. »Angus ist draußen«, rief er. »Er ist mit der tragbaren Materiekanone von Bord gegangen und ...« Die Situation war zu kompliziert, um sie mit wenigen Worten zu erklären. »Eigentlich müßte er das Handtuch geworfen haben. Aber sein Helmfunk ist noch in Betrieb, ich kann ihn atmen hören. Also zieh dir 'n EA-Anzug an. Steig aus und hol ihn rein. Du mußt aber vorsichtig sein, bei diesem Schub ist das keine leichte Sache. Wenn du dich nicht sorgfältig festhakst, gehst du uns verloren.«

Wir verlieren euch beide, wenn du Angus mit nichts als den eigenen zwei Händen zu bergen versuchst.

»Bin schon unterwegs«, antwortete Vector. Man hätte glauben können, ihm wäre nur mitgeteilt worden, er dürfte nun die Toilette aufsuchen. »Mach dir um mich keine Sorgen. Ich berücksichtige alle Sicherheitsvorkehrungen. Irgendwie bringe ich ihn herein.«

Ohne zu stocken redete er weiter. »Ich schalte den Helmfunk auf diese Frequenz. Dann habe ich jederzeit zu dir Verbindung. Kannst du mir schildern, was los ist? Mir erzählen, was sich ereignet hat? Wie geht's Morn?«

Wütend desaktivierte Davies die Interkom. »Guter Gott, ich habe keine *Zeit*«, geiferte er ins Rund der Brücke. »Ich benötige *Hilfe*.«

Die Schotts antworteten ihm mit dem verhaltenen Tosen aus dem Pulsator-Antrieb der *Posaune*. Gott schwieg.

»Da bin ich«, krächzte Mikka von der Konnexblende herüber. Wenn die Brücke sich in der Kardanaufhängung bewegte, wurde die Treppe des Aufgangs automatisch eingezogen, um keinen Platz zu beanspruchen; sobald die

Bordgravitation sich stabilisierte, fuhr sie wieder aus. »Was liegt an?«

Behindert durch zu hohes Gewicht, schwankte Mikka die Stiege herab. Trotz aller, sicherlich optimaler Maßnahmen des Krankenrevier-Computers hatte ihr angeknackster Schädel noch keine ausreichende Zeit zum Heilen gehabt. Noch mehr indessen hatten ihr die G und Ciros Schicksal geschadet: Durch Nicks Arglist war sie bis ins Innerste des Gemüts getroffen worden. Obwohl er über Morns Gedächtnis verfügte, hatte Davies sie noch nie in derartig geschwächter Konstitution gesehen.

Dennoch kam sie die Stufen herab, hielt sich an beiden Seiten, um aufrechte Haltung zu bewahren, am Geländer fest. Sie trug ihr Fleisch wie eine zu schwer gewordene Bürde. Als sie den unteren Absatz der Treppe erreichte, blieb sie stehen, wartete auf klärende Worte Davies'.

Sie war erschöpft: nahezu am Ende. Aber Davies durfte kein Erbarmen mit ihr haben. Das gleiche galt für die *Posaune*. Womöglich starb Angus, ehe Vector ihn ins Schiff zurückbrachte; vielleicht verblutete er im EA-Anzug, füllte ihn mit Blut, das die von ihm geschaffene Singularität ihm aus dem Leib quetschte. Und Morn litt zu starke Schmerzen, um nur bei Bewußtsein zu bleiben.

Bevor Nick die Verfügungsgewalt über Angus erhielt, hatte Mikka etliches an navigatorischen Verrichtungen erledigt. Sie wußte in einigem Umfang über die Kommandokonsole Bescheid ...

»Übernimm die Steuerung«, forderte Davies sie barsch auf. »Bring uns von hier weg. Wir hängen im Schwerkraftbereich eines Schwarzen Lochs. Nun frag mich bloß nicht, wie's dahin gekommen ist. Ich erzähl's dir später. Oder du kannst in deiner Freizeit im Computer-Logbuch nachlesen. Morn muß dringend ins Krankenrevier. Ich schaffe sie hin und bin gleich wieder da. Denk jetzt nicht an die G, ich halte schon irgendwie durch.« Er wußte selbst nicht wie. Bevor die *Posaune* sich aus dem Würgegriff der Singularität befreite, mochte ihre effektive Masse sich verdoppeln oder verdreifachen. »Flieg einfach geradeaus«, empfahl er, »bis du aus 'm Scanning ersiehst, wo wir stecken. Dann mußt du versuchen, 'n Weg aus dem Asteroidenschwarm zu finden.«

Er wartete auf keine Antwort Mikkas. In großer Sorge darum, wie sehr er Morns Verletzungen verschlimmern mochte, öffnete er grimmig ihre Sesselgurte. Er beugte sich vor, schob die Schulter unter Morns Oberkörper und hob sie aus dem G-Andrucksessel, hielt sie an einem Bein und dem unversehrten Arm fest. Der Schmerz zwischen seinen Rippen schien ihm die Brust zu zerreißen, als er von der Kommandokonsole zur Seite wich, um Mikka Platz zu machen.

Sie stand noch am Aufgang. In ihrem Gesicht spiegelten sich keine Fragen: Ihre Aufmerksamkeit hatte sich nach innen gekehrt. Davies befürchtete, sie könnte sich weigern: daß sie entgegnete, Ciro bräuchte sie zu dringend, oder daß sie zu ermattet sei, um die verlangte Tätigkeit übernehmen zu können. Er sammelte Kraft, um sie anzuschreien, entweder auf sie einzuschimpfen oder sie anzuflehen ...

Doch er hatte ihre Reglosigkeit mißverstanden. »Oder ich kann unsere Position anhand des Computerlogbuchs und der Lage des Schwarzen Lochs rekonstruieren«, murmelte sie vor sich hin, als dächte sie laut nach. »Die G-Vektoren in Relation zu den vorherigen Asteroidenkonstellationen bringen. Dann müßt's möglich sein, uns auf den von der Kommunikationszentrale genannten Kurs zurückzulenken ...«

Verdammt. *Verdammt* noch mal. Warum hatte er daran nicht gedacht? Was *stimmte nicht* mit ihm?

Nein. Es fehlte ihm an Zeit, um sich jetzt mit den eigenen Unzulänglichkeiten abzugeben. »Dann tu's«, keuchte er. »Sonst sind wir erledigt.«

Langsam näherte er sich Mikka und dem Aufgang, japste unter der Last des allzu hohen Gewichts.

Sie trat beiseite, entfernte sich erst zur Kommandokonsole, als Davies sich aufs Geländer stützte.

Das Schwarze Loch und die momentane Schubleistung der *Posaune* bürdeten ihm mindestens 100 Kilo mehr auf, als er zu tragen gewohnt war: die Anstrengung verursachte ihm Pochen in den angeschlagenen Rippen und dem verbundenen Arm. Der Aufgang sah abschreckend hoch aus, als wäre er unersteigbar.

Aber vielleicht waren es gerade derartige Herausforderungen, bei denen er sich am besten bewährte; vielleicht hatte die Konditionierung in Morns Gebärmutter ihn darauf vorbereitet, nun Erfolg zu erzwingen. Seine endokrinischen Anlagen verliehen ihm größere Kräfte, als er seiner Statur nach hätte haben dürfen.

Er schob Morns Beine in seine Armbeugen und zog sich beiderseits am Geländer aufwärts.

Ja, er konnte es schaffen. Er *konnte* es. Wenn Mikka nicht zu früh zusätzlichen Schub gab, hatte er alle Aussicht, zur Konnexblende hinaufzugelangen. Dann brauchte er sich nur noch durch den Korridor zum Krankenrevier zu schleppen.

Diese Strecke zeichnete sich sogar durch gefährliche Leichtigkeit aus. Durch die Orientierung der *Posaune* im Umkreis der Gravitationsquelle hatte der Korridor ein merkliches Gefälle.

Zwei Stufen. Fünf. Sieben. Jawohl. In seinen Schenkeln brannten die Muskeln, als stünden sie vor dem Reißen, aber schmerzten nicht genug, um ihn aufzuhalten.

Kaum hatte er die oberste Stufe betreten, drang dumpferes Grollen aus dem Pulsator-Antrieb der *Posaune*. Sofort legten Davies und Morn zwanzig Kilogramm an Gewicht zu, dreißig Kilo …

In diesem Moment verwarf Davies die Absicht, Morn zu tragen. Der Korridor schien plötzlich so steil abschüssig wie ein Kliff zu sein. Darum bemüht, möglichst sachte vorzugehen, senkte Davies seine Mutter aufs Deck, packte sie am heilen Arm und ließ sie nach unten rutschen. Er folgte ihr mit einer Armlänge Abstand. Indem er sich fortwährend an Haltegriffen und Türrahmen abstützte, die Fersen in den

Winkel zwischen Deck und Wand keilte, sorgte er für einen kontrollierten Verlauf des Abwärtswegs.

Voraus sah er Vector an den Wandschränken der EA-Anzüge. Vector war gerade fast mit dem Anlegen eines Anzugs fertig geworden. Während Morn und Davies auf ihn zuschlitterten, schloß er Helm und Helmscheibe, aktivierte die Anzugsysteme. Dann klammerte er sich an einen Haltegriff und kauerte sich an der Wand nieder, half Davies dabei, Morn an der Tür zum Krankenrevier abzufangen.

Noch mehr G. Davies' Kraft reichte kaum noch aus, um die Beine zu strecken. Wieviel wog er jetzt? Das doppelte Normalgewicht? Mehr?

Mit Vectors Unterstützung richtete er sich an der Tür auf, zog Morn so weit mit sich hoch, daß er die Arme um ihren Oberkörper schlingen konnte.

Vectors Außenlautsprecher knackte. »Ich habe so etwas noch nie gemacht«, bekannte er in einem Ton, als wäre er tief zerstreut. »Ich hoffe, es eilt nicht. Besonders schnell kann ich Angus nicht finden und an Bord zurückbringen.«

»Tu einfach, was du kannst«, brummte Davies. »Die nächste Zeit lang wird der MediComputer sich erst mal um Morn kümmern müssen.«

Diesmal fragte Vector nicht, was ihr zugestoßen war. Mit jeder Sekunde wuchs die G-Belastung: Bald mußte jede Bewegung unmöglich werden. Vector betätigte für Davies das Kombinationsschloß des Krankenreviers, ehe er sich abwandte und, die Fäuste an den Haltegriffen des Korridors, zum Lift entfernte.

Davies taumelte ins Krankenrevier, schleifte Morn hinter sich herein.

Die Wand gegenüber schien in einem Abgrund zu liegen, tief wie der Schlund der Singularität. Sollten sie beide im Krankenrevier zu Fall kommen, könnte Davies niemals genügend Kraft aufbieten, um Morn auf den Behandlungstisch zu betten.

Aber zögerte er, mußte sich die Situation weiter verschlechtern ...

Schwer rang er um Atem, spannte die Beinmuskulatur. Ein verzweifelter Sprung beförderte ihn vom Eingang ans Ende des Behandlungstischs, und nur äußerst knapp vermied er einen Sturz, der sowohl ihm wie auch Morn weitere Knochen gebrochen hätte. Der Anprall seiner Rippen gegen die Tischkante zwängte ihm einen Aufschrei aus der verkrampften Kehle.

Von da an gestaltete sein Vorhaben sich glücklicherweise leichter. Sie so auf den Tisch bugsiert, daß ihre Beine in Abwärtsrichtung wiesen. Unter Aussparung des zerschmetterten Arms einen Anti-G-Kokon und Gurte um ihren Körper geschnallt. Handgelenk sowie Unter- und Oberarm in zum chirurgischen Apparatus gehörigen Klammern fixiert. An der Tastatur den cybernetischen Systemen automatische Diagnose und Therapie befohlen; automatisierter G-Schutz veranlaßt.

Fertig. Der Anti-G-Kokon und die Gurte hielten Morn in sicherer Verwahrung. Und der MediComputer behandelte sie so gut, wie seine Möglichkeiten und Mittel es zuließen.

Davies hatte inzwischen das Atmen praktisch eingestellt. Die Gravitationsquelle preßte ihm mit jedem Ausatmen mehr Luft aus den Lungen und erlaubte ihm mit jedem Einatmen weniger Luft zu schöpfen. Jetzt sah er ein, daß er nicht auf die Brücke umkehren konnte. Egal, was er Mikka angekündigt hatte, es war ihm verwehrt, das Krankenrevier zu verlassen, bevor die *Posaune* sich vollends aus dem Griff des Schwarzen Lochs befreit hatte. Die Anstrengung brächte ihn um.

Er versuchte erst gar nicht, Mikka zu kontaktieren, ihr mitzuteilen, daß er bei Morn bleiben mußte. Der Interkom-Apparat war für ihn unerreichbar geworden. Statt dessen ging er achtsam in die Hocke, nahm die Hände vom Behandlungstisch und streckte sich auf dem Deck aus; dann rutschte er zur abwärtigen Wand hinunter und lehnte den Rücken ans Schott, um eine nach der anderen die brutalen Sekunden des Ringens durchzustehen, das Mikka Vasaczk um die Rettung des Schiffs austrug.

Wenn Angus noch atmen konnte, hatte er wohl schon Schlimmeres – erheblich Schlimmeres – als die momentanen G-Verhältnisse überstanden, ohne sich auf den Rückhalt eines schwergepolsterten G-Andrucksessels und Gurte stützen zu können; ohne eine Wand im Kreuz zu haben. Eigentlich jedoch glaubte Davies nicht, daß sein Vater noch lebte. Nur weil seine zermalmten Knochen und sein zerquetschtes Fleisch zu starrsinnig zum Sterben waren, saugte Angus noch Atemluft ein, ließ er sie entweichen.

Das dreifache Eigengewicht preßte Davies in den Winkel zwischen Deck und Schott. Und die Belastung stieg kontinuierlich. Bald hatte er keine Wahl mehr, als in Bewußtlosigkeit zu sinken.

Aber während er sich noch ans Wachsein klammerte, mußte er einsehen, daß es ihm nicht gelingen wollte, ein Gefühl der Trauer um seine Eltern zu unterdrücken. Um seine Eltern und um sich selbst.

Nahezu eine Stunde verstrich, bis Vector endlich Angus ins Schiff zurückbrachte.

Inzwischen war G kein relevanter Faktor mehr. Die *Posaune* hatte sicheren Abstand vom Schwarzen Loch gewonnen und näherte sich ohne Probleme der Randzone des Asteroidenschwarms.

Sib Mackern war als tot aufgegeben worden. Man sah keine Alternative.

Trotz aller Beschwerden, durch die ihm zumute war, als wäre er von Kopf bis Fuß mit Knüppeln durchgeprügelt worden, war Davies auf die Brücke zurückgehinkt und hatte wieder seinen Platz im Andrucksessel des Ersten Offiziers eingenommen. Dort saß er und arbeitete an Scanning und Kommunikationsanlagen, während Mikka der *Posaune* einen Weg durchs Asteroidengewühl suchte, als die Interkom-Lautsprecher knackten. »Ich habe ihn«, meldete sich Vector. »Wir sind in der Luftschleuse. Sobald sie geschlossen ist, befördere ich ihn ins Krankenrevier.«

Die Stimme des Ex-Bordtechnikers klang nach schrecklicher Erschöpfung. Anklänge arthritischer Schmerzen schwangen in seinem Tonfall mit. Dennoch merkte man ihm einen gewissen Stolz an.

Auch Davies fühlte sich vollkommen entkräftet; ermattet bis zum äußersten. Immer stärker wurde ihm wie einem kleinen Jungen zumute, der jeden Moment in Tränen ausbrechen mochte. Nichts wäre ihm lieber gewesen, als jetzt die Verantwortung für das Raumschiff an irgend jemand anderes abtreten, zu Morn gehen, nur auf sie achtgeben und allem anderen seinen Lauf lassen zu dürfen. Der Rachedurst hatte über ihn keine Gewalt mehr. Er bezweifelte schlichtweg, sich dergleichen überhaupt noch zumuten zu können. Zu schwer lastete auf ihm die Schwäche der Sterblichkeit.

»Wie steht's um ihn?« erkundigte er sich lasch bei Vector, befürchtete insgeheim das Ärgste.

Aus der Interkom ertönte das unverkennbare Fauchen der Luftschleuse. Rings um Vector sammelte sich Bordatmosphäre, übertrug seinem Helmmikrofon Schwingungen.

»Nach den Indikatoren des EA-Anzugs müßte er heil davongekommen sein«, lautete Vectors Antwort. »Das heißt, relativ heil. Er ist besinnungslos und leidet unter Dehydration. Ich sehe Blut. Weitere Komplikationen sind nicht ausgeschlossen.« EA-Anzüge hatten keine Instrumente zur Feststellung innerer Blutungen oder des Zustands lebenswichtiger Organe. »Es macht den Eindruck, als hätte er draußen die Anzugsysteme samt und sonders weit überbeansprucht. Aber nach den ersichtlichen Daten müßte er allemal am Leben bleiben.«

Ein Kloß beengte Davies' Kehle. Für einen Moment glaubte er weinen zu müssen. Doch er hatte schon zu viele Fehler begangen; zuviel wesentliche Einzelheiten außer acht gelassen. Er mußte den Überblick behalten. Die *Posaune* war noch längst nicht in Sicherheit. Möglicherweise machte die *Sturmvogel* noch immer die Gegend unsicher; vielleicht unvermindert Jagd auf den Interspatium-Scout. Der VMKP-Polizeikreuzer *Rächer* flog vermutlich irgendwo im Valdor-System umher, suchte aus eigenen, eventuell bedenklichen Gründen – oder Warden Dios' ebenso dubiosen Beweggründen – nach der *Posaune*. Und einmal war der Interspatium-Scout schon von einem fremden Raumschiff angegriffen worden. Und wo ein unbekannter Gegner lauerte, konnte es ohne weiteres mehr geben.

Die *Posaune* befand sich nicht außer jeder unmittelbaren Gefahr, solange sie nicht den Asteroidenschwarm verlassen und genug Geschwindigkeit erlangt hatte, um in die Tach überzuwechseln.

Davies fluchte, um seine Müdigkeit zu verscheuchen. »Bist du dazu in der Lage, ihn ins Krankenrevier zu bringen?« knurrte er ins Mikrofon. »Gegenwärtig ist Morn dort. Ihre Behandlung dürfte aber jetzt beendet sein.« Wieviel konnte er Vector zumuten? Er hatte keine Ahnung. »Sie müßte«, fügte er rauh hinzu, »in ihre Kabine verlegt werden.«

»Ins Krankenrevier?« wiederholte Vector. Seine Stimme hatte jetzt einen breiigen Klang, als wäre er am Einschlafen. »Morn in ihre Kabine verlegen? Bei Null-G? Das kriege ich ja wohl noch hin, würde ich sagen.«

Anschließend sprach er wieder etwas kräftiger. »Aber eines muß ich klarstellen, Davies, ich bin's leid, nicht zu wissen, was vorgeht. In so hoher G da draußen herumzuturnen war der mühseligste Spaß, den ich mir je geleistet habe. Das war wie an einer Felswand mit einer halben Tonne Last auf den Schultern. Ich dachte schon, ich erreiche Angus nie ... Oder ich könnte ihn, als ich endlich bei ihm war, nicht festhalten. Und die Aussicht, in 'n Schwarzes Loch gezogen zu werden, hat mich nicht gerade begeistert. Ich bin kein Deaner Beckmann.« Sein Tonfall deutete ein flüchtiges Lächeln an. »Es hat mich gestört, daß ich nicht wußte, weshalb ich das da erledigen sollte. Ich kann nicht anders, immer wenn ich glaube, ich muß sterben, will ich wissen warum.«

Ganz langsam betätigte Mikka die Schaltung – seit die *Posaune* der Gravitationsquelle entwichen war, tat sie alles langsam –, die die bordweite Interkom-Rundruffunktion aktivierte.

»Erklär's ihm«, verlangte sie von Davies. »Ihm und Ciro. Sie müssen beide Bescheid wissen.«

Ihre eigenen Bedürfnisse erwähnte sie nicht. Vielleicht ersah sie alles, was sie wissen wollte, aus dem Computer-Logbuch. Oder möglicherweise hatte sie auf irgendeine grundlegende Art vorübergehend für sich selbst zu existieren aufgehört.

Gefühlsmäßig scheute Davies die Erfüllung ihres Wunschs. Ihm waren zuviel Fehler unterlaufen, er hatte zu vieles vergessen, dem Schiff und der Besatzung schlechte Dienste geleistet. Jetzt plagte ihn die Sorge, ihn könnte, wenn er an all das dachte, was er sich nicht verzieh, von seiner Schwäche überwältigt werden. Doch ihm war klar, daß Mikka recht hatte. Gerade weil er sich so schwach fühlte, mußte er stark sein.

Gleichmütig beobachtete Mikka ihn, während er sich ans Mikrofon beugte.

»Nichts von allem, was passiert ist«, sagte er grob, indem er sich mit Unnahbarkeit wappnete, »war meine oder Morns Idee. Alles geht auf Angus zurück.«

Denkt daran. Merkt euch, wer uns das Leben gerettet hat.

»Wir hatten unterstellt, wir folgten der *Sturmvogel* zum Asteroidenschwarm hinaus, aber irgendwie hat sie's fertiggebracht, sich hinter uns zu setzen. Dann sind wir der *Freistaat Eden* begegnet.« Wie ein Dummkopf hatte Davies auf sie geschossen, ohne sie überhaupt im Visier zu haben. »Morn hat euch von ihr erzählt. Angus wußte nicht genau, wie er sie bekämpfen sollte, deshalb haben wir kehrtgemacht und sind in 'n Schwarm zurückgeflogen. Er wollte sich erst mit der *Sturmvogel* befassen, bevor wir uns mit der *Freistaat Eden* anlegen. Angus hat sichergestellt, daß wir keine Wahl hatten.« Davies beabsichtigte, eine unmißverständliche Aussage zu machen. Die *Posaune* verdankte ihre Rettung nicht ihm: Alle an Bord wären umgekommen, hätte ihr Leben von ihm abgehangen. »Er hat eine Havarie vorgetäuscht. Ich glaube, er hatte vorgehabt, die *Sturmvogel* näher zu locken. Alles Erforderliche hatte er vorher programmiert. Dann hat er die tragbare Materiekanone genommen und ist ausgebootet. aber bevor es zum Kampf kam, holte die *Freistaat Eden* uns ein. Sie hat sofort das Feuer auf die *Sturmvogel* eröffnet.«

Grimmig beschrieb Davies, was er und Morn getan hatten; was er über Angus' Vorgehen wußte. »Eigentlich hätte es undurchführbar sein müssen«, knurrte er, »aber irgendwie hat's geklappt. Die *Freistaat Eden* ist in das Schwarze Loch gestürzt. Vielleicht die *Sturmvogel* auch, ich weiß es nicht. Aber ich vermute, daß sie noch irgendwo kreuzt und uns wiederzufinden versucht. Uns der Gravitationsquelle zu entziehen war keine leichte Aufgabe. Zunächst hatten wir keinerlei Gelegenheit, Angus zu bergen. Durch die G ist Morn ein Arm gebrochen worden.« Davies hatte keine Absicht zu erwähnen, daß sie sich die Verletzung vorsätzlich beigebracht hatte. Er bezweifelte, daß er es verkraften könnte, diesen Sachverhalt laut auszusprechen. »Und wir konnten nicht umkehren und Sib holen.« Er schluckte schwer. »Inzwischen ist er auf jeden Fall tot. Falls er nicht ins Schwarze Loch gefallen oder durch den Schußwechsel getötet wurde, ist ihm inzwischen der Sauerstoff ausgegangen.«

Sicherlich hatte der ängstliche, tapfere Sib Mackern ein würdigeres Abschiedswort verdient. Doch Davies kamen keine pietätvolleren Äußerungen in den Sinn.

»Im Moment sind wir also außer Gefahr. Gewissermaßen. Wir fliegen auf unserem vorherigen Kurs schwarmauswärts. Von der *Sturmvogel* haben wir bisher noch nichts bemerkt. Vielleicht erfahren wir mehr, wenn die Asteroidendichte abnimmt und die Scanningreichweite wieder wächst.«

Er schaute hinüber zu Mikka, um zu sehen, ob seine Darlegungen sie zufriedenstellten. Doch sie blickte ihn nicht an. Sie saß mit angelehntem Kopf, das unversehrte Auge geschlossen, im Andrucksessel und gönnte sich, während sie ihm zuhörte, eine kurze Pause.

Den Anzeigen entnahm Davies, daß der Lift im Zentralkorridor der *Posaune* gehalten hatte. Bald befand sich Angus im Krankenrevier. Dann konnte Davies an seiner Kontrollkonsole auf den Medicomputer zugreifen und sich über Angus' Zustand informieren. Falls er sich traute ... Falls er daran erinnert werden wollte, daß niemand da war, der ihn von der Verantwortung entlasten könnte.

Er verdrängte diese Frage und schenkte seine Aufmerksamkeit erneut dem Interkom-Mikrofon.

»Darüber hinaus solltet ihr noch einige weitere Dinge wissen«, sagte er. Nachdem es hinter ihm lag, an seine Fehler ermahnt zu werden – zumindest fürs erste –, konnte er unbekümmerter sprechen. »Ich habe mich inzwischen mit den Kommunikationsanlagen vertraut gemacht und dabei noch zwei Einzelheiten herausgefunden, die Angus vorprogrammiert haben muß, ehe er von Bord ging.«

Auf der Grundlage von Entscheidungen, in die Angus niemanden einbezogen hatte; nicht einmal Morn.

»Eine ist, daß wir schon Vectors Enthüllungstext funken. Jawohl, im Ernst, wir *funken* ihn. Er wird mit höchster Sendeleistung nach allen Seiten abgestrahlt. Noch kann niemand ihn empfangen. Rundum ist zuviel Fels, zuviel Statik. Aber sobald wir die Ränder des Asteroidenschwarms durchqueren, wird zwangsläufig *irgend* jemand die Funksendung auffangen. Wenn wir die Felsen hinter uns haben, sind wir beim Kosmo-Industriezentrum Valdor unbedingt zu hören.«

Gar nicht zu reden von sämtlichen Raumschiffen in diesem Quadranten des Massif-5-Systems.

»Leider sind wir dadurch *sehr* leicht zu orten. Genausogut könnten wir für jeden, der sie wissen und uns finden will, unsere Position in die Gegend funken.«

Davies verstummte. Mikka blinzelte, öffnete das heile Auge und warf Davies einen Blick zu, der einem Aufstöhnen glich.

»Das macht doch nichts«, meinte Vector. Seine Stimme wurde nicht mehr vom Raumhelm gedämpft. Er benutzte den Interkom-Apparat des Krankenreviers. »Es ist das Risiko wert. Bis sicher ist, daß man den Text im Kosmos-Industriezentrum Valdor empfangen hat, kann's nicht lange dauern. Dann haben wir gewonnen, und es spielt keine Rolle mehr, ob die *Sturmvogel* uns erwischt. Es wäre sogar belanglos, wenn die *Stiller Horizont* uns hinterherrast. Bis dahin kennt man bei Valdor das Antimutagen-Serum, und die Menschheit hat endlich gegen die Amnion-Mutagene einen verläßlichen Schutz.«

Davies nickte, obwohl Vector ihn nicht sehen konnte. »Auf alle Fälle hätte es keinen Zweck, die Ausstrahlung aufzuschieben, bis wir endgültig in Sicherheit sind. Gegen diesen Irrtum hat Angus vorgebeugt.«

Mikka senkte das lädierte Gesicht in die Hände, als grauste es ihr vor dem, was es als nächstes zu hören geben sollte.

»Zweitens hat er ein Peilsignal aktiviert«, ergänzte Davies seine Mitteilungen. »Ein Gruppe-Eins-VMKP-Peilsignal, das die Ortung und das Auffinden des Raumfahrzeugs ermöglicht, das es sendet. Es übermittelt nicht einfach, wo wir sind, es gibt Koordinaten, Kurs und Geschwindigkeit bekannt. Wechseln wir in die Tach über, auch unsere Hyperspatium-Übersprungsparameter und Zieldaten.« Damit jedes VMKP-Raumschiff wußte, wo es das Signal anschließend orten konnte. »Deshalb muß es der *Rächer* gelungen sein, uns so nahe zu kommen, daß sie uns 'n Funkspruch senden konnte. Sie wußte genau, wo wir sind. Wahrscheinlich gibt es eine Möglichkeit, um das Peilsignal abzuschalten, aber ich bin noch nicht darauf gestoßen.«

Es geschah aus Vorsatz, daß er nicht hinzufügte: Falls die *Sturmvogel* uns zum Kampf stellt – oder tatsächlich die *Stiller Horizont* uns folgt –, bekommen wir vielleicht Hilfe. Er wagte es nicht. Wie Morn und Vector wußte er zuviel über die Korruptheit der VMKP. Seinen ererbten Respekt vor Min Donner konnte er nicht unterdrücken, doch zu Warden Dios' Politik hegte er kein Vertrauen mehr.

Wenn der VMKP-Polizeipräsident wirklich die Absicht

gehabt hatte, Angus freizulassen, wieso waren dann vorher die Prioritätscodes Nick zugeleitet worden?

»Scheiße«, ächzte Mikka leise. »Das ist ja ein Schlamassel. Was für ein Schlamassel ...! Auf wessen Seite stehen wir eigentlich? Was sollen wir bloß anfangen? Angus rettet uns vor der *Sturmvogel* und der *Freistaat Eden* – ich begreife noch immer nicht, wie er's hingekriegt hat –, und als nächstes lenkt er so gründlich die Aufmerksamkeit auf uns, daß wir uns vor *niemandem* mehr verstecken können. Gütiger Gott, der Data-Nukleus muß ihn verrückt gemacht haben.«

Davies streckte die Hand aus, um die Interkom abzuschalten, verhielt jedoch mitten in der Bewegung. »Vector«, fragte er, »da gerade dazu Gelegenheit besteht, möchtest du irgendeine Frage stellen? Willst du sonst noch etwas wissen? Oder du, Ciro?«

Vector gab einen matten Laut von sich, der vielleicht ein Auflachen hatte werden sollen. »Mir fehlen die Worte«, antwortete er gedehnt. »Ich bin bloß froh, nie an der Steuerung ausgebildet worden zu sein. Oder den Waffensystemen. Das sind *deine* Probleme. Du wirst damit besser als ich fertig.«

Ciro meldete sich nicht. Man hätte glauben können, daß er die Interkom nicht zur Kenntnis nahm.

Danke. Verbittert atmete Davies ein und langsam aus. Genau was ich hören wollte.

»In dem Fall«, sagte er lasch, »macht ihr euch besser auf einen neuen Kampf gefaßt. Vector, schnalle Angus im Krankenrevier fest. Morn muß in ihre Kabine gebracht und in der Koje fixiert werden. Und du verziehst dich dann auch in deine Koje. Ganz egal, was wir tun, endgültig sind wir erst sicher, wenn wir das Massif-5-System verlassen haben.«

»Geht klar.« Davies' Lautsprecher knackte verhalten, als Vector im Krankenrevier den Interkom-Apparat abschaltete.

Aber Mikka ließ die Durchsagefunktion in Betrieb. Sobald Davies sein Mikrofon desaktivierte, hielt sie den Mund an ihr Mikrofon.

»Ciro, hast du alles mitbekommen? Bist du wohlauf? Ciro?«

Noch immer gab Ciro keine Antwort.

Schlief er? Oder war er besinnungslos?

Oder hatte sich Vector geirrt?

Falls Sorus Chatelaines Mutagen inzwischen doch wirkte ...

Sogar jetzt bewegte Mikka sich langsam. Müdigkeit und Niedergeschlagenheit hemmten ihre Handlungen, während sie ihren Gurt öffnete und von der Kommandokonsole emporschwebte. »Ich muß nach ihm schauen«, murmelte sie wie im Selbstgespräch; als ginge ihr Verhalten niemanden etwas an. »Wäre mit ihm alles in Ordnung, hätte er geantwortet.«

»Mikka!« entrüstete Davies sich spontan. Ihn entsetzte die Vorstellung, allein auf der Brücke zu bleiben. Er konnte unmöglich alles selbst handhaben; damit wäre er überfordert. »Ich kann die Steuerung nicht bedienen.«

Allerdings verdrossen die Anklänge der Panik in seiner Stimme ihn. Trotz seiner Schwäche bezähmte er seine Bestürzung nach Kräften. »Ich hatte bisher keine Zeit, diese Sachen auch noch zu lernen«, fügte er ruhiger hinzu. »Wenn die *Sturmvogel* aufkreuzt, während du abwesend bist, haben wir gegen sie keine Chance.«

Mikka sah ihn nicht an. Aus Sorge oder Sehnsucht die Augen verkniffen, spähte sie in den leeren Hauptkorridor hinter der offenen Konnexblende, als blickte sie in eine Finsternis, die dem Schwarzen Loch, das die *Posaune* hinter sich gelassen hatte, nicht nachstand. Aber sie verließ die Brücke nicht. Sie schwebte über der Kommandokonsole und starrte einäugig in den Korridor wie eine Frau, die hoffte, die Anziehungskraft der Singularität könnte ihr eine fatale Wahrheit offenbaren, wartete sie darauf nur lange genug; lechzte sie danach nur mit hinreichender Inbrunst.

Während er sie im Augenmerk behielt, glaubte Davies,

ihm müßte das Herz stocken. Er war am Ende seiner Möglichkeiten angelangt. Kein Wunder, daß Morn es vorgezogen hatte, sich Nick anzuschließen, anstatt sich in die Obhut des Sicherheitsdienstes der KombiMontan-Station zu begeben. Er als ihr Sohn hätte das gleiche getan: Ihre Gier nach der artifiziellen Transzendenz des Zonenimplantats leuchtete ihm unmittelbar ein. Genau wie Morn verstand er nicht, mit seinen Grenzen zu leben.

»Bitte, Mikka«, sagte er halblaut. »Vector hat sein Bestes getan. Nach seiner Ansicht hat das Antimutagen gewirkt. Du bist hier unentbehrlich.«

»Du ahnst nicht, wie es ist«, entgegnete sie dermaßen leise, daß er es kaum hörte. »Er ist nicht dein Bruder. Du kennst ihn nicht so gut wie ich. Vector hat ihn vor dem Mutagen gerettet, aber deshalb ist noch lange nicht alles gut. Sorus Chatelaine ... hat seine Seele an Stellen getroffen, die mir unzugänglich sind.«

Sie fügte sich dem Gewicht ihrer Übermüdung, das sie abwärtszog, und sank in den G-Andrucksessel der Kommandokonsole zurück. Die Hand an die Rücklehne geklammert, schmiegte sie sich wieder in die Polsterung, schloß die Gurte. Kurz senkte sie den Kopf: sah dabei aus, als ob sie betete. Schließlich hob sie mit bedächtigen, schwerfälligen Regungen, die Glieder gelähmt vom Gram, ihre Hände an die Tastatur und machte sich wie eine Frau, die aller Hoffnung entsagte, ans Eintippen von Befehlen.

Seine Seele an Stellen getroffen, die mir unzugänglich sind.

Davies zweifelte daran, die Tränen noch viel länger zurückhalten zu können.

Die *Posaune* bemerkte Anzeichen eines Gefechts, lange bevor sie in die Ausläufer des Asteroidenschwarms vorstieß. Auf bestimmten Wellenlängen drangen Emissionen durch die sich ausdünnende Barriere des Asteroidengesteins: Die Sensoren und Partikelanalysatoren des Raumschiffs maßen für Waffensysteme charakteristische Spitzenwerte.

Materiekanonen-Strahlschüsse, meldete der Scanningcomputer auf einem von Davies' Monitoren. Zwei Quellen, wahrscheinlich die Gegner. Einer feuerte zusammengefaßte Salven ab und nahm sich dazwischen die Zeit zum Aufladen. Der andere erwiderte das Feuer weniger stark, dafür allerdings ständig, hielt das feindliche Raumschiff nahezu ununterbrochen unter Beschuß.

Das letztere, pausenlos feuernde Schiff befand sich näher am Asteroidenschwarm. Dagegen nahm der andere Raumer eine Position dichter am Kurs der *Posaune* ein.

Davies projizierte sämtliche Daten, mit denen das Scanning ihn versorgte, auf die Displays, so daß Mikka sich fortlaufend informieren konnte. Aber er verzichtete auf jeden Kommentar. Sie brauchte keine Ratschläge oder Instruktionen. Nach den Jahren unter Nicks Kommando kannte sie sich weit besser als Davies mit realen Gefechtssituationen aus.

Ohnehin fühlte er sich viel zu ermattet zum Reden. *Soviel ich weiß, bin ich Bryony Hylands Tochter. Die Tochter, die sie hatte, ehe du deine Seele für ein Zonenimplantat verkauft hast.* In seinem Kummer hatte er Morn höhnische Vorwürfe gemacht; jetzt jedoch sah er ein, daß er sich zu ihr unaufrichtig verhalten hatte – und zu sich selbst. Wäre ihm von irgend jemandem ein Z-Implantat angeboten worden, hätte er, obwohl er schon lange mitansehen mußte, wie schwer sie für ihre damalige Entscheidung büßte, sofort zugegriffen.

Auch Mikka war zu ausgelaugt, um die Situation zu diskutieren. Stumm konzentrierten sie und Davies sich auf ihre verschiedenen Zuständigkeiten.

Erst verringerte Mikka die Geschwindigkeit der *Posaune* auf ein minimales Tempo. Dann flog sie den weiteren Kurs mit allerhöchster Vorsicht, hielt den Interspatium-Scout immerzu in der Deckung der größten auffindbaren Asteroiden. Hinter mit Statik geladenen Felsklötzen konnte die *Posaune* die am Gefecht beteiligten Raumschiffe observieren und gleichzeitig das Risiko minimieren, von ihnen geortet zu werden.

Die Funksendung hören konnten sie schon: das ließ sich nicht umgehen. Wenn das Scanning ihr Geschützfeuer messen konnte, waren umgekehrt ihre Trichterantennen zum Empfangen der Funkausstrahlung imstande. Auf dem Weg zum Asteroidenschwarm hinaus begegneten jedoch sowohl das Peilsignal wie auch Vectors Enthüllungsbotschaft gewissen Quantitäten Stein. Aus diesem Grund bestand die Möglichkeit, daß es den Kombattanten verwehrt blieb, die Position der *Posaune* zu triangulieren.

Während die *Posaune* den Horizont jedes sukzessiven Asteroiden überquerte, intensivierte Davies seine Bemühungen, über die beiden Raumschiffe möglichst viel in Erfahrung zu bringen.

Die gleichen Strahlungsreflexionen, die es dem Interspatium-Scout gestatteten, sich zu verstecken, verhinderten auch, daß er die Position der zwei Raumer mit hinlänglicher Genauigkeit bestimmte. Andere Informationen hingegen verzerrten die groben Konturen des Gesteins nicht: Schubeigenschaften, Energieprofile, Emissionssignaturen. Bevor die *Posaune* die letzten Felsbrocken erreichte, auf die sie als Ortungsschutz vertrauen durfte – Asteroiden von ihrer mehrfachen Größe –, lieferte der Computer Davies Identifizierungen.

So ruhig, wie es ihm möglich war, ergänzte er die Radarechos, die die schätzungsweise Position der Kombattanten anzeigten, mit entschlüsselten Angaben.

Der eine Raumer war die *Stiller Horizont*. Eine Amnion-›Defensiveinheit‹ beim Verüben eines kriegerischen Akts. Der Computer kannte sie zu gut, um sich zu täuschen.

An ihrer gegenwärtigen Position konnte sie der *Posaune* jeden vorstellbaren Fluchtweg verlegen.

Das andere Raumschiff mußte die *Rächer* sein. Die Emissionssignatur paßte zu dem Schiff, das der Interspatium-Scout gleich nach der Rückkehr aus dem Bannkosmos passiert hatte. Wenn die *Posaune* die ganze Zeit hindurch ein Gruppe-Eins-VMKP-Peilsignal abgestrahlt hatte, konnte es für einen VMKP-Polizeikreuzer nicht schwierig gewesen sein, ihr zu folgen.

Nach den Feststellungen der Scanninginstrumente flog die *Rächer* einen Kurs, dem die Absicht zugrunde liegen mochte, sich zwischen die *Stiller Horizont* und die *Posaune* zu schieben.

Davies begriff nicht, wie die beiden Raumschiffe das Gefecht überstanden. Beide setzten soviel destruktive Energie ein, daß sie dutzendfach für ihre Pulverisierung gereicht hätte. Allerdings verhalf ihm die Scanningobservation zu keinen so genauen Ergebnissen, daß er hätte erkennen können, welche Ausweichmanöver sie vollführten oder in welcher Verfassung ihre Panzerung war, wie es um ihre Partikelkollektoren stand.

Aus irgendeiner Veranlassung sah die *Stiller Horizont* vom Einsatz ihres Superlicht-Protonengeschützes ab. Nicht einmal inmitten von Reflexionen und Statik könnten die Instrumente des Interspatium-Scouts diesen spezifischen Emissionstyp verkennen.

Wahrscheinlich hielt der Amnioni sein stärkstes Geschütz geladen und feuerbereit, um im richtigen Moment zur sicheren Eliminierung der *Posaune* fähig zu sein.

Davies merkte plötzlich, daß ihm das Schlucken mißlang. Sein Gaumen war zu trocken geworden. Die Beschwerden der Knochenbrüche waren zu einem ständigen Pochen geworden, glichen einem Dolch in seiner Körperseite. An der Tastatur zitterten ihm die Hände, obwohl er sich alle Mühe gab, sie ruhig zu bewegen.

Bryony Hylands Tochter. Die Tochter, die sie hatte, ehe du deine Seele ...

Mit der Fingerkuppe aktivierte Mikka die Interkom. Sie brach das Schweigen zum erstenmal seit fast zwei Stunden.

»Also, Vector und Ciro, hört zu – und ihr, Morn und Angus, falls ihr könnt. Die Lage sieht folgendermaßen aus.« Ihre Stimme bezeugte das volle Ausmaß ihrer Ermattung, doch hatte es den Anschein, daß sie sie dank purer Willenskraft mißachtete. Eine Kämpfernatur war sie auf alle Fälle. »Wir sind am Rande des Asteroidenschwarms. In Flugrichtung sind zwei Raumschiffe in ein heftiges Gefecht verwickelt. Vielleicht geht's dabei um uns. Nach Angaben der Computer ist das eine der VMKP-Polizeikreuzer *Rächer*. Das andere ist unsere alte Freundin, die *Stiller Horizont*.«

Sie schnitt eine finstere Miene. »Wenigstens wissen wir jetzt, was für einen hohen Wert man uns beimißt. Anscheinend schreckt man nun nicht einmal mehr vor offenem Krieg zurück.«

Warden Dios oder Hashi Lebwohl hatte es irgendwie soweit getrieben. Entsprach es der ursprünglichen Absicht? Oder war es durch eine furchtbare Fehleinschätzung dahin gekommen?

»Sicher bin ich nicht«, knurrte Mikka, »aber ich glaube, unsere Funksendung dringt inzwischen nach draußen. Es ist ziemlich wahrscheinlich, daß beide, die *Rächer* und die *Stiller Horizont*, schon wissen, was wir tun, und sie werden nicht mehr lange die einzigen sein. Das ist die gute Neuigkeit. Die schlechte Neuigkeit ist, wir können uns nicht an ihnen vorbeimogeln. Wir geraten auf jeden Fall in ihre Zielerfassung, außer wir kehren in den Asteroidenschwarm um.« Zurück zur unstillbaren Gefräßigkeit des Schwarzen Lochs. »Das heißt, wir hängen hier fest, bis eines der Schiffe das andere erledigt hat. Ich bin der Meinung, wir sollten hoffen, daß die *Rächer* gewinnt. Wir haben zwar keinen blassen Schimmer, was die verdammten Astro-Schnäpper eigentlich von uns wollen, aber es ist wenig wahrscheinlich, daß sie uns so schnell abmurksen, wie wir's von den Amnion zu erwarten haben.«

Lasch schaltete Mikka die Interkom ab. Ohne Davies anzublicken, nahm sie ihre Betätigung wieder auf, suchte nach Möglichkeiten, um die Position der *Posaune* zu verbessern, gleichzeitig jedoch zu vermeiden, daß der Interspatium-Scout ins direkte Scanning der *Rächer* oder der *Stiller Horizont* gelangte.

Durch ihr Vorbild beschämt, rang Davies um Selbstbeherrschung. *Bryony Hylands Tochter*, ach du Schande! Der Frau, die an ihrem Posten ausgeharrt hatte und in den Tod gegangen war, um ihr Raumschiff zu schützen, hätten sich bei seinem Anblick die Zehennägel eingerollt. Es gab Schlimmeres als Zonenimplantate; miesere Vergehen, als seine Seele zu verkaufen. Zu schlapp zu sein, um an die eigenen Eltern zu denken, zählte dazu; zu lax, um sich an das zu erinnern, dem Bedeutung zukam, oder daran, warum es sie hatte ...

Angus und Morn hatten ihm das Leben gerettet. Nun war er damit an der Reihe, es ihnen zu retten.

Du vergeudest zuviel Zeit mit der Bordartillerie, hatte Angus ihn einmal gerügt. *Kümmere dich um unsere Abschirmung.* Auch dieses Mal konnten Waffen der *Posaune* nicht helfen: im freien Raum war sie einem Kriegsschiff schlechterdings nicht gewachsen. Egal mit welchen Schikanen Hashi Lebwohl sie ausgerüstet hatte, dafür fehlte es ihr einfach an Feuerkraft.

Davies ließ seine Hände zittern. Ihr Schlottern kostete ihn nicht das Leben. Er mußte über wichtigere Angelegenheiten nachdenken.

Sorgsam überprüfte er die Einsatzfähigkeit des Dispersionsfeldgenerators, ließ jedes Status- und Diagnoseprogramm laufen, das er im Computer fand. Danach widmete er sich wieder dem Scanning, durchforschte das gesamte meßbare Spektrum nach verwertbaren Informationen.

Fast entfuhr ihm ein Aufschrei, als er die *Sturmvogel* ortete.

Geradeso wie die *Stiller Horizont* war sie ein gut bekanntes Raumschiff; auch bei dieser Identifikation war ein Irrtum des Computers auszuschließen.

Sie war kaum vierzig Klicks entfernt, also in einem Abstand, der im Weltall eigentlich als unbedeutend galt, hier in der Randzone des Asteroidenschwarms indessen als relevant eingestuft werden mußte. Darum konnte man nicht ausschließen, daß sie die *Posaune* noch nicht bemerkt hatte. Im Zwischenraum taumelte und trudelte viel Gestein umher. Die *Posaune* erhielt die meisten Daten über ihren Gegner durch Reflexion, und die Felsen warfen die Emissionen auf gänzlich unsymmetrische Art und Weise zurück.

Es hatte den Anschein, daß die *Sturmvogel* beim Fliegen Schwierigkeiten hatte; nur unzulänglich manövrierte. Aber ihre Bordartillerie war geladen, das Schiff gefechtsbereit.

Davies zitterte, als hätte er hohes Fieber, während er das Radarecho auf die Monitoren projizierte, so daß auch Mikka es sehen konnte.

Bei diesem Anblick sank ihr das Kinn herab. »Prachtvoll«, murrte sie vor sich hin. »Einfach prachtvoll.«

Sogar Davies' Knochen bebten. Er hatte das Empfinden, daß selbst sein Hirn sich schüttelte. »Wie willst du nun vorgehen?« fragte er mit unsteter Stimme.

An Mikkas Kiefer traten die Muskeln hervor. »Wir sollten sie ausradieren. Jetzt sofort, bevor sie uns in der Zielerfassung hat.«

»Können wir aber nicht.« *Bryony Hylands Tochter.* »Es sind zu viele Asteroiden in der Quere.« *Wenn wir es verkraften, uns dermaßen für uns selbst schämen zu müssen.* »Wir haben kein freies Schußfeld.«

Ebensowenig hatte die *Sturmvogel* ein freies Schußfeld.

»Und würden wir's versuchen«, ergänzte er in furchtsamer Eile seine Einwände, »bekäme die *Stiller Horizont* es mit. Dann wüßte sie, wo wir stecken. Die Asteroiden könnten das Superlicht-Protonengeschütz nicht daran hindern, uns zu erwischen.«

Mikka warf ihm einen Blick zu, der einer Schmähung glich. »Was können wir denn überhaupt noch tun?«

Davies' Stimme zitterte ebenso wie seine Hände. »Wenn die *Stiller Horizont* die Materiekanone einsetzt, kann ich zumindest beim erstenmal dafür sorgen, daß sie uns nicht trifft. Die *Posaune* kann ein Dispersionsfeld projizieren, das diesen Strahlentyp zerstreut. Aber gegen einen Superlicht-Protonenstrahl sind wir machtlos. Wir müssen verduften.«

»Und *wohin* verduften?« schnauzte Mikka.

Davies hatte keine Ahnung. »Irgendwohin. In Richtung der *Rächer*. Vielleicht steht sie ja auf unserer Seite. Kann sein, sie gibt uns Feuerschutz.«

»Gegen 'n Superlicht-Protonengeschütz?« maulte Mikka.

»Das wäre aussichtslos. Ein guter Treffer, und das Geschütz atomisiert beide Schiffe.«

Dennoch beugte sie sich über ihre Tastatur und erarbeitete hypothetische Trajektorien, um einen optimalen Kurs zwischen den letzten Asteroiden zu konzipieren; eine Flugrichtung, die es der *Posaune* erlauben sollte, den Asteroidenschwarm nach Möglichkeit im Schatten der *Rächer* zu verlassen.

Der Interspatium-Scout konnte tatsächlich nicht auf die *Sturmvogel* feuern: Scanninginstrumente und Waffensysteme-Computer stimmten darin überein. Zu viele Hindernisse waren vorhanden. Dieselben Felsen, die die *Posaune* schützten, verurteilten sie zur Passivität.

Mittlerweile jedoch mußte, *mußte* die *Sturmvogel* sie geortet haben. Und Sorus Chatelaine arbeitete für die Amnion. Auch wenn Reflexionen die Meßgenauigkeit ihrer Instrumente beeinträchtigten, sie konnte, was sie über die Position der *Posaune* wußte, an die *Stiller Horizont* weiterleiten.

Und dann wäre der Amnioni zum Triangulieren befähigt ...

Wie lange dauerte die Verzögerung? Eine Sekunde? Kürzer? Welche Frist blieb der *Posaune*, bis die *Sturmvogel* die *Stiller Horizont* verständigte? Bis die Defensiveinheit auf der Grundlage der Informationen Sorus Chatelaines das Feuer eröffnete?

»Der Fels da«, krächzte Davies plötzlich, »der größte dort hinten.« Wild deutete er auf das Scanningdisplay. »Steuere dahinter! Ehe die *Stiller Horizont* feuert.«

Vielleicht verstand Mikka seine Warnung; oder sie hatte die Gefahr schon erkannt. Schnell und resolut tippten ihre Finger Tasten der Steueranlagenkonsole. Schub wuchtete durchs Schiff, und die Triebwerke brausten wie ein Hochofen, während Mikka die *Posaune* in die Deckung des größten der restlichen Asteroiden lenkte.

Einen Augenblick später schoß das Superlicht-Protonengeschütz des Amnioni.

In der Zeitspanne zwischen zwei Nanosekunden erbebte der Asteroid, barst und zersprang in Trümmer.

Schutt hagelte auf die Panzerung der *Posaune* wie ein Trommelfeuer. Als die Kanonade der Gesteinstrümmer vorüber war, flog der Interspatium-Scout durch freien Raum, dem nächsten Beschuß wehr- und schutzlos ausgeliefert.

Im ersten Moment begriff Davies nicht, warum die *Stiller Horizont* nicht unverzüglich ein zweites Mal schoß. Dann durchschaute er das Geschehen. Wenn sie die übrige Bordartillerie von der *Rächer* abschwenkte, konnte der Polizeikreuzer sie zusammenschießen. Und für das Wiederaufladen des Protonengeschützes brauchte sie Zeit.

Eine Minute? Zwei Minuten?

Länger konnte die Existenz der *Posaune* nicht mehr dauern.

SORUS

Es war zu schaffen. – Der Hauptsteuermann war tüchtig; einer der besten seines Fachs. Obwohl das Raumschiff innerhalb eines 30°-Bogens Navigationsschub und eine der großen Triebwerksdüsen verloren hatte, wirkte er mit den noch verfügbaren Düsen regelrechte Wunder. Und die überlebenden Gegner befanden sich außerhalb der Scanning-Reichweite; sie wußten nicht über den Zustand der *Sturmvogel* Bescheid. Wenn die *Posaune* oder die *Freistaat Eden* noch existierte, dann waren sie zu weit entfernt, um eine Gefahr zu verkörpern. Die *Sturmvogel* konnte die von Milos Taverner vorgegebenen Koordinaten anfliegen; die von der *Stiller Horizont* gewünschte Position einnehmen.

Angeschlagen und lahm quälte sich die *Sturmvogel* unter permanentem Düsengestotter, ständig der Havarie nahe, durch das ausgedehnte Gewirr der Asteroiden wie ein Krüppel, der einen Platz zum Sterben suchte.

Sorus Chatelaine machte sich dazu ihre eigenen Gedanken, behielt sie jedoch für sich; verbarg sie im Herzen und hüllte um es den Mantel des Schweigens, um sie zu verheimlichen.

Vor ihr stand Taverner kompromißlos wie ein Denkmal. Bis auf weiteres hatte er die Kommunikation mit der *Stiller Horizont* eingestellt. Anstatt seine FKZ zu bedienen, beobachtete er Sorus und die Vorgänge auf der Brücke: besah sich alles, was es auf den Scanning-, Datensysteme- und Steueranlagen-Monitoren zu erkennen gab, achtete auf jeden Befehl, den Sorus erteilte. Trotzdem tippten seine Finger an dem rätselhaften Gerät fortgesetzt Tasten, als ob er alles protokollierte, was man sprach und tat. Vielleicht bereitete er seinen Bericht an die amnionische Geist-Gemeinschaft vor, nach dem seine Handlungsweise beurteilt werden sollte.

Sorus schnaubte hämisch. Sie hegte die feste Überzeugung, daß das Gericht über die *Sturmvogel* hereinbrach, lange bevor die Geist-Gemeinschaft erfuhr, was sich hier zugetragen hatte.

Von neuem streifte ihr Blick die Bordtechnik-Statusanzeigen. Vor kurzem hatte sich ein Lift des Raumschiffs bewegt; der Lift neben dem zerstörten Frachtbunker. Ein weiterer Folgeschaden? Wahrscheinlich. Unter allzu starkem Druck konnten, so wie Triebwerksdüsen und Scanninginstrumente – wie Sorus selbst –, auch Lifts Fehlfunktionen oder Defekte haben.

»Wie arbeitet das Gerät?« fragte sie Taverner in sachlichem Ton und mit vorgetäuschter Neugierde. »Mir fällt's schwer zu glauben, daß Sie in verzögerungsfreiem Kontakt mit der *Stiller Horizont* stehen.«

Die Gesteinsansammlungen des Asteroidenschwarms hätten jede herkömmliche Funkverbindung nachhaltig gestört. Taverners Angaben zufolge war seine FKZ jedoch alles andere als ein herkömmlicher Apparat. Er ermöglichte Funkverkehr, hatte Taverner behauptet, *ohne meßbare Verzögerung*. Innerhalb einer Reichweite, hatte er gesagt, von 2,71 Lichtjahren.

Die Weise, wie er sie anblickte, verriet ihr, daß er vergessen hatte, wie man die Achseln zuckte. »Es funktioniert dank des Prinzips der kristallinen Resonanz«, antwortete er ohne jede Betonung. »Bezweifeln Sie, daß ich Ihnen seine Kapazität korrekt beschrieben habe?«

Sorus schüttelte den Kopf. »Sie sind nicht so dumm, mich zu belügen.« Wenigstens nicht unter diesen Umständen. »Ich bin nur ... erstaunt. Daß so eine Kommunikationsmethode möglich ist, wußte ich nicht.« Verschleiert suchte sie eine Bestätigung dafür zu erlangen, daß die *Stiller Horizont* tatsächlich ›in heftigem Gefecht‹ mit einem VMKP-Polizeikreuzer stand.

»Alles wäre erheblich einfacher geworden, wär's uns möglich gewesen, so ein Gerät an Bord der *Posaune* zu schmuggeln«, sagte sie, um ihre wahren Absichten zu vertuschen. »Dann hätten wir die ganze Zeit gewußt, wo sie steckt. Wir hätten das arme Bürschchen gezwungen, uns über ihre Bewegungen zu informieren, anstatt ihn zur Sabotage anzustiften.«

Sie war todsicher, daß Ciro Vasaczk ihre Forderung auszuführen versucht hätte, wäre eine Gelegenheit vorhanden gewesen. Doch Sorus mutmaßte, daß ihn sein Bammel entlarvt hatte. Die Besatzung der *Posaune* war auf seine verdächtige Verstörtheit aufmerksam geworden und hatte es ihm verwehrt, Sorus' Willen zu gehorchen.

»Das war nicht möglich, Kapitänin Chatelaine«, gab Taverner zur Antwort. »Diese Geräte sind ...« Vorübergehend fand er keine Worte. »Sie sind schwierig zu produzieren. Die *Stiller Horizont* konnte uns kein zweites Gerät zur Verfügung stellen, und dieses Exemplar hier war unentbehrlich.«

Offenbar hatte er ihre Bemerkungen wörtlich genommen. Inzwischen war von seiner einstigen menschlichen Natur nur noch sehr wenig übrig.

Das war es, worauf Sorus setzte.

»Wie kommst du zurecht, Steuermann?« erkundigte sie sich, damit der Halbamnioni nicht weiterquasselte. »Geht's allmählich leichter?«

»Gar nicht so übel, Kapitänin«, sagte der Mann in vor Konzentration stoischem Tonfall. »Daß es leichter geht, würde ich nicht behaupten, aber ich habe die Schwierigkeiten jetzt besser im Griff.«

»Brauchst du 'ne Pause? Unbedingt will ich dich nicht ablösen, aber dein Vertreter kriegt die Chose wahrscheinlich auch hin, wenn du mal verschnaufen möchtest.«

»Ich habe keine Probleme, Kapitänin.« Der Steuermann schaute lange genug von seiner Kontrollkonsole auf, um Sorus' Blick zu erwidern und andeutungsweise zu schmunzeln. »Aber es ist keine einfache Aufgabe. Ich will sie niemandem anderes zumuten.«

Sorus' Brauen rutschten nach oben. Irgendein Ausdruck in seinen Augen, irgendein unterschwelliger Ton seiner Stimme vermittelte ihr den Eindruck, daß auch er Bescheid wußte; daß sie und die Scanning-Hauptoperatorin nicht die einzigen an Bord waren, die neue Hoffnung geschöpft hatten.

Falls der Waffensysteme-Hauptoperator die Situation auch kapierte ...

Grimmig wandte sich Sorus, um ihre Miene Taverners Aufmerksamkeit zu entziehen, an die Scanning-Hauptoperatorin. »Gibt's irgend was Neues?«

»Ist noch unklar, Kapitänin.« Die Frau ließ, genau wie der Steuermann, die Aufmerksamkeit auf die Kontrollkonsole gerichtet. »Aber wir sind nahe dran ... Ich glaube, ich habe da Meßwerte, die auf 'n Gefecht hinweisen. Einige Daten sprechen gegen Statik. Falls die *Stiller Horizont* und der VMKP-Kreuzer die Materiekanonen benutzen, sind's vielleicht Diskontinuitäten, die in den Asteroidenschwarm eindringen. In fünf Minuten kann ich eindeutige Aussagen machen.«

»*Stiller Horizont* und das VMKP-Kriegsschiff stehen im Gefecht«, sagte überflüssigerweise Taverner.

»Wenn es so ist«, erklärte Sorus in aller Ruhe, »ist's höchste Zeit, um die Waffen aufzuladen.«

Wortlos nickte der Waffensysteme-Hauptoperator.

In fünf Minuten. Oder weniger?

Ja, weniger.

»Kapitänin«, meldete die Scanning-Hauptoperatorin unvermittelt, »es sind unzweifelhaft Gefechtsemissionen. Wir sind fast vor Ort. Wir müßten am Rand des Asteroidenschwarms ...« – sie tippte Tasten – »... in zwanzig Minuten eintreffen. Von dort aus können wir die *Stiller Horizont* und den Polizeikreuzer sehen.«

Falls die *Posaune* überlebt hatte, war vielleicht auch sie zu orten.

Sorus aktivierte die Interkom, setzte die restliche Besatzung davon in Kenntnis, daß ein Gefecht bevorstand. Taverner wünschte, daß sie der *Stiller Horizont* gegen den Polizeikreuzer Beistand leistete. Und die *Posaune* zu eliminieren half. Sie legte Wert darauf, ihm zu zeigen, daß sie zu gehorchen gedachte.

»Kapitänin«, ertönte plötzlich eine Meldung von den Kommunikationsanlagen, »wir empfangen eine Funksendung.«

Die Erinnerung an Succorsos Attacke verkrampfte Sorus' Herz. »Quelle?« fragte sie.

Succorso hatte sie im Asteroidenschwarm an die Wand gespielt. Das hatte sie nicht vergessen – und ihm ebensowenig verziehen.

»Kann ich nicht feststellen«, lautete die Antwort. »Zuviel Reflexion. Es scheint so, als ob wir die Sendung aus drei oder vier Quellen gleichzeitig auffangen.«

Die Funkwellen eines EA-Anzugs würden nicht reflektiert. Die Quelle wäre zu nah ...

»Was ist's für ein Text?« fragte Sorus, nachdem sie gelassener ausgeatmet hatte. »Ist er codiert?«

»Nur zur Komprimierung, nicht zwecks Verschlüsselung«, gab die Kommunikationsanlagen-Hauptoperatorin Auskunft. »Es sind 'ne Menge Daten enthalten.« Einen Moment später stutzte sie. »Kapitänin, er stammt von Vector Shaheed. Von der *Posaune*.«

Taverner wandte sich von Sorus ab, als rotierte er auf Öl, drehte sich der Kommunikationskonsole und dem Rest der Brücke zu. Seine Finger huschten über die Tasten der FKZ.

Also war der Interspatium-Scout dem Schwarzen Loch entkommen. Taverner hatte recht. Unter anderen Umständen wäre Sorus verstimmt gewesen. Aber jetzt freute sie sich darüber.

Es nährte ihre Hoffnungen.

Den Blick auf einen Monitor geheftet, faßte die Kommunikationsanlagen-Hauptoperatorin den Funktext in dem Tempo zusammen, in dem der Computer ihn decodierte.

»Er teilt mit, er hat die Formel für ein Antimutagen-Serum entwickelt.« Unwillkürlich schaute sie Taverner an, richtete den Blick hastig zurück auf die Bildfläche. »Mein Gott, die Formel ist *auch* angegeben! Er *nennt* sie. Und er führt 'ne ganze Reihe von Tests an, die beweisen, daß das Mittel wirkt.«

Schwer schluckte die Frau. »Kapitänin«, beendete sie die Meldung, »höchstwahrscheinlich hat die *Posaune* die Absicht, mit dem Funktext das Kosmo-Industriezentrum Valdor zu erreichen.«

»Triangulieren«, befahl Milos Taverner ausdruckslos. Er näherte sich der Kommunikationsanlagen-Kontrollkonsole, als wollte er sicherstellen, daß seine Anweisung befolgt wurde.

»Geht nicht«, rief die Operatorin unwirsch. »Ich habe doch schon erwähnt, daß die Reflexion zu stark ist.«

»Ist der Asteroidenschwarm inzwischen so weit ausgedünnt«, fragte Sorus die Scanning-Hauptoperatorin, »daß die Funksendung nach draußen dringt?«

Die Frau kaute auf der Unterlippe. »Schwer zu sagen, Kapitänin. Ist die *Posaune* hinter uns? Vor uns? Kann sein, daß ...«

»Die Funksendung ist außerhalb des Asteroidenschwarms zu empfangen«, konstatierte Taverner, als spräche er ein Todesurteil. »*Stiller Horizont* hat sie aufgefangen.«

Ein Desaster. Das schlimme Ende des Risikos, das die Amnion eingegangen waren, als sie dem Interspatium-Scout die *Sturmvogel* nachschickten; als sie die *Stiller Horizont* eine Kriegshandlung begehen ließen.

Vom Kommunikationsanlagen-Kontrollpult wandte Taverner sich wieder an Sorus. »Kapitänin Chatelaine, die *Posaune* muß aufgehalten werden.«

»Wozu?« höhnte Sorus. »Rückgängigmachen können wir die Ausstrahlung des Funktexts ja wohl nicht. Er ist unterwegs in alle Welt. Als wir die Gelegenheit zur Vernichtung der *Posaune* hatten, haben Sie sie mir verboten. Der ganze Aufwand war vergeblich.«

Taverner widersprach ohne jedes Zögern. Die *Stiller Horizont* hatte ihn schon über eine Lösung informiert.

»Die Implosion eines Ponton-Antriebs bietet dagegen Abhilfe«, erklärte er leidenschaftslos. »Dadurch wird elektromagnetische Statik emittiert, die alle Mikrowellenkohärenz zersetzt. Die räumliche Ausdehnung des Effekts wird ausschließlich durch Energiepegel und Hysteresisjustierung des implodierten Ponton-Antriebs begrenzt. Weil die Statik das Hyperspatium überbrückt, ist der Wirkungsbereich des Effekts viele Male größer als die Distanz, die eine Wellenform innerhalb einer vergleichbaren Zeitspanne zurücklegt. Sobald die *Posaune* vernichtet ist, wird *Stiller Horizont* ihren Ponton-Antrieb zur Implosion bringen.«

Falls er bei dieser Mitteilung irgendeine Gefühlsregung empfand, gelangte sie in seiner alienhaft gewordenen Stimme nicht zum Ausdruck. »So wird die Funksendung aus dem Massif-5-System eliminiert.«

Die *Stiller Horizont* hatte ihre Selbstvernichtung beschlossen!

Sollte es dahin kommen, erloschen Sorus' Hoffnungen in einer Eruption unvorstellbarer starker Statik.

»Bei günstigeren Voraussetzungen hätten Sie den Befehl erhalten, diese Aufgabe zu erfüllen«, offenbarte Taverner tonlos. »Aufgrund ihrer Beschädigungen hat die *Sturmvogel* für die Amnion in Zukunft keinen Nutzen mehr. Allerdings ist ihr Ponton-Antrieb zu schwach. Die *Posaune*« – er wiederholte die Forderung mit schwerfälligem Nachdruck – »muß aufgehalten werden.«

Handelte Sorus nicht rechtzeitig, verpuffte ihre einzige Chance.

Sie erwiderte Taverners Alienblick. Ein herbes Lächeln entblößte ihre Zähne.

»Du hast's gehört, Steuermann«, sagte sie gedehnt. »Also empfiehlt's sich, möglichst schnell zum Rand des Asteroidenschwarms zu gelangen, damit wir 'ne tadellose Ortung haben.«

»Jawohl, Kapitänin«, antwortete der Steuermann.

Gleich schwoll im Raumschiff unregelmäßiger Schub

an, verzwei- und verdreifachte stoßweise die Geschwindigkeit der *Sturmvogel*, preßte Sorus in ihren G-Andrucksessel.

»Scanning«, rief Sorus, »die Asteroidendichte müßte nun zügig abnehmen. Du *mußt* das Schiff *finden.* Es ist noch irgendwo im Schwarm. Sonst würde die Funksendung nicht reflektiert. Und hätte es den Asteroidenschwarm schon verlassen, wäre es längst vernichtet worden.«

Dafür hätte das Superlicht-Protonengeschütz der *Stiller Horizont* gesorgt.

»Ich bemühe mich, Kapitänin«, beteuerte die Scanning-Hauptoperatorin. Sie schwieg kurz. »Nur haben wir«, fügte sie dann hinzu, »einfach zu viele Schäden ... Manche Sensoren funktionieren nicht mehr richtig. Die übrigen Instrumente reichen nicht aus. Sie sind fürs Zusammenwirken mit anderen Komponenten konzipiert.«

Sie bot Sorus einen Vorwand, falls die Kapitänin der *Sturmvogel* insgeheim die wahre Absicht haben sollte, die *Posaune* zu verpassen.

Aber das war es nicht, was Sorus wollte. Keineswegs. Im Gegenteil, sie mußte genau wissen, wo sich die *Posaune* befand.

Unverzüglich mußte sie es erfahren.

»Gib dein Bestes«, befahl sie. »Es hat entscheidende Bedeutung. Wenn wir das Schiff nicht orten, bleibt uns nichts mehr zu hoffen.«

Hörst du zu, Taverner? Verstehst du, was ich meine?

Bei günstigeren Voraussetzungen hätten Sie den Befehl erhalten, diese Aufgabe zu erfüllen.

Sorus war sicher, daß er sich inzwischen durch eine zu fremdartige Mentalität auszeichnete, um etwas so menschlich Verständliches wie das zu begreifen, was sie im Sinn hatte.

»Laßt den Quatsch!« blökte hinter ihr eine heisere Stimme. »Ihr *habt* nichts mehr zu hoffen. Ihr Scheißer seid allesamt *erledigt.*«

Aufgeschreckt rotierte die Brückencrew die Kontrollpulte. Ruckartig entzog der Halbamnioni Sorus seine Aufmerksamkeit.

Panik und eine Art kalter, schrankenloser Wut befielen Sorus, als sie die Stimme erkannte. Sie wandte den Kopf und schaute um die Seite des G-Andrucksessels.

Am Eingang zur Brücke stand Nick Succorso.

Natürlich.

»Himmel«, japste die Scanning-Hauptoperatorin. Außer ihr gab niemand einen Laut von sich.

Succorso trug einen fast völlig zerstörten, nahezu ruinierten EA-Anzug, hatte jedoch den Raumhelm abgelegt. Über den gebleckten Zähnen schienen seine Augen Schreie des Wahnsinns hervorzuheulen. Die Narben, die Sorus ihm beigebracht hatte, waren schwarz wie Wundbrand, glichen streifenförmig in sein Gesicht gefressener Fäulnis. Obwohl man die G, die die Bordrotation der *Sturmvogel* erzeugte, nur leicht spürte, wackelte er, als könnte er sich kaum auf den Füßen halten.

Mit den Fäusten umklammerte er das größte Lasergewehr, das Sorus je gesehen hatte. Die Mündung wies geradewegs auf ihren Kopf.

Er mochte beinahe zu schwach sein, um auf den Beinen zu bleiben, doch das Lasergewehr hatte er in festem Griff.

»Du eklige Schlampe«, hechelte er rauh. »Ich brenne dir die Rübe weg.«

Succorso sah aus, als wollte er schreien, aber böte die Kehle kein ausreichendes Ventil für seine angestaute Vehemenz. Er erlitt einen Hustenanfall. Man hätte denken können, durch die Anziehungskraft des Schwarzen Lochs wären ihm die Lungen beeinträchtigt worden.

Zwischen dem krampfartigen Bellen seiner Bronchien zwängte er Worte heraus.

»Und dann ... schneid ich dir ... dein Scheißherz raus ... und freß es auf.«

Seine Hände hielten die Waffe stetig.

Er mußte sein Demolieren des Superlicht-Protonengeschützes der *Sturmvogel* gerade rechtzeitig aufgegeben haben, um von der Explosion verschont zu werden, als Sorus das Geschütz absprengte. Was er danach getan hatte, ließ sich ohne weiteres erraten. Schwer zu verstehen, aber leicht zu erraten.

Er hatte sich in die relativ sichere Zuflucht des zerborstenen Frachtbunkers gerettet, ehe die *Sturmvogel* der *Posaune* begegnete, bevor sie das Gefecht gegen die *Freistaat Eden* durchstehen mußte. Trotzdem hätte er eigentlich ums Leben kommen müssen. Wenn durch nichts anderes, dann doch, weil normalerweise die Schaltkreise seines EA-Anzugs im Materiekanonen-Beschuß verglüht wären. Also mußte er schon vor der Konfrontation die Leitungen der Luftschleuse zerlasert und sich Zutritt ins Raumschiff verschafft haben. Anschließend hatte ihn wohl eine Wand oder ein Schott geschützt, während die *Sturmvogel* gegen die grauenvolle Anziehung der Singularität ankämpfte. Danach hatte er sich langsam und vorsichtig zur Brücke geschlichen; darauf gebaut, daß Sorus zu beschäftigt wäre, um die Bordtechnik-Statusanzeigen sonderlich zu beachten.

Die kalte Wut verhalf Sorus zu Gefaßtheit. Ringsum gingen von der Brückencrew nichts als stumme Bestürzung und Schrecken aus, aber sie scherte sich nicht darum. Hinter der Rücklehne des G-Andrucksessels, der sie weitgehend vor Succorsos Blick verbarg, hakte sie die Impacter-Pistole vom Gürtel, obwohl sie wußte, sie konnte niemals schnell genug zielen und schießen, um zu verhindern, daß er sie tötete.

Er rang nach Atem.

»Hast du gedacht, ich sei zu schlagen?« röchelte er. »Ich bin Nick Succorso. *Ich bin Nick Succorso.* Niemand kann *mich* schlagen. Ich könnte ...«

Wieder zerhackte ein Hustenanfall seine Worte.

»... dein gottverdammtes Raumschiff ... ganz allein ... auseinandernehmen. Im *Schlaf* wär ich dazu fähig!«

Der Steuermann und der Waffensysteme-Hauptoperator starrten zu ihm hinüber, als wären sie dazu außerstande, den Blick von seinem Lasergewehr zu wenden. Die Scanning-Hauptoperatorin schaute Sorus aus flehentlichen Augen an.

Sorus vergaß nichts. Sie verzieh nichts. »Du irrst dich, Succorso«, erwiderte sie. »Du schläfst längst. Du träumst.« Dank ihrer Wut blieben ihre Hände und Arme ruhig; nur ihre Stimme zitterte. »Dich zu schlagen ist eine Kleinigkeit. Schwer ist es, dich zu ertragen.«

Damit er nicht feuerte, sprach sie sofort weiter. »Etwas muß ich dir noch sagen, ehe du mich erschießt. Ich weiß nicht, warum ich so nett zu dir bin.« Sie schnitt eine düstere Miene. »Aus alter Illegalensolidarität? Oder vielleicht ist es bloß aus Mitleid.«

Du dreckiger, kleiner Hampelmann ...

»Siehst du da drüben Milos Taverner?«

... wenn du glaubst ...

»Siehst du das komische Kästchen, das er hat?«

... ich lasse zu, daß du ...

»Es ist ein Zünder.«

... mir jetzt in die Quere kommst ...

»Er hat Mutagene in den Klimaanlagen-Skrubbern versteckt. Eine Art von Mutagen-Minen. Sie verteilen Mutagene in der Luft. Sobald du sie einatmest, kannst du einpacken.«

... hast du nichts gelernt ...

»Wenn du mich umbringst, zündet er die Minen. Ihm bleibt keine Wahl. Ohne mich hat er das Schiff nicht unter Kontrolle.«

... als ich dir die Visage zerschnitten habe.

»Zu dumm, daß du deinen Raumhelm ausgezogen hast.«

Vermutlich aus Erschöpfung arbeitete sein Gehirn langsamer. Es dauerte einen Moment, bis er Sorus' Darlegungen verstand.

Dann riß er Augen und Mund auf. Ein Aufbrüllen in der Kehle, wirbelte er zu dem Halbamnioni herum, schwenkte das Lasergewehr in seine Richtung ...

In derselben Sekunde schwang Sorus Hand und Arm über die Rücklehne des Andrucksessels und schoß.

Eine Gewalt, die Stahlplatten zerbeulen und Stein zerpulvern konnte, traf Succorso mitten in die Brust. Zwar drückte er schon die Sensortaste des Gewehrs, doch die Wucht des Treffers schleuderte ihn rückwärts, warf seine Arme empor. Einen Augenblick lang versengte ein Laserstrahl die Decke der Brücke, dann entfiel ihm die Waffe.

Blut sprudelte aus dem Einschußloch im EA-Anzug. Succorso senkte den Blick auf die Wunde. Als er den Blick hob, verzerrte Trauer seine Gesichtszüge. Lebenslange Sehnsucht sprach aus seiner Miene.

»Das hast du mir angetan«, raunte er vorwurfsvoll, als trüge er eine Anschuldigung vor. »Du hast das getan.«

Dann sackte er zusammen.

»Morn …«, seufzte er im Hinstürzen. »O Gott …«

Im nächsten Moment war er tot. Langsam sammelte sich um ihn eine Blutlache, rötete den EA-Anzug.

»Auf Nimmerwiedersehen«, knurrte Sorus halblaut. »Ich hätte dich schon kaltmachen sollen, als ich das letztemal dazu 'ne Gelegenheit hatte.«

Ringsum ließ die Brückencrew ihrer Erleichterung durch Aufatmen und Geschimpfe freien Lauf.

»Kapitänin Chatelaine …« Eine Anwandlung der Menschlichkeit schien Milos Taverner zu übermannen. Er mußte sich räuspern, bevor er weiterreden konnte. »Das haben Sie gut gemacht. Es wird nicht vergessen.«

Abscheu verzog Sorus' Miene zu einer Fratze. »Es ist vorbei. Nichts hat sich geändert.« Andere Dinge waren wichtiger. »Wir haben Arbeit zu verrichten«, sagte sie und hob den Kopf zur Brückencrew. »Also tun wir sie.«

Sie vergaß nichts. Sie verzieh nichts.

Ein Gewirr von Tastengeklapper und Geflüster ertönte, während die Brückencrew gehorchte. Taverner äußerte sich nicht dazu, als Sorus sich die Impacter-Pistole auf den Schoß legte.

Trotz aller Höchstleistungen des Steuermanns setzte die *Sturmvogel* die Durchquerung des Asteroidengürtels nur langsam fort.

Sorus mußte andauernd der Versuchung widerstehen, den Atem anzuhalten.

Succorso zählte für sie nicht. Er war dahin. Vergangen wie eine Banalität. Hinter ihrem Rücken färbte sein letztes Blut den EA-Anzug. Sorus interessierte sich für andere Angelegenheiten.

Nur Minuten trennten sie noch von Tod oder Sieg; doch sie war sich nicht mehr sicher, ob sie dazwischen überhaupt einen Unterschied ersehen konnte. Vielleicht gab es keinen Unterschied. Oder vielleicht war er unwesentlich. Soweit hatten Jahre zermürbender Unterwerfung sie gebracht.

Aber obwohl es den Anschein hatte, daß sie dafür nun einen hohen Preis zahlen sollte, frohlockte ihr Herz. In ihren Adern schwollen Gewaltdrang und Freude. Zu guter Letzt hatte die Verschwörung mit dem Verhängnis die *Sturmvogel* an den Rand von Sorus' Abgrund geführt. Tod oder Sieg. Sie wollte mit dem einen genauso wie dem anderen zufrieden sein.

»Kapitänin«, meldete die Scanning-Hauptoperatorin, »die *Stiller Horizont* und der Polizeikreuzer ballern wüst aufeinander ein. Du liebe Güte, man könnte meinen, sie wollten das Vakuum *rösten*.«

Schön. Sorus nickte. Von mir aus.

Wäre sie nicht von Taverner beobachtet worden, hätte sie gehässig geschmunzelt.

»Der Asteroidenschwarm lichtet sich, Kapitänin.« Die Scanning-Hauptoperatorin schwitzte an ihrer Tastatur. »Mit jeder Sekunde erhöht sich die Scanning-Reichweite.«

»Shaheeds Funksendung muß auf automatische Abstrahlung gestellt worden sein«, bemerkte die Kommunikationsanlagen-Hauptoperatorin gedämpft. »Sie wird ständig wiederholt. Und es ist 'ne *starke* Ausstrahlung. Das kleine Schiff muß 'n verflucht leistungsfähigen Sender haben.«

Nochmals nickte Sorus. Schön. Von mir aus.

Tod oder Sieg.

»Kannst du schon triangulieren?« fragte sie.

»Ich versuch's«, gab die Frau an den Kommunikatoren zur Antwort. »Eventuell in zwei Minuten, Kapitänin. Ich finde die *Posaune*, sobald die Reflexionsvektoren berechenbar sind.«

Taverner wandte sich von Sorus ab. »*Stiller Horizont* bemüht sich gleichfalls um Triangulation«, stellte er fest. »Aufgrund der doppelten Koordinatenermittlung werden wir die Position der *Posaune* bald haben.«

Er ließ von der Kommandokonsole ab und schwebte zum Kommunikationspult. Dort verschaffte er sich Halt und instruierte die Operatorin, alles auf einen Monitor zu projizieren, was sie mittlerweile über die Funksendung der *Posaune* wußte.

Die Kommunikationsanlagen-Hauptoperatorin warf Sorus einen kurzen Blick zu.

»Na schön«, sagte Sorus laut. »Von mir aus.«

Sobald die Daten auf der Mattscheibe erschienen, gab Taverner sie seiner FKZ ein.

»Steuermann, es ist besser, wir bremsen ab«, warnte Sorus, während Taverner zu beschäftigt war, um ihr zu widersprechen. »Wir müssen in der Randzone bleiben, weil wir Deckung brauchen. Wagen wir uns zu weit hinaus, könnte die *Posaune* die Möglichkeit haben, uns abzuknallen, ehe wir sie orten.«

Oder der Polizeikreuzer.

»Gleichzeitig mußt du sicherstellen, daß die *Stiller Horizont* uns erkennt«, stellte sie klar. »Wir wollen nicht, daß es zu irgendwelchen Mißverständnissen darüber kommt, wer wir sind oder welche Absichten wir verfolgen.«

Der Steuermann nickte. Er konzentrierte sich zu tief, um reden zu können.

Einen Moment später merkte Sorus, daß sie ebenfalls nickte. Ihr Kopf bewegte sich auf und nieder, als könnte sie ihn nicht mehr stillhalten.

»Sind wir feuerbereit?« fragte sie den Waffensysteme-Hauptoperator.

»So weit, wie's in Anbetracht der Schäden möglich ist, Kapitänin«, antwortete der Mann. Angesichts der Tatsache, meinte er, daß Succorso die *Sturmvogel* um ihr bestes Stück Bordartillerie gebracht hatte. »Materiekanone ist geladen. Torpedos sind scharf. Laserkanonen aktiviert.«

Schön. Sorus unterdrückte die Neigung, sich unablässig zu wiederholen. Schön.

Kilometer um Kilometer schob sich die *Sturmvogel* in Position. Der Steuermann erfüllte seine Aufgabe einwandfrei. Als das Raumschiff den Antrieb drosselte, um den Umraum zu erkunden, hatte es die *Stiller Horizont* deutlich in der Erfassung, ortete dagegen den Polizeikreuzer in nur ungenügendem Umfang.

Nach und nach ermittelte die Kommunikationsanlagen-Hauptoperatorin die Reflexionsvektoren für Shaheeds Funksendung. Auf einem Sichtschirm bildeten sie ein Koordinatennetz, das dem Scanning zur Orientierung diente ...

»Ich habe sie«, rief die Scanning-Hauptoperatorin plötzlich. »Das ist die *Posaune*. Irrtum ausgeschlossen.«

Vor Sorus erschien ein Radarecho auf der Bildfläche.

So wie die *Sturmvogel* wartete die *Posaune* im Randbereich des Asteroidenschwarms, wo sie noch einige größere Felsklötze ausnutzen konnte, um sich vor der *Stiller Horizont* zu verbergen. Versteckte der Interspatium-Scout sich auch vor dem Polizeikreuzer? Sorus ersah es nicht: die Scanningdarstellung war nicht präzise genug, um diese Einzelheit abzuklären.

»Eröffnen Sie das Feuer«, befahl Taverner unverzüglich.

»Unmöglich«, antworteten die Scanning-Hauptoperatorin und der Mann an den Waffensystemen gleichzeitig.

»Uns ist zuviel Asteroidengestein im Weg«, sagte der Waffensysteme-Hauptoperator. »Wir haben in ihrer Richtung kein freies Schußfeld.«

»Das heißt natürlich«, ergänzte ihn die Scanning-Hauptoperatorin, »sie hat auch kein freies Schußfeld auf uns.«

Der Halbamnioni äußerte keinen Widerspruch. Den Displays war unzweifelhaft zu entnehmen, daß die beiden die Wahrheit sprachen. Eilig tippte Taverner seiner FKZ neue Daten ein.

Sorus fiel auf, daß sie von neuem vor sich hinnickte. Sie hatte den Eindruck, daß sie schon seit längerem den Atem anhielt.

Und das war wichtig. Nicken. Den Atem anhalten. Beherrschung wahren. Bis die *Stiller Horizont* die genaue Position der *Posaune* kannte – bis die riesige Defensiveinheit den kleinen Interspatium-Scout angriff –, wäre jedes Handeln verfrüht; hätte katastrophale Folgen.

Die *Posaune* hatte Deckung hinter einem voluminösen Felsklotz gesucht, offenbar in der Hoffnung, dort Schutz vor etwaigem Feuer der *Stiller Horizont* zu haben. Ungefähr die vierfache Größe des Interspatium-Scouts hatte der Asteroid. Reichte sein Umfang aus, um dem Schiffchen einen Treffer des Superlicht-Protonengeschützes zu ersparen? Wenigstens einen?

Ja.

Gut.

Sorus fragte sich, wie lange sie wohl noch den Atem anhalten mußte.

Gleich darauf war die Antwort klar.

Aus dem Protonengeschütz der Defensiveinheit flammte eine Strahlbahn. Augenblicklich zerbarst der Asteroid, seine Trümmer überschütteten den Interspatium-Scout wie Schrapnells.

Die Abschirmung der *Posaune* hielt stand. Sie überdauerte den Steinhagel.

Doch von nun an hatte sie keine Deckung mehr. Sobald die *Stiller Horizont* das Protonengeschütz nachgeladen hatte, war das Schicksal der *Posaune* besiegelt.

»Kapitänin«, rief die Scanning-Hauptoperatorin, »der Polizeikreuzer erhöht die Feuergeschwindigkeit. Materiekanone, Laser, Torpedos – er deckt die *Stiller Horizont* mit allem ein, was er hat.«

Er verteidigte die *Posaune*.
Schön.
Jetzt.
Sorus wagte wieder zu atmen.

»Ach, Milos Taverner«, sagte sie mit leiser, einschmeichelnder Stimme, »hier habe ich etwas für dich, du elender Haufen Amnionscheiße.«

Ihr Tonfall mußte in den menschlichen Überbleibseln seines Verstands an einen Nerv gerührt haben, eine atavistische Panikneigung. Trotz seiner gewachsenen Unbeweglichkeit drehte, ja schwang er sich ruckartig zu Sorus herum. Seine Finger trippelten über die FKZ.

Geschmeidig hob Sorus die Impacter-Pistole und schoß ihn mitten ins Gesicht.

Sein Schädel zerplatzte wie eine zermatschte Melone. Graues Hirn und grünliches Blut spritzten an der Kommunikationsanlagen-Kontrollkonsole vorbei auf die Sichtschirme, bekleckerten die Displays. Durch die Wucht des Einschlags torkelte er rückwärts, knallte er gegen die Monitoren, prallte ab und trieb in der Null-G über die Brücken-Kontrollkonsolen empor. Weiteres Blut bildete um seinen Leichnam eine grüne Schliere, bis es in Kontakt mit seiner Haut und der Bordmontur geriet; dann klebte es fest, weil die Oberflächenspannung verhinderte, daß es sich ausbreitete.

Jetzt habe ich's dir *gegeben*, keuchte Sorus stumm, du gottverdammter, verräterischer, niederträchtiger *Drecksack*.

Rundum starrte die Brückencrew sie an. Die Datensysteme- und Waffensysteme-Operatoren wirkten schockiert. Und die Frau an den Kommunikatoren erregte den Eindruck, sich am meisten davor zu grausen, womöglich von Taverners Blut besprenkelt worden zu sein. Dagegen glänzte das Gesicht der Scanning-Hauptoperatorin von unbändigem Vergnügen. Der Steuermann grinste, als wäre er am liebsten lauthals in Jubel ausgebrochen.

Mit einem Fingerdruck auf den Sensortrigger der Waffe hatte Sorus alles verändert.

»So«, verkündete sie der Crew, »nun haben wir unsere Chance.« Ihre Stimme klang wundervoll ruhig. »Alles, was wir brauchen, um uns von den Scheißamnion abzunabeln, finden wir an Bord der *Stiller Horizont*. Wir müssen nur dem Polizeikreuzer dabei helfen, sie zu Schrott zu schießen. Es ist egal, was für ein Sündenregister die Astro-Schnäpper uns vorhalten können, wenn wir sie darin unterstützen, im Human-Kosmos eine Amnion-Defensiveinheit zu schlagen, sind wir Helden. Aus dem Wrack alles zu bergen, was wir benötigen, ist das allermindeste, was sie uns erlauben werden. Wir haben Zeit, bis das Superlicht-Protonengeschütz der *Stiller Horizont* wiederaufgeladen ist. Vielleicht nur eine Minute. Also vergeuden wir lieber keine Sekunde.«

Die *Stiller Horizont* absorbierte den Beschuß durch den Polizeikreuzer auffällig leicht. Wahrscheinlich hatte die Defensiveinheit ihre Partikelkollektoren vernetzt, so daß sie zur Abwehr der Treffer vollzählig zur Verfügung standen.

In diesem Fall war sie auf der anderen Seite weniger geschützt.

»Bordschütze«, befahl Sorus mit deutlicher, klarer Stimme, »ich will, daß du den Amnion-Schleimbeutel unter Feuer nimmst. Verpaß ihm alles, was wir haben, und zwar – *sofort!*«

Einen Moment lang musterte der Mann Sorus sichtlich entgeistert. In seinen Augen standen Schrecken und Todesfurcht.

Aber dann schluckte er. »*Jawohl*, Kapitänin.« Seine Hände fuhren auf die Tasten nieder.

Jawohl.

Sieg oder Tod.

Und schon verbreitete Sorus Chatelaines einzige Hoffnung die Echos durchdringenden Prasselns und Knatterns durch den Rumpf der *Sturmvogel*, als das Raumschiff das Feuer eröffnete.

MIN

Min Donner mußte untätig im Unterstützungspersonal-Andrucksessel sitzen und zuschauen, während die *Rächer* sich an einen Schnittpunkt des Gefechtsraums vorkämpfte, der zwischen der in den Human-Kosmos eingedrungenen Amnion-Defensiveinheit und dem Teilbereich des Asteroidenschwarms lag, aus dem die Sensoren die Reflexionen kinetischer Anomalien gemessen hatten.

Wenn die *Rächer* diesen Schnittpunkt rechtzeitig erreichte – sie sich zwischen die riesenhafte Defensiveinheit und die Position setzen konnte, wo die *Posaune* voraussichtlich aus der Gesteinswirrnis zum Vorschein kam –, fand sie möglicherweise die Gelegenheit, dem Interspatium-Scout genügend Feuerschutz zu geben, um ihm ein Entweichen zu erlauben.

Die *Rächer* hatte noch eine längere Flugstrecke vor sich. Nach der auf einem Monitor sichtbaren Schätzung einen Flug von fünfundzwanzig Minuten. Zu lang. Der Alien hielt das Superlicht-Protonengeschütz in Reserve. Offenbar erwartete er umgehend ein neues Ziel anvisieren zu können. Auf keinen Fall erst in fünfundzwanzig Minuten.

Doch selbst Min Donner war sich trotz all ihres Ungestüms und ihres Hangs zu extremen Handlungsweisen darüber im klaren, daß die *Rächer* nicht schneller fliegen konnte. Patrice, der Steuermann, mußte sich an seiner Tastatur wie ein Irrer abschuften, um nur die gegenwärtige Geschwindigkeit beizubehalten, ohne dem Raumschiff die Ausweichmanöver zu erschweren, die immer wieder die Salven der amnionischen Bordartillerie ins Leere gehen ließen, und ohne den Rotationsschub zu vermindern, der dem

Waffensysteme-Offizier ein pausenloses Feuern gestattete. Min befürchtete sogar, er könnte, würde seine Überbelastung um nur ein minimales Quentchen noch gesteigert, einen totalen Nervenzusammenbruch erleiden.

Insgeheim glaubte sie von sich, an seiner Stelle schon längst rasend geworden zu sein.

Die Grenzen, die die *Rächer* verlangsamten – und die vielleicht ihr Scheitern zum Ergebnis hatten –, waren menschlicher Natur. Kein Raumschiff konnte mehr leisten als die Besatzung, die es flog.

Selbst im günstigsten Fall hatte Min ein mißliches Verhältnis zur menschlichen Schwäche. Jetzt jedoch empfand sie sie als wahren Frevel. Die Menschheit verdiente eine qualifiziertere Verteidigung, als die *Rächer* sie bislang geboten hatte.

Anscheinend dachte Dolph Ubikwe anders. Wenn seine Unzulänglichkeiten und Mängel ihm Sorge bereiteten, ließ er sich nichts anmerken. Er thronte mit nachgerade übernatürlicher Selbstsicherheit und Festigkeit in seinem Kommandosessel und befehligte den gehörig bedrängten Kreuzer, als könnte nichts ihn beunruhigen. Seine Befehle gab er heiteren Tons; fast konnte man sein Gebaren als fröhlich bezeichnen. In Abständen stieß er gedämpfte, dumpfe Laute aus, die einem gedehnten Stöhnen ähnelten und sich anhörten, als ob er vor sich hin summte.

Er glich einem Blitzableiter, absorbierte den Stress und die Erregung, führte sie ab, so daß die Menschen rings um ihn sich zu konzentrieren vermochten.

»Neue Meldungen, Porson«, grummelte er gutmütig, während die *Rächer* sich vorwärtsquälte. »Ich verlange Meldungen. Kriege ich nicht fortlaufend Neuigkeiten zu hören, ödet mich alles an. Wo bleibt die *Posaune?*«

»Ich kann sie noch nicht erkennen, Kapitän«, antwortete der Scanningoffizier im Tonfall einer Entschuldigung. »Diese vielen Vektoren ... Der Computer muß zu viele verschiedene Koordinaten auf der Grundlage der Messungen zu vieler unterschiedlicher Instrumente in Korrelation bringen. Er ist überfordert. Die Hälfte meiner Datenangaben besteht aus Fehleranzeigen. Tut mir leid, Kapitän.«

Kapitänhauptmann Ubikwe brummte oder summte. Seine Fingerkuppen trommelten auf die Kante der Kommandokonsole. »Und was erkennt dann diese verfluchte Defensiveinheit?« stellte er eine allerdings eher rhetorische Frage. »Wieso weiß sie soviel mehr als wir? Was heißt's denn schon, daß ihre Scanninginstrumente mehr taugen? Wir haben Zeit zum Aufholen gehabt. Wenn sie die *Posaune* ortet, weshalb sind wir dazu nicht imstande?«

Vielleicht petzt jemand an Bord der *Posaune* bei den Amnion, dachte Min, aber verwarf die Erwägung, den Gedanken laut auszusprechen. Es kann sein, jemand hat ihnen die Position verraten. Man kann nicht ausschließen, daß die miese Kanaille Nick Succorso verräterischer ist, als selbst ich bisher angenommen habe.

Doch wahrscheinlich irrte sie mit diesem Verdacht. Nahezu mit Gewißheit müßte die *Rächer* jeden Funkspruch der *Posaune* auffangen. Ein Richtstrahl könnte das viele Asteroidengestein nicht durchqueren: Nur eine breitgefächerte Ausstrahlung wäre dank vielfältiger Reflexion dazu in der Lage, zum Asteroidenschwarm hinauszudringen.

Trotz des Abstands, den der Kreuzer zu der Region kinetischer Anomalie im Innern des Schwarms einnahm, befand er sich in geringerer Entfernung zu den äußeren Asteroiden als der Alien. Er müßte auf jeden Fall einen besseren Funkempfang als sein Gegner haben ...

Die Schüsse der Materiekanone hallten wie Fauchen durch den Rumpf. Die Partikelkollektoren gaben ein scharfes, durchdringendes Winseln von sich, als weinten sie. G-Belastungen schaukelten das Raumschiff von Seite zu Seite, auf- und abwärts sowie im Kreis umher. Ungeachtet ihrer Ausbildung und Erfahrung beschlich allmählich das Übelkeitsgefühl bevorstehender Raumkrankheit Mins Magen.

»Kapitän«, kreischte Cray durch die Konfusion, »ich empfange eine Funkübertragung.«

Ach du Schande.

Dolph hob den Kopf. »Vom Kosmo-Industriezentrum Valdor? Ich hoffe, 's sind gute Neuigkeiten. Ich könnte jetzt welche vertragen.«

»Nein, Kapitän.« Krampfartig schluckte Cray, während sie die Anzeigen ablas. »Aus den Asteroiden.«

Enttäuscht sperrte Ubikwe den Mund auf. »Was, aus dem Schwarm da?«

»Aye, Kapitän.«

Mit übertriebenem Gehabe bezähmte Dolph sein Erstaunen. »Na, nun machen Sie's mal nicht so spannend. Wer ist der Sender?«

Mehrere Sekunden lang betrachtete Cray ihre Kontrollkonsole, dann drehte sie sich dem Kapitänhauptmann zu.

»Sir, die Funksendung stammt von Vector Shaheed.« Aus Überanstrengung klang ihre Stimme inzwischen heiser. »Von der *Posaune*.«

Dolph lehnte die Fingerspitzen aneinander und spitzte den Mund. »Vielleicht ist das der Grund«, sinnierte er, »wieso unser Freund weiß, wo sie steckt. Der Sache müssen wir nachgehen. Was erzählt Dr. Shaheed?«

Cray beugte sich an ihre Monitoren. »Er steht in keinem Kontakt zum Amnioni«, meldete sie. »Jedenfalls nach seiner Aussage. Er spricht von einer allgemeinen Funksendung, bestimmt für jeden, der sie empfangen kann. Kapitän ...«

Mühsam räusperte sie sich. »Er behauptet, er hat ein Mutagen-Immunitätsserum entwickelt. Er gibt an, er hätte darauf abgezielt, seit die diesbezüglichen Forschungen bei Intertech unterdrückt worden seien. Jetzt will er Erfolg gehabt haben. Dann folgt ...« Vorübergehend versagte Crays Stimme. »Dann nennt er eine Formel.«

Eine *Formel*? Gütiger Himmel! Min ahnte, wie sich die Kommunikationsoffizierin jetzt fühlte. Sie hatte ihre liebe Not, die eigene Konsternation zu verhehlen.

Ein Mutagen-Immunitätsserum, *das* Serum, eben das Mittel, das Hashi Lebwohl anhand der Forschungstätigkeit Vector Shaheeds entwickelt hatte. Das gleiche Antimutagen, das Lebwohl an Nick Succorso geliefert hatte, damit

Succorso Direktor Lebwohls gefährliche Spielchen mit den Amnion treiben konnte.

Die *Posaune* sendete die *Formel?*

Cray hatte ihre Meldung noch nicht beendet. »Das ist nur der erste Teil der Funksendung«, erklärte sie, nachdem sie die Fassung wiedererrungen hatte. »Der gesamte Rest umfaßt Testresultate. Um allen, die den Text auffangen, eine Möglichkeit zu geben, selbst nachzuprüfen, daß die Formel richtig ist.«

Min hätte zutiefst betroffen sein müssen. Hatte Warden Dios nicht einen guten Grund für seine Zustimmung zur Unterdrückung der Intertech-Antimutagen-Forschung angeführt? War ihr nicht von ihm erläutert worden, sein Fortwirken als VMKP-Polizeipräsident hinge von seiner Komplizenschaft mit Holt Fasner ab? Allgemeine Funkausstrahlung der Formel! Mußte das keine Katastrophe sein?

Dennoch empfand sie kein Erschrecken: vielmehr verspürte sie aus ganzem Herzen lebhaften Stolz. Herrgott, das war einfach wundervoll! Mit *allgemeiner Funkausstrahlung* die Formel eines Antimutagen-Mittels verbreitet. Wenn Vector Shaheed dieses Vorgehen ausgeheckt und ganz allein verwirklicht hatte ...

Nein, daran glaubte sie nicht. Zu klein war die Posaune: Mit Angus Thermopyle zu seiner Unterstützung konnte Nick Succorso viel zu leicht seine gesamte Umgebung unter der Fuchtel haben.

An Bord des Interspatium-Scouts gab es nur eine Person, die Succorso oder Thermopyle dahingehend überredet haben konnte, so etwas zuzulassen; nur einen Menschen, der zur Wertschätzung derselben ethischen Prinzipien und zu dem gleichen Pflichtbewußtsein erzogen worden war, an denen Min festhielt ...

»Danach kommt eine Wiederholung der Sendung«, sagte Cray. »Sie wiederholt sich ohne Unterbrechung. Ich vermute, die *Posaune* hat vor, sie auszustrahlen, so lange sie nur kann.«

Ein Grinsen verzog Kapitänhauptmann Ubikwes fleischigen Mund. Er erweckte den Eindruck, sich köstlich zu amüsieren.

»Na, in einer Hinsicht dürfen wir sicher sein«, bemerkte er. »Das ist kein Funkspruch, den unser Freund da drüben gerne hört.«

Über die Schulter blickte er sich um. »Ich gratuliere, Direktorin Donner«, brummelte er. »Als Sie die Meinung geäußert haben, daß die *Posaune* ein Schwarzlabor anfliegt, um Dr. Shaheed eine Arbeitsmöglichkeit zu verschaffen, war ich der Ansicht, das sei bloß 'n vager Verdacht. Ermahnen Sie mich künftig, Ihrer Kombinationsgabe mehr Respekt entgegenzubringen.«

Min beachtete ihn nicht; hörte ihn kaum. Verunsicherung und Besorgnis zerrissen ihr Gemüt.

Guter Gott, hatte Warden Dios auch *das* vorausgeplant? Oder waren die *Posaune* und ihre ganze Besatzung völlig außer Rand und Band geraten?

Morn Hyland war an Bord. Das ging auf Warden Dios' Planung zurück. Aber wußte er, was aus ihr geworden war? Hatte er überhaupt eine Ahnung, was Monate der Zonenimplantat-Abhängigkeit, Monate der Brutalität seitens Thermopyles und Succorsos, aus ihr gemacht haben mochten?

Woher wollte er wissen, daß sie sich nach allem, was sie erduldet hatte, noch als Polizistin betrachtete?

Wie weit durchschaute selbst jemand wie Hashi Lebwohl einen Kerl wie Nick Succorso? Oder Angus Thermopyle, sein Geschöpf?

In dem Moment, da irgend jemand im Massif-5-System die Funksendung der *Posaune* auffing, war der Amnioni im Effekt unterlegen; war die *Stiller Horizont* schachmatt. Nicht einmal dieses Kriegsschiff konnte sich mit sämtlichen Raumschiffen des Doppelsonnensystems anlegen.

Allerdings war es nach wie vor dazu imstande, die *Posaune* zu vernichten.

Und niemand an Bord des Interspatium-Scouts hatte zu

sterben verdient; am wenigsten ein paar Minuten nach Erringung dieses unglaublichen Triumphs.

»Kapitän Ubikwe ...« Infolge innerer Aufwühlung klang Mins Stimme rauh; doch sie schämte sich nicht. »Wir fliegen zu langsam. Die Geschwindigkeit sollte erhöht werden.«

Er schaute sie erneut an. Düsternis und Humor funkelten in seinen Augen. »Vielleicht können wir einige Minuten herausschinden, Direktorin Donner«, entgegnete er sardonisch, »wenn wir beide aussteigen und 'n bißchen schieben.«

Bevor Min antworten konnte, drehte er sich um. In dienstlicherem Ton wandte er sich an die Brückencrew.

»Ich bezweifle, daß eine etwas höhere Geschwindigkeit uns etwas nützen wird. Nicht einmal mit maximaler Antriebsleistung bestünde die Aussicht, frühzeitig an die Position zu gelangen, die wir erreichen müssen. Aber Direktorin Donner hat recht. Die *Posaune* hat's verdient, daß wir für sie alles tun, was wir können. Der Amnioni hat von etwas Kenntnis, das wir nicht wissen. Sonst würde er weiter mit dem Superlicht-Protonengeschütz auf uns schießen. Es ist höchste Zeit, daß wir Ernst machen.«

Seine nachfolgenden Befehle galten Glessen, der an der Waffensysteme-Kontrollkonsole saß. »Laserkanonen auf automatische Zielerfassung schalten. Torpedos programmieren. Und versuchen Sie die Ladung der Materiekanone zu erhöhen. Halten Sie sich bereit und warten Sie auf meinen Feuerbefehl. Wenn wir der *Posaune* Feuerschutz geben und mit dem Leben davonkommen möchten, dürfen wir nicht kleckern, sondern müssen klotzen.« Danach kam Cray an die Reihe. »Versuchen Sie zu triangulieren, Cray. Berechnen Sie die Reflexionsvektoren oder dergleichen. Und leiten Sie alles, was Sie orten, Porson zu. Es wäre von größtem Vorteil, könnten wir die Position des Interspatium-Scouts ermitteln. Und Sie, Sergei ...«

Für einen Moment kaute Dolph auf der Unterlippe und überlegte angestrengt. »Sobald ich Glessen den Feuerbefehl gebe, stellen Sie die Ausweichmanöver ein. Dadurch wird seine Aufgabe erleichtert. Und wenn wir wollen, daß unser Freund sich auf uns konzentriert, ist's günstiger, wir bieten ihm ein möglichst gutes Ziel.«

Seine Brückencrew gehorchte, als hätte er ihr nicht soeben Selbstmord befohlen.

Er tat, was in seiner Macht stand: Min wußte es. Trotz des Risikos billigte sie sein Verhalten. Und doch brannte sie mit Leib und Seele darauf, endlich *schneller zu fliegen*, schnell genug, um das Verderben von der *Posaune* abzuwenden.

Morn Hyland war *Polizistin*; Leutnantin der Operativen Abteilung der VMKP. In Erfüllung ihrer Pflicht hatte sie der Menschheit ein atemberaubendes Geschenk gemacht: einen wirksamen Schutz vor den Amnion.

Min Donner vermochte die Vorstellung, Morn Hylands Tod hinnehmen zu müssen, nicht zu ertragen.

»Rücken Sie mir Informationen raus, Porson«, knurrte Dolph. »Wo ist die *Posaune*? Wenn Sie keine verläßlichen Daten vorliegen haben, bin ich mit einer vertretbaren Mutmaßung zufrieden.«

»Irgendwie ist es …«, murmelte Porson an seinen Sichtschirmen. »Es sind nur Anzeichen …« Im nächsten Moment jedoch erstattete er eine konkretere Meldung. »Ich weiß es nicht, Kapitän. Was ich orten kann, sieht nach zwei Raumschiffen aus.«

In der Scanningdarstellung, aus der sich die relativen Positionen der *Rächer*, des Amnion-Kriegsschiffs sowie der ruhelosen Ausläufer des Asteroidenschwarms erkennen ließen, erschienen mehrere Radarechos in vorläufigen Farbkennungen.

»Nach *zweien?*« fragte Kapitän Ubikwe.

Der Scanningoffizier nickte. »Aber sicher bin ich nicht, Sir. Ich glaube, beide Schiffe halten sich in Deckung, es sei denn, ich habe bloß Geisterechos auf den Ortungsschirmen. Eines muß die *Posaune* sein. Die Emissionssignatur stimmt weitgehend. Ich kann nur nicht unterscheiden, welches von beiden sie ist.«

Dolph warf Min einen Blick zu, aber sie schüttelte den Kopf. Wenn ein Raumschiff die *Posaune* war, mochte es sich bei dem anderen um das Schiff handeln, das den Interspatium-Scout aus dem Bannkosmos verfolgt hatte. Oder man hatte es mit Hashi Lebwohls Söldner zu tun. Min wußte es schlicht und einfach nicht.

Ihr Unwohlsein nahm zu. Sie lechzte nach Taten, Aktivitäten, nach etwas, das ihren Geist beschäftigte, so daß sie die Unruhe ihrer Magengrube nicht mehr spürte. Das andere Raumschiff verkörperte eine Bedrohung. Egal wem es gehörte, es würde die *Posaune* angreifen, sobald es dazu die Gelegenheit erhielt.

»Sind sie denn nahe zusammen?« erkundigte Kapitän Ubikwe sich bei Porson.

»Aus unserer Warte könnte man es so nennen, Kapitän. Aber sie bleiben beide im Randgebiet des Asteroidenschwarms. Sie benutzen die Felsen als Ortungsschutz. Stationär, wie's aussieht. Dort muß man den Abstand zwischen beiden als relevant einstufen. Es kann durchaus soviel Gestein zwischen ihnen sein, daß sie sich gegenseitig nicht erkennen.«

Ein Ruck ging durch den Scanningoffizier, als plötzlich neue Daten über seine Monitoren wanderten. »Kapitän, das zweite Raumschiff ... Es könnte dasselbe sein, das wir vorm Verlassen des KombiMontan-Asteroidengürtels beim Anflug aus dem Bannkosmos beobachtet haben. Die Emissionssignatur ist ganz ähnlich, stimmt aber nicht völlig überein. Für die Abweichungen könnten Schäden verantwortlich sein. Falls der Raumer stark angeschlagen ist, wäre das eine Erklärung.«

Es war nicht die *Freistaat Eden*.

Ein zweiter Amnion? Ein Illegaler, der den Amnion Handlangerdienste erwies?

Wie hatten sie die *Posaune* nur gefunden?

Dolphs Tonfall erlangte eine gewisse Schärfe. »Bereithalten, Glessen«, ermahnte er den Waffensysteme-Offizier. »Unser Freund wird gleich schießen. Sobald wir sehen, welches der beiden Schiffe sie als Ziel wählt, wissen wir, welches die *Posaune* ist.«

»Ich orte sie, Kapitän«, rief in diesem Augenblick Cray aufgeregt dazwischen. Sie versah eines der Radarechos auf den Displays mit einer Bezeichnung. Wie sich jetzt herausstellte, war die *Posaune* das nähere der beiden Raumschiffe, um unbedeutende dreißig oder vierzig Kilometer näher an der *Rächer*. »Von dem anderen Raumschiff kann die Funksendung nicht kommen«, erklärte Cray. »Die Reflexionsvektoren passen nicht.«

»Gut.« Ubikwe grinste beifällig. »Porson«, fügte er sofort hinzu, »ich ersehe aus der Darstellung nicht, ob die *Posaune* gegen unseren Freund Deckung hat. Ist das der Fall?«

»Ich glaube ja, Kapitän«, antwortete Porson.

»Noch besser. So, nun ...«

Bevor er den Satz beenden konnte, stachen die Emissionsmeßwerte auf den Displays zu neuen Spitzenwerten empor. In derselben Sekunde zeigten die Scanningmonitoren eine Detonation zwischen den Felsbrocken des Asteroidenschwarms, eine energetische Eruption von beachtlicher Stärke. Harte Strahlung und rasante Brisanz verbreiteten sich kugelförmig wie die Effekte einer thermonuklearen Explosion.

Die freigesetzten Gewalten fegten das Radarecho der *Posaune* von den Sichtschirmen, als fände die Existenz des Interspatium-Scouts ein Ende.

In äußerster Bestürzung lehnte Min sich in die Gurte, stemmte sich gegen das brutale Krängen des Kreuzers, um die Zahlen ablesen und deuten zu können.

»Protonengeschütz«, rief Porson. »Die Defensiveinheit hat gefeuert. Volltreffer! Die *Posaune* ist ...«

Dahin. Atomisiert. Kein kleiner Interspatium-Scout konnte einen Volltreffer aus einem Superlicht-Protonengeschütz überstehen.

»Nein!« schrie der Scanningoffizier einen Moment später. »Sie ist da, sie ist noch da! Die Defensiveinheit hat 'n Asteroiden getroffen. Kapitän, er war« – seine Stimme wurde eindringlich – »die Deckung der *Posaune*. Von nun an ist sie ungeschützt.«

»Jetzt, Glessen«, befahl Dolph Ubikwe so laut und hart, als zerbräche Granit. »Feuer frei! Mit *allem!*«

Sofort fuhren die Handteller des Waffensysteme-Offiziers auf die Tastatur nieder, als drückte er sämtliche Tasten auf einmal.

Gleichzeitig stabilisierte sich die Flugbahn des Polizeikreuzers, reduzierte sich das Taumeln, während Patrice das Manövrieren vereinfachte, das Schiff auf einen Kurs schwenkte, der es direkt auf den Gegner zusteuerte.

Laser heulten ihre Strahlen kohärenten Lichts ins Dunkel hinaus. Stöße schüttelten die *Rächer*, als Schwärme von Torpedos aus den Abschußschächten ins All jagten. Das Jaulen, das von der Materiekanone durch den Rumpf des Kreuzers sang, steigerte sich zum Röhren, während Glessen jedes abkömmliche Joule an Ladung aus den Läufen verfeuerte. Mit allen verfügbaren Waffen und aller einsetzbaren Kraft attackierte die *Rächer* den Amnioni, beanspruchte sich bis an die äußersten Grenzen der Belastbarkeit, um den Alien so stark zu bedrängen, daß ihm keine Wahl blieb, als sich mit allen Mitteln zu wehren, anstatt noch einmal auf die *Posaune* zu schießen, er versuchen mußte, sich erst des Polizeikreuzers zu entledigen.

Gutgehen konnte diese Attacke nicht. Noch war die *Rächer* zu weit entfernt, ihre Feuerkraft trotz allem zu gering, um den Amnioni zu bestimmten Reaktionen zu zwingen. Die Defensiveinheit hatte schon bewiesen, daß sie selbst ununterbrochenem Materiekanonen-Beschuß standzuhalten fähig war; Rumpfglasuren deflektierten, verspiegelte Panzerung zerstreute Laserstrahlen, oder die chaotischen Energien, die tobten, wenn Strahlen aus Materiekanonen in Partikelkollektoren zerstoben, lösten sie völlig auf. Und die Torpedos waren zu langsam, ihre Schubleistung beschränkte sie auf Normalraumgeschwindigkeiten.

Nicht einmal die aufs extremste geballte Kampfkraft der

Rächer reichte aus, um den Amnioni an seinen Absichten zu hindern.

Und die *Posaune* hatte keine Deckung mehr. Ebenso fehlte es ihr an genügend Zeit zur Flucht. Auch bei Höchstschub konnte sie nicht rechtzeitig die zum Überwechseln in die Tach erforderliche Geschwindigkeit erreichen. Auf den Sichtschirmen der Scanninggeräte glühte ihr Abbild von heißen Emissionen, während ihr Antrieb sie mit maximaler Leistung beschleunigte, sie roh auf einen Kurs schwang, der an der *Rächer* vorbei in den freien Weltraum führte, sie verzweifelt die Geschwindigkeit zu steigern versuchte. Aber es war zu spät, sie blieb unweigerlich zu langsam: Die Zielerfassung und -verfolgung des Alien konnte sie noch leicht ins Visier nehmen.

Und sobald die Defensiveinheit das Superlicht-Protonengeschütz wiederaufgeladen hatte ...

Da leuchteten plötzlich, ohne jedes Vorzeichen, neue Meßwerte auf den Monitoren: Neue Energievektoren linierten auf den Sichtschirmen das Vakuum.

»Du lieber Gott!« schrie Porson. »Das zweite Raumschiff, das Schiff aus dem Bannkosmos. Es feuert. *Es beschießt die Defensiveinheit!*«

Unmöglich. Ausgeschlossen. Dieser andere Raumer mußte ein Feind sein. Aber für Min war die Wahrheit schon von den Bildschirmen ersichtlich gewesen, bevor Porson sie hatte melden können. Aus der Randzone des Asteroidenschwarms überschüttete das unidentifizierte Raumschiff den Amnioni mit starkem Feuer.

Wenn das Alien-Kriegsschiff die Partikelkollektoren vernetzt hatte, um sich gegen den Beschuß durch die *Rächer* zu verteidigen, traf dieser Angriff es schutzlos, war es dagegen buchstäblich ungeschützt ...

»*Mehr*, Glessen!« brüllte Dolph Ubikwe mit der Lautstärke einer Triebwerksdüse durch den Lärm. »Nicht nachlassen!«

Auf der einen Seite das unaufhörliche Trommelfeuer der *Rächer*; von der anderen Seite der Artillerieüberfall des Unbekannten ...

»Sie ist getroffen«, rief Porson. »Sie ist beschädigt. Die Defensiveinheit hat Schäden abgekriegt. Wir überlasten die Partikelkollektoren. Unser Beschuß schlägt durch.«

Einhundertundachtzig Sekunden brauchte der Amnioni für das Aufladen des Superlicht-Protonengeschützes. Min sah auf den Displays einen Countdown, hielt den Atem an. Gelang es der *Rächer* und dem anderen Raumer, den Amnioni schleunigst so stark zu beschädigen, daß er keinen Protonenstrahlschuß mehr abgeben konnte?

Nein. Die Frist war fast vorüber.

Auf einem Düsenausstoß, der einer kosmischen Fackel glich, raste der Interspatium-Scout aus dem Umkreis des Asteroidenschwarms davon, beschleunigte mit regelrecht mörderischer Geschwindigkeitssteigerung. Doch das Fluchtfenster schloß sich in schon acht Sekunden.

»*Na los, du Halunke!*« wetterte Kapitän Ubikwe auf die Defensiveinheit ein.

Fünf Sekunden.

»*Sieh zu, wie du dich rettest!*«

Zwei. Noch eine Sekunde.

Das Superlicht-Protonengeschütz des Alien-Kriegsschiffs feuerte erneut.

Auf den Scanningmonitoren der *Rächer* flammten grellgleißende Emissionen, als der Protonenstrahl den unerwarteten Bundesgenossen der *Posaune* zersprengte und atomisierte. Binnen Millisekunden barst der Rumpf, Bordatmosphäre sprühte hinaus in die Statik des Asteroidenschwarms, der Antrieb implodierte unter seinen nach innen gekehrten Energien, zwischen den Felsen verknatterte Spannung. Hoffnungen und Leiber, zu winzig, um aus dieser Entfernung erkennbar zu sein, verbrannten in der Glut blitzartig zu Asche. Einen Herzschlag später ließen sich nur noch residuelle Resteffekte der Vernichtung erkennen.

Der Amnioni hatte sich gerettet. Er hatte vollauf zweckmäßig gehandelt. Die Defensiveinheit war beschädigt; deutlich beeinträchtigt. Hätte sie statt dessen auf den Interspatium-Scout geschossen – auf ein bewegliches Ziel anstatt auf ein stationäres Ziel –, wäre er vielleicht verfehlt worden. Dann hätte sie vielleicht nicht lange genug weiterexistiert, um zu erfahren, ob die *Posaune* eliminiert wurde oder entkam.

Und die Funksendung des Interspatium-Scouts hätte unvermeidlich das Kosmo-Industriezentrum Valdor erreicht.

Aber jetzt hatte das kleine Raumschiff ein zweites Einhundertundachtzig-Sekunden-Fluchtfenster.

Es genügte. Min wußte es, bevor Bydells Berechnungen es bestätigten. Bei dieser Beschleunigung hatte die *Posaune* eine Chance zum Überleben. Inzwischen hatte sie eine Geschwindigkeit erlangt, die es ihr gestattete, in achtzig Sekunden den Ponton-Antrieb zur Hyperspatium-Durchquerung zu aktivieren. Und die Effizienz des Autopiloten war adäquat genug, um sie sicher aus dem Massif-5-System zu befördern, selbst wenn sämtliche Besatzungsmitglieder durch den Andruck die Besinnung verloren.

»Na, *das* ist aber eine Erleichterung«, murmelte Kapitän Ubikwe in beinahe sanftem Ton. »Ich war schon fast soweit, muß ich zugeben, daß ich dachte, ich muß mir Sorgen machen.«

Dennoch ließ er sich nicht zum Zaudern verleiten. Es war zu befürchten, daß der Amnioni das Superlicht-Protonengeschütz als nächstes auf die *Rächer* richtete – zumal der Kreuzer sich jetzt in einer günstigeren Position befand, um der *Posaune* Feuerschutz zu gewähren.

»Sergei«, befahl er unverzüglich, »ich glaube, nun empfiehlt sich eine sofortige Wiederaufnahme der Ausweichmanöver. Daß unser Freund angeschossen ist, heißt keineswegs zwangsläufig, daß er uns nicht mehr treffen kann.«

Nein. Mühevoll straffte Min sich in ihrem G-Andrucksessel. Nein. An Bord der Defensiveinheit hatte man gewußt, wo die *Posaune* den Asteroidenschwarm zu verlassen beabsichtigte. Vielleicht war man auch darüber informiert, wohin die *Posaune* nun flog. Und man konnte nicht ausschließen, daß der Amnioni andere Verbündete alarmiert hatte – irgendwelche Bundesgenossen, von denen man auf der *Posaune* nichts ahnte. Zudem war der Verbleib von Hashi Lebwohls Söldnerschiff, der *Freistaat Eden*, noch ungeklärt. Sie mochte irgendwo in der Umgebung lauern und auf ihre Chance zum Zuschlagen warten.

Die *Rächer* hatte ihre Aufgabe noch nicht erfüllt.

»Ich glaube, Kapitän Ubikwe«, widersprach Min, »es ist ratsam, daß wir uns schnellstens von hier absetzen.«

Dolph drehte sich ihr mitsamt dem Kommandopult zu. Absetzen? lag ihm sichtlich ein Einwand auf der Zunge. Sollen wir etwa dulden, daß ein Amnion-Kriegsschiff den Human-Kosmos unsicher macht? Doch Min räumte ihm keine Zeit zum Äußern seiner Bedenken ein.

»Die *Posaune* benötigt unsere Hilfe«, erklärte sie mit dem vollen Nachdruck ihrer Autorität. »Das Raumschiff, das Sie ›unseren Freund‹ nennen, könnte sich zu ihrer Verfolgung entschließen. Es müßte sie mit beachtlicher Verzögerung aufnehmen, aber es ist möglich, daß es den Versuch auf jeden Fall unternimmt. Und wir haben die *Freistaat Eden* noch nicht wieder geortet. Wenn sie das Gefecht beobachtet hat, weiß sie jetzt, daß die *Posaune* entwischt ist. Es kann sein, daß sie nun alles daransetzt, ihren Auftrag zu erledigen. Jetzt haben wir die Gelegenheit, beiden zuvorzukommen.«

Eine Gelegenheit, um sicherzustellen, daß die Menschheit nicht um das Geschenk gebracht wurde, das die Besatzung des Interspatium-Scouts ihr zu machen hatte.

Zum Glück verstand Dolph Ubikwe die Beweggründe Mins. Er brauchte keine zeitaufwendigen Erklärungen.

»Na gut.« Entschlossen nickte der Kapitän. »Dann überlassen wir die Defensiveinheit den Raumschiffen des Kosmo-Industriezentrums Valdor. Vorausgesetzt natürlich, sie lungert noch so lange hier herum, daß sie sie zum Kampf stellen können.«

Er wandte sich an den Steuermann. »Abdrehen, Sergei«, befahl er. »Wir wollen sehen, ob wir's schaffen, die *Posaune* einzuholen, bevor sie noch mehr Überraschungen fabriziert.«

Patrice zögerte nicht. »Aye, Kapitän.«

Er lenkte die *Rächer* dermaßen rücksichtslos in ein Wendemanöver, daß sich Mins Blickfeld an den Rändern gräulich trübte und ihr Herz an den Rippen zerquetscht zu werden schien. Trotzdem behielt sie die Monitoren im Auge, bis das Radarecho der *Posaune* in einem charakteristischen Eruptieren hyperspatialer Emissionen verschwand. Der Interspatium-Scout war in die Tach hinübergewechselt.

Zehn Minuten brutaler G-Belastung und wüsten Materiekanonen-Schußwechsels verstrichen, bevor Cray meldete, daß die *Posaune* sich unter Abstrahlung eines Gruppe-Eins-VMKP-Peilsignals verabschiedet hatte.

Wild Cards

»Die wohl originellste und provozierendste Shared World-Serie.«
Peter S. Beagle in OMNI

Gemischt und ausgegeben von George R. Martin

Vier Asse
1. Roman
06/5601

Asse und Joker
2. Roman
06/5602

Asse hoch!
3. Roman
06/5603

Schlechte Karten
4. Roman
06/5604

Wilde Joker
5. Roman
06/5605

06/5604

Heyne-Taschenbücher

William Gibson

Kultautor und Großmeister des »Cyberpunk«

Cyberspace
06/4468

Biochips
06/4529 und 01/9584

Mona Lisa Overdrive
06/4681 und 01/9943

Neuromancer
01/8449

William Gibson
Bruce Sterling
Die Differenz-Maschine
06/4860

01/9584

Heyne-Taschenbücher

Das Comeback einer Legende

George Lucas ultimatives Weltraumabenteuer geht weiter!

01/9373

Kevin J. Anderson
Flucht ins Ungewisse
*1. Roman der Trilogie
»Die Akademie der Jedi Ritter«*
01/9373

Der Geist des Dunklen Lords
*2. Roman der Trilogie
»Die Akademie der Jedi Ritter«*
01/9375

Die Meister der Macht
*3. Roman der Trilogie
»Die Akademie der Jedi Ritter«*
01/9376

Roger MacBride Allen
Der Hinterhalt
1. Roman der Corellia-Trilogie
01/10201

Angriff auf Selonia
2. Roman der Corellia-Trilogie
01/10202

Vonda McIntyre
Der Kristallstern
01/9970

Kathy Tyers
Der Pakt von Bakura
01/9372

Dave Wolverton
Entführung nach Dathomir
01/9374

Oliver Denker
STAR WARS – Die Filme
32/244

Heyne-Taschenbücher